ein Ullstein Buch

ÜBER DAS BUCH:

Ina Seidels bekanntester Roman, *Das Wunschkind,* erschien im Jahr 1930, wurde sofort ein großer Erfolg und hat bis heute eine Auflage von weit mehr als 1 Million Exemplaren erreicht. Die Handlung des Romans umfaßt die Jahre zwischen der Besetzung von Mainz durch die französische Revolutionsarmee im Jahr 1792 und der Völkerschlacht bei Leipzig im Jahr 1813. Die Ausbreitung der revolutionären Ideen Frankreichs, der Siegeszug Napoleons durch ganz Europa und die deutsche Freiheitsbewegung, der rheinische Westen und der preußische Norden bilden den historischen Hintergrund eines Romans, in dem die Frau keine passive und duldende, sondern eine aktive und selbständige Rolle spielt. Einer der bedeutendsten Kritiker der Weimarer Republik, Julius Bab, schrieb beim Erscheinen des großen Werkes von Ina Seidel: »Ein zeitloses Buch, das von den ewigen Dingen spricht, von denen, die in Geburt und Tod den Kreislauf des Lebens umfassen. Das ewige Schicksal aller Mütter wird hier in eine sinnbildliche Höhe gehoben.«

DIE AUTORIN:

Ina Seidel wurde am 15. September 1885 in Halle an der Saale geboren, wuchs in Braunschweig, Marburg an der Lahn und München auf. 1907 heiratete sie ihren Vetter, den Pfarrer und Schriftsteller Heinrich Wolfgang Seidel, und siedelte mit ihm nach Berlin über. 1934 zog die Familie nach Starnberg in Oberbayern, wo die Dichterin am 2. Oktober 1974 starb. Ina Seidel gilt als die bedeutendste protestantische Erzählerin der deutschen Literatur im 20. Jahrhundert. Ihre wichtigsten Werke sind in chronologischer Abfolge: *Das Labyrinth* (UB 20352), *Das Wunschkind, Lennacker* (UB 20176), *Unser Freund Peregrin, Das unverwesliche Erbe* (UB 20193).

Ina Seidel

Das Wunschkind

Roman

ein Ullstein Buch

ein Ullstein Buch
Nr. 20772
im Verlag Ullstein GmbH,
Frankfurt/M – Berlin

Ungekürzte Ausgabe

Umschlagentwurf:
Theodor Bayer-Eynck
unter Verwendung des Gemäldes
Das große Gehege
von Caspar David Friedrich /
Archiv für Kunst und Geschichte, Berlin

Taschenbuchausgabe mit Genehmigung
der Deutschen Verlags-Anstalt, Stuttgart

Printed in Germany 1987
Druck und Verarbeitung:
Ebner Ulm
ISBN 3 548 20772 3

Juni 1987

Von derselben Autorin
in der Reihe der
Ullstein Bücher:

Lennacker (20176)
Das unverwesliche Erbe (20193)
Quartett (20337)
Das Labyrinth (20352)

CIP-Kurztitelaufnahme
der Deutschen Bibliothek

Seidel, Ina:
Das Wunschkind: Roman / Ina Seidel. –
Ungekürzte Ausg. – Frankfurt/M; Berlin:
Ullstein, 1987.
(Ullstein-Buch; Nr. 20772)
ISBN 3-548-20772-3
NE: GT

Vorspiel

I

In einem alten Familienhause am Karmeliterplatz zu Mainz saß in der Nacht vom 25. auf den 26. Juli des Jahres 1792 der preußische Premierleutnant der Infanterie Hans Adam Echter von Mespelsbrun mit seiner Frau und seiner Mutter wachend am Bett seines schwerkranken Kindes.

Hans Adam, der Letzte eines verarmten Seitenzweiges aus dem bekannten fränkischen Geschlecht seines Namens, war früh in preußische Dienste getreten. Seit zwei Jahren war er mit Cornelie von Tracht, der ältesten Tochter des preußischen Generalleutnants der Kavallerie, Dubslaw von Tracht, verheiratet. Die Kampagne seines Königs gegen das französische Revolutionsheer bot dem jungen Ehemann eine willkommene Gelegenheit, seine Frau und das kaum einjährige Söhnchen Wilhelm bis Mainz mitzunehmen und die neue Familie der Mainzer Sippe vorzustellen. Bis zu seiner Rückkehr sollten sie dann im Hause seiner Mutter verbleiben, und es hatte keiner großen Mühe bedurft, den alten Tracht zu überreden, seine jüngste Tochter, Corneliens sechzehnjährige Halbschwester Charlotte, die Reise mitmachen zu lassen und sie während des Feldzugs einem so guten Schutz anzuvertrauen. Zwar hatte der Alte zunächst brummend gemeint, die Demoiselle würde ebensogut auf einem der märkischen Güter bei den Verwandten, den Belows oder Bülows, den Köllers oder Schulenburgs, untergebracht sein und am besten vielleicht im Stift Heiligengrabe, da denn seine bejahrte Schwester und Hausgenossin, die bei anderen Gelegenheiten noch sehr tatkräftige Baronesse Juliane, sich ausdrücklich geweigert hatte, während seiner Abwesenheit die Verantwortung für das rabiate kleine Frauenzimmer zu übernehmen. Jedoch hatte das Charlottchen ihm auf sehr eindringliche Weise klarzumachen gewußt, welch eine gewiß nie wiederkehrende Okkasion, ein Stück Welt zu sehen, diese Kampagne nach Frankreich für sie bedeuten könnte, und seine Einwilligung hatte das Mädchen in einen solchen Jubel versetzt, daß auch Cornelie keinen Einspruch mehr erhob, obgleich sie im geheimen unwillig zu Hans Adam sagte, er hätte diesen Vorschlag lieber unterlassen sollen, denn das Charlottchen zu hüten, sei eine Aufgabe, der sie sich weniger gewachsen fühlte als der, noch sechs Echtersche Söhne in die Welt zu setzen. Worauf Hans Adam aber nur leichtsinnig erwidert hatte, daß ja auch sie, Cornelie, von niemandem davor hätte behütet werden können, Dinge zu erleben, die sie allmählich in die Lage gebracht hätten, Söhne in die Welt zu setzen!

So war die Reise von zwei Personen in fröhlichster Stimmung angetreten worden: nämlich von Charlotte und von Hans Adam, der Urlaub genommen hatte und erst Ende Juli zu seinem Truppenteil bei der in Koblenz sich sammelnden Armee der Verbündeten stoßen mußte. Cornelie befand sich während der Vorbereitungen und während der Reise selbst in einer Steigerung ihres Wesens, die sich zwischen ausgelassener Heiterkeit und unerklärlicher Schwermut bewegte. Sie selbst wehrte sich gegen die Einsicht, daß diese Zerrissenheit ihren Grund doch in dem »manœuvre« gegen die lächerliche französische Volksarmee haben könnte, das alle Welt als eine gefahrlose Parade der königstreuen Nationen vor den rebellischen und pflichtvergessenen Franzosen ansah, vor welcher Machtentfaltung diese alsbald kampflos zu Kreuze kriechen würden. Sie sagte sich, daß es einzig die bevorstehende Trennung sei, die sie bedrückte, diese kurze, ganz kurze Trennung, wie sie sich versicherte, aber immerhin die erste in ihrer Ehe. War nicht Hans Adams ungebrochener Frohsinn das stärkste Argument gegen alle düsteren Ahnungen? Könnte ihn die Freude auf das Abenteuer dieses wennschon harmlosen Feldzuges derart beflügeln, wenn ihm ernstliche Gefahren bevorständen? Und daß der Vater wieder einmal nichts als Unheil voraussah, was bedeutete das schon! Dubslaw Tracht war ein Schwarzseher von Natur, und besonders seit dem Tode seiner zweiten Frau war er den Anfällen seines galligen Temperamentes dermaßen ausgeliefert, daß ein Zusammenleben mit ihm eine wahrhaft heilige Gelassenheit erforderte, falls er nicht vollkommen und närrisch in sein Gegenpart verliebt war, wie dies bei Charlotte zutraf. Der Generalleutnant, darüber konnte kein Zweifel bestehen, sah diese Kampagne als eine vom Teufel erfundene Gelegenheit an, den Niedergang der friderizianischen Armee vor aller Welt zu manifestieren, diesen Niedergang, den er schon vor dem Tode des großen Königs behauptet hatte. Er hätte keine Lust, so räsonierte er im Familienkreis grimmig, seine Knochen für Neffen und Enkel – womit der jetzige König und der Herzog Karl von Braunschweig gemeint waren – zu Markte zu tragen und sein bei Torgau erworbenes Verdienstkreuz vom stinkenden Rauch aus den Donnerbüchsen dieser französischen Marodeure schwärzen zu lassen! Befragt, warum er denn nicht mit dem ganzen übrigen Generalstab an den spielend zu erringenden Sieg der vereinigten deutschen Heere über jene Marodeure glaube, erklärte er mißmutig, allein dies, daß Preußen seine ruhmreichen Regimenter gegen solches Rebellenpack zu Felde schicke, sei eine Blamage vor ganz Europa. Er reiste übrigens ebenfalls über Mainz, wo er sich anläßlich der Fürstenzusammenkunft im Gefolge des Herzogs von Braunschweig einzufinden hatte, hatte aber am Abend vor jener traurigen Nacht die Stadt bereits wieder verlassen.

Es hätte ja zunächst und ehe der Abschied kam, alles so schön und gut sein können wie nur möglich. Nach einer fast vierjährigen Abwesenheit bringt der Sohn der gealterten Mutter zum erstenmal sein junges Weib und den schönen lebhaften Knaben. Eine Zusammenkunft der nicht zahlreichen Mitglieder des engeren Verwandtenkreises aus diesem freudigen Anlaß muß zu einer besänftigenden Annäherung zwischen der alten Frau von Echter und ihren Töchtern führen, Hans Adams älteren Schwestern, die, zwar beide den Bruder herzlich liebend, doch von früh an in einem gewissen Gegensatz zur Mutter leben, deren Liebling wiederum der Sohn von jeher gewesen ist. Die Anwesenheit des Vaters der jungen Frau, der einen Namen von so gutem Klang trägt, und ihrer anmutigen Schwester gibt Anlaß zu einer festlichen Verschmelzung beider Familien, einer zweiten Hochzeitsfeier – da verdunkelt sich in letzter Stunde der Himmel über dieser Gruppe von Menschen, und anstatt des strahlend gesunden Kindes, dessen sie fast ein Jahr lang froh waren, bringen Hans Adam und Cornelie ein besinnungsloses, schwer fieberndes – ein, wie der Arzt es Hans Adam nach den ersten Tagen nicht mehr vorenthalten kann, zu Tode erkranktes ins Haus der Großmutter.

Es waren neun Tage seit dem Ausbruch der Krankheit vergangen, der unterwegs in der Nähe von Frankfurt erfolgt war und den selbst Cornelie zuerst nicht schwergenommen hatte. Seit einer Woche befand man sich in Mainz, und morgen mit dem frühsten mußte Hans Adam unwiderruflich nach Koblenz abreiten. Obgleich tödlich ermüdet von der seelischen Anspannung, deren er so ungewohnt war, daß sein Körper weit eher ihr unterlag als den vielen durchwachten Stunden der letzten Woche, beabsichtigte der Leutnant doch nicht, sich niederzulegen, da der Arzt für diese Nacht die Krisis vorausgesagt hatte. Bereits in feldmarschmäßiger Uniform saß er am Fenster, von der Straffheit seiner Kleidung eher gehalten als beengt. Und er bedurfte des Haltes, so schien es ihm, der kriegerischen Gerafftheit und Bereitschaft! Zum erstenmal im Leben sah er sich einer Gewalt gegenüber, deren nicht Herr zu werden war mit Scherz und Schimpf, mit Lachen und Lied, mit der Hand am Degen, dem Sporn am Fuß, mit dem Kuß auf den Lippen. Zum erstenmal fühlte der Vierundzwanzigjährige sich ausgeliefert, verlassen, ratlos allein. Denn es war nicht dies ihm ganz klar Faßbare, daß sein Kind dort im Sterben lag und daß er morgen ins Feld rücken und Cornelie der mutmaßlichen Verzweiflung einer furchtbaren Einsamkeit überlassen mußte, war auch nicht dieser nagende Kummer, der, wie er wohl wußte und voll Trotz und ohne Beschämung wußte, weit weniger dem Kinde galt als Cornelie und der Unmöglichkeit, noch einmal mit ihr allein zu sein; es war etwas anderes und war unwägbar und war eben unbegreiflich.

Er saß am Fenster, den Kopf aufgestützt, hinausstarrend und abgewandt von dem, was er nicht mehr ertragen zu können glaubte: von dem Anblick der beiden Frauen. Das war nicht mehr die Mutter. Das war nicht mehr Cornelie. Diese eine Woche hatte alles von ihnen genommen, was er an ihnen gekannt, geliebt, bewundert, vielleicht auch gefürchtet hatte, alle hochfahrende Majestät von der einen – alle Anmut, alle Heiterkeit von der anderen. Diese eine Woche des Dienens, diese eine Woche der Hingabe an das Leiden hatte sie des Glanzes beraubt, der lieben seidenen Kleider, der leise klingenden Armbänder, der goldenen Ketten mit den Edelsteinen, die auf der matten Haut von Brust und Nacken zu leuchten hatten. Es war kein Puder auf ihren Wangen, es war kein geheimer, erregender Duft um sie her; ihr Haar war müde wie welkendes Laub. Und doch war alles dies, was sie eingebüßt hatten, nicht der Grund, weshalb ihr Anblick ihn betrübte, erschütterte, quälte. Nicht, was sie verloren hatten, verwirrte ihn, sondern das Neue, das an ihnen war, in ihren Augen, die nicht mehr schliefen, an ihren Händen, deren Haut rauh geworden war und die doch sanfter geworden waren als je. Dies Neue, nie an ihnen Dagewesene, oder, wenn es doch dagewesen war, das nie Bemerkte, nie Vermutete, das jetzt vom Strom der Sorge, vom Sturzbach der Ängste bloßgelegt sich offenbarte wie die Urgestalt eines Berges! Arme Frauen waren sie – gebeugte Frauen. Wer sie sah, konnte nicht daran denken, daß die eine, die alternde, in der Gesellschaft herrschte und daß die reife Jugend der anderen süß war wie Pfirsich und Rose. Dennoch – dieser Raum, diese breite, tiefe und niedrige Kammer mit der geweißten Decke, den schmucklosen Wänden, war in dieser Woche für Hans Adam der Schauplatz einer Demütigung geworden, der er nicht nachgeben wollte, der er aber in dieser Stunde erlag. Angesichts des langsamen Sterbens seines Kindes fühlte er die eigene Kraft schwinden im selben Grade, wie er die der Frauen zunehmen sah. Dem letzten jammervollen und unzugänglichen Leiden des kleinen Geschöpfes gegenüber hatte er nichts als den verzweifelten Wunsch, es endlich der unablässig andrängenden Gewalt zu überlassen und selbst in die dunkle Tiefe des Schlummers zu sinken. Gleichzeitig aber empfand er mit fast weinender Qual, daß eine solche Machtentfaltung aller Kräfte wortlosen Betens und Hoffens sich noch nie gegen das Unnennbare erhoben hatte wie heute.

Übrigens wußte er: von seiner Mutter ging dieser Aufschwung nicht aus. Seine Mutter war müde geworden. Der Blick, den er mit einer ängstlichen Wendung des Kopfes durch die Kammer schweifen ließ, um gleich wieder vor sich hin zu sehen und die Stirn in die Linke zu betten, hatte sie ihm gezeigt, wie sie auf dem Kanapee im Hintergrunde des Raumes saß, wo auf dem runden Tisch die erste Kerze dieser Nacht sich geduldig verzehrte. Das Gebetbuch vor sich, den Rosenkranz aus silbernen Filigranperlen um die im Schoß ruhenden erschlafften Hände geschlungen, saß Henriette von Echter zwar immer noch sehr aufrecht, aber jetzt dennoch leicht gegen das Rückpolster gelehnt da. Sie war ganz in einen großen Kaschmirschal gehüllt, den sie zuweilen fröstelnd um die etwas vornüberfallenden Schultern zusammenzog. Die Kerze beleuchtete grell ihr Gesicht, wie es aus den von Wachen und Weinen getrübten Augen in die Dämmerung des Zimmers nach dem Bettchen hinüberspähte, das der Kachelofen ihr zur Hälfte verbarg. Mit jenem einen Blick hatte Hans Adam erfaßt, daß die alte Frau plötzlich erschöpft und erloschen aussah. Und etwas wie Genugtuung überkam ihn, eine Befriedigung darüber, daß er nun nicht mehr allein der Unterlegene war – daß jemand mit ihm verzagte...

Dann schrak er zusammen. Die Mutter war lautlos durchs Zimmer gekommen und zu ihm getreten, er fühlte ihre Hand auf seiner Schulter. Und während sie stumm bei ihm stehenblieb und über ihn hinweg in die Baumwipfel des Gartens blicken mochte, die in der warmen Sterndämmerung draußen flehend, beschwörend, drohend Äste gegen das Fenster heraufreckten, spürte er die bebende Ermattung ihres hohen Körpers. Sie sagte endlich: »In diesem Zimmer bist du geboren worden...« und wankte zurück.

Aber ich sterbe nicht darin – nicht ich! dachte Hans Adam verzweifelt, die Fäuste gegen die Schläfen gepreßt, die Ellbogen auf den Knien. Gleichzeitig war es ihm, als gäbe eine morsche Hand dem Druck seiner entsetzlichen Ratlosigkeit nach, dieser Ratlosigkeit, die seit acht Tagen in ihm schrie, warum denn sein Mut, seine Lust, seine Kraft ihm so fortgesogen würden, als tränke ein Dämon sein Blut. Ja, plötzlich brach Licht herein, grell wie die goldene Posaune des Gerichts. Das war nicht nur sein Kind, um dessen Leben die Frauen da rangen: das war auch er selbst! Das Kind starb, und er zog in den Krieg; sie aber wollten beides nicht, sie bangten und zitterten, und im Fieber der Angst sahen sie Letztes und Furchtbarstes voraus, wußten es wie Seherinnen im Rausch ihrer verzückten, ahnenden Liebe und warfen dem Drohenden sich entgegen, um mit eigenem Leib das Geliebte zu decken. Es war dies, er erkannte es auf einmal mit beklommenem Herzen, daß ihre verstörte Liebe des

Kindes und sein Leben auf eine Karte gesetzt hatte: wenn das eine fiel, dachten sie, zog das andere mit nach! In dem kleinen Wilhelm, dessen Atemzüge wimmernd kamen und gingen, von spitzen Schmerzschreien unterbrochen, dessen Ärmchen immer wieder in schrecklichem Ringen nach Luft auf und nieder schlugen, in diesem unseligen Körperchen pflegten sie ihn, Hans Adam, der noch mit festen gesunden Gliedern unter ihnen saß, mit ruhig schlagenden Pulsen, mit warmer strahlender Haut. Und da war seine Mutter, die hatte ihn aufgegeben, die hatte sich verraten, ein armes geschlagenes Weib, unter der Last ihrer Voraussicht zusammenbrechend. Sie sagte: Ich habe dich geboren... Sie hatte nicht sagen wollen, nicht dürfen: Nun wirst du mir genommen! Aber nachträglich verstand er, hörte er es heraus: Dazu – dazu hab' ich dich geboren...

Mein Gott, mein Gott, was spiegelt mir diese Gedanken vor? fragte er sich entsetzt. Er wischte sich die schweißfeuchte Stirn. Bin ich denn selber krank? Ist das – ist das etwa Angst?

Sich aufraffend, gewahrte er, daß seine Mutter die Augen geschlossen hatte, und atmete auf. Indessen wußte er ganz gut: mochte seine Mutter auch schlummern – mochte er selbst in Schlaf fallen und mochte sein kleiner Sohn endlich Ruhe finden: *eine* blieb wach. In den unbeholfenen Denkformen, die ihm zu Gebot standen, machte er es sich klar, daß ein Wille, eine Seele von übermenschlicher Kraft in der Kammer wach seien, und daß diese Wachheit im Raum stand wie überhelles Licht, in dem die Toten und Schlummernden hingen wie Früchte am Baum in der reifenden Zeit. In dieser Erkenntnis verging ihm das Denken. Er geriet in einen fürchterlichen und doch seligen Zustand des Schauens und gab sich ihm hin. Ohne sich umzuwenden, sah er dennoch Cornelie, wie sie am Kopfende des Kindesbettes saß, mächtiger, als sie in Wirklichkeit war, das dunkle Haupt mit den starken leidenden Zügen zurückgelehnt an die Wand und die Hände auf den Leib gelegt, der gewölbt schien, als sei sie gesegnet. Dann war dies vorüber und die Helle wieder um ihn. Er war im Mittelpunkt einer hohlen Kugel, wußte die ganze Welt, sah Korn wogen, groß, wie die Nacht es jetzt wiegte – spürte das süße Schwellen der Äpfel, das unaufhaltsame Wandern des Stromes, das brauende Gewölk; fernes Geblitz, fallenden Stern. Tiere trabten und schnoben, ein Spiel von Kugeln ging singend und zischend um sein Haupt, und einmal empfing er einen leichten Schlag vor die Brust. Da sah er plötzlich sein eigenes Herz mit anderen purpurnen Herzen im wunderlichen Astgeflecht eines Baumes hängen und wußte: dies ist der Stammbaum! Der nicht aussterben darf, setzte er gleich hinzu, von heißem Drang überkommen. Und wieder sah er Cornelie, wach – überwach, die Augen auf ihn geheftet, ihn verlangend, ihn ziehend. Ringend suchte er sich seiner selbst bewußt und Herr zu werden über den Aufruhr des Körpers. Aber da war er verloren. Alle Begriffe seiner Herkunft, seiner Erziehung, seiner Umgebung, seines Berufes – sein Name selbst – waren nicht da. Er hatte keine Uniform, keine Kleider. Durch sein gelöstes Haar fuhr der Sturm, derselbe, der ihn vorwärtstrieb, einen nackten Menschen vor Gott. –

Eine Bewegung im Zimmer weckte ihn, und taumelnd erhob er sich. Die alte Frau war zum Bettchen hinübergegangen, sie stand am Fußende und blendete mit der Hand das Licht ab, das sie trug und nun auf ein Wandbrett setzte. Hans Adam trat neben sie und sah stumm auf die kleine Leidensgestalt, über die sich Cornelie jetzt mit einer großen weichen Gebärde neigte und die sie mit schonenden Händen heraushob. Zum letztenmal an diesem Tage wollte sie den Versuch machen, das Kind zum Trinken zu bewegen. Bitter gequält sah Hans Adam sie die arme Brust entblößen und dem kleinen widerstrebenden Antlitz nähern. Gleich darauf schrie sie leise auf und warf den Kopf zurück. Ein schmerzliches Lächeln verzerrte ihr Gesicht und die Augen liefen ihr über: das Kind hatte die Brust angenommen, aber ohne zu saugen biß es die Kiefer zusammen, als klemme sie Krampf. Dann ließ es los, warf das Köpfchen hin und her und stieß einen jener entsetzlichen kleinen Schreie aus. Ein Tropfen Blut hing an Corneliens Brust.

Hans Adam schwankte. Und während die alte Frau der halb Ohnmächtigen das Kind sanft aus den Armen nahm und es zurück in die Kissen bettete, warf er sich nieder, umfaßte den Leib der Frau, und seine Lippen tranken diesen Tropfen Blut.

»Cornelie – oh, Cornelie«, stammelte er, das Haupt in ihrem Schoß.

»Gehst du morgen fort?«

»Ich muß – oh, ich muß ja!«

Eine Weile war Stille. Der Mann rührte sich nicht. Nahe daran, wieder in jenen Halbschlaf von vorher zurückzusinken, fühlte er von neuem die Vorstellungen des Traumes, diese übermäßige große helle Wachheit, in der die Ströme des Lebens kreisten. Sonnenuntergang bedeutete nicht Nacht, nicht Schlaf; hier war unablässiges Keimen, Wachsen, Blühen, Reifen und wiederum niederrieselnder Same. Den süßen Geschmack von seines Weibes Blut auf der Zunge, wußte er: Tod bedeutete nicht Tod! Ruhig und mächtig fühlte er Corneliens Puls gehen. Demütig und klein in ihren Schoß eingehen zu können, sich einwiegen zu lassen von diesem starken sanften Rhythmus; Samen zu sein, der ins Erdreich sank, sich aufgab, verging und doch lebte; wieder Kind zu werden, nichts als ihr Kind... Ganz in den wunderbaren Hellschlaf des Weibes hineingezogen, der nichts ist als der Zustand der Erde, wußte er für einen Augenblick, nun würde er sterben können, nun würde er da draußen im Felde den Tod durch eine feindliche Kugel hinnehmen können wie aus Bruders Hand und fallen, nicht anders als Früchte fallen.

Wenig später merkte er, daß er sich hatte fortschicken lassen, daß er in der Schlafkammer stand und die Kleider abwarf. Als er aufs Bett gesunken war, überkam ihn noch einmal das Bild, das er drüben verlassen hatte: seine Mutter auf dem Sofa – eingeschlafen – den Kopf tief vornübergeneigt, und Cornelie, die ihm nachsah, die Augen geisterhaft groß und dunkel in dem blassen Gesicht, und die sich nun zurückwandte und neben dem Bett des Kindes niederkniete. Er schluchzte auf. Ölberg... ging es ihm durch den Sinn – Ölberg!

Er schlief gleich ein. Aber es währte nicht lange, so wurde sein Schlaf durchsichtig wie ein von Sonne beschienener Strom, in dessen Flut er offenen Auges trieb. Auf dem Rücken liegend und nicht fähig, eines seiner Glieder zu rühren, war er doch im Besitz eines gesteigerten Bewußtseins, eines Bewußtseins von ungewohntem Umfang, wennschon ohne die Möglichkeit von Erinnerung oder Überlegung. Er fühlte sich selbst und nicht sich allein! In ihm fühlte sich das Haus, ja er wußte, er brauchte sich auf eine ihm bisher unbekannte und unerklärliche Weise nur ein wenig auszudehnen, so würde auch die Stadt, so würde das ganze Land in ihm sich fühlen. Darauf verzichtete er indes, von schwindelnder Furcht ergriffen. Er überließ sich einzig dem Hause. Dies alte Haus, in dem drei Generationen der Familie geboren und gestorben waren, es war in dieser Nacht von zitterndem, seufzendem Leben erfüllt. Hans Adam, eins mit ihm, fühlte das wie gespenstisches Feuer. Sprühende Funken trieben ihr Spiel; auf Dachfirst und Giebel züngelten lautlos blaue elektrische Flammen. Die Wände rieselten, die Dielen knackten. Auch war ein unendliches Zwiegespräch des Hauses mit den Bäumen draußen im Gange, das traurige Flüstern der Blätter wollte nicht aufhören, und immer sah er die drohende, flehende Gebärde der Äste gegen die Fenster wie vorhin von der Sterbekammer des Kindes aus. –

Diese raunende, verzweifelte Erregung, die sich in ihm sammelte, legte sich plötzlich, als ließe ein flatternder Vogel sich endlich nieder und schlösse die Schwingen: und da entbrannten zwei Kerzen in ihm: feierlich – golden – still. Es ging ein großes Licht von ihnen aus, das wuchs und wuchs und unerträglich ward wie ein überirdisches Lächeln, das da ist, ohne Mund, ohne Augen, ohne Gesicht, nur eben da und unfaßbar. Und als es ihn sprengen wollte, dies Licht – als er meinte, samt dem Hause in ihm vergehen zu müssen – als er fühlte, die Auflösung begann, das Überfluten ins Nichts: da schoß er auf einmal zusammen in sich selbst, empfand seinen Körper wieder getrennt von den Dingen, war wach, zwar schlaftrunken noch, aber doch wach genug, um aufzuatmen und mit frohem Erschrecken wahrzunehmen: Cornelie war neben ihm, war da, an seiner Seite. Irgendeine Wohlweislichkeit hinderte ihn, sich zu besinnen, was es denn zu bedeuten habe, daß sie zum erstenmal seit der Ankunft in Mainz die Kammer des Kindes verlassen und sich neben ihm zur Ruhe gelegt habe. Er sagte sich, daß er träumte, und so träumte er schluchzend. Er bedeckte sie mit Küssen und wußte nicht, ob ihre Haut von seinen oder von ihren Tränen naß sei. Dann erschrak er vor ihrer Stummheit und vor der duldenden Hingegebenheit ihres Körpers, der kühl war trotz der Schwüle der Nacht, wagte aber nicht zu fragen, sondern küßte weiter, angstvoll suchend, wie von dunklen Wirbeln ergriffen und angesogen. Vor seinen geschlossenen Augen sausten Meteore und flammende Feuerräder; die Erde schrie und bebte und schüttelte ihn: sie würde untergehen, wenn er nicht gehorchte! Denn er gehorchte der Julinacht, die ihn auf Schwaden fruchtbaren Dunstes getragen hatte, dorthin, wo sie ihn haben wollte, gehorchte der verzweifelten, knisternden, funkensprühenden Unruhe des alten Hauses – gehorchte am tiefsten der Frau, die die Arme um seinen Nacken schlang und leer von allen Wünschen war bis auf den einen Willen zur Fruchtbarkeit.

Und so geschah dies, daß in dieser Nacht ein loderndes Wetter Himmel und Erde zusammenschlug – daß der prasselnde Regen die reife Ähre ausdrosch und das junge Korn in den Boden stampfte. Tags darauf hing die Ähre leer. Aber schon quoll im Erdreich der Keim. –

Am andern Morgen nahm Hans Adam Abschied von seiner Mutter. Er stand eine Weile gesenkten Hauptes am Bett seines toten Kindes und fragte sich ratlos, warum er denn gar nichts empfände. Auch ich bin gestorben, konnte er nur denken – auch ich... Er wandte sich ab und sah leer auf Cornelie, die an der Tür lehnte, die gerungenen Hände gegen ihr Herz gepreßt. Er warf sich vor ihr nieder und drückte das Antlitz in ihren Schoß, fühlend, wie sie sein Haupt umfaßte. Ihre Fassung versagte. »Hierbleiben!« hörte er sie leise jammern. Hierbleiben? Er erhob sich und richtete an seinem Wehrgehenk. Hierbleiben? »Ich bleibe ja hier...«, sagte er sinnlos, während er aus der Tür ging, ohne sich umzuwenden.

Die Pferde standen gesattelt und stampfend vor dem Hause. Cornelie hörte das Klappern der Hufe auf dem Pflaster verhallen.

II

Ein schwarzer Husar mit dem Totenkopf an der Filzmütze überbrachte Cornelie von Echter am 24. August einen Brief ihres Vaters: sie wußte den Inhalt des Schreibens, noch ehe sie es geöffnet hatte. Hans Adam war gefallen. Das Reitergefecht bei Aumetz, in dem die Infanterieregimenter Renouard und Forcade die Avantgarde des Prinzen Hohenlohe deckten, hatte sein Leben zum Opfer gefordert und, wie der alte Tracht mit galligem Trost bemerkte, hatte ihm erlaubt, sich mit Ehren davonzumachen, solange es noch mit Ehren möglich war.

Cornelie empfing die Nachricht gleich einem Menschen, der schon beim Heraufziehen des Sturmes sein Schiff verlassen und sich auf einen Felsen im Meer begeben hat, von wo aus er nun melancholisch zwar, doch gelassen das Rasen der Elemente und den Untergang des Fahrzeuges mit seinen Gütern betrachtet. Seit Hans Adam ins Feld gezogen war und sie ihr Kind allein hatte begraben müssen, hatte sie diese furchtbare Bestätigung ihrer Ahnung Tag für Tag mit schwarzschattenden Schwingen näherkommen fühlen. Nun schauderte ihr manchmal selbst vor der Ruhe ihres Herzens, mit der sie den Schmerzensausbrüchen der alten Frau und den Tränenfällen ihrer Schwester Charlotte beiwohnte. Zwischen diesen beiden zur Klage noch Fähigen saß sie in Schweigen versunken und reglos. Um sich her meinte sie Ebene zu wissen – eine Heide, öde, braun, flach vom Winde bestrichen und von Horizont kreisrund umsäumt. Darüber wölbte leer sich der Himmel, eine gewaltige Glocke, und sie selbst saß inmitten, das Haupt in die Hand gestützt, wartend. Witwe, dachte sie. Witwe... oft dachte sie: Winter... Aber es ging sie nichts an. Sie ließ wie ein Baum Blätter fallen, hinter denen die neue Knospe schon trieb. Sie ließ den Wind über sich hingehen und wartete darauf, daß mit ihrem Herzen ein zweites, winziges, rotes, lebendiges sich höbe und zu atmen begänne. Denn sie zweifelte nicht daran, schwanger geworden zu sein.

Cornelie von Echter war damals fünfundzwanzig Jahre alt; sie war um wenige Monate älter gewesen als ihr Mann. Da sie den harten nordischen Bereich ihrer Herkunft auch als Heimat des Herzens empfand, wortkarg und spröde war und nur dem liebenden Geliebten sich schenkend erschloß – und dann freilich lächelnd, dann hingebend, rückhaltlos und beseligend –, so erschienen ihr diese fruchtstrotzende Landschaft, diese goldene Stadt, diese offenen, beständig heiteren Menschen wohl süß, aber fremd. Anders erging es der siebzehnjährigen Charlotte von Tracht, deren Mutter französischer Herkunft gewesen war und der der südliche Rhythmus des Lebens bald so ins Blut ging, daß sie, obgleich herzlich betrübt über Hans Adams Tod, in dem von Trauer verhängten Hause am Karmeliterplatz sich vorkam wie der Vogel im Käfig, wenn draußen der Frühling beginnt.

Indessen wurde es über Deutschland durchaus nicht Frühling, sondern Herbst, und nicht nur weil das Laub sich verfärbte und die Tage kürzer wurden. Der mit dem hochtrabenden Manifest des Herzogs von Braunschweig siegessicher begonnene Feldzug schien in der Champagne zu verregnen wie ein Familienausflug am Sonntagnachmittag, und mit der Gewißheit über den traurigen Zustand des Heeres, das schon nach wenigen Wochen durch Krankheit und Hunger weit mehr aufgerieben war als durch kriegerische Leistung, wuchs allenthalben die Unzufriedenheit über die unselige Unternehmung. Um den 20. September herum erzählten sich die Leute auf dem Markte von einem Spuk, der nächtlich mit Waffengetöse in den Schanzen sein Wesen habe. Schon damals wollte das Volk wissen, daß die Franzosen bald vor den Toren stehen würden, und jedermann prüfte sein staatsbürgerliches Gewissen auf freiheitliche Gesinnung hin. Zugleich mit der Nachricht, die Deutschen hätten vor Valmy ihr letztes Pulver verschossen und den Rückzug angetreten, kamen Gerüchte, der General Custine sei von Landau aus im Anmarsch, und nun glich die Stadt einem Bienenkorb vor dem Schwärmen, welcher Zustand im Staatswesen dieser goldenen und fleißigen Tiere bekanntlich am Zeitpunkt der Entscheidung zwischen altem und neuem Regime eintritt.

Am 30. September spätabends verbreiteten ankommende Reisende in der Stadt die Nachricht, Custine habe Speyer genommen und marschiere weiter auf Worms zu. Der Eindruck, den diese sichere Bestätigung vom Nahen des Feindes auf ihre Schwiegermutter hervorrief, war geeignet, Cornelie zum erstenmal seit dem Tode Hans Adams wieder zur Teilnahme an den politischen Ereignissen zu erwecken. Frau von Echter geriet bei der Aussicht, französische Soldaten – »die Mörder meines Sohnes«, wie sie sich haßvoll ausdrückte – erblicken zu sollen, in unbeherrschbare Aufregung. Wollte »dies canailleuse Franzosenvolk« es nun wagen, auch Mainz zum Schauplatz seiner verräterischen und umstürzlerischen Taten zu machen? Es zeigte sich, daß die Ereignisse der letzten Monate, der Tod des Enkels, der Verlust des Sohnes, dem tapferen Herzen der alten Frau doch mehr zugesetzt hatten, als sie bisher offenbart. Auf einen Ausbruch bittersten Zornes, auf planloses, überhastetes Bemühen, wertvolles Eigentum im Hinblick auf eine voraussichtliche Plünderung zu verstecken, erfolgte plötzlich ein Ohnmachtsanfall von so langer Dauer, daß Cornelie ernstlich erschrocken zum Arzt schickte. Dieser schlug der Patientin die Ader und verschrieb beruhigende Tropfen, hinterließ aber im übrigen durchaus keine Beruhigung. Unter vier Augen empfahl er Cornelie, ihre Frau Schwiegermutter vor jeglicher Erregung zu hüten; sei dies noch kein Schlagfluß gewesen, so könnte es doch das nächste Mal einer werden, und wenn man in der Lage sei, der alten Dame weiteren Kummer und noch mehr Entrüstung zu ersparen, so möchte man es doch ja tun. Als Cornelie dringlich fragte, ob er denn wirklich glaube, daß Mainz in Gefahr sei, zuckte er vielsagend die Achseln und meinte, daß die Franzosen kämen, sei außer aller Frage, nicht so freilich, ob sie die Stadt mit Gewalt zu nehmen nötig haben würden. Denn, fügte er mit erhobenem Zeigefinger jeder etwa aufkeimenden Hoffnung abwinkend hinzu, kein Mensch könnte heut schon sagen, wie die Bevölkerung sich verhalten würde und ob nicht am Ende der Geist der Freiheit und Brüderlichkeit Eroberungen ohne einen Schwertstreich zu vollenden gedächte. Zu fürchten hätten nur die, die diesem Geiste von jeher entgegengelebt und jetzt gemeinsame Sache mit den von der neuen Zeit aus Frankreich Vertriebenen gemacht hätten. »Damit«, endete der untersetzte Herr im blauen Leibrock eilfertig, »will ich nun gar nichts Bestimmtes gesagt haben. Wollen Sie, meine Gnädige, aber der alten Dame Aufregungen aus dem Wege räumen, so tun Sie sich nach einer Gelegenheit um, sie baldmöglichst aufs andere Ufer zu schaffen, nach Frankfurt etwa oder nach Wiesbaden!«

Cornelie kehrte nach dem Weggang dieses Trösters mit den widerspruchsvollsten Empfindungen in das Schlafzimmer der Schwiegermutter zurück, wo sie diese wachend und vollkommen entschlossen, Mainz morgen mit dem frühsten zu verlassen, vorfand. Es mußte nun die ganze Nacht über geräumt und gepackt werden, welcher Mühe sich nur das Charlottchen entzog, das zur gewohnten Stunde zu Bett ging, indem es erklärte, dies alles sei ridikül, und wenn die Franzosen schon kämen, so würden doch auch die Preußen alsbald zur Stelle sein und Mainz wieder heraushauen, mit dem Papa an der Spitze, der sein Lottchen schon nicht unter die Guillotine kommen lassen würde! Obgleich Corneliens Meinung im stillen eine ganz ähnliche war und der seit Hans Adams Tod in ihr waltende Gleichmut, der an Gleichgültigkeit grenzte, ihr diese gehetzte und ängstliche Tätigkeit sinnlos und lastvoll erscheinen ließ, zog sie es doch vor, sich zu erinnern: Ja, auch in der Nacht, als das Wilhelmchen im Sterben lag, gingst du zu Bett und schliefest bis in den Tag hinein... Und es war seltsamerweise diese Überlegung und das durch sie geweckte Gefühl, was ihr dazu verhalf, der ganzen Angelegenheit mehr Wichtigkeit beizulegen, als es ihr im Grunde nötig schien. Als im Morgengrauen die Koffer gerüstet dastanden, als das Silber mit großer Mühe vergraben, das feine Porzellan und der gute Damast samt anderer kostbarer Wäsche in einer schwer zugänglichen Bodenkammer unter aufgestapeltem Gerümpel verborgen war und Cornelie, überwach und sich ihrer Verantwortung für das Gelingen der Reise in einem nur allzu gespannten Gemütszustand bewußt, im Begriff stand, die Magd in die Stadt zu schicken, um ein Fuhrwerk zu holen, da wurde es offenbar, daß nicht nur in dem Hause am Karmeliterplatz in dieser Nacht Vorbereitungen zur Flucht getroffen waren. Es wurde heftig an die Haustür gepocht, und in der nächsten Minute erschien Ludwig von Breithardt vor Cornelie, vergaß den Gruß und rief nur: »Gott sei Dank!«, als er die Anstalten zum Aufbruch wahrnahm. Dann sank er erschöpft auf den nächsten Stuhl nieder.

Ludwig Breithardt hatte Hans Adams jüngere Schwester Cläre zur Frau; er war ein kleiner beleibter Herr mit einem Amt in der kurfürstlichen Regierung, das ihn nicht allzusehr beanspruchte. Er liebte es, den Rechtsbeistand seiner Schwiegermutter zu spielen und ihre Interessen zu vertreten, hauptsächlich dort, wo sie mit denen seiner Frau verquickt waren. Heute aber kam er vollkommen uneigennützig, wennschon mit der Hast und mit dem bedrückten Gewissen einer etwas verspäteten Pflichterfüllung.

Er sagte: »Meine Teuerste, ich bin entzückt, euch reisefertig zu sehen! Cläre meinte auf einmal, ihr wüßtet vielleicht von nichts und ruhtet noch sorglos... Nun, ich sagte ihr gleich, die Maman hat Cornelie zur Seite, Cornelie ist doch kein Kind mehr... Pardon, teuerste Schwägerin, aber nicht wahr, ich hatte ja auch recht! Und einen Wagen? Einen Wagen haben Sie gewiß auch schon?«

»Kathrinchen läuft eben hinüber zur ›Alten Landkutsche‹ «, antwortete Cornelie etwas ungeduldig. »Meinen Sie also wirklich, lieber Ludwig...«

»Läuft eben hinüber? Eben? Zur ›Alten Landkutsche‹? Und Sie hatten kein Fuhrwerk bestellt? Und Sie meinen, Sie werden jetzt noch eins finden? Ja, meine Allerbeste, da können Sie aber Gott danken, daß ich daran gedacht hab' und Ihnen das Chaischen von Hebensperger, das eben noch frei war, reserviert hab' !« Auf ihr ungläubig fragendes Gesicht hin lachte er kränklich auf. Was sie wohl denke? In ganz Mainz sei für viel Geld kein Huf und kein Rad mehr aufzutreiben! Über die Schiffsbrücke und auf der Straße nach Bingen rollten die Wagen seit Mitternacht. Die ganze Hofgesellschaft, die ganze Aristokratie verlasse selbstverständlich die Stadt, voran die französischen Emigranten. Sollte man sich Zuständen aussetzen, wie sie in Paris an der Tagesordnung seien, der Tyrannis eines solchen Bürgergenerals etwa und seiner Soldateska, die aus lauter Sansculotten und Aristokratenfressern bestehe? Wußte man nicht zudem, daß in der Stadt einem Umsturz entgegengearbeitet wurde? Konnte man der Bürgerschaft sicher sein? Jetzt würde man es erleben, wohin die vermaledeite Liberalität höchsten Ortes geführt hätte, die frivole Freigeisterei, das Kokettieren mit der sogenannten Aufklärung und die Anstellung protestantischer Professoren durch einen Erzbischof der katholischen Kirche... »Ja, entschuldigen Sie schon, verehrte Schwägerin, aber das hängt alles zusammen!« Erschrocken brach er ab. Er müsse fort. Es sei auf der Kanzlei noch eine Unmenge zu erledigen. Und, ja: das Chaischen des Jakob Hebensperger, es würde bald vorfahren und die Damen möchten nur unverzüglich abreisen! Unverzüglich, am besten nach Frankfurt! Das wäre schon beabsichtigt? So, so – nun, sehr gut! Und zwar zur Tante Amélie ins Stift? Ausgezeichnet! So sei alles in Ordnung! Er selbst schicke Cläre mit den Kindern auf das Gütchen ins Fränkische, und – ach, noch eins – etwas Wichtiges! In dem Chaischen wäre knapp Raum für zwei Personen außer dem Kutscher, und so bäte er, die Demoiselle Charlotte möchte sich seiner Frau anvertrauen, da in dem großen Reisewagen noch ein Platz frei sei. Denn, ach, er selbst müsse ja sehen, wo er bleibe. Er würde dem Grafen Albini dorthin folgen, wohin sich die Regierung und – (hinter vorgehaltener Hand) – höchstwahrscheinlich auch Seine Eminenz zurückziehen werde. Er kenne seine Pflicht...

Unzählige Male hatte Cornelie sich später diesen nebligen Herbstmorgen in die Erinnerung zurückgerufen und von diesem Punkt aus angefangen, auf das gramvolle Verhör zu antworten, das ihr Gewissen immer wieder mit ihr anstellte. Also der Wagen, wirklich nur ein zweisitziges Chaischen, auf dem mit knapper Not noch der Fuhrmann Platz hatte, war vorgefahren. Eine große Vache wurde mit Mühe hinten aufgeschnallt, die Hälfte des Gepäcks mußte zurückbleiben. Während die schluchzende Magd und der fluchende Kutscher hieran arbeiteten, hatte sie, Cornelie, auf Charlottens Bettrand gesessen und der Kleinen angstvoll und dringlich eingeprägt, wie sie sich zu verhalten, was sie zu tun habe. Angstvoll und eindringlich, gewiß! Aber schon an dieser Stelle fragte das Unerbittliche, vor dem sie sich verantwortete: War nicht doch eine müde Gleichgültigkeit in dir gegen das Schicksal Charlottens, wie gegen alles, was um dich vorging? Und stieg nicht gärende Ungeduld in dir auf, als das verschlossene kleine Gesicht durch das verwirrte lockige Haar blinzelnd mit lustiger Verschlagenheit zu dir aufsah? Warest du dir nicht ganz klar darüber, daß das Lottchen in allen Fällen zunächst mit sich selber und mit seinen eigenen Neigungen zu Rate ging und sich dann erst für oder gegen die ältere Schwester entschied? Daß also alles Reden vergeblich sein würde, wenn es der kleinen Person aus irgendeinem Grunde nicht behagen sollte, zu Frau Breithardt zu gehen, und daß, um ihrer Entfernung aus Mainz sicher zu sein, man sie persönlich aufpacken, in einen Wagen setzen und davonfahren sehen müsse! Indessen: da war die nur allzu berechtigte Ermattung des Herzens. Da war die Sorge um die in ihrer Aufregung schwache und hilflose, aber zur sofortigen Abreise völlig entschlossene alte Frau. Gründe, schwerwiegend und hinreichend, nicht wahr, dafür, daß sie Charlotte nicht selbst zur Frau von Breithardt gebracht und ihr anvertraut hatte...

Oh, endlose Monologe in langen Nächten. – Selbstverteidigungen vor einem unsichtbaren Richter, aus denen sie so gerechtfertigt, so blank und ohne Tadel hervorzugehen wünschte wie aus allen Unterhaltungen über dies Thema mit der Schwiegermutter etwa oder mit Bekannten, die die Hände zusammenschlugen über den Leichtsinn der Demoiselle, und die voll unerschöpflicher Teilnahme waren für die arme junge Frau (die ihr Bestes getan hatte, das mochte Gott wissen!), und die zu all dem Schweren, was ihr auferlegt war, nun auch noch diesen Kummer zu tragen hatte... In denen sie aber trotz alledem nicht bestand – oh, bitter – bitter!

Denn was blieb, was anklagend immer blieb, es war dies: die Regung, mit der sie sich damals vom Bett der Schwester erhoben hatte, die Bewegung, mit der sie dabei ihren Rock geglättet, heftig, als streifte sie ein Unsichtbares von sich; der Blick, der kurze Blick ungebändigten Zornes, den sie zuletzt auf die törichte kleine Jungfrau gerichtet hatte: da siehe du zu! Und daß sie wußte, dies war ein Augenblick der Genugtuung gewesen, der geheimen furchtbaren, aber triumphierenden Überzeugung: jetzt wirst du es ja erfahren, wohin deine Selbstherrlichkeit, dein Leichtsinn, dein Spotten führen! Jetzt läufst du in dein Verderben; aber ich, ich habe meine Schuldigkeit getan! Nicht so! So habe ich es nicht gemeint, mochte es jetzt in ihr jammern. Dennoch – soll ich meiner Schwester Hüterin sein? Hatte ihr Herz nicht ähnlich gefühlt? Oh, dies aufdringliche Wissen darum, daß in jener Morgenstunde die böse Frucht vieler Jahre reif gewesen war, deren Same fiel, als der Vater die süße blonde Delphine Chaumard geheiratet hatte; die Frucht vieler armer bitterer Stunden der Eifersucht auf unerreichbare Anmut, auf gleitende Füße, spielende Hände, lächelnde Augen, auf glänzendes, lockiges Haar – auf die ganze Musik der Erscheinung, die von Delphine, die jung und lachend gestorben, auf Charlotte übergegangen war.

Cornelie war dunkelhaarig und bleich wie der alte Tracht; im Blut hatte sie die schwere Zärtlichkeit ihrer mecklenburgischen Mutter, die warme Wucht des Bodens, der Weizen trägt. Ihre Liebe war dunkle Glut und Stille, inbrünstige Sehnsucht, das Geliebte zu umschließen, zu hegen, zu nähren: Mütterlichkeit. Aber Hilflosigkeit lähmte sie, wenn sie nicht verstanden, wenn ihre Bereitschaft übergangen, ihr heißquellendes Gutwollen mißachtet wurde. In schmerzlichem Staunen versteinte sie dann, ward unzugänglich, ward stumm. So hatte die tändelnde Stiefmutter, so hatte später dieser trillernde Vogel, die kleine Schwester, auf sie gewirkt, die sie doch liebte, heiß, ratlos und voll anwachsenden Grolls, daß die andere sich nicht ergab, sich nicht lieben, schützen, leiten ließ. Ihr Wesen war lastende Mächtigkeit, die Scheu einflößte, unerschlossene Landschaft, die keiner betreten wollte, bis Hans Adam kam und über sie hinging wie der kurze, schollensprengende nordische Frühling. War aber nicht auch er von dem fremden, tanzenden, sonnigen Geschlecht gewesen, ein Bruder Charlottens im schwebenden Geist, ihr Spielgefährte und Kamerad, je mehr sie heranwuchs, ach, und hatte nicht auch hier ein Stachel verborgen gelegen, dessen Pein Cornelie heute noch spürte?

Charlotte von Tracht war an jenem Septembermorgen durchaus nicht mit Cläre Breithardt abgereist, aber dies erfuhr Cornelie erst drei Wochen später durch einen aufgeregten Brief Ludwigs, der aus dem Eichsfeld schrieb, seine Frau habe in ihrem ersten Bericht aus Weierhof nur beiläufig erwähnt, das Charlottchen sei doch wohl mit der Maman nach Frankfurt gereist, da es sich denn zur verabredeten Stunde nicht eingefunden habe. Ludwig schilderte die Eile und Verwirrung des Aufbruchs mit den fünf Kindern, dem beizuwohnen ihn seine Beamtenpflichten gehindert hätten. Er fragte angelegentlich nach dem Verbleib des jungen Mädchens, er sprach in nahezu beschwörendem Ton die Hoffnung aus, es möge Anschluß an eine andere befreundete Familie gefunden haben, da er ja am besten wisse, daß es unmöglich in dem Wägelchen der Maman noch hätte Platz finden können. Kurz, aus seinem ganzen Aufwand von Besorgnis redete deutlich ein bedrücktes Gewissen, und die Vermutung lag nahe, daß der Geschäftige selber versäumt habe, Cläre hinlänglich einzuschärfen, daß auf Charlotte gewartet werden müsse. Nichts aber lag Cornelie in dieser bösen Stunde ferner, als über die Verantwortung nachzudenken, die irgend jemand außer ihr selbst für den Verbleib der Schwester haben könne. Den Brief im Schoß, saß sie erstarrt, die Hand aufs Herz gepreßt, und auf die erschrockene Frage der Schwiegermutter, was denn der Ludwig geschrieben habe, murmelte sie nur geistesabwesend: »Sie ist verloren…«, ohne sich selbst über die Hoffnungslosigkeit ihrer Worte klar zu sein.

Was hätte sie aber seit ihrer Ankunft in Frankfurt auch mehr tun können, als sie getan hatte: nämlich, sobald es die Umstände erlaubten, einen Brief an die Schwester zu schreiben und sie um schleunige Benachrichtigung über den Verlauf ihrer Reise und über ihr gesundes Eintreffen in Weierhof zu bitten! Die Schwiegermutter war in den ersten Tagen des Frankfurter Aufenthaltes sehr leidend gewesen, und ihre Pflege hatte Cornelie völlig beansprucht. So hatte der Brief erst am 6. Oktober abgehen können, auf dessen Widerhall Cornelie bereits mit starker Beunruhigung wartete. Sie fragte sich jetzt, was aus ihm geworden sein mochte; war er Cläre in die Hände gekommen, wie doch wahrscheinlich, so war diese wohl durch seine Adresse überzeugt worden, daß Charlotte mit Sicherheit in Weierhof vermutet wurde, und hatte dann in einiger Ratlosigkeit Ludwig benachrichtigt... Und heut erst, am 22. Oktober, erfuhr sie, Cornelie, durch Ludwigs Schreiben, daß das Kind – denn in Corneliens Herzen war Charlotte doch immer »das Kind« – seit drei Wochen verschollen war. Ihre Gedanken tasteten irre alle Wahrscheinlichkeiten ab. Die beste war noch die, daß das Mädchen in Mainz geblieben war – in Mainz, das seit zwei Tagen französisch war – in Mainz, in dem leeren Hause, das ohne Zweifel Einquartierung bekommen hatte... In Mainz, in das, seit Custine darin herrschte, kein Deutscher mehr Einlaß bekam! In der von einem, wie alle Welt wissen wollte, barbarisch zügellosen Feinde besetzten Stadt also, die von allen Verwandten und Freunden, ja, von der ganzen Gesellschaftsklasse, zu der es gehörte, verlassen war, allein mit seiner blühenden Jugend, seinem arglosen Herzen und mit einer einfältigen, wennschon getreuen und gutherzigen Magd als einziger Beraterin! Um diese Möglichkeit, als um eine mittlere, weder gute noch ganz schlimme, kreisten Corneliens aufgeregte Mutmaßungen seit ein paar Stunden, als ein Bote erschien, der zwar keinen besonderen Trost brachte, aber wenigstens allen Zweifeln ein Ende bereitete.

Die hoffnungslosen Erörterungen des traurigen Falles mit der Maman und der Tante Amélie, von denen die eine ihre Erwägungen mit gehaltener Genugtuung – daß sie denn in ihrer ursprünglichen Meinung über den angeborenen Leichtsinn Charlottens recht behalten habe –, die andere ihre Vermutungen mit unverhüllter Sensationslust zum Ausdruck brachte – diese für Corneliens ratloses Herz recht quälende Unterhaltung wurde am späten Nachmittag durch die Magd unterbrochen, die eintrat und mit geheimnisvoller Miene meldete, ein Mensch wünsche die junge Madame von Echter zu sprechen. Auf die schnellen Fragen der beiden alten Damen, von denen die eine rief: »Was für ein Mensch?«, die andere, nämlich das Stiftsfräulein: »Einfältige Person, warum bringt Sie ihn denn nicht herein?!« in Tönen, mit denen sie sich gegenseitig wieder einmal erheitert über die ja längst erkannte Unzulänglichkeit dieser Dienerin verständigten – auf diese Zurufe hin postierte die Säumige sich nur vor die Tür, durch die das Stiftsfräulein ausbrechen wollte, und erklärte trotzig, der Mensch sei in der Küche, würde sich aber davonmachen, ohne seine Botschaft zu sagen, wenn jemand anders als die junge gnädige Frau ihn ins Verhör nähme! Cornelie war über dem schnell hinausgegangen und hinterließ ein Zimmer voll erregten Meinungsaustausches über die Aufsässigkeit der Domestiken von heute und über den allgemeinen Geist der Zeit. Lisbeth, die Magd, war ihr eilig und demütig gefolgt und hatte die Küchentür hinter ihr von außen geschlossen, selbst auf dem Gang bleibend und argwöhnisch hoffend, ihre Herrin möchte einen Versuch zur Erstürmung der bewachten Festung wagen.

Cornelie, in Hast und Unruhe den dämmrigen Raum betretend, sagte, noch ehe sie die Gestalt des Boten recht erblickt: »Er bringt mir Nachrichten von dem Fräulein von Tracht!«, wandte sich dann mit dem Rücken zum Fenster, so daß der Herbstabendschein dem anderen voll ins Gesicht fiel, und ließ sich zugleich auf einen der hölzernen Stühle nieder. Die Knie wankten ihr.

»Red' Er endlich!« herrschte sie den Burschen an, der vor ihr stand und mit einem Ausdruck süßlichen Mitleids auf sie niederblickte, der ihr das Blut in den Adern gerinnen machte. »Gleichviel – gleichviel!« unterbrach sie bebend vor Ungeduld, als der im schäbigen grauen Rock nun anhob: er sei Hausknecht im Heimesschen Hof zu Mainz, er sei der Magd Kathrinchen bei der alten Madame von Echter am Karmeliterplatz nahe vertraut, und auch seine Herrschaft habe Mainz verlassen...

Dies alles wolle sie nicht hören, fuhr Cornelie ihn an. Er möge kurz und bündig sagen, was er von ihrer Schwester wisse, auch wenn es das Schlimmste sei! Der Mensch erwiderte, er heiße Vespery, und nicht immer sei er in so gedrückter Lebenslage gewesen. Vielmehr habe er damit begonnen, Jura zu studieren, und wäre Fortuna ihm nicht so feindlich gewesen...

Cornelie blickte ihn starr an. Der Mensch lächelte schleimig und wand sich. Die neue Zeit, redete er unbeirrt weiter, die sich verschiedenen Menschen verschieden bezeugen würde – sie sei nun da. Seit zwei Tagen herrsche der General Custine in Mainz und sei von allen Aufgeklärten, voran den Herren Professores der Universität, als ein Apostel der Menschenwürde geziemend empfangen worden. Den Gutgesinnten geschehe nichts, obgleich freilich der Kriegszustand über die Stadt verhängt sei und keiner mehr hineinkomme, der einmal draußen sei...

Ob er, so fuhr ihm Cornelie, sich jetzt hastig erhebend, scharf durch die Wolken seines Geschwätzes, etwas Schriftliches von ihrer Schwester habe? So möge er es ausliefern, aber sofort und ohne ein weiteres Wort zu verlieren! Und wenn nicht, so solle er jetzt auf der Stelle erklären, was ihm über das gnädige Fräulein bekannt sei: ob sie am Leben, ob sie gesund wäre, ob sie im Haus am Karmeliterplatz verblieben oder zu Bekannten gezogen? Ob sie Mainz am Ende doch habe verlassen können? In einer plötzlichen Erleuchtung zog sie dabei ihr Geldtäschchen und holte zögernd eine Münze hervor.

Sie lasse grüßen! Sie lasse allerzärtlichste Grüße sagen! sagte Vespery, nun geläufig, ihre Finger starr ansehend und wie unter einer trüben Magie ließ Cornelie den Silbergroschen zurückgleiten und zog einen Laubtaler heraus. Ja, die gnädige Frau möge nur bedenken, unter welchen Schwierigkeiten er sich zum Boten gemacht habe, sprach der Kerl jetzt ganz eifrig, voll Gier nach dem dargereichten Geldstück greifend. Hinaus komme er ja zur Not ohne Anhalt, aber wie leicht könne eine französische Kugel seinem Leben ein Ende machen, wenn er auf den ihm bekannten Schleichwegen an den Posten vorbei wieder in die Stadt zurückkehrte! Dem jungen Fräulein übrigens ginge es ganz vorzüglich. Sie lasse sagen, alle Tage äße sie Pfannkuchen, welches Gericht, wie die gnädige Frau wohl wisse, das Kathrinchen deliziös zu bereiten verstehe. Sie fürchtete sich gar nicht vor den Franzosen und wollte abwarten, bis die Preußen kämen.

»Ist das alles?« fragte Cornelie nach einer erwartungsvollen Pause erschüttert.

»Alles!« erwiderte der Vespery, nunmehr in der Haltung eines verstehenden Mitleidtragenden dastehend und auf seine Schuhe blickend.

Cornelie sah ihn fassungslos an, nicht imstande, weitere Fragen an diesen traurigen Harlekin zu richten. Dann raffte sie sich zusammen und sagte schroff, daß er einen Brief mitnehmen müßte. Er möge warten, bis er geschrieben sei, man würde ihm derweilen eine Kollation reichen.

Fragen, Befehle, Beschwörungen – dies alles brachte sie in der nächsten halben Stunde mit fliegender Feder zu Papier. Augenblicklich und ganz ohne Verzug sollte Charlotte Mainz verlassen und sich auf irgendeine Weise, und sei es zu Fuß, nach Frankfurt aufmachen! Kaum wissend, welche Wendungen sie brauchte und in welcher Tonart sie sich ausdrückte, ließ Cornelie die ganze unterdrückte Gespanntheit der letzten Monate, den Schrecken über Ludwigs Mitteilungen und den Zorn über die kurze leere und leichtfertige Botschaft der Schwester in den Sätzen mitklingen. Als sie das hastig gesiegelte Schreiben dem Boten übergab, fragte sie, wie es denn nur möglich gewesen sei, daß das Fräulein sich der gnädigen Frau von Breithardt nicht angeschlossen habe, und erfuhr, das Kathrinchen habe ihm, dem Vespery, erzählt, das Fräulein Lottchen sei nach der Abreise ihrer beiden Damen wieder eingeschlafen, und als es sich dann am Vormittag aufgemacht habe, sei die Breithardtsche Kutsche bereits zum Tore hinaus gewesen! Darauf habe das Fräulein ganz vergnügt beschlossen, bei dem Kathrinchen zu bleiben. Es sei auch begierig gewesen, zu erfahren, wie das sein würde, wenn die Franzosen einzögen. Das Fräulein und Kathrinchen seien miteinander sehr fleißig, erklärte der Mensch gesättigt und untertänig, da nun auch die hohe hagere Gestalt der alten Frau von Echter im Schein des Herdfeuers als ein majestätischer Schatten sichtbar wurde. Sie hätten Hagebutten eingekocht und legten jetzt Zwetschgen ein. Und Einquartierung? Freilich, Einquartierung hätte das Haus bekommen, aber die Nationalgardisten, das seien charmante gesittete Leute, ganz anderer Art wie die liederlichen Emigranten, da habe das Fräulein nichts zu befürchten, und außerdem sei es doch eine Abwechslung für sie. Ob es Offiziere wären? Es wären drei Gemeine, ein Korporal, ein Leutnant und ein alter Major.

»Mon Dieu! Quel horreur!« rief die alte Dame unterdrückt. Cornelie zuckte erschöpft nur die Achseln und verließ die Küche. Hellsichtig erkannte sie, daß dies alles so beunruhigend war wie nur möglich. Alle Erwägungen der Sachlage aber waren nur dazu angetan, ihr die eigene Machtlosigkeit unerträglich zu machen.

III

War dieser Mensch namens Vespery das erstemal wirklich von Charlotte geschickt worden, oder war er mit sicherer Witterung für eine gute Verdienstquelle zunächst auf eigene Verantwortung gekommen – das blieb dahingestellt. Mit jenem ersten Botengang hatte er jedenfalls eine Verbindung zwischen den Schwestern eröffnet, die bis zum Frühjahr nicht abriß. Wie ein Affe des Schicksals erschien er Cornelie, wenn er zweimal des Monats auftauchte. Zuweilen brachte er einen Brief von Charlotte; zumeist aber nichts. Zumeist zeigte er leere Hände, schmerzliche Gebärden, und unter Drehen und Wenden ließ er das Notdürftigste aus sich herausfragen. Auf jenen ersten Brief Corneliens hin – den, ach, in Angst und Hast, in heftigen Sätzen geschriebenen Brief – hatte die Kleine kurz und vertrotzt geantwortet, es brauche sich kein Mensch über ihren Verbleib zu exaltieren! Rechenschaft sei sie allein dem Papa schuldig, und vor dem würde sie sich schon verantworten. Denn wenn nur die Preußen erst Ernst machten, so würden die Franzosen bald wieder aus Mainz heraus sein. Zwar wären sie allerliebste Kavaliere, aber Soldaten, nein, die gäbe es doch nur in Berlin und in Potsdam! Zumal der Herr General Custine sei eine ridiküle Erscheinung, à la chien frisiert und anzusehn wie ein großer Wauwau.

Es waren diesem, von Cornelie nicht mit Unrecht als kindisch empfundenen Handschreiben noch einige Versicherungen post scriptum angefügt, die vielleicht beruhigend gemeint waren, aber das Gegenteil bewirkten. Es möge sich auch die Madame Mère keine Sorge um ihren Besitz machen, hieß es, denn die Einquartierung des Hauses bestehe aus reizenden Leuten, und sie, Charlotte, habe wahrhaftig gelernt, daß man nicht von

Stande zu sein brauchte, um eine gute conduite zu haben und éducation an den Tag zu legen! Zwar der Major de Ruville sei von Familie, und es verstehe sich von selbst, daß er die Manieren eines Edelmannes habe. (Er behauptete übrigens, sich ihrer Mutter, Delphine Chaumard, als eines gleich nach glanzvollem Aufgang wieder verschwundenen Sterns an der Pariser Oper gut zu entsinnen, und versicherte ihr, sie sei ihr so ähnlich wie möglich. Er habe sich zu ihrem oncle et protecteur erklärt.) Was aber den Leutnant Loriot beträfe, so sei er bürgerlicher Herkunft, was um so erstaunlicher sei, als er alle Leutnants der preußischen Garde, die sie kenne, an Anstand übertreffe.

Dies Postskriptum war von einem zweiten gefolgt, welches nur mitteilte: »Auch übe ich mein Französisch!«, und das Ganze war noch einmal und ungleich schwungvoller als der eigentliche Brief unterzeichnet:

»Votre sœur bien affectionnée

Charlotte«

Cornelie hatte die dunkle Empfindung gehabt, daß dieser Schwung seine Ursache weniger in der Schwesternliebe als in einer über dem Verfassen jener Postskripta angestauten Begeisterung haben müsse. Was sie hierauf geschrieben und unternommen hatte, war ergebnislos geblieben wie Handlungen eines Traumes. Sie hatte einen in der Zwischenzeit geschriebenen Brief, der sicherlich klüger und eindringlicher gewesen war als der erste, beendet und dem Burschen mitgegeben. Dies Schreiben hatte eine mit Beistand eines alten Beraters der Tante Amélie, eines praktischen Frankfurter Geschäftsmannes, ersonnene ausführliche Anweisung zum Verlassen der besetzten Stadt enthalten. Danach hatte sich Charlotte auf irgendeine Weise über den Rhein zu begeben und die Straße nach Frankfurt einzuschlagen. Zwischen Castell und dem ersten Dorf auf dieser Strecke würde nach dem Eintreffen des Briefes drei Tage lang jeden Mittag ein Frankfurter Gefährt auf sie warten, um sie aufzunehmen und zu der Schwester zu bringen. Cornelie hatte das alles mit Überlegung und Nachdruck geschrieben. Waren es nicht ihre Hinweise auf die Verpflichtungen einer jungen Dame von Stande, einer Tochter, einer Schwester, die Charlotte überzeugen mußten, so war sie doch vielleicht empfänglich für den Appell an ihre natürliche Teilnahme an Corneliens schwerem

Schicksal, mochte sich geneigt fühlen, Rücksicht auf den hoffnungsvollen und empfindlichen Körperzustand der Schwester zu nehmen, die Aufregung nicht vertrug. Welche Last der Verantwortung trug Cornelie dem Papa gegenüber. Oh, das Charlottchen kannte doch den Papa und konnte es sich sagen, wen er es entgelten lassen würde, wenn er seinen Liebling nicht in Frankfurt vorfinden und die ganze vermaledeite Geschichte erfahren würde! Denn inzwischen war Nachricht aus dem preußischen Hauptquartier gekommen. Preußische Truppen würden zu den hessischen stoßen, die sich auf Frankfurt zu bewegten, um die nun auch hier eingenisteten Franzosen auszuräuchern. Eine Aktion großen Stils gegen Mainz ward vorbereitet. Der Generalleutnant stellte den Töchtern seinen Besuch in Aussicht, sobald die Armeebewegung sich genügend vorgeschoben habe. Bis dahin mußte Charlotte sich in Frankfurt einfinden.

Dieser Brief hätte seine Wirkung gewiß nicht verfehlt, wenn nun – Charlotte nicht soviel Gelegenheit gehabt hätte, ihr Französisch zu üben! Die Dinge hatten inzwischen für sie bereits die Natur einer unentrinnbaren Zwangslage angenommen. Es kam keine Antwort auf die Beschwörungen, die dringlichen Rufe, und der Frankfurter Fuhrmann kehrte nach vier Tagen ohne das Mädchen zurück und strich den hohen Lohn noch mit Murren über die undankbare Aufgabe ein.

Freilich hatte die arme Cornelie in schlaflosen Nächten ahnungsvoll Schlimmes schon vorausgesehen, nachdem die Magd erzählt hatte, der Vespery habe sich diesmal ganz gesprächig erwiesen. Während er in der Küche seine Suppe gelöffelt, hätte sie ihn ausgefragt, wie es denn zugehe in dem Mainz? Ei, ganz pläsierlich, habe er gemeint, es gäbe Musik und Redouten, und auf einem Ball habe das Frauenzimmer Schärpen getragen, auf denen vorne zur Mitte des Leibes »Freiheit« gedruckt gewesen wäre und hinten, in der gleichen Höhe oder etwas tiefer: »Gleichheit«. Hierüber habe der Mensch sich so gotteslästerlich amüsiert, daß ihm die Suppe in die falsche Kehle geraten und er beinahe daran erstickt wäre. Dann habe sie gefragt – was die gnädige Frau verzeihen möge –, ob denn das Fräulein Charlotte auch solche Redouten besuche? Das könne er gar nicht wissen, hätte der Vespery geantwortet, das ginge ihn gar nichts an. Aber warum denn ein junges Blut nicht tanzen solle? Und die Jahre, zu tanzen, hätte die Demoiselle doch gewiß, schön genug sei sie auch, und der Leutnant Loriot gefiele ihr jedenfalls gut. Dazu habe der Dreckskerl dann wieder gelacht wie der Satan...

Es war das nächste Mal, daß der verachtete, aber ersehnte Bote keinen Brief brachte und daß nichts aus ihm herauszubringen war als die Tatsache: das Fräulein befände sich wohl. Achselzucken; Augen zur Decke geschlagen. Aber wirklich: es ginge ihr gut! Ob sie ihm denn nichts, gar nichts aufgetragen habe? Nichts! Er hoffe aber, bald Freude zu bringen. – Oh, ob er sie mitbringen würde? – Pathetisch vorgereckte Hand: das nicht! Aber Freude würde sein! Jedenfalls bei dem gnädigen Fräulein.

Vespery empfahl sich an diesem Tag auffallend schnell. Als er wiederkam, war es am 4. Dezember, und es war rätselhaft, wie er unangefochten durch die nach dem Hessenüberfall vom 2. von Frankfurt auf Mainz zurückflutenden Franzosen hindurchgekommen war. Diesmal brachte er Schriftliches. Diesmal kam ein Zettel in Corneliens Hände. Was darauf stand, war an Worten nicht viel, doch genug, um aller Ungewißheit ein Ende zu machen.

»Liebe Schwester«, schrieb Charlotte, »heute – den 10. Frimaire – bin ich Gaston Loriots Frau geworden und will als gute Republikanerin leben und sterben. Wer mich verfluchen will, fluche! Ich bin zu glücklich, um es empfinden zu können.

Ewig liebt Dich

Deine Schwester

Charlotte Loriot, née de Tracht«

Ein Postskriptum gab es dieses Mal nicht.

»Was wir nun wissen«, sprach Cornelie am Abend zu den beiden endlos lamentierenden alten Damen, »ist mehr geeignet, mir die Ruhe der Seele wiederzugeben, als wenn ich sie weiter allein, jedoch schutzlos und ihrem Temperament ausgeliefert dort wüßte. Sie hat einem das Recht geschenkt, sie zu schützen, und der wird sie und sein Recht verteidigen wie ein Löwe. Ich bitte Sie, ma chère mère, et vous, ma tante, teilen Sie diesen

Standpunkt! Wenn eine Tracht keinen geborenen Edelmann nimmt, so adelt ihn ihre Wahl.«

Die Fassung, die diese Worte ausdrückten, war echt. Eine merkwürdige Ruhe war über Cornelie gekommen, wenn nicht über die Zukunft der Schwester, so doch angesichts der Unabänderlichkeit der Tatsache und aus der eigenen stolzen Weiblichkeit heraus. Charlotte hatte den Schritt getan, der sie freisprach und für sich selbst verantwortlich machte. Raten und helfen konnte man ihr noch. Sie behüten und bevormunden nicht mehr. In sich selbst fand Cornelie jene priesterliche Stille der Mutter, die ihr Kind ins Leben entläßt, und den Aufsturm eines fürbittenden Herzens.

Was ihr Familienstolz empfand, das stand auf einem Blatt für sich und war in blassen Lettern geschrieben. Aber wovor sie bangte, das war das Wiedersehen mit dem Vater.

IV

Cornelie fürchtete den Vater von jeher.

Mit jener untrüglichen Witterung, die innere Verwandtschaft verleiht, erkannte sie die Möglichkeiten seiner Natur. Auch in ihr gab es ein Gefühl, das nicht in Leidenschaft auflodern wollte; auch in ihr wollte Liebe schrankenlosen, unanfechtbaren Besitz des Geliebten, war von Eifersucht durchbittert, machte Anspruch auf die Rechte eines Tyrannen. Auch in ihr drängte Zorn zur Raserei. Weil aber dies Barbarische in ihr von ihr selber früh erkannt und mit geduldiger Wachsamkeit gezähmt und gesänftigt worden war, weil sie den unterseelischen Kräften nie gestattet hatte, andere leiden zu machen, und ihren Ausbruch und Rückprall immer im Schweigen der eigenen Brust ertragen und hatte verebben lassen, so war ihre Haltung dem Vater gegenüber nicht die der Furcht, sondern des stummen Widerstehens gewesen. Nur in ihren Träumen, da brach diese Kraft. Da sah sie den Alten zuweilen – und beim Erwachen erinnerte sie sich in ratloser Scham, daß sie ihn nackt gesehen hatte –, sah ihn mit sonderbar rötlichem Körper in einem feurigen Licht, als stünde er inmitten eigener Glut, sah das glatte schwarze Haupthaar, zurückgebunden in einen strähnigen Schopf, und das breite taterbraune Antlitz verzerrt und gequält. Und überall an ihm glühten die Narben aus den Schlachten, Säbelhiebe und Einschüsse, an manchen Stellen war die Haut vom Pulver blauschwarz versengt, und grausam wie rohes Fleisch war die alte Wunde von Torgau zu sehen, wo ihm ein Granatsplitter alles bis auf den Knochen von den Rippen gerissen hatte. Dieser Entsetzliche in seiner Kugel höllischer Glut ward plötzlich aus der Schwärze tiefen Schlafes vor sich hin geboren: dann sah sie ihn geballte Hände schütteln, betend oder fluchend, schrecklich aufgerissenen, lautlos schreienden Mundes, und erwachte vom eigenen Schrei, am ganzen Körper fliegend vor Angst. Zuweilen auch, aber selten, lief dieser Nackte in einem engen, rechteckigen Raum, der nur von dem Schein des innerlich glühenden Körpers erhellt war, auf und nieder, wie ein Raubtier im Käfig, geduckt und schleichend. Und dies war furchtbarer noch. –

Cornelie haßte diese Träume und empfand sie an sich wie ein geheimes schreckliches Laster. Dennoch hatte sie etwas durch sie empfangen, was kein Tagerlebnis ihr hätte geben können: ein tiefes dumpfes Wissen um den Vater. Ein heißes, hilfloses Mitleid, nie ausgesprochen und vielleicht gar nicht gewußt. Die Möglichkeit, diesen tobenden alten Mann im Inneren ihres Herzens zu hegen wie ein Kind.

Diese Träume aus dem Schoße der Urnacht gaben ihr dem eigenen Vater gegenüber die schweigsame Langmut einer Mutter. –

Dennoch: Cornelie fürchtete den Vater. Es war eine körperliche Furcht, ein Schauder der Haut bei seinem Herannahen, beim ersten Vernehmen seiner noch fernen Stimme in der Erwartung, daß er nun gleich über irgend etwas schimpfen oder in schneidendem Ton Befehle durchs Haus schmettern werde. In den Jahren, als er seiner zweiten Ehe wegen beim alten König in Ungnade gefallen und vom Heeresdienst demissioniert worden war, hatte sie zum Gegenstand seiner brachliegenden Gewohnheit, Menschen zu drillen, herhalten müssen, und in dieser Zeit hatte jene Angst sich bis zu körperlichen Krisen gesteigert. Es war eins der wenigen Verdienste der jungen Stiefmutter gewesen, daß sie das Mädchen dann aus dem Bannkreis der väterlichen Tyrannei entfernt und zu seiner Großmutter mütterlicherseits ins Mecklenburgische geschickt hatte.

War auch seit ihrer Verheiratung das Verhältnis des Vaters zu ihr das einer mürrischen Achtung geworden, so ahnte Cornelie doch deutlich genug, daß der Schritt, den Charlotte getan, hier alles in Frage setzen und zerstören könnte. Und indem sie sich gepeinigt eine Vorstellung davon zu machen suchte, welche Auffassung der Alte den Ereignissen entgegenbringen würde, verlor die Angelegenheit auch für sie wieder den Charakter ihrer naturhaften Unabänderlichkeit, und im Licht des Herkommens, der Familientradition, der gültigen Schicklichkeit betrachtet, erschien sie ihr als eine dermaßen frivole, unverzeihliche Tat, daß sie, dem Zorn des Vaters im voraus recht gebend, in Angst vor seiner Ankunft fast verging und nur durch den Gedanken an das unter ihrem Herzen wachsende Leben in einiger Fassung gehalten wurde. Ja, diesem Leben zuliebe wappnete sie sich künstlich mit einem Gleichmut, der in seinen Äußerungen von Gleichgültigkeit kaum zu unterscheiden war.

So antwortete sie dem Generalleutnant, der am 6. Dezember plötzlich vor ihr stand, auf seine Frage nach Charlotte in völlig ruhigem Ton: »Sie ist in Mainz«, als sei dies die natürlichste Sache von der Welt, und obgleich Frau von Echter jetzt hastig und geräuschlos das Zimmer verließ und sie eine furchtbare und entscheidende Stunde ihres Lebens angebrochen wußte, so fühlte sie ihr Herz kaum schneller gehen als sonst. Doch ließ sie sich auf einen Stuhl am Fenster nieder und warf einen Blick zum Himmel hinauf. Seltsamerweise vergaß sie nie wieder, daß drüben auf dem Dachfirst des gegenüberliegenden Hauses eine graublaue Taube gesessen und sich gerade eben davongehoben; sie war ihr mit den Augen gefolgt, ehe sie nun wieder den Vater ansah.

Dubslaw Tracht setzte sich nicht. Er blieb während der ganzen Unterredung auf den Füßen. Er sagte: »In Mainz?« mit einem Ausdruck, als glaubte er, mißverstanden zu haben.

Cornelie erklärte nun sehr schnell und in trüber Eintönigkeit den Hergang ihrer Abreise: *so* hatte es sich abgespielt; *darum* war sie nicht in der Lage gewesen, Charlotte selbst mitzunehmen, und hatte sich auf fremde Fürsorge verlassen müssen; und *deshalb* schließlich hatte diese den Anschluß versäumt und war zurückgeblieben. Und endlich: *darum* hatte sie, Cornelie, erst nach drei Wochen erfahren, die Schwester sei gar nicht bei Frau von Breithardt, sondern noch in Mainz, hatte es erst erfahren, als die Franzosen schon in der Stadt waren und niemand mehr hineinkonnte, um sie zu holen. –

Der Generalleutnant, der mit hängender Unterlippe und weit aufgerissenen Augen zugehört hatte, rang nach Luft. Sein grau gewordenes Gesicht lief rot an. »Canaille!« schrie er, und es war nicht klar, wer damit gemeint war.

Cornelie beugte sich ein wenig vor, fügte die Hände im Schoß ineinander und blickte angestrengt ins Leere. Mit der entsetzlichen Aufgabe belastet, diesem alten Mann den letzten Halt seines Lebensgefühls zu entziehen, schaltete sie ihr Ich vollkommen aus, machte sich völlig zum Werkzeug, zum Sprachrohr der Schicksalsgewalt. Einen abscheuerregenden Rest von Spannung auf die Wirkung ihrer Worte überwand sie im kurzen heftigen Aufschrei zu Gott.

Und ob, im Namen von tausend Teufeln, es nicht Mittel und Wege gäbe, ein obstinates kleines Frauenzimmer zur Räson zu bringen?! Ob die von Echter keine einflußreichen Connaissancen hätten, mit deren Beistand man alle Hebel hätte in Bewegung setzen können?! Was das wieder für eine verdammte Weiberkonfusion sei, hier über den Kaffeetassen die Hände zu ringen und zu lamentieren, anstatt zu handeln?! Daß er wohl Nachsicht mit ihr, Cornelie, haben wolle und mit ihrer schmerzlichen Verfassung, daß er aber doch von seinem eigenen Fleisch und Blut mehr cœur et esprit erwartet habe, mehr Forsche! – mehr Husarencourage! »Teufel auch! Was kann dem Kind alles begegnet sein!« schrie er, die Fäuste schüttelnd. »Weißt du denn, wie es zugeht in einer eroberten Stadt? Was diese Sansculotten für Straßenräuber und Mordbrenner sind?! Was für ein Fressen denen...«

Er brach ab, graugelb im Gesicht, und starrte Cornelie haßerfüllt an. Sie glättete ihr Kleid über den Knien und sah nicht auf.

»Es hat niemand Gewalt über sie, wenn sie nicht will. Sie wissen es doch, Papa. Und was unsere Konnexionen betrifft... An wen in Mainz hätten wir uns denn wenden können, da die kurfürstliche Obrigkeit aufgehoben ist und alle Personen von Stande die Stadt verlassen haben!«

»Hast du Verbindung mit deiner Schwester? Hast du ihr nicht befohlen, in meinem Namen befohlen...?«

»Charlotte hörte niemals auf mich – Sie wissen es doch, très cher Papa! Sie hat mir auch jetzt geantwortet, Ihnen allein sei sie Rechenschaft schuldig. Und...«

Cornelie redete mühsam in dem halben Bewußtsein, einen Bestechungsversuch zu machen, »sie war der Meinung, wenn erst der Papa mit seinen Husaren sich zeigt, so ist der Custine mit seinen Sansculotten aus Mainz heraus, ohne daß ein Schuß Pulver verschwendet werden muß!«

»Ha! Da mag sie recht haben! Wackeres Mädchen! Daran erkenn' ich mein Blut!«

»Sie hat den Ernst der Lage verkannt«, sagte Cornelie unruhig; »sie hielt uns alle für déserteurs...«

»Behauptete die Stellung und wartete Verstärkung ab. Très bien! Das hört sich anders an!«

»Guter Gott, Papa! Es war entsetzlich töricht! Sie überhob sich...«

»Glaubte an die preußischen Fahnen und lachte sich ins Fäustchen über die Hasenflucht dieser Pfaffensoldaten und Schöngeister! Ah, ma fille Charlotte! Warum bist du kein Sohn?!« Der Alte war in bester Laune.

»Um Gottes willen, Papa! Ce n'est pas tout! Lesen Sie doch ihre Briefe!«

Der Vater sah verfinstert auf die zwei, drei Zettel, die Cornelie ihm hinhielt. »Wozu?« murmelte er. »Krakelfüße...«

Er trat an das andere Fenster und entfaltete Charlottens ersten Brief. Gebeugt beobachtete Cornelie sein Mienenspiel. Er las die erste Seite und drehte den Kopf rasch zu ihr hin: »Eh bien, ein Kinderstreich. Man wird die Besatzungsbehörde veranlassen, sie auszuliefern oder auszuweisen. Ridicule!«

Im Weiterlesen verdüsterte sich sein Gesicht. »Mit solchen Burschen unter einem Dach?! Daß doch der Satan... Aber der eine ist ein Edelmann!«

Er überflog den Zettel, der jene Postskripta enthielt, und schnaubte ärgerlich. »Larifari! Sie läßt sich die Cour schneiden, und es macht ihr Pläsier. Höchste Zeit!«

Dann nahm er den anderen Brief – den furchtbaren.

»Papa!« flehte Cornelie, sich jetzt erhebend, an allen Gliedern bebend und Eiseskälte empfindend, »lesen Sie nicht! O mein Gott! Ich will es Ihnen sagen – es ist meine Pflicht. Sie hat mehr getan, als sich die Cour schneiden zu lassen. Sie hat...«

Eine unkenntliche Stimme brüllte ein Wort. Sie brüllte: »Schweig!«

Bis an die Wand war Dubslaw Tracht zurückgewichen. Und Cornelie sah mit Erschauern: er hatte Angst. Ihr Vater, dessen narbenzerrissener Körper sich wieder und wieder dem Tode entgegengeworfen hatte und -werfen würde, ihr Vater stand in der Haltung eines Flüchtenden und reckte eine Hand beschwörend aus.

»Papa«, schluchzte sie gebrochen und tat ein paar Schritte auf ihn zu, die Hände erhoben, »oh, hören Sie mich doch zu Ende! Ce n'est pas ça! Es ist nicht so, wie Sie denken! Sie ist nicht erniedrigt. Sie – hat – geheiratet...«

Schweigen. Eine furchtbare Pause. Tracht kreuzte die Arme über der Brust und sah die Tochter mit glühenden Augen an. Sie wankte, tastete nach ihrem Stuhl und stammelte, ohne den Blick von ihm lösen zu können:

»Ich habe mir sagen lassen, daß das neue französische Gesetz die legitime Eheschließung ohne viel Formalitäten möglich macht. Sie wird geglaubt haben, daß wir, daß Sie – das anerkennen würden...«

Tracht lachte böse auf. Er trat sehr dicht an die Tochter heran, die nicht zurückzuweichen wagte, blickte ihr in das gepeinigte, weggebogene Gesicht und stieß drohend hervor:

»Es ist der Major, von dem sie hier schreibt, der Monsieur de Ruville – he? Dies ist mein neuer Herr Schwiegersohn?!«

Cornelie hauchte: »Nein...«

»Dieser – dieser gewesene Pariser Straßenjunge – dieser Nationalgardist und Sansculotte – dieser sogenannte Leutnant – der?!«

»Ja...«

Es war nicht nötig gewesen, daß sie die Hände schützend vor sich gehalten hatte. Es erfolgte kein Ausbruch. Es gab eine sonderbare, furchtbare Stille. Dann sagte eine Cornelie unbekannte Stimme mit niemals vernommenem Ausdruck:

»Mein Lottchen...?«

Und für einen Augenblick sah sie in ein von unnennbarem

Gram, von jäher, namenloser Enttäuschung mit plötzlichem Ergreifen, ja, mit Tod gezeichnetes Gesicht. Es war mit dem hilflosen Ausdruck eines Kindes gegen das Schicksal, gegen den unbegreiflichen grausamen Gott auf sie gerichtet. Niederfallen! Seine Knie umfassen! Mit ihm weinen! Seine Füße küssen! Die Hände breiten unter sein blutendes Herz!

»Vater!«

Ein Ruck, ein Klirren. Dubslaw Tracht stülpte die hohe schwarze Filzmütze mit dem silbernen Totenkopf aufs Haupt. Drei, vier harte Schritte. Die Tür sprang auf.

»Seid verflucht! Ich habe keine Töchter mehr!«

Das Messer dieses Abschieds in der Brust, durchdröhnt noch von dem Hall der zugeschmetterten Tür, spürte Cornelie doch nichts als ein just in dieser Minute zum erstenmal deutlich empfundenes dringliches Pochen des Kindes in ihrem Leibe, konnte sie blind vor Tränen nichts denken als:

»Aber Enkel! – Enkel!«

V

Cornelie hatte sich ihre und ihrer Kinder Zukunft nie anders vorstellen können als eingehegt von den Grenzen der väterlichen Feldmark in der Prignitz. Heimat, das war ihr der Gutshof von Hölkewiese, das breite niedere und behäbig angelegte Haus mit der Terrasse nach der Parkseite zu, auf der die Reihe von Oleanderkübeln stand; das war der Park selbst, dessen statuengeschmückte Pfade sich in die geheimnisvolle Dämmerung eines Haines verloren und der nur durch den schmalen, birkenbestandenen Rain von den Breiten der Äcker geschieden war. Sie hatte diesen Weg an den Feldern entlang sehr geliebt, besonders im Juni, wenn das junge bräunliche Korn sich in stäubender Fläche der unsichtbaren Gewalt des warmen Windes hingab. Ebenso liebte sie den Nutzgarten, wo vom Frühjahr bis in den Spätherbst hinein bunte Staudenblumen an den Rändern der mit Buchs eingefaßten Rabatten blühten, wo jeder Fleck Erde der pflegenden Hand fruchtbar dankte und die schwarzstämmigen verknorzten Obstbäume unermüdlich jahraus, jahrein blühten, reiften und schenkten; wo hinter der geißblattberankten Laube sommerlang die dröhnende Musik des Bienenschauers zu hören war. Eingeprägt in ihr Herz waren wohl auch die sanften Gebärden der ruhenden Landschaft ringsum unter dem ernsthaften Himmel, waren die heidekrautbewachsenen Gänge, die rötlichen Findlingsblöcke im Walde und die erlenspiegelnde Mulde des Sees: was sie aber *liebte*, war Herd und Haus, war der durchbeizte Milchgeruch der Ställe, des Backofens kräftiger Brodem am Freitag und der herbe Geruch der Kartoffelfeuer in der kristallkühlen Luft des Oktoberabends.

Dies war, dies bedeutete Heimat. Denn Erde hieß Heimat nur da, wo sie mütterlich war. Mütterlich aber fühlte Cornelie bis jetzt nur das Lächeln jener Erde, deren Schoße ihr Stamm einst entsprossen. Und nicht einer poetischen Erwägung, sondern einem dunklen Zuge des Blutes folgend, war sie im letzten Monat ihrer ersten Schwangerschaft von Potsdam nach Hölkewiese übergesiedelt. Nicht ihr – der Scholle des Väterbodens selbst entrang sich der Sohn, der Erbe. So tief noch war die junge Cornelie versunken in die traumhafte, pflanzliche Bereitschaft für die Aufgabe, die ihr überkommen war wie der Blüte das Gesetz, sich zu opfern dem Samen des zukünftigen Baumes.

Hölkewiese gehörte nach dem Tode des Vaters ihr und ging an ihr ältestes Kind über, wenn sie selbst starb. Die Sommer hier zu verbringen, solange Hans Adam im aktiven Dienst stand; völlig hinauszuziehen, sobald die Umstände es erlaubten; hier zu leben, zu altern, von hier aus dahinzugehen aus dem schönen sanften Rhythmus erdgegebener Arbeit heraus, nach dem Gebären, Großziehen und Entlassen vieler schöner adliger Kinder: war's nicht ein Aufriß der Zukunft, an dessen gottgewollter Selbstverständlichkeit ein Zweifel gar nicht möglich war? Dubslaw Tracht war so wenig Landwirt, wie sein Schwiegersohn mit Leib und Seele Soldat sein mochte. Hans Adam aber liebte das Land. Und wäre vielleicht auch kein Gutsherr von unermüdlichem Ehrgeiz und besonderen Meriten um Bodenverbesserungen und Musterzüchtungen aus ihm geworden: er hätte das Erbe seiner Kinder doch mit treuer Hingabe gepflegt, diesen Boden, der seinem entwurzelten Stamm endlich wieder Erdreich, Nahrung und Schutz bot. Er hätte ihm seine schöne, reiche Knabenseele voll zugewandt und ihm mit der glücklichen

Entfaltung seiner reich angelegten Menschlichkeit gedankt. So und nicht anders hätte es ja kommen müssen. Aber jetzt erst, da diese Zukunftsbilder nichts mehr waren als ungreifbare Luftspiegelungen eines unerreicht untergegangenen Paradieses, jetzt erst *schaute* Cornelie sie in den heimatfernen Nächten vor ihres zweiten und vaterlosen Kindes Geburt – schaute die nun unmöglich gewordene Vollendung des Lebens, das der gravitätische Götze dieses sinnlosen Feldzuges zum Opfer gefordert.

Wenig mehr als ein Knabe war Hans Adam gewesen, als er seinen Vormund bewogen hatte, ihn aus kurmainzischen Diensten ins preußische Heer übertreten zu lassen. Nicht Ehrgeiz war sein Antrieb, sondern etwas wie Schwärmerei: da er denn dienen mußte, wollte er einem großen König dienen! Freilich galt seine ursprüngliche Sympathie nicht so sehr dem Heerführer Friedrich als dem Kronprinzen Fritz, dem Flötenspieler mit den poetischen Ambitionen, und was er bewunderte, mochte dies sein, daß auch ein Flötenspieler ein großer Soldat werden konnte. So unterzog er sich dem Kasernendrill in einer Art asketischer Verzückung. Denn dienen mußte er nicht allein aus Mangel an irdischen Gütern, sondern weil er von Natur aus der Knappe war, der Gefolgsmann, der Jüngling, der zum fahrenden, zum singenden, zum irrenden Ritter werden konnte, aber niemals zum Führer, zum harten Herzog. Ein Gärtner, ein Hirte unter seiner Uniform, so erkannte Cornelie jetzt in der Verlassenheit dieser Winternächte – ein Gärtner, ein Hirte – wie wohl wäre dem Lande unter seinen Händen gewesen! Aber mehr fühlte sie verloren, für ewig entglitten, als Geborgenheit, als den sachten Reigentritt gemeinsamer Jahre in Arbeit, Liebe und gutem Leid, mehr als das süße Flötenspiel der Zufriedenheit am Abend über den beruhigten Garten hin, dieses Flötenspiel, das der vollkommenste Ausdruck seiner einfachen sommerlichen Seele gewesen war. Rätselhaft bitter fühlte sie auch den vergeblichen Ruf der Heimaterde nach ihren Händen, nach ihrem Herzen. Wohl würde des Vaters alte Schwester, die Tante Juliane, weiter ihr Bestes tun und sich um alle Zweige der Wirtschaft kümmern wie bisher. Wenn aber der Vater nach der Heimkehr in seiner Enttäuschung wieder so zu hausen beginnen sollte wie nach dem Tode von Charlottens Mutter – wer konnte ihn steuern? Wie ein böser Flurgott würde er alles verkommen lassen. Die Ziegelei würde außer Betrieb kommen und die Brennerei wieder ein Drittel jeder Ernte verschlingen. Er würde auf nichts bedacht sein als darauf, die Abgaben einzuziehen und vielleicht noch für die Pflege des Wildbestandes sorgen, um im Herbst und Winter eine ergiebige Strecke, im Sommer einen lohnenden Anstand zu haben. Mit hoffnungslosem inneren Abwenden begegnete sie der Erinnerung an den auf sie gerichteten Blick des alten Gesindes, der gebeugten Tagelöhner. Sie sah elende Weiber und Kinder, härter geschunden als das Vieh vor dem Pfluge, sah brachliegendes Ackerland, sumpfige Wiesen, für die nichts geschah, Torfboden, der nicht ausgenutzt wurde. Im Hause aber würde sich die ewig gespannte Atmosphäre zwischen den alten Geschwistern nun tagaus, tagein hemmungslos in Gezänk und Gepolter entladen, und Juliane, die sich nie mit den Nichten zu stellen verstanden hatte, würde auch jetzt nicht versöhnlich auf den Vater einwirken. Und dieser Ort, der Verdammnis, der Selbstzerstörung anheimgegeben, war er nicht vor einem halben Jahre noch ein Paradies des Frühlings und der Hoffnung gewesen, einfach weil er dalag und auf sie, auf Hans Adam und die Kinder wartete und vielleicht auch, weil Charlottens Jugend stärker war als alle bösen Geister, die Dubslaw Tracht sein Leben lang begleitet hatten? Und weil, solange diese Jugend unter seinem Dach atmete und seinen Schutz verlangte, für den Alten auch eine uneingestandene Verpflichtung bestand, sein Haus nicht einzig als das Zelt des Soldaten oder des Jägers zu betrachten, wie es seiner Natur im Grunde entsprach? –

Cornelie meditierte nicht derart folgerichtig über Vergangenheit und Zukunft. Cornelie lag auf dem Lager ihrer jungen Witwenschaft, und in die unerbittliche Dunkelheit hinein weinte sie das stumme, ratlose Weinen der Verlassenheit, aus dem zerstörte Hoffnungen noch einmal das geliebte, geschmückte Antlitz erhoben, ehe die bittere Flut sie vollends hinabzog. Wehrlose Ergebung war ihr Wesen, während ihre Hände doch auf ihrem schwangeren Leib ruhten und unbewußt den Trost des heftigen kleinen Lebens suchten und empfingen, das ihren Schoß durchwühlte und mit winzigen Gliedern die Wände nach dem Ausgang abzutasten begann. Und in einer Nacht träumte sie, daß ein unbekannter kleiner Knabe sie auf einer Brücke über einen Strom führte, und als das Ufer erreicht war, blickte sie zurück; da war nichts als Strom, die Brücke versunken und das Gestade der Herkunft fern, im Nebel kaum noch zu sichten. –

Einer Ungewißheit war ja seit der Begegnung mit dem Vater ein Ende gemacht, auf eine Frage gab es nunmehr eine Antwort nur: der Zweifel, ob es ihre Pflicht sei, gleich mit dem Vater nach Hölkewiese zurückzukehren, oder ob ihr Platz für die nächsten Jahre bei Hans Adams alter Mutter sei, er war entschieden. Sie blieb in Mainz. Der scheinbar unbezwinglichen, wennschon von Anfang an als töricht erkannten Hoffnung, der Vater könnte sich irgendwie mit der Sachlage abfinden, ward noch vor Weihnachten durch ein sehr offizielles Schriftstück ein Ende gemacht, das ihr durch den Adjutanten des Generalleutnants, den Premierleutnant von Voß, überbracht wurde. Ein weniger geeigneter Vertrauensmann für diese Aufgabe hätte nicht leicht gefunden werden können. Und Cornelie war aufs peinlichste berührt von der Gedankenlosigkeit des Alten, der gerade den ersten ernsthaften Bewerber um Charlottens Hand mit diesem fatalen Botendienst betraut hatte. Indessen gab ihr eben die durchaus dienstliche, steile und unpersönliche Haltung, in der Voß sich seiner Mission entledigte, die Kraft, deren sie angesichts der mit vieler Sorgfalt schwarz auf weiß niedergelegten Verfluchung bedurfte.

Dubslaw Tracht stellte fest, daß er sich auf dem Wege eines Schriftwechsels mit der Mainzer Besatzungsbehörde von der Richtigkeit der durch Charlotte mitgeteilten Tatsache ihrer Eheschließung mit dem Leutnant der Nationalgarde, Gaston Loriot, überzeugt habe. Er folgerte daraus, daß seine jüngste Tochter also ohne seine Einwilligung, ja, ohne ihn zu fragen, und zweifellos in der richtigen Voraussetzung, daß sie gegen seinen Willen handelte, eine Verbindung eingegangen sei, die allen Traditionen ihrer Familie hohnspreche und die zudem als Hochverrat am Vaterland zu betrachten sei. Ferner: daß seine älteste Tochter aus erster Ehe diesem Verstoß ihrer Schwester gegen das vierte Gebot, gegen ihr altes uradliges Geschlecht und gegen allen Patriotismus beigewohnt habe, ohne auch nur einen Finger zu rühren, um sie auf ihrem Irrwege aufzuhalten. Daß sie – Cornelie – somit an der Schwester nicht anders gehandelt habe als Kain an seinem Bruder Abel, denn einen Menschen in sein Verderben laufen zu lassen, sei nicht anders als ihn dem

Tode auszuliefern. Für ihn, ihren leiblichen Vater, sei Charlotte jedenfalls tot. Er verzichte auf Lebenszeit auf sämtliche Vaterrechte und Vaterfreuden. Dubslaw Tracht untersagte also seinen Töchtern mit dürren Worten die Heimkehr nach Hölkewiese, solange er lebte, und er nahm keinen Anstand, ausdrücklich zu bedauern, daß das Fideikommißgesetz ihm verbiete, auch Verfügungen für die Zeit nach seinem Tode zu treffen. Was ihnen zukäme, würden sie erhalten, aber alle diesbezüglichen Mitteilungen seien ihm nicht direkt, sondern durch p. p. von Voß zuzustellen. Womit er denn endgültig jede Verbindung zwischen seiner Person und der p. p. Madame Cornelie Echter von Mespelsbrun, née de Tracht, und der p. p. Madame Charlotte Loriot, née de Tracht, für aufgehoben und abgebrochen erklärte. –

Die versunkene Brücke des Traumes bedurfte hiernach keiner besonderen Deutung mehr: ihr Sinn war der in ein einfältiges Bild zusammengeschaute Inhalt von Corneliens traurigen Gedanken bei Tag und bei Nacht. Die dunkle, von ihrem mütterlichen Gefühl mitbestimmte Bindung, die sie zu ihrem Vater empfand, machte es, daß diese Klärung der Zukunft ihrem Herzen das härteste der unzähligen Opfer zumutete, der Opfer an Zutrauen, an Hoffnung auf natürlichen Schutz und Hilfe, die dieser Vater sie von Kindheit an gekostet hatte. Aber von jeher einer zornlosen Unterwerfung unter seine Beschlüsse gewohnt, ergab sie sich auch jetzt so selbstverständlich in das, was sein Wille über ihr äußeres Leben verhängte, als könnte es gar nicht anders sein. Selbst die alte Frau von Echter, der doch mit der Gewißheit, die Schwiegertochter und den künftigen Enkel bei sich behalten zu können, die Erfüllung eines bangen Wunsches geschah, konnte nicht anders, als die Härte des unmenschlichen Vaters zu verdammen, was sie ihrem Temperament entsprechend in den deutlichsten Wendungen und jeden frühen Morgen aufs neue von einem in der nächtlichen Ruhe frisch eroberten anderen Gesichtspunkte aus tat. Cornelie schwieg. In ihren Augen war ein übersichtiger Blick, wenn ihr Geschick so von Schwiegermutter und Tante verhandelt und beklagt wurde, sie hörte nicht hin oder war doch innerlich sonderbar fern. Denn selbst in ihren traurigen, tränenströmenden Nachtstunden fühlte sie dem Vater gegenüber keine andere Haltung als die ihr von

Anbeginn eigene: äußerlich zu tun, wie er wollte, innerlich unangefochten zu verharren, wie sie war. Und das hieß mit Bezug auf ihn: ihm zugeneigt bleiben, ja, über ihn geneigt – mit schützendem, betendem Herzen und unerschöpflich geduldig. Welche Worte brauchte er da in dem furchtbaren Aktenstück, dachte sie zuweilen kopfschüttelnd. Mit Kain verglich er sie! Er mußte nahe daran sein, vor Rachsucht den Verstand zu verlieren, der Arme! Nichts war geeigneter, ihr selbst den richtigen Abstand zu den Geschehnissen zu verschaffen und ihr auch die eigene Rolle dabei in gerechtem Licht erscheinen zu lassen als dieser haßvolle Ausfall des Alten. Aber wie litt er – wie litt er!

Der von ihr ins Leben gezogene Führer, der sie vom Sterbebett ihres ersten Kindes und aus den Armen Hans Adams, der sie vom versunkenen Ufer jener Julinacht aus über die dem Untergang geweihte Brücke der neun Monate geleitet hatte, er trat am 25. April aus dem Rätsel des Traumes leibhaftig zu ihr. Mit dem Augenblick, in dem der erste gurgelnde Schrei des Kindes sich ihrem blutenden Schoße entrang, begann Cornelie wieder zu ahnen, daß sie lebte. Mit schaudernder Ergriffenheit sah sie auf das kleine Haupt des Knaben an ihrer Brust: da war er, da atmete er, Fleisch und Blut geworden aus Wille und Wunsch, Leben, dem Tode abgetrotzt, abgelistet mit der verzweifelten dunklen Kraft ihrer Seele in jener Abschiedsnacht. Wunschkind nannte sie ihn in der Stille. Sonst aber verbot sie sich die Erinnerung an seinen Ursprung, legte Vergessen sich auf und sah nicht zurück. Es gehörte zum Wesen ihrer Frömmigkeit, um die Geheimnisse nicht *wissen* zu wollen, auch hier nicht, wo es ihr anheimgestellt gewesen war, sich mit Tod und Abschied abzufinden oder den Engel des Lebens noch einmal herabzuzwingen.

VI

Die briefliche Verbindung zwischen Cornelie und Charlotte war stockend und spärlich geblieben und gegen den Sommer zu setzte sie völlig aus. Nachdem Cornelie um Neujahr herum der Schwester in einem längeren Schreiben den Auftritt mit dem

Vater geschildert und ihr das von Voß überbrachte Schriftstück zugesandt hatte, war eine wochenlange Pause eingetreten, in der Charlotte durch eine trotzige Ratlosigkeit am Antworten gehindert sein mochte, während der Cornelie aber mit allen Wallungen zorniger Laune gegen die Kleine zu kämpfen hatte. Sie bemerkte jedoch bald, daß es ihr nicht gelang, eine unversöhnliche Stimmung aufrechtzuerhalten, sosehr sie geneigt war, Charlotte die Schuld dafür zu geben, daß sie und ihr Kind der angestammten Heimat verlustig gegangen waren. Mochte nun der warme Strom der Mütterlichkeit in jener Zeit so stark durch sie kreisen, daß er imstande war, alle fremden Regungen fortzuspülen und aufzulösen – sie fühlte bald nur noch eine wehmütige Schicksalsverbundenheit mit der Schwester. Dies Gefühl wuchs, als Charlotte ihr Ende Januar eine kurze Nachricht über ihr Ergehen gab und ihr mitteilte, daß auch sie ein Kind erwartete. Dies kleine Briefchen war in sehr trockenem Ton gehalten und kam mit keinem Wort auf das Zerwürfnis mit dem Vater zurück. Aber gerade aus diesen matten Zeilen, die nicht den leisesten Anflug der frischen Schlagfertigkeit des jungen Fräuleins von Tracht hatten, las Cornelie das heraus, was sie nun schwesterlich stimmte. Charlotte mochte diesen Umschlag aus ihrer Antwort gespürt haben. Als sie wieder schrieb, geschah es offener; eine kindliche Hilflosigkeit, eine verzweifelte Verlassenheit taten sich auf. Ihr Mann war zu den bei Kreuznach lagernden Ersatztruppen der französischen Armee kommandiert worden, die in dauernder Fühlung mit dem deutschen Belagerungsheer standen und langsam zurückgedrängt wurden. Sie hatte ihn nicht begleiten dürfen und war jetzt nach diesen kurzen Monaten heißen stürmischen Glücks so einsam wie nie in ihrem Leben. Und dann das Kind! Dieses furchtbare Kind! Warum war es gekommen?! Cornelie hatte den Brief erschrocken sinken lassen. Mein Gott, Charlotte, was tust du da? hatte sie vor sich hin gesagt. Ein Kind nicht wollen – gab es das auch? Sie sah die Schwester nun immer wie in graue Schleier gehüllt; eine rätselhafte, ahnungsvolle Bangigkeit durchdrang jeden Gedanken an sie. Darüber ging die Zeit hin. Die Plänkeleien zwischen den Belagerungstruppen und den in Mainz eingeschlossenen Franzosen wurden hitziger, die Gerüchte, die aus der unglücklichen Stadt über den Rhein drangen, wurden toller, wurden phantastischer, die Möglichkeit, mit den Belagerten zu verkehren, immer geringer. – Da auch Vespery seit Ende April ausblieb, gab Cornelie ihre Versuche, Briefe an die Schwester befördern zu lassen, in einer Art von seelischer Erlahmung auf, zumal da das Kind nun alle ihre Zeit in Anspruch nahm, und sei es nur durch die süße Versuchung, an der Wiege zu sitzen, eine leichte Arbeit in den Händen und ganz hingegeben an das Säuseln des zarten Atems, die schlaftrunkenen Bewegungen der kleinen Glieder, an den süßen Hauch frühlingsmäßiger Wärme, den der kleine Körper ausstrahlte und der nichts war als der Widerschein ihrer eigenen Mutterwärme.

In das Idyll dieser Monate erster holdester Wechselwirkung zwischen Mutter und Sohn, in denen Cornelie seelisch und körperlich von den Spannungen des letzten Jahres genas, drangen die Berichte über den Stand der Mainzer Affäre so schattenhaft, als kämen sie aus Amerika, und ohne sich darüber klar zu sein, machte Cornelie den weitestgehenden Gebrauch von dem uralten Vorrecht der Mütter, über ihren eigenen Anteil an der Arbeit des welterhaltenden Kreislaufes den Stand der übrigen Schöpfung still zu vergessen.

Mochten denn die Schwiegermutter und die Tante, mochte jeder Besuch kein anderes Gesprächsthema wissen als die Operationen der deutschen Armee und die vermutlich trostlose Lage der Mainzer Bevölkerung: Cornelie hörte wohl hin, Cornelie sprach wohl auch mit, Corneliens Gedanken und Träume spiegelten wohl auch die Sorgen und Ängste, die Bilder des Schreckens, um die das Leben der anderen kreiste, aber sie ließ es nicht zu, daß Beunruhigung um die Person der Schwester die für das Gedeihen des Kindes notwendige Harmonie ihrer Nerven jetzt zerstörte. Charlotte, so sagte sie sich, wird nun bald zu ihrem Mann können, wenn sie nicht längst wieder bei ihm ist. Sie zwang sich, dies anzunehmen. Alles andere blieb Wolkenschatten über unberührt fortblühendem Tal. Ach, der kleine Junge, dessen Leben an ihrem hing, dessen saugende Lippen ihr die süßen Schauer des mütterlichen Blutes weckten... Ach, die Tage im holden Rhythmus der Erfüllung seiner Lebensbedürfnisse, die Nächte mit ihm versinkend in den erdnahen heimatlichen Schoß des Schlummers: *das* war Wirklichkeit, war das Leben, und die Kanonen von Mainz dröhnten so fern wie Hall und Widerhall wandelnder Sterne im Weltall.

So geschah es immer noch traumbefangen und im Zauber ihrer schönen Gebundenheit, daß Cornelie auf das Drängen der Schwiegermutter hin um Mitte Juli herum begann, die Koffer zu packen, um zur Übersiedlung bereit zu sein, sobald nur die ersehnte, nun täglich zu erwartende Nachricht vom Siege der Deutschen käme. Als sie am Morgen des 25. Juli mit dem kleinen Hans Christoph auf dem Schoß an der Seite der alten Frau im Wagen saß, fühlte sie tief, wie gleichgültig es ihr geworden war, wo sie lebte. Wohin sie auch ginge, überall würde sie selbst Heimat bedeuten – Heimat des Kindes in ihren Armen, das gleichzeitig ihrer Seele Zuflucht und Obdach blieb, wohin immer sie es auch tragen müßte. Und für Charlotte, mochte sie vom Geschick schon in das Land ihres Gatten verschlagen sein oder mochte man sich in den Trümmern von Mainz noch einmal begegnen – galt nicht für Charlotte das gleiche?

Als nach der mühseligen, von marschierenden Truppen vielfach behinderten Tagesreise der Wagen endlich vor dem Hause am Karmeliterplatz hielt und die Magd Kathrinchen schluchzend die Stufen vor der Türe herabgeeilt kam, sah Cornelie sich vergeblich nach der Gestalt der Schwester um: sie zeigte sich weder im Flur noch an einem der Fenster. Der Ausdruck in dem vom Weinen ganz verwaschenen Gesicht des Mädchens beunruhigte sie aufs tiefste. Sie unterdrückte alle Erkundigungen, legte Kathrinchen das Kind in die Arme und zog sich mit der Schwiegermutter zurück, dankbar, daß auch sie keine Frage aussprach. Die alte Frau war von der Fahrt erschöpft, hauptsächlich aber vom Anblick der verheerten Stadt vollkommen erschüttert und mit Erstarrung, gleichsam mit Versteinerung aller Seelenkräfte geschlagen. Sie äußerte auch kein Wort über die augenfälligen Veränderungen in der Einrichtung ihres Hauses. Sobald sie im Bett war, drehte sie sich zur Wand und bat um Dunkelheit.

Cornelie eilte mit bebenden Gliedern hinauf und betrat das Mansardenzimmer, das vor einem Jahr die Todesnacht des kleinen Wilhelm umschlossen hatte. Die Magd, die Schürze über den Kopf geworfen, empfing sie mit einem Schluchzen, das immer wieder in tierisches Geheul überschlug. Cornelie, unfähig, sich anders aufrecht zu halten, wandte ihr den Rücken, und starr in den Spiegel blickend und an ihrem Anzug ordnend, ohne zu wissen, was ihre Hände taten, vernahm sie, daß Charlotte am Mittag gestorben war.

Die junge Madame Loriot hatte noch bis zum Beginn der Beschießung, die vor drei Tagen eingesetzt hatte, die sichere Hoffnung gehegt, eine Botschaft ihres Gatten würde sie ermutigen, die Stadt zu verlassen und ihm ins Innere von Frankreich zu folgen. Es war in Mainz bekannt, daß die bei Kreuznach lagernden Truppen, bei denen der Leutnant Loriot stand, von den Deutschen immer mehr nach Westen gedrängt wurden. Die Botschaft war ausgeblieben, vielleicht hatte gar keine abgeschickt werden können. Dafür war heute früh, Gott mochte wissen, wie und woher, der junge Loriot in die Stadt zurückgekehrt, die die Franzosen zum Teil schon geräumt hatten. Er war eben noch zur rechten Zeit gekommen...

Charlotte hatte während der Beschießung die fürchterlichste Krise erlitten. In der Überzeugung, daß mit dem Einzug der Deutschen in die Stadt ihr Schicksal besiegelt sein würde, daß der Vater sie zwingen würde, auf Gaston zu verzichten und in Deutschland zurückzubleiben, oder daß er ihr ein Leid antun würde, hatte sie die Magd beschworen, sie zu verbergen. Sie hatte Unterkunft bei einer Frau oben in dem traurigen Stadtteil, der der Köstrich hieß, gefunden und war dort zwei Monate vor der Zeit niedergekommen, während ringsum das entsetzliche Orchester der großen Geschütze dröhnte. Das war vor drei Tagen gewesen. Sie hatte vierundzwanzig Stunden in den Wehen gelegen. Kathrinchen beschloß ihre mühselige Erzählung mit den Worten von »vielem, vielem Blut und hitzigem Fieber...«

Cornelie nahm den Mantel, den sie mechanisch abgelegt hatte, wieder um die Schultern. Sie wandte sich zur Tür und fragte: »Wo...?«

Es war das erste Wort, das sie sprach, und sie mußte zweimal ansetzen, ehe sie es herausbrachte. Der Mund war ihr trocken. Als sie die Treppe hinunterstieg, dachte sie immer an ein Paar schreckliche Augen, die sie soeben noch angestarrt hatten; es war in ihrem dunklen Glänzen nichts gewesen als die drohende Forderung, jetzt fest zu bleiben und den Kelch bis zur Neige zu leeren. Es wurde ihr klar, daß es der Blick ihrer eigenen Augen im Spiegel war, der sie weiter bannte.

Kathrinchen übertrug mit einem Span Licht von der Kerze auf den Unschlittstummel in einer Laterne. Auf einmal stand der Vespery da, hervorgetaucht aus dem Dunkel des Flurs. Cornelie erschauerte. Es bedurfte der demütigen Erklärungen der Magd nicht, daß sie, Kathrin, ja hierbleiben müßte, das Haus zu hüten, die alte gnädige Frau und das Kind – daß der Vespery vorangehen werde, der jungen gnädigen Frau den Weg zu zeigen, Vespery gehörte dazu. Er hatte die Hochzeit angesagt; nun kam er als Leichenbitter. Er verneigte sich mit verrenkter Feierlichkeit und sagte kein Wort. Er war allen Rollen gerecht.

Die Straßen waren schrecklich dunkel. In wenigen Häusern brannte Licht, die Luft war unbewegt, gewitterschwül und voll Brandgeruch. Cornelie zog den leichten Mantel mit beiden Händen um sich zusammen und ging aufrecht, den Blick auf das vor ihr herschwebende grünliche Licht gerichtet. Der wankende Schatten von Vesperys großer gebückter Gestalt huschte neben ihr hin, deckte sie zu, legte sich ihr unter die Füße und stieg wieder schwarz an den Häusern hinauf. Einmal kamen ihnen klirrende Tritte entgegen, eine Patrouille hielt sie an. Vespery gab mit heiserer Stimme das Paßwort und die Erklärung für den nächtlichen Gang. Der Offizier hob plötzlich mit raschem Griff Vesperys Arm samt der Laterne in die Höhe: Cornelie schrak zusammen. Er leuchtete ihr ins Gesicht, und da sah sie auch seins über den Abzeichen eines ihr wohlbekannten Regimentes. Fast gleichzeitig sank die Laterne wieder. Der junge Mann hatte einen Ausruf getan, er salutierte im Dunkel, seine Sporen klangen gegeneinander, und der Weg war frei. Indessen hörte Cornelie halblaute Befehle, und bis zu ihrem Ziel folgten zwei Mann ihr in einiger Entfernung – Ehrenwache und Schutzgeleit. Und diese ehrfürchtige Beachtung ihrer Verlassenheit durch den fremden Jüngling, der ihre Erscheinung aus der festlichen Geselligkeit Berlins her kennen, der von ihrem und ihrer Schwester Unglück durch den Klatsch des langen Feldlagers unterrichtet sein mochte, dies war zuviel. Cornelie weinte: endlich lösten sich Tränen. Sie weinte hilflos vor sich hin, während sie, von Vespery gestützt, unkenntliche Trümmerhaufen überkletterte. Sie durchschritt weinend die Tür eines niederen Hauses, das inmitten dieser Trümmer ein düster glimmendes Lichtauge offenhielt, und fand sich schließlich wieder, kniend, die Stirn gegen das Holz eines dürftigen Sarges gelegt, aufschluchzend und von einem langen Tränenerguß so erleichtert, daß Gedanken sich wieder mit Klarheit in ihrem Haupte bewegen konnten.

Sie erhob sich und blickte auf das armselige wächserne Gesichtchen herab, das in nichts an die Charlotte, die sie kannte, erinnerte, als in der Wolke schimmernden, gleichsam krausgesponnenen Haares, in die es gebettet war, wie an jenem Abschiedsmorgen im Herbst. Die Lippen der Toten, von blassem Rosa und so klar gekantet, wie sie im Schwellen des Lebens nicht gewesen, standen offen; das an der Wurzel leicht eingesunkene zarte Näschen ragte kindlich darüber auf, und die Lider klafften ganz wenig. Zwischen die starren Händchen waren ein paar rote Nelken gelegt, und ein langes grobes Hemd ließ die entsetzliche Steife des schmalen Körpers erschreckend deutlich hervortreten.

Cornelie senkte den Kopf und legte die Hand über die Augen. Dies war kaum zu begreifen. Sie hatte etwas erwartet wie den Abglanz der letzten Gedanken der Schwester. Sie hatte vor einem versteinerten Vorwurf gebebt, war auf den eingegrabenen Ausdruck ihrer Leiden bange gefaßt gewesen. Sie fand nichts als die leere Einfalt der Vergänglichkeit. Denn hier war die wunderbare Beziehungslosigkeit des Todes schon eingetreten, wie bei einer verdorrten Pflanze, einem gefallenen Tier; hier war nichts mehr, als was der Erde gehörte. Cornelie wich zurück, da sie zu ihrem Schrecken weder Mitleid noch Trauer empfand, so stark sie diese Gefühle auch denken mochte. Was sie aber fühlte, was sie verwirrt fühlte, war ein jähes Drängen körperlicher Mütterlichkeit. Sie hatte sich gefragt, wo denn das Kind sei, das sie als eine unzeitig gebrochene kleine Knospe tot im Arme der toten Mutter zu sehen erwartet hatte, und da vernahm sie mit Bewußtsein das Wimmern, das nicht ausgesetzt hatte, seit sie den Raum betreten. In ihrer gramvollen Versunkenheit hatte sie nichts gehört und gesehen.

Es befanden sich außer ihr noch drei Menschen in dem Raum, wie sie jetzt erkannte: Vespery, der an der Tür stand und leer und töricht geradeaus starrend seinen Hut in den Händen drehte;

ein Mann im Waffenrock, der am Tische saß und den Kopf auf den Arm gelegt hatte, und eine alte Frau, welche vor dem Herd stand und das blaukarierte Kissenbündel, aus dem das winzige summende Wimmern hervordrang, unablässig sanft schaukelte. Diese drei Gestalten waren erschreckend groß unter der niederen geschwärzten Decke und in dem wankenden Licht der beiden zu Häupten des Sarges brennenden Kerzen. Cornelie, der die einschießende Milch beinahe den Atem benahm und die fühlte, wie ihre Brüste zu tropfen begannen – in der Eile des Aufbruchs war sie nicht mehr dazu gekommen, Hans Christoph zu stillen –, tat einen Schritt auf die Alte zu und öffnete die Lippen.

»Es lebt?« murmelte sie und streckte die Arme aus.

Es sterbe, erklärte die Frau und legte das Bündel gehorsam in ihre Arme. Es sei ein Wunder, daß es noch wimmern könne! Weder aus einem Läppchen Leinwand noch durch eine Federpose wolle es Nahrung annehmen. Ja, es sterbe, und das sei gut für das arme Herrgottswürmchen! Alle diese Worte und die Beteuerungen des Weibes, daß sie es an nichts habe fehlen lassen, gingen an Cornelie vorüber, da sie sich schon auf einen Schemel niedergelassen hatte und an ihrem Kleid nestelte. Als kurz darauf das wohlige Glucksen und Schnalzen des saugenden Kindes hörbar wurde, atmete sie selbst tief und erlöst auf. Staunend über das Köpfchen geneigt, sagte sie:

»Das ist nicht schwach! Das ist auch kaum vor seiner Zeit geboren, denn seht, es hat an den Fingerchen schon Nägel und – oh – den Kopf so voller Härchen...«

Weiter kam sie nicht. Eine Bewegung in ihrer Nähe ließ sie aufblicken. Der junge Mensch in der abgerissenen französischen Uniform stand vor ihr: Loriot, wie sie wußte, ohne daß einer es ihr hätte zu sagen brauchen. Sie hatte unterwegs daran gedacht, daß sie ihm begegnen würde, aber sie war nicht imstande gewesen, über ihre Haltung ihm gegenüber ins klare zu kommen. Jetzt sah sie ihn abweisend an. »Ziehen Sie sich zurück, Monsieur«, sagte sie kalt. »Ich rede später mit Ihnen!«

Dies war so gut wie in die Luft gesprochen.

Loriot hatte geschwankt und dabei die Hände erhoben. Auf einmal kniete er vor ihr, das verhärmte Knabengesicht mit dem Ausdruck verzückten Flehens auf sie gerichtet.

»Madame«, seufzte er stöhnend – »Madame!«

Und dann, stammelnd, als sei er der Sprache nicht mehr ganz mächtig:

»Au nom de la Sainte Mère, Madame – vous n'abandonnerez pas l'enfant de votre malheureuse sœur – hélas – tout ce qui me reste de notre bonheur, qui fut si court – ah – si court...«

»Mais, Monsieur!« Cornelie war peinlich berührt, sie sah auf das Kind nieder. »Cela va sans dire! Vous le voyez donc! Levez-vous, Monsieur, et soyez tranquille! Il faut d'abord apaiser la petite!«

Jetzt fing er an zu weinen, stand aber keineswegs auf. Er rutschte vielmehr näher und legte den Kopf auf ihre Knie. Hindern konnte sie es ihrer Beschäftigung wegen nicht, also hielt sie stirnrunzelnd still. Nach kurzem entspannte sie sich; er weinte so sehr – es war ihm wohl nötig. Sie starrte über ihn und das trinkende Kind hinweg nach dem von aller Verantwortung erlösten Wachsgesichtchen im Sarge und fühlte sich selber sonderbar stark, wie über der Traurigkeit schwebend und keiner Träne mehr fähig. Die alte Frau weinte auch, in ihre blaue Schürze hinein. Was in Vespery vorging, war nicht zu bemerken. Er hatte sich in dem Augenblick, als Cornelie ihre Brust frei machte, nach der Wand umgedreht. Indessen kam jetzt Bewegung in seinen gekrümmten Rücken, und den Kopf zwar wendend, doch nicht ganz umdrehend, sprach Vespery gleichsam in seine eigene Achselhöhle hinein mit heiserem Flüstern: »Der Leutnant muß fort! Sonst fangen ihn die Preußen!«

Die Alte wiederholte murmelnd, fingerhebend und augenrollend:

»Der Leutnant muß fort!«

Cornelie, dem Satz, der gleichsam uhrwerkmäßig immer von neuem in ihr widertönte, erst nach einer Weile Gehör gebend, schrak jählings zusammen.

»Sie müssen fort!« herrschte sie Loriot an, der sich allmählich beruhigt hatte, aber immer noch mit dem Kopf auf ihrem Schoß lag. Sie löste das müde gesättigte Kind von sich und reichte es der Frau. Nun stand er auf wie ein Schlafwandler. »Sie müssen fort!« wiederholte sie zornig auf französisch, gereizt durch den Blick, den der arme Junge starr auf sie heftete, während sie ihre Kleidung in Ordnung brachte.

»Mais oui, je comprends... Madame...«

Was er auch hatte hinzufügen wollen, er kam nicht dazu. Er wandte sich blindlings, beschlagenen Blickes dem Sarge zu, tat einen Schritt, schwankte wieder und fiel Vespery in die Arme, der ihn eben noch auffing. Dann aber hatte er, auf seinen Stuhl von vorher niedergelassen und sich an den Tisch lehnend, ein erstaunliches Lächeln, in dem Spott über die eigene Schwäche, Höflichkeit und irgendeine fremdartige Anmut sich mischten. Er sagte leise: »Excusez, Madame...« Ja, er habe seit vierundzwanzig Stunden keinen Bissen gegessen.

»J'ai faim – rien d'autre...«

Cornelie griff ohne ein Wort in ihren Beutel, in dem sich noch ein großes Stück Semmel vom Reiseproviant befand. Die alte Frau brachte unter Gemurmel eine Bouteille Rotwein zum Vorschein: das Kathrin habe sie noch gestern für die junge Madame Loriot gebracht. Loriot lächelte wieder, jetzt strahlend dankbar, gleich einem Kinde. Er zerbrach das Brot in mehrere Teile und füllte das einzige Glas. Dann aber stand er auf und hielt es Cornelie mit einem bittenden Blick hin.

Sie zauderte nur einen Herzschlag lang. Dann neigte sie den Kopf, nahm den Becher entgegen und trank einen Schluck. Sie nahm auch von dem Brot. Es wurde nichts mehr zwischen ihnen gesprochen, aber Cornelie ließ nun ihre Augen still in den immer wieder überfließenden Loriots ruhen, und er mochte verstehen, was sie stumm ihm versprach. Die Gestalten des Vespery und der Greisin standen schweigend und hölzern hinter ihnen. Das Kind schlief. Die Tote lächelte. Die Blumen in den Scherben am Fenster brannten im Kerzenlicht.

Plötzlich sagte die Alte vor sich hin: »Alles is zerschosse ringsum – alles – alles! Nur mei Häusche hat stehn bleiben dürfen – grad mei Häusche...«

Ein paar Stunden später war alles vorüber, der Aufbruch Loriots, den Vespery auf den ihm bekannten Schleichwegen zwischen den Bastionen hindurch aus der Stadt hinausgebracht hatte, die Taufe am Sarge, bei der Charlottens Kind den Namen seiner Großmutter, Delphine, erhielt, und das hastige Begräbnis im ersten Lichte des neuen Tages. Der Krieg begräbt seine Toten schnell; er hat keine Zeit, sie zu feiern. Als ein Opfer des Krieges bestattete Cornelie die Schwester auf dem St.-Christoph-Kirchhof, neben dem Grab ihres ersten Kindes.

Dann saß sie wieder in der Mansardenstube am Karmeliterplatz. Sie hatte ihren Knaben gestillt und war eben fertig mit ihm, als die kleine Delphine sich vernehmen ließ, zum erstenmal seit der Nacht.

»Gib es her!« sprach Cornelie zur Magd – »gib es her! Ich habe für beide genug.«

Eine Weile hielt sie in jedem Arm eines der Kinder und sah stumm auf sie nieder. Vor ihrem inneren Auge stand noch der Grabstein des kleinen Wilhelm, an den sie beim Verlassen des frischen Grabes getreten war. Mit sonderbarer Erschütterung las sie das eingemeißelte Datum des Sterbetages: den 26. Juli! Es war das gleiche wie das des heutigen Morgens. –

Erstes Buch

I

So nährte Cornelie denn seit jenem Julitage zwei Kinder an ihrer mit Überfülle gesegneten Brust. Zwei Kinder schliefen in der geräumigen Wiege mit dem Echterschen Wappen, sobald nur die kleine Delphine soweit war, sich neben dem kräftigen Milchbruder behaupten zu können. Zwei Kinder weckten sich früh am Tag mit dem ungeformten Laut ihrer Stimmen, tappten einander mit den winzigen Händen in die warme Zartheit der Angesichter und waren wohl ein Jahr lang nicht weniger innig vereint als Zwillinge im gleichen umhegenden Schoß. Doch mochten innerhalb der Grenzen gemeinsamen Blutes nicht leicht zwei Gleichaltrige verschiedener sein als diese beiden von einem Stamm. Das Mädchen, Cornelie als sterbend in die Arme gelegt, gewann in der gleichmäßigen Pflege zwar so schnell die Verfassung eines lebensfähigen Säuglings, daß die Ziehmutter, verwundert, heimlich argwöhnte, es sei durchaus nicht zu früh auf die Welt gekommen, wennschon das Hochzeitsdatum der Eltern dann um Wochen vor dem von Charlotte offiziell gemeldeten anzusetzen gewesen wäre. Dennoch – ob allem Anschein nach gesund und ganz gewiß von zäher Daseinsbereitschaft durchdrungen: das Kind blieb schmächtig und seine ebenmäßigen Gliederchen von einer Magerkeit, die sich erst später als angeborene ranke Zierlichkeit erwies. Sein kleiner Kopf auf dem Vogelhälschen hatte unter der reinen Wölbung des blond beflaumten Schädels nicht ein seinem Alter entsprechendes rundes, sondern ein ovales Gesichtchen, in dem alles sehr richtig, aber sehr zukünftig oder sehr vergangenheitsschwer war. Nase, Mund, Wangen und Kinn waren wie nach der Maske einer längst Verstorbenen in kleinen Maßen aus zart getöntem Wachs geformt, und die Augen, dunkelblau, sehr ernst, hatten einen Ausdruck unbewußter, ererbter Ergebung, der einfältige Herzen zutiefst ergriff und an dem Anstoß diejenigen nahmen, die von vornherein vom Frühling nur sonnigen Himmel, von Kindergesichtern nichts als Frohsinn erwarten. Diesen – also zum Beispiel der Tante Breithardt, der Tante Friederike aus Frankfurt und ähnlich gearteten Damen, war trotz allem ersichtlichen Wohlbefinden des Kindes Blick allein Anlaß zu schwarzseherischen Prophezeiungen. Sie betrachteten es kopfschüttelnd. Rundhüftige Mütter vom Schlage Cläre Breithardts zogen Vergleiche zwischen ihren strotzenden, lärmenden Sprößlingen und diesem da in der Wiege, das nie lächelte, wenn man hinzutrat und ihm was vorschäkerte, das vielmehr reglos emporsah, wenn es nicht anfing zu greinen. Solche Vergleiche fielen zu seinen Ungunsten aus. Überalterte Jungfrauen, wie die Stiftsdame, äußerten sich seltsamerweise unbehaglich berührt, ja, eine redete von »Altklugheit«, noch ehe das Kindchen ein Wort zu formen verstand. Sie mochten in dieser hingelagerten, keimhaften und daumensaugenden Weiblichkeit ein ihnen selber von Anbeginn vorenthaltenes und unzugängliches, hier aber überkommenes und selbstverständliches Wissen um Dinge des Fleisches spüren, eine peinliche Überlegenheit, die sie denn in dieser unscheinbaren Gestalt auf keinen Fall zu dulden bereit waren. Dieselbe so ganz und gar unschuldige und doch wie durch Schuld erwirkte Verfassung des Kindchens beeindruckte aber jeden verschieden, je nach seinem eigenen Gehalt an durchlittener Menschlichkeit. Was die schon einmal genannten Einfältigen betrifft, so kamen sie zunächst in der Erscheinung der Magd Kathrinchen mit ihm in Berührung. Kathrinchen, die dies Kind vor sich hatte entstehen sehen, wie den Pflänzling aus dem unter der Erde des Scherbens quellenden Samen, die ihm schließlich unter dem Geheul der ringsum einschlagenden Geschosse mit eigenen Händen an die Oberfläche verholfen hatte, Kathrinchen verstand den Blick in den Augen der kleinen Delphine. Mehr als das: es gehörte sich ihrem dumpfen Gefühl nach nicht anders, als daß das Kind der Demoiselle Lottchen so blickte wie ein alter Mensch und voll Kummer. Demoiselle Lottchen sagte sie unentwegt, wenn sie von der Toten zu sprechen hatte; denn was bedeutete das schon: Madame Loriot? Sie und ihresgleichen, Vespery etwa und ein paar Weiber aus der Nachbarschaft, hatten die junge bezaubernde Mutter in ihrer Verlassenheit und ganz auf ihre, die Freundschaft der Armen, angewiesen gesehen; unter ihren Augen hatte sie so natürlich geliebt, gelitten und war zugrunde gegangen wie irgendein elender Mensch. Es war nicht wunderbar, daß die kleine Delphine hier Ergebenheit erbte. Andererseits empfand Corneliens ältere kinderlose Schwägerin Maximiliane, die Gräfin Walbrun, eine unwiderstehliche, melancholische Zuneigung zu dem kleinen Mädchen, der sie ihrer aller Sentimentalität abgeneigten Art nach allerdings kaum je fühlbaren Ausdruck gab, die aber so weit ging, daß sie sich von Jahr zu Jahr ernstlicher mit verschwiegenen Adoptionsplänen trug. Diese wurden dann jedoch kurz vor ihrer Verwirklichung durch das Dazwischentreten eines stärker Berechtigten vernichtet. Die alte Frau von Echter, zunächst geneigt, in dem Kind der leichtsinnigen Charlotte und des Sansculotten einen Bastard zu sehen, dessen Anwesenheit im Hause einem Familienunglück gleichkam, war bald zu einer mürrischen und mit der Zeit zu einer fast anerkennenden Billigung des Pfleglings gelangt, die mit Mitleid gar nichts zu schaffen hatte, eher etwas mit Wesensverwandtschaft. Bemerkt sei endlich, daß alle Männer sich in Delphine verliebten, und dies war so von den ersten Monaten ihres Daseins an, mochte es sich nun um die Herren Onkel Walbrun oder Breithardt, um den ärztlichen Freund, Hofrat Wedekind, um Vespery oder um den preußischen Leutnant von Rühle handeln, der ein paar Jahre so häufig ins Haus kam. Die Ausnahme bildete hier der Kooperator Hobert von St. Christoph. Der Nationalgardist Loriot war ein bis zum Aberglauben frommer Junge aus dem Süden, alles andere als frivol. Es war ihm leicht gewesen, Charlotte zur Einsegnung ihres Bundes nach katholischem Ritus zu überreden. Hobert hatte die Trauung vollzogen, wie er denn auch das Kind am Sarge der Mutter getauft hatte, ehe er der Leiche folgte. Nun blickte er mit verhaltener Besorgnis auf die eben angesetzte kleine Frucht aus so flatterhafter und vom Wetterstrahl hingeraffter Blüte.

Wie aber stellte die Nächstbeteiligte, wie stellte Cornelie sich zu dem ungewünschten, dem beiläufig ins Leben geratenen Kinde Charlottens? Keiner Frage, keines Zweifels, ja, keines Gedankens über irgendwelche andere Möglichkeit fähig, hatte sie es an ihre Brust genommen; und damit war ihre Haltung entschieden. Es war auf sie gelegt; ob als Geschenk, ob als Last – das konnte sie noch nicht wissen. Zunächst ergab sich nur, daß ihm Nahrung und Wärme nottaten; beides vermochte sie. Sich vorzuenthalten, mit sich zu sparen, verstand sie nicht. Als es zwar gedieh, doch nicht so wie der Knabe, grübelte sie, wollte sich Schuld zumessen, als hielte sie es unbewußt doch an der Schattenseite ihres Wesens – verwarf das aber wieder, einfach, weil dem nicht so war: sie hegte es eher ängstlicher, hingebender noch als ihn. Dann, beobachtend, meinte sie, Seltsamstes zu erleben, und verschwieg es in unerschöpflichem Staunen wie ein Geheimnis. Dies Kind, ging es ihr auf, wäre ihr unter den Händen hingeschwunden, wäre verfallen, zergangen und läge längst bei seiner Mutter im Grabe, wenn er nicht gewesen wäre! Er – nämlich Christoph, ihr Kind. Er – drei Monate älter als die kleine Delphine – er hielt sie im Leben!

Cornelie hatte die eigentümliche Wirkung, die von ihrem Knaben auf die kleine Gefährtin ausstrahlte, zum erstenmal vier Wochen nach Delphines Geburt bemerkt. Die verhältnismäßig glückliche Entwicklung des Kindes war, vielleicht infolge einiger unerträglich schwüler Tage, plötzlich scheinbar zum Stehen gekommen. Es zeigte keine Lust, Nahrung zu nehmen, gab wenig Lebenszeichen von sich und ächzte zuweilen leise vor sich hin, wenn es dalag und mit ein wenig gespaltenen bläulichen Lidern zu schlummern schien. Es machte so sehr den Eindruck großer Schwäche und des Vergehens, daß selbst Cornelie begann, für sein Leben zu fürchten. Damals war das Kind noch für sich allein in einen Korb gebettet gewesen, während Christoph von Anfang an in der breiten Echterschen Wiege schlief. Hier ruhte er auch am Abend jenes drückenden Augusttages; gesättigt und friedlich lag er da, so friedlich, daß Cornelie keinen Anstand nahm, das Schwesterchen schnell neben ihn zu legen, als die Magd sie für einen Augenblick ins Erdgeschoß abrief, wo die alte Dame ihre Gegenwart wünschte. Nun fand sie unten einen Handelsmann vor, der sich für die Obsternte gewisser Apfelbäume interessierte, die schwer beladene Äste über die Gartenmauer hängen ließen und deren Fülle unter der Teilnahme der ganzen Straße gedieh, denn in diesem Sommer nach der Beschießung war das Obst in der Stadt rar geworden. Ehe Cornelie mit dem schwatzhaften Menschen fertig wurde, verging eine geraume Zeit, denn ein Mainzer Stadtjud war zäh und ließ sich nicht so ohne weiteres abweisen, zumal wenn er, wie Isaak Bär es tat, annahm, es sei bloße Ziererei, wenn Leute wie die verwitweten Damen von Echter, deren eingeschränkte Lage der ganzen Stadt kein Geheimnis war, sich weigerten, Geschäfte zu machen. War es nun, daß Cornelie von Haus her gewohnt war, sich mit allerlei Volk weitläufig einzulassen, war's, daß die sich überstürzenden Angebote des Juden und sein listiges Zureden sie unterhielten, so daß sie dies kleine Possenspiel in der eintönigen versorgten Zeit gern mitnahm, jedenfalls vergaß sie sich selbst ein wenig über der Auseinandersetzung, und erst als Isaak Bär mit seinem Quersack sich glücklich hinausschob und die Tür von außen zumachte, nicht ohne vorher noch zwei-, dreimal den Kopf mit letzten Vorschlägen wieder hineingesteckt zu haben – da besann sie sich plötzlich auf das Kind. Das Lachen verging ihr jäh; sie senkte den Kopf und ging eilig die Treppe hinauf, ohne auf die alte Dame zu achten, die aus dem Wohnzimmer zittrig und schwach nach ihr rief, um den Ausgang des Kampfes zu erfahren. Cornelie betrat die Mansarde mit unhörbarem Türöffnen und schnellen lautlosen Schritten. Sie war dessen gewärtig, das Kindchen in den letzten Zügen zu finden, eine Voraussetzung, die ihr in den vier Wochen seines mühsam aufrechterhaltenen Daseins nachgerade zur trüben Gewohnheit geworden war. Auch ging es ihr durch den Sinn, der so viel kräftigere Knabe möchte sich im Schlaf herumgewälzt und das Zarte an seiner Seite gestoßen oder gedrückt haben. Sie machte sich Vorwürfe über ihr langes Verweilen und trat, auf alles gefaßt, an die Wiege heran. Gleich darauf atmete sie auf. Die Kinder lagen nicht anders da, als sie sie verlassen, jedes auf dem Rücken, Christoph die geballten Fäustchen zu beiden Seiten des Kopfes, Delphine mit gestreckten Armen, die blassen Händchen auf der Decke, wie ein erschöpfter, erwachsener Mensch. Die einzig sichtbare Veränderung war, daß der Junge seinen Kopf gewandt hatte und seine regelmäßigen Atemzüge zu dem kleinen Nachbargesicht hinhauchte, das ebenfalls nicht mehr empor, sondern zur Seite und ihm zugewandt war. Die einzige Veränderung, so dachte Cornelie beim ersten Anblick. Dann fühlte sie sich veranlaßt, im Zimmer umherzusehen, denn irgend etwas – was war es doch? – berührte sie seltsam und angenehm. Es war schon dämmrig, wozu eine draußen aufsteigende Wolkenwand beitrug; endlich schien sich das seit Tagen von Mensch und Tier erlechzte Gewitter zusammenzuziehen. Schon bewegten sich die Kronen der Bäume unter den ersten Stößen des Windes, und eine leise Regung der Luft, vielleicht mit den von einem in der Ferne schon niedergegangenen Gewitter gelösten Düften durchsetzt, schauerte ein wenig Kühlung herein. War es dies, was die Veränderung ausmachte, so als sei es hier auf einmal leichter zu atmen? Cornelie ließ sich neben der Wiege nieder, faltete die Hände im Schoß und ruhte im Anblick der schlafenden Kinder. Nicht in der Atmosphäre, nein, hier vor ihren Augen war etwas vollzogen, was einem Wunder gleichkam: die kleine Delphine schlief *anders* als zuvor. Innerhalb der letzten halben Stunde hatte sie sich ans Leben angesogen. Zart noch und fast unmerklich erschien die Wandlung, mit Worten war sie kaum festzustellen: dennoch, Cornelie erspürte sie wie den ersten kaum merklichen Schimmer von Grün über winterlichem Land. Sie wich in dieser Nacht nicht vom Lager der Kinder. Gegen Morgen, als draußen eben das Wetter verrauschte, erhob sie sich und öffnete sachte das Fenster. Der frische Anhauch der gereinigten Luft ermunterte zunächst das Mädchen, und sein krähendes Geschrei, sein blindes Umhersuchen nach Nahrung waren Cornelie noch willkommenere Anzeichen erwachten Lebens als der selige, von Donner und Sturm unberührbare Schlummer der Nacht.

Von diesem Tage an ging es aufwärts mit der kleinen Delphine. Und war es Aberglauben, daß Cornelie sie nun bei Christoph in der Wiege ließ, als sei seine Nähe recht eigentlich der Anlaß zu ihrer Genesung gewesen? –

II

Christoph war in keiner Weise mit Delphine zu vergleichen, und das nicht nur etwa, weil er ein Knabe war, zur richtigen Stunde geboren und ihr drei Monate im Wachstum voraus. Nahm Cornelie ihn auf den Arm, hielt sie ihn an der nährenden Brust, lag er ihr nach dem Bade im Schoß, so drang nichts zu ihr, was den demütigen Glückstriumph ihres Herzens hätte zerstören können. Er schien ihr mehr als nur ihr – als *nur* ein Kind vom ersten Tag an. Daran, daß er so schön war, lag es nicht, das gab sie sich wohl kaum zu. Wie sollte Hans Adams Sohn auch nicht schön sein, ohne dies früh sich ringelnde goldbraune Haar, ohne solch rosige duftende Haut und diese aufstrahlenden Gestirne der Augen, deren Farbe, unbestimmt in den ersten Wochen, endlich zu einem besonderen warmen und mächtigen Braun ward! Er war zu dem untersetzten Körperbau beider Eltern angelegt, und wie bei ihnen waren alle seine Glieder, vor allem seine Hände und Füße, von kräftiger Zierlichkeit. Er war kaum acht Monate alt, als er auf dem Schoß der Mutter zu stehen versuchte, und mit einem Jahr war er so sicher auf den Füßen, daß Cornelie mit ihm im Garten auf und nieder spazieren konnte, so wie es mit dem toten Wilhelmchen, das doch gleichaltrig war, noch nicht möglich gewesen.

An diesem allem aber lag es nicht, daß Christoph anders war als Delphine, anders auch als seine Vettern und Basen Breithardt, die ihm an körperlicher Entwicklung nichts nachgaben – anders als alle Kinder der Welt, wie Cornelie frühzeitig wußte. Wußte, nicht nur so, wie jede Mutter ihr Kind für etwas Einmaliges und Einziges hält! Hatte sie selbst sich während der Schwangerschaft und erst recht seit seiner Geburt wunderbar erholt und war zu jener zweiten Jugend gesegneter Mutterschaft erblüht; war die alte Frau von Echter in den letzten Monaten um vieles gesünder geworden und war das ganze kleine Hauswesen, die harte und mürrische Magd inbegriffen, trotz mancher Sorgen von einer stillen lebendigen Heiterkeit durchdrungen, als tränken sie alle aus einer geheimnisvollen stärkenden Quelle, so hatte Cornelie doch erst seit jener überraschenden Wendung in Delphines Befinden den Ursprung dieses neuen Lebens im Dasein ihres Knaben zu vermuten gelernt. Still überdachte sie dies in vielen Nächten, in Staunen versunken. Kaum war es ihr möglich, sich seine Zeugungsnacht ins Gedächtnis zurückzurufen, so unerreichbar war ihr jetzt jener göttliche Aufschwung des Herzens, der sie damals vermocht hatte, in der Todesstunde ihres ersten Kindes das neue ins Leben herabzubeschwören, ihm ihren erschöpften Leib aufzutun und es zu empfangen. Geheimnisvolle Magie ungreifbarer Kräfte mochte mit ihr gewaltet haben, quellend aus dem Geist der beiden auf sie, als auf ihren einzigen mütterlichen Boden, angewiesenen Familien, der einmal noch ins Blut treten wollte. Verstand sie aber die Möglichkeit seiner Entstehungsstunde nicht mehr, so erschien er ihr um so mehr als ein Wunder. Sie beobachtete, daß die Menschen ihres Umkreises, die sich doch Delphine gegenüber so verschieden verhielten, ihm alle die gleiche Haltung entgegenbrachten. Sagte die Großmutter, sie habe eben doch den Hans Adam wiederbekommen – zu welchen Worten sie sich freilich selten genug hinreißen ließ –, meinte das Kathrinchen, er sei jetzt schon der Herr und würde es täglich mehr – begrüßte die Tante Breithardt ihn mit fröhlichem Geschrei als wirklichen und leibhaftigen Echter von Mespelsbrun, der dafür sorgen werde, daß der Name nicht aussterbe, und sprach Maximiliane Walbrun mit hochgezogenen Brauen und zuckenden Mundwinkeln von seiner heut schon fühlbaren gefährlichen Anziehung – so waren das alles Formen, zärtliche Redensarten, die das eine mehr verbergen als ausdrücken sollten: das Staunen, das fast verlegene Staunen über dies Kind und seine Gewalt. Denn das war es, es war ein mächtiges Kind. Wer aber konnte das so in Worte fassen? Cornelie hütete sich, ihre Vermutung, daß Delphine nur durch seinen Einfluß gedeihe, auszusprechen. Nur eine war ganz unbefangen und selbstverständlich derselben Meinung über diese Tatsache: unaufgefordert gab das Kathrinchen ihr recht. »Wie es aufblüht!« meinte sie einmal, in der Betrachtung des kleinen Mädchens versunken – »wie er ihr guttut! Und – er hat's übrig. Er wird nicht ärmer, schaden tut's ihm nichts. Im Gegenteil…« Über dies »im Gegenteil« dachte Cornelie verwundert nach und mußte zugeben: ja! War es möglich, so strahlte ihr Kind jetzt noch mehr vom Leben, und seine Art, dazusein, ob schlafend, ob wachend, war von der hohen Begnadung fortwährenden Einklangs mit tiefen und gerechten Gesetzen getragen. So etwas vollzieht sich nur vor blinden Augen oder vor denjenigen der Einfältigen; die Einfältigen sehen, aber sie rühren das Rätsel nicht an. Einfältig, das heißt stummen Herzens und ehrfürchtig, erlebte Cornelie den Sohn, vermochte es, weil es ihr nicht möglich war, ihn von sich gelöst und gesondert zu sehen, sowenig als die Erde den in ihr verwurzelten Baum. In diesen ersten Jahren seines Lebens war auch ihre und des Kindes Wirkung im Maßstab ihrer verschiedenen Ausdrucksmöglichkeit einander sehr ähnlich, und wohl mochte es sein, daß der Knabe nur durch die Mutter – die Mutter nur nach vollbrachtem Sohn so wirken konnte. Cornelie suchte nichts und niemand, doch entzog sie sich keinem Ruf, auch nicht der wortelosen, sehnenden und saugenden Anforderung armer Seelen innerhalb ihres Bereichs. Sie ließ im Sinne des Evangeliums von ihrer Fülle nehmen Gnade um Gnade und fühlte deshalb keine Abnahme, fühlte – auch sie – das Gegenteil.

III

An armen Seelen und bedürftigen Leibern war in der durch Belagerung und Beschießung ausgehungerten und verheerten Stadt kein Mangel, ja, es war der Überfluß an Elend im Winter dieses Jahres ihr einziger Reichtum zu nennen. Zunächst war's allein jene Alte, die dem Charlottchen für die schwere Stunde und für das Sterben Unterschlupf in ihrer Hütte geboten hatte, zu der Cornelie in das Verhältnis einer nach geheimnisvollem Ermessen spendenden Gottheit trat. Diese Rosina Ehmännin hatte von jeher eine Beziehung zum Echterschen Hause gehabt, da sie ihm als Waschfrau diente und durch jahrzehntelange Einweihung in die sehr ehrenwerten Gewohnheiten der Familie dem Kathrinchen in der Not jener Schreckenstage als einzige würdig erschienen war, auch diese zweifelhafte und anfechtbare Lage zu teilen. Ein Vertrauen, dem die Ehmännin in der Folge durch ihre ungewandelte Ehrerbietung und demütige Dienstbarkeit auch durchaus gerecht zu werden wußte. Ehmännin teilte Kathrinchens Standpunkt: daß nämlich vornehmer Leute Unglück doppeltes Unglück sei, Unglück im eigentlichen Sinn, da es sich so sichtbar und erschreckend vom Bisherigen abhob, während es bei armen Leuten mehr in einem hinging. Ein Standpunkt, guten Mägden angemessen, kein Zweifel; eine Ansicht von Witwen und gealterten Jungfern, deren einzige Zuflucht die Häuser der Reichen sind, wo sie für geringe und niedrige Dienste doch Obdach, Nahrung und Kleidung gewinnen können. Weiber, die an ihren Männern Rückhalt hatten, mochten anders denken, und was jetzt an jungen Dirnen im Köstrich, an der »goldnen Luft« und in den Schifferquartieren am Strom aufwuchs und mit den französischen Soldaten herumpoussiert hatte, das zeigte schon gar keinen Respekt vor der heimgekehrten Aristokratie. Da gab es kecke und lästerliche Reden, die sich Ehmännin und Kathrinchen über das dampfende Waschfaß gebückt unter Anrufung aller Heiligen wiedererzählten und die sich dann das Kathrinchen doch nicht versagen konnte, ihren Damen, wenigstens der jungen gnädigen Frau, gelegentlich mitzuteilen, so als Zeichen der Zeit. Was denn die Herrschaften eigentlich wollten, wurde im Volk gefragt, da doch die Franzosen nur vorübergehend abgezogen seien und über kurzem wieder dasein würden, um reinen Tisch zu machen, um die Aristokratenbrut und das Pfaffengeschmeiß gründlich auszuräuchern! Kathrinchen erzielte mit dergleichem Schauergeflüster allerdings nicht viel Eindruck. Ein Erlebnis aber, das Cornelie im September bei einem Ausgang mit ihrer Schwiegermutter hatte und das einer Illustration des finsteren Geredes gleichkam, wirkte auf sie, stark und nachhaltig, wie ein unsanft weckender schmerzender Stoß. Der Gang, um den es sich handelte, war etwas peinlicher Art: es galt, verschiedene Handwerksmeister um Fristverlängerung ihrer Rechnungen bis zur Heimkehr des gräflichen Paares von Walbrun zu bitten. Der Gang an sich war Cornelie freilich gegen die Natur; doch hätte sie ihn allein und ohne Begleitung der alten Dame ohne weiteres schnell und tapfer erledigt, menschliche Dinge leicht und natürlich zur Sprache bringend, wie es ihr selbstverständlich war. Außerdem war sie es gewohnt, daß scheinbar schwierige Angelegenheiten in der Regel schon geordnet waren, wenn sie nur ins Zimmer trat, aber diese stille klärende Gewalt ihres Wesens, auf die sie noch baute, ward ihr kaum jemals ernstlich bewußt. Sie wäre also gern allein gegangen und schlug es auch vor. Aber nein, die Maman mußte selbst gehen. Dies gehörte wohl zu der tragischen Rolle, die Henriette Echter jetzt ohne Unterlaß vor irgendwelcher unsichtbaren Zuschauerschaft, vielleicht vor den verblichenen Gefährten glänzender Vergangenheit, vielleicht vor dem unbegreiflichen Gott, vielleicht nur vor sich selbst, mit unbeugsamem Pathos agierte. Es gehörte zu der Askese, in die sie sich geworfen hatte wie in ein Dornenbeet. Hatte Gott alle

Freude, alle Sicherheit des Daseins geraubt, warum hatte er da noch das Leben verschont und es ihr gelassen wie den wertlosen Trümmerhaufen eines zerstörten Hauses? Aber mochte er nur nehmen – nehmen! Was etwa übrigbliebe, würde man ihm freiwillig hinwerfen. Eine solche Demütigung also, die Gott beweisen sollte, wie nun alles schon gleich war, war dieser Weg; dies war der Sinn jenes vielbemerkten Spaziergangs, den die beiden Frauen an jenem Herbstnachmittag antraten. Die alte Dame schritt am Arm ihrer Schwiegertochter und stützte sich auf der anderen Seite schwer auf den Stock. Sie ging gebückt, war aber dennoch von einer hageren sibyllinischen Macht der Erscheinung. Wie sie so unentwegt umdüstert geradeaus sah, verrieten ihre zusammengepreßten Lippen, die von den ausgeprägten Nasenflügeln abwärts streichenden Falten Hochmut und Qual. Cornelie an ihrer Seite wirkte um vieles unbefangener; ihre Sorge um die alte Frau trat, ohne daß sie es wollte, in ihrem Ausdruck und in ihrer Haltung zutage. Ihre Augen wichen denen der begegnenden Menschen nicht aus und schweiften immer wieder betroffen und kummervoll über die noch traurig genug starrenden Wunden und Schäden der Häuser, über die grausamen Einschläge der Geschosse in den Mauern, über die nur zum kleinen Teil aufgeräumten Brandstätten. Aus ihrem bräunlichen, breit geformten Antlitz sprach Menschliches, Mütterliches; ein Ernst, der Sache ganz gemäß, nichts anderes, weder Anklage gegen den Himmel noch Mitleid, noch auch jener pädagogische Hohn, den ein Teil der zurückgekehrten Flüchtlinge gegen das abtrünnige und – wie sie meinten – so gerecht gestrafte Volk zur Schau trug. Cornelie ließ vielmehr fühlen, daß sie sich eins mit dem Unglück der Stadt wußte, eins mit dem Jammer ihrer Einwohner. Dies Volk, ihr noch vor einem Jahr so fremd in seiner Hingegebenheit an das Gesicht des jeweiligen Tages, es war ihr eben durch dies lange Jahr vertraut geworden, und da ihr nun die eigene Heimat verschlossen war, bekannte sie sich mit vollem Schicksalswillen und vielleicht nicht ohne Trotz gegen den grollenden alten Mann dort in Preußen zu diesem Land, mit dessen Grund sie die zwei Gräber auf dem Christoph-Friedhof auch körperhaft verbanden.

Sie bogen in die Schustergasse ein, gingen diese hinauf, bogen nach dem »Brand« ab und hatten auf diesem Wege im Verlauf einer knappen Stunde alles erledigt, da die aufzusuchenden Handwerker alle in diesem Viertel wohnten. Cornelie unterdrückte ein Lächeln, die überflüssige Bemühung der Schwiegermutter bedenkend. Hätte man das Kathrinchen mit dem Auftrag herumgeschickt, so hätte das, was den Erfolg betraf, keinen Unterschied gemacht. Ja, eine einfache Mitteilung an die Leute, daß sie ausgezahlt würden, sobald Graf Walbrun zurück wäre, hätte genügt. Die Mainzer Handwerksmeister, alle ihrer Teilnahme am Klub und an den revolutionären Umtrieben wegen von schlechtem Gewissen geplagt, waren nur allzu geneigt, den heimgekehrten Herren von ehemals alles mögliche Entgegenkommen zu erweisen. Daß also der Zimmermann, Meister Roth, der Dachdecker Diehl – daß Glaser und Hafnermeister mehr als Bereitschaft an den Tag legten, der gnädigen Frau von Echter alle Rechnungen zu stunden, so lange, bis es ihr beliebe zu zahlen, und ihr obendrein jede etwa nötig werdende Arbeit zu leisten, wenn nur die gnädige Frau sie ferner beehren und die gnädigen Herren Schwiegersöhne von der ganz untertänigen, unentwegt kurfürstentreuen Gesinnung unterrichten wollte, daran hätte von Anfang an kein Zweifel zu sein brauchen. Die alte Frau verließ das Haus des letzten, des Dachdeckers Diehl, mit sichtbar erhobenem Haupt, auf den Zügen ein Lächeln, das von erleichtertem Herzen sprach, sich jedoch zwang, herablassend und gnädig zu sein, wozu der hinter ihr dreindienernde Meister und seine vor der Tür knicksende Gattin Anlaß genug boten.

»Somit erweist sich die Canaillisierung des Volkes doch als Märchen«, sagte Henriette von Echter nach einer Weile, und das Lächeln, das sie sich jetzt gönnte, sprach von Bitterkeit mehr als von dünnem Triumph. Cornelie fühlte sie an ihrem Arm gleichsam wachsen, erstarken, kaum, daß sie sich noch stützte. »Viel Blut ist umsonst geflossen«, fuhr sie fort. Und mit dem Krückstock auf die auch hier schwarz trauernden Ruinen weisend: »Auch dies hätten sie sich sparen können, wären sie nur couragierter gewesen und hätten ihren Befreiern mehr in die Hände gearbeitet, wie die Frankfurter!« Cornelie setzte zur Antwort an, senkte aber den Kopf und unterdrückte, was sich ihr aufdrängte. Sie gingen an der Stadtmauer gegen den Rhein zu entlang, um auf dem kürzesten Wege nach Hause zu kommen. Hier wohnten Schiffer und Lastträger, Brückenknechte und Wäscherinnen; die enge Gasse war voll Schmutz und Gestank. Männer lungerten umher, Frauen mit ihren Säuglingen standen schwatzend vor den Türen, und was an Raum frei war, schien den Kindern zu gehören, zerlumpten, ausgemergelten Kindern, die doch unbekümmert umherrannten, schrien und spielten. Cornelie, gesenkten Kopfes über die Worte der Schwiegermutter nachdenkend, bemerkte zu spät, wo sie waren; sie bemerkte es, als sie aufblickend in ein Antlitz voll Haß und Hohn sah: es gehörte einem bettelhaft gekleideten Menschen, der, die Hände in den Hosensäcken vergraben, an der Mauer lehnte und der ausspie, als ihr Auge ihn traf. Sie erschrak, überblickte den Weg, der vor ihnen lag, und ihr Schritt zauderte. Aber nur einen Atemzug lang. Sie war nicht für sich selber erschrocken. Henriette von Echter an ihrem Arm aber ging weiter, leer über diese Umgebung hinsehend und sie zweifellos nicht anders erfassend wie die irgendeiner näheren Beachtung nicht würdige Begrenzung der Straße durch beliebiges Mauerwerk, wie irgendwelche Gestalten menschlicher Natur, mit denen sie nichts zu tun hatte. Dies war ihr ein Weg zu ihrer Wohnung, der schönste nicht, aber der nächste, und darum soeben der beste. Vorwärts also! dachte Cornelie, aber weniger forsch als ängstlich, dies Wandeln in der Wolke zu stören und die Aufmerksamkeit der eben erst wieder in ihrem Gemüte Beruhigten auf den Zustand dieser Gasse zu lenken, die sie sicherlich vor der Franzosenzeit manches Mal nicht nur unangefochten, sondern auch von der Unterwürfigkeit der Anwohner bestaunt und respektvoll begrüßt durchschritten hatte. Daß davon nicht mehr die Rede sein konnte, war offenbar, und es schien Cornelie natürlich. Diese Menschen, die viel härter als der durch den Klub gedeckte Bürgerstand unter den Bedrängnissen der Belagerung und den Schrecken der Beschießung gelitten hatten, konnten sich noch nicht anders verhalten als ausgehungerte Kettenhunde, die aus den Winkeln ihrer Gelasse hervorlauern, gesträubten Nackens und jeden anknurrend, der draußen vorübergeht. Cornelie, die Tochter des Generals von Tracht und, seit sie denken konnte, Herrin über halbleibeigene Tagelöhner und Hofgänger, sie erlebte in diesen Minuten die

Einsicht, daß die Nacht, da sie ihre Schwester tot, in einem Armensarg, unter dem Dach einer Hütte gleich diesen hier gefunden hatte, ihre Seele mit Brüderlichkeit geprägt hatte, eindringlicher, als alle Theorien es jemals vermocht hätten. War sie jetzt versucht, zu eilen, so war es aus Scham darüber, daß sie nicht hungerte und daß sie anständig gekleidet war; daß sie wußte, ihre Kinder schliefen daheim gesättigt im sauberen Bettchen. Widerstand sie dieser Versuchung, so war es aus Demut, aus dem Gefühl, dies wenigstens sei eine Spur ausgleichender Gerechtigkeit, daß sie hier vorübergehen mußte, ganz langsam, von den Blicken der Armut verfolgt, betastet, von den unsichtbaren Pfeilen ihres Neides, ihrer Gehässigkeit umschwirrt und tief leidend, weil es keine Möglichkeit gab, die innerste Gesinnung ihres Herzens zu offenbaren. Glühten ihr die Wangen in der nie so gekannten Scham und in hilflosem Mitmenschentum, so war das höhnische, ihr und der Schwiegermutter nachgellende Gelächter, so war das Ausspeien jenes Mannes, so waren Zurufe wie: »Aristokratenpack!« und Ärgeres, dessen Sinn übelsten Anwurf enthielt, doch versöhnend und dienten ein wenig zur Rechtfertigung, zur Belastung der eigenen, hochgeschnellten Waagschale: weil sie denn letzten Endes ungerecht waren. Indessen war es einer dieser Zurufe, und zwar einer, der Cornelie persönlich galt, der Frau von Echter zur Wirklichkeit erwachen ließ. »Preußeluder!« hatte eine Weiberstimme gesagt. Dies nicht einmal geschriene, dies nur eben vernehmlich hingeworfene Wort hatte die alte Dame auffahren lassen. Denn dies, ja, das traf eine von jeher empfindliche Stelle, dies galt der preußischen, protestantischen Heirat des Sohnes, die sie in der kurfürstlichen Gesellschaft einmal hatte einsam und fast verfemt werden lassen. Eine verjährte Sache, jawohl, über die längst Gras gewachsen war; dennoch, das Wort wirkte wie ein lang nicht gehörtes Signal auf ein altes Soldatenpferd. Henriette Echter fuhr zusammen, blickte empört in die Richtung, aus der der Angriff gekommen war, erkannte die musternde Frechheit, die kalte Herausforderung in den Mienen der liederlichen Gestalten, an denen sie so nahe vorbei mußte, daß sie sie fast streifte – und der Ekel, den ihr Gesicht, ihre ganze Haltung sogleich ausdrückte, war unüberbietbar. Sie raffte den weiten Taftrock zusammen. »Allez! Aus dem Wege!« herrschte sie ein paar Buben an, die beim Murmelspiel auf dem Boden hockten. Der Krückstock gab dem Nachdruck. Kaum aber war es geschehen, daß das eine der Kinder, derart zur Seite geschoben, das Gleichgewicht verlor und umpurzelte, als die letzte Scheu von den Leuten wich: keifend sprang eines der Weiber aus der Gruppe heraus, riß das Kind hoch und wies auf die Beschmutzung, die es sich angeblich eben erst durch die Berührung mit dem Pflaster geholt. Füße gerieten jetzt in Bewegung. Eine Wolke schlechtriechender Kleider, bösen Atems, gekreischter Schimpfreden, eine Wolke, aus der hervor es giftig geiferte, aus der gnadenlose Augen blitzten, Hände an hageren Armen wie griffbereite Klauen drohten und sprießten, eine Wolke des Schreckens folgte den Damen bis zum Roten Tor, wo der preußische Posten stand, der dann freilich nur einen einzigen, auftrappsenden, klirrenden Schritt gegen den schnatternden Weiberauflauf zu tun brauchte, um ihn auseinanderzutreiben wie ein Volk Hühner. –

IV

Es dauerte hierauf Wochen, ehe Frau von Echter sich wieder entschließen konnte, die Straße zu betreten. Ihre verhärtete wortlose Empörung, die Bitterkeit, die sich in ihr staute, ließen sie gelb und krank aussehen. Daß sie nicht tatsächlich erkrankte, sondern sich mit der Zeit wiederfand, daß endlich eine milde ergebene Traurigkeit sie durchdrang und zur Gelassenheit ward – der Enkel hatte seinen Teil an dieser Wandlung, Cornelie war dessen gewiß. Und dies nicht nur in dem einleuchtenden Sinne, daß eben ein schönes und gesundes Kind im Hause einer ständigen Licht- und Wärmequelle gleichkommt, daß der unantastbar selige, in sich ruhende Bezirk einer sich entfaltenden Kindheit einem himmlischen Spiegel gleichkommt, über den täglich sich neigen unmittelbar den Widerschein Gottes empfangen heißt. Nein, ein Besonderes waltete hier. Wenn die alte Frau stundenlang mit dem schlummernden Kind auf dem Schoß vor sich hindämmerte, so hütete Cornelie sich wohl, es ihr wegzunehmen. Es gab da immer viele Reden seitens der Großmutter, daß sie beim Kinderwarten helfen müsse, da zwei Schreihälse zu gleicher Zeit von Cornelie nicht zu bewältigen seien, und daß das Kathrinchen ja auch anderes in Haus und Garten zu erledigen habe. Abgesehen davon, daß keines der Kinder je viel schrie, wären Cornelie und die Magd gern und gut mit der Aufgabe fertig geworden. Die Sache war die, daß Henriette Echter sich den Jungen genau zu den Stunden holte, wo die Verzweiflung drohte, ihr rein körperlich den Atem zu nehmen. Wenn eine solche Krise nach durchwachter Nacht nahte, konnte Cornelie es schon beim ersten Frühstück wahrnehmen, obgleich die Maman wortkarg bis zur völligen Schweigsamkeit war. Das Kathrinchen raunte alsdann: »Lasset ihr heut den Buben – er tut ihr besser als eine Katz auf dem Schoß!« Aber dessen hätte es gar nicht bedurft. Cornelie war bald so weit, in solchen Fällen die alte Dame ausdrücklich zu bitten, das Kind zu nehmen, es ihr abzunehmen, da sie anderes zu tun habe. Der Anblick der alten Frau, wie sie in ihrer hohen Hagerkeit, doch nur wenig vornübergebeugt, in dem Ohrenstuhl mit der steilen Rücklehne saß, den schwarzen Spitzenschal, den sie gichtischer Beschwerden wegen immer trug, lose um Haupt und Nacken geschlungen und das großgeschnittene Gesicht tief gesenkt oder mit dem Ausdruck zornig grübelnder Schwermut in unsichtbares Bilderwallen starrend, während ihr von der Seitenlehne gestützter Arm den schlafenden oder vergnüglich vor sich hin quarrenden Enkelsohn hielt – dieser Anblick ließ Cornelie leiser auftreten, wenn sie durchs Zimmer ging, er ließ sie aufatmen, wenn er ihr nach der ersten halben Stunde etwas sanfter, versöhnlicher schien. Denn heute hatte Christoph seine Wirkung getan.

Cornelie selbst suchte auf ihre Weise mit dem Erlebten fertig zu werden, doch sie mußte einsehen, daß eben diese Weise, nämlich das Nachdenken über peinliche Dinge hinter die unmittelbar zu erfüllenden Anforderungen des Tages zurückzuschieben, hier nicht ausreichen wollte. Sie war es gewohnt, das Ergebnis einer so unterdrückten Frage dann eines Tages geklärt und beglückend auftauchen zu fühlen, wie einen Stern, dessen Vollendung ohne ihr Zutun geschehen war, nach dem sie sich nun aber ohne weiteren Zweifel richten durfte. Hier ergab sich das nicht so einfach. Der böse Eindruck lag wie ein Stein in ihrem Weg, und sie hatte Wochen zu tun, ihn fortzuräumen.

Besonders nachts in schlaflosen Stunden gab er ihr Arbeit. Cornelie hatte tiefinnerlich die Überzeugung, das elende Volk, mit dem sie ja von Kind auf in naher Berührung gelebt hatte, könnte und dürfte in ihr nichts anderes sehen als die waltende, aber auch die sorgende, die mütterliche Herrin. Der verantwortungslosen Verlassenheit und Verlorenheit der Armen war sie sich so stark bewußt wie der eigenen Verantwortlichkeit. Sie hatte dafür einzustehen, daß im Umkreis ihres Besitzes niemand darbte; Arbeit und Gehorsam hierfür zu empfangen, war selbstverständlich. Wie sie es von ihren eigenen Untergebenen zu erwarten gewohnt war, so nahm sie von allen Armen der Welt an, daß sie irgend jemand untertan und zu Gehorsam und Leistung verpflichtet seien, wie brave Kinder ihren Eltern, auch wenn diese von gerechter Strenge waren. Bibel, lutherischer Katechismus, preußische Staatsräson und fritzische Disziplin waren die Pfeiler dieser Überzeugung, die sich bisher restlos bewährt hatte. Daß nun auf einmal eine andere Anschauung der Weltordnung, daß eine Beleuchtung von *unten her* sich durchsetzen wollte, ohne daß Gottes Weisheit den rebellischen armen Leuten sogleich mit Blitz und Donner kräftig die Köpfe klärte, dies war verwirrend. Hatte Cornelie sich bisher einem tieferen Nachdenken über den großen Umsturz entziehen können, jetzt, nach ihrem eigenen, an sich unbedeutenden Erlebnis war es ihr nicht mehr möglich. Gott ließ es zu, daß Untertanen, unterste Untertanen, Unmündige und Führungsbedürftige also, ihre angestammten Herren verrieten, ihnen ihr Eigentum nahmen, sie gefangensetzten, mordeten, daß sie einen König einsperrten, ihm einen ungerechten Prozeß machten und ihn vom Leben zum Tode brachten; daß sie schließlich Heere ausrüsteten, um ihre unerhörte Umkehrung der Dinge mit Feuer und Schwert in alle Welt zu tragen. Da Gott es zuließ – gab es etwa doch – gab es aller Einsicht zum Trotz dennoch eine Rechtfertigung für dies alles? Cornelie fragte sich dies zum erstenmal ganz bewußt, fragte es nicht bangend, aber mit Ernst, mit der Eindringlichkeit, die die Antwort nicht von außen oder von oben erwartet, sondern von innen, aus dem eigenen Herzen. Die Antwort stellte sich denn auch ein und lautete – unerbittlich, wie die auf diese Art heraufbeschworenen Antworten pflegen – dahin, daß alles so gekommen sei, wie es hätte kommen müssen.

Cornelie dachte in großen einfachen Zügen; es ergab sich ihr, daß sie nur der Tatsache ins Auge zu schauen hatte, durchaus nicht alle Mächtigen und Besitzenden stünden dem Volke so gegenüber wie sie, mit dem selbstverständlichen Bewußtsein für sein Wohlsein, soweit es von ihr abhing, vor Gott verantwortlich zu sein. Sie brauchte nur an das Regiment des Vaters auf Hölkewiese zu denken, sich nur an Verwandte und Gutsnachbarn zu erinnern, um sich zuzugeben: nein, hier stimmte die Wirklichkeit nicht mit den göttlichen Absichten überein! Dies, sagte sie sich entschlossen, hab' ich im Grunde auch immer gewußt. Nur hatte sie sich mit der Vorstellung zufrieden gegeben, solche Auswirkung menschlicher Unvollkommenheit sei wohl unabänderlich, und einem tüchtigen Offizier wie dem Vater, der seinem Vaterland mehr als eine Schlacht hatte gewinnen helfen, sei es nachzusehen, wenn er nicht einsah, daß seine Knechte und Tagelöhner keine Grenadiere und Musketiere waren, und daß Saat und Ernte sich nicht einfach nach seinem Kommando richteten. Die Hauptsache war ihr immer gewesen, daß sie selbst wußte, wie sie später alles einrichten und besser machen würde. So hatte sie von jeher gefühlt. Es war ihr schwer, es war ihr unmöglich, anzunehmen, daß sie hieran je etwas hätte ändern können, und an dieser Unmöglichkeit des schlechten Gewissens erkannte sie, daß sie recht hatte – jetzt und auch schon früher. Es war ein sehr gesundes Räsonnement, das sie nun im stillen mit einem imaginierten Volk führte. Sie ließ seine Klagen vor sich kommen und stimmte zu, wo immer nur zuzustimmen war. Sie wandte ihre Augen nicht ab: diese hatten den Acker gepflügt, den Samen gelegt, die Ernte geschnitten und eingefahren; sie hatten die Herden gepflegt und geweidet, das Holz gefällt, die Ziegel gebrannt. Sie hatten mit ihren Händen im Schweiße ihrer Angesichter hundertfältige, geringe, harte und schmutzige Arbeit getan, bis die Knochen krumm und die Glieder verknotet waren, und – Hunger war ihr Lohn, Kälte ihr Dank, Entbehrung ihr Leben und Tod die einzige Sicherheit. Den ganzen Jammer gab Cornelie tapferen Herzens zu, denn sie bedurfte zu dieser Versenkung der Tapferkeit, starrte doch ein ungeheurer, ein jahrhundertealter Vorwurf gegen ihresgleichen aus ihrer Erkenntnis sie an. Jedoch begann sie nun leidenschaftlich ihre Person zu verteidigen: ein Mensch, der wie sie alles dies demütig zugab und der bereit war, von jeher bereit gewesen war, nach Kräften bessere Zustände herbeizuführen, verdiente der es, in eine solche Lage zu geraten wie sie in der Gasse dort? Mußten denn diese Verzweifelten nicht ahnen, daß es an ihr nicht lag, daß sie hungerten, daß die Welt in Ordnung wäre, käme es nur auf sie an!? War in ihrem eigenen Bereich jemand vernachlässigt? Darbte dort einer? Ermangelte sie der schwesterlichen, der mütterlichen Teilnahme gegen eines der ihrem Kreise eingegliederten Geschöpfe? Viele freilich waren es nicht, für die sie jetzt einzustehen hatte: das Kathrinchen, zählte sie sich auf – Vespery, der sich wohl einzig durch die Echtersche Küche ernährte – Ehmännin, schließlich – Ehmännin... Damit war die Reihe der Schützlinge einstweilen erschöpft. Zu wenig! dachte Cornelie gequält und schloß die Augen vor den anklagenden Gesichtern, die wieder aus der Dunkelheit vor ihr auftauchten, hohl und verhärmt, und jetzt ohne Haß, nur von der grauen Hoffnungslosigkeit ihres Daseins umwittert, anklagend einzig, weil sie waren und weil die Kraft nicht ausreichte, sie zu nähren, zu betten, zu kleiden wie eigene Kinder. – Von solchen Gedanken vor dem Einschlafen überfallen zu werden bedeutete, auf den Schlummer verzichten zu müssen und allmählich in jenen Zustand geistiger Wehrlosigkeit zu geraten, den sowohl Gott als auch die Dämonen auszunutzen lieben – und vielleicht nutzt ihn Gott zuweilen mit Hilfe der Dämonen. Was Cornelie jetzt im halbträumenden Wachen ihrer Nächte erlebte, war wohl teuflisch seiner Natur nach, da sie auch in alle Schrecken und alle nackte blutige menschliche Not des vergangenen Jahres noch einmal hineinmußte, und zwar bis zu einer damals während seiner Gegenwärtigkeit noch nicht ausgemessenen Tiefe. In seiner Wirkung aber war jeder dieser Durchbrüche unmittelbarer Erkenntnis der bisher nur in Schleiern geschauten Zustände merkwürdig heilsam; Cornelie empfand am Morgen nach so einer Nacht den Einklang ihres Wesens mit der Notwendigkeit stärker und reiner als vorher. –

Das Ergebnis jenes Ausgangs war somit in der Folge bei ihr vertieftes Wissen um Menschliches, Wissen von der Art, das nach außen hin in richtiger Anpassung an jegliche Lage zutage tritt; das Sicherheit, selbstverständliches Handeln und Überlegenheit verleiht und dessen Ursprung doch letzten Endes in einer verborgenen Demut des Herzens zu finden ist.

V

Cornelie hatte ihre Schwägerin Maximiliane, die Gemahlin des Grafen Sixtus Walbrun, nicht wiedergesehen, seit sie sich vor vier Jahren am Abend ihrer Hochzeit von den Festgästen verabschiedet hatte, unter denen die Walbruns als einzige Angehörige von Hans Adams Seite gewesen waren. Das gräfliche Paar pflegte nur einen Teil des Jahres in Mainz zu verbringen. Im übrigen lebte Walbrun mit seiner jungen Frau auf Reisen, so wie es die Gewohnheit seiner lang ausgedehnten Junggesellenzeit gewesen war, und zwar waren es jetzt hauptsächlich Wien und Rom, wo er sich aufhielt, nachdem die politischen Zustände Paris unmöglich gemacht hatten. Die Triebfeder dieses unsteten Lebens lag durchaus nicht deutlich zutage. Hans Adam, guter Junge, der er war, und selbst Enthusiast und Kunstschwärmer, deutete alles aus der Sammlerleidenschaft und Kennerschaft seines Vormundes, in diesem Verhältnis hatte der Graf zu ihm gestanden, der dreifach so alt war als Maximiliane. Der alte Tracht indessen nahm keinen Anstand, den ihm äußerst zuwideren Walbrun für einen Leisetreter, für einen verkappten Pfaffen und verfluchten Jesuiten zu erklären, womit er der Wahrheit ebenso nahe kam oder ihr ebenso fern blieb wie sein Schwiegersohn. Denn, ob es persönliche Beweggründe, ob es geheime Missionen waren, die Walbrun zum Reisen veranlaßten: wer wollte es dem Alterslosen, Geschmeidigen, der undurchsichtig schien wie grauer Achat, nachweisen? Anscheinend sah nicht einmal Maximiliane ganz klar in das Leben des Gatten hinein. Aber was Maximiliane wußte oder nicht wußte, das, darüber hatte Cornelie von Anfang an keinen Zweifel gehegt, würde nie ein Dritter erfahren. Maximiliane hatte eine Art, unmerklich das Gespräch zu beherrschen, die eine etwaige Wißbegierde ihres Partners sich völlig erschöpfen ließ, ohne daß sie auch nur im entferntesten befriedigt wurde. Maximiliane hatte ein Lächeln ohne Arg, eine bereitwillige Liebenswürdigkeit, auf Fragen einzugehen, ohne sie zu beantworten, die aufreizend gewirkt hätte, wäre nicht zugleich Bezauberung davon ausgegangen, eben von diesem Lächeln des wunderbar gekanteten und schwellenden Mundes mit den vertieften Winkeln und von dem Spiel der geschwungenen zuckenden Brauen über den großen Augen, die jenes seltene, echte, sich niemals ins Grüne oder Blaue verfärbende Grau hatten – das Grau des bewegten Meeres an einem bedeckten Tage. Nicht, daß Cornelie je versucht hätte, Maximiliane zu ergründen; doch, immer in ihrer Nähe, als ein willenlos angezogener Trabant, war sie mehr als einmal Zeuge von Unterhaltungen geworden, die der Papa oder die Gräfin Voß oder einer der Herren des Zirkels, der Onkel Platen vielleicht, oder der schöngeistige Baron Knobelsdorff mit ihr geführt hatten. Maximiliane war groß, schmalgliedrig; ihre Haltung von selbstverständlicher Hoheit. Ihr weißes längliches Gesicht mit dem etwas zu schweren Kinn, der etwas zu kurzen, aber feinen Nase war voll Leben, aber immer beherrscht. Und wenn sich nach viertelstündigem Plaudern der andere klar wurde, daß er über alle Reize der Wiener Gesellschaft, über verwickelte Verwandtschaftsverhältnisse der europäischen Aristokratie, über Petersburger Hoffeste und das Zeremoniell bei den päpstlichen Empfängen unterrichtet war, nicht aber über die Gründe der letzten russischen Reise des Grafen oder über seine Verbindung mit der römischen Kurie, die allgemein angenommen ward, über die aber kein Mensch Näheres wußte, so lächelte Maximiliane immer noch arglos und zuvorkommend, hatte sie immer noch mühelose Wendungen, auszuweichen und das nicht von ihr angeschlagene Thema der Unterhaltung zu variieren, so daß es seinen eigentlichen Sinn verlor oder wie die spiegelnde Kugel auf der sprühenden Säule des Springbrunnens tanzte. Die Wirkung war, daß der Baron Knobelsdorff sie entzückt eine Göttin der Causerie nannte; daß Herr von Platen, alter Diplomat und Politiker, ihr am Ende des Gesprächs vieldeutig lächelnd das Kompliment machte, daß sie eine Frau, würdig des Jahrhunderts einer Katharina und einer Pompadour sei, und daß er sie bat, den Grafen beglückwünschen zu dürfen; daß die Gräfin Voß verschnupft, der Papa ergrimmt wurde, beide freilich in aller Form, was bei der alten Dame in gesteigerter, wennschon durchaus eisgekühlter Höflichkeit, bei Dubslaw Tracht durch Ausbrüche von Ruhmredigkeit zugunsten protestantischer Politik, angefangen bei Gustav Adolf und aufhörend bei seinem großen Kriegsherrn, in Erscheinung trat. Seinen Töchtern gegenüber erklärte er dann Maximiliane einmal beiläufig als »Satansköder von Rom« (ihren Gatten gleichzeitig als mauvaises Subjekt und päpstlichen Spion), welche Formulierung immerhin darauf schließen ließ, daß er ihr Macht der Verführung zugestand. Was diese Macht anbetraf, so wurde sie, wie Cornelie dumpf, aber sicher fühlte, von der Gräfin Walbrun ohne alles Vergnügen, ja, ohne alle Absichtlichkeit ausgeübt. Maximiliane war sich selbst und den eigenen Wirkungen gegenüber mehr als gleichmütig. Über der damals in der ersten vollen Blüte stehenden Frau lag es dennoch wie Reif; ihr ganzer Zauber, ihre lebhafte Liebenswürdigkeit waren gekonnt, wie die Haltung einer vorzüglichen Schauspielerin, die es sich nie erlaubt, aus der Rolle zu fallen, und die jeden zwingt, mitzuspielen, und sei es nur, damit sie selbst an sich zu glauben vermag. In Augen wie denen der jungen Cornelie von Tracht, die verwirrt auf sie blickten als auf eine Offenbarung vollendeter Schönheit und großer Welt, konnte sie mit einem Lächeln blicken, dessen Frivolität ihr selbst gleichwohl schmerzlich war. Sie war es gewesen, die den Bruder auf diese Mädchenerscheinung aufmerksam gemacht hatte und die Cornelie in das Walbrunsche Appartement in der Breiten Straße eingeladen, um sie mit dem Leutnant von Echter zusammenzuführen. Maximiliane mithin hatte bei der Entstehung dieser verhängnisvollen Verbindung die Hand im Spiele gehabt und, mehr als das: nur dem geheimnisvollen Magnetismus, den sie auf Cornelie ausübte, war es zu danken, daß Cornelie auf Hans Adam wie auf den ersten Mann sah, dem sie möglicherweise mehr Interesse würde schenken können als einem guten Tänzer und gewandten Plauderer, weil er eben der Bruder dieser Schwester war. Die weitere Entwicklung der Angelegenheit vollzog sich freilich ganz unabhängig von der Gräfin Walbrun, die überdies sehr bald nach dem Bekanntwerden der jungen Leute Berlin verlassen mußte. Hans Adam hatte mit seiner Schwester wohl nur den Stoff gemeinsam, aus dem die Natur sie sowohl wie ihn geschaffen, jedes der Geschwister nach geheimnisvoll verschiedenen Gesetzen formend, so daß er einem schönen, aber ganz dem Leben und dem täglichen Gebrauch dienenden Becher verglichen sein mag, während sie ein Schaugerät war, von Künstlerhand getrieben und ziseliert, dem Profanen entrückt und vielleicht einmal heiligstem Zweck zugedacht. Was die junge Cornelie mit dem jungen Hans Adam verband, war etwas ganz anderes als die dunkle, von Fremdheit überschauerte Anbetung, die sie für Maximiliane zu empfinden vermochte: war gemeinsame Wärme, gemeinsamer Rhythmus der Herzen, war ihre gemeinsame Jugend und das Wunder der gegenseitigen Anziehung ihrer Lebensströme, die nach dem Ausgleich verlangten, dem einzigen, der hier möglich war. Um hier das Gleichgewicht herzustellen, mußte die Leidenschaft stark genug sein, alle Widerstände, die sich von beiden Seiten einer Ehe entgegensetzten, zu überwinden. Die Verschiedenheit der Konfessionen, die für die Liebenden selbst weder in der Zeit ihres Sichfindens noch späterhin ein Anlaß zu Mißverständnissen werden konnte, da sie beide in der angeborenen Freiheit der Kinder Gottes das Joch der Gesetzlichkeit nie empfanden, sondern eben nur jene gemeinsame Freiheit unter einem guten Vater – sie wurde für ihre Angehörigen zum Anlaß einer leidenschaftlichen Bekämpfung ihrer Verbindung. Dabei kam übrigens nicht von seiten Hans Adams her der heftigste Widerstand; im Gegenteil war es die Familie Echter, die sich zuerst zu allen möglichen Konzessionen bereitfinden ließ, was in einem Briefwechsel zum Ausdruck kam, der von Mainz aus in einer sehr klugen und anmutigen Weise durch Maximiliane geführt worden war. Walbrun hatte in dieser Frage entschieden das letzte Wort, was nun wieder dem Entgegenkommen der anderen Partei in den Augen des alten Tracht fast allen Wert nahm. Verzichteten sie darauf, daß Cornelie übertrat, so hätte er jetzt am liebsten evangelische Nonnenklöster gegründet, nur um die Tochter in eins zu stecken und sie daran zu hindern, ihm katholische Enkel in die Welt zu setzen. Hätte Cornelie ihm nicht in aller Ruhe ihren Willen entgegengesetzt – Naturmacht wider Naturmacht –, wäre Hans Adam als Mann nicht so sehr ein Kerl nach dem Herzen des Alten gewesen – letzten Endes: hätten diese Fragen für den verwitterten Soldaten und Jäger tatsächlich Realität gehabt und wären ihm nicht nur eine Art Feldgeschrei gewesen, auf die hin eben blankgezogen werden mußte – es wäre nie etwas aus der Heirat geworden, die nun doch ein halbes Jahr nach Hans Adams Erklärung vollzogen wurde, wennschon sehr sang- und klanglos, in Berlin und nicht auf dem Gut, wie Cornelie es sich gewünscht hatte, und ohne die Anwesenheit des Brautvaters bei der Trauung. Denn diese letzte Demonstration hatte sich Dubslaw Tracht nicht versagen können. Er erschien erst zum Essen und, da er sich wohl schon über die vorhergehende Stunde mit einer guten Flasche hinweggeholfen hatte, in leidlich versöhnlicher Stimmung. Cornelie dachte nicht gern daran, wie diese Stimmung des Vaters sich im Verlauf des Festes gesteigert hatte. Stieg seine Erscheinung dennoch vor ihr auf, so wie er damals gekommen war, in der Paradeuniform, aber irgendwie unsoigniert, in der schlechten Haltung des Besiegten, der sich über seine Niederlage hinwegzurenommieren bereit ist, das Gesicht noch stärker gerötet als gewöhnlich, mit einigen neuen Kummerfalten in der schlaffen Haut um das schwache Kinn herum, dazu die blutunterlaufenen Augen stier und vorquellend unter den buschigen Brauen – sah sie ihn so vor sich, so krampfte ihr Herz sich zusammen, und wie damals war es ihr, als müßte sie ihn wie einen Knaben bei der Hand nehmen, hinausführen und ihn irgendwo zu einem Schlummer hinbetten, aus dem er genesen und wiedergeboren erwachen müßte als der junge, strahlende Offizier, den sie aus den frühsten Kinderjahren in Erinnerung hatte. Als ihre Mutter noch gelebt hatte. Ehe die Verzweiflung über ihren Tod und dann die Leidenschaft für Delphine Chaumard und alles, was die Ehe mit ihr an Folgen nach sich zog, und endlich auch deren Tod den Mann verwüstet hatten… Cornelie dachte nicht gern an ihre Hochzeit zurück, um sich nicht daran erinnern zu müssen, daß der Vater sie, vor Trunkenheit schluchzend, an die Brust gepreßt und nicht hatte loslassen wollen; daß erst das begütigende Poltern seines Leibhusaren Dubbike ihn vermocht hatte, sich zurückzuziehen, nachdem alle Beruhigungsversuche der anwesenden Herren vergebens gewesen waren…

Cornelie glitt über diese Bilder hinweg, als sie heute dennoch an ihren Hochzeitstag denken mußte, weil er eben die letzte Gelegenheit für sie gewesen war, Maximiliane zu sehen. Als sie vor einem Jahr nach Mainz gekommen war, hatte man die Walbruns der Krönungsfeierlichkeiten wegen ebenfalls erwartet, doch war der Graf damals auf der Reise an einem heftigen Anfall von Gallenkolik erkrankt und hatte Karlsbad aufsuchen müssen, anstatt seinen Repräsentationspflichten am kurfürstlichen Hofe nachkommen zu können. Die Entwicklung des Feldzuges und das Vorrücken der Revolutionsarmee ließen ihn nach Abschluß der Kur gar nicht erst an den Rhein zurückkehren, denn seiner politischen Voraussicht war die Okkupation des Rheinlandes durch Frankreich von vornherein das Wahrscheinliche. Noch ehe Custine Mainz nahm, waren die Walbruns nach Italien gereist. Sie hatten den Winter in Rom verbracht, hielten sich seit dem Mai auf Gütern österreichischer Freunde auf und waren nun, nachdem die alte Frau von Echter sie seit dem August auf der Heimreise glaubte und fast täglich das Kathrinchen zu Erkundigungen in den Walbruner Hof geschickt hatte, gestern, am 16. Oktober, bei sinkender Nacht glücklich eingetroffen.

Maximiliane hatte ihren Besuch für den Spätnachmittag ansagen lassen, und Cornelie saß seit einer halben Stunde in untätiger Erwartung und heimgesucht von Erinnerungsbildern ihrer Schwiegermutter gegenüber an dem Fensterplatz des großen Zimmers im Erdgeschoß.

Sie hatte sich so gesetzt, daß sie einen Teil der Straße in der Richtung, aus der die Schwägerin kommen mußte, überblicken konnte. Ihre Erwartung war weitaus erregter, unruhiger als die der alten Dame, die zusammengesunken dasaß und vor sich hinsah. Frau von Echter hatte zu keiner ihrer beiden Töchter eine besonders nahe Beziehung. Möglicherweise gab ihr Geist sich eben der hoffnungslosen Vorstellung hin, wie anders es sein würde, jetzt den Sohn erwarten zu können. Sie seufzte zuweilen und strich mit bebenden Händen über die Armlehnen des Sessels. Cornelie fühlte keine Notwendigkeit, sie aufmerksam zu machen, als Maximiliane plötzlich in ihrem Gesichtskreis erschien. Sie fuhr leicht zusammen, beherrschte sich aber und neigte sich nur wenig vor. Da kam die Gräfin Walbrun über das unebene Pflaster des Karmeliterplatzes herangeschritten. Sie ging leicht und sicher, mit beiden Händen ihr schwarzseidenes Mantelet zusammenhaltend, das sich über dem weiten Rock bauschte und in befransten Zipfeln bis zu den Knien ging. Auf der hohen Frisur trug sie einen kleinen flachen Florentiner

Strohhut, maßvoll mit schwarzsamtenen schmalen Bändern garniert. Dies alles nahm Cornelie mit unbeabsichtigter Schärfe wahr, auch, daß Maximiliane sehr weiß im Gesicht war und daß ihr schwarzes, spröde sich krausendes Haar nur so weit gepudert war, daß es grau erschien. Hinter ihr tauchte jetzt ein Lakai auf, der ihr, feierlich Abstand wahrend, folgte.

Der Umstand, daß der Bursche zwei Grabkränze über dem Arm trug, brachte Cornelie den besonderen Charakter dieses Wiedersehens jählings so stark zu Bewußtsein, daß sie, nur um nicht von ihrem Gefühl überwältigt zu werden, schnell vom Sessel aufstand, indem sie murmelte: »Jetzt! Ich glaube, sie kommt!« Im selben Augenblick ward der Klopfer an der Haustür gerührt.

Cornelie wohnte der Begrüßung zwischen Mutter und Tochter bei wie einem Auftritt, der sie weniger seines Inhaltes als der beiden Aktricen wegen anging. Sie nahm also kaum wahr, was vorging, und daß diese Begegnung sich äußerst zeremoniell vollzog. Frau von Echter erhob sich nicht; sie nahm Handkuß und Umarmung der Gräfin mit einer müden, halb segnenden, halb erwidernden Geste entgegen.

Maximiliane hatte an der öffnenden Magd vorüber das Zimmer in einer Weise betreten, die Entschluß und Unaufhaltsamkeit ausdrückte; gerade hieraus hatte sich Cornelie der Eindruck ergeben, daß sie befangen sei, und in der Tat war Maximiliane Walbrun niemandem in der Welt gegenüber unfrei als nur ihrer Mutter. Ihr Näherkommen hatte etwas von dem unfreiwilligen Heranbranden einer Woge, die am Strande ausläuft. Als sie sich aufrichtete und Cornelie zuwandte, war ihr Gesicht entspannt, ihr Lächeln natürlicher – es war ein schwesterliches Lächeln voll resignierter Teilnahme. Cornelie fühlte sich zart umfangen, fühlte Duft und Weichheit der seidenen Umhüllung und der sehr sanften Wangen Maximilianes und empfand traumhaft, daß es dieselbe große, unpersönliche Gebärde der Umarmung war, mit der die Schwägerin sie schon damals beim Kommen und Gehen und auch bei jenem Abschied am Hochzeitsabend begrüßt hatte, die sie überhaupt jeder ihr einigermaßen Nahestehenden zu schenken pflegte. »Welch ein Wiedersehn!« sagte sie atemlos und sank in den für sie bereitgehaltenen Stuhl, sich mit dem Spitzentuch flüchtig über die Augen fahrend, nicht nur zum Schein. »Meine Lieben!« Sie blickte im Zimmer umher. »Alles unverändert – und man sollte meinen, daß die äußere Welt vor allem andern den Stempel der Geschehnisse tragen müßte! Dies Zimmer«, sie blickte umher und sah Cornelie an, als sie fortsprach – »war das Heiligtum unserer Kinderzeit. Durften wir es einmal betreten, so war es, um Gäste zu begrüßen. Wir nutzten solche Gelegenheiten aus, um alles genau zu betrachten, und noch fühle ich die geheimnisvolle Wirkung, die einige dieser Bilder auf mich ausübten.«

Die Wände waren hier, wie in allen Räumen des Hauses, mit Gemälden bedeckt, die Hans Adams Vater im Laufe vieler Jahre gesammelt hatte; es waren hauptsächlich Landschaften und Genrestücke, fast alle holländischen oder niederrheinischen Ursprungs. Ein Kenner war Herr von Echter wohl nie gewesen, nur ein Liebhaber, jedoch ein geschmackvoller.

»Jener weiße Reiher, der dort in der dunklen Schlucht unter dem überhängenden Ufer des Baches steht, hatte eine zauberische Anziehung für mich. Hans Adam liebte das Bild mit den Schmugglern am meisten, die in der stürmischen Nacht durch den Bergwald ziehn. Cläre – ja, sie konnte sich nie von der großen Küche losreißen, in der es so prachtvolle Fische und so viel Gemüse gibt. Wo ist sie nur? Oh...«

Maximiliane hatte sich suchend umgewandt und das Bild gefunden, das, durch einen in der Leinwand klaffenden Riß entstellt, neben dem Ofen hing. Sie hob das Stielglas zum Auge. »Quel malheur«, murmelte sie, »wie geschah das?«

»Der Stempel der Geschehnisse, den du vermißtest, meine Liebe«, sagte Frau von Echter trocken. »Ein vulgäres Bild übrigens, um das es mir weniger leid tut als um die eingelegte Servante, die man mir ruiniert hat, und um das Sofa, auf das die Herren Offiziere sich gestiefelt und gespornt gelegt haben sollen, wie Kathrin erzählt, und was aus dem Zustand des Bezuges auch zu ersehen ist. Von anderen Schäden, die sogleich repariert werden mußten, habe ich dir noch mehr zu sagen, als mir lieb ist. Mon Dieu – der Stempel der Geschehnisse! Bist du denn blind durch die Straßen gegangen? Auch ich hatte bei meiner Heimkehr kein heiles Dach über dem Kopfe!«

»Ma pauvre mère!« Cornelie sah ein Zucken im Gesicht der Schwägerin, das sie noch nicht zu deuten wußte. Später lernte sie es als ein Anzeichen einer Nervosität kennen, die, obwohl stets beherrscht, sich im Verkehr mit der Mutter immer bei Maximiliane einstellte. Zuweilen war es, als wüßte Frau von Echter das auch ganz gut. Jetzt bewegte sie ungeduldig die Schultern: »Ich sage das nicht, um dein Mitleid zu erwecken, es sind nur Tatsachen, die besprochen werden müssen. Das mit dem Dach ist wörtlich zu nehmen; wir hatten eine Kugel darin und können Gott danken, daß es ein Blindgänger war und daß das Haus überhaupt noch steht! Immerhin mußten Balken eingezogen werden, und der Dachdecker hatte drei Tage zu tun. Ja, meine Liebe...«

»Gewiß, très chère Maman. Sie schrieben dies alles.« Maximiliane spielte mit den Fransen ihres Mantels. »Es wird ja alles geordnet werden, echauffieren Sie sich doch nicht!« Frau von Echter atmete in der Tat hastig und umklammerte die Lehnen ihres Stuhles, um ein Zittern des Körpers zu überwinden, das sie befallen hatte.

»Es waren letzten Endes auch nicht die Geschehnisse, die ich meinte«, sagte Maximiliane halblaut und sah Cornelie dabei an, um sich sogleich abzuwenden und, das Glas vor den Augen, noch einmal nach dem zerstörten Bilde zu sehen. »Eins der besten Stücke der Sammlung«, murmelte sie, »Sixtus wird es bedauern. Seine sonderbare Manie, kostbare Gemälde während seiner Abwesenheit immer in einem besonderen Gewölbe des Kellers unterzubringen, hat sich diesmal als vernünftig erwiesen – wie?«

»Lieber Gott! Er mit seinen Bildern! Daß er sie wieder an die Wand hängen kann, das macht die Toten des letzten Jahres auch nicht lebendig!« Maximiliane sah auf ihre Hände. »Aber sie scheinen dir keiner Erwähnung wert«, fuhr die Mutter in bitterem Tone fort. Maximiliane setzte zweimal zur Antwort an, blieb aber stumm. »Wir haben ihn alle verloren«, brachte sie endlich mühsam hervor. Diese Worte, und mehr noch der rauhe Ton, in dem sie gesagt wurden, nahmen Cornelie beinah die Fassung. Sie erhob sich hastig. »Ich werde ihn holen«, flüsterte sie. »Ja, hole ihn!« bat Maximiliane, die Hand vor den Augen.

Einige Minuten später trat Cornelie mit dem Knaben auf dem Arm wieder ein, während Kathrinchen mit der kleinen Delphine ihr folgte. Cornelie ließ sich auf ihrem Platz gegenüber der Schwägerin nieder; die Magd blieb stehen und schaukelte das kleine Mädchen, das unruhig war und klägliche Tönchen ausstieß. Maximiliane betrachtete den Knaben, auf den seine Mutter still niedersah, und der mit gelassenem Staunen auf die neue Erscheinung blickte, bis sein Ausdruck sich zu einem Lächeln löste, das von der Tante völlig erwidert wurde. »Ein kleiner Charmeur!« sagte Maximiliane entzückt, »welche Macht des Auges bei so unmündigem Alter! Sollte man nicht meinen, daß er sich seine Gedanken macht? Wahrhaftig, ich habe ein so wunderbares Strahlen nur bei den Christkindern italienischer Maler gesehen. Er ist von dem Venetianer Bellini vorausgeahnt und gemalt, dein Sohn!«

»Er ähnelt seinem Vater – und gerade durch diese Augen!« Frau von Echter hatte sich vorgebeugt, alle Bitterkeit war gewichen, sie streckte die Hände nach dem Kind aus, das sich beim Laut ihrer Stimme sogleich zu ihr gewandt hatte und nun mit eifrigen Bewegungen der Händchen zu ihr hinstrebte. Cornelie reichte ihn lächelnd hinüber und nahm Kathrinchen Delphine ab.

»Dies –«, sagte Maximiliane verwirrt, als bemerkte sie nun erst die Anwesenheit des zweiten Kindes.

»Dies ist meine Nichte, Delphine Loriot, die Tochter meiner Schwester Charlotte«, erklärte Cornelie kummervoll, und: »Freilich, ich war einen Augenblick zerstreut«, murmelte Maximiliane fast demütig und in aufrichtiger Verlegenheit. »Deine kleine Schwester – bei eurer Hochzeit war sie ein Kind – und nun... Welche Schicksale!«

»Es ist getauft?« fragte sie dann, da Cornelie, einer Antwort nicht mächtig, schweigend verharrte. Auch die alte Frau schwieg und sah über den an ihre Brust geschmiegten Kopf des Enkels hinweg starr vor sich hin.

Von diesem Schweigen der Mutter ging eine Macht aus, der Maximiliane erlag. Sie brach in Tränen aus und weinte eine Weile still vor sich hin. Die Magd, im Hintergrund des Zimmers stehend, schluchzte mit. Plötzlich sagte sie mit zerbrochener eintöniger Stimme: »Was das Demoiselle Lottchen hat durchmache müsse, das kann nur eins wisse, das dabei gewese ist. Die Preuße habe geschosse, und die Häuser habe gebrannt, und am

Boden in der Ehmännin ihre Stube hat das Demoiselle gelege in seinem Blut, und alleweil, wenn die Wehe gekomme sind, hat's gekrische, daß der Herrgott sie strafe wollt, und nach dem Herrn Leutnant hat's geschrie – aber zuletzt, da hat's keine Stimme mehr gehabt, und wie das Delphinche sie zerrisse hat, hat's nur noch geächzt...«

Auf dieses hin hatten Maximilianes Tränen gestockt, der Ausdruck entsetzten Lauschens, der einen Augenblick in ihrem Gesicht war, wich einer Haltung gesammelter Fassung. Sie trocknete ihre Augen.

Die drei Damen sahen einander nicht an. »Bring Sie das Kind hinauf, und hol Sie dann den Hans Christoph!« befahl Cornelie mit sanfter Stimme. »Ja, es ist getauft«, beantwortete sie jetzt erst voll Ernst die Frage der Schwägerin. »Der Vater legte Wert darauf; es geschah noch am Sarge. – Sie waren auch kirchlich getraut, er und Charlotte«, setzte sie nach einigem Zögern nicht ohne Überwindung hinzu – »in St. Christoph, vom Pfarrer Hobert.« Maximiliane blickte mit leiser Spannung auf sie. Sie sagte: »So wirst du das Kind...«

»Katholisch aufwachsen lassen wie seinen Milchbruder«, Cornelie sah die Gräfin ruhig an; ein kleines resigniertes Lächeln in ihren Augen war das einzige Anzeichen einer Erinnerung an alle Kämpfe, die diese Frage vor ihrer Hochzeit ausgelöst hatte.

Die alte Dame, jetzt ganz von Aufmerksamkeit für das Gespräch der Töchter gebannt, bemerkte kaum, daß die Magd ihr den Knaben abnahm. Maximiliane hatte sich vorgebeugt, ihre Hand lag auf Corneliens Knie. »Und du?« fragte sie leise mit gehobenen Brauen.

In Corneliens Zügen erschien ein Schatten von Trotz; sie sah ins Leere. Niemand wußte, daß dies einzig dem Vater galt, daß nur der Gedanke, ›ihm wird es ja gleich sein‹, dahinter stand. Maximiliane zog ihre Hand sofort mit Lächeln zurück, Frau von Echter sank in sich zusammen.

»Selbstverständlich, meine Liebe, wird weder heut noch je ein Mensch dich zu überreden suchen«, sagte Maximiliane voll Liebenswürdigkeit und nur eine Andeutung von Hochmut in der Stimme, was besagte: »Mich jedenfalls, mich bekümmert das nicht!« Denn wahrscheinlich wußte die Gräfin Walbrun ganz gut, daß der mögliche Übertritt der Schwiegertochter ein Lieblingsthema von Frau von Echter war. Cornelie blickte ihr frei in die Augen. »Laßt mir Zeit«, sagte sie, wohl wissend, daß diese Antwort als Zugeständnis gewertet werden mußte, da sie bisher immer nur ein entschiedenes Nein gehabt hatte. Maximiliane aber, als hätte sie kaum gehört, lächelte nur, erhob sich und beugte sich abschiednehmend zu ihrer Mutter.

Cornelie geleitete die Schwägerin hinaus. Auf dem Flur stand der Lakai in der Haltung eines Wachhabenden zu Dienst, über dem Arm die Kränze, deren traurig mahnender Duft sich ausgebreitet hatte. In einer an ihr ungewöhnlichen Befangenheit atmete Maximiliane tief, räusperte sich und sagte hastig: »Meine Liebe, ich beabsichtige... Ich – hatte an die Gräber gedacht... Würdest du vielleicht mit hinüberkommen?« Cornelie bejahte stumm. Platz und Gasse, die das Haus von der kleinen Mauerpforte des Friedhofs trennten, an der Seite der Schwägerin kreuzend, dachte sie flüchtig, daß ihre eigene häusliche Erscheinung wenig zu der eleganten der Gräfin und zu dem ihnen folgenden Diener stimmen mochte. Dies, ging es ihr durch den Kopf, wäre Hans Adam nicht recht gewesen. Und zugleich kam ihr erstmalig die Einsicht, daß sie sich nicht mehr nach Hans Adam richtete, denn es ließ sie sonderbar gleichgültig, zu wissen, daß er ihr Vorhaltungen gemacht haben würde, darüber, daß sie sich an der Seite seiner Schwester nicht auch äußerlich erkennbar als gleichgestellt zeigte. Dies, dachte sie mit Klarheit weiter, während sie zusah, wie nun Maximiliane dem Diener die Kränze abnahm und sie mit angemessenem Ausdruck im Antlitz und in der Neigung des Körpers auf die Hügelbeete der Gräber hinlegte, dies, Hans Adam, hat uns nun einerlei zu sein. Ja, auch dir, nicht wahr – dir mehr noch als mir! Und so erinnere mich nun nicht mehr an mein Musselinkleid und mein ungepudertes Haar... Du, der du nun ja erkannt haben müßtest...

Das Wilhelmchen bekam einen Kranz von festen kleinen Astern, ganz bunt. In dem für Charlotte waren Rosen, weiß und von Farbe nur angehaucht, vergänglich und zart. »Gleichen sie ihr nicht?« murmelte Maximiliane. Sie war errötet, und das vertiefte sich noch, als sie nun, sich bekreuzend, ins Knie sank und gesenkten Hauptes stumm die Gebete verrichtete, was Cornelie wieder seltsam unbeteiligt beobachtete, versucht, so lange auf und nieder zu gehen, und mit den Gedanken bei der ihrer wartenden Arbeit daheim.

Maximiliane erhob sich, tupfte sich mit dem Tuch leicht über die Augen, ließ den Blick abschiednehmend über die Gräber schweifen und wandte sich an den Diener, der ein paar Schritte entfernt stand, leise Ungeduld im Ton, als habe er sie die ganze Zeit über gestört. »Geh Er! Geh Er in der Kirche beten oder tu Er, was sonst ihm beliebt! Erwart Er mich beim Angelus in der Schustergasse!« Sie schob ihren Arm in den Corneliens. Sogleich vergaß diese die eigene Ungeduld und daß sie eigentlich gemeint hatte, keine Zeit zu haben, hier zu stehen und dem Schauspiel des Walbrunschen Trauerzeremoniells beizuwohnen. Maximilianes Hand lag mit unbewußter Liebkosung um ihren Puls geschlossen, und der Strom war eingeschaltet.

Dennoch war es ihr zunächst unmöglich, zu sprechen, und auch Maximiliane schwieg. Es war eine Art Ekstase der Sympathie, die Cornelie in der Nähe dieser von Hans Adam so geliebten Schwester befiel, und außerdem flößte ihr Maximiliane ein Gefühl von Ehrfurcht ein, ganz verschieden von der ungelenken Scheu, die das märkische Landfräulein einst der Dame der großen Welt gegenüber gefühlt hatte, dieser unanfechtbar großen Dame, die am Hofe des zweiten Friedrich Wilhelm wie ein unter einer Perlhuhnzucht verirrter Edelfasan gewirkt hatte. Es geschah ihr, daß sie für eine Minute von ihrer Umgebung nichts wahrnahm, nicht die eingesunkenen efeuüberzogenen Gräber zu beiden Seiten des Weges, den sie entlangschritten, noch die gilbenden Linden und Kastanien vor dem goldgrün sich klärenden Abendhimmel, die Fensterwände der angrenzenden Häuser nicht und die im Hintergrund schattende Klosterkirche, aus der geisterhaftes Orgelspiel drang. In dieser Verfassung begriff sie, daß eine Veränderung in Maximiliane vorgegangen war und daß Maximiliane ihr das durch die Art, wie sie sich auf sie lehnte, kundtun wollte. Mehr als diese Tatsache begriff sie einstweilen nicht.

»Die Maman darf sich keinen unnötigen Sorgen hingeben«, begann Maximiliane jetzt, »aber es ist wohl nicht möglich, sie zu überzeugen, daß sie keinen Grund dazu hat. Cläre erzählte mir als erstes, daß sie von nichts anderem spräche als von den Mitteln, die sie nicht besitzt, und daß sie daran dächte, das Haus zu verkaufen und nach Frankfurt ins Stift zu ziehen. Ich fange davon an, weil du vielleicht nicht ermessen kannst, daß derartige Sorgen ihr von jeher ein Lebensbedürfnis waren und daß, solange Sixtus lebt, ihre Position ebenso gesichert ist wie die meine. Was freilich sein wird, wenn – er uns einmal verlassen sollte, kann ich heut noch nicht sagen. Er hat Verluste bei dem französischen Umsturz gehabt, und der größte Teil seiner jetzigen Einkünfte hört mit seinem Tode auf. Du weißt, daß die Walbrunschen Güter Fideikommisse sind . . . Was mich angeht – lieber Gott . . .«

Sie war an der Wand der Kirche, die sie jetzt erreicht hatten, stehengeblieben und neigte sich vor, um die Efeuranke, die eine in das Gemäuer eingelassene Grabtafel teilweise verdeckte, beiseite zu schieben. Cornelie, sich niederbeugend, entzifferte im letzten Tageslicht die ersten Zeilen der Inschrift und las den Namen »Sixtus, Edler Graf von Walbrun« mit jähem Erschauern.

»Ein Großonkel«, sagte Maximiliane gleichmütig und wandte sich ab. »Ich sehe mir diese Tafel bei Gelegenheit immer an – mag sein, um mich beizeiten abzuhärten.«

Dies war ein Versuch, einen Ton vergangener Zeit anzuschlagen; er gelang merkwürdig schlecht. »Sixtus«, fuhr Maximiliane erstarrend fort, »wird nicht mehr lange leben. Nach seinem schweren Unfall wollten ihm die italienischen Ärzte nicht mehr als drei Jahre geben. Nun, wir werden hören, was die hiesigen meinen; wir haben für morgen ein Konsilium zu uns geladen, und Wedekind wird mich nicht im unklaren lassen. Oh, du wirst Sixtus nichts anmerken, meine Liebe. Du kennst seine bewunderungswürdige Tenue. Dennoch . . .«

Nach einem kurzen Verstummen, während dessen Cornelie ihren Arm heftig umklammert fühlte wie von der Hand eines Kranken, der von Schmerz überfallen ist, stieß Maximiliane ein gepreßtes Lachen hervor: »Aber nein – die Maman sollte sich doch nicht sorgen! Ist es denn möglich, daß sie länger leben könnte als er? Cornelie, das ist doch nicht möglich! Das müßte sie sich doch sagen . . .«

Cornelie, die unterdrückte Erregung in den Worten spürend, drückte Maximilianes Arm und sagte sanft: »Sie sind gleichaltrig, nicht wahr?«

Maximiliane schwieg eine Weile. Dann sagte sie seufzend: »Ich habe das nie fassen können, verstehst du? Sie ist meine Mutter – als ich heiratete, erschien sie mir alt. Er – mein Mann – ist er denn alt?«

»Aber das geht uns allen so, Maximiliane«, sagte Cornelie leise. »Sixtus ist weder alt noch jung, er ist – eben Sixtus«, schloß sie hilflos.

Maximiliane grübelte traurig weiter.

»Einstweilen – einstweilen sollte sie aber doch ruhig sein. Noch ist ja alles gut und sicher. Und« – dies redete sie so leise, daß Cornelie es gar nicht auffaßte – »wenn ich nach seinem Tode einmal nicht ins Kloster gehen sollte, würde das Domkapitel mir ja eine Rente aussetzen.«

Cornelie schob ein: »Was mich betrifft, so wird die Großmama Reddien mir vom 1. Jänner ab die Einkünfte von Parin zuschreiben, was doch einmal an mich fällt. Allzuviel wird es ja nicht sein, aber du weißt, daß ich die Maman nie im Stich lassen würde!«

Maximiliane sagte ernst: »Ich danke dir. Aber erinnere die Maman nun auch immer hieran – an die Pension, die mir ja zuständе. Es wird sie beruhigen. Von – dem übrigen schweige einstweilen. Ich habe es noch zu niemand gesagt als zu ihm – der es nicht glaubt . . .«

»Das übrige –«, Cornelie wandte sich ihr verwirrt zu, jetzt erst begreifend, was Maximiliane gesagt. »Ja, willst du denn sagen . . . Verstehe ich dich richtig? Du, Maximiliane, wolltest . . .«

»Bei den Klarissinnen eintreten, wenn Sixtus einmal nicht mehr ist.« Maximiliane sah ihr still in die Augen. »Ja – du verstandest richtig . . .«

Cornelie spürte wieder den fast schmerzenden Griff der Hand, die um ihren Arm lag, und war nicht imstande, ein Wort zu äußern. Jetzt setzte das Angelusläuten ein, und Maximiliane wandte sich der Kirche zu. »Maximiliane«, stammelte Cornelie, als sie beim Abschied die Lippen der Schwägerin auf ihrer Wange fühlte. Aber da war die andere schon unter der Kirchentüre und grüßte mit einem fernen Lächeln zurück.

VI

Für den Sonntagmittag, der auf die Heimkehr der Walbruns folgte, sahen sich Frau von Echter und Cornelie zu einem Familienessen bei Breithardts eingeladen. Breithardt trat aus seinem Kabinett, als die Damen im Vorzimmer ablegten; er sah erhitzt und einigermaßen verstört aus, küßte ihnen aber mit seinem gewohnten Zeremoniell, das um eine Kleinigkeit zu betont wirkte, die Hände. Drei der Kinder, die hinter ihm herausgedrängt kamen und den freien Vormittag des gutmütigen Papas ausgenutzt haben mochten, wurden zur Begrüßung kommandiert und ungeduldig ermahnt: »Ah, quelle horreur, Madeleine! Du wirst nie bei Hof möglich sein! Jean-Marie, du hast allzuviel von dem langen Landaufenthalt profitiert! Jettchen, was soll die Grand'maman von so einem Knicks denken! Allez! Marche, fort mit euch!« Dann schritt der kleine rundliche Mann mit nicht ganz beherrschtem Wiegen und Drehen von Hüften und Bäuchlein voran, die Saaltür zu öffnen: »Teuerste Maman! Liebe Schwägerin...« Er tupfte sich das Gesicht seufzend mit dem seidenen Schnupftuch ab. »Sie sehen uns in tiefer Verlegenheit. Aber nehmen Sie doch Platz, wenn ich bitten darf! Cläre wird sogleich... Warum? Jawohl! Warum? Nun, es ist unerhört – wäre unerhört, wenn es nicht schon fast das Gewohnte und Selbstverständliche geworden wäre! Im letzten Augenblick... Eine Stunde vor Tisch... Nun, genau wie vor zwei Jahren, als eine ganze Gesellschaft, darunter mein hochverehrter Freund und Gönner, der Domherr von Eltz aus Würzburg, auf ihn wartete – nicht anders wie damals – eine Stunde vor Tisch, ich bitte Sie! – läßt er absagen! Wer? Ei, wer! Wer anders als Ihr reichsunmittelbarer Herr Vetter und Schwiegersohn samt Gemahlin. Und ich...« – er fuhr verzweifelt mit beiden Händen in die Luft – »der ich den Herrn von Bienstock eingeladen habe, exprès, damit er mit Walbrun bekannt wird und durch ihn seine Affäre mit dem Kloster Himmelfahrt höchstenorts zur Sprache bringen lassen kann... Wie steh' ich nun da?«

»Ich kann mir nicht vorstellen, daß es nicht Gründe von Importanz sein sollten, die Sixtus veranlassen...« Frau von Echters Blick ging genau eine Linie über das aufs akkurateste geformte Toupet Breithardts hinweg zur gegenüberliegenden Wand.

»Gründe – mon Dieu!« Breithardt kramte verdrießlich in seinen Taschen und brachte ein Billett zutage, das er unsanft entfaltete. »Seine privaten Affären sind ihm von jeher wichtiger gewesen als Familienrücksichten! Was schreibt er da? Mmm – na... also: ein von Rom her nach den Niederlanden durchreisender Besuch, dessen besondere Natur mich zwingt... Ah bah! – als ob es nicht die Möglichkeit gäbe, zu erklären: Désespéré, Monsieur, mais je suis occupé... Nun, ich habe doch recht?«

Der Eintritt seiner Frau ließ ihn auf Antwort verzichten und mürrisch zur Dose greifen. Cläre, atemlos, ungleichmäßig gepudert und in einen hellen kleinblumigen Seidenstoff gekleidet, der auf ihrer fülligen Gestalt unverhältnismäßig jugendlich und zudem gewaltsam gereckt und durch Spitzenbahnen erweitert erschien, mischte in die Begrüßungsumarmungen Ausrufe, wie: »Ihr habt es gehört? Was sagt ihr? Nun – unglaublich, nicht wahr?! Aber ich – ich ahnte es gleich!« Sie ließ die großen Kirschenaugen von der Mutter zu Cornelie rollen, wobei sie den hübschen, lose wie immer frisierten Kopf schwer wiegte, um ihn gleich darauf leidenschaftlich zu schütteln. »Ihnen freilich – ihnen macht es nichts aus, ob für acht oder zehn Personen gekocht ist, und das ganze Menü auf den einen Gourmand eingerichtet!«

Frau von Echter hatte gerade noch Zeit, zu bemerken, Walbrun sei nicht aus Gourmanderie, sondern wegen seines Gallenleidens zum Einhalten einer bestimmten Diät gehalten. Dann trat der im Hause einquartierte preußische Leutnant von Rühle ein, dem Herr von Bienstock, ein Gutsbesitzer aus der Hanauer Gegend, auf dem Fuße folgte, womit denn das Familiengespräch seinen Abschluß erhielt. Gleich darauf vervollständigten die Tanten Perpetua von Echter und Modeste von Schönau die Gesellschaft, zwei alte Cousinen, deren Zusammenhang mit der Familie ohne Aktenmaterial zwar kaum nachweisbar war, der aber trotzdem nie angezweifelt und durch die zur unerschütterlichen Gewohnheit gewordene Einladung zum Sonntagmittag – reihum bei Frau von Echter und den Töchtern – stets von neuem anerkannt wurde. Da man nun, wie Breithardt mit resigniertem

Achselzucken in die Richtung des inzwischen von ihm über Walbruns Absage unterrichteten und recht sauer sehenden Bienstock bemerkte, »niemand mehr zu erwarten hatte«, begab man sich zu Tische ins Nebenzimmer, dessen Türflügel Kaspar Pratzler bereits einladend aufgetan hatte. Pratzler war die Woche über Amtsdiener und Botengänger in der kurfürstlichen Kanzlei; des Sonntags und bei allen besonderen Gelegenheiten gab er dem Breithardtschen Hause im bouteillengrünen Rock mit Wappenknöpfen und weißbaumwollenen Handschuhen das gewisse Relief, zu dessen Aufhöhung weibliche Dienstboten scheinbar nie ausreichen.

»Die Kinder?« fragte Cornelie ihre Schwägerin, als man sich niedergelassen hatte und sie sich an der runden Tafel zwischen Bienstock zur Rechten und Cläre zur Linken gesetzt fand. »Die Kinder? Mon Dieu!« Cläre war vollauf davon beansprucht, Pratzler beim Herumreichen der Crème d'orge zu beaufsichtigen. Als jeder seinen Teller hatte, kam sie zu sich. »Die Kinder, meine Liebe!« sagte sie gedehnt, »du meintest, sie würden mit uns essen? Guter Gott, wie wenig du sie kennst!« Dann, nach ein paar Löffeln Suppe: »Außerdem – es war doch mit der Anwesenheit unseres beau-frère et bon vieillard gerechnet! Er hat eine Aversion gegen Kinder im allgemeinen und gegen meine im besonderen, wie ich glaube. Nein, sie haben ihren Katzentisch in der Wohnstube mit einem Gemüs von gestern und einem blanc-manger. Was glaubst du, daß sie vertilgen! Ich werde gerade die Forellen und den Rehbraten auch noch für sie mitberechnen... Doch, was ich sagen wollte«, fuhr sie mit gedämpfter Stimme fort, »du mußt mit dem Arrangement der Plätze Nachsicht haben. Die Tischordnung war ein Kunststück (und als sie das erstemal fertig war, sagten Walbruns ab). Ich hätte dir gern deinen Landsmann an die linke Seite gegeben, aber...« – noch leiser – »da sich die beiden alten Krähen immer zu hacken anfangen, wenn man sie zusammensetzt – da sie es außerdem tödlich übelnehmen, wenn man ihnen keinen Kavalier gibt... Du siehst, Perpetua ist schon verschnupft, weil Modeste zwischen zwei Herren sitzt und außerdem den Hausherrn zur Linken hat – und sie ist doch nun einmal die ältere – dreiundachtzig, die Perpetua nur neunundsiebzig...«

»Sie sehen wieder vortrefflich aus, ma tante«, wandte sie sich jählings nach links, von woher es allerdings wie Grabeshauch wehte. Von rechts her war es nicht besser, denn Herr von Bienstock schien eine Enttäuschung über das Nichterscheinen des Grafen keineswegs leicht und elegant zu verwinden. Er löffelte seine Suppe in abgründigem Schweigen, unzugänglich allen Erheiterungsversuchen, die der Kabinettsrat machte, indem er über seine Schwiegermutter hinweg sich bald neckisch, bald nachdenklich, bald politisch, bald landwirtschaftlich, bald Finanzfragen betreffend – kurzum: funkelnd, an den versteinerten Gast wandte. Dieser, ein außerordentlich breitschultriger Herr, dessen Muskulatur den maikäferbraunen Frack allerwärts zu sprengen drohte und dessen massives rotes Gesicht mit den starren blauen Augen überhaupt nur weniger Veränderungen fähig schien, gab eben die notdürftigsten Antworten und beschränkte sich seinen Nachbarinnen gegenüber auf das Mindestmaß an herkömmlichen Redensarten, was Frau von Echter ihm durch betonte Unnahbarkeit noch erleichterte. Da redet man immer von der preußischen Steifheit, dachte Cornelie still erheitert, nachdem sie ein paar Versuche zu einer fortlaufenden Unterhaltung gemacht hatte. Nun sehe einer, wer hier an diesem süddeutschen Tisch allein unbefangen und wohlerzogen Konversation treibt! Ihre Augen begegneten denen des jungen Rühle, der sich aufs artigste der Tante Modeste gewidmet hatte und soeben sein Glas zum Munde führte, eine Geste, die ihm erlaubte, das Lächeln, das er bei Corneliens Gesichtsausdruck nicht unterdrücken konnte, wenigstens zu verbergen. Auch Cornelie griff nach ihrem Glase. »Vivat Preußen, Herr Leutnant!« Eine Stille entstand in der Runde. Dann sagte Breithardt mit einer Betonung, deren Sinn nicht ganz durchsichtig war:

»Ein Toast, in den wir Mainzer einzustimmen freilich allen Grund haben! Denn – wo wären wir jetzt – ohne Preußen!«

Die Gläser klangen aneinander. Gleich darauf saß Cornelie sonderbar entrückt und in sich versunken da. So wie Vesperys Laterne vor drei Monaten das Dunkel jener fürchterlichen Nacht jäh erhellt und ihr das Gesicht jenes preußischen Patrouillenführers beleuchtet hatte, jenes Leutnants, der ihr dann eine Schutzwache bis zum Hause der Ehmännin nachsandte, so zerteilte das goldene Licht des Weines plötzlich das Dunkel der

Erinnerung, und sie wußte: jener junge Offizier damals – es war Rühle gewesen! Und dies wußte sie auch, daß er sie gleich zu Anfang wiedererkannt, denn nur so war die tiefe Brüderlichkeit seines Ausdrucks, wenn er sie ansah, zu verstehen.

Benommen wandte sie sich dem Schwager zu, der mit dem Siegelring an sein Glas geschlagen, sich von seinem Sitz erhoben – sich geräuspert hatte und, tiefsinnig vor sich hinstarrend, dastand, bis Pratzler mit der Champagnerflasche die Runde um den Tisch vollendet hatte.

»Meine verehrte Frau Schwägerin ist mir mit dem Toasten zuvorgekommen«, begann er dann und räusperte sich von neuem; Cornelie wußte auf einmal, welchen fauxpas sie begangen hatte! »Nun, halten wir das der preußischen Schneidigkeit zugute, der wir ja in der Tat – hm... Verehrte Anwesende! Meine lieben Gäste! Zum erstenmal nach einem Jahr des Schreckens, der Flucht, der Zerstreuung sehe ich Sie wieder um meinen Tisch versammelt, bei Leben und Gesundheit, gottlob! um nichts verändert, als eben um die Erfahrungen dieses wilden Jahres. So vollzählig freilich nicht, wie ich wünschte...«

Cornelie senkte den Blick, überzeugt, daß diese im Ton persönlichster Kränkung ausgesprochenen Worte sich auf die bösen Walbruns und nicht etwa, wie es nahegelegen hätte, auf Hans Adam und Charlotte bezogen, was sie aufs peinlichste reizte, zu lachen... »Nein, vollzählig nicht – Gott sei's geklagt, nicht mehr vollzählig«, wiederholte der Kabinettsrat in eigener erschrockener Erkenntnis seiner Zerstreutheit und mit einer Wendung zu Frau von Echter. Worauf er schnell gefaßt fortfuhr:

»Aber immerhin doch in dem Bewußtsein, daß der Himmel versucht hat, zu ersetzen... Zwei junge Leben... hm... Warum soll ich Sie unnötig weich machen? Der Augenblick – er braucht unsere ganze Kraft! Und noch steht es, unser goldenes Mainz! Steht, allem sansculottischen Übermut zum Trotz, und nicht lange, meine Freunde, wird es währen, bis sein alter Glanz sich erneut. Unter dem Schutz unseres allergnädigsten Herrn, der uns den Frieden wiedergebracht hat...«

Cornelie wagte einen Blick hinüber zu dem Vertreter der rettenden Heeresmacht und fand ihn starr geradeaus sehend, mit leise zuckenden Nasenflügeln –

»...erblühen von neuem Handel und Wandel, höfischer

Glanz, Bürgerstolz und Familienglück. Und darum, verehrteste Gäste, fordere ich Sie auf, Ihre Gläser zu erheben: Unser allergnädigster Kurfürst und Herr – Vivat! Er lebe!«

Nachdem die Gesellschaft stehend diese Gesundheit ausgebracht hatte, geschah es, daß Herr von Bienstock, vielleicht durch den tanzenden Geist des Champagners angeregt, sich zu seiner Stimme zurückfand, einer seinem Brustkorb entsprechenden dröhnenden, nicht überhörbaren Stimme, was er durch die Erzählung einer Anekdote bewies.

»Nämlich die Heimkehr des Kurfürsten!« sagte er schallend und lachte herzlich. »Ausgezeichnet! Da muß ich Ihnen etwas erzählen, was ich gestern an der Table d'hôte im ›Lämmchen‹ gehört habe! Es hatten ihm – Erthal –« (so nannte dieser Mensch in des Kabinettsrats Gegenwart den hohen Herrn einfach mit seinem Familiennamen!) – »am Neuen Tor doch die Metzger die Pferde ausspannen und sich selber dafür einspannen müssen, damit den Untertanen die eigene Begeisterung so recht zum Bewußtsein käme! Ja, der Albini! Das ist schon ein Kanzler! Der hat's heraus, wie man's macht! Und als da der Zug beim Roten Turm vorüberkommt, wo die Klubisten eingelocht saßen: schwebt doch da ein Papierchen herunter – und was steht darauf?«

Bienstock legte die Hand wie einen Schalltrichter vor den Mund – er strahlte: »Jetzt passen Sie auf:

Jesus zog in Salem ein,
Von einer Eselin getragen.
Sein Knecht muß aber größer sein –
Zwölf Ochsen ziehen seinen Wagen!« –

Wer hierauf lachte, war eigentlich außer Bienstock selber nur Pratzler, den es derart schüttelte, daß er den Wein daneben eingoß, was ihm einen heftigen Anschnauzer Breithardts eintrug, der im übrigen nun seinerseits versteinert dasaß und nur mit der Hand auf den Tisch trommelte. Dem Leutnant war ein kurzer Laut tiefster Erheiterung entfahren, worauf er aber gleich so tiefernst ins Leere starrte, daß Cornelie die Hand über die Augen legen mußte, um Haltung zu wahren. Tante Perpetua wechselte Blicke mit Cläre, Tante Modeste versuchte dasselbe mit Frau von Echter, die aber dermaßen erstorben aussah, daß Tante Modeste nichts übrigblieb, als die Augen ausdrucksvoll zur Decke aufzuschlagen und dann dem Kabinettsrat zuzuflüstern: »Magnifique, Ihre Rede, mein teurer Neveu!«

Die ärgerliche Pause endete damit, daß von Bienstock sich gründlich verschluckte und unter Keuchen und Prusten beinahe erstickte, woran Pratzler ihn durch freigebiges Beklopfen seines breiten Rückens erfolgreich verhinderte. Damit war das Eis jedoch endgültig gebrochen. Als Bienstock blaurot hinter seiner Serviette auftauchte, mußte er, noch einmal vor Seligkeit kopfschüttelnd, wennschon nach Atem ringend, vor sich hin kichern. Dann wandte er sich Cornelie zu und unterhielt sie bis zum Schluß des Essens so angelegentlich von seinen Erlebnissen während des Kriegsjahres, daß diese nicht umhin konnte, den wackeren Mann und guten Kerl in ihm zu erkennen. Dennoch ersehnte sie die Aufhebung der Tafel, denn es entging ihr nicht, daß jetzt Bienstock der einzige war, der harmlos konversierte, und daß im übrigen des Kabinettsrats Verstimmung vollends lähmend auf den ohnehin unfruchtbaren Geist der Gesellschaft wirkte. Daran änderte sich auch nicht viel, als später, beim Kaffee, die drei alten Damen auf dem Kanapee im Saal thronten, Breithardt mit Bienstock sich zu einer Besprechung in sein Kabinett zurückgezogen hatte und ihr sich der Leutnant nun näherte, um ein Gespräch über die gemeinsame Heimat zu beginnen. Vielleicht war es die Nachwirkung des Weines, die sie ein wenig umnebelte: Cornelie sah eine Weile wie im Traum auf den langen hübschen Menschen, der da in respektvoller und doch leichter Haltung vor ihr stand. Die vertraute Uniform, der langentbehrte Tonfall der Sprache, die alten Namen der heimischen Sippe und Gesellschaft, die aufklangen – alles verzauberte sie, und zugleich ward ihr weh. Plötzlich ward es ihr klar, was sie dachte. Es waren lauter Erwägungen wie: Wenn nun die Maman doch in das Stift zöge, könnte ja ich mit den Kindern... Es braucht ja nicht Hölkewiese zu sein... Die Großmaman würde uns aufnehmen...

»Nein, nein, Herr Leutnant«, sprach sie hastig, sich gewaltsam zur Aufmerksamkeit auf das, was er sagte, zwingend, »ich denke nicht daran, Mainz zu verlassen. Ich wüßte auch nicht, was mich dort hinauf ziehen sollte, während mich hier genug festhält.«

Sie machte eine Bewegung, als wischte sie etwas fort, und blickte sehr fest und ruhig in seine blauen Augen empor, die einen leicht ungläubigen Ausdruck hatten und sich nun abwandten, fast als geschähe es aus Ritterlichkeit. Sie begegnete dem Blick der alten Frau, der mit einem Ausdruck grenzenloser Erleichterung auf ihr ruhte, wenn er auch gleich wieder fortschweifte, seufzte auf und war versucht, ihr Gesicht zu verbergen. Er hat schöne Hände, dachte sie leer, als Rühle sich nun neben ihr niederließ und seine Tasse auf den Tisch stellte. Wo sitzen die Rühles doch? Ach, in der Uckermark. Welches Gut er wohl einmal übernimmt... Mein Gott – und ich hier – immer in einer Stadt... ich... Diese Häuser mit den engen Gärten... Und er, Christoph – mein Kind...

Erschreckt, aber wehrlos fühlte sie die ungewollte Einwirkung des Menschen an ihrer Seite, der sie hineinzog in das Licht seiner inneren Vorstellung: klare Ebene, von großem Himmel überwölbt; karge Welt, aber rein in Form und Ausmaß – Welt, wie sie einst einzig erschienen war, maßgeblich und unübertrefflich. Und warum dennoch heute fremd? dachte Cornelie verwirrt, sich außerhalb fühlend wie vor einer gläsernen Wand, und nicht imstande, zu erfassen, wie tief das Blut der Kinder, die sie getragen, nun teil an ihr hatte...

Cläre trat mit Jean-Marie und Madeleine ein, erhitzt wie immer, wenn sie Mutterpflichten obgelegen hatte; und es war gut, daß sie kam, allein, um das Interesse der Tanten zu zerstreuen, die sich unter Verzicht auf alle eigene Unterhaltung auf das Gespräch zwischen Cornelie und dem Leutnant eingestellt hatten, wie auf einen entscheidenden Dialog im Theater. Gleichzeitig erhob sich der Leutnant mit einem erschrockenen Blick auf die Stutzuhr und bat, sich verabschieden zu dürfen: Dienst! Großmutter und Tanten ließen die Kinder so bald nicht los. Cornelie ergriff die Schwägerin beim Arm und zog sie hinaus. »Die Kleinen«, sagte sie, von Sehnsucht nach den eigenen ergriffen, »wo sind sie? Ich will sie noch sehen, und dann ist es auch für uns höchste Zeit. Ich habe auch Dienst, nicht wahr...« Lachend preßte sie unwillkürlich die Hände gegen die volle Brust. »Sie werden schon toben, die meinen.«

»Immer laß sie toben!« Cläre war vor dem Spiegel im Vorzimmer stehengeblieben, ordnete ihre Locken und zupfte an dem Fichu, das, der Mode nicht ganz entsprechend und ungewöhnlich groß, plötzlich Cornelies Aufmerksamkeit erregte. Das Fichu... aber wahrhaftig, ja, das mußte es sein! Hans Adam hatte es »le manteau de résignation« genannt, in den seine Schwester sich wenigstens alle zwei Jahre zu hüllen pflegte. Cornelie erblickte es zum erstenmal, denn als sie vor einem Jahre nach Mainz kam, war der kleine Franz Josef soeben geboren. Und nun also – fünf, sechs – also sieben! Plötzlich fiel es ihr ein, daß Cläre dafür bekannt war, zu meinen, daß man ihr »bis zum neunten Monat nichts ansähe«, was sie jetzt auch durch einen unbesonnenen Blick nach den Augen der Schwägerin und prüfend zurück zum Spiegel bewies, so daß Cornelie, Unbefangenheit heuchelnd, sich ebenfalls mit ihrer Frisur zu beschäftigen anfing. »Ein charmanter Mensch, der Leutnant, nicht wahr?« meinte Cläre nachdenklich, sich selbst und Cornelie vergleichend im Spiegel musternd. »Aber, was ich sagen wollte: ja, laß sie toben! Wir haben mehr auszuhalten und toben auch nicht. Da haben sie nun Schokolade bekommen, des Sonntags wegen, und meinst du, daß auch eins von ihnen, außer Madeleine und Jean-Marie, noch zu zeigen wäre? – Monika, kleiner Teufel, weißt du, daß dies dein einziges gutes Kleid war, ein allerschönstes, aus Mutters Ballrobe, in der sie sich verlobt hat?«

Sie hatten das Wohnzimmer betreten, einen großen hellen Raum mit einem Alkoven im Hintergrund, und nur mit dem Nötigsten ausgestattet. Cläre putzte unmutig an ihrer vierjährigen Tochter herum, die mit ihren eigenen Herzkirschenaugen schicksalsgewärtig zu ihr aufsah. »Ah, welch ein Sonntag wieder!« seufzte die geplagte Mutter, sich zu dem Fensterplatz wendend und die fünfjährige Marie-Henriette zornig übersehend, die sich hinter einen Stuhl zurückgezogen hatte und vorsichtig um die Lehne herumspähte. Cläre nahm der alten Magd die kleine Nanette ab. »Zieh Sie den Demoiselles die Schmierkittel an – zur Strafe! Und du, mein Goldenes, du bist noch zu klein, du kannst nichts dafür. Du darfst dich noch schwarz machen – so! – Der Franzel? Der schläft, Gott sei Dank! Und du hast wieder Leibweh, Nanette, gell, sonst wärst du nicht so still. Ah, es ist schon ein Leben!«

Cornelie streckte die Arme aus. »Gib sie mir her, ich streich es ihr weg, wie der Maman die Migräne.« Cläre reichte ihr das Kind, das zarteste und schwächste ihrer Schar, das sich gehorsam lächelnd in alles ergab. Den Blick zum Fenster wendend, lehnte sie sich erschöpft zurück; die ganze Beschattung durch ihren Zustand ward auf ihren Zügen jäh sichtbar. »Wie das ärgerlich ist, was uns da der Sixtus wieder eingebrockt hat!« seufzte sie. »Der Bienstock will uns doch schon immer die Hypothek kündigen... Ja, er hat eine Hypothek auf Weierhof...« – das war das Breithardtsche Gut – »und wir hatten halt gehofft, wenn der Sixtus sich seiner Affäre angenommen hätte... No, das war wieder nichts.«

»Er hat seine Zeit nicht so in der Hand, der Sixtus«, meinte Cornelie begütigend. »Die hohe Politik – nicht wahr? Und wenn Maximiliane sich vielleicht für Bienstock verwendet...«

»Ach, hohe Politik! Und Maximiliane!« sagte Cläre voll Überdruß. »Breithardt sagt immer, daß der gute Sixtus längst ausgespielt hätte und seine Rolle gewaltig überschätzte; alle Herren meinen das, und wenn du denkst, daß meine Frau Schwester je dazu zu gebrauchen wäre, ihrem vergötterten Großmogul irgend etwas zum Vorteil ihrer Familie beizubringen, dann bist du sehr auf dem Holzwege. Heilige Clara! Was hat sie für Ausflüchte! Alles wird ihm zuviel. Er ist überlastet. Er muß geschont werden...«

»Sie scheint sich nicht mit Unrecht um ihn zu sorgen«, meinte Cornelie, »nach dem, was sie neulich mir sagte...«

»Wann hat sie sich nicht gesorgt!« Cläre schlug mit der Hand leicht auf die Lehne des Sessels. »Nein, meine Liebe – Sixtus ist jetzt alt – jetzt mit seinen siebzig Jahren ist er wirklich alt – aber er ist der gesündeste alte Mann von der Welt, und sicherlich wird er hundert! Aber Maximiliane sah sich ja schon als Braut verwitwet, je verliebter sie war, desto mehr...«

»Verliebt?« Cornelie sah nicht auf. »Das scheint mir eine fast unmögliche Verfassung, wenn man einen sechzigjährigen Mann heiratet – und noch dazu...«

»Oh, sprich es nur aus!«

»Nun – wenn das gerade Graf Walbrun ist. Sosehr ich Sixtus verehre...«

»Selbstverständlich. Mir geht es genauso. Aber sie war verliebt – wie eine Katze, kann ich dir sagen.«

»Er kam mir immer wie dem Menschlichen ganz entrückt vor«, vollendete Cornelie ihre Betrachtung, die Ausdrucksweise der Schwägerin, die sie verletzte, absichtlich überhörend. Aber Cläre fuhr fort: »Daß dir Hans Adam nie davon erzählt hat! Aber er war ja schon in Preußen damals und überhaupt, ein Mann. Nein, dieser ganze Roman – du hättest das von Anfang an sehen sollen! Aber als du Maximiliane kennenlerntest, damals in Berlin, da waren wohl die schlimmsten Jahre schon um. Mon Dieu – angebetet hat sie ihn, schon als halbes Kind – und er – nun, er hat sie geheiratet, wie er ein schönes Bild gekauft hätte, nur, daß kein anderer es bekäme, glaub' ich, und vielleicht auch, damit er der Maman, die er von jeher verehrte, und vielleicht auch dem Hans Adam besser helfen könnte. Mich hat er ja niemals gemocht (was gegenseitig ist, Gott behüte!). Aber Maximiliane! Bis sie begriff, daß ihr Gatte besser Abt in einem Kloster wäre als Ehemann! Nun, allmählich ist sie so geworden, wie du sie kennst, und du wirst wohl auch dies und jenes über sie reden gehört haben, dem sie nie widerspricht, und was Sixtus ignoriert. Und doch – das schwöre ich dir, denn so weit kenne ich meine Schwester –: es ist kein Wort davon wahr, von den Geschichten mit dem Marchese Colonna und dem Baron Schorlemer! Ich glaube – ganz entre nous! – sie hat manchmal versucht, ihn eifersüchtig zu machen. Aber eher ruft wohl der Kuckuck zu Weihnachten, als daß der Sixtus sich um eine Frau aufregt – und sei's seine eigene! Stell dir den Sixtus vor! Ein armer Narr war die Maxi – was hat sie von allem guten Leben und den schönen Reisen? Ein paar Kinder hätte sie haben müssen, dann wär' alles natürlicher.«

Cläre beugte sich vor und holte Nanette zu sich. »Da, Schwesterle, schlaf bei der Mutter ein, bist müd, ich seh's. Ja, und das sag' ich dir, so gewiß wir hier sitzen: wenn der Sixtus heute stürbe – was er ja nicht tut« – sie bekreuzte sich –, »morgen ginge Maximiliane ins Kloster. Gib acht – so kommt's!«

Cornelie hatte sich während der letzten Worte Cläres vorgebeugt und das Kinn in die Hand gestützt; betroffen und nachdenklich sah sie in den Garten hinaus.

»Welche Geschichten, Cläre!« murmelte sie und erhob sich, denn es erschien ihr unmöglich, den Gegenstand weiter zu erörtern, wozu die andere durchaus bereit schien. »Ich habe die

Zeit darüber vergessen, nun heißt es eilen! Und die alten Damen drüben – wir haben uns so isoliert...«

»Ach, einmal eine ruhige halbe Stunde«, murrte Cläre und erhob sich schwerfällig. »Laß sie's übelnehmen! Sie wissen nicht, wie es ist...«

VII

Dieses nicht ganz geglückte sonntägliche Festmahl im Breithardtschen Hause hatte den Auftakt zu einem recht geselligen Winter gegeben, dessen Zerstreuungen Cornelie sich zwar ohne besondere Vergnügungssucht, aber doch voll und ganz hingab, denn Eremitentum lag nicht in ihrer Natur, und jegliches Zusammensein mit Menschen steigerte ihr Lebensgefühl. Die Mainzer Gesellschaft schien geneigt, über die vergangenen Ereignisse und über die gegenwärtige, durchaus noch nicht geklärte Lage hinwegzuleben. Man hatte sich stillschweigend darauf geeinigt, das Rumoren der Geschütze, das in der weiteren Umgebung der Stadt nie ganz einschlief, zu überhören wie ein gewohntes Brausen im Ohr. Die häufigen Durchmärsche der verbündeten Truppen wurden nach stillschweigendem Übereinkommen als Abwechslung, als Berührung mit der rechtsrheinischen Welt angesehen. Die preußischen Mannschaften, die ihr Winterquartier in der Stadt hatten, brachten, so versicherte man sich gegenseitig, Leben in die Stadt und hoben Handel und Wandel. Schließlich und uneingestandenermaßen verliehen sie den oberen Schichten auch ein beruhigendes Sicherheitsgefühl. Selbst Frau von Echter nahm es ohne Murren hin, daß ihr ein Hauptmann und zwei Gemeine ins Haus gelegt wurden. Sie räumte ihnen die rechte Seite des Hauses: Saal, Kabinett und eine Kammer neben der Küche, ein und hatte nun auch eine hinreichende Entschuldigung dafür, daß sie Gäste in größerem Kreise nicht bei sich sehen konnte, wofür der wahre Grund freilich ein anderer war. Doch verging kaum ein Tag, an dem nicht einzelne Besucher sich einstellten, und zwei-, dreimal die Woche saß man gewiß zu vieren oder fünfen um den runden Sofatisch des großen Eckzimmers herum, trank Tee und goutierte die vorzüglichen Spekulatius, Zuckernüsse und Mutzelmännchen des Kathrinchen. Frau von Echter hielt sehr darauf, die Beziehungen zu ihren alten Freunden zu pflegen; so fanden sich Damen von der Art der Tanten Modeste und Perpetua, ein paar alte Ehepaare und nicht zuletzt einige geistliche Herren mit großer Regelmäßigkeit ein. Dazu kamen die Töchter; Cläre immer ein wenig wie vom Monde herabgefallen, zuweilen täglich, zuweilen mit wochenlangen Pausen dazwischen; Maximiliane aber an bestimmten Tagen, zweimal wöchentlich und unwiderruflich zu erwarten. Die Schwiegersöhne erschienen seltener, zumal Walbrun ließ es durchaus mit einer Begrüßungsvisite sein Bewenden haben. Dafür kamen ein paar preußische Offiziere häufig und gern, und für sie war natürlich Cornelie der Anziehungspunkt. In erster Linie waren das der einquartierte Hauptmann, ein Massow, weitläufig mit Corneliens Mutter verwandt und auf diese Beziehung gern pochend. Dann der junge Rühle, der wenige Tage nach dem Zusammentreffen bei Breithardts seine Aufwartung gemacht hatte und sich mit einer Art von blinder und tauber Seßhaftigkeit – aber immer unterhaltsam, immer dienstfertig – die Rechte eines Hausfreundes ertrotzte. Cornelie fühlte bald heraus, daß sie an diesen beiden eine Ehrenwache hatte, die streng darauf sah, welche Kameraden zum intimen Zirkel des Hauses etwa zuzuziehen seien und welche nicht. Es waren, wie sich ergab, nicht viele, die für würdig befunden wurden, und obgleich dies selbstverständlich niemand erörterte, so erriet Cornelie doch bald, daß ihre Stellung in der heimischen Gesellschaft durch die Schroffheit, mit der der Vater seine Töchter fallengelassen hatte, zum mindesten in eine schiefe Beleuchtung geraten war. Sie fand es in geringen Schattierungen der Wiedersehensfreude bestätigt, die Bekannte von früher ihr ausdrückten; sie erlebte es, daß der und jener, von ihr vielleicht schon von ferne mit Vergnügen erkannt, sie auf der Straße gar nicht oder unsicher und nachlässig grüßte. Sie verstand hiernach ganz gut, was die Blicke bedeuteten, die Massow und Rühle wechselten, wenn der Name eines Neuankömmlings fiel und sie dann in Erinnerung an Begegnungen in Berlin unbedacht den Wunsch äußerte, den Betreffenden zu sehen. Mit der Zeit lernte sie stillschweigend abzuwarten, ob ihre Beschützer es für gut befinden würden, jemand einzuführen. Das ward ihr zuerst nicht leicht; Bitterkeit gegen den unritterlichen Alten quoll auf, der sie nicht nur grausam verstieß, sondern auch, wie ersichtlich, ruhig dem Klatsch preisgab. Indes war auch in diesem Fall Christoph der große allheilsame Balsam: um seinetwillen war alles Widrige nichtig. Daß ihr Gewissen so rein war, kam erst an zweiter Stelle als Trost in Betracht, und im allgemeinen gab ihr das Bewußtsein dieser ungerechtfertigten Verfemung, die ihr übrigens auch durch Briefe aus der Heimat bestätigt wurde, jenen Trotz der Verlassenheit und des Aufsichselbstgestelltseins, der als Gemütsverfassung der Entfaltung des Einzelwesens nur dienlich ist. Das Gefühl, in der Verbannung zu leben, war nun erst vollkommen; das hob auch die durchgehends freundliche Aufnahme in die Mainzer Gesellschaft und auch ihre Vorstellung am kurfürstlichen Hofe, die im Laufe des Winters erfolgte, nicht auf. Sie entschloß sich jetzt endlich zu all jenen Schritten, die sie immer noch hinausgeschoben hatte, weil sie einem Abreißen letzter Fäden, einem Verzicht auf die offene Tür zur Rückkehr gleichkamen. So gab sie jetzt die Wohnung in Potsdam auf, ließ sich einen kleinen Teil der zurückgelassenen Sachen schicken und ordnete an, daß Möbel und sonstige Einrichtungsstücke bei alten Freunden, die über viel Raum verfügten, untergestellt wurden. Schließlich dachte sie ernstlich über ihre Vermögenslage nach, korrespondierte darüber mit der Großmutter und einem Berliner Notar und setzte es nach allerlei Umständen durch, daß ihr der Teil des mütterlichen Erbes, der noch im Gut festgelegt war, ausgezahlt wurde. Daß dies nicht ohne Widerstände seitens des Vaters abgehen würde, wußte sie im voraus, war aber sehr gelassen im Gedanken daran; ja, sie konnte eine gewisse Kampfesfreude beim Durchsetzen ihrer Ansprüche nicht unterdrücken. Am Ende ergab es sich, daß sie zusammen mit den Einkünften aus einem Vorwerk, die ihr die Großmutter schon jetzt zukommen ließ, eine ausreichende Jahresrente besaß. Dies gab ihr mehr als nur das Gefühl äußerer Sicherheit; aufatmend erkannte sie, daß das Gespenst einer Abhängigkeit von Hans Adams Verwandten eine Ausgeburt ihrer ersten, von Verzagtheit gelähmten Witwenverlassenheit gewesen war. Ehmännin mit Holz für den Winter versehen zu lassen, war eine der ersten Ausgaben, die sie sich gestattete. Bald darauf hob sie auf der Straße einen Jungen auf, der bei

Glatteis hingeschlagen war und sich den Fuß verstaucht hatte. Mit Hilfe eines vorbeigehenden Musketiers brachte sie ihn in seine Behausung, die übrigens in jener schlimmen Gasse gelegen war, fand dort eine sechsköpfige Familie in himmelschreiendem Elend vor und sorgte auch hier für Linderung des Ärgsten, nachdem sie den Fuß des Jungen gewickelt und Weisungen für sein Verhalten erteilt hatte. Der Junge, zuerst entsetzlich wehleidig, nahm sich unter ihrem sicheren Zugreifen bald zusammen und stand nach ein paar Tagen wieder auf den Beinen. Seine Mutter ließ ihre anfängliche mißtrauische Unzugänglichkeit fallen, sobald sie sich plötzlich mit Lebensmitteln und Brennmaterial versehen fand; gleichzeitig erreichte Cornelie es durch eine Befürwortung, daß der Mann Arbeit auf dem Kohlenhof des Händlers Kern am Roten Tore fand. Damit war das Vertrauen der Familie zu ihr besiegelt. Ein paar ähnliche Begegnungen ergaben sich leicht. Sie half mit Rat und Tat und erlebte die wohltätige Rückwirkung endlich befreiter Kräfte an sich. Da die Schwiegermutter von alledem nichts erfahren durfte, gewöhnte sie die Leute daran, ihr durch Vespery Botschaft zu schicken, und Vespery erwies sich als zum Agenten nicht ungeeignet, da er ihr gleich mit der ganzen Lebensgeschichte der Bittsteller diente. Sie erschien in den Wohnungen nicht anders als zu Hause in den Hütten ihrer Kätner: als Herrin durchaus, ihre Überlegenheit so fraglos zur Schau tragend, daß Anordnungen über die Pflege eines Kranken, über die Fütterung der schlecht milchenden Ziege, der pipsigen Hühner – über die Behandlung des Säuglings und die Lüftung und Säuberung der Stube widerspruchslos befolgt wurden. Aber noch weniger Zweifel weckten wohl ihr reines Wohlwollen, ihre ungefärbte Teilnahme an den Sorgen unmittelbar – nicht etwa nur, weil sie Gelegenheit zum guten Werk boten. Es blieb nicht aus, daß Cornelie auf diesem Boden Berührung mit den Vertretern der Kirche bekam, und mit den Armen-Claren-Schwestern verstand sie sich bald so weit, daß sie einander in die Hände arbeiteten. Auch mit einem Arzt war sie bekannt, einem gewissen Buzzini, der, ein Sonderling und Einsiedler italienischer Herkunft, sich in seiner Tätigkeit fast allein auf die Behandlung armer Kranker beschränkte, wobei er allerdings ganz nach Laune und Gutdünken entschied, ob er einem Ruf Folge leistete oder nicht. Für

Cornelie ergab sich mit dem aufsteigenden neuen Jahr das Gefühl, durch einen vielfachen Gürtel verjüngten Lebens wirksam genug von der Vergangenheit getrennt zu sein. Zog Christophs Dasein den innersten Ring um ihr Herz, so schloß sich um diesen die Schicht, in der Delphine und die Mutter mit ihren hilfsbedürftigen Freunden vom Köstrich und aus der Rheingasse zu einer Einheit verwoben waren. Der Kreis der Mainzer Verwandten und Freunde, zu dem auch die preußischen Gäste gehörten, lag erst um den äußersten Bezirk ihres Wesens gespannt, und keiner von diesen bewegte ihre Gedanken so stark wie die, die sie wirklich brauchten. Das wußte sie wohl, daß Rühle in sie verliebt wie ein Knabe war, daß Massow, der seine Frau und drei Jungen daheim hatte, ihr in halb grotesker, sich selbst verspottender Weise den Hof machte und zuweilen sentimental wurde; daß der Major von Quast, der im Walbruner Hof einquartiert lag, neulich, als ihn der Hochheimer redselig gemacht, sich verschworen hatte, sie als seine Frau nach Berlin zurückzuführen und dann den Alten zu fordern. Aber diese Erfolge ließen sie so unberührt, als gälten sie einer Dritten. Es kam vor, daß sie Rühle gegenüber Anwandlungen von fast zärtlichem Wohlwollen hatte; es gefiel ihr, wie er ging und stand, sich bewegte, sprach, sie anblickte – wie er seinen Putzer, den Füsilier Katzmarek, wegen schlecht gewichster Stiefel heruntermachte und wie er gleich darauf in seinem Zimmer sang und pfiff, daß es schallte, wovon sie bei einem Besuch im Breithardtschen Hause mit dem Gehör Zeuge wurde. Versuchte sie aber, sich ihn als Mann an ihrer Seite vorzustellen, wozu ihr keiner der anderen Verehrer überhaupt der Mühe wert schien, so mußte sie lächeln, und die ganze Betrachtung ward mit Achselzucken abgetan. Die Schwägerin Cläre erwog von Zeit zu Zeit gern die Frage, ob Cornelie wieder heiraten sollte: ob lieber in Mainz oder zurück nach Preußen? Ob lieber einen Offizier oder einen Herrn von der Verwaltung? Und dann: ob der Hans Adam damit gekränkt werden könnte, was nach hinreichender Beleuchtung rundum verneint wurde. Cornelie saß schweigend dabei; ihr Blick hob sich nicht von der Arbeit in ihren Händen oder ging in eine innere Ferne, in die Cläre nicht folgen konnte, so daß sie endlich unsicher wurde und verstummte. Dann und nicht eher, als das Thema für die Partnerin völlig erschöpft schien, sagte Cornelie vorsichtig etwas des Inhalts, daß sie sich einstweilen nicht denken könnte, wie sie ihren Witwenstand je aufgeben sollte. Daß sie sich noch ganz vereint mit Hans Adam fühlte, besonders da sie das Kind noch nährte und den vom Gatten geweckten Quell in sich spürte, wie ein ihr vererbtes Teil seines Blutes, heiß und lebendig. Kurzum, daß sie bei aller Wehmut der Entsagung im Geiste noch ganz mit ihm lebte, was sich auch in absehbarer Zeit nicht ändern könnte... Antworten, auf die hin Cläre nichts übrigblieb, als das anregende Gebiet zu verlassen, was sie unzufrieden tat, nicht ohne abschließend einiges über die Schädlichkeit allzulangen Stillens für Mutter und Kind bemerkt zu haben. Cornelie schien es zu überhören. Im stillen wußte sie es ja ganz gut: was sie da vorgebracht hatte, es war glaubhaft genug und geeignet, den Gegenstand abzuschneiden wie nichts anderes. Der Zustand der Ehe an sich war für sie allein mit Hans Adam denkbar. Aber doch nur im Vergangenen. Sie wagte nicht, sich ein Bild ihrer eigenen Gefühle zu machen bei der Voraussetzung, er kehrte zurück und erwartete sie wiederzufinden wie einst. Dann und nur dann war ihr klar, daß die Cornelie, die ihm gehört hatte, in jener Nacht des Todes und der Zeugung – beim Bestehen übermenschlicher Anforderungen – untergegangen war. Er hatte nur der Natur gehorcht, als er, halb schlafend und blinden Herzens, sie erkannte und nahm. Sie aber, vom Totenbett ihres Kindes zu ihm, der morgen in den Krieg reiten sollte, kommend und – wie sie in furchtbarer Hellsicht gewußt hatte – das Bett einer letzten Umarmung besteigend – sie hatte sich mit verzücktem Willen Empfängnis erzwungen, hatte das Leben beschworen, auf das der Tod schon den Fuß gesetzt hatte, und dieses dem Schicksal Trotzbieten, dieser erlittene Sieg, das war es, was den Abgrund zwischen ehemals und heute riß, und nicht der Bruch mit dem Vater.

Sie betrachtete die Schwägerin heimlich, wie sie da mit schmollend verschobenem Munde sich über die Näharbeit beugte, die Sättigung der neuen Schwangerschaft in den leicht gedunsenen Zügen, in der zerfließenden Gestalt zeigend. Mit Staunen erkannte sie, daß in ihr selbst der Wunsch nach Kindern erloschen war, als habe die Gnade, Christoph empfangen und tragen zu dürfen, ihn auf immer überschwenglich gestillt.

VIII

Cornelie war sich ganz klar darüber, daß die Vorliebe, die Sixtus Walbrun entschieden für sie an den Tag legte, nur zum Teil persönlicher Sympathie entsprang. Sie hatte keinerlei Zweifel, welchen höheren Zweck der Graf verfolgte, wenn er sie bei jeder Gelegenheit deutlich auszeichnete. Es galt als ausgesprochene Bevorzugung, wenn er eine Dame in ein längeres Gespräch zog, und dieser Bevorzugung ward Cornelie teilhaftig, sooft sie mit ihm zusammentraf, sei es bei ihren Besuchen im Walbruner Hof oder bei den seltenen Gelegenheiten der gemeinsamen Teilnahme an einer Gesellschaft. Er begann etwa damit, nach Christoph zu fragen; er hob die Ähnlichkeit des Knaben mit Hans Adam hervor, für den er die Zuneigung eines väterlichen Freundes gehegt hatte. Er erzählte ihr kleine Züge aus Hans Adams Kindheit, die scheinbar niemand außer ihm bewahrt hatte und die das innigste Bild, das Cornelie von dem Geliebten in sich trug, meist seltsam bestätigten: besser als die Schwestern, ja, in mancher Beziehung sogar näher als die eigene Mutter, schien der Graf den jungen Neffen gekannt zu haben. Weitere Gesprächsthemen, die aufs vielseitigste abgewandelt werden konnten, waren zum Beispiel die preußische Politik und die Truppenbewegungen der verbündeten Heere. Waren, was Cornelie vielleicht mehr interessierte, die Ereignisse am Berliner Hof, waren Kunst und Literatur, wozu die Bibliothek und die Bildersammlung des Grafen genug Gegenstand boten. Trotz all dieser Courtoisie aber, trotz der eifersüchtigen Sticheleien der Breithardts und der gelegentlichen Hinweise der Maman auf die hohe Auszeichnung, die ihr zuteil wurde, entschied Cornelie bei sich die Frage nach dem Grund dieses ganzen Aufwandes gelassen und mit heimlichem Lächeln dahin, daß es um den höheren Zweck gehe – und dieser Zweck war ihr in keiner Weise ein Rätsel. Indessen setzte sie dem Vorgehen des alten Diplomaten nicht ohne Genuß eine scheinbare Unzugänglichkeit entgegen, und obgleich sie den Ausgang des Spiels ahnte und uneingestandenermaßen längst bereit war, sich zu ergeben, so behagte ihr eben doch das Spiel an sich zu sehr, als daß sie zu früh darauf hätte verzichten wollen. Möglicherweise fand sie hier einen Ersatz für andere Spiele, deren sie sich begeben hatte.

So mochte es geschehen, daß sie, einer Einladung von Maximiliane folgend, gegen Mittag in den Walbruner Hof kam. Der Diener, der ihr die Tür zum Saal aufriß, meldete ihr, daß Ihre Gnaden, Frau Gräfin, noch abwesend seien, daß aber Seine Gnaden, Herr Graf, in sein Kabinett bitten ließen. Cornelie folgte ihm, mit immer neuem Vergnügen die schöne Architektur des länglichovalen Raumes wahrnehmend, von dessen lichtgrünen Wänden die Bilder sich kräftig abhoben. Der kunstvoll getäfelte gepflegte Fußboden, die Reihe der hohen und breiten, aus bleigefaßten Scheibenquadraten zusammengesetzten Fenster, die die Straßenwand fast durchsichtig machten – der ganze lichte Raum, dessen spärliche, aber auserwählte Möblierung einen Flügel und mehrere Notenpulte inbegriff, entzückte sie immer wieder und gab ihr ein dem Alltag enthobenes Gefühl. Sie durchschritt die anschließende Bibliothek, ein reines Sechseck von Bücherwänden, in dessen Mitte ein runder, von Sesseln umgebener Tisch die neuesten Almanache und Journale zur Ansicht darbot, und betrat nun, feierlich vom Lakaien gemeldet, das Kabinett.

Sixtus Walbrun erhob sich von seinem Sitz hinter dem großen, schräg gegen das Fenster gestellten Schreibtisch, der über und über mit Büchern und Skripturen bedeckt war. »Assez, monsieur Valdemaire«, sagte er halblaut zu seinem Sekretär, einem jungen französischen Kleriker, der einige Papiere zusammenraffte, sich zeremoniell verneigte und sich zurückzog. Walbrun hatte sich über Corneliens Hand gebeugt.

»Es ist sehr liebenswürdig, Madame, daß Sie einstweilen mit der Gesellschaft eines alten Mannes vorliebnehmen wollen«, äußerte er, noch zerstreut und ganz von der Arbeit der letzten Stunden befangen, indem er die eng beschriebenen Blätter ordnete, die vor ihm lagen. »Nun, wie geht es unserem Hans Adam? Wie befindet sich unser Sohn und die teure Madame Mère?«

Ehe Cornelie antworten konnte, griff er nach dem Lorgnon und begann, den Text eines Bogens angelegentlich zu studieren. »Sie verzeihen...«, murmelte er und tastete nach der Schreibfeder, um ein ausführliches Marginale in einer winzigen, schön gereihten Schrift an den Rand zu setzen. Cornelie liebte solche Gelegenheiten, ihn betrachten zu können; sie tat es mit ehrfürchtiger Neugier, seine Verschiedenheit von allen Männern, die ihr begegnet waren, erstaunte sie immer wieder aufs neue. Der Graf war jetzt hager und seine hohe Gestalt um eine Wenigkeit mehr gebückt als vor fünf Jahren, da sie ihn kennengelernt hatte. Unverändert jedoch war sein Haupt, Antlitz und Stirn von der gleichen, leicht bräunlichen Verwitterung edlen Marmors, der lange im Erdreich geruht hat – und so wirkten auch seine schönen Hände, auf denen die Adern grünlichblau, plastisch hervortraten –, die Züge von jener unzerstörbaren Prägung einer durch Generationen vererbten guten Form, die sich im Lauf der Jahrhunderte nur so weit gemodelt haben mochte, daß jetzt wohl immer noch reine, aber doch zartere, mildere Linien erschienen, wo auf den Bildern der Vorfahren noch Wucht und Kraft und adlernasige Schärfe war. Jetzt eines alten Mannes Gesicht, von Falten zerfurcht und mit allen Runen eines langen Lebens gezeichnet, war es doch in sich geschlossen wie eine mit Kunst ausgeführte Maske, in der ein Zug zum andern stimmte: die gewölbte Stirn zu den großen Augenhöhlen, zwischen denen die sehr fein gebogene Nase entsprang. Der Mund war schmal, wennschon zur strengen Schmalheit erst erzogen, und das reine Oval fand seinen Abschluß in einem Kinn, das einst sehr weich und voll gewesen sein mochte, ehe es mit dem vergreisenden Kiefer eingezogen und hart ward. Alles in allem war es ein Gesicht, so vollkommen, daß es in keiner Besonderheit auffiel und das in einer Beziehung wirklich die Eigenschaft der Maske besaß, nämlich die, jeder Gelegenheit zu entsprechen. Beherrscht, ruhig, fast glatt, war es Cornelie bei der ersten Begegnung kaum wert der Beachtung erschienen; sie meinte, hier nichts zu sehen als die unzugängliche Miene, das fertige gefrorene Lächeln eines Mannes von Welt. Allmählich erst hatte sie entdeckt, was Walbrun von allen ihr bekannten Menschen unterschied, und konnte sie es sich selbst mit Worten nicht deuten, so hatte einmal ein Traum ihr das seltsame Gleichnis für ihr Gefühl an die Hand gegeben.

Sie hatte die Vorhalle eines Schlosses betreten – wenigstens hatte sie gemeint, dieser feierliche, mit braunrotem, schöngeädertem Marmor getäfelte Raum könne nur zu einem Schlosse gehören. Ein lebensgroßes Bildnis von Walbrun war in die Mittelwand eingelassen, es zeigte ihn in jüngeren Jahren, in anmutig lässiger Haltung an einen antiken Sarkophag gelehnt, inmitten eines von edlen Trümmern bedeckten Platzes und ein Lorbeerboskett hinter sich. Als sie ihn nun in seiner gemalten Erscheinung betrachtete, war er aus dem Rahmen gestiegen und hatte sie bei der Hand ergriffen, worüber sie im Traume gar nicht erstaunt war. »Komm«, hatte er gesagt; und nun war sein Lächeln von einer Süße und Eindringlichkeit gewesen, daß sie auf einmal, ohne zu zweifeln, wußte, er war einer der Erzengel – verkleidet. »Komm – nun führe ich dich zu mir.«

Hierauf hatte er sie durch eine Flucht von Räumen geführt, an die sie sich im einzelnen nicht mehr zu erinnern vermochte; sie wußte nur noch, daß es Säle und Gemächer voller Bücher, Statuen und Gemälde gewesen waren, durch die sie dahinglitten, während Walbruns Gestalt sich zusehends veränderte, bis er das Aussehen seines jetzigen Alters erreicht hatte. Sie erinnerte sich an Musikinstrumente, die zu tönen begannen, wenn sie sich ihnen näherten; auch mathematische Geräte, Himmelsfernrohre, Globen und Landkarten, große farbige Kristalle und Muscheln sah sie. Aber nirgends wurde verweilt, und sie wollte auch gar nicht verweilen; denn sie wußte, dies war es noch nicht. Nur bei einem der Globen waren sie stehengeblieben, der merkwürdig leuchtend in seinem Gestell hing, als sei er teilweise aus Milchglas und trage eine Lampe in seinem Inneren. Walbrun setzte ihn mit der Hand in Bewegung; nun bemerkte sie, daß es nur Europa und Teile des großen Amerika waren, die dies innere Licht durchscheinen ließen, und diese auch nicht gleichmäßig hell. Sosehr Europa im Süden und Westen strahlte, um so trüber ward es gegen die Mitte zu, bis es im Osten, vor der Dunkelheit Asiens, wieder hell zu werden begann, wennschon stumpfer und matter als von den päpstlichen Ländern aus, die golden, rosig und blau opalisierten. Walbrun deutete auf Preußen – wie klein war es! –, aus dessen Umkreis es glimmte wie winters aus den mit Blase überzogenen Fensterluken der Tagelöhnerkaten, hinter denen der Kienspan brannte. Cornelie entsann sich, bei dieser Wahrnehmung eine dunkle Bestürzung und etwas wie Scham empfunden zu haben. Dem nachzuhängen war aber keine Zeit, denn ohne daß ihr der Übergang klargeworden wäre, befand sie sich plötzlich mit ihrem Führer in einem kreisrunden Gewölbe unter einer Kuppel von schönstem Ausmaß. Obgleich es weder Fenster gab, noch irgendwo Lampen brannten, füllte ein starkes mildes Licht den Raum, und als sie umhersah, erkannte sie, daß es durch die runde Öffnung hereinbrach, die sich im Mittelpunkt der Kuppel befand. Ringsum in der Wand waren Nischen, sieben an der Zahl; in jeder stand die marmorne Gestalt eines Gottes oder einer Göttin. Daß es Götter waren, daran zweifelte sie keinen Augenblick, ebensowenig wie daran, daß sie nun das Innere der soeben betrachteten Kugel betreten hatten. Walbrun führte sie in die Mitte des Tempels; sie sah empor und erblickte den großen, ruhig strahlenden Stern, der über der Öffnung der Kuppel schwebte, und wußte: es war der Polarstern, um den das Weltall sich drehte. Walbrun aber wies in die Runde: gingen nicht Ströme transparenter magischer Farben von den Nischen aus und verschmolzen um ihn zu nie gesehenem Glanz? Und während er dann die Hand hob und zu dem Stern hinaufdeutete, hörte sie seine Stimme mit so starkem Klingen, daß sie davon erwachte, sagen: »Alles ist euer. Ihr aber seid Christi. Christus aber ist Gottes.« –

Dies war der Weg, auf dem Cornelie zuweilen Aufschlüsse über Menschen erhielt, und zwar meist nur über solche, die sie als eine unantastbare Gegebenheit hinzunehmen bereit war, wie etwa den Vater, wie früher Erzieherinnen und den Geistlichen, der sie unterrichtet hatte, und wiederum Personen dienenden Standes oder flüchtige Bekanntschaften. Die Voraussetzung schien zu sein, daß ihr sinnliches Gefühl nicht oder nur unbewußt an dem Betreffenden beteiligt war, und selten war ein derartiger Traum von solcher Ausführlichkeit wie der über Sixtus Walbrun, der übrigens kurz nach ihrem Wiedersehen mit Maximiliane, aber ehe sie den Grafen selber getroffen, erfolgt war. Sie dachte daran, während sie ihm jetzt auf das geneigte Gesicht, auf die schreibende Hand sah, und schrak zusammen, als er ohne aufzusehen plötzlich sagte:

»Ja, da habe ich Ihren Sohn wieder mit dem Namen seines Vaters genannt und vergesse doch nicht, daß Sie ihn Christoph getauft haben. Sie mögen es mir nachsehen, daß ich – die beiden Seiten der Medaille manchmal verwechsle.«

Er griff nach der Sandbüchse, überstreute seine Schrift, indem er Cornelie einen schnellen lächelnden Blick zuwarf, und schob die Blätter beiseite. »Adam – Christoph –, fühlen Sie die Spannung zwischen den beiden Polen, die diese Namen ausdrücken?« fragte er, sich in seinen Sessel zurücklehnend. »Aber nein, Madame, mühen Sie sich nicht ab, ma très chère! Das sind Gedankenspiele...«

»Die mir weniger Rätsel aufgeben, als Sie annehmen, Graf! Es scheint mir denn doch, daß Sie die religiöse Unterweisung, die unsere Sekte – wie Sie Luthers Kirche neulich zu nennen beliebten! – uns zukommen läßt, ein wenig unterschätzen!«

Dies war durchaus freundschaftlich vorgebracht, eine ganz leise Herausforderung im Ton.

Walbrun wiegte lächelnd den weißen Kopf: »Ei, ei, Madame! So streitlustig heute...«

»Oh, es ist nur ein wenig angesammelter esprit d'escalier von neulich. Da wäre noch manches zu sagen.«

»Aber, meine liebe und verehrte Schwägerin! Wir haben uns mißverstanden. Wollte ich denn etwas Herabsetzendes über Ihren Glauben sagen? Nichts liegt mir ferner!«

»Es ist dies, daß Sie... Nun, daß Sie durchblicken ließen, unsere Kirche stünde nicht gleichberechtigt neben der Ihren.«

Cornelie, sehr aufrecht in ihrem Stuhl sitzend, sah den alten Herrn jetzt vorwurfsvoll an und klopfte zur Bekräftigung ihres Satzes mit dem elfenbeinernen Papiermesser, das ihr in die Finger geraten war, auf die Schreibtischplatte. Der Graf beugte sich vor und nahm es ihr sanft aus der Hand.

»Wie hart das preußische Deutsch manchmal klingt«, sagte er nachdenklich. »Nein, nehmen Sie das nicht für Kritik, es war eine ganz allgemeine Betrachtung. Und sie kommt mir nicht erst soeben. Immer, wenn ich diese präzise Betonung höre, bin ich mir bewußt, daß der große König so gesprochen hat, daß es die Sprache Kants ist, und daß es reinliche, strenge und klare Gedanken sind, die dies Deutsch in seiner höchsten Anwendung ausdrückt. Dennoch – stellen Sie sich vor! – ich denke zuweilen, es sollte nur von Männern gesprochen werden...«

Er lächelte. Cornelie fühlte, daß sie errötet war, vielleicht in einem Augenblick jenes Bezaubertseins, der sie begreifen ließ, was Cläre ihr von Maximiliane erzählt hatte. Schnell, trotzig und etwas hilflos erwiderte sie: »Also, alle Männer preußisch, alle Frauen rheinisch, mainzerisch, bayerisch, wienerisch? Dann meinen Sie am Ende auch: alle Männer protestantisch oder kantisch – oder fritzisch, was ja so gut wie heidnisch heißen mag! – und alle Frauen katholisch...«

»Ja!« Walbrun nickte freundlich. »Ja. Ganz recht. So – annähernd...« Dann, nach einer Pause, während deren Cornelie das Falzbein wiederfand, um gesenkten Kopfes damit zu spielen, fuhr er fort:

»Ja, wenn die Welt auf so einfache Formeln zu bringen wäre! Um aber auf Ihre Reminiszenz an unsere letzte Unterhaltung zurückzukommen, ich meine auf das Wort Sekte, das Sie beschäftigt zu haben scheint, so lassen Sie mich erst eine kleine Anmerkung machen über etwas, das mir stets auffiel: die Bezeichnungen, mit denen die – die abgelösten Teile der Christenheit sich selber benennen, drücken sie nicht alle Abgrenzung, Vereinzelung aus? Reformiert – welchem Christen steht es zu, das selbst von sich zu behaupten? Protestantisch – nun – das Protestieren an sich sollte nicht so betont werden, es ist mit dem Widersprechen an sich nur wenig geschehen. Lutherisch – kalvinistisch – liebes Kind, ihr beruft euch auf Menschen... Sie werden wissen, daß das Wort katholisch soviel bedeutet wie ›allgemein‹ – und nicht mehr.«

»Ich wußte es nicht«, sagte Cornelie etwas hochmütig, aber betroffen.

»Eine allgemeine christliche Kirche«, sprach Walbrun wie für sich selbst. »Hat nicht Ihr Luther diese Wendung im Apostolikum beibehalten? Man ist versucht, anzunehmen...«

»Was anzunehmen?«

»Daß die Sache Luthers sich anders entwickelt hat, als er selbst sie geführt hätte, wenn er nur Zeit gehabt... Aber, schließlich – nein! Er hat zuviel erschüttert – er selbst...«

»Ich kann Ihnen nicht ganz folgen, Graf«, sagte Cornelie ungeduldig, »aber eines muß ich sagen. Warum unterschlagen Sie die eigentliche Benennung unserer Kirche? Sie werden doch wissen, daß sie sich die evangelische nennt?!«

»Die evangelische. Ja, in der Tat, sie hat diesen Mut. Liebe Tochter, ich will Ihnen eines antworten: Wenn Sie – eine Angehörige der sich evangelisch fühlenden Kirche – und ich, ein Katholik, es je wagen dürften, uns evangelisch in des Wortes wahrer Bedeutung zu nennen – also dem Evangelium Christi entsprechend! – so wäre die Zeit der Kirche vorüber. Die Menschheit hätte sie nicht mehr nötig.«

Er gewahrte Corneliens nach Antwort suchenden Ausdruck und wehrte ab: »Eine kleine Überzeugung von mir. Passons là-dessus! Antworten Sie jetzt nicht! Dies will von Ihnen bedacht sein. Lassen Sie mich jetzt nur auseinandersetzen, in welchem Sinn ich das Wort Sekte neulich anwandte!«

Er lehnte sich zurück und verharrte eine kurze Zeit mit geschlossenen Augen. Dann, ohne den Blick zunächst auf Cornelie zu richten, begann er zu sprechen, langsam und erst allmählich in Fluß geratend:

»Verstehen wir uns darüber, was Christentum an und für sich ist! Sie werden mir zugeben, daß es war, noch ehe die Kirche war, daß es somit unabhängig von ihr existiert und vielmehr ihre Voraussetzung und Lebensbedingung ist. Die geistige Verfassung Jesu Christi« – er bekreuzte sich fast unmerklich – »und die von ihr ausgehende Wirkung war der Anlaß, daß eine Gruppe seiner Zeitgenossen auf Grund ihrer dem Zeitgeist (damals wie heut!) widersprechenden Überzeugung sich eines Sinnes und zusammengehörig empfand. Die freie Urgemeinde war da – die Mutterlauge, in der der Kristall der Kirche zusammenschoß. Die Kirche, meine Freundin, das ist die Sichtbarwerdung des erhöhten Christus auf Erden; einmalige Manifestation in allgültigen, unveränderlichen Symbolen. Was, frage ich Sie, ist seit den ersten kirchlichen Jahrhunderten Neues zu den grundlegenden Formen und Gebräuchen – was ist an Sakramenten – an heiligen Zeichen hinzugekommen? In unserer heiligen Messe weht noch der Atem der Apostel, der ersten christlichen Priester, die den geweihten Kelch weitergaben von Geschlecht zu Geschlecht! Wer sich zu Christus bekennt und – nun, lassen Sie es mich aussprechen! – zu demütig ist, sich evangelisch zu nennen, der schwache Mensch also, im Bewußtsein seiner Gottesferne und seiner dem Evangelium keineswegs entsprechenden Verfassung – er sucht den Schutz, die Stütze, die Hilfe der Kirche – der *einen* – er sucht den Altar, auf dem das Licht scheint, das brennend durch die ununterbrochene Kette geweihter Priester von Jahrhundert zu Jahrhundert weitergereicht wurde.«

Walbrun richtete die Augen jetzt voll auf Cornelie und fragte lebhaft: »Sagen Sie mir, was Sie allein gegen dies eine Argument, was Sie gegen diese Tatsache der ununterbrochenen Verbindung der katholischen Kirche mit dem Stifter der christlichen Religion einwenden können? *Kann* es denn neben ihr andere Kirchen geben? Ist nicht jede Absplitterung einzelner Gemeinden, und seien sie noch so umfangreich, zum Sektiererwesen zu rechnen? Nennen Sie mir doch nur einen der abgesprengten – Verbände, der in seinen kultischen Gebräuchen nicht von Rom abhängig ist? Dessen Gottesdienst nicht – eine verstümmelte, mißverstandene, des innersten Inhalts beraubte Meßhandlung ist!«

Cornelie sah verwirrt in die Augen des alten Mannes, der sich vorgebeugt hatte und von einer verborgenen Flamme zu leuchten schien. »Sie mißverstehen eines«, sagte sie endlich, »es ist nicht eine Anmaßung, daß wir uns evangelisch nennen. Wir betonen damit nur das, was uns, im Gegensatz zu dem äußeren Pomp bei den Katholischen, am meisten am Herzen liegt. Wir meinen damit nicht«, fügte sie nach einigem Nachdenken tastend hinzu, »daß wir's schon ergriffen hätten oder schon vollkommen seien: wir jagen ihm aber nach! So ist es zu verstehen...«, schloß sie mit einem tapferen Blick in das Gesicht ihres Gegenübers, auf dem ein Lächeln voll Hoheit aufging. Walbrun lehnte sich wieder zurück und nickte ihr zu.

»Das war keine schlechte Antwort, Kind«, sagte er. »Und das unverständige Wort vom äußeren Pomp will ich überhört haben, bis du es anders ansiehst. Aber meinst du denn, daß es einen einzigen ernsten katholischen Christen gäbe, der nicht in deinem Sinn evangelisch wäre?«

Solcherart entwickelten sich die Unterhaltungen zwischen Cornelie und dem Grafen meistens, und es war nicht selten, daß er zum Schluß das väterlich betonte Du gegen sie anwandte, während sie das Gefühl hatte, als könnte es gar nicht anders sein. Erschien dann Maximiliane, so brach das Gespräch ab, geriet in ein anderes Fahrwasser, ward wieder weltlich, ward heiter. Cornelie spürte sehr deutlich, daß dies alles planmäßig war: einstweilen sollten ihre Gedanken sich unbeirrt einzig auf der Bahn fortbewegen, die ihnen die Führung Walbruns anwies, einer Bahn, die unmerklich der besonderen Neigung ihrer Gedankenkräfte mit wunderbarem Geschick angepaßt war. Niemals geschah es, daß eins der anderen Familienmitglieder mit ihr über die Religionsfrage sprach; selbst Cläre, deren seelische Genäschigkeit sie beständig über den inneren Angelegenheiten aller Welt hin und her taumeln ließ wie einen gierigen Falter über blühenden Beeten, berührte diesen Gegenstand nicht. Ebensowenig taten es die dem Haus nahestehenden Geistlichen. Cornelie hätte meinen können, kein Mensch nehme Interesse an ihrem Bekenntnis, ob es nun so oder so sei. Man hatte sich mit der Lutheranerin abgefunden, so schien es; Proselyten zu machen widersprach den Gepflogenheiten von Weltleuten – diese Überzeugung hatte sich plötzlich Boden verschafft! Sixtus – nun – der plauderte von Gott und der Welt, von Kaiser und Papst. Einem alten Causeur wie ihm ließen sich Grenzen nicht vorschreiben. Wußte überhaupt ein Mensch, wann er ernsthaft und nicht en philosophe sprach, wann also er auch die höchsten Dinge nicht gauklerisch in geschickten Händen umwirbeln ließ, um ihre Reflexe spielen zu lassen? Indessen – darüber war Cornelie nun doch nicht zu täuschen – Sixtus Walbrun plauderte nicht mehr, allein um zu plaudern, wenn er es denn jemals getan hatte! Auch ein alter Mann mochte sich noch gelegentlich des Degens, des Pferdes bedienen; aber er ritt, er focht kaum mehr um dieser Künste an und für sich willen. Ein alter Mann plauderte auch nicht mehr rein um der Übung seiner geselligen Gaben wegen; jedenfalls dieser alte Mann tat das nicht. Sie durchschaute ihn und redete sich deswegen manchmal ein, daß sie gegen seine Wirkungen gefeit sei. Doch übersah sie, welche Schwäche sie ihm durch ihre unverschuldete Lauheit in Anbetracht der eigenen Kirche bot, die sie wohl verteidigte, für die sie aber niemals geglüht hatte, wie er es, ohne es je zu betonen, für seinen eigenen Glauben bis ins Innerste tat. Sie unterschätzte mit der Anmaßung ihrer Jugend völlig die Wucht einer durch ein Leben bewährten Überzeugung, die zu zeugen vermag, wozu eine nur verstandesgemäß anerkannte Wahrheit niemals imstande ist. Aber war sie sich der sanften Umstrickung so wenig bewußt, daß sie gar keinen Versuch machte, sich ihr zu entziehen?

In der Tat fühlte sie sich lange Zeit der eigenen verhaltenen Überlegenheit über den greisen Schwärmer, so meinte sie, derartig sicher, daß ihr um Bewahrung ihrer trockenen Klarheit nicht bange war. Sonntags besuchte sie getreulich die Militärgottesdienste, die der protestantische Feldprediger, Herr Lafontaine, in der Peterskirche abhielt. Hier in dem kleinen Häuflein der Zivilgemeinde hinter den Truppen sitzend, atmete sie den kalten Dunst von Stiefelschmiere, Pomade und Mannsvolk und konnte nicht umhin, festzustellen, daß Frau von Coudenhoven schon wieder einmal nicht erschienen war, während ihre Mutter, die Gräfin Hatzfeld, mit mindestens zweien der fünf jungen, schwer zu unterscheidenden Grafen wie stets bei den ersten Sätzen der Liturgie hereingerauscht war. Sie lernte die Damen der protestantischen Universitätsprofessoren von Ansehen kennen: dies war Madame Dieze und dort die Wedekind mit ihrer Schwester, der geschiedenen Forkelin, deren Leumund – nun ja, was ging sie das an... Jedoch bemerkte sie bei sich, daß die Herren Professoren, geheimen Räte und sonstige Betitelte allerdings die argen Freigeister und Libertins zu sein schienen, da sie sich denn so gut wie nie an der Seite ihrer Gemahlinnen zeigten. – Sie prägte sich, ohne es zu wollen, mit der Zeit eine Reihe gleichgültiger Gesichter ein, die sie nun immer wieder erkannte, wenn sie ihnen auf der Straße, hinter Ladentischen oder sonstwo begegnete. Dazwischen erhielt sie den Eindruck, daß von der ganzen Gemeinde keiner so sehr bei der Sache war wie der Holzhändler und Armenvater, Herr Peters, der seinen Sitz schräg vor ihr hatte, so daß sie den aufmerksamen, von innen heraus belebten Ausdruck seines von weißem Haar überbuschten Gesichtes vor Augen, seine tiefdröhnende Stimme im Ohr hatte, wenn gesungen wurde. Sie vermehrte also die von Herrn Lafontaine häufig apostrophierte kleine Herde, die, von reißenden Wölfen umgeben, geduldig ausharrte und in dem Herrn sich freute, sie stimmte in Liturgie und Choräle mit ein, senkte bei Sündenbekenntnis und Apostolikum gewohnheitsmäßig den Kopf, ließ die Predigt über sich hingehen und – war sich dann beim Heimgehen klar, daß sie schon nach den ersten Sätzen begonnen hatte, über die Engel und Heiligenfiguren des goldstrahlenden Altars nachzugrübeln, und daß sie dann in Erinnerung an das letzte Gespräch mit Walbrun versunken war! Dies im günstigsten Fall. Denn häufig kamen ihr in der erzwungenen Ruhe ganz andere Gedanken, vom Nachrechnen der letzten Seite des Wirtschaftsbuches angefangen über Sommerpläne für ihre und der Kinder nötige Kleidung bis zu dem alten Brückenknecht, Jakob Oho, für den eine neue Hose aufzutreiben war, oder zu der kranken Haubensteckerin Walburga Stumpfin, zu der Buzzini geschickt werden mußte. Endlich ertappte sie sich darauf, daß sie an den Reihen der gleichmäßig frisierten, kurz bezopften Musketierschädel vorbei nach Rühles Blondhaar suchte. Dies war gewöhnlich der Augenblick, sich Herrn Lafontaine mit Beschämung neu zuzuwenden.

Und wenn ich nun zu Herrn Lafontaine ginge und mich von ihm mit Argumenten für die Dispute mit Sixtus ausrüsten ließe? dachte sie in so einer Sonntagsmorgenstunde einmal und betrachtete den Prediger daraufhin. Sie kam zu dem Ergebnis, daß sie ihn mißbilligte, eben aus dem Grunde, dessentwegen er sogar der katholischen Gesellschaft interessant war, weil er nämlich jene Romane schrieb, die eine empfindsame Lesewelt seit mehreren Jahren mit hingerissenem Beifall aufnahm. Aus irgendeinem Grunde, über den sie selbst sich nicht klar war, behagte ihr diese Mischung von Prediger und – nun, Herr Lafontaine sollte sich selbst gern als Sittenschilderer bezeichnen – behagte ihr also die Mischung von Forschheit, Salbung und eingehendem Interesse an besonders den Sitten, die sich aus der Betrachtung amoureuser Szenen und Verwicklungen ergaben, nicht sehr. Äußerlich besehen fand sie ihn glau, rosig und widerwärtig. Sie nahm reuig Kenntnis von diesem ihrem eigenen ablehnenden Standpunkt, tadelte sich für ihre oberflächliche Urteilsweise und ließ es noch offen, ob sie sich mit dem Seelsorger in Verbindung setzen wollte. Er wohnte beim Hofjuwelier Clausius, sie wußte es gut und wußte auch, daß er den Wunsch hatte, ihre Bekanntschaft zu machen. Der wackere Quast hatte ihr bei einem Essen im Walbruner Hof mit augenrollender Dringlichkeit und in diskretem Röchelton nahegelegt, doch ja Gebrauch von der Anwesenheit eines heimischen Pastors »in dieser Baalsstadt« zu machen – »sich den Rücken steifen zu lassen gegen die gleisnerischen Einflüsterungen der Götzendiener...« Woran er Andeutungen über den Hausherrn geschlossen, ihn mit allen möglichen lobenden Vorbehalten, besonders seinen Weinkeller betreffend, doch »einen verkappten Jesuwiter« genannt hatte – »und *die* Sorte, meine verehrte gnädige Frau, mien Döchting, das ist die allergefährlichste!«

Anders hatte Peters ein paarmal zu ihr gesprochen. Ihrer

Schützlinge wegen hatte sie den Armenvater aufgesucht; sein kleines Kontor lag innerhalb seines Holzlagers in seinem eigenen Hause, dessen Stattlichkeit für den erfolgreichen Geschäftsmann – dessen Ordnung und Sauberkeit für sein patriarchalisches Regiment über zahlreiche Kinder und Angestellte zeugte. Im Anfang beeindruckte sie die Kenntnis, die er von seinem Arbeitskreis hatte. Er brauchte nicht nachzuschlagen, um Bescheid über irgendeine Familie zu wissen, die sie ihm ans Herz legen und für die sie städtische Unterstützung beantragen sollte. Da saß er vor ihr im ehrbaren braunen Rock mit der tadellosen schneeweißen Halsbinde, die Arme auf den eichenen Tisch gestützt, auf breiten Schultern das große greise Haupt mit den frischen starkgemeißelten Zügen, den farblosen Augen und den schmalen Lippen. Gerechtigkeit, dachte sie unwillkürlich – und etwas in ihr ward bang. Was hatte es auf sich mit dem Familienvater, den sie ihm empfehlen wollte? Hatte der Mann, ehrbarer Eltern Sohn, sich nicht durch eigene Schuld heruntergewirtschaftet vom Fuhrmann zum Brückenknecht und endlich zum Kohlenträger? Und wodurch? »Meine gnädige Frau, weil er soff wie ein Schwamm, mit Verlaub zu sagen!« Dann: Peter Nanth, der Lumpensammler, ein alter Kerl, der droben am Köstrich in einer Art Stall auf einer fauligen Schütte Stroh lag und nicht leben noch sterben konnte – das war doch ein stadtbekannter Geizhals, der mehr ins trockene gebracht hatte, als es einem soliden Handelsmann mit Weib, Kind, Haus, Hof, Gesinde und Vieh heutzutage möglich wäre! Möge die gnädige Frau doch einmal in seinem Lumpensäckchen und in dem festgestampften Lehm unter seiner Lagerstatt nachsuchen lassen, wenn er es denn zuließe! Er würde wohl sonst was tun. Nun, und die Büglerin Kunigunde Sarchin – »aber, meine gnädige Frau! Ei, ei, ei – eijeijeijeijei! Der gnädigen Frau Mildtätigkeit in Ehren – indessen...« Wußte die gnädige Frau nicht, welchem Gewerbe dies Weibsstück in seinen jungen Jahren nachgegangen – wie es zu seiner frühen Bresthaftigkeit gekommen sei und daß die ganze Gottseligkeit dieser Person sich – mit Verlaub! – durch das Wort erklären ließe! Junge, hm, hm, hm – alte Betschwester!? – Nun war Cornelie durch Vespery meist gründlich über die Leute unterrichtet, es war ihr aber nie in den Sinn gekommen, von ihrem Elend das abzuhandeln, was etwa als Verschuldung anzusehen war. Auch Schuld war Elend; dies war ihr Standpunkt. Sie überprüfte ihn angesichts des strengen Greises und fand nichts zu ändern. »Die Leute hungern. Der alte Mann ist auf dem Rücken von Wunden zerfressen. Die Sarchin kann sich vor Gicht nicht rühren, es regnet auf ihr Bett, und der Hauswirt läßt das Dach nicht flicken...« Sie wiederholte schon Gesagtes, ohne recht bei der Sache zu sein. Es ging ihr durch den Sinn, daß die Richter Israels nicht unbarmherziger geblickt haben könnten als dieser ins katholische Land verschlagene alte Friese, der sie so zornig ansah. Sie senkte plötzlich die Augen und strich eine Falte an ihrem Kleid glatt. Dabei kam es ihr kaum zu Bewußtsein, daß sie sich persönlich von dem strafenden Ausdruck ihres Gegenübers getroffen fühlte oder vielmehr von seiner Absicht, sie nicht nur von der Unwürdigkeit dieser Unglücklichen zu überzeugen, sondern auch sie selbst unsicher zu machen. War ihm dies vorübergehend gelungen, so hob sie doch lebhaft den Kopf, als er nun fortfuhr: »Gerade wir Protestanten müssen uns hüten, das Laster und die Trägheit zu unterstützen, sonst möchten die Römlinge bald mit Fingern auf uns zu weisen Anlaß genug haben! Hat mir der Herr hier ein Amt anvertraut, durch das ich lutherische Rechtlichkeit und evangelische Gesinnung mitten im päpstlichen Heidentum klärlich erweisen kann, so darf ich die Waage nicht um einen Fingerbreit zugunsten weichlichen Mitleids schwanken lassen. Zudem, gnädigste Frau, es sind städtische Gelder, die ich verwalte. Ich muß über jeden Batzen Rechenschaft ablegen...«

Corneliens Antwort kam ein wenig zu rasch. Sie sagte: »Man wußte wohl, warum man diesen Posten einem Protestanten anvertraute.«

Es war eine Eingebung des Augenblicks, die sie selbst kaum verstand. Aufgewühlt von empörtem Mitleid, war sie empfänglich für diesen Funken aus der mächtigen anderen Sphäre und leitete ihn weiter. Peters ließ es sich nicht anmerken, ob er getroffen war. Er sprach ruhig weiter: »Zudem weiß kein Mensch gewiß, wie das Gesindel sich den Franzosen gegenüber verhalten hat. Das heißt, von dem Sackträger und Straßenkarcher Peter Huhn, dessen die gnädige Frau sich dermaßen annehmen, ist uns sehr wohl bekannt, daß er sich zum Klub gehalten hat und der größten Schreier und Randalierer einer gewesen ist.

Mag er mit seiner Brut ausessen, was er sich eingebrockt hat!«

Cornelie, ganz aufgetan von der steigenden Glut ihres Herzens und jegliche Rücksicht vergessend, wußte nicht, daß sie schön war, wie sie da mit geröteten Wangen und groß geöffneten Augen aus der veilchenfarbenen Umhüllung ihres winterlichen pelzbesetzten Anzugs hervorblühte, und hätte es nur daran bemerken können, daß ihr Gegner vermied, sie anzublikken, ja, daß er begann, sich mit einem Stoß Rechnungen zu beschäftigen, während sie sprach. Sie sagte: »Und ist es Ihnen, Monsieur Peters, nie beigekommen, wie schwer es gerade dem armen Volk gewesen sein muß, sich den fränkischen Heilsbotschaften zu verschließen? Meinen Sie nicht, daß seinen Ohren die Worte Freiheit, Gleichheit und Brüderlichkeit ähnlich geklungen haben mögen wie Christi Worte den armen Israelitern und den römischen Sklaven?«

Peters schob die Papiere beiseite und legte die Hände gefaltet vor sich hin auf den Tisch. Er netzte die Lippen und blickte nun voll auf Cornelie. Hart und deutlich erwiderte er:

»Ich halte mich an den Apostel, gnädige Frau: Jedermann sei untertan der Obrigkeit. Und da der Erzbischof von Mainz nun einmal das weltliche Regiment hier zu führen hat, so erkenne ich in ihm die von Gott eingesetzte Obrigkeit, wie unser Herr und seine Apostel sie im heidnischen römischen Kaiser anerkannten, und diene ihm. Über den Unterschied zwischen unseres Heilands Evangelien und den fränkischen Irrlehren will ich mit der gnädigen Frau nicht streiten – es steht mir nicht an. Wenn aber die gnädige Frau Belehrung darüber nachsuchen wollen, so rate ich, zum Herrn Prediger Lafontaine zu gehen, der sein Logis beim Juwelier Clausius hat und auch sonsten schon nach der jungen Madame von Echter gefragt hat. Das ist ein wahrer Hirte, rechtzeitig zu uns gesandt und zudem ein Landsmann der gnädigen Frau. Bei der Frau Gräfin von Hatzfeld kann ihn die gnädige Frau immer antreffen, wenn Sie es nicht vorziehen, ihn zu sich einzuladen.«

Cornelie war schon während der letzten Worte aufgestanden. »Ich werde es mir überlegen«, sagte sie gleichgültig und vermied es, zu Peters aufzusehen, der unbewegten Antlitzes auf sie sah wie ein Erzvater. Sie fühlte eine Neigung, zornig zu weinen.

»Es ist also nichts zu hoffen für meine protégés?« fragte sie hochmütig. »Nun, so werde ich mit den Armen-Claren-Schwestern tun, was uns möglich ist. Guten Morgen, Monsieur!«

Das Weinen kam dann zu Hause zum Ausbruch und taute auf Christoph hernieder, während er bei ihr trank. Daß es mehr der harten Aufrichtigkeit und der mangelnden Unterwürfigkeit des Armenvaters galt als ihrem Mißerfolg an und für sich, dessen bewußt zu werden, sträubte sie sich ein wenig. Dennoch war es so. Sie war dergleichen Männer aus dem Volke nicht gewohnt, und kirchliche Gesinnung pflegte sich in der Heimat auch weniger durch Strenge als durch Salbung zu äußern. Die Haltung des Armenvaters war ein Affront; war es um so mehr, als sie geneigt war, sie zu bewundern. Seine kantige Rechtschaffenheit kam einer Denkgewohnheit in ihr entgegen: dieser Protestantismus war Preußentum in der Essenz. Schließlich wäre das alles noch kein Grund zu Tränen gewesen. Sie weinte, weil sie durch das Verhalten dieses Gerechten so stark die Verurteilung ihrer ganzen Lage hindurchfühlte, einmal in ihrer Verkettung mit dem Schicksal der Schwester und dann in dem, was der harte Alte als ihre Lauheit in der Religionsfrage ansehen mußte. Sein Hinweis auf den Prediger reizte sie durch die besondere Betonung, in der er geschehen war. Den braven Quast hatte sie neulich ausgelacht und ihn gefragt, ob denn er sich einem windigen Schöngeist anvertrauen würde? Worauf der mit einem bekräftigenden Fluch geantwortet hatte: nein! – denn erstens habe er's gar nicht nötig, und zweitens würde er lieber mit dem Teufel um seine Seele würfeln, ehe er den Monsieur Lafontaine darum weinen oder beten ließe! Auf ihr »Nun also!« hatte er dann betreten gemurrt, er habe gemeint, dieser poetische Schwarzrock sei so recht was für Damen, wodurch sie Gelegenheit bekam, die Unterhaltung mit einer gründlich abfälligen Meinungsäußerung über Lafontaines weinerliche Geschichten in ein anderes Fahrwasser zu lenken. Dergleichen war nun Peters gegenüber nicht möglich gewesen und nicht nur, weil er ein schlichter Mann und im Belles-Lettres-Fach nicht zuständig war.

Sie war mit sich selbst noch nicht recht darüber im klaren, ob sie Lafontaine einmal zu sich bitten lassen sollte oder nicht, als er selbst ihr an einem der nächsten Sonntage zur Entscheidung verhalf. Choral und Liturgie waren verklungen. Sie hatte sich durch Anhören des Textes und der einleitenden Worte der Predigt gerade so weit in eine nachdenkliche Stimmung einspinnen lassen, daß sie geneigt war, sich andächtig zu fühlen, als sie zusammenfuhr, aufhorchte und ihren Ohren nicht traute. Was hatte der Text, Matthäus 12, mit dem vierten Gebot zu tun? Freilich – Jesus hatte die harten Worte über seine Blutsverwandten gesprochen... Herr Lafontaine knüpfte daran an: »Unser Herr, meine teuren Zuhörer«, sagte er, »verstößt seine eigene Mutter um seines göttlichen Weges willen. Unser Herr bringt ein Opfer! – möge doch keiner unter uns sein, der das mißdeutet und seine eigene Sünde wider das vierte Gebot freventlich mit des Heilands erhabener Verzichtleistung rechtfertigt! Uns Schwachen unter dem Kreuz steht anderes zu. Wehe, du Sohn, der du die Mutter mißachtest! Wehe, du Tochter, die du Schande auf das graue Haupt deines Vaters häufst, ihn im Alter verlässest und den Altar verleugnest, dem er dich zugeführt hat, als du ein Kind warst! Schlagt in euch, kehrt um, ihr verlorenen Kinder, solange noch Zeit ist...« Weiteres hörte oder verstand Cornelie nicht mehr. Sie saß wie unter einem feurigen Regen, so begann ihr das Haupt, begann ihr der Körper trotz der eisigen Grabesluft in der Kirche zu glühen, doch nicht aus Scham, sondern aus Zorn über den Schimpf, den ihr der selbstzufriedene Wicht da oben auf der Kanzel anzutun wagte. Finster um sich blickend, bemerkte sie, daß freilich niemand nach ihr hinsah bis auf die Gräfin Hatzfeld, die sie hochmütig und schläfrig zugleich anblinzelte, was vielleicht nichts weiter besagen wollte, als daß die Gräfin sich langweilte. Trotzdem begab sich Cornelie hastig, gesenkten Hauptes und mit dem Gefühl einer Gebrandmarkten auf den Heimweg. Peters grüßte sie mit besonderer Feierlichkeit; war er es, der den Prediger angeregt hatte, vor versammelter Gemeinde den Ruf nach dem irrenden störrischen Schaf auszustoßen? All das war möglich oder auch nicht. Cornelie, ganz richtig mit Klatsch oder Verleumdung innerhalb des kleinen Kreises ihrer Glaubensgenossen rechnend, vergaß doch alle Erwägungen über die Wirkung dieser Bloßstellung fast über Nacht und lachte schon in den nächsten Tagen mit Rühle über das Ganze. Freilich übersah sie Herrn Lafontaine und seinen ihr schmelzenden Auges dargebrachten Gruß, nun wo immer sie ihm auch begegnete, und mit ihren Besuchen der Garnisonsgottesdienste hatte es sein Ende. Ich werde, dachte sie, im Frühling mit dem »protestantischen Omnibus« zur Predigt nach Biebrich fahren, und nahm einstweilen des Sonntags die Bibel vor, die sie immer noch las wie als Kind, um der schönen Geschichten und kräftigen Worte willen. Indessen blieb es noch lange Winter, und sie lernte zunächst den Baron Rosen aus Kurland kennen. –

IX

Theophil Rosen war ein zur katholischen Kirche übergetretener kurländischer Freiherr, der seit seiner Bekehrung, mithin bereits eine beträchtliche Reihe von Jahren, in Rom lebte, womit eigentlich alles gesagt ist, was über ihn gesagt werden könnte. Eine Erbschaftsangelegenheit hatte ihn im Herbst des vergangenen Jahres sehr gegen seinen Gefallen in die nordische Heimat gerufen, und er war auf der Rückreise nach dem Süden, als Cornelie ihn bei den Walbruns antraf. Er hatte bei einem Essen den Platz zu ihrer Rechten und führte selbst Frau von Coudenhoven, die freigeistelnde Freundin des Kurfürsten. Es sah fast nach einer kleinen Malice Maximilianes oder des Monsieur Valdemaire aus – die Tischordnung im Walbruner Hof war stets von sehr persönlichem Nachdenken diktiert –, daß der zarte Renegat derartig von zwei Vertreterinnen der von ihm verlassenen Kirche eingekreist war, während Maximiliane, der wohl im Grunde sein Umweg über Mainz zugedacht war, so saß, daß er ihres Anblickes nicht ohne Körperverrenkung hätte teilhaftig werden können. Möglicherweise aber hatte Sixtus selber die Hand hier im Spiel. Cornelie hatte den Major von Quast als Tischherrn, mit dem sie nachgerade jeden Gesprächsstoff erschöpft hatte und der zudem bei einem guten Diner nicht gern Konversation machte. Walbrun aber, als linker Nachbar der Gräfin Hatzfeld rechts neben Frau von Coudenhoven sitzend, bot alles auf, um Mutter und Tochter gleichzeitig zu fesseln, und sei es durch geschickt aus der Luft gegriffene und zwischen die beiden stets sprungbereiten Löwinnen gerollte Zankäpfel, auf die sie denn auch zustürzten, während er, vorgebeugt oder zurückgelehnt, dem Speisen oblag oder einer zufriedenen Meditation pflegte. Rosen sah sich auf diese Weise bald ausschließlich auf seine linke Nachbarin angewiesen, und da ihr hingebungsvoll schmausender Kavalier durchaus keine Ansprüche an sie stellte, war die Unterhaltung leicht anzuspinnen. Und, war es, daß das sanft rollende Deutsch des Barons Cornelie bezauberte wie das Schnurren eines behaglichen Katers, war es, daß von Anfang an jenes unbestimmbare Medium ursprünglicher Sympathie zwischen ihnen waltete – diese Unterhaltung sprengte bald den Rahmen eines gewöhnlichen Tischgesprächs.

»O nein, Baron, es ist wohl einzig die unerbittliche Notwendigkeit, die mich hier festhält«, antwortete Cornelie ein wenig hochmütig auf seine einleitende Frage, die bei ihr das gleiche Wohlgefallen am Süden an und für sich, am Süden Deutschlands im besonderen im Gegensatz zu seinem Norden voraussetzte, wie bei ihm selber. »Gewisse Pflichten auf der einen – gewisse unübersteigbare Schranken auf der anderen Seite sind es, die mir das Verweilen in Mainz auferlegen.«

Rosen bewegte bedauernd den Kopf. »Auferlegen – aber, meine gnädige Frau! Das klingt nach Strafe und Buße! In der Tat: empfinden Sie den Aufenthalt in dieser Stadt als Verbannung? Freilich – in ihrem augenblicklichen Zustand gleicht sie einer armen Kranken. Aber lassen Sie ihre Wunden erst wieder geheilt sein, lassen Sie nur das Frühjahr kommen! Sie werden staunen über die Heiterkeit dieses Himmels, der in die ärmsten Gassen hineinleuchtet...«

Cornelie schwieg eine Weile. Dann sagte sie: »Müssen Sie mir nicht zugeben, daß auch der schönste Ort für ewig den Stempel des Unglücks trägt, das wir in seinen Mauern erlebt haben?«

Rosen blickte sie an, und etwas in dem Ausdruck seines unschönen, aber von kluger Menschlichkeit geprägten Gesichtes weckte plötzlich starkes Vertrauen in ihr.

»Gewiß«, sagte er langsam, »gewiß! Ich vergaß vielleicht Ihr schweres Schicksal, Madame. Oder – lassen Sie mich offen sein, nein, ich vergaß es keineswegs. Jedoch sah ich Ihre Lage zu sehr mit meinen Augen, als einer, der Ähnliches durchgemacht und – damit fertig geworden ist...«

Cornelie lächelte etwas bitter.

»Ich meine immer, Baron«, sagte sie, »daß Männer und Frauen dies verschieden erleben. Aber das zu erörtern würde zu weit führen und wäre zudem ein mir schmerzliches Thema.«

Er sah vor sich nieder. Als er wieder sprach, war es in einem bescheidenen, fast bittenden Ton.

»Sie mögen recht haben. Sie mögen für die Allgemeinheit sehr recht haben, gnädige Frau. Darf ich trotzdem eins zu bedenken geben: Man kann, glaube ich, hier die Abweichungen von der Regel nicht außer Betracht lassen. Gibt es nicht weiche Männer und – harte Frauen? Sie, meine Gnädige...«

»Scheine ich Ihnen hart?«

»Es wäre sehr falsch zu verstehen. Aber Sie sind zweifellos eine starke Frau, und ich – nun ja, warum sollte ich leugnen, was das Leben mir doch immer wieder zum Bewußtsein führt! – ich bin zweifellos ein weicher Mann, und als ich jung war – zweifellos – da war ich anfällig, keinem Schicksal gewachsen – mit einem Wort: schwach!« Nach einer Pause, wie sie immer zwischen Menschen entsteht, wenn sie sich schon in der ersten Stunde des Bekanntwerdens unwiderstehlich zu vertraulichen Bekenntnissen geneigt fühlen, begann Rosen entschlossen von neuem: »Erlauben Sie mir, Ihnen von mir zu erzählen. Vielleicht verstehen wir uns dann leichter. Ich befand mich vor vielen Jahren in einer der Ihren sehr ähnlichen Situation. Ich war in der Fremde – in Rom – und stand eines Morgens am Sarge des Teuersten, was ich auf Erden besaß. Meine junge Gattin war dem römischen Fieber erlegen. Ich hatte zunächst keinen anderen Gedanken als den, die mörderische Stadt, das fremde Land zu verlassen, in die Heimat zu flüchten und dort, wo mein Glück begonnen hatte, die eigenen Tage zu beschließen.

Die Umstände erlaubten meine sofortige Abreise nicht. Ich war mit einer verantwortlichen Mission betraut, die ich zu Ende führen mußte. Vier Wochen später sah ich mich frei und wollte – nein, konnte nicht mehr abreisen! Und jetzt verlasse ich Rom nur vorübergehend. Jetzt ist Rom – meine Heimat.«

»Und wo«, fragte Cornelie, »wo liegt eine Widerlegung meiner Ansicht, daß Männer leichter einen neuen Lebensanfang finden, wenn sie ihres ganzen Glücks beraubt zu sein scheinen? Oh, wenn ich an meinen Vater denke... Aber lassen wir das.

Ich verstehe aber, offen gesagt, noch eher, daß man Preußen mit dem Rhein vertauscht, als daß ein Kurländer in Italien eine andere Heimat findet. Denn hier ist schließlich auch Deutschland – wennschon...«

»Ach, meine Gnädigste, hätten Sie mich nur ausreden lassen! Aber bleiben wir jetzt bei Ihrem ›Wennschon...‹ Nicht wahr – dieses ›Wennschon...‹ Und woran, Madame, liegt es, daß wir dieses Deutschland hier unten als ein so durchaus anderes empfinden als unsere nördlichen Breiten? Sie werden mir sagen, daß es der mildere Landstrich, der kindlichere und fröhlichere Geist der Bevölkerung sei, aber der Grund liegt tiefer. Denn, nicht wahr, Sie und ich, wir begnügen uns doch nicht mit den Erklärungen, die auf der Hand liegen?«

Cornelie sah ihn etwas unsicher an: »Sie wollen sagen...«

Rosen nickte schwer und nachdrücklich mit dem großen Haupt.

»Ich will sagen, meine gnädigste Frau, daß jedes Land den Gott spiegelt, den es anbetet.«

»Wie? So schreiben Sie den Charakter des Südens dem Katholizismus zu?«

»Ganz gewiß, gnädigste Frau, ganz gewiß ist dies Faktum von überwiegender Bedeutung! Diesen Satz bin ich bereit zu verfechten!«

Cornelie, etwas indigniert, ohne selbst zu wissen, warum, sagte leicht von oben herab: »Oh, mein Herr Baron, ich denke nicht daran, Ihnen zu widersprechen. Sie wissen wohl, wir Preußen lassen jeden nach seiner Fasson selig werden. Chacun à son goût!«

Rosen lächelte leise. »Gnädigste – Sie werden mich nicht davon überzeugen können, daß der Glaube Ihnen nicht mehr als eine Geschmacksfrage sei. Jedoch wollte ich Ihnen ja erzählen, was mich damals in Rom festhielt, als meine dortigen Verpflichtungen erledigt waren. Es war nicht etwa das mir teure Grab, das ich zweimal täglich zu besuchen gewohnt war. Ich war entschlossen, es zu verlassen, glaubte ich doch – in ihrem Sinne zu handeln, wenn ich heimkehrte. Vierzehn Tage waren seit dem furchtbaren Abend vergangen, an dem meine Gefährtin für immer eingeschlafen war; sie waren eine einzige lichtlose Nacht für mich gewesen, obgleich das Land und die Stadt und mit ihr der Friedhof in allen Wundern des Frühlings prangten. Ich war eines Nachmittags hinausgefahren, und der Schmerz überwältigte mich wie ein Dämon. Es dämmerte schon, als ich taumelnd den Ausgang des Gartens suchte. Ein paar Schritte nach Durchschreiten der Pforte fühlte ich eine Ohnmacht nahen und bin mir nur noch eben bewußt, daß ich mich an der Mauer zu halten versuchte. Als ich wieder zu mir kam, lag ich auf der Straße, und über mich gebückt stand ein Mann, ein Mönch in der schwarz-weißen Kutte der Dominikaner.«

»Ah«, sagte Cornelie leise, »ich beginne zu verstehen…«

Rosen nickte bedeutungsvoll.

»Ich war damals in einem Zustand, der mich jede menschliche Gesellschaft, auch die meiner nächsten Freunde, fliehen ließ. Dieser Mönch aber erschien mir wie ein Wesen aus einer anderen Welt. Sein abgeklärtes Gesicht, das mich an die Gestalten der alten Bilder in den Kirchen des Landes erinnerte, seine Tracht, die ihn aus allen Beziehungen meines traurigen Alltags heraushob, gaben mir ein unendlich wohltuendes Zutrauen. Er sprach kaum, indem er mir auf die Füße half und mich ein paar Schritte weiterführte. Dann sah er mir ins Gesicht und meinte, ich müsse wohl eine Stärkung zu mir nehmen, ehe ich in die Stadt zurückkehrte. Er brachte mich in ein Kellergewölbe seines nahe gelegenen Klosters, wo er mir Wein gab, dem er ein anregendes Medikament beimischte. Während ich langsam trank und mich an der Kühle und Stille des Ortes erholte, begann ein Gespräch zwischen uns, das, wie ich gestehen muß, heute noch nicht beendet ist.«

Cornelie lachte ein wenig ungeduldig. »Ein Gespräch, das sich über Jahre hin ausdehnt! Ach, Baron, wie soll ich das glauben!«

»Aber meine Gnädigste – es ist so – es ist so! Vielleicht hätte ich sagen sollen, daß ich in einen großen Disput eintrat, als ich mich mit meinem Samariter einließ, und daß er keineswegs der einzige blieb, mit dem ich mich auseinanderzusetzen hatte!«

»Kurz gesagt: Sie haben sich also von ihm bekehren lassen?«

»Ach, Madame, sind es denn je die Menschen, die uns bekehren? Immerhin, er ward das erste Werkzeug, mit dem an mir gearbeitet wurde, er ward zum Wegbereiter für andere, die schon unterwegs zu mir waren. Sein Schicksal, von dem er mir brüderlich einiges mitteilte, die reine Demut und Gottgelassenheit, die seine Religion ihm gegenüber grausamen Wendungen seines Lebens verlieh – dies alles machte ihn für mich zu einem unfreiwilligen Führer. Er zeigte mir das Kloster; bei dieser Gelegenheit machte ich die Bekanntschaft des Abtes, eines ehrwürdigen Mannes von gelehrter Bildung, mit dem ich bald tief ins Gespräch geriet. Von da an versäumte ich nie, bei den Brüdern einzutreten, wenn ich mein Grab besucht hatte. Von dem Gedankenaustausch mit dem Abt, an dem bald einige der frommen Väter teilnahmen, ging eine seltsame Beruhigung für mich aus. Es waren vor allem ihre Theorien über den Zustand der Seele nach dem Tode und ihre Zukunft, die mich anzogen und mir eine Beschäftigung mit dem katholischen Glauben als lohnend erscheinen ließen.«

»Und diesen Trost fanden Sie nicht ebensogut in der Religion, in der Sie erzogen waren?« unterbrach ihn Cornelie. »Ich muß sagen...«

»Gnädige Frau!« Rosen erhob beschwörend die Hand. »Ich suchte ihn ja. Aber wenn ich Ihnen sagen darf, in welcher seelischen Verfassung meine arme Frau war, als sie starb, dann werden Sie verstehen, warum der Glaube Luthers mir nicht gab, was ich brauchte.«

Gegen ihren Willen interessiert, lehnte sich Cornelie zurück. »Sprechen Sie denn, wenn es Ihnen nicht zu schwer ist, diese Dinge zu berühren«, sagte sie, mit leisem Aufseufzen das gemessene und zeremonielle Servieren der Dienerschaft beobachtend. Es war eines der großen offiziellen Diners, die Walbrun im Laufe des Winters zu geben pflegte, und man saß dabei mehrere Stunden zu Tisch. Rosen blickte vor sich nieder.

»Ich kann davon wie von den Fährnissen einer längst überstandenen Reise sprechen«, sagte er. »Nehmen Sie an, ich erzählte von einem Dritten, der nicht mehr existiert, obgleich er in meiner Gestalt und unter meinem Namen einherging. Meine Frau und ich hatten Schuld auf uns geladen, als wir uns vereinigten. Unser Bund entsprang einer verbotenen Leidenschaft, der wir nicht hatten widerstehen können. Sie war mit einem viel älteren Mann verheiratet, und läßt sich noch so wenig zugunsten dieses gewalttätigen und frivolen Menschen anführen – sie hatte doch Kinder mit ihm, und daß sie diese verlassen hatte, verzieh sie sich nie. Die kurzen Jahre unserer Ehe waren ebenso von Qual wie von einem kaum erträglichen, frevelhaften Glück erfüllt. Eines ihrer Kinder war bald nach ihrer Flucht gestorben, sie gab sich die Schuld an seinem Tode und verging, wie ich wohl wußte, vor Sehnsucht nach den noch lebenden. Auf dem Totenbett offenbarte sich der furchtbare Kampf ihres Innern ganz, sie fühlte sich von Gott verworfen und im voraus verdammt, und in meiner Verzweiflung gelang es mir nicht, sie zu trösten. Sie starb wie eine Verurteilte. Sagen Sie mir nun, meine gnädige Frau, wo ein armer Mensch, der sein Liebstes so hat hinübergehen sehen, in der protestantischen Religion die Beruhigung finden soll, die er braucht, um sein eigenes Leben zu Ende zu führen?«

»Die Gnade...«, sagte Cornelie, aber ohne rechte Bestimmtheit.

»Die Gnade. Die Gnade! Jetzt, nach Jahren geistiger Vorbereitung und Übung, kann ich mir vielleicht hierunter etwas denken. Damals konnte ich es nicht. Damals war's mir ein leeres Wort, ein fast drohender Klang: konnte eine so belastete Seele sich überhaupt zur Hoffnung auf diese Gnade erheben? Bestand ihre Verdammnis nicht gerade darin, daß sie, von ihrer Schuld zu Boden gedrückt, in der Tiefe der Verzweiflung verharrte ohne die Hoffnung, je gutmachen zu können, was sie gefehlt? Aller Möglichkeiten zur tätigen Sühne beraubt, wird ihr vom Übermaß ihrer Verfehlung der Glaube erstickt – und ist er nicht die große, die einzige Vorbedingung der Gnade? Meine Hortensia war ohne Glauben, ohne Hoffnung, in blinder Trübsal gestorben. Wollen Sie es mir verdenken, daß ich mich mit ihr verdammt fühlte, daß ich keinen anderen Wunsch kennen wollte als den, die Dunkelheit des ewigen Grabes mit ihr zu teilen?«

Cornelie, rätselhaft von der Erinnerung an Charlottens unseliges Sterben überwältigt, murmelte schwach: »Ich verstehe Sie«, und hob die Hand, als wünschte sie, ihm Einhalt zu gebieten. Er indessen, nun ganz im Zuge seiner Erzählung, bemerkte es nicht und fuhr fort:

»Ich war noch jung, kaum siebenundzwanzig Jahre. Unser Bund war fern von aller Frivolität, einzig unter dem Zwang einer großen Passion geschlossen, der wir nicht zu widerstehen vermocht hatten. Aus der Heimat verbannt, aufeinander angewiesen, hatten wir in heidnischer Hingebung an den Augenblick gelebt. Jetzt war die fürchterliche leere Ewigkeit um mich her.«

»Versenken Sie sich doch nicht in diese Erinnerungen«, bat Cornelie gequält. Er sah erstaunt auf.

»Aber ich sagte Ihnen ja schon, gnädige Frau: ein Genesener spricht mit Ihnen von seiner Krankheit! Ein – ja, ein im wahrsten Sinn Begnadigter von seiner hinfällig gewordenen Verurteilung! Der Umstand, der mich in jenes Kloster geführt hatte, meine Schwäche beim Verlassen des Friedhofs, ließ das Gespräch ganz natürlich auf die Gründe meiner Ohnmacht kommen. Das weltentrückte Wesen des Abtes ließ es mir zum erstenmal leicht erscheinen, über meine Ehe zu sprechen, und diese Aussprache vor dem alten Mann gewann den Charakter einer Beichte, nach der ich mich, auch ohne eine ausdrückliche Absolution erfahren zu haben, leichter und ruhiger fühlte als vorher. Als ich ihm sagte, daß es vor allem Hortensiens verzweifeltes Sterben sei, was mich quälte, begann er, mir von den Gnadenmitteln der katholischen Kirche für die Seelen der Abgeschiedenen zu sprechen. Er tat es dem Anschein nach ohne Absicht. Er tat es, wie ein Vater dem Sohn das Erbe weist, auf das jener verzichtet hat – beiläufig – nur der Ton der Stimme verrät, daß noch Zeit ist, sich anders zu besinnen. So geschah es mehrere Male hintereinander, und ich hörte nur zu. Nach einigen Tagen fragte ich ihn, ob denn auch Seelenmessen für Nichtkatholiken gehalten werden können, und er erwiderte mir, daß alle armen Seelen das gleiche Anrecht auf die Gebete der Gläubigen hätten. Der Tag, an dem ich einem Priester der meiner Wohnung nahe gelegenen Kirche Santa Maria sopra Minerva eine gewisse Summe für seine Armen übergab mit der Bitte, eine Zeitlang täglich eine Messe für die Verstorbene zu lesen, war nun nicht mehr fern. Die unsagbare Beruhigung, die mich überkam, als ich diesen stillen Gottesdiensten beiwohnte, die sanfteren Formen, die mein Schmerz annahm, das Gefühl einer neuartigen und wunderbaren Vereinigung mit meiner Geliebten: das alles war Gewähr genug dafür, richtig gehandelt zu haben.«

Cornelie brachte ein Lächeln auf: »Das klingt alles sehr einleuchtend. Dennoch, mein Herr Baron, ich bin ein Soldatenkind, und Sie müssen mir eine nüchterne Betrachtung der Sachlage nachsehen! Dennoch würde ich sagen, daß der Feind

Ihre geschwächte Position genutzt und Sie überrumpelt habe!«

Rosen blieb ernst. Er sah sie nicht an, als er antwortete: »Ich verdenke es Ihnen nicht, daß die Schilderung meines Erlebnisses Ihnen diesen Eindruck nahelegt. Doch würden Sie bei einigem Nachdenken gewiß auch andere Gesichtspunkte finden. Ich muß Ihnen bekennen, daß ich damals nur das Gefühl hatte, daß, wenn die Not am tiefsten, Gottes Hilfe wirklich am nächsten sei. Ich meinte – und das glaube ich heute noch –, daß Gott mich absichtlich so weit in die Finsternis geführt habe, um mir sein Licht endlich ganz offenbaren zu können.«

Er sagte dies leise und unaufdringlich. Trotzdem empfand Cornelie eine leise Verlegenheit. Dies, dachte sie flüchtig, ist eine seltsame Unterhaltung zwischen Champagnerkelchen und unter den Augen der alten Walderndorff dort drüben, die gewiß meint, dem Beginn einer großen Amour beizuwohnen. Hastig sagte sie:

»Gottes Licht! Wissen Sie, daß mir kein Satz aus der Bibel so tief ins Herz gedrungen ist wie der, daß Gott in einem Licht wohnte, da niemand zukommen kann...«

Und wiederum dachte sie beinahe ärgerlich, daß diese Worte durchaus nicht zum Abschluß der Unterhaltung geeignet seien.

Rosen griff den Satz denn auch sofort auf.

»Wollen Sie damit sagen, daß Sie Gott als unnahbar empfinden?« fragte er sanft.

»Wenn Sie es so ausdrücken wollen, ja. Vielleicht.«

»Und ist das erst eine Folge der letzten schweren Jahre?«

Wider ihren Willen dachte Cornelie nach. »Nicht eigentlich. Ach nein«, sagte sie zögernd. »Ich muß weit zurückgehen, wenn ich zu den Wurzeln dieser Einsicht kommen will. Sie nahm etwa vor zehn Jahren Besitz von mir, und es geschah ohne große Enttäuschung meinerseits. Ich glaube, ich gewann aus dem Unterricht vor meiner Konfirmation die Überzeugung, daß Gott zu fern von uns sei, um sich um uns zu kümmern, zu fern, zu unnahbar, zu strahlend. Freilich bot man mir Christus zum Mittler an.«

Rosen hatte sich vorgebeugt und lauschte gespannt: »Und Sie?«

Cornelie lachte ein wenig verzweifelt.

»Ich bin derartige Gespräche in keiner Weise gewöhnt, Herr Baron. Ich muß Ihnen gestehen, daß ich um den Ausdruck verlegen bin, wenn ich auf diesem Gebiet von mir selbst sprechen soll.«

Rosen blickte sie aufmerksam an. »Versuchen Sie es doch«, bat er, »Sie können unmöglich so fremd in diesen Regionen sein, wie Sie vorgeben. Aber vielleicht wissen Sie selbst nicht davon.«

Cornelie zog die Brauen zusammen. »Wenn ich Ihnen sage, daß Christus mir eher ferner erschien als Gott, werden Sie mich möglicherweise für eine Heidin halten. Es war aber so.«

Sie verstummte. Rosen wartete eine Weile, dann sagte er leise:

»Glauben Sie doch nicht, daß ich dies nicht nachzufühlen vermöchte. Die ungeheure Majestät des erhöhten Menschensohnes, der als Richter über allem Geschaffenen thront, so wie unsere – ich meine, wie die protestantische Kirche ihn darzustellen pflegt; sein übermenschlicher, unberührter Wandel auf Erden; das Mysterium seines Opfertodes – das alles macht ihn ungeeignet zum Mittler, zum Führer durch unser verworrenes Leben, zum Freund der Gebete, der Gedanken, der Seele. Aber, Frau von Echter, haben Sie in diesem Zusammenhang nie über die Bedeutung der Heiligen nachgedacht?«

Cornelie hörte nicht zu. Sie war jetzt damit beschäftigt, Worte für das zu finden, was sie meinte. Sie sah geradeaus und sagte stockend:

»Seine Vollkommenheit war geeignet, mich verzagt zu machen – das war es. Ich wagte nicht, meine Augen zu ihm zu erheben. Wir hatten einen Prediger, es war ein Herrnhuter, oder er stand dem Grafen doch nahe, der sprach von ihm nur als Bräutigam, als Buhlen der Seele und – ach, ich kann nicht sagen, wie mich das abstieß! Am liebsten war mir noch unser alter Garnisonspfarrer in Potsdam, der Gottes Wort auslegte wie ein Exerzierreglement und seiner Gemeinde grob und deutlich den Weg vorschrieb. So war auch unser Pastor in Hölkewiese.«

»Dabei kamen Sie nicht zu kurz?«

»Mein Gott, ich kannte es doch nicht anders!«

Rosen fragte fast ungeduldig: »Ja, hatten Sie denn nie – auch nicht als Kind – eine stärkere Beziehung zu Gott?«

Cornelie sah hilflos auf ihn. Das, was ihr in diesen Minuten klar wurde, erschreckte sie selbst. »Als Kind? Als er noch der

›liebe Gott‹ war, der alte Mann, der dem Weihnachtsmann ähnelte, und als Jesus das Christkind war? Ja – aber was soll mir das jetzt?«

Rosen sagte verwundert: »Aus Ihren Worten spricht eine seltsame Gleichgültigkeit. Wie haben Sie nur ohne einen lebendigen Glauben alles das, was Ihnen vom Geschick auferlegt sein soll – Ihre Frau Schwägerin machte mir einige Andeutungen – so überstehen können?«

Hier wandte Frau von Coudenhoven sich mit einer Frage an ihn, deren Beantwortung ihn für eine Weile in Anspruch nahm; Quast benutzte die Gelegenheit, Cornelie zuzutrinken. »Wolf in Schafskleidern, Gnädigste!« sagte er halblaut. »Werden sich doch nicht einwickeln lassen?! Kopf steif halten! Attacke parieren!« Der Brave hatte seine aussichtslosen Bewerbungen längst eingestellt, ohne deshalb aufgehört zu haben, den väterlichen Beschützer und getreuen Eckart zu spielen. Cornelie lächelte und hatte ihre Haltung zurückgewonnen, als Rosen sich ihr wieder zuwandte. »Und meinen Sie nicht, Baron«, sagte sie, ehe er zu sprechen beginnen konnte, »daß es eine Form der Frömmigkeit gibt, die ganz ins Leben übergegangen ist?«

»Gewiß«, erwiderte er schnell, »gewiß gibt es das! Es setzt aber einen so hohen Grad von Entwicklung voraus, daß es ungemein selten ist, und die meisten Menschen, die sich dieser Form der Frömmigkeit, wie Sie sagen, rühmen, rühmen sich, wenn Sie mir gestatten wollen, gnädige Frau, nun – sie rühmen sich ihrer Armseligkeit.«

Noch ehe er ausgesprochen hatte, wurde die Tafel aufgehoben. Cornelie stand auf, von den letzten Worten, die gewiß nicht als persönlicher Vorwurf gedacht waren, dennoch ein wenig betroffen, hörte noch Rosens bedauerndes: »Wir sprechen uns weiter!«, empfing seine Verbeugung und reichte dem Major ihren Arm.

X

Dies Gespräch hatte Ende April, kurz vor der Abreise des Barons, stattgefunden. Cornelie hatte ihn dann nur noch bei seinem Abschiedsbesuch gesehen und nicht ohne verstehende

Wehmut in das zarte Gesicht des Freundes geblickt, das während der Wochen seines immer aufs neue verlängerten Aufenthaltes noch schmaler geworden war. Es schien ihr keine unlösbare Aufgabe, den Grund hierfür zu finden und den besonderen Glanz zu deuten, der in seinen tiefliegenden blauen Augen stand. Auch über die nahezu leidenschaftliche Betonung seiner letzten Ausführungen hegte sie ihre Vermutungen und konnte bemerken, daß nicht sie allein es tat. Als sie einige Tage später mit Maximiliane bei Breithardts zusammentraf – auch Rühle war anwesend, und man saß plaudernd um den Teetisch versammelt – erlaubte der Kabinettsrat sich eine Anspielung auf den »verschwundenen Ritter Toggenburg«, der ja nun auf der Wallfahrt nach Rom Gelegenheit genug habe, den Mainzer Aufenthalt abzubüßen. Diese Bemerkung wäre völlig unter den Tisch gefallen, wenn Cläre ihrem scherzhaften Gatten nicht durch zufriedenes Gekicher applaudiert hätte und wenn nicht der Leutnant einen so erstaunt fragenden Blick hätte in die Runde gehen lassen, um dann beim Wahrnehmen von Maximilianes erstarrtem Gesichtsausdruck der Gefahr seiner Blondheit zu erliegen und in Breithardts Namen dunkel zu erröten. Über diesem geriet nun wieder Corneliens Herz in eine gerührte, jedoch schnell unterdrückte Wallung.

Der Mai brachte Unruhe – darum war er ja Mai. Bei den Walbruns wurde von heut auf morgen eine Reise nach Brüssel beschlossen, aus Bedürfnis nach Abwechslung, wie vorgeschoben ward, doch war es öffentliches Geheimnis, daß ein Besuch des Kurfürsten beim Grafen, der länger als eine Stunde gewährt hatte, den ursprünglichen Anlaß gegeben hatte. Gleichzeitig begann die große Truppenverschiebung und die Ablösung der Besatzung von Mainz und Kastell: die Preußen zogen ab, und die Österreicher und Hessen rückten ein, was allmählich vor sich ging, so daß Rühle immer noch da war, als in Massows Räumen am Karmeliterplatz längst ein hessischer Oberst hauste. Unterhielt dieser Wackere die Damen des Hauses in einem Cornelie unsympathischen Deutsch vom Glanz des Kasseler Hofes und von der Tatsache, daß der Fürst von Ysenburg »in seinen Landen«, wie er sagte, die Leibeigenschaft aufgehoben habe, was er als bedenkliches Zeichen des Übergreifens der französischen Geistesverwirrung auf rechtsrheinisches Gebiet ansah, so erschien Rühle nun täglich – zum Abschiednehmen, wie es hieß. Jedoch konnte es damit ernst werden? Freilich, seine Order konnte daliegen, wenn er nach Hause kam, konnte ihm zu jeder Stunde vom Burschen nachgebracht werden! Indes blühten die Apfelbäume, die ganze Stadt blühte; der Mond stieg jeden Abend voller, schwellend vom süßesten Licht über dem Strome empor. Das Kathrinchen sang bei der Arbeit, und mochte es mißtönend singen, so sang es doch nicht allein: in allen Häusern sangen Magd und Knecht, es sangen die Schiffer am Rhein, die Kinder beim Spiel, die Soldaten beim hallenden Marsch zum Tore hinaus, zum Tore hinein, und aus den birkengeschmückten weitgeöffneten Portalen der Kirchen wogten am Spätnachmittag die inbrünstigen Choralmelodien der Marienandachten wie eine heilige Tanzmusik. Bei diesem allem trennungsgewärtig zu sein, und sei es nur der Trennung von einem Freund, einem jungen Bruder, wie Cornelie sich einredete, dies belud das Herz mit fast unerträglicher Spannung. Es war eines Abends im Garten, daß sie diese Spannung gelöst fühlte, einfach weil sie ihr nachgab und sich dem unfaßbaren Andrängen der Natur überließ. Sie stand zwischen den Rabatten, sah den Auftrieb der jungen Pflanzen in den aufgelockerten Beeten, die Reihen der feierlich süß erblühten Narzissen und über sich die rosigen Lauben des üppigen Apfelblustes, in denen auch jetzt nach Sonnenuntergang noch die Bienen ihr golden dröhnendes Wesen hatten, und ein Gefühl erneuerter Jugend durchströmte sie zugleich mit der überwältigenden Sehnsucht nach dem Garten und der Feldmark, nach dem Frühling der Heimat, so stark, daß sie, wankend, nach einem Stamm greifen mußte. Sie schloß die Augen; ganz zaghaft lächelte sie. Alles, was sie empfand, schoß zusammen in Rühles Gestalt, vereinigte sich auf den einzigen, der ihr in diesem harten Winter die Verkörperung von Heimat und Wärme gewesen war. Auf einmal wußte sie, was ihr die Gewöhnung an sein Kommen, an sein helles Lachen mit den aufleuchtenden Augen, den blitzenden Zähnen gewesen war, und fühlte, was es ihr bedeutet hatte, ihn vom Dienst, vom Krieg und von der Zukunft – von den Seinen daheim und von jener Welt, die Berlin, Potsdam, Prignitz und Uckermark hieß, plaudern zu hören. Fühlte sie es nicht erst in diesem Augenblick, so hatte sie es sich doch nie zuvor zugegeben, daß sie es fühlte, hatte sich nie gefragt, ob diese Unmöglichkeit, ihn ohne Schmerz zu entbehren, nicht eben das war, was sie nicht wollte: Liebe. Sie fragte sich dies, ihm entgegenblickend, der den Garten betreten hatte und, die Hand am Degen, mit seinem langen starken Schritt auf sie zukam, einen fremden Ernst im Gesicht, der ihr anzeigte, hier war Entscheidung gefallen, in mehr als nur einem Sinn. Sie sah seinen Blick plötzlich voll Leidenschaft und Entschluß auf sich gerichtet, empfand nicht, daß diese Vertiefung des Ausdrucks bei ihm eine Spiegelung ihrer eigenen Haltung, ihres noch von den Gedanken der letzten Minuten durchbebten Gesichtes war, erschauerte und trat ihm in Verwirrung entgegen. Ob er nun fort müsse, fragte sie leise, als sie ihm die Hand reichte. Er nickte, ohne die Augen von den ihren zu lassen. Der Befehl sei da, sagte er etwas heiser; wie sie sehe, sei er marschbereit, und in einer Stunde gehe es fort. »Und wohin?« fragte sie stockend und atmete auf, als er eine Richtung nannte, die denen der letzten Treffen entgegengesetzt war. Das sei kein Grund, ihn außer Gefahr zu wähnen, sagte er finster, denn es würden Kämpfe gerade in jener Gegend erwartet, und das sei ihm lieb, und ihr müsse es auch lieb sein; denn es sei besser für sie und für ihn, wenn er fiele. Von seinen unsinnigen Worten jäh zu sich selber gebracht, ward sie sich erst bewußt, wie er da vor ihr stand, ehern in seiner gesammelten jungen Kraft, scheinbar unbewegten Gesichts auf sie niederblickend, dabei aber um Augen und Mund Züge beherrschter Verzweiflung, die ihn völlig veränderten. Kurz entschlossen nahm sie seinen Arm und drehte ihn sanft um; er ließ es geschehen und ließ sich zu dem Pavillon hinführen, der, in der Ecke des Gartens, von einem kleinen Hügel aus einen Durchblick zum Rhein bot. »Fritz«, sagte Cornelie halblaut, als sie sich niedergelassen hatten, »was für Torheiten in einer Stunde wie dieser! Sie werden zurückkehren, und für wen wird das schöner sein als für mich?«

Sie sah seine Lippen zucken und ein Lächeln in seine Augen treten, das sie mit unerwartetem Glück erfüllte.

»Ist das wahr?« fragte er.

Sie nickte fast unbewußt, immer noch bezaubert an diesem Lächeln hängend, das sich ihr näherte und mit dem sie nun küssend verschmolz. Dies geschah mit so unwiderstehlicher Notwendigkeit, daß sie sich später nicht erinnern konnte, wie es geschehen war – wie lange dies verdurstete Hangen aneinander gewährt hatte. Als sie zu sich kam, dachte sie seltsamerweise an Christoph, aber sein Bild versank in dem Gefühl der gegenwärtigen sehr süßen Erfüllung. Rühles Kopf lag an ihrem Halse, der stoßweise Hauch seines verliebten Gestammels durchbebte sie. Sie dachte nicht. Sie hätte jetzt in seinen Armen einschlafen mögen, so betäubte sie die eigene Zärtlichkeit, von der sie sich durchdrungen fühlte wie von plötzlichem Wettersturz. Dies war kein Knabe, kein großer Junge, wie sie sich monatelang beruhigt hatte; dies war ein Mann, dessen Nähe allein sie überwältigte, dessen feste Schulter sie nur immer umklammern wollte, um ihn zu halten... Während ihre Hand sein starkes blondes Haar liebkoste und ihre Augen das gerötete Gesicht durchprüften, das ihr zum erstenmal so nah war, hörte sie kaum, was er da alles an Beteuerungen, an Plänen vorbrachte. Bis sie aufhorchen mußte.

»Welches Glück! Welches Glück, daß du nicht übergetreten bist!« hatte er hervorgestoßen. »Und nun ist diese Gefahr ja vorüber...«

Sie hatte sich in seinem Arm etwas weiter zurückgebogen und sah ihn verloren an. »Das hätte dich gestört?« Sie fragte, rein um zu antworten. Ganz von fern spürte sie jetzt, daß diese Stunde Wirklichkeit sei, aber sie wehrte sich gegen diese Erkenntnis. Er machte eine Handbewegung. »Ach, gestört... Es hätte uns alles *zer*stört! Du kennst ja die Verhältnisse bei mir zu Hause noch nicht ganz. Der Onkel Plessow, von dem ich das Gut übernehmen soll, ist ein rabiater Katholikenfresser; er hätte mich ruhigen Herzens enterbt und meinen Vetter Tönnies für mich eingesetzt, und du weißt, wieviel darauf ankommt, daß Buckow an uns fällt...«

Sie nickte langsam; ja, sie wußte. Rühle war der Älteste von neun Geschwistern und besaß unter diesen sechs Schwestern. Die Familie saß auf einem mageren kleinen Gut im Oderbruch. Wie sehr in aller Pietät auf das Ableben des braven achtzigjährigen Onkels gewartet wurde, um die Töchter ausstatten, die Söhne in bessere Regimenter eintreten lassen zu können, davon war bei den winterlichen Unterhaltungen häufig genug die Rede gewesen. Fritz war der gute Sohn der von Sorgen erschöpften Eltern, ein liebevoller Bruder voller Verantwortlichkeitsgefühl. »Natürlich«, flüsterte sie. Wieder küßten sie sich. Die Uhr von St. Peter schlug, er preßte seine Lippen verzweifelt fester in ihre. Der Abschied geschah jäh und ganz ohne Pathos. Ihr beschwörendes: »Du kommst mir wieder!« ward von ihm mit einem: »Sobald ich kann!« beantwortet, das aus unerschütterlicher Gewißheit kam. Es schien ihr unmöglich, ihn durchs Haus zu begleiten. In der Gartenpforte wandte er sich noch einmal um, salutierte lächelnd und war verschwunden.

Cornelie ging mit wankenden Knien in die Laube zurück. Unfähig, eine Verschiebung ihres bisherigen Lebensschwerpunktes zugeben zu wollen, verzichtete sie auch jetzt noch auf ein verständiges Überblicken der Lage. Sie begnügte sich damit, erschöpft abzuwarten, bis ihr Herz sich ein wenig beruhigt hatte, bis ihre Wangen nicht mehr so glühten. Sie ordnete ihr Haar, atmete eine Weile mit geschlossenen Augen den reinen duftenden Abendhauch ein und begab sich endlich wie träumend ins Haus. Und wäre nun jener Geruch nicht gewesen, der kühle, leicht durchsäuerte Geruch des gepflasterten Flures, zuerst an dem bangen furchtbaren Abstand empfunden, als sie das Haus mit Hans Adam und dem todkranken Kind betrat, jener Geruch, der täglich aufs neue mahnte – erinnerte... Nicht immer wirkte er so wie jetzt eben, aufweckend, traumstörend. Sie blieb stehen, die Hand am runden Knauf des Treppengeländers, und strich sich über die Stirn. Mein Gott, ging es ihr durch den Sinn, und vor einer Stunde dachte ich doch nicht an dies... *Will* ich es denn?

»Wir habbe die Kinder schon schlafe gelegt«, sagte das Kathrinchen, mit einem Tablett voller Geschirr aus der Küche kommend und an ihr vorbeistreifend. »Gnädige Frau sind noch oben.« Ihr Ton, so dünkte es Cornelie, klang verdrossen. Langsam, mit schweren Knien, stieg sie die Stufen empor. Hier ging doch Hans Adam neben ihr und stützte sie im Kreuz, weil sie das Kind trug... Und dieser andere – dieser Fritz – dieser Junge... Was hatte er mit ihr zu tun? Mit ihr erlebt? Aber war er denn viel jünger als Hans Adam und hatte er sie nicht fühlen lassen, daß er ein Mann war? Wieder dies Schwinden aller Gedanken. Nichts als der Wunsch, zu versinken – sich hinzugeben – zu schlafen...

Sie blieb stehen, ehe sie die Mansarde betrat, preßte die Hand auf die Brust, atmete gequält tief auf. Als sie dann entschlossen die Tür öffnete, war sie plötzlich ganz bei sich.

Die Stube war dämmerig, und vom offenstehenden Fenster drang das Geflüster des jungen Laubes herein. Die kleine Delphine lag bereits in der Wiege, die sie seit kurzem allein bewohnte; ihre Händchen waren zuweilen über dem Rand zu sehen, wie sie in verschlafenem Spiel, von quarrenden Tönchen begleitet, in der Luft herumgriffen. Es war nicht dies, worauf Cornelie achtete, als sie wie gebannt neben der Tür stehenblieb. In der Ecke, wo das Kruzifix hing, unter dem ein Marienbild und ein Bild des heiligen Johannes angebracht waren, brannte die Kerze. Auch Cornelie hatte hier hin und wieder auf dem schmalen Betschemel gekniet, das Haupt auf die gefalteten Hände gelegt und seltsame Beruhigung in dieser zuvor nie gekannten Haltung der Versenkung empfangen. Jetzt lehnte dort die hohe Gestalt ihrer Schwiegermutter, mächtig an sich durch ihren Bau und die Fülle des Alters, mächtiger noch durch den sich nach rückwärts aufbauschenden Rock. Auf ihrer Brust funkelte undeutlich das große Amethystkreuz, das sie immer trug; ihr Haupt mit der strengen Frisur, den großen hageren Zügen, war erhoben und trug den Ausdruck enthaltsamer Verzückung. Neben ihr aber, auf einem niederen gepolsterten Sessel, kniete im kurzen Hemdchen der kleine Christoph. Sie hatte den Arm um ihn gelegt, mit den Händen gleichzeitig seine gefalteten Händchen und den Rosenkranz fassend, dessen Perlen sie zwar auf diese Art nicht durch die Finger rinnen lassen konnte; indessen schien sie auch nur zu bezwecken, das Kind an ihn zu gewöhnen. Halblaut, sehr langsam, betete sie. Der Knabe lallte hinein, Silben, abgerissene Worte, die er, seit zwei Monaten der ersten Sprachlaute mächtig, aufzufangen vermochte. Er war sehr vertieft in das neue Spiel, das die Großmutter da für ihn ausgedacht hatte: mit glänzenden Augen staunte er abwechselnd in Kerzenflamme und Bildwerk hinein. Als die Mutter eintrat, drehte er wohl den Kopf und blickte aufstrahlend nach ihr hin, doch war sein Lächeln geheimnisvoll in sich gekehrt, ohne Verlangen. Keine Bewegung strebte ihr zu wie sonst, und gleich darauf war er wieder abgewandt, stammelte sein »Ave« und ließ die heiligen Namen dem Gebete der Greisin halbkenntlich nachklingen als ein winziges Echo. Das währte kaum länger als eine Minute. Dann bekreuzigte Henriette Echter sich und den Enkel und erhob sich schwerfällig. Sie trug den Knaben zum Bettchen und legte ihn nieder. »Es ist nun Zeit«, sagte sie, »Zeit ist es, daß er es lernt, zu beten, und da du ja darauf verzichtest...«

Monate – ein Jahr, wenn nicht der Seelenruhe, so doch der Gelassenheit, der gesammelten Kraft, des unbezweifelbar richtigen Weges. Ein Abend, eine Nacht, die alles in Frage stellen!

Cornelie hatte der alten Frau nicht geantwortet. Stumm war sie hinzugetreten, hatte sich über den Knaben gebeugt, ihn geküßt und ihn zugedeckt. Das Abendessen mit der Maman stand noch bevor; also Fassung, sagte sie sich krampfhaft vor. Sie konnte Kopfschmerzen vorschützen und sich früher zurückziehen. Was war das gewesen, schrie es in ihr mit verzweifelter Frage. Der Boden zu ihren Füßen hatte sich klaffend gespalten, und hier stand sie, umfangen von Rühle, und drüben – drüben – von ihr abgewandt und in einem fremden Licht, unerreichbar fern, stand ihr Kind...

Sie war dankbar, mit dem Rücken zum Fenster zu sitzen und dafür, daß schon an Kerzen gespart wurde. Nun sei Rühle wohl schon hinaus aus der Stadt, stellte die alte Dame beim Löffeln der Suppe in einem Ton fest, aus dem Zufriedenheit klang. Ein Edelmann, ging es weiter, und ein braver Mensch. Aber doch jung noch, sehr jung! Ob die Schwiegertochter das nicht auch fände?

»Ja, ja«, stieß Cornelie hervor, »ein Knabe, ein wahres Kind, das vom Leben nichts ahnt...«

Wegen des Gebetes mit Christoph, ging es mit scheinbar betontem Phlegma weiter, werde sie doch nicht etwa böse sein? Wie es damit nach protestantischem Brauch gehalten werde, das käme ja hier nicht in Frage. Hier im Hause sei es von jeher üblich gewesen, die Kinder so früh als möglich ans Beten zu gewöhnen, und mit dem kleinen Wilhelm habe gewiß Hans Adam gebetet, wie man mit ihm selber von früh an...

»Das Wilhelmchen«, brachte Cornelie mit rauher Stimme hervor, »war noch nicht imstande, ein Wort nachzusprechen. Sie vergessen, Maman, wieviel weiter entwickelt der Christoph ist, als es war. Und im übrigen – auch bei uns – auch mit mir hat meine Mutter...«

Hier war ihre Kraft zu Ende. Sie stieß einen dumpfen Laut

aus, drückte das Tuch gegen den Mund, erhob sich wankend und ging aus dem Zimmer. »Sag Sie der gnädigen Frau, daß ich mich legen muß. Ich hab' einen Kopfkrampf«, befahl sie der Magd. Dann eilte sie hinauf und riegelte sich ein. In der Tat hatte sie sich kaum noch auf den Füßen zu halten vermocht und geriet in einen schlafähnlichen Zustand, sobald sie entkleidet auf ihr Bett gesunken war.

Sie wußte nicht, wieviel Zeit vergangen war, als sie mit tiefem Widerwillen ihr Bewußtsein zurückkehren fühlte. Sie öffnete die Augen, fand das Zimmer mondlichterfüllt, seufzte schmerzlich auf und verharrte, wie sie war, auf der Seite liegend und die Hand unter die Wange geschoben. So konnte sie Christophs Bettchen sehen und undeutlich seine kleine Gestalt erkennen, wie sie hingegeben im Schlaf lag. Das Atmen beider Kinder war in der großen Stille sehr wohl zu hören, und der sanfte Rhythmus dieser zarten Musik löste endlich die Verkrampfung des Herzens. Wenigstens begannen jetzt Tränen zu tropfen, wennschon spärlich und immer wieder versiegend. Hierbei dachte sie gar nichts, war sich nur eines allgemeinen furchtbaren Druckes bewußt.

Vom Platz her tönte Männergespräch und Gelächter, laut genug, um die weinfrohe Laune der spät Heimkehrenden zu verraten. Gleich darauf krachte unten die Haustür, und der Oberst klirrte über den Flur. Es gab noch einiges Gestampf und Gerumpel, Befehle an den Burschen und Türenzuschlagen; dann war es wieder ganz still. Cornelie hatte sich aufgerichtet und starrte in die mattschimmernde Krone des blühenden Baums vor dem Fenster. Nun ist er meilenweit fort, dachte sie. St. Peter schlug Mitternacht. Sie erschauerte vor Schreck über den Zustand ihres Herzens, das weder Kummer noch Sehnsucht – das nur Erleichterung bei der Gewißheit empfand, Rühle könne morgen und viele, viele Tage nicht kommen. Ich liebe ihn nicht, wußte sie jetzt wieder so deutlich wie vor vierundzwanzig Stunden, als sie bei der Zumutung, Rühle heiraten zu sollen, gelacht haben würde. Und doch war dies geschehen – hatte geschehen können. Und er – war glücklich... Bereute sie? Sie bereute, kein Zweifel. Unmöglich aber, diesem Gefühl nachzuhängen, ehe dem anderen, dem furchtbar sie angähnenden Bewußtsein anderer, eben vermiedener Schuld Genüge geschehen war. Zu Christoph gewandt, beugte sie sich weit aus dem Bett und stützte sich auf das Holzgitter seiner kleinen Schlafstatt. So blieb sie auf ihn geneigt, lange. Die Tränen tropften. »Du«, flüsterte sie, »du! Dich wollt' ich verlassen! Dich allein gehen lassen vor Gott...«

Kaum wissend, was sie da stammelte, ließ sie das Weinen frei strömen. »Fremde Leute sollten mit dir...«

Das Kind, vom warmen Tau, von der weichen Berührung ihres niederhängenden Haares gestört, regte sich, öffnete schlaftrunken die Augen, lächelte, sie vielleicht mehr am Hauch ihrer Nähe als an etwas anderem erkennend, und reckte verlangend die Ärmchen. Sie glitt aus dem Bett, hob ihn auf, drückte ihn an ihre Brust und sank mit ihm zurück in die Kissen. Der erst seit wenig Wochen Entwöhnte, noch ganz vom Schlummer befangen, drängte sich mit suchendem Munde an sie; sie ließ ihm, was er wollte, und lag ganz still, bis nach kurzem seine Lippen sich lösten und er süß und leicht atmend fest schlief. Behutsam bettete sie ihn an ihre Schulter. Ruhe war über ihr. Alles war gut. Der Strom kreiste wieder. Die Schuld an Rühle mußte und würde getragen werden. Die andere wäre nie zu ertragen gewesen, hätte sie mit stürzenden Sternes Lasten begraben.

Cornelie schlief ein.

Am anderen Morgen, sehr früh, trat sie beim Pfarrer Hobert ins Zimmer. Sie war sehr blaß und vor Erschöpfung ihres Körpers kaum mächtig, aber ihre Stimme klang ruhig und fest, als sie sagte:

»Ich bin gekommen, Ihren Unterricht zu erbitten, Hochwürden. Ich will Katholikin werden.«

XI

Rühle hatte nicht auf den Brief geantwortet, in dem Cornelie ihm ihren Entschluß mitgeteilt hatte. Sie fühlte, daß sein Schweigen nur allzu erklärlich war. Die Begründung ihres Übertritts war derart gewesen, daß einem Widerspruch seinerseits kein Raum gelassen war. Das Eingeständnis ihrer Schuld, derjenigen, sich allein einer Stimmung und nicht ihm persönlich hingegeben zu haben, hatte ihn nicht nur als Liebenden verwunden, sondern auch als Mann tief beleidigen müssen. Dies Bewußtsein, so über einen Menschen hinweggegangen zu sein, war kaum erträglich und dazu angetan, sie wieder und wieder ihre Beziehungen zu den Nächsten prüfen zu lassen. Schließlich – ratlos sich selbst und den unfaßbar dunklen Antrieben ihrer Natur gegenüber – blieb nichts anderes übrig, als sich schuldig zu sprechen und sich mit nie vermuteter Beruhigung den Übungen hinzugeben, denen ihr geistlicher Führer sie unterzog. Willkommen war jede Pflicht, die, vom Tage ihr auferlegt, nun in den neuen Lebensplan eingebaut und ihm untergeordnet ward. Das ging ein Jahr so und noch ein zweites, ein drittes, in denen sie abgetragen ward wie ein Gebirge, um fruchtbar zu werden. Das langsam sich offenbarende Ergebnis dieser Zeit war, daß sie am Ende von sich selbst nur noch wußte als von der Mutter Christophs und seiner Milchschwester, so sehr war sie schützende Höhlung im All, war sie Himmel, blau und gestirnt, Erde grün und geblümt, war sie der Kinder Zugang zur Schöpfung geworden.

Diese sonderbare Verwandlung ihrer selbst in Haus und Garten, in Landschaft und Stadt vollzog sich, sie fühlte es, gradweise mit der Entfaltung des Bewußtseins bei Christoph. Alles wäre anders gewesen, hätte sie Delphine allein aufzuziehen gehabt; da hätte sie sich so wenig verändert wie für eine junge Katze oder für einen aus dem Nest gefallenen Vogel. Dies aber, daß der Knabe so ganz in ihr wohnte und wohnen blieb, nachdem die kurze Erschütterung ihrer Verbundenheit, die seiner Entwöhnung gefolgt war, ausgebebt hatte; dies, daß für ihn alles, was er neu begriff und erfaßte, von ihr durchdrungen war, von ihrer Wärme, ihrer Stimme, daß ihm die Welt einstweilen einzig durch sie vermittelt wurde... Dies war der Grund, warum sie sich ausdehnen mußte und für Jahre die Wände ihrer Person aufgelöst fühlte und sich selbst wie außer dem Leibe.

Für Christoph vollzog sich in diesen Jahren die Aneignung der Welt mehr als einmal, aber die Schichten dieser Besitzergreifungen gingen ineinander über, und manches von der ersten ursprünglichen Eroberung stand unverrückbar und behielt sein frühes Gesicht. So das einfältig trauliche Zimmer, in dem er mit der Mutter und Delphine schlief, die nicht hohe, aber breite und tiefe Stube mit den zwei Fenstern nach dem Garten hinaus, mit der weißen, goldbesternten Tapete und dem pyramidenförmigen grünen Kachelofen. Dieser enge Raum barg so viel an Entdeckungswertem wie später der ganze Kosmos nicht mehr, und doch waren es aufzählbare und im Grunde wenig merkwürdige Gegenstände, die er tatsächlich enthielt. Welche Wichtigkeit verleiht aber Erstmaligkeit des Begreifens den Dingen! Christoph sah den Spiegel in seinem erblindeten goldenen Rahmen, er sah die zinnernen Leuchter auf der Kommode mit ihren ungleich herabgebrannten Kerzen, sah die kleinen Besitztümer der Mutter, ihre Kämme, ihre Haarwickel, das Nähkästchen, das wiederum Fingerhut, Stopfei, Schere, Garnrollen und die wunderbar weichen, glänzenden Seidensträhnen für ihre Stickarbeiten enthielt, er sah die Waschgefäße aus dickem blauem Glas, aber ebenso die Risse und Sprünge in der geweißten Decke und die Figuren, die sein Auge aus ihnen bildete, mit der tiefen, süßen Wollust der Seele, die erste Verliebtheit verleiht. Diese Lust, unschuldig und selbstverständlich wie Luft und Licht, war das Element, das sein Leben trug und durchdrang. Je mehr Boden sich die zarten Sohlen seiner winzigen Füße gewannen, je weiter der von ihm ertastete Bereich ward, um so stärker schien er zu werden: alles half, alles diente ihm ja, von den breiten ausgetretenen Stufen und dem geduldigen Geländer der Treppe an bis zu den Türklinken, denn sie waren niedrig angebracht und leicht zu bewegen. Der Wandel und das Wirken der Menschen, die er kannte, war in dieser Zeit regelmäßig und unabänderlich wie der von Gestirnen, die Möglichkeit von Verfinsterung und Bedeckung des Himmels durch schlechtes Wetter zugegeben. Der Blaukittel mit dem Wägelchen voll blanker Kannen und dem kleinen Fliegenschimmel davor brachte die Milch; seine Milch und die für Delphine. Jene dicke Frau stand Tag für Tag in einem Lädchen, wo es süß roch, und verkaufte Wecken und Brezeln und Brot. Wieder eine andere saß inmitten vieler ähnlicher Gestalten auf dem Fruchtmarkt beim Dom und hatte Körbe mit Äpfeln, Birnen und Nüssen vor sich stehen: gab es viele ihresgleichen, so hatte doch sie das einzige Gesicht, das er behielt, denn zu ihr ging Kathrin mit dem großen Korb überm Arm. Da war der mit der Leiter und dem schwarzen Besen über der Schulter, selbst schwarz und etwas gefürchtet:

er rumpelte im Kamin. Die dagegen mit den glatten und doch etwas verschrumpelten Händen schien immer nach Lauge und Seife zu duften, auch wenn sie nur kam, um Suppe zu holen und sich in der Küche zu wärmen: Es war Ehmännin, die alle Vierteljahr in der Waschküche hauste, planschte und klatschte. Einer machte alles heil, was im Hause kaputtging, nahm das Obst von den Bäumen und grub die Beete um. Dieser, der sehr oft in der Küche war, auch wenn Mutter und Großmutter nichts davon wußten, war nämlich der Vespery. Es gab die Soldaten, bunt, blank und von Trommeln und Pfeifen begleitet, und es gab den Putzer Schippel, der auch in der Küche auf dem Schemel vorm Herd saß, pfiff und die riesigen Kanonenstiefel des Obersten so wichste, daß ihre Schäfte wie Spiegel glänzten. Sie alle und manche andere waren nah, warm und vertraut; einige und darunter die Tanten und die meisten der Besucher, die ins Haus kamen, ebenfalls wohlbekannt, doch entrückt, vielleicht bewundert, aber doch in aller Höflichkeit gerne gemieden. Gemeinsam war ihnen allen die Eigenschaft des unveränderlichen Charakters; jedes hatte seine Gebärde, seinen Platz, seine Rolle. Die Großmama hatte in ihrem Stuhl am Fenster zu sitzen und zu häkeln; sie hatte gebückt an der Servante oder am Wäscheschrank zu stehen und Silber oder Handtücher zu zählen; sie mußte sehr langsam am Stock durch die Straßen gehen oder den Mittelweg des Friedhofs entlang schreiten. Das Kathrinchen hatte viel mehr Abwechslungsmöglichkeit und Bewegungsfreiheit, und am Sonntagnachmittag nahm es den grün-roten vielgefältelten Rock aus der bemalten Truhe und sagte: »Den hat mir mein Schatz gemacht.« Aus ihrer aller Gehaben und Tun und Lassen war der bunte Tag zusammengefügt, der um ihn kreiste und jeden Morgen der gleiche und dennoch unberührt neu war: die Mutter setzte ihn früh hinein, sie nahm ihn abends heraus. Doch war mit ihm inmitten der gleichmäßig sich abspielenden Runde jemand, der gleich nah und gleich weit wie er selbst von allem entfernt war: das war Delphine. Und Delphine war die einzige unberechenbare Erscheinung, die einzige, die ihm Rätsel aufgab – die einzige, der er oft fassungslos gegenüberstand.

Sie war es, sie allein, die sich völlig dem entzog, was schlechtweg als Christophs Liebenswürdigkeit bezeichnet werden kann, die diesem Einfluß auch noch ausgesprochenermaßen Widerstände entgegensetzte. Im Grunde war dies gar nicht ihre Gewohnheit. Sie behandelte alle Welt, Cornelie eingeschlossen, mit müder Gleichmäßigkeit, ein höfliches kleines Kind, das unbeteiligt alles erfüllte, was die Erwachsenen wünschten, und dessen zartrundes Frätzchen sich selten ganz aufhellte. Es war immer, als suche sie unangenehmen Erörterungen von vornherein aus dem Wege zu gehen, als lohne es ihr nicht den Kräfteaufwand, mit überlegenen Mächten zu streiten und einmal von Herzen unartig zu sein. Bei diesem Verhalten mußte sich allerlei aufstauen und ansammeln; Delphine war von Natur keineswegs sanftmütig. Sie lebte auch nicht der Überzeugung, daß man sich nun einmal fügen müßte: sie fügte sich irritiert und gelangweilt, und Christoph mußte es ausbaden.

Christoph war ganz gewiß ungezogen. Er richtete sich nach keiner Weisung als nach der seiner eigenen Wünsche. Er hörte alle Verbote, alle Strafpredigten mit aufgeschlossenster Treuherzigkeit an, versprach alles, gab alles zu, besiegelte es mit Küssen und Streicheln und – rutschte in derselben Stunde die verbotene Treppe wieder hinunter, aß wieder die unreifen Äpfel, untersuchte das Tintenfaß, kletterte auf den Rand des Ziehbrunnens und auf gefährliche Fensterbretter und nahm schließlich die Rute hin wie ein unverstandenes Schicksal, mit großem, aber ergebenem Jammer, um dann seinen schweren Weg der Erforschung des äußeren Lebens unbeirrt weiterzugehen. Kein Zweifel, man strafte ihn ungern. Zu selbstverständlich sündigte er, zu tief erstaunte es ihn selbst, daß er immerfort Anstoß erregte mit dem, was er doch nun einmal ausführen *mußte*. Im Grund war ja Cornelie froh darüber, daß ihr Sohn kein Musterknabe oder Mutterkind ward, denn ohne es sich zuzugeben, maß sie ihn doch immer mit den Augen ihres Vaters: der Alte, der es seine Töchter von früh an hatte entgelten lassen, daß sie nicht Söhne waren, dem würde der Enkel so recht sein, der würde sich über jede kräftige Tat, und ginge sie auch gegen das Reglement der Kinderstube, herzlich gefreut haben. Andererseits war es ebenfalls die Erinnerung an ihn und seine Art, Disziplin zu halten, an seinen Grundsatz, Kinderzucht ohne Züchtigung sei eine Mühle ohne Mahlstein, die sie Gebrauch von der Rute und ähnlichen fühlbaren Methoden machen ließ. Order parieren, das mußte er lernen als ein Soldatenkind, und da er denn nie eines Vaters Hand zu spüren bekam, durfte sie es an nichts fehlen lassen. Doch wünschte sie bei jeder Gelegenheit seufzend die Zeit herbei, wo er zur Vernunft gekommen sein würde, und sie der Verpflichtung, dem geliebten kleinen Körper wehe zu tun, enthoben. Und dies trat denn auch früher ein, als mit Berechtigung zu erwarten gewesen wäre. Nachdem Christoph nämlich einmal seine Mutter nach einer Züchtigung hatte in Tränen ausbrechen sehen, ergaben sich fast niemals mehr Gelegenheiten, die Gewaltmaßnahmen erforderten, und es bleibe dahingestellt, ob der damals Vierjährige ein neues Leben begann oder ob er, was wahrscheinlicher, fortan die ihm notwendig erscheinenden Umwege so einrichtete, daß sie der Mutter verborgen blieben.

Jedenfalls war er von beiden Kindern das schwerer zu beaufsichtigende, das unberechenbarere; das, was zu Mühe und Sorge und gelegentlich gar zu Ärger mehr Anlaß gab. Daß er dennoch das heißer geliebte, das gesuchtere war, das, nach dem immer gefragt ward, das war außer aller Frage. Er fand wohl Ablehnung, was seine Taten, niemals aber, was seine Person betraf. Er brauchte nur da zu sein und drang durch wie Glut durch Wachs, drang auch durch Versteinertes, drang immer zum Herzen, berührte den innersten Nerv, und sei er noch so verkapselt. Überall tat er das. Da war die Großmutter – es war wohl natürlich, daß sie gut zu ihm war, aber die Töchter beteuerten lachend, daß sie keines ihrer eigenen Kinder, keinen der Breithardtschen Enkel so verwöhnt hätte wie diesen Buben. Die Tante Cläre legte trotzdem keine Eifersucht an den Tag, sondern verglich ihn nur immer wieder mit ihren eigenen Kindern, dem Jean-Marie, dem Franzl: ja, freilich – sie waren Breithardts, und er – er war eben ein Echter! Das Kathrin war ein hölzernes Mensch: für ihn lernte es reden und wußte Geschichten. Gott konnte bezeugen, daß der Vespery zuviel redete und mehr log als die Wahrheit sprach: vor ihm hielt er meistens den Mund und schnitzte ihm Spielzeug. Krohin, die Bäckersfrau, war als geiziger Drachen verschrien, der keinem Armen auch nur einen Kreuzer ankreidete: ihm verehrte sie Brezeln. Das ließe sich fortsetzen. Ihm fiel es nicht auf. Es war die Regel, es mußte so sein; ihm floß nur zurück, was er gab, wenn er einen Menschen anblickte – er lockte es hervor, wie das Licht die

Blüten hervorlockt. Was ihm auffiel, war, wenn es anders kam. Und anders kam es einstweilen nur bei Delphine.

Er wachte des Morgens auf, großer Freude und kleiner Gesänge voll. Der Mutter Bett war schon verlassen, das Fenster halb auf. Frühsonne kam herein, und ein süßer Wind blähte die weißen Gardinen. Ihm war sehr wohl. Er streckte ein Bein in die Luft und ließ die kleinen Gesänge erschallen, wortlos, aber wohllautend vor Zufriedenheit. Plötzlich wurde er still, denn es weinte. Er richtete sich auf, kniete, spähte und lauschte. Wie ein Tierchen, das mauzt, vor sich hin wimmernd und fein, weinte in ihrem Bettchen Delphine. Er kletterte hinaus, patschte hinüber und preßte sein Gesicht an die Gitterstäbe, die seine Hände umklammerten. Sie wühlte sich aus dem Kissen hervor, weinte nicht mehr, lag still und blickte voll tiefer Kränkung auf ihn. »Nicht singen du!« sagte sie endlich böse.

Er staunte, trottete bekümmert fort und stand bald am Fenster, mit den Vögeln redend, die durchs Gezweig huschten. Daß sie nun dasaß und ihn unzufrieden betrachtete, wußte er nicht. Er war laut, fröhlich, ganz unbekümmert. Von ihr konnte niemand je wissen, wie sie gelaunt war. Sie trug zunächst immer das gleiche müde Gesichtchen zur Schau, das auf alles gefaßt schien. Und doch – wie bitterlich konnte es sich in Leid, Zorn, Ungeduld verziehen, wie konnte es – selten, selten! – aber wie konnte es aufstrahlen! Allmählich, wennschon immer noch viel schneller als alle anderen, selbst als Cornelie, lernte er, daß es gewisse Gerüche, bestimmte Speisen waren, die auf Delphine so schmerzlich wirkten wie auf ihn die Rute etwa oder die Tür, die ihm den Finger klemmte, oder dergleichen, was eben einfach richtig weh tat, so daß geschrien werden mußte. Die Bodentür, von Kathrinchen offengelassen, knarrte im Zugwind immer wieder, langziehend und klagend. Es wurde Baldriantee für die Großmama gekocht, und sein Dampf hing sonderbar riechend im Flur, als sei ein fremdes Tier vorbeigelaufen. Es gab Mangold zu Tisch oder Rüben oder auch Milchsuppe: Delphine weinte. Sie sagte nichts über das Lied der Bodentür – über den bösen Geruch – über das mißliebige Gemüse oder die Haut auf der Suppe. Sie weinte. Der kleine Mund verzog sich kaum merklich nach unten, die Augen liefen über, als hätten die Tränen nur darauf gewartet, hervorstürzen zu dürfen. Dann erst kam, hoch und fein, aus der bebenden Kehle durchs Näschen vordringend, der Ton: das klagende Mauzen eines verlassenen Kätzchens. Und in diesem Augenblick begann Christoph seinerseits. Er hatte mit schreckvoll aufgerissenen Augen den Anfang des Unglücks beobachtet, wie Delphine etwa am Treppengeländer stehenblieb und schnupperte. Sie mochte ein paar Stufen höher stehen als er, der schon im Flur angelangt war. Er starrte sie ängstlich an. Da – Tränen! Da – das zitternde Wimmern! Und Christoph drehte sich um und heulte: »Es tut so-o stinken!« »Rüben«, stammelte er – »Die Tür tut so schreien!« jammerte er. Dann war Delphine plötzlich still. Ganz hingenommen betrachtete sie den tobenden Milchbruder. Der kriegte nur Schelte, Vorwürfe, Klapse. Der kam in die Ecke. Delphine aber saß nun zierlich vor Rüben und Mangold, tänzelte durch den Baldriandampf in den Garten hinaus – sie vergaß die quiekende Tür.

Freute sie sich aber einmal, so kam das so jäh über sie und brachte eine solche Veränderung hervor, daß er ganz überwältigt dastand, um dann in einen Jubel ohnegleichen auszubrechen. Delphine hatte einen blanken Knopf gefunden, in dem sie sich spiegeln konnte. Die Tante Maximiliane war gekommen und trug ein Kleid von Schillerseide, blau, grün, rot und wunderbar weich. Die Großmama hatte eine winzige Spieluhr aus einer Truhe zutage gefördert, und die sang nun zum erstenmal goldfadenfein: Ein Schäfermädchen weidete... Solche kleinen Erlebnisse machten, daß Delphine plötzlich lachte. Sie lachte überwältigt und selig, süß gurrend wie die Tauben unter dem Dach. Dabei ging auf ihrem Gesicht ein Licht auf, dessen Glanz aus den grünbraunen Augen, aus den Grübchen seitlich am Mund – das von den schimmernden Zähnchen, den gekrausten Haaren zu sprühen schien und dies, diese unglaubliche, unerwartete Veränderung, sie hatte zur Folge, daß Christoph vor Wonne der Atem stehenblieb, um gleich darauf in einem Freudenschrei vorzubrechen. Mitfreuen wollte er sich; auf den Knopf hauchen und ihn ganz blank reiben; das schöne Kleid streicheln, das Ohr an die Spieluhr legen, ganz nah und dann selbst singen und dazu tanzen.

Daß er damit alles verdarb – war es je zu verstehen? Delphine ließ ihm den Knopf, nachdem sie ihn erst mit verkrampften Fäustchen festgehalten hatte; sie ging weg von der Tante

Maximiliane und ließ ihn allein bei dem Kleid, das ihm nun gleich nichts mehr wert war. Sie ließ Spieluhr Spieluhr sein, trippelte fort in ein Eckchen, saß dort und blickte bös nach ihm hin. Oder sie lief zum Fenster, kletterte über einen Stuhl auf die Fensterbank und verharrte dort, abgewandt vom Zimmer, der Straße, den Wolken und Gott weiß welcher Ferne zugewendet.

Niemals war Delphine Christoph so entrückt, als wenn sie sich auf die Fensterbank zurückzog; und sie tat das oft. Er wagte es nicht, ihr dorthin zu folgen; warum, das wußte er nicht. Doch pflegte er dann die Fensterbank gegen die Welt abzugrenzen, indem er eine eigene Welt schuf, zu der sie gehörte, ohne daß ihre Inhaberin Notiz davon zu nehmen brauchte. Er baute sie ein. Umgelegte Stühle bildeten die Mauern eines Kastells, innerhalb dessen er nun auf dem Fußboden hockte, Häuser aufstellte, hölzerne Pferdchen und Wägelchen rollen, Soldaten marschieren ließ. Er tat dies und jenes, Sinnvolles, Zweckmäßiges. Er bereitete Lagerstätten aus Fußkissen unter dem Tisch in der Ecke, er legte den nicht verzehrten Weck vom Frühstückstisch an einen möglichst unzugänglichen Ort. Munition ward aufgehäuft – runzlige Kastanien vom Vorjahr – im Garten gesammelte Stöcke drohten als Kanonenrohre nach außen.

»Was ist denn das alles, Junge?« hatte Cornelie einmal gefragt, indem sie sich bei ihm niederhockte. Er fuhr damit fort, seine schußbereiten Truppen auf die Zinnen seiner Burg zu verteilen. »Das ist Krieg«, sagte er gleichmütig-ernsthaft. Sie zog ihn zu sich heran. »Und was ist das – Krieg? Weißt du das, Kind?« fragte sie schwermutsvoll. Er griff zu seiner kleinen Trompete, setzte sie an den Mund, blickte die Mutter schelmisch an und blies kräftig, indem er mit der anderen Hand auf den Boden pochte. »Trara – bum, bum!« setzte er befriedigt hinzu. Dabei sah er ihr ins Gesicht und sah etwas, was ihn bewog, nachdenklich zu werden. »Mutterle – was ist Krieg?« fragte nun er, fragte es dringlich und ängstlich, die Augen an den ihren hängend, die überliefen. Cornelie riß ihn heftig an sich, stand auf und begann, mit ihm auf und nieder zu gehen. Er fühlte sich an sie gepreßt. »Krieg?« stieß sie hervor – »Krieg...« Draußen rasselten Trommeln, er strebte ans Fenster. Eine Abteilung Infanterie, vom Wachdienst am Schloß abgelöst, marschierte vorüber. »So«, flüsterte Cornelie, »so ziehen sie hinaus, und ihre Frauen und

Kinder warten auf sie, und draußen trifft sie die Kugel, und sie kommen nicht wieder...«

»Und ihre Mütter?« fragte Christoph und sah sie groß an.

»Oh, du barmherziger Gott! Bis du ein Mann bist, muß Friede sein!« Cornelie küßte ihn leidenschaftlich. »Aber dein Vater, dein guter Vater! Der ist nie wiedergekommen: das ist Krieg! Und die zerbrochenen Häuser in der Stadt, die du kennst, mit den schwarzen Mauern und den traurigen Fenstern – daß sie so aussehen, *das* ist Krieg! Und daß die Leute nicht mehr sehen können wie der Bettler von gestern oder daß sie einen Stelzfuß haben wie der Schneider Korb – das kommt vom Krieg!«

Es war im Winter 1797. Noch nicht lange lag es zurück, daß Clairfaits Sieg den Schrecken einer französischen Belagerung von Mainz abgewandt hatte. Alle überstandenen Ängste mochten in Cornelie nachbeben. »Hunger – Blut – Wunden – Tod –«, raunte sie unter strömenden Tränen, ihrer selbst nicht mehr mächtig: »das ist Krieg. Ach, mein Kind, du – mein Bübchen!«

Daß er nun zu weinen begann, brachte sie zu sich. Sie bezwang sich, trocknete ihre Tränen und seine, lächelte, liebkoste ihn. Ihr Blick fiel auf Delphine: stumm saß sie drüben am anderen Fenster und spähte mit unbewegtem Gesichtchen hinüber zu Mutter und Sohn. »Schau«, sagte Cornelie, »Delphine wartet auf dich. Lauf zu ihr, Schatz, spielt etwas Schönes, Lustiges! Was denn nun gleich?«

Er war schon von ihrem Arm hinuntergeglitten und strebte hinüber. »Krieg!« sagte er eifrig, und – »Krieg!« echote leise das kleine Mädchen und sah auf Cornelie, als gälte es ihr nur, die Wirkung des Worts zu erproben: »Krieg...« –

Nach wie vor aber hätte er ebensogut eine Puppe dorthin aufs Fensterbrett setzen können, oder der Rosenstock, der da stand, hätte die Rolle der Bedrohten und Verteidigten übernehmen können. Ob er nun je nach seinem Vermögen Brot, einen Apfel oder Zuckerwerk neben sie legte oder sich selbst vor ihr aufstellte und in Abwehr imaginärer Feinde einen großen Lärm mit Geschrei und nachgeahmtem Gewehrfeuer vollführte – Delphine blieb ganz unbeteiligt. Sie malte mit dem Finger auf der beschlagenen Scheibe oder verfolgte die Fliegen, die an der rätselhaft harten Glätte und Klarheit des Glases ihre verzweifelten Tänze tanzten. Dann plötzlich, mitten im Spiel, vielleicht gerade an einem Höhepunkt, wenn es am lautesten und prächtigsten zuging, oder wenn es eben Nacht zu sein hatte und Christoph annahm, daß auch sie schliefe, wie er es unter dem Obdach eines Stuhles tat – da rutschte sie von ihrem Sitz hinunter und ging einfach fort.

Sie ging in eine andere Ecke des Zimmers oder des Gartens – denn im Garten begab sich dies auch sehr häufig – und dort begann sie nun ihrerseits zu spielen. Spiele, die unzugänglich für Christoph blieben. Er hatte lernen müssen, daß es nicht ratsam war, sich hineinzumischen, wenn Delphine bunte Bänder, Glasperlen und Stoffreste um sich ausbreitete, um sich und die Puppe zu schmücken. Die Puppe hieß Madame Pompadour oder die Marquise. Sie stammte aus der geheimnisvollen Kindheit Henriette von Echters und hatte die Puppen von Cläre und Maximiliane überlebt, weil sie starr, prächtig und furchteinflößend wie ein Götzenbild war. Delphine fürchtete sich gar nicht vor ihr; sie bewunderte sie. Mit ihren sehr kleinen Händen war sie bemüht, die Marquise zu pflegen und Neues zu ihrem Putz beizutragen. Als Christoph aber einmal eine Kette aus Hagebutten und Schneebeeren gemacht hatte und mit dieser Opfergabe herankam, um denn nun Einlaß in den Bannkreis des bunten Teufels zu finden, mit dem Delphine sich so hingegeben beschäftigte wie niemals mit ihm, da wurde die hübsche Kette verächtlich beiseite geworfen und die Marquise geliebkost, als sei sie einer Beleidigung ausgesetzt gewesen. Dem stand er wohl ratlos gegenüber, aber Kränkung legte er nicht an den Tag. Wahrscheinlich kränkte es ihn so wenig wie die Erfahrung, daß gewisse Möbel, an denen er seine Kraft versuchte, zu schwer waren, um von ihm von der Stelle gerückt und ins Spiel einbezogen zu werden. Er pflegte auch Tisch und Schrank, an denen er sich den Kopf gestoßen hatte, nicht zu schlagen und auszuschelten, wie Delphine das auf Kathrinchens Anraten machte. Als sie ihm seine Kette einfach wegwarf, blickte er verwundert, ein bißchen erschrocken: dies hatte er nicht erwartet. Dann bückte er sich, hob das verschmähte Geschenk auf und legte es säuberlich an einen geschützten Ort. Am Nachmittag nahm er wahr, daß Delphine es an sich genommen hatte und die Puppenkette nun selbst trug, und zwar als Armband. Ähnlich geschah es in anderen Fällen, und dann war er zufrieden. War es nicht so, dann vergaß er das Ganze. Denn tatsächlich war die einzige Gemütsbewegung, die Delphine ihm verursachen konnte, Staunen – Verblüffung, darüber daß sie so anders *wollen* konnte als er. Da es ihr jedoch gar nichts half, dies Anderswollen, da sie doch gleichzeitig mit ihm aufstehen und schlafen gehen mußte, da dasselbe Haus, dasselbe Zimmer, der gleiche Garten sie beide einschloß, da ihre Tage sich völlig nach einem Zuschnitt abspielten, so war ja auch weiter nichts Beunruhigendes dabei. Sein Leben war ausgefüllt mit Entdeckung, Abenteuer, Gefahr, er hatte zu viel zu tun, um sich ausgeschlossen oder zurückgesetzt vorzukommen. Äußerlich hatte er sie scheinbar nicht nötig; nur, wenn sie einmal nicht da war, dann freilich – dann war die Welt nicht vollkommen.

XII

Maximiliane ließ sich die Kinder zuweilen holen, manchmal beide, öfter aber noch Delphine allein. Meist ging Cornelie an solchen Nachmittagen mit Christoph zu Breithardts, und dann war alles in Ordnung. Er ließ sich von Tante Cläre verwöhnen, setzte sich mit Vettern und Basen auseinander und hatte keine Zeit, Delphine zu vermissen. Eines Tages aber war die Walbrunsche Zofe erschienen, hatte Delphine entführt, und er hatte daheim bleiben müssen. Die Mutter hatte einen Krankenbesuch vor; das Kathrinchen wusch mit der Ehmännin. Ihm war gesagt worden, er müsse der Grandmaman Gesellschaft leisten, und er war bereit dazu, aber er war gar nicht froh. Die Zeiten, in denen er viele Stunden auf ihrem Schoß zugebracht hatte, selbst ruhend und Ruhe auf sie ausströmend, waren vorüber. Er wußte wohl, Großmama hatte ihn sehr lieb; aber Großmama war unberechenbar. Jetzt saß sie in ihrem Kabinett sehr aufrecht am Fenster, eine feine Häkelarbeit in den Händen; er baute ihr zu Füßen unlustig mit Klötzchen. Dann mußte er eine Dielenritze entlang marschieren, die Füße recht auswärts gesetzt. Dann lernte er eine neue Bitte des Vaterunsers und mußte wiederholen, was er schon konnte. Das alles tat er willig, aber mit verzweifeltem Herzen, nicht begreifend, warum die Welt so verödet sei. Als er schließlich aufgefordert wurde, die Klötzchen nach einem bestimmten Plan in ihrem Kasten zu ordnen, war es mit seiner Haltung auf einmal vorbei. Cornelie, heimkehrend, fand ihren Sohn platt auf dem Fußboden liegend und schreiend vor. Die Großmama häkelte mit dem Eifer unterdrückter, machtloser Empörung und erklärte, nicht zu wissen, was mit ihm zu beginnen. Leibweh habe er nicht – keinesfalls! Auch keinen Hunger. Also sei es pure Ungezogenheit, und Cornelie möge nun tun, was zu tun sei. Sie sei eine alte Frau, aber so etwas sei ihr denn doch noch nicht vorgekommen. Es sei ihr nicht gelungen, den Buben auch nur von der Stelle zu bewegen!

Cornelie beugte sich zu ihm nieder. »Komm jetzt – komm!« sagte sie einigermaßen ungeduldig und versuchte ihn aufzurichten. Er schien durch unbekannte Saugkräfte mit dem Boden verschmolzen zu sein; sein Körper zuckte, die Töne, die er ausstieß, waren nur als ein aufs mannigfachste variiertes Nein deutbar.

»Die Rute«, sprach Madame Mère aus dem Hintergrund, »ist bereits angewandt, aber ohne succès. Ich wäre dir dankbar, wenn du ihn hinausbrächtest. Es ist nicht wohl zu verlangen, daß eine alte Frau das Feld räumt, weil es ihrem Herrn Enkel gefällt, sich wie ein Teufel zu benehmen. Welche Conduite! Ist er besessen? Keins meiner eigenen Kinder hat je...«

Cornelie, notwendigerweise peinlich berührt von dieser auf Trachtsche Eigentümlichkeiten hinzielenden Wendung der Betrachtung, sagte mit ärgerlicher Lustigkeit:

»Wenn du jetzt nicht aufstehst und folgst, Christl, rufe ich Kathrin und Ehmännin, und sie müssen dich an Armen und Beinen forttragen wie ein böses Kälbchen. Und sie haben ganz nasse Hände und Schürzen vom Waschen, du weißt es. Und«, setzte sie unter einer plötzlichen Eingebung hinzu, »die Mama geht dann allein zu Tante Maxi, Delphine abzuholen...«

Da es ihr nur auf die Wirkung ankam, wußte sie nicht, welches das Zauberwort gewesen war, das die Verkrampfung gelöst und Christoph veranlaßt hatte, zunächst sein Geschrei zu dämpfen, sodann, nur noch stoßweise schluchzend, sich herumzuwälzen und, abgewandt von der Großmama, auf die Tür zuzukriechen wie ein flüchtendes kleines Tier. Froh über den gebrochenen

Bann, raffte Cornelie ihn auf und eilte mit ihm nach oben, wobei sie das immer noch von Erregung durchzitterte Kind unwillkürlich fest an ihre Brust drückte und in sein Haar küßte, denn irgendwie tat er ihr leid. Daß er ihr die Ärmchen um den Hals warf und glücklich, fast leidenschaftlich: »Abholen!« flüsterte, ward ihr gar nicht recht klar, denn nun war Eile nötig, und gewaschen und umgezogen werden mußte er auch noch. –

Indessen war der Einfluß der besonderen Konstellation über diesem Lebenstage des Knaben noch nicht erschöpft und setzte sein allen Augen verborgenes und nur Christophs schutzlosem und erschrockenem Herzen spürbares Walten in den nächsten Stunden still fort.

Der Weg durch die frühe Dämmerung – es war im November – war schön, vielleicht gerade dadurch, daß durch alle trostvolle Gewißheit des nahen Wiedersehens mit der kleinen Schwester ein neues und unbekanntes Gefühl bebte: Erinnerung an den rätselhaften, eben überstandenen Schmerz oder Ahnung eines bevorstehenden oder auch nur die noch unfaßbare Erfahrung von der Möglichkeit solchen Schmerzes überhaupt und von seiner Gewalt. Der leise kühle Schnee, der an diesem Abend zum erstenmal niedersank, die schwarzen Bäume auf dem Platz mit ihren im Geheimnis der Dunkelheit verborgenen Kronen, die Kirchhofsmauer, hinter der, wie er wußte, unbekannte Verwandtschaft bei den Wurzeln der Bäume im Boden wohnte und schlief – das alles war wie ein tiefer Torweg, den er zaghaft durchschritt, sehr eng an die Mutter geschmiegt. Auf einmal waren sie dann in der Schustergasse, wo noch viele Leute mit festen Tritten unter unverständlichem Gespräch und Gelächter ihren respektablen Geschäften nachliefen und wo vor allem Kinder sich mit lärmendem Jubel der Lust am ersten Schnee hingaben. Licht glomm rötlich aus den Fenstern hervor oder strahlte golden aus den Herzöffnungen der Läden; man konnte in die kleinen Gewölbe der Handelsleute hineinsehen, zur Krohin etwa, die im Schein eines Öllämpchens dastand und Brot verkaufte, während ein schwerer Schwaden süßen Backduftes aus der eben geöffneten Tür quoll. Vor dem Weinhaus des Melchior Zitz hielt ein Lastwagen, die großen Gäule davor klirrten mit ihrem Geschirr, und Dampf stieg von ihnen auf. Der Fuhrmann im blauen Kittel schrotete ein mächtiges Faß zu

Boden und rollte es schollernd ins Haus. Ähnliches kannte er, hatte es täglich gesehen: doch heut wirkte es anders auf ihn. Gestern zu einer bunten vielfältigen, aber ganz ungegliederten Masse verschmolzen, aus der Farben, Worte, Gestalt sich nur undeutlich und eins mit dem anderen vermischt und verquirlt abhoben, war die Welt der Erscheinungen heute durch klare Umrisse aufgeteilt, und auf dem feierlichen Hintergrund dieser beginnenden Winternacht traten Mensch und Tier, Haus, Baum und Schnee, traten Laut und Licht und trat er selber hervor wie eben erst aus dem Chaos erschaffen. Cornelie neigte sich einmal erstaunt lauschend zu ihm und ließ einer eben von ihm beantworteten kleinen Frage eine zweite folgen – tat es, um festzustellen, daß er wirklich ... »Christl«, hatte sie zuerst gesagt, »nun wird es Winter, mein Christl. Friert Christl auch nicht?« Hell und deutlich hatte sein Stimmchen geantwortet: »Ich friere gar nicht.«

»Christl?« Corneliens Schritt hatte gestockt. Plötzlich wußte sie, was sie befremdete. Sie zauderte, tastete nach einer Form, in der jeder Zweifel über das eben Gehörte zu beheben wäre, fand sie, beugte sich ganz zu ihm nieder und fragte mit leisem Lachen: »Christl – wer hat mich lieb?«

Aufstrahlend hob er die Augen, und – leise und geheimnisvoll, diesmal aber mit deutlicher Sicherheit – kam es zurück: »Ich!«

Ich! Der gestern, der vor einer Stunde noch in der dritten Person von sich ausgesagt hatte, er hatte »ich« gesagt und trippelte weiter an ihrer Hand durch die Dunkelheit, ihrer Führung bedürftig, wie je, und gar nicht ahnend, was da geschehen war. Und wußte sie es? Ach – sie war wohl in einer ihr selbst unerklärlichen Weise ein wenig gerührt. –

XIII

Als sie im Walbruner Hof ankamen, erwies es sich, daß Delphine heute nicht der einzige Gast der Tante Maximiliane geblieben war. Es hatte sich durch Zufall eine ganze Gesellschaft aus dem intimen Kreise des Hauses an diesem Nachmittage hier zusammengefunden, und man führte Cornelie mit dem Knaben in den Saal, aus dem Klavierspiel und heitere Stimmen ihnen entgegentönten. Das Bild, das sich ihr bot, veranlaßte sie, stehenzubleiben, noch ehe sie einen Menschen begrüßt hatte. Einer der jungen Hatzfelds trat hinzu und schob ihr einen Stuhl unter. Maximiliane, in apfelgrüner Robe neben der erdbeerrot gekleideten jungen Baronin Walpode auf dem Ecksofa sitzend, nickte flüchtig lächelnd hinüber, mit einer Kopfbewegung gleichzeitig in die Mitte des Saals weisend. Und während unter den Händen der jungen Gesellschafterin der Gräfin, Mademoiselle Marceline de Sigy, die letzte Tour einer Gavotte erklang, bewegten sich unter dem Kronleuchter in feierlichen Tanzschritten und Verbeugungen der Abbé, Monsieur Rotrou, mit Delphine.

Dies war's, was alle ansahen – ein höchst anmutiges kleines Schauspiel. Der alte Herr, dem der schwarze Rock so tadellos saß wie nur irgendeine Uniform, führte seine Komplimente und Pas mit spielender Eleganz aus, und sein geistvolles Gesicht unter dem weißen Toupet lächelte seiner kleinen Dame verliebt und verführerisch zu. Delphine stand entschieden unter dem Bann eines magischen Einflusses. Sie trug an diesem Tage das Kleidchen aus ponceauroter Seide mit den schwarzen Streifen und dem winzigen Fichu aus schneeweißem Musselin, ein unkindlich dunkelfarbiges Kleidchen also, das aber gerade deshalb die grazile Leichtigkeit ihres zierlichen Körperchens und die zarte Färbung des kleinen Gesichtes hervorhob. Ihr Haar – das krausgesponnene Haar ihrer Mutter und eben lang genug, um, gescheitelt, den Kopf einzurahmen, umstand dies blasse Gesicht mit silbrigem Schein. In den weitgeöffneten Augen, dunkel durch den Glanz der Pupillen, und um das unbewußt lächelnde feuchte Mündchen herum lag etwas von Verzückung. Delphine tanzte nicht eigentlich; sie hielt mit beiden Händchen ihr Kleid gefaßt und folgte hin und her trippelnd den Figuren, die ihr Kavalier andeutete, indem er sich immer mehr an humorvoller Grandezza übertraf. Doch waren ihre Bewegungen von der Unbeschwertheit eines im Gezweig spielenden Vogels, mit erstaunlicher Einfügung in seine Absichten und von Stolz getragen, wenn etwas gelungen war.

Ja, dieses war es, was alle ansahen, mit lächelnder Rührung, mit Entzücken, mit Beifall: »Brav, brav, Delphine! Très bien, chérie!« Dies also – dies sah auch Christoph an. In einem moosgrünen Jäckchen, mit dem breiten weißen Kragen, über das das ebenfalls weiße, lange und weitgeschnittene Beinkleid aufgeknöpft war, lehnte er am Knie seiner Mutter, die nur Pelz und Überschuhe abgelegt hatte, im braunen Kleide dasaß, den hohen schwarzen Biberhut auf dem Kopf, die Hände in dem riesigen Muff. So lehnte er, verwirrt durch den strahlenden Raum, die Fülle der Menschen und durch das Unfaßbare, was sich da in der Mitte begab. Er bezweifelte, daß das Delphine sein könnte, die sich dort mit der fremden Sicherheit einer kleinen Dame bewegte, aber zweifellos war es Delphine. Jetzt befahl der schwarze Herr: »Grand compliment!« und sie sank mit einem tiefen Knicks in die Knie, um gleich darauf an seiner Hand mit strahlenden Augen auf die heiter applaudierenden Zuschauer zuzugehen. Er blickte schüchtern zur Mutter empor, was denn sie dazu meine, aber Cornelie hatte sich erhoben und schritt lächelnd zu Tante Maximiliane hinüber, auf deren Schoß Delphine jetzt saß. Alle Damen und Herren umstanden sie, lachten und plauderten; das Kind aber war wie von innen durchleuchtet, süß, verzaubert und fremd.

Christoph war schrittweise näher gekommen, die Augen auf sie gerichtet. Er bemerkte es nicht, daß dieser und jener ihn anredete, daß Graf Walbrun ihm die Hand auf den Kopf legte, als er ihn neben sich stehend fand, ohne seine Unterhaltung mit Rotrou zu unterbrechen. Delphine – da saß sie auf Tante Maxis Schoß; eine Dame reichte ihr ein Bonbon; August Hatzfeld zog eine Blume aus einer auf dem Tischchen stehenden Vase und verehrte sie ihr mit einer gezierten Verbeugung, die Hand auf dem Herzen. Und vor Maximiliane war Mademoiselle Marceline niedergekniet und pries laut die Zärtlichkeit von Delphines Händchen und Füßchen, die sie küßte und streichelte. Delphine aber – und dies war das Herzbeklemmende für Christoph – Delphine nahm das Bonbon mit der einen Hand, mit der anderen die Blume. Delphine, die sonst den Kopf wegdrehte, wenn jemand ein Küßchen verlangte, wehrte sich nicht gegen Mademoiselles enthusiastische Zärtlichkeiten. Delphines Gesicht trug jenen Ausdruck, der zuweilen wie ein Wunder aufzugehen pflegte, um dann gleich wieder zu erlöschen: jetzt aber wich er nicht. Delphine schmauste die Süßigkeit, sie roch an der Blume.

Sie sah hinauf ins Licht des Kronleuchters mit einem Lächeln, das vor Glück fast wie der Beginn eines Weinens war, legte den Kopf an Tante Maximilianes Brust, und Christoph hörte sie ganz erschöpft: »Schön!« sagen.

»Was denn, mein Liebling?« fragte Maximiliane zärtlich.

Des Kindes Stimmchen sagte träumerisch: »Viele Lichter! Musik! Seide – Seide!« –

Gleichzeitig sprachen Walbrun und Rotrou über Christophs Kopf, und er hörte auch ihre Worte, weil in ihnen irgend etwas war, ein Name vielleicht, der ihn unbewußt lauschen machte, daß er hinhorchte, ohne zu verstehen, selbst ohne zu wissen. Walbrun sagte: »Triumphieren wir nicht zu früh, Abbé! Die Nachrichten über die letzten Kämpfe sind abzuwarten, und selbst ein scheinbar endgültiger Sieg Österreichs wäre noch keine Garantie für einen günstigen Frieden. Solange der General Buonaparte atmet, ist Europa nicht sicher vor Frankreich!«

In diesem Augenblick machte Christoph einen Schritt vorwärts und entzog seinen Kopf der Hand des Oheims. Er drängte an August Hatzfeld vorbei zum Sofa und blieb mit finsterem Gesicht vor Maximiliane stehen. »Delphine soll nach Hause!« sagte er. – »Ach, da ist Christl! Christl, willst du mir nicht guten Tag sagen?«

Maximiliane neigte sich vor und hielt ihm lächelnd die Hand hin. Delphine hatte sich an ihre Brust geschmiegt und sah feindlich auf den Knaben: »Christl ist dumm!« sagte sie laut. Christoph gab weder der Tante die Hand noch beachtete er die Liebkosungen Marcelines, die sich nun auch auf ihn ausdehnten. Vielmehr griff er nach Delphine, packte sie mit beiden Fäusten am Kleidchen und zerrte kräftig daran.

»Nach Hause!« wiederholte er dabei mit verzweifelter Heftigkeit, »schnell, schnell, nach Hause!« – Aber nun fing Delphine an zu weinen, und die Mutter wandte sich um...

Wie zwei Pakete, in Decken gewickelt und in die Walbrunsche Sänfte verfrachtet, sahen Christoph und Delphine sich wenig später durch den Winterabend davongeschleppt. Delphine weinte nicht nur weiter, sondern sie schrie, wozu sie mit den Ärmchen in der Luft herumfocht und auf die Polster schlug, während Christoph, geschwellt von einem unsagbar schmerzlichen Trotz, stumm neben ihr hockte. Die Träger setzten die

Sänfte vor dem Hause am Karmeliterplatz nieder, rissen von beiden Seiten die Türen auf, ergriffen jeder ein Kind und klommen hintereinander behende die Stufen empor. Der erste rührte den Klopfer und sprach zu der öffnenden Magd: »Ihro Gnaden Frau Gräfin von Walbrun und die gnädige Madame von Echter tun hiermit die junge Herrschaft heim ins Bett schicken lassen und tun ausrichten, daß die gnädige junge Herrschaft sich sehr ungezogen aufgeführt haben, besonders der junge Herr, und daß der junge Herr kein Nachtessen haben sollte, das Demoiselle aber doch. Und die gnädige Madame von Echter käme erst spät...«

Das Wiedersehen mit der Grandmaman ging ihrerseits nicht ohne bittere Worte ab, doch behielt Christoph sein Schweigen unentwegt bei und ließ sich auskleiden wie eine Puppe. »Dei Kopp ist dick wie e Kürbis. Wie eins doch so verstockt bleibe kann!« redete Kathrin erbost über ihn hin. Delphine weigerte sich, etwas anderes zu tun als zu schluchzen und zu schnauben; ihr das Süppchen beizubringen war ganz unmöglich, und die Großmutter ging schließlich scheltend hinaus. Christoph schlief nicht, obgleich er dalag und sich nicht rührte. Er horchte auf die verzweifelten Laute Delphines und fühlte eine sonderbare schreckliche Angst in sich wachsen. Gerade, als er meinte, es nicht mehr ertragen zu können und nun auch weinen zu müssen, hörte er die Magd vor sich hin murmeln: »Probiere mer's eben! Früher hat's immer geholfen!« Und gleich darauf fühlte er sich ein wenig beiseite geschoben und den zuckenden kleinen Körper Delphines neben sich niedergelegt. Sie schien kaum noch zu wachen, oder das Weinen hatte zu einer Art von Entrückung geführt, in der sie nicht mehr wußte, was mit ihr geschah. So nah und unter dieselbe Decke mit dem Anstifter ihres Kummers gebettet, wehrte sie sich doch gar nicht dagegen. Vielmehr wurde ihr krampfartiges Schluchzen nach kurzem schon sanfter. Pausen traten ein, in denen nur empört geschnauft wurde, bis die Kraft zu einem neuen Aufweinen noch einmal gesammelt war; doch ließ dies jedesmal schneller nach, und schließlich gab es nur noch ab und zu ein kleines Gewimmer. Kathrin beugte sich lauschend über das Bett. Dann drückte sie das Kerzenlicht aus und verließ die Stube, so zart auftretend, als es ihre groben Sohlen erlaubten. Christoph hörte die Stiege unter ihr knarren. Dann war es still.

Delphine schlief. Süße Wärme, leicht wie bebende Sommerluft über einer blühenden Wiese, kreiste zwischen den Kindern. Christoph wußte sowenig mehr von den Erschütterungen der letzten Stunden, als eine voll erschlossene Blume es weiß, wie sie sich der Knospe entrang. Ihm war sehr leicht – sehr wohl. Delphine zugewandt und unbewußt hingegeben an das Geräusch ihres hinhauchenden Atems, fühlte er alsbald das Seltsame, daß er nicht mehr unterschied, ob es ihrer oder sein eigener Atem war, dem er lauschte. Mit dieser traumhaften Wahrnehmung noch einmal aus dem andrängenden Meer des Schlummers auftauchend, hörte er plötzlich mit der Stimme des Onkels Sixtus sagen: »Der General Buonaparte atmet – atmet – atmet...«

Atmet – atmet, dachte Christoph, sich auf Schwingen im Dunkel dahinschweben fühlend; dachte – atmete – atmete und schlief ein. –

XIV

Es war nicht das erstemal gewesen, daß Christoph den General Buonaparte hatte nennen hören, aber Buonaparte war nicht der einzige französische Krieger, von dem er wußte. Es gab zwei Lesarten, in denen er seine Kenntnisse über Frankreich erhielt: die eine war die der Wohnstube – also der Großmutter, der Tanten, der meisten Besucher –, die andere diejenige der Küche, und zwar des Küchenkreises, das heißt des Kathrinchens, der Ehmännin, des Vespery strengstens unter sich. Die Mutter hörte er fast nie über Franzosen sprechen, und aus ihrem Munde kannte er Worte wie Mordbrenner, Raubgesindel, Canaillen nicht. In der Küche dagegen konnte er wahrnehmen, daß eine wesentlich gelassenere Auffassung des von Geheimnis umwitterten Volkes sich kundgab als in der Umgebung der Großmama, so, als seien Franzosen Menschen wie Deutsche auch, was immerhin zweifelhaft war, wenn Henriette Echter auf den Gegenstand kam. Freilich mußten er und Delphine die französische Sprache lernen, und von einer gewissen Zeit an kam sogar Mademoiselle de Sigy alle Tage zu ihnen, um mit ihnen zu spielen und französisch zu plaudern. Wenn nun aber auch Sigy Französin war, so gehörte sie doch, wohlgemerkt, nicht zu den barbarischen Neufranken, den Sansculotten, den Mördern, sondern zu der glorreichen und großen vertriebenen alten Nation, deren Mitglieder zu ehren und fast zu vergöttern waren. Von den Neufranken hieß es in einem Gedicht in der »Privilegierten Zeitung«, das die Großmama einmal mit zitternder Stimme vorgelesen hatte:

»Dort steht der Feind – noch ist sein Arm
Von Antoinettens Blute warm...«

Und Neufranken waren es, die seinen Vater »gemordet« hatten, wie er allmählich wußte, ohne sich etwas dabei denken zu können. Der Krieg, so ging diese Information weiter, war nur aus dem Grunde noch nicht beendet, weil die frechen Franken für ihre allgemeine Anmaßung noch nicht gestraft waren; weil sie blutige Züchtigung für die Erschlagung ihres Königs, die Vertreibung vieler guter Menschen, das Entzweischießen von Mainz, das sie verschuldet – vor allem anderen aber immer wieder dafür verdienten, daß sie einen Echter von Mespelsbrun gezwungen hatten, gegen sie ins Feld zu ziehen und zu fallen. Christoph wußte dies, er wußte noch mehr. Delphines Vater – sie hatte einen! – war ein Neufranke! Daß Christoph dies wußte, ahnte nicht einmal Cornelie. Delphines Vater war außerdem »ein braver Mensch, ein rechter Kerle, der's Herz dort hatte, wo's sitze tun mußte«. Der würde noch einmal General werden mit einem großen Federbusch wie der Custine und würde in Mainz einreiten und das Delphine holen kommen, nach Frankreich in ein Schloß. Dies und andere Einzelheiten märchenhafter Natur hatte Christoph hellhörig aus Kathrins eintönigem Gemurmel erlauscht, wenn sie bemüht war, Delphine einzuschläfern oder zu trösten. Denn dies Mittel half immer, wenn bei Delphines Anfällen von Überdruß und Verzweiflung einmal nichts mehr verfing. Kathrin wußte nie, daß Christoph zuhörte, und Christoph wußte lange Zeit nicht, ob Delphine eigentlich etwas von dem Geraune der Magd behielt, denn nie ließ sie sich etwas anmerken. Er hätte gerne einmal die Mutter gefragt, ob es wahr wäre, ob Delphine wirklich einen Vater bei den Neufranken hätte; doch vermied er es aus einer heimlichen Scheu und redete sich ein, es wäre doch wohl eine von Kathrins Geschichten, nicht nachprüfbar wie die vom Froschkönig oder vom Eisenhans. Delphine, so nahm er gern an, hatte nur eine Mutter, und die hatte ihr Wesen gleichermaßen unzugänglich unter der Efeudecke des Friedhofes wie in jenem blauen, goldgestirnten Bezirk bei den Engeln und der Mutter Maria, wo auch sein eigener Vater und der kleine Wilhelm sein sollten. Im übrigen meinte er, hatte kein Mensch ein Recht auf Delphine. Er war geneigt, sie als zum Hause gehörig zu betrachten wie die beiden Katzen, die auf dem Dachboden wohnten. Von diesen freilich sprach er, als wären es seine persönlichen Katzen. Mit der Zeit kam er dahinter, daß Delphine recht wohl wußte, was das Kathrinchen ihm da zu erzählen pflegte, und daß sie auch fest an die Existenz ihres Vaters glaubte, obgleich sie fortfuhr, zu den Erwachsenen davon zu schweigen. Ihm gegenüber aber begann sie, den mystischen Erzeuger gelegentlich als besonderen Trumpf auszuspielen. »Dein Vater war ja bloß Leutnant«, hieß es da, »aber meiner wird General!« Ein andermal: »Ich laufe weg zu den Franzosen und suche Papa!« Dann: »Der Papa kommt mich holen mit tausend Millionen Reitern in seiner Glaskutsche. Und du mußt hierbleiben – ätsch!«

Brachten ihn derartige Aussprüche im Anfang aus aller Fassung, so daß er zornig mit ihr zu zanken begann, so beherrschte er sich doch vollkommen, sobald er merkte, daß es dies war, worauf sie's anlegte. Er ging nun einfach nicht mehr auf ihre Herausforderungen ein, antwortete höchstens Dinge wie: »Pah, wie willst du denn weglaufen? Die Wache läßt dich ja gar nicht durch, ich habe es an jedem Tor dem Sergeanten gesagt!« Oder: »Dein Vater kommt doch überhaupt nicht durch die Preußen durch – dafür sorgt der Großvater schon!« Denn dieser unbekannte preußische Großvater, der nicht erst General zu werden brauchte, das war nun wiederum *sein* Trumpf. Leider gab Delphine so gar nichts auf diesen ihnen beiden gemeinsamen Vorfahren. Das schlimmste aber war, daß es unmöglich wurde, das Spiel von Krieg, Belagerung, Verteidigung und Errettung um Delphine, als um seinen Mittelpunkt, aufzubauen. Sie fragte jetzt immer, was er denn wolle mit seinem Geschieße und seinem Getrommel? Solange sie in der Festung sei, würde weder ihm noch sonst jemand etwas geschehen, denn was würden ihr die Franzosen tun dürfen, da doch der Papa sie anführte? Es kam nun auch vor, daß sie mitten im heißesten Kampf zum Feind überging und Vorräte aus der Burg in die imaginierten Reihen der Angreifer trug mit der Begründung, die armen Franzosen müßten doch auch Hunger haben. Auf diese Weise wurde ihm das Kriegsspiel allmählich verleidet, ohne daß Cornelie noch etwas dazuzutun brauchte. Es wuchs ein leise nagender Kummer in ihm, von diesen Franzosen, die teil an Delphine hatten, geschieden zu sein. Heimlich, als sei es ein Unrecht, von dem weder Mutter noch Großmutter wissen durften, begann er, sich bei Vespery nach allerlei zu erkundigen. Er fing es sonderbar diplomatisch an, mit sicherem Instinkt herausfühlend, wie Vespery am besten zum Reden zu bringen war. »Die Großmama sagt, die Franzosen hätten Würste gestohlen«, begann er etwa zu dem am Boden Hockenden, der den Gartenweg vom Unkraut reinigte. Der Vespery blickte auf und schaute Christoph kopfschüttelnd mit offenem Munde an. »Würste gestohlen!« wiederholte er dann für sich, als stellte er eine ungeheuerliche Behauptung fest. Er arbeitete weiter. Dann sagte er plötzlich: »Das laß dir nur gesagt sein alleweil, Christoph, und, Christoph, daß du's nicht wieder vergessen tust! Soldaten tun nit stehlen, Soldaten tun requirieren! Und wenn hier sind Würste weggekommen, dazumal, als deine Großmutter sich davongemacht hat aus Angst vor den Franzosen, dann sind selbige Würste requiriert worden. Denn Soldaten wollen auch leben, und die Fränkischen habe nit mehr gefresse wie die Preußen und Österreicher und Hessen hinterher. Ganz im Konträr will ich dir sagen: die französischen Herren Offiziere, wo hier im Hause gewohnt haben, die sind zufrieden gewesen mit Brot und Käs und Aßmannshäuser und sind manchen Abend hungrig zu Bett gegangen wie das arme Volk. Denn warum? Es gab nichts zu beißen in Mainz, und sie wollten's nit besser haben wie die arme Leut...«

Solche Betrachtungen über die neufränkischen Grundsätze sowie die Kritik am unveränderten kurfürstlichen Regime und die unklaren Zukunftsprophezeiungen, die Vespery an seine grollenden Feststellungen anschloß, ließ Christoph geduldig, und ohne auf die unverständlichen Worte zu hören, an sich vorbeigehen. Er wartete darauf, daß der Name fiel, der bei diesen Gelegenheiten nie ausblieb, denn es war nicht möglich, daß Vespery auf das französische Militär zu sprechen kam, ohne dessen unübertreffliche Eigenschaften an Loriot zu demonstrieren. War es so weit, dann hob das Kind den Kopf. Seine Augen sogen sich an Vesperys Mund fest, er verlor kein Wort. Beiläufig erfuhr er, daß Vespery am liebsten mit dem Leutnant nach Frankreich gelaufen wäre, denn »der wäre kein Leuteschinder und Blutsauger wie andere Herren«! Der hätte einem vorwärts geholfen, da hätte man's zu was bringen können! War er, der Leutnant, nicht einfach eines armen Fischers Sohn, und sein, des Vesperys, Vater hatte doch sogar einen Gasthof in Schaffhausen! Der würde geschaut haben, der Vater, wenn der Vespery auf einmal als französischer Marschall heimgekommen wäre, mit Schärpe, Orden und Federhut... No, warum nicht? Das ging jetzt so in dem Frankreich! Der Buonaparte war auch nicht mehr gewesen als der Leutnant Loriot – und wer konnte wissen, was der Leutnant heute schon sein mochte? Der Vespery verstummte, schnüffelte und jätete eine Weile mißmutig. Nun sei man ein alter Mensch geworden, murrte er vor sich hin – nun sei nicht mehr viel zu erwarten. Dann hielt er inne, sah Christoph mit seinen trüben Augen an und hob den Finger: »Der Leutnant braucht eine Vertrauensperson hier«, sagte er geheimnisvoll, »drum hat er mich nicht mitgenommen! Sieh auf meine Tochter, Kamerad, hat er gesagt, wie er fortgemacht hat, und ich hab' ihn durch die preußischen Posten gebracht. Ich muß fort, hat er gesagt, c'est la guerre – aber wir kommen ja wieder! Die tun auch wiederkommen, da helfen alle Österreicher und Preußen nicht. Und der Herr Leutnant wird noch einmal General wie der Buonaparte, und das Delphine kann sich freuen!« –

Binnen kurzem verschmolzen in Christophs Vorstellung Delphines Vater und der Buonaparte in eins. Die Gestalt, die sich in ihm erzeugt hatte, war schön, aber auch schrecklich, vor allem, weil er ihrem Glanz und ihrem Schatten ausgesetzt war, ohne einem Menschen davon mitzuteilen. Hörte er die Erwachsenen von dem General reden, so erfuhr er, daß dieser neue Attila – ein Wort, das ihm schaurig gefiel – mit seinen ausgehungerten Soldaten in Italien eingefallen sei wie ein Heuschreckenschwarm, daß kein Heer ihm zu widerstehen vermochte und daß sich bereits der Heilige Vater in Rom bedroht fühlte. Der Papst aber rührte, nach allem, was Christoph von ihm wußte, mit seiner Größe an die Sohlen der Engel und war der Höchste vor Gott. Der Pfarrer Hobert schlug ein Kreuz, wenn von Buonaparte die Rede war; die Grandmaman bekam ihr böses Gesicht mit dem ganz schmalen Munde; Sigy sagte: Fi donc! und Quelle horreur! Der Oberst von Kirchbach blies die Backen auf und schnaubte: Er soll uns nur kommen! Jedoch der Onkel Walbrun redete in einem gedämpften Ton von ihm, hinter dem freiwillige Anerkennung zu vermuten war. Er sagte einmal, daß Buonaparte möglicherweise so wie in der Rechten das Schwert, so doch in der Linken den Ölzweig für ganz Europa trage, und derlei dunkle und große Worte gaben dem Kinde neuen Stoff für seine seltsamen Grübeleien. So konnte es kommen, daß er eines Nachts im Schlaf aufschrie, und als Cornelie sich über ihn beugte, halblaut murmelte: der Buonaparte stehe draußen und wolle Delphine holen. Dann wurde er vollends munter, richtete sich auf, blickte die Mutter verwirrt an und sagte: »Nein – der Schinderhannes kann doch gar nicht in die Stadt, der hat ja keine Kanonen!« Denn auch dieser Held spukte in seinem wie damals in jedes Mainzer Kindes Kopf. Cornelie strich ihm das Haar aus der feuchten Stirn. »Christl«, sagte sie trübe, »denk nach! Du bist in deinem Bettchen – Delphine auch. Mutter ist bei euch, kein Mensch kann euch etwas antun!«

»Ja, aber der Loriot...«, murmelte er und spähte zu Delphine hinüber. Dann sank er aber gleich in sein Kissen zurück und rollte sich auf die Seite. Er hatte mehr verraten, als er wollte, und gab keine Antwort mehr, als Cornelie jetzt dringlich fragte: »Was, Christl – was sagtest du da?«

Mit ihrem Schlaf war es dann für Stunden vorbei. Der Loriot, dachte sie, der Loriot... Wie kommt er nur darauf, und woher hat er den Namen? Aber das beunruhigte sie noch am wenigsten. Am Nachmittag vorher hatte Maximiliane sie unter einem Vorwand rufen lassen, und Walbrun hatte ihr gesagt, sie müsse versuchen, die Schwiegermutter zu bewegen, Mainz zu verlassen, da er unbezweifelbare Nachrichten habe, die Stadt sei bei dem italienischen Friedensschluß Frankreich zugesprochen worden.

»Und Sie?« hatte Cornelie ihn angstvoll gefragt.

Er hatte mit seinem seltsamen Lächeln die Brauen gehoben: »Lohnt es sich noch, meine Liebe?« –

»Und er?« hatte auch Henriette Echter gefragt, als Cornelie ihr den Rat des Schwiegersohns mitteilte.

»Er? Er bleibt...«, hatte sie zögernd geantwortet. Die alte Frau lachte kurz und bitter auf. »So – er bleibt!«

Und als Cornelie vor dem Schlafengehen das Gespräch wieder aufnahm, verzweifelten Herzens und ratlos, denn die Aussicht, jetzt im Winter mit der Gebrechlichen und den Kindern ins Österreichische zu reisen, wie Walbrun ihr nahegelegt hatte, schien ihr selbst unheimlicher als alle Schrecken des Bleibens, da hatte die Vor-sich-hin-Brütende nur stumm den Kopf geschüttelt.

Das alles fiel Cornelie jetzt ein. Es war eine dunkle tropfende Spätherbstnacht. Der klagende Wind im Kamin schien von nichts zu wissen als von Heimatlosigkeit und lauernden Mächten der Finsternis. Ja, die ganze Welt war aufgelöst in Finsternis, unfruchtbaren Regen und Krieg! Militärsignale riefen schwach und gedämpft durch die Stadt. Die deutsche Besatzung zog ab, nächtlich, heimlich und schubweise, damit die Bevölkerung ruhig bliebe. So hatte es Walbrun gesagt – so geschah es schon. Cornelie atmete schwer und bewegte den Kopf auf dem Kissen wie eine Fieberkranke. »Und kein Mensch – kein Mensch...«, flüsterte sie sinnlos ins Dunkel hinein. Die zogen ab, die zogen über den Rhein, die konnten nach Deutschland... »Vater!« sagte Cornelie halb aufgerichtet, laut, dringlich, flehend. Ihr antwortete nichts als das leichte Atmen der Kinder. Sie schauderte; sie hüllte sich ein. Christoph hatte gewahrsagt in seinem Traum: der Buonaparte stand draußen! Der Buonaparte stand draußen, und die Heimat hatte sie preisgegeben – sie und ihr Kind. –

XV

Schon im ersten Monat des Jahres 98, der zugleich der erste Monat des neuen Franzosenregiments in Mainz war und also Nivose hieß und nicht mehr Jänner, schon da erwies es sich, daß Sixtus Walbrun wohl gewußt hatte, warum er den Franzosen nicht mehr aus dem Wege zu gehen brauchte. Ihm stand die Reise bevor, an der keine irdische Gewalt jemanden hindern kann, und die Vorbereitungen dazu wurden ganz ohne sein Zutun, wennschon dem Anschein nach mit seiner vollen

Zustimmung getroffen. Als Cornelie am Dreikönigstag in den Walbruner Hof kam, um sich in verschiedenen Fragen Rat zu holen und um sich auszusprechen, erschrak sie aufs tiefste, die Straße vor dem Hause mit Stroh bedeckt zu finden. Einige französische Offiziere, mit denen sie in der Einfahrt zusammentraf, grüßten mit mehr Höflichkeit, als sie das von der eigenen neuen Einquartierung gewohnt war. Was hier geschehen sei, um Gottes willen, herrschte sie den Türhüter an und erfuhr: Seine Gnaden seien erkrankt – sehr ernstlich. Jawohl. –

Oh, es habe nichts auf sich, sei ganz das Gewöhnliche, ein Gallenanfall, nichts weiter, erklärte ihr Maximiliane gleich darauf in sonderbar hastiger Sprechweise. Das Stroh vor dem Hause? Nur eine Maßnahme, das französische Gesindel, das man ins Haus bekommen habe, zu einem annähernd menschlichen Auftreten zu erziehen, damit es sich nicht völlig wie in einer Kaserne benähme. Übrigens seien unter den Offizieren einige Herren vom alten Regime, mit denen wenigstens zu reden sei. Maximiliane hielt inne und lauschte mit angespanntem Ausdruck. »Hörtest du etwas? Nein? Nichts?«

Es war in diesem Augenblick so still, daß ein Geriesel von Kalk hinter der Tapete wie der drohende Auftakt zu einem Zusammensturz schien. Cornelie sah verstört nach der Wand. Maximiliane drückte die Hand gegen die Stirn. »Oh, dies...«, murmelte sie. »So geht es seit Tagen im ganzen Hause; – es rieselt, es knackt, kracht... Es ist wohl das plötzliche Tauwetter, nicht wahr? Das Tauwetter... Sixtus konnte in den letzten Jahren diese Wetterumschläge niemals ertragen. Wedekind hat mich aber beruhigt – beruhigt...«

Sie wiederholte mechanisch und sah die Schwägerin mit entsetzten Augen starr an. Cornelie legte ihre Hand erschrocken auf die der anderen: »Um Gottes willen, Maximiliane«, flüsterte sie, »was ist nur geschehen?« Maximiliane brach plötzlich in sich zusammen. Sie schlug die Hände vor das Gesicht und weinte. Zwischen schluchzenden Seufzern brach sie hervor: »Cornelie! – Cornelie! – Ich habe ihn seit drei Tagen nicht gesehen! Er hat nur Flammayr und Valdemaire um sich. Er läßt mich nicht zu sich. Cornelie – und das war noch nie!«

»Warum?« flüsterte Cornelie fast unhörbar.

»Warum? Ja – warum, Cornelie!«

Maximiliane hielt die geballten Hände gegen die Augen gepreßt. »Jetzt – jetzt hat er doch seit Jahren keinen Grund gehabt, zu befürchten, daß ich ihm die – wie sagte er doch einmal? – ja –, ›die reine Konzentration aller Kräfte auf ein geistiges Ziel‹ stören würde, mit ›der beständigen Gegenwart meiner Wünsche‹! Meine Wünsche! Er ist mein Mann, Cornelie – und – ich liebte ihn!«

Gleich darauf, noch ehe Cornelie Zeit fand, sich ihrer Ratlosigkeit diesem Abgrund voll Verzweiflung gegenüber klarzuwerden, richtete die Gräfin sich auf, wischte sich, zum Fenster gewandt, die Augen und hatte die Fassung, mit Trockenheit, ja, mit Selbstverspottung fortzufahren: »Und dabei, mein Gott, würde ich jetzt selbst um seinen Tod beten, wenn ich wüßte, daß es ihm beliebte, diesen Zustand zwecks – einer letzten und reinsten Konzentration als wünschenswert zu betrachten!«

Aber ihr verweintes Lächeln mit hochgezogenen Brauen war nicht geeignet, die Schwägerin zu beruhigen.

Es gelang Cornelie, Monsieur Valdemaire zu sprechen, indem sie länger als eine halbe Stunde in der Nähe des Hauses auf und ab ging, bis der Sekretär, vom Türsteher benachrichtigt, Zeit fand, sie zu treffen. Das blasse Gesicht des Jünglings drückte etwas Unnennbares aus, er schien aus einer Entrückung zu kommen und sich mühsam in den Alltag zurückzufinden. Es habe im Augenblick nichts sonderlich Beunruhigendes mit dem Befinden des Grafen auf sich, berichtete er; der Anfall sei nicht einmal schwerer als die letzten. Das habe ja auch der Hofrat Wedekind der Frau Gräfin bestätigt.

Und er? Was er selbst für Eindrücke habe, fragte Cornelie dringlich.

Valdemaire sah sie fest an. Seine Augen leuchteten in geheimer Ekstase.

»Ich habe den Eindruck, daß der Herr Graf die letzten Vorbereitungen trifft und daß er gewiß ist, diesmal abberufen zu werden«, sagte er gedämpft. »Er muß dazu allein sein und bedarf nur einiger bescheidener Handreichungen.« –

Der Kammerdiener Flammayr, den Cornelie sich nachmittags herausrufen ließ, war etwas ausgiebiger. Seine Gnaden lebten diät – ganz diät, sagte er bekümmert, und mehr diät, als der Herr Hofrat wünschte; man müsse annehmen, daß Seine Gnaden geflissentlich fasteten. Seine Gnaden verbrächten auch mehr Zeit auf den Knien vor dem Kruzifix, als dem angegriffenen Körper zuträglich sein dürfte, auch während der Nachtstunden. Im übrigen ließen sie sich von Monsieur Valdemaire vorlesen, und der Monsieur ordnete nach den Angaben Seiner Gnaden Briefe und Schriftstücke. Vieles werde verbrannt. –

Dieser Zustand einer freiwilligen Klausur dauerte etwa zehn Tage, während deren Maximiliane um mehr als zehn Jahre alterte. Henriette Echter enthielt sich diesmal seltsamerweise aller Kritik an dem Schwiegersohn sowie jeglicher bitterer Worte. Nachdem der Abschied von dem biederen Kirchbach und der Einzug der von vornherein verhaßten neuen Einquartierung sie für Tage in flackernde Erregung und kampfbereite Stimmung gebracht hatten, so daß es von früh bis spät Auseinandersetzungen über häusliche Fragen und allgemeinen Hader mit dem Geschick gegeben hatte, ward sie jählings sehr ruhig, als sie von der Form hörte, in der Walbruns Erkrankung sich abspielte. Sie blieb in ihrem Kabinett, wo sie unbeweglich im Lehnstuhl saß, das äußere Gesicht unenträtselbar ausdruckslos, weil das innere einer anderen Welt zugewandt war. Mochte das die Welt einer Vergangenheit sein, an der weder die Töchter noch Cornelie teilhatten, in der aber Sixtus Walbrun mehr bedeutete, als sie je zugeben würde, oder mochte sie durch den bevorstehenden Abschied an die wohl zu vermutende Nähe des eigenen Todes gemahnt sein, in jedem Fall war die Wirkung ihrer Betrachtungen wunderbar besänftigend für ihr eigenes Herz. Sie ließ sich an jedem Spätnachmittag in den Walbruner Hof bringen, und es ergab sich, daß sie schon nach den ersten Malen mit ungewohnter Sehnsucht von Maximiliane erwartet wurde. Das Gespräch zwischen Mutter und Tochter ward sparsam und sachlich geführt. Frau von Echter saß hier wie zu Hause schweigsam und in sich gekehrt da und sah in die Kerzenflamme. Ihre Gegenwart jedoch schien Maximiliane ruhig zu machen. Sie gab das rastlose Umherwandern auf, das sie stundenlang durch alle Räume bis zu der Grenze von Walbruns Tür zu treiben pflegte; sie war imstande, ein Buch, eine Handarbeit vorzunehmen, einen Brief zu schreiben. Einmal hörte Cornelie die Mutter sagen: »Seine Zeit ist um. Wirf dich ihm nicht in den Weg, du machst ihm das Sterben schwer!«

Und dies Wort, gesprochen, noch ehe eine von ihnen sich die Gewißheit des Letzten ernstlich zugegeben hätte, übte einen wohltätigen Bann aus: Maximiliane sah die Mutter an wie aus Schlafwandel geweckt und versank in Nachdenklichkeit.

»Aber ihn pflegen dürfen...«, sagte sie nach einer Weile halblaut, wie bittend.

Hart antwortete die alte Frau: »Nichts! Du mußt jetzt gar nichts für dich wollen!«

Maximiliane hielt ihr beide Hände hin wie leere Schalen.

»Für mich? Ihn pflegen, sagte ich...«

Als die Mutter geradeaus sah, ohne etwas zu erwidern, sanken diese heischenden Hände plötzlich mutlos.

»Ja«, flüsterte Maximiliane vor sich hin, »ja – vielleicht doch – für mich...«

In der Folge kam eine große beherrschte Fassung über sie. Sie ließ nicht mehr alle Besucher abweisen, und Cornelie sah sie sich geduldig gerade mit denen abgeben, die ihren Nerven mit Fragen und betulicher Teilnahme am meisten zusetzten – mit Perpetua und Modeste, mit der Gräfin Hatzfeld, mit Cläre und ihrem Gatten. Diese beiden waren nahezu unerträglich, da Breithardt sich als einzigen männlichen Ratgeber der Familie zu fühlen begann und sich dementsprechend um Angelegenheiten kümmerte, die ihn im Grunde nichts angingen. Aus Cläres hemmungslosem Dahinreden tauchten währenddessen alle die Fragen auf, mit denen das Ehepaar sich daheim in angelegentlichem Zwiegespräch beschäftigen mochte, und Sätze, wie: »Das wird ja kein denkender Mensch glauben, daß Walbrun alles dem Domkapitel vermacht hätte...« oder: »In der Bibliothek allein sollen ja Werte stecken...« oder: »Du bist immerhin noch keine alte Frau, Maxi – erst 36. Denk an die Tante Koeth, die mit vierzig ihren ersten Sohn hatte...«; solche Sätze waren wenig geeignet, die Stimmung in Maximilianes kleinem Salon günstig zu beleben. Indessen war deutlich zu beobachten, wie die nun täglich vorsprechenden Menschen allmählich eine andere Haltung annahmen, stiller, gleichsam banger wurden und vor Maximilianes gelassen trauriger Güte saßen wie Bittsteller. Am 20. Jänner brachte Cornelie zum erstenmal den Doktor Buzzini ins Haus, nachdem die Gräfin ihren Bitten, diesen nach so wunderlichen Methoden praktizierenden Arzt einem Konsilium mit Wedekind zuzuziehen, nachgegeben hatte. Doch wollte sie ihn zuerst kennenlernen und mit ihm über gewisse Eigenheiten des Kranken sprechen. Das Konsilium scheiterte daran, daß Wedekind, als ihm die Frage von Cornelie vorgelegt wurde, blaurot anlief und erklärte, er würde die Behandlung des Grafen niederlegen, wenn ihm ein Zusammenarbeiten mit diesem Charlatan zugemutet würde. Cornelie war halb und halb auf dies Ergebnis vorbereitet gewesen, einmal, weil ihr die Haltung des Ärztekollegiums der Stadt gegen Buzzini nicht unbekannt war, und dann wegen des skeptischen Lächelns, mit dem Buzzini ihrer Bitte, die Schwägerin aufzusuchen, gefolgt war.

»Ich komme mit, Madame«, hatte er ihr auf dem Wege gesagt, »weil man mich noch niemals vergeblich um meine Hilfe gebeten hat und weil ich Demütigungen nicht fürchte...«

Cornelie ward sich langsam des besonderen, halb verächtlichen, halb traurigen Ausdrucks bewußt, der bei diesen Worten um seinen Mund gespielt hatte. Sie war froh, daß Maximiliane von ihrer Unterhaltung mit dem Arzt so beeindruckt war, daß sie den größten Wunsch hatte, den Doktor ohne das Wissen des Hofrats zu Sixtus zu bringen, einfach in der Eigenschaft eines Besuchers. Sie habe das Gefühl, sagte sie, daß sie ihrem Mann die Bekanntschaft dieses Mannes nicht vorenthalten dürfe, ja, daß Buzzini von der Vorsehung geradezu gesandt worden sei, um... Sie suchte nach Worten – »um ihm zu tun, was ich nicht kann«, sagte sie schließlich mit zuckenden Lippen – »um es ihm leichter zu machen...«

Cornelie begriff. Was Buzzini betraf, so blieb er sehr wortkarg, als sie ihn am nächsten Tage aufsuchte, um ihm von Wedekinds Ablehnung Mitteilung zu machen. Daß die Gräfin den Wunsch hegte, er möchte den Kranken besuchen, fügte sie etwas unsicher hinzu, denn da sie den Doktor bisher nur als Arzt an den Krankenbetten ihrer Schützlinge kennengelernt hatte, wußte sie nicht, wie er sich zu einem solchen Ansinnen stellen würde, und befürchtete, er möchte es vielleicht für den Versuch, ihm über des Kollegen schroffe Ablehnung hinwegzuhelfen, nehmen. Sie traf ihn beim Mischen eines Medikamentes an; jedenfalls war er, bekleidet mit einem braunen, talarähnlichen Kittel, am Herd des gewölbten Gelasses beschäftigt, das an das Sprechzimmer anstieß, und bat sie um etwas Geduld. Sein Logis befand sich im Gebäude eines ehemaligen Klosters, das größtenteils Speicherzwecken diente und im übrigen von kleinen Leuten bewohnt wurde. Cornelie sah sich wieder einmal mit einer ihr selbst kaum bewußten Teilnahme darin um: der Raum mochte ehemals zum Refektorium gedient haben; er war groß und hoch. Der Fußboden war roh gedielt; die Wände der dicken Mauern hauchten eine Kühle aus, gegen die das im offenen Kamin flackernde Feuer nicht ankam. Nichts war zu sehen, was darauf schließen ließ, der Doktor verzichtete aus eigenem Überfluß auf das Honorar seiner Patienten, wie er es oft genug tat, während seine neidischen Kollegen in der Stadt verbreiteten, er mache keinen Besuch unter einem halben Gulden. In der Ecke, unter einem der hoch in der Wand sitzenden Fenster, stand ein großer Tisch mit Schreibgerät und Büchern; aber auch ein leergegessener Teller war dort zu sehen. Eine andere Ecke war mit allem, was zur Untersuchung und Behandlung von Kranken diente, sehr ordentlich und vollständig eingerichtet; hier befand sich ein niederes lederbezogenes Ruhebett, einige Stühle, ein Tisch voller Instrumente und Waschbecken und auch eine Elektrisiermaschine. Auf diesen Teil des Raumes war die meiste Sorgfalt verwendet, nur aus ihm sprach wirklich Leben. Alles andere, das Feldbett an der gegenüberliegenden Wand und was sonst noch umherstand, war beiläufig hingestellt, als habe sich hier jemand nur vorübergehend niedergelassen. So war es auch annähernd. Buzzini war vor einigen Jahren in Mainz hängengeblieben, nachdem der alte Marquis von Tourzel, dessen ärztlicher Reisebegleiter er gewesen, in einem hiesigen Gasthof gestorben war. Obwohl er in aller Welt herumgekommen war und jede europäische Sprache beherrschte, war sein Deutsch jetzt so gut oder vielmehr so von Mainzer Mundart geprägt, daß an seinem Ausländertum gezweifelt werden konnte. Als Cornelie ihn einmal nach seiner Heimat gefragt hatte, hatte er geschwiegen und dann gesagt, er sei ein alter Zigeuner, der selbst nicht wisse, wohin er gehöre. Dergleichen Antworten pflegte er immer zu geben; sie wurden von seinen Feinden in übler Weise ausgenutzt. Während Cornelie so still und leise frierend auf einem hölzernen Stuhl in der Nähe des Kamins saß, dachte sie wieder darüber nach, wie alt der Doktor wohl sei, und suchte vergeblich das Gleichgewicht zwischen dem Ausdruck dieses

Gesichtes, der gewöhnlich gleichsam überlastet von Einsicht, ja von Weisheit schien, und seiner blutdurchpulsten, von Luft und Sonne gefärbten Haut, seinem vollen, lebendig gelockten Haupthaar und seiner nicht hohen, aber ungemein wohlgebildeten und Gesundheit ausstrahlenden Gestalt mit ihren Bewegungen ruhiger Sicherheit. Wie sie nun sein Hantieren beobachtete, fielen ihr brauner Herbstwald, umgerissener Acker und Pflug ein: ja, der sollte pflügen und säen, dachte sie, von rätselhaftem Entzücken heimlich durchschauert. Sie fror nicht mehr. Halb erschrocken meinte sie zu erkennen, daß die sonderbaren Erdkräfte, denen Buzzini seine wunderbaren Heilungen zu verdanken behauptete, ihr so spürbar wären wie nie, als kreisten sie hier in der von ihm bewohnten und durchatmeten Sphäre stärker als anderswo. Jetzt trat er aus der Tür des Laboratoriums, den Glaskolben in der Hand, den er noch einmal gegen das Licht hielt und umschüttelte, ehe er ihn ihr hinreichte. »Die Einreibung für die Weigandtin. Geben Sie acht, Madame, daß sie das Zeug nicht aussäuft und Wasser nachfüllt! Die Schwester nimmt die Flasche am besten immer fort...«

»So, so«, murmelte er dann, zerstreut ins Leere blickend, als Cornelie ihm den Auftrag der Schwägerin mitteilte. Dann, sich besinnend: »Dies ist nicht anders, als ich es erwartete, wenn Sie belieben wollen, sich zu erinnern. Jedoch haben Sie wohl bemerkt, welch wunderbare Luft dort im Hause herrscht?«

Er sah sie mit seinen von inwendig leuchtenden Augen forschend an und nickte stark mit dem Kopf.

»Die Frau Gräfin irren sich«, sprach er weiter und schlug mit der Hand durch die Luft. »Ihr Gemahl hat mich nicht nötig; er hat niemand mehr nötig. Und das nicht etwa, weil gegen den Tod kein Kraut gewachsen ist! Nein, Madame, Ihr Herr Schwager ist sein eigener Arzt, das habe ich aus jedem Wort der Frau Gräfin erraten können. Wenn ich ihn sehen darf –«, Buzzini sah seine Besucherin mit jenem überraschenden Lächeln an, das sie schon zuweilen an ihm beobachtet hatte, ohne je feststellen zu können, warum und woher es auf seinen beherrschten Zügen kam und ging, und er legte mit einer jähen, fast emphatischen Geste die Hand auf die Brust und senkte den Kopf – »wenn ich ihn sehen darf, werde *ich* Gewinn davon haben!«

Er verbeugte sich tief; die Konsultation ist beendet, Madame, hieß das. Wie immer, verwirrte Cornelie der Gegensatz seines fremdartigen bauernmäßigen Anzugs, dessen offener Kragen den starken Hals freiließ, und dieses ein wenig ungeschickten, aber sehr nachdrücklichen Zeremoniells. Sie erhob sich, erwiderte sein Kompliment wie im Salon und schritt zur Tür, die er mit einer zweiten Verbeugung weit öffnete. –

XVI

Der Monat ging hin. In seinem Ende besann sich Cornelie darauf, daß Sixtus' Krankheit sie alle in einem Bann gehalten hatte, der ihnen keine von den fatalen Veränderungen des äußeren Lebens voll zum Bewußtsein hatte gelangen lassen. Eine Art von Gnade, dachte sie halb erschrocken. Sie hatten sich allmorgendlich gesagt, dieser Tag würde voraussichtlich der letzte des Kranken sein. Die Nacht hatte er überlebt, sonst würde sie der Läufer, den Maximiliane zu schicken versprochen, geweckt haben. Senkte sich dann der Tag, ohne eine wesentliche Verschlechterung gebracht zu haben, so löste sich bereits früh am Abend die angespannte Stimmung der Frauen in tiefe Ermüdung. Es galt zu schlafen, denn was mochte die Nacht bringen! Und sie schliefen – auch Maximiliane schlief, wie sie Cornelie anvertraute – tief, fest und befreit von dem fast unerträglichen Warten, von der unbegreiflichen Gegenwart eines zaudernden Engels, der – vielleicht unwiderstehlich bezaubert von dieses Sterbenden Haltung – seiner Aufgabe zu vergessen schien, oder aber, dessen Aufgabe es war, hier fast unmerkbar eine Welt mit der andern zu vertauschen.

Am 22. Jänner hatte der Graf aus der Hand seines Beichtvaters die heilige Kommunion empfangen, und seitdem durfte bei ihm wieder ein und aus gegangen werden, was besagen will, daß der Kranke zunächst Maximiliane hatte rufen lassen und daß dann allmählich auch Besucher bei ihm vorgelassen wurden, freilich nur für Bruchteile von Stunden. Nach wie vor blieb er den größten Teil des Tages allein, und immer häufiger verbrachte er auch die Nächte sitzend im Lehnstuhl. Hier in seinem Arbeitskabinett herrschte nun eine bemerkenswerte reine Leere.

Der große Schreibtisch wies auf seiner Platte nicht mehr das mannigfaltige Durcheinander von Schriftstücken, Federkielen, Petschaften, Gemmen und anderem Kleinkram auf: da war nichts mehr zu sehen als das Notwendigste, Tintenfaß, Schreibpapier; der Thomas a Kempis, der Augustin, Bände, nach denen Walbrun zuweilen griff wie nach einem Stärkungsmittel. Auch das glatte Ebenholzkruzifix mit dem Korpus aus vergilbtem Elfenbein lag dort, als einer jener Gegenstände, die Menschen von ihren frühesten Tagen an begleiten bis zu ihrer letzten Station, immer magischer, immer trostreicher und heilsamer werdend und nun wie nichts anderes imstande, in der Einsamkeit von Abschiedsnächten den umklammernden Händen geheime Kraft mitzuteilen.

Das Gemach zeigte nirgends Spuren irgendeiner Tätigkeit, aber es erinnerte auch in nichts an ein Krankenzimmer. Von den Schränken, hinter deren mit schöner Einlegearbeit verzierten Türen Sammlungen, Briefwechsel und Manuskripte nun ruhten, so geordnet und abgeschlossen, wie sie nach dem Willen ihres Besitzers als sein Erbe vorgefunden werden sollten, sahen die Häupter antiker Gottheiten mit rätselhaftem Lächeln ins Leere, und das lautlose Leben der weiträumigen Landschaften des Lorrain an den Wänden mochte wirklicher dünken als der kurze Wintertag, der grauweiß vor den Fenstern dahindämmerte. Als Cornelie den Kranken zum ersten Male besuchte, überkam sie die Empfindung des Ungewöhnlichen dermaßen, daß sie, beklommen atmend, kaum wagte, von selbst zu reden. Indessen erwies sich das auch als nicht nötig: Walbrun sprach, zwar mit gedämpfter Stimme und zuweilen aussetzend, wie um Kraft zu sammeln, aber so, als sei er innerlichst auf ihr Leben und ihre Angelegenheiten eingestellt. Nachdem sie ihn begrüßte, mühsam der Versuchung widerstehend, seine leichte, kühle Hand mit den Lippen zu berühren, und ihm nun gegenübersaß, würgende Ergriffenheit über seine veränderte, gleichsam transparent gewordene Erscheinung in der Kehle, begann er:

»Maximiliane hat mir von der interessanten Bekanntschaft erzählt, die Sie ihr vermittelt haben, meine Liebe; ich meine den Doktor Buzzini. Es wird mir selbstverständlich ein Vergnügen sein, ihn noch zu sehen. Ihre Berichte von seinen erfolgreichen Kuren haben mir ja immer großen Eindruck gemacht...«

Cornelie schob schüchtern ein: »Er wird sich glücklich schätzen!«

Walbrun hob abwehrend die Hand.

»Dieser Mann«, fuhr er fort, den Blick plötzlich sehr stark auf sie richtend, »schien mir von jeher von großer Bedeutung, nicht nur im allgemeinen, weil ihm so besondere Kräfte anvertraut sind, sondern speziell für Sie selbst, Cornelie.«

Er sah nun mit leer werdenden Augen über sie hin gegen den Himmel.

Sie blickte mit erschrockener Spannung auf ihn.

»Ihnen ist seit mehreren Jahren ein mühseliger Weg zugemutet, den Sie, soweit ich das beobachten konnte, mit viel Tapferkeit gehen«, sagte er langsam. »Es ist sehr wahrscheinlich, daß dieser Weg einstweilen nicht einfacher werden wird. Es ist sogar möglich, daß es bis zuletzt ein dunkler Weg bleiben wird. Indessen liegt es, wie ich glaube, bei Ihnen, teure Schwägerin, ihn aufzuhellen.«

Cornelie sagte nach einer Pause unsicher: »Sie meinen, ich müßte mehr Gebrauch von den Gnadenmitteln der Kirche machen...«, denn sie dachte, er wollte hierauf hinaus, und sie war sich bewußt, in der letzten Zeit nicht mehr mit der anfänglichen Gewissenhaftigkeit an den gottesdienstlichen Übungen teilgenommen zu haben. Sie war im tiefsten verwirrt, atmete schwer und preßte die Hände zusammen. Gefaßt gewesen, zu einem Leidenden zu kommen, dem eine behutsame Konversation zuzumuten sein würde, hatte sie jemand gefunden, der wie gerüstet zu einer Abreise dasaß. Er hat seine Vorbereitungen getroffen und schickt sich mit Würde darein, daß der Wagen auf sich warten läßt. Inzwischen benützt er die Zeit, um den Zurückbleibenden noch dies und jenes zu sagen, was vielleicht nur er ihnen sagen könnte und dürfte...

Walbrun lächelte, ohne sie anzusehen, als sie das von den Gnadenmitteln sagte, und wiegte den Kopf.

»Habe ich das gemeint?« fragte er zurück. »Nun – vielleicht auch. Vielleicht würde das auch mit der Zeit Licht schaffen, gewissermaßen von außen her. Denn, nicht wahr, auch diese inneren Angelegenheiten haben ihr Außen... Jedoch, ich dachte, wie mir scheint, augenblicklich mehr an eine Selbsthilfe der Seele, jene Selbsthilfe, die uns am Morgen erst fähig macht, wahrzunehmen, daß es hell ist. Ich meine einfach einen dem Erwachen verwandten Vorgang, teure Cornelie.«

»Sie wollen damit sagen...?«

»Daß Sie Ihren Weg mehr oder weniger wie im Traum gehen – ja, dies will ich sagen, meine Liebe! Ich habe an Ihnen ein sonderbares Dahingleiten oder Dahinschweben über Schwierigkeiten beobachtet, als handelten Sie in einem somnambulen Zustand, und das erleichtert Ihnen zweifellos vieles. Bei jedem Schicksalsschlag, in jedem Konflikt finden Sie gleichsam in einer Art Ekstase den Ausweg oder das Heilmittel, und seit längerer Zeit kommt es mir vor, als agierten Sie, ohne sich Rechenschaft zu geben, ganz wie – ja verzeihen Sie! – wie eine Marionette, deren Fäden freilich ein Engel oder ein Heiliger in Händen hält. Doch lassen Sie mich eins sagen...«

Er hielt inne und sah angestrengt vor sich hin.

»Ja?« flüsterte Cornelie, bereitwillig und demütig vorgeneigt.

Walbrun richtete das Auge wieder auf sie und sagte wie unter einer Eingebung: »Sie gehören nicht zu den Menschen, die sich der Verantwortung entziehen oder die dem Leben ausweichen dürfen. Aber keine Sorge! Der Engel wird die Fäden schon loslassen müssen, wenn anders Sie sie nicht zerreißen sollen, und Sie werden in die Lage kommen, selbst entscheiden zu müssen, ob Sie diesen oder jenen Weg wählen wollen. Und dann werden Sie vielleicht wissen, was ich mit dem Aufwachen sagen wollte. Wert und Gültigkeit wird letzten Endes nur das haben, was wir aus freier Wahl, aus eigenem Entschluß taten, nicht das, was wir, getrieben von dunklen Kräften und Anlagen unserer Natur, vollbrachten – nein, auch das so geschehene Gute nicht.«

Valdemaire war währenddessen unter der Tür des Nebenzimmers erschienen und räusperte sich nun leise. Die für den Besuch zulässige Zeit war um. Als Cornelie sich beim Abschied doch über die nahezu unkörperliche Hand des Greises neigte, fühlte sie für einen Augenblick seine Linke auf ihrem Haar.

»Pax vobiscum, filia mea!« sagte er sanft, die Augen, ohne den von Schwäche gebeugten Rücken aufrichten zu können, von unten her mit tiefem Leuchten zu ihr hebend und mit Lächeln das Kreuz über ihr schlagend.

XVII

Cornelie nahm in der Folge wahr, daß nicht sie allein in einer seltsamen Berückung der Seele aus dem Zimmer des Kranken gekommen war, sondern daß jeder ihn tief nachdenklich und in sich gekehrt verließ. Sie sprachen untereinander nicht darüber, was ihnen gesagt worden war, kaum daß sie Bemerkungen über sein Befinden und sein Aussehen austauschten. Jedoch empfanden sie alle dies, was sie nun so stark vereinigte und von der übrigen Welt abschloß, als seien sie von einer eigenen kristallenen Sphäre umfangen. Henriette Echter ließ die neue rücksichtslose Einquartierung in ihrem Eigentum schalten, ohne sich aufzuregen. Sie saß in lebendiger Untätigkeit versenkt da; ihrem Gesichtsausdruck nach führte sie ein unhörbares Zwiegespräch und lauschte auf Antwort in sich hinein. Cornelie errang die Kraft, die Interessen des Hauses gegen das usurpatorische Vorgehen des Hauptmanns Rolland und seiner Leute zu vertreten, ohne an Würde zu verlieren. Diese Ruhe, fühlte sie, war nur möglich, weil alles andere gleichgültig war, solange Sixtus dort in seinem wohlaufgeräumten Zimmer an der Großen Bleiche saß, in die leeren Wolken blickte und darauf wartete, daß der Tod endlich vorführe. Denn was die neuen Herren der Stadt zumuteten, hielt keinen Vergleich mit den Forderungen der deutschen Besatzung aus; und das waren dann doch auch Deutsche gewesen, Landsleute, Verteidiger und Beschützer, denen mit Selbstverständlichkeit gegeben wurde. Jetzt aber bekamen es auch die vorschnell jubilierenden Klubisten von einst zu spüren, daß die fränkischen Brüder diesmal zunächst die Aufgabe hatten, Mainz als eine abgefallene Stadt zu züchtigen. Alle Begrüßungshymnen in der von heut auf morgen ihr Gesicht ändernden Privilegierten Zeitung, alle kriechende Bereitwilligkeit der schleunigst wieder zusammengetretenen Munizipalität vom Jahre 93 blieben wirkungslos: der Feind war in der Stadt!

»Wir sind also arm«, sagte sich Cornelie sonderbar gefaßt, als eines Tages eine fränkische Kommission, die speziell die Häuser des Adels aufsuchte, alles an Leinen und Silber, was die Einquartierung nicht schon angefordert hatte, alles, bis auf das für den bescheidensten Haushalt unbedingt Nötige, beschlagnahmte und fortführen ließ. Sie blickte auf das Kathrinchen, das heulend Kartoffeln schälte, und fühlte sich versucht, hier zu trösten. Aber durfte sie zugeben, daß eine ihr selber unerklärliche Erleichterung in ihr war, als sie diese Masse ungenutzten Eigentums aus dem Haus ziehen sah? Sie beschuldigte sich, daß dem so wäre, weil es sich nicht um persönlichen Besitz von ihr handelte, sondern um Sachen von Henriette, für die doch sie immer die mühevolle Verantwortung getragen hatte; sagte sich aber gleich, daß dies nicht stimmte, denn schließlich gehörte hier vieles einmal dem Jungen und somit auch ihr. Das mochte auch eine der Auswirkungen des Sterbenden sein, daß sie so deutlich empfand, Besitz sei Last und ihn zu vermindern eine der harten Wohltaten Gottes. Sie ging hinein zur Schwiegermutter, die mit dem Rücken zu der ausgeleerten Vitrine noch dasaß wie vorhin, als sie den Franzosen das Bild einer versteinerten alten Königin geboten hatte, unzugänglich den verlegenen Höflichkeiten, die ihre Haltung den Eindringlingen abnötigte.

»Wir werden diese Dinge vermutlich bald wiedersehen«, redete Cornelie gegen ihre Überzeugung, merkte aber sogleich, daß Beruhigung und Trost hier nicht erwünscht waren. Die alte Frau sah sie an wie eine Schwerhörige, als hätte sie nicht verstanden, was sie immer tat, wenn sie eine Äußerung der Schwiegertochter als unangebracht empfand: denn ihr Gehör war noch in Ordnung.

»Schon gut, Maman«, sagte Cornelie nervös, »nichts von Wichtigkeit. Ich meinte nur, daß Preußen nicht ruhig zusehen wird ...«

Aber dies war auch nicht geeignet, milder zu stimmen.

»Preußen! Das Reich! Du kannst noch annehmen ... Nachdem man uns im Stich gelassen – simplement feige verraten hat ... Nachdem man sich von diesem – diesem Parvenü einen Frieden hat diktieren lassen ... Nein, nein!«

Dies hart, schneidend, hohnvoll. Plötzlich umspringend, mit einem dünnen Lächeln völliger, nahezu himmlischer Resignation: »Aber mein Kind, glaube nicht, daß ich es schwernehme! Es verliert alltäglich dies mehr an Wichtigkeit. Ich werde« – sie blickte in dem kahlgewordenen Zimmer umher, denn auch von den Bildern hatten die Leute einige mitgehen lassen – »ich werde mit der Zeit der Mühe, ein Testament zu machen, überhoben sein. Was mir nur für Cläres Kinder leid tut, denn für deinen

Sohn ist ja gesorgt. Nun, ich denke, lange werd' ich euch hier nicht mehr aufhalten...«

Sie rechnete in diesen Wochen, wie Cornelie wohl fühlte, mit inbrünstiger Hoffnung auf einen baldigen Tod, ja zuweilen ließ sie eine kindliche Gewißheit durchblicken, daß Sixtus die Tür nicht hinter sich ins Schloß fallen lassen würde, wenn er nun ginge, sondern daß er, alter Kavalier, nur den Vortritt nähme, um sie ihr offenzuhalten.

»Ich kann dir nicht ausdrücken, wie die Maman mich ergreift«, sagte Maximiliane bekümmert und unruhig zu Cornelie: »Sie ist in einem Grade verändert, den du vielleicht kaum ermessen kannst. Sie sitzt hier Tag für Tag, als erwarte sie eine entscheidende Audienz, nicht so sehr bei Sixtus, als zusammen mit Sixtus, oder durch seine Vermittlung. Sie antichambriert bei einer Macht, von der sie einen Dispens erwartet, einen ihr ungemein wichtigen Dispens. Sie gibt sich Mühe, ja, sie bemüht sich, aimable zu sein und sich keine Chance zu verderben bei dem Unsichtbaren, den sie immer anwesend glaubt und den sie für streng und anspruchsvoll hält...«

Maximiliane legte ihre Hand auf die von Cornelie, die Augen liefen ihr über: »Glaube mir, ich habe sie bis jetzt nicht gekannt!«

Was Maximiliane selbst anging, so staunte Cornelie bei sich über die Gelassenheit, mit der die andere umherging und die zu wachsen schien, je näher das Unvermeidliche kam. Auch sie schien den Aufbruch vorzubereiten. In den vielen Stunden, die sie fern von dem Kranken zubringen mußte, arbeitete sie mit Hilfe von Valdemaire daran, den Besitzstand aufzunehmen, und gab der Dienerschaft Anweisungen beim Räumen und Einpacken. Alles geschah, wie Cornelie einmal beiläufig vernahm, nach Wünschen des Grafen und mehr oder weniger unter der Protektion des hier einquartierten Comte de Nièves, durch dessen Einfluß auch der Beschlagnahme des gräflich Walbrunschen Inventars Grenzen gesetzt worden waren. Dieser sehr tüchtige Offizier hatte an der Seite Buonapartes in der Lombardei gekämpft und galt als einer von denen, die der General nicht aus den Augen verlor: er nutzte die Bevorzugung, die ihm dieser Ruf in den Augen der republikanischen Behörde allen Staatsprinzipien zum Trotz gab, unbedenklich mit elegantem Leichtsinn und tat mit seiner Kompanie, was er wollte. Cläre Breithardt wollte wissen, daß mehrmals Transporte von Walbrunschem Mobiliar und Gemälden bei Nacht über den Rhein gegangen seien, sogar, wie sie mit aufgerissenen Augen flüsternd versicherte: unter französischer Bedeckung! Und: »Nein, dieser Sixtus! Er hat seine Fäden überall, und reißt der eine, so zieht er am anderen!« Dies war, wie durchzuhören, eine Lesart des Kabinettsrats.

»Klug wie die Schlangen, jawohl«, bemerkte der Gute ratlos zu seinen Beobachtungen, »ich möchte wohl auch wissen, wie man es macht, immer auf alle vier Füße zu fallen!«

Er, ›ein biederer teutscher Mann‹, wie er sich jetzt häufig zu bezeichnen liebte, hatte nicht die Gabe, sich den welschen Canaillen anzupassen; er hätte es als unter seiner Würde empfunden. Da er sich von der Regierung, der er durch Jahre hindurch treu gedient, der er seine beste Lebenszeit geopfert, im Stich gelassen sehe, so bleibe ihm denn nichts anderes übrig, als zu emigrieren und seine Tage als schlichter Landmann auf Weierhof zu beschließen.

Cornelie betrachtete ihn nachdenklich. Sie hatte immer den Eindruck gehabt, daß sein Amt in der kurfürstlichen Kanzlei zwar sehr einträglich und dekorativ, aber nicht eigentlich mit opfervoller Arbeit verbunden gewesen sei. Der kurfürstliche Hof hatte sich schon vor den Rastatter Verhandlungen nach Aschaffenburg begeben, und es war klar, daß er nicht zurückkehren würde. Es verlautete, daß der Beamtenstab stark eingeschränkt, wenn nicht ganz aufgelöst werden sollte, und Breithardt sah nicht ohne Grund besorgt in die Zukunft, denn Weierhof war überschuldet. Ein paar Tage später war seine Stimmung merklich verändert. Er ließ sich weitläufig über die Verpflichtung aus, dem kurfürstlichen Regime den Rücken decken und auf Posten bleiben zu müssen, und sei es auf Kosten einer scheinbaren Gesinnungsänderung. Cläre vertraute Cornelie alsbald an, daß Sixtus ihn zu sich gebeten und ihm klargemacht habe, daß es keineswegs Verrat sein würde, wenn er, Breithardt, etwa ein Amt in der Administration annähme, falls ihm denn eines angeboten würde! Vielmehr würde Seine Eminenz den größten Wert darauf legen, heimliche Freunde im feindlichen Lager zu wissen, und bei einem etwaigen Umschwung der Lage dürfe man erwarten... Cläre begnügte sich mit beziehungsvollem Kopfnicken.

Cornelie behielt den Eindruck, den dieser Rat Walbruns auf sie machte, für sich; er ging dahin, daß Sixtus wohl überzeugt davon sei, es komme nicht sehr darauf an, wo Breithardt verwendet würde, und es sei die Hauptsache, ihn und seine Familie nicht ohne regelmäßiges Einkommen zu lassen. Zum politischen Märtyrer hatte dieser Brave das Zeug nicht. Und daß an eine Rückkehr des Kurfürsten in absehbarer Zeit nicht zu denken war, mochte dem Grafen nicht nur Ahnung, sondern vollkommene Gewißheit sein, reinliches Resultat, aus den gegebenen Faktoren errechnet. Er für seine Person hatte keinen Grund mehr, das schwerzunehmen. Vielleicht hätte er aber unter keinen Umständen eine Verschiebung des äußeren Machtverhältnisses als ein Verhängnis betrachtet.

»Seit fast zwei Jahrtausenden ist nur *eine* Institution auf Erden von Dauer gewesen, liebe Freundin«, äußerte er eines Tages, als Cornelie sich über das Versagen Preußens in der Bekämpfung des neuen Frankreichs beklagte. »Sie wissen, welche ich meine, und Sie müssen es einem überzeugten und lebenslänglichen Diener dieser Institution nachsehen, wenn er es nie gelernt hat, von den weltlichen Königreichen mehr als ephemeren Bestand zu erwarten. Messen Sie gefälligst das Alter des Hauses Habsburg oder Bourbon oder Hohenzollern an der Dauer unserer heiligen Kirche, und Sie werden verstehen, was ich sagen will. Heilig – unveränderlich – ewig...«

Cornelie hatte geschwiegen. Diesem kaum noch irdisch Gebundenen zu widersprechen, wäre ihr wie Frevel erschienen. Indessen wandte er ihr seinen tiefen Blick mit einem Lächeln zu, als ahnte er ihre Gedanken.

»Ihr zieht nie in Betracht, daß bei der Erfassung und Durchdringung der Welt auch das Heilige irdische Formen durchlaufen muß. Wenn das Feuer die Kohle ergreift, ist die Flamme zunächst unrein. Ihr denkt nicht an den Prozeß beständiger Selbstläuterung, in dem sich die Kirche befindet.«

Nach einer Weile:

»Die vom Christentum einmal ergriffene Menschheit kann nichts mehr beginnen, was nicht eine Beziehung zum Kreuz findet, und jede noch so feindselig gerichtete Bewegung wird damit enden, ihm zu dienen. Unheilbar – ja, gänzlich unheilbar sind wir in Wahrheit imprägniert, nachdem Christus in unserem Fleisch und Blut war.«

Diesem Maßstab entsprach es, daß es ihm gleichgültig schien, in wessen Diensten Breithardt stand, da er denn einmal keinen Wert darauf zu legen schien, der Kirche Person und Arbeitskraft des Schwagers zu erhalten. Als dem Kabinettsrat gegen Ende des Monats ein Amt in der Verwaltung des Departements Donnersberg angeboten ward und er es angenommen hatte, war es Cornelie nicht zweifelhaft, daß Walbrun dabei die Hand im Spiel gehabt hatte. Sie äußerte dies gegen Maximiliane und fand ihre Vermutung bestätigt.

»Es bleibt unter uns, nicht wahr? Du täuschst dich nicht – ja, Sixtus hat ihn dem Kommandanten mit einigen anderen als tauglichen Beamten empfohlen. Er ist der Ansicht, daß die Lauen – er rechnet den guten Breithardt dazu – keinerlei Partei ergreifen dürften, sondern sich der jeweiligen Obrigkeit zu fügen und dort zu arbeiten hätten, wo sie hingestellt würden. Womit er wohl recht hat, wie stets, wenn es auch dem ursprünglichen Empfinden zuerst widersprechen mag...«

Maximiliane sah die andere bei den letzten Worten fragend an. Widerspruch arbeitete deutlich auf Corneliens Zügen. Doch seufzte sie auf, erhob die geöffneten Hände und ließ sie resigniert wieder fallen.

»Ich bin wohl zu preußisch erzogen«, sagte sie, »als daß mir dieser point de vue so ohne weiteres eingehen könnte. Doch begreife ich vielleicht, daß Sixtus nicht nur so denken darf, sondern wohl auch muß...«

Valdemaire, der, mit dem Registrieren von Notenheften beschäftigt, im Zimmer anwesend war und vor dem Maximiliane als vor einem Vertrauten des Hauses gewöhnlich alles aussprach, hob hier den Kopf, und Cornelie sah das geistvolle Aufleuchten seiner Augen.

»Wenn Madame la Comtesse mir gestatten wollen, etwas von der Seite der Kirche hierzu zu äußern, so möchte ich sagen, daß es tatsächlich in der Natur der Kirche liegen müßte, den Patriotismus zu untergraben und die Grenzen der Länder zu verwischen. Ja, sie zersetzt – aber sie bindet neu. Ein wahrer Katholik muß im Grunde ein guter Europäer, muß ein Weltbürger sein. Dies ist mir nie so deutlich klargeworden wie durch die Person meines hochverehrten Gönners.«

»Certainement, cher abbé! Und Sie sprechen etwas aus, das zu begreifen ich längere Zeit gebraucht habe als Sie, leider!« sagte die Gräfin mit einem halb unterdrückten Seufzer.

Der junge Mensch hörte sie kaum. Die glänzenden Augen voll gesammelter Erkenntnis ins Leere gerichtet, fuhr er fort:

»Es geht einem so manches auf. Es wird einem in seiner Nähe so vieles klar, zumal jetzt, da er von Wahrheit strahlt, wie die Monstranz kurz vor der Wandlung – wenn die Hülle von ihr gezogen wird und der Priester sie der Gemeinde zeigt. Ich habe die neue Bewegung, die mich aus meinem Vaterlande vertrieben hat, gehaßt wie einen Ausdruck der Hölle, und jetzt weiß ich, daß auch sie – ja selbst sie! ein Echo, wennschon ein unreines, der christlichen Botschaft ist.«

Die beiden Frauen blickten auf ihn.

»Freiheit, Gleichheit, Brüderlichkeit, nun, wennschon ein getrübtes, so doch ein sehr deutlich akzentuiertes Echo – das erste, das nicht unmittelbar aus dem Gemüt, sondern aus dem hochmütigen, endlich erschlossenen Verstande der Menschheit kommt. Nur will er noch nicht zugeben, dieser Selbstherrliche, daß er nichts Neues proklamiert.«

»Es ist die Wahrheit im Munde des Antichrist und zu seiner Waffe erniedrigt«, sagte Maximiliane leise und eifervoll, um gleich darauf wie in Verlegenheit scherzend hinzuzufügen: »Ei, Valdemaire! Sie ketzern da hübsche Dinge zusammen!«

Er aber, errötend, rief aus: »Oh, gnädige Frau! Wie oft hat nicht die Kirche selbst in diesem Sinn irdischer Verzweckung die ewigen Güter mißbraucht! Alles, was von dieser Welt ist, ist Christus entgegen. Wie sollte es anders sein können! Aber sagt nicht Paulus: Wenn nur Christus verkündigt wird auf allerlei Weise... und verwirft auch die Irrlehrer nicht ganz?«

Er wiederholte versunken, sich seiner Arbeit neu zuwendend: »Freiheit, Gleichheit, Brüderlichkeit! Wenn nur Christus verkündiget wird!« –

XVIII

Am 30. Jänner wünschte Walbrun die Kinder zu sehen. »Ja, alle beide!« erwiderte Sigy auf Corneliens zweifelnde Frage, da Sixtus im Grunde von Delphine nie ernstlich Notiz genommen, zuweilen nur die Augen auf ihr hatte ruhen lassen, wie auf einem Bilde oder einem schönen Schmuck. Cornelie hatte immer angenommen, daß er das Dasein dieses Kindes vergäße, sobald es aus seinem Gesichtskreis wäre. Als sie dann mit Maximiliane und den Kindern das Kabinett des Grafen betrat, erstaunte sie über den merkwürdig aufgetanen Blick, mit dem der Kranke das kleine Mädchen empfing. Es war Maximiliane, die Delphine zu ihm führte, während Cornelie mit Christoph folgte. Delphine hatte ihr gewohntes verschlossenes Frätzchen. Sie sah abweisend auf die befremdliche Erscheinung im Lehnstuhl, denn Walbrun trug eine weiße Dominikanerkutte, die seinem leidenden Körper Wärme und Bequemlichkeit gewährte. Sein abgezehrtes Gesicht hatte kaum noch Verwandtschaft mit dem seiner gesunden Tage. Es war ganz von zukünftigen Zügen durchleuchtet. Cornelie ward plötzlich von der Gewißheit überwältigt, daß sie ihn zum letztenmal als Lebenden sähe. Sie sank neben seinem Sessel in die Knie, legte den Arm um ihren Knaben und wartete, mit überströmenden Augen, daß er sich ihnen zuwenden möchte. Denn zunächst sah er nur Delphine an, die die Hände auf dem Rücken hielt und sich zurückweichend fest an Maximiliane schmiegte. Cornelie begriff den Ausdruck fast ängstlicher Spannung nicht, mit dem die Schwägerin den Gatten anblickte, während ihre Hand auf Delphines Köpfchen lag. Ein Lächeln erschien um Walbruns Mund, er nickte vor sich hin. »Eine Aufgabe«, sagte er leise, »ja, eine Aufgabe wäre das wohl...« Er hob die Augen zu Maximiliane, die lautlos die Lippen bewegte und deren Schultern bebten, als unterdrückte sie ein Aufschluchzen. Gleich darauf wandte sie sich und führte Delphine hinaus. Cornelie hatte keine Zeit, sich zu fragen, was dieser Vorgang zu bedeuten habe.

Sie schob Sixtus den Knaben hin, er lächelte wieder, und mit einer etwas mühsamen Bewegung hob er die Hände und umfaßte Christophs lockiges Haupt.

»Sohn«, sagte er staunend, »welche Kräfte wohnen in dir!«

Christoph, ohne sich zu rühren, sah ihn ernst an, und das Strahlen seiner goldbraunen Augen schien eine Konzentration zu verraten, deren er kaum fähig sein konnte.

»Wie auch sein Leben sich erfüllen mag – möge es lang währen, wie meines – möge es abbrechen, wie das seines Vaters«, redete Walbrun weiter, mehr zur Mutter gewandt als zum Kinde, und seine Hände sanken erschöpft – »er ist gesegnet, er wird ein Segen sein.«

Er versank in Schweigen. Seine Augen, auf die vor ihm Knienden gerichtet und voll Lächeln, blickten doch über sie hinaus in eine nur ihm erkennbare Welt. Er bemerkte es nicht, als Cornelie sich nach einer Weile lautlos erhob und mit dem Knaben das Zimmer verließ, unter der Tür noch einmal durch fließenden Nebel auf ihn zurückschauend.

Sixtus Walbrun schied in der Nacht auf den 1. Februar aus dem zeitlichen Dasein. Bei seiner Bestattung in der Gruft der Christophkirche, einem Leichenbegängnis ohne den Prunk und die Ehren, die ihm als einem Mitglied des Domkapitels und als kurfürstlichem Ambassadeur zugekommen wären, war es der Domherr von Walderndorff, der zu Henriette Echter äußerte, dies Begräbnis erscheine ihm zugleich wie eine Totenfeier für das alte Mainz.

Es vergingen Wochen und Monate, ehe die drei Frauen sich einigermaßen aus dem Bannkreis des Verstorbenen lösen und in der veränderten Gegenwart zurechtfinden konnten. –

XIX

Eine besondere Befürchtung, die Cornelie in Verbindung mit dem Einzug der Franzosen gehegt hatte, schien sich als unbegründet zu erweisen: Loriot befand sich nicht unter den Besatzungstruppen, und er machte auch keinerlei Gebrauch von der Erleichterung des Briefverkehrs, die nun zwischen Frankreich und dem linken Rheinufer bestand. Er schwieg, so wie er fünf Jahre geschwiegen hatte; mochte er gefallen, gefangen oder verschollen sein, mochte er sein Kind und vielleicht auch dessen Mutter längst über anderen Aventüren kriegerischen Lebens vergessen haben. Aventüre, jawohl, dachte Cornelie nicht ohne Bitterkeit. Zufallskind, ging es ihr durch den Sinn, wenn sie auf Delphine sah – Samen, vom Wind getragen! Du aber – und dies galt Christoph – du, geerntet aus inbrünstig geschehener Saat und wieder ausgesät in offenes, bereites Land, Wunschkind, gesegnetes!

Es war nur wenige Wochen nach Walbruns Tode, daß sie sich ähnlich äußerte, als Maximiliane bei einem Besuch plötzlich von Delphines Vater zu sprechen begann. Mit ihrem traurigen Lächeln hörte sie Corneliens Erwiderung an. Ja, dies möge wohl zutreffen, meinte sie, und auch ihr selbst seien immer wieder solche Erwägungen mit Bezug auf das kleine Mädchen gekommen, das ihr sonderbar teuer sei, wie Cornelie wohl wisse. Es war die Betonung dieser Worte, die Cornelie aufhorchen ließ. Sie waren nicht nur so hingesagt – eine bestimmte Absicht schien dahinter zu stehen. Sie blickte Maximiliane fragend an und bemerkte etwas wie eine unruhige Erwartung bei ihr.

Sie saßen am Tisch in der Wohnstube und waren allein. Die Mutter war infolge eines allgemeinen Versagens der Kräfte seit dem Tode des Grafen bettlägerig; die Kinder hütete Kathrinchen oben in der Mansarde. Die Kerzenflamme, die aus Sparsamkeitsgründen als einzige in dem Leuchter brannte, ward von den Atemzügen Maximilianes, die vorgebeugt dasaß, bewegt und beleuchtete schwankend die vom Kummer gezeichneten Gesichter der Frauen. Es war kühl im Zimmer, das nur mäßig geheizt war und gegen dessen Fenster der Ostwind stand. Maximiliane seufzte tief auf und antwortete auf die unausgesprochene Frage Corneliens: »Ich habe mir häufig Gedanken darüber gemacht, wie aus einem solchen verwehten Korn ein gesunder, fest wurzelnder Baum zu erziehen wäre, und... Aber freilich hast du weit mehr getan, als nur darüber gegrübelt. Du hast es in deinen Garten gepflanzt und es gepflegt und – nun ja – es gedeiht...«

»Und du hast ja auch das erste Recht darauf«, setzte sie gleich darauf halblaut, in sich versunken, hinzu. Cornelie war verwirrt. »Ich tat nichts als das Selbstverständliche«, sagte sie zögernd, sich bewußt, in ihrer Haltung Charlottens Kind gegenüber in erster Linie immer weniger ein Recht als ganz einfach, ganz preußisch eine Pflicht gesehen zu haben.

»Liebst du Delphine eigentlich?« fragte Maximiliane plötzlich unvermittelt.

Cornelie saß in dem großen Lehnstuhl, ihre Füße ruhten auf einem Schemel. Sie rührte sich nicht, aber in diesem Augenblick nahm ihre Haltung etwas Verkrampftes an. Ihre Handflächen preßten sich gegeneinander, und in ihre Augen trat ein Ausdruck, der an Feindseligkeit grenzte.

»Habe ich«, sagte sie, und ihre Stimme gewann mühsam Laut, »habe ich jemals Anlaß gegeben, anzunehmen, daß dem nicht so wäre?«

Maximiliane, vorgeneigt und den Arm auf den Tisch gelegt in der Ecke des Sofas sitzend, betrachtete sie mit seltsamer Spannung. Jetzt berührte sie begütigend Corneliens Knie.

»Nicht doch – nicht so, Liebe!« sagte sie, nachdenklich den Kopf senkend. Dann zaudernd, tastend: »Was du an dem Kinde getan hast, macht deinem Herzen nichts als Ehre. Du hast es nicht anders gehalten als dein eigenes. Indessen – du *hast* doch wirklich ein eigenes, Cornelie; und ich meine immer, da, wo eine Frau weiß, was das heißt, ein Kind aus eigenem Blut und von dem geliebten Mann zu haben, da weiß sie auch, daß sie eins, das sie nicht geboren, eben doch nicht – so liebt wie ein eigenes. Aber eine Frau, die niemals geboren hat...«

Sie verstummte mit einer hilflosen Gebärde. Cornelie hatte jählings begriffen.

»Maximiliane!« sagte sie staunend, und ihre Erstarrung war ganz gelöst, »du meinst – du willst sagen...«

Maximiliane blickte nicht auf.

»Nun ja«, seufzte sie. »Ja, so ist es. Ich möchte sie haben. Gib mir Delphine!« –

Cornelie war an jenem Abend nicht imstande gewesen, eine Antwort zu geben, so unerwartet war ihr der Vorschlag der Gräfin gekommen. In der Nacht darauf sah sie immer wieder Maximiliane vor sich, wie sie dagesessen hatte, das weiße Gesicht in der Umrahmung der Witwenhaube gesenkt und mit leiser Stimme, fast demütig, erklärend. Ja, Sixtus habe um ihre Absicht gewußt, schloß sie endlich, als alles gesagt war, was Cornelie nur zu gut verstand und im Grunde gewußt hatte: von der verzweifelten Leere in Maximilianes Leben und von ihrer Sehnsucht nach Kindern. Sixtus habe ihr selbst in den letzten

Wochen nahegelegt, ein Kind zu adoptieren, da er ihrem Bedürfnis, sich nach seinem Tode ganz von der Welt zurückzuziehen, nicht mit voller Zustimmung gegenübergestanden habe. Sie habe ihm gesagt, daß von allen Kindern fremden Blutes nur die kleine Delphine in Betracht kommen könnte, und nachdem er das Kind noch einmal gesehen hätte, habe er ihre Wahl gutgeheißen. Er hatte merkwürdige und ahnungsvolle Worte über beide Kinder geäußert, hatte Maximiliane hier in nachdenklicher Erinnerung eingeschoben; wenn die Zeit da sei, würde sie einmal davon sprechen. Jetzt zunächst aber gelte es ihre, Corneliens Stellung zu ihrem Plan zu erfahren. Und das verstehe sie freilich, daß das nicht sogleich möglich sei...

Dann war sie in den rauhen und schwarzen Abend hinausgegangen, gebeugt, in sich selber gefaßt – jeder Verneinung des Schicksals gewärtig. –

Gegen Morgen war Cornelie sich klar darüber, daß ihr Für und Wider in dieser Frage sich sehr einfach fassen ließe, daß aber beide Auffassungen gar nichts mit Delphine unmittelbar zu tun hatten. Dachte sie: Ja! – so sah sie Maximiliane verändert vor sich, eine neue Maximiliane, lächelnd, beschenkt, mit entschleiertem Herzen. Entschleiert in mehr als einem Sinn: auch die Gewißheit, daß dies Leben dann nicht in dem ruhenden Becken der Klösterlichkeit münden, daß diesem entsagungsvollen Weg dann noch eine Strecke im Licht schöner und naturhafter Erfüllung bevorstehen könnte, schien mit dem Ja voll gegeben. Ein sonderbar beseligendes Machtgefühl bewegte Cornelie, wenn sie so an Maximiliane dachte und zu erkennen glaubte, daß die Zukunft der von ihr immer tief Geliebten und Bewunderten in ihre Hände gelegt sei. Dann wieder dachte sie: Nein! und: Unmöglich! Und zum erstenmal hatte sie dies gedacht, als sie am Abend hinaufgekommen war und die Kinder beisammen gesehen hatte. Denn, spielten sie auch jedes für sich und war Delphine ganz in das Auffädeln ihrer bunten Glasperlen vertieft und lag Christoph bäuchlings auf dem Kanapee ausgestreckt und besah die kolorierten Bilder eines Buches, so schienen sie doch Cornelie in diesem Augenblick eins und untrennbar, teilhaftig der Wärme des gleichen Feuers, das im offenen Ofenloch prasselte, des Lichtes der einen Kerze, in dessen dürftigem Schein sie sich zusammendrängten. Sie nahm wahr, daß Christoph wieder einen Zaun aus umgelegten Stühlen um die Ecke, in der sie sich befanden, gezogen hatte, und sie hatte den Sinn dieser kunstvollen Abgrenzungen mit den Jahren begriffen: hier wohnen *wir*, bedeuteten sie, Delphine und ich; ich mit Delphine, mit meiner Delphine, mit Delphine, die mir gehört und nicht weglaufen soll!

Hieran dachte sie in der Nacht und an seinen Aufblick, wenn eine Störung dieser stummen Gemeinsamkeit eintrat, diesen Blick, der immer zuerst zu Delphine ging, ob sie noch da sei. Wenn er das festgestellt hatte, dann lächelte er die Mutter an und wandte sich wieder seiner Beschäftigung zu. Aber – so erwog Cornelie jetzt zum erstenmal – blieb er jemals so ruhig auf seinem Platz, wenn er allein bei ihr war und wenn dann Delphine ins Zimmer kam? Strebte er dann nicht hinunter von ihrem Schoß, genügte nicht der Ton von Delphines Stimme draußen auf dem Flur oder im Garten, um ihn aufmerksam zu machen? Legte er ihr dann nicht die feste kleine Hand auf Arm oder Knie und sagte kameradschaftlich: »Erzählen Sie nachher weiter, Maman; ich will nur sehen, was Delphine macht; Delphine ist draußen, ich muß hinaus...«

Eifersucht? dachte Cornelie und lächelte ungläubig ins Leere, um sich gleich darauf unbehaglich eine andere Lage zu geben. Er war ihr noch nie gekommen, dieser Gedanke, ob sie Delphine weniger als Kind, als ihr zweites eigenes Kind empfand, wie als eine winzige, eine Miniaturfrau, die ihr den Jungen streitig machte, ihr einen Teil ihres Herzens entzog. Sie wollte das unwillig abtun und erkannte doch: so war es! Und dies war der Grund dafür, daß sie auf Maximilianes einfache Frage: Liebst du Delphine? keine ebenso einfache Antwort gewußt hatte. Plötzlich war längst Vergangenes wieder da, war lebendig, schmerzte jäh ein Götterpfeil, der sein Ziel traf: Charlottens lockenumrahmtes Gesicht mit den lachenden Augen, dem sich alle Herzen zuwandten, wie einem Gestirn, alle Herzen, das des Vaters und endlich auch das von Hans Adam. Und wenn dies nie die Grenzen brüderlicher Befreundung überschritten hatte, war nicht bei ihr immer die uneingestandene, peinigende Angst gewesen, es könnte anders kommen, diese von ihr selbst verachtete, armselige Angst, diese zitternde Qual ihres früh an Bittres gewöhnten Herzens? Das ist lange her, oh, mein Gott, dachte sie, die Hände gegen die Augen gepreßt, wieviel sicherer bin ich jetzt meiner selbst! Aber Delphine *ist* Charlottens Kind, und Charlotte greift in ihr nach ihm, nach dem Letzten, was mein ist.

Erkenntnisse dieser Art brauchen eine sehr dunkle Nacht, um aufzuglimmen. Schlaf wälzt sich drüber hin, am Morgen sind sie scheinbar erloschen. Was bleibt von ihnen zurück? Niemand gesteht ihnen Wirklichkeit zu. Doch leben sie nun, sind da, arbeiten wie der Wurm im Gebälk, wie unterirdisch nagender Wasser Lauf. –

Cornelie glaubte sich am andern Morgen noch unschlüssig. Sie wollte alles Grübeln einstweilen zurückdrängen und an die Aufgaben des Tages gehen und fühlte dabei tief in sich zu ihrem Erstaunen, daß sie entschlossen war, den Wunsch Maximilianes zu erfüllen. Sie gab sich's nicht zu, vertröstete noch am Abend in einem Billett die Schwägerin auf eine Entscheidung zu Ende der Woche – dies war ein Dienstag – und brachte richtig wieder einen vernebelten Zustand in sich fertig, indem sie tagsüber und in den ersten Stunden der Nacht durch gewissenhaftes Scheiden und Abwägen von Für und Wider den im Grunde ihres Wesens vorhandenen Entschluß auflöste und zersetzte; scheinbar, denn jeden Morgen stand er wieder da, wie ein Block. Immerhin formte sich mit der Zeit eine gewichtige Begründung für ihn. Es war die schreckliche Unsicherheit der Zeit, die sie zwang, einen derartigen Vorteil für Charlottens Tochter nicht von der Hand zu weisen. Gott allein wußte, was für Zeiten der Stadt bevorstanden, die sie ja nicht gewillt war, zu verlassen, solange die Schwiegermutter lebte. Maximiliane aber beabsichtigte, letzten Wünschen ihres Gatten entsprechend, im Frühjahr nach Österreich zu gehen; in ihrer Obhut würde Delphine für die nächsten Jahre, vielleicht für ihr ganzes Leben, sicher geborgen sein. Durfte sie die Verantwortung dafür übernehmen, es zu verhindern, daß Delphine in den schützenden Schatten der mächtigen Walbrunschen Sippe geriet? Sie fragte sich ernstlich und mit Recht, wie sich wohl Charlotte entfaltet haben möchte, wenn sie in einer sorgenfreien Atmosphäre und nicht im Bereich des knausernden, immer rechnenden Vaters aufgewachsen wäre; ob nicht Maximilianes Umgebung geeigneter sei, der fremdartigen Anmut des Kindes einen Rahmen zu geben, als ihre eigenen, in jedem Fall streng und genau begrenzten Verhältnisse. Diesen praktischen Erwägungen gegenüber schienen ihr in der Tat alle Rücksichten auf Christophs Kinderstubenidyll hinfällig. Würden Gespielen für ihn nicht immer zu finden sein?

Endlich zwang sie sich zu einer Entscheidung, indem sie sich vornahm, alles vom Wort der Mutter abhängen zu lassen. Es war in der Frühe des Samstags, daß sie sich mit diesem Vorsatz erhob, und sie sagte sich hart und klar, daß sie sich eben ein unbefangenes Vorgehen selbst nicht zutraute. Hier setzte nun freilich gleich die Frage ein, ob sie etwa zur Mutter ginge, weil sich voraussehen ließe, was diese sagen würde – weil kaum ein Zweifel über ihre Meinung bestehen konnte? Aber jetzt preßte Cornelie erschöpft gleichsam die Hände gegen die Ohren und schloß die Augen. Der Einflüsterer aller dieser Erkenntnisse begann unerträglich zu werden! Mit wem sollte ich mich denn aussprechen? fragte sie zornig entgegen. Etwa mit Breithardts, die nur denken würden, warum die Wahl nicht auf eins ihrer Schar gefallen wäre? Mit dem Pfarrer, der keinerlei Interesse daran hatte, daß das Walbrunsche Erbe der Kirche nun doch entging? Mit einer der Tanten? Mit Buzzini? Mit Buzzini! Sie lächelte fast bitter. Der wäre nun völlig der Rechte! Dieser Mensch, der wahrscheinlich noch gar nicht erfaßt hatte, daß Delphine nicht ihr eigenes Kind war, der keine Lebensschwierigkeit außer der nackten, kahlen Not, der zum Himmel schreienden gottverlassenen Armut und Bresthaftigkeit der Bettler anerkannte! Dieser, ja, dieser Wandermönch, dieser Sansculotte des Herzens, was verstünde der wohl von der ratlosen Lage einer Witwe, und möge sie auch nicht aller Daseinsmittel beraubt sein! Was regt mich denn das so auf? fragte sich Cornelie hier, grenzenlos staunend und ihren eigenen inneren Zustand mißtrauisch überprüfend. Nein, natürlich berät man sich nicht mit Buzzini über solche Geschichten, beschied sie sich selber ungeduldig und hochmütig. Aber mit wem also, mit wem? Mit Sixtus! sagte eine Stimme in ihr erlösend; und schon weinte sie.

Als sie bei der Schwiegermutter eintrat, saß diese wachend aufrecht in den Kissen. Kein Wunder, daß sie nicht mehr einschlafen konnte! Wie sollte man weiterschlafen, wenn diese Kerle das Haus schon bei nachtschlafender Zeit mit einem Gepolter verließen, das Tote in ihren Särgen aufwecken würde?!

Die alte Dame war tief verstimmt. Seit fünf Uhr früh sei sie wach, hätte gut in die Frühmesse gehen können... Nun, sie hätte sich begnügen müssen, bei jedem Geläut... Sie bewegte erklärend den Rosenkranz in den mageren Händen.

»Mein Gott«, seufzte sie kopfschüttelnd, »und seit fünf Uhr früh denke ich darüber nach, wie deine Schwester es fertiggebracht hat... Wie sie es fertiggebracht...! Was? Nun, angesicht's dieser Hunnen, dieser Wilden, die nicht einen Funken Lebensart haben! Kannst du es dir etwa vorstellen, meine Liebe?«

Das Thema, nur zu oft angeschlagen und vielfach variiert, war Cornelie heut vielleicht zum erstenmal willkommen, weil sich hier ein natürlicher Übergang bot, von Delphine zu sprechen.

»Es wäre mir auch nicht lieb, ihn, den Menschen – Loriot – nun, Delphines Vater wieder auftauchen zu sehen«, sagte sie düster, indem sie sich am Bett niederließ, »und doch kann man dessen jetzt alle Tage gewärtig sein. Bei jedem Klingeln bekomme ich Herzklopfen. Denn, wenn er seine Rechte auf das Kind geltend machte...«

Die alte Frau richtete ihre übersichtigen Augen auf sie, indem sie den Kopf zurücklehnte: zugleich deutete sie an, daß sie glaube, wieder einmal nicht recht gehört zu haben. Sie öffnete leicht die Lippen; ihr ganzer Ausdruck war Empörung und Mißtrauen.

»Mais oui, Maman«, sagte Cornelie etwas ungeduldig. »Was sollte ich machen?«

Frau von Echter fand Worte. »Rechte?« fragte sie zurück, das Wort so lang dehnend, bis es dünner und fadenscheiniger nicht mehr werden konnte. »Rechte? Dieser Hergelaufene, Davongelaufene und – Rechte? Du hast sein Kind fünf Jahre lang gefüttert, angezogen, es gehalten wie dein eigenes, leibliches, und du redest von Rechten, die er noch haben könnte? Du hast das Kind an deiner Brust genährt... Rechte! Der da und Rechte! Nun, verzeih mir schon, wenn ich lache!«

Es klang nichts weniger als heiter, dies Lachen. Cornelie wartete ein wenig. Dann sagte sie achselzuckend: »Er ist der Vater. Die Behörden hätte er hinter sich. Wenn er wollte, was sollte ich tun?«

»Da muß ich doch sagen«, stieß Henriette Echter, nach Atem ringend, hervor, »da muß ich doch sagen – da versichere ich dir: Lieber sähe ich das Kind bei dem alten Oger, ja, verzeihe nur, aber da sähe ich es schon lieber bei deinem Vater in Preußen! Das muß ich ganz offen sagen!«

Ein Hustenanfall überkam sie. Cornelie stand ihr bei, reichte die Beruhigungstropfen und begann endlich wieder: »Da wäre sie freilich in Sicherheit. Aber das wissen wir ja, daß daran nicht zu denken ist.« Sie machte eine Pause und setzte hinzu:

»Indessen, es böte sich wohl ein Weg, das Kind aus dem Bereich der französischen Zone zu bringen...«

Die Alte sah sie scharf an. »He!« machte sie unwillig.

Cornelie senkte den Kopf und hob dann plötzlich den Blick.

»Nun ja, très chère Maman«, sagte sie mit künstlichem Gleichmut, »Maximiliane möchte Delphine adoptieren. Qu'en ditesvous?«

Frau von Echter streckte jetzt nicht nur den Kopf vor, sie hob auch die Rechte ans Ohr. »Meine Tochter Maximiliane?« fragte sie, jede Silbe betonend.

Cornelie nickte. »Ja – ja doch, Maman! Und nun sagen Sie mir: soll ich ja dazu sagen?«

Frau von Echter blickte zum Betthimmel auf, sie hob beide Hände.

»Und da fragt sie noch!« sagte sie fassungslos.

Cornelie sank in sich zusammen. Sie hatte ihre Entscheidung. –

»Meine Tochter Maximiliane ist eine Närrin«, bemerkte Frau von Echter nach einigem Hin- und Herreden abschließend. »Sie hätte es in der Hand, ihr Leben jetzt nach Wunsch zu gestalten, und belädt sich mit einem fremden Bastard – Pardon, ma chère, aber es ist doch so! – der sie im Grunde nichts angeht. Aber des Menschen Wille ist sein Himmelreich, und ich habe es längst aufgegeben, meinen Töchtern Ratschläge zu geben. Breithardts geschieht es nur recht. Wie oft habe ich ihnen den richtigen Weg gezeigt, sich mit Sixtus gut zu stellen. Aber nein, sie pochten auf die Verwandtschaft, verzichteten auf alle Diplomatie und fielen immer mit der Tür ins Haus. Und nichts war Sixtus fataler! Mon Dieu, er wurde zum Eiszapfen, wenn Breithardt ihm die Hand auf die Schulter legte und ›teuerster Schwager‹ sagte. Ach, ich habe mich oft amüsiert!«

Die Annäherung zwischen Mutter und Tochter war nach dem Tode des Grafen, wie es aus dieser mehr als objektiven Betrachtung für Cornelie nun ganz unzweifelhaft hervorging, wieder einer fast feindseligen Haltung auf seiten der alten Dame gewichen. Dieser Wechsel war Henriette Echter aber kaum bewußt und gehörte wohl einfach zu der immer mühseliger werdenden Selbstbehauptung ihres Geistes den andrängenden dunklen Gewalten gegenüber. Sie wußte es auch nicht, daß es derselbe heimliche zähe Lebenswille war, der sie hinderte, dem Jugendfreund so schnell zu folgen, wie sie zu hoffen gemeint hatte. Bald gab es keinen Menschen mehr, gegen den sie nicht ausfällig wurde, außer dem Pfarrer und Cornelie. Mit ihnen verdarb sie es nicht, da sie sich denn abhängig von ihnen fühlte, sowohl was die irdische als was die künftige Heimstatt betraf.

XX

Nachdem Cornelie Maximiliane ihr Einverständnis mitgeteilt hatte, fühlte sie sich keineswegs befreit, sondern im Gegenteil auch weiterhin peinlich bedrückt, zu welcher Stimmung Maximiliane durch eine ihrem Wesen ganz fremde Unruhe nicht wenig beitrug. Die Sorge, Loriot möchte plötzlich dastehen und sein Kind fordern, war auf die Gräfin übergegangen, und sie wäre am liebsten Hals über Kopf mit Delphine abgereist. Da aber gewisse testamentarische Bestimmungen ihres Gatten ihre Anwesenheit in Mainz noch wochenlang nötig machten, blieb nichts anderes übrig, als zu verweilen. Sie ließ sich das kleine Mädchen jeden Nachmittag holen; dabei kam es vor, daß sie außerdem zwei- bis dreimal täglich einen Boten sandte, der irgend etwas Unnötiges überbrachte oder ausrichtete, nur damit Cornelie Gelegenheit hätte, ihr in einer vereinbarten Formel sagen zu lassen, es sei alles in Ordnung. Cornelie wurde nervös und unglücklich; diese Zwischenzeit war nicht dazu angetan, ihre Überzeugung, richtig gehandelt zu haben, fest werden zu lassen. Nie hatte sie sich mehr mit Delphine beschäftigt, nie stärker den spröden Zauber des kostbaren kleinen Geschöpfes empfunden, niemals so ängstlich abgewogen, was die Gefährtin für Christoph bedeutete. Das alles schuf eine Verfassung, die sie sich in jedem anderen Fall durch ein belastetes Gewissen erklärt hätte. Doch sträubte sich alles in ihr gegen die Berechtigung eines solchen stummen Anklägers. Und wenn es einen Umstand gab, der sie freisprach, so war es ein kaum wägbarer, der ihrem Gefühl dennoch gewichtig und ausschlaggebend erschien: Delphine lebte nämlich zweifellos ihr, der Pflegemutter, und Christoph, dem Kameraden und Milchbruder, gegenüber in einer durchaus gelassenen Gleichgültigkeit; ja, sie bezeugte dem Kathrinchen mehr ausgesprochene Zuneigung als der Tante. Wenn ihr heut schon so kluges kleines Herz etwas wie Liebe und Anhänglichkeit kannte, so galt dies Maximiliane; vielleicht nur ihrer Erscheinung, ihren Toiletten, ihrem Schmuck, ihren Parfüms – vielleicht aber auch ihrem Wesen selber, dem hinter steiler und kühler Haltung gehüteten Temperament. –

Die Schwägerinnen waren übereingekommen, bis zum Aufbruch der Gräfin Stillschweigen über ihre Abmachung zu bewahren und vor allem die Kinder nichts von der bevorstehenden Veränderung merken zu lassen. Die äußeren Schritte zum Vollzug der Adoption wollte Maximiliane auf der Reise in Würzburg erledigen, da sie von den französischen Behörden mit Recht Schwierigkeiten befürchtete. Walbrun hatte die Vormundschaft über beide Kinder gehabt; bei der Unordnung, die durch den Regierungswechsel in allen städtischen Ämtern herrschte, kümmerte kein Mensch, außer Breithardt, sich um diese Vakanz, und Cornelie erfand immer neue Gründe, einen endgültigen Beschluß über diesen Punkt hinauszuschieben. Das war nicht schwer, denn Breithardt war vor allen Dingen besorgt, er könnte selbst in Frage kommen. »Was mir natürlich eine Ehre wäre, liebe Schwägerin! Indessen als Vater von sieben eigenen Kindern und bei diesen Zeitläuften...« Hatte er dann wieder einmal erfahren, nicht an ihn dächte sie, sondern an einen, wie sie vorschob, ihr von Walbrun empfohlenen gelehrten Herrn, der ledig sei und dem die Vormundschaft keine Last sein würde, so war er sofort beruhigt und ließ den Gegenstand fallen.

Und wenn ich nun wirklich mit diesem Ansinnen zu Buzzini käme, dachte Cornelie dann jedesmal. Und jedesmal wieder erlebte sie, wie jenes bittere skeptische Lächeln sich in ihr ausbreitete, daß etwas in ihr sagte: »Der würde dich schön ansehen!« und daß sie dann grenzenlos erstaunte, wie sie überhaupt auf solche Erwägungen in bezug auf ihn käme.

Über dem war es März geworden. Und nun nach Erledigung aller Geschäfte kam eine gewisse Erschöpfung und zugleich eine Beruhigung über Maximiliane, was sich darin äußerte, daß sie die völlig vorbereitete und jeden Tag mögliche Abreise plötzlich aufschob. Gründe hierfür fand sie genug; am einleuchtendsten war wohl der, daß jetzt zur Zeit der Schneeschmelze das Reisen so unangenehm war wie sonst nie, und daß es tatsächlich ratsamer war, erst im April aufzubrechen. Cornelie fühlte durch, daß Maximiliane sich in Wahrheit noch nicht aus dem Umkreis der Gruft in St. Christoph zu lösen vermochte und sich dessen erst jetzt, nach Befriedigung aller äußeren Anforderungen ganz bewußt wurde. Sie ließ aber alle anderen Gründe gelten und sagte nichts, obgleich ihre übermäßig gespannten Nerven sie wünschen ließen, das einmal Beschlossene möchte endlich Wirklichkeit werden. In diese Zeit fiel ein Besuch, der sie im tiefsten aufwühlte und längst überstanden geglaubte Schmerzen lebendig machte.

Die Magd meldete ihr eines Vormittags, ein Herr wünsche sie zu sprechen. Nein, kein französischer Offizier und schon gar nicht der Herr Leutnant Loriot, wehrte das Kathrinchen eine erschrockene Frage ab, beruhigend, aber beinah gelangweilt von dieser steten Besorgnis, ja, mit einem Ausdruck, als täte es ihr eigentlich leid, das schon wieder verneinen zu müssen. Ein Herr aus Preußen sei es, nach der Sprache zu urteilen, ein Fremder im Reisemantel, und er warte unten im Wohnzimmer.

Cornelie fragte nicht weiter. Sie hatte die Überzeugung, es könnte nur Rühle sein, den Kathrin nicht wiedererkannt hätte. Sie zauderte unbehaglich, warf einen Blick in den Spiegel und begab sich, von den fatalsten Erwartungen bewegt, hinunter. Aufatmend erfuhr sie beim Betreten des Zimmers eine Enttäuschung, wennschon keine sie völlig erleichternde. Denn war dieser Dunkle, Breitschultrige, der ihr da in Zivilkleidung gegenüberstand, auch keineswegs Rühle, so war es doch immerhin Voß. Und Voß – zuletzt vor fünf Jahren in Frankfurt als Abgesandter des Vaters gesehen, als Vollstrecker des Bruchs zwischen dem Generalleutnant und seinen Töchtern, Voß, seither ihr Korrespondent und Vermittler in allen geschäftlichen

Fragen – er bedeutete auf alle Fälle Nachricht vom Vater. Das Blut schoß ihr jäh zum Herzen; es war Monate – mehr als ein halbes Jahr war es her, daß der Hauptmann ihr in einem formellen Schreiben den Tod der Tante Juliane mitgeteilt hatte und zugleich, daß der Generalleutnant endgültig den Abschied genommen habe. Sie wich zurück, und ohne den Gast zu begrüßen, stieß sie hervor: »Mein Vater? Ihm ist doch nichts zugestoßen?«

Voß hatte sich zeremoniell verbeugt.

»Sie irren erfreulicherweise, gnädige Frau«, sagte er steif. »Ich bedaure es unendlich, Ihnen derart als Unglücksbote zu gelten.«

»Verzeihen Sie«, flüsterte Cornelie, mit der Hand über die Stirn streichend. Sie ließ sich nieder und lud ihn durch eine Handbewegung zum Sitzen ein. »Sie werden begreifen, Herr Hauptmann«, sagte sie mit einem nervösen Auflachen, »daß unsere gegenwärtigen Verhältnisse nicht danach sind, daß man sich Gutes erwarten könnte!«

Was sie fühlte, war aufsteigende Empörung, Trotz, hervorgerufen einzig durch den Ton der wenigen Worte ihres Besuchers, einen Ton eiskalter Zurückhaltung, aus dem sie ohne weiteres die Verurteilung ihrer ganzen Existenz, das volle Echo der Gerüchte über ihren Übertritt und ihr Verhalten gegen Rühle, das, wie sie wußte, kein Geheimnis geblieben war, heraushörte. Da er schwieg und vor sich auf den Boden sah, richtete sie sich auf und fragte hochmütig: »Wie befindet sich also mein Vater, und womit schickt er Sie zu mir? Denn darin irre ich doch wohl nicht, daß Sie in seinem Auftrage kommen?«

Voß räusperte sich und begann mit niedergeschlagenen Augen:

»Allerdings habe ich diese nicht ungefährliche Reise auf den Wunsch meines nach wie vor verehrten früheren Chefs unternommen. Zunächst muß ich Sie, gnädige Frau, dringend bitten, mich unter keinen Umständen und auch nicht unter vier Augen mit meinem militärischen Grad anzureden. Mein Paß ist gefälscht. Ich bin augenblicklich der Seidenhändler Voß aus Berlin, auf einer Geschäftsreise begriffen, wenn Sie das gütigst bemerken wollen.«

Er sah sie bei den letzten Worten verfinstert an. Cornelie

zuckte die Achseln. »Nun ja, selbstverständlich«, sagte sie obenhin. »Sie können aber versichert sein, daß uns hier niemand belauscht. Was haben Sie mir also zu sagen, Herr – Voß? Vor allem nochmals, wie befindet sich mein Vater?«

»Er befindet sich wohl, Madame«, berichtete Voß trocken. »Er hat im vergangenen Jahr mit Erfolg die Bäder von Pyrmont gebraucht, und das Landleben sagt ihm zu.«

Er räusperte sich von neuem, fixierte ein Bild, das hinter Cornelie an der Wand hing, und fuhr geschäftsmäßig fort:

»Was nun meine besondere Mission betrifft, so bin ich beauftragt, Ihnen mitzuteilen, daß die Übergabe von Mainz Ihren Herrn Vater aufs tiefste erregt hat. Sie werden sich denken können, daß seine Exaltation in erster Linie dem Faktum gilt, daß Sie, gnädige Frau, und seine beiden Enkel nun als französische Untertanen zu betrachten sind. Dies Faktum raubt ihm den Schlaf und bringt ihn um die wohlverdiente Ruhe seines Alters, Madame.«

Cornelie, ganz betroffen von der hiermit ausgesprochenen großväterlichen Anerkennung Delphines, sagte halblaut: »Beide Enkel!« vor sich hin und kam dann erst zum Bewußtsein des Vorwurfs, der durch die letzten Worte des Hauptmanns klang.

»Und was kann ich daran ändern, Monsieur?« fragte sie nicht ohne Schärfe. »Befinde ich mich durch meine Schuld noch hier? Jetzt freilich...«

Voß ließ sie nicht ausreden. Er machte ungeduldig eine abschneidende Handbewegung und fiel ihr nachdrücklich ins Wort: »Beide Enkel, jawohl! In der Tat, gnädige Frau, muß ich betonen, daß der Generalleutnant hauptsächlich über das Schicksal der beiden Kinder beunruhigt ist. Man erwartete, daß Sie Mainz verlassen und sich auf das andere Rheinufer begeben würden. Man hatte Verständnis dafür, daß dies nicht vor dem Ableben des Grafen Walbrun geschah. Da Sie indessen immer noch zögern, nimmt Ihr Herr Vater an, daß Sie kein anderes Domizil zu finden wissen, und da er, wie schon bemerkt, den patriotischen Wunsch hat, seine Enkel möchten in keinem Fall als Untertanen der Französischen Republik aufwachsen, so bin ich beauftragt, Ihnen die Heimkehr nach Preußen nahezulegen.«

Cornelie sah ihn groß an. Plötzlich ward ihr klar, daß sie dachte: Das Zivil steht ihm schlecht, und er fühlt sich unbehaglich darin. Dieser laschengrüne Frack macht ihn dem Pratzler gleichen und, weiß Gott, er hat etwas Subalternes an sich, er kann mir ja nicht ins Gesicht sehen... Dann besann sie sich und sagte langsam:

»Wie soll ich das verstehen, Herr Hauptmann? Wünscht mein Vater wirklich, uns in Hölkewiese zu sehen? Oh – wenn das wäre...« Einen Augenblick verließ sie die Fassung. Sie lächelte Voß ungläubig an, sank aber gleich vor seinem steinernen Ausdruck wieder in sich zusammen. »So war es wohl doch nicht gemeint – freilich! Wie töricht von mir!« murmelte sie bitter.

Voß hatte einen beunruhigenden Blick zur Tür gehen lassen.

»Ich muß Sie nochmals bitten, Madame, mich ganz simplement als Herr Voß anzureden«, sagte er gedämpft. »Sie können mich in die peinlichsten Kalamitäten bringen.«

Ohne auf Corneliens letzte Worte zu erwidern, fuhr er fort:

»Eine Wohnung für Sie würde sich in Berlin oder Potsdam leicht finden lassen. Auch hätte Ihr Vater nichts dagegen, wenn Sie mit Ihrem Sohn zu der Frau Großmama nach Mecklenburg gingen und den Knaben dort von einem tüchtigen Hausmeister auf die Militärschule vorbereiten ließen. Was das Kind Ihrer Frau Schwester betrifft, so hat der Generalleutnant den ausgesprochenen Wunsch, die Sorge für diese Tochter von nun an selbst zu übernehmen.«

Cornelie, sehr gerade aufgerichtet, im Laufe dieser Rede immer hohnvoller erstarrend, ließ ihn eine Weile auf ihre Antwort warten. Dann sagte sie kalt:

»Nun? Ich verstehe nicht. Wollen Sie deutlicher werden, wenn es beliebt!«

Voß beobachtete finsteren Blicks die Spitze seines rechten Fußes, die ungeduldig den Boden klopfte.

»Ich habe mich nur meines Auftrages zu entledigen... Ihr Herr Vater ist ein einsamer Mann, Madame. Der Gedanke, daß von französischer Seite aus – Sie verstehen mich wohl! – Anrechte auf seine Enkelin, das Kind seiner Tochter Charlotte, gemacht werden könnten, peinigt ihn, je länger, je mehr. Ihr Vater ist über das Heranwachsen und die Entwicklung der beiden Kinder besser unterrichtet, als Sie annehmen dürften.«

»Er hat mich beobachten lassen!« schob Cornelie zornig ein.

Voß zuckte die Achseln.

»Er ist zu der Überzeugung gelangt, daß das kleine Mädchen seiner Mutter gleicht, und Sie dürften sich wohl erinnern, was Demoiselle Charlotte für ihn war, ehe...«

Cornelie erinnerte sich allerdings. Voß, dem die Stimme versagt hatte, fuhr sich mit dem Schnupftuch über Stirne und Schnurrbart. Cornelie betrachtete ihn und erinnerte sich auch daran, daß er der erste Bewerber um Charlottens Hand gewesen war.

»Ich habe also letzten Endes den Auftrag, Ihre Reise nach Preußen zu arrangieren und Charlottens Tochter zu ihrem Großvater nach Hölkewiese zu bringen, wo aufs beste für sie gesorgt werden wird, gnädige Frau. Es wird beabsichtigt, eine Demoiselle Liebenschütz für die Edukation des kleinen Fräuleins zu engagieren, deren Zuverlässigkeit Ihnen bekannt sein dürfte«, schloß Voß aufatmend. »Ihr Herr Vater betrachtet sich seit dem Tode des Grafen als den gegebenen Vormund seiner Enkel und ist überzeugt, daß Sie sich seinen Wünschen nicht widersetzen werden. Er ist bereit, auch Ihnen entgegenzukommen und über alles hinwegzusehen...«

»Damit ist mein Übertritt gemeint?« fragte Cornelie finster.

»Alles, wie ich sagte«, erwiderte Voß kalt. Er hatte sich erhoben. »Ich erlaube mir, Ihnen einen Tag Bedenkzeit vorzuschlagen, und darf mich wohl morgen um die gleiche Zeit Ihrer endgültigen Zustimmung versichern. Ich hoffe, daß Sie sich für eine Abreise innerhalb der nächsten Woche entschließen können.«

Er verbeugte sich und wandte sich zur Tür. Cornelie war regungslos sitzen geblieben. Jetzt fuhr sie auf.

»Halt, mein Herr – Voß! Nein, Herr Voß, wir sind durchaus noch nicht fertig! Wollen Sie gefälligst noch einmal Platz nehmen – oder auch nicht – wie es Ihnen beliebt! Was ich zu sagen habe, ist kurz, es ist dreierlei.«

Sie starrte böse ins Leere. Langsam und deutlich sprach sie:

»Wollen Sie meinem Vater ausrichten: was die Vormundschaftsfrage beträfe, so sei sie erledigt, und er wäre keineswegs damit behelligt. Weiter: Mainz verließe ich nicht, und wenn es auch noch russisch und spanisch würde, solange die alte Mutter meines Mannes lebte, deren Haus mir, meinem Sohn und Charlottens Tochter seit fünf Jahren die Heimat gewesen ist.

Und endlich, was Delphine, Charlottens Tochter, angeht, so hat sie nicht auf die Fürsorge ihres Großvaters zu warten brauchen: die Gräfin Walbrun wird sie adoptieren und sie in allernächster Zeit mit ins Österreichische nehmen. Dies, Herr Voß, teilen Sie dem Generalleutnant von Tracht von mir mit. Es dürfte genügen.«

Voß, den hohen Hut gegen die Brust gepreßt, stand, ohne sich zu rühren, und sah auf die Frau nieder, die, seitlich auf ihrem Stuhl sitzend, die Lehne umklammerte und das Kinn darauf legte, um das Zittern ihrer Lippen zu meistern. Sie sah mit verzweifelt trotzigen Augen von ihm weg.

»Dürfte ich...«, sagte er leise und zum erstenmal einige Achtung im Ton, »dürfte ich den Namen des Herrn erfahren, den Sie mit der Vormundschaft betraut haben?«

Sehr rasch erhob Cornelie den Kopf, und ein triumphierendes Lächeln war auf ihrem Gesicht, während die Tränen es jetzt überströmten.

»O ja, Herr Hauptmann!« rief sie aus. »Sie dürfen – freilich, Sie dürfen ihn wissen. Es ist der Doktor Buzzini, und da mein Vater mich ja beobachten läßt, so wird er schon wissen, wer das ist, und an dem Wert meiner Wahl nicht zweifeln!«

Voß trat einen Schritt vorwärts und streckte beschwörend die Hand aus. »Madame!« rief er, ganz aus der Fassung gebracht. Aber ehe er fortfahren konnte, hatte sich Cornelie erhoben.

»Assez!« sagte sie mit einer abweisenden Bewegung. »Wir sehen uns nicht wieder, Monsieur. Reisen Sie glücklich.«

Sie verließ das Zimmer durch die schmale Tür, die zum Alkoven führte. Voß stieß den Kopf nach unten wie ein gereizter Stier und trat hart mit dem Fuß auf. Er stand eine Weile mit verdüstertem Gesicht vor sich hin starrend, dann machte er heftig kehrt mit einer Geste, als suchte er den Pallasch zu raffen, fand seine Linke leer, murmelte etwas vor sich hin und ging, nachdem er draußen den Mantel übergeworfen hatte, mit hartem Schritt aus dem Hause. –

XXI

Das einzig greifbare Ergebnis dieser Unterredung war für Cornelie der ausgesprochene, ja, der herausgeschriene Entschluß, Buzzini zu Christophs Vormund zu machen, ein Unternehmen, mit dem sie, wie ihr wohl bewußt, ihren ganzen Kreis vor den Kopf stoßen würde. Denn sollte es nun einmal kein Standesherr sein, und war unter den gegenwärtigen Verhältnissen vielleicht auch keine geeignete Person aufzutreiben, so gab es immerhin noch respektable Männer genug unter den Universitätsprofessoren oder unter der Geistlichkeit, und es war allem Herkommen ein Schlag ins Gesicht, diesen landfremden Arzt zu wählen, über den die widersprechendsten Gerüchte im Umlauf waren. Ein Schüler des von aller ernsthaften Wissenschaft verachteten Doktor Mesmer – wer weiß, vielleicht ein Anhänger des berüchtigten Charlatans Cagliostro und ein Abenteurer, ein Glücksritter, wie der! Daß er Wunderkuren machte und das Volk ihm zulief wie keinem – bis von Speyer und Bingen her brachten sie Kranke zu ihm –, das mußte man gelten lassen; indes, es verhalf ihm zu keiner gesellschaftlichen Stellung, und das lag daran, daß er seine Erfolge in keiner Weise ausnutzte und mit den eingebildeten Leiden des Adels, der ihn immer wieder heimlich aufsuchte, schonungslos abweisend verfuhr. Es mochte ihn aus der Gesellschaft kein Mensch so richtig kennen, wie Cornelie ihn durch das Zusammenarbeiten kennengelernt hatte. Maximiliane hatte seine Kraft nur ahnend erfühlt – Walbrun sein Wissen um ihn mit hinübergenommen.

Als Voß gegangen war, kam ein seltsamer hellsichtiger Rauschzustand über Cornelie. Sie meinte plötzlich zu erfahren, daß es allein Buzzinis Dasein gewesen sei, das ihr die letzten Jahre hindurch die Kraft zum Leben verliehen habe. Die Gewißheit seines Beistandes in allen Nöten ihrer Schützlinge, seines Rates bei den kleinen Krankheiten der Kinder; die Möglichkeit, ihm täglich zu begegnen, sein festes Antlitz, seinen ruhevollen Gang zu sehen, das Gefühl der starken Geschlossenheit seines Wesens, in dem alle Widersprüche sich die Waage hielten und einander aufhoben, das Schüchterne, Kindliche neben dem Sicheren, Feierlichen – das Einfältige neben der Gabe, sich in die verzweigtesten Wurzeln eines Leidens einzufühlen – die Strenge neben der fraglosen Hilfsbereitschaft und neben der scheinbar unpersönlichen Entfernung, die er stets innehielt, die unbedingte schöpferische, spendende Wärme des am Menschen arbeitenden Menschen, die er immer ausströmte – dies alles, das war's, was sonst nirgend war. Keiner ist wie er! dachte Cornelie in staunendem Überwältigtsein, sich im tiefsten Herzen einer schluchzenden Armut bewußt und gleich wieder überquellende Dankbarkeit fühlend. Und sie wußte es auch, daß sie jetzt nicht zu ihm ging, um dem Vater einen besonderen Tort anzutun; sie hatte seit Walbruns Tode das Verlangen gehabt, nun diesen Mann zu ihrem Ratgeber zu ernennen, und sich in ihrer Unschlüssigkeit an Walbruns merkwürdige Worte über den Doktor geklammert. Daß sie jetzt, am frühen Nachmittag dieses Tages, unterwegs zu ihm war, um ihm ihr Anliegen zu sagen, seiner Erfüllung im stillen gewiß, das hatte nur insofern mit dem Besuch von Voß zu tun, als sie sich durch ihn wieder ganz scharf ihrer Verlassenheit bewußt geworden war, als sie sich nur durch diesen Schritt vor der Verzweiflung retten zu können meinte. Sie würde alle Welt vor eine vollzogene Tatsache stellen, sagte sie sich, indem sie eilig durch den Märzregen lief. Allein dadurch, daß sie etwas unternahm, daß sie handelte, fühlte sie sich wieder dem Vater und der ganzen, wenn nicht feindlichen, so doch leeren und kalten Welt gewachsen.

Buzzini übrigens enttäuschte sie nicht. Zwar sah er im ersten Augenblick erstaunt und fast ratlos aus. Zwar versank er in Nachdenken, ins Leere schauend und mit der Rechten heftig sein Haar mißhandelnd. Dann aber nickte er. »Nun gut, Madame, warum nicht. Wenn Sie denn meinen, daß die Behörden dem nichts in den Weg legen werden, ich bin bereit und danke Ihnen für Ihr Vertrauen. Sie wissen, ich liebe die Kinder, und Ihr Knabe... Mon Dieu – il pourrait être mon fils!«

Cornelie ihrerseits verwunderte sich nun so über diesen letzten, völlig wie abwesend hingeworfenen Satz, noch dazu auf französisch, was sonst gar nicht in des Doktors Gewohnheit lag, daß sie nichts zu sagen fand als: »Nun, die Behörden – *diese* Behörden! Was sollen die denn viel sagen!« Worauf sie nur noch die notwendigen Gänge zur Erledigung der Formalitäten besprachen.

Als er sie zur Tür geleitete und sie ihm zum Abschied die

Hand reichte, sagte er, wie aus Zerstreutheit erwachend und Wichtiges nachholend: »Aber vergessen Sie niemals, Madame, daß ich ein Zigeuner bin!«

Doch war sie nun so befangen, daß sie kaum darauf hinhörte, und eigentlich gelangten diese Worte erst Jahre später aus ihrem Ohr in ihr Herz. –

XXII

Sie kam erst am Abend dieses Tages zu Maximiliane, und da sie weder mit der Schwiegermutter, um diese nicht aufzuregen, noch mit Buzzini – wie weit hätte sie da ausholen müssen und wie wenig hätte es ihn interessiert! – über den Besuch des Hauptmanns und das Anerbieten des Vaters gesprochen hatte, war die Empörung über das Vorgehen des Alten inzwischen derart in ihr angestaut, daß sie zunächst in Tränen ausbrach und dann nur unklar und stockend erzählen konnte. Erst der Anblick von Maximilianes Erstarrung gab ihr wieder Fassung. »Ich ahnte es!« war alles, was die Gräfin mit schwerem Kopfnicken äußerte. »Siehst du! Ich ahnte es.«

Cornelie hielt mit Weinen inne, sah sie verständnislos an und trocknete ein letztes Mal ihre Augen.

»Du ahntest es? Was ahntest du? Aber, lieber Himmel, du glaubst doch nicht... Du denkst doch nicht, daß ich dir Delphine wieder wegnehmen würde?«

Maximiliane sah über sie hin, ihre Mundwinkel zuckten, die Brauen hoben sich. Es war etwas wie ein Lächeln, was da entstand, aber Cornelie erschrak davor.

»Maximiliane«, sagte sie kummervoll, »warum glaubst du denn an kein Glück?«

Dann kamen ihr Worte.

»Das Kind meinem Vater ausliefern, das hieße nichts anderes, als eine zweite Charlotte groß werden lassen, vielleicht auch so voll Charme und Grazie, aber ebenso haltlos und gefährdet. Soll ich dir sagen, warum meine Schwester in ihr Schicksal hineinlief? Das ist sehr einfach: einesteils war sie verwöhnt wie eine Prinzessin und im übrigen eingeschüchtert wie ein verprügeltes

Hündchen. Das hatte er aus ihr gemacht – und davor hab' ich Delphine zu hüten. Ganz abgesehen von seiner unerhörten...«

Sie ballte die Hände, löste sie wieder und machte eine Bewegung, als wollte sie unsichtbare Dämonen verscheuchen. Dann, mit halbem Auflachen: »Es sieht ihm so ähnlich! Er vergißt nicht nur seine grausame Härte vor fünf Jahren, so kurz nachdem Hans Adam... Er tut auch so, als seien diese fünf Jahre nicht gewesen, diese fünf langen Jahre, und was sie aus mir gemacht haben. Er wirft mir das Schnupftuch einer Begnadigung zu und ist überzeugt, ich müßte darauf gewartet haben, daß er meine Angelegenheiten in die Hand nimmt!«

Sie stemmte den Ellbogen aufs Knie, stützte den Kopf auf und starrte feindlich nach innen, wo sie ihn sah, gealtert, noch ausgemergelter als früher, aber mit dem gleichen Brennen der schrägen schwarzen Augen in dem verwitterten Antlitz. Irgend etwas schmerzte sie stark, sie gab sich's nicht zu.

»Jetzt wird er wohl merken – wohl einsehen«, sagte sie halblaut und wiegte sich vor und zurück, um nicht wieder zu weinen. Plötzlich wußte sie vorübergehend: das schlimmste war dies, daß er *Delphine* bei sich in Hölkewiese haben wollte und nicht sie und den Jungen; wußte es mit schneidender Schärfe, aber vorübergehend, denn sie wollte nicht wissen. –

»Ich will reisen«, redete Maximiliane bange und preßte die Handflächen gegeneinander, das Gesicht erhoben, »mein Gott, für den 15. ist alles vorbereitet, und heut ist erst der 8.! Morgen wird es nicht gehen – unmöglich – auch nicht übermorgen – aber dann, in drei Tagen. Cornelie, mach das Kind für Freitag bereit, hörst du!«

Cornelie betrachtete sie gequält.

»Ich sehe, daß du keine Ruhe mehr finden wirst«, sagte sie, sich langsam erhebend, »und – einmal muß es ja sein.«

Einmal, dachte sie verzweifelt, muß er es ja erfahren. Sie meinte Christoph. Von Tag zu Tag hatte sie die Notwendigkeit, die Kinder von der bevorstehenden Veränderung zu unterrichten, hinausgeschoben.

»Obgleich ich nicht verstehe, warum du dich hierdurch früher forttreiben läßt«, sagte sie, mit gesenktem Haupt vor der Schwägerin stehenbleibend. »Es liegt kein Grund vor, zu befürchten, daß er nicht resignieren sollte. Repressalien können mir nicht gemacht werden! Ich würde auf nichts – gar nichts eingehen. Voß wird abreisen, wenn er überhaupt noch hier ist. Er weiß doch, daß ich ebensowenig nachgebe wie der Vater. Vespery soll morgen in den Gasthöfen nachforschen, wenn es dich beruhigt.«

Maximiliane sah sie mit dem unveränderten Ausdruck einer großen, ratlosen Bangigkeit an.

»Gleichviel! Gleichviel!« flüsterte sie hastig. »Ich weiß nicht, was ich befürchte. Loriot oder deinen Vater – gleichviel. Ich will abreisen mit Delphine. In drei Tagen... Ich verlasse mich fest auf dich.«

XXIII

Es war kaum möglich, daß Christoph und Delphine etwas von Corneliens innerer Unruhe bemerkt haben sollten. Die Mutter war in den letzten Monaten immer sehr ernst und schweigsam gewesen. Sie hatten sich damit abgefunden, ließen sich an ihrer unveränderlichen Fürsorge genügen und schienen wie immer zu leben, eingesponnen in ihre Welt von Spiel und Traum, über die die Wechselfälle der Zeit hingleiten mochten wie Wolkenschatten. Dennoch – die Kinder waren seit kurzem anders als sonst. Vor allem war Christoph zuweilen wie ausgetauscht, weinerlich, streitsüchtig, rechthaberisch, mit einem Wort: unausstehlich. Cornelie, im Bewußtsein des Bevorstehenden und immer noch unschlüssig, wie sie es ihm mitteilen, ratlos, wie sie ihn darüber hinwegbringen sollte, übte eine der Großmutter unbegreifliche, von ihr hart getadelte Nachsicht gegen ihn. Nachts lag sie oft aufgestützt, beobachtete traurig seinen unruhigen Schlummer und lauschte auf sein abgerissenes Gemurmel. Immer wieder unterschied sie Delphines Namen. Er ahnt alles, sagte sie sich bekümmert, und wie sollte er nicht, da er so ganz in mich getaucht ist! Delphine dagegen war fast aufreizend artig, von unbeteiligtem Gehorsam und ganz darauf bedacht, keinen Anstoß zu erregen, um nur ungestört zu bleiben. Auch sie, so meinte Cornelie, und in diesem Fall ungerecht bitter – auch sie ahnte die Veränderung und war innerlich ganz darauf eingerichtet.

In der Tat war Corneliens Argwohn begründet. Die Kinder ahnten. Sie waren sehr beschäftigt, gänzlich erfüllt von Ahnung, Befürchtung, Freude und Jammer; ihre Spiele, ihre Träume, ihre Gespräche waren davon bestimmt und alles hatte schärfere Süße, herbere Bitterkeit, weil sie es unter sich abmachten; weil es in Delphines Natur lag, Heimlichkeiten zu haben, weil es für Christoph eine Sache der Ehre war, hier zu schweigen. Auch wurde er bei dem Gedanken, seine Ahnung bei Namen zu nennen, kopflos vor Angst, sie damit sofort zu verwirklichen. Das alles aber hing nicht entfernt mit der Gräfin Walbrun zusammen, und die Tatsache, daß Delphine seit Wochen täglich zu der Tante geholt wurde, beunruhigte ihn nicht im geringsten, und Delphine nahm das hin wie Gewohntes. Tante Maxi war sehr traurig und einsam. Delphine sollte sie aufheitern, sagte sich Christoph mit Corneliens Worten, die er gar nicht bezweifelte. Ich bin gern bei Tante Maxi, es ist schön dort, schöner als zu Hause, sagte sich Delphine jetzt wie von jeher und hatte gar nichts dagegen, jeden Nachmittag nach der Promenade von Sigy dort abgegeben zu werden, um Schokolade aus der Tasse mit dem goldenen Henkel zu trinken. Nicht um Vermutungen die Tante betreffend also handelte es sich, wenn die Kinder, allein gelassen, sogleich begannen, sich flüsternd zu zanken und leidenschaftlich miteinander zu verhandeln. Nicht diese Bevorzugung Delphines war der Grund, daß sie die unantastbare Sicherheit einer zwar noch nicht öffentlich anerkannten, aber ihre Bestätigung in allernächster Zeit erwartenden Prinzessin zur Schau trug; daß dagegen Christoph sich aufführte wie ein frisch gefangener Vogel, der tobt, das heißt, daß er rätselhaft unartig wurde, weil er keinen Ausweg aus einer verzweifelten Lage fand. Sondern das, was die Kinder erwarteten, was seit dem von ihnen mit dumpfer Verwunderung beobachteten Einzug der Franzosen nun unmittelbar vor der Tür stand und täglich eintreten konnte, war einfach dies: daß der französische Papa erschien, daß er schellte, die Treppe heraufkam, die Stubentür aufriß, Delphine umarmte und mit ihr davonging. Nichts stand dem jetzt noch im Wege. Nach Vesperys Andeutungen würde der Loriot, falls man ihm Delphine verweigerte, einfach sagen: der Buonaparte befiehlt es! Und damit würde er den Beistand nicht nur des Hauptmanns Rolland und seiner

Grenadiere, sondern gleich den der ganzen Garnison haben, denn: die Franzosen hielten zusammen und – lieber Gott! – wo waren die Preußen, die allein hätten helfen können? Delphine aber, Delphine freute sich! Sie sagte: siehst du wohl! und dergleichen, und sie nahm keinen Anstand, sich von den neuen Hausgenossen verwöhnen zu lassen, während Christoph ihnen noch aus dem Wege ging und sie nur aus seinen Ecken hervor unglücklich und voller Mißtrauen beobachtete. –

Jedoch fehlte diesen Erwartungen der Kinder auch jetzt noch jede reale Begründung; sie waren letzten Endes unbestimmt, traumhaft und hatten in Raum und Zeit kein Ziel. Christoph unterhielt sich mit den Katzen über Loriot und bildete sich ein, von ihnen Nachricht über die Bewegungen des Feindes zu erhalten, günstige oder bedrohliche, je nachdem sein spielender Geist es verlangte. Delphine verließ sich im stillen fest auf alles, was das Kathrinchen über den Siegeslauf des Nationalgardisten vor sich hin phantasierte, und hielt es für bestehende Wirklichkeit. Es war, dem nachgedichtet, was im Volk über Buonapartes Aufstieg umlief, alles recht glänzend und ansprechend. –

Der 9. April begann für die Kinder in voller Ruhe und Regelmäßigkeit mit dem ersten Frühstück drunten im Wohnzimmer, worauf sie dann wie immer hinauf in die inzwischen aufgeräumte und geheizte Kammer geschickt wurden, um dort den Vormittag zu verbringen. Cornelie, umgetrieben und bang, fühlte sich nicht imstande, bei ihnen zu bleiben. Sie hatte gestern abend die Absicht, mit ihnen zu sprechen, wieder verschoben – auf heute, wie sie nun mit aller Bestimmtheit vorhatte, aber doch erst heute abend. Sie hatte nun beschlossen, zu sagen, Delphine sollte Tante Maximiliane auf einer kleinen Reise begleiten, weil doch die Tante so allein und so traurig sei. Diese Begründung war Christoph nun schon vertraut, er würde sich dareinfinden. Die Reise würde sich ausdehnen, freilich! Aber vielleicht war der Junge in vierzehn Tagen schon an sein Alleinsein gewöhnt; wie schnell vergaßen Kinder gemeinhin! Sie wollte ihm täglich Monika Breithardt holen lassen oder ihn hinschicken, sie wollte sich ihm selber viel widmen. Sie redete sich dies vor und jenes – es half nichts: der Rest blieb Schuld. Wo die eigentlich lag, wußte sie nicht sicher. Irgendwo stimmte es nicht, da war ein Zuviel an Gründen, die von der Vernunft geboren waren, da war ein Mangel an Wahrheit und Liebe. Immerhin eine Schuld, der nicht auszuweichen gewesen war – eine von denen, die das Leben uns aufzuzwingen scheint. Es gab kein Zurück. –

Cornelie hüllte sich in den Mantel, küßte die Kinder, ermahnte sie. Da war ein armer Kerl, den Buzzini heute zur Ader lassen wollte; der Arzt hatte eine Andeutung gemacht, daß es gut sein würde, wenn jemand in der Stunde darauf bei dem Kranken säße und auf den Puls achtete, da das Herz schwach war. Grund genug, fortzugehen – Gott sei Dank! –

Noch ganz von dem Schleier des erst so kürzlich entwichenen Schlummers umhüllt, stand Christoph am Fenster, eben groß genug, seine Arme auf das Brett legen zu können und seine Wange darauf. So blickte er in die ziehenden Wolken, begleitete ihre Bewegung und das Schaukeln der Baumkronen mit einem kleinen Gesang, und im Grunde war es, als sei er nicht da, denn dies war ebensogut wie ein Traum. Niemand hätte Notiz von ihm nehmen können als Delphine, und sie tat nichts weniger. Sie hatte sich in dem großen Ohrenstuhl eingerichtet, besprach sich flüsternd mit Madame Pompadour und war mit eifrigem Hin- und Herrutschen beschäftigt, eine möglichst komfortable Lage für sich, die Puppe und einen ganzen Haufen zusammengeschleppten Krams zu finden. Als dies endgültig geglückt war, beugte sie sich nach rechts und links über die Stuhllehnen und winkte mit der Hand zierlich einem unsichtbaren Publikum zu. Hierauf saß sie aufrecht, Blick geradeaus, sehr steif; nach einer Weile lehnte sie sich zurück, zog die Marquise näher und wies mit der Hand, worauf die Marquise veranlaßt wurde, heftig zu nicken. Das alles vollzog sich lautlos. Der Ofen knackte dazu; irgendwo im Hause war Kathrin mit Klappern geschäftig. Es tropfte vom Dach, die Meisen riefen im Garten, und Christoph sang. Christoph sang, und der erste Strahl der Morgensonne berührte sein schimmerndes Haar.

Plötzlich, wie immer, schüttelte er diesen Zustand des Nachschlafs ab. Sein langsames süßes Anslichtkommen war vollendet; nun war er wach. Er wandte sich vom Fenster ab und ging zu irgendeiner Beschäftigung entschlossen auf das Gestell zu, das die Spielsachen barg. Als er Delphine im Stuhl sitzen sah, kam er heran und betrachtete ihre Anstalten sachverständig.

»Wohin fährst du?« fragte er angeregt. Delphine reckte ihr

Näschen etwas in die Luft. Schaukelbewegungen ihres Oberkörpers deuteten an, daß sie in der Tat fuhr, und schnell fuhr.

»Nach Paris!« sagte sie mit dünnem Stimmchen. Die Marquise auf ihrem Schoß starrte kalt an Christoph vorbei.

Christoph sagte erbittert: »Nein!«

Delphine antwortete: »Doch!«

Ihre Unterhaltungen waren gewöhnlich eindeutig und monoton.

Christoph blieb eine Weile ratlos und stumm. Plötzlich sagte er erleichtert: »Du fährst ja gar nicht nach Paris! Paris liegt ja dahinten!«

Er wies auf die den Fenstern gegenüberliegende Wand.

»Wo du hinfährst, ist ja der Rhein. Du fährst ja überhaupt nach Berlin.«

Delphine bewegte sich heftig hin und her. »Paris!« sagte sie.

»Berlin!« sagte er.

»Doch Paris!«

»Fahr nur zu, der Großvater wartet schon!« Er wandte sich gleichgültig ab. Delphine war wieder einmal zu klein, begriff er, um das mit den Himmelsrichtungen zu verstehen. Er machte sich daran, einen Haufen winziger Häuser, Bäume und hölzerner Tiere hervorzusuchen und sie in der Nähe des Fensters auf dem Fußboden aufzustellen. Schon hatte er Hölkewiese nach den Angaben der Mutter aufgebaut: das Gutshaus, die Ställe; hier der Park, der Gemüsegarten mit den Bienenständen, dort die Fohlenkoppel, die Windmühle. Zufrieden besah er sein Werk. Dann, auf einmal, hatte er die kleine Peitsche, die Blechtrompete in den Händen; ein Stuhl war schnell vor den Sessel gerückt, und Christoph schwang sich rittlings darauf.

»Trari, trara!« ergänzte er das etwas klägliche Geräusch der Trompete und ließ den Stuhl wild galoppieren.

»Ich bin der Postillon!« erklärte er zurückgewandt. »Wir hatten Extrapost und sind nun gleich in Hölkewiese!« Er wies mit der Peitsche auf sein Dorf. Delphine saß versteinert. Sie hatte bis jetzt eine so angenehme ruhige Reise gehabt! »Halt!!« schrie sie. »Halt!«

Aber Christoph blieb und galoppierte.

Ohne weiter zu zögern, warf sich Delphine in voller Fahrt aus dem Wagen, das heißt, sie kletterte sehr eilig von dem Sessel herunter. Es dauerte fast eine Minute, bis sie mit Schieben und Rücken ihre Kutsche gewendet hatte, aber Christoph war viel zu verblüfft, um sie zu hindern. Ganz langsam glitt er von seinem Sitz, als Delphine fertig war. Einsteigen tat sie gar nicht erst wieder. »So – ich bin angekommen«, sagte sie atemlos und durchaus nicht an ihn gewendet. »Ich bin da – ich bin in Paris! So!« Sie stand vor dem Spiegel und ließ auch die Puppe hineinschauen. »Sehr schön ist's hier. Jetzt gehen wir zu Papa.«

Was in diesem Augenblick über Christoph kam, trat zunächst noch nicht in Erscheinung. Er stand gelähmt, wie von einem Blitzstrahl geblendet. Langsam zog er sich auf Hölkewiese zurück, ließ sich auf dem Fußboden nieder und sah gesenkten Kopfes zu Delphine hinüber, die sagte, sie sei in Paris. Sein Gesicht hatte sich gerötet, Tränen stiegen in seine Augen, doch traten sie nicht über den Rand der Lider. Sie, die sich seiner Führung und seinen Ansichten so mühelos entzogen, wandelte mit dem offenbaren Ausdruck leichtfertiger Zufriedenheit an der Wand auf und nieder. Sie ließ die Marquise neben sich hertänzeln und machte sie auf allerlei aufmerksam. »Goldene Häuser!« sagte sie. »Gläserne Kutschen! Lauter Schlösser! Pah – dies gegen Mainz!«

Christophs Kopf war jetzt ganz tief gesunken. Er fühlte etwas Unfaßbares in sich aufsteigen, das ihn alles Gegenwärtige vergessen machte. Die schreckliche Beängstigung, die seit dem Franzoseneinzug immer wieder über ihn kam und die auch eben noch erstickend auf ihm gelastet hatte, wich. Er sah seine kleinen runden Hände, die rotfleckig waren, weil die Dächer seiner Spielhäuser abfärbten, und sah sie ineinander verkrampft, zusammengetan wie beim Beten, aber ganz anders, viel fester, als klammerte er sich an, was auch nötig war, denn er wußte nicht mehr, was oben und unten war. Er kreiste, und zwar gleichermaßen um sich selbst, so wie sein Kopf ihn zog, als in weitem Bogen schwebend umgetragen. Hierbei war in ihm kein Gedanke als der eine, der kaum als gedacht bezeichnet werden kann. Mit einer Inbrunst, die ihn nahezu sprengte, empfing er nämlich in sich die Worte: »Sie soll!« und weiter nichts, und das bezog sich auf Delphine. Im übrigen sah er das, was er sich als Hölkewiese vorstellte – aber nicht seine Miniatursiedlung, sondern ein inneres Phantasiebild – und vor dem Hause einen alten Mann am Krückstock, der Delphine an der Hand hielt. Wie lange dieser Zustand andauerte, läßt sich nicht sagen, wahrscheinlich kaum eine halbe Minute. Dann hob Christoph den Kopf, sah verstört um sich und gähnte.

Auch schüttelte er sich ein wenig, als ob er friere. Drüben saß Delphine und wechselte unbefangen die Toilette der Pompadour. Im Ofenrohr summte der Wassertopf, die Sonne schien nun hell und voll in das Zimmer. Die Magd kam herein und sah nach dem Fenster. »Nu, und du?« sagte sie mißtrauisch zu Christoph, »was tust denn du for en Kopp mache? Hast du was angestellt?«

Aber Christoph lächelte sie an wie ein Engel, denn ihm war jetzt ganz klar, daß Delphine nicht in Paris war und daß sie auch nicht hinkommen würde.

XXIV

Warum man nur heut noch den Ofen geheizt hatte! hatte Cornelie ausgerufen, als sie nach Hause kam, und das Fenster weit aufgemacht. In der Tat war nach Wochen des bösesten Übergangswetters der erste wirkliche Frühlingstag da. Die Amseln sangen um Mittag wie toll, und das junge Grün hatte endlich eine Daseinsberechtigung. Gleich nach Tisch wurden die Kinder in die Sonne hinausgeschickt; es war ihre gewohnte Spaziergangszeit, aber Sigy, die sie sonst abholen kam, blieb heute aus, und so sollte Kathrinchen ihr mit den beiden entgegengehen. Die lange Magd in ihrem kniekurzen gefältelten Hessenrock, unter dem die kräftigen Beine in grauweißen Zwickelstrümpfen hervorkamen, den spitz zusammengerollten Zopf auf der Höhe des eirunden Kopfes, schleppte also an jeder ihrer Hände ein Kind mit und erzählte dazu eintönig vor sich hin, da denn dies erfahrungsgemäß die beste Art war, sie artig und friedlich zu erhalten. Der Weg vom Karmeliterplatz zum Walbruner Hof war getan, ohne daß sie der Französin begegnet wären.

Kathrin hatte eine demütige Furcht vor der Gräfin, eine eifersüchtige Abneigung gegen die schnellsprechende Mademoiselle, vor allem aber einen bebenden Respekt vor dem gräflichen Türsteher in seinem goldbordierten Rock. Sie ging also keineswegs hinein, sondern begann mit den Kindern die Straße auf und ab zu spazieren, und da die Demoiselle nicht erschien, marschierten sie schließlich die ganze Länge der Großen Bleiche entlang, von der Peterskirche zur Bursche und wieder zurück. Christoph lauschte versunken, ohne nach rechts oder links zu sehen, denn was Kathrin da zum besten gab, war eine neue Geschichte. Delphine dagegen trippelte mit gekraustem Näschen und offensichtlich zerstreut dahin, mit Bedacht über jede Pfütze und jedes Schmutzhäufchen wegsteigend. Es war eine schlimme Hexe im dicken Wald, von der Kathrin berichtete, eine Erzzauberin. Sie fing schöne Mädchen – keusche Jungfrauen, sagte Kathrin –, verwandelte sie in Vögel und sperrte sie ein. Sie hatte wohl siebentausend solch rarer Vögel in ihrem Schloß.

Dann ging es weiter: »Nun war aber einmal eine Jungfrau, die hieß Jorinde: sie war schöner als alle anderen Mädchen. Die und dann ein gar schöner Jüngling namens Joringel hatten sich zusammen versprochen. Sie waren in den Brauttagen und hatten ihr größtes Vergnügen eins am andern. Damit sie nun einmal recht vertraut zusammen reden könnten, gingen sie in den Wald spazieren. ›Hüte dich‹, sagte Joringel, ›daß du nicht zu nahe an das Schloß kommst!‹ «

Kathrinchen blieb stehen und ließ Delphine los, um sich mit der Schürze die Nase zu wischen. »Nit jeder Schatz paßt so auf sein Mädchen auf«, sagte sie dumpf und spähte über den Schloßplatz, wo sie in der Ferne eine bekannte Gestalt zu erblicken meinte. Sie standen bei der Peterskirche; die blanke Messingklinke des Seitenpförtchens zog Christophs Augen an, magnetisiert starrte er darauf hin. »Weiter! Kathrinchen! Weiter!« drängte er.

Auch Delphine hatte jetzt den Menschen am jenseitigen Rand des Platzes bemerkt. Der Mensch winkte. »Vespery!« rief Delphine und begann zu laufen.

»Daß dich ... ! Willst du wohl hierbleibe, Delphine!« Kathrin rief noch einmal; es war Delphine nicht anzumerken, daß sie es hörte. Sie rannte; nun lief auch die Magd. Christoph, verdrießlich über die Unterbrechung der Erzählung, folgte langsamer. Delphine war behende wie ein kleines und leichtes Waldtier; sie tanzte dahin, und ihre Füßchen berührten den Boden flüchtig und lautlos. Der weite freie Platz war um diese Stunde ganz menschenleer. Der französische Posten vor dem Seitenportal des Schlosses beobachtete schläfrig und unbeteiligt die gewiß sehr harmlose Jagd, die sich in die Länge zog dadurch, daß die Magd stolperte und, ungeschlacht wie sie war, hinschlug. Sie brauchte eine Weile, ehe sie sich von ihrem Schrecken erholte und wieder auf die Füße kam. Dann mußte sie erst noch stehenbleiben, um, leise mit sich scheltend, ihre beschmutzten Kleider abzuklopfen und zurückzuspähen, ob denn »das Demoiselle« immer noch nicht käme. Indessen hatte auch Christoph sie überholt und trabte Delphine nach, während Vespery dort drüben langsam rheinabwärts ging, sich aber immer wieder umsah und den Kindern Zeichen machte. Sie waren längst bei ihm und hingen an seinen Rockschößen, als das Kathrinchen keuchend zu ihnen stieß und atemlos mit Vorwürfen anfangen wollte. »Des wär mer scheen, de Kinner de misse doch gehorche!« Aber Vespery schnitt das kurz ab.

»Wo ist das Demoiselle, und warum tun die Kinder heut nit in die Rheinallee komme?« fuhr er sie barsch und mißgestimmt an.

Kathrin machte runde Augen und schnaufte empört.

Was das ihn in aller Welt angehe? polterte sie los. Was ihm einfiele, ihr die Kinder wegzulocken und ihnen Zuckerzeug zuzustecken, damit sie sich einschmierten?! In der Tat lutschte Delphine behaglich an einer roten Zuckerstange, und Christoph sah ihr begehrlich zu. »Mir auch, Vespery!« bettelte er. Vespery ging langsam weiter, ohne ihn zu beachten. Kathrin, einmal im Zuge, blieb scheltend an seiner Seite.

Er freilich habe nichts zu tun, als hier am hellen lichten Tage herumzulungern. Bei ihr daheim stehe noch die ganze Küche voller Abwasch, und dabei müsse sie hier lauern, daß das Demoiselle käme und ihr die Kinder abnähme! Sie wäre, weiß Gott, nicht zu ihrem eigenen Pläsier unterwegs und wäre ihm nicht eigens, um ihn zu ärgern, unter die Augen gekommen. Dafür könnte sie ja nichts, daß er sie nicht sehen wollte...

Der Vespery war auf einmal ganz friedlich.

»Tu dich nit aufrege«, sagte er, »es war nit bös gemeint.« Er ergehe sich hier ein wenig im Sonnenschein, was der menschlichen Natur nach dem langen Winterwetter von Nutzen sei. Und, fügte er beflissen hinzu, er sei gern bereit, die Kinder zu hüten, bis das Demoiselle käme, er könne sie doch ebensogut ein wenig vors Tor führen.

»Das dürfte der gnädigen Frau nit recht sein!« antwortete Kathrin grob. Dann stellte sie eine Betrachtung darüber an, daß man auch bei der Gartenarbeit frische Luft genießen könnte, und daß die gnädige Frau schon lange darauf warte, daß der Vespery käme und die Rosen abdeckte und Bohnen legte. Der Vespery sah an seiner langen Nase hinunter und schien beleidigt. Er begann lange Schritte zu machen, daß Kathrin zurückblieb, und zog Delphine mit sich weiter. Sie waren inzwischen am Geschützgarten vorüber zur Raimundschanze gelangt und hatten das Tor passiert. Kathrin schnüffelte vor sich hin und machte keine Anstrengung, Vespery einzuholen. Christoph, sich auch benachteiligt fühlend wegen jener Zuckerstange, die Delphine allein aß, spürte das, und seine kleine Hand schlüpfte in ihre harte. »Komm, Kathrin«, sagte er überredend, »jetzt erzählst du mir weiter!«

»Warum der nur mit Zuckerzeug in der Tasche herumlaufe tut? Das tut er mir ja nit weismache, daß er für sich selber Schnuckzeug einkaufe tut und kein Schnupftabak...«, murrte das Kathrin, mißtrauisch umherspähend nach etwaigen Weiberröcken, die ihren alten Freund zu solchen Extravaganzen verleitet haben könnten. Dann seufzte sie tief auf und trottete mit hängendem Kopf dahin. Mechanisch hob sie an: »Es war ein schöner Abend. Die Sonne schien so zwischen den Stämmen durch hell in den dunklen Wald, und die Turteltaube sang kläglich auf den alten Maibuchen...«

Die Magd blieb stehen, sah zurück und dann unschlüssig dem Vespery nach, der nun mit Delphine ganz gemächlich dahinschlenderte. Plötzlich schien es ihr zum Bewußtsein zu kommen, daß die Französin sie schwerlich hier suchen werde. »No, ist sie ebe nit gekomme!« brummte sie dann vor sich hin und ging weiter. »Habe ebe ich euch spaziere müsse. Ich werd' mit euch zum Karussell gehn und dann umkehre!«

Die während der Belagerung abgeholzte Allee führte hier noch durchs Gartenfeld, dessen Hecken sich zart begrünten wie die neugepflanzten jungen Linden am Rande der Straße. Überall waren Menschen bei der Arbeit. »E solcher Tag, Jungfer – e solcher Tag, der tut schaffe!« rief ein alter Mann, der, auf sein Arbeitsgerät gelehnt, in seinem Beet stand, zu ihnen hinüber. Gleich darauf hörte Christoph den Spaten wieder durchs Erdreich knirschen. »Horch! Die Lerche tun singe!« sagte Kathrin, stand still und hielt ihr sommersprossiges Gesicht offenen Mundes zum Himmel empor. In dieser Minute, als auch Christoph mit schweifenden Augen den Vogel in der kristallblauen Kuppel des Frühlingshimmels suchte, während sein Ohr den feinen fernen Gesang aufnahm, zugleich mit den Geräuschen der schollenzerteilenden Arbeit, mit vereinzelten Schiffer- und Fuhrmannsrufen, mit Ruderknarren, Pferdegestampf und einem kurzen Trompetensignal aus der Stadt; während da fünfzehn Schritte vor ihm Delphine in ihrem veilchenfarbenen Glockenmäntelchen neben dem Rattenfänger Vespery einhertrippelte, anzusehen wie eine leicht dahinreisende Blüte im Wind – in dieser Minute hielt die Welt um Christoph noch einmal den Atem an und ruhte im Gleichgewicht – unvergeßlich. –

Kathrin setzte sich wieder in Bewegung.

»Jorinde, die weinte immer«, fuhr sie eintönig fort, vor ihre Füße sehend. »Die setzte sich hin im Sonnenschein und tat klagen; Joringel, der klagte auch. Sie waren so bestürzt, wie wenn sie hätten sterben sollen; sie sahen sich um, waren irre und wußten nicht, wo es nach Hause zu ging. Noch halb stand die Sonne überm Berg, halb war sie schon unter. Joringel sah durchs Gebüsch und sah die alte Mauer des Schlosses nah bei sich. Er erschrak und wurde todbang. Jorinde sang…«

Kathrinchen hatte eine eigene Art zu erzählen, so als käme das alles aus ihr hervor, ohne daß sie nachdächte; ja, es war, als wüßte sie nicht, daß ihr Mund es war, der da sprach, als hörte sie selber sich zu. Jetzt verstummte sie wieder, beschleunigte ihre Schritte und murmelte ärgerlich: »Wo rennt denn der Kerle hin mit dem Kind!« Jorinde saß da. Christoph murrte: »Weiter, Kathrin! Was sang sie?« Vor sich sah er, wie Vespery anscheinend Haschens mit Delphine spielte. Er tänzelte rückwärts vor sich her und lockte sie mit etwas, das er in der Hand hielt. Delphine kreischte vergnügt. Jetzt ließ er sich einholen, und sie schob etwas in den Mund. Vespery ging ein Stück ruhig weiter, dann begann er das gleiche Spiel. »Mit dir werd' ich abrechne!«

sagte Kathrin erbost und verfiel wieder in ihren Trott. Jetzt gingen sie an dem sacht abfallenden Rheinufer hin. Rasen deckte die weite Böschung bis zum Wasser, das seine schwer hinströmenden Fluten, von den zergehenden Schneemassen seiner heimischen Gebirge gespeist, noch näher an der Straße hinstreichen ließ als sonst. Die Ingelheimer Aue schwamm licht und leicht in der Mitte des Spiegels wie ein Schiff des Frühlings. Ein großer Schleppkahn mit seinem Gefolge von Schwarzwaldflößen zog froh und eilig stromabwärts. Die Schiffer gingen mit hohen Stangen auf und nieder und stießen ihre langgezogenen Rufe aus; die waren zufrieden, daß der Eisgang vorbei war. In einiger Entfernung vor den Spaziergängern hatte ein Boot festgemacht, ein Boot, wie die Fischer es gewöhnlich benutzten. Ein Mann saß drin, regungslos, die Hände an den Rudern. Ein anderer stand, den Haken an der langen Stange im Gezweig einer Weide verhängt und das Boot so an Ort und Stelle haltend. Ein dritter kam langsam den Abhang herauf, er war fast auf der Straße. Hier herum war es menschenleer. In der Ferne marschierte ein Trupp Militär heran. Einen einsamen Wanderer, der ihnen entgegenging, einen alten Mann mit langem spitzem Bart im schwarzen Rokelor, mit dem Quersack auf dem gekrümmten Rücken, erkannte Christoph mit neugierigem Schauer als den Stadtjuden Isaak Bär: von den Juden wußte er mancherlei, teils durch Kathrinchen, teils durch Ehmännin, die ihnen nicht wohlwollte. Nun rief Vespery den Juden an; der bewegte abwehrend die Hand und strebte weiter. Vespery drehte um, blieb an seiner Seite, sprach auf ihn ein. Einmal wandte er den Kopf und sah zurück, wo Delphine weiterlief, vom Anblick des Bootes gezogen. Christoph drängte vorwärts: »Was wollen die Fischer da fangen, Trinchen? Komm, Trinchen!«

Kathrin aber, als sei sie durch den Anblick Vesperys, der da auf sie zukam und mit Isaak Bär verhandelte, gebannt, verfiel zurück in ihre Geschichte. Die Augen seltsam sichtlos geradeaus gerichtet, sprach sie: »Jorinde, die sang:

Das Vöglein mit dem Ringlein rot
Singt leide – leide – leide.
Es singt dem Täublein seinen Tod,
Singt leide – lei – ziküth...

Und wie Joringel sich umsah, da war Jorinde fort – verwandelt...«

»Delphine!« schrie Christoph gellend und riß sich los. Und: »Jesus! Jesus!!« schrie auch die Magd, blieb stehen wie gelähmt und stürzte dann vorwärts hinter dem Knaben her, der in *einem* Schrei dahinlief, als brennte er. Was sie sahen, war unfaßbar furchtbar: Delphine war in den Armen jenes Mannes, der da vom Wasser heraufgekommen war und am Straßenrand gestanden hatte, als wollte er nur eben seine Pfeife in Brand bringen. Hatte er mit Delphine gesprochen? Kein Mensch wußte es später zu sagen. Jedenfalls sträubte Delphine sich gar nicht, auch jetzt nicht, als der Mann mit ihr in zwei, drei langen Sprüngen den Abhang nahm und ins Boot gelangte, das unter ihm krachte, während im gleichen Augenblick der mit der Stange kräftig abstieß und der andere sich in die Riemen legte. Im Umsehen warf sich nun der zweite Schiffer auch auf eine Ruderbank; Delphines Entführer aber saß am Steuer, nachdem er das Kind sich zu Füßen gesetzt hatte. So, von vier Armen getrieben, entfernte das Boot sich so schnell vom Ufer, daß es schon um mehrere Längen weit fort war, als Kathrin sich aufheulend Christophs bemächtigte, eben noch, bevor er wie blind ins Wasser hineinlief; womit ja, wie die arme Magd noch wochenlang unter stets wiederholtem Schluchzen beteuerte, »dem Delphinche nicht geholfen gewesen wäre und der gnädigen Frau noch mehr Kummer geschehen«. Dann stand sie da, den Jungen mit dem einen Arm an sich pressend, mit dem anderen hinter dem Kahn her drohend und verzweifelt dem Vespery winkend, nichts anderes aber hervorbringend als ihr verzweifeltes: »Jesus! Herr Jesus!« Doch wie immer da, wo es sich um unabänderlich beschlossene Fügung handelt, ward diesem Schrei von den waltenden Engeln der Aufstieg verwehrt. –

Dem Vespery wurden hinterher viele Vorwürfe gemacht, wennschon Kathrin den schlimmsten, den sie als einzige hätte erheben können, den nämlich, daß er Delphine bis an den Rand des Abgrunds gelockt und dann verlassen habe, ratlos und angstvoll in sich verschloß und sich nur mit ihm selber einmal drüber aussprach. Das einzige Mannsbild, das in der Nähe gewesen wäre, hielt man ihm vor, denn Isaak Bär kam nicht in Betracht, hatte nicht einmal den Versuch gemacht, dem frechen

Räuber seine Beute abzujagen, sondern auch nur geschrien wie am Spieß. Indessen, was hätte er denn viel tun können, da sich alles so schnell abspielte und derart überwältigend, sinnlos, unmöglich schien, daß die Wirklichkeit einem erst klar ward, als es zu spät war! Er stand, die Hände über den Kopf geworfen da und brüllte, was seine Kehle hergeben wollte. Sein »Mordio! Räuber! Diebe! Mordio!« lockte wenigstens ein paar Leute von der Feldarbeit zu dem verhängnisvollen Platz, die nun mitzetern konnten, so daß der französische Sergeant, der inzwischen mit seiner Kompanie herangekommen war, »Halt!« kommandierte und sich nach der Ursache der Aufregung erkundigte. Mit einem Blick bemaß er die Entfernung des Bootes von der Straße, und die Geistesgegenwart, mit der er dann sofort ein paar seiner Kerle vortreten ließ und ihnen auf die Flüchtlinge anzulegen befahl, war lobenswert. Jedoch der Mensch dort am Steuer hatte den Blick immer wieder nach hinten gerichtet, und jetzt, blitzschnell, bückte er sich, und plötzlich sah man Delphine von seinen Händen hochgehalten, eine lebendige Zielscheibe, eine zappelnde kleine Figur, die übrigens grüßend mit den Händen fuchtelte und Tönchen ausstieß, die eher nach unbändigem Vergnügen als nach Angst klangen. Um so angstvoller kreischte jetzt Kathrin, und mit einem Fluch winkte der Sergeant seinen Leuten ab. Achselzuckend befahl er den Weitermarsch. Isaak Bär übrigens hatte sich empfohlen, sobald er die Situation begriffen hatte. Die rechte Hand in der Höhe des Ohrs schwenkend und vor sich hin redend, eilte er davon, in seinem flatternden Rokelor eine schwarze Krähe im Lichtgrün der Landschaft.

Das Boot schwamm nun in der Mitte des Wassers, kämpfte eine kurze Weile mit der Strömung und hielt dann pfeilgerade auf das jenseitige Ufer zu. Es ward für die Nachblickenden kleiner und kleiner. Christoph hielt mit Schreien inne, starrte mit entsetzten Augen hinüber und ging dann zu bitterem Schluchzen über. Kathrin hatte wie eine Schlafwandlerin mit ihm den Abhang erstiegen und stand auf der Straße, wo sie sich, völlig verwirrt, langsam um sich selbst zu drehen begann, nun ihr »Jesus! Jesus!« nur noch ganz leise vor sich hin stöhnend. Vespery hielt sich beiseite, das Haar hing ihm in die Augen, er sah verprügelt und blöd aus. Die Menschen, die noch dastanden, redeten aufgeregt und abgerissen miteinander; endlich trat eine dürftige kleine Frau zu der Magd, faßte sie mitleidig bei der Schulter, gab ihr die Richtung auf die Stadt zu und sagte: »Geh Sie heim, Jungfer, da kann m'r jetzt nix mache – geh Sie nur heim!«

Und da das Kathrinchen nun erstarrte und: »Die gnädige Frau!« vor sich hin sprach, nichts als »Herr Jesus! Die gnädige Frau!«, so faßte das Weib sie sanft unter den Arm und schob sie vorwärts und blieb auch an ihrer Seite. Dies Weib, seine erdigen Schuhe und Hände, sein abgezehrter sehniger Hals und seine Schürze aus schlechtem Sackleinen, zusammen mit dem dumpfen Geruch, der von ihm ausging, blieben Christoph in Erinnerung. Merkwürdigerweise beruhigte sein furchtbarer Schreck sich durch ihre Nähe und bei ihrem Gerede – Vermutungen, ob's ein Emigrantenkind gewesen, was da entführt worden, oder ob's am Ende ein Streich des Schinderhannes wäre, der das Kind nur gegen hohes Lösegeld hergeben würde. Er hörte zu weinen auf, lauschte dem stoßweisen Schluchzen Kathrins, fühlte ihre tröpfelnden Tränen beängstigend heiß und naß auf seiner Haut und starrte mit brennenden Augen auf den Rhein und die drüben blauenden Taunusberge. Er war es, der in Corneliens ohnmächtiges Entsetzen hinein das erste lösende Wort sprach, ruhig und eindringlich, sie mit der kleinen Hand in der Gegend des Herzens berührend, um sich bemerkbar zu machen. »Frau Mutter! Maman!« rief er, »das war nicht der Loriot, der Delphine geholt hat! Die Männer haben sie doch *über den Rhein* gefahren und nicht nach Frankreich! Das war der Großvater, sicher – ich weiß es!«

Cornelie starrte auf ihn. »Was weißt du? Was sagst du? Was weißt du von Loriot? Und warum soll der Großvater...«

Sie hielt inne. Die furchtbare Wahrscheinlichkeit dieser Annahme ging ihr auf. Sie preßte die Hand vor den geöffneten Mund, einen Aufschrei erstickend. Christoph verkrampfte die Hände in ihrem Kleid. Seine Augen, übergroß aufgetan, leuchteten von unbegreiflichem leidvollem Glück.

»Weil ich es gewünscht habe!« sagte seine Stimme undeutlich und heiser. Sie beugte sich, nicht begreifend, wieder zu ihm. Er brach von neuem in schreckliches Weinen aus. –

Zweites Buch

I

Cornelie an Demoiselle Friederike Luise Liebenschütz

Mainz, den 12. April 1798

Werteste Demoiselle Liebenschütz!

Nach so langer Zeit beginne ich einen Brief an Sie, und fast bin ich im Zweifel, ob Sie ihn freundlich aufnehmen werden, da ich ein liebes Schreiben von Ihnen, das mich vor vier Jahren durch Vermittlung Ihres Herrn Neveu, des Leutnants Gellert, erreichte, gänzlich unbeantwortet ließ, obgleich es mir eine größere Freude war, als Sie sich vielleicht denken können. Möge es mir zur Entschuldigung dienen, daß ich während all dieser Jahre nicht imstande war, andere Korrespondenzen zu führen, als die ganz unaufschiebbaren, bei denen es um geschäftliche Dinge ging. Ich weiß nicht, meine teure Demoiselle, was Ihnen von meinem Schicksal bekannt geworden ist. Da Sie so abgeschieden in Ihrem stillen Neustadt leben, ist vielleicht nichts zu Ihnen gedrungen, als daß ich Witwe bin – seit nun bald sechs Jahren – und daß ich bei der Mutter meines Gatten lebe. Nun habe ich aber seit kurzem Gründe, anzunehmen, daß Sie zum mindesten auch davon unterrichtet sind, daß ich neben meinem Knaben – dem zweiten – er heißt Christoph – das Wilhelmchen, das Sie ja einmal sahen, ist gleich nach unserer Ankunft in Mainz vor sechs Jahren gestorben – daß ich also neben meinem eigenen Kinde auch das Töchterchen von Charlotte großgezogen habe. Lassen Sie mich alles übergehen, was nicht unmittelbar zum Zweck dieses Briefes gehört, ich müßte zu weit ausholen und erzählte Ihnen dann doch am Ende nichts Neues; denn es ist mir wohl bekannt, daß Fama sich all meines Unglücks bemächtigt hat, und daß es jedenfalls in Berlin und Potsdam kaum einen unter meinen ehemaligen Freunden gibt, der nicht irgendwie von meinen sehr traurigen Umständen gehört hat – Gott mag wissen, welch verzerrte Gerüchte da umlaufen. Lassen Sie mich nur kurz das eine klarstellen: mein Vater überwarf sich vor fünf Jahren mit meiner Schwester und mir, der unüberlegten Heirat Charlottens mit einem französischen Offizier wegen. Er verbot uns sein Haus und löste alle Verbindung mit uns. Dies ist der Grund, weshalb ich nicht nach Preußen zurückkehrte; heute ist es außerdem noch die Verantwortung für meine alte kranke Schwiegermutter, die mich hier festhält. Charlotte starb, wie Sie wissen werden, schon im Sommer 1793, und zwar in den Wochen. Daß ich mich ihres Kindes annahm, um so mehr, als der junge Vater mit seiner Armee nach Frankreich zurück mußte, war nicht mehr als natürlich. Die kleine Delphine ist wie meine eigene Tochter gewesen, die Verwandten meines Mannes haben sie liebgewonnen, und seine älteste Schwester, die kürzlich verwitwete Gräfin Walbrun, hatte sich vor wenigen Wochen entschlossen, sie an Kindes Statt anzunehmen, worin ich einwilligte, da man denn bei diesen Zeitläufen nicht dankbar genug sein kann, ein Kind, für das man die Verantwortung trägt, wohl versorgt zu wissen. Eben zu diesem Zeitpunkt nun fällt es meinem Vater ein, mich mit den Kindern nach Preußen zurückzubeordern – ich finde keinen anderen Ausdruck dafür – und die kleine Delphine für sich zu beanspruchen!

Hiervon – nämlich, daß die kleine Delphine von meinem Vater auf Hölkewiese erwartet wurde – werden Sie unterrichtet sein, denn der Abgesandte meines Vaters, Herr Hauptmann von Voß, erwähnte, daß mein Vater Ihnen die Fürsorge für das Kind anvertrauen wollte. So nehme ich an, daß er sich bereits mit Ihnen in Verbindung gesetzt hatte, noch ehe ich überhaupt von seinem Projekt wußte, und daß Sie, meine Gute, Ihre Zusage gegeben hatten, gewiß, oh, ich weiß es, aus alter Zuneigung und Anhänglichkeit für Charlotte und mich! Wem, meine teure Liebenschütz, würde auch ich lieber eigene Kinder anvertrauen als Ihnen, deren mütterliches Herz meine ersten einsamen Kinderjahre erwärmte! Indessen ist es mir völlig unmöglich, Mainz jetzt zu verlassen, denn eben um der kriegerischen Umstände willen, die hier herrschen und derentwegen mein Vater uns von hier fort wünscht, kann ich meine Schwiegermutter jetzt weniger sich selbst überlassen als je, zumal da sie leidend, bettlägerig ist und selbst nicht abreisen könnte. Alle Pflichten der von meinem unvergeßlichen Hans Adam übernommenen Kindesliebe und der eigenen Dankbarkeit binden mich hier. Was wäre aus den Kindern und mir geworden, wenn wir nicht in diesem Haus eine Heimat gefunden hätten! Was meinen Vater angeht, so enthalte ich mich aller Kritik. Ich tue es auch für alles Weitere, was ich Ihnen mitzuteilen habe.

Dem Hauptmann von Voß hatte ich meine Antwort auf alle Vorschläge meines Vaters kurz und bündig erteilt, daß ich nämlich bereits über die Zukunft der kleinen Delphine entschieden habe und daß ich selber jetzt nicht daran denken könnte, von hier fortzugehen. Herr von Voß hatte das entgegengenommen und sich damit abgefunden – was blieb ihm auch weiter übrig? Er ist, wie mir der Wirt seines Gasthofes versichert hat, am Nachmittag oder Abend des gleichen Tages abgereist, wenigstens hat er mit Bedienung und Gepäck den Gasthof verlassen, kurz ehe die Zeit für die Frankfurter Postkutsche da war, und ist von dem Wirt oder seinen Leuten nicht mehr gesehen worden.

Tags darauf wurden wir durch ein Ereignis erschreckt, das so unerhört ist, daß meine Feder es kaum niederzuschreiben imstande ist. Bei der gewohnten Promenade unter dem Schutz der Magd wurden die Kinder überfallen, und die kleine Delphine wurde in ein am Rheinufer bereitliegendes Boot geschleppt, das sich vor den Augen der verzweifelten Magd und einiger Passanten, die auf ihr Geschrei herbeigeeilt waren, nach dem anderen Rheinufer entfernte. Eine Verfolgung war unmöglich, da sich kein anderes Fahrzeug in der Nähe befand.

Der ganze Vorgang ist mir heute, nach drei Tagen, noch ebenso unerklärlich wie zuerst. Der böse Zufall wollte es, daß gerade an jenem Nachmittag die junge französische Freundin, die sich der Kinder sonst anzunehmen und auch mit ihnen spazierenzugehen pflegt, ausgeblieben war, da sie, von einer heftigen Migräne befallen, ihr Zimmer nicht verlassen konnte. Da ich ihr schon zuweilen die Magd mit den Kindern entgegengeschickt hatte, und da es ausgemacht war, daß die Magd die Kinder vors Tor führen sollte, falls Mademoiselle einmal eine Abhaltung hätte, da die Magd auch eine so brave Person ist (wennschon etwas einfältig), daß ich ihr die Kinder jederzeit ruhig anvertraut habe, so vermag ich mir keinen Vorwurf aus dieser Tatsache zu machen. Trotzdem wäre es gerade an diesem Tage wohl besser gewesen, wenn eine Person von Verstand und Bildung, die mehr Geistesgegenwart gehabt hätte, zur Stelle gewesen wäre. Indessen weiß ich ja auch nicht, was die kleine Mademoiselle de Sigy mit ihren schwachen Kräften einem entschlossenen Mann gegenüber hätte ausrichten sollen. Vielleicht hätte sie durch einen energischen Befehl einen Burschen, der in der Nähe war, unseren Gärtner und gelegentlichen Hausdiener Vespery nämlich, dazu bringen können, dem Räuber das Kind wieder zu entreißen, ehe er mit ihm das Boot erreicht hätte. Aber man darf sich gar nicht vorstellen, wie es anders hätte kommen können. Es ist nun einmal geschehen, und ich versuche, mir keine Gedanken darüber zu machen, wie es hätte verhindert werden können, da ich für meinen Verstand fürchten müßte. Ich will mich auch keinen Vermutungen darüber hingeben, welche Rolle Vespery möglicherweise in diesem üblen Stück gespielt hat; manchmal will es mir scheinen, als habe er das kleine Mädchen geradezu in die Arme seines Entführers gelockt. Hauptsächlich die kindlichen Berichte meines kleinen Christoph ergeben dies Resultat, daß nämlich der Vespery Delphine mit Zuckerzeug gefüttert und sie von der Magd fortgezogen habe. Die Magd will selbst nichts davon wissen, der Vespery ist ihr Schatz, und sie wird nichts gegen ihn sagen. Der Vespery ist kein schlechter Kerl, aber ein fahriger Kopf und sehr hinter dem Geld her. Man mag ihm ja Gott weiß was vorgeredet haben. Wie ich jetzt festgestellt habe, hat er den Kindern immer von dem Vater der kleinen Delphine, jenem Leutnant Loriot, der nie wieder von sich hat hören lassen, Wunderdinge erzählt und in ihnen den Glauben erweckt, dieser würde eines Tages erscheinen und seine Tochter nach Frankreich holen. Daran hat er vielleicht selber geglaubt und hat gemeint, dem rechtmäßigen Vater in die Hände zu spielen, falls er sich denn hat bestechen lassen. Ich nehme das mit Sicherheit an. Aber der Mensch ist zu intrigant, um sich mit ihm auseinanderzusetzen. Mir gegenüber spielt er jetzt den Dummen, und es ist keine vernünftige Aussage aus ihm herauszubringen.

Nein, meine teure Liebenschütz, was ich meine, wird Ihnen gar nicht zweifelhaft sein! Ich halte diesen Streich für ein Husarenstück meines Vaters, zu dessen Ausführung sich Herr von Voß hergegeben hat, was mich freilich sehr in Verwunderung setzt. Ich bin fest überzeugt, daß er feste Ordre hatte, sich Delphines mit Gewalt zu bemächtigen, falls ich mich weigern sollte, auf die väterlichen Vorschläge einzugehen. Wie ich in Erfahrung gebracht habe, hielt sich Herr von Voß schon mehrere Tage vor seiner Visite bei mir hier im »König von England« auf; er hatte demnach genug Zeit, sich über die Gewohnheiten der Kinder zu unterrichten und seine Pläne zu schmieden. Ein Augenzeuge der Entführung machte mir Mitteilungen, die meine Vermutung bestärken.

Es ließ sich nämlich gestern nach Dunkelwerden der Stadtjude Isaak Bär bei mir melden, der mich nie übervorteilt hat, wenn ich – Ihnen schäme ich mich nicht es zu gestehen! – ihm ein Schmuckstück oder Silber verkaufte, um mit der alten Frau und den Kindern nicht frieren oder hungern zu müssen. Ja, liebe Demoiselle, auch solche Situationen werden Sie sich in unserem gesicherten Preußen nicht vorstellen können, und möchten Sie weiter davor behütet bleiben! Nachdem der Mann mich nun mein Schweigen hatte beschwören lassen und mich mit vielen Lamentationen ennuyiert hatte, darüber, was ihm geschehen könnte, wenn ich ihn verriete, sagte er mir, daß er, von einem Geschäftsgang zurückkehrend, eben des Wegs gekommen wäre, als das Unglück mit Delphine geschah. Er habe sich fortgemacht, da er denn nicht als Zeuge hätte vernommen werden wollen, und den Behörden gegenüber habe er nichts gehört und gesehen. Mir aber wollte er es sagen, daß er den Mann, der da am Straßenrand gestanden und auf Delphine gelauert habe, während unten am Wasser das Boot wartete – daß er diesen Mann, der sich scheinbar ruhig seine Pfeife stopfte, erkannt hätte, trotz des Bauernrocks, den er trug, und der Zipfelmütze, die er fast über die Augen gezogen hätte, oder vielmehr gerade wegen dieser Kleidung. Denn eben diese Stücke hätte er am Tage vorher einem vornehmen Herrn verkauft, der mit seinem Bedienten spätabends in sein Gewölbe gekommen sei. Der Herr habe ihm, ohne zu handeln, zwei Bauernkittel, eine Zipfelmütze und einen schlechten Hut abgenommen und habe in gutem Geld bar bezahlt. Obgleich er sehr wenig Worte gemacht habe, wäre es doch nicht schwer zu erkennen gewesen, daß er und sein Bursche aus Preußen stammten, ja, der Jude Isaak wollte darauf schwören, es sei ein Herr Offizier der »grausmächtigen preußischen Armee« gewesen, nach seiner Haltung und seiner Art zu sprechen. Endlich vertraute er mir an, daß er sich nicht habe bezwingen können, den beiden seltsamen Kunden heimlich zu folgen. Sie seien in den »König von England« gegangen, der Bursche habe die erhandelten Kleidungsstücke, säuberlich in ein mitgebrachtes Tuch eingeschlagen, getragen, man hätte nicht anders denken können, als daß Herr und Diener von einem Geschäftsgang kämen und vielleicht einen Ballen Seide gekauft hätten. Denn – dies raunte mir der Alte unter greulichen Grimassen und Gestikulationen zu – der Herr sei ein Seidenhändler aus Berlin gewesen, wie ihm der Hausknecht im »König von England« für einen Batzen nicht vorenthalten habe – und sein Name sei Voß!

Unter dem Namen eines Seidenhändlers Voß aber war der tapfere Bote meines Vaters gereist; er hat sogar einen gefälschten Paß gehabt, und er beschwor mich, ihn nie mit seinem militärischen Rang anzureden. Er hatte die größte Angst vor den Franzosen. Nun ja, sie hätten ihn wohl auch für einen Spion genommen und nicht viel Federlesens gemacht. Aber muß ich mir nun noch weiter den Kopf zerbrechen, wer Delphine entführt hat?

Voß ist am Morgen des 9. in aller Frühe wirklich mit der Frankfurter Postkutsche oder mit einer anderen Gelegenheit über den Rhein bis zum ersten hessischen Dorf gefahren. Von dort aus hat er das Ufer unterhalb Castell wieder erreicht und sich von einem gedungenen Schiffer übersetzen lassen. Nein, ich sehe hier keine Rätsel mehr. Um aber mein Gemüt ganz zu beruhigen, bitte ich Sie innigst, meine gute Liebenschütz, mir mit wendender Post mitzuteilen, ob das Kind in Hölkewiese eingetroffen ist und ob Sie seine Pflege in Ihre treuen Hände genommen haben. Dann will ich mich in alles schicken, denn was nützt es, sich über die Ungerechtigkeiten des Lebens abzuhärmen! Ob einen dergleichen Prüfungen wirklich läutern und bessern, das freilich bin ich in meinem gegenwärtigen Zustand bitterer Traurigkeit über das gewaltsame Vorgehen meines Vaters und angesichts der Zerstörung all der Zukunftshoffnungen, die die Gräfin Walbrun mit Bezug auf Delphine hegte, nicht imstande zu sagen. Sollte aber mein Vater denken, daß ich nun geneigter wäre, seinen Wünschen zu folgen, so irrt er sich. Zuweilen bedauere ich, nicht die letzte Konsequenz aus meinem Übertritt – das wissen Sie wohl auch, meine Liebe, daß ich den Glauben meines seligen Mannes und den meines Kindes angenommen habe? – ziehen und wie meine Schwägerin Walbrun in ein Kloster eintreten kann, um, ganz dieser furchtbaren Welt entrückt, nur dem Dienst an den Armen und Kranken zu leben. Aber fürchten Sie nichts, das sind seltene Stunden, in denen meine Müdigkeit mich so weit bringt. Ich kenne meine Pflicht gegen meinen Sohn, und im Grunde bin ich so geartet, daß mich jeder Widerstand nur stärker macht. Ich werde einmal heimkehren – dann, wenn es mir möglich ist und mir gut scheint – und bis es so weit kommt, wird mein Vater es lernen, auf mich zu warten. Weil ich das weiß, und weil ich mit seinem Alter heute schon Mitleid fühle, gelingt es mir nicht, Zorn gegen ihn aufzubringen.

Ich schließe dieses Schreiben an die gütige erste Freundin meines Lebens mit der Bitte, mir auf alle Fälle gut zu bleiben, auch wenn ich ihr bei dieser ersten Berührung nach so langer Zeit vielleicht als Fremde erscheine. Vergessen Sie nicht die fügsame kleine Tochter von einst, mit deren unveränderter Liebe und Verehrung Ihnen auch heut die Hand küßt

Ihre Ihnen aufrichtig ergebene
Cornelie Echter von Mespelsbrun
née von Tracht

Demoiselle Friederike Luise Liebenschütz
an Cornelie von Echter

Hölkewiese, den 28. April 1798

Meine liebe, verehrte Madame von Echter!

Der heutige Posttag brachte mir Ihr teures Schreiben, und es traf sich glücklich, daß der Bote um eine volle Stunde früher ankam als sonst, was sich damit erklärt, daß er dieses Mal gar keine Kommissionen für den Forsthof Melchow gehabt hat, so daß dieser Umweg für ihn wegfiel. Glücklich, sage ich, traf es sich, da der Herr Papa noch auf seinem Morgenritt waren und erst zurückkehrten, als der Bote eben nach eingenommener Kollation den Hof verließ, so daß ich reichlich Zeit gehabt hatte, den Brief auf meine Stube zu bringen und unter dem Kopfkissen zu verstecken. Der Brief war infolge Ihrer Adressierung ja zuerst nach Neustadt gegangen, das erklärt seine lange Reise. Ich befinde mich schon seit vierzehn Tagen hier in dem lieben Hölkewiese und gehe umher wie im Traum. Wie hätte ich es jemals wagen sollen, zu hoffen, die schönen sorglosen Tage von einst könnten zurückkehren! Anders, freilich, sehr, sehr anders als damals ist es, und warum es anders ist, das darf ich mir nicht klarmachen, wenn ich nicht weinen will. Aber das törichte Menschenherz hängt an seinen Illusionen, und wenn ich mich nicht in betrübte Betrachtungen verliere, so weiß ich nur, daß mir wieder ein Töchterchen anvertraut ist und daß ich wieder mein Stübchen an der Ecke des ersten Stockwerks bewohnen darf, in dessen Fenster die junge Linde von damals nun freilich hineinschattet. Unsere kleine Delphine aber hat die große Stube nebenan, die leergestanden hat, seitdem der Generalleutnant Anno 93 allein von der Kampagne heimgekehrt ist.

Sie müssen Nachsicht mit meiner Weitschweifigkeit haben, gnädige Frau, und auch mit meiner Handschrift. Mir zittern die Hände, und die Gedanken gehorchen mir nicht: die Freude, endlich wieder von Ihnen gehört zu haben und so ausführlich und so ganz mit dem alten Vertrauen, ist zu groß für mein Herz, das in den letzten Jahren nicht eben verwöhnt worden ist. Aber nun will ich mich zusammennehmen und Ihnen vor allen Dingen auf Ihre Frage antworten. Sie warten gewiß mit Bangen auf diese Antwort.

Die kleine Delphine ist seit zehn Tagen bei uns, und immer noch kann ich kaum die Tränen zurückhalten, wenn ich das liebe Kind ansehe, das seiner armen Mutter so sehr gleicht. Dem Herrn Generalleutnant mag es ähnlich gehen, was bei ihm darin zutage tritt, daß er den Anblick der Kleinen vorerst meidet; ich speise allein mit ihr im Gartenzimmer und der Herr Generalleutnant läßt sich in seinem Kabinett servieren. Der Herr Hauptmann von Voß ist noch in der Nacht nach der Ankunft nach Berlin zurückgereist, da der Dienst ihn rief. Es schien mir auch, daß es Differenzen zwischen den beiden Herren gab, doch verbietet mir die Diskretion, mich Vermutungen darüber hinzugeben. Immerhin teile ich Ihre Ansicht, meine teure Frau von Echter, daß es eine eines preußischen Offiziers und Edelmanns unwürdige Aufgabe gewesen ist, die dem Herrn Hauptmann zugemutet war. Vielleicht war er unterwegs selbst zu dieser Einsicht gekommen. Jedenfalls scheint er für das kleine Mädchen gesorgt zu haben wie eine Mutter oder doch so, wie sich ein an das rauhe Soldatenleben gewöhnter Junggeselle mütterliche Fürsorge vorstellen mag. Das arme Kind kam mit völlig verdorbenem Magen hier an und schien auch während der Reise kaum Schlaf gefunden zu haben, da der Herr Hauptmann es stündlich mit Zuckerzeug traktiert und ihm auch viel starken Kaffee zu trinken gegeben hat, in dem Glauben, ihm damit Gutes zu tun und es recht munter und frisch zu erhalten. Eine vernünftige Diät hat aber Wunder getan, und ich glaube, das Töchterchen kann nicht wohler aussehen, als es jetzt tut. Zierlich und schmal ist es ja, aber das war unser Charlottchen auch und hat nichts auf sich. Nur daß die Kleine so ernst und so still ist, macht mich immer staunen, wenn ich an ihre Mutter und an ihre Frau Großmama denke! So viel Courtoisie, so viel Fügsamkeit und Gehorsam, aber so wenig Lächeln und so gar kein Erstaunen über all das Neue! Zuerst meinte ich, es sei Heimweh, wie nah hätte das gelegen, aber nein, da schüttelt sie nur das Köpfchen, wenn ich danach frage, und sie ist auch nicht zu bewegen, viel von Mainz, von Ihnen, von dem kleinen Christoph oder gar von dem événement ihrer plötzlichen Reise zu sprechen. Hin und wieder kommt etwas zum Vorschein, wenig genug; aber dann ist es, als könnte ich durch einen Spalt in einer verschlossenen Tür in Ihr Leben hineinsehen. Ein paarmal hat sie auch ihren Papa erwähnt, aber das sehr geheimnisvoll und so, als dürfe sie nicht alles sagen, was sie wüßte. Gegen den Herrn Großpapa ist sie von vollendeter Höflichkeit, aber sehr zurückhaltend, was ihm nicht unlieb zu sein scheint. Er äußerte einmal, sie sei bien élevée, was er dann sogleich mit ihren guten Anlagen als denen eines Enkelkindes von ihm erklärte. Indessen denke ich doch, daß Ihnen diese unfreiwillige Anerkennung Ihrer Erziehung Freude bereiten wird.

Den 29. April

Ich mußte gestern abend abbrechen, da meine Kerze niedergebrannt war. Tagsüber wage ich nicht zu schreiben, aus Furcht, von dem Herrn Generalleutnant überrascht und nach dem Ziel so ausführlicher Korrespondenz befragt zu werden. Gewiß würde der Herr Generalleutnant mir nicht glauben können, wenn ich ihm sagte, daß ich so lange Briefe an meinen Schwestersohn schreibe, und wie recht hätte er, da ich dem lieben Fritz doch nur zum Geburtstag und zu Weihnachten in Begleitung meiner bescheidenen cadeaux ein paar Zeilen zu schreiben pflege, die er dann mit einem artigen Dank kurz beantwortet. Auch wird es mir alter Person jetzt fast noch schwerer, eine kleine Notlüge zu sagen, als schon von jeher, obschon ich für Sie, meine teure gnädige Frau, bereit wäre, noch ganz andere Verbrechen zu begehen und jedenfalls jede Heimlichkeit leichten Herzens auf mein Gewissen nehmen will.

Beim Durchlesen meiner gestrigen Zeilen erkannte ich, wie sehr egoistisch ich eigentlich alles, was die kleine Delphine betrifft, geschildert habe, so, als hätte ich gar kein Mitgefühl für das große Unrecht, das Ihnen als der treuen Pflegemutter dieses Kindes durch das rigorose Vorgehen Ihres Herrn Vaters geschehen ist. Man hatte sich mir gegenüber gar nicht des längeren ausgesprochen, und ich erfuhr nur, daß la petite fille de Charlotte von dem Herrn Hauptmann nach Hölkewiese gebracht werden würde. Natürlich nahm ich nie etwas anderes an, als daß dies im Einverständnis mit Ihnen geschehe; ja, nach bestimmten Bemerkungen des Herrn Generalleutnants wiegte ich mich in der heimlichen Hoffnung, auch Sie, meine liebe, liebe Madame von Echter, in absehbarer Zeit wiederzusehen und Ihr Söhnchen kennenzulernen. Wie gnädig von unserem gütigen Gott, daß er Ihnen diesen Ersatz für Ihre bitteren Verluste schenkte! Das alles muß aber Täuschung gewesen sein, die ich erst erkannte, als die kleine Delphine mir so Seltsames über die Art ihrer Abreise aus Mainz andeutete, wobei ich mich nur wunderte, daß die Kleine selbst gar nichts Besonderes dabei zu finden schien, so plötzlich und so gewaltsam ihrer gewohnten Umgebung und Ihrer mütterlichen Liebe entrissen worden zu sein. Es ist ein eigentümliches Kind und hat mehr Contenance, als seine Jahre erwarten lassen.

Ich bewundere Ihre Haltung und fühle, daß sie einer gereiften Kraft entspringt, die die junge Cornelie, an die ich mich so gut erinnere, noch nicht in dem Maße besaß. Ich weiß noch so gut, wie mein teures Kind sich manchmal in meinen Armen über die Strenge des Herrn Papa ausweinte. Ich hoffe aus tiefster Seele, daß es Ihnen gelingt, Ihr hartes Los weiter ohne Bitterkeit zu tragen. Ob die Kraft dazu Ihnen in den Formen unserer lutherischen oder in denen der Kirche Ihres seligen Gatten geschenkt wird, danach frage, darüber urteile ich nicht, was die Welt auch dazu sagen mag. Weiß ich doch, daß es Ihnen um unseren Herrn geht und nicht um seine Diener, die hier wie dort irrende Menschen sein können.

Lassen Sie mich Ihnen noch einmal versichern, daß ich das Töchterchen als mir von Ihnen anvertraut ansehe und es in diesem Sinn pflegen – nach meinen besten Kräften für sein leibliches und seelisches Wohl sorgen werde.

Ich verbleibe in unveränderter Ergebenheit

Ihre gehorsame Dienerin
Friederike Luise Liebenschütz

Cornelie an Demoiselle Liebenschütz

Mainz, den 23. Mai 1798

Meine liebe Freundin!

...und aus allem diesen können Sie ersehen, daß die augenblickliche Verfassung des Kindes, die Sie in Erstaunen setzt, durchaus keine ungewöhnliche ist. Sie hat mir nie eine ernsthafte Schwierigkeit gemacht, aber ich bin ihr auch nie nahegekommen, es ist, als lebte sie hinter einer gläsernen Wand. Ich kann Ihnen nicht ausdrücken, wieviel ruhiger es mir seit Ihrem lieben Brief wieder zumut ist. Nicht wenig hat dazu die Wärme und Herzlichkeit Ihres Schreibens beigetragen, meine gute Liebenschütz, denn wahrlich, auch mein Herz ist in den letzten Jahren nicht verwöhnt worden, wenigstens nicht von seiten der alten Heimat. Aber daran will ich nicht denken.

Mein kleiner Christoph erholt sich langsam von dem Nervenfieber, das ihn infolge des Schreckens über die Gewalttat, deren Zeuge er war, befallen hatte. Ich wünschte wohl, daß mein Vater erführe, daß er sein anderes Enkelkind an den Rand des Grabes gebracht und mich beinahe des letzten Trostes beraubt hat. Aber ich begreife, daß Sie es ihm nicht sagen dürfen, und die neu gewonnene Verbindung mit Ihnen ist mir zu teuer, als daß ich sie gleich wieder aufs Spiel setzen möchte. All Ihre Vorsicht aber zeigt mir deutlicher, als Sie ahnen mögen, wie wenig mein Vater seine Gesinnung gegen mich geändert hat. Sie wünschen mir, daß ich mein Los ohne Bitterkeit trage; oh, wünschen Sie es mit all Ihren Kräften, liebe Freundin!

Unsere hiesigen Verhältnisse gestalten sich immer unerquicklicher, doch da meine Schwiegermutter nun infolge eines Schlagflusses am rechten Bein gelähmt ist – die Beweglichkeit der Hand stellt sich wieder ein –, so ist an eine Abreise nicht zu denken. Meine Schwägerin Walbrun wollte uns mit nach Würzburg nehmen, wo ihr Eintritt ins Kloster zum Herzen Jesu nun stattgehabt hat. Aber abgesehen davon, daß meine Schwiegermutter jeder Veränderung eine steinerne résistance entgegensetzt, so möchte ich nicht einmal fort; es käme mir wie Fahnenflucht vor, diesen Ort gerade jetzt zu verlassen, wo eine mehrjährige Arbeit anfängt, Früchte zu tragen, und wo man beginnt, mit mir zu rechnen. Es sind die Ärmsten und Elendesten, die mit mir rechnen; Sie machen sich keine Vorstellung von der Not, die seit der ersten Franzosenzeit unter dem niederen Volk herrscht. Eine Erleichterung unserer Lage trat in den letzten Wochen dadurch ein, daß wir von der französischen Einquartierung befreit wurden. Freilich mußten wir dafür einen Mieter aufnehmen, doch hätte ich mir selbst keinen angenehmeren aussuchen können, als den uns von der Behörde zudiktierten. Es ist ein Arzt, ein gewisser Doktor Buzzini, den ich eben auf meinen Armengängen als einen wahrhaften Wohltäter der Menschheit kennengelernt habe und dem der Himmel besondere Gaben für seinen schweren Beruf verliehen hat. Es war ihm eine wunderbare Kur an einem dem Stadtkommandanten nahestehenden französischen Offizier geglückt, zu dem er gerufen wurde, als dieser Herr anscheinend in den letzten Zügen lag und als die Kunst der bis dahin behandelnden Ärzte versagte. Hierauf fand Herr Doktor Buzzini Gelegenheit, sich über sein bisheriges unwürdiges Domizil zu beklagen und um Zuweisung eines für die Ausübung seines Berufs besser geeigneten zu bitten, wobei er unser Haus namentlich anführte, denn er wußte wohl, wie sehr ich unter der Unbotmäßigkeit der uns zugeteilten Soldateska, vor allem unter der Zudringlichkeit der Offiziere, zu leiden hatte und wie schädlich die beständige Aufregung über den Lärm und die Übergriffe dieser Leute auf den Zustand der Maman einwirkte. Eine Woche später konnte er in die von den Militärpersonen geräumten Stuben einziehen, und seitdem herrscht Harmonie im Hause, denn das Kommen und Gehen der Leidenden, die die Sprechstunde des Doktors aufsuchen, ist höchstens unserer Magd ein Anlaß zum Schelten, wiewohl der Bediente des Doktors, der zugleich sein Famulus ist, bestens für die spätere Reinigung des Flurs sorgt, sie also gar keine Arbeit durch die vielen staubigen oder kotigen Sohlen hat, die nun unsere Schwelle betreten. Der Doktor war es, der jetzt meinen Christoph über die Krisis hinweggebracht hat. Seiner Kunst ist es gelungen, der Maman wenigstens den Gebrauch der Hand wiederzugeben. Wie sollte ich ihm nicht dankbar sein und nicht seine Freundschaft höher achten als die anderer, die nur im Tadel und Vorwurf zutage tritt? Die Bürgerin Echter – denn das bin ich jetzt, meine Liebe, den Adel haben sie hier unter dem 23. III. abgeschafft – ja, die Bürgerin Echter kommt immer mehr dahin, Verantwortung für die Handlungen nur sich selbst gegenüber zu fühlen!

Ich gebe mich der wohltätigen Hoffnung hin, wieder von Ihnen zu hören, liebe Demoiselle, und fügen Sie nur Ihrem Bericht über das Gedeihen der kleinen Delphine recht viel Details über das Leben auf Hölkewiese, über Ihr eigenes Befinden und auch über das meines Vaters bei. Ist es nicht seltsam, daß ich keinen richtigen Groll gegen ihn aufbringen kann? Und das nicht aus christlichen Gründen – nicht, daß ich mich einer besonderen Vollkommenheit rühmen wollte! Aber was er mir auch angetan hat oder noch antun sollte, es ist, als wäre es unmöglich, mein kindliches Gefühl für ihn zum Schweigen zu bringen oder gar zu ersticken.

Freilich hat es sich gewandelt; zuweilen meine ich, daß ich einem ungeratenen Sohn gegenüber nicht anders empfinden könnte, als nun gegen ihn. Es wird wohl noch einmal alles gut, nur vielleicht erst zu spät.

Haben Sie Nachsicht mit diesen verworrenen Andeutungen und seien Sie in dankbarer Zuneigung umarmt

von Ihrer aufrichtigen Freundin

Cornelie Echter

II

Als Christoph in der Nacht nach Delphines Entführung mit hohem Fieber erkrankte, war es zunächst gewesen, als hielten sich diese beiden Schicksalsangriffe auf Cornelie gegenseitig in Schach: ihre Betäubung nach dem Gewaltstreich des Vaters (die nicht etwa Schmerz über den Verlust Delphines war, wohlgemerkt!) ließ sie die Erkrankung des Jungen gelassener hinnehmen, als der heftige Ausbruch des Übels es rechtfertigte; der Zwang, ihn pflegen zu müssen, ihn nicht verlassen zu dürfen, wiederum beschäftigte sie hinreichend, um sich nicht ganz in vergeblicher Empörung und in nutzloser Erregung über den Alten aufreiben zu können. Auch kam sie nun kaum dazu, sich Maximiliane zu widmen, die sie nur am Abend des Schreckenstages gesehen hatte, von der sie nur wußte, daß sie ihre Aufnahme in das Würzburger Kloster so dringlich betrieb, als sei versäumte Zeit einzuholen. Cornelie lebte der Stunde, alle ihre Kräfte waren von der Sorge für den Knaben, für die Schwiegermutter beansprucht; sie hütete sich, nach rechts oder links in den Abgrund zu schauen, während sie auf so schmalem Grat dahinwandelte. Erst als Buzzini nach überstandener Krisis sagte: »Nun haben wir ihn hindurch!«, mit einem Ausdruck der Erleichterung, der der gewöhnlichen Unberührbarkeit seines Wesens kaum noch entsprach, preßte ihr der grause Schatten einer abziehenden Gefahr mit einem Male die Adern zusammen. »Mein Gott, Doktor, war es an dem?« flüsterte sie. Dennoch, sie hatte es gewußt; woher aber hätte sie die Kraft nehmen sollen, wenn sie sich's zugegeben hätte! Wenn sie seinen Phantasien gelauscht hatte, die alle nur die Gespielin und das furchtbare Abenteuer zum Inhalt gehabt hatten, hatte sie machtlos an seinem Bettchen gekniet und gebetet, da er ihr so unerreichbar, so unzugänglich war, wie inmitten des Getümmels einer Schlacht. Ja, er hatte gekämpft, immer rang er mit dem Entführer, jammerte, keuchte, watete durch Wasser, schrie, drohte... Immer war es Loriot, mit dem er drohte, Loriot und »der Buonaparte«. »Böser Großvater!« hatte er gestammelt, »der Loriot geht mit Soldaten über den Rhein und holt Delphine zurück, und der Buonaparte hilft uns!«

Dann, immer wieder, als verteidigte er sich: »Der hat das

doch nicht gewünscht, der Christel! So doch nicht, Delphine...«

Einmal fuhr er mit einem furchtbaren Schrei aus unruhigem Schlummer empor: »Er hat sie verwünscht, der Christel... Der Christel hat das Delphine verwünscht – böser Christel!« klagte er, jammervoll weinend.

»Was will er nur, was meint er nur mit dem Wünschen?« fragte Cornelie ratlos sich selbst. »Es sind deine Hexengeschichten, Kathrin!« sagte sie zu der Magd, »da siehst du, wie er sich quält, das wirst du wohl zukünftig lassen. Da, hör nur...« Christel plapperte tonlos: »Sie singt... Was singt sie, Trinchen? Singt...«

Kathrinchen schluchzte auf. Sie ging aus dem Zimmer. Das Kind sprach mit geschlossenen Augen und unsagbarem Lächeln ganz klar:

»Das Vöglein mit dem Ringlein rot
Singt...
Es singt dem Täublein seinen Tod...

Trinchen – was singt das Vöglein?« Endlich, ganz erschöpft, das Köpfchen zum Schlaf wendend:

»Singt leide – leide...«

Delphine – Vespery – die »schlechten« Männer – das Wasser – der Großvater – der Loriot – der Buonaparte – und immer wieder dies Lied vom Täubchen – so ging es fünf Tage, fünf Nächte. Wenigstens rief er doch nach ihr, wenn die Angst unerträglich wurde, wenigstens erkannte er sie doch zuweilen, wenn sie ihm zu trinken gab oder das Kopfkissen aufschüttelte! Cornelie wurde immer stummer; kaum, daß sie das Notwendigste mit dem Doktor, der Magd sprach. Sie war da. Sie diente. Sie lauschte diesen dunklen Worten, die er ausstieß, die von einem Leben ihres Kindes zeugten, dessen Grenzen sie allenfalls gekannt hatte. Als der Doktor sagte: »Diese Krankheit hat ihre Ursache nicht im Körper. Da ist die Seele in einen Brand geraten, der auf den Leib übergegriffen hat, weil sein eigentlicher Herd noch zu schwach für ihn ist, und das, Madame, ist der Anlaß vorliegender Inflammation...«, da nickte sie schweigend. Nie, fühlte sie, würde sie mehr als die Grenzen dieses Lebens kennen. Sie wußte auf einmal: ihr Kind war – ein Sohn. Ihr Teil war es, dunkle Worte, die von ihm zeugten, zu behalten – zu bewegen in ihrem Herzen. Und diese Erkenntnis blieb ihr, auch nachdem er ihr nach der Nacht der Krisis, in der er endlich tief eingeschlafen war, das Händchen fest um ihre Finger geklammert, als ein kleines schwaches Kind neu geschenkt wurde.

III

Maximiliane reiste am 10. Mai ab, wenige Tage nachdem der Brief der Liebenschütz endgültige Gewißheit über Delphines Verbleib gebracht hatte, eine Gewißheit, an der die Gräfin, wie sie Cornelie müde versicherte, ja nicht mehr gezweifelt hatte – dennoch... Wenn, so hätte sie gemeint, dennoch zum Beispiel die Bande des Schinderhannes hinter dem Attentat stecken sollte... Man würde längst unterrichtet sein, hatten die Behörden gemeint, die Kerls pflegten nicht so lange mit ihren Erpressungen zu warten. Freilich. Aber wenn etwa Loriot... Nur gewisse Nachricht hatte sie abwarten wollen. Die alte Frau von Echter, die den größten Teil des Tages vor sich hin dämmernd dalag, sagte in einer klaren Stunde voll Galle: »Sie läßt dem lieben Gott Zeit, meine Tochter, sie denkt: vielleicht besinnt er sich noch!« Und auch Cornelie meinte mit einer Art wilder Selbstzufriedenheit, daß ihr das nicht mehr vorkommen könne, so ein Zaudern, sich abzufinden. Das Böse hinnehmen, als habe man es nicht anders erwartet, als sei nichts selbstverständlicher: »Nur her damit!« und ihm war schon der Platz bereitet, wo es sich unschädlich einzuordnen hatte, ohne die Tagesarbeit zu stören! Als sie dann aber durch die kühle Frühe von Maximilianes Abreisemorgen heimschritt – sie hatte die Nacht im Walbruner Hof verbracht –, da kam doch Trauer auf sie, und mehr als Trauer. Denn dies war ein Abschied für alle Zukunft gewesen, sie wußte es, ob auch zwischen ihr und der Schwägerin für die nächsten Jahre eine Reise Corneliens nach Würzburg und ein Wiedersehen ins Auge gefaßt worden waren. Was aber in der Gestalt Maximilianes Abschied von ihr genommen hatte, war mehr als die geliebte Persönlichkeit, war ein Stück Leben, eine unwiderruflich abgeschlossene Strecke Weges. Mit dem Davonrollen jenes Reisewagens löste der Knoten sich nun, der sich einst bei ihrer ersten Begegnung mit den Walbruns im Berliner Schloß geschlungen hatte. Und hierher hatte das Band geführt, dachte sie staunend. Die Stationen, die sie meinte, waren weniger Hölkewiese und Mainz, als: die Cornelie von damals, die Demoiselle von Tracht, das junge Mädchen, dunkel, weich, schüchtern, von verhaltener Liebe beschwert; und: die Bürgerin Echter, ihr heutiges Ich, neben dem sie plötzlich betrachtend einherging. Dies war nicht ihr abgeschlossenes, ihr vollendetes, endgültiges Ich. Aber es war ein sehr ausgeprägtes! Die Bürgerin Echter flößte ihr in diesen von Erinnerung bestimmten Augenblicken nicht nur Verwunderung, sondern fast Angst ein. Sie erkannte sie gegen ihren Willen als schön, aber in dieser Schönheit lag etwas Erschreckendes. In ihrem sehr einfachen Kleid aus braunem Musselin, den lichtgrünen Schal um sich raffend, schritt sie eilig, fast stürmisch dahin; in der Haltung ihrer Schultern, ihres Kopfes lag etwas, das die Leute zwang, auszuweichen. »Diese Frau blickt zu sicher«, sagte eine verlorene Stimme zu Cornelie und wurde wenig beachtet. Jedenfalls blickten die Augen sehr gleichmütig. Um den Mund lag ein gefrorener Zug von Bereitschaft, von Freundlichkeit, ganz ohne Weichheit. Cornelie urteilte in der schlichtesten Formel, die ihr angeborenes Deutsch ihr gerade eingab: »Diese Frau weiß Bescheid!« Allerdings. Die erwartete sich nichts mehr; die glaubte sich allem gewachsen. (Die wissende Stimme flüsterte: »Einem nicht!« Doch ihr ward Schweigen geboten.) Cornelie sah die Frau weiter an und stellte fest, daß ihr Gesicht, ihre unbedeckten Hände trotz der frühen Jahreszeit schon von der Sonne gebräunt waren. Die Bürgerin Echter legte entschieden keinen Wert mehr darauf, als eine Dame von Stand zu wirken. Was ich übrigens nie getan habe oder nur Hans Adam zuliebe oder in den letzten Jahren unter dem Einfluß von Maximiliane, dachte Cornelie, plötzlich wieder mit sich selbst zusammenfließend. Übrigens möchte ich den sehen, der nicht unter allen Umständen die Dame in mir respektieren würde!

Hier befand die Bürgerin Echter sich im Irrtum oder sie unterlag einer gewissen Einseitigkeit ihres Begriffsvermögens. Es war nämlich keineswegs »die Dame« in ihr, die sich den kaum jemals versagten Tribut dieses Respektes erzwang – es sei denn, daß diese Bezeichnung in dem ungebräuchlichen Sinn verstanden wurde, der in »Notre-Dame« liegt. Dies vorauszusetzen liegt aber kein Grund vor. Cornelie dachte: Dame respektieren, und illustrierte sich diesen ziemlich unbestimmten Begriff befriedigt mit der Erinnerung an einen nächtlichen Auftritt, der sich vor einiger Zeit abgespielt hatte, als die Franzosen noch im Hause gewesen waren.

Mehrere Nächte hintereinander hatte jemand den Versuch gemacht, in ihr Schlafzimmer einzudringen. Sie hatte es schließlich aufgegeben, sich niederzulegen, ehe die verstohlenen Schritte die Treppe heraufgekommen und die tastenden Hände an der verriegelten Tür geklinkt hatten. Daß es der Hauptmann Rolland war, darüber war Zweifel unmöglich. Er machte ihr am Tage mit unwillkommener Beflissenheit den Hof, und keinem seiner Grenadiere, gutmütigen, harmlosen Burschen, war eine derartige Zudringlichkeit zuzutrauen. Zudem erfolgte der Angriff regelmäßig kurz nach der späten und lärmenden Heimkehr des Hauptmanns.

Eines Abends war Cornelie besonders müde, und es ärgerte sie schlechthin, angekleidet im Dunkeln wach sitzen zu müssen, anstatt zu Bett gehen zu können, was sie auf keinen Fall tun wollte, da der Riegel sehr schwach war. Der Ärger steigerte sich, je länger die Wartezeit sich ausdehnte, so daß er alle Schläfrigkeit vertrieben hatte, als endlich nach Mitternacht der Schlüssel in die Haustür gestoßen ward und Rolland seinen Einzug mit dem üblichen Gepolter und Säbelgerassel hielt. In einer sie selbst überraschenden Eingebung machte Cornelie Licht, und zwar entzündete sie alle vier Kerzen der beiden Leuchter. Hierauf nahm sie den Umhang um und setzte vor dem Spiegel den Hut auf, beiläufig ein sonderbares Lächeln auf ihrem Gesicht wahrnehmend. Gleichsam reisefertig ließ sie sich auf einen Stuhl nieder, lauschte und stellte für sich fest, daß sie zwar voll gesammelten Zorns, aber keineswegs aufgeregt war.

Jetzt kam's! Erst das behutsame Öffnen und Schließen der Tür im Erdgeschoß. Stille. Nun das Krachen der hölzernen Stufen, ein-, zweimal. Wieder Stille. Cornelie war aufgestanden, sie stand an der Tür, die Hand am Riegel, sprungbereit. So – jetzt schlich er über den Flur und jetzt...

In dem Augenblick, als draußen lautlos die Klinke niedergedrückt wurde, stieß sie den Riegel zurück und öffnete so heftig, daß der Mann, auf den das Licht voll fiel, vor ihrer entschlossenen Erscheinung erschreckt ins Dunkel zurückwich.

Cornelie sagte mit vernehmlicher Stimme: »Mon Capitaine, aus Ihren wiederholten Versuchen, dies Zimmer zu dieser Stunde zu betreten, schließe ich, gewiß zu Ihrem Vergnügen, daß Sie unzufrieden mit dem Ihnen von uns überlassenen Appartement sind. Selbstverständlich bin ich bereit, Ihnen dies Zimmer einzuräumen und für meine Person hinunterzuziehen, Sie sehen, ich bin schon gerüstet dafür. Wollen Sie mir nur bitte Zeit lassen, die Magd zu wecken, damit sie das Kind hinunterträgt, und wollen Sie selber Ihre Leute ohne Aufschub veranlassen, den Umzug zu bewerkstelligen!«

Die schattenhafte Gestalt des Hauptmanns war verschwunden, noch ehe Cornelie mit ihrer Ansprache fertig gewesen war. Dafür hatte es unten einiges Türklappen und Gemurmel gegeben. Die Magd kam aufgeregt, barfuß und in der Nachtjacke die Treppe herauf. Auch einer der Soldaten sei Zeuge gewesen; freilich, kicherte sie, befriedigt über die Abfuhr des Hauptmanns, der Bursche habe sich eilig davongemacht, als er den Braten gerochen habe.

»Warst du denn noch wach?« hatte Cornelie gefragt, sich ausziehend, mit glühenden Wangen, aber sehr zufrieden mit sich.

Kathrin beugte sich angelegentlich über Christoph und zog ihm das Deckbett hinauf. »In dene Frühjahrsnächte schläft eins nit gut«, murmelte sie.

Cornelie saß auf dem Bettrand und flocht ihr Haar ein.

»Nun, und der Kerl? wachte der etwa mit dir?«

Die Magd löschte schweigend drei der Kerzen. »Welcher war's denn, Kathrin?«

»No, welcher schon? Der Koberlé, der Lothringer, der, wo Deutsch rede kann...«

»Trinchen, Trinchen, wenn das der Vespery wüßte!« Aber es kam ohne rechten Nachdruck. Kathrin, grundanständig und für das Haus unentbehrlich, sagte sich Cornelie, wie schon so oft und also von Erfahrung geleitet, war doch alles andere als eine Jungfrau, die in ihrem Privatleben beaufsichtigt zu werden wünschte und moralischen Zuspruch liebte.

»Der Vespery!« murrte sie jetzt, verdrossen hinauspatschend, »der fragt nicht viel danach, ob ich... und mit wem...« –

Dies nächtliche Erlebnis war es, das Corneliens Selbstgefühl so gestärkt hatte. Jedoch hatte es leider nicht sehr dazu beigetragen, das Verhältnis des Haushalts zur Einquartierung zu bessern. Wenn auch die nächtlichen Untersuchungen ihrer Tür sich nicht wiederholten, so machte sich der Hauptmann doch weiter aufs peinlichste bemerkbar, und zwar durch eine Folge ausgesuchter Schikanen. Das tägliche Gemäkel am Essen war noch das erträglichste. Rolland veranlaßte Haussuchungen nach angeblich zurückgehaltenen Wertgegenständen und ausländischen, will sagen, deutschen Zeitungen. Er beantragte, daß auch die noch freistehende Kammer im Obergeschoß mit Einquartierung belegt würde. Er wachte wie ein Vogt über der strikten Einhaltung des republikanischen Kalenders, daß nämlich statt der Sonntage die Dekadi gefeiert wurden. An den Sonntagen machte er mit seinen Leuten dafür doppelt soviel Schererei wie sonst. Er beaufsichtigte es, ob Cornelie, ob die Magd, ob die wenigen Besucher des Hauses, ja selbst, ob Christoph nicht versäumten, die vorgeschriebene Kokarde zu tragen. Ähnliches, sagte Cornelie sich, hatte die ganze Bürgerschaft auszuhalten; doch hier enthielt es mehr Schärfe, weil persönliche Gehässigkeit mitsprach, weil dieser glatte Mensch, der von irgendeinem Schreibersessel in die Uniform geglitten war, sie zwischendurch immer wieder fühlen ließ, daß es nur bei ihr läge, nicht nur ungestört zu bleiben, sondern auch besonders begünstigt zu werden. Sie war drauf und dran gewesen, ihre Lage durch begreifliche, aber unvorsichtige Zornausbrüche vollends zu verderben, als der Befehl des Kommandanten das Haus mit einemmal von allen bösen Geistern gereinigt hatte. Buzzini hatte seinen Einzug gehalten, und dieser Umschwung raubte Cornelie zunächst in mehr als einer Beziehung ein wenig den Atem. Sie hatte nie angenommen, daß der Doktor sein Mitgefühl für sie eingreifend betätigen könnte und nun gleich mit dieser befreienden Stoßkraft! So gelassen sie nach außen hin die Tatsache zu nehmen schien, so war sie doch innerlich noch lange nicht fertig mit der täglich sich erneuernden Überraschung, ihn unter ihrem Dach zu haben!

Doch war auch dies eine der Fügungen, denen die Bürgerin

Echter sich so bewußt und entschlossen als gewachsen zu zeigen gedachte. Warum gerade hier ein Aufwand von Entschlossenheit nötig war, das übersah sie einstweilen mit Absicht.

Über diesen Gedanken war Cornelie die Große Bleiche hinaufgegangen und bog in die Schustergasse ein. Ihr Schritt hatte sich mehr und mehr verlangsamt. Da war etwas im Hintergrund aller Gedanken, etwas wie der Rhythmus einer fernen leisen Musik, der sie immer wieder bezaubern wollte, und sie wußte, das hing mit der Morgenstille, mit der friedevollen Leere der Straßen, mit der frühen Sonne, die eben die taufeuchten Dächer aufglänzen ließ, zusammen. St. Christoph rief mit drei Glockenschlägen zur ersten Messe – das volle Geläut war den Kirchen schon seit Monaten untersagt –, und fast ohne zu wollen, betrat sie die Kirche. Und da schloß sich der Ring: es war der Morgen vor fünf Jahren, an den sie sich mit allem, was ihr begegnete, gemahnt fühlte, jener Morgen, als sie in der gleichen feierlichen Frühe hinter Charlottens Sarg hergeschritten war. Plötzlich hörte sie die Worte wieder, mit denen Maximiliane vor einem Monat die Nachricht von Delphines Verschwinden entgegengenommen hatte, diesen allein dem Unsichtbaren zugeflüsterten Satz, mit dem die Schwägerin aus dem grauenvollen Verstummen einer halben Ohnmacht aufgetaucht war: »Seltsam, seltsam! Daß ich das noch nötig gehabt habe...«

»Was werde ich – noch nötig haben?« fragte sich Cornelie erschauernd. Ihre Sicherheit, ihre Härte schmolzen hin. Sie sank in die Knie und legte die Stirn auf ihre verschränkten Hände, sich wortlos darbietend.

IV

Während Christophs Krankheit hatte sich eine Freundschaft zwischen ihm und seinem neuen Vormund angebahnt, zunächst fast ganz ohne Worte und einfach auf einem physischen Einverständnis beruhend, auf einem Austausch der Lebensströme, denn Buzzini behandelte, wie in den meisten Fällen, auch hier nur durch bestimmte Diät und durch Handauflegen. Zunächst war es nur diese seine Hand, die das Kind meinte, wenn es ungeduldig nach dem Doktor verlangte. Trat er dann ein, so lag es ganz still, die Lippen zu einem kleinen bebenden Lächeln verzerrt. »So – haben wir schon gehungert«, brummte Buzzini, ließ sich schwer und bedächtig am Bettchen nieder und begann schweigsam seine Manipulationen. Seine Hand auf der Stirn, die andere auf Christophs Herzgrube – des Kindes Spannung ließ nach, sein Lächeln wurde weich und natürlich. Es atmete tief; sein Blick wurde aufgesogen von den mächtigen Augen da über ihm; es meinte zu schweben, es verging; es schwand hin, es schlummerte ein.

Erwachte Christoph, so schloß sich meist soeben die Tür hinter seinem Freunde. Er aber war von einer wunderbaren warmen Zufriedenheit, wie von flüssiger Sonne durchpulst. Ängstlich bemüht, den Traumzustand festzuhalten, in dem er gewesen war, senkte er wieder die Lider und gab sich der Nachwirkung der Beeinflussung hin. Er hatte unter einem Baum gelegen, mächtig wie der alte Ahorn im Breithardtschen Garten; in seiner Krone hatte es vom Sommerwind, von Bienen und Käfern gerauscht und gebraust. Er war in einem Boot auf dem Strom getrieben, es hatte nichts mit dem zu tun, das Delphine entführt hatte, es war der flache, breite und langsame Kahn von Fischer Eberwein gewesen, den er zuweilen mit Kathrin zu einer Lustfahrt, von der die Mutter nichts wissen durfte, bestiegen hatte. Das Wasser gluckste und schwatzte, es roch nach Fisch, nach Teer und Werg, und die Sonne schien mit süßer Wärme auf ihn. Dies letzte träumte er nicht: Buzzini ließ das Bettchen in den Morgenstunden immer nah vor das Fenster rücken, und nur Christophs Kopf lag im Schatten. Kornfelder waren es auch, die er unter des Doktors Händen zu sehen bekam, und auch die von Lichtnelken, Wicken und Arnika überblühten Abhänge der Basteien. Wie süß waren die braunen Trauben im Weinberg des Onkels Sixtus am Köstrich bei diesen geheimnisvollen Ausflügen gewesen! Niemals begegnete er Delphine, wohl aber Tieren, von denen er ohne weiteres wußte, sie waren Delphine, worüber er zufrieden und gar nicht verwundert war. Sie erschien in der Gestalt einer kleinen, rotbunten Katze; sie kam auch als Rotschwänzchen, ähnlich denen, die am Gartenhäuschen zu nisten pflegten, nur war dieses ungleich zutraulicher und freundschaftlicher gesinnt als jene. Es war ein »singendes, springendes

Löweneckerchen«, wie Christoph genau wußte, mochte auch Kathrinchen immer behaupten, Löweneckerchen hießen nur die niemals in der Nähe zu beobachtenden, tirilierenden Lerchen. Übrigens trug dieser Vogel ein »Ringlein rot« um den Hals, wenn er sich zeigte. Es war der schmale Goldreif, mit dem Streifen winziger Rubine, den die Mutter besaß und der vom Großvater stammte.

Schließlich schwamm Delphine auch als Fisch in den gekräuselten hellgrünen Fluten des Rheins, und zwar als ein nie in Wirklichkeit, wohl aber in Bertuchs Bilderbuch erblickter lustiger, dickköpfiger Fisch mit gegabeltem Schwanz, der sein Haupt mit dem gerundeten Nacken aus den Fluten erheben und dahintanzen konnte, trotz eines Seglers. Es war vorgekommen, daß Christoph mit dem Fisch im Wasser gewesen war, auf ihm reitend oder ihn mit den Armen umschlingend, köstliche Kühle nach unerträglicher Glut empfindend. Das mochte ihm geschehen sein, wenn Buzzini während der Tage des hohen Fiebers zu ihm getreten war. –

Einem Gebot des Doktors entsprechend durfte während der Genesungszeit keiner der Hausgenossen Delphine in Christophs Gegenwart erwähnen, wenn er nicht nach ihr fragte. Er fragte aber niemals nach ihr. Als er wieder aufstehen durfte und in seiner neuen Gestalt, gewachsen nämlich, gestreckt, mager, mit einem schmalen Gesicht und vergrößerten Augen, mit sehr verändertem Blick im Hause umherzugehen begann, nahm er still die Beschäftigungen von ehedem wieder auf. Er ließ seine Soldaten marschieren, besah seine Bilderbücher und zähmte sich die seiner entwöhnten Katzen von neuem, vor allem eine hinzugekommene kleine, rotbunte, die Kathrin, um ihn zu erfreuen, als einzige von dem Wurf dieses Frühjahrs am Leben gelassen hatte. Dies alles tat er und manches andere; fragte aber nicht nach Delphine. Cornelie hatte auf Anraten des Doktors alles beiseite geschafft, was an die Entführte erinnern konnte, angefangen bei dem leeren Bettchen bis zum Spielkram. Ihre Kleider und all die kleinen Besitztümer, die das Kind im Laufe der Jahre zu Namenstagen und Weihnachten bekommen hatte, rollten schon längst als Frachtgut unter einer Fuhrmannsplane nach Preußen; Madame Pompadour, als unveräußerlicher Echterscher Familienbesitz, ruhte eingekampfert in der Pelzkiste auf dem Speicher. Christoph nahm keine Notiz davon, daß alle diese Dinge aus seiner Umgebung verschwunden waren; er benahm sich, wie es Cornelie auffiel, im Grunde ganz wie jemand, der nach langer Abwesenheit heimgekehrt ist und damit rechnet, daß hier nicht alles beim alten blieb. Das Wort »früher« war in seinen Wortschatz aufgenommen, doch schien er es häufiger zu denken als auszusprechen, denn kam es ihm einmal auf die Lippen: »Früher – da saßen wir länger beim Essen... früher durfte ja keine Katze drin sein, wenn ich im Bett lag... früher kriegten keine armen Kinder meine alten Schuhe...«, so senkte er den Kopf, verstummte und entzog sich durch Davonlaufen einer Fortsetzung dieser Betrachtungen. Früher nämlich, so schloß Cornelie ganz richtig, wurden wir nicht so schnell fertig, weil Delphine sehr langsam aß, Delphine konnte nicht einschlafen, wenn die Katze abends im Zimmer war. Delphine hatte bisher Christophs ausgetragene Schuhe bekommen. Er aber wollte entschieden keine Unterhaltung über diesen Gegenstand – ja, es schien ungewiß, ob er sich in Gedanken mit ihm beschäftigte oder ob er ihn auch umging, ohne hinzublicken, sobald er durch einen äußeren Umstand in seine Nähe geriet.

Cornelie war bereit, aufzuatmen. Sie hatte nur immer wieder Gott gedankt, daß sie davor bewahrt geblieben war, die Verantwortung für seine Vereinsamung zu tragen. Dies dünkte ihr die einzige Lichtseite der bösen Überrumpelung zu sein, daß nun nichts zwischen sie und ihr Kind getreten war. War sie doch durch dies Eingreifen einer unberechenbaren Gewalt von Schuld zurückgehalten worden, wenigstens von der Tat, von dem Verwirklichen eines trüben Entschlusses! Nie, so hatte sie sich während seiner Krankheit inbrünstig zugeschworen, wollte sie wieder auch nur in Gedanken versuchen, ihm einen Lebensquell abzugraben, nur weil dieser Quell nicht aus ihrer eigenen Fülle gespeist war.

Jetzt, nach seiner Genesung, schien ihr sein ganzes Wesen darzutun, wie recht sie mit ihrer Voraussetzung gehabt hatte, daß Kinder schnell vergäßen und daß auch er sich bald an sein Alleinsein gewöhnen würde. Als sie ihm jedoch die Breithardtschen Kinder holen ließ, um ihm neue Spielgefährten zu schaffen, zeigte es sich, daß ihm damit wenig gedient war. Er war ohne alles Entgegenkommen für seine Gäste, und ehe eine Stunde vergangen war, spielten die drei Geschwister allein im Garten, und er hockte, eine Katze im Arm, bei Kathrin in der Küche. Die Magd verstummte mitten in einem eintönigen Redefluß, als Cornelie zufällig eintrat, und putzte mit verkniffenen Lippen weiter an ihrem Kupfergeschirr. Christoph sah verschlossen geradeaus, ließ aber plötzlich einen Blick voll Schelmerei und reizender Verlegenheit zu seiner Mutter hingehen, die sich denn auch mit einem Kopfschütteln zurückzog, ohne zu schelten. »Laß mich hier!« hatte es bittend in seinen Augen gelegen, »hier gefällt es mir besser...« Freilich hatte es immer Streit zwischen ihm und der gleichaltrigen Verwandtschaft gegeben, doch hatten ihm diese Auseinandersetzungen bisher scheinbar ein gesundes Vergnügen bereitet. Jetzt aber, das fühlte Cornelie deutlich heraus, war der Gegensatz nicht verschärft, sondern er war auf eine andere Grundlage verschoben. Sie bemerkte mit Staunen, daß Christoph neben den älteren Kindern, neben Jean-Marie und Madeleine, wirkte, nicht als sei *er* der Ältere, doch so, als habe er eine geheime Überlegenheit, die ihn ihrem Kreise enthob. Es war klar, sie langweilten ihn. Kathrin aber hatte eine unerschöpfliche Anziehungskraft. Cornelie argwöhnte mit Recht, daß das an den »Hexengeschichten« läge, die trotz ihres Verbotes unentwegt weitererzählt wurden, und Christoph gab das auch zu. »Maman, chérie«, sagte er treuherzig, »immer ist es aber gar nicht mit Hexen, oft nur mit Riesen, und meistens mit Königssöhnen.« Es war kein Zweifel darüber, daß diese Art der Unterhaltung ihm nicht entzogen werden durfte, ohne ihm einen heimlichen Schatz zu rauben, und das wollte Cornelie jetzt nicht. Gern hätte sie gewußt, ob die Magd auch von Delphine zu ihm sprach, aber um das zu erfahren, hätte sie selbst das Schweigen brechen müssen, das ihr von Buzzini so dringend angeraten war.

»Überlassen Sie ihn, was sein schlimmes Erlebnis betrifft, sich selbst, gnädige Frau. Er ist wie ein Verwundeter, der jede Berührung der kranken Stelle von außen her scheut, obgleich er selbst sie vielleicht oft mit dem Finger auf ihre Empfindlichkeit hin prüft. Wenn er mit der Magd darüber sprechen sollte und nicht mit Ihnen, so tut er's, weil sie die einzige war, die das Abenteuer mit ihm bestand, die die schlimmen Männer und ihr Boot und ihr Davonfahren gesehen hat. So etwas schafft eine Vertraulichkeit, die auch heilsam sein kann.«

So hatte der Arzt sich geäußert. Nachdem Cornelie dann einmal erlebt hatte, wie das Kind schneeweiß und ganz starr wurde, als die Großmutter trotz aller Warnungen von Delphine anfing, den Enkel »ein armes Bübchen« nannte, dem das »Schwesterchen gestohlen« worden sei, begriff sie die Notwendigkeit des vom Doktor verlangten Verhaltens vollständig. –

V

Der Bursche, den der Doktor mitgebracht hatte, hieß Gaspard, was nicht hinderte, daß Kathrin ihn »den Kasper« nannte und auch so rief. Gaspard war ein achtzehnjähriger Savoyarde, untersetzt, breitschultrig, kurzhalsig, mit einem runden Kopf voll struppigen, schwarzen Haares und einem geräumigen, blassen Gesicht. Seine tiefbraunen Augen unter den wilden, schwarzen Brauen waren von trauriger Lustigkeit, was wohl durch das beständige Grimassieren ihres Besitzers zustande kam: Gaspard betrieb eine Art von Gymnastik mit seinen Gesichtsmuskeln, die ihn nach dem Urteil der Magd in den Augen jedes verständigen Menschen wirklich zum Kasper stempeln mußte. Er war vor ein paar Jahren in Begleitung eines Murmeltieres nach Mainz gekommen, nicht gewillt, länger zu verweilen, als bis die Einwohnerschaft der Weisen seiner Maultrommel und der einfachen Künste des Tierleins überdrüssig geworden wäre. Indes hatte ihm Marmotte einen Strich durch sämtliche Pläne gemacht, indem sie sich nach einem Tag und einer Nacht schrecklichsten Mißbefindens, nach vielen Krämpfen und anderen Qualen still ausgestreckt hatte und verendet war, nicht, ohne beim letzten Atemzug einen langen, hellen Pfiff ausgestoßen und die langen Nagezähne entblößt zu haben, was so sehr einem befreiten Lächeln gleichkam, daß ihr armer Herr nur schluchzen konnte: »Ah, marmotte, comme tu es heureuse!«

Was ihn selbst anging, so hatte er die Ruhr. Er mochte sich gleichzeitig mit dem Tier durch irgendeine verdorbene Speise vergiftet haben, da sie ja alles teilten; vielleicht waren es auch nur die safttriefenden wachsblassen Pfirsiche gewesen, von denen der Markt damals überschwemmt war und die in der

Augusthitze zu unmäßigem Genuß verführten. Ein ehemaliger Patient, ein Roßknecht, hatte den Doktor zu dem Kranken geholt, der im Winkel eines Pferdestalles auf Stroh lag. Buzzini hatte ihm geholfen, ihn wahrscheinlich gerettet, hatte dafür gesorgt, daß die arme Marmotte ein anständiges Begräbnis erhielt, und hatte den Jungen schließlich unter sein Dach genommen, um ihn gesund zu pflegen und ihn dann heimzuschicken. Doch hatte es damit geendet, daß Gaspard blieb. Buzzini hatte längst einen Bedienten nötig, der fähig war, gleichzeitig sein Gehilfe im Laboratorium und bei der Behandlung chirurgischer Fälle zu sein. Mehr als ein Mainzer Stadtkind und ebenso verschiedene Bauernjungen aus der Umgebung hatte er schon ausprobiert und verdrießlich wieder davongeschickt: der Savoyarde erwies sich bei einem zufällig nötig werdenden Einspringen als so geschickt und anstellig, und zudem war er dem Doktor im Umgang so angenehm, daß ein Dienstverhältnis entstand, worüber niemand zufriedener war als der Junge selber.

Buzzini aber, als er Cornelie damals diese Geschichte erzählt hatte, hatte ernsthaft hinzugefügt: »Und waren wir nicht in einer ähnlichen Lage? Blieb nicht auch ich in dieser Stadt hängen, weil – mir meine Marmotte gestorben war?«

Sich den etwas verwilderten alten Herrn von Tourzel, mit dem Cornelie einmal bei den Walbruns zusammengetroffen war, als Murmeltier vorzustellen, war nun allerdings überraschend, zumal da der Doktor noch nachdenklich äußerte: »Er hatte es doch gelernt, recht artig auf zwei Beinen zu gehen – entsinnen Sie sich, Madame?«

Mit Gaspards Hilfe also hatte der Doktor sich in dem von den Franzosen geräumten Teil des Hauses eingerichtet. Somit war ihm das große, lange Zimmer zur Linken des Flurs zugefallen, das, »der Saal« genannt, schon seit Jahren nur bei seltenen festlichen Gelegenheiten benutzt worden war. Ferner ein daran anstoßendes kleines Gemach, das zu seiner Befriedigung keinen Ofen, sondern einen offenen Kamin hatte, in dem sich mit Hilfe eines Dreifußes gelegentlich eine Kocherei bewerkstelligen ließ, und endlich zwei Kammern am Abschluß des Flurs, gegenüber der Küche. Hier hatten die Grenadiere gewohnt, hier hauste nun Gaspard, und Kathrin erklärte zunächst herbe, sie hätte lieber noch eine halbe Kompanie Franzosen ins Haus bekommen als den »Zigeuner« zum Nachbarn. Denn das schmale Gelaß, in dem sie ihr Bett hatte, lag ebenfalls in diesem Bereich; sie war aber trotz allen Gemurrs auch während der Soldatenzeit nie zu bewegen gewesen, ihr Nachtlager oben aufzuschlagen, und jetzt war es nicht anders möglich, als daß sie in Hörweite von Frau von Echter schlief; das Zimmer der alten Dame stand durch einen Klingelzug in Verbindung mit Kathrins Kammer.

Buzzini war am Tage seines Einzugs mit dem Ausdruck einer gewissen Verlegenheit zu Cornelie gekommen. Er habe eine Bitte in betreff der Zimmer, er hoffe, man würde sie ihm erfüllen können.

Oh, ob etwas fehle? Selbstverständlich sei sie bereit, ihm nach Kräften entgegenzukommen.

Im Gegenteil, ganz im Gegenteil, hatte er abgewehrt. Ja, im Gegenteil! Es sei zuviel in den Zimmern! Und ob es nicht anginge, die meisten der ihm zur Verfügung gelassenen Sachen auf dem Speicher unterzubringen?

Nun war bereits auf den dringenden Wunsch von Frau von Echter verschiedenes hinaufgeschafft worden, sobald die Franzosen draußen gewesen waren.

Wozu, hatte sie gefragt, braucht dieser Doktor einen Kaminschirm aus Seide mit eingestickten goldenen Chinesen, Pagoden, Schmetterlingen und Flattervögeln? Wozu die Schreibkommode mit der kostbaren Einlegearbeit und den kunstvollen Beschlägen, da man ihm doch das Stehpult aus Mahagoni geben kann, und wozu sollte er eigentlich die Lütticher Möbel, den Tisch und das mit Schnitzerei verzierte Eckschränkchen nötig haben? Ebenso sah sie nicht ein, warum die englische Standuhr, ein Geschenk des Grafen Walbrun, im Saal bleiben sollte. Mit diesem allem also, hatte Henriette Echter gemeint, schleunigst hinaus von dort und zum Teil hinein damit in das Wohnzimmer und hinauf ins obere Stockwerk!

Cornelie war in die peinliche Lage gekommen, ihr beibringen zu müssen, daß der Capitaine Rolland den Kaminschirm mit den Chinesen für würdig befunden hatte, ihn in sein neues Quartier zu begleiten, ohne daß er seiner bisherigen Besitzerin Gelegenheit gegeben hatte, sich zu dieser Übersiedlung zu äußern. Dies war keine gute Einleitung zu der Frage, warum man denn dem Doktor die bequemen Geräte nicht lassen wollte?

Er würde doch bestimmt schonender damit umgehen als die Franzosen.

»Als ob er etwas anderes wäre als eine Einquartierung!« sagte die alte Dame verächtlich und bitter. »Wie kannst du annehmen, daß so ein Feldscher besser mit gutem Mobiliar umspringen würde als ein sogenannter Offizier!«

»Er hat mit dem Militär nichts zu tun, Maman, und außerdem ist er kein simpler Chirurg oder Medikus. Er hat den Doktortitel von Montpellier.«

»Ah bah. In Frankreich sind jetzt die ehrlichen Titel wohlfeil wie Zwetschgen! Sansculotte bleibt Sansculotte.«

»Mon Dieu, Maman, er ist mit einem Emigranten aus Frankreich hierhergekommen und hier geblieben, weil ihm die Zustände in Paris nicht behagten. Er war doch schon hier, ehe der Custi e kam. Wieso also Sansculotte? Und hat er nicht Christoph – nicht Ihnen geholfen?«

»Meine gute Natur wäre wohl auch ohne Arzt fertig geworden. Nimm auch die holländische Landschaft im Saal von der Wand und stell sie auf den Speicher, unauffällig, mit der Rückseite nach außen. Die Franzosen haben sie hängen lassen, weil ihnen das Sujet zu derb ist, und auch ich habe mir nie etwas aus diesen Kühen und Ochsen gemacht. Aber Sixtus hielt es ja für ein wertvolles Bild, und vielleicht hat er recht...«

Cornelie hatte dann der Kranken die Genugtuung verschafft, von ihrem Bett aus zu hören, wie der Vespery mit Hilfe eines gedungenen Mannes allerlei Lasten die Stiege hochwuchtete. Sie nahm es auf ihre eigene Verantwortung, daß die Uhr und der Eckschrank unten blieben, dafür ließ sie ein halbes Dutzend der damastbezogenen Stühle und ein unpraktisch zierliches Sofa nach oben schaffen. Natürlich gab es hierüber wieder eine Auseinandersetzung, da die alte Dame sich durch die Magd eingehend Bericht erstatten ließ, aber Cornelie blieb fest. »Die Uhr«, sagte sie, »kann er gut brauchen, um zu wissen, wann er zu seinen Kranken gehen muß, und in den Eckschrank wird er so mancherlei tun, was sonst nur umherstünde...« (Daß sie dabei an seine Phiolen, Glaskolben und Salbentiegel dachte, sagte sie nicht besonders, denn das hätte neuen Verdruß gemacht.) Das Bild aber war rein aus Versehen an der Wand geblieben, sie hatte es einfach vergessen. Als nun der Doktor mit seiner Bitte zu ihr gekommen war, hatte es sich herausgestellt, daß er nichts, aber auch gar nichts von dem Echterschen Inventar behalten wollte als eben die Standuhr – »Welch ein guter, lebendiger Gefährte ist so eine Uhr, Madame« – den Eckschrank – »Vortrefflich für meine Medikamente!« – und das Bild – ja, das *eine* Bild »mit der Viehherde unter dem weiten Himmel, Madame! Welch ein unübertreffliches Kunstwerk! Man atmet den Hauch der Natur, wenn man es ansieht, und wie hebt es sich durch seine innere Wahrheit ab von den galanten Szenen und Schäferstücken, die da noch hängen! Wenn Sie für diese einen Platz auf dem Speicher hätten...«

Und auch das übrige, wenn er bitten dürfte: hinaus! Hinaus den langen Eßtisch! Er gebe ja keine Diners, und für seine Zwecke genügten die paar kleineren Tische, die er mitbringe. Hinaus ein ganzes Rudel hochlehniger Stühle unter Anführung einiger ehrwürdiger Armsessel! Hinaus die Servante, der ziervolle Pfeilerschrank, die Girandolen mit den zartbunten Blumen aus Sèvres-Porzellan und auch die Leuchterkrone, die wie eine Blütentraube von der Decke herabhing. »Dessen bedarf ich nicht, Madame; ein paar zinnerne Leuchter tun mir bessere Dienste.« Hinaus endlich jene heiteren Pastoralen von den Wänden, die drei, vier Spiegel, der flämische Teppich mit dem eingewirkten Raub der Europa und endlich: »Mein Himmel! es wird kahl hier drin werden!« bemerkte nun selbst Cornelie erschrocken – hinaus die blaugrünen Damastvorhänge von den Fenstern!

»Es wird hell hier werden, Madame!« gab ihr Buzzini mit gravitätischer Liebenswürdigkeit zurück. »Ich brauche nichts als ein paar an Ringen laufende Schutzgardinen gegen eine allzu stark scheinende Sonne.«

In der Tat sahen Saal und Kabinett nach weniger als einer Stunde kahl und verödet aus. Nicht viel länger aber dauerte es, daß sie zu zwei Räumen von befremdend lichter Klarheit umgeschaffen waren, aufgeteilt in abgegrenzte Gebiete für Praxis, Studium und Ruhe. Die Anordnung unterschied sich nicht sehr von derjenigen in der bisherigen Wohnung des Doktors. Doch während dort das beständige traurige Halblicht der schießschartenähnlichen hochsitzenden Fenster und die dumpfe, feuchte Luft eines Kellers geherrscht hatten, konnte hier die

Sonne den ganzen Tag Eingang finden, und von den fünf Fenstern des Saals sahen die drei seiner Längswand in das Grün des Gartens hinaus, und Weinranken zitterten vor den Scheiben.

Cornelie blieb mittendrin stehen, als sie am Abend des Einzugstages mit den Leuchtern hereinkam, die sie zur Ergänzung der Lichthalter des Doktors hervorgesucht hatte. Buzzini war zu einem Kranken gegangen, Gaspard ordnete in einer der Kammern den Apothekerkram, sein zufriedenes Pfeifen drang gedämpft und rein durch die Wände. Cornelie sah um sich und atmete tief, ein-, zweimal. Hier war es leer und dennoch übermäßig voll Leben. Hier redete nichts mehr die weinerliche Sprache einer mit Füßen getretenen, all ihres Glanzes beraubten Vergangenheit und nicht mehr mühte sich diese Vergangenheit, ihre gebrechlichen Glieder einem Geschlecht unterzuschieben, das nichts für die müde, überalterte Anmut ihrer hinfälligen Körperlichkeit übrig hatte. Hier war auf einmal Licht, Tag und Gegenwart! Nichts war zu sehen, was nicht dem Leben unmittelbar diente und auf ganz besondere Art *dem* Leben, das da mit der Abendsonne sanftmütig zum geöffneten Fenster hereinlächelte – dem Leben der Erde, das hilflos war, wenn ihm nicht Pflege ward.

So stand Cornelie, in den Händen die Leuchter, an denen die gelblichen Kerzen noch niemals gebrannt hatten, stand, sah mit staunenden Augen um sich und lächelte, weil wortlos eine Erkenntnis in ihr aufgeblüht war, die sich in ihrem Bewußtsein nicht anders spiegelte als durch Zustimmung: So ist es gut. So muß es sein.

Ganz still setzte sie ihre Leuchter hin, einen auf das Wandbrett in der für die Behandlung der Kranken bestimmten Ecke, den anderen im Kabinett neben des Doktors Bett. Ganz langsam ging sie hinaus, sich immer noch umschauend. Ja, sagte sie sich, bei Sixtus, da gab es das auch, daß jedes Ding lebte und strahlte und aus einem bestimmten Grund da war – nicht nur zufällig. Aber hier verstehe ich sie besser, die Dinge...

Das eigentümliche Gefühl einer Erleichterung, das Gefühl, leichter atmen, denken, schreiten zu können, und auch leichter weinen, wenn es not tat, es blieb ihr seit diesem Abend. Jedoch wollte sie es nicht wahrhaben, daß es erst seitdem da wäre, und wirklich entsann sie sich, sein süß befremdendes Keimen schon früher empfunden zu haben: einmal, als die französische Kommission rücksichtslos einen Haufen wertvollen, aber kaum je benutzten Eigentums davongeführt hatte, und das andere Mal auf dem morgendlichen Heimweg nach Maximilianes Abreise. Beide Gelegenheiten hatten nichts mit dem Doktor zu tun, darauf kam es ihr an. Ein dritter Anlaß zum Aufatmen, den sie sich ungern zugab, ebensowenig: aber war jene unterdrückte Befriedigung über Delphines Entschwinden nicht auch ein Teil des neuen Lebens? Was mich angeht – *nur* was mich selbst angeht, bin ich's ja zufrieden, versicherte sie sich in solch unerschrockener Selbstprüfung. Und nicht, weil ich Mühe und Sorge los bin und aus sonst keinem Grunde als, weil ihre Augen immer so traurig waren. Ja, Maximiliane hat recht gehabt! Ich habe Delphine wohl nicht wirklich geliebt. Warum aber waren wir uns so fremd – so tief, so unnahbar fremd, das Kindchen und ich?

Sie schob diese Frage fort, sie schien unlösbar. Eines nur wußte sie, ungläubig, aber bereit, es anzuerkennen: jetzt, da sie ohne nahe Freunde, ohne männlichen Ratgeber aus der Verwandtschaft – auf Breithardt zählte sie nicht – da sie sich unter so ganz veränderten Verhältnissen und beladen mit der Verantwortung für das Kind und die alte Frau fand, jetzt, zum erstenmal nach sechs Jahren, atmete sie entlastet, trug sie das Haupt frei und leicht, ahnte etwas kaum noch für möglich Gehaltenes – und etwas wie Glück.

Nochmals und immer wieder: mit Buzzini hatte das nichts zu tun! Aber freilich – er gehörte dazu. –

VI

Die Gewohnheit der nachmittäglichen Promenaden war nicht wiederaufgenommen worden, denn da Sigy mit der Gräfin auf Nimmerwiedersehen abgereist war, so fehlte es zunächst an Grund dafür. Nicht um der Bewegung willen war spaziert worden, sondern wegen der französischen Konversation. Christoph, wieder völlig genesen, wurde sich immer mehr einer neuen Freizügigkeit bewußt wie ein Vogelmännchen, dem das

Weibchen noch vor der Brut weggeflogen oder gefangen ist, der kleine Gefährte, der sich ans Nest hielt und um dessentwillen man sich auch nicht gern aus dem Umkreis des Nestes löste. Christoph machte sich daran, diese Freizügigkeit auszunützen, und tat es mit einer Heftigkeit, die seinem bisherigen Wesen kaum noch entsprach. Er sollte die Sommermonate im Garten verspielen, so war es geplant; im Herbst würde dann der erste Unterricht für ihn beginnen. Die Mutter also richtete ihm keine neue Gelegenheit zu bildenden Spaziergängen ein. Er aber fand mehr als eine solche Gelegenheit sowohl zu Spaziergängen als auch zu französischer Konversation.

Der Zaun, der seine Bewegungsfreiheit einschränken sollte, hatte manche Lücke, schmal genug, um Arglosigkeit nicht zu beunruhigen, nicht zu schmal, um einen schweigsamen, unschuldig schlauen, zähen und zielbewußten kleinen Jungen durchschlüpfen zu lassen. Er war kein Freund der französischen Grenadiere gewesen, solange sie sich im Haus aufhielten, jedenfalls hatte er Delphines freundliche Beziehungen zu ihnen mit eifersüchtigem Schmollen beobachtet, in jedem der Blauröcke einen Abgesandten des Loriot witternd. Der Loriot nun hatte seit Delphines Entführung in Christophs Vorstellung das Gesicht gewechselt. Seine Harmlosigkeit wurde ihm in den Monologen des Knaben beleidigend vorgehalten: mochte er jetzt nur sehen, wie er zu seiner Tochter gelangte, da er sich den preußischen Großvater hatte zuvorkommen lassen! Indessen war ja auch er, Christoph, nicht derselbe geblieben, angesichts der grausamen Erfüllung, die sein Wunsch gefunden hatte, lieber möchte der Großvater Delphine haben, als daß sie nach Frankreich geholt würde. Loriot schien ihm nun fast ein Leidensgefährte zu sein, und jedenfalls standen sie beide auf einer Seite – linksrheinisch und um Delphine betrogen, Christoph wie Loriot. Als der Knabe die französische Einquartierung bei seinem Verlassen des Krankenzimmers nicht mehr vorfand, vermißte er sie insgeheim mit bitterer Enttäuschung, eben als lebende Wesen, mit denen Delphine eine ihm zwar unliebe unbegreifliche Vertraulichkeit gehabt hatte, bei denen aber gerade darum etwas von ihr zu finden sein mußte, mehr als bei anderen, bei der Mutter, Kathrin oder Vespery etwa; denn die gehörten ja ihnen beiden gemeinsam, und der Niederschlag Delphines, ihrer ihm abgewandten Seite, ihres Rätsels, war hier nicht rein, war zu sehr mit seinem eigenen Dasein vermischt. Christoph vermißte also die drei Soldaten, den Koberlé, den Korporal Leroux, den Tambour Lalande, die dort ihr Wesen gehabt hatten, wo jetzt Gaspard Heiltränke mischte, Salben rieb und Pillen drehte. Er lungerte ein paar Tage mißmutig in dieser Gegend des Hauses umher, schaute dem Burschen finster bei seinen Beschäftigungen zu und zog sich zurück, sobald der einen Versuch machte, Bekanntschaft zu schließen, was Gaspard übrigens ganz unaufdringlich, mit einem hingeworfenen Scherz, einer komischen Geste, gleichsam unverbindlich, mit leichter, lockerer Hand tat. Dann, eines Tages, bei einem Gang zum Markt mit Kathrin, sah er den Koberlé wieder, was sicher kein Zufall war, woraus auch von beiden Seiten kein Hehl gemacht wurde: der Koberlé stand ganz einfach an der Ecke des Fruchtmarktes und wartete auf Kathrin. Während die Magd nun mit den Hökerinnen um Butter, Eier und Frühgemüse handelte, beugte sich der Soldat zu dem Jungen hinunter: »Eh bien, camarade – et la petite sœur? Où est-elle donc?«

Auf eine Anrede hatte Christoph gehofft, wenn nicht schon gerade auf diese Frage. Doch faßte er sich weit schneller als neulich der Großmutter gegenüber. Delphine sei »partie«, erklärte er. Dann, die Augen fest in die bedauernd blickenden des Koberlé geheftet, setzte er bedeutungsvoll hinzu, sie sei »volée par les Prussiens«. Vom Großvater sagte er nichts, um den Eindruck nicht abzuschwächen. Der Koberlé, auch Diplomat, denn er war natürlich genau unterrichtet, ließ es sich aber durchaus nicht anmerken, Koberlé also schlug auf seinen Schenkel, rief: »Nom d'un chien!« und fragte: »Et toi? Tu es bien seul, bien triste, ami?«

»Sei ruhig, ganz ruhig!« setzte er hinzu. »Was die Preußen gestohlen haben, holen die Franzosen bald wieder!« Nicht lange würde es dauern, daß sie über den Rhein gehen würden, fuhr er geheimnisvoll nickend fort, und dann wäre der Tag der Revanche für jegliche Ungerechtigkeit! Er wandte sich Kathrin wieder zu, ihr galant den Marktkorb abnehmend und ihn mit seinem eigenen schleppend, denn er war dabei, Einkäufe für den Tisch seines Hauptmanns zu machen.

Dem Knaben schlug hoch das Herz, als er sich dann im

Gefolge der beiden durch das Marktgewühl schob. An dem feinen schmerzhaften Unbehagen, mit dem er plötzlich an die Mutter denken mußte, erkannte er, daß irgend etwas geschehen war, für das er verantwortlich sei. Er hatte die Preußen beschuldigt und war doch selber ein halber, wie er wohl wußte: die Mutter aber war ganz und gar einer und war stolz darauf. Er hatte sie und sich selber zugleich mit jenen von ihm verächtlich gemachten Prussiens dem Feinde verraten. Doch da war noch ein anderes in ihm, stärker, viel stärker und durchdringender als jenes Unbehagen: kein Glück – nein, etwas schneidend Süßes, dem seine noch so ganz im mütterlichen Dämmer schwebende Seele, dem sein winziger Körper kaum gewachsen war, das er dennoch willig durch sich hindurchgehen ließ wie nur je ein Mensch den göttlichen Pfeil. In diesem kleinen Kinde feierte ein Gott Triumphe. Hinter dem schäkernden Paar her, zwischen den Ständen der Marktfrauen lief er dahin, zwischen hohen Körben lichtgrünen Spinats, rotgelber Mairüben, zarter Kohlrabibündel und erster blankroter Kirschen. Büsche und Garben von gelben und weißen Narzissen, von Maiblumen, von süßem, braunem Goldlack, rosa Fliegenden Herzen, von Rittersporn, Löwenmaul, Akelei, Eisenhut standen an seinem Wege. Hühner gackelten unzufrieden in ihren Körben aus Weidengeflecht, schwarze Ziehhunde saßen in ihrem Geschirr vor ihren Karren, ließen die schönen reinen Zungen seitlich aus den Mäulern hängen und japsten geduldig, mit den Schweifen leise den Boden klopfend. Marktpolizei schimpfte mit Landleuten, die ihre Planwagen nicht ordnungsgemäß anfahren ließen. Die Verkäuferinnen riefen ihre Waren aus, scherzten mit den Kunden, lachten, feilschten. Über all den Lärm ging das tiefe Gegurr der Tauben von der rötlichen Fassade des mißbrauchten Domes, aus dessen Portal Militär Getreidesäcke hinausschleppte und verlud – dies Gegurr, das graublau, wie eine beständige Verlockung zum Träumen durch die dunkelnde goldene Juniluft floß. Christoph nahm das alles wahr und auch wieder nichts, von Gerüchen, Farben, fröhlichem Getön, von Gestalt und Angesicht erfüllt und alles wie sich selber empfindend. Er lachte Bekannte an, die ihn anriefen, er nahm die Handvoll Kirschen, die ihm geschenkt ward – er bückte sich einmal und hob eine wunderschöne goldenweiße Narzisse auf, die ihn zwischen den Pflastersteinen ansah.

In sein Bewußtsein drang von alledem nichts. Die Augen auf die beiden Bleiknöpfe auf dem Rücken des Koberlé geheftet, strebte er diesem nach, denn der da in diesem Rock steckte, hatte gesagt, er würde Delphine wiederholen. Nicht wenig hatte es zu seinem Rausch beigetragen, daß der Koberlé französisch mit ihm gesprochen hatte, so daß Kathrin, auch wenn sie aufgemerkt, kein Wort verstanden hätte. Denn wenn auch Corneliens Vermutung zutraf und Christoph mit der Magd oft von Delphine sprach, oder vielmehr, sie dazu brachte, sich in Erinnerungen an jene verhängnisvolle Promenade zu ergehen, über ihre Folgen zu reden und Erwägungen über Delphines gegenwärtiges Los anzustellen, so brachten ihm diese Unterhaltungen doch nur geringen Trost, da Kathrin, ebenso wie es die Mutter und alle anderen taten, allem Anschein nach die vorhandene Lage als unabänderlich ansah. Der General dort oben in Preußen war allzu kräftig in Realität getreten, um nicht einen allmählich völlig imaginär gewordenen fränkischen Leutnant in ganzer Länge aus dem Felde zu schlagen. Hier aber, dieser Soldat, dieser französische Soldat, der gar nichts von Loriot wußte, oder jedenfalls nicht mit ihm rechnete, der hatte sein: »Wir holen sie wieder!« so selbstverständlich, so siegessicher gesagt, daß auf einmal, nach Wochen – nach Monaten, wieder jener zauberische Strahl aufblitzte, in dessen Verklärung die Welt eines Kindes erst da ist. Ohne ihn – ach, was sind Baum, Tier und Haus, Straße und Strom, was sind sie mehr als Balken und Stroh und Ziegel und Stein: was ist der Tag mehr als leere Langweile, was sind die großen Leute anders als willkürlich schaltende, fremd hinschreitende Wesen – was ist die ganze Welt als ein Schauplatz unbegreiflichen Geschehens?

Ohne diesen aus dem Kristall des eigenen Gemüts brechenden Strahl hatte Christoph gelebt, seit Delphine nicht mehr da war, denn sein Kristall war getrübt. Wie mächtig aber leuchtete er jetzt wieder auf! –

Die Magd begleitete ihren Freund bis in die Nähe seines neuen Quartiers, und Christoph konnte feststellen, daß es am »Brand« in einem breiten Bürgerhaus war. Dies Haus hieß »Zum Edelfrosch«, und sein Wahrzeichen, ein stattliches, in Grün und Gold prangendes Tier, war über dem Eingang gemalt zu sehen. Er war nicht in Verlegenheit, den Weg dorthin wiederzufinden, und niemand wußte, wie oft er in Zukunft, wenn man ihn spielend im Garten, auf dem Platz oder auf dem Friedhof glaubte, seinen Lauf an den Bastionen vorbei rheinaufwärts nahm und im Haus »Zum Edelfrosch« mündete. Durch die breite Einfahrt stahl er sich über den Hof in die ehemalige Schreinerwerkstatt, wo die drei Soldaten untergebracht waren. Immer war er willkommen, sah sich jovialisch begrüßt, durfte bleiben, zusehen, zuhören und fand sich im übrigen so wenig beachtet, daß er sich wohl fühlte. Bald war er ganz auf dem laufenden, was die Angelegenheiten der Garnison betraf. Diese unterschieden sich, wie er bald heraus hatte, wesentlich von denen, die Mainzer und Garnison gemeinsam betrafen. Auf diesem Gebiet nämlich herrschte beständige Unruhe; Forderung und Erfüllung entsprachen sich niemals genau, und immer war Anlaß zu Ungeduld, zu Nörgelei, zu Auseinandersetzungen – zum Streit. Hatte man aber, wie er, diese gemeinsame Grenzsphäre durchdrungen, so kam man wieder ins Menschliche. In diesem roh gedielten niedrigen Raum, dessen Hofseite zur oberen Hälfte ein einziges Fenster war, zum Teil von dem draußen rankenden Weinlaub beschattet, hier waren Männer unter sich, gutmütige Burschen, die ebenso gern ihr Pfeifchen rauchten, ihr Spielchen machten, ihren Schoppen tranken und auf der Vogelwiese die Mädchen herumschwenkten wie die Mainzer Schiffer oder Handwerker. Ihre Gespräche waren alles andere als blutdürstig. Christoph hörte sie von fernen Dörfern in Frankreich plaudern, von Eltern, Geschwistern und Bräuten. Er hörte sie den Wein des Landes mit dem französischen vergleichen und ihr heimisches weißes Brot preisen. Sie hatten ihre Lieder, die ihm gefielen und die er sich abhörte. Sie lasen einander aus dem »Moniteur«, den ihre Offiziere bekamen, die Pariser Politik und die neuesten Nachrichten über Buonaparte vor. Das taten sie: sie lasen sich aus der Zeitung vor wie andere Leute auch, und wie daheim die Mutter mit der Mainzer Zeitung am Bett der Großmutter saß, so saß hier auf einem Schemel, breitbeinig, die Unterarme auf die Schenkel gestützt und auf die geöffnete Zeitung gebeugt, der Koberlé oder ein Kamerad und gab les dernières nouvelles zum besten. Allein wie sie es taten – das war der Unterschied! Wie der Lesende las – stockend meist, unbeholfen – er war des Lesens kundig, allerdings! – aber ach, es war schwer! – wie behutsam er den Namen des Generals aussprach oder aber, wie er ihn in seiner Majestät hinsetzte: Ainsi a dit Buonaparte!

Ringsum das Kopfnicken, die sparsamen Gesten der Hände. Ah, voilà! Comme ça! Mon Dieu, le Directoire! Eine Versammlung von Perückenständern, die niemals Pulver geschmeckt hatten! Die schmierten Gebirge von Akten zusammen: der General sprach *ein* Wort, die Hand am Degen – und die Gebirge stürzten zusammen! Sie waren übermütig, diese Soldaten, als hätten sie Europa – und nun auch bald Afrika! – schon in der Tasche. Buonaparte war nach Ägypten aufgebrochen; es war im Juni, daß diese Kunde nach Mainz kam. Neue glorreiche Siege standen bevor. Wenn er dort – là-bas! – mit den Engländern fertig war, würde er freie Hand in Europa haben, und möchten sich die noch unbefreiten Völker nur bis dahin gedulden! Frankreichs Soldaten warteten nur auf ihren Führer, um wieder die Alpen zu überschreiten – die Pyrenäen – den Rhein. Zu marschieren unter dem Banner der Freiheit! »Allons enfants...«

Der Rhythmus des geheiligten Liedes, seine Worte voll unbeirrbarem Pathos im Munde der sonst so leichthin plaudernden Freunde, die Verzückung, in die sie über dem Singen gerieten, dies ging dem Knaben nicht nur ein in Auge und Ohr, das fuhr ihm ins Blut und erst nur mit jenem Schauer, der die äußersten Nerven rührt und die Haut frieren macht, mählich aber mit dumpfer gebietender Macht. Ohne es zu wollen, öffnete er die Lippen und fiel ein. Zwischen den Knien des Tambours Lalande stehend, hörte er dessen hellen Tenor über sich wie Clairongeschmetter, taktfest, begleitet von den Bässen des Korporals und des Koberlé. In diesen tiefen Stimmen der beiden älteren Männer war das, was Christoph ergriff und mitzog wie drängende Flut. Er sah den Korporal an, der mit der Tabakspfeife dirigierte, während seine Augen unter den überhängenden Brauen sonderbar schauten: durch die Wand hindurch, in Grenzenloses, einzig erfüllt von den Worten des Liedes. Der Korporal war schon mit in Italien gewesen, er war bei Arcole verwundet worden, und er, er hatte wahrscheinlich Pulver geschmeckt! Auch wenn der Knabe die Worte des Liedes hätte begreifen können, immer hätten sie ihm nur eines bedeutet: das, was ihm bei dem Gesang des Korporals aufgegangen war, daß der Buonaparte voranzöge nämlich und daß ihm zu folgen sei, und führe er gleich in den Tod. –

»Eh bien – et tu viens avec nous?« fragte Leroux hinterher, nachdem er seinen Schnauzbart gewischt hatte und sich nun mit seiner erloschenen Pfeife beschäftigte.

Christoph nickte heftig. Koberlé, von neuem an seinem auseinandergenommenen Karabiner schraubend und putzend, sagte trocken: »Mais oui, certainement! Pour chercher la petite Delphine...«

Aber nicht allein das Gefühl, Verbündete und Mitverschworene zu haben, war es, was Christoph magnetisch in das Haus »Zum Edelfrosch« zog, es war noch etwas anderes, und vielleicht war das sogar das Stärkere. Hier waren Männer! Hier waren Soldaten! Es war die Gewohnheit seiner ersten fünf Jahre, die ihn daheim jetzt das vermissen ließ, zu dem Liebe ihm ohnehin ererbt und angeboren im Blut lag: den militärischen Rhythmus des Tages von der Reveille bis zum Zapfenstreich, das Stampfen der schweren Stiefel, das feine Geklirr der Sporen, das Klappern des Degens auf dem Flur; die Gerüche nach Tabak, Leder, Pferdestall, nach dem Staub der Landstraße, dem Dunst der Marschkolonnen, und dies alles durchdrungen von dem, was so ein Offizier auf sich verwandte, von den Düften nach feinen Pomaden, guten Seifen, parfümierten Pudern. Es war diese besondere Haltung: Übung des Körpers und seine angelegentliche Pflege, was sich auch auf den Anzug erstreckte, und zugleich Verachtung des Leiblichen. Strenge und Sorglosigkeit. Abenteuer und Dienst. Dies behagte ihm unbewußt. Das Leben dieser Männer war auf Gefahr gestellt und auf Sieg und Ruhm; auch auf Marsch und Drill (was ihn lustig dünkte), auf blanke Waffen, auf rasselnde Trommeln, rufende Trompeten. Wo sie hausten, war immer ein Lagerfeuer, das am nächsten Morgen ausgetreten und verlassen werden konnte; ihr Gepäck war leicht, enthielt aber alles, was der Mensch brauchte, im Extrakt. Wo sie ausruhten, herrschte unbeschwerte Menschlichkeit, Brüderlichkeit, denn ihre Zeit war zu kostbar, um sie an Unwesentliches zu vergeuden. Dies alles ergab die Atmosphäre, die Christoph von Echter, der Enkel des preußischen Generals von Tracht, zufrieden als heimisch empfand, ohne daß er selbst freilich hätte auseinandersetzen können, warum das so war. Die

Art des Soldaten erschien ihm ganz einfach als die richtige Art; sie war ihm gemäß. Vielleicht spielte es mit, daß auch für seine Mutter Männer im Grunde Soldaten zu sein hatten. Erst waren die Preußen im Hause gewesen; da war er noch sehr klein; dann die Hessen und Österreicher. Er hatte von Anfang an ihre Uniformen zu unterscheiden vermocht, ihre Rangabzeichen, ihre Regimenter, ihre Signale. So richtige Soldaten aber wie die Franzosen waren, so meinte er, seien noch nicht dagewesen! Das bezog sich indessen ausschließlich auf den gemeinen Mann. Andere Offiziere als der Capitaine Rolland waren nicht in seinen Gesichtskreis getreten, und diesen mochte er nicht und ging ihm geschickt aus dem Wege.

Was aber den Koberlé und seine Kameraden betraf, so wäre er morgen mit ihnen gelaufen, wohin immer sie marschiert wären – vorausgesetzt, daß der Buonaparte voranzog! Grenadiere also, Musketiere, Chasseurs, Sappeurs, Kürassiere, Lanciers, Christoph und – Buonaparte!

Das war die Losung. –

VII

Henriette von Echter hatte von jeher einen Kreis um sich gehabt, in dessen Mitte sie, wenn nicht herrschend, so doch entschieden tonangebend gethront hatte. Dies entsprach ihrer Erscheinung, ihrem Auftreten. Persönliche Anziehung hatte wenig damit zu tun, wenn nicht jene Anziehung verstanden sein soll, die der Starke unfehlbar auf den Schwächeren ausübt, der Urteilskräftige auf den Unsicheren, der Kühle und Harte häufig auf den, dem seine innere Wärme den klaren Blick auf die Welt trübt. So, stark und aufrecht, von illusionsloser Klugheit, von kühlem, herbem Verstand und schnellem, treffsicherem Spott, dabei trotz ihres Alters noch stattlich und zweifellos elegant, war die Schwiegermutter noch gewesen, als Cornelie sie damals im Juli 1792 kennengelernt hatte; dies war der Eindruck, den sie, einschüchternd, auf die junge Frau ihres Sohnes machte. Hier, so meinte Cornelie, war eine andere Maximiliane, eine, der das ihr auferlegte Lebensopfer nicht bekommen war: denn zu opfern ohne innere Einwilligung wird dem Menschen zum Verhängnis, zum Gericht. Dem Vollzug dieses Gerichts hatte Cornelie seither beigewohnt. Sie wußte vom Hörensagen, was das Geschick der alten Frau ehedem abgefordert hatte. Der selige Echter war eine Enttäuschung gewesen, da er, anstatt seine große Begabung auf militärischem oder diplomatischem Gebiet auszunutzen, es vorgezogen hatte, ein zärtlicher Familienvater und heiterer Liebhaber der schönen Künste zu werden, während, und das war das Bitterste, Sixtus Walbrun, der bei der Bewerbung still hinter den heiteren und glänzenden Hans Georg zurückgetreten und von Henriette mit einiger Grausamkeit übersehen worden war, von Jahr zu Jahr entschiedener die Laufbahn einschlug, die ihr für ihren Gatten und sich selber angenehm und erstrebenswert schien. Dies allein mochte genügt haben, ihrem Wesen die Form zu geben, blank und geschliffen wie Stahl: eine karge Geliebte, eine Gattin von spröder Pflichttreue, eine strenge Mutter, die von ihren Töchtern das Äußerste verlangte und nur Hans Adam mit jener aufgesparten letzten Zärtlichkeit begegnete, die ihren Grund in der unbewußten Hoffnung haben mochte, es möchte nun endlich durch ihn das in ihr Leben kommen, was ihr das Schicksal – eigentlich meinte sie: die Männer! – schuldig geblieben war. Dann war sie Witwe geworden, und dann war dies geschehen, daß Sixtus, ihr Freund, ihr Berater, der Vormund der Kinder, sich nicht um sie bewarb, sondern plötzlich, gerade als sie sich zu einem Standpunkt würdiger Resignation durchgerungen und einzusehen gemeint hatte, daß sie wirklich beide zu alt wären – um Maximiliane anhielt. Sie bekam also mehr Verwendung für Würde, als sie je für möglich gehalten hatte, doch brachte sie durchaus auf, was davon nötig war. Hans Adam, wenn er auch diese unbegreifliche protestantische Heirat einging, er war doch da. Und solange er da war, konnte ihr Lebensnerv nicht berührt werden, war da noch Hoffnung, boten sich Ausblicke. Sie hielt sich noch gerader, demütigte ihre Ergebenen noch unbarmherziger mit schneidendem Urteil und gläsernem Spott, setzte ihre geistlichen Freunde noch häufiger mit ihrer strengen Auffassung der Glaubensfragen in Verlegenheit. Sie ward ganz Maßgeblichkeit; bei ihr zu verkehren, war entscheidend für die Zugehörigkeit zur Crème der Gesellschaft, sie war eine der Totenrichterinnen. Eine von niemand geahnte, zähe, beständige innere Arbeit und Selbstzucht befähigten sie, diese Stellung an der Oberfläche einer leichtlebigen, sorglosen Welt zu halten, ihr Schiff immer vor den richtigen Wind zu bringen.

Nach Hans Adams Tode war es zu Ende damit. Das Schiff erlitt endgültig Havarie. Die immer wieder kunstvoll geknoteten Taue rissen, die Segel schleiften; durch mehr als ein Leck drang Flut. Das Steuer blieb noch am längsten brauchbar. Dann versagte auch das. Das Schiff mußte geschleppt werden.

Dieser allmähliche Schiffbruch einer stolzen Bark war es, dem Cornelie seit sechs Jahren beiwohnte. Immerhin ward es außer ihr nur wenigen klar, daß das Geschlepptwerden nicht freiwillig war, etwa einer besonderen Laune entsprach; daß die Segel nicht einfach gerefft, der Tiefgang des Schiffes durchaus nicht kostbarer Fracht zu danken war. Denn die Besatzung des Schiffes wußte bis zuletzt das zu wahren, was sie unter Würde verstand, und einer Schar kleinerer Fahrzeuge zu imponieren. Mit kurzen Worten: Henriette Echter blieb auch jetzt für ihren ehemaligen Kreis oder für das, was von ihm übrig war, wenn nicht richtunggebend, so doch zum mindesten das stolze Wrack, dem Gefolgschaft zu wahren war, ein Ehrengeleit bis zum Hafen.

Der Rest der Mainzer Hofgesellschaft war in der Tat kläglich; er bestand nur aus denen, die irgendein Gewicht, an das sie gefesselt waren, hinderte, sich der Schmach der Unterordnung unter das Regime des Umsturzes durch Flucht zu entziehen, sei dies Gewicht nun Armut, Krankheit oder hilfloses Alter. Widerwillig, verbittert, mit verbissenem Hohn fügten sie sich in die neue Ordnung: es blieb ihnen nichts anderes übrig. Gemeinsamkeit des Schicksals verband sie dem zurückgebliebenen Klerus, sie sahen sich von den Franzosen mit ihm auf eine Liste gesetzt und bildeten mit ihm ein stolzes Häuflein Elend, das, seiner wenig ansehnlichen Zusammensetzung zum Trotz, mit Fassung paradierte und auf dem die dunkle Blume des Märtyrertums in einigen wunderlichen und verkümmerten Spielarten und Schattierungen erwuchs und gedieh.

Es fehlte also im Hause am Karmeliterplatz nicht an Besuchern aus der Vergangenheit, es fehlte nicht an Revenants, Lemuren und Larven. Da war der alte Kammerherr Franz Philipp von Walderndorff, der nun als Bürger Walderndorff mit der näheren

Bezeichnung Rentier ein bescheidenes Logis in seinem eigenen Familienpalais am Karmeliterplatz innehatte. Da war die Baronin Legendre mit ihrer nicht mehr jungen Tochter Corinna, die das Schicksal nach Mainz verschlagen hatte, und die sich mit Spitzennähen und dem Bemalen von Tellern und Gläsern, mit Silhouettenschneiden und dem Herstellen von Miniaturporträts durchbrachten. Da war der gute Valdemaire, der sich als Sprachlehrer etabliert hatte und sich offiziell nicht mehr Abbé nannte. Da waren geistliche Herren verschiedener Kirchen, vor allen anderen der Pfarrer Hobert von St. Christoph. Sie wurden von ihren Gemeinden durchgefüttert und führten in beständigem tapferem Widerstand gegen die Zumutungen der neuen Regierung ein Leben voller Demütigungen und unliebsamer Erschütterungen. Ihre Erscheinungen waren des sanften Glanzes der erzbischöflichen Kurie gänzlich verlustig gegangen. Und endlich gab es einen ganzen Reigen alleinstehender Damen, von Witwen und unverheirateten Töchtern, die alle ihre liebe Not mit der Einquartierung und mit der mühsamen Einhaltung der ungewohnten Verordnungen hatten; die ihre Schmucksachen Stück für Stück heimlich zu Isaak Bär trugen, weil es besser war, sie in ein paar Gulden für das tägliche Brot einzutauschen, als sie den Franzosen zu überlassen. Einige freilich zogen es vor, ihre letzten Besitztümer von Wert mit so ausgetüfteltem Raffinement zu verstecken, daß sie später auch von den neugierigsten Erben nicht wiederzufinden waren. Hierunter waren ein paar mehr oder weniger entfernte Verwandte – Nichten Henriettes, Cousinen dritten und vierten Grades – an erster Stelle die Tanten Perpetua und Modeste. Die sanfte von leiser Verachtung kaum merklich gefärbte Protektion, die diese beiden alten Geschöpfe bisher in der Familie genossen hatten, war ihnen auch jetzt nicht entzogen worden, doch hatten sie merklich an Selbstgefühl zugenommen, seit der Umsturz die äußeren Gegensätze ausgeglichen hatte. Henriette Echter hatte die Tanten immer als ihre »Wettermännchen« bezeichnet, und zwar war Modeste das Thermo-, Perpetua das Barometer für eben herrschende Stimmungen in der Gesellschaft. Daß die beiden Damen in der Tat sehr genau reagierende Instrumente darstellten, hatte Cornelie mit Bezug auf sich selbst mehr als einmal erfahren, hauptsächlich nach ihrem Übertritt, als Modestes Verhalten gegen sie eine jäh von der Nähe des Nullpunktes zu strahlender Sommerwärme aufschnellende Temperatur anzeigte und Perpetua gleichzeitig von »Regen, Wind, Veränderlich« zu »Schön Wetter« emporkletterte. Die wackeren Wettermännchen befanden sich nun seit Beginn des Jahres in der gefährlichen Situation einer plötzlichen klimatischen Verschiebung, und zwar rutschte ihnen das Klima, auf das sie eingerichtet waren, gleichsam fort: sie waren nicht imstande, ihm nachzureisen, alte Jüngferchen, die ihr Leben aus einer, jetzt noch dazu fraglich werdenden Familienstiftung fristeten und die sich vor allem zu alt fühlten, um noch einmal anderswo anzufangen. Nach Monaten wilden Schwankens auf den Skalen ihrer inneren Gradmesser war dann endlich eine gewisse Stetigkeit des Luftdrucks, wenigstens innerhalb eines beschränkten Gebiets, eingetreten. Es war wieder möglich, sich anzupassen – und es geschah.

Cornelie stand diesem Kreise von etlichen dreißig Köpfen, zu dem sie sich zählen mußte, mit einer Art von mütterlichem Gefühl gegenüber. Diese Ausgestoßenen, so tapfer auf ihren verlorenen Posten, dauerten sie, eben weil sie es als Unglück nahmen, was ihnen geschah. Sie hatten alle keine andere Hoffnung als die, daß die Vergangenheit wieder auferstehen möchte. Wie alle unbegründeten Hoffnungen aber hatte auch diese nicht die Kraft, Leben auszustrahlen, sie war lediglich ein Gegenstand unfruchtbarer Träumerei, entsagungsschwerer Gespräche – sie war eine von den Hoffnungen, die schwächen wie der Gebrauch von Rauschmitteln. Cornelie glaubte zuweilen die einzig Wachende unter lauter Verzauberten zu sein. Als der geistliche Rat Albercandi einmal anhob und die Gesellschaft, die sich da bei dünnem Tee und sehr dünn gestrichenem Butterbrot zusammengefunden hatte, mit einer Versammlung von ersten Christen verglich, die in Erwartung der Wiederkunft des Herrn das Brot brächen, mußte sie sich an die Stirn greifen und fragen, ob sie am Ende nicht nur die einzig Wache, sondern auch die einzig Vernünftige hier sei! Der Herr, dessen Rückkehr man mit Sehnen gewärtig war, ließ es sich zu Aschaffenburg wohlergehen. Was man entbehrte, waren nicht so sehr die geistigen Segnungen seines Regimentes als die gefüllten Fleischtöpfe der Vergangenheit. Cornelie betrachtete die alten, abgezehrten und verhärmten Gesichter ihrer Umgebung, und ihr Zorn wich dem Wunsch, alle diese Betrübten einmal ordentlich satt machen und sie dann in ein sorgenloses Bett legen zu können. Valdemaire und die Baronesse Legendre waren die einzigen, die das nicht nötig zu haben schienen: sie forderten kein Mitleid heraus. Der junge Abbé hungerte zufrieden inmitten der Bücher, mit denen er den Walbruner Hof hatte verlassen dürfen. Der Graf hatte ihm eine Handbibliothek von alten Autoren und Kirchenvätern vermacht, Maximiliane ihn sich noch obendrein alles auswählen lassen, was ihm für seine Studien von Wichtigkeit schien. In seiner Dachstube im Hause »Zum Pilgrim« an der Quintinsgasse gingen wohl Boten ein und aus, die geeignet waren, ihn über den Zeitgeist hinwegzutrösten. Überdies war die Zahl seiner Schüler im Anwachsen, denn der fortschrittlich gesinnte Bürger ließ seine Kinder Französisch lernen.

Was Corinna Legendre betraf, so mochte ihr das Regenbogenkästchen mit den Emailfarben, die Versenkung in ihre gemalten Blumen und Früchte, ihre Miniaturen und Schattenrisse ähnliches bedeuten wie dem Abbé sein Ambrosius, sein Virgil und seine Philosophen. Cornelie fühlte ihr gegenüber leise Scheu wie vor unbegreiflicher Überlegenheit. Corinnas Mund war sehr schweigsam, desto beredter waren ihre Augen, die das Wesen eines Menschen mit einem Blick zu erfassen schienen, es billigten oder verwarfen. »Eine fatale Manier, zu schauen«, nannte es Breithardt. Dabei war die Baronesse das bescheidenste Geschöpf von der Welt, errötete leicht und ertrug die Launen ihrer temperamentvollen Mutter mit der Geduld eines Engels.

VIII

Cornelie liebte diese beiden Menschen, Corinna und Valdemaire, aus dem ganzen Kreise am meisten. Daß auch sie ihre Freunde waren, erfuhr sie am überzeugendsten, nachdem sie eines Tages einen Wetterumschlag in der allgemeinen Gesinnung sich selbst gegenüber erleben mußte. Mit vieler Korrektheit hatten die Wettermännchen ihn angezeigt: ihre Quecksilbersäulen waren von gestern auf heute gesunken, sie deuteten auf Sturm, es ward mitten im Sommer winterlich frisch. Cornelie fand diesen Tatbestand vor, als sie, von einem Ausgang heimkehrend, die ehrwürdigen Cousinen zu Häupten und zu Füßen des schwiegermütterlichen Bettes antraf. Die Konversation stockte bei ihrem Eintritt. Modestes Freundlichkeit, Freundlichkeit eines mopsgeschaffenen kleinen Weibes, dem eben von Natur nichts anderes anstand als Freundlichkeit, gerann wie Milch und ward sauer. Perpetuas holzgeschnitzte, gewöhnlich von etwas wie Gnade imprägnierte Züge nahmen den ihnen angemessenen Ausdruck von Starrheit an, dessen Ergebnis Leere war. Die Hände, die kleine patschige und die große harte, wurden gereicht, wie dem Sünder Reliquien geboten werden.

Henriette Echter, die Corneliens Abwesenheit meist als persönlichen Affront bezeichnete, bemerkte nichts, da sie längst auf den Augenblick gewartet hatte, in leidendem Ton nach einem Medikament verlangen zu können. Auch schien es die Absicht der Besucherinnen zu sein, sie zu schonen, denn ihr Benehmen war so eingerichtet, daß nur Cornelie die Wetteranzeige ablesen konnte – sie aber deutlich.

Nachdem sie von der Kranken ebenso zärtlich Abschied genommen, als sie sich vor der sie hinausgeleitenden Cornelie zeremoniell verneigt hatten, überlegte diese, nicht gerade behaglich gestimmt, den Grund der Veränderung. Buzzini war schon seit Wochen im Hause. Sein Einzug hatte keinerlei Wellenschlag im Teich der Getreuen hervorgerufen, im Gegenteil, man hatte den Wechsel der Einquartierung, wie man es ansah, freudig begrüßt und die Damen Echter dazu beglückwünscht. Das wäre ja auch noch besser, wenn er der Anlaß sein sollte! dachte Cornelie erbost, am Fenster stehend und den beiden Damen, die betont würdevoll über den Platz davonstelzten, mit gerunzelten Brauen nachsehend.

Larifari! Sie werden sich was ausgedacht haben oder sie haben's übelgenommen, daß ich der Legendre Erdbeeren geschickt habe und ihnen noch nicht! Wie ich überhaupt auf Buzzini gerate!

Letztere Schwenkung war nicht ganz aufrichtig. Sie wußte recht gut, daß sie nur auf den Tag gewartet hatte, an dem die Anwesenheit des Doktors im Hause für befreundete Seelen zum Stein des Anstoßes werden würde. Daß er für sie der einzige in Betracht kommende Arzt war, daß sie für seine Gönnerin galt, für seine Armenpraxis Kleidungsstücke, Bettzeug, Geld, altes Leinen sammelte, war hinlänglich bekannt und besprochen. Jedoch stand die Geistlichkeit, wenn nicht dem Doktor, so doch ihrer Liebestätigkeit mit mehr Wohlwollen gegenüber, als ihr eigentlich angenehm war. Daß sie noch niemand, außer Maximiliane (und damals dem Hauptmann von Voß, was ja nicht rechnete), die Mitteilung gemacht hatte, Buzzini sei nun Christophs Vormund, darüber glitt sie in ihren Gedanken gern weg. Niemand hatte bisher gewagt, eine persönliche Beziehung zwischen ihr und dem Doktor zu argwöhnen; daran hatte auch seine Verwurzelung im Echterschen Hause zunächst scheinbar – jedenfalls soweit es ihr bemerklich sein konnte – gar nichts geändert.

Dennoch – sie konnte nicht umhin, das Verhalten der Tanten immer wieder mit ihm in Verbindung zu bringen. Es wollte ihr den ganzen Nachmittag nicht aus dem Kopf.

Am Abend kam Breithardt, und er brachte die Aufklärung.

Der ehemalige Kabinettsrat, jetziges Mitglied der Administration, schlechtweg der Bürger Breithardt, wurde von Kathrin in den Garten geführt, wo Cornelie sich von Gaspard beim Begießen der Rabatten zur Hand gehen ließ. Sie begrüßte den Schwager fröhlich. »Verzeihen Sie, wenn ich Ihnen nicht die Hand reiche, lieber Ludwig – Sie sehen...« Dabei schwenkte sie die Rechte durch die Luft. Die Tropfen sprühten. Breithardt schüttelte unwillig den Kopf, zog das Schnupftuch und rieb den Aufschlag seines Rockes trocken.

»Müssen Sie denn durchaus eigenhändig...? Und warum beschäftigen Sie diesen zweifelhaften Burschen? Ein mauvais sujet, das sich, wie alle Welt weiß, bis vor kurzem als Landstreicher umhertrieb! Wo ist der Vespery?« Sie schritten den Mittelsteig zum Pavillon hin.

»Ich habe mit Ihnen zu reden, Cornelie«, fuhr Breithardt nervös fort, ohne Antwort abzuwarten. Er benutzte das Schnupftuch jetzt zum Abtupfen seiner Stirn.

»Der Vespery?« fragte Cornelie etwas gedankenlos zurück (›jetzt kommt es also‹, sagte sie sich innerlich), »der Vespery? Nun, ich weiß nicht, wer von den beiden mehr mauvais sujet ist, er oder der brave Gaspard. Der Vespery hält sich seit Delphines Entführung im Hintergrunde. Er muß wohl wissen, warum. Wir laufen ihm nicht nach. Wollen Sie nicht Platz nehmen?«

Sie ließ sich auf der Bank nieder. Breithardt setzte sich schwerfällig und sah auf den Boden zwischen seinen Schuhen. Plötzlich sprang er wieder auf und stand vor ihr.

»Ist es wahr? – ich frage Sie, Cornelie – ist es möglich, daß Sie... Ja – wie bringe ich es nur über die Lippen! Man hat es mir heut schwarz auf weiß zeigen wollen, daß Sie Buzzini...«

Er wiederholte mit vorgestreckter gespreizter Hand in zischendem Flüsterton: »Buzzini! Daß Sie Buzzini zu Christophs Vormund ernannt hätten! Buzzini, der nun auch unter einem Dach mit Ihnen... Zum Vormund! Buzzini! Nein, ich habe es abgelehnt, habe keinen Einblick in ein Aktenstück genommen... Nein, habe ich gesagt, das soll sie mir selbst... Soll sie mir ins Gesicht...«

»Wer hat Ihnen...?«

»Wer? Ein Bekannter, gleichviel, wer! Ein anderer Beamter. Er erwähnte es beiläufig, setzte voraus, ich sei unterrichtet.«

»Und Sie, Sie zeigten dieselbe Emotion wie jetzt eben?«

»Nun, was erwarten Sie anders? Wenn Ihnen unter den Füßen eine Mine explodiert! Ich muß sagen...«

»Und dann sprachen Sie mit Cläre darüber?«

Breithardt blickte sie ratlos an. »Natürlich! Sie teilt meine Erregung. Sie... sie ist außer sich!«

»Und Cläre«, schob Cornelie sanft ein, »hatte heute wohl Besuch von den Tanten?«

»Zu Tisch – ja – es ist ihr Donnerstag. Was soll das alles? Cornelie! Ich beschwöre Sie...«

Cornelie sah geradeaus, die Hände im Schoß gefaltet: »Nun verstehe ich...«

»Was verstehen Sie? Was gibt es da zu verstehen! Ich beschwöre Sie: ist es denn wahr?«

»Was?«

»Daß Sie Buzzini zum Vormund...«

Cornelie sah ihn groß an. Auf ihrem Gesicht lag nichts als Verwunderung über sein Wesen. »Ja!« sagte sie, ohne die Stimme zu heben. Ihr Ton aber schien niederschlagend auf den Hitzigen zu wirken. Er löste die gerungenen Hände, indem er sie mit einer hilflosen Gebärde zu beiden Seiten auspendeln ließ.

Sich erschöpft niedersetzend, starrte er kopfschüttelnd in den Garten. »Ich verstehe Sie nicht«, sagte er mit gebrochener Stimme, und gebrauchte von neuem das Schnupftuch. »Ich – verstehe Sie nicht!«

»Das ist gegenseitig, verehrter Schwager.« Cornelie rückte in die Ecke der Bank und drehte sich ihm halb zu. Der Anblick seiner kleinen fetten und nun noch zusammengesunkenen Gestalt gab ihr Fassung. Ihre Stimme war ruhig und kühl.

Breithardt rang wieder die Hände.

»Wie konnten Sie? Ohne Rücksprache mit uns, Ihren Verwandten, Ihren nächsten aufrichtigsten Freunden...«

»Lieber Ludwig, ich habe es Ihnen immer gesagt, daß ich jemand wählen würde, der das Vertrauen von Sixtus im höchsten Maße besaß. Sie hätten mich ja nur zu fragen brauchen, wer das sei.«

»Und warum, wenn ich fragen darf, haben Sie selbst nie den Namen genannt? Hätte das nicht nahegelegen? Oh, aber Sie wußten recht gut...«

Cornelie zog an den Falten ihres Kleides und glättete sie. Sie war dankbar für die dichter werdende Dämmerung, in der die Gesichtszüge nun verschwammen.

»Ich bin«, sagte sie mit gepreßtem Klang, »lange mit mir zu Rate gegangen. Mein Entschluß war dann plötzlich und wurde gleich ausgeführt. Er fiel mit dem Besuch des Hauptmanns von Voß zusammen. Ich – hatte plötzlich die Empfindung, daß ich ganz schutzlos und ausgeliefert sei, daß niemand da sei, Christophs und meine Rechte zu wahren...«

»Und dabei wußten Sie mich in erreichbarer Nähe!« sagte Breithardt. Sein Pathos klang nicht ganz echt.

Cornelie sagte fast schonend und erst nach einigem Zögern: »Sie hatten mir zu verstehen gegeben, daß ein Vater von sieben eigenen Kindern...«

»Ja – ach, ja!« Breithardt wehrte gequält ab. »Aber konnten wir denn nicht alles durchsprechen? Konnte es denn nicht einer unserer geistlichen Freunde sein? Albercandi zum Beispiel.«

Cornelie erwiderte gelassen: »Ich bemerkte schon, daß für mich das überaus günstige Urteil, das Sixtus noch kurz vor seinem Tode über Buzzini fällte, entscheidend gewesen ist. Maximiliane wird Ihnen das bestätigen.«

Breithardt machte eine Geste des Überdrusses.

»Walbruns praktische Menschenkenntnis...«, begann er.

»Steht für mich außer allem Zweifel!« fiel ihm Cornelie mit Nachdruck in die Rede.

Breithardt verstummte. Soweit seine weichen Züge es zuließen, sah er böse aus. Endlich sagte er:

»Es ist nun einmal nichts mehr daran zu ändern, da er die Bestätigung der Behörde hat. Was Ihr Herr Vater darüber denken wird, müssen Sie selbst fühlen. Immerhin, es ist ja nichts Nachteiliges über den Doktor bekannt. Er steht im besten Ansehen. Er wird protegiert...«

»Sie haben sich erkundigt?« fragte Cornelie ohne besondere Betonung.

»Selbstverständlich. Das war ich der Maman, das war ich uns allen schuldig«, erwiderte er mit unerwarteter Schärfe. »Ich muß hinzufügen: das war ich Hans Adam schuldig. Sie vergessen, daß der Name, den Sie tragen – Sie und Ihr Sohn – hier in Mainz einen durch Jahrhunderte bewährten Klang zu verlieren hätte!« – Cornelie hatte sich jäh erhoben.

»Ich weiß nicht, warum ich Ihnen länger zuhören soll!« sagte sie empört.

»Mein Himmel!« stöhnte Breithardt und folgte ihr in den Garten, »sagte Ihnen denn Ihr Gefühl nicht, daß Sie – eine Witwe! – nun diesen Mann, den Sie zum Rechtsvertreter Ihres Kindes gemacht, den Sie sozusagen öffentlich ausgezeichnet haben, daß Sie diesen unverheirateten Mann nicht in Ihr Haus aufnehmen durften, ohne Gerede zu machen?!«

Eine Pause entstand. Sie gingen langsam den Mittelsteig hinunter und kehrten um. Es war tiefstill und warm. Die erfrischten Pflanzen dufteten stark. Im Küchenfenster glomm Licht. Cornelie seufzte fast stöhnend. Sie sagte klanglos: »Also – man redet. Man – wagt es. Und Sie haben dem, der es tat, nicht ins Gesicht geschlagen?«

Dann, als keine Antwort kam, mit verzweifelter Ungeduld: »Wer – wer hat es gewagt? Reden Sie!«

»Wer...«, murmelte Breithardt eingeschüchtert, »wer sollte es wagen – mir gegenüber wagen! Von der Gefahr sprach ich, der Sie sich ausgesetzt haben, meine Teure! Von der Möglichkeit...«

Cornelie dachte erbittert: Und du bist es, der die Lawine ins Rollen gebracht hat! Aber es war wohl nicht zu vermeiden...

»Wie ist es zu Ihrer Kenntnis gelangt, daß ich dem Doktor die Vormundschaft übertragen habe?« fragte sie, vor ihm stehenbleibend.

»Sie hätten mir längst selber Mitteilung machen sollen.«

»Sie waren immer allzu beschäftigt, mein Lieber« – Cornelie sprach jetzt mit unverhohlenem Hohn. »Einen Vater von sieben Kindern behelligt man nicht gern mit persönlichen Angelegenheiten. Sie hätten es jederzeit erfahren können, wenn Sie sich dafür interessiert hätten. Maximiliane wußte von Anfang an darum. Sie hätte es Ihnen erzählen dürfen, ich hatte sie nicht gebeten, zu schweigen.«

Tatsache war, daß Breithardt und auch Cläre sich nach Delphines Verschwinden ängstlich zurückgehalten und sich nicht wieder unbefangen gezeigt hatten, als bis die Gewißheit, Cornelie verzichtete auf alle Schritte zu ihrer Wiedererlangung, unwiderruflich feststand. Maximiliane hatte damals mit Recht angenommen, daß Breithardt befürchtete, es könnte von ihm tatkräftiges Vorgehen in dieser Angelegenheit erwartet werden.

»Wie ich es endlich erfahren habe?« fragte er nun voller Kränkung. »Ich sprach heute zufällig einen Bekannten, wie ich Ihnen schon sagte; einen Herrn, der es wußte und ganz beiläufig erwähnte. Er meinte, daß Sie nun wohl zufrieden mit Ihrem Hausgenossen wären, woran ja nicht zu zweifeln sei, da er ja der Vormund Ihres Sohnes wäre. Wer das war? Nun, das war der Capitaine Rolland, der hier im Quartier lag. Er ist in die Verwaltung versetzt und zum Inspizienten der städtischen Ämter ernannt. Es scheint ihm besser zu liegen als das Militärische. Nun – und Sie, Sie haben ihm scheinbar mehr Vertrauen geschenkt als Ihren Verwandten...«

»Sie werden infam, lieber Schwager«, sagte Cornelie ruhig, obgleich sie zitterte. »Sie wissen genau, wie ich unter diesem Patron gelitten habe – unter seiner Zudringlichkeit, seinen Intrigen!«

»Dann hat er eben in Ihren Akten geschnüffelt!« ächzte Breithardt und ballte schwächlich die Faust. »Ihm ist das alles natürlich jetzt zugänglich. Nehmen Sie sich in acht vor ihm! Er ist nicht Ihr Freund!«

»Also das fühlen Sie doch!« sagte Cornelie bitter. Dann schwieg sie so lange, daß Breithardt schließlich stehenblieb. »Es ist nichts mehr daran zu ändern«, wiederholte er. Cornelie hob rasch den Kopf.

»Ich könnte Mainz verlassen, sobald Sie es wünschen«, sagte sie kalt. »Sie sind der Ansicht, daß ich der Ehre der Familie geschadet habe. Gut, ich habe verstanden.«

»Sie meinen – Sie wollten...«

Breithardt stammelte in erschrockener Verwirrung.

»Ich meine, daß ich mit Christoph zu meiner Großmutter nach Mecklenburg übersiedeln werde, wenn Sie oder Cläre oder sonst jemand aus der Verwandtschaft mir noch einmal einen solchen Beweis mangelnden Vertrauens geben sollten«, kam die Antwort noch kühler und härter.

»Um Gottes willen! Und die Maman? Aber, teuerste Schwägerin...«

»Um die Maman würde ich wohl keine Sorge zu haben brauchen, da sie ja eine leibliche Tochter hier hat, die sie wohl bei sich aufnehmen würde, wenn mir etwas zustieße oder – wenn ich mich gezwungen sehen sollte, in meine Heimat zurückzukehren. Ich hatte mir wohl zugeschworen, Hans Adams Mutter vor ihrem Tode nicht zu verlassen. Aber unter Umständen wie diesen...«

Breithardt war nahe am Weinen.

»Wie Sie mich mißverstanden haben, Cornelie!« jammerte er. »Wer hat denn gesagt – wer hat auch nur angedeutet, daß wir nicht das tiefste, unzerstörbarste Vertrauen zu Ihnen hätten?! Wer sollte es denn überhaupt wagen, auf Sie einen Stein zu werfen – ja, auch nur ein Sandkorn! Aber kennen Sie die Welt? Mein Gott, Sie kennen sie nicht! Sie beschmutzt das Reinste, eine Heilige wäre nicht sicher vor ihr, stünde nicht zu hoch, um in den trüben Dunst der Verleumdung gezogen zu werden! Warnen wollte ich Sie, nichts als warnen...«

»Ich danke Ihnen also, Schwager!« sagte Cornelie mit lebhafter Herzlichkeit, die sie fast den Rest ihrer Kraft kostete. Sie bot ihm die Hand, auf die er sich demütig beugte. Die Hand war eisig kalt, aber die Dunkelheit verbarg wenigstens ihr Gesicht. Sie wußte, daß sie blaß war wie Linnen, und ihre Füße trugen sie kaum noch. »Sie haben mich«, sagte sie, »in der Tat aus meiner

Arglosigkeit geweckt. Ich werde alles tun... Nun – sind Sie zufrieden?« Sie brachte ein leises Lachen auf.

»Sie beschämen mich, Cornelie. Sollte ich mich haben hinreißen lassen... Oh, mein nervöses Temperament! Cläre kann ein Lied davon singen! Sie vergeben mir! Nicht wahr, Sie bleiben! Wir – verlieren Sie nicht...?«

»Aber gewiß bleibe ich! Da Sie mich ja doch nicht fortzuwünschen scheinen... Nein, entschuldigen Sie mich! Ich bleibe noch ein wenig im Freien. Ich will das Pförtchen noch zuschließen. Sie finden ja den Weg. Gute Nacht! Und meine Grüße an Cläre!«

IX

»Diese Nacht gebe ich dran. Aber nicht mehr!« hatte sich Cornelie mit krampfhafter Selbstbeherrschung gesagt, als sie nach Breithardts Fortgehen im Garten auf und nieder geschritten war, während die in ihr arbeitende Erregung nach einem Ausbruch drängte. Zunächst aber waren der Magd noch Anweisungen zu geben, waren der Schwiegermutter wie stets vor der Nachtruhe noch einige Dienste zu erweisen. Die Tränen also zurückdrängen! Jetzt durfte nicht geweint werden. In guter Haltung bestand sie die Fragen, was denn der Ludwig so spät noch gewollt habe? Sein Weg habe ihn eben noch vorübergeführt, er habe sich nach dem Befinden erkundigen wollen, und dann habe er sich festgeplaudert, weil es sich dort im Garten so gut und ruhig gesessen habe. Warum ihre Hände so kalt seien, obgleich der Abend so warm war? Hätte sie kalte Hände? Ja, wirklich, nun fühlte sie es selber... Sie sei nicht so ganz wohl, es meldete sich gewiß wieder ein Kopfkrampf an. Sie werde sich noch einen Melissentee kochen und ihn vor dem Schlafengehen trinken. Die Kranke fand sogleich, daß auch ihr eine Tasse guttun würde, und nun mußte wirklich das Feuer noch einmal entfacht und Wasser zum Kochen gebracht werden, worauf es sich zeigte, daß der Vorrat an Tee aufgebraucht und auch kein Baldrian oder dergleichen im Hause war. Henriette Echter, die gar nicht an diesen Tee gedacht hatte, ehe ihn Cornelie erwähnte, war jetzt, da sie plötzlich wieder auf ihn verzichten sollte, überzeugt, daß sie kein Auge zutun würde, weil sie keinen bekommen konnte.

»Erst«, murrte sie, »läßt du mich warten, bis ich beinahe eingeschlafen bin, dann kommst du und kescherst mich wieder auf, und nun ist nicht einmal Tee da...«

»Der Kasper hat welchen in der Offizin«, sagte die Magd zur Tür herein.

»Es wird schon einmal so gehen, liebste Maman«, meinte Cornelie überredend. »Sie sind müde, ich merke es Ihnen an; Sie werden schlafen, sobald Sie allein sind.«

»Das ist es ja eben: müde sein, todmüde, und doch nicht einschlafen können! Das kennt ihr eben nicht. Jede Stunde werde ich wieder schlagen hören!«

»Der Kasper...«, sagte Kathrin.

»Es ist also welcher im Hause«, sagte die Kranke voll Bitterkeit, »du willst bloß nicht...«

»Also geh und sieh zu, ob der Gaspard noch wacht und bitte ihn um eine Kleinigkeit!« gebot Cornelie nervös. »Sie sind sonst so dafür, daß wir keine Gefälligkeit von drüben annehmen, chère Maman, daß ich es nur im äußersten Notfall tun wollte. Aber der scheint ja da zu sein.« Sie horchte hinüber. Kathrin, mit ihrem Auftrag zufrieden, trommelte an Gaspards Kammertür, aber ohne Erfolg. »Quand je dors, je dors à la marmotte«, hatte der Bursche von sich selber gesagt. Er schlief wie ein Murmeltier. Dafür öffnete sich die Saaltür.

»Bist du nun zufrieden?« hörte Cornelie sich aus dem eigenen Herzen fragen. Der Doktor trat auf den Flur, vom rötlichen Licht umflossen. »Aber das habe ich doch gar nicht gewollt!« antwortete Cornelie dem heimlichen Frager empört; »habe ich nicht bis zuletzt gewartet, ehe ich das Klopfen erlaubte?«

»Es fehlt uns an einem Tee für die Kranke«, hörte sie sich laut sagen, indem sie nun auch auf den Flur trat. »Aber wollen Sie gütigst den unnötigen Eklat entschuldigen, den Kathrin aus dieser Affäre macht. Sie meinte, Gaspard hätte vielleicht unter seinen Vorräten... So hör doch mit dem Getöse auf, Kathrin! Du merkst doch, er schläft! Wir werden ein wenig Milch mit Honig warm machen, das beruhigt auch.«

Der Doktor war ins Zimmer zurückgegangen und kam mit dem Leuchter in der Hand wieder heraus. »Woran fehlt es

Ihnen, Madame? Aber es ist ja alles vorhanden. Melisse, meinen Sie? Wird das das Richtige sein? Wollen Sie mir gefälligst leuchten?«

Sie hatten die Kammer betreten, die zum Laboratorium – zu einer Art Apotheke diente. Als er ihr den Leuchter gab, sah er ihr ins Gesicht. »Auch Sie, Madame«, sagte er kopfschüttelnd, »auch Sie sollten etwas Niederschlagendes trinken. Sie haben eine Aufregung gehabt, wie mir scheint, Sie sind aus dem Gleichgewicht... Das Befinden von Madame Mère gibt doch nicht Anlaß... Nein? Das ist es nicht. Gut, gut, Madame. Nur Ruhe – nur Ruhe...«

Er wandte sich ab und öffnete verschiedene kleine Schubfächer eines Schrankes, entnahm ihnen geringe Mengen getrockneter Kräuter und schüttelte sie in einem zur Hand stehenden Gefäß mischend durcheinander. Cornelie sah ihm gebannt zu, kaum merkend, daß Tränen aus ihren Augen tropften. Es war dies, was sie brauchte, wußte sie plötzlich, daß sich einer um sie kümmerte – einer, der stärker war als sie selbst...

»Hiervon, Madame, einen kleinen Löffel voll auf eine Tasse. Es wird eine gute Wirkung auf den Schlaf Ihrer Frau Schwiegermutter haben. Und auch Sie trinken davon, wenn ich bitten darf. Am besten, wenn Sie sich niedergelegt haben, und nur lauwarm.« Er blickte sie nicht mehr an, als sie die Kammer verließen. »Sie haben sich in der letzten Zeit zuviel zugemutet, gnädige Frau«, hörte sie seine tiefe Stimme hinter sich reden. »Wir werden ein wenig auf Ihre Gesundheit sehen müssen. Sie ist zu kostbar für viele...«

»Ach, Doktor, mir fehlt wohl nichts. Der heiße Tag – und Menschen, die einen plagen – Kopfweh... Da kommt einmal eine schwache Stunde. Haben Sie Dank – und verzeihen Sie die Störung. Gute Nacht!«

»Keine Ursache, Madame. Durchaus keine Ursache! Sie haben nun den Arzt im Hause, und da haben die Krankheiten und auch die schwachen Stunden draußen zu bleiben! Die schwachen Stunden freilich haben ab und an ihre Berechtigung: der Körper gibt nach – will Ruhe. Setzen Sie sich morgen einmal den ganzen Vormittag in die Sonne, das wird Ihnen guttun. Und dann werde ich Ihnen etwas verschreiben...«

Das alles, dachte Cornelie, als sie eine halbe Stunde später im

Bett lag, hat er so ruhig gesagt wie ein Gott und auch so unpersönlich: seine Stimme dröhnte wie aus einer Wolke heraus, und gewiß hat er da unten an seinem Pult schon längst wieder alles vergessen. Hatte sie nicht weinen wollen, sobald sie allein wäre? Wo war ihre Aufregung? Ein vorzüglicher Tee! Sie drehte sich auf die Seite und schob die Hand unter die Wange. Was für Bagatellen einen doch aufregen können, ging es ihr durch den Sinn. Ludwig ist ein trauriger Hanswurst. Was geht mich das alles an? Der Arzt im Hause, was gibt es Besseres...

Plötzlich war sie noch einmal ganz hell wach. Sixtus! dachte sie kummervoll. Meinte er das, als er von meinem Dahingleiten über Schwierigkeiten sprach? Geriet ich darum an Rühle? Kommt nun etwas Ähnliches? Hätte ich das voraussehen müssen, als ich damals durch den Regen zum Doktor lief und ihn bat, Christophs Vormund zu werden? Aber, Sixtus, du sprachest doch von einem Engel, der die Verantwortung für mich trüge, bis ich selbst... Muß nicht alles zum Besten ausgehen? Oh, wie waren nur seine Worte genau?

Sie mühte sich eine Weile vergeblich, auf die Einzelheiten jenes Gespräches zu kommen, seufzte ein paarmal tief und war eingeschlummert. –

In dieser Nacht träumte Cornelie zum erstenmal nach langer Zeit wieder. Sie befand sich im Kabinett des Grafen Walbrun, sie sah es in der gleichen Ordnung wie während seiner Krankheit und ihn selber am Fenster sitzend und gegen den Himmel hinausschauend. Sie war voller Freude, dachte, nun kann er mir ja noch sagen, was ich vergessen habe, und näherte sich ihm sanft, um ihn nicht zu erschrecken, denn er schien sie noch nicht bemerkt zu haben. Doch wandte er auch, als sie schon vor ihm stand, seine Augen nicht von den Wolken ab, lächelte nur und sagte vor sich hin: »Somnambul, war das Wort, und es heißt: schlafwach und: gehen wie die Träumenden.« Gleich darauf stand er vor ihr und glich nun dem Sixtus eines anderen, längst vergangenen – halb vergessenen Traumes, an den sie sich indessen jetzt deutlich erinnerte. Wie damals lächelte er geheimnisvoll eindringlich und war – Cornelie wußte es wieder – der verkleidete Engel, der Führer. Ohne jeglichen Übergang waren sie in einem Garten, und erschauernd erkannte Cornelie den Gottesacker von Hölkewiese und wußte, der zu beiden Seiten von schwarzgrünen Eiben wie von rauhen Wänden begrenzte Pfad, er führte zu der geräumigen Nische in der Umfassungsmauer, in der sich das Grab ihrer Mutter befand, der von ehernem Efeu überwucherte Hügel mit dem traurigen schwarzen Kreuz aus Eisen darauf. (Hier lag sie allein, seit fünfundzwanzig Jahren, wußte Cornelie auch jetzt. Charlottens Mutter ruhte drüben im Park, nicht weit vom Weiher, wo im Mai die Nachtigall sang...) Sie sah sich nach Sixtus um; er war fort. Und auch das Grab, das sie einen Augenblick klar gesehen hatte, konnte sie nicht wiederfinden: es klaffte die efeubesponnene Mauer hinter ihm auseinander, und unter ungeheuer gewölbtem graublauem Wolkenhimmel wogte unabsehbar märzbraunes Ackerland vor ihr, schwere, feuchte, duftende Schollen. »Erde ist deine Mutter!« sang's ihr zu Häupten, über ihr, in ihr. Und sieh, hinter dem Gespann, dem Pflug, der da aus der Ferne des Horizonts auf sie zukam, hinter stampfenden Gäulen, von ihrem Atem umdampft, schritt einer heran, im braunen Rock, das mächtige Haupt erhoben, die Augen auf sie gerichtet wie zwei Sterne, doch so, als sähe er sie nicht – unaufhaltsam – gewaltig. Unter ihr stieg und sank der Acker, so war ihr. Und dann, als sie eins ward mit der Erde – als der Pflug über sie hinging, was sie nicht hindern konnte, noch auch wollte, da sangen Gestirne und Heerscharen:

»Wo es aber erstirbet, so bringet es Frucht...«

X

Am 8. Juli erschien Valdemaire des Spätnachmittags bei Cornelie im Garten, was nicht weiter auffallend war, da er häufig nach Abschluß der Tagesarbeit seine Erholung hier suchte. Auffallend war jedoch diesmal sein Aussehen. Zwischen schwarzem Haar und schwarzem Habit war sein Gesicht kalkig weiß. Sobald er nicht angeredet und ins Gespräch gezogen ward, verfiel sein Ausdruck gleichsam und geriet fast in Blödigkeit. Immer wieder wischte er sich mit zittrigen Händen die Stirn. Cornelie gab es bald auf, eine unbefangene Unterhaltung mit ihm führen zu wollen, wie sonst.

»Valdemaire, was ist heut mit Ihnen?« fragte sie und schob die Schüssel mit Erbsen, die sie ausgepalt hatte, zurück. »Guter Himmel, Freund, wie sehen Sie aus! Sind Sie krank? Wollen Sie sich mir nicht anvertrauen?«

Unwillkürlich dachte sie, es habe etwas zwischen ihm und Corinna gegeben. Sie war in die nahe Beziehung der beiden eingeweiht, wußte auch, daß Valdemaire gern geheiratet hätte, daß Corinna aber seinem Wunsch aus Rücksicht auf eine Laune ihrer Mutter noch widerstand.

Valdemaire blickte sie leer an.

»Etwas Furchtbares!« sagte er tonlos. Er schöpfte Atem und spähte umher wie ein Verfolgter. Dann gab er sich Haltung. Er rückte näher zu ihr heran. »Hören Sie also!«

Er habe, erzählte er mit gedämpfter Stimme, in den letzten Tagen Besuch bekommen. Spätabends habe seine Wirtin einen Mann zu ihm heraufgebracht, der ihm angeblich Briefschaften aus Paris hätte übergeben wollen, den er aber sogleich als einen alten Freund vom Kollegium in Orléans erkannt habe. Er sei Pfarrer in Nancy geworden, und sie seien immer in Korrespondenz geblieben – erst vor zwei Monaten hätte er das letztemal an ihn geschrieben und ihm den Tod des Grafen und seine veränderten Lebensumstände gemeldet. Kaum seien sie allein gewesen, so habe der Gast ihm offenbart, daß er sich auf der Flucht befinde. Man habe ihn die ganzen Jahre hindurch unangefochten in seinem Amte belassen, nun aber sei er von persönlichen Feinden der Teilnahme an royalistischen Umtrieben verdächtigt und eben noch von ein paar getreuen Gemeindemitgliedern rechtzeitig genug gewarnt worden, um fliehen zu können. Er hätte über den Rhein gewollt, finde aber heut nacht keine Gelegenheit mehr. Auch seien alle Tore der Stadt viel schärfer bewacht, als er gehofft hätte. Er bäte um Gottes willen, ihn über Nacht dazubehalten und ihm morgen früh zum Weiterkommen zu verhelfen, er wüßte nicht aus noch ein. Verfolgt würde er nicht, nein, das könnte er sich nicht denken. Dazu sei seine Person doch nicht wichtig genug.

Valdemaire seufzte stöhnend auf. Er habe die Sache nicht schwer genommen, fuhr er fort. Der andere sei ihm von jeher lieb gewesen, ein zarter Mensch, ein schöner Geist, ein reiches Gemüt. Eine anima candida. Er hätte nicht einen Augenblick gezaudert, seine ganze Kraft für ihn einzusetzen. Er habe ihm zu essen gegeben, ihm sein Lager gerichtet und sei dann zu seinem Hauswirt gegangen, dessen kurfürstentreue Gesinnung er kannte. Er habe sich ihm anvertraut, und der wackere Meister habe wohl alles Verständnis für die Lage gezeigt, habe aber ausdrücklich gesagt, daß er selbst nichts damit zu tun haben wolle, ja, daß es ihm höchst fatal sei, den Herrn unter seinem Dach zu wissen. Er erwarte, daß er mit Tagesanbruch das Haus verlasse.

Hierauf habe er in zunächst unbegreiflicher Weise den Ton geändert und begonnen, Anekdoten zu erzählen, Geschichten von Emigranten und Flüchtlingen, denen es gelungen war, über den Rhein zu kommen. Dann aber sei seine Absicht hervorgetreten: er habe nämlich immer wieder einen gewissen Menschen erwähnt, der bei diesen Dingen die Hand im Spiel gehabt hätte, einen Menschen, der durch seine kriechende Haltung den Franzosen gegenüber, durch sein Speichellecken und sein Geschrei gegen die Tyrannen im Klub den neuen Herren ganz unverdächtig zu bleiben und mit großer Schlauheit immer Mittel und Wege zu finden gewußt hätte, das hessische Ufer zu erreichen. Ja, das sei so ein Kerl; ein recht verkommenes Subjekt übrigens! Er pflege sich in den Kneipen herumzutreiben und des Abends sei er meist bis spät im »Lämmchen« zu treffen, wo er in der Gaststube für die gemeinen Leute hocke und lauere, ob nicht etwa jemand käme, ihm eine Kommission für den anderen Tag zu geben, da er keine feste Beschäftigung hätte. Er brauche ja Geld für sein Saufen, der Vespery!

»Der Vespery?« fragte Cornelie bestürzt.

Valdemaire nickte. Jawohl! Und ihm sei es geradezu als ein Wink des Himmels erschienen, sich an den Vespery wenden zu können, der ihm ja bekannt war, so daß es keines langen Suchens und Herumfragens mehr bedurfte. »Sie meinen also, daß der Vespery meinen Freund heil nach Deutschland hinüberschaffen wird?« habe er gefragt.

Hierauf habe ihn der Meister Flammayr nur groß angesehen und gefragt: »Welchen Freund, Monsieur? Ich weiß von keinem Freund, ich will auch von keinem wissen, und wenn Sie mir vorher irgend etwas von einem Freund erzählt haben sollten, so hab ich's vergessen! Merken Sie sich das gut, Monsieur: wer da oben bei Ihnen in der Mansarde aus und ein geht, den sehen wir uns nicht an, ich nicht und meine Frau auch nicht und auch sonst niemand!«

Diese langsam und nachdrücklich gesprochenen Worte, bei denen der Meister ihn durch seine Brille ganz besonders angesehen habe, habe er denn ohne weiteres verstanden. Er sei ins »Lämmchen« geeilt, habe den Vespery richtig hinter seinem Schoppen Roten gefunden, habe ihn zu einem weiteren Glas eingeladen und dabei das Nötige mit ihm abgemacht. Der Vespery habe sehr pressiert getan, denn während ihrer Unterhaltung sei der sergeant de police Joost hereingekommen und habe sich in ihrer Nähe niedergelassen, was natürlich von Nachteil für die Genauigkeit der Verabredung gewesen sei. Es sei darauf hinausgekommen, daß sein Freund sich früh um fünf zur Zeit der ersten Messe in St. Quentin einfinden sollte, wo der Vespery ihn mit Hilfe einer vereinbarten Losung leicht herauskennen und alsdann mitnehmen würde. Er müßte aber ohne jedes Gepäck und im gemeinsten Anzug kommen.

»Dies«, sagte Valdemaire traurig, »war nicht schwer einzuhalten. Der arme Mensch war wie ein reisender Handwerksgeselle gekleidet, seine Freunde hatten ihn gut ausstaffiert. Er durfte nur den Mund nicht auftun, denn er konnte kein Deutsch oder nur das Notwendigste. Er war vor Angst halbtot, als er bei mir ankam. Ein gutmütiger Fuhrmann hatte ihn unter der Plane seines Karrens durch den Schlagbaum in die Stadt eingeschmuggelt, und er hatte sich zu mir durchfragen müssen.«

Vespery habe ihm in aller Kürze auseinandergesetzt, wie er seinen Schützling hinüberzubringen gedenke. Er pflegte oft zur Petersaue zu rudern, um dort für einen Korbflechter Weiden und Binsen zu schneiden und sie, mit Steinen beschwert, auf einer Sandbank ins fließende Wasser zu legen. Das Material wollte entrindet, geglättet, in jeder Weise betreut werden. Vespery hatte also bekannterweise ein Gewerbe auf der buschigen Insel. Wem konnte es auffallen, wenn er sich einen Gehilfen mitnahm? Er kam gegen Mittag allein zurück, legte seinen Kahn an einer anderen Stelle der Kaimauer fest und fuhr am Abend wieder hinüber, aller Welt erzählend, daß er drüben schlafen wolle, um gleich bei Sonnenaufgang an die Arbeit zu gehen. An seinen Begleiter vom Morgen dachte dann kein Mensch mehr, außerdem hatten die Wachen gewechselt. In der Nacht schaffte er den Flüchtling vollends hinüber…

Dies alles erkannte Cornelie als wohl möglich. Sie dachte an Vesperys gefährliche Botengänge während der Belagerung, an seine fragwürdige Rolle bei Delphines Entführung und war geneigt, ihm alles zuzutrauen. Er galt allgemein als milder Idiot und hielt seine Pfiffigkeit weislich verborgen wie eine kostbare Waffe.

»Ja«, sagte sie in Valdemaires Verstummen hinein. »Und was nun? Wie lief es ab?«

»Sie haben ihn gestern morgen auf der Eisgrube an die Wand gestellt und füsiliert«, flüsterte Valdemaire heiser und verbarg sein Gesicht. »Ihn – François – meinen Freund…«

Cornelie fuhr auf und beugte sich über den Tisch.

»Valdemaire!« rief sie voll Entsetzen.

Er nickte heftig. »Ja! Ja! Einen wahren Christen, den friedlichsten Menschen der Welt. Vespery hat ihn preisgegeber « Er schluchzte.

Cornelie sank in sich zusammen. Die Geschichte, die Kathrin heut vom Markt mitgebracht hatte, fiel ihr ein. Sie hatte kaum hingehört. Auf der Eisgrube hätten sie einen Spion erschossen… Das also war es gewesen!

»Armer Freund…«, flüsterte sie.

Valdemaire faßte sich. Er starrte mit geröteten Augen vor sich. »Madame«, sagte er. »Glauben Sie mir, ich bin kein Feigling, obgleich ich ein Bücherwurm bin und kein Soldat. Dennoch, sich dem Tode so nahe zu sehen…«

Cornelie erschrak. »Haben Sie Grund, für sich selber zu fürchten, Valdemaire?« fragte sie hastig, mit Beschämung sich zugebend, daß sie gleichzeitig dachte: Und dann kommst du hierher und gefährdest auch uns?!

Er schüttelte müde den Kopf. »Ich glaube nicht, Vespery will von nichts wissen, er läßt sich nicht mit mir ein und wird grob. Doch entfuhr ihm das Wort: Umsonst trägt der Vespery seine Haut nicht zu Markte. Ich muß also annehmen, daß der arme François ihm nicht genug hat bieten können. Und er sagte mir doch, er sei mit Geld versehen! Warum ist er nicht zu mir zurückgekommen, Madame?«

Er weinte wieder.

»Er wollte Sie nicht in Gefahr bringen, Valdemaire«, sagte Cornelie mitleidig.

»Ach! Er *wäre* gekommen! Er wußte, daß er auf mich bauen konnte! Er hat die Dunkelheit abwarten wollen, gewiß! Und da haben sie ihn gegriffen, wie er sich am Zitadellenberg aufhielt. Großer Gott! Er mag gedacht haben, sich dort zu verbergen, und lief seinem Tod in den Rachen. Meine Wirtin hat gesehen, wie sie ihn mit gebundenen Händen über den Markt eskortiert haben, sie hat es mir in aller Heimlichkeit zugesteckt. ›Bei allen Heiligen, es ist das letztemal, daß ich den Menschen nenne! Es läuft mir eiskalt über den Rücken, wenn ich daran denke, daß er hier im Haus war! Aber dies mußten Sie doch wissen, Monsieur!‹ sagte sie mir.«

Er stützte den Kopf. »Nein«, redete er verzweifelt vor sich hin, »kein Mensch wird etwas verraten. Sie sind alle zu nah beteiligt. Nur – der Fuhrmann, der ihn hereingebracht hat – der Knabe, der ihn zu mir führte...«

»Der Fuhrmann«, sagte Cornelie mit aller Entschiedenheit, »hat auch allen Grund, den Mund zu halten. Bleibt nur der Knabe. Und der wird nicht so weit denken, um Kombinationen zu machen! Es gibt seit Jahren so viel Franzosen in Mainz, daß es keinem mehr auffällt, wenn ein Mensch in schlechtem Deutsch nach dem Weg fragt!«

Valdemaires Züge erhellten sich etwas.

»Merci bien, Madame«, sagte er gepreßt. »Sie werden recht haben. Es war gut, daß ich Ihnen alles gesagt habe. Ich hoffe, mit der Zeit ruhiger zu werden...«

XI

Ein Vorfall wie dieser war wenig geeignet, jenes Gefühl der Sicherheit und geborgenen Gewohnheit zu begünstigen, das der Grundstock bürgerlichen Behagens ist: es war vielmehr gleich einem Gemurr des Drachens, der den Felsen bewachte, eine unheimliche Regung der fremden Gewalt, in deren Schatten das Leben stand. So gelassen Cornelie sich Valdemaire gegenüber gezeigt hatte, um ihn zu beruhigen, so groß war ihre unausgesprochene Sorge um ihn und alle, die mit ihm in Verbindung standen, mithin um ihr eigenes Haus. Ohnehin wurde jeder, der der ehemaligen Regierung nahegestanden hatte, und mochte es sich um noch so ungefährliche Vertreter, harmlose Rückstände einer vertriebenen Klasse handeln, insgeheim überwacht, und die wenigen Franzosen des ancien régime, die sich jetzt noch in Mainz aufhielten, waren alle in einem Punkt ihres Wesens krank aus Angst vor Verfolgung. Nun waren weder Valdemaire noch die Legendres im eigentlichen Sinn Emigranten; vielmehr war Valdemaire in Rom, wo er bei Ausbruch der Revolution einem Kardinal als Kurat zugeteilt war, in den Dienst des Grafen Walbrun übergetreten und auf diese Weise nach Mainz gekommen, während Camille Legendre, der verstorbene Mann der Baronin, das Leben eines reisenden Gelehrten und Schriftstellers geführt hatte und gestorben war, eben als er 1792 in Mainz Fühlung mit dem derzeitigen Universitätsbibliothekar, dem berühmten Forster, hatte nehmen wollen, um mit ihm den Plan einer französischen Expedition nach dem australischen Archipel auszuarbeiten. Er war also durchaus nicht emigriert, sondern war mit Zustimmung und halb und halb im Auftrag seiner Regierung in die damals unter Custine stehende Stadt geraten, um hier an einem Typhus zu sterben. Daß seine Witwe mit ihrer Tochter in Mainz hängengeblieben war, hatte die verschiedensten Gründe gehabt, unter denen ihr Geldmangel und ihre Abneigung gegen das sich in Blut badende Paris wohl den Ausschlag gaben. Ungeachtet dieser durchaus triftigen und harmlosen Begründung ihrer Anwesenheit, fühlten sich Madame Legendre und Corinna – fühlte sich Valdemaire einer Beargwöhnung durch die französische Besatzungsbehörde nicht zu Unrecht ausgesetzt, was mit ihrer verborgensten Gesinnung in Zusammenhang stehen mochte. Ihr Traum war, in die Schweiz oder nach Italien zu gehen; daß sie es nicht taten, lag einzig an jener Armut, die nach Ansicht der Baronin auch einer Familiengründung im Wege stand. Für immer unter dem Eindruck der Misere ihrer eigenen Ehe mit dem unpraktischen Legendre, hatte die Frau den leidenschaftlichen Wunsch, ihre Tochter vor einem ähnlichen Zustand zu bewahren; Valdemaire und Corinna dagegen besaßen nicht mehr genug unbefangenen Jugendmut, um sich ihren Weinkrämpfen und ihren Paroxysmen trüber

Voraussicht gegenüber zu behaupten. Die Verbindung wurde also wieder hinausgeschoben.

Cornelie fühlte eine Versuchung, ihre Freundschaft für Valdemaire gerade jetzt nicht zu auffällig an den Tag zu legen; demgegenüber stand die Verpflichtung, ihn nicht aus den Augen zu lassen, seinen die Tatsachen des täglichen Lebens unscharf registrierenden Geist wachsam zu halten und ihn immer wieder zu warnen. Es war keine Frage, was die Oberhand behielt. Sie richtete es ein, daß der erste Unterricht Christophs, den er übernehmen sollte, jetzt schon begann und nicht erst im Herbst. Auf diese Weise kam er regelmäßig zweimal die Woche ins Haus, und sie hatte Gelegenheit, ihn unauffällig auszufragen, wobei sie bald zu der beruhigenden Überzeugung kam, daß er einstweilen jedenfalls nicht öffentlich unter Verdacht stand. Er ging frei seiner Wege wie immer, und es war kein Grund zu der erhöhten Nervosität, die ihn Begegnungen mit dem Militär aus dem Wege gehen und sich stärker als je mit Reiseplänen tragen ließ. Was er hauptsächlich fürchtete, war ein Verrat Vesperys, obwohl Cornelie ihm gerade dies mit gutem Gewissen ausreden zu dürfen meinte. Der Vespery hätte gerade genug auf dem Kerbholz, um sich der Behörde nicht erst freiwillig interessant machen zu brauchen; der würde einer näheren Berührung mit dem Kriegsgericht von vornherein aus dem Wege gehen. Valdemaire pflegte auf derartige Beruhigungsversuche finster zu erwidern: »Er braucht ja nur anzugeben, ich sei mit dem Ansinnen, er möge meinem Freunde zur Flucht verhelfen, an ihn herangetreten. Zeugen dafür, daß ich ihn im ›Lämmchen‹ aufgesucht und lange mit ihm gesprochen habe, könnte er mehr als einen beibringen!«

»So würde Aussage gegen Aussage stehen«, antwortete dann Cornelie. »Sie würden angeben, daß Ihnen von mehr als einer Seite gesagt worden wäre, daß der Mensch sich gewerbsmäßig mit dem Hinüberschaffen von Flüchtlingen und auch von zollpflichtigem Gut befaßt, und Gott weiß, womit noch! Früher spionierte er für die Franzosen. Jetzt, denke ich, wird er's umgekehrt treiben.«

»Was hülfe das mir? Nein, ich würde sterben wie mein armer Freund, ohne den Mund aufzutun, um nicht irgendwen in mein Schicksal hineinzuziehen«, sagte Valdemaire mit pathetischem

Eigensinn. »Und haben Sie auch bedacht, gnädige Frau, daß diese Kreatur, wenn sie einmal gefaßt würde, was ja alle Tage möglich ist, vor ihrem Tode alles denunzieren wird, was überhaupt in ihrem Bereich war? Nein! In Mainz ist kein sicherer Boden mehr für mich.«

Diese letzte wohlbegründete Befürchtung leuchtete Cornelie peinlich ein und ging ihr nicht aus dem Kopf. Dennoch hielt sie den Anschein der Sorglosigkeit aufrecht. »Hören Sie, Valdemaire«, redete sie ihn das nächste Mal im heiteren Tone an, »ich werde den Vespery im Auge behalten. Durch meine Konnexionen zu Hinz und Kunz ist es mir ein leichtes, wie Sie wissen! Und«, sie veränderte den Ton und blickte ihn fest an, »ich werde Ihnen Bescheid senden, wenn ihm – etwas zustoßen sollte. Und Sie werden die Botschaft verstehen und wissen, was Sie zu tun haben!«

Valdemaire sah sie gequält an. »Gewiß, Madame, gewiß! Mein Paß liegt bereit. Aber wie wollen Sie mich benachrichtigen, ohne sich selbst in Gefahr zu bringen?«

Cornelie senkte nachdenklich den Kopf. Dann griff sie wahllos nach einem der vor ihr auf dem Tisch liegenden Bücher und schlug das Titelkupfer auf. Sie sah es an, lächelte und reichte es ihm. »Ich werde Ihnen dies Buch schicken ohne weitere Botschaft. Prägen Sie sich den Titel ein!« Valdemaire nahm das Buch. » ›Das heimliche Gericht‹ von Huber – welch ominöse Formel, Madame«, sagte er und lächelte nun auch. »Ich werde es gewiß nicht vergessen!«

XII

Cornelie vertraute sich dem Doktor an und brachte durch ihn in Erfahrung, daß jener Unglückliche, mit dem so kurzer Prozeß gemacht, erschossen worden war als der flüchtige Kaplan aus Nancy, François Melville, nach dem gefahndet wurde, also durchaus nicht als namenloser Spion, sondern als der, der er war. Die Annahme, daß er nicht nur sich zu sich selbst bekannt, sondern auch alle Verantwortung für seinen Aufenthalt in Mainz auf sich genommen hätte, lag somit nahe, und Cornelie atmete auf.

»Wie sind Sie dahintergekommen, Doktor?« fragte sie ängstlich.

Er habe den französischen Stabschirurgus im Kaffeehaus aufgesucht und sich zu ihm gesetzt, erzählte Buzzini. Es habe sich ganz wie zufällig so gemacht. Hierauf sei das Gespräch von der Praxis auf die Tagesfragen gekommen, und er, Buzzini, habe den anderen gebeten, ihn doch der Anatomierung beiwohnen zu lassen, wenn wieder einmal eine militärische Exekution stattfinden sollte. Denn daß sie auf der Eisgrube einen erschossen hatten, sei ja stadtbekannt gewesen und keine Gefahr dabei, es zu erwähnen. Der Kollege habe ihm das gern zugesagt und habe ihm freiwillig erzählt, was er hatte wissen wollen. Und demnächst, wenn man erst den Schinderhannes und seine Kumpane am Galgen hätte, würde es ja Material genug geben... Cornelie schauderte. Was es also mit diesem Opfer auf sich gehabt, fragte sie schroff, und ob der Mensch vor seinem Tode gesprochen hätte? Der Doktor lächelte gutmütig. »Madame, wir Ärzte sind zynische Patrone. Ist einer einmal tot... Nun, dieser arme Kerl scheint gestorben zu sein wie ein Soldat. Er hat erklärt, daß er der sei, für den man ihn hielt, denn sein Steckbrief hatte ihn schon eingeholt. Er habe gemeint, von Mainz aus leicht ans andere Ufer hinüberkommen zu können. Man scheint sich gar nicht dafür interessiert zu haben, ob er jemand in der Stadt gekannt hat und wie er hineingelangt ist. Man hat ihn kurzerhand an die Wand gestellt.«

Weniger einfach war es, etwas über den Vespery in Erfahrung zu bringen. Kathrin war derart schlecht auf den einstigen Liebhaber zu sprechen, daß sie es um keinen Preis in der Welt zugegeben hätte, über sein Tun und Treiben unterrichtet zu sein, was gewiß der Fall war. Sie erging sich nur in dunklen und vielseitigen Betrachtungen über Leute, die der Teufel schon zu finden wissen würde, wenn er sie einmal brauchte! Sie, Kathrin, hätte es weder mit Säufern noch mit Seelenverkäufern zu tun! Er schien so völlig unter die Ebene des geregelten Erwerbslebens geglitten zu sein, daß nach ihm fragen in anrüchige, verwesende Schichten geraten ließ. Cornelie ward es bald müde, nach ihm zu forschen und immer wieder auf faules Holz zu stoßen, das ihr zwischen den Händen zerpulverte. Sie wußte auch zu genau, wie leicht das Mißtrauen der Armen geweckt ist.

Am Köstrich und an der »goldenen Luft« wußte man wohl über den Bruder Bescheid; hier hatte er von jeher sein dürftiges Quartier gehabt. Aber zugeben, daß man von seinen verdächtigen Wegen wußte, das hieß vielleicht, die Aufmerksamkeit unliebsam auf sich selbst ziehen! »Der Vespery?« Nein, von dem wußte man nichts! Hatte er am Ende gar etwas angestellt? Es gab ehrbares Kopfschütteln, verkniffene Lippen und einen Austausch von Blicken, die nicht für die gnädige Frau bestimmt waren, dennoch mühelos von ihr ausgelegt wurden.

Hätte Cornelie sich an ihren Sohn gewandt, so würde sie vielleicht einer Auskunft am nächsten gewesen sein, obwohl es auch hier fraglich war, wieviel es Christoph mitzuteilen beliebt hätte. Er kannte Plätze, an denen Vespery bei gutem Wetter zu festen Stunden mit Sicherheit anzutreffen war. Um Mittag lag er gern nicht weit vom »eisernen Türchen« auf den Steinplatten des schräge abfallenden Kais im Sonnenbrand. Er hatte den schäbigen Filz über das Gesicht gezogen, war aber von mürrischer Zugänglichkeit, wenn der Knabe sich zu ihm hockte. Christoph starrte dann auf das glitzernde Wasser und sah den Schiffern der hier festgemachten Schiffe zu, die um diese Zeit träge und lustig umherlagen, aßen, schwatzten und spielten. Er sprach nie viel mit Vespery; er wußte selbst nicht genau, warum er ihn aufsuchte; er tat es meist, wenn ihn das Gefühl seiner Einsamkeit dumpf rührte und Erinnerung ihn bewog, eine Fährte aufzunehmen, die wenigstens bis dorthin führte, wo Delphine verschwunden war. War Vespery nicht der letzte Mensch gewesen, mit dem sie gespielt hatte, der, aus dessen Händen gleichsam sie dem fremden Mann am Straßenrand zugelaufen war? Es wäre ihm nicht in den Sinn gekommen, den Vespery zu beargwöhnen, darauf kam er gar nicht. Und es mochte dieses unerschütterte, unschuldige Vertrauen sein, zugleich mit dem veränderten, von einem neuen fragenden Ernst gefärbten Wesen des Knaben, das den verkommenen Burschen hinderte, ihn grob abzuweisen, und das ihn seine Nähe einigermaßen hilflos erdulden ließ. Das war ein Haufen schlechter, zerlumpter und schmutziger Kleider, der da lag, der Vespery! Er hatte nur einen einzigen löcherigen Strumpf, das andere Bein war mit Lappen umwickelt, und aus den Schuhen schauten die hornigen schwärzlichen Zehen hervor. Sein Haar war verwildert und staubig, sein Gesicht, das sich dem Kinde unter halb beiseite geschobenem Hut mit blinzelnden Augen zuwandte, war grau, talgig und voller Bartstoppeln. Jedoch, es war nun einmal der Vespery; der Vespery von früher, der Delphine gut kannte und alles vom Loriot wußte. Wenn er jetzt nicht mehr zu ihnen kam – er hatte sich mit Kathrin gezankt, so hatte man dem Knaben gesagt – wenn er niemals zum Plaudern aufgelegt war – das war doch kein Grund, ihn aufzugeben. Wenn die unbegriffene Macht in Christophs Herzen ihn auf die Wanderschaft trieb: der Vespery war ein Ziel, ein sehr vorläufiges, aber immerhin ein Ziel hier am Ufer des Stromes, der dem Suchen ohnehin die Grenze setzte. Die hingeluderte Gestalt, zu deren Häupten er ernsthaft und still sich hinkauerte, war ihm unantastbar. Er betrachtete die Merkmale ihres Niedergangs mit Gelassenheit; die häßlichen Hände des Vespery, verkrümmte Gebilde mit schwarzen, geborstenen Nägeln, waren ihm von ehrwürdiger Interessantheit. Den Dunst des verelendeten Körpers, scharf und fade zugleich, schnüffelte er vorsichtig ein. Ein paar Pfirsiche, eine Birne, die der Mensch aus den Falten und Schluchten seines Baus hervorgrub und ihm hinschob, ehe er sich schnaufend von ihm abwandte und auf die andere Seite wälzte, verzehrte er eben dieses Geruchs wegen mit behutsamem Kosten, ganz leise angewidert, aber auch so, als spüre er ein besonderes und vielleicht kostbares Gewürz. Dann saß er regungslos, das eine Bein untergeschoben, eine weiche, kleine Hand auf die andere gelegt, von unten fühlend die Wärme des durchglühten Steins und ganz eingehüllt in das zitternde Weben der Sommersonne. Sein Haar sprühte Funken; seine Augen in dem bräunlichen Antlitz waren auf die Strombreite, auf das andere Ufer: auf Deutschland gerichtet. Schwalben schossen vorbei, in den Ritzen des Mauerwerks blühten Gräser und gelbe Blumen. Wenn es Mittag läutete, stand er auf und strebte eilig nach Hause. Dann erhob sich der Vespery auf den Ellbogen und starrte blöde hinter ihm her.

Cornelie aber ahnte nichts von dieser Verbindung Christophs mit dem Gefährlichen, und nach wenigen Wochen begann sie überhaupt, den Vespery zu vergessen, bis ihn ihr Valdemaire wieder ins Gedächtnis rief. Dies geschah zweimal während das Winters, und beide Male war es wie die unheimliche Berührung einer Hand aus dem Dunklen. Vespery kam nämlich, Valdemaire anzubetteln, und tat es zwar äußerlich demütig, aber mit einem drohenden Unterton, dessen fatale Zweideutigkeit nicht zu überhören war. Nach dem ersten Mal, im späten November, kam Valdemaire vollkommen verstört zu Cornelie, drauf und dran, nun zu fliehen. Es mochte gerade diese Fassungslosigkeit sein, die Cornelie reizte, ihm beruhigend zuzusprechen und ihn zu überreden, abzuwarten, ob etwas erfolgen würde. Fürs erste, meinte sie, sei die Gefahr ja auch durch das reichliche Almosen hinausgeschoben. Das andere Mal, im Januar, war Valdemaire selbst der Gelassene. Er bemerkte angeekelt, er habe beschlossen, diese Ratte nun nicht weiter zu fürchten. Er habe den Kerl dermaßen angefahren, daß er sich gleichsam mit eingekniffenem Schwanz davongemacht habe. Was er eigentlich von ihm wolle? habe er ihn gefragt. Ob er nicht wisse, daß er demnächst zur Verantwortung gezogen werden solle? Er werde sich ja denken können, weswegen!

Valdemaire war sehr befriedigt von sich selber. Er tat sich was auf sein entschlossenes Auftreten zugute. Cornelie fragte vorsichtig, was er denn gesagt habe, der Vespery? Oh, nichts Bestimmtes; betrunken sei er gewesen. Allgemeine Andeutungen hätte er gemacht von »Mitgefangen – mitgehangen« und dergleichen. Cornelie blickte beunruhigt auf. Stand es so, dann war jetzt doch vielleicht Flucht das Gegebene, eine unverdächtige Abreise, ehe der Kerl seine Stinkbomben platzen ließ. Allein Valdemaire schüttelte entschieden den Kopf. »Nein, Madame!« Solange der Mensch frei umherliefe, sei nichts zu befürchten; und es sei anzunehmen, daß niemals Verdacht auf diesen vertrottelten Mistfinken fallen würde.

Cornelie schwieg. Sie war eine stille Beobachterin und Corinnas Vertraute. Die gemeinsame Sache der beiden ging zur Zeit durch eine Periode der Hochspannung; es war ihr ganz klar, warum Valdemaire eben um keinen Preis von Mainz wegwollte. Sie sagte nach einer Weile: »Packen Sie wenigstens eine Kiste voll Ihrer kostbarsten Bücher und ähnlicher Besitztümer, die Sie im Fall einer plötzlichen Abreise zurücklassen müßten. Sie wissen, daß alles beschlagnahmt würde, wenn Sie eines Tages verschwänden...«

Valdemaire gab unbehaglich zu, das könnte er schließlich tun.

Indessen bedurfte es noch einiger Beeinflussung seitens Corinnas, bis jene Kiste wirklich gepackt wurde und dann am Karmeliterplatz eintraf, wo sie unter dem Dach verstaut wurde. In den nächsten Monaten mußten es die Frauen mehr als einmal hören, daß er seine wichtigsten Aufzeichnungen, seine liebsten Bücher ihrer Marotte wegen entbehren müßte! Aber Cornelie blieb fest.

»Diese Kiste«, sagte sie streng, »enthält Eigentum der Gräfin Walbrun, mein Lieber! Verstehen Sie? Madame Henriette Echter wird diese Kiste vermutlich eines Tages an ihre Tochter nach Würzburg in das Klarissenkloster schicken, und dort... Nun, dort würden Sie die Kiste und ihren Inhalt möglicherweise in Empfang nehmen können. Einstweilen aber steht sie hier auf dem Speicher und bleibt dort! Punktum!«

Valdemaire mußte lachen und küßte ihr die Hand. »Sie sind anbetungswürdig, wenn Sie ›Punktum‹ sagen, Madame; Sie sind königlich, und ich möchte den sehen, der sich dann nicht fügt! Immerhin – mein Aristoteles fehlt mir sehr!«

»Ah bah! Es ist besser, er fehlt Ihnen jetzt als später Ihr Leben lang! Sie werden hier nicht alt werden, Freund – glauben Sie meiner Ahnung! Und ich werde Ihnen eines Tages ein Buch schicken – es liegt immer bereit oben auf der Kommode –, wie heißt es doch? Nun, wie heißt es, Valdemaire?«

Valdemaire lachte, aber nicht ganz froh. » ›Das letzte Gericht‹, nicht so? Nein, ›Das Blutgericht‹, wie, Madame? Ah, wir können das wohl zu den Akten legen! Sie und Corinna sehen nun bald einen edlen politischen Märtyrer in mir! Ach – die Frauen...«

» ›Das heimliche Gericht‹, Valdemaire!« sagte Cornelie vorwurfsvoll. »Vergessen Sie nur diesen Titel nicht! Und seien Sie ganz zufrieden, daß wir für Sie wachen!«

In der Folge ward dieser Buchtitel mehr oder weniger zum Schlagwort, zur Losung, die sich die Eingeweihten gelegentlich zuwarfen, um sich inmitten eines fremden Kreises ihrer Verbundenheit zu versichern, um sich über Valdemaires Zerstreutheit zu verständigen, kurz, um leichtherzig eine Art Feuerwerk mit dem zum Entfesseln einer Mine bereitgehaltenen Fidibus zu machen. Es kam dahin, daß sich die vier Menschen – Cornelie, Corinna, Valdemaire und Buzzini – kaum noch der ursprünglichen Bedeutung der Formel bewußt waren. Der Professor

Sömmering, für den Corinna anatomische Präparate zeichnete und in dessen Hause auch Cornelie, von der Freundin eingeführt, hin und wieder verkehrte, horchte auf, als sei ein altes Signal gefallen. Cornelie hatte Corinna das Wort über den Teetisch zugeworfen, es war die Rede von dem Liebhabertheater gewesen, das in der Reitschule zu wohltätigem Zweck das Stück »Die Aristokraten in Deutschland« aufführte. »Da fehlt nur noch ›Das heimliche Gericht‹ «, hatte Cornelie mit einem Blinzeln gemeint; aber, oh, welches Stichwort war das für den wackeren Professor, von seinem beklagenswerten Freunde Forster zu sprechen, ja, jenem Forster, Mademoiselle Legendre, um dessentwillen Ihr Herr Papa nach Mainz kam!, desselben, dessen neulich beim Fest der Dankbarkeit im Dekadentempel – strafe uns Gott! in der Petrikirche! – so besonders gedacht worden war! Unter seinem Dach war ja jene Tragödie einst von Huber geschrieben worden. Und hatte sich nicht an dem unseligen Forster dann ein Schicksal vollzogen, das einem heimlichen Gericht gleichkam? Oh, der reinste, der friedlichste Mensch konnte sich in Schuld verwickeln und mußte dann büßen! »Er spielte auf rosenkreuzerische Umtriebe an«, erklärte Corinna der Freundin später, »er ist überzeugt, daß jener Forster, der übrigens von seiner eigenen Frau mit Huber betrogen wurde, ein Opfer seines Verrats an jener dunklen Verbindung geworden ist.« –

Es ward auch zur Gewohnheit, daß Valdemaire, wenn er zum Tee am Karmeliterplatz blieb, sich etwas von dem »heimlichen Gericht« ausbat, falls es denn vorhanden sein sollte, womit in diesem Fall eine Fleischsülze gemeint war, deren Zubereitung ein besonderes preußisches Küchengeheimnis Corneliens war. –

Im Verlauf eines Jahres ward all dies schön allmählich vergessen. Auch des erpresserischen Vespery ward nur gedacht, wenn irgendein Gerücht über eine nächtliche Schießerei zwischen französischem Militär und Schmugglern Anlaß gab, sich an ihn zu erinnern. Nach heftigen Kataraktstürzen, Wirbeln und Sprudeln gewann das Leben ein sachteres Gefälle, und endlich zog es in dem neu aufgezwungenen Bette wieder mit einer Ruhe dahin, die Dauer vortäuschte. Cornelie war es einmal, als hinge es von ihrem eigenen Verhalten ab, ob dieser Zustand nun bleiben würde, als gälte es nur, leise zu schreiten, sanft zu sprechen, von Grund aus alles zu überdenken und sinnvoll zu durchdringen, zu ordnen; schließlich, als käme es nur darauf an, zu atmen, so wie ein Baum, wie ein Feld, nichts für sich selbst wünschend oder fordernd, als was die Gestirne ohnehin zu geben bereit waren. Dann, so war ihr, müßte alles von selber gut bleiben und Lächeln träufeln ohne Ende, Gnade um Gnade. Christoph vor Augen und sein makelloses Gedeihen, die Mühelosigkeit, mit der er sich die ersten Kenntnisse aneignete... Das stille Hindämmern der Mutter neben sich, deren Befinden sich während der guten Jahreszeit oft zu voller Gesundheit hob... Die mähliche Beruhigung der Menschen ihres Umganges, die sich, wenn nicht der Unabänderlichkeit der Verhältnisse, so doch anscheinend einer Gewalt beugten, die noch mehr vermochte, der unerschütterlichen Selbstverständlichkeit von Corneliens Handeln nämlich... Endlich die lebendige Verbundenheit mit der Kette bedürftiger Menschen, die ihr den Überschuß an Kraft abnahmen, der sie sonst bedrängt hätte: dies alles hielt sie im Gleichgewicht, und sie hütete sich, auch nur einen der Fäden des zarten Gespinstes zu berühren, zu straff anzuziehen.

Letzten Endes schwebte dieser Friede spiegelnd im Licht, wie der opalene Ball einer Seifenblase. Aber sie fragte nicht, wessen Hauch die wunderbare Kugel geschwellt habe, wer sie nun auf starkem Atem dahintrug. Vielleicht wußte sie es, aber wissen und es sich zugeben, war zweierlei. Denn, ach: Glück – eine Seifenblase –, zersprang es nicht immer tränensprühend, wenn es mit Händen gegriffen und in der Nähe betrachtet wurde? Und war es nicht besser, zu tun, als sei es nicht da? –

XIII

Der Fall mit dem blinden Mädchen, dessen plötzliche Abreise mitten in der Kur dem Rufe des Doktors vorübergehend so sehr schadete, ereignete sich im Winter darauf. Es war im November, daß eines Tages eine ländliche Kalesche über das Pflaster des Platzes rumpelte und vor dem Echterschen Hause hielt. Cornelie beobachtete vom Fenster aus, wie ein schwerer, bäuerisch gekleideter Mann abstieg und mit äußerster Umsicht und Zartheit einer jungen Frauensperson vom Wagen half, deren Gesichtszüge ganz im Schatten ihres breiten, von Bändern zusammengehaltenen Hutes lagen. Gleich darauf ging der Türklopfer und dann, nach dem Öffnen, entspann sich auf dem Flur eine laute Verhandlung zwischen dem Fremden und Gaspard. Der Doktor war nicht zu Hause, aber nein, es war nicht die Zeit seiner Sprechstunde! Er war fortgegangen, war geholt worden, stand einer Wöchnerin bei. Wann er zurückkäme? Das konnte Gaspard gar nicht wissen. »Monsieur, ça dépend...« Gleich darauf erschien der Bursche mit einem ratlosen: »Madame, je ne sais que faire...« im Wohnzimmer, und Cornelie trat auf den Flur.

Durch die mehr als vernehmlich geführte Unterhaltung war sie im Bilde und kaum weniger ratlos als Gaspard: es handelte sich um einen Weingutbesitzer aus der Gegend von Speyer, der sich auf einer Reise nach Köln befand und seine Tochter mitgenommen hatte, um sie in die Behandlung des Doktors zu geben; und zwar beabsichtigte er, sie in Mainz zu lassen, bis er sie auf der Rückreise wieder abholen würde. Nun hatten sich ihm in den zwei Stunden seit seiner Ankunft in Mainz die erdenklichsten Schwierigkeiten ergeben, vor allem die, daß sein Geschäftsfreund, in dessen Gesellschaft und mit dessen Obsttransport er die Fahrt den Rhein hinunter machen wollte, nicht erst morgen früh, wie er angenommen, sondern bereits heute, heut um zwei Uhr spätestens, aufbrechen wollte, was aus verschiedenen Gründen nicht zu ändern schien. Die zweite, fatalere Überraschung war die, daß die Frau des Freundes nicht geneigt war, die Leidende bei sich aufzunehmen, womit in aller Unbefangenheit gerechnet worden war. »Das ist ein klubistisches Weibsstück, ein ganz wildes!« erklärte der dicke Mann zornig und trocknete sich den Verzweiflungsschweiß von der Stirn, nachdem er Cornelie die Sache noch einmal auseinandergesetzt hatte. »Das habe alles die verdammte Jakobiner auf dem Gewissen, die brauche nur Vernunft und kei Herz mehr! Und mein Freund, der Häflin, das ist auch ein rechter Sansculotte, weiß Gott, doch warum? Weil sie die Hosen anhat und nit er! Nichts für ungut, Madame!« Lachen mußte er doch.

»Sie werde ja anders sein, Frau Doktorin«, sagte er dann bittend, fast schüchtern.

Cornelie erschrak etwas. »Ich bin nicht die Doktorin!« sagte sie, um Zeit zu gewinnen, zunächst mit einigem Nachdruck. »Der Doktor ist unverheiratet. Er wohnt nur bei uns.«

»Mei Gott – heiliger Herrgott von Biberach!« stammelte der Mann nun enttäuscht und blickte fassungslos auf sie hin. Dann polterte er: »Ja, wo bleibt er denn aber? Wo steckt er, der Doktor?! Er muß mir doch Rat wissen... Ich kann doch mei Mädchen nit auf der Straße lasse! Ich muß doch aufs Wasser, es geht doch schon auf eins... Und mei Äpfel sollen auch noch verlade werde...«

Drinnen im Saal schlug die Uhr. Es war eins. Der Doktor befand sich am Köstrich, es war nicht anzunehmen, daß er bald zurückkäme. Cornelie blickte von dem aufgeregten Mann auf das Mädchen, das ganz still, beinah unbeteiligt auf der hölzernen Bank saß, die zur Aufnahme wartender Patienten hier auf dem Flur stand.

»Was fehlt ihr?« fragte sie halblaut, und noch ehe der Mann den Kopf senkend und ebenfalls mit gedämpfter Stimme antwortete: »Sie ist blind...«, hatte sie schon begriffen, daß es dies sein müsse. Das Mädchen hatte, ohne den Blick auf sie zu richten, das Gesicht mit einem Lächeln erhoben, das sogleich wieder verging und einem geduldig lauschenden Ausdruck wich.

»Aber lieber Mann«, flüsterte Cornelie erschrocken, »meinen Sie denn, daß ihr der Doktor da helfen kann? Sollten Sie nicht zu einem Augenarzt gehen? Ich weiß, der Doktor befaßt sich nicht mit Starstechen, er ist der Ansicht, daß dazu die Hand eines geübten Okulisten nötig sei...«

»Es ist nit der Star, Madame. Lieber Gott, als ob ich nicht bei Augenärzten gewesen bin! Der hiesige, der Doktor Neef, hat mich ja heimgeschickt mit ihr, als ich ihm erzählt hab von Straßburg und was die Herren dort mit ihr versucht haben... Aber jetzt hab ich sie dabei, und ich will sie noch einmal in Kur geben, einmal soll's noch versucht sein. Da hat man mir doch von dem Herrn Doktor erzählt und was er für Kuren macht... Waren ja auch welche, die gewarnt haben, aber wer nichts wagt... Nit wahr? Nein, Star ist's nicht, Madame, sie ist so jach aus dem Schlaf gefahren vor fünf Jahren, als der große Brand war. Seither – ja, seither ist es. Das muß doch zu heilen sein, das muß doch vergehen, so wie es gekommen ist... Ein hübsch Mädelchen, könnt alle Tag heiraten, wenn das nit wär. Haben ihr jetzt die Haar abgeschoren, als sollt sie ins Kloster, das war wegen der Ziehpflaster, die sie ihr auf den Kopf gelegt haben, Senfumschläge, hat gebrannt wie Feuer, gell, Beate, mein Armes? An eine Maschine haben sie sie gebunden, aus der Funken sprühten, in die Augen hinein... Hat nichts geholfen. Hätte ich nur Zeit, Madame, ich brächte sie ja noch unter! Aber ich muß doch fort, und wohin soll ich denn mit dem Kind? Sie könnte dem Doktor ja alles selber erzählen, ist verständig genug, ein wahres Wunder an Klugheit für ein Frauenzimmer, mit Respekt zu sagen, Madame...«

Er hatte das alles hervorgesprudelt; jetzt machte er eine Pause und blickte ins Leere. Sein fleischiges Gesicht unter dem grauen Schopf sah ratlos genug aus; er kratzte sich grübelnd hinter dem Ohr. – »Die Frau hätte ich eben mitnehmen sollen, die Frau! Aber die Beate ist eben nit unser Einziges, sind noch vier nach ihr da, und der Hof, das Geschäft... Beide können wir halt nit zugleich fort...«

Er drehte den Hut in den Händen und warf Cornelie einen hurtigen, schlauen Blick zu. »Geld, Madame«, sagte er und schlug mit der Hand auf den Hosensack, »anständiges Payement für Kost und Logis, ganz abgesehen von einem ansehnlichen Douceur für den Herrn Doktor, darauf sollte es mir nicht ankommen. Aber Madame werden das Haus voll haben und keinen Raum frei? Madame hat Kinder... Dem Herrn Gemahl wird es nit recht sein...?«

Christoph hatte zuerst nur durch die Tür gelugt, allmählich war er dann herausgekommen, um der interessanten Unterhaltung näher zu sein. Jetzt stand er vor dem Mädchen und blickte von unten hinauf in ihr stilles Gesicht. Sie mochte seine Nähe spüren; ihr Lächeln, ziellos, wie die sanfte Bewegung eines Wasserspiegels, erschien wieder. Sie hob die Hand, tastete, fand seinen Kopf und strich über sein Haar. Gleichzeitig sagte sie, und es war wohl der Klang ihrer Stimme, nicht weniger als die sonderbare Ergebenheit ihrer Worte, die Corneliens Entschluß plötzlich zeitigte. »Nehmen Sie mich doch mit bis Köln, Herr Vater, und sprechen wir auf der Heimreise wieder hier vor! Ich werde Ihnen gewiß nicht mehr Umstände machen als ein Mantelsack, den Sie im Gasthof lassen. Sie wissen ja, Zeitvertreib brauche ich nicht.«

»Du bleibst doch hier!« sagte Christoph und sah sich nach seiner Mutter um. Cornelie trat zu ihm und legte ihre Hand auf die des Mädchens, die noch auf des Kindes Haar ruhte. »Ja«, sagte sie, »ja, freilich, Christel, sie soll hierbleiben, bis ihr Vater von Köln zurückkommt. Dann wissen wir auch, was der Doktor meint – und dann findet sich alles...«

XIV

Die Meinung des Doktors, der kurz nach dem überstürzten Aufbruch des vor Dankbarkeit glänzenden Jakob Weigandt – so hatte er sich eiligst noch vorgestellt – nach Hause kam, war zunächst nicht recht zu ergründen. Vorerst war er unzufrieden darüber, die Patientin im Hause eingenistet zu finden. »Es liegt nicht in meinen Absichten, Madame Echter«, sagte er nahezu steif, »Ihnen noch mehr Unruhe ins Haus zu bringen, als das durch meine Sprechstunden schon ohnehin notwendig ist. Ich werde mich, sobald die Klientel des heutigen Nachmittags befriedigt ist, nach einem Quartier für das Mädchen umtun. Wollen Sie es nur gütigst bis dahin auf meine Kosten verpflegen.«

Cornelie mußte ungewohnt beredt werden, um ihn zu überzeugen, daß sie nicht daran dächte, ihren Gast wieder fortzuschicken. Schließlich sagte sie ungeduldig: »Der Vater hat sie mir anvertraut, mir persönlich, Doktor, und ehe er nicht zurück ist, kommt sie nicht unter ein anderes Dach! Der gute Mann wollte zahlen, ich habe ihn ausgelacht. Da schickt er eben einen Korb Äpfel ins Haus, an die zwei Zentner, und was für welche! Versuchen Sie das Aroma gefälligst. Kurz und gut: die Jungfer bleibt. Und hiermit Punktum! wenn ich bitten darf!«

»Punktum!« das war auch so ein Rückstand von früher. Punktum! hatte Dubslaw Tracht geschrien, und ein kleines Mädchen hatte sich gehorsamst, zitternd, zur Tür hinausgeschlichen. Jetzt wußten Christoph und Kathrin und vielleicht noch dieser und jener, daß weiter keine Diskussion möglich war, sei es über längeres Aufbleiben am Abend, über den Termin der großen Wäsche oder dergleichen, wenn Cornelie einmal: Punktum! gesagt hatte. Der Doktor schien es einzusehen, wennschon er das Zimmer nicht eben zitternd verließ, sondern mit einem Ausdruck, der nicht weit von einem Lächeln entfernt war.

»Eh bien – va bene – Madame«, sagte er, halb zu sich selbst und, wie deutlich wahrnehmbar, bereits mit ganz anderen Dingen beschäftigt.

»Gehen wir denn an die Untersuchung dieser Jungfer Beate Weigandtin...«

Das Ergebnis der Untersuchung erfuhr Cornelie erst abends, nachdem der Andrang zur Sprechstunde sich verlaufen hatte und der Doktor von einem zweiten Besuch bei der fiebernden Wöchnerin am Köstrich zurück war. Wie meistens am Abend besonders anstrengender Tage schien seine Kraft nicht nur in keiner Weise erschöpft, sondern eher gesteigert. Cornelie kannte diesen Zustand an ihm nun schon; der Mann war dann gleichsam beflügelt, irgendwelche Hemmungen mochten durch die starke Beanspruchung aller Kräfte aufgelöst und um ihre Wirkung gebracht sein: Buzzini gab an solchen Abenden sein gewohntes gelassenes Wesen ganz auf, er hatte ein blasses, von den feurigen Augen fremdartig durchleuchtetes Gesicht, er sprach viel, lebhaft, mit großen, betonten Gesten. Es war ein Zustand der Überreizung, der in eine Art von Ekstase umschlug.

Aus dem Mädchen hatte er das Folgende herausgefragt: Sie hatte sich im Jahre 92 als dreizehnjähriges Kind bei ihren Großeltern an der lothringischen Grenze befunden, dort also, wo – wie Cornelie bei sich mit einem leisen Erbeben des Herzens feststellte – jene ersten Gefechte des unseligen Feldzuges stattgefunden hatten, bei deren einem Hans Adam gefallen war. Zurückgehende französische Truppen mußten in der Hast ihres Aufbruchs ein Quantum Schießpulver oder gar eine Granate auf dem Gehöft gelassen haben, in der Scheune, im Stall, wo sie kampiert hatten. Jedenfalls war es in der Nacht nach ihrem Abzug zu einer jähen, furchtbaren Explosion gekommen. Die Stallungen hatten in Brand gestanden, noch ehe ein Mensch sich über die Natur des entsetzlichen Getöses klargeworden war. Dies schaudervolle Aufschrecken aus tiefem Schlaf, diese Erschütterung einer jungen Konstitution in einem besonders kritischen Alter, hatten bei der kleinen Beate, ihrem eigenen Bericht nach, die plötzliche Lähmung des Sehnervs hervorgerufen. Das Mädchen war seit jener Nacht blind.

Dies alles hatte sich Cornelie schon im Lauf des Nachmittags von ihrem Gast erzählen lassen. Der Doktor sagte dazu:

»Diese Geschichte ist glaublich, und jedenfalls ist das Mädchen selbst fest von ihrer Wahrheit überzeugt. Mir genügt sie nicht ganz zur Begründung des Tatbestandes, den ich bei der Untersuchung vorfand. Es sind da gewisse nervöse Symptome... Aber das will abgewartet und beobachtet sein. Hätte ich sie nur gleich damals in die Hände bekommen, ich oder ein anderer mit vernünftiger Methode! Es wäre eine Kur von einem Monat – was sag ich! – von drei Wochen gewesen! Aber was haben meine Herren Kollegen hier verdorben! Was hat man mit dem armen Kind angestellt! Ich will gar nichts gegen die Zugpflaster und Blutegel sagen und gegen die vertrackten Hausmittelchen, die oft unappetitlich genug sind, aber wenigstens nicht schaden. Aber das Elektrisieren, Madame! Das Elektrisieren!«

Anklagend hob er die Hände und schüttelte das Haupt.

»Sie wissen, daß ich selbst mit dem Elektrisierapparat arbeite und die Auffassung der Wissenschaft teile, die annimmt, daß die feine elektrische Materie in die subtilsten Adern und Nerven des menschlichen Körpers einzudringen vermöchte. Ich glaube es auch, daß die von der Maschine vermittelte Erschütterung bei Lähmungen und Verstopfungen unfehlbar von Nutzen ist. Indessen sind unsere Apparate zur Anwendung der so geheimnisvollen und gefährlichen Materie noch überaus unzureichend und nur mit der größten Vorsicht zu brauchen. Die Kraft ist nicht zu dosieren und wird mit einer für die feineren Nerven unerträglichen Gewalt zur Wirkung gebracht. Haben Sie die Kontraktionen der Augäpfel bemerkt, an denen das arme Geschöpf leidet?«

Cornelie nickte voll Schauder. Nachdem Beate sich des schirmenden Hutes entledigt hatte und den geschorenen Kopf nur mit einem runden, getollten Häubchen schützte, war der Anblick ihres im Grunde sehr wohlgeformten ovalen Gesichtes doch ungemein fatal durch das fortwährende unwillkürliche und unbeherrschbare Verdrehen der sich rotgeädert aus ihren Höhlen vordrängenden Augen gewesen, das wie ein krampfhaftes Spiel dämonischer Besessenheit wirkte, hauptsächlich weil es mit einer fürchterlichen, uhrwerksmäßigen Regelmäßigkeit ausgeführt wurde.

»Ich möchte nicht, daß Christoph das sähe«, bemerkte Cornelie schüchtern. Der Doktor antwortete ernst:

»Sie haben sehr recht. Ganz abgesehen von der Peinlichkeit des Eindrucks darf man den natürlichen Nachahmungstrieb der Kinder nicht solchen Versuchungen aussetzen. Es gibt Fälle sonderbarer Ansteckung, wie zum Exempel beim sogenannten Veitstanz... Hier muß übrigens etwas Verwandtes vorliegen. Ich bin mir zwar noch nicht klar...«

Er tat einen tiefen Atemzug, der seine breiten Schultern hob, und starrte grüblerisch auf seine ausgestreckte, gespreizte Rechte, dies Werkzeug seiner Methode, dessen wunderbare Wirkung auf scheinbar hoffnungslos Kranke Cornelie mehr als einmal erlebt hatte.

»Lassen wir das!« unterbrach er seine Nachdenklichkeit. »Alles muß sich ergeben. Das Mädchen bleibt ein paar Tage allein, und Sie werden sehen, in kurzer Zeit – nun, sagen wir, in spätestens einer Woche – werden sich diese Erscheinungen jedenfalls beruhigen. Ob sie tatsächlich nur der Wirkung der Maschine zuzuschreiben sind, kann ich jetzt auch noch nicht sagen. Diese Konvulsionen haben einen ganz eigenartigen Charakter. Aber es ist ein wahres Wunder, daß das Mädchen überhaupt noch am Leben ist: die heftigen Vibrationen und Stöße, die die Maschine gerade auf den Mittelpunkt der Augen ausübte, hätten in hundert anderen Fällen den Tod durch Gehirnschlag zur Folge gehabt, und daß die Jungfer nicht unter den Händen ihrer Peiniger verschieden ist, läßt auf eine gesegnete Konstitution schließen.«

Er war aufgesprungen und ging im Zimmer umher, wie es seine Gewohnheit war, wenn der Gegenstand ihn erregte. »Die Naturkräfte«, sagte er vor sich hin, »diese geheimnisvollen, unkontrollierbaren Strömungen, die wir mit unseren unzureichenden Worten zu nennen versuchen: Elektrizität – Magnetismus... Nein – ich möchte sie nicht benennen – möchte ihnen nur stumm nachtasten – ihr aufmerksames empfängliches Medium sein, sensibler, besser geeignet zu sammeln und auszustrahlen als so ein grober Apparat aus Glas, Siegellack und Metall. Es ist die gleiche Kraft, kein Zweifel, Madame, die verschieden durch Verschiedenes wirkt, und ich meine immer, am heilsamsten müsse sie von Gleichem auf Gleiches wirken, also vom Menschen auf den Menschen, sanft ihn anstrahlend, erwärmend, belebend. Wissen wir denn, ob es nicht das Mysterium der Lebenskraft selbst ist, was wir Elektrizität nennen, und Magnetismus seine natürliche Wechselwirkung?! Ein Strom, eine Art von Stromkreis, bildet sich zwischen dem naturnahen Arzt und seinem Kranken, Entladungen finden statt – Entladungen freilich gelindester Form, die nie gefährlich erschüttern... Ich will Sie nicht mit meinen Theorien ennuyieren: bemerken Sie nur, daß es mir als eine der notwendigen Grundlagen jeder wirksamen Behandlung erscheint, daß die dem Kranken innewohnende elektrische Spannung sich der des Arztes annähert: ein Ausgleich zwischen dem Mangel des Leidenden und dem Überschuß des Magnetisierenden muß stattfinden. Was ich bei dem Mädchen zunächst erreichen muß, ist eine Besänftigung der barbarisch erregten Kopfnerven. Ich werde die Konvulsionen stillen und dann weiter sehen.«

XV

Buzzini erreichte dies vorläufige Ziel innerhalb der nächsten fünf Tage. Die sonderbare verhaltene Leidenschaft, mit der er sich diesem Fall widmete, teilte sich Cornelie mit: sie geriet völlig in den Zug seiner Absichten und handelte, wie sie deutlich fühlte, ganz als sein Werkzeug, wenn sie jede Störung von der Kranken fernhielt, für eine kräftige, aber ganz reizlose Kost sorgte, die Kammer umsichtig lüftete und temperierte und der Blinden jede nötige Handreichung persönlich erwies. Zum erstenmal ward von seiner Seite die auch in dem Zusammenarbeiten betonte Distanz aufgehoben, die er bei aller gravitätischen Selbstsicherheit des Auftretens doch stets aufrechtgehalten hatte als ein Mann bürgerlichen Herkommens einer Dame von Stand gegenüber. Er vergaß alle Rücksichten, bis auf die, die diese Arbeit erforderte, gab kurz und klar seine Anordnungen, machte voraussetzungslos Gebrauch von ihrer Hilfe und allem, was das Haus zum Gelingen der Kur beitragen konnte. Er vergaß ihre Person über dem, was sie leistete, fühlte Cornelie und fühlte mit Erstaunen, daß ihr im Augenblick nichts Lieberes hätte geschehen können, wenn sie auch zunächst bei seinem veränderten, ganz sachlichen Ton gestutzt hatte. Dies war etwas Ungeheures für ihn, ahnte sie bald. Ein Gelingen der Kur würde einen Erfolg der Mesmerschen Lehre von unwiderlegbarer Beweiskraft bedeuten, ganz abgesehen von dem, was es für seinen eigenen ärztlichen Beruf sein würde. Diesseits solcher Einsicht aber spürte sie etwas viel Unmittelbareres als Antrieb zu diesem großen Einsatz, etwas, das auch für sie das eigentlich Zwingende zur Hingabe an die Arbeit war: den Wunsch, diesem Geschöpf zu helfen um jeden Preis. Beate Weigandt war von jenem besonderen Zauber der Anziehung, den körperliches Leiden zuweilen sehr jungen Menschen verleiht. Sie war sehr zart, sehr weiblich, und ihre Schönheit, ihr besonderer zärtlicher Schmelz wirkte vielleicht dadurch so eindringlich, weil sie selbst sich ihres Äußeren so gänzlich unbewußt bleiben mußte. Sie war blumenhaft in ihrem Sichdarbieten, in jeder ihrer sanften Bewegungen, in ihrem rührenden, ins Leere gerichteten Lächeln. Der Doktor hatte verordnet, daß sie ein Tuch von leichtester, lindester Seide um Augen und Stirn trüge: hinter dieser lichtgrünen Binde verbargen sich nun die armen Augäpfel mit ihrer grausigen, mechanischen Lebendigkeit. Wenn sie zur Behandlung enthüllt wurden, war es immer wie das Aufbrechen einer Wunde, schlimmer als das Aufbrechen eines teuflischen Fratzenspiels, das alles andere, die ganze stille, süße und maienhafte Lieblichkeit der Erscheinung Lügen strafen wollte. Cornelie fühlte Schwäche und Übelkeit, wenn sie es sah; sie, die den Anblick von Blut nie hatte zu scheuen brauchen und die sich bei der Pflege der Kranken niedrigsten Verrichtungen leicht unterzog und auch böseste Schäden verband, ohne Ekel zu kennen. Hier aber war etwas anderes, dünkte ihr. Sie konnte sich der Vorstellung nicht erwehren, daß sich eine böse Macht, allen Versuchungen, allen Lastern vertraut, dieses wehrlosen Wesens in jenem Augenblick sinnlosen Schreckens bemächtigt habe und es zum Tummelplatz ihrer wüsten Einfälle machte, aus ihm heraus fratzte und es unflätigen Possen unterwarf. Der Doktor saß dem so still und gesammelt gegenüber, aber gerade in dieser betonten Ruhe erkannte Cornelie, daß dieser Fall und in seiner Behandlung eben das, was er »die Dosierung der Kraft« nannte, keine einfache Aufgabe bedeutete. Er arbeitete zunächst rein durch die Stimme, ja, durch den Hauch, indem er dem Gesicht der Kranken so nahe kam, daß sie von der Wärme seines Atems berührt werden mußte; es war, als wollte er sie ganz in das von ihm ausgehende Fluidum einhüllen, doch unterließ er es einstweilen völlig, ihr magnetisierende Striche zu geben. Ließ er dann von ihr ab und legte Cornelie dem Mädchen die Binde wieder um, so stand er am Fenster, als suchte er durch die Augen die hingegebene Kraft aus Himmel und Baumwipfeln zurückzugewinnen. Sich umwendend, konnte er dann ganz versinken in den Anblick unzerstörbarer Demut, Traumfülle, Geduld, den Beate mit ihrem verhüllten Gesicht wieder bot. Einmal hob er, so in einiger Entfernung vor ihr stehend, langsam die Hand und führte sie dann zur Seite: das Mädchen hob den gesenkten Kopf und drehte ihn langsam, worauf er sogleich den Arm wieder sinken ließ und zufrieden nickte.

»Der Kontakt ist da, Madame!« flüsterte er Cornelie zu, »morgen gehe ich weiter. Wir werden es schon schaffen!«

Gleich darauf legte er den Finger auf den Mund, lächelte ihr zu und ging aus der Kammer. Diese Gebärde des Bündnisses zwischen ihnen beiden zugunsten eines gemeinsamen Schützlings, dieses »Wir...« halfen Cornelie über eine seltsame Anwandlung hinweg, die sie angesichts seines Interesses an dieser Kranken schon mehr als einmal empfunden und immer schamvoll unterdrückt hatte. Dies gehörte aber zu einem Gebiet ihres Lebens, das im Grunde nicht existierte, da sie es denn nicht wahrhaben *wollte*. –

Beate hatte eine Laute mit, auf der sie zuweilen spielte, kleine Lieder dazu mehr sprechend als singend, denn es gebrach ihr an Stimme. Cornelie hörte sie manchmal einsam für sich musizieren, und als sie an einem Vormittag, angezogen von der merkwürdigen Weise des Vortrags, an der Kammertür stehenblieb, ward sie Zeugin eines ebenso naiven wie rührenden Rezitativs. Die Stimme drinnen erzählte einer unsichtbaren Umwelt von einer zur Sage gewordenen Sonne. Es war ein von reinen Mollakkorden begleiteter Monolog, silbern geklimperte Kindermelodien unterbrachen ihn:

»Das Mädchen ging mit den weißen Lämmern zur Weide,
Die grüne Wiese war voll goldener Blumen,

Die Schuhe wurden feucht vom Tau des Grases,
Die Sonne trocknete den Tau – die Tränen.

Sahst du die Sonne jemals, sag mir, Mädchen?
Ich sah die Sonne morgens und auch abends.
Die Sonne schwimmt in Gold und lauter Rosen,
Die Sonne ist ein Ball von hellem Feuer.

Die Sonne macht am Tag die Welt geräumig,
Die großen Bäume und die hohen Kirchen
Stehn aufgerichtet unterm runden Himmel,
Und ausgebreitet atmen Wald und Felder…«

In dieser Weise sprach Beate halbe Stunden lang vor sich hin. Buzzini, den Cornelie einmal herzurief, hörte lange und aufmerksam zu und sagte dann: »Ich habe nur einmal Ähnliches gehört, und das war der Gesang eines amerikanischen Wilden, den die Franzosen aus Kanada mit über den Ozean geschleppt hatten, dies, oder vielmehr die Übersetzung, die ein Dolmetscher davon gab. Jener arme Bursche erzählte von den großen Gewässern und Urwäldern seiner Heimat, in die der weiße Mann mit seinen Donnerbüchsen eingebrochen war, ähnlich, wie dieses Kind sich von der verlorenen Sonne vorsingt. Sie spricht da Dinge aus, die sie uns auf Befragen oder gar freiwillig nie mitteilen würde, das ist wie lautes Denken, geformte Seufzer… Es ist mir sehr wertvoll, dieses gehört zu haben. Ich weiß nun, daß sie nicht resigniert hat, wie ich aus ihrer Schweigsamkeit manchmal schließen zu müssen glaubte. Da kommt mir etwas entgegen…«

XVI

Es verstand sich von selbst, daß Herr Weigandt abgehalten wurde, ein anderes Logis für seine Tochter zu suchen, als er nach einer Woche zurückkam. Buzzini nahm ihn in sein Zimmer und hatte eine lange Unterhaltung mit ihm, deren Abschluß sich vor Corneliens Ohren auf dem Flur abspielte. Der Doktor warnte den Mann noch einmal ernstlich vor übertriebenen Hoffnungen, auch wenn er seine Tochter jetzt schon gebessert vorfinden würde. Er sagte, daß er für nichts einstehen könne als für die Heilung der quälenden Krampfzustände, die immer noch anfallweise wiederkehrten. »Sie wollen nicht offen zu mir sein, Monsieur Weigandt«, hörte Cornelie ihn mit ungewohnt trockenem Ton sagen, »ich mache Sie nochmals darauf aufmerksam, daß Sie mir die Arbeit erschweren. Aber ich werde tun, was möglich ist...«

»Wie ich Ihnen gesagt habe, Herr Doktor«, gab der Mann polternd zurück, »einmal, vor sieben Jahren, das ist mir bewußt, das hat die Frau mir gesagt, gesehen hab' ich's auch nit. Und ich weiß gar nit, was das mit dene blinde Auge zu tun habe soll!«

Er möge sich beruhigen, sagte Buzzini, es würde ja nicht weiter in ihn gedrungen. Er möge sich nur klar darüber sein, daß an eine völlige Wiederherstellung des Sehvermögens einstweilen noch nicht gedacht werden dürfe. Mesmer habe einmal in Wien einen ähnlichen Fall unter den Händen gehabt, der sich zunächst sogar sehr günstig angelassen habe. Dennoch sei es selbst diesem Meister nicht geglückt, mehr zu erzielen als ein dämmerhaftes Gesicht, das sich beim geringsten Schwanken im Befinden oder in der Stimmung der Kranken wieder getrübt habe und das nach kurzem wieder in Nacht getaucht worden sei.

Weigandt hörte sich das alles an und war nicht davon abzuhalten, dem Doktor auf die Schulter zu klopfen. »Mache Sie nur weiter, Herr Doktor, mache Sie nur weiter! Ich spür's, daß Ihnen das Kind am Herzen liegt, und es sagt's ja selbst, Sie tue ihm gut. Sie soll mir nit vorwerfe könne, daß ich an ihr gespart hab'. Geduld habe wir ja lerne könne in dene sechs Jahr, mei Frau und ich und das Kind, das arme...«

Es war ersichtlich, daß er unendlich an seiner Tochter hing. Der schwere Mensch bewegte sich in ihrer Kammer auf den Zehen, saß vorgeneigt da, die Hände auf den Knien, und sog ihren Anblick mit nahezu durstiger Andacht ein. Überließ sie ihm ihre Hand, so hielt er sie mit täppischer Ehrfurcht.

»Sie hat ins Kloster gehen wollen, Madame«, erzählte er dann Cornelie. »Wir haben einmal mit ihr eine Wallfahrt nach Kevelaer gemacht, und die Äbtissin vom Klarissenkloster hat sie gleich dabehalten wollen, so gut hat sie den Katechismus gewußt und die Glaubensfragen beantwortet. Gott hat das so gewollt mit der Blindheit, haben sie uns gesagt, damit sie am inneren Gesicht zunähme, und darum täte die heilige Frau von Kevelaer auch nichts für sie. Oh, aber Madame, sie ist unsere einzige Tochter, warum soll gerade sie eine Heilige werden? Wenn sie gesund würde, stünde der Bräutigam schon für sie da, meines Nachbars Sohn, der einmal ein schönes Anwesen erbt. Er würde sie auch mit blinden Augen nehmen, so verliebt ist der Bursch, aber das gibt sein Vater nicht zu, und verdenken kann ich es ihm nicht...«

Der Doktor möge sich Zeit lassen und an nichts sparen. Er spüre, daß das Kind in richtigen Händen sei. Ganz voll Zuversicht reiste Herr Weigandt ab. Im März würde er zurückkommen und sich vom Stand der Dinge überzeugen, wenn er denn nicht zu seiner Freude früher gerufen würde. Dann würde er auch die Mutter mitbringen.

Buzzini atmete ersichtlich auf, als der Vater mit seinem Schwall von Erinnerung und Hoffnung, mit seinen dröhnenden Schritten, seiner Großbauernstimme und seinem Gehaben eines zahlungsfähigen Gönners das Haus und die Stadt verlassen hatte.

»Während seiner Anwesenheit hätte ich nichts bei dem Mädchen erreicht, das können Sie glauben!« sagte er zu Cornelie. »Sollte man es für möglich halten, daß dieser ungeschlachte Gigant dem zarten Geschöpf Lebenskraft entzieht, nur, um sich selbst noch wohler in seiner Haut zu fühlen! Aber es ist so. Beachten Sie nur, wie seine Nähe die Kranke beunruhigt und ermüdet hat, um so mehr, als sie sich bemühte, gelassen zu scheinen und bei gutem Humor zu bleiben! Und die Konvulsionen haben sich nach diesem Besuch verstärkt wieder eingestellt! Oh, diese Beziehungen zwischen nahen Verwandten! Das ist ein Studium für sich, Madame. Wie sich das Blut manchmal haßt und alle schönen Gefühle nichts dagegen tun können! Das sind Gewalten – glauben Sie mir! Aber nun werden wir an die Arbeit gehen!«

Die letzten Worte sprach er mit dem Ingrimm, der seiner durch den Einbruch der väterlichen Atmosphäre in ihrer Wucht gehemmten Leidenschaft für die Aufgabe entsprach. Er isolierte Beate nun völlig, kaum daß er gestattete, daß Kathrin die Kammer säuberte; sie durfte es jedenfalls nur in Corneliens Gegenwart tun, und es war ihr verboten, die Kranke anzureden. Er ließ den Pfarrer, der das Mädchen einige Male besucht hatte, bitten, diese Besuche vorübergehend einzustellen, und ganz abweisend war er gegen die in Mainz wohnende Gevatterschaft der Familie Weigandt, deren Vertreter ab und zu vorsprachen und das Mädchen zu sehen wünschten. Dies hatte zur Folge, daß in der Stadt bald die verschiedensten Gerüchte über die neue Patientin des Doktors umliefen; man redete einesteils von einer schon gelungenen Wunderkur und verleumdete andererseits sowohl den Doktor als auch Cornelie und die kleine Beate phantastisch und wahllos. Cornelie erfuhr das in Bruchstücken, bald durch die Magd, bald durch Cläre oder eine der Tanten. Es ließ sie ganz unberührt. Sie stand völlig unter dem Bann der großen Arbeit, die sich unter ihrem Dache vollzog und an der sie teilhatte. Übrigens ging es nicht nur ihr so, sondern, wennschon in schwächerem Maße, auch dem ganzen übrigen Hause. Einzig in dem Zimmer der alten Dame war ein Horst von Widerwillen, Mißtrauen und Aufsässigkeit gegen alles, was im oberen Stockwerk vor sich ging. Henriette Echter hockte darin wie ein böser flügelloser Raubvogel und ließ sich von ihren Besuchern in ihrer argwöhnischen Haltung bestärken. Unter Gemurr hatte sie sich damit abgefunden, daß die Kranke aufgenommen war; Cornelie hatte die List angewandt zu sagen, es würde ihnen wieder Einquartierung ins Haus gelegt werden, wenn nicht alle Räume besetzt wären. An einen Erfolg des Doktors in diesem Fall glaubte sie von vornherein nicht.

»Sie trauen sich viel zu, Doktor!« brummte sie Buzzini einmal an, »was Sie da vorhaben, ist bisher nur unserem Herrn Christus und seinen Jüngern geglückt, und denen auch nicht aus eigener Kraft, sondern aus Gnade!«

Buzzini hatte seine Ruhe beibehalten, eine Ruhe, die zuweilen wirkte wie Geistesabwesenheit: es drang nichts zu ihm, sein Wesen blieb unberührt. Er hatte fortgefahren, dem gelähmten Arm der Unzufriedenen die belebenden Striche zu geben, ohne zu antworten. Plötzlich hatte er vor sich hin gelächelt: »Was ist nicht Gnade, Madame? Auch die Gabe zu denken, zu reden ist es; man sollte sie niemals mißbrauchen!« sagte er mit vollendeter Artigkeit. Henriette Echter hatte ärgerlich den Kopf geschüttelt und gezischt, was ihr Ausdruck war, wenn sie sich gegen ihren Willen amüsiert fühlte. Zu Cornelie aber sagte Buzzini später: »Das ist ein hartes Stück, daß mir von dort aus so entgegengearbeitet wird. Ja, Sie glauben es nicht, wie stark Ihre Frau Schwiegermutter ist und was ich zu überwinden habe, um mit der antipathischen Strömung fertig zu werden, die von ihr ausgeht! Versuchen Sie es, sie umzustimmen, es hängt viel davon ab.«

Cornelie war allmählich daran gewöhnt, ihn seltsame Dinge äußern zu hören; sie war nahe daran, sich einzubilden, ihn auch immer zu verstehen. Indes Frau von Echter von einer Meinung abbringen zu wollen, das hieß nicht viel anders als Galle in Honig verwandeln.

»Seinen guten Willen in allen Ehren, meinetwegen! Jedoch du mußt mir schon erlauben, meinem gesunden Verstand zu folgen! Seinem Doktor Mesmer hat man es in Paris zuletzt unter schweren Strafen verboten, Patienten anzulocken, weißt du das nicht? Sie sind wie die Fliegen gestorben, weil er sie hinderte, approbierte Ärzte aufzusuchen – wie die Fliegen! Frage die Legendre! Sie hat es mir gestern erzählt. Alles Aberglaube, Charlatanerie! Ridicule! Aber ein Narr macht viele! Er hat meinen Arm geheilt, sagst du? Die pure Gutmütigkeit, daß ich ihn das glauben lasse, ich will ihn ja nicht ins Gesicht beleidigen, er hat eine gute conduite und etwas wie Witz, er unterhält mich und soll mich ruhig weiter besuchen. Wedekind ist im Vergleich mit ihm ein ennuyanter Parvenü, der sich Gott weiß was dünkt und sich das auch noch bezahlen läßt: dem Doktor lassen wir etwas von der Miete ab und damit gut. Nein, meine Liebe, was mir geholfen hat, das ist meine leider Gottes so zähe Natur und außerdem meine alten Morickipillen, die noch nie versagt haben. Und, nicht zuletzt, das Katzenfell, das ich immer trage. Und wenn der Doktor nicht nun einmal im Hause säße, würde er mir nicht an mein Bett kommen, weder er noch ein anderer! Ich habe kein Interesse mehr an ihren Künsten – wozu sich noch aufhalten lassen...«

Cornelie verschluckte, was sie über das Katzenfell hätte sagen können, daß nämlich der Doktor von den magnetischen Eigenschaften dieses Gegenstandes überzeugt und sehr zufrieden mit seiner Anwendung war. Sie begnügte sich damit, daß die Schwiegermutter wenigstens der Person des Doktors nicht ohne Wohlwollen gegenüberstand, es schien ihr die Hauptsache. Den einmal unternommenen Versuch, sie freundlich gegen Beate zu stimmen, indem sie die Erlaubnis erbat, ihr das Mädchen vorstellen zu dürfen, da sie sich einen rührenden Eindruck von der Erscheinung und der Bescheidenheit des armen Kindes versprach, wiederholte sie nicht. Frau von Echter hatte den kurzen Besuch damals zwar mit Herablassung empfangen, dann aber Cornelie gegenüber mit einer, wie es dieser vorkam, geradezu zynischen Bemerkung darüber quittiert, an die sie jedoch nach kurzer Zeit mit nachträglichem Erstaunen zurückdenken mußte. –

Einstweilen bildete sie mit den übrigen Hausgenossen die Kette, die die Blinde von allen widrigen Einflüssen abzuschließen geeignet war. Kathrin, die in den Zeiten gewisser periodischer, sie seit Jahren heimsuchender Schmerzen die lindernde Kraft des Doktors erfahren hatte, war ihm blindlings ergeben; bei Gaspard verstand es sich ohne weiteres. Am stärksten war Christophs Überzeugung, daß Beate gesund werden würde, und Buzzini legte besonderes Gewicht auf seine kindlich geäußerte Meinung. Nach Ablauf einer bestimmten Frist durfte der Knabe sich in der Nähe der Blinden aufhalten, und die große Zuneigung zwischen den beiden kam weniger in lebhafter Unterhaltung als in einem stummen Vertrauensverhältnis zum Ausdruck. Christoph liebte es, auf einem Schemel sitzend, die in sich versunkene Gestalt zu betrachten oder dem rätselhaft geschickten Spiel ihrer Hände zuzusehen, die strickten, Körbchen aus Stroh flochten oder mit den durch besondere Merkmale für das Tastgefühl kenntlich gemachten Karten spielten. Auch hörte er regungslos zu, wenn sie Musik machte. Einmal sagte er: »Die Bäume sehen auch niemand an und bewegen sich doch und sind lebendig, und ich kann ihnen zusehen. Du bist wie die kleine Birke mit den hängenden Zweigen auf des Wilhelmchens Grab.«

XVII

Buzzini vernachlässigte seine anderen Kranken auch jetzt nicht, doch wies er nach Weigandts Abreise alle neuen Patienten ab und behielt nur die schon angenommenen Fälle in seiner Behandlung. Gaspard hatte zu tun, die Sprechstunde in dieser

Weise einzuschränken; es war, als zöge der Ruf des Wagnisses, das in dem Hause am Karmeliterplatz unternommen worden war, hoffnungslos Kranke in Scharen herbei. Blinde und Lahme wurden herbeigeführt, getragen, gefahren; ja, von Geburt an Bucklige und Verkrüppelte schienen auf das Gerücht hin von phantastischen Hoffnungen befallen zu sein und waren aus ihrer Verborgenheit an das Licht gekommen wie unterweltliches Geziefer auf den Ruf eines Rattenfängers. Sie belagerten das Haus, hockten vor der Tür auf den Stufen, hingen sich an des Doktors Rockschöße, wenn er sich zeigte, und wenig fehlte, daß die Begünstigten, die nach wie vor Einlaß fanden, nicht nur mit Gemurr und Schimpfworten verfolgt und belästigt, sondern auch mit Stockschlägen und Steinwürfen gestraft, durch Anspeien beleidigt wurden. Cornelie, die das Elendslager zuweilen durch einen Ausschnitt im Fensterladen beobachtete – man hatte sich genötigt gesehen, alle Läden nach der Straßenseite zu auch am Tage geschlossen zu halten –, war in hilflosem Mitleid aufs tiefste beunruhigt. Das schrie zum Himmel! Diese Versammlung bresthafter Leiber, die da im feinen nebelnden Herbstregen geduldig ausharrte, mit dem sanften Gemurmel gegenseitiger Leidenserzählung und unterdrückter Klage die Mauern des Hauses bespülend, zog sie an wie die Herde den Hirten. Hinaustreten zu ihnen! Brot austeilen und warme Suppe! Diesem unseligen Weib dort, das den Rücken nicht aufbiegen konnte und wie ein grauer Wurzelknorz an dem vor Nässe blanken Stamm der Kastanie hockte, einen Stuhl bringen – jenem Gelähmten, den sie auf das Pflaster gelegt hatten, ein Kissen! Hereinholen alle miteinander, den glotzäugigen Kropfigen, den spinnenarmigen Buckligen; die Mütter mit ihren blöden wasserköpfigen Kindern und die armen Mädchen – drei, zählte sie – deren Gang ein grotesker Tanz mit sich verschiebendem Hüftgelenk war. Aber wie hätte sie es tun können! Der Doktor bewahrte demgegenüber eine ihr unbegreifliche Ruhe, er schritt hindurch wie ein gnadenloser Erzengel, wehrte ab, vertröstete wohl auf später, ließ sich aber weder durch Seufzer noch durch Drohungen erweichen, auch nur einen Kranken zu seinen bisherigen hinzuzunehmen. Die Patienten seien hinfort anzuweisen, den Weg durch den Garten, von einem Heckenweg hinter dem Haus aus zu nehmen, war das einzige, was er gelassen anordnete, als versucht wurde, mit den Zugelassenen zugleich einzudringen. Er selbst ging nach wie vor durch die Haustüre ein und aus. Warum? Weil er ihnen – denen da draußen – wenigstens dies nicht entziehen wollte. Was? Nun, seinen Anblick, erklärte er fast erstaunt, daß sie im Zweifel war. »Wissen Sie nicht, Madame, daß nach unserer Annahme schon von der nur durch den Blick aufgenommenen Person des Arztes eine gewisse heilsame Kraft ausgehen muß? Ich halte mich da an Erfahrungen...«

Er sagte es ruhig und unpersönlich, als spräche er von einem Dritten. Sie sah in sein festes, ganz vom Willen gebändigtes, ganz vom Leben durchstrahltes Gesicht und wußte nicht mehr, was ein Appell an das Mitleid hier sollte. Durch ihren Ausguck hatte sie einmal gesehen, wie es einem alten Mann, der am Boden hockte, gelungen war, die Hand des Doktors zu küssen, und wie er dann zufrieden an seiner Krücke davongestelzt war, ersichtlich von einem erlangten Segen gekräftigt. »Wer hat mich angerührt? Ich fühle, daß eine Kraft von mir gegangen ist...«, ging es ihr durch den Sinn. Sie wollte es aussprechen, aber die Lippen schlossen sich ihr, als sie aufblickte und den vollkommen seiner selbst unbewußten Ausdruck seines Gesichts sah. Der dachte nicht daran, sich zu vergleichen...

»Leiden«, hörte sie ihn nachdenklich sagen, »Leiden ist ein Teil gefährdeter, verdorbener, von Fäulnis bedrohter Weltmaterie. Es gilt, die Masse des Leidens zu mindern ohne Ansehen der Person, des einzelnen Leidenden. Denn die äußeren Merkmale entsprechen oft gar nicht dem, was an Leiden dahinter steht. Es kann ein bettelnder Krüppel oft sträflich zufrieden sein, und seine Deformation entspricht nur dem Zustand seiner Seele, die es gar nicht anders will. Leiden aber kann hinter den gleichen Merkmalen angestaut sein wie ein am Abfluß gehemmter Herd von üblen Säften, die den ganzen Menschen vergiften wollen. Dies ist der Fall, wenn des Menschen Seele von Geburt an gesund war, wenn er eine volle, flugkräftige Seele besaß... Um einer solchen Seele willen darf man wohl die warten lassen, die nie wissen werden, wozu sie das Leben bekamen!«

Es kam so weit, daß er um einen Polizisten bat, der das Haus vor dem Ansturm der Leute schützte und ihm die Möglichkeit gab, ein und aus zu gehen, ohne daß man ihm nachdrängte und dann die Tür mit Fäusten und Knüppeln bearbeitete. Kurz darauf setzte der Winter mit Sturm und Schneetreiben ein und machte die Belagerung für eine Weile unmöglich.

XVIII

Inzwischen fuhr er mit Beatens Behandlung fort, ohne doch mit voller Kraft auf sie einzuwirken, wie Cornelie, die seine Gepflogenheiten allmählich kannte, wohl merkte. Er besuchte die Kranke mehrmals am Tage, aber während er ihr gegenüber saß, plauderte er von Gott und der Welt, als sei es seine Absicht, sie zu zerstreuen und von seinen Manipulationen abzulenken. Cornelie, die meistens anwesend war – er hatte sie darum gebeten –, erfuhr auf diese Weise beiläufig einige Tatsachen aus seinem Leben, die er erwähnte, als gingen sie ihn selbst nichts oder nicht viel an, nur, um ein Thema zu haben. »In meiner Heimat am Comosee blühen jetzt noch die Rosen«, sagte er etwa, oder: »Als ich in Bologna studierte...« oder: »Damals um achtzig herum, vor Gibraltar, bekam ich einen alten verwundeten Kabylen in die Hände...«

Tatsächlich gelang es ihm, Beate nicht nur zum lächelnden Zuhören, sondern auch zum Reden zu bringen. Aus langem schüchternem Schweigen heraus fing sie dann plötzlich an: »Bei uns daheim...« oder: »Ja, früher, als meine Augen noch nicht...« und dann kam unter wiederholtem Stocken und von verlegenem kleinem Gelächter begleitet irgendein an sich belangloser Vorgang aus ihrer Kindheit, aus dem Ablauf ihrer ländlich umhegten ersten zwölf Jahre. Buzzini verstummte dann gleich und war nur bemüht, den Faden geschickt fragend fortzuspinnen. Eines Tages gab er Cornelie die Erklärung für sein Verhalten: »Haben Sie wohl bemerkt, daß das Mädchen nie von dem Beginn seiner Erkrankung spricht und nie von den letzten sechs Jahren?« fragte er. »Ich habe mit Mühe und Not aus ihr herausgefragt, was sie noch von jener schlimmen Nacht weiß und was die Ärzte seitdem mit ihr angestellt haben. Ich muß sie dazu bringen, volles Vertrauen zu fassen, sie muß mir alles sagen...« Er verstummte und versank in Grübeln. Cornelie, die gekommen war, um ihm Bericht über eine von ihr besuchte

Kranke zu geben, zögerte an der Tür. »Aber was sollte sie noch zu erzählen haben, Doktor? Ihr Zustand hat sie von der Welt abgeschlossen.«

»Ja, ja«, murmelte er, »ja – schon recht. Aber, begreifen Sie, da muß noch etwas sein. Der Alte muß uns etwas verschwiegen haben, obgleich ich ihn ausdrücklich gefragt habe. So scheint es mir. Diese Bauern sind überall gleich. Vielleicht hält er es für eine Schande... Ich kann mich irren, natürlich. Aber gewisse Symptome...«

»Nein, nein, Madame! Ich will nicht darüber sprechen! Noch nicht!« beantwortete er ihr fragendes Schweigen dann hastig. »Noch abwarten! Es muß sich binnen kurzem erweisen. Das Mädchen selbst kann übrigens völlig im unklaren sein über das, was ich wissen möchte...«

Wenige Tage darauf teilte er ihr mit, daß er mit der vorbereitenden Behandlung nun so weit sei, daß er an die eigentliche Kur zu gehen beabsichtigte. Er wünschte, das Mädchen heute gegen Abend hinunter in sein Ordinationszimmer gebracht zu haben, da er Zeugen dieses ersten ernstlichen Versuchs zuziehen wollte, wofür es oben nicht geräumig genug wäre. Zugleich bat er Cornelie, daß nicht nur sie selbst bei der heutigen Behandlung zugegen sein möchte, sondern daß sie auch, wie er sich ausdrückte: »zwei oder drei angesehene oder doch jedenfalls unbescholtene Personen einlüde, die seiner Heilmethode nicht kritiklos, aber doch mit Wohlwollen gegenüberstünden«. Er selbst habe mehrere Kollegen aus der Stadt zuziehen wollen; indessen habe sich nur der Professor Ickerath bereit erklärt, zu kommen. Dies sagte er nicht ohne eine leise Verfinsterung seiner Züge. Ickerath war ein Nachbar des Hauses, und Buzzini war fast ängstlich bemüht, die Kollegialität ihm gegenüber nicht zu verletzen; er sandte ihm häufig chirurgische Fälle hinüber und beherrschte seine Abneigung gegen den faden Patron, so gut es gehen wollte. »Ich kann es nicht mit allen verderben«, pflegte er sich zu rechtfertigen, »dieser steht mir wenigstens nicht mit Haß, nur mit Indifferenz gegenüber...« Auch diesmal hatten andere Ärzte seine Aufforderung, sich durch Augenschein ein klares Bild von seiner Behandlungsweise zu machen, zum Teil sehr schroff abgelehnt, darunter Wedekind und der Anatom Sömmering.

»Ich muß mich damit abfinden«, sagte Buzzini gelassen, aber Cornelie meinte etwas wie einen kindlichen Kummer durchzufühlen, der sie rührte. »Wie starr halten diese zünftigen Gelehrten in Deutschland an ihren Traditionen fest, wie fern sind sie der einzigen Lehrmeisterin – der Natur! Wie wenig neugierig sind sie auch! Franzosen, Italiener, sie würden kommen, und sei es nur, um nachher zu disputieren, zu streiten. Die Hiesigen verurteilen unbesehen und nur, weil man's anders angreift, als sie es auf ihren hohen Schulen gelernt haben. Nun, es ist einem Größeren, als ich es bin, nicht besser gegangen. Nein, diesmal mein' ich nicht Mesmer, Madame. Es war ein noch Größerer – er hieß Paracelsus.«

Ickerath – er sei ein Tropf, freilich! Aber er vertrete wenigstens die medizinische Fakultät, sei besser als gar keiner.

»Wissen Sie«, fragte Cornelie, »daß es heißt, er sei barfuß in Mainz eingezogen und habe sich um eine Stelle als Pedell beim Gericht beworben? Daß er es auf Gott weiß welche Manier erreicht hat, sich auf Kosten des Kurfürsten weiter auszubilden, um dann seinen Gönner bei erster Gelegenheit zu verraten und ein Spion der französischen Regierung zu werden?«

Buzzini sah sie an, als sei sie von Glas, und er beobachtete etwas hinter ihrem Rücken. »Privatsachen, Madame – Privatsachen!« sagte er. »Mag er immer – was geht mich das an. Wenn er nur ein besserer Arzt wäre!«

Cornelie hatte sich auf die Lippen gebissen, dann aber gelächelt. Sie nahm ihm grundsätzlich nichts übel.

»Sie erwarten sich eine besondere Wirkung?« fragte sie.

»Ich werde heute zum erstenmal den ganzen Körper des Mädchens magnetisieren«, erwiderte er. »In der Tat, ich bin überzeugt, daß es zu einer heftigen und aufklärenden Reaktion kommen wird. Mit einem Wort...«

»Sie erwarten – einen Anfall der fallenden Sucht!« fiel Cornelie ein, sich in einer plötzlichen Eingebung jener Bemerkung ihrer Schwiegermutter erinnernd.

»Allerdings!« Er sah sie erstaunt an. »Wie kommen Sie nur darauf, Madame? Hat das Mädchen Ihnen am Ende doch etwas gesagt?«

Cornelie schüttelte den Kopf: »Nein – aber Madame Mère...«

Sie dachte nach: ›Mon Dieu! Das ist eine Fallsüchtige!‹ hatte

Henriette Echter damals gesagt, war aber nicht zu bewegen gewesen, sich näher über ihre Vermutung auszulassen. ›Fi donc! Ich brauche ja nur dieses Augenverdrehen zu sehen, um das zu wissen. Dégoûtant! Bring sie nicht wieder zu mir!‹ Ihr Widerwille gegen die Kranke war so stark, daß sie ihre Anwesenheit im Hause zu ignorieren beschlossen hatte und sie niemals wieder erwähnte, das einzige Verhalten, das sich bei ihrer Machtlosigkeit mit Würde vereinbaren ließ. Cornelie indes hatte ihren Verdacht nicht weiter ernst genommen und mehr oder weniger für eine der gewohnten galligen Bemerkungen der alten Dame gehalten.

»Eine kluge Frau«, brummte Buzzini anerkennend. »Freilich bedarf es einiger Erfahrung, um gleich so im Bilde zu sein. Vielleicht hatte Madame einmal Gelegenheit, solche Kranke zu sehen... Was mich betrifft, mich brachten auch die Kontraktionen der Augenmuskeln und gewisse jähe Zuckungen der Glieder darauf. Ihr ganzer Habitus außerdem... Ich werde das heute abend näher erörtern. Lassen Sie nur erst das Experiment meine Diagnose bestätigen.«

XIX

Cornelie bat Valdemaire und Corinna Legendre, der Sitzung beizuwohnen; Valdemaire befand sich zu der gewünschten Zeit ohnehin im Hause, um Christoph zu unterrichten, und Corinna war leicht zum Kommen zu bewegen, sie hatte ein natürliches Interesse an allem Menschlichen und war ohne Vorurteile. Der Professor erschien zuletzt, als Beate schon heruntergeführt war. Er wurde von Buzzini aufgefordert, eine allgemeine Untersuchung der Kranken vorzunehmen, und während der lange dünne Kerl in schlottrigem grauem Rock das Mädchen betastete und Atem und Herzschlag behorchte, während er vergeblich und kopfschüttelnd die Augen auf ihre Reflexfähigkeit hin prüfte, hatte Cornelie das ärgerliche Gefühl, daß man einen Spion eingelassen habe, der durchaus ohne alles Wohlwollen war. Sie hatte von jeher eine Abneigung gegen das lange fahle Gesicht dieses Menschen mit den rötlichen Lidern; sie war vorhin einen Augenblick hinausgegangen, um die Berührung seines feuchtkühlen Händedrucks von ihrer Hand abzuwaschen, und begriff, daß Beate mehr als einmal eine gepeinigte Bewegung machte, während er mit ihr beschäftigt war. Endlich war er fertig, wechselte ein paar lateinische Worte mit Buzzini, wandte sich achselzuckend und trat zurück. Man setzte sich in einiger Entfernung von dem Ruhebett, auf dem Beate lag, nieder. Außer den Genannten war noch Gaspard im Zimmer, der sich im Hintergrund aufhielt.

Es setzte nun eine große Stille ein. Über dem Lager brannten in zwei Wandleuchtern sechs Kerzen, durch metallene Spiegel im Schein verstärkt. Buzzini trat sehr langsam hinzu und ließ sich auf einem Stuhl zwischen der Kranken und der Wand nieder. Die Zuschauer sahen ihn im Profil; das schräggestellte Ruhebett mit der darauf Liegenden war ihren Blicken ganz zugänglich. Der Doktor verharrte eine Weile unbeweglich, die Kranke anschauend, als sammle er sich. Cornelie fühlte sich jetzt von einer kaum erträglichen Erregung angestrahlt, derart, daß kleine Schauer ihr zusetzten, sie von außen her überrieselnd und Beklommenheit schaffend. Deutlich empfindend, daß diese zitternden Wellen von der scheinbar ganz ruhigen Kranken ausgingen, tat sie einen tiefen Atemzug und suchte sich durch den Anblick der anderen Haltung zu geben. Valdemaire saß vorgeneigt, den Ellbogen auf das übergeschlagene Knie gestützt, das Kinn in der Hand – ein wissenschaftlich interessierter und leise skeptischer Beobachter. Corinna, zurückgelehnt und wie immer in ihren verschossenen braunroten Schal aus ostindischer Seide gehüllt, hielt den unerschütterlich stillen und wissenden Blick ihrer grauen Augen auf Beate und den Doktor gerichtet, ohne daß die Erwartung eines Besonderen in ihnen zu lesen war. Ickerath, den Cornelie flüchtig und mit Abneigung streifte, beugte sich vor und rieb seine zwischen den Knien verschlungenen Hände; zuweilen knackte eines seiner Fingergelenke. Er starrte mit einer Art Gier geradeaus und bewegte leise mahlend die starken Unterkiefer, die seinem Gesicht etwas Pferdeähnliches gaben. Cornelie seufzte noch einmal auf; diese schienen so ahnungslos. Dem Doktor war es doch anzumerken, daß er die Erregung jener unaufhörlich von Beate fortbebenden Kreise ebenso spürte wie sie. Später sagte er ihr: »Es ist das Charakteristische dieser Krankheit, daß ihren Anfällen etwas wie ein allmähliches Aufglimmen des Zündstoffes vorangeht, bis dann die Explosion scheinbar plötzlich erfolgt. Das Mädchen ist ungeheuer sensitiv. Sie ahnte rein physisch alles voraus, was wir erwarteten, und ihre Nerven wollten es schließlich selbst.«

Jetzt traf er seine letzten Vorbereitungen, fühlte nach dem Puls der Liegenden, schob ihr ein Polster unter den Nacken und löste endlich vorsichtig wieder die Binde von ihren Augen. Sein gigantisch angewachsener Schatten wanderte dabei wolkenhaft über Decke und Wände und neigte die Gewichtigkeit eines ungestalten felsigen Hauptes. »Erdgeist«, flüsterte Valdemaire, der sich etwas auf seine Kenntnisse der neueren deutschen Literatur zugute tat. Cornelie hörte nicht hin. Ihr war der Ausdruck von Buzzinis Gesicht, ein gespannter Ernst, der alle Züge straffte, den Mund zu einer schmalen Linie machte, das Licht der Augen in einen fast stechenden Strahl sammelte – der die breite Stirn hügelte, die Brauen durch die eine scharfe Furche teilend –, dieser Ausdruck war ihr bedeutsamer als alles andere. »Ich bitte jetzt um vollkommene Ruhe!« sagte er gedämpft auf Valdemaires Wort hin. Weich von den Falten ihres grauen Kleides umspielt, lag Beate da; mit gelösten Gliedern, den kindlichen Mund leicht geöffnet, bot sie den Anblick völliger gehorsamer Bereitschaft für das, was kommen sollte. Nur das leise Zucken der an ihren Seiten ruhenden Hände, das unregelmäßige Heben und Senken der Brust unter dem weißen Tuch und eben jene Unfähigkeit, die Lippen zu schließen, weil sie bebten, zeugten von ihrer Erregung. Übrigens war das Gesicht sehr weiß, die Lippen von einem hellen starken Rosa, und die weit offenstehenden, starr nach oben gerichteten Augen hatten die seltsam smaragdgrüne Iris der Rothaarigen. Die Augäpfel drängten sich immer noch stark vor, ihr trübes Weiß war blutig geädert. Das dicht keimende junge Haar, das sich an Wirbel und Schläfen weich lockte, umgab den zarten Kopf mit einer lebhaft goldenen Aureole. Der ganze Anblick wirkte sehr fremdartig, als läge hier ein vom Himmel gestürzter, vor Schreck gelähmter und puppenhaft erstarrter Engel ohne bestimmtes Geschlecht. Vermutlich würde er plötzlich rauschend aufstehen, mit regenbogenfarbenen Schwingen klaftern und durch die berstende Decke gen Himmel fahren. Diese Vorstellung, hervorgerufen durch die Erinnerung an den Altar in der Peterskirche mit seinen glänzenden Himmelsboten, war stark genug, um Cornelie einen Augenblick heiß wünschen zu lassen: »Möchte es doch so sein!« oder doch: »Möchte die Zeit jetzt stillstehen!« Sie erinnerte sich dieses Gedankens später sehr gut als eines letzten Zurückschauderns vor dem, was unabwendbar war. Denn nun atmete Beate tief und nahezu stöhnend auf. Buzzini hatte seine Hände auf sie gelegt, die linke auf die Stirn, die rechte auf die Gegend des Herzens. Er glich jetzt durchaus einem geheimnisvoll tätigen Genius. Cornelie meinte, ihn noch nie so von rätselhafter Macht strahlend gesehen zu haben, sooft sie sein Verfahren auch schon beobachtet hatte. Die Kehle ward ihr enge, Tränen waren, ohne daß sie dagegen ankämpfte, in ihre Augen getreten. Wie er sich der Nervenzentren dieses willfährigen Körpers bemächtigt hatte und den Strom seiner Kraft in das auf ihn vorbereitete Gewebe hineinsandte, schien unwiderstehlich. Jetzt führte er auch die rechte Hand hinauf zur Höhe der Linken und begann, die Liegende vom Haupt bis zum Schoß mit behutsamen Bewegungen beider Hände zu umziehen, ohne sie eigentlich zu berühren, und jeweils beim Wiederaufwärtsführen der Hände diese mit einem leichten Schütteln nach außen zu wenden, als entledige er sich einer unsichtbaren Materie. Dies mochte fünf, sieben Male geschehen sein, als nicht nur seine Zuschauer, sondern auch er selber wirklich zusammenfuhr. Ein ziehender Schrei hatte sich den jetzt nach innen gesogenen Lippen des Mädchens entrungen wie das wimmernde Heulen eines gequälten Tieres. Fast gleichzeitig ward ihr Kopf wie von fremder Gewalt nach rückwärts geschleudert und die Unterschenkel angezogen, so daß die Sohlen auf dem Ruhebett standen, der ganze Leib also einen gespannten Bogen zwischen Schädelkuppe und Füßen bildete. Diese erste furchtbare Zusammenziehung löste sich sogleich wieder, aber nur um der nächsten zu weichen, und das grausame Spiel der Krämpfe begann den Körper spiralig zu durchrasen, daß es schien, als wehrte er sich in leidenschaftlicher Abwehr der fremden Kraft, die ihn sanft hatte durchdringen wollen. Eben noch dem goldenen Engel gleichend, vielleicht ihn spiegelnd, jenen Engel, der hier zu wachen hatte und der so beruhigt gewesen war, so sicher seiner selbst und nicht auf der Hut, wälzte sich die leichte Gestalt nun unkenntlich verzerrt, hin und her geworfen, mit verrenkten Gliedmaßen zuckend, um sich schlagend, völlig wie hingegeben an eine entsetzliche Lust: denn dies war das Furchtbarste, daß es schien, als vollzöge sich Hingabe, Aufgeben lange bewahrter Beherrschung, eine Art Erlösung des Fleisches. Schrecklich war das Gesicht, dies eben noch milde, von Schüchternheit berührte und ganz in demütige Hoffnung auf Licht getauchte Antlitz! Eine böse Fratze mit verdrehten Augen und gefletschtem Gebiß; die Lippen, weit über das Zahnfleisch emporgezogen, ließen zischende, pfeifende Seufzer durch; sie trieben den Speichel schaumig zutage und waren eine ebenso zweideutige wie gräßliche Begleitung des Vorgangs.

Buzzini, unbewegt ruhig, stand über die Unglückliche gebeugt, sie davor schützend, zu Boden geschleudert zu werden. Gaspard, grünbleich im Gesicht, aber mit verzweifelter Entschlossenheit, tat von der anderen Seite dasselbe. Noch ehe die Zuschauer sich aus der Erstarrung des Schreckens aufgerafft hatten, war das Ganze vorüber. Der Anfall verebbte, er lief in schnellen kleinen Zuckungen aus, die selten und seltener kamen. Cornelie, näher tretend, noch ganz benommen, sah, wie die Glieder erschlafften, die verkrampften Hände sich lösten. Beate lag auf der Seite, so wie der letzte Krampf sie geworfen hatte. Der Kopf war emporgerichtet; um die noch gespaltenen Lippen lag ein Zug von Erschöpfung, der fast blöde wirkte. Die gesenkten, aber nicht ganz geschlossenen Lider zitterten zuweilen. Ein leichter schimmernder Schweiß bedeckte die gerötete Haut. Auf einen leisen Befehl reichte Gaspard dem Doktor eine wollene Decke, und er hüllte die Schlafende ein. Dann setzte er sich wieder neben ihr nieder. Er hatte für Minuten alles vergessen, fühlte Cornelie; nicht nur seine Umgebung und seine Zuschauer, sondern auch die Kranke und alles, was eben gewesen war. Seine Augen waren geschlossen. Eine undurchdringliche Ruhe lag auf seinen eben noch wie im Zorn gespannten Schultern, die mächtige Brust hob und senkte sich regelmäßig. Seine Hände lagen flach ausgestreckt auf den Knien. Dies währte etwas drei Minuten, und keiner der Anwesenden wagte es, sich zu rühren. Dann, gleichzeitig mit einem von dem Mädchen ausgehenden Geräusch – war es ein Seufzer, geschah es durch eine unbewußte Bewegung? – erwachte Buzzini aus seiner Versenkung. Seine

Augen öffneten sich, um auf die Kranke gerichtet zu sein, als hätte sein Blick auch hinter dem Vorhang der Lider unausgesetzt dieses Ziel gehabt.

»Mach das Fenster auf!« sagte er, ohne sich zu rühren. Cornelie fuhr auf, um es zu tun, wurde sich klar, daß Gaspard gemeint sei, und fühlte ihr Gesicht erglühen. Ein Schwaden feuchtkühler Luft drang ein und änderte die Atmosphäre. Die Erleichterung war so groß, daß Cornelie kurz aufschluchzte. Sie wandte sich Corinna zu und sah deren Gesicht ganz verstört, von Tränen benetzt und ratlos vor Mitleid. Die Frauen tauschten einen Blick gemeinsamer Erschütterung. Was Valdemaire anging, so war er unter seinem schwarzen Haar weiß wie Kalk. »Doktor«, sagte er mit belegter Stimme, »Sie müssen uns erklären, was Sie mit diesem furchtbaren Experiment bezwecken!«

Ickerath hüstelte. »In der Tat, verehrter Kollege«, ließ er sich vernehmen, »Sie sind nicht nur der Wissenschaft einen Kommentar schuldig! Auch in mir meldet sich die rein menschliche Frage...«

Buzzini wehrte mit der Hand ab. »Geduld!« sagte er leise, ohne die Augen von Beate zu wenden. »Wir sind noch nicht fertig.«

Das Mädchen schien zu sich zu kommen. Sie hatte sich auf den Rücken herumgelegt, war vielmehr aus ihrer Seitenlage in diese andere gesunken, als gäbe ein Zustand sie frei für einen anderen. Sie lag noch ganz regungslos, aber eine leichte Veränderung der Gesichtszüge ließ vermuten, daß sie bei Bewußtsein war. Auf einmal hob sie mit wunderlicher Eckigkeit den Arm und legte die Hand aufs Gesicht.

»Meine – Augen...«, flüsterte sie kaum hörbar.

»Nun – was ist's mit den Augen?« fragte Buzzini mit seiner tiefen Stimme sehr ruhig.

Das Mädchen ließ die Hand noch auf Stirn und Lidern und schwieg. Dann nahm sie sie plötzlich fort.

»Ich – weiß es nicht«, sagte sie ebenso tonlos.

Buzzini wartete eine Weile in einer hingegeben lauschenden Haltung.

»Wie fühlen Sie sich?« fragte er dann sanft.

Beate sagte nach kurzem Zögern: »Oh – gut. Jedenfalls nicht eben schlecht. Etwas – leicht – etwas – nun, seltsam. Mir ist so...«

»Wie ist Ihnen?«

»Ich kann es nicht sagen«, seufzte das Mädchen erschöpft. »Habe ich geschlafen? Ich muß von der Nacht geträumt haben, von der Nacht ... Das Feuer ... Das furchtbare Feuer ... Aouh ...«

Ihr Gesicht verzerrte, ihr Körper krümmte, streckte sich. Die Zuckungen wiederholten sich heftig, ließen aber gleich nach, und binnen kurzem lag alles wieder gelockert, erlöst.

»Damals ...«, sagte Beate, als hätte es keinerlei Unterbrechung gegeben, »damals, Herr Doktor, wachte ich doch auch so auf – und da – konnte ich nicht mehr sehen ...«

Die letzten Worte gingen schon fast völlig in den Atemzügen eines natürlichen Einschlafens unter. Der Doktor hatte sich ganz tief hinabgebeugt, um das Geflüster zu verstehen. Er verharrte eine Weile so, diesen Schlaf beobachtend, dann fühlte er nach dem Puls, nickte und erhob sich.

»Wir werden sie jetzt in ihr Bett bringen«, sagte er. »Nein, nicht du, Gaspard, ich selbst. Öffne mir nur – und Sie, Madame, wollen Sie mitkommen.«

Er hatte der Schlafenden die Hände untergeschoben und trug sie die Treppe hinauf, als sei sie ein Kind. Cornelie entkleidete sie, ohne daß sie erwachte.

»Wir können sie allein lassen«, sagte Buzzini. »Sie wird bis morgen früh nichts von sich wissen. –

Was ich bezwecke, mein Herr Kollege, und Sie, Monsieur l'abbé, meine verehrten Damen?« sagte er zwei Minuten darauf, als er, die Hände auf dem Rücken und ohne eine Person ins Auge zu fassen, sein Arbeitszimmer wieder betrat. Valdemaire und Corinna unterbrachen ihren Gedankenaustausch, Ickerath ließ von der Betrachtung der Elektrisiermaschine ab. Alle sahen ihm voll Spannung entgegen. Cornelie, kurz hinter ihm lautlos hereingleitend, ließ sich auf einen Stuhl an der Tür nieder.

»Was ich bezwecke, das will ich Ihnen nunmehr demonstrieren.« Er lehnte sich mit dem Rücken gegen das Stehpult, kreuzte die Arme, und sein Gesicht nahm jenen Ausdruck majestätischer Geistigkeit an, den Cornelie irgendwie fürchtete.

»Meine Vermutung über die Blindheit dieses armen Kindes«, begann er, »ging von Anfang an dahin, daß sie im Zusammenhang mit einer allgemeinen schweren Erkrankung des gesamten Nervensystems stehen muß. Denn ein so zartes Geschöpf kommt nicht mit einem Teilschaden davon, wenn es, noch dazu in den gefährlichen Jahren körperlicher Entwicklung, so jäh und brutal erschüttert wird. Vielmehr schien mir dieser Teilschaden, da er denn eine organische Ursache nicht hatte, sogleich das Symptom eines ganz allgemeinen krankhaften Zustandes. Aus gewissen Anzeichen schloß ich auf die fallende Sucht; vor allem waren es die spasmodischen Bewegungen der Augäpfel und an sich ganz unbedeutende Zuckungen in den Gliedern, die mich darauf brachten. Es war unmöglich, dies, wie der Vater des Mädchens mich überzeugen wollte, allein auf die Einwirkung der Elektrisiermaschine zu schieben. Dann war auch hier die sonderbare Scheu, an der solche Kranke oft leiden, jene vegetative Versunkenheit in sich selbst, gewisse manieriert erscheinende Posen, die sie gern einnehmen... Aus dem Mädchen selbst war nichts herauszubringen, sie schien meine Fragen nicht zu begreifen. Dies ist ganz ohne Tartüfferie möglich; diese Kranken sind sich ihrer Anfälle hinterher oft gar nicht bewußt. Der Vater...« – Buzzini zuckte lächelnd die Achseln und machte mit den Händen eine höflich anheimstellende Geste – »nun, er bestritt sogar die Möglichkeit, daß seine Tochter jemals Krämpfe gehabt haben könnte. Da ist dieser Freier, nicht wahr, und es müßten nicht Bauern sein, wenn sie solche Anfälle nicht als einen Makel empfinden sollten, viel schlimmer noch als die Blindheit, gar nicht zu vergleichen mit ihr. Denn Blindheit, das ist ein Unglück, ein stilles Unglück. Die fallende Sucht aber steht doch seit alters her beim Volk in einem besonderen Geruch, der mit Pech und Schwefel zu tun hat. Gut also; die Familie wünscht dies Leiden zu vertuschen. Es ist überdies gar nicht ausgeschlossen, daß die Anfälle so selten auftraten, daß jeder für sich den Leuten wie ein böser Zufall erschien. Sie können auch nachts kommen und von niemand beachtet worden sein. Möglich ist es sogar, daß seit der Katastrophe und dem Ausbruch der Krankheit kein größerer Anfall wiedergekommen ist und die Disposition sich in dieser Neigung zum Gliederzucken entlud...«

Er verstummte und schritt ein paarmal auf und nieder, tief nachdenklich, die Hände auf dem Rücken verschränkt. Die Anwesenden schien er vergessen zu haben. Dann, wieder an das Pult gelehnt und sich mit dem Arm aufstützend, sagte er lebhaft, das Halbdunkel des großen Raumes mit den Augen durchforschend, um die Gesichter seiner Zuhörer zu erkennen:

»Aber verstehen Sie nun, daß ich das Wesen dieser Krankheit nur auf diese Weise ergründen konnte? Ich wußte von Anfang an, daß eine volle Behandlung den Anfall hervorrufen würde, wenn denn die Neigung dazu vorhanden war. Ich wußte auch, daß ich den Versuch, die Augen zu heilen, nur unternehmen könnte, wenn die Blindheit wirklich nur, wie ich es vermutete, das Symptom eines allgemeinen nervösen Zustandes wäre. Ich mußte also den Versuch unternehmen, einen Anfall zu provozieren, um klarzusehen. Dies also bezweckte ich – hierzu bedurfte ich Ihrer Zeugenschaft...«

Nach längerem Schweigen, niemand schien den Mut zu einer Antwort zu finden, sagte er ohne Ungeduld:

»Was ich von Ihnen zu hören wünsche, ist dies, ob Sie nach dem Auftritt, dessen Zeugen Sie waren, mir genug Vertrauen schenken können, um die Wiederholung meiner Maßnahmen gutzuheißen. Denn wenn ich die Kur, die meines Erachtens angebracht ist, beginne, so heißt das, ähnliche Anfälle wie den, den Sie sahen, noch mehr als einmal entfesseln. Denn es ist eine Entfesselung – ein Entfesseln...«

Er stockte.

»...ihrer Besessenheit, ihres – Teufels...«, fiel Cornelie schüchtern ein.

»So ähnlich«, sagte Buzzini bestimmt. »Sie lieben die Vergleiche der Bibel und treffen häufig das Rechte damit, Madame Echter. Wenn ich diese Krisen hervorrufe, zwinge ich den Teufel, Farbe zu bekennen, und das ist ihm unbehaglich. Denn sie lieben das Weben im Verborgenen, diese Geister! Da werden sie üppig, wuchern geil, ersticken, was noch gesund war.«

Ickerath hüstelte trocken. »Es ist Ihnen wohl bekannt, Herr Kollege, daß Sie sich im Widerspruch zu allen landläufigen therapeutischen Anwendungen befinden, wenn Sie, anstatt purgierende und beruhigende Mittel zu verschreiben, die Anfälle anstatt dessen zum häufigen Ausbruch bringen? Die zarte Konstitution der Kranken dürfte dem nicht auf lange gewachsen sein.«

»Gewiß, Herr Professor. Aber Sie werden mir zugeben, daß die Wissenschaft sich über die Natur dieses Leidens völlig im unklaren ist, daß also der Versuch, einmal gegenteilig vorzugehen, gerechtfertigt ist. Mesmer hat bei der fallenden Sucht die schönsten Heilungen erzielt, und Sie wissen, daß ich seiner Methode folge. Ich bin der Ansicht, daß durch den magnetischen Rapport zwischen Arzt und Patienten mählich ein Ausgleich des negativen mit dem positiven Zustand sich herstellt, daß endlich, wenn ich mich populär ausdrücken darf, der positive, der gesunde Zustand derart überwiegt, daß die Krankheit als überwunden betrachtet werden kann.«

»Hm«, brummte Ickerath. »Ich nehme Kenntnis davon – von Ihrer Theorie, Herr Kollege.«

»Und Sie meinen, daß das Mädchen sein Gesicht wieder erhält?« fragte Valdemaire.

Der Doktor hob die Hand, um sie wieder fallen zu lassen. »Monsieur«, sagte er, »was kann ich antworten? Was in meiner Kraft steht, werde ich entsprechend meinen heutigen Einsichten tun. Eine Heilung des Grundübels würde wohl eine Heilung des Sehnervs mit sich bringen. Wollen aber Sie, und Sie, meine Damen und mein Herr Kollege, mir aufrichtig sagen, ob Sie mir das Vertrauen schenken, um die Wiederholung der eben von Ihnen mit angesehenen Maßnahmen gutheißen zu können? Meiner Überzeugung nach würden die Reaktionen, die Anfälle also, von Mal zu Mal weniger heftig auftreten und mit der Zeit ganz aufhören. Immerhin müßte ich sie dem Mädchen auch fernerhin zumuten, und wenn Sie, Herr Professor, an der Konstitution der Patientin zweifeln... Ich kann die Angehörigen des Mädchens ja nicht befragen«, fügte er nach einer Pause in fast bittendem Tone hinzu.

»Eine verantwortliche, eine Gewissensfrage...«, sagte Valdemaire unschlüssig.

Ickerath nahm eine Prise. Die Finger in der Dose, sagte er bedächtig: »Ich enthalte mich jeglicher Einmischung, Herr Kollege.«

»Quant à moi«, rief Corinna mit einem zornigen Blick auf Ickerath, »oh, Doktor, ich habe Vertrauen zu Ihnen! Mein Gott, Valdemaire, was besinnen Sie sich? Haben Sie denn je eine ärztliche Handlung gesehen, die mehr einem Gottesdienst glich als diese?!«

»Sie haben recht, Mademoiselle«, sagte der junge Mann

errötend. »Verzeihen Sie mir, Doktor! Sie wissen, wir trauen unserem Herzen weniger schnell als die Frauen; und doch gibt es Fälle, in denen einzig das Herz entscheiden kann. Sie werden dieser Unglücklichen keinesfalls schaden...«

Der Doktor lächelte, als er dem Abbé die Hand drückte. »Eine bedingte Vertrauenserklärung – aber immerhin eine«, sagte er liebenswürdig. »Herr Kollege, Sie spräche ich gern noch unter vier Augen. Aber Sie, Madame Echter – Sie sagen noch gar nichts.«

Cornelie sah ihn vorwurfsvoll an. »Doktor – wie können Sie fragen!« –

XX

Vierzehn Tage später sagte sie sich, daß sie auch jetzt nicht anders antworten würde, obgleich diese Zeit hinter ihr lag wie die Wanderung durch einen der untersten Höllenkreise, voll Jammer, Geschrei und Tränen. Buzzinis Eingriff in die Sphäre des Mädchens schien zunächst nichts zur Folge gehabt zu haben, als jenem ›Satansengel, der sie mit Fäusten schlug‹, sein Opfer wieder zugänglich gemacht zu haben. Er stürzte über sie her, sobald Buzzini seine Kraft auf ihr Zentrum richtete; ja nach kurzem genügte der Laut von des Doktors Stimme, sein Eintritt ins Zimmer, allein sein – wie er sich ausdrückte – eindringlich wollender Wille, um den eingeschläferten Dämon sich aufrichten und seine widerliche Geschäftigkeit beginnen zu lassen. Das furchtbare Signal jenes heulenden Schreies, das jeden der Ausbrüche einleitete, verfolgte Cornelie bis in den Schlaf. Übrigens schien es, als sei das ganze Haus einer gefährlichen Gewalt preisgegeben. Die alte Frau in ihrem Bett überließ sich den übelsten Launen, und der Umgang mit ihr war eine Prüfung; die Magd, kopflos wie nie, brachte das Essen schlecht gekocht auf den Tisch. Gaspard begann seinen Dienst zu vernachlässigen und sich auf den Straßen herumzutreiben, nur, um nicht bei den Séancen mit Beate assistieren zu müssen. Er schwur dem Doktor unter Tränen, daß er toll werden würde, wenn er das mit ansehen müsse. Da Kathrin das einzige Mal, als sie zur Hilfe zugezogen wurde, mit einem Aufkreischen zur Tür hinausgerannt war, als die Krämpfe einsetzten, blieb nichts übrig, als daß Cornelie dem Doktor allein beistand. Sie war nach den vier großen und verschiedenen kleinen Anfällen dieser zwei Wochen derartig erschöpft, daß nichts als die unerschütterliche Ruhe und Zielsicherheit des Doktors sie aufrecht hielt, obgleich auch er täglich mitgenommener aussah. Einmal, während der Leib der Blinden vor ihren Augen gepeinigt ward wie noch nie, während die Zähne des Mädchens die aufgequollene Zunge kauten, Blut aus den verzerrten Mundwinkeln rieselte und ihre Fäuste sich wahnsinnig trommelnd am Holzrand des Bettes und an der Wand wund schlugen, hatte sie ihn angeschrien: »Doktor! Sie töten sie!«

Nie vergaß sie den Blick Buzzinis, groß, staunend und kummervoll.

»Nein, nein«, hatte sie reuig vor sich hin gejammert. »Nein, ich weiß doch... Es muß sein, soll sein...«

Und daß die letzten Ausbrüche schwächer waren, von milderem Charakter gleichsam, ähnlich dem Gehaben eines wilden Tieres, das den Widerstand aufzugeben beginnt; daß ihre Dauer kürzer, ihre Heftigkeit nur noch vergleichbar war mit den letzten Blitzen und verrollenden Donnerschlägen eines auszuckenden Wetters – war das nicht schon der Beweis für die Richtigkeit seines Vorgehens?

»Jetzt«, sagte Buzzini tief aufatmend, als nach diesen vierzehn Tagen die Behandlung dreimal ohne eine andere Reaktion geblieben war als die eines sehr sanften Einschlummerns seitens der Kranken, »jetzt, Madame, sind wir wohl über den Berg. Von morgen an werde ich ernstlich die Augen vornehmen.«

Er lächelte Cornelie an. Es war ein Lächeln wie das eines dankbaren Kindes, ohne Triumph, nur voll unermeßlicher Freude.

Cornelie blickte erschüttert auf ihn. Ganz ohne daß sie es wußte, hatte sie ihre Hand auf die Schulter des Doktors gelegt, während sie, hinter ihm stehend, die Schlafende ansah, die mehr denn je dem goldschimmernden Engel glich, einem geläuterten, Gott wiedergegebenen Engel. Erst als Buzzini so den Kopf hob und zu ihr aufblickte, als sie in dieses kindlich beseligte, kindlich ihr dargebotene Auge sah, ward sie sich ihrer selbst bewußt und löste zögernd – zögernd, weil ihr war, dann würde er sich gar nicht klar darüber werden, daß sie ihn angerührt habe – die Hand von ihm. Gleichzeitig fühlte sie mit wankenden Knien eine Erkenntnis in sich aufbrausen. Dies, dachte sie und tat einen Schritt von ihm fort, dies ist mehr als alles je zuvor...

Buzzini hatte sich erhoben. »Ich – bin müde«, sagte er staunend, als suche er ein Wort für etwas noch nie Empfundenes, und schüttelte lächelnd den Kopf über sich selbst. »Nun, Madame, die nächsten Tage werden leichter sein; auch für Sie.« Er sah sie noch einmal aufstrahlend an und ging aus der Tür.

XXI

Die einzigen Bewohner des Hauses, die während dieser kritischen Zeit ihre volle Ruhe bewahrt hatten, waren Christoph und – merkwürdigerweise – die Kranke selber. Nach den Anfällen pflegte Beate des Morgens aus bleiernem Schlaf in einen leichteren, von Träumen erhellten Schlummer zu verfallen, der etwa bis zehn Uhr anhielt. Dann erwachte sie voller Heiterkeit und ohne die Erinnerung an die böse Ekstase des Vorabends. Immer wußte sie nur, daß sie unter den Händen des Doktors eingeschlafen sei und daß sie sich nun wieder leichter fühlte, »o ja, bedeutend leichter und heller, Madame!« Nein, mit den Augen hatte dieses Gefühl der Helligkeit nichts zu tun. Es sei ganz allgemein, und sie bezog es wohl in der Hauptsache darauf, daß sie immer mit dem sinkenden Tag von ziehenden Gliederschmerzen und einer ausgesprochen physischen Bedürftigkeit nach der Ausstrahlung des Doktors befallen wurde. »Dann«, so meinte sie, »bin ich auch innerlich dunkel«; und dies sei schrecklich! Im übrigen blieb sie völlig bei Kräften, aß sogar mit gesteigerter Lust und bot in keinem Betracht das Bild eines von Krankheit verzehrten Menschen, wennschon das einer besonderen, nicht ganz natürlichen und leise unheimlichen Körperbeschaffenheit, so, als sei sie nicht ganz aus irdischem Stoff.

Christoph aber, den der Winter nun ganz in das Haus bannte, lebte sein Leben zwischen den Knien der großen Leute, Leben eines Geschöpfes vereinzelter Art, wohl klein, wohl abhängig, doch voll stummer List, seines Reiches auf seiner eigenen Ebene sehr sicher, hellhörig, aber vorsichtig und nicht verratend, wieviel er verstand. Was er von den Vorgängen im Hause erhaschen konnte, schleppte er in seinen Bau und betrachtete es dort, in sich selber zurückgezogen. Aus seinen Winkeln hervor lauschte er großäugig in die Unterhaltungen der Erwachsenen hinein und war gleich auf sein Spiel gebückt, wenn die Aufmerksamkeit sich ihm zuwandte. Es war nicht möglich, daß er nicht von der Unruhe berührt wurde, die das Haus beherrschte; er wurde berührt, von allen Seiten bedrängte sie ihn, aber er sammelte sie in sich, und sie wurde Ruhe. Das eigentümliche Behagen des Kindes an den Zuständen der Erwachsenen, an ihrer Hast, ihren Aufregungen, ihren unverständlichen Zielen beseelte ihn; die feierlichen Ahnungen vom Tode, von der Liebe, von tiefem Elend und großem Heldentum machten ihn schüchtern und weise zugleich. Er wußte, daß sich die ernsten Unterhaltungen zwischen dem Doktor und der Mutter und wiederum zwischen der Mutter und Corinna und Valdemaire auf Beate bezogen, ebenso wie das halblaute monologische Schelten im Bett der Großmutter und das Getuschel und Augenaufschlagen zwischen Kathrin und Ehmännin. Er wußte, worauf sein Lehrer wartete, wenn er während des Unterrichts den Kopf mit beunruhigtem Gesicht zur Tür wandte: es war jener Schrei, den auch Christoph nun kannte und der die frühe Nachtruhe seiner Freundin Beate einleitete, ein Schrei, von dem er lieber nicht sprach, weil er ihn schaurig fand und doch wieder ein wenig komisch und den Seufzern der Katzen verwandt. Alles deutete darauf hin, daß da mit Beate etwas nicht in Ordnung war; auch die Tanten Perpetua und Modeste waren voller Unbill und brauchten Worte von dunkler Bedeutsamkeit, wenn sie miteinander das Haus verließen. Von dem allem nun nahm er Notiz und sog es träumerisch auf. Es schien seine unberührbare Geborgenheit nur zu verstärken. Wenn er des Morgens herunterkam und aus dem kalten Flur in die warme, rauchige Küche trat, wo das früh entfachte Feuer auf dem Herde seinen letzten zuckenden Tanz über der Glut tanzte; wenn er dann an dem blankgescheuerten Tisch hockte und aus dem blauglasierten irdenen Töpfchen seine dampfende Milch trank, Weck hineinbrockte und so die sicheren guten Gaben genoß, die ihm noch niemals gefehlt hatten – zwischendurch beobachtete er die federweißen Schneeflocken, wie sie draußen durch die graue Luft herabsanken und den Schneewall vor der Fensterscheibe noch höher machten – so war ihm heimischer noch und wohler zumut, weil die gewohnte Welt nun eingebaut war in ein Geflecht von raunender Gefahr, weil rings um seinen geborgenen Ort nun das bedrohliche und ihm verheimlichte Leben so nahe wirbelte wie noch nie. Denn Delphines Entführung und das Treiben des Buonaparte drunten in Afrika oder auch die Streiche des Schinderhannes im Hunsrück, diese sonstigen großen Ereignisse seines Lebens schwangen doch in zu weitem Bogen um das Zentrum seiner winzigen Person herum, und zwischen ihnen und ihm lag noch ein weites Glacis von Ordnung und Ruhe. Seit Beate da war, konnte hinter jeder Tür, die sich öffnete, etwas nie Gesehenes stehen. Alle im Hause wußten es, waren gedrückt, bang, aufgeregt. Der Doktor war gar nicht recht bei ihnen, wenn er auch sichtbar war. Deutlich empfand der Knabe dies, daß Buzzini in der Tat, sobald er nicht das Mädchen behandelte, ganz außerhalb war, vielleicht mit ausgestreckten Armen auf dem Dachfirst stand und Kraft von den Gestirnen herbeizog. Er, Christoph, allein war gefaßt und voll ernster sachlicher Neugier. Beate aber ruhte inmitten, unschuldig wie ein junger Vulkan, nicht ahnend, was man sich ständig von ihr vergewärtigte.

Es kam nun eine Woche, kamen zehn Tage der Stille. Der Teufel schien ausgefahren zu sein, und an dem, was er zurückgelassen hatte, einem gereinigten und bereitwilligen Körper, arbeitete der Arzt in aufmerksamer Hingabe und gesammelter Anspannung. Er ließ seine Kraft jetzt ausschließlich auf die Augen wirken. Die lebhaften Empfindungen, die das Mädchen dabei bekundete (sie äußerte das Gefühl von auf sie einstrahlender Wärme, sobald er seine Hand bis auf wenige Zoll ihrem Gesicht näherte; sie klagte, klagte aber fast freudig! über ein Jucken und Prickeln in den Augäpfeln, das sich von dem Eindruck der Berührung mit einem weichen Pinsel bis zum heftigen Beißen, wie von einer ätzenden Flüssigkeit, steigerte), diese Empfindungen waren, wie Cornelie bemerkte, Symptome, die den Doktor ermutigten. »Ich will nichts sagen, o nein, Madame, fragen Sie mich jetzt noch nichts!« antwortete er ihr einmal, »aber da die Kontraktionen der Augenmuskeln völlig aufgehört haben – da die Augen ihre natürliche Stellung wieder haben und auch behalten, so haben wir einigen Grund, ja, wir haben wohl Grund...«

»Zu hoffen...«, ergänzte Cornelie lautlos bei sich, da er nicht zu Ende sprach, sondern mit gesenktem Kopf aus dem Zimmer ging. Sie traute der neuen Lage noch nicht und fühlte, daß auch er es vorzog, zu zweifeln, statt sich in Sicherheit einzuwiegen. Immerhin verging eine Reihe von Tagen ohne Zwischenfall, und in diesen Tagen geschah es nicht nur, daß Beatens Augen ein normales Aussehen gewannen, sondern auch, daß sie erklärte, einen beweglichen Schatten unterscheiden zu können: des Doktors Hand, die er gegen das Licht langsam vor ihrem Gesicht auf und nieder führte.

Es begann damit, daß auf des Doktors Anordnung ganz ohne Vorbereitung ein fünfflammiger Leuchter in das verdunkelte kleine Zimmer, wo er sich bei der Kranken befand, gebracht wurde. Aus irgendwelchen Anzeichen hatte er geschlossen, daß dieser Versuch jetzt möglich sei. Beate stieß einen kleinen erschreckten Laut aus: »Oh, was ist dies?!« und Cornelie, den Leuchter hebend, sah, wie sie die Hände mit einer aufzuckenden Bewegung über die Augen deckte. Buzzini winkte hastig, das Licht wieder fortzubringen. Als Cornelie gleich darauf in die dunkle Kammer zurückkam, hörte sie ihn das Mädchen in seiner sanften Art befragen. War es ein neuer Schmerz oder was war es sonst gewesen, das diesen Seufzer bewirkt hatte?

»Ich weiß es nicht...«, stammelte Beate in ihrer gewohnten Hilflosigkeit. Nein, ein Schmerz nicht. Nicht eben ein Schmerz! Aber in dem Augenblick, als Madame Echter eingetreten sei – »es war doch Madame? Es war ihr Schritt...« –, sei ihr etwas geschehen, sei mit ihren Augen etwas gewesen. »Ich weiß es nicht...«, wiederholte sie flüsternd. Buzzini fragte nun mit der behutsamsten Stimme – Cornelie meinte ihn trotz der Dunkelheit zu sehen, wie er vorgebeugt dasaß und mit dem Ausdruck gespannten Lauschens geradeaus blickte, gar nicht einmal in die Richtung, aus der die Antwort kommen mußte – »Mein gutes Kind, war es etwa so, nun, erinnern Sie sich an Ihre Krankheit! War es so, als ob es – hell würde?«

Aber es dauerte länger als eine Minute, ehe Beatens schwaches, bebendes »Ja« kam. »Ja...«, hauchte sie, »ja – ich glaube fast.«

Cornelie vermied es, den Doktor an diesem Abend anzureden, und auch er schwieg, als sie die Kranke verließen. Sie tauschten einen kurzen Blick, das war alles. Ihre Erregung über diesen ersten Erfolg hielt sich gegenseitig die Waage. Die Augen wurden dem Mädchen jetzt noch sorgfältiger und dichter verhüllt als bisher, sogar die kleinen Hohlräume unter der Binde zu beiden Seiten der Nase wurden mit baumwollenen Bäuschen verstopft. Die Empfindlichkeit gegen die Belichtung steigerte sich immer mehr und war bald auch dem gewöhnlichen Tageslicht gegenüber vorhanden. Sobald sich das Mädchen dessen bewußt war, daß es tatsächlich wieder im Besitz einer aufdämmernden Empfänglichkeit für den Tag war, ergriff sie bei jedem Lüften der Binde Schwindel und Übelkeit. Sie schloß die Lider, unter denen sogleich Tränen vorquollen, streckte die Hände tastend vor sich in den Raum und stöhnte: »Weit – weit –.« Der Morgen, an dem sie Buzzinis Hand als schattenhafte Erscheinung vor sich auf und ab steigen sah, war ein Erlebnis, an dem sie versagte. Jetzt geschah es, was Cornelie und der Arzt mit frommem Schweigen fast abergläubisch gemeint hatten, zurückdämmen zu können. Der Anfall quoll auf, wie ein Ausbruch unterdrückter, blasiger, gasschleudernder Schmelzmasse, die endlich die dünne Stelle für einen Austritt gefunden hat.

Da er so gänzlich unerwartet und in einem Moment der verwegensten Erfüllung einsetzte – Buzzini und Cornelie standen zu beiden Seiten des Armstuhles über Beate geneigt und sahen in ihr erhobenes Gesicht, das mit geöffneten Lippen und einem Ausdruck grenzenlosen seligen Staunens dem Auf und Nieder von Buzzinis Hand wirklich zu folgen schien, denn sie bewegte den Kopf entsprechend –, so waren die sonst immer beachteten Maßregeln nicht getroffen, um die Kranke zu schützen. Sie ward jäh und heftig zu Boden geschleudert, als hätte ihr eine ruchlose Hand einen Stoß von hinten versetzt. Ihre Stirn schlug dabei hart an der Kante der Kommode auf, und während die Unglückliche sich am Boden wälzte, begann das aus der an sich unbedeutenden Wunde rieselnde Blut ihr Gesicht, ihren Hals, ihre Kleidung zu beflecken. Ihr Anblick war derart grauenhaft, daß Cornelie sich abwandte und das Haupt aufstöhnend gegen die Wand lehnte, um dann freilich, schnell sich fassend, niederzuknien, wie Buzzini sofort getan hatte, um das Anprallen der umherschnellenden Glieder gegen Wand und Möbel zu hindern.

Daß während dieses Auftritts – er dauerte gegen vier Minuten – die Kammertür plötzlich geöffnet ward und eine wohlgekleidete, behäbige Frau in ihrem Rahmen erschien, wo sie sogleich mit schreckvoll erweiterten Augen und zusammengeschlagenen Händen erstarrte, war der Anfang eines Verhängnisses.

Buzzini schrie: »Hinaus!« so donnernd, daß Widerstreben unmöglich war. Die Erscheinung verschwand mit lautlosem Zurücktaumeln, die Tür schloß sich. Erst als Beate in der dem Anfall folgenden Lethargie auf ihrem Bett lag, Cornelie sie entkleidet hatte und ihr vorsichtig das Blut abwusch, fragte der Doktor, der schwer atmend dabeistand: »Nun, und dieses Weib? Was sollte das? Wer war das? Wie kam die herauf?«

»Mein Gott«, sagte Cornelie in einer peinlichen Erleuchtung. »Das war ja Madame Häfelin! Das war die Frau von dem Weinwirt Häfelin, von dem Freunde von Beatens Vater.«

Madame Häfelin hatte schon manchen Versuch gemacht, bis zu Beate vorzudringen. Sie war immer auf dem unteren Flur abgefangen und von Cornelie aufs höflichste hinauskomplimentiert worden. Wie es ihr diesmal gelungen war, darüber konnte nur Christoph Auskunft geben, was er in unvollkommener Weise auch tat, als die Nachforschungen bis zu ihm drangen. Niemand, weder Gaspard noch Kathrin, wollte Frau Häfelin ins Haus gelassen, noch überhaupt gesehen haben. Christoph, endlich befragt, gab zu, es sei eine Frau gekommen, eine dicke Frau, als er »den Schnee einmal probiert hätte«, draußen vor der Haustür, auf den Stufen. Was die Frau gewollt hätte? – Wußte er nicht mehr! – Hatte sie vielleicht nach Beate gefragt? »Ja«, sagte er strahlend. Wo Beate wäre, hätte sie gefragt. Und was er gesagt hätte? – »Na – oben!« –

Die Sache war böse. Cornelie wagte es nicht, sie dem Doktor gegenüber noch einmal zur Sprache zu bringen. Er schien den Vorfall vergessen zu haben oder sich jedenfalls keineswegs den unbehaglichen Ahnungen hinzugeben, die sie erfüllten. Der Rückschlag in Beatens Befinden bedrückte ihn weniger, als sie befürchtet hatte. »Damit war zu rechnen, Madame!« sagte er einigermaßen streng. Er erklärte ihr, daß es seiner Ansicht nach sogar nötig und von Nutzen sei, wenn sich die angestaute

Spannung der Nerven zuweilen kräftig entlüde. Die Anfälle würden sich in Zukunft periodisch einstellen, aber immer schwächer werden, und schließlich würde nur eine allgemeine Reizbarkeit zu gewissen Zeiten bestehen bleiben. Dafür würden die Tage, Wochen und Monate zwischen den Ausbrüchen um so beruhigter sein, um so mehr der gesunden Norm angepaßt. Beatens Befinden in der nächsten Zeit schien seine Voraussetzung zu bestätigen. Zwar war, was die Augen betraf, alles Erreichte, sogar die Empfindlichkeit gegen das Licht, wieder verlorengegangen. Nach kurzem aber stellte sich alles wieder ein, und nun ergab sich von Tag zu Tag ein Fortschritt, kaum feststellbar, wie das Treiben eines Keims, der die Erde zu heben beginnt, dennoch nicht zu bezweifeln.

Cornelie erinnerte sich später fast schaudernd an die merkwürdige Sorglosigkeit, die auch sie in dieser Zeit der Besserung bald befangen hatte und sie unfähig machte, irgend etwas anderes ernst zu nehmen als das, was sich in ihrem Hause begab. Überschritt sie die Schwelle, so geriet sie in Unwirklichkeit. Die verschneite Stadt lag in gespenstischer Lautlosigkeit um sie her; das Getriebe der Menschen war spukhaft und wesenlos, alle Besuche an armseligen Krankenlagern, alle Begegnungen mit Bekannten, auch Unterhaltungen, auch Briefe, alles war wie im Morgendämmer geträumt und vorüberhuschend wie Schattenspiel. Hingegen gewann der Besuch des Gottesdienstes in der Christophkirche, jetzt gewissenhafter eingehalten als vor der Franzosenzeit, da es denn galt, eine Zugehörigkeit zu betonen, eine Einrichtung zu stützen, die bedroht war, neue Bedeutsamkeit: er war nun wie Bienenflug zur blühenden Linde, er gab Gelegenheit zum Ansaugen an eine Sphäre der Kraft, die sich offener erschloß als zuvor, da sie denn nie so gesucht worden war, als Gegenpol einer dunkel ziehenden Macht, als einzige Nahrung, die ersetzen konnte, was fortwährend hingeströmt wurde wie Herzblut. Denn diese Kranke trank, wahrhaftig, sie trank anders als andere Kranke, die innerste tiefe Kraft, nicht nur ihres Arztes, sondern auch ihrer Pflegerin. Mag sein, daß Cornelie sich täuschte, daß es weniger die Blinde war als ein anderer, der ihr völlig geöffnetes Wesen leertrank. Denn wo hätte Buzzini sich die Erneuerung, deren sein täglich erschöpftes Wesen bedurfte, anders holen sollen als in der geheimnisvollen

Wechselwirkung, die sich zwischen nahe verbundenen Menschen ergibt, da er doch keinen Freund hatte als nur sie? Zur Kirche ging er jedenfalls nicht. Sie aber erlebte zum erstenmal die wiederaufbauende Macht der heiligen Messe, wenn sie sich in ihrem erloschenen Zustand einfach den erprobten Riten hingab, die die entkräftete Seele sicher dorthin trugen, wo der Weinstock tropfte, das Leben quoll. Sixtus hatte ihr einmal in seiner von ihr nicht immer gleich verstandenen komprimierenden Weise gesagt, sie würde es mit der Zeit vermögen, durch Anhören der Messe immer von neuem den Anschluß an ein Kraftzentrum unpersönlicher – oder überpersönlicher – Natur zu finden. Hatte sie damals nur hingenommen und nicht ganz begriffen, so fielen ihr seine Worte jetzt wieder ein, als sie diese neue Wirkung ihres Kirchgangs an sich erfuhr. Zum erstenmal ließ sie sich von dem monotonen, in niemals abweichenden Kadenzen sich hebenden und senkenden Psalmodieren bewußt tragen aus der Tiefe der Erkenntnis eigener Schwäche und Unwürdigkeit zur Höhe des Kommunionswunders, das sie mit unnennbaren Kräften durchdrang. Sie hatte den Pfarrer Hobert bisher mit einiger Ungeduld betrachtet; ein stiller Mann farblosen Auftretens schien er ihr fern von dem mystischen Glanz, der in den Hintergründen der Gespräche mit Sixtus geglüht hatte. Auf einmal begriff sie, daß seine Einfalt vielleicht das einzige Medium war, das jenes Licht, jene überirdische Wärme unbehindert durch die Formeln der Liturgie hindurchleiten konnte, daß diese wunderbare Transparenz seines Wesens das Geheimnis seines Priestertums war.

Es ging auf Weihnachten zu. Die gewohnte, still und süß anschwellende Feststimmung dieser Zeit, die sich immer an den Kindern entzündet hatte und nun von Christoph allein, aber nicht minder eindringlich genährt ward, verschmolz mit der besonderen Lichterwartung Beatens. Alle Unruhe schien verebbt; die Luft im Hause war entgiftet, gereinigt. Selbst den stummen Dingen fühlte Cornelie aufgetane Bereitwilligkeit ab; gewisse Möbel wurden in ihrer Demut und Dienstbarkeit jetzt erst von ihr erkannt, sei es ein Tischchen, dessen Schubfach seit Jahren ihre Näharbeit aufnahm, sei es der Sessel, in dem sie am Abend mit Christoph den Tag durchsprach und vor der Nacht mit ihm betete. Die ausgetretenen roten Fliesen des Flurs, die von langem Gebrauch ausgeleierten Messingklinken der Türen, die Gestalten der wohltätigen Öfen, alles enthüllte Gesicht und Wesen war von fragloser, fügsamer Zärtlichkeit. Oft hatte die Treppe mit jener vierten Stufe, die breiter und niedriger war als die anderen, Cornelie an den Abend der Ankunft mit Hans Adam und dem kranken Wilhelmchen erinnert; jetzt aber redete sie nicht allein davon, sondern von allen, die im Lauf des Jahrhunderts ihres Bestehens mit ihrer Hilfe von unten nach oben, von oben nach unten gelangt waren; ihre so zweckvoll sich anpassende Unterwürfigkeit wollte bedacht und bedankt sein. »Auch von unseren Tritten, von unseren Füßen mit ihrer Last von Schicksal wird einst nichts mehr zeugen als diese leise Abnutzung, diese geringen Spuren, die unsere Sohlen ihr eingeschliffen haben...« Cornelie umspannte mit gespreizten Fingern die große, hölzerne Kugel, die das Geländer abschloß. Sie fühlte sich in einen schauenden Zustand geraten, dem sie sich entziehen weder konnte noch wollte; eine Vision der Hände, längst vermoderter Werkmannshände, die dies Gebilde gedreht – Vision der ausgerotteten Wälder, aus deren von ewigen Winden gewiegten Stämmen die Balken des Hauses geschnitten waren, drängte sich ihr auf... Der Doktor trat in diesem Augenblick aus seiner Tür und sah sie, die dort auf der untersten Stufe wie unschlüssig verharrte, mit seinen unausweichlichen Augen an. »Wo sind Sie, Madame?« fragte er lächelnd. »Gehen Sie mir nicht zu tief dort hinein! Aber mir scheint, Sie machen große Erfahrungen.« Er war in das Laboratorium getreten, ehe sie antworten konnte. Sie schüttelte ihre Versunkenheit ab und ging verwirrt ihren Verrichtungen weiter nach. Das hat er auch erst ins Haus gebracht, daß alles mitredet, dachte sie beinahe unwillig. Früher geriet ich nicht auf solche Gedanken. Aber der Unwille war nicht sehr echt. Alles um ihn wird lebendig, wußte sie nur. Niemand und nichts entzieht sich ihm. Eine wunderbare harmonische Bezauberung hatte Macht über die Welt gewonnen, deren Zentrum ihr Haus war: von der höchsten Sphäre bis zur Haut ihres Leibes, bis ins Blut hinein durchdrang sich alles in reinster Mischung zu nie empfundener Klarheit.

Der Doktor begann nun auch wieder neue Patienten anzunehmen und nutzte zu ihren Gunsten und mit noch nie so unfehlbarem Glück die Hochspannung seiner Kraft, die er auf

Beate jetzt nicht richten durfte, es sei denn, daß er ihr physisches Gleichgewicht gefährden wollte. Der Andrang der Bresthaften setzte neu ein, aber das sanfte, täglich zunehmende Licht, das von der Kammer der Blinden ausging, verklärte ihr Elend mit Hoffnung. Gleichzeitig begannen von neuem tolle Gerüchte über den Doktor in der Stadt umzulaufen, und Cornelie zweifelte nicht an der Ahnung, die ihr sagte, aus welcher Quelle diese trübe Flut kam. Der gute Hobert fragte sie im Beichtstuhl mit allem Nachdruck, ob sie sicher sei, daß unter ihrem Dach nichts Geweihtes und Heiliges zu frevelhaftem Zweck mißbraucht würde. Sie lächelte im Dunkeln vor sich hin, antwortete aber fügsam: »Ja, ehrwürdiger Vater, dessen bin ich ganz sicher.« Dann fiel es ihr auf, daß der Professor Wedekind aufhörte, sie auf der Straße zu grüßen. Das erste Mal hielt sie es für einen Zufall, nach dem zweiten und dritten aber war die Absichtlichkeit ganz offenbar. Sie zuckte die Achseln und schob's zum übrigen, ohne darüber zu grübeln, was den sonst so korrekten Herrn zu dieser demonstrativen Unterlassung veranlassen möge.

XXII

Kurz vor Neujahr kam eine Wendung, die in der Folge die nächsten Jahre bestimmte, wenn sie auch nur das erste deutliche Wort des Schicksals in einem schon begonnenen Ablauf war.

Am Vormittag des 29. Dezember hatte Buzzini bei der Behandlung zu Beate gesagt: »Sie sind heute unruhig, Jungfer – ich komme nicht vorwärts...« Worauf das Mädchen, das Gesicht mit eigentümlich witterndem Ausdruck erhoben, schüchtern gesagt hatte: »Ich weiß nit, was das ist, Herr Doktor, ich mein' immer, ich werd' heut noch von daheim hören...«

Der Doktor, der seine Hände von ihr gezogen hatte, antwortete lächelnd: »Nun, ich werde Sie heut nicht mehr tormentieren. Sie dürfen schon einmal einen Tag ohne mich auskommen.«

Beate hatte am Tage vorher zum erstenmal die vor ihr stehende Gestalt des Arztes erkannt und hatte ihre Umrisse mit dem Finger umzogen, ein Fortschritt, dessen Zeugen Gaspard und

Kathrin und schließlich auch die zufällig im Hause anwesende Cläre gewesen waren. Letztere freilich ungläubig und voller bereitwilligst geäußerter Zweifel. Was da als Fortschritt begrüßt werde, hatte sie unter vier Augen sogleich zu Cornelie gesagt, scheine ihr vielmehr als ganz unvollkommener Zustand, von dem kaum anzunehmen sei, daß er je noch schlimmer gewesen! Hierauf hatte sie sich mit der Maman aufs eingehendste über die Methode des Doktors aufgehalten. Cornelie machte ihm am Abend Vorwürfe, daß er Frau von Breithardt überhaupt zugelassen habe. Er hatte mit einem besonderen Lächeln erwidert: »Lassen Sie es gut sein, Madame; wir müssen jetzt manchmal Ungläubige herbeirufen, das heißt auch, Blinde sehend machen.« Dann hatte er erwogen, ob es nicht an der Zeit sei, den Augenarzt Neef, den Herr Weigandt zuerst konsultiert und der ihn mit der Erklärung abgewiesen hatte, der Fall seiner Tochter sei aussichtslos, zur Demonstration der begonnenen Heilung zuzuziehen. Sorglos hatte er hinzugefügt: »Die Leute werden zu neugierig und meinen Gott weiß was ich mit dem Mädchen anstelle.« Heut nun hatte er gemeint: »Was die Eltern der Jungfer angeht – wir könnten zu Beginn des neuen Jahres wohl einmal ein Schreiben dorthin gehen lassen mit guten Nachrichten. Ja, ich meine, jetzt könnte das nicht mehr schaden...«

Am Spätnachmittag hatte Cornelie, wie das jetzt öfter geschah, Beate herunter ins Wohnzimmer geholt, wo sie dann nahe am Ofen hinter einem Schirm, der den Kerzenschein abblendete, saß, sich mit ihren Karten beschäftigte oder mit Christoph plauderte. Heute war Valdemaire mit dabei, er saß neben dem Knaben am Tisch und schrieb ihm Buchstaben vor, die Christoph mit gekrauster Stirn, vorgestreckter Zungenspitze und eingedrücktem Zeigefinger nachzumalen bemüht war. Cornelie war über ihrer Näherei in Gedanken vertieft.

Nebenan, hinter angelehnter Tür, war die in larmoyantem Tone geführte Unterhaltung zwischen Henriette Echter und dem Kammerherrn von Walderndorff hörbar, der seine alte Freundin an festgesetzten Tagen in der Woche zu besuchen pflegte. In diese friedliche Stimmung hinein ertönte das Geräusch eines auf den Platz rumpelnden Wagens, und so gewöhnlich dies Geräusch sein mochte, irgend etwas veranlaßte alle, aufzulauschen. Ein Augenblick der Spannung trat ein, und vielleicht kam das nur dadurch, daß Beate halblaut: »Jetzt...« vor sich hin gesagt hatte, wie Cornelie sich eine Stunde darauf deutlich erinnerte. Auch daß dies Wort gefallen war, *ehe* der Wagen vor dem Hause anhielt, wußte sie wieder. Denn, *als* er anhielt, da war gerade noch Zeit zu denken: Also doch ein Patient! Und er wird gerade müde genug sein, wenn er nach Hause kommt..., was sich auf Buzzini bezog, dem die in der Stadt grassierende Grippe genug zu tun gab. Dann aber setzte der Schrecken ein, und was geschah, duldete keinen befreienden Atemzug zwischen dem ersten Poltern des Türklopfers und der Abfahrt des Wagens, die kaum eine Viertelstunde später erfolgte.

Der Klopfer also war mit dröhnender Dringlichkeit gerührt worden, und Gaspard, der schon auf das Räderrollen zur Tür geeilt sein mochte, hatte sofort geöffnet. Unmittelbar darauf ward eine unwirsche Stimme laut und schwere Stiefel, die auf den Fliesen scharrten. Nicht dies aber war das Furchtbare, sondern der Schrei, mit dem Beate in ihrer Ecke auffuhr, ein Freudenschrei zweifellos – dennoch... Sie rief: »Der Vater! Der Vater!« und war plötzlich mitten im Zimmer, die Hände vor sich gestreckt, das Gesicht in seiner Verschleierung erhoben und dann, eben, als die Stubentür heftig geöffnet ward, dann schlug sie hin, nachdem jener Freudenschrei jäh in ein gurgelndes Lachen, in ein pfeifendes Heulen übergegangen war. Sie sahen, wie sie sich am Boden wand, Christophs erschrockenes Weinen, das Umschlagen des Stuhles, von dem Valdemaire hastig aufgefahren war, das gellende Klingeln und Schelten von Madame Mère nebenan, deren Besucher fassungslos im Türrahmen erschienen war, vor allem aber der Eintritt des alten Weigandt, dem zwei Frauen folgten, welche Gruppe alsbald in Händeringen und Lamentieren ausbrach – dies mochte hinreichen, um eine noch gefaßtere Person als Cornelie für Sekunden kopflos zu machen! Sie hörte sich schreien: »Hinaus!« so wie neulich der Doktor Madame Häfelin angeschrien hatte, hatte aber gar keinen Erfolg damit; vielmehr drangen nun noch Gaspard und Kathrin ein und hinter ihnen irgendwelche fremden Gesichter, so daß das Zimmer im Umsehen voller Menschen war. Cornelie warf sich neben Beate zu Boden. »So helfe doch wenigstens einer!« rief sie verzweifelt. »Steht doch nicht so da! Halte ihr doch einer die Hände – den Kopf...«

Dann, kurze und doch fürchterlich lange Minuten hindurch, während derer sie selbst das zarte Haupt davor schützte, immer wieder auf den Boden geschlagen zu werden, bemerkte sie, daß Valdemaire neben ihr kniete und half. Die übrigen bildeten einen Halbkreis, aus dem immer wieder Worte kamen, wie: »No, da seht ihr's! Hab' ich falsch berichtet?« – Dies war die Häfelin. Eine andere Frauenstimme jammerte nur leise und rief heilige Namen an. »Da siehst es, Jaköble«, kam es dann schluchzend. »Drei Jahr ist's nimmer so arg gewese, und jetzt ist's wiedergekomme, so schlimm wie noch nie!«

Cornelie brachte die Kraft auf, sich umzuwenden. »Also Ihre Tochter hat schon früher Krämpfe gehabt?!« fragte sie dringlich.

»Sie hat es gesagt!« bezeugte Valdemaire, schnell begreifend.

Beate lag jetzt still zwischen ihnen, nur zuweilen lief noch eine zitternde Welle durch ihren Körper.

»Freilich«, weinte die Frau.

»Bist ruhig, Weib!« fuhr Weigandt sie an. »Hier red ich. Drei Jahr ist das Mädle nur blind gewese, die war gesund auf und nieder, bis auf die Auge! Wo ist er jetzt, der Doktor, Madame? Nit daheim, schätz ich. Hat Wind bekommen, daß wir unsere Tochter heut von ihm fordern würden! Mit ihm wird abgerechnet werden, Madame! Jetzt zeige Sie meiner Frau, wo die Sache von unsrer Tochter sind...«

Er bückte sich und nahm die Bewußtlose auf seine Arme.

»Bring den Pelzrock, Franz!« herrschte er einen Kerl an, der vom Flur hereinglotzte.

»Ja, wollen Sie denn... Sie werden doch das Mädchen nicht mitnehmen?! Nicht jetzt nach dem Anfall in die kalte Luft bringen!« Cornelie stammelte. Sie legte ihre Hände auf Beate. »Warten Sie doch nur! Er wird ja gleich kommen! Sprechen Sie doch erst mit dem Doktor!«

»Nit eine Stund, nit eine halbe Stund bleibt mei Kind unter Ihrem Dach! Was meinen Sie, Frau, daß mei Tochter grad gut genug dafür wär, daß so ein welscher Hahn seine Zauberkunststück an ihr ausprobiere dürft! Dem Weigandt sei Tochter! Ich hätt' mich besser erkundige solle vorher, freilich! Erst durch Schaden klug werden... Was hat er denn angestellt mit ihr? Die Augen, hab' ich gesagt, sollt er heilen – die Augen!«

»Die Augen!« rief Cornelie, »aber es fing ja an! Sie beginnt zu sehen!«

»So? So? Nun, das werden wir gleich haben!«

Breit ließ er sich auf einem Stuhl am Tisch nieder. Das Mädchen war zu sich gekommen, die Bewegung, mit der sie, um sich zu halten, den Arm um des Mannes Hals legte, ließ keinen Zweifel darüber. Weigandt griff nach der Binde.

»Um Gottes willen!« rief Cornelie und wollte ihn hindern.

»So, das paßt Ihnen nicht, Madame? Also!«

Mit einem Ruck hatte er das Tuch heruntergezogen. Beate stieß einen wehen Laut aus, aber – keine Bewegung deutete an, daß sie eine Empfindung von Licht hatte. Weigandt hob ihren Kopf, die Kerzenflammen schienen ihr voll ins Gesicht. »Da!« sagte er mit bitterem Hohn. Und entsetzt sah Cornelie, wie die starren Augen sich verdrehten, wie sie sich umwälzten und ihr blutiges Weiß zeigten, wie das fratzenhafte Spiel von ehemals begann. Sie stand wie gelähmt. »Mein Gott...«, flüsterte sie nur.

»Tu den Pelz her, Mutter!« sagte Weigandt schwer. Das Ehepaar hüllte die leise vor sich hin Wimmernde ein.

»Valdemaire! Ich bitte Sie!« sagte Cornelie beschwörend.

Valdemaire raffte sich auf. »Monsieur«, sagte er gepreßt, »wollen Sie doch einem ganz uninteressierten Zeugen glauben, daß Herr Doktor Buzzini sich Ihrer Tochter mit den reinsten Absichten und mit Einsatz aller Kräfte gewidmet hat! Wenden Sie sich an Herrn Professor Ickerath, er hat die Behandlungsweise gebilligt. Wie?« – er wandte sich an Cornelie – »war es nicht so?«

»Der Ickerath!« fuhr die Häfelin dazwischen. »Der wäscht seine Hände in Unschuld, hat er gesagt. Der Buzzini, hat er gesagt, mag selber sehen, wie ihm das abläuft. Und blind, sagt er, bleibt blind! Nur den Star kann man stechen; es ist aber kein Star...«

Kathrin drängte sich vor und stellte sich breit, mit eingestemmten Armen vor die Frau hin. »Ist nit wahr!« schalt sie herausfordernd. »Das Beate hat sehe könne, ich will's beschwöre. Der Kasper war auch dabei, gestern erst... Gell, Kasper?«

Sie rief den Burschen mit einem energischen Wink nach vorn.

»Mais oui, Monsieur! So – so...«, machte er aufgeregt und

ahmte die Bewegungen nach, die er Beate gestern noch hatte ausführen sehen.

Auf Weigandts schweren Zügen lag sturer Unglaube.

»Ich bin im Narrekaste«, sagte er grob, »so – so –«, und er bewegte seinerseits den dicken Kopf. »Ich seh, was ich seh. Mei Augen sind in Ordnung, gottlob! Wie soll eins haben sehen können mit *den* Augen!« Wieder hielt er ihnen Beatens armes Gesicht hin. »Doch, Vaterle, doch!« jammerte sie schwach. Er hörte es gar nicht.

»Das soll gesehen haben? Possen! Oder – Hexerei! Jawohl, daß ihr's wißt! Hexerei!! Aber lieber ein blindes Kind als eins, dem der Teufel geholfen hat oder sein Diener! Daß ihr's wisse tut! Mir halten's noch mit Vater, Sohn und Geist und sämtliche Heilige und nit mit dem Gottseibeiuns und den Jakobinern, mir in der Pfalz! Und nit eine Stund, sag ich – und nit eine halbe und auch kei Minute mehr!«

Mit seiner Last stand er schwerfällig auf. »Tu mir nit flenne, Kind«, sagte er, »du kommst heim! Mutter, pack dem Beate sei Sach zusammen!«

Er schritt zur Tür.

»Kathrin, zeig der Frau die Kammer!« sagte Cornelie erloschen.

Beatens kleine Habe war schnell zusammengerafft. Weigandt stand so lange im Flur. Als die Frauen die Stiege herabkamen, wandte er sich und schritt als erster zur Haustür hinaus, die Frau Häfelin ihm beflissen aufriß. Die Zurückbleibenden standen versteinert, dann bückte Cornelie sich mechanisch zu dem laut weinenden Christoph, hob ihn auf und drückte ihn an sich. Sie starrte den Kammerherrn an, der sich zeremoniell vor ihr verbeugte und sagte: »Gnädigste Frau, ich möchte mich nunmehr empfehlen«, als sähe sie ihn nicht. »Ja, ja, ich komme...«, beantwortete sie ganz regungslos die dringlichen Rufe der alten Frau nebenan. Sie machte auch einen Schritt dorthin, blieb aber am Türpfosten stehen. »Valdemaire«, flüsterte sie, »Valdemaire, hätten wir's hindern können?«

»Unmöglich!« gab er zurück.

Draußen verklang das Rollen des Wagens. Ein Schlüssel wurde in die Haustür gestoßen. Cornelie holte tief Luft, sie reichte den Jungen der Magd. »Bring ihn hinauf!« Auf einmal war sie bei sich, raffte den Rest ihrer Kräfte zusammen. Der Doktor trat auf die Schwelle.

»Was...«, sagte er, die Versammelten mit einem Blick überschauend, und sah Kathrin kopfschüttelnd nach, die aufschluchzend mit Christoph hinauslief, »was ist hier geschehen? Was war das für ein Wagen? Er erinnerte mich...«

Er sah erblassend von einem zum anderen.

»War das nicht Weigandts Wagen mit den Schecken?« fragte er stockend. »Wo ist – Beate?«

Cornelie hatte nicht für sich selbst Kraft gesammelt. Sie trat auf ihn zu, legte ihm die Hand auf die Brust und hielt ihm ihr Antlitz hin, das nur noch voll Ruhe und Hingebung war.

»Sie ist fort, Doktor«, sagte sie leise. »Diese armen Narren haben sie mitgenommen, weil man ihnen Falsches berichtet hat. Aber bleiben Sie ruhig. Sie stehen rein da wie die Sonne!«

Buzzini blickte sie mit geöffneten Lippen an; er war zusammengefahren wie unter einem Schlag. »Fort?« sagte er fassungslos. »Oh, Madame...«

Der Kopf sank ihm auf die Brust.

»Doktor«, sagte Cornelie flehend, »nehmen Sie es nicht schwer!«

Er sah abwesend auf. »Für – das Kind – für Beate – da ist nun alles zu Ende«, sagte er dumpf, drehte sich um und ging über den Flur in sein Zimmer. Sie konnten hören, wie er von innen den Riegel vorschob.

XXIII

Christoph hatte den strengen Befehl, den Doktor niemals zu stören, sich nie an ihn zu hängen, wenn dieser sich außerhalb seiner Räume zeigte, und nie bei ihm einzudringen. Cornelie kannte die liebenswürdige Unbefangenheit ihres Sohnes gut genug, um es notwendig zu finden, sie in ihren Auswirkungen einzuschränken. Er hatte sich also dem Doktor gegenüber genau so zurückzuhalten wie bisher bei den Herren Offizieren. Der Doktor, so ward ihm gesagt, wolle gar nichts von ihm wissen, wenn er mittags von seinen Krankengängen zurückkam oder wenn er des Abends noch ein wenig im Garten promenierte. Er interessierte sich nicht für die Katzen, der Doktor, nicht für das Nest der Rotschwänze, nicht für das Gedeihen der erst vorgestern ausgesäten Brunnenkresse, die heut schon ein grünes Fell über die schwarze Erde von Christophs Beet zog. Die Mutter sagte: »Christel, daß du mir dem Doktor mit deinen sämtlichen Geschichten vom Leibe bleibst und dich ihm nicht in den Weg stellst und zu plappern anfängst. Das kannst du Gaspard erzählen und Kathrin, und Mutter kannst du alles erzählen; Mutter will das natürlich immer wissen. Aber für große Männer und für so gelehrte Herren besonders, wie den Doktor, sind das alles Lappalien und Bagatellen. Er muß über seine kranken Leute nachdenken, und man darf ihn nicht stören!«

Christoph versprach alles, er zweifelte aber stark an den Worten der Mutter. Er hatte seit seiner Krankheit die Überzeugung, daß der Doktor sein Freund sei und daß er sich infolgedessen auch stark für das Wachstum der Kressepflanzung, für das Ausfliegen der jungen Rotschwänze und für die Unternehmungen der Katzen zu interessieren habe. So wenig ihm zunächst der Wechsel in der Besetzung der hinteren Räumlichkeiten gepaßt hatte, so zufrieden war er mit dem Austausch des Capitaines gegen den Doktor gewesen, und was der Doktor da im »Saal« mit seinen sonderbaren Instrumenten, vor allem mit der Elektrisiermaschine anstellen mochte, interessierte ihn seinerseits jedenfalls aufs höchste. Seit er Mittel und Wege zu einem neuen Anschluß an den Koberlé gefunden hatte, war er auch mit Gaspard ausgesöhnt. Gaspard hatte eines Tages einen Kaninchenstall gebaut und war dann mit einer dicken, kohlschwarzen Häsin vom Markt gekommen, die zwei Tage später elf wollige Häschen von allen Schattierungen um sich her rollen hatte. Nun gab es aber der Mutter gegenüber keinen Widerspruch, besonders wenn sie einmal »Lappalien und Bagatellen« gesagt hatte, womit sie, wie ihn das Leben gelehrt hatte, je nach der Tonart das Verschiedenste auszudrücken beliebte, immer aber etwas Abfälliges. Daß es sich hier um zwei Lieblingsausdrücke seines preußischen Großvaters handelte, um ein Echo also aus Corneliens eigener Kindheit, das wußte er nicht. Es galt, sich zu fügen. Es war zu vermeiden, sie zu Bestrafungen zu bringen und dadurch traurig zu machen; er selbst nahm die

Bestrafungen ja nicht schwer, denn es tat niemals sehr weh. Wie immer also, fügte er sich unter dem verschwiegenen Vorbehalt, daß er den Dingen ihren Lauf lassen würde. Er meinte bei sich, daß er nur zu wünschen brauchte, angeredet zu werden, so geschah es auch. Mehr hatte er nicht dazu getan, daß der Doktor ein Gespräch über die rote Katze begann und sich nach ihrem Namen und ihren Gewohnheiten erkundigte; er hatte nur eben mit der Katze auf der untersten Stufe vor der Haustür gesessen und so ein Gespräch gewünscht. Außerdem hatte er den Doktor angelächelt, als er des Wegs kam. Ebenso war es gewesen, als der Doktor ihn in seiner Gartenecke besuchte und sich ein paar Kressestengel zum Kosten ausbat; er hatte dies nur recht herzlich gewünscht und dabei vor sich hin gesungen: »Die Kresse – die Kresse – schmeckt gut, aber sie beißt!«

Bei dieser Gelegenheit hatte ihm der Doktor dann allerhand von der Kresse und anderen Gewächsen mitgeteilt, und darüber waren sie zwanglos auf die Kaninchen gekommen. Es war die erste angenehm abgerundete Konversation gewesen, an die immer wieder angeknüpft werden konnte, was auch geschah. Christoph brachte den Doktor dazu, er brauchte einstweilen ja noch die Entschuldigung, daß er angeredet worden war und füglich hatte antworten müssen. Es traf immer alles ein, was er sich nur stark vorstellte. Seit jener verhängnisvollen, ihm heimlich fast grausigen, aber auch zu weiteren Versuchen herausfordernden Erfüllung des Wunsches, Delphine möchte beim Großvater sein, hatte er mehr als einmal das Geschick erfolgreich beeinflußt, wie er meinte. Nachdem er jedoch gleich beim erstenmal einen Blitz vom Himmel gezogen hatte, dessen Wirkung zugleich eine solche Verödung rings um ihn gebrannt hatte, ging er nun aufs behutsamste mit seiner vermeintlichen Kraft um. Er wagte in seiner Erinnerung kaum an die Stunde zu rühren, in der er, wie er fest glaubte, Delphines Schicksal entschieden hatte. Er hatte sie verwünscht, davon war er überzeugt, und was er dann angewandt hatte, war »das große Wünschen« gewesen, höchstmögliche Anspannung seines Vermögens, Anspannung, die er scheute, da sie ihn seiner selbst so rätselhaft entrückt hatte, von dem zwiespältigen Erfolg ganz zu schweigen. »Das große Wünschen« also behandelte er vor sich selbst als Geheimnis, einfach, weil er sich sonst vom Tage, von aller Lust mit Hund und Katze, mit Murmel, Ball und Segeldrachen, vom leichten Atem, von der Seligkeit unbefangenen Daseins geschieden hätte. Es war ein Geheimnis, nicht seins. Zuweilen meinte er, ihm auf der Spur zu sein. Es mochte das Geheimnis des Rheins sein, der so machtvoll drängend, so geheimnisvoll lebendig dahinzog. An einem Abend mochte es das Geheimnis des Vollmonds sein, der rotgolden und schwer von Glut über den dunstigen Taunusbergen emporstieg. Einmal hatte er gemeint, es zu spüren, als er an einem Markttag den Dom sah wie nie zuvor, den rotquadrigen, gegliederten Steinkoloß vor dem lohend blauen Augusthimmel, kein Bau von Menschenhand mehr, sondern Gestalt, gesetzt durch sich selbst. Aber es war auch da, wenn ein Trupp Soldaten, von der Übung heimkehrend, die Marseillaise anstimmte, wenn der große Rhythmus des Sanges das taktmäßige Stampfen der Kolonnen umwogte und ihm flügelnd voraneilte. In diesen Augenblicken ahnte er, daß »das große Wünschen« überall sein konnte und von ihm nicht abhing. Es war das Überwältigende, das mächtig Kreisende, in dessen Wirbeln Vergessen um einen zusammenschlug, Vergessen des eigenen Abgetrenntseins von den übrigen Dingen der Welt. In den Träumen gab es Erlebnisse, die an das grenzten, was er da fürchtete: es war wie Sturz in dröhnendes, sausendes Nichts. Es war eine blendende, schreckliche Helle; seine Augen waren ihm nicht gewachsen. Im »großen Wünschen« lag Untergang im All beschlossen, und Christoph fürchtete es.

»Das kleine Wünschen« war zwar auch ein Geheimnis, aber ganz allein seins und der Tiere, die nichts weitersagten. Es war ein pläsierliches Spiel, bei dem nichts zu befürchten war, außer etwa einer kleinen Enttäuschung. Vielleicht übersah er Fehlschläge; vielleicht war er gar nicht imstande, zu erkennen, wie sehr er durch etwas, wie etwa den kleinen Kressegesang, dem Geschick in die Hände arbeitete. Ihm blieb nur im Gedächtnis, was eingetroffen war: daß er gewünscht hatte, es möchte Milchreis mit Erdbeersaft zu Tisch geben, und es gab welchen. Daß er gewünscht hatte, die Mutter möchte bei einem Gang mit ihm den Weg am Freiheitsbaum vorbei nehmen – und es war geschehen. Daß die Bäckersfrau an ihr Fenster gepocht und ihm mit einer Brezel gewinkt, daß Kathrin eine bestimmte Geschichte erzählt, weil er eben sein Begehren auf diese gesetzt hatte. Übrigens hatte

Cornelie recht gehabt, als sie vermutete, jene Wunschbesessenheit, wie sie sich in seinen Fieberreden kundgetan hatte, sei ein Ergebnis von Kathrins Märchenerzählen. Kathrin hatte Geschichten, die anfingen: ›In der Zeit, als das Wünschen noch half...‹ oder solche von Kindern, die Wunschkinder waren: es ging ihnen in Erfüllung, was sie nur wollten. Diese Märchen waren es, die in dem Knaben ursprünglich gewirkt hatten. Sie hatten den Quell geweckt, der nun einsam spielend im Licht tanzte. Mißerfolgen aber ließ sich durch geschicktes Umbiegen des Wunsches im letzten Augenblick aus dem Wege gehen. Schritt der Doktor etwa an ihm vorüber, ohne ihn anzusprechen, so hatte Christoph sicherlich kurz vor der Begegnung vor sich hin gemurmelt: »Oder lieber jetzt nicht...«, denn von des Doktors Gesicht, aus der Art seines Ganges ließ sich ja leicht ablesen, ob er beabsichtigte, sich aufzuhalten. Damit war dann der Glaube an die Unfehlbarkeit der Wunschkraft auf eine zwar etwas schwindelhafte, aber beruhigende Weise gerettet.

Mit der Zeit – und das zog sich über Jahre hinaus – erlangte er eine gewisse Schulung auf diesem Gebiet, und das ganze Feld des inneren Tages war von einem Netz der Wünsche überspannt und eingeteilt. Dem entzog sich nichts, angefangen beim Wetter bis zu Begegnungen mit bestimmten Menschen und dem Ausfall des Murmelspiels auf dem Platz. Bei der Elastizität, die er Fehlschlägen entgegensetzte, gewann er allmählich eine erstaunliche Beherrschung seiner eigenen Hoffnungen und dessen, was wirklich Begehr und Verlangen in ihm war: all das ward zum Spiel, und was auch eintraf, und wie es sich auch erfüllen mochte – alles war recht, war so gekommen, wie er es, zuweilen nur eben noch durch eine gewagte Volte kurz vor dem Hindernis, gewünscht hatte. Enttäuschungen gab es nicht; er verbot sie sich. Im Grunde gab es auch keinen Zufall, denn schon in der Minute nach einer überraschenden Wendung war er unsicher, ob er nicht gerade dieses erwartet hätte, und sogleich war der Fortgang des Spiels federnd auf die neue Sachlage eingestellt. –

Die Freundschaft mit dem Doktor war durch ein gemeinsames Erlebnis im Herbst dieses Jahres besiegelt. Christoph war eines Tages hinter einer Abteilung Militär hergetrabt, die ihren Weg zum Münstertor hinaus nahm und wohl die Aufgabe hatte, in etlichen der in dieser Richtung gelegenen Dörfer das Ansehen der Obrigkeit zu stützen, einfach, indem sie buntes Tuch und Piken sehen und ein wenig Trommelgerassel hören ließ. Der Tag war schön und Christoph voller Freude. Bei den Grenadieren befanden sich einige seiner Freunde, denn seine Bekanntschaften unter den Soldaten beschränkten sich längst nicht mehr auf den Koberlé und dessen Quartiergenossen. Er hatte die Gewohnheit angenommen, die Wachtstube im Schloß, wo der Kommandant wohnte, zu besuchen, zunächst nur, um das Treiben des Koberlé auch auf diesem Gebiet kennenzulernen, in der Folge aber, weil es dort männlich, heiter und kriegerisch zuging, weil hier die Atmosphäre des »Edelfrosches« in der Essenz zu finden war und schließlich, weil ihm so viel Freundlichkeit entgegengebracht wurde. Diese Besuche, sowohl im »Edelfrosch« als in der Wachtstube, waren bisher erledigt worden, ohne daß seine Abwesenheit zu Hause Aufsehen erregt hätte. Cornelie, vollauf beschäftigt, fand – wieder einmal im Gegensatz zu ihrer Schwiegermutter und zu verschiedenen Tanten – nichts dabei, daß er sich auf dem Friedhof, in den Nachbarsgärten und auf dem Platz aufhielt; sie verbot es ihm auch nicht, sich Spielkameraden nach seinem eigenen Geschmack zu wählen. Blieb er einmal länger aus – nun, da waren Bekannte genug in der Umgebung, die gern mit ihm plauderten, ihn in ihre kleinen Läden, ihre Werkstatt hineinriefen. Man ging nicht verloren, wußte Cornelie, der eigenen Kindheit eingedenk und ihrer heimlichen Streifzüge durchs Dorf, ihrer Besuche bei der und jener Häuslerfamilie, von denen sie auch niemand besondere Mitteilung gemacht hatte. Über seinen Anschluß an das französische Militär hätte sie vielleicht weniger gelassen gedacht; aber hierin war eben nur Kathrin eingeweiht, die den Jungen oft genug aus der auch ihr recht vertrauten Gesellschaft geholt hatte, wenn er anderswo nicht zu finden war. Sie hatte ihre Gründe, ihn nicht zu verraten, denn er war ganz brauchbar für kleine Botendienste und für den Vollzug von Verabredungen für den Feierabend.

So war denn Christoph heute bei einem ziellosen Erkundungsbummel durch die nächsten Straßen auf diese kleine, vom Trommler Lalande begleitete Kolonne gestoßen und war ihr fröhlich gefolgt, weil Lalande ihm einladende Gesichter schnitt und weil er sehen wollte, wohin es ging. Er hatte nicht erwartet, daß es zum Tore hinausging, es machte ihm aber nichts aus. Er war nun einmal dabei. Draußen auf der Landstraße verfielen die Leute in einen bequemen Tritt, dem er leicht folgen konnte. Sie plauderten und machten ihre Witze; ihr Sergeant war ein ruhiger Kerl, ein guter Kamerad, der es nicht übelnahm, wenn die Dosen im Glied herumgereicht wurden, wenn dieser einen Weck aß, jener in eine Wurst biß. Christoph machte sich daran, Äpfel aus dem staubigen Gras des Straßengrabens aufzulesen und die Truppe zu versorgen. Die Burschen waren so sehr an ihn gewöhnt, daß keiner daran dachte, ihn zu fragen, wie weit er eigentlich mitlaufen wollte, oder ihn heimzuschicken. Der Freund Lalande, die Trommel auf den Rücken geschnallt, schlenderte am Straßenrand hin und erzählte Großartiges von einem Lafayette, der in Amerika die Indianer bekämpft hatte, rote Männer, denen Federn auf Kopf und Rücken wuchsen. Christoph ging zuweilen ein Stückchen rückwärts und beobachtete nachdenklich, wie Mainz immer mehr einer an den Himmel gemalten Stadt glich. »Wohin geht ihr?« fragte er einmal, hörte, daß Weisenau das erste Ziel sei, und gab den unbestimmten Gedanken, daß er umkehren müsse, sogleich auf. Nach Weisenau ging Kathrin sonntags manchmal tanzen; diesen Ort wollte er längst sehen. Außerdem war es zauberhaft, so ins Land zu laufen. In den Weinbergen hatte die Lese begonnen; Böller krachten; die Luft war blaugolden, still. In den Wiesen standen Herbstzeitlosen. Hier und dort ging der Pflug über die leeren Felder.

Vermutlich wäre Christoph an diesem Abend mit seinen Freunden in das Stroh irgendeines dörflichen Quartiers gekrochen, hätte man nicht einen Mann überholt, der ein wenig abseits der Straße bei einem Gesträuch stand und Schlehen pflückte. Dies geschah, als der Knabe eben begann, über seine Füße zu stolpern; er war müde und gab sich's nicht zu. Aber dies verstand er, daß der Mann im braunen Rock dort der Doktor war. Hatte er es sich nicht gewünscht, dem Doktor zu begegnen und sich von ihm heimbringen zu lassen? »Au revoir, Lalande!« sagte er. »A demain! Bon voyage!« Er kletterte durch den Graben und näherte sich dem Schlehensammler, als sei es das Natürlichste von der Welt, daß er sich hier zeigte, eine gute halbe Meile außerhalb der Stadtmauer. »Warum pflücken Sie das?« fragte er angelegentlich. »Sie sind sauer. Es sind keine Schwarzbeeren, wissen Sie, und auch keine kleinen Zwetschgen!«

Der Doktor betrachtete sein Mündel nachdenklich von dem zerzausten Kopf bis zu den mit Staub bepuderten Schuhen.

»Ich nehme sie mit, weil sie hier so trefflich ausgereift sind«, sagte er dann bereitwillig. »Sie sind gut gegen mancherlei. Freilich schmecken sie nicht so gut wie diese da...«

Er hob eine Ranke, und Christoph sah, daß sie schwer von schwarzblauen, perligen Brombeeren war. Befriedigt machte er sich darüber her. Buzzini band den Beutel zu, der nun voll Schlehen war, und ging daran, von einem Bund Wurzeln, die er ausgegraben hatte, das Erdreich zu klopfen und es dann in der breiten Ledertasche zu bergen, die er an einem Riemen umgehängt trug.

»Gewisse Wurzeln – gewisse Sämereien«, sagte er, »sammelt man am besten im Herbst. Was die Schlehen angeht, so ist es mit ihnen wie mit den Hagebutten und auch mit den Ebereschenbeeren. Sie ziehen zusammen, reinigen das Geblüt; je herber sie sind, desto besser. Die Erde gibt alles – Lösendes – Bindendes... Es gilt nur, das Gleichgewicht herzustellen... Nun, wie ist es denn? Weiß deine Frau Mutter, daß du mit den Soldaten gelaufen bist?«

Christoph schaute ihn unsicher an. Der Doktor schnallte die Tasche zu. Es war ihm nicht anzumerken, in welchem Sinne er fragte. Der aß jetzt selbst von den Brombeeren...

»Vielleicht...«, antwortete Christoph obenhin.

»Und vielleicht auch nicht«, sagte der Doktor trocken und ernsthaft. »Vielleicht gehst du mit mir zurück in die Stadt? Vielleicht bist du etwas müde? Vielleicht...?«

Christoph ließ den Kopf hängen. Er sah nicht, daß der Doktor auf ihn herablächelte. »So komm!« hörte er ihn sagen. »Erst dort hinüber, wo der Johann Eppich am Hüten ist. Und dann wird es gut sein, wenn du mir den Heimweg zeigst.«

Der Doktor ging mit starken Schritten über die Grasnarbe des Feldraines an einem umgebrochenen Acker entlang auf die Kuhherde zu, die drüben im niedrig umbuschten Weideland stand. Christoph blieb bald zurück. Der unebene Boden machte seinen schmerzenden Sohlen Pein, aber er hielt sich tapfer. Nun stand der Doktor schon mitten zwischen den schwarzweißen

Kühen bei dem Hirten, dem Johann Eppich, der da unter dem weiten Himmel wie ein Baum verharrte, auf seinen langen Stecken gestützt und beschattet von dem riesigen flachen, breitkrempigen Hut. Längst hätte Christoph ihn gern in der Nähe gesehen und das schwarze, gelbaderige Horn berührt, das an seiner Seite hing und dessen Tuten allmorgendlich beim ersten Tagesschein durch die Stadt klang, wenn die Herde gesammelt wurde. Aber jetzt auf ihn zuzugehen, an den mächtigen, malmenden Tieren und ihren groß glotzenden Augen vorbei, das war nicht leicht, zumal da der Spitz ihn nicht willkommen zu heißen schien und auch auf den rauhen Zuruf seines Herrn nur ungern den Mund hielt. Als Christoph den Doktor glücklich eingeholt hatte, war er so weit, daß er sich mit einer Hand krampfhaft an dem braunen Rock festhalten mußte, und bis die Unterhaltung mit dem Hirten zu Ende war, hatte er Zeit, zu merken, daß er kaum noch stehen, geschweige denn weitermarschieren konnte. Wußte der Doktor das, da er sich plötzlich zu ihm niederbeugte und ihn hochnahm wie ein ganz kleines Kind? »Allons, mein Sohn!« sagte er, »so halt Er sich nur an meinem Kragen fest!«

Fort ging es, querfeldein auf die Stadt zu, während Christoph rückwärts sah, in einen goldenen Abendhimmel hinein, vor dem Johann Eppich mit seinen Kühen stand wie ein steinerner Riese. Verzagt und dennoch geborgen war dem Kinde zumute. Was ihn da trug, war dunkel, warm und groß, von mächtigem Atem durchwogt – war anders, breiter, unaufhaltsamer als irgendeine Kraft, die sich seiner jemals angenommen hatte. Das ging so sanft und doch so sicher, so gleichmäßig wiegend. Er legte seinen Kopf in die Höhlung zwischen des Doktors Schulter und dem großen, braunen Filz, unter dem das schöne, von Braunhaar umringelte Ohr stand, da war es bequem und roch gut nach Heu, wie ihm deuchte, nach Wiese und auch nach dem Stock aus Weichselholz; anders und besser, fand er, als die Soldaten rochen. Er wachte erst auf, als sie die Stadt betraten, durch das Raimunditor, wie er staunend bemerkte, da er doch durch das Münstertor hinausgelaufen war. »Nun, und wenn ich nicht gewesen wäre...«, fragte Buzzini nur, als er ihn vor dem Haus zu Boden setzte.

»Ich habe ihn mitgenommen, Madame«, hörte Christoph den

Doktor, hinter dessen Gestalt er sich unauffällig zurückhielt, gleich darauf zu der Mutter sagen. »Geben Sie ihn mir nur ab und an mit. Es kann ihm nichts schaden, ein wenig Botanik zu lernen...«

Was das sei, Botanik, das wußte der Knabe nicht. Aber mit dem Doktor zu gehen, dazu war er fortan immer mit der größten Freude bereit. Der Doktor hatte ihn mit den Soldaten angetroffen, hatte ihm beigestanden und ihn nicht verraten. Der Doktor hielt zu ihm und war gewiß auch der Ansicht, daß es das Ärgste war, die Mutter unnötig zu betrüben. Und außerdem war der Doktor der stärkste Mann auf der Welt. –

XXIV

Zunächst aber ergab sich keine neue Gelegenheit, mit dem Doktor zu spazieren und praktische Botanik zu treiben. Der Winter setzte frühzeitig und hart ein und eine Beschäftigung bisher fast heiteren und spielerischen Charakters, das Lernen bei Monsieur Valdemaire nämlich, begann, eine neue Betonung zu erhalten. Christophs Verhältnis zu Valdemaire unterschied sich insofern von allen seinen anderen menschlichen Beziehungen, als er dem jungen Gelehrten gegenüber von jeher nicht seine volle Unbefangenheit aufbrachte. Er hatte sie wohl, aber so wie eine Sprache, die der andere nicht beherrschte und nicht verstand – es war ganz und gar zwecklos, sie anzuwenden. Valdemaire hatte kein Auge für Tiere, für einfache Menschen oder für Kinder. Er übersah dergleichen Erscheinungen, gar nicht etwa aus Hochmut, sondern einfach, weil er nicht auf sie eingerichtet war. Drängten sie sich ihm auf, was recht sehr der Fall war, seit er unterrichten mußte, so war er, seiner Natur entsprechend, sehr höflich, sehr freundlich zu ihnen, aber gewiß konnte er nie begreifen, daß Exkurse über grammatische Feinheiten oder Philosopheme über sprachliche Logik, noch auch kleine mathematische Spielereien, wie er sie liebte, für die Mehrzahl seiner Schüler unzugängliche Selbstunterhaltungen des Lehrers darstellten. Dem sehr kleinen Christoph erging es in hohem Maße so. Valdemaire hatte ihn die siebenundzwanzig Zeichen des

Alphabets und ihre zauberhaften Verbindungen, die alle Laute und Worte ergaben, zu lehren; er hatte seiner widerstrebenden kleinen Faust den richtigen Griff des leichten Federkiels, dessen Fahne das Näschen kitzelte, beizubringen. Mit den Zahlen von eins bis zehn ließen sich alle Maße der Erde und das ganze Weltall berechnen; einstweilen aber galt es, sie angewandt auf Murmeln, Äpfel, Eicheln, Kastanien oder Heller zu häufen oder zu vermindern. Vor allem war es nötig, den ganz in Bildern und greifbaren Vorstellungen denkenden, den ganz allein auf die Sinne und ihre Wahrnehmungen gestellten Geist des Kindes sanft zu der ihm angemessenen Form des Zusammenfassens, des Ordnens zu führen. War nun unter Führung die Wahl eines mählich ansteigenden, gut gebahnten und geglätteten Weges seitens des Lehrers verstanden, auch die fortwährende Anpassung des Führers an ein winziges Schrittmaß und das gelegentliche erholsame Verweilen in Blumenwiesen oder Erdbeergründen, so hatte der gute Valdemaire keine Ahnung davon. Er blieb nämlich da, wo er war, auf einer zweifellos sehr steilen Höhe, und was er tat, war ungefähr dies, daß er winkte und sagte: »Hier herauf mußt du!« Dies Verfahren würde den meisten Schülern so zarten Alters übel bekommen sein oder vielmehr, es hätte keinen Erfolg gezeitigt. Christoph vernahm die Aufforderung, bemaß die Entfernung und begann zu klettern.

Das geschah so: Nachdem in den Sommermonaten mit Beistand der Mutter die unerläßliche Grundlage einer annähernd richtigen Handhabung von Papier, Tinte und Feder beherrscht worden war, pflegten Lehrer und Schüler nun einander gegenüber Platz an dem Tisch in der Wohnstube zu nehmen. Christoph entbreitete sorgenvoll das Material, während Valdemaire seinem Portefeuille ein Blatt entnahm, das eine von ihm zu Hause angefertigte Vorlage in makelloser Schönschrift enthielt, einen deutschen, französischen oder lateinischen Satz.

»Hier, mein Freund!« sagte er, sein Werk noch einmal wohlgefällig überprüfend, »beschäftige dich damit!«

Hierauf zog er selber ein Buch hervor, vertiefte sich hinein, machte Notizen und Auszüge und kümmerte sich nicht eher um seinen Schüler, bis dieser ihm den voll beschriebenen Bogen hinreichte, auf dem etwa zehnmal abwechselnd: »Bete und arbeite!« und »Ora et labora!« stand, ach, aber nichts weniger als makellos! »Hm!« machte Valdemaire alsdann und rieb sich das Kinn. »Komm doch einmal zu mir herüber, mein Freund!« Wenn Christoph dann neben ihm stand, wies er ihn schonend auf die gröberen und feineren Unterschiede zwischen der Vorlage und der Abschrift hin, wobei er sich eines Rotstiftes zur Anmerkung besonders mißlungener Schreibgebilde bediente. »Dies alles, Christoph«, sagte er am Ende milde, »muß anders werden! Du wirst diese Aufgabe morgen noch einmal anfertigen und dabei das korrigierte Blatt zur Vorlage nehmen. Auf diese Weise wirst du dem gedachten Ziele dich annähern und durch immer wiederholten Vergleich mit dem Vollkommenen dieses endlich erreichen!«

Dies war Valdemaires Methode! Sie war unpersönlich. Seine Art, das Kind in Arithmetik und biblischer Geschichte zu unterrichten, entsprach dem. Cornelie hörte zu und dachte: Ich könnte es ja überhaupt nicht; aber wenn ich es könnte, würde ich es anders machen. Jedoch schien Christoph keine falsche Zumutung, keine Vergewaltigung in dem Vorgehen seines Lehrers zu empfinden. Das Malen mit dem Federkiel machte ihm Spaß. In der biblischen Geschichte war er ohnehin gut beschlagen, da Cornelie ihm und Delphine die Kupfer einer schweinsledernen Familienbibel häufig ausgelegt hatte. Rechnen war ihm ein lustiges Frage-und-Antwort-Spiel. Im übrigen vollzog sich sein Lernen auf dem geheimnisvollen Wege der Anpassung, nicht allein an den Lehrer, sondern der Anpassung eines geschmeidigen jungen Geistes an die Materie, an den Stoff, den er sich durch Angleichung aneignete, so daß der Vorgang der Bildung dem Aufkeimen und Sicherschließen einer sanft ihrer selbst bewußt werdenden Erinnerung ähnelte.

Es blieb wohl auch im Winter dabei, daß die Unterrichtsstunden eine neue Art der Unterhaltung darstellten und das Erscheinen des Lehrers immer wieder interessant war durch die für Christoph unerklärliche Gespanntheit, von der Valdemaire immer noch durchbebt und umwittert war, durch die angelegentlichen Gespräche zwischen der Mutter und ihm, von denen das Kind zuweilen ein erregendes Wort auffing; durch die Frage, ob nun auch die sehr geliebte Corinna wieder kommen würde, wie das letzte, das vorletzte – wie fast alle Male, wenn Valdemaire da war. Jedoch dieser Winter legte sich zuerst schrecklich schwer auf Christoph, und es half nichts, daß die Mutter sagte, der Winter, das sei eben der Berg aus Reisbrei, durch den er sich hindurchessen müsse, bis er wieder im Frühling sei und im Sommer: die seien dann das schöne Schlaraffenland! Mochte ihm das auch einleuchten, so bot doch das angenehmste Märchen keinen Ersatz für die entzogene Lust des freien Umherschweifens. Jetzt erst fühlte er Delphines Fehlen wieder frisch wie im Anfang, und dieser Kummer fiel ganz in eines zusammen mit finsteren Tagen, kalter Nässe, trüber, aufgelöster Welt, kahlen Bäumen und Rabengeschrei, mit kranker Großmutter und eigenem Schnupfen und Husten. Enrhümiert sei er, hieß es immer, wenn er einmal hinauswollte, und die Abende rochen nach Lindenblütentee und erwärmtem Flanell. Wohl gab es das Christfest und gab Wochen mit Schnee und Schlittenfahren, und dann gab es das stundenlange Hocken am Fenster, wenn der sanfte Wirbel der weißen Flocken seinen magischen Bann ausübte; das alles aber war mit Schwermut getränkt und machte es unabänderlich: Delphine war fort. Nicht daß er sich je darüber getäuscht hätte; aber schwimmend durch die vielfältige und unbegrenzte Lust des Sommers und Herbstes hatte er es nicht so gespürt, nicht so gewußt. Er baute einen Wall aus Stühlen um das Fenster wie früher, schleppte Proviant herein und hockte sich selbst auf die Fensterbank, auf Delphines Platz. Einige Katzen waren stets bei ihm, aber die Traurigkeit mit diesen Katzen war groß. In Preußen, sagte Kathrin, heulten im Winter die Wölfe.

Der nächste November hatte dann ja Beate ins Haus gebracht, und der ganze Winter hatte sein besonderes Gepräge durch sie bekommen. Vielleicht war der Knabe dann auch erstarkt und der ganzen Zumutung der mürrischen Jahreszeit besser gewachsen. Dies erste böse Mal aber brauchte er viel Kraft, ließ sich tragen, erwärmen und nähren, nicht allein von der Mutter, sondern von allen, die in seine Nähe kamen. Der Doktor holte ihn oft in sein Zimmer und gab ihm Bücher mit Abbildungen von Tieren und Pflanzen. Gaspard und Kathrin verhätschelten ihn in ihrer Art, und Corinna setzte sich zu ihm und malte ihm lustige Bilder, alles, was er sich wünschte, Lebensläufe des Katers Soliman und des Musketiers Pulverknall, welche Personnagen ihre gemeinsame Erfindung waren, endlich aber auch die Taten des Generals Buonaparte. Corinna hatte eine Neigung, den General ein wenig zu karikieren. Christoph hatte das erste Bildchen dieser Art mißmutig betrachtet und geäußert: »Falsch!« Nichts weiter.

»Wie meinst du das?« hatte Corinna nach einigem Zaudern gefragt. »Meinst du, nicht ähnlich?«

Christoph nickte heftig.

Corinnas feine blasse Hand setzte mit dem Pinsel mechanisch ein paar Tropfen Gold in die grüne Uniform. »Nun«, sagte sie, mit vorgeschobenen Lippen den Kopf wiegend, »du hast ihn doch ebensowenig wie ich je gesehen, den General!« Christoph nahm das Papier in die Hand und betrachtete es nochmals kritisch. »Aber der Kopf ist zu groß!« sagte er unwillig, »das ist ja ein Nußknacker!« Auf einmal riß er es mitten durch. »Nein«, sagte er so liebenswürdig, daß sie nicht böse sein konnte, »das ist kein Buonaparte! Aber Sie sind ja auch eine Dame, da können Sie wohl keinen General wie den Buonaparte malen...«

»Oho!« rief Corinna lachend, »am Ende doch! Wie soll er denn aussehen nach deiner Meinung?«

Christoph stützte den Kopf in die Hand, die Haare fielen ihm in die Stirn und verbargen die Augen. »Der General«, sagte er, vor Verlegenheit undeutlich sprechend, »hat selbst zu einem Maler, der ihn malen wollte, gesagt: Malen Sie mich, wie ich ganz ruhig auf einem wilden Pferd sitze! Das stand in der Zeitung; die Frau Mutter hatte es der Grandmaman vorgelesen.«

»So, so... Nun, das ist gar nicht so einfach, mein Freund. Wie denkst du dir das?«

Christoph sah sie aufstrahlend an.

»Schön!« sagte er tief überzeugt. »So müssen Sie ihn mir malen, Corinna: den General auf einem wilden Pferd, das ihn nicht abwerfen kann – und hinter ihm tausend Millionen Soldaten!« Es kursierte mehr als ein Bild von Buonaparte, sie wurden in den Buchhandlungen zugleich mit kurzen Abrissen seines Aufstiegs verkauft, und wo sie dem Jungen auch begegnet sein mochten, sie hatten seine sonderbare Verehrung des nie erblickten Helden mystisch genährt. Corinna, eigentümlich berührt von dieser unumwundenen Offenbarung einer solchen Wirkung des Mannes, der in diesem Hause entweder gar nicht oder mit Achselzucken als Verkörperung zweifelhafter Prinzipien erwähnt wurde, hatte in ihrem Nachdenken mit flüchtiger Hand das gewünschte Bild hingeworfen und angetuscht: Den General im grünen Rock und Zweispitz auf weißem, sich bäumendem Pferd und hinter ihm eine unübersehbare Folge von Kriegsvolk, zierlich das Ganze wie ein Aufzug von Zinnsoldaten. Jetzt pinselte sie noch einen Adler, der dem Führer zu Häupten dahinzog.

»Ei!« sagte Valdemaire, der in dieser Minute eingetreten war und nun hinter Corinnas Stuhl stand, »das ist ja eine erstaunliche Apotheose des Ungeistes!«

Corinna sah lachend auf. »Der Geschmack Ihres Schülers, mein Herr!« rief sie. Valdemaire griff nach dem Bildchen. Aber schon hatte Christoph sich darübergeworfen. »Nein!« rief er inbrünstig, »das ist *schön!*«

Er lief mit seiner Beute zur Türe hinaus. Cornelie fand das Bild am nächsten Tage über seinem Bettchen befestigt.

Ich sollte das nun herunterreißen und dem Jungen ein preußisches Donnerwetter zeigen, dachte sie kopfschüttelnd. Aber, weiß Gott, ich bringe es wohl nicht fertig...

Sie betrachtete seufzend das Bild und wartete vergeblich auf eine ungestüm zornige Regung preußischen Geistes bei sich selber, die sich durchaus nicht einstellen wollte. Indessen regte sich jäh etwas anderes, was ihr vollauf jede Bilderstürmerei zu rechtfertigen schien. Sie hob schon die Hand.

»Verdammter Krieg!« sagte sie leise und böse.

Da fühlte sie ihren Arm umklammert; Christoph hing daran. »Mein Bild!« bettelte er, »bitte, nicht!«

Sie hockte sich zu ihm nieder und drückte ihn an sich. »Was ist gut an solchem Menschen, Kind«, sprach sie leidenschaftlich, »der nichts im Sinn führt als Krieg und Krieg und wiederum Krieg?«

Christoph machte hilflos einen Versuch, sich zu befreien, gab es gleich auf und schmiegte sich eng an sie, wie um sie über seine erste Bewegung hinwegzutäuschen. Sie sahen sich an. Der Knabe öffnete die Lippen, von einem Lächeln umzittert. Er hatte sagen wollen: »Der Buonaparte wird Delphine wieder holen«, besann sich aber im selben Atemzug. »Er – er hat doch gesiegt, Mutter«, stammelte er, »immer siegt er, und – Sieg bringt Frieden!« Cornelie lachte schluchzend auf und küßte ihn heftig. Sie ließ ihn los und stand auf. »Oh, Männer – ihr Männer!« redete sie vor sich hin. »Einer wie der andere! Sag nur noch: ohne Krieg kein Frieden!«

Sie warf noch einen Blick auf das Bild. »Gib wenigstens acht, daß es hier bleibt und der Grandmaman nicht unter die Augen kommt!« –

In Zukunft schlief also Christoph unter dem Fittich des Adlers.

XXV

Wo er seine Kenntnisse über Buonapartes Unternehmungen immer hernahm, war in der Tat kaum erklärlich, wenn nur seine nächste Umgebung in Betracht gezogen wurde. Der Onkel Breithardt und der alte Kammerherr pflegten nur ganz allgemein zu lamentieren, und weder Valdemaire noch der Doktor sprachen viel von den Veränderungen am politischen Himmel – es griffen diese zu wenig in ihre besonderen Beschäftigungen ein. Buzzini liebte es, zuweilen Betrachtungen über gewisse Einrichtungen der Republik anzustellen, die in seiner Beleuchtung unversehens ein neues, fast berückendes Gesicht annahmen. Da mochten die städtischen Behörden wieder einmal mit großem Aufwand eins jener häufigen öffentlichen Feste veranstaltet haben, mit denen die französische Regierung im Gefühl des Volks die verbotenen Prozessionen und Feiern des Kirchenjahres abzulösen versuchte, sei es das Fest der Souveränität der Nation, das der Dankbarkeit für die gefallenen Helden der Revolution, das des Ackerbaus oder der Ehe gewesen. Alle begannen sie in der nun Dekadentempel genannten Peterskirche, wo vor den unangefochten strahlenden goldenen Engeln des Hochaltars die mit einem zwar holdseligen, aber auch zweifellos einfältigen Lächeln gestempelte Tochter Agathe des Buchbinders Zech als Göttin der Vernunft figurierte. (Ihr Vater verkaufte in seinem Laden unterderhand einen Stich, der das Deutsche Reich im Bilde des gemarterten Heilandes darstellte.) Aus der Peterskirche ging es dann unter den Klängen einer Janitscharenmusik zu feierlichem Umzug hinaus in die Stadt. Efeubekränzte militärische Würdenträger und hohe Verwaltungsbeamte schritten voran; Fahnen und Transparente mit Inschriften wurden mitgetragen. Der Freiheitsbaum auf dem Markt war das Ziel, an dem erneut Reden gehalten wurden, an dem führende Männer sich gerührt in die Arme schlossen und Schwüre ewiger Treue zum Besten der Republik ablegten; dann löste die Versammlung sich auf und feierte in kleineren Verbänden weiter, sei es in den Schenken, sei es bei offiziellen Festmählern. Diese patriotischen Betriebe gaben Cornelie stets Anlaß, sich sehr deutlich und mißvergnügt auszusprechen. Sie pflegte das Ganze einen »hohlen Klimbim« zu nennen und war nichts weniger als erbaut gewesen, als sie eines Tags ihren Sohn Hand in Hand mit Monika und Joseph Breithardt in dem Zuge entdeckte, der zur Begehung des Festes der Ehe die Große Bleiche heraufkam und dem sie zufällig begegnen mußte. Die drei gingen unmittelbar hinter dem Schilde, das der Abteilung der Kinder vorangetragen wurde: »Glückliche Früchte der Ehe – Hoffnung des Vaterlandes – Ruhm der Ehegatten«, sagte es aus. Ihre erste Regung war, zu rufen, den Jungen herauszuholen; die zweite sonderbarerweise Zögern, Rührung und jähes Überschauertwerden von Sehnsucht nach Hans Adam. Die Kinder sahen freilich aus wie die blühende Verkörperung häuslichen Glücks, weit mehr als irgendwelche bürgerlichen Sprößlinge, die ihnen folgten, obwohl sie keineswegs, wie diese alle, ihre besten Kleider anhatten, sondern allem Anschein nach ganz improvisiert zu der Ehre der Teilnahme gekommen waren. Zum dritten aber empfand Cornelie ein ganz ungehöriges Vergnügen bei der Vorstellung, was Ludwig Breithardt zu dieser demonstrativen Verwendung seines Fleisches und Blutes sagen und was für Wendungen er finden würde, um es schließlich doch gutzuheißen. In dieser Stimmung las sie ohne den nötigen Ernst das Schild der jungen Mädchen: »Arbeit und Tugend sind der beste Brautschatz« und die pathetische Versicherung der Soldaten: »Erst wenn der Feind besiegt ist, werden wir Gattinnen begehren!«

Immerhin war ihr Heimweg nachdenklich.

Zu Hause fand sie Valdemaire vor und machte ihren sich widersprechenden Empfindungen Luft. »Das ist alles so theatralisch, und es ist *schlechtes* Theater«, sagte sie, »dennoch...«

»Was Sie, was uns alle stört«, sagte Valdemaire stirnrunzelnd, »ist, daß dies nicht mit der edlen Langsamkeit von Kulturdingen erwachsene Bräuche sind wie die Riten unserer Gottesdienste, sondern daß hier mit Hilfe der Vernunft gewaltsam etwas zusammenkomponiert ist, was nun dem Volk Ersatz für die Kirche sein soll. Aber wie wasserklar, wie schal, wie langweilig ist das alles letzten Endes!«

Buzzini war eingetreten und hatte die letzten Worte gehört. »Nun ja«, sagte er, gleich im Bilde, denn auch ihm war draußen der Zug begegnet, »nun ja, Sie haben so unrecht nicht, wenn Sie sich an die hiesigen Vertreter der neuen Ideen halten. Und ich will nicht behaupten, daß sie möglicherweise in Paris würdigere Repräsentanten besitzen. Aber was die Leute wollen, das hat doch einen Kern von Natur und Geist, der zum Keimen gebracht werden könnte. Die Ehe, der Ackerbau – hatte noch jemand die ursprüngliche Reinheit und Hoheit dieser Einrichtungen, dieser Grundlagen aller Kultur im Gefühl, und wird das den Menschen durch diese Art nüchterner Rhetorik nicht stärker ins Gedächtnis zurückgerufen als durch alle Trauungen und Maiprozessionen, die sie als ein Gewohntes mit stumpf gewordenen Augen sahen?«

Er sah Valdemaire mit jenem knabenhaften Lächeln an, das Cornelie so liebte: »Ich verstehe nicht viel von den belles-lettres, Monsieur l'abbé, gewiß nicht. Ich hatte nie Zeit, mich mit der Poesie zu beschäftigen. Aber das muß ich Ihnen sagen: wenn ich in den neufränkischen Kalender blicke, ist mir doch immer, als läse ich ein Gedicht!«

Er zog ein kleines Buch aus der Brusttasche und blätterte.

»Hören Sie! Die Namen der Monate! Was sagten uns noch März – April – Mai? Schön, sie riefen Vorstellungen gewisser Art wach; diese neuen Kalendernamen aber drücken unmittelbar die Signatur des betreffenden Monats aus: Germinal – Floréal – Prairial: Keimmonat – Blütenmonat – Wiesenmonat! Dann: wie sie die Kalenderheiligen schön ersetzt haben, mit lauter Pflanzen, Blumen und Früchten, die in den Monat gehören: der erste Tag des Vendémiaire – des Weinmonats, des Oktobers – heißt Weintraube, der zweite Safran. Die Decadi tragen Bezeichnungen landwirtschaftlicher Geräte: der zehnte Vendémiaire: Faß, der zwanzigste: Kelter. Der siebente, achte, neunte Fructidor: Beyfuß, Saflor, Maulbeere; der vierzehnte: Walnuß. Da sind der Feigenbaum, der Ölbaum, der Weinstock, der

Maiskolben! Ich blättre und bin erbaut, tief erbaut. Meine ganze Heimat, meine schöne Kindheit stehen mit wenig Worten in diesem Buch. Mein Vater, müssen Sie wissen, war ein Landmann am Rand der lombardischen Ebene. Dies spricht zu mir mehr als die alten Heiligen mit ihren blutigen Märtyrerkronen, mehr als eine lange Ode auf die Pracht der Natur! Der Spaten. Die Hacke. Egge und Pflug! So ein Jahr – so ein Jahr der Erde – das hat doch Sinn!«

Er steckte das Buch wieder zu sich und sah die anderen mit seinem strahlenden Blick fragend an. Cornelie hatte überrascht und bezaubert gelauscht. »Freilich ist das schön«, sagte sie jetzt, »wenn man sich nur unbefangen dran freuen könnte! Doch es fallen einem gleich wieder die vertrackten Gewaltsamkeiten und Verkehrtheiten der Burschen ein, ihre Eitelkeit und ihr Pathos. Wie schön war die Inschrift am Neuen Brunnen mit ihrem Dank an die guten Götter und ihrem Hinweis auf das fließende Wasser des Lebens! Sie mußten das wegnehmen und eine Tafel anbringen, die vom Dank des Mainzer Volkes gegen die französischen Befreier spricht! Lächerlich!«

Buzzini, der nicht recht hingehört hatte, kam auf seinen Kalender zurück. »Was mir gefällt, ist auch, daß sie den Monatsbeginn jeweilig an seine richtige Stelle im Sonnenjahr gesetzt haben, dorthin nämlich, wo die Sonne in ein neues Zeichen des Zodiakus eintritt, um den 21., 22. unserer bisherigen Zählung herum also. Das spricht von einem Wissen um Zusammenhänge, um die von der heutigen gebildeten Welt ganz vergessenen Zusammenhänge zwischen den Gestirnen und der Erde nicht nur, sondern auch zwischen Gestirn und Mensch! Oh, da liegen Geheimnisse heiligster Art, und sie berücksichtigen, heißt wohl, um den Quell aller Religion wissen.«

Valdemaire hatte offensichtlich mit Verdruß zugehört.

»Rousseau mit seinen kulturwidrigen Ideen steckt hinter dem allem, Monsieur«, bemerkte er trocken, »ferner ein mißverstandener Klassizismus, ein verwässertes Heidentum. Die schöne Würde und Einfachheit altrömischen Lebens schwebt ihnen vor, eine Form, die nur noch in Stein gehauen, ins Metrum virgilischer Oden gebannt, in die alten Gesetzestafeln geschnitten existiert, zu der wir aber nicht mehr zurückkönnen, es sei denn, daß die Wasser bergauf flössen.«

Cornelie sah auf den Doktor; er schüttelte leise das Haupt. »Das hebt ja den Menschen aus der Natur heraus, daß er zur Reinheit des Quells zurückkehren kann, wenn das verschlammte Gewässer ihn zu ersticken droht«, sagte er sanftmütig. »Aber es sollte wohl wie durch Gnade geschehen und nicht durch das Schwert...«

Valdemaire blickte grüblerisch über ihn hin.

»Durch Gnade«, sagte er langsam, »durch Gnade. Sie meinen, daß Geist und Natur sich durchdrängen – eins die Heimat des anderen würde...«

Buzzini nickte stark.

»Daß das naturhafte Opfer der Mutter vom Sohne zurückerstattet würde im Geiste und in der Wahrheit...«, fügte er ein.

Valdemaire hob die Augen auf zur Wand, wo ein altes Bild hing, Mariä Himmelfahrt darstellend. »Dann setzt der Sohn der Mutter die Krone aufs Haupt«, sagte er wie für sich. »Ja – es gibt einen Weg...«

XXVI

Wahrscheinlich sog er sie aus der Luft, die voll davon war, seine Kenntnisse über den Buonaparte – Christoph nämlich. Konnte er über die Straßen gehen, ohne in seinen empfänglichsten Sinnen von ihm berührt zu werden? War er nicht überall zu finden, wo eine Trommel sich hören ließ, und waren die ägyptischen Heldentaten nicht unter Trommelschlag auf allen Plätzen der Stadt verkündet worden? Was redeten seine Freunde im »Edelfrosch« und auf der Wache anders als von den Siegen und Fehlschlägen der Armee in Afrika und Kleinasien und davon, daß Österreich, Rußland und England sich zusammengetan hatten, um dem General jetzt in den Rücken zu fallen und ihm die Beute von Campo Formio wieder abzujagen? Was hörte er anderes als Kriegsgeschrei, banges und schadenfrohes Geschwätz, wildes Prophezeien, phantastisches Gerücht, wenn er in den Werkstätten, den Kaufgewölben, zwischen den Ständen des Fruchtmarktes und an den Hängen des Rheinufers herumstrich? Das wußte er, das war ihm nun doch aus der Stimmung daheim in Fleisch und Blut übergegangen, daß es wünschenswert sei, wenn die Deutschen den Franzosen Mainz wieder abnähmen, da denn die Stadt und in weitem Umkreis jeder Fußbreit Erde deutsch waren und die Franzosen hier nichts zu suchen hatten. Dennoch war er voll heimlicher Rebellion gegen dieses sein besseres Wissen. Es schien ihm ebenso verlockend, mit dem Buonaparte die Welt zu erobern, als langweilig mit den Österreichern vergeblich gegen den Helden anzurennen. Denn daß es vergeblich sein würde, davon war er tief überzeugt, so sehr hatte der Glaube der Soldaten an den General und seinen Glücksstern Besitz von ihm genommen. Das war ganz gleich, ob andere französische Generäle nun einmal besiegt würden und ob die Verbündeten am oberen Rhein, in der Schweiz, in Italien vorrückten! Mit seinen Freunden, vor allem mit Leroux, war er ganz sicher, daß dies nur an der Abwesenheit Buonapartes von Europa lag. Wie der Blitz aus Wolken fahrend, würde er eines Tages zurück sein und – man würde ja sehen!

Er hatte einen neuen Freund, den Türmer der Stephanskirche, Kaspar Schneider. Die Bekanntschaft hatte sich zwanglos ergeben, als Christoph einmal vom Doktor auf einen Gang zu ein paar Kranken mitgenommen worden war, die in der Gegend der Kirche wohnten, »an der grünen Bettlade«, wie es hier hieß, im Hause »Zum Kelchstock« und schließlich in der Weißgasse, eben in jenem schiefen Haus, das der Türmer mit seinem Glöckner bewohnte, und in dem außerdem der Partikulier Jean Bonaston logierte. Diesem letzten galt des Doktors Visite, einem uralten Franzosen vornehmer Herkunft, was übrigens nur aus seinem Gepäck hatte geschlossen werden können, so wie man seinen Namen allein aus Briefschaften erfahren, die er bei sich geführt hatte, denn seine Zunge war im Augenblick seines Einzuges in Mainz vor acht oder neun Jahren vom Schlage gelähmt worden, wie der größte Teil seines Körpers. Man hatte unter den Emigranten nach Bekannten von ihm geforscht, und mit der Zeit hatten sich einige zusammengefunden, die sich seiner erinnerten und für ihn sammelten, um ihn dann bei Kaspar Schneider einzumieten und in Pflege zu geben. Hier war er liegengeblieben, und der Türmer sorgte aus Barmherzigkeit weiter für den fast schon Bedürfnislosen, den der Tod vergessen hatte. Während Christoph damals vor dem Hause auf den Doktor gewartet hatte, war einer seiner Wünsche in

Erfüllung gegangen. Kaspar Schneider war mit dem großen Kirchenschlüssel in der Hand aus der Tür getreten, um auf seinen Turm zu gehen und, wie Christoph später zu Hause erzählte, hatte ihn aufgefordert, mitzukommen. Der Vorgang hatte sich indessen so abgespielt, daß Christoph sich dem Türmer bis zum Anstieg der Treppe an die Fersen geheftet hatte, oder ihm vielmehr nah zur Seite geblieben war, den Blick beständig aufwärts zu dem ehrwürdigen Haupt des Alten erhoben, so daß dieser am Ende nicht umhin gekonnt hatte, lächelnd zu fragen: »Du möchtest wohl einmal mit dort hinauf?«

Der Doktor, als er den Knaben nicht mehr vorfand, hatte angenommen, er sei schon nach Hause gelaufen. Christoph aber erschien erst nach ihm und nach dem Abendläuten am Karmeliterplatz, tief befriedigt von seinen Eindrücken und ganz entschlossen, diese Beziehung weiterzupflegen.

Der entrückte Raum der sechseckigen Turmstube, in dem Kaspar Schneider den größten Teil der vierundzwanzig Stunden des Tages verbrachte, mehr Zeit, als sein Dienst es verlangte, da ihm, wie er sagte, die Luft da unten zu drückend war, dünkte den Knaben unterschieden von jedem Platz, den er kannte, und erfüllt vom Geheimnis einer den Charakter der bekannten Dinge verändernden Sphäre. Allein der Ausblick aus einem der Fenster genügte, um ihn nachhaltig zu beschäftigen. Die großen Spiele der Wolken um den erweiterten Horizont, die Aufteilung der Welt in farbige Flächen und reinlich abgegrenzte Gruppen von Häusern und Bäumen, die weit ausgeworfenen blauen und weißen Bandschlangen von Straße und Strom befriedigten ihn aufs tiefste. Hier zu verweilen und nur zu schauen, während die Dohlen über ihm in der »Laterne«, dem kleinen Türmchen über dem Turme, rumorten und klagten und der Reigen der Schwalben unaufhörlich in engeren und weiteren Bogen mit seiner rhythmischen Begleitung scharfer rufender Schreie die Fenster umkreiste, das gab ihm ein traumhaftes Gefühl des Schwebens, der höchsten Zufriedenheit. In der wabenförmigen Zelle des Raumes sich umzusehen, war nicht weniger schön. Das schmale, harte Lager – denn ein Türmer durfte nicht fest schlafen –, der fichtene Tisch, der hochlehnige, mit abgegriffenem Leder bezogene Armstuhl, sie schienen ihm anders als die Geräte unten in den Häusern der Stadt. Da war das riesige hürnene Feuerhorn, das zuweilen des Nachts so schauerlich durch die Lüfte schrie; er berührte es scheu, gewiß, daß ein furchtbarer Vogel mit wildem rotem Gefieder darin wohnte, den zu wecken gefährlich war. An der Wand hing das Barometer, sauberes Instrument aus Holz, Glas und dem geheimnisvollen, silberblanken Merkurius, von dem Christoph nach Kaspar Schneiders wortkargen Andeutungen annahm, daß er ein gebanntes, verwandeltes und gehorsam dienendes Wesen göttlicher Herkunft sei, das sich sogleich lebendig davonmachen würde, wenn sein durchsichtiger Kerker zerbräche. Ja, den ›Geist im Glas‹ nannte der Türmer das Quecksilber und pochte vorsichtig bei ihm an, ehe er es um seine Meinung über das Wetter befragte. Das Wunderbarste aber war das Fernrohr, die mattschimmernde Messingröhre, die für gewöhnlich in einem länglichen Futteral von abgeschabtem Maroquin auf speckigem Samt ruhte. Es war ein Akt von großer Feierlichkeit, wenn Kaspar Schneider den Behälter öffnete, das schwere Rohr herausnahm, seine Gläser an beiden Enden mit einem seidenen Tuch polierte und dann erst probeweise hindurchblickte, indem seine Finger durch Drehen und Schrauben die gewünschte Sehstärke einstellten, zunächst einmal für die eigenen Augen und dann für Christoph. Dies geschah, indem der Türmer hinter ihn trat, ihm das Rohr vor das rechte Auge hielt – das linke mußte er fest zuhalten – und nun so lange richtete, bis der Brückenkopf vom Kastell oder der Hof der roten Kaserne auf der Eisgrube – der Pankratiusbrunnen vor dem Münstertor oder sonst ein Punkt klar und nah, wie gestochen und koloriert, im runden Rahmen der Linse stand.

»Mit diesem Rohr«, hatte der Türmer im Anfang einmal gesagt, »sehe ich seit vielen Jahren alles, was der Stadt naht, und alles, was sie verläßt, eher und länger als irgendein anderer Mensch. So ist es mit Sonne und Mond, Christoph, mit allen Sternen, aber auch mit jedem Schiff, das den Rhein herauf- und herabkommt, mit jeder Reisekalesche, jedem Marktkarren. Und nun gar, wenn es Krieg ist – ja, das möchtest du auch sehen, das ist, als kröchen da unten lebende Zinnsoldaten herum, feuerten Spielzeugkanonen ab und schlügen Puppenzelte auf. Lustig, meinst du, mein Freund? Da weiß ich mir Lustigeres, Kind! Was denkst du dir, wie das war, als die Deutschen dort draußen gelegen haben, einen ganzen Winter lang, und man hat immer darauf warten müssen, ob sie mit dem Bombardement anfangen… Ja, in dem Jahr hat der Kaspar Schneider wenig geschlafen. Und wie es dann anfing, wie die feurigen Kugeln in die Stadt geflogen kamen, da hat mein Horn große Tage gehabt und hat gar nicht aufhören dürfen zu singen. Es haben aber nicht nur die preußischen Granaten gezündet, es sind auch Brände aufgegangen, die waren angelegt: das haben die Franzosen gemacht, wie die Ratte in der Falle aus Angst und Bosheit alles an Unrat von sich gibt, was sie vermag.

Da hab' ich sehen müssen, wie an 1500 arme Menschen, darunter Mütter mit kleinen Kindern, aus den Toren gewandert sind, mitten im Kugelregen, weil sie gemeint haben, sie sind draußen sicherer als drin, wo ihnen die Dächer über den Köpfen einstürzten. Und dann haben sie draußen gelegen, und die Kugeln sind wie heulende Teufel über sie hingeflogen…«

»Und keine in deinen Turm?« fragte Christoph atemlos.

»Mütter mit kleinen Kindern, hochschwangere Frauen…«, sagte der alte Mann vor sich hin und starrte hinaus. »In meinen Turm? Der hat schon die eine oder die andere abgekriegt, sie stecken noch drin«, fuhr er fort. »Es hat ihm aber nichts gemacht und gewackelt hat er ohnehin, als wollte er umfallen und wüßte nur noch nicht, nach welcher Seite. Damals bebte die ganze Erde, auf der die Stadt steht, die Fensterscheiben klirrten und sprangen, und die Glocken brummten von selber, die großen. Meine kleine aber hier oben in der Laterne« – er wies empor zu der Luke, durch die das Seil der kleinen Stundenglocke hing, die auch für die Sterbenden und bei Feuersgefahr klang –, »die hat gebimmelt ohne Unterlaß, geschrien hat sie, und ich habe sie mit keinem Finger zu rühren brauchen! Feuer und Tod – die wußte, was die Stunde geschlagen hatte!«

»Meine Tante…«, begann Christoph und mußte vor Aufregung schlucken, tief Luft holen und von neuem anheben. »Meine Tante Charlotte auf dem Christophfriedhof neben dem Wilhelmchen, die hat auch sterben müssen, als die Preußen so arg geschossen haben, daß alles brannte! Grad ist das Delphine auf der Welt gewesen, da hat sie sterben müssen. Und der Großvater war bei den Preußen, die geschossen haben, und der Loriot war fort…«

Er schaute groß zu dem Alten auf; er konnte mitreden, ja!

Aber der bastelte an seinem Rohr, hielt es vors Auge und hörte kaum hin.

»Da ist manche Frau falsch niedergekommen und hat fortmüssen«, sagte er gleichmütig. »Sieh jetzt, da hast du den Hartenberg mit den Schanzen!«

Er hielt dem Kinde das Glas vor.

»Ich kann die Allee sehen!« jubelte Christoph aufgeregt. »Da fährt ein Bauer mit einem Schimmel. Er raucht seine Pfeife, und neben ihm sitzt ein Spitz...« Er ließ das Rohr sinken. »Oh«, machte er verwundert, »wo ist er jetzt? Ein Käfer krabbelt da draußen!«

»Das war aber nichts Neues für mich, daß das so kam mit der Beschießung«, erzählte der Türmer weiter. »Das wußte ich seit dem Tag von Valmy. Ja, an dem Tag, Anno 92 im September, als die Deutschen bei Valmy im Lehm steckenblieben und besiegt wurden, da hat es um Mitternacht draußen am Eigelstein in den Römerkellern gekracht und gedröhnt wie von tausend gewappneten Männern. Und die wissen immer, wenn Krieg über die Stadt kommen soll.«

»Wer?« fragte Christoph erschauernd.

»Die römischen Soldaten, die dort begraben liegen; weißt du das nicht? Aber freilich, wer weiß das denn noch! Und davon wollen die Leute nichts hören.«

Er brach ab und blieb eine Weile stumm. Christoph betrachtete scheu seine große Gestalt mit dem mächtigen, an den Seiten von schlichtem weißem Haar behangenen Haupte. Der Alte saß auf einem Schemel, die Schöße seines langen grauen Rockes hingen fast bis zum Boden. Er rieb mit den hochgeäderten Händen die Knie und bewegte den eingefallenen Mund wie in lautlosem Selbstgespräch.

»Es ist alles aufgeschrieben, Wort bei Wort, und fehlt nichts«, sagte er dann. »Alles, was ich gesehen und gehört habe...«

Er stand schwerfällig auf und öffnete das Schubfach des Tisches ein wenig. Es war voll beschriebener Blätter. Christoph betrachtete ehrfürchtig die feinen winzigen Schriftzüge.

»Das kann ich nicht lesen«, bekannte er demütig.

»Das brauchst du auch gar nicht – es wird schon noch die Zeit kommen, wo es gelesen wird. Jetzt freilich...« – der Türmer schloß die Schublade wieder – »jetzt schreibe ich nur jeden Tag auf, wie das Wetter war und wie die Ernte sich anläßt. Jetzt sehe ich weit und breit nur die Wolken und nachts die Sterne und die Menschen, wie sie in Feldern und Gärten und Weinbergen bei der Arbeit bleiben, die sie Gott schuldig sind. Und die Schiffe ziehen von Basel bis Rotterdam, und die Tauben schwärmen über den Dächern der Stadt. Aber nicht lang...«

Christoph hatte auf den Zehen gewippt, eine Frage bedrängte ihn. Jetzt fuhr er damit heraus:

»Wenn der General – wenn der Buonaparte mit seinen Soldaten kommt – dann wirst du ihn sehen, ehe ein anderer Mensch ihn sieht! Dann mußt du blasen wie nie!« rief er erglühend.

»Wenn die großen Heere dem Sonnenlaufe entgegenziehen, wenn Gott den neuen Cäsar duldet – wenn der Buonaparte sich nach Osten aufmacht, mein Kind...«; der Türmer stand aufgerichtet, mit den fast farblos klaren Augen nach Westen über das Land blickend. Die sinkende Sonne erfüllte das Gemach mit rötlichem Glast wie einen Kristall und schien den Greis zu durchdringen, als hielte sein Körper dem Licht nicht mehr stand...

»Wenn der Buonaparte kommt, stehen Drusus und Germanikus auf und ziehen mit ihm. Uralte Mühsal beginnt an uraltem Ort: wem gehört Deutschland? Mein Kind – du wirst es erleben!« –

XXVII

Kurze Zeit darauf hatte Christoph Valdemaire nach den geheimnisvollen Römern gefragt und war unverhofft auf eine Goldader in dem für ihn sonst einigermaßen unergiebigen Gestein gestoßen. Sein Lehrer hatte das Thema mit Leidenschaft aufgegriffen. Er hatte sich vom Beginn seines Mainzer Aufenthaltes an mit den hiesigen Zeugen der römischen Vergangenheit beschäftigt; sie waren es, die ihm den Ort heimatlich werden ließen. Aber er hatte bei seinem winzigen Schüler so wenig Anteilnahme für diese Dinge vorausgesetzt wie etwa bei einem jungen Eichhörnchen. In Zukunft kletterten die beiden ungleichen Kameraden nun häufig miteinander am Zitadellenberg und in der Gegend des Eigelsteins umher, der noch vom geisterhaften Gefieder des römischen Adlers beschattet war. Mühsame Spaziergänge – Valdemaire war keineswegs gut zu Fuß – brachten sie zu den zerfallenen Pfeilern des alten Aquädukts und zu den Grabsteinen am Drusenloch. Erfolglos, wennschon voll glücklicher Spannung, wühlte Christoph in der Erde, um greifbare Erinnerungen an jene toten Soldaten zu finden, deren Waffen im Boden klirrten, wenn Krieg in der Luft lag. Diese Unternehmungen schufen eine Gemeinschaft zwischen Lehrer und Schüler, ließen endlich Valdemaires lange Gestalt, um die der schwarze Rock Falten schlug, und sein hageres, blasses Gesicht dem Knaben vertrauter werden. Er ward von einer feurigen Vorliebe für die einfachen, streng gefaßten Geschichten römischen Heldentums ergriffen, die Valdemaire ihm nun zur Belohnung für gute Haltung am Schluß jeder Stunde erzählte. Unter dem frischen Eindruck der großen, gegenwärtigen Botschaft stehend, daß Buonaparte sich in Paris zum Konsul gemacht und die Staatsgewalt an sich gerissen hatte, rätselhaft bewegt und erregt davon, hörte er von Cäsar, und ein wunderbares Licht strahlte plötzlich aus den bisher dunklen Worten des Stephanstürmers. Seine kleine Faust griff in den Ärmel des Lehrers: »Also wird Buonaparte *auch* Kaiser werden!« rief er begeistert. Aber er merkte bald, daß Valdemaire für diese Parallelen nicht zu haben war. Dennoch war die Grundlage des Vertrauens gelegt und der zweite Winter des Unterrichts trug schon den Charakter freiwilliger Zusammenarbeit.

Da kam jener Tag im April 1800.

Christoph arbeitete sich die schmale Treppe im Hause »Zum Pilgrim« hinauf. Sein Kopf war voll von einer Frage, die ihm unterwegs eingefallen war und die er Valdemaire vorlegen wollte; er hatte völlig vergessen, daß er nicht aus eigenem Antrieb, sondern mit einem Auftrag der Mutter gekommen war. Kaum eingetreten, legte er das, was er mitgebracht hatte, vor Valdemaire auf den Tisch. »Wenn nun Cäsar«, begann er atemlos, »an jenem Tage *nicht* in den Senat gegangen wäre, Monsieur mon Tuteur...«

Valdemaire hatte mißbilligend von seiner Arbeit aufgesehen. Nun neigte er den Kopf wieder und schrieb weiter.

»Erstens«, sagte er dabei, »habe ich dir schon oft gesagt, und zu Hause wird es dir auch immer gesagt, daß man nicht so in ein Zimmer hereinstürmt wie du eben! Was tut man?«

Christoph hatte den Kopf gesenkt und bewegte verdrießlich seine Füße nach einwärts.

»Also!« Valdemaires Nerven bedurften scheinbar eines Ausgleichs, und er bediente sich einer bei Cornelie beobachteten Methode. Christoph machte kehrt und marschierte wieder auf den Vorplatz hinaus, die Tür hinter sich schließend. Gleich darauf pochte er gefaßt und manierlich.

»Entrez!« tönte Valdemaire drin und sah dem Öffnenden nun lächelnd entgegen. »Ah, mein junger Schüler und Freund!« sagte er verbindlich und legte die Schreibfeder hin. Dann überkam ihn wieder Ungeduld. »Nun, was gibt's, Christoph? und was war das vorher mit Cäsar? Und hätte das nicht Zeit gehabt bis zu unserer heutigen Lektion? Ich wäre...« er zog stirnrunzelnd die Uhr hervor... »in zwei Stunden ohnehin bei dir gewesen. Aber da du nun einmal da bist... Was wolltest du also?«

Christoph atmete tief.

»Monsieur Valdemaire – wenn nun Cäsar an jenem Tage *nicht* in den Senat gegangen wäre...«

Valdemaire hatte sich seitlich gewandt und blickte gegen den Himmel, der rein und blau im schmalen Rahmen des Mansardenfensters stand. Seine Hand klopfte mit einem Federmesser auf den Tisch.

»Und wie könntest du das auf lateinisch ausdrücken?« fragte er nachdenklich.

Christoph verstummte entmutigt.

»Nein, du hast recht – so weit sind wir noch nicht!« tröstete Valdemaire. »Da sind einige Wendungen, die du noch nicht beherrschst, und außerdem der Konjunktiv... Also ich würde sagen: Quod si Caesar illo die in senatum non venisset... Und auf französisch, mein Sohn?«

Christoph, scharrend wie ein ungeduldiges Pferd, schnatterte ärgerlich: »Si César... le César, sénat...«

»An jenem Tage, Christoph! Nun? Sagen wir: à ce jour-là. Also?«

»Si César à ce jour-là...«

»Ich muß sagen, du strengst dich wenig an! Si César à ce jour-là n'eût pas visité le sénat... Ob er dann *nicht* ermordet worden wäre, möchtest du wissen und darum mußtest du mich in meiner Arbeit stören? Er wäre auf alle Fälle von seinen Feinden gefunden worden, sage ich dir, ob nun im Senat oder sonstwo! Ich will dir sagen: ich meine, er wußte überhaupt, was ihm bevorstand – und ging dennoch hin! Ein Mann entzieht sich seinem Schicksal nicht – er – stellt – sich – ihm… Aber was ist denn das?« Er hatte während der letzten Worte den Gegenstand bemerkt, den Christoph vorher auf den Tisch gelegt hatte. Es war ein Buch, ein kleines, braun eingebundenes Buch… Seine Augen starrten es an wie behext, seine Hände krochen darauf zu, als gehorchten sie widerwillig einem Magneten. Er war jählings erblaßt.

»Lieber Gott!« flüsterte er mit bebenden Lippen.

Nun schlug er es auf und starrte das Titelbild an.

»Von der Frau Mutter«, sagte Christoph mürrisch und unterzog das Petschaft mit dem Karneolknauf, das ihm zunächst auf dem Tisch lag, einer eingehenden Betrachtung. »Ich sollt' es Ihnen ganz schnell bringen. Sonst wär ich jetzt nicht gekommen!« Er hob die Augen und sah seinen fassungslosen Lehrer aufstrahlend an. »Das Kathrin«, erzählte er, »ist eben heimgekommen wie eine Wilde und hat gekrischen, die Soldaten suchen den Vespery und wollen ihn einsperren, weil er dumme Sachen gemacht hat! Der Koberlé hat's dem Kathrin erzählt – und der freut sich noch, sagt das Kathrin. Aber das Kathrin glaubt nicht, daß sich der Vespery fangen läßt, und ich auch nicht. Glauben Sie…« Er stockte und sah mit Erstaunen auf Valdemaire, der aufgesprungen war und umherlief, planlos den Schrank, die Kommode aufriß und Kleider und Wäsche auf dem Kanapee anhäufte.

»Vielleicht«, überlegte Christoph, »wollen sie den Vespery auch zum Soldaten machen… Der tut aber nicht mit, der kann das Schießen nicht hören.«

»Geh!« schrie Valdemaire. »Geh! Geh! Geh! Ich habe keine Zeit jetzt. Ich muß…«

Plötzlich fiel er wieder auf seinen Stuhl, rang die Hände und schüttelte verzweifelt den Kopf.

»Gott! Gott! Gott!« stöhnte er.

Christoph hatte sich verschüchtert zur Tür hinausgedrückt. Er war schon die halbe Stiege hinunter, als Valdemaire hinter ihm dreinkam, ihn aufhob und heftig an seine Brust drückte.

»Grüß deine Mutter!« flüsterte er. »Sag ihr – ich lasse ihr für das Buch danken! Und – werd du wie Cäsar, mein Freund, werde du! Vielleicht – kannst *du!*«

XXVIII

An diesem Tage fiel der Unterricht aus, weil der Lehrer nicht kam, und auch das nächste Mal wartete der Schüler vergeblich, aber nicht ohne leise Befriedigung. Es war ja Frühling, der Garten wurde bestellt, und Gaspard zu helfen war verlockender als über Cornelius Nepos zu sitzen, selbst mit der Aussicht auf eine neue Geschichte von dem großen Cäsar oder dem infamen Brutus am Schluß. Als Valdemaire den dritten Tag ausblieb, sandte Cornelie die Magd mit einer Erkundigung in das Haus »Zum Pilgrim« – die Magd und nicht etwa Christoph, obgleich dieser sich eifrig erbot, und dann erfuhr man, daß Monsieur nach Frankfurt verreist sei, um dort Bücher einzukaufen, die er hier nirgends bekommen könnte. Diesen Bescheid hatte seine Wirtin, die Bürgerin Flammayerin, Kathrin gegeben, verwundert, daß der Herr keinen Urlaub genommen. Aber er würde ja bald wieder zurück sein, eine Woche längstens wolle er fortbleiben, habe er gesagt. Jedoch die Woche verging, und Christoph hatte immer noch Ferien. Er konnte sie gut brauchen, denn in der Stadt geschahen Dinge, denen er unbedingt beiwohnen mußte. Truppenteile zogen ab, um zu Moreaus Armee zu stoßen, die sich in der Pfalz zum Übergang über den Rhein rüstete; Nachschub rückte ein; ungeheure Reserven von Kriegsmaterial rollten von Westen heran und wurden in der Zitadelle, im Pulverturm und drüben im Kastell untergebracht. Die Stadt glich mehr denn je einem Heerlager; überall wurde an den Befestigungen gearbeitet, und es war nicht zu bezweifeln, daß Buonaparte sie zum linksrheinischen Bollwerk gegen Deutschland ausbauen ließ. Mit aufgeregtem Kummer sah Christoph seine Freunde Lalande und Leroux mit ihrem Regiment unter klingendem Spiel zum Neuen Tor hinaus abziehen. Dort hinaus ging es ja nicht nach Preußen, das wußte er; sie würden also so bald nicht das Gut Hölkewiese stürmen und Delphine zurückerobern, allen trostreichen Reden entgegen, die Leroux noch besonders für ihn gehabt hatte. Warum kam Buonaparte nicht selbst, anstatt diesem Moreau den Feldzug nach Deutschland zu überlassen, der den richtigen Übergang über den Rhein nicht finden zu können schien?

Indessen ging es in Mainz kriegsmäßig genug zu, und eines Tages erfuhr Christoph auch, warum die Franzosen den Vespery gesucht hatten. Er erfuhr es auf der Straße aus einer Unterhaltung zwischen Kathrin und dem Koberlé, bei der Kathrin zu heulen anfing. Sie hatten den Vespery. Er saß auf der Zitadelle und sollte vor ein Kriegsgericht kommen, weil er Briefe geschrieben hatte – Briefe nach Deutschland, in denen Dinge gestanden hatten, die nach Ansicht des Kommandanten weder den Vespery selbst noch seinen Korrespondenten angingen. Er hatte nämlich ganz regelmäßig über die militärischen Verschiebungen in Mainz und über die Befestigungsarbeiten berichtet. Koberlé, für den man scheinbar keine Verwendung im Felde hatte und der jetzt einen Auditeur bediente, war sehr unterrichtet und erzählte mit großer Genugtuung von den Verhandlungen, in denen dem Vespery und noch ein paar verdächtigen Leuten der Prozeß gemacht wurde. Nur, daß so ein Dreck von einem Kerl überhaupt schreiben könnte, hätten die Herren zuerst nicht glauben wollen, denn der Vespery stellte sich, als verstünde er weder Deutsch noch Französisch und gäbe sich wie ein kompletter Idiot. Da wären aber Zeugen...

»Freilich kann der schreiben«, schluchzte das Kathrin, den ehemaligen Schatz töricht verteidigend, »der kann mehr als mancher gelehrte Herr und kann auch mehr als mit dem Schießeisen umgehen. Der zeigte das bloß nicht gern...«

Hierauf sah Christoph den Koberlé ganz teufelswild werden, seinen Marktkorb hinstellen und hörte ihn mit trampelnden Füßen und fuchtelnden Fäusten das arme Kathrin anschreien, was es da zu flennen gäbe, und er würde sie anzeigen, daß auch sie gegen den Vespery zeugen müßte!

Dazu kam es jedoch nicht. Einen Tag später hatte sich der Vespery in seiner Kasematte an seinem Leibriemen aufgehängt. Die ganze Stadt wußte es plötzlich, und Kathrin schrie es durchs

Haus, ehe sie sich in der Küche über den Tisch warf und sich haltlos einem Schmerzensausbruch hingab, der bewies, daß sie, ungeachtet aller schnöden Reden, dem Freund doch im innersten ihres Gemütes noch einen Rest von Hoffnung oder Treue bewahrt hatte.

»Der war viel zu empfindsam, um sich totschießen zu lassen – sich so hinstelle vor die Kerle mit ihre Schießgewehre – und alle tun auf ihn sehe – und dann der Offizier, der sie anschreie tut: Feuer! Und dann der furchtbare Knall und das harte Blei in die Brust – in de Kopp... Nein – der hat das still für sich abgemacht«, sagte sie am Abend resigniert zu Cornelie, und diese hatte das Herz nicht, des Vespery Empfindsamkeit mit dem Namen zu bezeichnen, den sie in ihrer Auffassung trug. Am Nachmittag waren drei Offiziere mit einem Schreiber bei ihr gewesen und hatten sie in aller Form über Valdemaire vernommen. Ebenso war es, wie sie bald erfuhr, den Legendres und den wenigen anderen Bekannten Valdemaires ergangen. Aber wie hätte jemand etwas über seinen Verbleib aussagen sollen? Plötzlich und ohne sich von einem Menschen zu verabschieden, war der Monsieur abgereist und hatte seither nichts von sich hören lassen. Man war in der größten Sorge um ihn.

Es blieb für Cornelie in dieser Angelegenheit nichts mehr zu tun, als der Gräfin Walbrun in Würzburg eine Kiste mit Büchern und gelehrtem Schriftwerk aus dem Nachlaß ihres Gemahls zugehen zu lassen. –

Obgleich kein Mensch Christoph gegenüber die beiden Ereignisse, die rätselhafte Abreise Valdemaires und die Gefangennahme Vesperys, in Zusammenhang brachte, so bildete sich doch in ihm eine ahnungsvolle Beziehung zwischen den beiden, die ihn nie allein an Valdemaire, immer zugleich auch an Vespery und sein schauriges Ende denken und alles wiederum unwillkürlich in Verbindung mit den Soldaten und letzten Endes mit Buonaparte bringen ließ. Für sein Empfinden hatte die große Kriegswelle dieses Frühjahrs die einen wie die anderen hinweggespült, Valdemaire und Vespery so gut wie Lalande und Leroux, und ihm, dem Siebenjährigen, blieb nichts übrig als hilfloses Verwundern über die veränderte Welt. Unter Schaudern ging er in eine andere Jahreszeit seines Lebens über; ein neuer Planet trat seine Herrschaft über ihn an, und was er aus der verlassenen Landschaft mitnahm, vertauschte mählich und merklich das Antlitz. –

XXIX

Als Kathrin an jenem 18. April mit der schlimmen Nachricht, daß nach Vespery gefahndet werde, vom Markt nach Hause gekommen war, hatte sich Cornelie zum erstenmal seit der bösen Jahreswende von 1799 zu einer Umwelt erweckt gefühlt, in der nicht Buzzini der Mittelpunkt war. So tief war ihre Entrückung gewesen, daß ihr Valdemaire erst eingefallen war, als sie Madame Mère mit dem ergiebigen Thema der Neuigkeit unterhielt. Blitzartig fuhr die Erinnerung an den unglückseligen Handel des Abbé mit dem Verfolgten ihr in den Sinn, und sie saß wie gelähmt von dieser nicht mehr für möglich gehaltenen Verwirklichung ihrer Befürchtungen. Dann hatte sie sich aufgerafft, schnell, entschlossen und schweigsam gehandelt, Christoph mit dem Buch fortgeschickt und selbst Corinna aufgesucht, um sie zu benachrichtigen. Wie verabredet, hatte auch diese keinen Versuch unternommen, ihren Verlobten noch einmal zu sehen. Jeder leiseste Schatten einer Mitwisserschaft um die Flucht seitens der Frauen sollte vermieden werden, so hatte es sich Valdemaire in der ersten Verschwörerzeit mehr als einmal versprechen lassen. Irgendwie würde er ihnen Nachricht zukommen lassen, sobald er festen Fuß auf deutschem Boden gefaßt hätte, und dann sollten Corinna und ihre Mutter ihm folgen. Er wollte versuchen, nach Würzburg zu gelangen, wo er Hoffnung auf die Unterstützung und Empfehlung der Gräfin haben durfte.

Als Cornelie und Mademoiselle Legendre einige Tage nach dem Verschwinden Valdemaires unter dem Anschein größter Besorgnis um den Verbleib des Freundes ihre Nachforschungen angestellt hatten, hatten sie ohne Schwierigkeiten erfahren, daß ein Herr, auf den ihre Beschreibung paßte, an jenem 18. April einen Platz in der Frankfurter Diligence genommen hatte, die am Spätnachmittag von Mainz abfuhr. Hiermit hätte nun die Angelegenheit für Cornelie abgetan sein können, und sie wäre gern, wie ihre ganze Natur es verlangte, in den beschatteten

Bannkreis der letzten vier Monate zurückgekehrt. Dem waren aber zwei Umstände entgegen, die sich aus Valdemaires Scheiden ergaben, zwei neue Lebensanforderungen, die sie sanft, aber zwingend bestimmten, das einmal verlassene Stadium nicht wieder zu betreten. Die eine war die Notwendigkeit, einen neuen Lehrer für Christoph zu suchen – die andere, sich Corinnas Verlassenheit anzunehmen. Und obgleich es sie schmerzte, sich von dem einen abzuwenden, um das ihr Wesen seit Monaten kreiste, war sie doch dankbar für diese Nötigung. Sie wußte, es hätte nicht so weitergehen dürfen. Sie war nahe daran gewesen, selbst ihr Kind nur noch pflichtgemäß und mechanisch zu betreuen, wie alles andere, was nicht den Doktor betraf. Als die Sache mit Valdemaire sie aufgerüttelt hatte, war Buzzini gerade drei Tage fort; er hatte sich einer der von Mainz aus auf den badischen Kriegsschauplatz gehenden Ambulanzen angeschlossen, und ihr innerer Zustand war ärger als jemals gewesen.

An jenem Dezemberabend, als der Doktor Beate nicht mehr im Hause vorgefunden hatte, war er in sein Zimmer gegangen und hatte hinter sich abgeriegelt. Tagelang war er hinter dieser verriegelten Tür geblieben, nicht nur körperlich. Jetzt noch konnte Cornelie nicht dort vorübergehen, nicht die weiße Holzfläche, die blanke Klinke ansehen, ohne von der entsetzten, ratlosen Traurigkeit jener Tage befallen zu werden: daß er sie ausschloß, nicht mit ihr sprechen wollte! Daß er sie nicht brauchte, die doch mit ihm betroffen, selbst öffentlich beschimpft durch den Einbruch dieser Leute dastand! Denn der Schlamm des Geredes, der jetzt aufgewühlt war und jede klare Beurteilung von Beatens Fall auch durch Wohlmeinende fast unmöglich machte, der wandte sich, sie wußte es wohl, ebensogut gegen sie wie gegen den Doktor. Sie fühlte sich zusammen mit ihm eingenebelt in eine schweflige, undurchsichtige Wolke, in der Außenstehende nur verzerrte Schatten ihrer Gestalten wahrnehmen konnten, in der jede Bewegung nach außen hin vieldeutig, grotesk und herausfordernd wirken mußte. Seit Jahren daran gewöhnt, falsch verstanden und wenigstens von einem Teil ihrer Umgebung kritisch betrachtet zu werden, litt sie doch zum erstenmal wirklich empfindlich und vielleicht gerade darum, weil die Schwiegermutter, das Ehepaar Breithardt und der ganze hierzu gehörige Kreis geneigt waren, diesen Vorfall nicht auf ihr Schuldkonto zu schreiben, sondern ihn eher als eine Folge törichter Gutherzigkeit, als eine heilsame Lehre, kurzum mit jener Genugtuung der nun doch im Rechte Gewesenen, also mit sanfter Schadenfreude ansahen. Die Betrachtungen Henriettens, das Moralisieren des Schwagers und Cläres, das milde Triumphieren der Tanten und das endlose Aufrollen von Erinnerungen an den Doktor Mesmer seitens der alten Legendre, mit Nutzanwendung auf Buzzini, das alles ging ihr derart gegen die Natur, daß nur Klugheit sie hinderte, die ganze Rederei kurz abzuschneiden, indem sie ihre Meinung sagte, mit zehn Worten ihren Standpunkt wahrte und sich von dem fatalen Wohlwollen schied. Ihre Meinung? Ja, daß dem Doktor ein schweres Unrecht geschehen sei! Ihr Standpunkt? Ihm zur Seite! Und was ihn traf, das traf in aller Zukunft auch sie. Aber sie schwieg. Sie fühlte die Kraft nicht, jetzt einen Kampf heraufzubeschwören, oder vielmehr, sie hielt alle Kraft zusammen; sie wußte, daß der Tag kommen würde, an dem sie sie fruchtbarer würde anwenden können. Auch schien es ihr gar nicht der Mühe wert, zu widersprechen und die Meinungen dieser in ihren Augen Unmündigen richtigzustellen, dieser, die immer noch nicht schwer genug an Leid waren, um bis auf den Grund der Wirklichkeit hinunterzustoßen. Was sie traf, kam von anderer Seite, war die stillschweigende Abkehr von Menschen, auf die sie, ohne es zu wissen, doch gebaut hatte, wie ein Souverän auf sein Volk, immer unter der unausgesprochenen Voraussetzung: Einer für alle – alle für einen! An der besonderen Achtung, die ihr vom Bürgerstand und von den kleinen Leuten erwiesen wurde, hatte der Wechsel der Zeit nichts zu ändern vermocht, auch war der Ausdruck dieser Achtung nach der Verschiebung der Machtverhältnisse in keiner Weise hämisch, mitleidig oder von falscher Vertraulichkeit gefärbt worden, wie sie das gelegentlich Standesgenossen gegenüber beobachtet hatte. Die Witwe des gefallenen Premierleutnants von Echter war und blieb für die Leute die »gnädige Frau« auch als Bürgerin Echter, und ob auch ihre einzige Überlegenheit jetzt die unverminderte, stete Bereitschaft zu helfen, zu raten war. Was auch bisher gegen den Doktor geredet worden war, sie war doch nie mit davon betroffen worden. Jetzt aber war sie schon am Tage nach der Aktion der Weigandt-Häfelinschen Sippe vereinzelten verschlossenen Gesichtern begegnet, einer veränderten Art zu grüßen, hatte ein jähes Aussetzen der Unterhaltung erlebt, wenn sie ein Kaufgewölbe betrat, und dann die verlegene Bedienung, das stumme Abwarten der anderen Kunden, bis sie den Laden wieder verlassen hatte... Hatte selbst bei ihren Armen- und Krankenbesuchen gefühlt, daß die Leute etwas wußten, was sie nicht aussprachen; sie waren von einer neuen, kriechenden Höflichkeit, aber die Offenheit, das Vertrauen war dahin... Und wie ein Schlag ins Gesicht war es ihr gewesen, daß die Armen-Claren-Schwestern, mit denen sie nun seit Jahren Hand in Hand arbeitete, auf einmal nichts mehr für sie zu tun haben wollten, wohl milde, wohl freundlich wie immer waren, aber eben die gnädige Frau nicht beanspruchen wollten. Nein, der allgemeine Gesundheitszustand in der Stadt sei ja gut; eine fromme Lüge, denn die Grippe grassierte wie immer in diesen Monaten. Dies alles kränkte sie maßlos, war wie ein schleichendes Gift in ihrem Gemüt, machte sie verwirrt und menschenscheu und hatte alle Bitterkeit einer ungerechten Verurteilung. Dennoch, das hätte ja kaum Gewicht gehabt, wenn jene Tür nicht verschlossen geblieben wäre! Übrigens bekam kein Mensch aus dem Hause den Doktor zu sehen, außer Gaspard, der ihm das Essen hineinbrachte und die Speisen, oft kaum berührt, wieder hinaustrug. Was der Doktor denn um's Himmels willen dort drinnen täte? Ob er krank sei? fragte Cornelie den Burschen am zweiten Tag.

Nein, krank sei er nicht, obwohl er aussehe wie ein Gestorbener – pâle comme le mur! Aber er lese und schreibe viel, und dann gehe er ja auch aus; ob Madame das nicht bemerkt habe? Immer nach Dunkelwerden besuche er einige Kranke, die ihn besonders nötig hätten. Dem alten Monsieur Bonaston gehe es sehr schlecht; der Lumpenhändler Kast habe einen schweren Gichtanfall und könne nicht von der Stelle; die Schullehrerin Ackerbrand habe ihn rufen lassen, weil ihre Mutter im Sterben liege. Cornelie atmete auf. Sie hatte diese Ausgänge in der Tat nicht wahrgenommen; er mußte geschlichen sein wie ein Dieb. So war doch noch Nachfrage nach seiner Hilfe, und nicht die ganze Stadt hatte ihn in Verruf erklärt! Der Zulauf zur Sprechstunde hatte in diesen Tagen ganz nachgelassen, und die wenigen, die kamen, hatte Gaspard abweisen müssen.

Sie hatte jedes Gespräch mit Kathrin vermieden, obgleich oder gerade weil die Magd bis an den Hals voller Neuigkeiten zu stecken schien. Da sie sich nun aber einmal überwunden hatte, in die Küche zu gehen und den Burschen auszufragen, griff sie endlich auch mutig in die Nesseln jenes Themas, vor dessen Berührung ihr graute. Hatte einer – Gaspard oder Kathrin – gehört, wie es mit Beate stünde?

Gaspard zuckte die Achseln und wies mit Schultern und Ellbogen auf Kathrin, die sogleich anhob: heute in aller Frühe sei der Weigandt mit ihr davongefahren, zum Münstertor hinaus und auf Nimmerwiedersehen, wie er geschworen habe. Das hätte sie von der Lisbeth, der Häflinschen Magd. Nun, die hätte das Maul vollgenommen! Da seien Reden gefallen, beim Häflin im Hause! Kein glattes Haar sei am Doktor geblieben. »Und überhaupt...«, fügte die Magd allgemein hinzu und Cornelie fühlte sich unklar getroffen. Jedoch hatte sie im Bewußtsein allein vernommen, daß Beate reisefähig gewesen sei. »Also nicht krank? Nein?« fragte sie dringlich.

»Das Beate?« fragte Kathrin entgegen, »das war vergnügt wie ein Lämmerschwänzchen, daß es wieder uff heemzu machen dorft. Nein, krank ist das nit geworde. Nur – blind – blind wie e Maulworf wird das nun wohl bleiben. Aber das hab' ich mir nit nehme lasse: gesehe hat's! Es hat gesehe, sag ich, und es hat's ja selbst gesagt und hat gesagt, der Doktor war recht zu ihm. Aber die haben ja Reden geführt – Reden... Und die Häflin schreit's durch die ganze Stadt, der Doktor ist ein Hexenmeister und hält's mit dem Teufel, und vor hundert Jahr hätt' der noch brenne tun müsse...«

Cornelie hatte von dem Augenblick an, wo sie wußte, Beate habe den brutalen Wechsel der Umgebung und die Beförderung durch die eisige Abendluft gleich nach dem Anfall ohne Schaden überstanden, ihre Fassung zurück. Sie sagte: »Ich hoffe, Sie weiß, was Sie den Leuten zu antworten hat! Ja, die Leute *sind* dumm, sehr dumm...«, schnitt sie ein Zwischengemurmel der Magd ab, »aber Sie hat mehr als zwei Monate sehen können, daß der Beate hier nichts Übles geschehen ist. Die Krämpfe hat der Doktor herausbringen müssen, wenn er ihr helfen wollte. Daß es anfing, mit den Augen besser zu werden, haben wir alle erlebt. Sie kennt den Doktor jetzt bald zwei Jahre und hat alle Tage

Menschen ein und aus gelassen, die er gesundgemacht hat. Ihr selber hilft er alle vier Wochen und bringt ihr die Schmerzen weg. Und nun geht Sie hin und heult mit den Wölfen. Pfui!«

»Ich tu gar nit heule«, sagte Kathrin mürrisch, »aber die Leut sagen, gerad daß er die Kraft hat, das ist der Teufel!«

»Ich glaube, es gibt auch einen Dummheitsteufel«, sagte Cornelie und ging aus der Küche.

»Der Herr Pfarrer selbst hat mich im Beichtstuhl gewarnt. Und die gnädige Frau Mutter sagt auch...«

Weiteres hörte Cornelie nicht mehr. Es war immer Kathrins letzter Trumpf, zu betonen, daß eigentlich die alte Dame ihre Herrin sei. Cornelie dachte: Beate lebt und ist vor den Augen der Stadt vergnügt abgereist. Das ist die große Hauptsache. Mit allem anderen werden wir fertig!

Nichts schien ihr jetzt wichtiger, als den Doktor davon zu unterrichten, daß für das Mädchen jedenfalls kein weiteres Unheil entstanden war. Sie war überzeugt, daß er Gaspard nicht danach fragen würde und wenn ihm die Frage auch die Brust fast verbrennte. Da sie keine Lust hatte, dem Hause das Schauspiel eines möglicherweise vergeblichen Versuchs, zu ihm vorzudringen, zu geben, wartete sie am nächsten Tage sein heimliches Fortgehen nach Dunkelwerden ab und folgte ihm nach einer Weile, um ihn bei einem der drei ihr von Gaspard genannten Patienten abzuwarten. Sie ging zum alten Bonaston und fand ihn als einen Sterbenden in seiner dürftigen Kammer. Der Glöckner Hauk, der bei ihm gesessen hatte, begrüßte ihr Kommen als kurze Ablösung seines Wachdienstes und schlurfte hinaus. Regungslos saß sie am Bett des mit schwerem Rasseln atmenden Kranken, bis draußen Schritte sich nahten und gleich darauf Buzzini gebückt durch die niedrige Tür trat. Er stutzte, als er Cornelie erblickte, grüßte dann aber trocken: »Guten Abend, Madame!« und legte seine Hände an die Kacheln des kleinen Ofens, um sie zu erwärmen. »Der da«, sprach er, dabei mit dem Kinn auf den Alten deutend, »wird freilich kaum imstande sein, zwischen warm und kalt zu unterscheiden...«

Cornelie war aufgestanden und zur Seite getreten. Sie sah erschüttert in sein von Kummer gefurchtes Gesicht, das doch, vollkommen gefaßt, den Ausdruck der Sammlung auf die gegenwärtige Aufgabe trug.

»Ich hörte, daß es hier schlechter ginge«, sagte sie mit wankender Stimme, »und kam, um zu sehen...«

»Es geht zu Ende«, sagte Buzzini gedämpft und beugte sich über Bonaston. Cornelie hatte die auf einer Flasche befestigte Kerze ergriffen und leuchtete ihm. Gemeinsam über den Sterbenden geneigt, verstummten sie wie gebannt; es war der Anblick des blutlosen Antlitzes, der halb schon gebrochenen Augen, der zuckenden bläulichen Hände, der ihnen beiden verwirrend das in ihnen steigende Leben zum Bewußtsein brachte und die Unzugänglichkeit des Todes – auch der Gnaden des Todes –, ehe er selbst sich erschließt und den Menschen einläßt zu sich.

»Hier ist für uns nichts mehr zu tun«, flüsterte der Doktor und richtete sich auf. Er hatte flüchtig Puls und Atem geprüft. Cornelie setzte das Licht auf den Mauervorsprung beim Ofen und sank auf ihren Sitz; die Füße trugen sie nicht.

»Sie sollten aber jetzt nicht zu Sterbenden gehen, gerade jetzt nicht!« sagte sie leise, demütig zu ihm aufsehend.

»Sie meinen, man könnte mir jetzt jeden Toten auf die Rechnung setzen?« Er lächelte flüchtig und betrachtete seine Hände. »Ach nein, Madame, ich werde dieser Möglichkeit nicht aus dem Wege gehen. Ich war drauf und dran, davonzugehen, das will ich gestehen, und dies Mainz sich selbst zu überlassen. Aber dann bin ich zu einem anderen Resultat gekommen. Vielleicht erst eben, als ich Sie hier am Bett des Todes stehen sah, wie einen Genius des Lebens – wollen Sie mir diese poetische Floskel zugute halten! Nicht ausweichen sollen wir den schlimmen Mächten, sondern sie niederleben. Also leben – handeln! Dennoch!«

»Und Beate lebt! Das kann ich Ihnen nun endlich sagen. Sie lebt so gesund – oder so krank – weiter wie vordem, und die Eltern haben sie mitgenommen!«

»Sie lebt... Ich muß sagen, daß ich nicht um ihr Leben besorgt war. Doch zu hören, daß sie nicht mehr in der Stadt ist, beruhigt mich.« Er lehnte sich halb sitzend auf eine Ecke des armseligen Tisches und legte die Hände zusammen, während er den Kopf tief neigte. Die Gebärde hatte so sehr den Ausdruck tiefer und glücklicher Erschöpfung, daß Cornelie zu weinen begann. Sie fühlte, welche Entspannung ihre Worte ihm gaben. »Ja«, sagte sie abgebrochen, »ja – ich war auch sehr froh...«

»Sie sagt auch nur Gutes, spricht nur mit Dankbarkeit von Ihnen«, fügte sie nach einer Weile hinzu. »Aber Sie wissen ja, die Menschen sind töricht.«

Er machte eine abwehrende Bewegung. »Oh, das... Die Hauptsache ist mir, daß das Kind weiß, daß ich ihm Gutes tun wollte, daß es nicht gelingt, es glauben zu machen, ihm sei Übles von mir geschehen. Nein, sie wird nicht kränker sein als zuvor; sie wird vermutlich weiter an diesen Konvulsionen leiden und nur zeitweise scheinbar davon geheilt leben. Die Augen sind nun auch ganz aufzugeben. Aber vielleicht war es überhaupt Anmaßung, hier heilend eingreifen zu wollen. Sie ist ein gezeichneter Mensch, und sie selbst war im Grunde innerlich schon darauf eingerichtet. Darum glaube ich auch nicht, daß sie meine Beeinflussung ernstlich entbehren wird. Sie ist wie eine zarte Pflanze, zieht das Leben aus allem, was sich ihr nähert, nicht nur aus dem Boden, auch aus der Luft, ja, aus dem Licht, das sie doch nicht sieht. Und nun kommt sie zur Mutter, zu den Geschwistern, in die gewohnte Heimatatmosphäre, die wahrscheinlich eben das richtige Maß von Kraft für sie enthält... Wenn ich ihr geschadet hätte – was noch nicht der Fall gewesen ist, glauben Sie mir! –, so wäre es dadurch, daß ich zu stark auf sie wirkte. Und wenn man sich gewöhnt hat, alles zuweilen nur wie ein großes Kräftespiel zu sehen, so ist man in Versuchung – ich bin es, Madame –, anzunehmen, daß dieses Kind, das sich mir nicht gewachsen fühlte, die Verstärkung des verwandten Blutes heranzog, um mit seiner Hilfe den Ausweg zu finden...«

Er starrte versonnen ins Licht. In der Stille ward wieder das Röcheln des Sterbenden hörbar, es war leiser geworden und von einem seltsamen Rhythmus getragen, ein tönendes Summen, das immer nach einigen Zügen abbrach, um dann mit einem Seufzer neu einzusetzen: ein Mensch tat seine letzte Arbeit, und sie war schwer. Versunken blickte Cornelie nach dem elenden Lager hinüber. Auch von ihren und Buzzinis Lippen ging in der Kellerkühle der Kammer der Atem wie Rauch; die winzige bläuliche Wolke aber, die über Jean Bonastons geöffnetem Munde schwebte, schien dort nicht fortzukönnen. Sie wollte sich flatternd losreißen und verschwand wieder, eingezogen in ihr Gefängnis, wenn der erschöpfte Atem versagte.

»Für mich«, begann Buzzini wieder mit jenem Lächeln, das nur ein bitteres Verzerren der Lippen war, »für mich ist das alles eigentlich schlimmer.«

Cornelie sah ihn an, aber ehe sie sprechen konnte, fuhr er fort: »Wenn einer Mutter ein junges Kind stirbt, solange sie es noch an der Brust hatte, und wenn nun zu den bestimmten Stunden die Nahrung in ihr steigt und sie bedrängt, bis es körperlich schmerzt und damit zugleich der Schmerz ihrer Seele auf eine Höhe getrieben wird, die sie nach dem Kind schreien läßt; wenn süße Milch und bittere Tränen von ihr tropfen«, redete er vor sich hin, und Cornelie erschauerte in der Erinnerung an ihr erstes Kind, die ohnehin an jedem Totenbett in ihr aufstand, »so ist das jetzt mit mir. Das kann ich nicht anders beschreiben. In mir hatten sich alle Kräfte auf dies eine Objekt gerichtet. Diese Kranke war mir aufgepfropft, wie ein mattes Reis einem Baum, und aller Saft war zu ihm geströmt. Man hat es mit Gewalt wieder von mir gerissen... Madame, Sie wissen vielleicht doch schon genug von den Gesetzen meiner Heilmethode, um fassen zu können, was das heißt! Hier war kein Ehrgeiz im Spiel, obschon – wohl, ich hätte mich freuen müssen, hätte ich Mesmers Lehre einen solchen Sieg verschaffen können. Aber, hier ist ein Kreislauf zerrissen, verstehen Sie...?« er tat eine unbeholfene Bewegung mit beiden Händen, »das ist wie eine offene Wunde; die Kraft strömt ab, ins Leere...«

Cornelie wußte kaum, daß sie neben ihm stand. Sie erschrak, sein Antlitz so nahe zu haben, als er ihr den Kopf zuwandte und der große kindliche Kummer aus seinen Augen ihr ins Herz sank, das unter seiner Last erbebte und dennoch aufquoll vor Seligkeit.

»Doktor«, flüsterte sie, ohne Wissen von dem Lächeln unbedingter, verheißungsvoller Bereitschaft, das sie ihm hinbot, »ins Leere geht doch nichts von Ihnen, solange ich da bin. Fühlen Sie denn das nicht? Und – strömt das nicht zurück?«

Buzzinis Augen waren weit und staunend geöffnet. Cornelie ertrug ihren Strahl nicht, sie senkte hilflos den Kopf und lehnte die Stirn an seine Schulter. Er rührte sich nicht, doch ging das Beben eines tiefen Aufatmens durch seinen Körper. »Du...?« hörte sie ihn kaum vernehmlich aufseufzen.

Gleich darauf fuhren sie erschrocken auseinander und sahen zu dem Kranken hinüber. Da war nichts verändert, nur – das Haupt war ihm auf die Seite gesunken, und der Odem verging, leise, wie erlöster Gesang einer befreiten Biene, die im Sommerglast eines Gartens davonschwebt. Auf dem Flur wurden Schritte laut, der Türmer war herübergekommen, und der Glöckner machte sich auf, den Turm zu besteigen; es war die Stunde der Ablösung. Kaspar Schneider kam mit leisem Türöffnen herein; er grüßte still, trat zum Bett und sah stumm auf den Kranken. Jetzt zog er das schwarze Käppchen von dem kahlen Scheitel und bekreuzigte sich:

»Jean Bonaston exit!« sagte er. »Unbekannter Diener eines gemordeten Königs – resquiescat in pace!«

Er beugte sich und drückte dem Toten die Augen zu. –

»Du kannst ihm gleich läuten, Michel«, wandte er sich an den Glöckner, der unter der Tür stand, bucklig und zwerghaft, die Laterne und den großen Kirchenschlüssel in Händen, mit denen er nun nickend davonging. Der Doktor verlangte Schreibzeug und stellte den Totenschein aus.

Als der Türmer ihnen zum Abschied die Hand gab, sah er mit seinen blassen Augen über sie hin und fragte verloren: »Und wann kommt ihr zu mir auf den Turm?«

»Wenn die Aussicht einmal klarer ist als heut abend, Alter«, erwiderte Buzzini, zerstreut lächelnd, und Cornelie, die erglühend zu ihm aufgesehen hatte, atmete auf: dies hat er nicht verstanden. Es war ein alter Brauch, daß hochzeitliche Paare ihre erste Nacht auf dem Stephansturm zubrachten, wo der Türmer eine besondere Kammer für solche Gäste bereithielt.

Sie gingen schweigend den Berg hinunter. Nichts war verändert, als daß Buzzini Cornelie zum erstenmal seinen Arm gegeben hatte und daß sie sich eng an ihn lehnte. Der Regen fuhr ihnen kalt ins Gesicht, es war sehr finster, und die Laterne, die der Doktor trug, warf wirres Flackerlicht an die stummen Wände der schlafenden Häuser. Die drei Schläge der Sterbeglocke von St. Stephan – ein volles Geläute war nicht mehr erlaubt – kamen wie traurige Nachtvögel hinter ihnen drein, einer nach dem anderen, umkreisten sie warnend und sanken aufseufzend zurück in die kalte, sausende Dunkelheit. –

XXX

Nach diesem Abend hatte alles so eindeutig und klar vor Cornelie gelegen. Ihr Verhalten, nicht von der Stimmung jener Tage allein, nicht von Mitleid diktiert, konnte in ihren eigenen Augen nur ein einziges Ziel haben. Sie war bereit, ihrem langsam und mächtig erwachsenen Gefühl jede Rücksicht gegenüber der Welt aufzuopfern; doch hatten die folgenden Monate alles wieder ins Wanken gebracht, was sie an für sie selbstverständlichen Schlüssen gezogen hatte. Die wunderbare Harmonie der ersten Wochen nach ihrer stillschweigenden Einigung durch Zukunftsfragen zu stören, kam ihr nicht in den Sinn. Die Aufgabe des Lebens inmitten einer feindlichen oder argwöhnischen Welt war an und für sich schwer genug; zu sehr erschien ihr auch der Mann als ein Kranker – Gekränkter, von dem nichts zu fordern war als: sich lieben zu lassen. Die Erfüllung dieser Forderung, das Lächeln, mit dem er sie begrüßte, seine ehrfürchtige Zärtlichkeit; dies, daß Gaspard, die Magd, Christoph ihr sagten, der Doktor habe nach ihr gefragt, wenn sie nach Hause kam, war zunächst genug, um das Gefühl der Verbundenheit in ihr zu nähren. Es war viel Kraft nötig, um die fremde, kalte Leere dieses Winters mit Leben zu füllen. Die Vergiftung des Publikums erwies sich nicht als zu Angriff und Verfolgung geneigt, sondern sie offenbarte sich als ein eisiges Zurückweichen. Ein Vakuum entstand um Buzzini; man hatte sich eine Woche stark aufgeregt, dann geriet das fremde Mädchen an und für sich in Vergessenheit, aber die Wirkung des Vorfalls ergab sich in einer allgemeinen Stimmung des Mißtrauens, in einem völligen Abflauen der Nachfrage nach Buzzinis Beistand. Der Besuch der Sprechstunde hatte täglich mehr nachgelassen; mitten in der Behandlung blieben die Leute fort. Am ehrlichsten benahm sich noch eine alte Frau, die durch ihre Enkelin bestellen ließ, sie würde nicht mehr kommen, sie wolle die fallende Sucht nicht angehext kriegen. Schließlich blieb nur noch die Landpraxis, aber die war im Winter ohnehin immer spärlich. Ein paar bettlägerige Sieche besuchte Buzzini weiter, zu diesen kam außer ihm und Cornelie kaum noch ein Mensch, und manche von ihnen waren überhaupt so, daß sie weder Gutes noch Böses mehr voll begriffen. Wenige, ganz wenige Dankbare und Getreue hielten weiter zum Doktor und beteuerten ihm gleich im Anfang ihre Anhänglichkeit; so der Metzger Falk, den er einmal vor dem Verbluten gerettet, oder das Hökerehepaar Krebs, dessen einziges Kind wohl ohne sein Eingreifen an der Bräune erstickt wäre. Der Gesunden, die heute keinen Arzt brauchten, gab es freilich manche, die laut auf Aberglauben und dummen Klatsch schalten und sich für Buzzini erklärten. Jedoch kam es Cornelie wohl zu Ohren, daß dieselben Menschen, erkrankt oder bei einem Krankheitsfall in ihrer Familie, nach einem anderen Arzt geschickt hatten, und sie hatte genug zu tun, dem Freunde solche Erfahrungen fernzuhalten. Gequält lauschte sie die langen, grauen Vormittage hindurch auf jedes Anschlagen des Türklopfers, auf das stundenlange Hinundherwandern des Doktors in seinen Räumen. Es kam vor, daß sie Christoph zu ihm schickte, nur damit er in seinen Gedanken, deren trüber Dunst für ihr Gefühl das ganze Haus durchzog, unterbrochen würde. Corinna, Valdemaire mußten nie beachtete kleine Leiden an sich feststellen und ihn konsultieren. Endlich hatte sie auch einen Vorwand ausfindig gemacht, um sich, ohne daß es die Aufmerksamkeit der Schwiegermutter mißliebig erregte, viel in seiner Nähe aufhalten zu können. Ihrer guten und leichtfließenden Handschrift gewiß, erbot sie sich, nach seinem Diktat jene Abhandlung über die Natur des tierischen Magnetismus niederzuschreiben, deren Ausarbeitung er seit langem plante und zu der Aufzeichnungen und Notizen in Fülle vorlagen. Es war eine Woche nach dem Abend im Türmerhaus, daß sie zu Buzzini hinüberging, um ihm ihren Vorschlag zu machen. Er saß mit Christoph an der Elektrisiermaschine und hatte dem Jungen die von diesem sehnlich begehrte Vorführung der funkensprühenden Tätigkeit des Apparates gegeben; nun sah er beinahe bestürzt zu ihr auf. Dann ging sein Ausdruck in ein Lächeln über, dessen besondere strahlende Süße ihr fast schmerzhaft eindrang. Es war dies Lächeln, das sie immer wieder suchen mußte, dies stumme Bekenntnis seines Glücks, seines Dankes, die einzige Form seiner Werbung um sie. Es betörte und beängstigte sie gleichermaßen. Sie ging umher, von diesem Lächeln durchströmt wie von einer geheimnisvollen, berauschenden Essenz, und sie mußte zu ihm zurück, wenn seine Wirkung begann nachzulassen, sie mußte es von neuem erleben, um diese Bestätigung ihrer Verbundenheit zu haben. Er sprach ja nicht, und das war es, was sie nicht ganz verstand. Er sagte das Wort nicht, auf das sie wartete; dennoch fühlte sie aus jedem anderen Wort, das er sprach, daß sie gemeinsam erlebten. Es dauerte nicht lange, so hatte sie sich dem angepaßt: er hatte recht. Was sollte denn auch jetzt gesprochen werden, und war diese von verhaltener Zärtlichkeit durchbebte Atmosphäre nicht das beste Heilmittel für ihn? Indessen bildete sich durch das Verschweigen eine Spannung, die jeden Tag unerträglicher wurde. Hier an seinem Schreibtisch zu sitzen, während er hinter ihr auf und ab ging und in schwer sich formenden Sätzen den »Traktat über die magnetischen Wechselströme zwischen allen lebenden Wesen« aufbaute, das war mehr an Glück, als das Gefäß ihres Herzens zu fassen vermochte, so meinte sie, und darum ward es so schmerzhaft. Es gab lange Pausen, in denen er nachsinnend am Fenster stand. Ihr Kopf war tief aufs Papier geneigt, ihre Hand lag zum Weiterschreiben bereit, besserte vorsichtig und zärtlich an einzelnen Buchstaben. Vorsichtig wandte sie sich – fühlte er es gar nicht, wenn sie ihn betrachtete? Wie schön war sein zurückgeworfenes Haupt mit den Zügen entrückten Nachdenkens, den sich lautlos bewegenden Lippen! Jäh drehte er sich vom Fenster ab, sprach die ersten Worte der Fortsetzung, und ihre Hand glitt weiter auf dem Papier, aber sie konnte es nicht hindern, daß die Buchstaben ein wenig wankten: ihre Augen hatten sich getroffen, und seine hatten sich mit Licht gefüllt, seine Stimme hatte jenes liebkosende Schwingen angenommen, das ihr den Atem versetzte. Nun stand er hinter ihr, langsam und deutlich diktierend, beugte sich vor, überlas den Satz laut, meinte: »Nein, sagen wir besser so...«, und während er nun mitten in der neuen Formulierung stockte, legte sich seine Nähe wie eine Last auf sie. Sie wandte sich mit einem flehenden Lächeln nach ihm um, begegnete seinem Ausdruck völliger Versunkenheit und war nahe daran, vor rätselhafter Qual laut aufzuweinen. Dies geht nicht so weiter, war dann alles, was sie in den nächsten vierundzwanzig Stunden denken konnte. Sie fühlte sich erschöpft, ausgesogen, selig schwach, aber ihre Natur sträubte sich gegen das, was sie in diesem Verhältnis als unklar und verwirrend empfand. »Was will er denn? Will er mich – oder will er mich nicht? Habe ich ihm denn nicht gezeigt...? Warum findet er denn nicht den Weg?«

Es gab für sie nur den einen, geraden und vor aller Welt offenen Weg, einen Weg, den zu betreten für sie in diesem Fall den letzten entschlossenen Schritt hinaus aus der Welt ihres Herkommens bedeutet hätte, den endgültigen Verzicht auf eine Versöhnung mit Hölkewiese und auf die alte Heimat. Sie hatte sich entschlossen, ihn zu gehen, sobald sie für den Menschen entschlossen gewesen war. Sie hatte in der Nacht nach jenem dunklen gemeinsamen Heimweg einen nie so erlebten Durchbruch ihres Gefühls an sich erfahren, und selbst die Frage nach Christophs Zukunft ward seitdem von ihr dahin beantwortet, daß diese Liebe ihr das Recht gäbe, ihn mit hinüber in ein neues Leben zu nehmen, ohne daß je der Tag kommen könnte, an dem sie sich vor ihm als schuldig erkennen müßte. Damit war aber, wie sie meinte, von ihrer Seite alles geschehen, worauf es ankam. Sie hatte bereit zu sein, und sie war es. Sie würde jedes Hindernis, das sich aufrichten sollte – und sie war sich ganz klar, daß es durch einen Dornenwall gehen würde –, beiseite biegen, um ihm zu folgen, und sei es mit blutenden Füßen und zerfetztem Gewand. Nie im Leben war sie sich mit so stolzer Freiheit dessen bewußt gewesen, was sie wollte. Sie war bereit. Er aber hatte sie zu führen.

Dies aber tat Buzzini nun keineswegs. Er war da, und er war für sie da, das verbarg er nicht, das offenbarte er mit der Selbstverständlichkeit aller seiner Lebensäußerungen. Daß er sie eines Tages in seine Arme zog, geschah nur in einem erreichten Steigerungsgrad von Atmen, Lächeln, Blicken, war nur eine neue Station, zu der der Strom des Geschehens ihn hingetragen hatte. Wie durch einen Blitz in der Nacht wurde es Cornelie in dieser Stunde klar, was sie von ihm *nicht* zu erwarten hatte. Er hatte sich selbst und sie der Macht anheimgegeben, die durch ihn wirkte und der er in ruhiger Frömmigkeit diente: der Natur. Hier war die Gegenseite seiner Kraft, erkannte sie plötzlich und erkannte auch, daß er das nicht wußte. Sie gab ihm nach – wie hätte sie anders gekonnt? Dieser erste Kuß war eine allzu notwendige Lösung nicht mehr erträglicher Spannung. Sie sah den Geliebten entlastet, heiter, voll neuer Tatkraft aus solchen gestohlenen Viertelstunden der Zärtlichkeit tauchen und schwieg, verschwieg die eigene Ratlosigkeit ein weiteres Stadium dieser beunruhigenden Entwicklung lang.

Als es weitergehen sollte – kurz vor dem Hineingleiten in die letzte Hingabe –, riß sie sich gewaltsam zurück.

Sie flüchtete sich zu Corinna, als dem einzigen Menschen, mit dem eine Aussprache ihr möglich schien, und gewann in der Tat einen klareren Überblick. Sie hatte einen Besuch der alten Legendre bei Henriette abgewartet und war dann zu der Freundin geeilt, diese nun für wenigstens zwei Stunden allein wissend.

Corinna saß über eine Miniatur gebeugt, das Medaillonporträt einer jüngst verstorbenen Bürgersfrau, das sie nach einem grob ausgeführten Ölgemälde für einen auswärts wohnenden Sohn anzufertigen hatte. Sie ließ sich in ihrer Arbeit nicht unterbrechen, und es war Cornelie fast lieb, ihre wissenden Augen nicht auf sich gerichtet zu sehen.

»Das alles«, sagte Corinna ruhig, nachdem Cornelie sich mit etwas verworrenen Worten bemüht hatte, ihr ein Bild von dem Zustand ihres Herzens und von dem Gang ihrer Angelegenheit zu geben, »dies alles ist ja nichts Neues für mich, liebe Freundin. Sie wissen wohl, wir Frauen können uns gegenseitig nicht täuschen...«

»Sehr gut, Corinna«, Cornelie war leicht irritiert, »ich hätte es mir sagen sollen, da ja auch mir selten eine Nuance Ihres Romans mit Valdemaire entgangen ist. Im Grunde setzte ich Ihr Mitwissen auch voraus und hätte vielleicht nie gesprochen, wenn ich nicht einen Rat brauchte, Ihre Ansicht zu hören wünschte. Jedoch ist das im einzelnen sehr schwer auszusprechen...«

»Vielleicht ist es gar nicht nötig, daß Sie viel mehr aussprechen«, sagte Corinna sanft, das Muster im Spitzenfichu ihres Modells scharf fixierend, »ich glaube, Sie wollten mir vorher andeuten, daß der Doktor als Liebhaber so – nun, so direkt vorgeht, wie Sie – wie wir das nicht gewohnt sind. Nicht wahr?«

»Ich sagte es nicht ausdrücklich; aber Sie haben es erraten, Corinna.«

Corinna sah ihr nun doch voll in die Augen und lachte ein wenig. »Es war nicht schwer«, sagte sie, »wenn man sich praktisch mit den Physiognomien der Zeitgenossen beschäftigt wie ich, so gewinnt man allmählich eine gewisse Fertigkeit, sie zu deuten. Und dann war ich ja auch nie in diesen Doktor verliebt wie andere Leute von Anfang an.«

Cornelie war heiß errötet. Sie stützte den Kopf in die Hand

und wandte ihn halb ab. »War ich das?« fragte sie still entzückt. »Ja, ich war es wohl – ja. Aber ich weiß es wirklich erst seit ganz kurzem.«

Dann fuhr sie lebhaft fort: »Was Sie da von Direktheit sagen, Corinna – wie meinen Sie das? Es grenzt an das, was ich sagen wollte. Allerdings...«

Corinna hatte ihr Handwerkszeug niedergelegt und saß nun ihr zugewandt da.

»Bürgerin Echter – Madame Cornelie Echter de Mespelsbrun, née Baronne de Tracht – lassen Sie sich etwas von mir sagen, was Sie vielleicht erschrecken wird: der Doktor ist ein vortrefflicher Mensch, ein gelehrter Mensch, ein großer Arzt, aber – ist es Ihnen nie aufgegangen, daß er im Grunde, seiner Herkunft und seinem Wesen nach, ein Bauer ist? Aber, mon Dieu, verstehen Sie mich nur nicht falsch, und glauben Sie nicht, daß ich etwas Herabsetzendes damit sagen wollte!«

Cornelie betrachtete das Gesicht der Freundin mit der leisen Unsicherheit, die sie dieser Frau gegenüber zuweilen befiel. Corinna hatte eine Art, Menschen zu beurteilen, die ihr oft genug empörend kühl und abschätzig erschienen war, doch hatte sie die Erfahrung gemacht, daß diese Urteile immer einen sehr richtigen Kern enthielten, daß sie mit einem Schlage den der Sachlage angemessenen Blickpunkt vermittelten.

»Ein Bauer«, sagte sie zögernd und nicht ohne Abwehr im Ton, »nach dem, was ich von Bauern gewohnt bin, ist das nicht zutreffend, Corinna. Dennoch...«

Sie verstummte und blickte vor sich nieder. Die Gestalt eines Ackermanns auf märzbraunem Feld kam auf sie zu, umbrauste sie und war verschwunden. Jener Traum... dachte sie fast erschrocken und fuhr sich mit der Hand über die Augen. »Ein Ackermann, ein Gärtner... Sie mögen irgendwie recht haben«, murmelte sie.

»Ich dachte an unser südfranzösisches Landvolk«, sagte Corinna freundlich, »einen Schlag, zu dem er auch physiognomisch gehört, wie denn der italienische Landstrich, dem er entstammt, ganz ähnliche Leute hervorbringt.«

»Wissen Sie, daß mein Mann, Christophs Vater...« Cornelie hielt inne. Es ward ihr plötzlich klar, in welcher Ferne ihre Gedanken Hans Adam suchen mußten, um sein Bild zu erfassen.

Fast traurig fuhr sie fort: »Mit ihm war es ähnlich. Ein Landmann, ein Gärtner war er, wenn er die Uniform ausziehen durfte. Er spielte auf seiner Flöte, liebte die Tiere, die Blumen. Aber – wie jung war er! Er kannte auf der Welt nur seinen Dienst, den Tanz, die Jagd und – nun ja – die Liebe. Ach, wie ein Knabe erscheint er mir neben Buzzini! Wie ist Buzzinis Leben von dem großen Gedanken erfüllt, wie arbeitet er an der Wohlfahrt der Menschheit! Corinna, dies ist's, was mich hinreißt: diese ungeheure Arbeit, an der ich teilhaben kann, deren Ziele ich als einzig menschenwürdig erkenne. Darum will ich ihn ja! Ganz und gar und fürs Leben!«

Corinna sah sie ernst an.

»Sie lieben ihn«, sagte sie, »Sie lieben ihn wirklich, Cornelie!«

Cornelie lachte etwas ärgerlich: »Um was handelt es sich denn sonst, meine Liebe?«

Corinna blieb ernsthaft.

»Sie sind verliebt in ihn *und* Sie lieben ihn«, sagte sie. »Oh, es ist nicht nötig, frivol zu sein, um diese Begriffe zu trennen.«

»Freilich«, sagte Cornelie leise. Sie dachte an Rühle.

»Und was nun Buzzini betrifft, hören Sie, so ist er weder frivol noch auch sentimental. Die Männer unserer Kreise sind meist das eine *oder* das andere, gewöhnlich aber sind sie beides und machen je nach der Lage Gebrauch von dem einen oder dem anderen. Der Doktor aber hat ganz andere Voraussetzungen. Er ist aus seinen heimischen Weingärten in die Hörsäle, die Trinkstuben, die Raufböden der hohen Schule gegangen und von dort, wie sich aus allem ergibt, was er gelegentlich andeutet, als Feldchirurgus zu den Soldaten, nach Afrika, nach Kanada – was weiß ich! Bis er dann nach Paris zu Mesmer kam – und so fort. Ihm ist das Leben immer aus erster Hand gekommen, und es ist ihm mit allem, was dazu gehört, eine sehr natürliche Sache geblieben. Auch die Liebe, Madame. Ja, Bürgerin Echter, so ist das! Er wird nicht viel Wesens daraus machen und nicht viel Pathos daraufverschwenden; er wird auch wahrscheinlich keinen Lebenszweck in der Verbindung mit einem Weibe sehen. Wissen Sie, wann beim Landvolk die Nötigung zum Heiraten erst einsetzt, Cornelie?«

»Ich weiß es«, sagte Cornelie nicht ohne Ungeduld, »ich bin nicht umsonst auf dem Lande aufgewachsen. Aber Sie sind bizarr, liebe Corinna. Meinen Sie im Ernst, daß ich dem ausgesetzt wäre?«

»Cornelie, chérie, Sie sind wirklich auch – vom Lande!« sagte Corinna mit tanzenden Augen. »Aber bitte, bitte, werden Sie nur nicht noch böse! Sie sind vor allem die Dame von Stand, und, glauben Sie mir, das wird Buzzini nie vergessen. Er kann es gar nicht, das ist ein Teil seines Bauerntums. Glauben Sie mir: er liebt mit Zagen, weil er fühlt, daß wohl Ihre Natur ihm entgegenkommt, daß aber Ihre Erziehung Sie zwingt, Anforderungen zu stellen, die ihn in Verlegenheit setzen...«

Cornelie war tief nachdenklich, als sie die kluge Freundin verließ, aber es war wohl jener Selbsterhaltungstrieb eines zentralen Gefühls, der sie hinderte, sich den zersetzenden Grübeleien hinzugeben, zu denen Corinnas Betrachtungen sie hätten verführen können. Eines nur war ihr jetzt unbezweifelbar klar, daß nämlich, wenn ein gemeinsames Lebensziel erreicht werden sollte, eben sie die Führung übernehmen und den Geliebten mit ihren weiblichen Mitteln dorthin bringen mußte, wohin sie ihn haben wollte. Es schien ihr in der wachsenden Vertraulichkeit ihres Umgangs so leicht, so selbstverständlich, die Frage einer dauernden Verbindung zu berühren, aber sie erschrak, als sie sie das erstemal gestreift hatte. In Buzzini war offenbar etwas getroffen, was er ängstlich zu schonen bemüht war. Der Strom zwischen ihnen versagte jäh, und eine blühende Stunde war schmerzlich gestört.

»Philippe«, flüsterte sie, die Hand auf seinem Arm, »was ist dir? Hätte ich nicht davon anfangen sollen?«

Gequält lächelnd wandte er ihr das Gesicht wieder zu.

»Es ist so natürlich, daß du daran denkst«, sagte er nur und schlug seine Augen nieder.

Ihr war kalt ums Herz, sie starrte verstört vor sich hin. Er war aufgesprungen und wanderte durch das Zimmer.

»Wollen wir nicht weiterarbeiten?« kam seine Stimme nach einer schweigenden Pause demütig zu ihr herüber, »mir kam eben eine gute Idee für den Übergang zum nächsten Kapitel...«

Willenlos setzte sie sich an den Schreibtisch. –

XXXI

Dies war der Auftakt zu peinvollen Wochen gewesen. Durch sein Ausweichen war in Cornelie eine Seite ihres Wesens gereizt worden, die sie selbst noch kaum kannte oder der sie doch nie kämpfend zu ihrem Recht hatte verhelfen müssen. Ein Bedürfnis nach ungehindertem Überschauen ihrer Lage bis zum Horizont erhob sich in ihr. Sie wollte nicht um jeden Preis heiraten, sagte sie sich, aber sie wollte wissen, womit sie für die Zukunft zu rechnen hätte, schon um Christophs willen – in erster Linie um seinetwillen. Sie wußte, daß über kurz oder lang der bisherige Grund, der sie zwingend in Mainz hielt, wegfallen würde: Das Leben Henriette Echters zählte kaum noch nach Jahren. Dann gehörte sie mit ihrem Kinde wieder in die Heimat zurück, nicht nur in den Augen der Welt, auch ihrem eigenen Gefühl nach, *wenn* sich bis dahin nicht eine andere überzeugende Rechtfertigung ihres Verweilens oder aber ein begründeter Weg in eine neue Heimat ergeben hatte. Dies klar und nüchtern erkannt zu haben und sich immer wieder vor Augen zu halten, bedeutete für sie mehr, viel mehr als nur eine Berechnung von Möglichkeiten. Sie richtete diese reinlichen Tatsachen in sich auf wie einen Damm gegen das eigene Blut, das dahinorgelte wie der Rhein im März, denn die Tauwasser langer, vereister Jahre waren ins Strömen geraten. Sie gürtete sich mit diesen Tatsachen, und ihre Härte schnitt ihr ins Fleisch. Sie redete gar nicht viel von ihnen, aber wenn sie vor Buzzini niederkniete und ihm die Hände küßte, weinte sie und wußte warum. Nachgeben, den Fuß über die Grenze setzen, die sie sich gezogen, hätte geheißen, nie wieder zurück können. Dieser Schritt hätte jene Grenze zwischen sie und Christoph verschoben; sie hätte *ihn* aus ihrem Leben ausschalten müssen, immer dessen gewärtig, ihn fremden Händen zu überlassen, wenn Buzzinis Schicksal von Mainz wegführen sollte. Sich Buzzini hingeben, hieß – sie wußte es – sich ausliefern, ihm und jeder Wendung, die sein Lebensgang mit sich brachte. Wollte er nicht heiraten, so wäre sie seine Gefährtin, seine Gehilfin – seine Geliebte bis an den Tod – oh, ohne jedes Bedenken! – geworden, wenn Christoph nicht gewesen wäre, der da vor ihr stand wie die Verkörperung seines blanken Wappenschildes, auf das durch sie kein trübender

Hauch kommen durfte. Aber was Ehre – was Wappenschild! Schon die Vorstellung, daß irgendeine neue Lebensgemeinschaft sich trennend zwischen ihr und ihrem Kinde ausbreiten könnte, genügte, um sie mit erstarrendem Herzen wie am Rande eines Abgrundes umkehren zu lassen. Das war wie damals, als sie Rühle gehen ließ, weil sie es nicht ertragen konnte, nicht mit Christoph beten zu dürfen. Aber das Opfer war diesmal schwerer; erst diesmal war es ein Opfer. Es war Rückwirkung eigenen Tuns, fühlte sie, zusammengekrümmt, das tränennasse Gesicht ins Kissen vergraben, um die Stöße ihres Schluchzens zu unterdrücken. Schmerzen, die sie zugefügt hatte, leere, verlorene und verzweiflungsvolle Jahre aus Rühles Leben, kamen nun über sie. Das Gesetz des Ausgleichs war grausam, aber wenn es für sie irgendwo Trost gab, so lag er hier, in der Erkenntnis, daß eine ungelöschte Schuld nun von ihr bezahlt wurde; und war es kein Trost, so war es doch – Gerechtigkeit.

Es wurde nicht viel zwischen ihnen über diese Frage gesprochen, vielleicht viel zuwenig. Es kamen lange Tage, an denen sie glücklich in stiller Zärtlichkeit und gemeinsamer Arbeit waren, in denen keinerlei Mißstimmung aufkam und in denen Cornelie gewaltsam alle Zukunftssorgen in sich zum Schweigen brachte. Stieg dann die Kurve der Leidenschaft wieder, so gab es immer den Punkt des jähen Absturzes, des Sichlosreißens, der Flucht ihrerseits. Dann die Periode der bangen Hoffnung, des inneren Flehens, er möchte nun doch verstanden haben, warum es so kommen mußte, möchte nachdenken, möchte sprechen, der schrecklichen Ungewißheit ein Ende machen. Aber er sprach nicht. Er fügte sich geduldig, demütig in die Entfernung, die sie dann einhielt. Seine Blicke streiften scheu und traurig ihre verweinten Augen, er verhielt sich wie ein gemaßregelter Knabe, der sich bemüht, etwas wiedergutzumachen, was er ohne sein Wissen angerichtet hat. Es trat ein, daß er tagelang über Land ging, Patienten in den Dörfern aufsuchte und dort verweilte, wo es ihm wohl war, bei Kohlenbrennern und Hirten. Unversehens war es Frühling geworden. Wenn Buzzini dann heimkam, brachte er nicht nur Kräuter und Mineralien mit, sondern er schien vom steigenden Saft in den Bäumen getrunken zu haben; er strahlte eine Kraft aus, der sich Cornelie am wenigsten zu entziehen vermochte, ganz abgesehen davon, daß sie von der entsetzlichen Bangigkeit besessen gewesen war, er möchte vielleicht nicht wiederkehren. Alles, was ihre Angst steigern konnte, fiel ihr in solchen Tagen dann ein – seine eigenen halb melancholischen Behauptungen, daß er im Grunde ein Zigeuner sei und eine fast mit Absicht von ihr vergessene Bemerkung Walbruns: »Möchten Sie nur ewig davor bewahrt bleiben, einmal das Falsche von ihm zu erwarten...« Was war das Falsche – was das Richtige? Ihr innerstes Herz wußte es gut und blutete und ward von ihr zum Schweigen verurteilt.

Dann, Anfang April, fand die Spannung einen Ausbruch. Es kam zu einer kurzen heftigen Erklärung. »Du weißt es. Es ist nicht möglich, daß du das übersiehst. Nur unter dieser einen Bedingung. Nicht meinetwegen. Ginge es um mich allein, ich würfe der Welt alles vor die Füße und ginge mit dir. Aber...«

Sie legte den Kopf auf die Arme. Die Stimme versagte ihr.

Er hatte sich neben ihr auf die Knie geworfen. »Ich weiß, ich weiß... Ja – ich weiß! Vergib mir!«

Sein Kopf lag in ihrem Schoß, seine Arme umspannten sie, sie fühlte das Zucken seiner mächtigen Schultern. »Nur noch etwas Zeit laß mir!« hörte sie ihn stammeln. Sie begriff nicht, aber sie drückte ihre Lippen in sein Haar, trocknete ihre Tränen darin.

»Cornelie...«, flüsterte er, »ah, weißt du, daß das der Name der herben Kirsche ist, die süßer als alle anderen ist, wenn sie ausreifen kann? Ach, du duftest wie Weichselholz...«

Am anderen Tag trat er reisefertig bei ihr ein. Sie erschrak.

»Was ist?« stammelte sie. Er habe seine Dienste dem Regimentschirurgen Leclerc angeboten, der mit seiner Ambulanz den Truppen an den Oberrhein folgen und zu Moreaus Armee stoßen würde. »Ich brauche Arbeit, Madame, große Arbeit, um zu mir selber zu kommen«, fügte er gedämpft hinzu, da die Tür zu Madame Mère offenstand. »Um Gottes willen, haben Sie Vertrauen in mich! Ich werde zurückkommen, und alles wird gut werden.« Sie sah den Zug verzweifelter Entschlossenheit in seinem Gesicht und wagte kein Wort dagegen, obgleich ihr die Knie vor Schrecken wankten. »Mein Gott – so schnell und – so ohne richtigen Abschied!« hauchte sie nur. Er hatte ihre Hände an seine Brust gepreßt, und seine Augen strahlten Ruhe in ihre. »Es ist das Beste so, glaube mir«, sagte er tonlos. »Ich komme so wieder, wie du es wünschst...«

Oder gar nicht, dachte sie stumm.

»Oder gar nicht«, bestätigten seine Augen.

Nur die ersten Treffen wollte er mitmachen, versicherte er ihr, nicht den ganzen Feldzug. In wenigen Wochen würde er wieder dasein. Gaspard bleibe hier, zu ihrem Schutz und zu ihrer Verfügung. –

XXXII

So standen die Dinge in jenem April, als die Franzosen den Vespery griffen und Valdemaire fliehen mußte. Buzzini war damals seit vierzehn Tagen fort, und Cornelie sah sich der neuen Sachlage, soweit sie Christoph betraf, zunächst mit einiger Ratlosigkeit gegenüber, denn sie hatte sich daran gewöhnt, alle Erziehungsfragen mit dem Doktor zu besprechen und sich in ihren Entscheidungen von ihm beeinflussen zu lassen. Wie nötig es war, daß er wiederkam! Sie dachte nicht daran, sich ohne ihn nach einem neuen Lehrer für den Jungen umzutun, da sie auch einstweilen den Anschein erwecken mußte, als sei sie von Valdemaires Rückkehr überzeugt. Der Mai ging hin, ohne daß eine Nachricht von Buzzini eintraf. Die Stadt war voll von den Siegen der Franzosen in Baden und Bayern, die Kuriere, die die Verbindung des Kommandanten mit der Armee aufrecht hielten, kamen und gingen täglich, also mußte es ihm ein leichtes sein, Botschaft zu schicken. Der Versuchung, sich um sein Leben zu sorgen, widersprach eine innere Stimme, die ihr Gewißheit gab, ihm sei nichts zugestoßen. Es kam eine tiefe Erstarrung, ein dumpfer und leidvoller Trotz über sie, der sie auch hinderte, an ihn zu schreiben. Hin und wieder war dann alles sehr gut; es kamen Stunden, wo sie nichts anderes wußte, als daß sich alles zum Besten fügen würde, wo vor allem sie selber mit der ganzen Wonne opferbereiter Leidenschaft sich in alles zu fügen entschlossen war, was er über sie verhängte; denn eine unanzweifelbare Einsicht sagte ihr dann, daß auch er leide und schlimmer als sie, weil er es war, der Schmerzen bereiten mußte. Endlich, am 10. Juni, kam ein Brief von ihm, aber nicht vom Kriegsschauplatz, sondern aus Straßburg.

Sie trug diesen Brief, den Gaspard ihr in freudiger Aufregung überbracht hatte, mehr als zwei Stunden mit sich herum, ehe sie es wagte, ihn zu öffnen. Es war Nacht geworden, Christoph schlief, der mühselige Tagesabschluß der Schwiegermutter war erledigt; es war still im Hause, eine Störung war nicht mehr zu befürchten, und der Bereich der Mitternachtsstunden lag wie eine Zuflucht vor ihr, wenn denn dieser Brief nun wie ein Schwert in ihr Herz gehen sollte. Sie saß mit ihrer Kerze am Fenster der Mansarde, holte sich noch einmal Kraft aus dem Geraune der Baumkronen draußen, aus einem Blick über den beschatteten Raum der Stube: »Hier hab' ich schon viel überlebt...«, aus einer Minute hingegebenen Lauschens auf Christophs friedliche Atemzüge: »und wenn alles zerbirst – du bleibst mir!« Dann zerbrach sie das Siegel, riß den Brief auf und starrte erst nur erschüttert und ohne lesen zu können auf das Bild seiner schönen, gerundeten, mit fast kindlicher Sorgfalt gemalten Schriftzüge. Daß er sehr kurz war, der Brief, ja, das sah sie gleich. Aber nach dem Lesen seufzte sie tief auf, preßte das Papier gegen ihre Augen, gegen die Lippen, und dann saß sie lange, den Brief in den flachen Händen, das Antlitz hineinvergraben, nicht weinend, nur fühlend, dies kommt von ihm, seine Hände haben darauf geruht, sein Hauch hat's gestreift, sein Blick hat's gespiegelt. Was sie dachte, war wenig. Sie war dankbar, Klarheit zu haben – wenigstens halbe Klarheit.

Buzzini schrieb, er habe die Armee verlassen, denn ihm sei nach wenigen Wochen der Trennung von ihr wenigstens eines ganz zum Bewußtsein gekommen: daß er nicht ohne sie leben könnte und daß er alles versuchen müßte, auch das letzte Hindernis, das ihrer Verbindung im Wege stünde, beiseite zu räumen. Er sei auf dem Wege nach Frankreich, um eine Familienangelegenheit zu ordnen. Wie lange ihn das aufhalten würde, könnte er heute noch nicht sagen, er könnte ihr auch nicht schreiben, um was es sich handelte. Er sei ihrer Nachsicht, ihrer Geduld gewiß. Wenn er nicht wiederkäme, so hieße das, daß er sie nie würde bitten können, sein Weib zu werden.

Der Brief enthielt nichts als diese sachlichen Mitteilungen, keinen Liebesschwur, keinen Sehnsuchtsschrei. Am Schluß stand: »Ich bin sehr unglücklich.« Dennoch konnte Cornelie lange Zeit nicht über seinen Inhalt nachdenken, ermaß nicht, was dies zu bedeuten hatte, war nicht imstande, zu erkennen, welcher Rückschluß auf die Natur dieser Familienangelegenheit der einzig mögliche war. Sie fühlte nur: Er ist unglücklich – und ich bin es auch; aber weil wir beide es sind, weil wir *ein* Unglück haben, sind wir doch glücklich. Dieser Zustand, überwallt, überwogt von einer ganz imaginären Erfüllung, von dieser Berührung und Einigung mit ihm über Zeit und Raum, einem Taumel unerklärlicher Nähe, hielt sie unter Schluchzen und geflüsterten Reden wach, bis die Flamme der tief herabgebrannten Kerze irre zu wanken begann. Ein großer Nachtfalter stieß hereinschwirrend gegen die halbgeöffnete Scheibe, prallte ab und zog dann dunkel surrend seine Kreise um sie. Christoph murmelte etwas im Schlaf, wälzte sich herum, stöhnte zufrieden auf und begann wieder ruhig zu atmen. Cornelie hatte sich zurückgelehnt; auf einmal fröstelte ihr. Sie sah den frühen Tag der Sonnwendzeit draußen heraufdämmern und fühlte sich plötzlich derart zerschlagen, daß sie nur noch eben das Licht löschen und in ihren Kleidern auf ihr Bett sinken konnte.

»Also eine Frau...«, flackerte es ihr vor dem völligen Einschlafen durch den Sinn. »Eine andere Frau, von der er seit acht Jahren getrennt lebt. Was kann das bedeuten? Er gehört mir...«

Diese trotzige Geste ins Antlitz des Schicksals, die ihr da in der halben Dämmerung des Einschlafens geglückt war, versuchte sie auch bei wachem Bewußtsein aufrecht zu halten. Es ging damit, wie es zu gehen pflegt, wenn der Mensch auf eine Hoffnung bauen muß, nur um weiterleben zu können. Cornelie hielt sich aufrecht; kein Mensch sollte ahnen, was in ihr vorging, diesen entsetzlichen Kampf des Abwägens, der Zweifel bis zur völligen Verzweiflung, nicht nur an dem Gelingen von Buzzinis Absichten, sondern auch an ihm selbst. Eine Frau – und vielleicht gar Kinder... Eine Ehe – und er war natürlich katholisch getraut... Sie sprach sich mit Corinna aus, aber Corinna, ohne Nachricht von Valdemaire und selbst am Rand ihrer Kräfte, war in diesen Wochen nur ein Mensch, der mit einem weinen und Vermutungen aufstellen konnte, keiner, bei dem neue Hoffnung zu holen war. Schließlich war es Christoph, der ihnen beiden half, denn Corinna erbot sich, ihn nach bestem Wissen weiter zu unterrichten, bis ein neuer Lehrer gefunden war, und Cornelie sah sich durch ihn auf eine von ihr in diesen schlimmen Wochen vernachlässigte Aufgabe hingelenkt, den Garten nämlich. »Dem Doktor seine Sonnenblumen müssen doch auseinandergepflanzt werden, Mutterlefrau«, sagte er eines Tages – er liebte es manchmal, das feierliche »Frau Mutter« in dieser Art zu verzärtlichen. »Und so viel hat er gesät, was man gar nicht mehr herauskennen kann vor lauter Unkraut! Der Gaspard tut nur gießen und will nicht jäten, der hat nur die Rösser vom Schorz im Kopf. Und das Kathrin sagt, dem Doktor seine Beete sind dem Kasper sein Sach, es tut nur unseren Salat jäten und hat genug zu tun mit unseren Bohnen und Erbsen...«

Die Sache war die, daß der Doktor dem Gaspard erlaubt hatte, in der Zeit seiner Abwesenheit eine Nebenbeschäftigung anzunehmen, und daß es dem Burschen gelungen war, als Aushilfsstallknecht bei der Reitbahn des Bürgers Schorz im ehemaligen Dominikanerkloster anzukommen. Christoph zog seinen Vorteil hieraus, indem auch er Tag und Nacht die »Rösser vom Schorz« im Kopf hatte und zum Kasper in den Stall lief, wann er nur konnte. Nur war der Freund Kasper nicht immer geneigt, Christoph aufsitzen zu lassen, er hatte ihn ein paarmal nach Hause geschickt, und Christoph fand nun, auch Gaspard sollte sich lieber mehr zu Hause aufhalten.

Cornelie, die seit Wochen den Garten nur flüchtig betreten hatte, ging mit ihm hinaus und stellte beschämt fest, daß er recht hatte. Da waren ganze Rabatten bestimmter Heilkräuter in Samen geschossen und gänzlich überwuchert von wilden Pflanzen; die Sonnenblumen, die der Doktor so liebte, daß sie die goldene Blume mit dem braunschwarzen Herzen einmal zu seinem Wappenschild erklärt hatte, kämpften, sich gegenseitig erstickend, einen Kampf um ihr Wachstum, und der Goldlack – auch so eine braune Blume, die zu ihm gehörte – wollte, daß seine reifen Samenkapseln geerntet und seine dürren Stauden ausgerauft würden. Ach, dieser Goldlack, dessen erste blühende Stengel er ihr im April noch gebracht hatte und der dann ungesehen, ungeliebt hier verkommen war! Nun kroch Kapuzinerkresse mit ihren gespornten Blüten in allen Abstufungen von Rotgelb zu Purpur und Blaßgold über die Steige, und Arnika stirnte gegen den Himmel. »In den gelben Blumen ist die meiste Kraft von der Sonne...« Diese Worte Buzzinis, einmal lächelnd angesichts dieser Beete gesprochen, fielen ihr ein, und sie schloß die Augen. »Sie und ich, Madame«, sagte seine tiefe Stimme in ihr, »wir sind Menschen zwischen Erde und Sonne. Ihre Haut wird im Frühjahr ebenso schnell braun wie die meine...« Hier im Garten, fühlte sie, war seine Gegenwart, wenn irgendwo. Gaspard wußte nicht, wie ihm geschah, als er nun unwiderstehlich an seine Versäumnisse gemahnt und mit strenger Hand angehalten wurde, sie nachzuholen. Christoph hockte zufrieden dabei. Cornelie selbst legte neue Aussaat von Fenchel, Minze, Kamille und hütete die keimende wie junge Brut mit schattenden Reisern vor der sengenden Sonne; sie erntete Holunder- und Lindenblüten, wozu eben noch Zeit war, kaufte Waldbeeren ein und dörrte sie, kurzum, sie gab sich jenen Sommerarbeiten, bei denen sie den Doktor beobachtet hatte, mit einem Eifer hin, als müßte sie ihm bei seiner Heimkehr Rechenschaft darüber ablegen. Es dauerte nicht lange, so empfand sie die segnende Rückwirkung ihrer Tätigkeit, die Erde schien ihr Ruhe und Gesundheit zuzuströmen, es war wie ein neues Ansaugen an den Kraftquell der mütterlichen Brust, den sie lange entbehrt. Die Wochen vergingen ihr leichter; auf einmal kamen wieder Leute, die nach dem Doktor fragten, wo er denn so lange bliebe, da läge ein Kranker, der nur von ihm behandelt sein wollte; ob er am Ende nie wiederkäme, und das sei doch ein Jammer, und so schwer hätte er das doch nicht zu nehmen brauchen, was die Häflin ihm mit ihrem Geschwätz angetan! Die Häflin, das sei ein Schandmaul und habe schon manchem den Leumund zu vergiften gewußt, das sei doch bekannt; und daß der Doktor das blinde Mädchen beinah geheilt hätte, daran hätte man doch niemals gezweifelt. Cornelie unterdrückte alle bitteren Erwiderungen, die nahelagen, und gab ruhige Auskunft: der Doktor sei nach Frankreich gereist, würde aber bis Weihnachten wieder in Mainz sein, und bot ihre eigene Hilfe an, die meist dankbar willkommen geheißen wurde. Jener Zeitpunkt seiner Heimkehr: Weihnachten! kam ihr das erstemal ganz gegen ihre Absicht auf die Zunge; sie gab ihn den Hausgenossen, denen sie doch von jenem Brief etwas mitteilen mußte, abschließend an: der Doktor habe in Geschäften nach Frankreich gemußt und werde vor Weihnachten schwerlich zurück sein. Innerlich widersprach sie sich selbst. Warum erst Weihnachten? fragte sie sich; warum so fürchterlich lang? Zu Martini spätestens, wahrscheinlich schon Michaeli... Sobald sie aber wieder gefragt ward, sagte sie: Weihnachten! in einem Ton unumstößlicher Sicherheit; es war, als spräche sie aus einem vor ihr selbst geheimen Wissen heraus. Und schließlich ergab sie sich darein und glaubte es selbst. Die Sommermonate gingen dahin, sie hatte ihr volles Gleichgewicht wieder, sie arbeitete still in Haus und Garten und tat den Menschen Gutes, wo sie nur konnte. Die Erde war die unerschütterliche Verbindung zwischen ihr und Buzzini, das erlebte sie; solange ihrer beider Sohlen den Boden traten – ihrer beider Odem sich mit der Luft mischte, so lange gingen die Ströme des Lebens zwischen ihnen hin und her, und eins brauchte nur an das andere zu denken, um sich die Gemeinschaft bewußt zu machen. Wenn Cornelie an einem Krankenbett saß und mit tiefem Glauben an seine durch sie aus der Ferne wirkende Kraft die Hände auf einen erschöpften Menschenleib legte, vergaß sie völlig sich selbst und war nichts mehr als das ausstrahlende Gefäß seiner Kraft.

Zuweilen ging sie in seine Zimmer, die Gaspard immer so hielt, als könnte der Doktor jeden Tag wiederkommen. Sie saß an seinem Schreibtisch, dem Raum zugewandt, und staunte darüber, wie tief hier alles an ihn erinnerte, ohne daß doch viel greifbares Eigentum von ihm zu sehen war. Die Elektrisiermaschine, die wenigen Bücher, die paar einfachsten Geräte, mit denen er auskam – das übrige steckte im Mantelsack, der ihn begleitete. Freilich, er war ein Zigeuner, und diese Zimmer waren für ihn nicht mehr als ein Obdach. Dennoch waren sie so ganz erfüllt von seiner Gegenwart; diese Wände, die seinen Atem, den Laut seiner Stimme einmal umschlossen, waren ihr heilig, wie es der Leib seiner Mutter gewesen wäre oder – sie erschauerte – der schmale Schacht seines Grabes. Endlich aber sagte sie sich, daß sie überhaupt nicht mehr würde leben können, ohne nicht überall und zu jeder Stunde an ihn erinnert zu werden, denn jedes Menschen Hand und Antlitz, jeder dunkle Blick eines Tieres, jeder im Wind sich wiegende Baum, jedes Kornfeld, jede Blume, jeder Grashalm am Wege, jede Handvoll Erde und die Sonne samt allen anderen Gestirnen: die ganze geschaffene Welt mutete sie doch an wie sein Spiegelbild, und als sei es nur notwendig, die rechte Formel zu wissen, um ihn hervortreten zu lassen. In dieser Wartezeit sagte sie sich demütig, daß sie eben die Formel nicht wisse und deshalb nicht würdig sei, ihn zu besitzen; sie sehnte sich, seiner teilhaftig zu sein auf eine Art, die ihn vom Paradies seiner Naturverbundenheit scheiden mußte; dunkel ahnte sie dann, daß für die Liebe dieses Menschen der bürgerliche Ehestand die Erfüllung nicht war. Hier aber stand wieder Christoph, und wohin sie sich auch wandte – er stand überall, und sie konnte nichts tun als sich beugen und – warten.–

Buzzini war am 21. Dezember wieder da; er war ganz früh morgens, von niemand bemerkt, ins Haus gekommen, nachdem er am Abend vorher mit der Diligence eingetroffen war und die erste Nacht im Gasthof verbracht hatte. »Warum das, lieber Freund?« fragte Cornelie schüchtern. Ihr grenzenloses freudiges Erschrecken, als Gaspard ihr die Heimkehr anmeldete, war dieser bangen Scheu gewichen, sobald sie den versteinerten Ausdruck des geliebten Gesichtes erfaßt hatte.

Er stand noch da, wo sie sich begrüßt hatten, vor dem geöffneten Instrumentenschrank, in dem er geordnet hatte. Seine Hand spielte mit einer Pinzette, er hielt den Kopf tief gesenkt. Cornelie hatte sich auf das Ende des Ruhebettes niedergelassen und sah zu ihm auf. »Warum nicht gleich – nach Hause, Buzzini?« fragte sie nochmals. Er zögerte.

»Ich – war es nun so lange nicht anders gewöhnt...«, sagte er schließlich dumpf. Eine sonderbare Fassung kam über sie. »Sie wollen gleich an die Arbeit gehen?« fragte sie leichthin. Die Ledertasche, mit der er seine Krankenbesuche zu machen pflegte, lag bereit auf dem Tisch. Er schien dabeigewesen zu sein, sie zu packen. Zum erstenmal blickte er ihr voll ins Gesicht und hatte etwas wie ein Lächeln. »Ich traf gestern abend im ›König von England‹ einen Capitaine, der mich bat, nach seinem kranken Burschen zu sehen. Der Kerl hat sich von dem Gaul vor den Leib treten lassen und kann sich vor Schmerzen nicht rühren. Allerdings« – er sah sie bittend an – »ich wollte jetzt gleich dorthin gehen...«

»Dann«, sagte Cornelie ernsthaft, »gehen Sie vielleicht von dort aus noch in die Emeransgasse zu dem Schreiner Wiemer und – warten Sie...« Sie eilte hinaus und kam mit einem Zettel zurück: »In der Oberen Lehrgasse beim Bäcker Schell ist seit Wochen ein krankes Kind und – hier! – die Frau vom Dalluk, dem Schneider in unserer Gasse, hat mit ihrer Entbindung geradezu auf Sie gewartet, wie mir scheint. Ich habe immer gewußt, daß Sie um diese Zeit wiederkommen würden, und habe alle Leute vertröstet«, schloß sie mit einem kleinen glücklichen Aufblick. Aber ihr Mund zitterte doch.

»Arbeit«, sagte er nur. »Mein Gott – wie gut!«

XXXIII

Sie hatte sich an diesem Vormittag und in den darauffolgenden Tagen gefragt, warum sie eigentlich nicht enttäuscht sei. Sie war nicht einmal ernüchtert. Sie war sogar dankbar dafür, daß dies zwischen ihnen möglich war, daß sie sich der ungewohnt gewordenen räumlichen Nähe erst wieder anpaßten und das gemeinsame Gleichgewicht wiederfanden, ehe es dazu kam, daß er ihr vom Ergebnis seiner Reise berichtete. Immerhin war etwas Traumhaftes über seinem Kommen und Gehen, nicht allein, weil sie es noch nicht fassen konnte, daß das wirklich sein Schritt wieder war, der in den unteren Räumen erklang, seine Stimme, die mit ihrem dunklen Vibrieren durch die Wände drang, sondern auch, weil er noch nicht mit seiner ganzen Person wieder dazusein, weil sein Körper ihm selbst vorangeeilt zu sein schien, und nun gleich dem Schatten seines Ich die alten Wege ging, die hergebrachten Verrichtungen erfüllte. Ihr war, als müßte er sich, ausgestreut in alle Fernen, erst wieder auf diesen Punkt zusammenziehen. Und eines Abends war es so weit, daß er ganz wieder da war und sie vertraut anlächelte; ihre greifbare Anwesenheit war wieder wirklich für ihn. Aus der stummen Umarmung, der ersten seit ihrem Wiedersehen, die sich nun ergeben hatte wie eine natürlich erblühende Blume, war er es, der verstört aufschreckte. »Oh, was wird nun?« sagte er, von ihr ablassend und das Gesicht in den Händen vergrabend.

Cornelie zitterte, aber ihre Stimme blieb ruhig.

»Sie gibt dich nicht frei?« fragte sie, sich tapfer darbietend.

»Ich habe sie gar nicht gefunden«, antwortete er dumpf.

Dann, jählings zu sich kommend, sah er sie fassungslos an. »Woher weißt du...?« stammelte er. »Ich habe es dir nicht gesagt und niemand...«

»Oh, Philippe«, sagte sie müde, »was hätte es anderes sein sollen?«

Er schwieg eine Weile, schwer atmend. Endlich kam seine Erzählung.

In den achtziger Jahren, nachdem er mit Lafayettes Truppen aus Kanada zurück gewesen war, hatte er in Paris ein Mädchen geheiratet, eine Piemonteserin, die eine Stellung als Kammerfrau bei einer alten Gräfin, die sich von ihm behandeln ließ, bekleidet hatte. »Ein sehr gutes Mädchen«, sagte er kummervoll. »Aber unsere Temperamente paßten wohl nicht zueinander, da war keine Harmonie des täglichen Lebens möglich.« Sie hatten schnell nacheinander zwei Kinder gehabt und hatten sechs, sieben Jahre versucht, miteinander auszukommen. »Ich bin ein friedlicher Mensch, das weiß Gott«, Buzzini sah Corneliens Hand an, die auf seinem Knie lag. »Aber sie ließ mich ja nicht in Ruhe arbeiten. Mesmer hatte damals Unglück in Paris. Sie verlangte, daß ich nicht nach seiner Methode praktizieren sollte, sie redete mir in alles herein, schrieb mir vor, was ich für Honorare nehmen sollte, und ging selbst zu den Patienten, Geld einzuziehen, auch da, wo ich die Behandlung hatte umsonst machen wollen...« Dann war das kleine Mädchen gestorben, und sie hatte ihm halb und halb die Schuld an seinem Tode gegeben, »obgleich selbst Christus hier nichts mehr getan hätte, denn dies Kind war nicht zum Leben bestimmt«. Eines Tages sei er nach Hause gekommen und habe den Knaben, den er sehr liebte, nicht mehr vorgefunden. Sie hatte ihm kalt erklärt, sie hätte eine Gelegenheit gehabt, ihn zu ihren Eltern über die Grenze zu schicken, es seien Landsleute hinuntergereist. Hier bei ihm würde das Kind wohl doch nur vor Hunger sterben müssen, da er denn nicht auf das Seine sähe und nicht an seine Familie dächte. »Da war es genug«, sagte Buzzini, und seine Hand griff so fest um Corneliens Finger, daß es sie schmerzte. »Das war nur geschehen, um mich einmal mitten ins Herz zu treffen und mich endlich um alle Haltung zu bringen. Ich sehe noch ihre Augen, gierig nach meinem Schmerz... Aber das hat sie nicht erlebt. Ich – bin nur fortgegangen...«

»Fortgegangen...«, wiederholte Cornelie sinnlos.

Ja, er hatte die Gelegenheit gehabt, den alten Tourzel als Arzt zu begleiten, und er war mit ihm gereist. Er habe nicht hinter sich gesehen. Er habe damals nicht gewußt, ob er zu ihr zurückkehren wollte oder nicht, und er habe bald gemerkt, daß er ohne sie viel glücklicher gewesen sei, viel besser hätte arbeiten können. Nach einem Jahr habe er einmal an sie geschrieben und ihr wieder Geld geschickt, da das Reichliche, was er ihr hinterlassen, wohl inzwischen verbraucht sein konnte. Hierauf sei keine Antwort gekommen, und er wüßte nicht, wohin diese Sendungen, die er im Laufe der Zeit wiederholt hätte, wohl gegangen sein möchten, denn er hätte jetzt in Paris erfahren, daß Margherita schon wenige Monate nach seiner Abreise die Stadt verlassen habe. Einige hätten ihm gesagt, sie sei mit einem fremden Mann fortgezogen; wieder andere, sie habe eine Stellung bei einer italienischen Dame angenommen und sei mit dieser nach Rom gereist. Alle diese Gerüchte widersprächen sich so, daß es ihm unmöglich gewesen sei, bei seinen Nachforschungen eine bestimmte Richtung innezuhalten. Die ganze Angelegenheit läge ja auch neun Jahre zurück, und vielleicht lebte die Frau längst nicht mehr.

»Und in ihrer Heimat...?« fragte Cornelie erloschen. Ihre Augen brannten.

Buzzini vergrub die Stirn in der Hand. »Das ist es eben«, murmelte er. »Mein Gedächtnis... oder habe ich es nie gewußt? Ich kann nicht auf den Namen des Dorfes kommen, wo ihre Eltern lebten. Ein Dorf war es, nur ein kleines... Man müßte ganz Piemont absuchen...«

»Man müßte...«, sagte Cornelie nicht ohne Bitterkeit. »Nun – und wäre das so unmöglich?«

Buzzini blickte nicht auf.

»Ich hatte einen alten Freund, einen Oberst, der zur italienischen Armee abging, gebeten, sich beim französischen Statthalter in Turin zu verwenden, daß durch die französischen Truppen Aufrufe im Lande verbreitet würden. Ich habe viele Wochen auf Nachricht von ihm gewartet. Endlich schrieb er mir aus einem Spital in Mailand, wo er verwundet lag, daß er einstweilen nichts habe in Erfahrung bringen können, als daß der Familienname meiner Frau – was ich übrigens auch wußte –

in Oberitalien so häufig sei, daß er eigentlich in jedem Dorfe vorkäme, und daß die Frau selbst bisher sich jedenfalls noch nicht gemeldet habe. Und sonst...«, er senkte schamvoll die Stimme – »warum ich nicht selbst nun hinunterging, um nachzuforschen? Ich habe in diesem Jahr fast meine ganzen Ersparnisse aufgebraucht. Ich muß wieder verdienen, ehe ich etwas unternehmen kann. Und ich dachte, zuerst müßte ich hierher zurück...«

Cornelie hatte seine Hand an die Brust gepreßt und geküßt. »Verzeih mir«, flüsterte sie.

»Nun weißt du alles«, sagte er dumpf.

Sie seufzte auf. »Wenn du nur wieder da bist...«

XXXIV

Es gibt in jeder Jahreszeit Perioden scheinbaren Stillstandes, und so ist es im Leben auch. Ein Zustand hat seine Entfaltung vollendet, mag er Blüte oder Reife, Gipfel flammenden Welkens oder schimmernde Erstarrung tiefster Vereisung sein. Der schaffende Genius hält seinen Atem an; die Waage ruht im Lot. Die Brunnenschale, bis zum Rande gefüllt, bietet dem Himmel den glatten gefangenen Spiegel, bis alles wieder ins Fließen gerät... Dies ist Glück, ist aber zugleich tiefste Bangigkeit: so kann es nicht bleiben. Sobald der Wind sich dreht, wird die Veränderung dasein, und was sie auch bringen möge, nichts wird sein wie zuvor. –

Es war im folgenden Sommer, daß sich Christoph dieser sonderbaren Tatsache weniger bewußt ward, als daß er sie ahnend erfaßte und daß sie ihn zu beunruhigen begann. Er besuchte seit Beginn des Jahres die städtische Domschule wie sein Vetter Jean-Marie Breithardt und war den Winter über ganz zufrieden mit dieser Gelegenheit, das Haus bei jedem Wetter verlassen und den Vormittag unter mehr oder weniger Gleichaltrigen zubringen zu dürfen. Den Magister Glink und sein spanisches Rohr, den Uihlein, das lateinische Lehrbuch, und seinen bösen Banknachbarn, den Stix Clemens, nahm er in Kauf und wußte auch an ihnen, wenn nicht angenehme, so doch interessante Seiten zu finden, vor allem an Stix, dessen Name den Magister zu den gewagtesten mythologischen Anspielungen verleitete, und der schon einmal einen Versuch gemacht hatte, auszureißen und zur Bande des Schinderhannes zu stoßen. Mit dem Frühling ergab sich für ihn die Gelegenheit, zu beweisen, daß er nicht nur in den Konjugationen besser beschlagen war als die meisten seiner Mitschüler, sondern auch, wennschon durchaus nicht einer der kräftigsten, so doch ausgesprochen einer von denen, die die Führung beanspruchten. Gelang es ihm auch nicht, durchzudringen und die in zwei Parteien gespaltene Schar zu beeinflussen – Kurmainz! und Vive la France! hießen die Losungen! –, so hatte er doch sofort einen kleinen Kreis von Bewunderern und Getreuen, die seine Leibgarde bildeten und mit denen er etwas wie einen Freischärlerkrieg zugunsten der Franzosenpartei führte. Denn es gab schon einen Bonaparte, als er eintrat, und er ertrug es nicht, das nicht selber zu sein, und brachte es nicht fertig, eine untergeordnete Stelle in der allgemeinen Rangordnung auszufüllen. Ein paar Wochen also unternahm er mit den neuen Kameraden allerhand Streifzüge am Zitadellenberg und an den Wällen und brachte Kurmainz Schaden bei, wo er nur konnte. Dann aber kam der Tag, an dem Bonaparte, der übrigens Léon Borré hieß und der Sohn eines französischen Sprachlehrers war, sich von Kurmainz, das unter Jean-Marie Breithardt kämpfte, schmählich besiegen ließ, und nun hatte Christoph es satt. Er wechselte offiziell zu der Bande des Schinderhannes über, deren Anhänger alle in die St.-Christophs-Pfarrschule gingen, deren glorreicher Anführer Zuckmayer Carl vom Brand war und die von den Gymnasiasten beider Lager bekämpft ward. Indessen blieben Christoph und Stix Clemens hier Außenseiter, nur eben geduldet und zu Spionagediensten verwandt. Dies lag Christoph wenig, und bald zog er sich auf sich selbst zurück. Er ging die alten einsamen Wege vergangener Sommer, aber alles war anders. Die Sache mit dem Vespery, sein abseitiger, grausiger Tod, hatte dem Jungen doch die Soldaten etwas verleidet oder vielmehr: es war ihm dadurch zum erstenmal ihr Charakter als Vollstrecker einer unerbittlichen harten Gewalt klargeworden. Er wich ihnen aus; die alten Freunde waren ohnehin auf Nimmerwiedersehen fortmarschiert, und neue suchte er nicht. Was er suchte, war des

Vespery Grab, und zu diesem Zweck kroch er an den Wällen herum, denn das Kathrinchen behauptete, dort hätten sie ihn »eingescharrt wie einen Hund« und nicht einmal ein paar Blümchen könnte man ihm aufs Grab bringen. Es waren sehr nachdenkliche Stunden für ihn, wenn er dort an den überblühten Abhängen herumkletterte und jede bucklige Erhebung des Rasens untersuchte. Er sagte sich, daß nun kein Mensch mehr wissen konnte, ob der Loriot vielleicht in der Stadt sei – denn wer kannte ihn noch, nun der Vespery tot war und nicht mehr aufpassen konnte. Freilich würde der Loriot wohl von selbst zum Karmeliterplatz finden und nach Delphine fragen. Was aber, wenn er, Christoph, dann gerade in der Schule war? Er mußte den Loriot unbedingt sprechen; es war nötig, daß dieser erfuhr, daß Delphine auch ihm gehörte, daß sie nicht etwa, von den Preußen zurückgeholt, nach Frankreich verschleppt würde! Sie gehörte einfach nach Mainz zurückgebracht, zu Christoph, der dann schon aufpassen würde, und hier wäre ja nun auch Frankreich, der Loriot konnte sie beruhigt dalassen. Es lag nämlich die Gefahr vor, daß Delphine ihren Vater, sobald sie ihn nur wiedersah, überredete, sie nach Paris zu bringen – er kannte sie ja! –, und dem mußte vorgebeugt werden. –

So grübelte das Kind, so heckte es Pläne aus, so nährte es sich von den noch herben Früchten jenes ihm allzu frühe erblühten Baumes und sog ihren Saft wie ein leicht berauschendes flüchtiges Gift ein. Dabei stand der Himmel dieser Jahre über ihm wie gemauert, und nichts veränderte sich, gar nichts ging vorwärts. Selten, ganz selten hatte die Mutter einen Brief aus Preußen und konnte ihm von Delphine erzählen. Er tat dann immer, als hörte er kaum hin, als ginge ihn das nicht viel an, aber er vernahm ganz deutlich, daß nie die Rede davon war, daß Delphine etwa zurückkommen wollte, daß sie darum gebeten hätte, daß man sie holte; und darauf kam es doch an, nicht darauf, daß sie ein artiges Mädchen sei und jenem Großvater und der Demoiselle Liebenschützin viel Freude bereite! Immer vor dem Einschlafen geschah es, daß er sich den dunklen Gang zu jenem Tage zurücktasten mußte, zu jener Stunde, in der Delphine abgerissen wurde von seinem Ufer der Erde und über den Strom entschwebte, ihn zurücklassend mit der Erfüllung eines Wunsches, dessen Tragweite er ja doch nicht hatte absehen können. Wie an einem Seil ließ er sich zuweilen in die schwarze schwindelnde Tiefe hinunter, in der er damals im Augenblick seines Wünschens gewesen war. Dort, wußte er, mußte er hin, wenn er – zurückwünschen wollte. Aber es half nichts. Er erfand sonderbare Methoden der Konzentration; eine davon war, daß er sich die Geschichte von Joringel und Jorinde, die Kathrin ihm seither viele hundert Mal hatte erzählen – und bis zum glücklichen Ende hatte erzählen müssen –, eintönig murmelnd vorsprach bis zu dem Punkt, wo es hieß: Jorinde war fort – verwandelt. Und hier ließ er das Seil los, ließ blind sich fallen hinein in den inneren Schrei: »Delphine! Halt, Delphine! Zurück! Zurück!« Hiermit meinte er, dem Rad in den Schwung fallen, es rückwärts drehen zu können, und immer war es ein Sturz in leeren traumlosen Schlaf, aus dem er am Morgen mit bebender Hoffnung erwachte: gewiß, nun würde etwas geschehen. Es geschah aber ganz und gar nichts, obgleich dies doch das große Wünschen gewesen war; und das war entsetzlich, war mehr als Enttäuschung. Doch war es ihm nicht gegeben, vor einem verrammelten Tor haltzumachen oder sich den Kopf daran blutig zu schlagen. Er sah es an, das verschlossene Tor, und fühlte nur, dies könnte nicht mit rechten Dingen zugehen. Und auf einmal hatte er die Erklärung, sie kam auf ihn zu wie ein lächelnder Genius, scheuchte ihn mit schillernden Schwingen von eben diesem Eingang in den Garten der Erfüllung zurück und hieß ihn andere aufsuchen: Buzzini war es, durch den der Genius redete. Der Doktor sagte eines Tages in einem Gespräch mit der Mutter, und Christoph, der von der ganzen Unterhaltung bisher kein Wort vernommen hatte, sah plötzlich von seinem Buch auf, als sei er bei Namen gerufen: »Wir müssen *mit* den Sternen wünschen und nicht ihnen entgegen, Madame. Das ist der Sinn aller Lebensweisheit...«

»Ach – Ihre Sterne...«, hatte die Mutter geantwortet. »Man kann ja auch beten.«

»Auch damit lenkt man die Sterne nicht«, hatte er lächelnd gesagt. »Wenn Sie es aber anders ausgedrückt haben wollen, so meine ich eben, daß man sich mit allem Wünschen und Beten in die Bahn, in den Schwung werfen soll, den das Geschick einmal angetreten hat. Es heißt einfach, die Woge nutzen und sich von ihr tragen lassen, auch von der widrigen...«

Er sah Christophs Augen saugend auf sich geheftet und legte ihm die Hand auf den Kopf. »Wünsche nie, daß Delphine im Rhein schwimmen, Christoph, oder daß die weiße Katze schwarze Pudel zur Welt brächte. Wenn du aber recht kräftig betest, daß ein gutes Salmenjahr kommen möchte, oder Bianca sechs niedliche Kätzchen bekäme, so ist es sehr möglich, daß alles eintrifft! – Madame«, ging es weiter, »Sie können doch nicht erwarten, daß ein Mann wie Bonaparte auf eine kriegerische Lösung verzichtet! Was wir wünschen müssen, ist nur, daß er möglichst *schnell* siegen möchte. Eher ist nicht an Frieden zu denken...«

Aber dies hörte Christoph schon nicht mehr. »Wünsche nie, daß Delphine im Rhein schwimme...«, hatte er im ersten Augenblick mißverstanden, dann aber schnell begriffen und angewandt. Sicher hatte der Doktor nicht von ferne an seine Delphine gedacht. Die Lehre aber, die er ihm gegeben hatte, war nicht verloren. Befreit von dem schrecklichen Zwang des falschen Zurückwünschens, ging nun Christoph behutsam witternd auf der Spur der Gestirne. Ehe es ihm aber gelang, das flatternde Ende des abgerissenen Fadens, der weiterführen konnte, zu finden, erlebte er dies:

Es war im Frühjahr 1802. Er kam eines Vormittags aus der Schule nach Hause geschlendert und überlegte eben, auf der Straße verweilend, ob es sich noch lohnen würde, einen Abstecher zum Rhein zu machen, als die Haustür aufgestoßen ward und ein französischer Offizier herauskam, mit zwei Sätzen die Stufen nahm und über den Platz davoneilte. Seine Erscheinung schnell erfassend, hatte Christoph an seinen Abzeichen erkannt, daß er einen höheren Rang einnahm, und das dunkle leidenschaftliche Gesicht hatte ihm einen besonderen Eindruck gemacht. An das Geländer gelehnt, träumte er hinter dem Entschwundenen her und entschloß sich erst nach geraumer Zeit, ins Haus zu gehen, wo er der Mutter im Flur begegnete. Sie kam die Treppe von oben herunter, und irgend etwas in ihrem Gesicht machte ihn stutzig – hatte sie geweint? Aber ihn lächelte sie an, beugte sich nieder und küßte ihn zärtlich. »Da bist du nun«, sagte sie halb vorwurfsvoll, »und ich hätte dich so gern vorgestellt! Weißt du, wer hier war?«

»Ein Franzose!« sagte er triumphierend. Dann, ganz plötzlich und unerklärlich, woher, überkam ihn Erkenntnis. Er klammerte sich mit beiden Händen in ihren Rock und starrte schrekkensvoll zu ihr auf.

»Mutter!« stammelte er, »Mutter! War das – der Loriot?!«

»Ja, Christl, ja. Das war Delphines Vater...«

Im nächsten Augenblick konnte sie nur noch rufen. Er war zurück zur Haustür gestürzt, hatte sie aufgerissen, war draußen und über den Platz hinaus in der Richtung des Davongegangenen gerannt, als hinge sein Leben davon ab. Gaspard holte ihn ein und brachte den Widerstrebenden und Schluchzenden zurück wie einen Gefangenen.

»Um Gottes willen, Christoph, vollführe nicht diesen Lärm!« flehte Cornelie, selber fast weinend. »Die Grandmaman darf das nicht hören, sie soll ja nichts von diesem Besuch wissen...«

»Aber ich muß – ich *muß* ihn doch sehen!« jammerte der Junge. »Ich muß ihm doch alles sagen!«

Cornelie hatte ihn mit Mühe hinaufgebracht. Sie nahm ihn in ihre Arme wie ein ganz kleines Kind und wiegte ihn beruhigend. »Ich habe ihm ja alles gesagt von unserer kleinen Delphine«, sprach sie auf ihn ein. »Er ist glücklich, daß sie bei dem guten Großvater ist...«

»Er muß sie wieder holen!« schluchzte Christoph. »Das muß er tun! Das muß ich ihm sagen. Lassen Sie mich zu ihm, Mama, lassen Sie mich! Ich finde ihn!«

»Du findest ihn nicht, Kind!« Cornelie besann sich, daß sie selbst nicht wußte, wo ihr Besucher eigentlich abgestiegen sei. »Er ist als Kurier aus Paris hierher zum General geschickt worden, er ist gestern spätnachts angekommen, und jetzt sitzt er wohl schon auf seinem Pferde und reitet mit der Antwort zurück.«

»Ich hole ihn ein!«

»Du holst ihn nicht ein. Den holt kein kleiner Junge ein. So sei doch vernünftig, Christl, mein Christl...«

Sie konnte die Heftigkeit seines Schmerzes nicht begreifen, nicht ahnend, welche Träume ihm hier zerstört waren. Für sie war das Wiedersehen mit dem Gatten Charlottens eine freudige Überraschung gewesen: der junge Kerl von damals, den sie nur im Zustande der tiefsten Verzweiflung an Charlottens Sarge und in dem aufgelösten des besiegten und auf der Flucht befindlichen Soldaten gesehen hatte, war zu einem Manne geworden, dessen Aussehen und Anstand Charlottens Wahl zu rechtfertigen schienen. Er hatte alle Feldzüge des Ersten Konsuls mitgemacht und war aus Ägypten als Oberst zurückgekommen. Augenblicklich war er der militärischen Umgebung Bonapartes zugeteilt und hatte eine Kurierbotschaft an den Mainzer Kommandanten, die er eigentlich an einen jüngeren Offizier weitergeben sollte, selbst übernommen, um diese Gelegenheit, seine Tochter wiederzusehen oder doch von ihr zu hören, auszunutzen. Er habe nie von sich hören lassen, weil es ihm nicht verliehen sei, sich schriftlich gut auszudrücken, hatte er mit einem verlegenen hübschen Lächeln gesagt. Indessen, nie hätte er les jours de Mayence vergessen, und daß jenes winzige Kind, das er als sterbend in ihren Armen zurückgelassen, am Leben sei, daß er eine große Tochter dort oben in Preußen habe, das scheine ihm wie ein Wunder. Cornelie hatte es vermieden, ihm von dem gewaltsamen Eingreifen ihres Vaters zu erzählen. Mochte er annehmen, Delphine sei mit ihrer Zustimmung nach Preußen gebracht worden; die Zeit des Besuchs war zu kurz für eine Darlegung von internen Familienkonflikten. Delphine war bei der Familie ihrer Mutter in Preußen, gut. Sie versagte es sich nicht, dem Oberst die Adresse seiner Tochter zu geben, damit er ihr, wie er es sich wünschte, ein souvenir schicken könnte. Seidene Tücher aus Ägypten – oh, sie würde sich freuen, la petite fille! – und damit er sie zu finden wisse, wenn er einmal – »es wird nicht allzulange mehr dauern!« meinte er bedeutungsvoll – nach Berlin käme. Dies sei dem Alten gegönnt! dachte Cornelie zufrieden, während sie auf einem Papier die Poststation zwischen Berlin und Hölkewiese vermerkte. Loriot sah sich mit einem Ausdruck erinnernder Trauer im Zimmer um. Sie hatte ihn, um der Schwiegermutter keinen Bericht über diesen Besuch erstatten zu müssen, hinauf in die Mansarde geführt. Als er den Zettel sorglich in seiner Brieftasche barg, sah sie, daß sein Gesicht tränenfeucht war. Dies, flüsterte er ehrfurchtsvoll, sei das Zimmer, in dem er mit Charlotte gelebt hatte... Nein, auf den Friedhof, an ihr Grab wollte er nicht. »Die Erde ist mir seit neun Jahren überall nur ihr Grab«, sagte er, als er sich abschiednehmend über Corneliens Hand beugte, und so gut sie zwischen der natürlichen Rhetorik der französischen Sprache und dem, was eigentlich gemeint war, zu unterscheiden wußte – hier war ein Klang von Echtheit, dem sich ihr Herz nicht entzog. »Ich hoffe, wir werden uns wieder begegnen, mon Colonel!« sagte sie und ließ es zu, daß er ihre Hand an seine Brust drückte. »Madame, wir haben an ihrem Sarg Brot und Wein geteilt, und Sie haben mein Kind genährt. Ich werde das nie vergessen!« Dann war er gegangen, und sie hatte sich ihrer aufgewühlten Erinnerung hingegeben, bis sie sich aufraffte und dann Christoph begegnete.

»Christoph«, sprach sie zu ihm, als er scheinbar begann, sich zu beruhigen, und nur noch, das Gesicht an ihre Schulter gewühlt, heiß weinte, »mein Liebling, es wird ja doch der Tag kommen, an dem wir Delphine wieder haben, wenn sie auch nie wieder zu uns nach Mainz kommen wird...«

Sein Weinen versiegte jäh. Er löste sich von ihr und sah sie mit nassen Augen unsagbar erwartungsvoll an.

»Wann?« stammelte er, »wie? Mutter – wo?«

»Ach, Christl!« Sie streichelte sein Haar und trocknete mit ihrem Tuch seine Wangen, ohne seinen Blick zu erwidern. »Immer – für alle Zeit bleiben wir doch nicht hier in Mainz. Einmal will ich doch mit dir zurück nach Hölkewiese und – zu meinem Vater, nicht wahr, und du sollst doch einmal ein braver preußischer Offizier werden, wie er und wie dein Vater gewesen ist. Nur, solange die gute Grandmaman lebt – und hoffentlich bleibt sie noch lange, recht lange bei uns! –, so lange bleiben wir sicher in Mainz.«

Sie stand schnell auf, gedrängt, der sonderbaren staunenden Nachdenklichkeit, die in seinem Gesicht aufstieg, auszuweichen. »Komm nun zum Essen, mein Kind«, sagte sie etwas beunruhigt und mit sich selbst unzufrieden, »Kathrin hat uns einen bunten Mehlbeutel mit Rosinen und Zwetschgen gekocht, und die Tante Cläre war da, du sollst heute zum Spielen in den Garten kommen.«

Sie wusch ihm das heiße Gesicht ab. »So. Und nun vergißt Er alles Traurige, ja? Und weiß nur noch, daß Er ganz bestimmt einmal Delphine wiedersehen wird! Ist alles gut?«

»Jawohl, Maman!« sagte Christoph gehorsam; er wußte, was für eine Antwort sich auf die Anrede »Er« ziemte. Was hätte er auch anderes zu sagen gehabt! Hier war eine Aussicht vor ihm eröffnet, an die er seine Augen langsam gewöhnen mußte. Cornelie war dankbar, daß er in der Tat zu vergessen schien, was sie nur unter dem Druck eigener, sie seit Monaten quälender Zukunftserwägungen ausgesprochen hatte. Was sie hinter sich hatte, war mehr als ein Jahr der Gemeinschaft mit Buzzini, einer Gemeinschaft, der ein Ende gemacht werden mußte, so oder so. Die Entsagungen, die diese heimliche Ehe von ihnen beiden forderte, die Demütigung, die für sie darin lag, ihre Zugehörigkeit zu ihrem Mann nicht vor der Welt bekennen zu dürfen; die dunkle Scham, daß dieses Bündnis sich hier unter dem Dach des Echterschen Hauses vollzogen hatte, auf dessen Schutz sie doch nicht verzichten konnte und durfte – dies alles war nicht länger mehr zu ertragen. Sie dachte an den Tod der alten Frau wie an eine Möglichkeit, dem allem zu entfliehen, auch der Nähe Buzzinis. Mit Christoph nach Hause reisen zu können, fort, weit fort aus dieser Stadt des Todes und des Leidens zu gehen in die vom Zauber der Erinnerung an früheste verantwortungsfreie Tage verklärte Stätte der Jugend; dort Ruhe, am besten Ruhe auf dem Friedhof von Hölkewiese zu finden und Christoph in dem alten strengen und reinen Land gesichert zu wissen: das war jetzt der sehnsüchtige Traum ihres zerrissenen Herzens. Buzzini hatte sich gleich nach seiner Heimkehr mit einer Wucht auf seine Arbeit geworfen, die von aufgestauter und unfreiwillig zurückgedämmter Kraft zeugte. Daß die öffentliche Meinung sich ihm wieder günstig erzeigte, daß seine Hilfe sogleich stark begehrt wurde, was sich im Laufe des Winters noch ungemein steigerte, so daß er bald mehr beansprucht war als jemals vorher, erfüllte sein Leben derartig, daß alles zurücktrat, was seine Kraft hätte spalten können. Cornelie, mit ihm in den Strom einer großen Tätigkeit hineingezogen, mußte bald erkennen, daß er es vermied, sich mit der Unklarheit ihrer gemeinsamen Zukunft zu beschäftigen, einfach, weil er die geringe Zeit, die ihnen beiden für den Austausch von Persönlichem blieb, nicht auf Ungewisses verschwenden, sondern sich dann seinem Gefühl für sie hingeben wollte. Zunächst wurde einmal monatelang auf einen vielleicht noch möglichen Erfolg jener in Piemont verbreiteten Aufrufe gewartet. In diesen Kriegszeiten, meinte er, könnte niemand voraussehen, wie lange es dauerte, bis Menschen von einer aufs Geratewohl erlassenen Botschaft erreicht wurden. Es widerstand ihr aufs tiefste, ihn zu neuen Maßnahmen zu drängen; angesichts seiner Arbeit, die ihr so viel wichtiger erschien als die Wünsche ihres Herzens, ließ sie denn alles gehen, wie es wollte, und brachte es auch nicht fertig, aus ihrer Liebe einen Preis zu machen, der immer von neuem erkämpft werden müßte. Was sie einmal gegeben hatte, war unwiderruflich sein; sie verwehrte ihm diesen Quell von Freude und Kraft nicht wieder, aber sie konnte es nicht hindern, daß sich mählich eine große Traurigkeit über sie legte, weil er denn so bedenkenlos schöpfte, trank und alles andere vergaß. Es blieb nicht aus, daß er das erkannte, so als sei dies Wasser plötzlich lösend durch unterirdisches Salz geflossen und hätte sich mit Bitterem gesättigt. Dann überkam ihn schnell Reue, ein ganzer Abend wurde mit Plänen verbracht, er beschloß, nach Italien zu reisen, und gab es wieder auf, er lief am anderen Tag zu einem Advokaten und ließ sich über Verjährungstermine unterrichten, er ließ sich die Frage einige Tage lang ernstlich angelegen sein, bis er sie dann plötzlich ungeduldig zur Seite schob und sich damit begnügte, eben durch seinen Advokaten neue Aufrufe zu erlassen, die in Rom und – schaden konnte es nicht – auch in Paris bekanntgemacht werden sollten. Was sie erlitt, litt sie sehr allein. Sie zog jetzt nicht einmal mehr Corinna in ihr Vertrauen und gab es sich nicht zu, daß sie es nicht tat, weil sie ihn nicht bloßstellen wollte; denn im Innersten empfand sie sein Verhalten als unritterlich und als unwürdig eines Mannes seiner Frau gegenüber. Als diese Anschauung in einer bösen Nacht bis zu ihrem Bewußtsein emporstieg, weinte sie lange und heiß und nahm ihn vor sich selber in Schutz. War sie ihm nicht bis an die äußerste Grenze entgegengegangen und hatte sie Schonung erwarten können? Aber daß er ihr diese Ehe verschwiegen hatte – freilich, das war es! Er hatte sie erst entdecken lassen, daß er nicht frei war, als ihr Blut sich schon vereinigt hatte, als es kein Zurück mehr für beide gab...

Langsam, ganz langsam kam sie zu einer Erkenntnis, dieser, was das hieß, ein Zigeuner sein. Es war nicht dies, daß er ein Bauer war, wie Corinna gemeint hatte; er war eher das Gegenteil davon: er war nicht bodenständig im Sinne menschlicher Gemeinschaftsbildung mit gegenseitiger Verantwortung; er war von einer beängstigenden Vereinzelung inmitten aller

Kreise, die sich durch seine Anziehung rings um ihn bildeten und die er mit seiner Kraft speiste. Sie selbst war wohl im innersten Kreis, richtiger aber war, wenn sie sich mit allem, was sie für ihn bedeutete, als diesen innersten Kreis selber betrachtete – ihm nah und am nächsten –, aber nirgends in unmittelbarer Berührung mit ihm. Er konnte sie so ratlos ansehen, wenn er begriff, daß etwas an ihr nagte; langsam, ganz langsam erst kam er jedesmal wieder auf den Grund der Verstimmung. Oft verfiel er dann in ein dumpfes trauriges Brüten, das sie noch nicht an ihm gekannt hatte und das sie erschreckte. In seinen Augen war dann eine Leere wie im Blick eines Tieres. Sie hatte diese Ausschaltung alles Zielenden bei jungen Pferden gesehen, die zum erstenmal im Geschirr gingen und nicht wußten, was ihnen geschah und was sie sollten. Sie verstand mit der Zeit, daß er ganz der schaffenden Stunde lebte und niemals auch nur über einen halben Monat vorausdachte, wenn es sich nicht um einen Kranken handelte. Da stellte er dann freilich die Behandlung oft auf lange Sicht ein und konnte die Entwicklung der Heilung in ihren verschiedenen Stadien voraussagen. Doch das war mehr so wie der geheimnisvolle Ablauf von Keimen, Erwachsen und Blühen, der schon in der Wurzel beschlossen liegt und hier nur bewußt wurde.

»Brauchst du mich eigentlich?« fragte sie ihn einmal, fast gegen ihren Willen. Er sah sie schwermütig an. »Jetzt freilich sehr«, sagte er leise.

»Jetzt...?« fragte sie.

»Jetzt, da der Stromkreis zwischen uns geschlossen ist. Ich brauche dich – wie die Erde...«

Sie wagte nicht zu fragen: Und früher? Und ehe wir uns so nah waren? Und wenn du mich nicht mehr hättest?

Die Erde, ach, er hatte sie immer gehabt, und sie würde ihm bleiben, auch wenn sie ginge. Sie hatte Stunden, in denen sie ahnte, was jene Margherita – eine Frau gleich ihr, und mochte sie vielleicht auch anders, oberflächlicher geliebt haben – zum Äußersten getrieben hatte.

Sah sie ihr Bild jetzt im Spiegel, so erblickte sie eine Fremde, deren Blick sie erschreckte. Manchmal hielt sie dem stand. »Es ist nicht mehr Cornelie von Tracht, die Witwe des Leutnants von Echter, die du da siehst«, redete sie sich zu und maß die breitschultrige aufrechte Frau mit dem gebräunten Gesicht und dem kühlen abwägenden Ausdruck dort im Glase ganz ruhig. »Das ist nicht die nachtwandlerische somnambule Mädchenmutter, die Walbrun gekannt hat. Das ist die Bürgerin Echter, mein Gott, und – die heimliche Gattin des Doktors Buzzini, die der ganzen Welt ins Gesicht zu lügen gelernt hat und es aushält, auf diese Weise zu leben.« Sie senkte das Gesicht einen Augenblick. »Es ist leichter, als ich es mir dachte«, bestätigte sie sich fast höhnisch, um gleich darauf ihren Augen wieder im Spiegel zu begegnen und sie so voll irrer Verzweiflung zu sehen, daß sie entsetzt sich abwandte.

XXXV

Sehr bald darauf machte sie die Erfahrung, daß, wenn es ihr auch einfach durch ihre Haltung, durch ihr hochmütiges Stirnbieten gelungen war, alles Gerede, ja, jeglichen Argwohn der Welt zum Schweigen zu bringen, eine doch da war, die sich nicht hatte täuschen lassen. Sie hatte eines Abends der Schwiegermutter wie gewöhnlich aus dem Andachtsbuch vorgelesen und saß noch am Bette der Kranken, als diese unvermittelt aus einem Gespräch über den jährlichen Ankauf von Brennholz, der bevorstand, den Blick scharf auf sie richtete und fragte: »Warum heiratet ihr eigentlich nicht, Cornelie? Wie lange soll dies noch weitergehen?«

Cornelie fühlte, wie siedende Hitze sie vom Kopf bis zu den Füßen durchströmte. Sie setzte zur Antwort an, der Atem versagte ihr.

»Was – was wollen Sie damit sagen, teure Maman?« stammelte sie, sich auf das Buch beugend, das ihre Hände noch hielten.

»Ich meine«, sagte die alte Frau ruhig, »daß es nicht nötig ist, auf meinen Tod zu warten.«

»Um Gottes willen…«

»Nun ja, meine Tochter, es ist schon so. Ich habe ja hier in meinem Bett Zeit, mir alles zurechtzulegen. Als ich dich das erstemal zu ihm gehen hörte, glaubte ich freilich nicht, daß du es sein könntest.«

Cornelie blickte verzweifelt auf. »Wenn ich geahnt hätte...«

»Und wenn du geahnt hättest? Was dann? Ich hätte schon vor dreiviertel Jahr mit dir sprechen können, vielleicht auch vor noch längerer Zeit. Vielleicht schon damals, als der Doktor ins Haus kam. Zuerst hätte ich dich warnen können; dann hätte ich dir sagen können: Wenn du noch zurück willst, tu es jetzt, kündige ihm, schick ihn fort! Ich weiß nicht, warum ich es nicht getan habe.«

Da Cornelie nicht antwortete, fuhr sie fort:

»Oder weiß ich es doch? Ich glaube, ich hielt das für ausgeschlossen – das, was ich nun erlebt habe. Als es so weit war – sieh, ich liege hier, und mein Körper gehorcht mir nicht mehr, ich bin kaum noch ein Mensch – aber irgendwie bin ich doch noch Frau. Wie konnte ich dir hineinreden, wenn du mich nicht ins Vertrauen zogst?«

Cornelie hatte sich auf die Knie geworfen und die Stirn auf den Bettrand gelegt. »Maman«, bat sie weinend, »sprechen Sie anders mit mir. Schelten Sie mich! Ich habe entsetzliches Unrecht getan, an Ihnen, an Ihrem Hause, an – Hans Adam...«

Henriette Echter hielt den Blick sehr ruhig zur Decke gerichtet.

»Mein liebes Kind«, sagte sie, »exaltiere dich nicht! Ich sage dir, hier in meinem Bett habe ich sehr viel Zeit, mit den Dingen fertig zu werden. Gescholten habe ich dich oft genug. Du kannst nachträglich ruhig zwei Drittel meiner bösen Launen, die du mit so viel Geduld zu tragen pflegst, auf die Wirkung meiner – Beobachtungen schieben. Oh, ich habe mir Luft gemacht! Wenn – nun, wenn etwa Walbrun noch dagewesen wäre oder meinetwegen auch nur Maximiliane, hätte ich wahrscheinlich mit einem von ihnen gesprochen und – nun ja – du fühlst es wohl selbst, man hätte dich darauf hinweisen können... Jetzt war da niemand, den ich hätte hineinziehen mögen.«

Cornelie, die sich vor sich selbst in die Vorstellung eingelebt hatte, daß die Schwiegermutter mit jedem Besucher von ihr redete und sich über sie beklagte, weinte heftiger.

»Mutter – wenn ich gewußt hätte...«

»Es muß also sein, daß ich einmal direkt mit dir spreche. Das habe ich mir ja zurechtgelegt, daß du ihn doch heiraten willst, daß ihr nur noch abwartet. So weit kenne ich dich nun doch, daß du nicht... Ja, das habe ich mir zurechtgelegt, und es hat mich ruhiger gemacht. Nicht wahr?«

»Ja, Mutter, ja, natürlich wollen wir heiraten. Es steht nur so viel dazwischen...«

»Ich habe mich aber entschlossen, dir nichts in den Weg zu legen. Er ist nicht von Stande, nein, aber er ist ein respektabler Mann und versteht sein Fach. Die Zeiten haben sich geändert und werden sich immer mehr ändern. Wenn es denn nun einmal so ist, laß es mich noch erleben, daß du verheiratet bist. Ich werde dann ruhiger – fortgehen – wissen, daß ihr hier im Hause bleibt. Christoph behält eine Heimat...«

Cornelie hatte sich wieder auf ihren Stuhl gesetzt. Sie trocknete entschlossen ihre Tränen. »Mutter«, sagte sie und erkannte plötzlich, daß sie schon zum drittenmal eine nie im Leben von ihr gebrauchte Anrede aussprach, als sei es ihr das Natürlichste von der Welt. »Es ist nicht wahr, daß Sie uns im Wege standen, das dürfen Sie nicht glauben! Da sind ganz andere Dinge... Freilich habe ich nicht zu hoffen gewagt, daß Sie ohne weiteres Ihre Zustimmung geben würden...«

»Das Weitere, meine Tochter, ist meine Sache, und ich habe sie mit mir selbst abgemacht«, sagte die alte Frau, nicht ohne einen Anflug von Grimm.

»...aber ich hatte doch fest vor, zu Ihnen und – zu anderen Familienmitgliedern zu kommen und – den Kampf aufzunehmen, sobald Buzzini nur soweit wäre...«

Sie holte tief Atem und begann zu erzählen. Eine große Ruhe überkam sie während des Sprechens. Auf einmal sah sie die Linie, die einzuschlagen war, sehr klar und hart vorgezeichnet. »Er muß fort«, sagte sie am Schluß, »er muß nach Italien hinunter und sich Gewißheit verschaffen.« Sie sagte es halb zu sich selbst. Jetzt blickte sie auf und fand Henriettens dunkle Augen mit dem Ausdruck hungrigen Lauschens, aber auch voll bitterer Skepsis auf sich gerichtet.

»Und wenn er sie findet, und wenn er die Scheidung erreicht, weißt du nicht, daß Jahre darüber vergehen können? Seid ihr noch so jung? Und – weißt du, daß kein Priester ihn wieder traut, wenn er einmal geschieden ist?«

Cornelie sank in sich zusammen.

»Fort muß er«, sagte sie nach einer Weile mit gebrochener Stimme. »Er muß sie suchen. Er will es ja auch. Vielleicht – ist sie doch tot.«

XXXVI

Dies war im Juli gewesen; Buzzini brach Ende September auf. Es hatte nichts als der Mitteilung bedurft, daß die alte Frau von allem wußte, um ihn von der Notwendigkeit dieser Abreise endgültig zu überzeugen. Cornelie begriff in diesen Monaten kaum etwas von dem, was um sie her vorging, ihr Herz war vor Leiden ertaubt. Sie mußte es erleben, daß er alle seine Verpflichtungen ordnete, daß er keine neuen Kranken mehr annahm und die bisherigen entließ oder in die Behandlung anderer Ärzte überleitete; daß er seine Bücher zum Teil verkaufte, zum Teil mit anderen Besitztümern in Kisten verpackte, so daß sie bereit waren, ihm einmal nachgesandt zu werden. Sie ging ihm zur Hand; sie wußte, dies war das Letzte, was sie für ihn tun konnte. Sie sprachen kaum noch. Sie saßen stundenlang stumm beieinander. Traumhaft spürte sie manchmal, daß eine Gemeinsamkeit um sie erwachsen war, die keine Ferne je zu sprengen vermögen würde. Doch hatte dies noch nicht die Kraft, den frischen furchtbaren Schmerz über das Unabänderliche der Trennung zu lindern. Denn sie wußten beide, daß es für immer war. Sie wußten es, und es war die Größe des Unglücks, die sie jede armselige Hoffnung verachten ließ. Dann war der Reisetag da. Gaspard hatte das Gepäck schon beim Morgengrauen zur Post gebracht, und so ging er aus dem Hause, nicht anders als sonst zu seinen Krankenbesuchen. – –

Wochen später sagte Cornelie zu Corinna: »Warum ich nicht weine? Nein, Sie täuschen sich, ich brauche es nicht, es würde mir keine Erleichterung schaffen, wie Sie meinen. Bin ich denn überhaupt hier?«

Sie starrte mit brennenden Augen ins Leere und preßte die abgezehrten Hände gegeneinander.

»Wissen Sie«, sagte sie langsam, nach Worten für diese Erkenntnis tastend, »daß ich nichts von mir fühle – nur ihn – in mir, und daß ich... Ich bin in ihm, weit fort. Es kann ja nicht anders sein.«

XXXVII

Christoph stand zu seiner Großmutter in einem Besuchsverhältnis, das, von seiner Seite aus betrachtet, durchaus den Charakter einer täglichen Verpflichtung trug, wie das morgendliche Waschen, der Schulweg, die häuslichen Arbeiten, das allsamstägliche Harken der Gartenwege und dergleichen. Es waren dies die Dinge, die er ernst und gefaßt erledigte; je schneller man damit fertig war, desto eher konnte man sich wieder dem widmen, worauf es eigentlich ankam, der unverantwortlichen freien Beobachtung des Lebens nämlich und der unwillkürlichen Teilnahme daran, soweit es den eigenen Kräften entsprach. Der tägliche Besuch bei der Grandmaman war fällig, wenn er vormittags aus der Schule gekommen war und sich die Hände gewaschen, die Haare gekämmt und den Hauskittel angezogen hatte. Hierauf hatte er sich, ohne noch eine besondere Ermahnung abzuwarten, denn die Mutter war um diese Zeit oft gar nicht zu Hause, ins Wohnzimmer zu begeben und bei der Großmutter anzuklopfen. Auf ihr vernehmliches »Entrez donc!« öffnete er und verbeugte sich zunächst auf der Schwelle sehr tief mit einem: »Ich habe die Ehre, Ihnen einen guten Morgen zu wünschen, Großmama!« Dann war die Tür zu schließen, und zwar ohne Geräusch, und sodann in guter Haltung auf das Bett zuzuschreiten, wo die alte Dame ihm aus ihren Kissen strenge entgegensah und ihm die Hand zum Kuß reichte.

»Nehm Er Platz!« hieß es, wenn sein Auftreten keinen Anlaß zu Tadel gegeben hatte. Es konnte aber auch vorkommen, daß alles wiederholt werden mußte, das Anklopfen, Türöffnen, Schließen – der Morgengruß, der Handkuß. Es konnte vorkommen, daß hieran anschließend gleich eine Lektion über die Abstufungen des Kompliments und der Begrüßung Höherstehenden, Gleichgestellten und Untergebenen gegenüber stattfand; daß er darin unterrichtet wurde, wie er sich bei einer Audienz bei, »nun, nehmen wir an, bei Seiner Eminenz, unserem Kurfürsten«, zu benehmen hätte. Die Großmama übernahm dann die Rolle des Kurfürsten mit überzeugender Würde. »Deine Mutter legt auf diese Dinge leider zu wenig Wert, mein Sohn«, hieß es gelegentlich. »Da sieh auf deine Basen und Vettern! Wenn dein Onkel Breithardt etwas beherrscht, so ist es die höfische Lebensart, und er hat sehr recht, sie weiter zu pflegen, denn diese Zeiten werden nicht ewig dauern und wohl dem, der das Öl auf seiner Lampe nicht eintrocknen läßt!« Hierauf hatte er Bericht über seine Schulstunden zu erstatten, und nicht selten mußte er seine Arbeiten vorlegen und vor allem seine Handschrift einer herben Kritik unterziehen lassen. Er ließ dies alles in vorzüglicher Haltung über sich hingehen. Vielleicht sagte ihm eine Ahnung, daß dies alles weniger ihm unmittelbar galt, als daß es für die alte Frau eine Art Übung der Geisteskraft darstellte, daß sie es sich auferlegte als eine Pflicht, mit deren Erfüllung sie sich selber beweise, daß sie noch zu etwas taugte. Es war eine nachdenkliche kleine Person, dieser Enkel, der da so gehorsam vor ihr exerzierte und ihren Befehlen nachkam wie eine vortrefflich gearbeitete Marionette. Indessen dachte er wirklich nicht an die Dinge, die sie von ihm verlangte; er dachte vielmehr an die komische Zeichnung, die der Stix sich heut in der Lateinstunde mit Tinte auf seinen Handrücken gemalt hatte; er dachte an die Notwendigkeit, seinem Vetter Jean-Marie einen Denkzettel für seine Verspottung des Bonaparte zu erteilen; er dachte darüber nach, ob die Mutter wohl schon dahintergekommen sei, daß die beiden hintersten Stachelbeersträucher in aller Stille von ihm leergegessen worden waren. An so etwas dachte er, und solche Gedanken durchschossen das Grundgewebe seiner Vorstellung mit farbigen Fäden. Das Grundgewebe aber war immer Delphine: wie es »früher« gewesen war, wie sie von ihm genommen wurde, wie es jetzt in der Welt war, einzig bedingt durch ihr Entschwinden. An dieses dachte er in keiner Weise bewußt; nur, alles andere in ihm bildete sich allein in Beziehung zu diesem. Wenn er Großmamas schöne, von der Gicht nur wenig entstellte Hände und die farbigen Edelsteine ihrer Ringe sah, fiel ihm unweigerlich ein, daß Delphine sich diese Ringe immer zum Spielen erbettelt hatte, indem sie stumm und verzückt an ihnen gedreht, bis Großmama sie lächelnd von den Fingern gezogen und ihr überlassen hatte. Ja, es war möglich, daß er die alte Frau nicht anders empfand als eine besonders geprägte Form seines Gefühls für die kleine Schwester, wohlwollend, aber von einer ihm unzugänglichen Überlegenheit, so wie er seit jenem Abschiedstage in allen Menschen, die Delphine auch gekannt hatten, etwas als Anziehung fühlte, was die in diesen Menschen vorhandene Erinnerung an sie war, was er aber unklar wie einen leibhaftigen Rückstand von ihr selbst begriff. Hier war die besondere Kraft des Keimenden am Werke, das im Humus, dem es entsprießt, etwa noch Lebendige in die eigene Funktion aufzusaugen und diese damit zu verstärken. Großmama, kaum als Mensch empfunden, seit Jahren bettlägerig und nicht anders gekannt denn als eingefallenes, farbloses Antlitz, aus dem streng die immer schärfer werdende Nase und bald feindlich, vorwurfsvoll, bald rätselhaft traurig, selten nur ganz ungetrübt wohlwollend die Augen blickten, während die Hände langsam und mühevoll mit leichter Arbeit beschäftigt waren – diese Großmama, die er als etwas zum täglichen Leben unbedingt Zugehöriges in sich trug, war mit Delphine verquickt wie die Mutter, wie Kathrin, wie der Vespery es gewesen war. Suchte er sie auf, so war das nicht anders, als wenn er bei Kathrin in der Küche hockte oder mit ihr den Garten bearbeitete, nicht anders, als wenn er die Mahlzeiten mit der Mutter einnahm und die ganze Nacht einschlafend, aufwachend und noch in den Schlummer hinein die Gewißheit ihres atmenden Naheseins hatte. Und dies wiederum war ihm soviel wie das Gefühl der eigenen Blutwärme, der eigenen Haut, des eigenen Atems: also tief selbstverständlich. Nicht in Frage zu stellen; Zustand des Lebens an sich. –

Cornelie hatte von sich aus alles getan, um den Eindruck, der ihr ohne Überlegung unter dem Druck der eigenen Lage entfahrenen Bemerkung über ein mögliches Ende ihres Mainzer Aufenthaltes abzuschwächen, ihn umzudeuten in einen allgemeinen Ausblick auf die Veränderlichkeit menschlicher Verhältnisse überhaupt. Sie tat es weniger, weil sie befürchtete, den Jungen auf Betrachtungen über die Lebensdauer seiner Großmutter gebracht zu haben, als weil sie es von sich aus fast wie einen Treubruch ansah, überhaupt einen solchen Gedanken geäußert zu haben. Christoph bekam in der Zeit nach Loriots Besuch ohne besonderen Anlaß wieder viel von seinem unbekannten Vater zu hören, und immer gingen diese Erzählungen mit einem Hinweis auf Großmama, des Vaters Mutter, aus. Großmama, die ihren einzigen Sohn ebenso liebgehabt habe wie sie ihren Christoph und der er durch den Krieg weggenommen sei. Großmama, die aus Kummer darüber so krank und elend geworden war und zu der Christoph deshalb so gut und so lieb, als er immer nur konnte, sein müsse! Corneliens mütterliches Herz verzieh sich jene, wennschon nur von einem Schatten liebloser Ungeduld gefärbten Worte nicht leicht; gegen Gedanken und Erwägungen sind wir vielleicht machtlos, sagte sie sich, wir können nicht hindern, daß das Gefühl des Hungers die Vorstellung des Brotes in uns erzeugt und die Frage danach, wie weit es noch bis zur Essenszeit sei. Ein Gefangener wird daran denken, was zwischen ihm und der Freiheit liegt, und wenn es das Leben eines anderen ist, wird er es wissen, daß Befreiung vom Tode dieses Menschen abhängt... Ausgesprochene Worte aber gehen hinaus über das Maß des Verzeihlichen, des schlechthin Natürlichen. Nach jener Aussprache über Buzzini war vollends eine heiße Liebe zu der alten Frau in ihr aufgebrochen, die sich von der Reue über die mechanische Pflichterfüllung während der letzten Jahre nährte und sich nun in stummer Fürsorglichkeit, in verhaltener Zärtlichkeit nicht genugtun konnte. Daß dann nach des Doktors Abreise die dämmerige Krankenstube mit ihrer von allen irdischen Wünschen gereinigten Atmosphäre ihre beste Zuflucht ward, kam dazu, und jetzt, in einem zum erstenmal freiwillig dargebrachten Vertrauen und in der Gewißheit, wortlos verstanden zu sein, schmolz auch der Rest ihrer Gewissenstrübung der Mutter gegenüber dahin. Sie fühlte sich von diesem hinfälligen Leben getragen und dankte ihm mit hingebender Pflege. Es kam jetzt oft vor, daß sie unten in dem ehemaligen Kabinett des Doktors zur Ruhe ging, und wenn die schmerzlichen Gedanken sie hier nicht zum Einschlafen kommen ließen, so ward das ein wenig aufgehoben von der Zufriedenheit darüber, daß ihr Verweilen in diesem Raum in diesen Stunden, das der Kranken im vergangenen Jahr oft genug den Schlummer genommen haben mochte, ihr jetzt zur sanften Beruhigung diente, denn es hatte sich herausgestellt, daß Kathrin den Ruf der Klingel fast niemals gehört hatte, während Cornelie nun auf den ersten Anschlag herbeieilte.

Christoph gegenüber jedoch verfehlte ihre Absicht das Ziel. Mit der besonderen Hellhörigkeit der Kinder fühlte er Absicht in dem bisher nicht gebräuchlichen, immer wiederholten Appell an seine Liebe zur Großmutter. Er kannte sich nicht recht aus, machte aber sein bravstes Gesicht und nickte bedeutungsvoll. Dies bezog sich darauf, daß Großmama nicht lange mehr leben würde, mutmaßte er, und betrachtete sie bei seinem nächsten Besuch so prüfend, daß die ärgerliche Frage kam: »Nun, was glotzt Er mich an wie ein neues Tor?! Sitzt meine Haube nicht richtig?!«

Er aber hatte festgestellt, daß Großmama wirklich alt aussah, schrecklich alt. Etwas wie feierliche Erwartung kam über ihn und verließ ihn den ganzen Sommer nicht. Er betrat das Zimmer Henriettens von nun an mit bewußt lautlosen Sohlen, er war ihrem Poltern gegenüber von einer sanften und scheuen Geduld, ließ alles mit gesenkten Augen über sich ergehen und sah sie dann still an, so, daß sie betroffen ward und Cornelie hinterher fragte: »Was ist mit dem Buben? Er wird doch nicht krank?« Was er aber fühlte, war eine seltsame Überlegenheit über sie, die ihn gleichzeitig trug und ängstigte wie ein gefährliches Geheimnis. Er sagte sich, daß sie nicht wußte, wie nah es bevorstand, daß sie drüben neben der Tante Charlotte und dem Wilhelmchen – neben dem nie gekannten Großvater und nicht weit vom Onkel Sixtus in die Erde gelegt werden würde. Denn seine Vorstellung vom Tode war nur diese, daß Menschen in die Erde kamen und sich dagegen nicht wehrten; sie wurden begraben mit Glockengeläut, Gesang und unter Blumenschmuck, wie er es auf dem Friedhof häufig genug beobachtet hatte, oder aber sie wurden eingescharrt wie der Vespery, dessen Grab kein Mensch kannte. In ihm war respektvolles Mitleid, aber auch Anerkennung des Unabänderlichen und eine leise Spannung, die er nie zu Wort kommen ließ: Nun würde er es ja einmal erleben, wie das war, ehe ein Mensch so mit dem Holz des Sarges verhüllt und bekleidet dahingetragen wurde, wo Peter Amen, der Totengräber, alles bereitgemacht hatte... Noch weniger gab er sich fürs erste der Betrachtung dessen, was dann kommen sollte, hin, jedenfalls schaltete er alle Zusammenhänge aus, wenn er jetzt mit einer ganz neuen Hoffnung an Delphine dachte. Er schob dann die Gegenwart und das ganze Mainz einfach fort aus seinen Gedanken. Er war auf dem Wege nach Preußen, sah die Mutter in einer Kutsche, sich selbst aber zu Pferde, auf einem der ihm anvertrauten Rösser des Schorz, sah sich in Hölkewiese einreiten und hatte jene Vision eines alten Mannes mit einem Krückstock, der ein kleines Mädchen an seiner Hand führte, wie damals, als er den Großvater und Delphine, wie er meinte, zusammengezwungen hatte. Hierauf erlebte er es, daß Delphine, weit entfernt davon, sich gegen ihn zu wenden, wie es doch ihre Art gewesen, oder auch nur Gleichmut zu bewahren, ihn begrüßte, wie die Königstochter den Ritter Georg, und wie sie ihn bei der Hand nahm, um ihn in den Garten zu führen und ihm alles in Hölkewiese zu zeigen, was er aus den Erzählungen der Mutter kannte und was sich nun wie der Garten Eden vor ihm öffnete. In diesen Träumereien war gar nicht mehr die Rede davon, daß Delphine zurückgeholt werden müßte; Christoph und die Mutter blieben bei ihr – so war es! Die Verkrampfung seiner Phantasie, die die ganze französische Armee mit dem Bonaparte an der Spitze gemeint hatte, aufbieten zu müssen, löste sich sanft; die Saat des eigenen Heimwehs, die Cornelie seit Jahren in sein Herz gesenkt, ging auf. Er entfaltete eine heimliche Geschäftigkeit der Vorbereitung und Cornelie war nicht wenig verblüfft, als sie eines Tages zufällig dahinterkam, daß ein großer Teil seiner kleinen Besitztümer, sauber in Schachteln und Papier verpackt, ganz aus dem täglichen Gebrauch gezogen war.

Was das denn sollte? fragte sie voll Erstaunen. Ob er nicht mehr zu spielen gedenke?

Ach, das habe er nur schon eingepackt, weil er es mitnehmen wolle; damit es fertig sei, wenn... Er blickte sie flehend an, und sie schwieg kopfschüttelnd. Er habe ja noch genug zurückbehalten, sagte er und wies auf seine Abteilung weniger beliebter Dinge, die zum Teil ausgesprochen Gerümpel waren. Das könnte dann hierbleiben, meinte er zufrieden.

Cornelie, nahe daran, ihm den Kopf zurechtzusetzen, besann sich im letzten Augenblick. Auch das war ja Spiel, sagte sie sich – und wenn es ihn denn befriedigte... Es war kurz nach Buzzinis Abreise. Sie fühlte gar nicht die Kraft, das Kind zu enttäuschen; sie hätte ihm keinen Ersatz zu bieten gehabt, vielmehr hatte sie seine ungetrübte Heiterkeit nötig, das einzige Labsal, das ihr geblieben war. In Christoph jedoch ging gerade um diese Zeit eine Wandlung vor, und daß die Mutter bei dieser Gelegenheit schwieg, kein Wort zur Bestärkung seiner verborgenen Hoffnung sagte, sondern nur mit dem ihm neuen unbegreiflichen, traurigen Lächeln hinausging, das machte ihn sonderbar mutlos. Er ging ans Fenster, preßte die Stirn ans Glas und starrte in den Regen hinaus. Die Mutter dachte nicht an die Reise nach Preußen, er fühlte es wohl. Und sie konnte es wohl auch nicht. Großmama brauchte sie ja... Wenn Großmama sie einmal nicht mehr brauchte, würde sie reisen... Warum...

Was nun in seinem Kopf aufstieg, war derart, daß er sich jäh umsah, ob er allein sei. Schritte kamen die Treppe herauf; Kathrin trat ins Zimmer, legte einen Stapel gebügelter Wäsche auf die Kommode und warf einen verwunderten Blick auf ihn, der sie von unten herauf ansah, als sei er nicht bei sich. »Was tust du hier mache, Christoph?« fragte sie, »komm runner, ich tu dir Milch gebe.« Aber er blieb, wo er war, und sie schlug die Tür hinter sich zu.

So war es auch damals, ging es ihm durch den Sinn. Er schritt wie im Traum auf das Gestell mit den Spielsachen zu, riß hastig die Verpackung von einer Schachtel und schüttete einen Haufen kleiner Häuser, Tiere und Holzfigürchen auf den Fußboden. Dann ließ er sich dazu nieder und begann aufzubauen: das Herrenhaus, die Ställe, die Brennerei, die Windmühle, den Garten... »Hölkewiese...«, flüsterte er. Er neigte sich über sein Werk, seine Augen schlossen sich, sein Kopf sank tief... Auf einmal riß er sich hoch und sprang auf. Mit den Füßen stieß er alles um, was dastand, lief zur Türe, warf sie schmetternd hinter sich zu und war eine Minute später in eine Balgerei der Schinderhannes-Anhänger auf dem Platz verwickelt. Es kam ihm diesmal nicht darauf an, für wen er um sich schlug. –

Der Herbst floß hin, zäh und traurig. Cornelie beobachtete mit Sorge, daß Christoph blaß und matt aussah. Er wuchs sichtlich und ward magerer; seine zukünftige Gestalt deutete sich an, breitschultrig, schmal in den Hüften, mit zierlichen Händen und Füßen, aber sein Gesicht war jetzt oft leer von Ausdruck und dann wieder von einer ihr unerklärlichen Angst erfüllt. Er weigerte sich abends häufig, zu der gewohnt frühen Stunde zu Bett zu gehen, er könnte nicht einschlafen, beteuerte er; und lag er endlich, so beschwor er sie, die Tür zum Flur aufzulassen, »damit er etwas vom Leben hörte«. »Fürchtest du dich denn?« fragte sie arglos. Er schrie: »Nein!« und drehte sich mit zusammengepreßten Lippen zur Wand. Zuweilen kam es vor, daß er aus dem ersten Schlaf heraus laut aufschrie und dann jammervoll weinend nach ihr rief. »Ist die Großmama noch da?« schluchzte er einmal in so einem Zustand voller Traumverlorenheit. »Ist sie noch da? Ist sie da?«

Cornelie, ihn streichelnd, rief: »Aber Junge, die Großmama ist doch unten in ihrem Bett! Und nun nimm dich zusammen, du störst sie sonst noch!« Hierauf ward er ganz klar, hörte zu weinen auf, starrte dunkel ins Licht der Kerze und schloß, tief aufseufzend, die Augen.

Es war Cornelie in dieser Zeit aufgefallen, daß die alte Frau begonnen hatte, eine befremdende Abneigung gegen Christophs Besuche zu zeigen. Es kam vor, daß sie sagte: »Laß ihn heute nicht kommen, ich fühle mich nicht wohl genug, ihn zu sehen.« Eine Stunde darauf aber nahm sie dann irgendeinen Besuch an und ward ganz angeregt und unterhaltsam. »Er hat jetzt so eine Unruhe in sich«, meinte sie ein andermal, »kann die Füße nicht ruhig halten und weiß nicht, wo er die Hände hintun soll, das irritiert mich.« Ließ sie ihn doch kommen, so erzog sie mehr an ihm herum als früher, kritisierte sein Aussehen und schickte ihn bald wieder fort. Cornelie glaubte in diesem Verhalten den Grund für Christophs Befangenheit und für seine traurigen Träume zu sehen, und gewiß war da ein Zusammenhang, wenn sie auch nicht auf den in Blutstiefen verborgenen Grund dieser Wechselwirkung kam. Es war im Januar, daß sie einmal spätabends bei der Schwiegermutter am Bett saß, selbst in die Lektüre der Zeitung vertieft, während Henriette müde vor sich hin dämmerte. Irgendein schwaches Geräusch ließ Cornelie aufsehen, und sie blickte zunächst auf die Liegende, deren durch Kissen gestützter Oberkörper eine halb sitzende Haltung mit angelehntem Kopf ermöglichte. Cornelie bemerkte mit Erstaunen die weit geöffneten Augen und das fast unirdisch glückliche Lächeln in dem weißen Gesicht; der Rosenkranz glitt von den mageren Händen, die sich mühevoll hoben, als wollten sie eine Erscheinung bewillkommnen. Cornelie wandte sich hastig zur Tür, es war ihr, als hätte ein kühler Zug ihren Nacken gestreift. Und fast hätte sie aufgeschrien: dort stand Christoph im weißen Nachtkittel, den Kopf leicht zurückgelegt, die Hände vorgestreckt und in den Augen einen übersichtigen, fast fremden Blick. »Christl!« stieß sie hervor, ihre Stimme mit Anstrengung dämpfend, denn daß er nicht wachte, ging ihr erst jetzt auf, und sie erinnerte sich plötzlich, daß es gefährlich war, Nachtwandler jäh zu wecken. Doch ließ seine Haltung erkennen, daß er, vom Licht geblendet, im Begriff war, zu sich zu kommen, und sie sprang auf, um ihn in die Arme zu nehmen, eben als er das Gesicht schmerzlich zum Weinen verzog. »Ach – er...«, sagte Henriette schwach und immer noch in diesem übernatürlichen Lächeln befangen, das sie selbst wie etwas Ungewohntes zu fühlen schien, als sie nun mit der Hand über ihr Gesicht tastete – »und ich dachte...«

Niemals erklärte sie, für wen sie die Gestalt des Enkels gehalten hatte. –

Christoph war in Corneliens Arm vollends aufgewacht, aber er hatte nur irr und schlaftrunken um sich gesehen und gebettelt: »Wieder ins Bett, in mein Bett!« wobei es nicht klar wurde, ob er sich ganz seiner Wanderung bewußt war. Als Cornelie ihn hinaufgebracht und abgewartet hatte, daß er ruhig zu atmen begann, ging sie noch einmal hinunter... Doch gab ihr Henriette keine Antwort mehr auf eine Frage, sie mochte im Einschlafen sein, und alles, was sie mit abgewandtem Haupt murmelte, war kaum verständlich. »Du hast ja recht«, hörte Cornelie heraus – »es ist Zeit – höchste Zeit...«

In diesem Winter ging die Grippe verheerender als je durch die Stadt, und als Frau von Echter Anfang Februar zu fiebern begann, lag es nahe, an eine Erkrankung dieser Art zu denken. Ein quälender Husten stellte sich ein, doch wehrte sich die Kranke mit unvermindertem Eigensinn dagegen, daß ein Arzt geholt wurde. »Da er denn nicht mehr da ist, der Mann mit den Heilhänden, will ich auch keinen anderen«, beharrte sie mit einem matten Versuch, zu scherzen, »das geht schon vorbei, so oder so. Und laß nur Ludwig Breithardt jetzt nicht an mein Bett! Aufgeschrieben ist alles, du weißt, wo es liegt.«

Drei Tage später verbot sie es nicht mehr, daß außer Cornelie, Christoph und Kathrin auch Cläre und Breithardt sowie deren älteste Kinder ständig um sie waren, denn sie kam nur noch vorübergehend zum Bewußtsein ihrer Umgebung. Hobert war dagewesen und hatte ihr die Letzte Ölung erteilt; nun hatte man die Kinder zum Abschiednehmen hereingerufen, um sie dann schlafen zu schicken, denn es war Mitternacht. Christoph hatte sich, wie ihm die Mutter zuflüsterte, über Großmamas Hand geneigt und mit erschrockenen Lippen die kühle, von Schweiß gefeuchtete Haut berührt. Jetzt stand er am Fußende des Bettes und sah, wie Cläres Kinder seinem Beispiel folgten, während seine Mutter den armen, von schweren, keuchenden Atemzügen erschütterten Körper der Großmutter stützte. Es war eine Bewegung der Sterbenden, die Cornelie veranlaßte, auf ihren Sohn zu blicken: Henriette Echter hatte die brechenden Augen noch einmal aufgeschlagen, und es zuckte in ihren Armen, als mühte sie sich, sie dem Knaben entgegenzuheben. Cornelie meinte, einen Fremden zu sehen, so rein und streng war Christophs völlig weißes Gesicht, in dem die dunklen Augen erbarmungslos und doch voller Verheißung strahlten. Dies ist nicht er, dachte sie aufgespaltenen Herzens, ein Engel – *der* Engel, der seine Gestalt annahm…

»Cornelie, siehst du? Siehst du? Er war es *doch!*« stieß Henriette Echter mühsam hervor und sank schwer zurück. –

Drittes Buch

I

Cornelie an Maximiliane

Halle, am 5. Mai 1803

Meine teure Maximiliane!

So kurz vor der Grenze der Heimat habe ich zwei Ruhetage in unsere bisher unaufhaltsame Reise eingeschoben, eigentlich nur zu dem Ende, um innere Klarheit über mein Ziel zu gewinnen. Du wirst erstaunt fragen, ob denn dies Ziel nicht von Anfang an feststand, da ich Dir doch vor meinem Aufbruch aus Mainz schrieb, daß ich nach Mecklenburg, nach Reddien, zur Mutter meiner Mutter (die ja wirklich und zu meiner tiefen Verwunderung immer noch lebt, obgleich sie mir schon als Kind uralt erschien!) gehen wollte, um dort das Weitere abzuwarten. – Trauriger Vorsatz, da es sich um das Leben meines Vaters handelt, dessen Dauer von mir abgewartet werden sollte, ehe ich heimkehren dürfte! Ich schrieb Dir, daß ich seit über einem Jahr keine Nachricht aus Hölkewiese hatte, keine Antwort auf eigene Briefe, nicht einmal auf die Nachricht vom Hinscheiden der Maman, bekam. Ich konnte nur annehmen, daß der Vater meine Verbindung mit der guten Liebenschütz entdeckt und der armen Person darüber den Prozeß gemacht habe, so daß sie nicht mehr wagt, die Feder anzurühren. Denn wäre ihm oder wäre Delphine etwas zugestoßen, in diesem Falle, dem schlimmsten, hätte wohl Voß oder der Pastor von Hölkewiese, den die Liebenschütz, wie ich weiß, ins Vertrauen gezogen hatte, mich benachrichtigt. Ich hatte die Absicht, von Reddien aus in Bälde einen heimlichen Besuch auf einem Nachbardorf von Hölkewiese zu machen und mir Klarheit zu verschaffen, doch ist mir während der langen Reisetage immer mehr die Unmöglichkeit zum Bewußtsein gekommen, durch Preußen und – an Hölkewiese vorüber zu fahren! Meine liebste Freundin, ich würde in P., das ich auf der Reise ins Mecklenburgische berühren muß, nur mehr eine Stunde von der teuren Stätte meiner Kindheit und Jugend und von ihm, den ich – Dir ist es wohl kein Geheimnis – trotz allem immer noch mit weinendem Herzen liebe, entfernt sein! Ich weiß, daß ich bei der Fahrt durch die vertrauten Gefilde nichts anderes fühlen würde als die Nötigung, den Wagen dort einbiegen zu lassen, wo der alte Wegweiser mit seinem krummen Arm die Straße nach S. bezeichnet, die über Hölkewiese führt; daß ich zur Salzsäule versteinern, im Boden verwurzeln würde, wenn ich von P. aus nord- und nicht westwärts weiterreisen sollte. Wenn ich noch eine Passion zu fühlen imstande bin, so ist es die für mein Kind und für meine Heimat, das verschmilzt in meinem Herzen seltsam eins mit dem anderen. (Vom Vater will ich in diesem Zusammenhang nicht reden, Maximiliane. Ich weiß nur eins: stürbe er, ohne daß ich ihn noch einmal gesehen, ohne seine Stimme, und sei es zornig, noch einmal gehört zu haben – ich glaube, die Wunde würde nie bei mir heilen!) In der langen Woche zwischen Mainz und Halle hatte ich Zeit, alles gegeneinander abzuwägen. Der Abschied von Mainz riß mein Herz auf, ganz anders, als ich gedacht hatte. Es war, als sei ich im Boden dieser Stadt mit tausend Fasern verwachsen gewesen, was am Ende kein Wunder ist, wenn ich bedenke, was ich dort erlebt habe, von welchen Gräbern – und nicht nur von sichtbaren – ich fortging für immer! Ich wußte plötzlich, daß ich über diesen Schmerz nur hinwegkommen würde, wenn ich dies Herz auf Hölkewiese richtete und auf die Pflichten, die mich dort erwarten, früher oder später. Und wie um mich zu betäuben dachte ich mich so in diese Zukunft hinein, daß ich nicht mehr anders kann, als sie nun sogleich zu betreten, und sei es unter Kämpfen, und sei es vielleicht mit dem Opfer des letzten Restes von Hoffnung auf die Gerechtigkeit meines Vaters. Wenn ich ihn stelle, so muß er doch sein Blut in mir erkennen. Und dann – er wird seinen Enkel sehen! Er soll ihn sehen – und ihn von seiner Schwelle vertreiben, wenn er es kann! Kann er es – nun, gut! Dann finde ich mich mit meinem Schicksal ab. Aber dann wird mein Vater wissen, daß in Entfernung von zwei Stunden, gleich hinter der mecklenburgischen Grenze, seine Tochter auf seinen Tod wartet wie auf die Austilgung eines bösen Geistes! Ja, Gott verzeihe mir, Maximiliane, aber manchmal wird es mir schwer, zu glauben, daß er ein Mensch ist wie andere, bei so viel grausamer, boshafter Härte! Vielleicht ist er krank – gewiß, Buzzini würde diese ganze böse Gemütsverfassung auf ein gestörtes Gleichgewicht organischer Funktion schieben und sagen, daß Menschen unter solchen Umständen den Einflüssen der Dämonen zugänglich sind. Buzzini würde – ach, Maximiliane – ich darf doch nicht an ihn denken! –

Ich fahre also morgen nach Berlin weiter und von dort aus ohne Aufenthalt nach Hölkewiese. Ich teile Dir dann sogleich mit, wie mein Überrumpelungsversuch abgelaufen ist.

Über die letzten Wochen in Mainz habe ich Dir nicht viel zu berichten. Du wirst schon von Cläre direkt erfahren haben, daß es Breithardt gelungen ist, ihr Haus loszuschlagen, und daß sie nach dem Karmeliterplatz übergesiedelt sind. Ihr Einzug begann schon, während wir noch da waren, und ich ersehnte den Tag unserer Abreise, weil ich mich kaum imstande fühlte, diesem vollkommenen Untergang des gewohnten Zustandes beizuwohnen. Auch für Christoph war es gut, daß wir endlich fortkamen. Ob es das Wachstum seiner Jahre ist oder die Erregung über den Tod der Maman, das Erlebnis ihrer Beisetzung und dann der bevorstehende Abschied von der Welt seiner ersten Kindheit, vielleicht auch alles vereinigt – jedenfalls schwand er mir hin und war in den letzten Monaten so völlig verändert, daß die Sorge um seine Gesundheit fast der schwerste Teil meines ganzen Kummers war. Doch begann er sich vom ersten Tag unserer Reise an sichtlich zu erholen, wozu seine sichere Erwartung, daß wir nach Hölkewiese, das heißt für ihn: zu Delphine, führen, entschieden beigetragen hat. Ja, dies ist mir so sehr außerhalb jedes Zweifels, daß ich es auch seinetwegen nicht übers Herz brächte, Hölkewiese links liegen zu lassen. Wenn ich mich frage, von welchen Menschen mir der Abschied am schwersten geworden ist, so fällt mir kurioserweise immer zuerst das tränenüberströmte Gesicht des guten Kathrinchens ein. Ich habe ihr die Hochzeit mit ihrem Koberlé noch ausrichten können, und der Wackere ging sogar darauf ein, sich, ungeachtet seiner republikanischen Gesinnung, mit ihr von unserem alten Hobert trauen zu lassen, ohne alles peinliche Aufsehen freilich und ganz in der Stille. Aber obgleich doch niemand das Kathrinchen zu diesem Schritt gezwungen hatte, tat es, als ginge es zur Guillotine, als sei jedenfalls der bessere Teil des Lebens für sie nun vorüber. Dabei sind ihre Aussichten so übel nicht; der Mann hat eine Anstellung am Proviantamt bekommen, ist also eine halbe Zivilperson geworden, und braucht wohl nicht mehr mit ins Feld. Freilich, wenn man in die Verhältnisse dieser armen Weiber hineingesehen hat, wie ich in den letzten zehn Jahren, so versteht man wohl, daß das Leben einer Magd in einem guten Hause ihnen gesicherter erscheint als das verheiratete. Ich habe noch viel Liebe und Dankbarkeit von diesen meinen Pfleglingen und Schützlingen erfahren, mehr als ich ohne Beschämung hätte empfangen können. Denn – was hätte ich ohne sie anfangen sollen, wohin hätte ich mich selbst bringen sollen als zu ihnen? Da mir denn Dein Weg verschlossen ist, Maximiliane... Nicht nur der äußeren Umstände wegen, sondern auch durch die Gesetze meiner Natur. Ach, sie wollten mir alle Grüße und Aufträge an den Doktor mitgeben; sie wollten es nicht glauben, daß ich nicht ihm nachreiste. Du fragtest nach ihm – nein, ich weiß nichts von ihm, und ich bitte Dich, nie mehr zu fragen. Ich bin Deiner schwesterlichen Teilnahme und Deines Verstehens ganz sicher – und auch Deiner Fürbitte. Ich habe sie nötig.

Sei umarmt. Es vergeht wohl kein Tag, an dem ich Deiner und des teuren Sixtus nicht dankbar gedenke.

Deine Schwägerin Cornelie

II

Zwei bis drei Tage Aufenthalt in Berlin hatte Cornelie geplant. Mit dem Jungen die Linden hinaufschlendern und vor dem Schloß stehen hatte sie wollen; die Wache sollte er aufziehen sehen und dann – vielleicht – hätte sie den Versuch gemacht, den Onkel Platen, den vorurteilslosesten der Verwandten, zu besuchen, den, der ihr sicherlich nur mit Wiedersehensfreude und ohne jegliche Anmaßung von Kritik entgegenkommen würde. Nichts von all diesen Vorsätzen kam zur Ausführung. Am 7. Mai, in der Dämmerung des sanft durchregneten Frühlingsabends, waren sie angelangt und in dem Cornelie von früher her bekannten Gasthof »Zum Englischen Haus« in der Mohrenstraße abgestiegen. Am 8. um zehn Uhr vormittags fuhren sie schon wieder, hatten das Oranienburger Tor passiert, und daß sie nicht schon weit über Velten hinaus waren, lag nur daran, daß die Extrapost, zu deren Bestellung Cornelie sich erst am Morgen nach der schlaflosen Nacht entschlossen hatte, nicht so schnell zur Stelle gewesen war, wie ihre Ungeduld wünschte. Was sie derart vorwärts trieb, war ihr selbst kaum begreiflich; versuchte sie, sich über die in ihr drängende Unruhe klarzuwerden, so wußte sie plötzlich, daß es ihr unmöglich schien, ihre Füße mit Gelassenheit auf den Boden der Heimat zu setzen, ehe sie mit dem Vater im reinen war. Zudem hatte Berlin sie irgendwie erschreckt, und zwar einzig durch die selbstzufriedene Ruhe, in der es dalag, in der es sich die Nacht über amüsierte – welchen Eindruck ihre überreizten Nerven durch ein im Gasthof stattfindendes Ballfest empfangen hatten – und in der es bei Tage mit lässiger Heiterkeit seinen Geschäften nachging. Ein schnellfertiges, ein voreiliges Urteil, sie wußte es selbst. Dennoch, hatte sich diese Wahrnehmung, daß Deutschland in unbegreiflicher Ahnungslosigkeit vor sich hin träumte und spielte, ihr nicht klar ergeben, seit der Rhein hinter ihr lag? In Frankfurt war das noch wohltuend gewesen: ah, eine deutsche Stadt ohne französisches Militär! Eine Stadt voll sicherer Bürger, die wie ein Bollwerk gegen die von Westen drohende Gefahr stand! Hier war kein Mensch, der sich dieser Gefahr nicht bewußt war – dennoch handelte man kräftig fort, bereit, sich auf jede Anforderung der Stunde einzustellen. Je weiter sie aber nach Osten gekommen war, desto fragwürdiger war ihr diese in Gottes Sonne sich behagende deutsche Welt erschienen. Mußte sie sich erst wieder daran gewöhnen, fragte sie sich, im Bannkreis des Friedens zu sein, wo jeder unter unbedrohtem Dach sein sicheres Brot hatte, wo die geraffte Bereitschaft, sich lästiger Eindringlinge klug zu erwehren, wo die beständig wache Selbstbehauptung inmitten einer andrängenden fremden und feindlichen Flut einfach unnötig war? Aber war denn dies Deutschland nicht in der Lage eines seit Jahren den beständigen Übergriffen eines übermütigen Nachbarn ausgesetzten, eines herausgeforderten und beschimpften Reiches? War nicht im Süden schon der Dammbruch erfolgt und hätten die unerhört anmaßenden Bedingungen des letzten Friedensschlusses nicht anderes bewirken müssen als nur diese offensichtliche Erleichterung darüber, daß es eben Frieden gab und kein weiteres Auftrumpfen seitens der habsburgischen Macht?

»Ja, was wollen Sie eigentlich, gnädige Frau«, hatte ein mitreisender Kaufmann unterwegs zwischen Erfurt und Weimar zu Cornelie gesagt. »Der Deutsche ist doch kein politischer enragé – der Deutsche ist doch noch Untertan, dem Himmel sei Dank, und läßt seine fürstlichen Landesväter vertrauensvoll schalten und walten! Wo kämen wir hin, wenn wir wegen jedes Gewitters, das am Horizont aufsteigt, gleich Feuerlärm schlagen wollten! Abwarten, abwarten, meine gnädige Frau! Hunde, die bellen, beißen nicht, und den Bonaparte lassen Sie ruhig weitermachen: der geht ja den Weg zur Guillotine so zielbewußt wie kein anderer! Für den lassen Sie seine Sansculotten nur selbst sorgen!«

Cornelie hatte damals bemerkt, daß ihren Beobachtungen nach die bewußten Hunde viel weniger auf Gebell als auf Beutemachen erpicht seien, und hatte sich nicht enthalten können, einiges aus den letzten Mainzer Jahren zu erzählen. Sie beschloß später, dies nicht zu wiederholen, oder nur da, wo sie gewiß sein durfte, daß die Erinnerung an ihre immerhin ehrwürdigen Leiden nicht verlegenen, ungläubigen Mienen begegnete, nicht mit Kopfschütteln und Achselzucken aufgenommen würde. Ja, die Leute erzählen so manches, war das Echo gewesen. Vor allem von den Emigranten, von den französischen wie von den linksrheinischen deutschen, bekam man immer die grausigsten Geschichten zu hören. Es stünde ja auch in den Zeitungen – gewiß – in den Zeitungen stünde es auch. Aber daß die Franzosen je über den Rhein kommen würden, das möchte Madame doch nicht glauben! Die hätten sich oft genug blutige Köpfe geholt, und wenn sie da unten im Bayerischen und Österreichischen auch ein paar Erfolge gehabt hätten, sie wären doch wohlweislich wieder zurückgegangen und hätten sich gehütet, sich häuslich niederzulassen. Madame würde bald ruhiger über das alles denken! Die Leute, die von der linken Rheinseite kämen, seien allesamt Schwarzseher und Unglückspropheten, das kenne man schon. Aber wie gesagt, das ließe sich ja an den Fingern einer Hand abzählen, wann Bonaparte reif fürs Schafott sein würde, und gewiß bedurfte es eben noch dieses letzten Aderlasses, um Frankreich endgültig wieder zur Vernunft kommen zu lassen.

Der unerschütterlichen Selbstgefälligkeit des deutschen Spießbürgers einigermaßen entwöhnt, waren Cornelie die Worte allerdings nun im Munde erstorben. Die Mainzer, ja, die waren in den letzten zehn Jahren wohl zu kräftig auf des Teufels Tenne gedroschen worden, um nicht eine härtere und sauberere Skepsis sich selbst und den Weltläuften gegenüber gelernt zu haben... Doch hier hatte zu ihrem Erstaunen plötzlich Christoph in die Unterhaltung eingegriffen. »Der Bonaparte«, hatte er gerufen, »der kommt doch nicht aufs Schafott! Das lassen doch seine Soldaten gar nicht zu!«

»Seh einer den Gelbschnabel!« war der dicke Mann mit runden Augen darauf eingegangen. »Und was meint denn Er, wie sich die Zukunft gestalten wird? Was wird er uns tun, der Räubergeneral, wenn er am Leben bleibt? Sag Er uns das, Herr Dreikäsehoch!«

Christoph war dunkelrot geworden und hatte den breit dasitzenden Gegner, der nun zufrieden »Höhö!« machte und der augenscheinlich die ganze übrige Reisegesellschaft hinter sich hatte, finster gemustert. Auf einmal hatte er den Kopf zurückgeworfen und ohne jemand anzublicken hell und vernehmlich gesagt: »Der Bonaparte wird nach Deutschland kommen und den Leuten zeigen, wie Soldaten eigentlich aussehen!«

Hierauf hatte es noch eine etwas peinliche halbe Stunde gegeben, bis Weimar erreicht war und der verschnupfte Kaufmann mit einer allgemeinen Betrachtung über linksrheinische Emigranten den Wagen verlassen hatte. Ja, da hatte sie dem Jungen nun in Berlin die Wache zeigen wollen, damit er einen Begriff von deutschem – von preußischem Militär bekäme, und doch hatte sie nicht die Ruhe gehabt, auch sich selbst diesen trostvollen Anblick zu gönnen. Oder – hatte sie auch hier eine Enttäuschung befürchtet? –

Sie war unterwegs, ob sie es gewollt hatte oder nicht, ständig von Erinnerungen an jene Reise vor elf Jahren heimgesucht worden, die sie auf den gleichen Straßen, an denselben Stationen vorüber hinunter nach Mainz geführt hatte. Das war, als müßte ihr Herz einen Strom aufschlürfen – bitterliche Flut – die ihr entgegenquoll. Hier war die Strecke, auf der das Wilhelmchen krank zu werden begann. Bis zu diesem Dorf – oh, wie deutlich stand alles wieder in ihr auf! – war es strahlend und hold gewesen wie ein Christkind auf Reisen. Hans Adam hatte die Reise zu Pferde gemacht; er und sein ehrlicher Bursche Kuschel waren bald vorausgeritten, bald waren sie dem Wagen zur Seite oder in seinem Gefolge gewesen. Wenn sie ihn vor sich sah, ihren Reiter, straff und froh, mit lachenden braunen Augen und dem Goldschimmer unter dem Puder des mühsam in die militärische Frisur gebändigten Haares; wenn sie Charlotte zu ihm aufblicken, ihm winken sah, das heitere Plaudern der beiden im Ohr hörte... Mein Gott! dachte sie erschüttert, wie jung – wie jung waret ihr doch! Die Vision des Vaters blieb auch nicht aus. Der Generalleutnant hatte sein eigenes Fuhrwerk benutzt, ein bequemes Wägelchen, das nur Platz für ihn selbst und etwa einen Begleiter hatte. Er war dem »Zigeunerfuhrwerk«, wie er den Familienwagen zu benennen beliebte, ständig vorausgefahren und hatte nur manchmal für kurze Strecken eine der Töchter bei sich einsteigen lassen. Im übrigen sah man sich bei den Mahlzeiten auf den Stationen, was ihm vollauf genügt hatte. Wie gallig war seine Laune die ganze Zeit über gewesen! Und nicht etwa aus persönlichen Gründen, wie Charlotte und Hans Adam annahmen, wenn sie sich über ihn, und vielleicht auch über sie selber, Cornelie, hinweg über ihre eigene prachtvolle Reisestimmung verständigt hatten! Cornelie dachte an jene düstere Bewölkung des väterlichen Antlitzes wie an ein durch den ganzen Ablauf der seitherigen, damals beginnenden Entwicklung der Dinge bestätigtes Wetterzeichen zurück. Er und sie, sie beide allein, waren wie zu einem Leichenbegängnis auf diese Reise gegangen. Wenn aber die Schwermut des eigenen Herzens, von der sie zu keinem gesprochen und die sie nach außen hin tapfer beherrscht hatte, wenige Wochen später von ihr als Vortrauer, als eine Vorausbeschattung durch persönlichstes Schicksal erkannt worden war, so hatte der nach allen Seiten hin grollende Unmut des Alten wahrlich nicht die Vorahnung einzelner Todesfälle zum Anlaß gehabt. Er hatte gar kein Hehl daraus gemacht, was ihn ärgerte; denn nur als Ärger brachte er es zum Ausdruck, was an ihm nagte. Um Preußen ging es ihm; um die friderizianische Armee, deren Blamage er voraussah; es ging ihm – Cornelie erkannte das jetzt in der Erinnerung so deutlich – um die Zukunft Deutschlands, und er sah sich allein inmitten einer Gesellschaft politischer Optimisten, denen sowohl die Umtriebe der Franzosen als die Maßregeln, die zu ihrer Unterdrückung nötig waren, nicht gewichtiger schienen als ein Räuber- und Gendarmenspiel, dort drüben, an der westlichen Grenze.

Während Cornelie den Weg zurückfuhr, den Weg von damals, erlebte sie etwas, was ebensosehr Offenbarung wie Schmerz war. Das Wissen um das Wesen ihres Vaters, das von jeher dunkel in ihr geruht und sie gehindert hatte, ihn zu verdammen, rückte ins Licht empor und schenkte sich ihr als reine Frucht von heilsam durchbitterter Süße. –

Der Freiherr Dubslaw von Tracht war einer jener jungen Offiziere gewesen, die ihre Laufbahn in den ersten Jahren der Regierung König Friedrichs antraten und die sich 1763, beim Hubertusburger Frieden, narbenbedeckt, lorbeerbekränzt, als Helden ihres Heeres und ihres Volkes wohl, aber auch am Ende jeden Aufstiegs sahen. Denn, was sollte der Garnisonsdienst, was sollte der Leerlauf von Kasernenhofdrill, von Paraden und Revuen diesen jungen Generälen und Obersten, die gewohnt waren, Krieg zu machen, und in der von allen Möglichkeiten geladenen Atmosphäre des Feldlagers zu leben? Einem Manne von dem Temperament Trachts mochte der Übergang zum Friedenssoldaten eine besonders peinvolle Zumutung bedeuten. Fünfunddreißigjährig war er als Oberst aus dem Kriege gekommen, und daß er nicht Generalsrang besaß, lag einzig daran, daß ihm sein Draufgängertum mehr als einen Erfolg verdorben hatte. Er war zweimal nahe daran gewesen, die Gnade des Königs völlig zu verscherzen; beide Male hatte er durch eigenmächtiges Vorgehen in entscheidenden Augenblicken das Gelingen wichtiger Aktionen in Frage gestellt. Solche Vorfälle waren freilich durch andere wettgemacht worden, in denen gerade seine Tollkühnheit und sein Mut, auf eigene Verantwortung hin zu handeln, die Lage gerettet hatten. Indessen hatte er sich auch in seinem Privatleben zu oft allerhöchster Kritik ausgesetzt, als daß jene schlecht abgelaufenen Übergriffe nicht nachhaltig zu seinen Ungunsten hätten gebucht werden sollen. Schlimm für einen Offizier, der nicht nur seinem Beruf, sondern auch seinem Lande und vor allem seinem König mit einer Ergebenheit diente, die Leidenschaft war! Bebende Empfindlichkeit begann, sich hinter unvorsichtigen, fast wahnsinnigen Ausfällen zu verbergen; seine Reizbarkeit, die Anlage war, steigerte sich bis zu Wutausbrüchen. Bei jeder Gelegenheit glaubte er sich übergangen, bei Beförderungen und Auszeichnungen zurückgesetzt. Es gab eine Anekdote von einem Offizier, der nach der Schlacht von Freiberg dem Prinzen Heinrich seinen Degen vor die Füße geworfen habe, weil sein Anteil an diesem Triumph der preußischen Waffen nicht gebührend anerkannt worden sei, und Trachts Name wurde als der jenes Offiziers genannt. Wenn an der Geschichte etwas war, so war es vertuscht worden, und die Tatsache, daß der damalige Rittmeister noch vor Friedensschluß zum Obersten befördert worden war und kurz darauf ein Regiment in einer Garnison nahe der mecklenburgischen Grenze erhalten hatte, ließ jedenfalls auf die Absicht der Heeresleitung, ihm Gerechtigkeit widerfahren zu lassen, schließen.

Cornelie erinnerte sich einer Plauderstunde mit dem Kammerherrn von Platen, in der dieser sich ziemlich unumwunden über ihren Vater, seinen Vetter und Jugendfreund, ausgesprochen hatte. Es war in der Zeit von Hans Adams Bewerbung gewesen; der Onkel hatte sie wohl über den anfänglich ganz rabiaten Widerstand des Alten trösten wollen, indem er ihr eine weit ausholende Erklärung seiner verrannten Wunderlichkeit gab. Dabei hatte er auch dieser beruflichen Enttäuschungen Erwähnung getan. Nein, die seien durchaus nicht Schrullen und hypochondrische Einbildungen von Dubslaw! Sie existierten, solche Naturburschen, wie Dubslaw es in seinen jungen Jahren war, seien dem König immer sehr contre cœur gegangen. Er hätte absolute Tenue, Subordination und Distanz selbst bei seinen Generälen gewünscht, wenn es sich denn nicht um seine Elite gehandelt hätte, seinen persönlichen Zirkel. Und da hätten nun wieder ganz besondere Qualitäten den Ausschlag gegeben.

Und wie alt ist er gewesen, als er nach Hubertusburg sein Kommando in N. übernahm? fragte die Tochter sich grübelnd, während die Postkutsche durch das Saaletal schlich. Fünfunddreißig – so wie ich heute. Und – mein Gott, ich darf mir nicht ausdenken, daß noch einmal dreißig Jahre vor mir liegen könnten! Ich – ich habe wohl auch einen Krieg – mein eigentliches Leben – hinter mir... Aber er – was fing er nur an?

Geheiratet hatte er, und drei Jahre später, kurz nach der Geburt Corneliens, die Frau wieder begraben. Und dann war Charlottens Mutter in sein Leben gekommen, und der ganze unselige Roman mit dieser »Pariser Komödiantin«, wie Platen sich ausgedrückt hatte, hatte seinen unwiderruflichen Ablauf genommen. Delphine Chaumard, ein Schützling des Rheinsberger Bibliothekars Toussaint und von ihm für das Privattheater des Prinzen Heinrich gewonnen, schien dem Obersten von Tracht nur durch eine Heirat den Ansprüchen eines großen verliebten und begeisterten Kreises gegenüber nachdrücklich genug als sein ausschließliches Eigentum legitimierbar zu sein. Erst nach vollzogener Trauung präsentierte ihm das Schicksal die Rechnung für diese seine Forderung an Glück. Das, was er selbst angesichts des mehr als förmlichen Heiratskonsenses nicht für möglich gehalten hatte, trat ein: es ward ihm von oben her nahegelegt, den Abschied zu nehmen. –

Dies war 1775 geschehen. Cornelie war damals siebenjährig. Ein Jahr später wurde Charlotte geboren. 1780 starb Delphine von Tracht, née Chaumard. Fünf Jahre des Zusammenlebens mit ihr hatten vermocht, den Obersten einigermaßen über die Entziehung des Berufs hinwegzutäuschen, obschon selbst in dieser Zeit fressende Verbitterung sein Gemüt zu verheeren begann. Nach ihrem Hinscheiden war es einzig die kleine Charlotte, die imstande war, seinen völligen Zerfall mit der Welt aufzuhalten. Cornelie – immer hatte sie es gewußt, aber von Anfang an hatte sie es mit Gelassenheit getragen – hatte von jeher abseits gestanden, aber vielleicht doch so, wie etwas, das ihm zu nahe war – zu sehr seiner eigenen Art, um nicht von ihm einfach als Bestandteil des persönlichen Geschicks empfunden zu werden. Sie entsann sich der folgenden sechs Jahre recht gut als eines einzigen Angsttraums. Der berüchtigte Major von Kaphingst auf Schloß Meseberg, ein Günstling des Prinzen Heinrich, hatte die Rolle eines tröstenden Freundes bei Dubslaw Tracht übernommen und war zu seinem bösen Geiste geworden. Auf Meseberg, Hölkewiese und einigen anderen Gütern, an den weiten Gewässern und in den tiefen Waldgründen der Gegend ging es um wie die wilde Jagd, und nur zeitweise gelang es dem

Einfluß des Prinzen, daß Vernunft die Oberhand bekam und Tracht wenigstens den Versuch machte, den Gutsherrn zu spielen. In solchen Perioden erreichte seine Verzweiflung dann wieder Höhepunkte, daß womöglich noch schroffere Abstürze erfolgten als zuvor. Mußte er nüchtern bleiben, so verhöhnte er sich selbst, sein ganzes Leben, den jetzigen Zustand der Armee und die Zukunft Preußens in der Person des Prinzen Friedrich Wilhelm, dessen Amouren und seltsame Vorliebe für Konventikler und Dunkelmänner ihm als von denkbar schlechter Vorbedeutung schienen. Das einzige, was ihm heilig und unantastbar blieb, war die Erinnerung an die Kriegsjahre seiner Jugend und – Friedrich, sein König und oberster Kriegsherr, für den er sich nach wie vor hätte vierteilen lassen, dem er auch fraglos das Recht zugestand, ihn für seine Mésalliance büßen zu lassen. Aber sei es der Strafe nicht endlich genug und konnte man ihn nicht wieder an die Gewehre lassen, ehe er völlig zum Zittergreis wurde? Nicht eher jedoch, als Friedrich den Schauplatz für immer geräumt hatte, gelang es der Fürsprache des Prinzen Heinrich, seine Wiedereinstellung in die Armee zu erreichen. Tracht erhielt eine ehrenvolle Berufung als Truppeninspekteur der Kavallerie in das von dem neuen König gleich nach seinem Regierungsantritt begründete Oberkriegskollegium, eine Einrichtung übrigens, die von Anfang an den vollen Beifall des Generals gehabt hatte. War er mit ein paar Freunden nicht seit Jahren ganz privatim so ein Kollegium gewesen, das da im stillen Unzufriedenheit mit allen, aber auch mit allen Zuständen der Armee braute und über etwa mögliche Reformen brütete? Dies war die Art gewesen, in der diese Altenteiler des Heeres sich den Geist frisch hielten, eine Art, die sie nicht beliebt machte und sie in den Augen ihrer Umgebung als alte Nörgler und Querulanten erscheinen ließ. Es waren saure Trauben für sie, kein Zweifel; der bayrische Krieg und die Balgereien mit den Polen im Osten, nicht minder der Betrieb in den Garnisonen, wo sie nichts mehr zu sagen hatten. Wie recht aber hatte Dubslaw Tracht mit gewissen Ausständen, so, wenn ihn zum Beispiel der 1780 ausgegebene Befehl des Königs, der Militärdienst sollte nunmehr auch von den Gerichten als Strafe verhängt werden können, um dem Heer Soldaten zuzuführen, in maßlose Erregung versetzte, eine durch Monate stumm weiterschwelende

Wut in ihm schürte, deren gelegentliche Ausbrüche gefährlich waren! Der einzige, der ihn ganz ernst zu nehmen schien, war immer der Rheinsberger Prinz gewesen, vielleicht nur, weil hier Kritik an Berlin geübt wurde. Denn es war kaum anzunehmen, daß Tracht ihm persönlich lag. Vielmehr wäre es wahrscheinlich, daß auch dieser Hohenzoller dem unbezwinglich dämonischen Wesen des Obersten, seiner Unmäßigkeit in allen Leidenschaften und dem gleichsam ständig Gewittrigen und Nächtigen seiner Natur, aus dem überraschend und oft mit zündendem Einschlag die Blitze einer traumwandlerisch tätigen Geistigkeit fuhren, mit Unbehagen und Ablehnung gegenüberstand. Gleichviel. In Trachts Person brachte der alte Prinz jedenfalls einen ihm bedingungslos Ergebenen in der neuen Staatsordnung unter und erschloß sich damit eine Quelle ständigen Orientiertseins, gewann einen Kanal für den eigenen Einfluß auf die Gestaltung der Lage. Freilich sank das ganze Oberkriegskollegium schon nach kurzem mehr oder weniger zu einer Sinekurenanstalt herunter, und Tracht verwaltete seinen Posten bösartig und aggressiv wie der Hecht im Karpfenteich.

Dies war der Zustand vor dem Champagnefeldzug gewesen; er entsprach ungefähr dem der ganzen Armee. Das neue Amt hatte Tracht nicht für den Verlust zehn seiner rüstigsten Jahre zu entschädigen vermocht. Seine angesammelte Kraft – seine Reformpläne – alles war im Leeren verspritzt, im Sande verlaufen. Zudem fehlte es ihm zwar nie an jener aufflammenden Erleuchtung, wohl aber immer und gänzlich an jeder Gabe, Menschen richtig zu handhaben. Er blieb der in die Verwaltung verirrte Frontoffizier. Als er damals nach Frankreich aufbrach, hatte aber seine gewöhnliche Zornmütigkeit etwas von der Erhabenheit des verspotteten Unglückspropheten, der sich wider seine Einsicht den Folgen der Torheit seines Volkes nicht zu entziehen, sondern mit ihm zu leiden gewillt ist. Das war es, was sich Cornelie jetzt als bleibender Eindruck des letzten Zusammenseins mit dem Vater ergab. Davon sprachen ihr auf dieser Reise die Steine am Wege. »Er«, sagte sie sich – »er wird wohl auch heute wissen, was Deutschland bevorsteht, wenn es nicht aufwacht! Er wird keiner von denen sein, die Bonaparte für einen Butzemann ansehen. Er – ja, er weiß wohl überhaupt Bescheid...«

Eine nicht abzuweisende Vision der Leiden, durch die der Vater in seinem Leben gegangen war, überkam sie zugleich mit der Einsicht, daß er diesen Leiden immer kindlich erstaunt, vielleicht empört, aber immer wehrlos, ratlos, ihren Sinn nicht begreifend, begegnet war. Eine Einsicht dies, nicht überraschend; eine eingeborene Ahnung vielmehr, oft dunkel gefühlt, oft auch freiwillig dem Zorn über blindlings Zugefügtes untergeordnet. Noch niemals aber hatte sie sich so gebieterisch Raum im Bewußtsein gefordert. Wenn es Einen gab, erkannte sie erschüttert – Einen, schwer genug an eigenem Leiden, um auf den Grund der Dinge zu sinken – Einen, den sie immer gesucht, seit Sixtus tot war – Einen, der sich nicht mehr mit taglebigem Behagen und billigen Trostgründen abspeisen ließ – mußte nicht er es sein? Und mußte denn nicht neben Christoph er ihr der Einzige sein, für den es sich lohnte, zu leben?

Als sie dann in Halle an Maximiliane geschrieben hatte, sie würde es nicht verwinden können, den Vater nicht wiederzusehen, seine Stimme nicht noch einmal, und sei es im Zorn, zu hören, da war es der Druck einer im Verlauf der Reise in ihr angewachsenen Bangigkeit gewesen, der darin seinen Ausdruck gesucht hatte. Über ein Jahr lang hatte sie das Versiegen der Nachrichten aus Hölkewiese mit Stumpfheit ertragen. Zuviel anderes hatte ihr Herz beschäftigt und aufgewühlt. Jetzt aber, nachdem in den langen durchgrübelten Stunden der Reise das Bild des Vaters unwiderstehlich sein Recht gefordert hatte, jetzt ging ihr auch jede mutmaßliche Begründung für das Verstummen ihrer Korrespondentin durch den Kopf. Tot nicht, denn das würde sie erfahren haben, aber hoffnungslos krank mochte der Alte sein, und das ratlose Gemüt der Demoiselle fand nicht den Entschluß, ihr das mitzuteilen. Waren doch die Briefe der guten Liebenschütz mit der Zeit immer weitschweifiger und an wirklichem Inhalt leerer geworden. Anstatt über Delphines Entwicklung und Fortschritte, über die Gesundheit des Vaters und die Zustände von Gut und Dorf zu berichten, hatte sie Seiten mit der Beschreibung der listigen Winkelzüge gefüllt, die sie anwandte, um beim Verfassen und Befördern ihrer Briefe nicht vom General ertappt zu werden. Auf Corneliens letztes Schreiben, das einem Fragebogen geglichen hatte, war dann gar keine Antwort mehr gekommen, so, als hätte dieser

Ansturm von Erkundigungen das alte Fräulein völlig gelähmt oder – als fände sie eben nicht den Mut, mitzuteilen, wie die Dinge sich gewendet hätten. Diese Ungewißheit, die sich fressend in ihr Raum schuf, seit Mainz hinter dem Postwagen versunken war, sie war es und sie allein, die Cornelie vorwärts trieb und ihr auch in Berlin keine Ruhe gelassen hatte.

»Wenn alles gut geht, können wir morgen vor Dunkelwerden daheim sein«, sagte sie aufseufzend, als ihre Kutsche sich nach, wie ihr dünkte, allzulanger Rast in dem Flecken L. wieder in Bewegung setzte. Sie hatte den Arm um Christoph gelegt, der mit einem Ausdruck zu ihr aufsah, der ihr die eigene Ungeduld wie im Spiegel zeigte. »Vielleicht doch schon mittags, Mutterle!« sagte er beinahe flehend. »Meinen Sie nicht? Die Rösser sind gut...«

III

Als der Wagen am nächsten Nachmittag von der Chaussee in die Landstraße nach S., an der Hölkewiese lag, einbog, waren die beiden Reisenden kaum noch imstande zu sprechen, so stark war ihre Erregung.

Cornelie hatte in P., der letzten kleinen Stadt, die sie berührten, den bisher benutzten Postwagen entlassen und ein unauffälliges ländliches Fuhrwerk gemietet. Das große Gepäck stellte sie einstweilen in dem kleinen Gasthof ein, in dem sie übernachtet hatte, absichtlich das ihr von früher wohlbekannte und vom Landadel der Gegend bevorzugte Haus »Zum schwarzen Adler« meidend. Sie hatte weder Bekannten begegnen noch von den Wirtsleuten etwas über Hölkewiese erfahren wollen; sie legte keinen Wert darauf, erkannt zu werden, und war froh, als man ihr ohne viel Fragen ein Wägelchen überließ, dessen Aufmachung bei seiner Einfahrt in Hölkewiese keinerlei Aufsehen hervorrufen würde. Als Ziel hatte sie das dörfliche Pfarrhaus genannt. Wie nun das Gefährt sich zwischen den Birken und Ebereschen des schlechtgehaltenen Weges fortmühte, vergaß sie zeitweise völlig, daß Christoph neben ihr saß. Diese Stunde war so sehr Erfüllung sehnsüchtiger Träume von mehr als zehn Jahren, daß das Gefühl, auch jetzt zu träumen, überhand in ihr nahm. Alles war Angesicht, blickte sie an, stumm, voll Bestätigung: ja, wir standen und warteten, warteten alle die Zeit! Kiefernheide, Wacholder, verschilftes Gewässer; das von Gräben durchzogene grünflache Luch zur Rechten – sie fuhr nun schon seit Tagen durch ähnliche Landschaft, aber jetzt erkannte sie, daß ihr Herz es bis zuletzt nicht hatte glauben wollen, aus all dem einzelnen, aus Himmel und Erde in diesen bestimmten Verhältnissen, aus Baum und Strauchwerk, Acker, Heide und Moor, würde sich wahrhaftig endlich dies Besondere, dies Einmalige und allein für sie Gültige zusammensetzen. Es geschah aber; es begab sich. Gewisse Wegbiegungen hatten die unvergessene Gebärde der Enthüllung beibehalten, die sie schon in ihren ersten Kinderjahren für sie gehabt. Der Ziehbrunnen des Dorfes Eschenringe, wo die Pferde getränkt wurden, knarrte mit unveränderter Stimme, während der Eimer glucksend in die Tiefe fuhr, und die elenden Hütten dieser armen Siedlung hockten unter ihren bemoosten Schilfdächern lauernd an der Straße wie einst. Der Buchenwald, durch den es dann ging, stand im ersten Grün wie damals, als sie ihn das letztemal gesehen, in jenem Frühling elf Jahre zurück, als hätte er sich seitdem des Welkens enthalten, um auf sie zu warten. Und ich? dachte Cornelie schwermütig – hatte ich damals nicht auch meinen Mai? Daß wir so hindurchwandeln unter den immer wieder jungen Bäumen und – altern...

»Jetzt!« sagte sie und griff nach Christophs Hand. Die Räder rumpelten über die Knüppelbrücke des Marienfließes, das sich hier mit mäßigem Gefälle zum Linowsee hinzog. »Jetzt sind wir auf Hölkewieser Gebiet, Christoph! Hier fängt unser Wald an. Aber wir haben noch eine gute Stunde...«

Sie hatte kaum ausgesprochen, als sie jählings emporfuhr, um gleich wieder auf ihren Sitz zu sinken und, die Hand aufs Herz gepreßt, geradeaus zu starren. Christoph, erschrocken, lehnte sich über ihren Schoß, um ihren Blicken zu folgen.

Die Straße machte hier einen Bogen, um das zur Linken sich senkende Seebecken zu umschwingen. Sie wendete sich ausdrücklich aus der bisher eingehaltenen westlichen Richtung nach Süden. Dort aber, wo die Schwenkung vollkommen wurde, so daß die Fortsetzung des Weges den von Osten Kommenden entzogen war, zweigte zur Rechten, nach Norden also, ein begraster Pfad ab, eine Schneise, wie Cornelie sich wohl entsann, die hinüber in benachbarten Forst und weiterhin zur Chaussee zurück führte. So war ein Wegkreuz gebildet, das sie jetzt vor Augen hatten. Hier aber, kaum hundert Meter von ihnen entfernt, zog ein Reiter an ihnen vorüber. Ein kleiner Mann, ein alter Mann in sehr lässiger Haltung auf einem starken Braunen. Aber wie er da in graugrünem Rock und gelben Beinkleidern, unter dem altmodischen Dreispitz und in halbhohen Stulpstiefeln auf dem breiten Rücken des Tieres hockte, war es doch irgendwie offenbar, daß diese lässige Haltung alles andere als Schwäche oder mangelnde Kunst war. Blitzhaft fuhr Cornelie ein schon in der Kindheit aufgeschnapptes Urteil über diese besondere Art zu reiten durch den Kopf: »Sitzt auf dem Gaul wie hingespuckt, sieht aus, als wüßte er nicht, auf welcher Seite er abrutschen sollte, und geht als Erster durchs Ziel wie ein Gott ...« Nein, der wußte, was Reiten war, dieser krumme kleine Hunne dort, mit den angezogenen Knien! Indessen war die halbe Minute, in der er ihr Gesichtsfeld kreuzte, lang genug, um Cornelie noch ganz anderes klar erkennen zu lassen als eine unveränderte Manier, zu Pferde zu sitzen. Da war etwas nie an ihm Gesehenes: der Zivilanzug; und dann: sein Haar! Lieber Gott, das war wohl jetzt nicht mehr gepudert, denn so weiß, wie es jetzt zu beiden Seiten des Gesichts und in dem schlecht gewickelten kurzen Zopf sichtbar war, so weiß hätte er dies blauschwarze doch niemals pudern können! Das war weiß geworden – schlohweiß! Und so sonderbar starr trug er es dahin, dies große greise Haupt auf dem schmächtigen Körper! Das Gesicht war wie einst gelb, hatte jenes verwitterte Braun, das dem Volk die Zigeunerfarbe, das Taterbraun ist. Aber wie er dies Gesicht mit dem breiten geraden Unterkiefer, dem sehr kurzen Kinn jetzt ihrem Gefährt zuwandte, um es sogleich ohne das geringste Zeichen des Erkennens, nur sichtlich unangenehm berührt von dem Anblick Fremder wieder abzuwenden, da sah sie doch, das war ein verändertes Antlitz – eins, das maskenhaft leer mit toten Augen herschaute und nichts spiegelte, nicht einmal Neugier, wer da gefahren käme. Doch, wie durch einen überspringenden elektrischen Funken war ein Zucken durch das Pferd gegangen, und es hatte sich in Trab gesetzt. »Sieh«, flüsterte Cornelie atemlos, »sieh, er reitet immer noch ohne Sporen!«

»Und«, setzte sie hinzu und sank vollends gegen die Lehne des Sitzes zurück, während der Reiter in der Schneise verschwand, »eine Peitsche, einen Reitstock – das hat er ja auch nie gebraucht!«

Jetzt folgte ein Knecht in überstürztem, poltrigem Trab. Er trug zwei Büchsen über die Achsel gehängt und schenkte dem Wagen ebenfalls kaum einen Blick, so sehr war er beflissen, die Entfernung zwischen seinem und dem Gaul seines Herrn nicht größer werden zu lassen. »Dubbicke!« murmelte Cornelie. Der Kutscher wandte sich jetzt um.

»Dat wihr he!« sagte er geheimnisvoll, mit der Peitsche in der Richtung der Schneise deutend – »de von Hölkewiese! De Lüd, de segge joa, et is nich ganz richtig mit em...«

»Schweig Er still!« herrschte Cornelie ihn an. Der junge Kerl zog den Kopf ein und trieb seine Pferde an. »Mutter, wer war das?« flüsterte Christoph nun, an sie gedrängt, aufgeregt. »War das...?«

Aber jetzt verließ sie die Kraft, und während das leichte Gefährt stoßend um die Biegung des Weges flog, konnte sie dem Knaben nur schmerzvoll zunicken und mußte dann ihr weinendes Antlitz mit den Händen bedecken. –

IV

Obgleich Cornelie nun wußte, daß der Vater auf den Anstand hinüber ins Lochnowsche geritten und nicht vor spätabends zurückzuerwarten war, wenn er nicht überhaupt die Nacht auf dem befreundeten Gutshof verbrachte, so gab sie doch ihre Absicht, zuerst im Pfarrhaus vorzusprechen, nicht auf. Ging sie der Frage, warum sie sich scheute, die gute Liebenschütz unvorbereitet vor die Tatsache ihrer Heimkehr zu stellen, auf den Grund, so stieß sie auf die Überzeugung, daß die Liebenschütz der Lage nicht gewachsen sein würde. Es war Spätnachmittag, als sie die Hölkewieser Feldmark hinter sich hatten und ins Dorf einfuhren. Seit dem unvorhergesehenen und einseitigen Wiedersehen mit dem Alten war Cornelie sehr ruhig geworden. Es war, als sei ihr ein Einblick in die Streitkräfte des Gegners vergönnt worden und das Ergebnis hätte ihr bewiesen, daß er nicht in der Übermacht war. Schon sah sie mit anderen Augen um sich. Es war nicht mehr allein Ergriffenheit und Rührung, was sie angesichts der geliebten Felder und der zauberhaft sich vor den Horizont hinbauenden Gestalt des Dorfes empfand, es war auch Unwille und Kummer über die schlechte Bestellung der Äcker, über ersichtlich flüchtige Aussaat, über Brachland, das im Unkraut erstickte, über den Gegensatz endlich, der auf der anderen Seite, auf den Feldern der Bauern herrschte. Nur die Pferdekoppel hinter der Parkmauer, die war freilich im Stande, und was sich innerhalb ihrer Umzäunung tummelte, was dort weidete – vier, fünf Gäule besten Schlages, Christoph blickte mit glänzenden Augen hinüber! –, das mochte sich sehen lassen. Der Park aber – wie hoch, wie dicht die Bäume geworden waren! Das Dach des Herrenhauses war nicht mehr zu sehen und kaum ragte der Kirchturm noch über die Massen jungen, goldengrün wogenden Laubes hinüber. In diesem Jahr ist es zu spät, durchzuschlagen, dachte Cornelie, aber im nächsten Februar... Was tut denn der Gärtner im Winter, daß er nicht dafür sorgt? Unwillkürlich hatte sie sich Haltung gegeben: wünschte sie gleich, nicht erkannt zu werden, so wollte sie doch als Herrin erkannt werden, wenn es der Fall war. Ihr Blick streifte Christoph, und ein Schauer von Glück ging über ihr Herz, von rätselhaftem Bangen gedämpft. Ihn in sein Erbe führen, dachte sie – wie gut! Aber sie brachte das Wort, das ihn auf die Bedeutung dieser Minuten hinweisen sollte, nicht über die Lippen. Ein Kind war er, meinte sie, sich selbst zuredend, er würde ja gar nicht begreifen... »Freust du dich?« flüsterte sie. Und als er ihr das Gesicht zuwandte, erkannte sie plötzlich, was er erlebte, was ihn blaß bis in die Lippen, was seine Augen so inbrünstig strahlen machte. Delphine! Und war es möglich, daß sie selbst des Kindes an diesem Tage noch mit keinem Gedanken gedacht hatte?!

In diesem Augenblick bog der Wagen in den freien Platz ein, der sich, begrenzt durch Gutshof, Gottesacker, Kirche und Pfarrgarten, hier von der geraden Dorfstraße abbuchtete. Sie umfuhren die mächtige alte Linde in seiner Mitte und hielten. –

V

Eine Viertelstunde später trat Christoph aus der Tür des Pfarrhauses, die er behutsam ins Schloß drückte. Er ließ einen erkundenden Blick umhergehen und musterte ein wenig unschlüssig die Schar von Dorfkindern, die sich vor der Gartenpforte versammelt hatte und ihn mit deutenden Fingern, mit aufgeregten Rufen begrüßte. Dann sprang er entschlossen die Stufen hinunter, durchbrach den Wall der Neugierigen und schritt zielsicher zum Eingang des Gutshofs hinüber. Eine Rotte der Kinder, die ihn zusammen mit den aus ihrer Angerruhe aufgestörten trompetenden Dorfgänsen verfolgte, blieb wie durch einen Zauber gebannt zurück, als sie ihn so unbeirrt auf das Hoftor zustreben sah. Die Gänse, die ihm peinlicher waren, blieben ihm ein Stück weiter auf den Fersen, dann machten sie kehrt, ohne aufzuhören, den Fall zu beschreien. Aufatmend und ganz allein ging Christoph zwischen den beiden kugelgekrönten Steinpfeilern des Portals in den Gutshof von Hölkewiese hinein.

Nachdem der Pastor die Mutter begrüßt und in seine Amtsstube geführt hatte, war der Knabe Zeuge der ersten Hin- und Widerreden, der Erklärungen der Mutter über ihre Person, über den Anlaß ihrer Rückkehr und endlich ihrer sofort bejahend beantworteten Bitte um Quartier für die nächste Nacht gewesen. Sodann hatte die Mutter den Kutscher abgefertigt, ihm selbst jedoch aufgetragen, den leichten Reisesack, den sie mithatten, in die Giebelstube zu tragen, wo sie schlafen sollten. Er sollte sich ein wenig säubern und kämmen und dann abwarten, bis sie zu ihm käme. Nun, er hatte nicht warten können. Oder vielmehr – er hatte etwas zu erledigen, was keinen Aufschub vertrug. Bis sie mit allem fertig war, was sie mit dem Pastor bereden wollte, würde er zurück sein – wahrscheinlich. –

Der Hof, den er betreten hatte, war leer und still. Er empfand Erleichterung, denn er war sich nicht ganz klar darüber, was er sagen wollte, wenn jemand ihn nach seinem Begehren fragte. Ungeachtet dieser inneren Unsicherheit ging er aufrecht und langsam, alles nachdenklich musternd, die Pflüge und Ackerwagen, die ohne rechte Ordnung herumstanden, und die schiefen baufälligen Stallungen. An dem mit Entengrütze bedeckten

Tümpel blieb er stehen und betrachtete den alten Nußbaum, der sich hier ausbreitete, wie einen Menschen, von dem er viel erzählen gehört hatte und dem er nun zum erstenmal wirklich begegnete. Hierbei bemerkte er, daß ringsum verborgenermaßen doch einiges Leben vor sich ging: in den Ställen rührte es sich stampfend, eine Kette klirrte, eine Kuh brüllte auf, und dann kam, kurz und grob, eine menschliche Stimme. Da wurde wohl gefüttert und gemolken – er wußte ja ein wenig, wie es so zuging auf Hölkewiese. Dann erschrak er, denn auf einmal sah er den großen schwarzen Hund, der angekettet vor der Hütte lag und mit dem Kopf auf den Pfoten nach ihm hinspähte und ein paarmal mit dem Schweif zuckte, was soviel heißen mochte wie: Passez, Monsieur! Das war Wasser, der Hofhund, sagte er sich und trat respektvoll um ihn herum. Eine Magd, mit vollem Milcheimer aus der Tür des Kuhstalls herausschlurfend, blieb mit offenem Munde stehen. Er sah geniert nach ihr hin, diesem Weibsstück in hochgerafften Röcken und mit den nackten Füßen in Holzpantinen, und in einer plötzlichen Eingebung legte er nachlässig die Hand an die Schirmmütze, indem er weiter auf das Herrenhaus zuschritt. Seine Gebärde wirkte lösend auf sie – er hörte sie hinter sich fortklappern. Er wählte die Auffahrt zur Rechten, und die Augen fest auf das ihn wie längst Bekanntes anmutende Haus gerichtet, umschritt er das davorliegende, mit vernachlässigtem Buchs umpflanzte und etwas ansteigende Rasenrondell. Wie oft hatte die Mutter ihm das aufgezeichnet und diese einfachen Bilder durch ihre Beschreibung ergänzt: den gelbgetünchten, schlichten Bau mit den Reihen der Fenster oben und unten, mit der stattlichen Tür in der Mitte. Über der Tür war der Halbkreis der Sonnenuhr mit dem schrägstehenden Weiser und darunter das Trachtsche Wappen: der Gewaffnete mit der Last auf den Schultern im unteren Felde und der auffliegenden Lerche im oberen, linken. Es war alles richtig; er erkannte das Haus. Und hoch auf dem Dachfirst saß die Amsel und sang verzückt in den Abend: auch von dieser Amsel hatte die Mutter erzählt. Aber die Fenster waren alle geschlossen. Ihre gebuckelten Scheiben glänzten schwarz und blank und spiegelten Himmel und Bäume; nirgends zeigte sich ein Gesicht dahinter, das nach ihm aussah, wie er eigentlich erwartet hatte. Da er weder Klopfer noch Klingelzeug fand, drückte er endlich entschlossen auf die Klinke. Gleich darauf stand er in einem dämmrigen Vorraum, zögerte ein wenig und ging dann auch durch die zweite, die Glastür, um nun zwischen die langen, von vielen Türen unterbrochenen Wände des Korridors zu treten. Ganz an seinem Ende zur Linken sah er eine Treppe emporsteigen und stand unschlüssig, wohin er sich wenden sollte. Wie tief das Haus schwieg! Christoph atmete beklommen; die Luft war sonderbar modrig und schwer. Aus den Rahmen angedunkelter Bilder, die an der Wand hingen, blickten Gesichter auf ihn, streng, deuchte es ihm, drohend und fremd. Er dachte, er plante nichts, er war sich kaum der Absicht bewußt, die ihn bis hierher geführt hatte. Die Absicht lag so lange, lange zurück. Er war dunkel angetrieben und nicht mehr von Erwägungen dieser gegenwärtigen Stunde abhängig, war inmitten der Erfüllung gleich wie im Traum. Die Kraft des Wunsches hatte ihn unendliche Meilen überwinden lassen, so war ihm. Was sollte er jetzt, auf der Schwelle des Zieles, anderes tun als sich tragen lassen? Er stand vor der breiten Flügeltür, ohne zu wissen, was er sich dahinter versprach. Wieder drückte seine Hand eine Klinke nieder, und nun befand er sich in der feierlichen Öde eines länglichen Saales. Leer, ganz leer war der von stumpfem Abendlicht erfüllte Raum bis auf die beiden schmalen Sofas und die Reihen steifer Stühle, die die Wände entlang standen. Drüben aber, an der jenseitigen Wand, standen keine Stühle, da waren zwei hohe Flügeltüren aus Glas, durch die der Park hereinschaute, und dazwischen...

Er erschrak plötzlich furchtbar. Er hatte ein paar Schritte vorwärts getan, der Mitte des Saales zu, und da war von dort drüben, zwischen den Glastüren her, jemand auf ihn zugekommen, eine Gestalt in langen, hellen Beinkleidern und einer kurzen moosgrünen Jacke. Verwirrt riß er seine Schirmmütze vom Kopf; sofort tat die Erscheinung dasselbe. Auch sie stand still und starrte ihm mit verwildertem Haar, mit schreckvoll geöffneten Lippen – mit aufgerissenen Augen entgegen. Dann trat ein ganz erlöstes Lächeln auf ihr Gesicht. Sie senkte den Kopf, sah an sich nieder und kam nun stärker lächelnd auf Christoph zu, der seinerseits vorwärts schritt, bis er mit ausgestreckter Hand die Fläche des großen, in die Mauer eingelassenen Spiegels berührte, die kühle, harte, vor Alter grünliche Scheibe fühlte, die seine Fingerspitzen von denen seines Gegenbildes schied. Dann aber verharrte er staunend.

War er das, jener Christoph, dessen er sich während der Reise zuweilen entsonnen hatte als eines Kameraden französischer Grenadiere und eines fröhlichen Abenteurers in den Gassen und auf den Plätzen einer hinter dem Rheine versunkenen Stadt? Denn dies war das Seltsame, daß er auf der Reise, auf dieser viele Tage fortwährenden Ortsveränderung das Gefühl, er selbst zu sein, entweder verloren hatte oder aber, daß dies Gefühl eben durch dieses Überschreiten des Stromes, durch dies Betreten des anderen Ufers, durch diese Wanderschaft auf der Suche nach der neuen Heimat erst in ihm zum Keimen gebracht worden war! Als er sich jetzt staunend im Spiegel musterte, einen schönen Knaben mit geröteten Wangen und dunklen Augen zu hell durchschimmertem und willkürlich sich lockendem Haar – da überrieselte ihn doch jählings ein unbegreiflicher Schauer vor dem Blick dieser seiner eigenen Augen. Als bei einer zurückweichenden Bewegung der trockene alte Fußboden unter ihm krachte, war die Panik vollkommen. Er stürzte auf die nächste Glastür zu, rüttelte daran, fand sie verschlossen, mußte noch einmal an dem Spiegel vorüber zur nächsten, drückte auch hier vergeblich die Klinke nieder, und jetzt nur wissend, daß er um jeden Preis aus diesem Hause wieder hinauswollte, kletterte er auf ein Fensterbrett, riß einen Flügel auf und sprang auf die von Oleanderkübeln begrenzte Terrasse hinaus. Aber erst als er im Garten war und auf das Haus zurückblickte, beruhigte sich sein aufgeregt schlagendes Herz. Er stand auf grasbewachsenem Pfade inmitten eines Platzes, der in Rosenbeete aufgeteilt und von einem weinberankten Laubengang im Bogen umschlossen war: neben ihm, auf efeuumsponnenem, moosigem Sockel, stand sie, die Göttin, die Frau mit dem Finger auf den verstohlen lächelnden Lippen. Er betrachtete sie ernsthaft, ähnlich, wie er vorhin den Nußbaum betrachtet hatte. Eine Rosenranke war an ihrem Sandsteinleibe emporgestiegen, und die zarten rötlichen Blätter spielten ihr bebend zwischen den Brüsten. Christoph wandte sich, und seine Augen suchten die Fenster des Hauses ab: das eine war ein wenig geöffnet, der Wind hatte sich einen Zipfel der weißen Gardine herausgeholt und ließ ihn wie zu einer Begrüßung flattern. Der Knabe sah lange hin. Er hätte gerne gerufen, aber das Abenteuer im Saal lähmte ihm einstweilen die Stimme. Ich werde erst in den Garten gehen, dachte er unschlüssig, vielleicht ist sie dort... Er durchquerte die Pergola, die in der Mitte zugänglich war, und befand sich sogleich in den schwarzen Schattenpfaden des Parkes, wo es zwischen hohen alten Bäumen dämmrig war wie im Walde. Nur das smaragdene Flimmern des jungen Laubes in den fast waagrecht eindringenden Strahlen der Abendsonne gab ein verworrenes Licht. Irgendwo sang auch hier ein Vogel, aber es war nicht das Lied der schwarzen Amsel, es war ein dem Knaben fremder, sehr süßer Gesang, der in unerschöpflichen Strophen niedertropfte. Dazu war immer wieder das tiefe Gegurr wilder Tauben vernehmbar, und als Christoph in einer Lichtung plötzlich vor einer starren schwarzgrünen Taxuswand stand, rannte er blindlings in die Öffnung dieser Wand hinein, einfach, weil er aus dem Walde und aus diesem Vogelgetön hinauswollte, weiter – dorthin, wo es doch jetzt noch hell sein mußte! Nun aber ward das Irrsal vollkommen. Rechteck in Rechteck dunkler Nadelstammauern gefügt, waren hier schmale Gänge ausgespart: der äußerste führte in einen inneren und dieser wieder in einen neuen. Christoph, nicht mehr wissend, von wo er gekommen, stürzte, den Ausgang suchend, durch jede Tür, die sich auftat. Hätte er nur die Ruhe bewahrt, so hätte er bald wieder hinausgefunden, denn dies ganze Gebilde war, wie er später feststellte, nichts weniger als ein Labyrinth; es war einfach ein Ineinander von drei Quadraten mit verschobenen Eingängen. Nun aber mußte es ihm begegnen, daß, als er kehrt machte, dort, wo er hinauswollte, wie aus der Erde gewachsen eine Gestalt erschien, eine kleine alte Frau, sehr gekrümmt, die ihm mit mißtrauischen Augen entgegenspähte. Die Vorstellung, in eine von Kathrins Geschichten – eine ganz bestimmte Geschichte! – hineingeraten zu sein, schlug bei diesem Anblick vollends über ihm zusammen. Er drehte sich um sich selbst, tat ein paar Schritte, erkannte, daß er auch auf diese Art wieder zum Ausgang gelangen mußte, und in der irren Annahme, sie sei ihm auf den Fersen, rannte er vorwärts mit dem Erfolg, daß er ihr bei der letzten Ecke in die Arme lief, denn sie war ihrerseits umgekehrt und kam ihm nun entgegen. Jetzt stand er zitternd still, nahm langsam die Mütze vom Kopf und blickte atemlos auf sie hin.

Auch in der Nähe gesehen, war sie sehr klein, diese Alte mit der getollten Spitzenhaube auf dem vorgeschobenen Kopf und dem seidenen Schürzchen über dem sehr sauberen Anzug. Sie ging am Krückstock und trug mit dem linken Arm ein Deckelkörbchen an sich gepreßt: es waren diese zwei Umstände, die Christoph hauptsächlich erschreckten, denn, jene Zauberin – jene Erzzauberin! – trug sie nicht den Vogel, der Jorinde war, heimlich in einem Körbchen beiseite, als Joringel kam, um Jorinde zu suchen? Im übrigen war an dieser alten Frau nämlich nichts Beängstigendes. Vielmehr lag auf ihrem kleinen runden Gesicht und in ihren ausgeblaßten, mühsam spähenden Augen ein Ausdruck von Kummer und argwöhnischer Sorge, der eher mitleiderregend war. Es war darin wie eine Überfüllung mit Verantwortung, die fortwährend absickerte. Hier war, dies hätte sogar dem Knaben deutlich gewesen sein können, wenn er sie nicht von vornherein in sein ihm selbst kaum bewußtes Spiel einbezogen und ihr darin den Platz angewiesen hätte, für nichts anderes Raum als für Sorge, Gram und Furcht vor neuem Gram. Aber hier war außerdem noch etwas, das seinen Schrecken irgendwie rechtfertigen konnte; es glich entfernt seinem Erlebnis vor dem Spiegel. Die Augen der alten Frau waren Spiegel, die sein Bild auf besondere Weise zurückstrahlten, nicht eben verzerrt, aber mit einer höchst unheimlichen Auflösung irdischer Konturen.

Sie standen sich also eine Weile gegenüber, betrachteten sich und fürchteten sich eines vor dem anderen. Dann hob sie den Krückstock ganz wenig mit einer deutenden Gebärde auf ihn zu und sagte leise und heiser: »Woher kommt Er? Was will Er? Wer ist Er?«

Der Knabe holte tief Atem: »Ich komme aus Mainz«, antwortete er gehorsam, »ich heiße Christoph Echter von Mespelsbrun.«

Die Alte trat einen Schritt zurück. »Mein Gott!« flüsterte sie und starrte Christoph kopfschüttelnd an. Dann wandte sie sich ab von ihm. »Mein Gott!« sagte sie noch einmal im Ton verzweifelter Anklage, »hast du ihr auch das noch genommen...«

Hiermit hinkte sie davon. Es war ein Selbstgespräch gewesen, und es war zu Ende. Ohne sich noch einmal umzusehen, humpelte sie dem Ausgang zu, und gleich darauf vernahm Christoph ihre sich entfernenden Schritte hinter der Taxuswand. Ihm war bei diesem Verhalten seltsam zumute, als habe er sich in Luft aufgelöst. Warum ließ sie ab von ihm, als sei er plötzlich nicht mehr da? Vorsichtig folgte er ihr und sah sie eben noch am Ende eines Heckenweges, aus dem sie abbog, nachdem sie eine rätselhafte und groteske Reverenz vor einer leeren steinernen Bank, die dort stand, gemacht hatte. Er verharrte noch, unentschlossen, was nun zu tun sei, als er auf einmal bis ins innerste Herz durchschauert zusammenschrak. Eine Stimme hatte gerufen, ganz fein, ganz leise. Das klang wie Vogelgezirp über ihm, und da kam's wieder – neckend – war hinter ihm: »Such mich, Stofferle – such mich!«

Er war wild herumgefahren. Kein Mensch, seit Jahren kein Mensch rief ihn Stofferle! Das war eine Erfindung des Kathrin gewesen, als er klein, ganz klein war, und wenn Delphine ihn hatte hänseln wollen, hatte sie ihn so genannt.

»Delphine!« schrie er. Es klang rauh, keuchend, fast schluchzend.

»Such mich!« rief's wieder.

Aufstöhnend lief er zurück. Das war aus dem Taxusgehäuse gekommen. Er nahm in langen Sätzen den ersten, den zweiten Gang. Vor der dritten Öffnung, die er das erstemal nicht durchschritten, hielt er inne. Ein grünes Gemach lag vor ihm, Bänke an den drei geschlossenen Wänden. In der Mitte erhob sich ein verwittertes Bildwerk aus Stein – ein fackeltragender Jüngling. Hinter ihm lugte etwas hervor, ein blaßrotes Kleidchen, eine weiße Schleife in unvergessenem, krausem, schimmerndem Haar. ... Und nun kam es völlig zum Vorschein.

»Delphine...«, sagte er ungläubig, bange.

»Ich bin ihr davongelaufen«, erzählte sie eifrig, ganz unbefangen, ganz, als sei sein Erscheinen das Selbstverständlichste, was geschehen konnte. »Ich stand hier im Gebüsch hinter der dicken Buche, und da sah ich erst dich hereingehen, und dann kam sie. Und dann ging sie weg und du hinterher, und ich lief hier herein. Aber erst rief ich dich...«

Sie machte ein verschmitztes Gesicht, legte die Hände hohl vor den Mund und rief wieder mit hoher Stimme: »Stofferle! Such mich!«

Dann versagte doch auch ihr ein wenig die Fassung. »Christel!«

sagte sie beinahe zaghaft und berührte mit der Hand seinen Ärmel, als wollte sie sich überzeugen, daß er es leibhaftig wäre. »Und wie kommst du eigentlich her, Christel?«

Er schlug mit der Mütze gegen sein Bein und sah in die Luft.

»Ich – oh, ich?« sagte er leichthin, »ich bin hierhergereist, mit der Post. Die Mutter auch«, setzte er beiläufig hinzu. Sein rasendes Herzklopfen ließ nach, der unerhörte Augenblick verflüchtigte sich. Jetzt mußte er zunächst damit fertig werden, daß Delphine so erwachsen aussah. Sie war nicht etwa größer als er – keineswegs! Dennoch...

»Die Grandmaman ist gestorben«, sagte er mit dem größten Maß von männlichem Gleichmut, das er aufbringen konnte. »Es war die einzige Möglichkeit herzukommen, weißt du. Wir bleiben jetzt hier.«

Delphine sah ihn sonderbar an.

»Freust du dich denn darüber?« fragte sie.

Christoph fühlte seine Wangen wieder erglühen.

»Worüber?« fragte er unsicher zurück. Und als Delphine nur blickte, nichts sagte, stammelte er: »Wir hätten doch nie nach Preußen gekonnt, wenn sie noch lebte...«

Delphine sah zu dem steinernen Jüngling auf, als tauschte sie Einverständnis. Du hörst es! schien dieser Blick zu sagen.

»Und wenn ihr nun nicht hierbleiben könnt?« fragte sie spielerisch.

»Warum sollen wir nicht?!«

»Wenn der Großvater es nun – nicht erlaubt...«

Jetzt lachte Christoph wegwerfend.

»Das ist doch mein Großvater so gut wie deiner!«

Delphine drehte sich auf den Absätzen hin und her.

»Du weißt wohl nicht alles«, sagte sie altklug. »Der Großvater ist doch böse mit Tante Cornelie! Der Herr Major von Voß sagt...« – »Was sagt der?«

Delphine lief plötzlich aus der Taxuskammer hinaus. »Ach, das verstehst du noch nicht!«

Christoph ging hinterdrein. Ihm war wirr im Kopf. »Wer war denn die alte Frau?« fragte er.

»Das war doch die Demoiselle!«

»Die immer Briefe an die Mutter geschrieben hat?« fragte Christoph erstaunt. »Ist die so alt?«

»Das durfte sie nicht!« sagte Delphine und nickte langsam dazu. »Soll ich dir einmal etwas sagen?«

Christoph sah sie neugierig an. Delphine guckte erst rings umher, dann näherte sie ihren Mund seinem Ohr.

»Sie sieht Gespenster, die Demoiselle«, raunte sie. »Es gibt hier welche. Meine Mama – deinen Papa – und die Großmütter, deine und meine. Manchmal, wenn sie in ein leeres Zimmer kommt, verneigt sie sich tief – und auch...«, das Kind blickte scheu nach der steinernen Bank, an der sie vorübergingen, »vor so einer Bank, auf der gar keiner sitzt. ›Ce sont Messieurs vos ancêtres‹, sagt sie, wenn ich sie frage. Hier sitzt immer eine alte Dame, die sie nicht kennt, aber sehr vornehm! Im Laubengang spaziert mittags um zwölf, im Sommer, wenn die Hitze am größten ist, der Urgroßvater mit dem weißen Hündchen; und auf der Terrasse, unter der Tür vom Saal, hat sie einmal den Prinzen Heinrich gesehen, gerade an dem Tag, an dem er in Rheinsberg gestorben ist!«

»Und – mein Vater?« fragte Christoph voll Schauer.

»Ach, den hat sie nur einmal gesehen, wie er im Hof zu Pferde stieg und davonritt. Da war Vollmond. Aber meine Mama – die steht immer an meinem Bett.«

»Fürchtest du dich nicht?« fragte Christoph, hastig hinter sich blickend. Delphine sah ihm prüfend ins Gesicht. »Pah, ich bin es gewöhnt«, sagte sie. »Sie tun auch nichts. Aber du – du fürchtest dich ja! Oh! Ein Junge...«

Christoph überwand mit Gewalt, was in ihm aufgestiegen war, und starrte ihr fest in die Augen. »Fürchten!« sagte er nur voll Verachtung. Plötzlich faßte er ihre kühle kleine Hand, die nach seiner gegriffen hatte. »Doch, Christel – doch, ich fürchte mich oft«, hörte er sie stammelnd sprechen. »Aber – nicht vor den Geistern...«

Mit einem Male begannen die Kinder zu laufen und hielten erst inne, als das Haus zwischen den Bäumen durchschimmerte. Vom Laubengang her wurden Stimmen vernehmlich, Christoph erkannte die seiner Mutter und die tiefe des Pastors.

»Sei ruhig, Delphine!« sagte er erlöst und zog sie mit sich in die Richtung, aus der das Gespräch kam. »Sei ganz ruhig. Wir bleiben jetzt bei dir – oder – wir nehmen dich mit.« –

VI

Es war keine Überraschung für Cornelie gewesen, im Pfarrhaus nicht mehr ihren alten Konfirmator, den Pastor Lemke, vorzufinden, denn in den Briefen der Liebenschütz war zuweilen eines Pastors Hermes Erwähnung getan worden, so daß sie hatte annehmen können, Gotthold Lemke sei gestorben oder aus dem Amt geschieden. Es war ihr nicht unlieb, ihm jetzt nicht begegnen zu müssen. Er würde zweifellos sogleich die Rechte des alten Seelsorgers geltend gemacht haben und auf ihren Glaubenswechsel zu sprechen gekommen sein, wenn er sich nicht vielleicht gar verpflichtet gefühlt hätte, ihr die Tür zu weisen, nicht so sehr aus eigener Überzeugung, als in dem ängstlichen Bemühen, übereinstimmend mit der Gesinnung seines Patrons zu handeln. Denn Gotthold Lemke, mehr oder weniger ein Bauer mit geistlichem Nebenberuf, war von jeher sorgfältig beflissen gewesen, dem Gutsherrn nach dem Munde zu reden. Da er indes, wie der General auch sehr wohl wußte, gleichzeitig den Bauern die Waage zu halten und es jedenfalls mit keinem Teil zu verderben suchte, so hatte Tracht immer erklärt, es sei kein Verlaß auf ihn, hatte ihn einesteils geschurigelt und war ihm im übrigen die ganze Woche aus dem Wege gegangen. Am Sonntagabend ließ er ihn sich dann manchmal zu einer Unterhaltung kommen, die er einen »geistlichen Disput« nannte, was sehr einseitig darin bestand, daß der General die Predigt vom Vormittag ad absurdum führte, wobei es ihm ein diabolisches Vergnügen machte, den wehrlosen Lemke bis an die Grenze seiner Aufnahmefähigkeit mit französischem Rotwein zu füllen. Doch konnte es auch vorkommen, daß er dem Pastor sein Herz ausschüttete und den Verlegenen zwang, Beichten anzuhören, denen er sich in keiner Weise gewachsen fühlte. Dies freilich geschah nur, wenn Dubslaw seinerseits zu tief unter die Wirkung seines Burgunders geraten war, und er selbst hatte kein Gedächtnis für solche Entgleisungen.

Mit der Erinnerung an diese tabakumqualmten Konvivien belastet, hatte Cornelie die Schwelle des Pfarrhauses sehr ungern überschritten, und nur, weil dies die einzige Möglichkeit war, eine letzte Staffel innezuhalten und Erkundungen einzuziehen, von deren Ausfall ihr weiteres Verhalten abhängen sollte. Als ihr Hermes entgegentrat, war sie erleichtert gewesen.

Es war zunächst seine äußere Erscheinung, die vorteilhaft von dem Bilde abstach, mit dem Gotthold Lemke diesen Rahmen – das niedere lange weinumrankte Backsteinhaus – ausgefüllt hatte. Hermes hatte nichts Bäuerisches an sich. Ein mittelgroßer Mann mit festen Gesichtszügen, erweckte er auf den ersten Blick den Eindruck einer besonderen Akkuratesse, nicht nur des peinlich gutsitzenden schwarzen Rockes, sondern des ganzen Auftretens. Da war keine Bewegung zuviel; jeder Schritt, jede Gebärde war richtig bemessen, und seine Art zu sprechen, sparsam an Worten, aber immer genau dem Gegenstand angepaßt, hob sich ebenfalls vorteilhaft von der Lemkeschen Suada ab, die nur zwei Register gekannt hatte: Salbung oder Poltrigkeit. Dieser hier ließ sich das, was er sagte, anscheinend unmittelbar von innerer Einsicht diktieren, wenn es nicht einfach sachlich bedingt war. Cornelie empfand dies alles, ohne sich im einzelnen Rechenschaft darüber abzulegen, aufseufzend als ihren tiefsten Wünschen entsprechend. Das beste war, daß er ihr so ganz ohne die Beschattung eines Vorurteils entgegenkam.

Nachdem sie ihn über ihre Person unterrichtet und auf ihre Bitte um Beherbergung eine zusagende Antwort erhalten hatte, nachdem Christoph außer Hörweite war, hatte sie ihm gegenüber in der Amtsstube Platz genommen. Er selbst war bald wieder aufgesprungen, und vor ihr stehend oder im Zimmer umhergehend gab er ihr Auskunft.

Daß er ihr Kommen guthieß, hatte sie schon aus dem freudigen Ausruf entnehmen können, mit dem er sie begrüßt hatte. Daß er im Bilde über ihr Zerwürfnis mit dem Vater war, ging aus seiner Bereitwilligkeit, sie bis auf weiteres aufzunehmen, fraglos hervor, ebenso die Tatsache, daß er selbst sich einer Stellungnahme enthielt und daß es ihm gleichgültig war, wie sein Verhalten, das ohne Zweifel morgen schon im ganzen Dorf bekannt sein würde, vom General beurteilt werden mochte. Er ahnte wohl kaum, wie sehr er ihr die Lage erleichterte. Als sie jetzt neben seinem Schreibpult saß und zu ihm aufsah, fühlte sie sich bereit, ihre Schritte von diesem gelassenen Menschen bestimmen zu lassen, und sie gab dem auch Ausdruck.

»Sagen Sie mir, woran ich bin, Herr Pastor«, bat sie. »Sie

sehen, daß ich selbst meine, nur mit einer Überrumpelung ans Ziel gelangen zu können. Aber ich bin gänzlich im unklaren darüber, wie es drüben aussieht und was ich der Demoiselle Liebenschütz zumuten – ob ich auf ihre Unterstützung rechnen kann...«

Hermes sah nachdenklich auf sie nieder, die Hände auf dem Rücken verschränkt.

»Das können Sie nicht, gnädige Frau – das ist es eben, was ganz fortfällt«, sagte er lebhaft. »Der Zustand der alten Dame ist so, wie Sie ihn mit Recht in Soupçon haben. Sie ist von ihrem hohen Alter nicht nur physisch beeinträchtigt, sondern sie ist auch nicht mehr imstande, Herr über gewisse krause Einbildungen und Vorspiegelungen ihres Hirns zu werden.«

»Mein Gott!« Cornelie war tief erschrocken. »Steht es so schlimm?«

»Es ist sehr schlimm, meine Gnädige. Es ist an dem, daß die Demoiselle Liebenschütz wohl noch einigermaßen klar disponieren kann und ein gewisses Tagewerk zu erfüllen imstande ist. Sie unterrichtet, soviel ich weiß, das kleine Fräulein noch im Französischen, promeniert auch mit dem Kinde im Park und hütet es ängstlich. Was aber das Hauswesen von Seiner Gnaden, Ihrem Herrn Vater, angeht, dem die Demoiselle doch vorsteht, so redet das ganze Dorf darüber, daß die Mägde tun und lassen, was ihnen beliebt. Die Demoiselle scheint den größten Teil der Zimmer unter Verschluß zu halten. Das wäre ja recht und billig, da der Herr General ohnehin nur zwei Räume bewohnen und die alte Dame mit dem Kinde auch nicht viel Platz benötigt. Indessen heißt es auch, daß sie den Mägden keine Wäsche herausgibt und daß es nur Dubbicke ist, der dafür sorgt, daß etwas auf den Tisch kommt. Er ist der einzige, vor dem das Gesinde Respekt hat, aber er sorgt auch nur für das, was ihn angeht, und Hungern ist eben nicht sein Fall. Meine gnädige Frau, ich rede freilich nur vom Hörensagen, denn das Schloß betrete ich nicht mehr, seit mir Seine Gnaden im vorigen Jahr einmal die Tür gewiesen haben. Daß es aber drüben sehr traurig steht, kann mir gar nicht entgehen; ich sehe es ja auch an dem Zustand der kleinen Delphine, die mir zweimal die Woche zum Unterricht gebracht wird. Das Kind ist nicht vernachlässigt, aber es ist in einer Weise versorgt, die ihm nachteilig ist. Gelegenheit, mit der

Demoiselle zu sprechen, hätte ich wohl, aber die alte Dame ist völlig unzugänglich.«

Er stand wieder vor Cornelie und blickte sie eindringlich an. »In der Tat, meine gnädige Frau«, sagte er, als sie seinen Blick nur schweigend zu erwidern vermochte, »ich ging seit einem Vierteljahr damit um, Ihnen zu schreiben und Sie von allem in Kenntnis zu setzen. Hat mir doch im Anfang meiner hiesigen Dienstzeit die Demoiselle so manches von Ihnen und von Ihrem harten Schicksal erzählt... Gestatten Sie mir, dies zu bemerken und Ihnen damit Erklärungen zu ersparen, die Ihnen im Augenblick nicht leicht fallen möchten. Ich hatte mein Amt hier eben angetreten, als die Demoiselle und kurz darauf das kleine Fräulein im Schloß eintrafen. Ja, in jenen ersten Jahren war die Demoiselle ein häufiger Gast bei uns und hatte immer Vertrauen zu mir. Das ist dann im Lauf der Zeit anders geworden, sie wurde – mit Verlaub zu sagen – immer wunderlicher. Es mag über ihre Kräfte gegangen sein...«

»Sie muß stark gealtert sein«, meinte Cornelie nachdenklich.

»Gealtert? Nun, Madame, sie war wohl nahe an siebzig, als sie herkam!«

Cornelie senkte den Kopf.

»Daß ich mir das nie klar gemacht habe! Oh, ja – sie war wohl schon nicht mehr jung, als sie damals nach meiner Mutter Tode zu uns kam. Aber es ist seltsam, die Menschen, die wir in unserer Jugend gekannt und dann lange nicht wiedergesehen haben, bleiben uns unveränderlich – wie Bilder gleichsam, im Gedächtnis. Ja, die gute Demoiselle mag ein Recht auf ihr Altenteil haben...«

»Darum eben, gnädige Frau«, sagte der Pastor zustimmend, »darum eben meine ich, daß Ihre Heimkehr ein wahrer Segen ist!«

»Ach – Heimkehr!« Cornelie sah betrübt zu ihm auf. »Lieber Herr Pastor, kann ich es, können Sie es wissen, ob ich nicht morgen schon die Straße zurückfahren muß, die ich heute gekommen bin? Was mir bevorstehen wird, wenn ich morgen dem Vater zeige...«

»Ihr Herr Vater scheint Ihnen, wenn ich es aussprechen darf, auch in einer bestimmten und von ihm vielleicht überwundenen Erscheinung vor dem inneren Auge stehengeblieben zu sein, gnädige Frau! Bedenken Sie, daß Sie auch ihn zehn Jahre nicht sahen! Ihr Herr Vater steht immer noch allgemein in dem Ruf eines Cholerikers, aber – und das ist beinah bedauerlich – kein Mensch fürchtet ihn ernstlich, sonst würde es wohl besser um das Gut stehen. Ich weiß nicht, ob Sie auf den Zustand der Felder geachtet haben...«

Cornelie machte eine zustimmende Bewegung und seufzte. Dann sagte sie jedoch:

»Vergessen Sie nicht, daß mein Vater Offizier ist und nicht Landwirt, Herr Pastor!« als wünschte sie, eine Kritik zurückzuweisen.

»Sehr wohl, Madame«, entgegnete Hermes ruhig, »so sollte er aber verläßliche Beamte und Knechte haben; und die hat er nicht. Da wäre der Herr Major von Voß, der alle paar Monate einmal kommt und sich um alles bekümmert, aber die Bauern lügen ihm vor, was sie wollen, und halten es mit dem Spanndienst und mit der Feldarbeit ganz wie es ihnen paßt. Und es paßt ihnen eben besser, für die eigenen Felder zu sorgen als für die vom Gut.«

»Und wer wollte es ihnen verdenken«, meinte Cornelie für sich. Hermes sah sie überrascht an. »Ein menschlicher Standpunkt, gnädige Frau!« sagte er mit Wärme. »Ehe hier indessen die gesetzlichen Änderungen geschaffen sind, die uns unser guter, aber zögernder König immer wieder verheißt, sind die Güter nun einmal auf ihre Bauern angewiesen; die Bauern sind zu ihren Leistungen verpflichtet und brauchen eine Hand, die sie regiert. Es wäre wohl ein Segen für das ganze Dorf, wenn Sie hierblieben und nach dem Rechten sähen! Sie dürfen nicht retirieren, auch wenn der Herr General sich sehr böse stellen sollten! Meiner bescheidenen Meinung nach wird er das gar nicht tun. Passive Resistenz vielleicht. Er ist nicht mehr für die großen Aktionen. Wenn gnädige Frau meinem Rat folgen wollten, so müßten Sie sich morgen noch vor der Rückkehr des Herrn Vaters, die gewohnheitsmäßig erst im Verlaufe des Vormittags stattfinden wird, im Schloß einquartieren und ihn vor ein fait accompli stellen.«

Cornelie überlegte. Endlich sagte sie: »Ich kann mich so schnell nicht zu diesem entschließen, Herr Pastor, obgleich es mir auf einmal scheinen will, als sei es das Einfachste und Natürlichste, so zu handeln. Lassen Sie es dabei bleiben, daß ich diese Nacht unter Ihrem Dach verbringe. Am Morgen werde ich klarer sehen. Jetzt möchte ich das letzte Tageslicht zu einem Besuch drüben in Haus und Garten und bei der Demoiselle benützen, und ich wäre Ihnen dankbar, wenn Sie mich begleiten wollten, um die alte Dame vorzubereiten und, wenn es nötig sein sollte, zu beruhigen...«

Noch während sie sprach, waren auf dem Flur leise, schlurfende Schritte vernehmlich geworden, und jetzt pochte es knöchern und dünn an die Tür. Hermes ging, um zu öffnen. Cornelie wich unwillkürlich in die Ecke zurück, wo sie durch die aufgehende Tür gedeckt war. Der Pastor tat einen überraschten Ausruf: »Ah, Demoiselle! Sie kommen ja wie gerufen!« sagte er und ließ die Besucherin ein. Noch ehe aber Cornelie jemand erblickte, vernahm sie eine hohe, zittrige Stimme: »Herr Pastor«, sagte es, »ich bin gekommen, um Ihnen das Abscheiden von des Herrn Generals Enkel zu melden. Er hat sich mir soeben gezeigt; er hat seinen Namen genannt und gesagt, daß er aus Mainz käme. Somit ist kein Zweifel, daß meine bedauernswerte Cornelie nun auch ihres letzten Lebensglücks beraubt worden ist. Schreiben Sie es auf, Herr Pastor, und auch den Tag und die Stunde!«

Cornelie, die gelauscht hatte, als könnte sie ihren Ohren nicht trauen, trat nun jäh aus dem Schatten hervor. »Um Gottes willen, Demoiselle«, rief sie ganz verwirrt ohne jede Begrüßung. »Sie wollen doch nicht sagen, daß meinem Christoph etwas zugestoßen ist!? Ist er Ihnen etwa begegnet? Ja, ist er denn nicht mehr oben?«

»Ja, ja! Ich bin es wirklich, mein gutes Altchen!« beteuerte sie im nächsten Atemzug und hatte eben noch Zeit, die wankende kleine Gestalt, der der Krückstock entfiel und das Schlüsselkörbchen aus den flatternden Händen klirrte, aufzufangen und zu einem Stuhl hinzuführen.

»Nur ruhig! Ruhig! Ja, ich bin es! Ich bin es! Ich bin nach Hause gekommen, um einmal zu sehen, wie es hier steht, sehen Sie, böses Mamsellchen, denn Sie haben mir ja gar nicht mehr geschrieben! So, so! Nun befühlen Sie mich nur, ich bin's wirklich in Fleisch und Blut! Und wenn Sie den Christoph gesehen haben, so ist er's auch leibhaftig gewesen. Der unartige Junge, er ist wohl davongelaufen, anstatt auf mich zu warten! Wo hat Sie ihn denn gesehen?«

Sie war neben dem Sessel niedergekniet und sah ergriffen in das greise Gesichtchen, das mit dem Ausdruck ungläubigen Forschens auf sie gerichtet war. Ein Kindergesicht und, ach, gealtert wie ein von vorzeitigem Frost getroffenes Äpfelchen. Nur die Augen, groß und von einer Farbe, als sei ihr Blau vom Weinen ausgelaugt, wußten von mehr als kindlichem Kummer. »Cornelie«, flüsterte Demoiselle Liebenschütz, immer noch die Schultern, die Arme der Knienden betastend, »das ist aber gut, daß Sie endlich wiedergekommen sind! Das war aber Zeit!«

Sie spähte ängstlich suchend umher. Der Pastor reichte ihr lächelnd das Deckelkörbchen. Sie ergriff es mit beiden runzligen Händchen und schien es zu wiegen. »Schwer!« sagte sie mit schmerzlich verzogenem Mund. Dann glitt auf einmal eine wunderbare Erleichterung über ihr Gesicht, und aufseufzend, mit fast geschlossenen Augen, gab sie das Körbchen Cornelie. »Hier!« sagte sie erlöst. »Alles, alles ist da! Nichts veruntreut. Die bösen Mägde, sie sind mir gar nicht mehr in die Stuben gekommen. Die stehlen doch nur. Nein, nein, nein! Die kriegen auch nichts Neues mehr in die groben Hände. Immer wieder das Alte hübsch auswaschen, hübsch flicken! Schad't ihnen nichts, dem faulen Gesindel, schad't ihnen gar nichts! Neue Handtücher, Tischtücher, gute Damastservietten – ja, das könnte euch passen! I bewahre, gibt's nicht! Ich habe doch die Verantwortung, seht ihr, ich muß einmal Rechenschaft ablegen... Immer das Alte hübsch auswaschen...«

Sie verstummte, sah wie erwachend umher und argwöhnisch in die Gesichter von Cornelie und Hermes. Dann richtete sie sich plötzlich sehr gerade auf und erhob sich. »Kommen Sie«, sagte sie, »kommen Sie, meine teure Cornelie! Ich will Ihnen Ihre Zimmer zeigen. Es ist ja alles schon lange bereit – lange, lange...«

Cornelie hatte ihr schnell den Arm geboten und den Pastor durch einen Wink mit den Augen gebeten, sich anzuschließen. –

So war es gekommen, daß Cornelie mit Christoph noch an diesem Abend unter dem väterlichen Dach zur Ruhe ging. An Schlaf meinte sie nun freilich nicht denken zu können. Sie hatte sich einen Lehnstuhl an das Fenster gerückt, das weit offenstand, denn die Luft war dumpf, als sei sie jahrelang nicht erneuert worden. Sonst aber war alles von peinlichster Sauberkeit gewesen, sogar die Betten waren frisch bezogen, als sei sie erwartet worden. Indessen hatte jener dumpfe und modrige Geruch im ganzen Hause geherrscht, und in den Zimmern des Vaters war er zudem noch vermischt mit dem Dunst kalten Pfeifenqualms und verschütteten Weins, mit den Gerüchen von Leder und Putzzeug. Diese beiden Zimmer lagen im Erdgeschoß zur Rechten des Saales. Eine lähmende Traurigkeit war über Cornelie gekommen, als sie die Ansammlung von ungepflegten Möbeln, von Waffen und Jagdgerät, von Gläsern, Flaschen und Tabakspfeifen überblickt hatte. »Hier darf keine Magd herein«, hatte die Alte an ihrer Seite geflüstert, »hier räumt nur Dubbicke auf, wenn er will. Hier darf ich auch nicht mit Wacholder räuchern, was doch gut wäre – gerade hier. Denn«, sie zog die Tür zu und sprach noch geheimnisvoller, »denn hier wäre es am allernötigsten! Hier sind die meisten – oh – ganze Nester...«

»Was?« hatte Cornelie erstaunt gefragt.

Die Alte hatte sie weitergezogen und den Finger auf den Mund gelegt. »Die Bösen«, hatte sie irre – kaum hörbar geraunt, »oh – die Bösen...«

Sie hatte die Zimmer im ganzen Haus geöffnet; alle waren verschlossen gewesen, aber in bester Ordnung. Ihre eigene Stube war kahl wie eine Klosterzelle; in dem Zimmer Delphines nebenan dagegen schien alles unverändert zu sein, so wie es gewesen war, als Charlotte darin gelebt hatte. –

VII

Nun saß Cornelie allein in der schweigenden Nacht und lehnte den ermüdeten, unerträglich von Vorstellungen durchsummten Kopf zurück. Sie dachte an Delphine. Da schlief das Mädchen wieder wenige Schritte von ihr, aber empfand sie es deshalb als näher wie in den vergangenen fünf Jahren? War es ihr nicht wieder beängstigend kühl zu Bewußtsein gekommen, daß dies Kind ihrer Schwester ebenso entrückt war, als wohne es auf einem anderen Gestirn, und daß sich hieran nichts änderte, ob sie es an der eigenen Brust nährte, ob sie es gleich einem eigenen um sich hatte oder ob Delphine in Hölkewiese war, sie selber aber in Mainz?!

Ihre Gedanken wurden zeitweise von einem durchsichtigen Schlummerzustand überwogt, der über sie hinzog, ähnlich wie draußen das opalisierende Frühlingsgewölk über den langsam dahinschwimmenden Mond. Dann wurde die Erinnerung an warme Mainächte ihrer Mädchenzeit, die sie gleich dieser an diesem selben Fenster verwacht hatte, ganz in der dunklen gläubigen Erwartung des Lebens befangen, zu atemberaubender Qual. Sie war wie ein Alpdruck, diese Erinnerung, weil sie im Halbschlaf eins ward mit dem träumenden Wahn, drüben, jenseits des Ganges, läge nicht Delphine, sondern Charlotte in ihrem Bettchen, lockenhaarig, lieblich, geliebt und ihr anvertraut, aber von übermütiger, rätselhafter Unzugänglichkeit – aber sich all ihrem Werben entziehend wie ein tanzender Strahl, der einem durch die Hände gleitet, ungreifbar. Und zugleich war eine andere Vorstellung da, zwingend, nicht abzuschütteln, so schmerzhaft Cornelie es in der Tiefe wußte, auch dies sei nur Traum: Hans Adam war da, hier neben ihr, so nah, daß sein Atem ihr Haar rührte. Und zwischen ihm und Charlotte, da war Einverständnis, da war Gelächter, ein Pakt geschwisterlicher Verbundenheit, der sie ausschloß, so unerklärlich streng ausschloß, ohne daß es den beiden bewußt zu sein schien... Rang sie sich los aus dem gespenstischen Bann einer Vergangenheit, die zwischen diesen Wänden auf sie gelauert zu haben schien, so sank beim nächsten Eindämmern eine andere Last auf ihre Brust, ein Gefühl des Gefangenseins, etwas wie Bewußtsein von sie eng umschließenden Mauern, die nicht durchbrochen werden konnten; das zog sich zusammen, enger, immer enger, und preßte sich wie ein eherner Reif um ihr Herz, den sie keuchend zu sprengen suchte. Mit feuchter Stirne zu sich kommend, erkannte sie dann: Mein Gott, dies war doch im Grunde gut, dies: wieder in Preußen zu sein, in der Kurmark, in – der Prignitz! Und nun, voll erwacht zurücksinnend, wußte sie: ja, das hatte auch zu jenen versunkenen Jahren gehört, dies Gefühl der umgrenzten preußischen Welt – damals ein Gefühl der Geborgenheit, zweifellos. Es hatte bedeutet, in einer Burg zu wohnen, an deren Wälle Europa immerhin branden mochte; hier drinnen galt nur Friedrich der Einzige. Es hatte den Frieden des Parks und der Felder, der planen Bruchwiesen, der stillen, spiegelnden Seen und der trägen verschilften Flüsse, der großen Forsten, der Dörfer und verschlafenen Ackerstädte – es hatte den unantastbaren Glanz von Berlin und Potsdam bedeutet. Und das war Sicherheit gewesen, war harte Redlichkeit und Zuverlässigkeit, die Wirklichkeit aus der Hand Gottes. Draußen aber, jenseits der Grenzen, da war alles unberechenbar; da war Gefahr, Gewalt und Welt wie ein Meer...

Und sie? Oh, ja – sie war jenseits gewesen... Sehnte sie sich denn zurück? Cornelie weinte. –

VIII

Den nächsten Vormittag begann sie damit, daß sie sich eine Liste des Gesindes vorlegen ließ, sowohl der Hausbediensteten als auch der Knechte und Stallmägde. Sie stellte fest, daß außer Dubbicke keiner der ihr von früher bekannten Leute noch vorhanden war; jedoch war ihre Anzahl fast unvermindert, was in Anbetracht des vernachlässigten Zustandes von Haus und Garten gewiß verwunderlich war. Hof und Stallungen hatten ihr gestern beim Vorbeigehen ebenfalls den denkbar schlechtesten Eindruck gemacht, doch schob sie dies einstweilen zurück. Ein kleines Dienstmädchen hatte sich ihr schon am Abend vorher mit neugieriger Beflissenheit zur Verfügung gestellt, nachdem es auf wiederholtes Klingeln und Rufen der Demoiselle zunächst zaudernd und unlustig herbeigekommen war. Als es begriffen hatte, wer die Ankömmlinge waren, kam Leben in sie. Durch dieses Rikchen, ein Kossätenkind aus dem Dorf, ließ Cornelie nun die Leute zusammenrufen. Als ihr gemeldet wurde, daß sich alle im Saal eingefunden hätten, ging sie mit Christoph und der Demoiselle hinunter.

Die Bürgerin Echter mit Trachtschen Allüren..., dachte sie spöttisch, ihr eigenes, jäh in ihren Gesichtskreis tretendes Spiegelbild an der Gartenwand mit flüchtigem Blick musternd: jene nicht sehr große, dunkelhaarige und braunhäutige Frau im schwarz-weißen Reisekostüm, die da mit aller Betonung angestammter Herrschaft in Gang und Haltung vor das Häuflein schlecht angezogener und stumpf blickender Dienstleute trat. Immerhin – »Trachtsche Allüren?« ging es ihr durch den Sinn – hatte nicht vielleicht die geborene Freiin von Tracht einfach die Allüren einer Bürgerin Echter angenommen? War die eine vorstellbar ohne die andere? Und wer von den beiden würde die Oberhand haben?

»Leute!« hörte sich Cornelie mit gelassener Stimme reden, »ihr werdet wissen, wer ich bin, und manche von euch werden sich auch noch von früher her an mich erinnern, denn es ist wohl keines unter euch, das nicht in Hölkewiese geboren ist. Ihr werdet alle wissen, daß mein Mann vor zehn Jahren für König und Vaterland im Felde geblieben ist und daß ich seine alte Mutter in Mainz nicht allein lassen konnte. Jetzt ist sie auch heimgegangen, und ich bin zurückgekehrt und werde jetzt hierbleiben. Dies ist euer zukünftiger Gutsherr, der Junker Hans Christoph. Die Demoiselle Liebenschütz hat mich hier in den letzten Jahren vertreten. Sie wird bei uns bleiben, und ihr werdet ihr weiterhin allen schuldigen Respekt erweisen.«

Sie las nun die Namen ab und ließ die Leute vortreten, um jedem einzeln die Hand zu geben, was auch Christoph tun mußte. Er erfüllte es mit einem Lächeln, in dem sich Entgegenkommen und Verlegenheit mischten, immer wieder zu den gläsernen Türen hinüberspähend, hinter denen Delphines Gesicht zuweilen lauschend erschien. Hierauf entließ Cornelie die Knechte und sah sich die Zurückbleibenden im besonderen an. Es waren drei Mädchen und zwei Diener, alle »hundsjung«, wie sie bei sich feststellte. Durch ein paar Fragen brachte sie schnell die Art ihrer Beschäftigung heraus; das Ergebnis war ungefähr dies, daß sie zu warten hätten, was ihnen von der Demoiselle und »Herrn Dubbicke« aufgetragen würde. Die Demoiselle, beiseite stehend und mit zitternder Unterlippe ins Leere schauend, hörte alles ohne Zwischenworte oder irgendein Zeichen der Bestätigung an. Cornelie begriff jetzt völlig, daß der ermattete Geist der Greisin sich seit gestern abgelöst fühlte und daß er zunächst in keiner Weise zur Teilnahme an den Tagesgeschäften zurückzubeschwören sein würde. Sie beeilte sich, einige Anweisungen allgemeiner Art zu erteilen, stellte drei von den Leuten zu Hausarbeiten an, die ihr vorerst als notwendig erschienen, aber doch hauptsächlich, um sie auf alle Fälle gleich die Zügelhand spüren zu lassen, verhieß den beiden anderen ihren Besuch in der Küche innerhalb der nächsten Stunde und ließ es sich nun erst einmal angelegen sein, die Demoiselle auf ihr Zimmer zu geleiten. Das alte Geschöpf war leicht zu überreden, sich niederzusetzen und – oh, nicht zu ruhen, gewiß nicht! – aber ein wenig zu stricken und dazwischen in der Postille zu lesen. Das Lächeln, mit dem hier alle Vorschläge Corneliens angenommen wurden, war das eines Kindes – endlich von der Last kaum noch verstandener Verpflichtungen befreit.

»Reden Sie ein wenig Französisch mit Delphine, teure Cornelie, und lassen Sie sie immer den Brustfleck tragen, sie ist so schnell enrhümiert, wenn man nicht achtgibt. Und wenn Ihr Herr Vater zurück ist – gewiß, Sie werden mir eine gute Zensur geben, nicht wahr? Seine Gnaden belieben, seit einem Jahr nicht mehr mit mir zu sprechen...«

Cornelie machte einen Rundgang durch den Keller, in dem neben den Vorratsräumen auch die Küche lag. Sie war darauf gefaßt gewesen, Unordnung vorzufinden, aber diesen Grad von Verwahrlosung hatte sie nicht erwartet. Es wurde augenscheinlich von der Hand in den Mund gelebt und von den Erzeugnissen des Hofes eben nur das angefordert, was für den Tag nötig war. Auf ihre Fragen nach der Verwendung der überschüssigen Milch, der Eier, des Obstes und des Gemüses gab es törichte Gesichter und vieldeutiges Schweigen. Es wurden ihr ein paar übelriechende Tonnen mit Pökelfleisch und andere mit Sauerkohl in einem Kellergelaß gezeigt, ebenso ein Faß mit Salzheringen. Hierfür, hieß es, sorge ›Herr‹ Dubbicke; das Fleisch habe er im vergangenen Herbst und bei der Winterschlachtung einlegen lassen, und die Heringe ließe er durch einen Krämer in P. kommen. Davon lebe man. Zuweilen würde auch ein Hammel geschlachtet, von seinem Talg würden dann Lichte gegossen und Seife gekocht. Und dann gäbe es ja Kartoffeln; nein, Mangel litte hier keiner. Die Besichtigung der Ställe ergab kein erfreulicheres Bild. Der Kuhstall enthielt wenig und schlecht gehaltenes mageres Vieh. Die Schafe, die eben ausgetrieben wurden, sahen aus, als müßten sie sich von langen Hungermonaten erholen und schienen durchweg niederen Schlags zu sein, so, als sei jahrelang nichts für die Auffrischung des Bestandes geschehen. Von Geflügel war wenig zu sehen; dies wenige ging seiner Nahrung auf dem Mist und im benachbarten Gemüsegarten nach und war augenscheinlich nicht an regelmäßige Pflege gewöhnt. Daß es mit den Pferden am besten stand, wußte Cornelie schon, es tröstete sie aber nur wenig. Langsam dem Garten zuschreitend, kam sie zu dem Schluß, daß ihr fürs erste die Hände gebunden seien und daß sie nichts beginnen könnte, ehe sie sich mit dem Vater verständigt und Vollmacht hätte, einzugreifen. Aber ob mit, ob ohne Vollmacht: »Ich bleibe!« sagte Cornelie sich mit zorniger Entschlossenheit. »Denkt er vielleicht, ich würde von Reddien aus zusehen, wie Christophs Erbe weiter vor die Hunde geht?!«

Sie war im Begriff, das Haus von der Terrasse aus wieder zu betreten, als die Kinder um die Ecke gelaufen kamen, Christoph voran, Delphine mit jenem Zögern ihm folgend, das ihr Wesen Cornelie gegenüber seit der Begrüßung bestimmte. Christoph war atemlos. »Der Großvater!« rief er und warf die Arme um seine Mutter. »Er reitet durchs Dorf! Gleich wird er auf dem Hof sein.«

IX

Cornelie fühlte ihr Herz aussetzen, um gleich darauf nichts anderes zu wissen, als daß es schlug, als sollte sein rasender Gang sie ersticken. Sie schob die Kinder vor sich her durch den Saal und zur Treppe. »Ihr geht hinauf und bleibt in Delphines Zimmer, bis ich selbst euch rufe!« Delphines leise eigensinniges »Der Großvater will mich aber immer gleich sehen, wenn er zurückkommt« wurde mit einem Blick, einer Handbewegung abgetan. Sie wartete ab, bis die Schritte der beiden oben verhallt waren und die Tür sich hinter ihnen geschlossen hatte. Jetzt hörte sie draußen die Hufe der Pferde auf der Rampe und gleich darauf die unvergessene mürrische Stimme, die einem Stallknecht etwas zurufen mochte. Schwäche überkam sie; sie klammerte sich an den Treppenknauf und empfand ein kaum zu unterdrückendes Verlangen, den Kindern zu folgen. So, wußte sie plötzlich, war es gewesen, wenn die braune Hand mit dem Jaspis am Ringfinger über ihrem geduckten Kinderhaupt geschwebt hatte, ehe der Schlag fiel. Dann aber – nein, dachte sie, nein! So ist es denn doch nicht mehr! Und wieder ganz im Besitz all der Geheimnisse, die sie zu stärken vermochten, im Bewußtsein all der überstandenen und vielleicht auch bestandenen Prüfungen der letzten zehn Jahre, hatte sie sich zusammengerafft und war zu des Vaters Zimmer hinübergegangen, wo sie ihn erwarten wollte. »Was sollte mir jetzt auch noch bevorstehen können?« sagte sie vor sich hin, die eigene Angst verachtungsvoll anstaunend. Sie war eingetreten und hatte sich mit dem Rücken gegen das mittlere der drei Fenster gestellt, als sie die gläserne Flurtür erklirren, die Teckel kläffen und die Männer den Gang heraufkommen hörte.

»In eure Ecke, verfluchtes Kroppzeug! Leg den Kram auf den Tisch, Dubbicke, und sorg dafür, daß ich Koffee bekomme! Wo ist das Fräulein? Ruf sie, sie soll sofort antreten! Beeil dich! Zum Donnerwetter, was ist denn in dich gefahren?!«

Weder Dubbicke noch die Teckel schienen zu bemerken, was man ihnen befahl. Die Hunde hatten sich aufgeregt dem mittleren Fenster genähert und standen nun miefend und kläffend in einiger Entfernung davor, als verbellten sie ein Fuchsloch. Dubbicke, die Büchsen und ein Paket Zeitungen in den Armen, war schon unter der Tür stehengeblieben und hatte auf Cornelie hingestarrt. Ein breites Grinsen verzog seine verwitterten Züge, durch seinen Körper ging ein Ruck, er nahm Haltung an, daß es krachte. Nur Tracht selbst war ins Zimmer getreten, ohne die Gestalt in der Fensternische wahrzunehmen. Es war, als reichte sein Blick nur bis zur Mitte des Raumes, und er war gleichgültig, dieser Blick, von der Höhe der Augen nach unten streichend und keiner Überraschung gewärtig. Er hatte seinen Diener wie einen Besessenen gemustert und sich dann plötzlich umgewandt und nach drüben gesehen. Etwas fassungslos Spähendes kam in sein Gesicht, er tat ein paar Schritte, sonderbar stelzend, bemerkte Cornelie, obwohl sie zitterte und nach Atem rang, blieb mitten im Zimmer stehen und betrachtete sie mit vorgestrecktem Kopf, halb geöffneten Mundes, indem er blinzelte, als sei er geblendet. Cornelie, qualvoll deutlich erkennend, wie die Jahre ihn abgebaut hatten, sah, daß seine geröteten und gichtentstellten Hände sich krampfhaft ballten. Er schien sprechen zu wollen, brachte aber nichts heraus. Seine Lippen schlossen sich vielmehr, er würgte an etwas, und die zusammengebissenen Kiefer zeichneten sich wulstig unter der ledernen Haut der Wangen ab. Endlich drehte er den Kopf zu Dubbicke und stieß hervor: »Abtreten!«

Der General blieb auf der Stelle und setzte die mahlende Bewegung seiner Kiefer fort, wobei er den großen welken Mund sonderbar zuckend verzerrte. Cornelie, wie gebannt von dem Blick der trüben schrägen Augen mit den schweren Tränensäcken darunter, der auf ihr ruhte wie das Stieren eines Gestorbenen, dem man die Lider nicht geschlossen hatte, erkannte mit Schrecken, wie das Gesicht des Alten sich dunkel zu färben begann. Die gefalteten Hände mehrmals wie flehend zu ihm hebend, um sie gleich wieder sinken zu lassen, seufzte sie endlich: »Vater!«, doch so leise, daß sie selbst es kaum hörte. Dabei tat sie unwillkürlich eine Bewegung auf ihn zu. Als hätte dies endlich seine Erstarrung gelöst, wich Tracht sogleich einen Schritt zurück. Sein Blick glitt an ihr hinunter und blieb ihr gleichsam vor den Füßen liegen. Sie hörte ihn zischend Luft durch die Zähne ziehen und dann ganz langsam mit hoher Stimme sagen: »Ich – habe – dich – nicht – gesehen!«

Hierauf drehte er ihr den Rücken. Sie sah ihn schwanken, doch ihre tödliche Angst, die Erregung möchte ihm mit einem Schlaganfall zusetzen, erwies sich als grundlos. Er ging vielmehr mit denselben unnatürlichen Schritten wie zuvor zum Tisch hinüber und warf sich in den Armstuhl. Dann zog er die Journale, die Dubbicke dort niedergelegt hatte, näher zu sich heran, griff nach dem Futteral mit der Brille, hantierte daran herum und putzte umständlich die Gläser, ehe er sie aufsetzte und nun die erste Zeitung entfaltete. Cornelie war ratlos stehengeblieben. Sie bemerkte, daß das Blatt in seinen Händen knisternd bebte, aber obwohl er hart atmete, war sein Ausdruck doch der eines Mannes, der sich allein weiß.

»Vater!« begann sie nochmals verzagt. Tracht legte die Zeitung hin und begann in seinen Rocktaschen zu suchen. Er fand einen Crayon, merkte sich eine Stelle in einem Artikel und las weiter.

Cornelie wurde zu ihrem eigenen Erstaunen sehr ruhig. Ihre Erregung zerging wie ein Windstoß im Laub. Sie blickte an sich nieder, als müßte sie sich überzeugen, daß sie vorhanden war. »Nein«, dachte sie betroffen, »nein, zum Lachen ist dies nun wirklich nicht!« Denn irgendwoher, ganz von ferne war ihr die

Vorstellung gekommen, die Situation könnte auf einen zufälligen Zuschauer komisch wirken. »Ridicule!« hörte sie sagen, und plötzlich sah Henriette Echters dünnes Lächeln aus dem Jenseits herüber zu ihr. Sie nahm sich zusammen. »Dubbicke soll mir gleich einen Knecht mit Gespann nach P. schicken und die Koffer abholen lassen«, dachte sie. Das Reisekleid, das sie da immer noch trug, war wirklich nicht mehr frisch genug... »Voilà! Ich scheine ja immer noch bleiben zu wollen...«

»Vater«, fing sie nun in ganz gewöhnlichem Ton an, »ich habe mir erlaubt, Ihnen vor einigen Monaten den Tod meiner Schwiegermutter anzuzeigen. Ich hoffe doch, daß das Schreiben in Ihre Hände gelangt ist!«

Sie machte eine Pause. Der General gab keinerlei Zeichen des Verständnisses. Er lehnte auf eine Weise in dem tiefen Stuhl, die unbequem wirkte, fast liegend, die Beine in den Stulpenstiefeln weit von sich gestreckt. Die hohe Halsbinde rutschte ihm im Nacken herauf. Die Ellbogen an die Lehnen gestemmt, hielt er seinen »Hamburger Korrespondenten« so, daß sein Gesicht fast hinter den Bogen verschwand. Cornelie fühlte die Versuchung, ihm eine Fußbank unterzuschieben, versagte es sich aber. Doch ließ sie sich auf einen Stuhl nieder.

»Ich habe meine Angelegenheiten in Mainz geordnet. Das Echtersche Haus, das ja nun Christoph gehört, habe ich einstweilen meiner Schwägerin Breithardt zur Verfügung gestellt, die es mit ihrer Familie bezogen hat. Und – da doch die Aufgabe, die mich in Mainz aufhielt, erfüllt ist, bin ich – nach Hause gekommen, Vater...«

Sie brach wieder ab und betrachtete den unberührt Weiterlesenden. Ehe sie dann weitersprach, stockte sie. Es war ihr klar geworden, daß sie eine Bitte, bleiben zu dürfen, auf der Zunge gehabt hatte. Oh, nein! dachte sie gerade noch zeitig genug.

»Ich bin sehr froh, der Liebenschützen nun die Pflichten abnehmen zu können, die längst über ihr Vermögen gegangen sind. Vielleicht entschließen Sie sich, in den nächsten Tagen das Nötige mit mir zu besprechen, très cher Papa«, sagte sie freundlich. »Ich hoffe...«

›Ich hoffe, Sie erlauben mir bald, Ihnen Ihren Enkel zu präsentieren‹, hatte sie sagen wollen. Allein sie kam nicht dazu. Der General hatte die auf dem Tisch stehende silberne Glocke ergriffen und bewegte sie mit durchdringendem Lärm. Sofort knallten Schritte auf dem Flur, die Tür ward aufgerissen, und Dubbicke stand stramm auf der Schwelle.

»Euer Gnaden befehlen?«

»Den Koffee! Zum Teufel, wo bleibst du damit! Gib mir erst eine Pfeife!«

Das Brett mit der Auswahl von tönernen Pfeifen, die Tonne aus weißblauer Fayence mit dem zinnernen Deckel, die den Tabak enthielt, Cornelie sah alles mit erinnerndem Lächeln an, wagte aber nicht in Dubbickes Pflichterfüllung einzugreifen, die ehemals von ihr selbst ausgeübt worden war. Als die Pfeife brannte, hieß es: »Die Schuhe! Andere Strümpfe!« Und der Leibhusar, nicht viel anders hantierend wie eine gelehrige Marionette, schaffte das Gewünschte herbei und vollzog den Toilettenwechsel an den ihm hingestreckten hageren Beinen seines Herrn. Cornelie erhob sich, nun doch einigermaßen verletzt, und ging zum Fenster, um hinauszusehen, bis Dubbicke fertig und wieder zur Türe hinaus wäre. Während sie so auf die Terrasse blickte, einesteils von aufsteigendem Ärger erfüllt, anderenteils bewegt von der unruhigen Frage, wie sie das Verhalten des Vaters zu deuten und was sie nun am besten zu tun habe, geschah draußen etwas – etwas Winziges, Geringfügiges, das sie dennoch mit freudigem Schrecken durchfuhr und ihr auf eine unerklärliche Weise wieder innere Sicherheit gab. Es ließ sich nämlich eine Taube auf der Terrasse nieder, eine ganz gewöhnliche blaugraue Taube mit rubinrot geränderten Augen und rosa Trippelfüßchen, aber eben die gleiche Art Taube, wie sie sich in einer gewissen Stunde vor mehr als zehn Jahren von einem Dach in Frankfurt vor Corneliens Augen davongehoben hatte und wie sie seither, geistig geschaut, von den einstürzenden Dächern mehr als einer schicksalsschweren Stunde aufgeflogen war. Diesmal aber... Mein Gott – die Taube ist zurückgekommen! dachte Cornelie erschüttert und wandte sich schnell vom Fenster ab, denn es lag ihr nichts daran, jetzt weinen zu müssen.

Sie näherte sich dem Alten wieder, der nun in einer anderen Haltung dasaß, aber immer noch unentwegt lesend und rauchend, einen bösen Zug um den Mund und ganz gewiß entschlossen, die einmal angetretene Rolle weiterzuspielen. Cornelie spürte große Lust, so vor ihm stehenzubleiben, ihn zu betrachten, sich des lang entbehrten Anblicks dieses tückischen alten Mannes zu ersättigen und die in ihrer Brust sich dehnende Zärtlichkeit zu genießen. Ein Zucken aber der buschigen grauen Brauen ließ es ihr geraten erscheinen, sich selbst nicht allzusehr als unsichtbar zu empfinden, wennschon keinerlei Notiz von ihr genommen ward.

»Sie belieben, mich zu ignorieren, teurer Papa«, sagte sie also gefaßt. »Ich verlasse Sie denn und hoffe, Sie werden mich rufen lassen, sobald es Ihnen genehm ist.«

Sie ging zur Tür. Ein Gemurmel hinter ihr ließ ihren Schritt zwar einen Augenblick stocken, aber eine innere Stimme gab ihr ein, daß es besser sei, sich nun ihrerseits taub zu stellen.

»Wart, bis du schwarz bist – Canaille!« hatte Dubslaw Tracht durch die Zähne gepreßt.

X

Ungeachtet der scheinbaren Erfolglosigkeit dieser ersten Begegnung empfand Cornelie eine Erleichterung wie nach einer glücklich bestandenen Gefahr. Die Hauptsache und das unbezweifelbar günstige Ergebnis dieser Stunden war doch, daß der Alte ihr nicht die Türe gewiesen hatte. Als sie flüchtig von der Angst überschattet wurde, es möchte seinem sonderbaren Verhalten etwas Krankhaftes zugrunde liegen und das spukhafte Wesen der Liebenschütz sei etwas wie eine Spiegelung der koboldartigen Böswilligkeit, in der Tracht sich gefiel, wies sie diesen Gedanken sogleich lächelnd zurück. Sie brauchte ja nur an seinen monologischen Abschiedsgruß zu denken – der lag so ganz auf der Linie von einst samt der Anrede »Canaille«, die hier von jeher als ein alle Gemütsstimmungen unterhalb eines gewissen Grades zusammenfassender Ausdruck angewandt worden war. Nein, da lag nichts Beängstigendes, da lag etwas anders vor: eine Hilflosigkeit, die vielleicht nur sie als solche erkennen konnte, ein Zustand, der sie mehr ergriff, als sie sich zugeben wollte, den sie aber gewillt war, zu achten. Sie begegnete auf dem Flur Dubbicke, der, das Kaffeegeschirr in den Händen, wieder Anstalten machte, sie durch militärische Haltung zu ehren, und bedeutete ihm, sich bei ihr oben einzufinden, sobald sein Dienst es erlaubte. Daß er sich bemühte, sein »Zu Befehl, gnädigste Frau!« ebenso zu flüstern wie sie ihre Anordnung, überzeugte sie, in ihm einen Bundesgenossen zu haben. Er würde jedenfalls den General nicht erst fragen, ob er ihr zu gehorchen habe, und es dauerte auch keine fünf Minuten, daß er vor ihr stand und die Hacken zusammenschlug.

Cornelie musterte ihn lächelnd. Nachdem sie erfahren hatte, den Weinkellerschlüssel verwahrten Seine Gnaden und nur ›Herr‹ Dubbicke dürfe den Keller betreten, war sie auf manches gefaßt gewesen. Doch wenn er auch in seiner abgetragenen Husarenmontur gewiß keine ansehnliche Dienererscheinung war, so wirkte er doch in keiner Weise verkommen, sondern auf und nieder wie ein wackerer alter Soldat. Sie wollte ihm die Hand reichen.

»Ja, Dubbicke! Das ist ein Wiedersehen...«

Er aber, ohne sich zu rühren, schnarrte ihr entgegen: »Melde gehorsamst, Seine Gnaden befehlen, das Fräulein Delphine möchten sich schleunigst bei Seiner Gnaden einfinden!« Dabei wälzte er seine etwas vortretenden blauen Augen bedeutungsvoll zur Seite, wo Delphine auf der Fensterbank saß, um nun eilig hinunterzugleiten und aus der Türe zu schlüpfen, ohne sich im geringsten um Christoph zu kümmern, der ihr enttäuscht nachblickte. Jetzt erst reckte Dubbicke auch seine Hand aus, und Cornelie fühlte die ihrige beinahe zerdrückt.

»Ich kann ja gar nicht sagen, wie ich mir freue, die gnädige Frau bei Leben und Gesundheit wiederzusehen! Ich kann auch bloß versichern, das war die höchste Zeit, daß einer kommt und hilft uns hier die Karre aus'm Dreck ziehen, gnädige Frau, denn Seine Gnaden haben nicht mehr die Kurasche dazu, mit Respekt zu sagen, und der olle Kram mit dem Vieh und mit der Bestellung, das ist auch niemals dem Herrn General seine Sache gewesen. Aber Ordnung muß sein, und die Bauern brauchen einen, der sie in Trab bringt; und auf mir hört ja kein Aas, mit Respekt zu sagen, und ich habe ja auch keine Vollmachten... Gnädige Frau müssen mir erlauben, in der Mittagsstunde anzutreten, wenn Seine Gnaden schlafen, denn jetzt lauern sie auf mir von wegen Gewehre putzen – und überhaupt...«

Die Unterhaltung am Nachmittag dauerte eine gute Stunde, und hinterher war Cornelie einigermaßen im Bilde.

Dubbicke war ein Hölkewieser Dorfkind, der zweite Sohn eines Laßbauern, und hatte als solcher frühzeitig an Stelle seines ältesten Bruders die rote Binde der Enrollierung am Arme getragen. Er war in die Liste des Husarenregiments eingetragen worden, dem der Generalleutnant ehemals vorgestanden hatte und das seinen Kanton nach wie vor in der Hölkewieser Gegend hatte. Obgleich auf diese Weise von der Erbuntertänigkeit unter den Gutsherrn befreit und einzig des Königs Mann, betrachtete Fritz Dubbicke sich weiterhin als in erster Linie von seinem Baron abhängig, was zum Teil auf den Taler zurückzuführen sein mochte, den Tracht jederzeit für abgehende Rekruten oder Urlauber in der Tasche hatte. Der zum Heeresdienst bestimmte dörfliche Nachwuchs war der einzige Teil seiner Bauernschaft, um den es ihm persönlich zu tun war. Während der Zeit seiner unfreiwilligen Dienstenthebung war es sogar vorgekommen, daß er die Jahrgänge regelmäßig antreten und vor sich exerzieren ließ, sie drillte und einigen Burschen Reitunterricht gab. Als er nach dem Tode des alten Königs die Berufung in das Kriegskollegium bekam, ließ er sich Dubbicke vom Regiment aus als Leibhusaren zuteilen, und der damals etwa Fünfundzwanzigjährige hatte ihn seitdem nicht wieder verlassen. Dubbicke also, ein Bauernsohn und mit dem halben Dorfe verschwägert, mochte wohl allerhand Einblick haben. »Bauer, gnädige Frau«, sagte er, als er vor Cornelie stand – »Bauer werden wir ja nun sicher nicht wieder! Wir sind Soldat und tragen des Königs Rock, wenn es auch nicht mehr dem Alten Fritz seiner ist. Aber von wegen Stallfütterung und Feldbestellung, da wissen wir doch Bescheid. Und damit steht es, mit Verlaub zu sagen, ganz dreckig.«

Er hielt Cornelie seine großen Fäuste hin, als wären sie ihm zusammengebunden. Machen könnte er nichts dabei, das müßte sie einsehen. Wie er das wohl anfangen sollte?! Seine Gnaden den ganzen Tag bedienen und dabei auf die Stallmägde aufpassen? Das sei ein Volk, ja, ein Volk sei das! Dagegen seien ja die Meechens vons Berliner Ballett geradezu golden, denn die hätten wenigstens Appell! Und hinter den Laßbauern und Kossäten herlaufen, damit sie sich rechtzeitig mit Gespann und Hofgängern einfänden, das wäre auch nicht seine Sache, »da zöge ich mir wohl bald familiäre Ungelegenheiten zu, gnädige

Frau...« Aber das müßte er sagen – alles was recht wäre –, für die Bauern käme seit dem Tod von Baronesse Juliane zum Ersten, zum Zweiten, zum Dritten der eigene Acker und dann lange Zeit nichts; und dann vielleicht die Arbeit für den Gutshof!

Cornelie unterdrückte die dem Pastor erteilte Antwort, daß sie diese Haltung eigentlich natürlich finde. Sie runzelte die Stirne und fragte, wie das mit dem Herrn Major von Voß sei. Sie habe gehört, er sähe mitunter nach dem Rechten.

Mit dem Herrn Major von Voß? Das wäre so:

»Der Herr Major kommen alle acht Wochen mal auf den Hof geritten und lassen mir antreten. Na, Dubbicke, fragen sie, wie steht es? Zu Befehl, Herr Major, sage ich, allens unverändert! Dann reiten Herr Major mit mir über Feld, und vor jeden Schlag halten wir, und er zeigt mit'n Stock und sagt: Dubbicke, hier muß es anderst werden! Ich sage: Zu Befehl, Herr Major! Aber ich kann gnädige Frau gar nicht sagen, wie unangenehm mir das ist, denn was die Bauern sind, die lachen mir ja ins Gesicht, wenn ich ankomme und will ihnen anweisen, wo was gemacht werden soll. Ob ich Vollmachten von Seine Gnaden habe, fragen sie mir, und dann kann ich abziehen. Das ist sehr unangenehm for einen preußischen Unteroffizier, können gnädige Frau mir glauben, und ich hab' Herrn Major von Voß mehr als einmal gebeten, er möchte mir Vollmachten von Seine Gnaden verschaffen. Aber Seine Gnaden wollen das nicht und wollen das nicht und sagen, Dubbicke versteht was von Pferden, aber er kann nicht Ochs und Kuh unterscheiden, und wenn er auch weiß, was Haber ist, denn ist ihm doch Roggen und Weizen und Gerste allens Jacke wie Hose. Was, mit Respekt zu sagen, auch sehr beleidigend for mir ist, denn ich verstehe von der Wirtschaft so viel wie jeder Bauer und wollte die Aasbande wohl in Gang bringen. Wenn ich Herrn Major sage, ich könnte nichts machen ohne Vollmachten, denn reitet er beim Schulzenhof vor und macht Skandal. Na, und denn is't ja for eine Woche oder zweie anderst – aber das dauert nicht. Und alle Jahre einmal kommt auch Herr von Reddien rüber und fährt über unsere Felder und wundert sich und geht bei'n Pastor und sagt: Es muß anderst werden! Und denn wird der Schulze nach'm Predigerhaus bestellt, und denn reden sie alle drei: Es muß anderst werden! Und im Dorf sagen sie ja, Herr von Reddien, der will, daß die Ritterschaft das Gut in Verwaltung nimmt, aber Seine Gnaden sind wohl nich dafür, und Herr von Reddien kommt ja auch nicht mehr zu uns auf'n Hof. Ich weiß ja nich...«

Cornelie betrachtete ihn nachdenklich. Sein Bericht, vielmehr die Sprache, in der er sich ausdrückte, gaben ihr zum erstenmal traumhaft und unwirklich das Gefühl, zu Hause zu sein. Die hatten hübscher geredet, die Leute in Mainz, freilich: die standen auch nicht mit den Händen an den Hosennähten vor einem, die waren gewiß weniger unterwürfig, und das war im Grunde erfreulicher; dennoch – hier durfte es ja gar nicht anders sein. Und noch diese Redensart: Ich weiß ja nicht...! Wie gut sie die Formel verstand, die alles mögliche an Zartgefühl umschloß, aber zugleich bedeutete: Ich weiß ganz gut Bescheid – aber es steht mir nicht an, es merken zu lassen...

Sie sagte: »Ja, Dubbicke, das sehe ich ein, daß Er nichts dafür kann, wie es hier aussieht. Und ich selber kann einstweilen auch nichts machen als sagen: Es muß anders werden! Na, dann wollen wir mal beide unser Bestes tun, Dubbicke, und Er fängt damit an, die Zimmer von Seiner Gnaden wieder so zu halten, wie es war, als Baronesse noch lebte. Denn das kann ich Ihm nicht verschweigen, Dubbicke – als ich gestern in die Zimmer kam, da dachte ich auch: Das muß anders werden! Und dafür kann Er doch etwas, nicht wahr? Aber ich weiß, daß Er treu für Seine Gnaden gesorgt hat, und das ist mir auch immer ein Trost gewesen, wenn ich herdachte. Und hier sind auch zwei Taler, Dubbicke, aber besauf Er sich nicht! Und sag Er den Leuten im Hause, daß sie auf mich ebenso zu hören hätten wie auf Seine Gnaden!«

Dubbicke war blaurot geworden.

»Zu Befehl, gnädige Frau, und danke gehorsamst, gnädige Frau. Und mit die Zimmer von Seine Gnaden, das muß ich zugeben, das stimmt, daß sie Ende der Woche immer aussehen wie ein Stall, mit Verlaub. Aber heute ist Freitag, und Sonnabend, da reitet Karl mit Seine Gnaden und denn habe ich Zeit und mache hier alles gründlich. Und, gnädige Frau können sich vielleicht denken, es ist nicht immer einfach mit Seine Gnaden und ist ihnen selber ganz ejal, wie das Zimmer aussieht! Aber«, schloß er nun eilig, da Cornelie abwinkte, »gnädige Frau können sich auf mir verlassen: et wird anderst werden!« Damit trat er ab, und Cornelie sah lächelnd hinter ihm her.

XI

Es war ihr ganz offenbar, daß sie aufs behutsamste vorgehen mußte, um den ihr scheinbar widerstandslos überlassenen Platz nicht wieder einzubüßen. Sie beschränkte sich in der ersten Woche darauf, alle Räume des Hauses in guten Stand setzen zu lassen, wobei Dubbicke sie getreulich unterstützte. Er war angewiesen, dem General zu sagen, daß alles auf Anordnung der Liebenschütz geschehe, da doch das Frühjahr die gegebene Zeit zu solchen Arbeiten sei, falls denn der General sich nach dem Grund der Unruhe erkundigen sollte. Es fiel ihm aber gar nicht ein, sich zu erkundigen, und Cornelie konnte ihre Leute ungestört zu einer geregelten Tätigkeit erziehen. Sie beobachtete, daß er die meiste Zeit brütend, rauchend und zeitunglesend im Zimmer blieb. Am frühen Vormittag unternahm er seinen Ritt mit Dubbicke, und vor dem Abendbrot machte er in Begleitung Delphines und der Teckel die Runde durch den Garten. Alle acht Tage ritt er auf das Nachbargut Carbin zu seinem alten Freund Lochow hinüber, und es war wohl weniger zum Zweck der Jagd, daß dies so pünktlich eingehalten wurde, als um sich neue Journale zu holen. Außerdem kam dort, wie Cornelie von Dubbicke erfuhr, an bestimmten Tagen im Monat ein ganzer Kreis von Offizieren aus der Umgegend zusammen.

Nach einer Woche begab sie sich mit Christoph ins Dorf zum Schulzenhof und nahm um des angemessenen Auftretens in den Augen der Leute willen, wennschon heimlich über sich selbst lächelnd, einen der Diener mit, der sie dem Schulzen anmelden und dann vor der Tür auf sie warten mußte. Der Bauer empfing sie verlegen genug, und als sie in gelassener, aber sehr nachdrücklicher Weise ihrem Erstaunen über die Vernachlässigung der Erbpflichten seitens der Dorfbewohner Ausdruck gab, verging er vor Unterwürfigkeit. Cornelie konnte fühlen, daß Hermes ihr den Boden bereitet hatte. Sie war klug genug, ihre Stellung nicht durch Drohungen zu schwächen, und forderte nur im Tone größter Selbstverständlichkeit Leute zur Gartenarbeit an. Dann setzte sie für die kommende Woche eine Rundfahrt durch die Felder fest, bei der Roselieb, der Schulze, sie begleiten sollte. Daß sie hoffte, den Onkel Reddien bis dahin zu ihrer Unterstützung einladen zu können, behielt sie für sich. Sie deutete an, daß, da an der schlechten Feldbestellung ja nichts mehr zu ändern sei, jedenfalls dem Gemüseland und der Heuernte abgewonnen werden müßte, was immer nur möglich sei. Hierauf aber wechselte sie das Thema und ging auf die Angelegenheiten der Gemeinde ein. Hier stieß sie nun bald genug auf einige Gründe für die Gleichgültigkeit des Dorfes gegen das Herrenhaus und konnte erkennen, daß es nicht nur das Fehlen einer strengen Hand, sondern auch der gänzliche Mangel an fürsorglicher Regierung war, der die Leute vergrämt hatte. Seit Jahren war nichts von alledem geschehen, was die Bauern von der Herrschaft zu erwarten verbrieftes Recht hatten. Sie hatten nicht die übliche Beihilfe bei Flur- und Brandschäden erhalten Seuchen waren durchs Dorf gegangen, ohne daß der General für einen Arzt gesorgt hatte. Alte Leute und Verarmte fielen der Gemeinde zur Last, und der General dachte nicht daran, für den Teil dieser Unkosten aufzukommen, zu dem er gesetzlich verpflichtet war. Mit der Gerichtsbarkeit lag es ganz im argen, weil die höchste Autorität fehlte. Die Hölkewieser waren in der ganzen Gegend als zügellose Raufbolde, als Holzdiebe und Wilderer verschrien. Da aber der Schulze sich als Dorfrichter hier mitverantwortlich fühlen mochte, waren seine Andeutungen über diesen Punkt sehr allgemein. Wenn einem nicht von oben her der Buckel gesteift würde, meinte er, dann wäre es kein Wunder, wenn seinesgleichen lieber ein Auge zudrückte, als sich der Gefahr auszusetzen, von der Sippe des Verurteilten nächtlich aus den Federn geholt und braun und blau geschlagen zu werden! Und daß die junge Mannschaft sich jeden Unfug erlauben zu dürfen glaubte, sei auch nur erklärlich, da kein neuer Nachtwächter eingesetzt würde, was seit Jahren schon nötig wäre. Der olle Kiezmann würde nächstens achtzig. Der setze sich unter die Linde und schlafe dort seine Stunden ab, und von Oktober an mache er abends um neun seine letzte Runde und kröche dann in sein Bett. –

Cornelie hatte den Mann reden lassen; sein Bericht gab ihr

ein ähnliches Gefühl des Heimgekehrtseins wie neulich Dubbickes poltrige Mitteilungen, nur empfand sie jetzt deutlich, worin diese Wirkung beruhte: die Reden der beiden Männer überzeugten sie, daß sie hier notwendig war; es war die höchste Zeit für ihre Rückkehr gewesen! Gut, dachte sie, mit gesenktem Blick zuhörend – gut! Dennoch, wo – wo schmerzt es mich auch? Wo? Und plötzlich sah sie auf und an dem Mann vorüber so gerade zum Fenster hinaus, daß er verwirrt verstummte und ihrem Blick folgte. Aber der dort gestanden und ihr gewinkt hatte, war nur für sie allein sichtbar gewesen und war es nun auch schon nicht mehr. Nein, seufzte es in ihr, nein, mein Freund! Das ist jetzt vorbei! Wenn du jetzt noch kämest – es wäre zu spät...

Sie hingen ja alle noch sehr an dem Herrn General, hörte sie Roselieb wieder reden, und es klang ziemlich mürrisch. Aber der Herr General hätten wohl ganz vergessen, daß sie auch Menschen seien. Seine Gnaden wären nun ja auch bei hohen Jahren und hätten auch nicht nur gute Tage gehabt. Böser Wille von den Bauern wäre es auch nicht, wenn sie alles gehen ließen, wie es ginge. Die älteren vernünftigen Leute wären schon längst der Ansicht, daß es gut wäre, wenn die Ritterschaft eingriffe oder...

»Na, nu sind gnädige Frau ja da«, schloß der Mann und zeigte achselzuckend die schwieligen Handflächen, »und es muß Seine Gnaden ja nur angenehm sein, wenn gnädige Frau hier Ordnung schaffen...«

In seiner Haltung und in seinen Worten lag sowohl anheimstellende Bereitschaft als Argwohn, der sich nicht frei herauswagte. Daß im Dorfe alle möglichen Gerüchte über Charlottens Tod und über ihr eigenes jahrelanges Fernbleiben umgingen, war nicht mehr als natürlich, und von der Wahrheit war gewiß soviel durchgesickert, um den Leuten ihre Berechtigung zur Einmischung in die Gutsgeschäfte fraglich erscheinen zu lassen. Indessen würde kein Mensch es wagen, nach ihren »Vollmachten« zu fragen, das wußte sie gut.

»Freilich war es die höchste Zeit, daß ich wiederkam, Roselieb«, sagte sie unanfechtbar sicheren Tones, »und ich wäre längst hier gewesen, wenn mich nicht andere Pflichten so lange dort unten bei meiner Schwiegermutter gehalten hätten. Man kann nicht an zwei Orten zugleich sein, das weiß Er ja; und die Interessen des Junkers forderten meine Anwesenheit dort.«

Es kam ihr gar nicht darauf an, den Mann glauben zu lassen, es hätte sich bei ihrem Verweilen in Mainz um die Wahrung von Christophs väterlichem Erbe gehandelt. Sie wußte, was ihren Märkern am stärksten einleuchten würde. Roselieb schmunzelte denn auch plötzlich verständnisvoll.

»Na, und nu wird der junge Herr ja auch hier zu seinem Recht kommen! Und was an mir liegt, gnädige Frau – ich will ja mein möglichstes tun...«

Cornelie versäumte nicht, noch nach seiner Familie zu fragen, und trat auch auf dem Heimweg in einige ihr von früher besonders bekannte Häuser ein, wo sie, ohne Großes versprochen zu haben, doch den Eindruck hinterließ, daß eine neue und keine schlechtere Zeit für das Dorf anbrechen sollte. Als sie endlich über den Anger dem Hoftor zuschritten, ward sie sich der Schweigsamkeit Christophs bewußt, der ganz in sich gekehrt an ihrer Seite dahinging.

»Christel«, sagte sie fast zaghaft, »jetzt ist ja hier nicht alles, wie es sein soll. Aber warte nur, in einem Jahr – oder schon in ein paar Monaten – ist alles anders! Dann – wird auch der Großvater sich daran gewöhnt haben, daß wir wieder hier sind...«

Alten Leuten, hatte sie ihm im Anfang erklärt, würde es oft schwer, neue Gesichter um sich zu haben, und darum müßte auch er noch ein wenig Geduld haben, ehe er den Großvater sehen dürfte. Sie wußte nicht, daß Delphine ihm bereits andere und deutlichere Hinweise gegeben hatte.

»Und bis du erst groß bist«, fuhr sie fort und forschte in seinem ernsten Gesicht, »wird es ganz schön hier, so schön, daß du nie wieder fort wollen wirst!«

Jetzt sah er sie mit seinem ruhig aufstrahlenden Lächeln voll an, diesem Lächeln, das sonderbar undurchdringlich war, wie das eines göttlichen Wesens.

»Ach – bis dahin...«, sagte er langsam. Dann setzte er lebhaft hinzu, und sein Blick heftete sich auf das Haus: »Aber ich bin doch gern hier, Mutter – sehr gern!«

XII

Christoph hatte Haus und Garten von Hölkewiese gleichsam in drei Schichten erlebt, von denen die seiner ersten einsamen Entdeckungsreise mit dem tiefsten Eindruck in ihn eingesenkt war, Erlebnis, das allein ihm gehörte, zugleich mit der Erinnerung an die atemraubende Wonne, am Ziel zu sein und die letzten Türen, die ihn von Delphine trennten, zu durchschreiten. Dies Gefühl, ein ganz einsames, selbst von Cornelie niemals völlig erreichtes, war für sein Herz von einer kaum zu ertragenden Machtfülle gewesen. Kinder wachsen an ihren Geheimnissen, oder sie werden von ihnen erdrückt. Christophs Geheimnis, sein Spiel mit der Wunschkraft, war eine beständige Anforderung, wachsam, verschwiegen, geduldig zu sein, auf alles gefaßt, beweglich, federnd zu bleiben, wie ein Wanderer im Urwald; nicht nachzugeben – um keinen Preis! wenn das Nein im Weg stand, das anmaßliche, das Straßen zu Sackgassen machen wollte und das doch immer zu umgehen war, wenn ihm nur die Anerkennung versagt blieb, wenn es mit gebührender Kaltblütigkeit als das betrachtet wurde, was es einzig sein durfte: Hindernis, dessen Überwindung den Wert des Ziels ins Unaussprechliche steigerte.–

Delphine hatte ihm am ersten Abend vor dem Schlafengehen zugeflüstert: »Morgen zeige ich dir alles!« Dann aber hatte die Mutter nach dem Beten dasselbe gesagt, und er hatte wohl eingesehen, daß sie das erste Recht darauf hatte, und vielleicht meinte er auch, es könnte nicht übel sein, selbst ein wenig Bescheid zu wissen, ehe Delphine ihn herumführte. Irgendwie paßte es ihm nicht, hier der Fremdling zu sein, an einem Ort, der, wie ihm dünkte, ebenso seine Heimat zu sein hatte wie die ihre. Hatte er sich nicht schon hier zu Hause gefühlt, als sie es noch hochmütig ablehnte, überhaupt Notiz von dem Vorhandensein eines Landes wie Preußen, einer Stadt wie Berlin, eines Dorfes wie Hölkewiese zu nehmen? Sie, mit ihrem Paris... So war er ganz einverstanden damit gewesen, an jenem ersten Morgen sehr früh mit der Mutter aufzustehen und durch das leere schweigende Haus zu gehen, in dessen seit Jahren verlassenen Gemächern der Sonnenschein stand wie ein fremdes, unirdisches Element. Er hörte die Mutter von seinem Urgroßvater erzählen, der das Haus gebaut hatte und dem der zweite

König – der Soldatenkönig – es nie verziehen hätte, daß er sich Möbel aus Belgien und Frankreich kommen ließ und daß er italienische Handwerker in Dienst nahm, die Plafond und Wände des Saales mit Stuckarbeit schmücken mußten. »Mein Vater war denn wieder ganz anders«, sagte sie nachdenklich, »ihn freute das alles nicht, und nur als Delphines Großmutter lebte – denn an meine Mutter kann ich mich ja nicht erinnern –, war Leben in diesen Räumen...«

Sie war schweigsam geworden. Die Erinnerung, wie ihre Kindheit und Jugend sich in dem verödeten Hause verloren hatten, gleich einem zarten Bilde in einem zu schweren Rahmen, hatte sie überkommen.

»Nein«, sagte sie vor sich hin, »auch mir bedeuteten diese vielen schönen Dinge nicht viel, und wenn ich an Hölkewiese dachte, dann waren es nicht diese großen Zimmer, sondern immer die Stuben, in denen wir jetzt schlafen, und die des Großvaters und vielleicht noch das Gartenzimmer, wo wir aßen und wo das Spinett steht.«

»Hier hätten noch viele Menschen Platz«, war alles, was Christoph schließlich beinah beklommen meinte, als sie auch die Kammern unter dem Dach durchwandert hatten und die Treppen hinunterstiegen, um ins Freie zu gehen.

Cornelie antwortete nachdenklich: »Du hast recht, mein Kind«, und als hätte dieser Gedanke sogleich begonnen, in ihr zu keimen und zu treiben, setzte sie nach einer Weile hinzu: »Aber erst muß hier Ordnung geschafft werden – und das wird seine Zeit brauchen.«

Im Garten waren sie dann sehr still nebeneinander her gegangen, und nur zuweilen hatte Cornelie aus ihrer Erinnerungsversunkenheit heraus ein Wort gesagt. Schweigend standen sie an dem Grab von Delphine Chaumard und sahen auf der säulengetragenen Steinurne die zweite Inschrift: »Et sa fille Charlotte * 1775 † 1792«, las Cornelie und preßte bitter die Lippen zusammen. Das hieß, daß Charlotte für den Vater nicht ihren tapferen schmerzvollen Tod gestorben war, als sie ihrem jungen Gatten unter dem grausamen Kanonendonner der preußischen Geschütze verblutend sein Kind schenkte. Das hieß, daß ihr Vater sie hatte sterben lassen, als er aus Corneliens Munde von ihrer Verheiratung erfahren hatte...

Delphine aber hatte er zu sich geholt. –

Sie hatten sich nicht auf der steinernen Bank niedergelassen, die vor dem ulmenbeschatteten Grabe stand. Eilig, denn es reute sie, nicht eine andere Stätte zuerst aufgesucht zu haben, war Cornelie mit dem Jungen zum Friedhof gegangen und hatte die Pforte in der Feldsteinmauer benutzt, die vom Gemüsegarten aus hineinführte. Unterwegs hatte sie zusammengerafft, was sie an Blühendem fand; es war wenig genug, wennschon die Apfelbäume mit rosigem Blust vor der Bläue des Himmels standen. »Was es um diese Zeit auf dem Fruchtmarkt in Mainz schon alles gab!« hatte sie unwillkürlich gesagt, aber ehe Christoph die beinah verächtliche Zustimmung äußern konnte, die seine Augen ausdrückten, fügte sie mit Strenge hinzu: »Das kommt auch nur davon, daß sich niemand um den Garten gekümmert hat! Nächstes Jahr wird es hier ganz anders aussehen.«

Was sollten diese Gräber ihm sagen, hatte sie sich dann gefragt. Was sagten sie schließlich ihr selbst? Hier, am Hügel der eigenen Mutter, fiel ihr nichts ein als ein Traum, den sie einmal gehabt, so daß sie erschrocken die Augen hob und meinte, die Mauer müßte sich nun auseinandertun, und dort draußen, über die Felder her, müßte der Pflüger kommen... Christoph sah sich in gewohnter Gelassenheit um. Ihm gefiel der von schwärzlichen Eiben wie von finsteren Riesen bewachte Platz. Die Gruftkapelle, in der die Urgroßeltern mit der Tante Juliane und einer ganzen Schar von jung gestorbenen Kindern in großen und kleinen Särgen schliefen, wie durchs Gitter zu sehen war, die steinernen Tafeln an der Kirchenmauer, die noch von ferneren Vorfahren kündeten, die im Gewölbe unter dem Altar lagen, das alles erfüllte ihn mit einem leise schauernden Gefühl, mit der Ahnung seiner Verwurzelung auch in diesem Boden.

»Das Wilhelmchen und die Tante Charlotte sollten wir auch hier haben«, sagte er plötzlich. Cornelie preßte seine warme kräftige Knabenhand an ihr Herz. Er konnte es nicht wissen – aber mit diesem Wort, mit diesem Wunsch hatte er einen Bogen von Heimat zu Heimat geschlagen, hatte den Ring bestätigt, der seine Eltern geeint hatte, sich zu der Verschmelzung des Blutes bekannt, die in ihm Vollendung geworden war. –

XIII

Ein paar Stunden später war er mit Delphine in den Garten gelaufen, und zwar hatte sie ihn in den am meisten verwilderten Teil, der an die Pferdekoppel angrenzte, geführt. Im Winkel der Umfassungshecke, nicht weit von der Landstraße, war eine Bodenerhebung, auf der sich das sogenannte Teehaus befand, ein luftiges Tempelchen, von dem aus die Chaussee bis zum Wald übersehbar war. Hier hatte Delphine sich niedergelassen und war nicht zu bewegen gewesen, den Spaziergang fortzusetzen.

Eine sonderbare Befangenheit beider Kinder lähmte heute die Unterhaltung. Es war, als hätte die Nacht Überlegungen in Delphine gezeitigt, zu denen sie gestern in der Überraschung des Wiedersehens gar nicht gekommen war. Sie vermied es, ihn anzublicken, und wenn sie es tat, so geschah es schnell und neugierig musternd. Einmal sagte sie: »Du hast ja Sommersprossen!« und lachte vor sich hin, als sei das etwas sehr Drolliges, während er mit der Hand an die Nase griff, von der er wußte, daß sie ein wenig gesprenkelt war, und nichts zu antworten fand als: »Und du – du hast Löcher in den Strümpfen! Doch, gleich über dem Schuh! Ich hab' es gesehen!«

Delphine hielt ihre baumelnden Beine an, legte eins über das andere und untersuchte den Schaden sehr unbefangen. »Ach das«, meinte sie, »das ist nicht so schlimm. Das kann man stopfen – oder man kriegt neue Strümpfe. Aber Sommersprossen, die gehen nicht weg. Die werden bloß schlimmer. Im Dorf ist ein Junge, der ist ganz bunt im Gesicht, der heißt bloß noch das Putenei.«

Dabei schien ihr etwas eingefallen zu sein. Sie glitt von der Bank und verschwand im Buschwerk, um gleich darauf mit zwei Eiern in der Hand wieder aufzutauchen. Sie reichte Christoph etwas zögernd das eine. »Da! Die sind von der schwarzen Henne, die will brüten und wundert sich alle Tage, daß ihre Eier immer wieder weg sind. Sie hat hier ihren Platz, und die braune geht in den Gemüsegarten hinter die Stachelbeeren, und dann das weiße Huhn, das legt mal hier, mal da; aber ich finde doch alles!«

Sie hatte währenddem ihr Ei sehr geschickt an einem Stein

aufgeklopft und soff es nun mit einem genußsüchtigen kleinen Schlürfen leer. Christoph, der es ihr nachmachen wollte, sah mit Bestürzung einen großen Fleck Eigelb auf seiner hellen Hose und rieb ängstlich daran herum.

»Ja, es ist nicht so einfach«, sagte Delphine. »Ich habe mich zuerst auch immer bekleckert.«

»Darfst du das überhaupt?«

»Bah – was ich im Garten finde… Ich bin doch oft hungrig!«

»Kriegst du nicht genug zu essen?« fragte Christoph schnell.

Delphine rümpfte die Nase.

»Ach, so viel Sauerkohl und Kartoffeln«, sagte sie. »Ich kann das nicht!«

»Was ißt du am liebsten?«

Delphine dachte ernsthaft nach.

»Eigentlich gar nichts«, sagte sie und zog die Schultern hoch. »Manchmal kriegt der Großvater Hühnerbraten, dann hebt Dubbicke mir ein Beinchen auf, das mag ich gern. Rebhühner – ah! Aber die gibt es nur, wenn der Onkel Voß mal kommt und welche schießt. Kennst du den Onkel Voß? Kaffee trink ich gern mit viel Zucker, Dubbicke hebt mir immer welchen auf, das weiß sie gar nicht, die Demoiselle. Und Wein ist schön, aber nur der weiße und der braune, süße; roten mag ich nicht so…«

Christoph hatte nicht mehr den Mut, seiner Vorliebe für Bratwurst und Apfelreis Erwähnung zu tun. Da ihm aber die Küche am Karmeliterplatz eingefallen war, sagte er: »Ich soll dich grüßen von dem Kathrin und von Ehmännin. Und vom Vespery nicht, der ist tot; der hat sich aufgehängt. Und das Kathrin hat den Koberlé geheiratet.«

Delphine sah ihn groß an, die Lippen geöffnet. »Aufgehängt?« flüsterte sie. »Richtig mit einem Strick? Ach – der Vespery…« Es war, als erinnerte sie sich plötzlich an etwas lange Versunkenes. Sie rückte näher an Christoph heran, und ihre Augen waren jetzt eindringlich auf ihn gerichtet.

»Wo hat er es gemacht?« flüsterte sie. »Hast du – ihn gesehen, wie er tot war?«

Christoph schnippte ein wenig unbehaglich mit der Fußspitze nach Steinen, die dort herumlagen. »Ich habe ihn nicht gesehen«, sagte er. »Der war doch in der Zitadelle. Der sollte doch totgeschossen werden von den Franzosen. Der war doch ein Spion.«

»Und da hat er sich...«

»Da hat er sich aufgehängt in seiner Kasematte. Weil er Angst hatte. Kathrin sagt, der wollte das lieber selber besorgen. Das hat geflennt, das Kathrin. Aber nun hat es den Koberlé.«

Delphine hatte noch nicht genug gehört.

»Hatte er denn – einen Strick? Dort im Gefängnis?« fragte sie atemlos.

»Mit seinem Leibriemen hat er sich den Hals zugezogen«, sagte Christoph sachlich. »Sein Grab, das kann man nicht finden. Eingescharrt haben sie ihn, irgendwo an den Bastionen...«

Plötzlich war dann Delphine aufgesprungen und wies mit der Hand. Zwei Reiter kamen die Straße herangetrabt, sie waren schon an der Koppel.

»Der Großvater!« rief sie, »nun hab' ich nicht aufgepaßt! Ich wollte ihn doch gleich sehen, wenn er aus dem Wald käme!« Sie wandte sich und lief in der Richtung des Hofes. Er war ihr eilig gefolgt.

XIV

In Zukunft kam Delphine immer wieder auf den Tod des Vespery zurück, und obgleich Christoph gar keine Vorliebe für diese Erinnerung hatte, nutzte er sie doch bald dazu aus, das Mädchen zu unterhalten, wenn er fühlte, daß sich der Augenblick nahte, in dem sie ihm unversehens entgleiten würde. Brachte er sie dazu, selbst ähnliche Geschichten zu erzählen, so war alles gewonnen. Jedenfalls blieb sie dann bei ihm und entschwand nicht plötzlich in die Ställe, in Bauernhütten oder in die Küche, lauter Orte, von denen er sich einstweilen zurückhielt, denn das Wesen der Leute, unterwürfig und lauernd zugleich, behagte ihm nicht. Er bemerkte, daß sie mit Delphine anders umgingen als mit ihm, aber er fühlte keinen Neid auf diese Vertraulichkeit; es war ihm, als würde er nie großen Wert darauf legen, unter ihnen zu sitzen, als sei er ihresgleichen. Nur zu Dubbicke hatte er schnell ein Verhältnis gefunden, vielleicht, weil Dubbicke eine Uniform auf dem Leibe trug und weil mit ihm ein vernünftiges Wort über Pferde, Gewehre und Kriegsläufte möglich war. Was nun aber Delphine betraf, so wußte sie erstaunlich viel Unheimliches und Häßliches zu erzählen. Drüben in den Wäldern wurden immer wieder Tote gefunden, Wilderer oder Schmuggler, mit der Kugel im Rücken und manchmal schon halb verwest. Im Dorfteich schwammen häufig ertrunkene kleine Kinder. Delphine versicherte, sie seien von ihren eigenen Müttern hineingeworfen. Da war ein Kerl im Dorf, der niemals ganz nüchtern war, vor dem war keine Frau und kein Mädchen sicher. Er lauerte ihnen auf, warf sie um und tat ihnen Böses an; was er ihnen eigentlich antat, wußte Delphine nicht genau. Weil er ein reicher Bauer war, wagte niemand ihn anzuzeigen. »Vor dem, Christoph, vor dem fürchte ich mich viel mehr als vor der Demoiselle ihren Gespenstern. Der will mir immer was schenken. Aber ich gehe nicht mit...«

Christoph sagte: »Jetzt bin ich ja da. Jetzt brauchst du dich vor niemand und nichts mehr zu fürchten.« Aber sie sah ihn zweifelhaft von der Seite an. »Der ist sehr stark, du«, meinte sie nur und erzählte weiter. Christoph lernte mit der Zeit sein Unbehagen an ihren Geschichten zu unterdrücken. Er erlebte es ein paarmal, daß ein sonderbar gespannter Ausdruck in Delphines Gesicht erschien, wenn er etwas wie Abscheu oder gar Grausen an den Tag gelegt hatte. Das war dann immer wie eine Aufforderung für sie gewesen, sich selbst an Unheimlichem und Ekelhaftem zu überbieten. Christoph hatte sich schmerzhaft erstarren gefühlt, hatte nichts mehr zu äußern vermocht. Er fühlte deutlich, daß sie jetzt log; die Geschichte von dem Mann, der im Lochower Bruch eingesunken war, so daß nur noch sein Kopf zu sehen war – und Delphine wollte ihn gesehen haben, diesen Kopf, mit gebrochenen Augen, angefressener Nase und von Fliegen umsummt! –, das war ausgedacht. Ebenso das mit den Schlangen, die in den Regenrinnen hochstiegen und in die Schlafzimmer kamen – und vieles mehr. Aber er hatte Zeit gebraucht, bis er es fertigbrachte, ihr ins Gesicht zu lachen und zu sagen: du lügst! Er mußte sich erst damit abfinden, daß Delphine sich darin gefiel, von solchen Sachen zu sprechen und sie sich sogar auszudenken. Ihm war dergleichen so außerordentlich fatal. Er schämte sich, wenn er, um sie zu unterhalten, den armen Vespery immer von neuem hervorholte und ihr präsentierte, so wie er ihn aus der letzten Zeit seines Lebens im Gedächtnis hatte: verkommen, schmierig und übelriechend. Es erschien ihm wie Verrat, wenn er von Beate begann und nicht von ihren Liedern und stillen Spielen erzählte, sondern von den Schreien, die wie böse Geister mit ihr ins Haus gekommen waren, von dem greulichen Anblick ihrer verdrehten Augäpfel, von dem furchtbaren letzten Anfall. Lieber, viel lieber fing er von den Geschichten an, die seine französischen Soldatenfreunde ihm erzählt hatten: hier kam es nun ihm nicht darauf an, dick aufzutragen, und bald war es, als sei er selbst bei Lodi und Arcole dabeigewesen, immer im dichtesten Kugelregen, immer bei der Avantgarde, wenn nicht Bonaparte zur Seite. Die Franzosen waren übrigens auch das Thema, mit dem er Delphine wieder versöhnen konnte, wenn er einmal ihren Geschichten nicht die Wirkung, die sie bezweckte und zu steigern suchte, sondern Unglauben und Spott entgegengesetzt hatte. Dann kämpfte sie nämlich keineswegs, um sich zu behaupten. Sie verstummte einfach; aber dies Verstummen war irgendwie kläglich. Ihr Gesicht ward blaß, sein Ausdruck stumpf, gar nicht mürrisch, nur etwa so, als ließe ein leichter Rausch nach. Christoph fühlte sich plötzlich, als sei er nicht da. Sie hatte ihn vergessen; sie brauchte ihn nicht mehr. Gleich würde sie ihm völlig entgleiten, ihn stehenlassen und in das Geheimnis einer Ferne zurückkehren, deren er nicht Herr zu werden vermochte. Und er begann das Blaue vom Himmel herunterzuschwatzen, bis er bemerkte, daß sie wenigstens wieder zuhörte. Er wußte recht gut, warum sie auflauschte, wenn er von den Franzosen anfing. Er vermied es bis zuletzt, den Namen zu nennen, auf den sie wartete, nach dem sie aber nie fragte. Ja, sie hatte sich zuerst immer ängstlich umgesehen, wenn Christoph von dem Besuch jenes französischen Offiziers erzählen wollte, und hatte ihm Schweigen geboten. Allmählich war er dahintergekommen, daß »der Loriot« ein Geheimnis zwischen ihnen beiden zu bleiben hatte wie in ihrer ersten Kinderzeit.

»Der Großvater darf es nicht hören, sonst jagt er mich auf die Straße!« hatte sie ihm jenes erste Mal zugeraunt, obgleich sie sich im Gartenzimmer befanden, weit genug von den Räumen des Alten entfernt und ohne die geringste Möglichkeit, von ihm belauscht werden zu können. Aber: »Hscht! Man kann nie wissen...« Und sie hatte ihn in den Garten gezogen. Auch dort durfte er nicht eher den Mund auftun, bis ein bestimmter Winkel erreicht war: ein höhlenartiges Versteck unter einem alten Haselbusch, der sich im Gemüsegarten an der Friedhofsmauer ausbreitete. Hier hatte sich damals eine Unterhaltung entwickelt, bei der er viel mehr erzählte, als er beabsichtigt hatte. Aber – das wußte er gut! – einmal hätte er es ja doch sagen müssen. Delphine hatte zunächst seinen Bericht mit verschränkten Händen und gleichsam gefaßt entgegengenommen, ohne ihn anzublicken, aber die Augen verdunkelt und inbrünstig, wie er sie noch niemals gesehen hatte. Er versagte es sich nicht, seine eigene Rolle bei jener Begegnung hervorzuheben. Zwar ließ es sich nicht verschweigen, daß er damals nicht dazu gekommen war, selbst mit dem Loriot zu sprechen, aber wie anders wäre alles abgelaufen, *wenn* er dazu gekommen wäre! Längst wäre der Loriot vermutlich in Hölkewiese vorgeritten, um Delphine zu holen und wieder nach Mainz zu bringen. Hier verwirrte der Knabe sich und ward still und nachdenklich. Wie denn – und dann wäre er jetzt hier und Delphine dort drüben jenseits des Rheins? O nein, fand er schnell einen Ausweg, denn der Loriot wäre wohl nicht ohne Soldaten nach Preußen gezogen, nicht ohne eine Armee der glorreichen Grenadiere Bonapartes, und dann, kein Zweifel, würde Preußen nun auch französisch heißen, wie Mainz, und Delphine würde ruhig hierbleiben können, während der Loriot weiter auf Heldentaten auszog. Er deutete diese befriedigenden Gedanken an, während Delphine ihn mit aufgestütztem Kopf und rätselhaftem Ausdruck betrachtete.

»Möchtest du das denn«, fragte sie, »daß Preußen französisch würde?« Er schob den Mund vor. »Pah«, meinte er, »warum nicht? Dann würde ich auch mit dem Bonaparte gehen, er ist doch der Größte. Warum nicht? Hier in Preußen gibt es ja keine Soldaten.« – Delphine sah ihn groß an.

»Das laß einmal den Großvater hören!« sagte sie, aber seltsamerweise lag etwas wie beifällige Aufmunterung in ihrem Ton – »oder den Onkel Voß. Oder Dubbicke! Keine Soldaten! Du weißt wohl nichts vom Alten Fritz?«

Christoph schämte sich. Er mußte plötzlich an die Mutter denken; als ob sie ihm nicht genug erzählt hätte...

»Ja«, meinte er einlenkend, »aber das war doch nur früher. Wo sind denn jetzt Soldaten in Preußen? In Berlin hab' ich keine gesehen. Höchstens zehn...«

Delphine lächelte geheimnisvoll. »Dubbicke sagt, die preußischen Husaren brauchen nur einen Fuß im Bügel zu haben, dann machen die Franzosen schon linksum kehrt; und wenn aufgesessen wird, laufen sie davon wie bei Roßbach – wie die Hasen!«

Christoph wußte nichts mehr zu antworten. Dubbicke gefiel ihm soweit ganz gut. Den Großvater beleidigen, ging nicht an, schon wegen der Mutter. »Man muß abwarten«, sagte er.

»Ja, aber was möchtest du denn? Was wünschst du?« beharrte Delphine hartnäckig und ließ ihn nicht aus den Augen. Von sonderbarer Angst erfaßt, starrte er vor sich hin.

»Da – darf eins nicht wünschen«, sagte er schwerfällig und verfiel, ohne es zu wissen, in die Mainzer Mundart. »Es darf auch eins nit wünsche, daß es brenne tät. Wenn's dann brennt, hätt' eins ja schuld...«

»Christel!« rief das Mädchen ihn ärgerlich an, »was ist dir denn? Wie redest du denn? Wünschen – wünschen kann man doch, was man will!«

Christoph sah sie an, aber sein Blick war ganz leer. »Ich nicht«, flüsterte er. »Bei mir trifft's ein...«

Und dann, als zöge Delphines fragendes Schweigen, ihr stummer neugieriger Blick die Worte aus ihm heraus: »Ich habe doch gewünscht, du solltest beim Großvater sein – und am gleichen Nachmittag haben dich die Männer geholt. Und dann« – er seufzte tief auf –, »dann wollte ich doch auch nach Hölkewiese, und es ging doch nicht, weil wir bei der Grandmaman bleiben mußten. Und – da hab' ich – gewünscht...«

Delphine sagte erwartungsvoll: »Sie sollte sterben?«

Christoph nickte nur, die Augen unnatürlich weit geöffnet und in ihre geheftet.

»Und – da ist sie gestorben?«

Christoph nickte wieder. »Das weißt du doch!« sagte er, heiser vor Herzklopfen.

Delphine blieb lange ganz still, und ihre Finger zerpflückten die welken Haselblüten, mit denen der Boden bedeckt war. Plötzlich stand sie auf und strich an ihrem Kleidchen herunter. Sie sah auf den Jungen herab und verzog den Mund. »So etwas!« sagte sie. Dann drehte sie sich um und ging fort.

Christoph hatte voll Trotz und Gram zu ihr aufgeblickt. Jetzt erhob er sich langsam und folgte ihr, aber kurz vor dem Hause schlug er einen anderen Weg ein und lief zum Pferdestall. –

XV

Wenige Tage nach ihrem Besuch im Schulzenhof fuhr Cornelie unangemeldet in Reddien vor, das, gleich hinter der mecklenburgischen Grenze gelegen, von Hölkewiese aus in wenigen Stunden erreichbar war. Die Wirkung ihres überraschenden Kommens war weniger zwiespältig, als sie befürchtet hatte. Der Onkel Karl Ferdinand, ein jüngerer Bruder ihrer Mutter, aber nun auch ein behäbiger alter Herr, rang zwar einigermaßen nach Luft, als er sie begrüßte, und war sich offensichtlich nicht ganz klar darüber, wie das verlorene Schaf aufzunehmen sei. Da er jedoch ganz einfach ein Biedermann war, ließ er nach einigem Kopfschütteln und monologischem Brummen seinem natürlichen verwandtschaftlichen Gefühl freien Lauf, klopfte der stattlichen Nichte die Wangen und sagte: »Na, in Gottes Namen! Denn an den einen alten Gott glauben wir doch wohl noch alle beide, mien Dochter, wenn du es nun auch mit den Papisten hältst.« Hierauf fragte er angelegentlich, ob sie schon in Hölkewiese gewesen sei und ob sie etwa käme, um länger in Reddien oder Parin zu verweilen... Cornelie hatte eben geantwortet, daß sie schon länger als eine Woche mit Christoph in Hölkewiese sei und dort zu bleiben gedächte, was ihm ein zufriedenes »Ah, ausgezeichnet!« entlockt hatte, als seine Gattin erschien, entschieden sehr viel gefaßter als er und in sehr steifer Haltung die seit zehn Jahren angesammelte Meinung des ganzen Kreises über die Wege der Trachtschen Töchter darstellend. Cornelie unterdrückte einen Seufzer, aber nur darum, weil es nicht möglich schien, ganz einfach schnell zur Sache zu kommen – zu den eigentlichen Gründen ihres Besuches, die einstweilen gar nicht auf dem Gebiet neuer verwandtschaftlicher Anknüpfung lagen. Immerhin hatte sie mit Schwierigkeiten gerechnet und wunderte sich jetzt nur, mit welcher Kühle sie daran ging, sie zu überwinden; nichts von jener verwirrenden, fast krankhaften Angst, die sie befallen, wenn sie in Mainz an diese ihr bevorstehenden Stunden gedacht hatte, regte sich angesichts der hochmütigen Nase Tante Hortensiens in ihr. Vielmehr fand sie sogleich dieselben oder ähnlichen Waffen in sich zur Verfügung, und wenn sie jenem Hochmut nicht Hochmut, sondern etwas wie spielerische Sicherheit und jedenfalls ein völliges Überhören halb ausgesprochener Vorwürfe entgegensetzte, so ertappte sie sich darauf, daß es ihr beinah Vergnügen machte, die beiden alten Leute erst zu verblüffen, dann zu überrumpeln und sie allmählich die Standpunkte pharisäischer Überzeugung räumen zu sehen, einfach, weil diese Standpunkte ihnen unter den Füßen wegschmolzen. Der Besuch bei der alten Gräfin und der Empfang, der ihr dort zuteil ward, tat das Letzte dazu, um ihre Wiederaufnahme bei diesem Zweig der Familie zu besiegeln. Die unbefangene Freude, die die fast Hundertjährige an den Tag legte, ihre befriedigten Worte: »Ah, ma petite Cornélie – du hast aber sehr an Welt gewonnen!« bewirkten bei den beiden alten Kindern, Karl Ferdinand und Hortensie, eine endgültige Umschaltung des Verhaltens ins Liebenswürdige, und Cornelie erkannte mit Heiterkeit, wie unverändert die Meinung der kleinen energischen und geistvollen Greisin den großen plumpen Sohn und seine im Grunde gutmütige Gemahlin noch immer beherrschte. Aber auch sie selbst – hatte sie das Lob nicht wie die Überreichung eines Ordens mit schamhafter Freude erfüllt? Freilich »Welt« sagte die alte Frau, die als Hofdame einer deutschen Prinzessin am Hofe Ludwigs XV. jung gewesen war, aber was sie damit bezeichnen wollte, jene in harten einsamen Jahren errungene Sicherheit des Auftretens, hatte das nicht ganz andere Wurzeln als die angenehme Form, die sie meinte? Und doch: »Welt haben«, das hieß wohl, der Welt gewachsen sein, und somit, dachte Cornelie, vielleicht doch... »Vielleicht ein Resultat der Erziehung, die das Leben an mir geübt hat, très chère Grandmaman«, sagte sie leise zu der Greisin geneigt. »Ich hatte wohl strengere Hände nötig als die Ihrer milden éducation...«

»Ah, ma fille, ma petite fille, du hast es von Anfang an recht strenge gehabt. Denk an deinen Vater...«

»Der war hart«, sagte Cornelie schnell, »simplement hart. Und Sie, Großmama, Sie waren zu gut. Das Leben aber...«

Sie verstummte, jäh von Erinnerung gewürgt. Es war auch

hart, hart, hart! hätte sie schreien mögen und den Kopf im Schoß der alten Frau verbergen. Und doch war sie der leichten maßvollen Geste dankbar, mit der jetzt dieses Gespräch beendet ward, wie einst, ganz wie einst, wenn es in Tiefen gehen wollte, in denen Maß eben nicht mehr möglich war. »Et votre fils?« fragte die Gräfin. Und ohne Antwort abzuwarten: »Et votre père?« Er hatte sie gut aufgenommen? Aber auch hier wie in Angst vor peinlichen Erörterungen die zögernde Bejahung als ausreichend annehmend, sank sie nun ermüdet zurück und sagte lächelnd und den Besuch abschließend: »Und die Geschäfte ordnest du dann mit dem oncle Charles, das«, sie schüttelte ergeben das vogelleichte Häuptchen, »das beherrsch' ich nicht mehr. C'est trop pour moi...«

Spät am Nachmittag war es dann endlich zur Erörterung der Fragen gekommen, die Cornelie am Herzen lagen. Als sie dem Onkel die Aufnahme schilderte, die ihr in Hölkewiese geworden war, hatte der Graf lächelnd den Kopf gewiegt: »Tiens! Comme ça lui ressemble!« So würde er, Karl Ferdinand Reddien, ja schon seit Jahren von seinem lieben Schwager behandelt! Ob ihr das der Pastor nicht erzählt hätte?

O nein! Pastor Hermes sei die Zurückhaltung in Person. Er habe ihr nur angedeutet, daß auch der Reddiener Graf den Gutshof selbst nicht mehr betrete, so daß sie ein Zerwürfnis hätte annehmen müssen, was ihr Kummer bereitet hätte. Um so dankbarer sei sie gewesen, als sie gehört, der Onkel sähe sich trotzdem das Gut zuweilen an und suchte Verbesserungen zu erwirken. Ein Zerwürfnis bestände nun keineswegs, hatte Reddien abgewehrt – denn dazu gehörten doch zwei. Und es fiele ihm gar nicht ein, dem guten Dubslaw irgend etwas übelzunehmen. Wenn er das gewollt hätte, hätte er schon vor vierzig Jahren damit anfangen können, denn seit dieser Zeit, der Zeit seiner Bewerbung um seine Schwester Allmuth, Corneliens Mutter also, hätte Tracht ihn bei jeder Begegnung gröblich beleidigt.

Hier lachte der Onkel Karl dröhnend und verlor sich für eine Weile in mehr oder minder amüsanten Anekdoten aus der Vergangenheit, die alle bewiesen, daß er seinem Schwager allerdings von jeher mit seinem Phlegma und seiner völlig unsoldatischen Lebenshaltung nachteilig auf die Nerven gegangen sein mußte.

Cornelie ließ das über sich ergehen. Sie konnte nicht ganz umhin, die Ausfälle ihres Vaters zu begreifen. Sie erinnerte sich, daß Reddien bei Tracht immer nur »der Großbauer« geheißen hatte und daß er an ihm nichts schätzte als vielleicht sein Gestüt.

»Tja«, sagte der Onkel endlich und trocknete sich behaglich die Stirn, »vorlassen tät er mich jetzt wohl auch noch – das hat er noch vor zwei Jahren getan. Bloß daß er mir keine Antwort mehr gab, ich konnt sagen, was ich wollte. Ich konnte auch machen, was ich wollte, meinshalben Koppheister schießen: er kuckte sich da nich nach um. Na, ich hab' mich da nun ja manchen Nachmittag zu ihm hingesetzt und hab' auch auf 'ne Piep gesmökt und hab' ihm den blagen Rauch unter die Nase geblasen und hab' mir von Dubbicke 'ne Buddel Rotspon hinstellen lassen, wenn Dubslaw so gar keine Anstalten machte, für mein Leibliches 'n büschen zu sorgen. Ich hab' ja zuerst immer gedacht, es ist eine Art von Spleen und vergeht wieder. Angefangen hat das damit, daß ich ihm in den Ohren gelegen bin von wegen seiner Bauern und der ganzen Wirtschaft, und daß er da Feuer hinter machen müßt, oder es würd alles vor den Hund gehn. Zuerst hat er gesagt, ich sollt mich um Mecklenburg kümmern und nicht um Preußen. Und dann hat er gesagt, mit Preußen wäre es überhaupt aus und käm auf ein Stück mehr oder weniger gar nicht an. Und dann hat er getobt und gesagt, es wäre ihm ganz recht, wenn Hölkewiese zugrunde ginge, und anderen Leuten geschäh es auch recht! – wobei du dir dein Teil denken kannst! –, und ich sollte das Maul halten und mich zum Deubel scheren. Na, und wie ich das nächste Mal kam, denn ich hatt' das alles nicht ernst genommen, da hat er mich nicht gegrüßt, und wie ich mir mein Glas vollschenk und ihm zutrinke: ›Prost, Dubslaw! Ick seih di!‹ da sagt er nicht, wie sich's gehört: ›Prost, Karl! Das freut mi!‹ Ne, er sagt: ›Und ich seh dich nicht!‹ Und hat mich nicht wieder angekuckt, den Nachmittag nicht und so oft ich wiederkam auch nicht. Und dann is mir das mit der Zeit langweilig geworden, mich vor den Domestiken wie einen Affen traktieren zu lassen, und ich bin weggeblieben. Kann mich ja holen lassen, hab' ich gedacht. Aber hat sich was! Der läßt keinen mehr holen.«

Reddien machte ein Pause und blicke schmunzelnd vor sich hin. Es schien, daß ihn die Erinnerung an jene stummen

Sitzungen mehr erheiterte als verstimmte. Cornelie murmelte, sie könnte es dann wohl begreifen, daß er nicht mehr zum Vater käme, und sie dankte es ihm noch einmal, daß er nicht aufgehört hätte, sich um die Hölkewieser Angelegenheiten zu kümmern.

Der Onkel machte eine abwehrende Bewegung mit der schweren Hand. Das sei ihm nun einmal Bedürfnis gewesen. Er könne es nicht ruhig mit ansehen, daß ein Stück Land, das in den Händen seiner Familie wäre, einfach verkomme. Leider hätte er ja durchaus nichts erreichen können, und darum habe er mit anderen Herren des Kreises bereits Beratungen gepflogen, ob die Ritterschaft nicht einen Verwalter auf das Gut setzen sollte, denn auch dem Zureden von anderer Seite gegenüber sei Dubslaw völlig unzugänglich geblieben. Da seien ja ein paar Freunde, die er regelmäßig sehe...

Reddien warf der Nichte einen schnellen Seitenblick zu. Ob sie von diesen Freunden gehört habe, fragte er wie beiläufig.

Sie hätte gehört, daß er alle Monate einmal nach Carbin hinüberreite und dort alte Kameraden träfe. Ja, Dubbicke hätte ihr auch gesagt, daß dies ein fester Kreis alter Offiziere aus der Gegend sei, der regelmäßig auf den Gütern zusammenkäme. Aber der Vater ritte nur hin, wenn sie in Carbin tagten, die anderen Orte wären zu weit für ihn. Und alle acht bis zehn Wochen einmal wären die Herren alle in Hölkewiese. Und dann der Major von Voß.

Reddien nickte vor sich hin: »Ja, der Voß. Der alte Verehrer von Lottchen... Und die Lütte ist ihr wie aus den Augen geschnitten.«

Cornelie schwieg. Reddien sagte: »Tjä, der Voß – der interessiert sich auch sehr für Hölkewiese. Und à propos – das ist ja noch ein Kapitel für sich, das kleine Ding so allein in der Männerwirtschaft bei deinem Vater, mit der överspönigen Liebenschütz als einzige Garde! Das hat Hortensie und mir mehr als einmal den Kopf warm gemacht...«

Cornelie war aufgefahren. »Aber cher oncle, Sie wollen doch nicht andeuten, daß der Voß Delphine... Daß er sich in den Kopf gesetzt hätte...«

»Gar nichts habe ich gesagt und gemeint! Ich hab' gesagt: der Voß, der interessiert sich auch sehr für das Gut. Und er mag ja seine Meriten haben – mir ist er fatal und Hortensie auch. Und das will ich dir sagen, meine liebe Nichte: vor fünf, sechs Jahren, na, eben nach dem Abscheiden der alten Juliane, nach der Beerdigung war es – da hatten Hortensie und ich den Alten beinah soweit, daß er sich mit dir versöhnen wollte, und ich hatt' ja meine Vermittlung angeboten und sollte dir schreiben, ob du mit den Kindern zurückkommen wolltest. Na, und dann fuhren wir ab, und Voß blieb da, und wir waren ja nun noch keine Stunde wieder in Reddien, als uns ein Reitknecht nachgesetzt kam mit einem Brief, ich sollte das Schreiben lassen, und der Alte wollt' selbst einen Kurier an dich abfertigen. Und dann, ein halbes Jahr später, war die Lütte da, aber du nicht, und wir wissen wohl, daß Voß den Kurier gemacht hat und daß seine Hände im Spiel waren...«

Cornelie fand es besser, nicht merken zu lassen, wie sehr diese Eröffnung sie traf. Sie sagte gleichmütig: »Gewiß, er machte mir damals unmögliche Vorschläge. Aber er ist dem Papa sehr ergeben und gewiß nicht vertrauensunwürdig.« Dann fragte sie nach jenem Freundeskreis.

Es seien größtenteils ehemalige Offiziere der alten friderizianischen Armee, hörte sie, und zwar meist Junggesellen, die auf Gütern von Verwandten ihr Altenteil hätten, sonderbare Burschen seien darunter. Es ginge das Gerücht, daß sie sich den »Bund der Mißvergnügten« oder aber »Bund der Rheinsbergfreunde« nennten, da sie alle irgendeine Beziehung zum Prinzen Heinrich gehabt hätten und alle gegen die jetzige Regierung, gegen den Hof, gegen die Armeeleitung – kurz, gegen Gott und die Welt frondierten. Aber darüber wollte er nichts gesagt haben, es ginge ihn als Mecklenburger ja auch gar nichts an und: »Was soll so 'ne Verschwörung alter Nußknacker, na, erlaube schon! eurem König woll schaden! Der lacht da ja über!« Und jetzt wollten sie erst einmal soupieren und sich dann über die Zukunft von Hölkewiese unterhalten. –

Als Cornelie am nächsten Vormittag zurückfuhr, hatte sie jedenfalls Stoff zum Nachdenken. Die Unterredung nach dem Abendessen hatte sich bis nach Mitternacht ausgedehnt, und Reddien hatte sich dabei von seiner tüchtigsten Seite gezeigt, der des passionierten Landwirtes. Es erwies sich, daß er das Gebiet von Hölkewiese besser im Kopf hatte als Cornelie und über die Beschaffenheit jedes Schlages Bescheid wußte. Ebenso war es mit dem Viehbestand und den Wirtschaftsgebäuden. »Die alte Juliane«, er nannte das verstorbene Fräulein von Tracht niemals anders, habe ihm ja die Ehre erwiesen, sich von ihm beraten zu lassen, meinte er mit behaglicher Ironie, und das sei, in aller Bescheidenheit mitgeteilt, Hölkewiese denn seinerzeit auch nicht zum Schaden gediehen. »Die alte Juliane«, na, die sei überhaupt ein Kerl gewesen! Der einzige Mensch, von dem Dubslaw noch etwas angenommen hätte. Er hatte der Nichte nun zunächst einmal den ganzen traurigen Sachverhalt über den Zustand des Gutes drastisch vor Augen geführt und ihr dargelegt, daß Hölkewiese so gut wie ruiniert war, denn die Verbesserungen und Anschaffungen, die er für nötig hielt, würden Summen kosten, die sich nie und nimmer herauswirtschaften ließen. Der einzige Vorteil sei, daß das Gut bis jetzt schuldenfrei sei; es würde also nicht schwer sein, eine oder mehrere Hypotheken aufzunehmen und sich so zu helfen.

Nach dieser Feststellung hatte er unter einem Vorwand das Zimmer verlassen und Cornelie Zeit gegeben, sich in die unangenehmen Tatsachen hineinzufinden. Als er wieder eintrat, sah er heiterer aus, als sich mit dem Ernst der Stunde vertrug, ja, er pfiff leise vor sich hin, was er allerdings sogleich abstellte, als er ihrem sorgenvollen Gesicht begegnete. Achselzuckend hatte sie ihn gefragt, was er ihr denn da raten könne, Hypotheken betreffend; denn Geschäftskenntnisse dürfe er bei ihr nicht voraussetzen, und der Gedanke, sich in Schulden zu begeben, sei ihr mehr als fatal. Hierauf hatte er sich neben sie auf das Sofa gesetzt, seine große Hand auf ihre gelegt und gesagt, nun wollte er ihr erst einmal einen anderen Vorschlag machen. Und alsbald war ihr die Ursache seiner zufriedenen Laune klargeworden. Er nahm die Gelegenheit zu einem Geschäft wahr, das ihm am Herzen lag, und bei dem sie, wie sie schnell überzeugt war, nicht schlecht fahren würde.

Reddien war sein Eigentum, seit sein Vater tot war. Das eine der Vorwerke aber, und zwar das umfangreichste und beste, was den Boden betraf, hatte der alte Reddien seiner Frau schon bei eigenen Lebzeiten geschenkt, um ihr einen unabhängigen Alterssitz zu sichern. Bei dem zärtlichen Verhältnis von Mutter und Sohn war jedoch eine Übersiedlung der alten Dame in das Schlößchen Parin niemals ins Auge gefaßt worden. Sie blieb auf

Reddien und hatte die Einkünfte von Parin Cornelie überweisen lassen, sobald diese darum gebeten hatte, denn das Vorwerk war dieser bei ihrer Heirat als zukünftiges Eigentum überschrieben worden, und die alte Dame hatte sich nur die Nutznießung der Einkünfte bis zu ihrem Tode vorbehalten. Eine reine Formsache, da sie vermögend genug war, um ohne sie auszukommen.

Karl Ferdinand hatte von jeher mit dem Vorwerk geliebäugelt, bis vor wenigen Jahren allerdings durchaus platonisch, denn er hatte keinen Grund, mit dem eigenen Erbe nicht mehr als zufrieden zu sein, und zudem lag Parin durch einen Keil des Nachbargutes von Reddien getrennt und mußte immer selbständig bewirtschaftet werden. Seitdem aber seine einzige Tochter sich vor einigen Jahren mit einem Baron Grote verheiratet hatte, der bei den Ludwigsluster Dragonern stand und als dritter Sohn keinen Landbesitz aus der eigenen Familie zu erwarten hatte – da Reddien Fideikommiß war und nach seinem Tode an die pommersche Linie des Hauses fallen würde – so war Karl Ferdinand dabei, sich nach einem Besitz umzutun, den er ankaufen und seinen Kindern hinterlassen konnte. Parin, von seinem Vater einst in ähnlicher Absicht erworben und nicht zur Fideikommißmasse gehörig, erschien ihm nun wie für seine Zwecke geschaffen.

Er machte Cornelie den Vorschlag, ihm das Vorwerk zu überlassen. Er war in der Lage, ihr die Hälfte der Kaufsumme bar auszuzahlen. Den Rest würde er von ihr als Hypothek auf Parin übernehmen, so daß sie mit einer regelmäßigen Jahresrente rechnen konnte. Mit dem Geld, das sie sogleich in die Hand bekam, würde sie imstande sein, Hölkewiese über die nächsten schwierigen Jahre hinwegzubringen und es wieder hochzuwirtschaften, was ihr, wie er trocken und in achtungsvollem Ton einschob, ohne Zweifel gelingen würde, denn: »Du hast etwas von der alten Juliane, mien Dochter, und außerdem war deine Mutter eine Reddien.« Freilich wünschte er dringend, daß sie die Sache nicht nur für sich selber reiflich überlegte, sondern auch mit ihrem Anwalt in Berlin darüber verhandle. Sie solle sich vor allem klar darüber werden, ob sie es unter den gegebenen Umständen nicht vorzöge, sich mit Christoph in Parin niederzulassen und Hölkewiese seinem Schicksal preiszugeben, dessen unaufhaltsamer Ablauf ja dann den Vater auch bald zwingen werde, ein anderes Domizil aufzusuchen. Dann sei es für sie immer noch Zeit, ihn bei sich aufzunehmen.

Cornelie hatte all diese wohlgemeinten Ratschläge angehört, dankbar die gewissenhafte Rechtlichkeit des Verwandten empfindend, die auch den Anschein, er könnte sie nötigen, vermeiden wollte. Aber sie war von Anfang an zur Zustimmung entschlossen, ja sie war wie von einem unerwarteten Geschenk des Himmels überwältigt, stumm vor Glück über diese günstige Lösung der Bedrängnis, die sie noch eine Stunde vorher rings um sich hatte aufsteigen sehen. Parin bedeutete ihr nichts, es war ihr ein toter Besitz, ohne Erinnerungen, ohne den seltsamen Zauber, den die heimische Landschaft für ihr Herz hatte. Den Gedanken, es zur Deckung für Hölkewiese auszunutzen, hatte sie aber von sich weisen zu müssen geglaubt, da er ihr wie eine Pietätlosigkeit gegen die Familie ihrer Mutter erschienen war.

»Ich werde mir also meinen alten Hellwig aus Berlin kommen lassen, cher oncle«, sagte sie in der Abschiedsstunde des nächsten Morgens, »da Sie es denn wünschen und hauptsächlich, da er ja zur Ausfertigung des Kaufkontraktes wohl nötig ist. Aber seien Sie versichert, daß ich meinen Entschluß nicht mehr ändern werde. Das einzige, was mir fraglich bleibt, ist, wie weit der Papa mir freie Hand lassen wird – ob er nicht plötzlich alles, was ich zu unternehmen gedenke, durchkreuzen und uns fortschicken wird. Denn schließlich – noch ist er ja der Herr...«

»In diesem Fall, verehrte Nichte, würde die Ritterschaft des Kreises aber wirklich einschreiten, und zwar zu deinen Gunsten. Das überlaß du nur mir!«

Der Graf war so befriedigt von dem leichten Gelingen seines Planes, daß der bloße Gedanke, es könnten sich jetzt noch Hindernisse ergeben, ihn sehr streitbar machte.

XVI

Christoph hatte den bösen kleinen Greis, der sein Großvater war, in diesen vierzehn Tagen nur zu Gesicht bekommen, wenn er ihm, selbst wohlverborgen, bei seinen seltenen Ausgängen auflauerte. Er tat es, sooft er konnte. Er stand hinter der Gardine versteckt und schaute in den Hof, wenn der General frühmorgens steifbeinig aus der Haustür trat und dann so merkwürdig behende auf den großen Braunen hinaufkletterte, während Dubbicke das Pferd hielt und dann selber auf seinem Schimmel aufsaß. Christoph wäre auch gern einmal geritten. Er hatte die Rösser vom Schorz in heißer sehnsüchtiger Erinnerung, und er hätte es dem Großvater gern vorgeführt, daß er wußte, wie man auf ein Pferd hinaufkam und oben blieb. Aber Dubbicke ließ ihn selbst im Stall kaum an die Tiere heran. Christoph sagte trotzig: »Ich werde einfach zum Großvater hineingehen und ihm sagen, daß ich ein Pferd brauche!«

Dubbicke kratzte sich unter dem Zopf und sagte sorgenvoll: »Seine Gnaden haben immer die Reitpeitsche neben sich liegen. Für die Pferde brauchen sie ja keine, dafür haben sie ihr im Hause immer bei der Hand...«

Christoph sagte zu Delphine: »Du könntest dem Großvater wohl einmal sagen, daß ich hier bin und auch gern einmal reiten würde!«

Aber Delphine antwortete: »Ich werde mich hüten!« Sie wüßte ganz genau, was sie mit dem Großvater sprechen dürfte, und sie dürfte von allem sprechen, nur von dreierlei nicht: von Mainz – vom Loriot – und von Tante Cornelie und Christoph!

Christoph fragte verblüfft: »Und warum nicht? Und wer hat's verboten?«

Worauf Delphine das wichtige Gesicht mit den zusammengepreßten Lippen gemacht hatte, das er nicht liebte; dazu hatte sie sich ein klein wenig geziert in den Hüften gedreht. Sie gingen bei diesem Gespräch durch den Garten.

»Ja«, hatte sie endlich gesagt, »der Onkel Voß hat mich gewarnt. Und der kennt den Großvater gut. Der kennt ihn am allerbesten.«

Was denn das eigentlich für ein Onkel wäre, von dem er nichts wüßte. Ihre Onkel wären doch auch seine Onkel!

»Dieser nicht!« antwortete Delphine prompt. »Der Onkel Voß will von dir auch gar nichts wissen. Er hat mich aus Mainz geholt und hierhergebracht, weil ich eben nicht mehr in Mainz sein sollte!«

Wieder verstummte sie und lächelte geheimnisvoll. Christoph zweifelte es an, daß der Mann in dem schlechten Kittel, der

Delphine ins Boot geschleppt hatte, ein Onkel gewesen sein könnte, erfuhr aber, daß dies ein besonderer Scherz gewesen wäre, denn der Onkel hätte sich absichtlich verkleidet, um nicht erkannt zu werden. Plötzlich schien sie entschlossen zu sein, Christoph etwas anzuvertrauen. Sie blieb stehen. »Soll ich dir sagen, warum ich nicht in Mainz bleiben durfte?« Sie sah sich nach allen Seiten um und zog dann Christophs Kopf mit den Händen näher zu ihrem Munde. Dann flüsterte sie ihm lange ins Ohr. Er machte sich jählings frei und sah sie empört an. »Das ist nicht wahr!« Aber sie schaute mit groß geöffneten Augen auf ihn, in denen etwas wie trauriger Ernst stand, und nickte bedeutungsvoll.

Diese Unterhaltung fand an dem Tage statt, an dem Cornelie nach Reddien gefahren war. Christoph ging mit gesenktem Kopf neben Delphine her. Sie beobachtete ihn zuweilen heimlich von der Seite und leckte sich die Lippen wie ein Kätzchen.

»Christel«, sagte sie nach einer Weile – »wünsch dir doch einfach ein Pferd!«

Da er nicht antwortete und auch seine Haltung nicht änderte, redete sie weiter: »Wünsch doch! Es trifft ja ein! Christel! Wünsch dir ein Pferd!«

»Ach«, sagte er schwach – »jetzt nicht! Ich will gar keins.« Er war noch nicht fertig mit dem, was sie ihm da mitgeteilt hatte. Die Mutter fragen! ging es ihm durch den Sinn. War das möglich?

»Christel, erzähl mir noch einmal, wie das ist mit dem Wünschen! Als du da wünschtest, die Grandmaman sollte sterben, damit du fortkämest – wurde sie da krank? Gleich?«

»Sei ruhig!« stieß er gepreßt hervor und begann zu laufen. Delphine hielt Schritt mit ihm. Als er erschöpft stehenblieb, waren sie am Teich bei dem Grabmal. Christoph warf sich auf die steinerne Bank. Delphine setzte sich neben ihn.

»Oder hast du sehr lange wünschen müssen?« flüsterte sie.

Christoph wandte ihr langsam den Kopf zu und starrte sie an. Ihre Augen, hell bewimpert und durchsichtig grünbraun, sahen ihn hell und unschuldig an. Der feuchte kleine Mund stand leicht geöffnet, und die Flügel der kurzen feinen Nase zitterten leise. Christoph betrachtete das vom Schimmer des aschblonden Haares umwobene zarte Gesicht und suchte nach Worten. Plötzlich drehte er den Kopf weg und sagte fast grob: »Als ob sie überhaupt davon gestorben wäre! Die Grandmaman war alt und mußte einfach sterben.«

»Aber gewünscht hast du's?«

Christoph lachte gequält. »Du hast's geglaubt!« rief er. »Du glaubst aber auch alles!«

Delphine ließ die Augen nicht von ihm. Sie sagte, ohne zu lächeln, mit ganz hoher Stimme: »Das ist ja gut, daß du's nicht gewünscht hast. Denn sonst wärest du ja – ein Mörder! Ebensogut wie – ein Mörder!«

Damit stand sie auf und ging fort, ohne sich darum zu kümmern, daß er krampfhaft weiterlachte, immer wiederholend: »Sie hat's geglaubt! Ha, ha! Sie hat's geglaubt!«

Dann aber lief er ihr nach. Er war jetzt ganz ernst. Hochmütig sagte er:

»Damit du siehst, daß ich gar nicht zu wünschen brauche, um zu kriegen, was ich bekommen muß, werde ich dir heute nachmittag etwas vorreiten. Komm nur mit dem Großvater an die Koppel! Du wirst es erleben.«

Delphine sagte ohne jegliches Erstaunen: »Très bien, Monsieur. Nous verrons!«

XVII

Es war Christoph nicht ganz wohl bei seinem Vorhaben, aber da er sich seit seiner Ankunft in Hölkewiese noch nie ganz wohl befunden hatte, ging es in einem hin. Es war ihm vielmehr, als hätte er sich zu einem Versuch entschlossen, Böses mit Bösem zu heilen. Daß das, was er vorhatte, nicht gut ablaufen konnte, darüber war Zweifel kaum möglich. Alles in ihm aber drängte nun zu einer Tat, die dem dumpfen Abenteuer dieser letzten vierzehn Tage ein Ende machte und reine Luft schuf. Es war ihm nur unklar bewußt, daß er mit seinem Streich zweierlei erreichen wollte: einmal, Delphine dermaßen beeindrucken, daß sie ihre unerträgliche Überlegenheit nicht aufrechterhalten konnte, und dann – den Großvater zwingen, Notiz von ihm zu nehmen, einen Bann brechen, den er nicht verstand und der ihm gegen die Natur war, wie es die Blendung eines Auges, die Lähmung einer Seite seines Körpers gewesen wäre. Cornelie hatte ihm nie angedeutet, daß dieser Großvater sich bereits vor seiner Geburt von ihm abgewandt hatte; er fand keinerlei Schlüssel für die dunkle und drückende Lage, in der er sich fühlte, und Delphines andeutender Hinweis war derart gewesen, daß er ihn einfach nicht wahrhaben wollte. Vielmehr wollte er ihr jetzt gerade beweisen, daß dem Großvater seine – Christophs – Anwesenheit nur recht zu Bewußtsein gebracht werden müßte, um ihn auch für Christoph zu einem wohlwollenden, interessierten und angenehmen Großvater zu machen.

Am Nachmittag, gleich nachdem er seinen Unterricht beim Pastor hinter sich hatte – es war schon am dritten Tag nach der Ankunft in Hölkewiese damit begonnen worden, und Lehrer und Schüler waren nicht unzufrieden miteinander –, begab er sich zur Koppel und begann seine Vorbereitungen. Es war hier am Nachmittag immer sehr einsam, und kein Mensch hatte sich je um sein Treiben gekümmert, wenn er sich um diese Zeit hier aufhielt. Er hatte damit begonnen, den Tieren Brot und Zucker mitzubringen. Sie waren schon daran gewöhnt, heranzutraben und sich an der Hecke zusammenzudrängen, wenn er aus dem Dickicht des Parkes hervortrat und leise lockte und pfiff. Er hatte seine besonderen Freunde unter ihnen; am liebsten war ihm ein kleiner feuriger Goldfuchs, erst im vorigen Sommer geboren und noch nicht eingeritten. Dubbicke hatte gesagt, das glaube er wohl, daß ihm der in die Augen steche, aber »der Voß wäre dem Voß sien« – hochdeutsch ausgedrückt, der Fuchs gehöre dem Major von Voß, den müßte er sich aus dem Kopf schlagen. Außer dem kleinen Fuchs befanden sich heut nur die beiden Stuten in der Umzäunung, von denen die eine, schwer trächtig, an der jenseitigen Grenze der Koppel ruhig und schweifschlagend graste, ohne sich um die Bewegung zu kümmern, in die ihre Gefährten gerieten, als Christoph sich zeigte.

Er sah ihnen prüfend entgegen; sie gefielen ihm mehr denn je. Das Herannahen eines Pferdes erfüllte ihn immer mit einem eigentümlichen seligen Schauer, der mit nichts zu vergleichen war. Dies Geschöpf war mächtig, aber es war auch gut. Seine körperlichen Ausmaße waren geeignet, Furcht zu erwecken, aber seine gewaltigen Glieder regten sich anmutig und beherrscht; das Muskelspiel unter dem glänzenden Fell zu beobachten war eine Lust, und das schmale Haupt auf dem starken gebogenen Halse war von überwältigender Anziehung durch das Spiel der beständig wachsamen Ohren, der klugen Augen, der nach innen zu rot erglühenden Nüstern und der langen Lippen, deren Berührung, warm und von rauher Weiche, wie eine Liebkosung war. In Christophs Beziehung zu Pferden lag Ehrfurcht, Vertrauen und jeder andere Bestandteil einer großen vergötternden Liebe. Da er sie denn wie Götter empfand, ging seine ganze Sehnsucht dahin, der Magie teilhaftig zu werden, die ihm Macht über sie verleihen und sie ihm dienstbar machen würde. Er ging dabei so vor, wie allerorten den Naturgöttern gegenüber gehandelt wird: er suchte die Pferde zu zähmen durch Anerkennung ihrer Kraft, durch Opfer, Schmeichelei und anpassendes Wesen.

Die eine Stute, die Mutter des kleinen Fuchses, war es, die er längst für seine Versuche erkoren hatte. Dubbicke nannte sie fromm. Die andere erklärte er gern für ein tückisches Aas, besonders in ihrem augenblicklichen heiklen Zustand. Rosina aber hatte etwas ausgesprochen Zärtliches. Streichelte Christoph sie mit seiner festen kleinen Hand, so liefen Schauer des Behagens über ihre glatte, warme, rotbraune Haut. Sie blieb mit geneigtem Kopf stehen und schnaubte zuweilen leise, während ihr Sohn davonstob, sobald es unwiderruflich weder Brot noch Zucker mehr gab. Dann war Christoph schon mehr als einmal behutsam auf den im Grün der Hecke verborgenen Zaun gestiegen und war auf einer Latte stehengeblieben, um den Hals der Stute mit einem Arm zu umschlingen und ihr so ganz aus der Nähe schönzutun. Zwei-, dreimal war er auch schon weitergegangen. Er hatte sie durch einen leisen, schmeichelnden Druck seines Armes gezwungen, sich längs der Umzäunung zu stellen, so dicht heran, daß er ohne Mühe ein Bein über ihren Rücken legen und aufsitzen konnte. Sie hatte es gleichmütig geduldet. Minuten herzklopfender Seligkeit hatte er so verbracht, mit ihrer Mähne spielend und die samtene Elastizität des Sitzes wohlig empfindend. Das Spiel des Windes im jungen Laub der Erlen und in seinem Haupthaar, der weite blaßblaue Himmel über dem flachen Lande mit seinem ziehenden Gewölk – das unablässige feine Geläut unsichtbarer Lerchen und der Amselruf aus dem Park, dazu das Nächste hier: der kurzhalmige graugrüne Rasen der Koppel, jetzt von Gänseblümchen und Löwenzahn gesprenkelt, die ungeschälten rissigen Kiefernstämmchen der Einzäunung, von denen seine Hand eins noch umklammert hielt, vor allem aber dies große, atmende und sanft sich regende Leben, das seine Schenkel mit Mühe umfaßten, und der heißgeliebte, süße Geruch des Tieres, vermischt mit dem Hauch der offenen Frühlingserde – dies alles war ein Meer von Leben, mit dem sein eigenes Gefühl vollständig verschmolz.

Daß es jedoch nicht bei dem regungslosen Genuß des Besitzes bleiben durfte, war ihm schon seit einiger Zeit ganz klar gewesen. Manche Überlegung hatte dem scheinbar unmittelbaren Entschluß von heute vorgearbeitet. Als er aus dem Gebüsch trat und auf den Zaun kletterte, war alles in ihm angespannter Wille und Vorsatz. Es hatte fünf Uhr vom Turm der Kirche geschlagen. Jetzt, wußte er, trat der Großvater auf die Terrasse, die beiden Teckel kratzten hinter ihm her, und Delphine, zu spät daran wie gewöhnlich, tanzte hurtig die Treppe im Hause hinunter, um noch Anschluß zu gewinnen. Christoph pflegte um diese Zeit schon wieder im Hause zu sein, oder er hatte sich nun eilig im Garten verborgen. Jedenfalls hatte er dann die Koppel verlassen, denn mit niemals abweichender Regelmäßigkeit wandte der General seine Schritte zuerst nach links. Er suchte den Hügel in der Parkecke auf, ließ sich für ein Weilchen in dem offenen Pavillon nieder und sah den Pferden zu. Zuweilen benutzte er auch den schmalen Pfad, der vom Pavillon durch Gebüsch hinunter zu einer Stelle der Umzäunung führte, an der die Koppel durch ein Verschieben der Latten leicht zu betreten war. Der Platz, an dem Christoph sein Stelldichein mit Rosina hatte, lag etwa acht Schritt davon entfernt. Alles war aufs beste vorbereitet. Er hatte den Tieren ihren Zucker gegeben und hatte Rosina mit Schmeicheln und Streicheln hingehalten, bis der kleine Fuchs, der übrigens einstweilen nur »Voß« hieß, gelangweilt davongetrabt war, überzeugt, daß es nichts mehr gäbe. Dann freilich hatte Christoph noch allerhand für Rosina in der Tasche gehabt, so daß sie ihren Kopf anerkennend auf und nieder getan und begonnen hatte, mit dem Vorderhuf den Boden zu scharren. Als er glücklich auf ihrem Rücken saß, war es, als ahnte sie etwas von seinen Absichten. Sie schnaubte ausdrucksvoll und bewegte stampfend die Füße. Es war Christoph, als würde sie sogleich mit ihm auf und davon gehen, wenn er sie nur antriebe und den Zaun losließe. Er klopfte ihr sanft auf Rücken und Hals und sprach ihr zu, dabei immer angespannt lauschend, ob er das Gekläff der Teckel nicht hörte und den Schritt des Großvaters, sein stoßendes Hüsteln. Endlich... »Los!« sagte er leise und drückte dem Tier seine Absätze ermunternd in beide Weichen. Rosina warf den Kopf und setzte sich angeregt in Bewegung. »Wo halt ich mich fest?« ging es Christoph wild durch den Sinn. Zunächst war's ja nicht nötig, es ging gemächlich am Zaun entlang; gleich würde er unter dem Hügel sein. Wieder vernahm er die Hunde, den Klang der eisernen Spitze von Großvaters Stock, Schritte und...

»Los!« flüsterte er noch einmal und gab dem Pferd durch seinen linken Fuß und eine drängende Berührung seines linken Armes eine Wendung nach rechts und ins Gelände der Koppel hinein. Rosina folgte prächtig. Gleichzeitig aber sagte Christoph zwischen den Zähnen durch, die er nun doch einigermaßen verzweifelt zusammenbiß: »Los! Hopp! Schneller!« und gab dem solchen Nachdruck mit seinen Hacken, daß das fromme Tier die Ohren erstaunt nach rückwärts stellte und sich zu traben entschloß. Sogleich fühlte Christoph die Bewegung mit leisem dumpfem Stoß in seinen Körper übergehen. Der Kraft seiner Schenkel, sich anzuklammern, vertrauend, gab er sich mit Begeisterung dem wundervollen Gewiegtwerden hin. Hinter sich, vom Hügel her, hörte er einen Ausruf, doch hatte er durchaus keine Zeit, sich darum zu kümmern. Er hatte ein paar Augenblicke völliger Berauschung, nie empfundenen Glücks in der Beherrschung des Tieres, die ihm durch eine rätselhafte Anpassung an seine Bewegungen möglich war. Dann aber geschah das gänzlich Unvorhergesehene, daß der kleine Fuchs sich näherte, und zwar im Galopp. Er kam mit einer wilden Kapriole ins Gesichtsfeld seiner Mutter, blieb mit angestemmten Beinen groß glotzend stehen und veranlaßte Rosina zu einer Wendung, bei der Christoph eiligst in ihre Mähne griff, um sich halten zu können. Aber nun brauchte der kleine Fuchs nur noch eine Volte zu schlagen und wieder davonzurasen, um Rosina ganz aus der Fassung zu bringen. Christoph hatte eben noch Zeit zu denken, daß so ein Pferdefell doch schauderhaft glatt sei. Er fühlte sich wie geblendet nach vorn rutschen und seine Arme flogen um Rosinas Hals – aber vergeblich! Denn Rosina, einzig bestrebt, ihren Sohn einzuholen, stürmte mit schleudernden Hufen dahin. Plötzlich wußte Christoph nur noch von einem großen schmerzhaften Dröhnen in Kopf und Rücken, und daß er nicht mehr saß, sondern lag, unter sich den Rasen, den wolkendurchwanderten Himmel hoch über sich. Die davoneilenden Hufe der Pferde schlugen dumpf pochend den trockenen Grund. Christoph setzte sich mit ganz verwirrten Sinnen halb auf und starrte den Tieren nach. Das war Verrat! war alles, was er denken konnte, und eine bittere Empörung über Rosinas Benehmen stieg in ihm auf. Aber viel Zeit, Überlegungen anzustellen, hatte er nicht.

Drüben nämlich, an der Umzäunung, aber leider innerhalb jenes Heckeneingangs beim Hügel und gar nicht sehr weit von ihm entfernt, stand ein Mann, der offenbar sehr aufgebracht war. Er sprach schnell und sehr laut und fuchtelte dabei in beunruhigender Weise mit den Armen. Es war der Großvater. Christoph blickte peinlich berührt nach ihm hin. Hinter ihm zeigte sich Delphine, die aber vollauf damit beschäftigt war, die jaulenden Teckel zu bändigen, die an der Leine zerrten und keinen anderen Wunsch zu haben schienen, als hinter den Pferden herzujagen. Da Christoph zu seinem Leidwesen aus des Großvaters Wortschwall immer wieder heraushörte: »der infame Bengel möchte sich hereinscheren!« und nicht anders konnte, als diese Einladung auf sich zu beziehen, erhob er sich endlich und begab sich einigermaßen taumelig auf den Erzürnten zu. Sich völlig des Fehlschlagens seiner kühnen Unternehmung bewußt, brachte er jetzt nur etwas wie schicksalsgewärtigen Trotz auf. Nebenbei ging eine dumpfe Überlegung in ihm vor, darüber, wie er den Großvater zu begrüßen habe. Er erinnerte sich daran, wie Dubbicke es zu machen pflegte, wenn er sich meldete. Soldatische Allüren, schloß er, waren dem Großvater gewiß die liebsten. Zwei Schritt vor dem jetzt in verhängnisvoller Weise beruhigten alten Herrn, der auf seinen Stock gestützt grimmig geradeaus schaute, stand der Knabe still, nahm Haltung, schlug die Hacken zusammen und blickte mit zusammengepreßten Lippen ins Leere.

»Näher!« befahl eine unheimlich schneidende Stimme.

Christoph tat tapfer jene zwei Schritte, die noch zwischen ihm und dem Stock lagen. Immerhin blieb der Stock einstweilen auf den Boden gestemmt. Mit verzweifeltem Mut drehte jetzt der Junge den Blick und starrte genau in die kleinen trüben Augen des alten Mannes, die reglos auf ihn gerichtet waren. Er tat das, weil er keinesfalls auf Delphine sehen wollte, die hinter dem Großvater stand.

Sonderbar dieses: von Angesicht zu Angesicht! Und wie lange währte es, daß sie so Aug in Aug standen, Großvater und Enkel, und gänzlich vergessen hatten, des Zornes der eine – der Furcht der andere? Der Greis dachte nicht: Sohn! Den ich über die Töchter hinaus ins Leben mir rief! Der Knabe wußte nicht, daß er, ein Ungeborener, im Schoße sich aufgebäumt hatte, als der dort das harte Wort der Verstoßung über seine Mutter gerufen hatte. Sie wußten es nicht, daß sie sich im tiefen stummen Blute erkannt hatten und daß bei dem Jungen Vertrauen war, weil für den Alten die große Erfüllung anbrach. Sie verloren sich nur aneinander, so Aug in Auge für unbemessene Zeit; kann doch in einem Augenblick des Traumes ein ganzes Leben keimen, erwachsen und aufblühen. –

Dubslaw Tracht hatte die Hand mit dem Stock erhoben, als Christoph auf seinen Befehl näher trat. Aber der Stock war in der Schwebe geblieben. Jetzt beugte der General den Kopf vor, und ganz dicht vor dem nicht zurückweichenden Gesicht des Knaben fuhr er ihn an:

»Und was ist das für eine Canaille? Was ist das für ein ganz infamer, rebellischer, hundsföttischer Kerl, der sich untersteht, auf meinen Pferden zu reiten? Was ist Er für ein Bengel? Wo gehört Er hin?«

Drei Fragen, wo eine genügt hätte, mit Pausen hervorgestoßen, und in jeder Pause wachsende Ahnung und mit jeder Frage die Ahnung wieder zurückgedrängt...

Christoph würgte ein wenig. Dann sagte er tapfer:

»Ich heiße Hans Christoph Echter von Mespelsbrun. Ich bin doch mit der Mutter gekommen...«

Er gelangte nicht weiter. Tracht trat zurück, seine Augen weiteten sich, es ging eine seltsame Verzerrung über sein Gesicht, die für ein Lächeln zu schrecklich, ja die gespenstisch wirkte. Er setzte zum Reden an, brachte einen dumpfen Laut hervor und schüttelte heftig den Kopf. Dabei musterte er den

Knaben wie in grenzenlosem Erstaunen von oben bis unten; es war, als söge er seine Erscheinung auf, als verschlänge er sie ungläubig und gewärtig, sie könnte ihm sogleich wieder entrissen werden. Plötzlich drehte er sich um und ging mit steifen Schritten davon, auf die Öffnung in der Umzäunung zu. Delphine warf Christoph einen unbeteiligt prüfenden und verwunderten Blick zu und lief hinterdrein, die Hunde mitzerrend.

Ohne etwas zu begreifen, voll Scham und ganz benommen von seinem Sturz, blieb Christoph auf seinem Fleck stehen und wagte erst zu folgen, als der Großvater lange hinter dem Hügel verschwunden war.

XVIII

Cornelie kehrte am frühen Nachmittag des nächsten Tages zurück, und wenn sie auch den Kopf voll genug hatte, so konnte ihr das veränderte Wesen Christophs doch nicht entgehen. Blaß und schweigsam saß er ihr bei Tisch gegenüber, ihre Fragen gehorsam beantwortend, ihren Blick jedoch meidend. Nein, es fehle ihm gar nichts; ihm sei ganz wohl. Beim Pastor habe es auch nichts gegeben, er habe seine Sache gekonnt. Jetzt wurde Cornelie auf Delphine aufmerksam und beobachtete sie unmerklich: das Mädchen saß mit einem lauernd lauschenden Ausdruck da, den Kopf geneigt. Aber ihre Lider hatten sich erst über den nach Christoph spähenden Augen gesenkt, als Cornelie sie ansah. Cornelie, unbefangen, dachte: ein Kinderzank! und beschloß, sich Christoph am Abend vorzunehmen. Zunächst war der Brief an den Justizrat Hellwig zu schreiben, denn morgen war Posttag.

Sie hatte dies Vorhaben ausgeführt und saß noch in Gedanken an die gestrigen Gespräche vertieft am Schreibtisch, als die Tür leise geöffnet ward und Christoph sich hereinschob. Dies Auftreten war so gänzlich von seiner gewohnten Art verschieden, daß sie sich erstaunt nach ihm umwandte. Er war neben der Tür stehengeblieben.

»Junge!« rief sie aus, »was ist mit dir? Christoph! Komm zu mir!« Sie streckte ihm die Hände entgegen. Nie waren viele

Zärtlichkeiten zwischen ihnen üblich gewesen, jetzt aber war es ihr, als müßte sie ihn in die Arme nehmen wie früher, als er ganz klein war. Er kam langsam heran; erst als er nah vor ihr stand, hob er die Augen.

»Mutterle«, sagte er. Und dann noch einmal, aufseufzend: »Mutterle!« Dann stockend: »Wo kann man denn hier beichten gehen, Mutterle?«

»Beichten gehen?« wiederholte sie verwirrt. »Ja... wie meinst du das, Kind? Du meinst: beichten – bei einem Priester?«

Kurz vor dem Aufbruch aus Mainz war Christoph gefirmt worden und hatte die erste heilige Kommunion empfangen.

Cornelie war erschrocken.

»Christel, ist etwas geschehen? Hast du etwas auf dem Herzen? Du hast doch nichts – Unrechtes getan, mein Kind?«

Gleich darauf hatte sie sich wieder in der Gewalt. »Komm!« sagte sie sanft und zog ihn zu sich. Etwas in ihm gab bei der Berührung nach. Er sank an ihr nieder, legte den Kopf in ihren Schoß und begann mit tiefem wehem Aufschluchzen zu weinen. Seine Arme umklammerten sie. Sie beugte sich über ihn, ratlos, angstvoll, streichelte sein Haar, seine zuckenden Schultern und wartete ab. Allmählich wurde er ruhiger. Jetzt sagte Cornelie beklommen: »Das ist ja nun schlimm, daß wir beide hier keine Kirche und keinen Priester in der Nähe haben, mein Herz. Da müßten wir erst nach Berlin fahren, du weißt es ja; wir haben es in Mainz noch besprochen.«

Sie war sich wohl bewußt, daß sie selbst diese Tatsache bisher eigentlich noch nicht als »schlimm« empfunden hatte. Entlassen aus dem Bereich der geistlichen Betreuung durch den Vater Hobert, hatte sie doch kein Heimweh nach der gewohnten gottesdienstlichen Übung, empfand vielmehr ein geheimnisvolles Glück in der Freiheit der nun auf den unmittelbaren Verkehr mit Gott angewiesenen Seele. Sie hatte in diesen Wochen viel an Walbrun gedacht und sich eines seiner Worte über das Christentum erinnert, als der großen Gewalt, die da war, ehe die Kirche war, und da sein würde, wenn die Kirche sich wieder in ihr aufgelöst hätte... Aber konnte sie dem Kinde das sagen?

Sie hatte nicht abgelassen, seinen Kopf zu liebkosen. Als er nicht antwortete, fragte sie leise: »Ist es denn so schlimm,

Christel? Ist es ein großes Unrecht, daß es dir nur ein Priester abnehmen könnte?«

Das Wort »Todsünde« wollte ihr durchaus nicht über die Lippen. Sie neigte sich über ihn. »Christel«, flüsterte sie, »sprich doch!«

»Ich – weiß es nicht«, kam es endlich stoßweise von ihm. »Ich – möchte es nur jemand sagen...«

Ohne es zu wissen, lächelte Cornelie befreit.

»Dann sag es mir doch, mein Kind. Mir kannst du doch alles sagen – alles!«

»Frag mich!« seufzte er. Keines von ihnen bemerkte, daß die Not seines Herzens ihm das ungebräuchliche Du abzwang. Cornelie überlegte – bange.

»Mein Gott, Kind«, murmelte sie, sich klarwerdend, daß sie ihm alles zutraute, nur nichts Falsches, nichts Niedriges. Aber wie ging denn der Priester im Beichtstuhl vor? Plötzlich lag ihr die klanglose Stimme des alten Hobert im Ohr, wie sie hinter dem Gitter hervorkam, unpersönlich, entkörpert ganz...

»Hast du – gegen eins der zehn Gebote gefehlt?« fragte sie stockend. – Er bewegte heftig bejahend den Kopf.

»Gegen welches?«

»Gegen – das fünfte...«

»Gegen – das fünfte? Das – ist nicht möglich, Christoph! Das fünfte heißt doch – das fünfte... Du hast doch nicht getötet, Christel! Welcher...«

Welcher Unsinn! hatte sie ausrufen wollen. Aber da! Er bewegte wieder den Kopf.

Jetzt zwang sie ihn, aufzublicken. »Sieh mich an, Junge! Was redest du da? Wie willst du getötet haben?!«

Er sah stumm zu ihr auf, aber seine Augen drückten nichts aus; sie waren die eines gefangenen Tieres, das keinen Ausweg mehr weiß.

»Ich habe einem Menschen den Tod gewünscht«, sagten die Lippen dieser verzweifelten Maske.

»Aber Christel! Und wem denn? Und davon stirbt man doch nicht!«

Er antwortete: »Doch! Sie ist gestorben.«

»Wer? Ja, Christel – du hast doch nicht gewünscht – die gute Grandmaman...«

Sie sah kopfschüttelnd auf ihn nieder.

»Christel«, flüsterte sie eindringlich, »das hast du nicht gewünscht! Du hast von Herzen gewünscht, daß wir nach Hölkewiese kämen, zum Großvater und zu Delphine, und dabei hast du immer gewußt, wir können, wir dürfen nicht von der kranken Grandmaman fort. Das ist dir so durcheinander gegangen, Christel. Vielleicht hast du auch einmal gedacht: wir werden nach Preußen fahren, wenn die Grandmaman einmal nicht mehr sein sollte, aber damit hast du ihr doch noch nicht den Tod gewünscht, Christel!«

Diese eifrigen, überredenden Worte schnitt Christoph ab, indem er ruhig die Hand erhob.

»Nein«, sagte er, genau so ausgeliefert blickend wie vorher. »Nein! Ich habe es gewünscht, sie sollte sterben, damit wir fort könnten.«

Er sagte es, als setzte er etwas aus Stein Gehauenes, Unabänderliches hin, und erwartete das unausweichliche, ihn vernichtende Gericht. In seinem Gesicht war ein sonderbar blindes Lauschen nach oben, in eine den gewöhnlichen Sinnen unzugängliche Region.

»Christoph«, sagte Cornelie hilflos, »aber du hattest sie doch auch lieb!«

»Doch. Sehr!«

»Ja – aber dann...«

»Ich wollte zu Delphine. Und jetzt – sagte Delphine, ich – wäre – ein – Mörder...«

Cornelie atmete auf. Es war ihr, als sei ihr der Faden in die Hand gespielt worden, der aus diesem Labyrinth hinausführen konnte. Indessen war alles so dunkel, daß sie diesen Faden nur fühlte, nicht sah.

»Delphine ist nicht recht klug«, sagte sie schnell, »mein Christel, wie kannst du alles glauben, was ein dummes kleines Mädchen daherredet! Oh, Christel, gegen solche Gedanken, wie du sie gehabt hast, ist vielleicht kein Mensch sicher, aber sieh, ich meine: Sünden sind das noch nicht! Das sind Versuchungen.«

Er hatte ernsthaft zugehört, sehr bereit, ihr zu glauben, ja hungrig danach, glauben zu können. Jetzt aber schüttelte er langsam den Kopf. »Das sind keine Gedanken«, sagte er schwermütig. »Das sind Wünsche. Ich denke nicht, wenn ich wünsche. – Ich – muß – dann – wünschen. Hast du niemals gewünscht, Mutter?«

Cornelie sah ihm staunend in die unbeirrbaren Augen. Eine Stunde stieg vor ihr auf – fern wie die Nacht von Wilhelmchens Tod – wie die Abschiedsnacht von Hans Adam...

»Doch«, flüsterte sie ganz versunken. »Doch, mein Kind. Ich auch – ich habe gewünscht.«

Sie nickte langsam, die Hand in seinem Gelock. »Ja, Christel, ja, Gott sei Dank!«

»Siehst du«, sagte er traurig. »Dann mußt du doch wissen, daß Wünschen mehr ist als nur Gedanken haben.«

»Ja«, flüsterte sie verwirrt. »Ja, anders – anders ist es doch wohl...« Ganz einfältig, ganz hingegeben an seine Hilflosigkeit geriet sie auf einen Weg, das unfaßbare Rätsel zu umgehen.

»Aber sieh, mein Herz«, begann sie zögernd, »wenn wir so wünschen und können nicht anders als wünschen – vielleicht werden wir dann – wird dann die Kraft unseres Wünschens von Gott gebraucht, wie er – den Wind braucht und den Regen, um das Korn reif zu machen. Ich kann es dir nicht besser erklären, Christoph, aber vielleicht verstehst du mich, wenn ich dir sage, daß die Grandmaman gerne sterben wollte, schon seit Jahren, schon seit dein Vater aus dem Kriege nicht wiederkam – und daß sie nicht konnte. Ihr Wünschen reichte nicht aus. Und wenn es nun einer von uns gewagt hätte, mit ihr zu wünschen – vielleicht wäre das gewesen, als hülfe er ihr, eine schwere Tür öffnen. Vielleicht...«

Christophs Tränen flossen von neuem, aber ganz sanft.

»Gott hat Geheimnisse«, sagte Cornelie halb zu sich selbst. »Es kommt doch immer nur so, wie er will. Unser Wünschen ist wohl oft nur ein Ergriffenwerden von seinem Willen. Christel«, sprach sie dann lebhaft, »glaube Delphine nicht! Sie wird nie wissen, was Wünschen heißt, dieses Wünschen, von dem niemand weiß, ob es nicht eine Ahnung von Gottes Absichten ist, die im Herzen erwacht. Ich weiß, Christel, ich *weiß* es, daß du böses Wollen, das zu böser Tat führt, nicht kennst und nie kennen wirst. Dein *Wollen* ist gut – du, mein Kind!«

Sie hatte leidenschaftlich bewegt gesprochen und ihn nahe an ihre Brust gezogen. Er sah sie erlöst an, wenn nicht ganz verstehend, so doch überwältigt und überzeugt.

»Ja, ja!« rief er befreit, »Delphine lügt! Auch was sie von dir sagt, ist nicht wahr!«

»Von mir? Was sagt Delphine von mir?«

Als kehrte er jetzt wieder in die Wirklichkeit heim, zauderte der Knabe und dachte nach. Als er dann sprach, redete er sie in der gewöhnlichen Form an. Doch legte er ihr eine Hand zart auf die Schulter, als wollte er sie von vornherein besänftigen.

»Sie sagt: Wenn Sie besser aufgepaßt hätten, hätte ihre Mutter, die Tante Charlotte, nicht sterben müssen! Und darum hätte sie nicht in Mainz bleiben dürfen.«

Cornelie war tief erblaßt.

»Das – sagt Delphine?« brachte sie mühsam heraus.

Christoph, erschrocken, nickte nur.

»Der Onkel Voß, sagt sie, hätte es ihr erzählt«, fügte er hinzu.

Cornelie lachte bitter auf.

»Nein, Christoph, das ist nicht wahr! Das ist eine Lüge – da hast du recht. Aber Delphine weiß es nicht besser, und wir wollen ihr darum nicht böse sein.« –

XIX

Zu ihrem eigenen Erstaunen fand sich Cornelie geneigt, jene Äußerung von Delphine mit Fassung zu nehmen, ja sie gewissermaßen als eine Erklärung für das ihr vielfach rätselhafte Benehmen des Kindes mit Dankbarkeit zu begrüßen. Der zornigen Aufwallung der ersten Kenntnisnahme war unmittelbar vernünftige Überlegung gefolgt: unmöglich, das Kind zur Verantwortung zu ziehen für eine Auffassung, die ihm von außen her eingeflößt war! Sie war sofort und blindlings davon überzeugt, daß wirklich Voß und nicht ihr Vater Delphine zu jener Abwehrstellung erzogen hatte, die sie nun innehielt, höflich aber kühl und von einer beherrschten Zurückhaltung, in der auch nicht die geringste Erinnerung an die Mainzer Jahre der frühen Kindheit wirksam zu sein schien. Niemals war Delphine von der unmittelbaren, unbedingt vertrauenden Wärme Christophs gewesen; immer aber hatte sie in Cornelie die Mutter gesehen, war eine kleine gehorsame und anmutige Tochter gewesen und hatte so völlig zu Cornelie und Christoph gehört. Und jetzt? Christoph hatte seine Spielgefährtin allem Anschein nach mühelos wiedergefunden, aber ihr, Cornelie, war eine kleine Dame entgegengetreten, tadellos in den Formen äußerer Höflichkeit, doch eben mit allem Vorbehalt, doch mit deutlich spürbarem Abwarten, mit Kritik in den heimlich sie musternden Augen...

Den Grund hierfür wußte sie nun. Sie hatte es für nötig befunden, Christoph hierüber aufzuklären, wie es geschehen war, daß Delphines Mutter so verlassen in Mainz gestorben war; er hatte ernsthaft zugehört, und sie wußte, daß keine Macht der Erde ihn dazu bringen können würde, etwas anderes zu glauben als das, was sie ihm erzählt hatte. Ein Gespräch mit Delphine über diesen Gegenstand schob sie hinaus und gestand sich ein, daß es ihr letzten Endes unwichtig war, was in diesem krausen Köpfchen für Meinungen über sie herrschten. Da sie nun im klaren darüber war, was in dem Kinde vorging, hatte sie selbst ihre ganze Sicherheit zurückgewonnen. Sie begegnete Delphine mit vermehrter ruhiger Güte, mit gelassener Strenge, wenn es sein mußte. Sie ließ sich nicht mehr durch das Spiel mißmutiger kleiner Fratzen, gewisser erstaunter Fragen und von allzu bestimmt vorgetragenen Einwänden verblüffen. Sie verzichtete darauf, um eine Erneuerung von Delphines Vertrauen zu werben; sie handelte von nun an mit unanfechtbarer Machtvollkommenheit und kümmerte sich ausdrücklicherweise gar nicht darum, wie das auf Delphine wirkte.

Die Frage, wie die Erziehung der beiden Kinder in Zukunft zu gestalten sei, beschäftigte sie mindestens ebenso stark wie die Angelegenheiten der Wirtschaft, und sie schien unlösbar, solange es ihr unmöglich war, mit dem Vater darüber zu reden. Der Unterricht des Pastors war, wie sie sich in langen Unterhaltungen mit ihm überzeugt hatte, unschätzbar, was Fächer wie Geschichte, Deutsch und Latein anbetraf. Auch Klavierspielen lernte Delphine bei ihm, denn er »predigte fast lieber und gewiß besser von der Orgel als von der Kanzel herab«, wie er meinte. Das aber, was Christoph zur Vorbereitung auf einen künftigen militärischen Beruf brauchte – und sie wußte gut genug, was das war: Mathematik also, Meßkunst, Fortifikationslehre, Physik und alle anderen Realfächer, ferner Französisch, Gymnastik, Tanz, Reiten – das alles ließ sich bei Pastor Hermes nicht lernen. Er brauchte einen Hauslehrer, so gut wie Delphine eine Erzieherin nötig hatte, denn daß mit der guten Liebenschütz nicht mehr zu rechnen war, hatte Cornelie schon in den ersten Tagen eingesehen. Das alte Geschöpf hatte um Handarbeit gebeten und beschäftigte sich seit den ersten Tagen von Corneliens Anwesenheit unablässig mit dem Ausbessern eines Damastgedecks. Sie verließ ihr Zimmer nur, wenn Cornelie sie zu einem Gang durch den Garten abholte, und benahm sich so scheu und so demütig, daß Cornelie aus allem nur das Flehen herausfühlte, keine neue Last auf ihre Schultern zu legen, sie aber bleiben zu lassen. Cornelie fragte sich, was Delphine wohl bei ihr gelernt haben möchte, und kam zu dem Schluß, daß sie eben ihr Französisch nicht verlernt hatte und daß sie gewisse kleine und nicht sehr nützliche Handfertigkeiten stümperhaft und ohne Begeisterung ausüben konnte. Hermes erklärte das Kind für begabt, aber von seltsamer Gleichgültigkeit gegen alles, was nicht unmittelbar auf das tägliche Leben Bezug habe. Zu ihrem Erstaunen kam Cornelie dahinter, daß Delphine, einer schon bei ihrer Ankunft ausgesprochenen Anordnung des Generals zufolge, von dem Pfarrer auch Religionsunterricht erhielt. Er habe sich, meinte Hermes, freilich darüber gewundert, daß das Kind katholische Gewohnheiten beim Beten gehabt habe, doch wäre das bald von ihm abgefallen, und er hätte es sich aus der katholischen Umgebung erklärt, in der Delphine nun einmal gewesen sei. Der General hätte mit sich über diesen Punkt gar nicht sprechen lassen, und schließlich sei es wohl auch natürlich, daß die Tochter der Konfession der Mutter folge, wie das in Mischehen doch üblich sei. Cornelie nahm dies hin wie eine unabänderliche Tatsache; das mochte der Vater selbst mit Loriot ausmachen, wenn es denn je dazu kommen sollte. Sie wich der Gelegenheit zu einem religiösen Gespräch mit dem Pastor diesmal noch aus, obgleich sie von Anfang an Lust verspürte, gerade mit diesem Mann einige Grundfragen zu erörtern. Aber nach dieser Unterhaltung war es ihr wieder eindringlich zu Bewußtsein gekommen, daß es ihre Pflicht war,

Christoph auch einen Lehrer seines Bekenntnisses zu geben, und niemand erschien ihr hierzu geeigneter als Valdemaire.

Sie hatte die Gewohnheit angenommen, jeden Morgen das Zimmer des Vaters zu betreten und ihn zu begrüßen, eine lächerliche kleine Szene, wie sie wohl fühlte, da sie nie eines Blickes, geschweige denn einer Antwort gewürdigt wurde; jedoch war es ihr Bedürfnis, einesteils ihn immer von neuem an ihre Anwesenheit zu erinnern, anderenteils das Schicksal herauszufordern und ihn zu offener Stellungnahme zu reizen. Sie kam, sie sprach ihren Morgengruß und die Frage nach seiner Nachtruhe, wie früher als Kind, verharrte eine kurze Zeit in der Nähe der Tür und verließ das Zimmer wieder, als sei dies alles natürlich. Heute, am Tage nach der seltsamen Beichte Christophs, kam sie zerstreut. Sie hatte wenig geschlafen; die ganze Nacht über waren ihr die Erziehungsfragen vor der Seele gestanden. Der Gedanke, Valdemaire und Corinna für Christoph und Delphine kommen zu lassen und ihnen damit zugleich in Hölkewiese eine Heimat und die Möglichkeit zu einer Vereinigung zu bieten, häufig schon flüchtig in ihr aufgestiegen, war in diesen schlaflosen Stunden zu einem Plan gediehen, dem nichts zur Verwirklichung zu fehlen schien als die Genehmigung des alten Mannes dort im Lehnstuhl, der wieder in seine Zeitung vergraben dasaß und nicht die geringste Notiz von ihr nahm. Im Augenblick, als sie eintrat, mochte ein Zugwind entstanden sein. Ein Teil der Journale, die neben dem General auf dem Tisch lagen, kleine, leichte Blätter, flatterte auf und ward zu Boden geweht. Cornelie, nur erfüllt von der Frage, wie sie es anfangen sollte, ihn zum Reden zu bringen, eilte hinzu, bückte sich, sammelte alles auf und legte es sauber geschichtet wieder an seinen Platz. »Voilà!« sagte sie und: »Guten Morgen, lieber Papa! Ich hoffe, Sie haben wohl geruht!« Sie blieb vor ihm stehen und holte tief Luft, die Hände krampfhaft verschränkend. Jetzt, dachte sie... Ich werde einfach sagen, es geht doch nicht, daß Delphine und Christoph aufwachsen wie Unkraut, das muß er ja doch begreifen – da – sie fuhr fast zusammen – kam er ihr zuvor. Ärgerlich in den Zeitungen blätternd, brummte er: »Und alles durcheinander gebracht!« Dann, ganz übergangslos und ohne zu ihr hinzublicken, polterte er: »Und den Jungen läßt du aufwachsen wie das liebe Vieh! Bildest du dir ein, daß er von selbst reiten lernt, wenn du ihn nur in die Koppel steckst und auf meine Pferde losläßt? Glaubst du, daß er bei irgendeinem Regiment angenommen wird, wenn das so weitergeht?« Jetzt sah er mit gesenktem Kopf über die heruntergerutschten Augengläser mit hochgezogener Stirn zu ihr auf, ungeheure, vernichtende Verachtung im Blick. Cornelie, auf alles gefaßt, nur auf dies nicht, wankte vor Schreck. »Mais, très cher Papa, je ne comprends rien du tout!« flüsterte sie. Dann aber stieg etwas Unfaßbares in ihr auf: Jubel, Glück! Dies war ein Einlenken; dies war – die weiße Fahne! Und jetzt nur Ruhe! Und nur Vernunft! Und auf ihn eingehen und nur, um Gottes willen – nur nicht widersprechen!

Tracht hatte sich erhoben und von ihr entfernt. Auf der freien Bahn zwischen Fenster und Teppich begann er auf und nieder zu gehen mit sonderbar eiligen steifen Schritten.

»Versteht Sie nicht!« grollte er. »Weiß wohl von gar nichts! Treibt sich rum der Bengel! Keinen Appell! Steigt auf fremde Pferde ohne Sattel, der Satan! Na, warte, mein Sohn! Und das will ein preußischer Offizier werden und als Enkel vom alten Tracht zur Armee abgehen?! Gibt's nicht, sag' ich dir! Gibt's nicht! Entweder er geht mir zum Kadettenkorps in Berlin ab, stantepe, verstehst du – stantepe! oder ich setze ihm einen Instruktor hierher, und Dubbicke kann ihn drillen. Eins von beiden!«

Cornelie sagte demütig: »Ich wünschte sehr, er bliebe hier und würde unter Ihrer Anleitung und Aufsicht vorbereitet, Papa...«

Tracht stieß einen Ton der Befriedigung aus, ohne seinen Spaziergang zu unterbrechen. »Abwarten!« knurrte er. »Wird alles in Ordnung gebracht.«

Cornelie sagte halblaut: »Und dann – Delphine?«

Da keine Antwort kam, fuhr sie fort: »Sie wissen wohl, daß Demoiselle Liebenschütz nicht mehr imstande ist, sich hinlänglich um die éducation des Kindes zu kümmern. Wollen Sie mir erlauben, für eine neue Erzieherin zu sorgen, Papa?«

Jetzt blieb Tracht stehen. »Fragen! Fragen! Fragen!« schnaubte er ärgerlich. »Hat man dazu wieder ein Frauenzimmer im Hause, daß man wegen der selbstverständlichsten Fragen molestiert wird?!«

Cornelie, sich wohl erinnernd, welche Formen Zustimmung bei dem Vater anzunehmen gepflegt hatten, verstand augenblicklich. »Sehr wohl, très cher Papa!« sagte sie mit einer Verneigung und zog sich zur Türe zurück. »Ich danke Ihnen gehorsamst.«

XX

Indessen hatte sie tagelang damit zu tun, sich in diese plötzliche Wendung hineinzufinden, was insofern nicht einfach war, als der Vater, abgesehen von einer mürrischen Erwiderung ihres Morgengrußes bei den nächsten Malen, nicht gewillt schien, irgend etwas in seinem Verhalten zu ändern. Jedoch empfand sie dies unwirsch gebrummte: »Morjen! Schon gut!« einstweilen jedesmal wie ein Geschenk. Eine Unterredung mit Christoph ließ sie dann auch die richtige Erklärung für den Umschwung finden. Warum er ihr denn diese Geschichte nicht damals auch gleich erzählt hätte, fragte sie etwas verwundert und empfing die verlegene Antwort, dies sei doch etwas ganz anderes, und er hätte es auch schon beinahe vergessen gehabt. Ja, er hätte gemeint, der Großvater wüßte vielleicht gar nicht, daß er auch da wäre. Nun, jetzt wüßte er es jedenfalls, sagte sie, wider Willen lächelnd, und das würde Christoph bald merken, denn der Großvater würde ihm einen Lehrer geben, der ihm wohl richtig und husarenmäßig zu reiten beibringen würde, der ihm aber außerdem noch von früh bis spät Unterricht in allen möglichen Fächern erteilen sollte, so daß es mit dem freien Umherstreifen nun vorbei wäre. Christoph sagte nur: »Oh, reiten!« und strahlte. Die Ungewißheit, wen der General ausgewählt haben möchte, wurde bald durch den Besuch eines Herrn von Rhinow behoben, der eine knappe Woche später von einem benachbarten Gute herüberkam und lange mit Tracht unterhandelte. Dann ließ er sich durch Dubbicke bei Cornelie anmelden.

Der Name, von Rhinow, hatte Cornelie nichts gesagt. Es war einer der vielen märkischen Namen, in die sich ganze Stammesgemeinschaften teilten, deren einzelne Familien, oft kaum noch untereinander verwandt, zwischen Elbe und Oder das Land bebauten und dem König dienten. Als ihr Joachim von Rhinow in dem kleinen blauen Salon entgegentrat, erinnerte sie sich seiner sofort. Dies ausgemergelte Gesicht mit den großen knochigen Augenhöhlen, der kleinen stumpfen Nase, dem breitlippigen Munde und dem starken Unterkiefer war wohl nicht leicht zu vergessen, zumal da es auf einer bemerkenswert gut gebauten Gestalt saß. Rhinow war noch ebenso gertenhaft federnd, wie er einst durch die Berliner Ballsäle geglitten war, ein begehrter Tänzer, obgleich er den Tanz abtat wie zum Dienst gehörig. Den »Totenkopf« hatte man den bleichen Husaren genannt – o ja, Cornelie erinnerte sich sehr gut, und ganz verschwommen stieg ihr auch die Erinnerung an ein Gerücht über seinen nicht ganz einwandfreien Abschied aus der Armee auf, das ihr einer der in Mainz einquartierten preußischen Offiziere erzählt haben mußte. Hieß es nicht, er hätte den Dienst wegen einer anonymen Broschüre quittieren müssen, einer Broschüre, die nach dem Feldzug von 1792 in Hamburg gedruckt und erschienen war und die eine unverhohlene Kritik an der Oberleitung des Heeres übte. Rhinow sollte sich als Verfasser dieses Schriftchens bekannt haben. Sie begrüßte ihn einigermaßen zerstreut. Er war älter geworden, freilich. Es lag etwas greisenhaft Kühles über diesen noch schärfer als einst die Struktur des Schädels betonenden Gesichtszügen, aus deren ungewöhnlicher Blässe die sehr großen, hellen und fast weiß bewimperten Augen starr und grell schauten. Flüchtig kam ihr der Gedanke, daß das eigene Haar, das Rhinow unter einer schwach bepuderten blonden Perücke mit den vorschriftsmäßigen steifen Seitenlocken und dem kurzen Zopf der Armee verbarg, obgleich er Zivil trug, rötlich sein müßte. Er verneigte sich zeremoniell, einmal unter der Tür, die Dubbicke ihm aufgerissen hielt, sodann auf halbem Wege zu ihr und schließlich noch einmal, als sie ihm die Hand reichte, die er küßte – ehrfurchtsvoll – dennoch, sie konnte sich des Eindrucks nicht erwehren, mit einer Ironie, die nicht ihr, aber vielleicht all diesen Gebräuchen menschlichen Umgangs, vielleicht auch sich selbst, seiner eigenen Person galt.

Die einleitenden Reden waren bald erledigt. Sie stellten fest, daß sie einander nicht zum ersten Male begegneten – daß seitdem viele Jahre verflossen seien, daß die Verhältnisse und man selbst sich verändert habe. Es war Cornelie, die endlich zur Sache kam, indem sie fragte: »Wollen Sie mir sagen, Herr Stabskapitän, ob mein Vater Sie in einer besonderen Angelegenheit hat rufen lassen?«

Rhinow sah sie erstaunt an. »Meine gnädige Frau«, sagte er, »gewiß bin ich in einer sehr besonderen Angelegenheit hier, und ich war gewärtig, nun von Ihnen ein wenig näher über das unterrichtet zu werden, was man von mir erwartet. Ihr Herr Vater ist ein wortkarger Herr.«

Cornelie konnte nicht umhin, zu lächeln. »Er ist es nicht allein Ihnen gegenüber, Herr von Rhinow«, sagte sie resigniert. »Wollen Sie mir denn freundlichst mitteilen, was Sie mit ihm besprochen haben.«

Es sei da ein Enkel, habe der General ihm gesagt, erklärte Rhinow nun lachend, der zum Eintritt in die Armee vorbereitet werden sollte. Ob er es übernehmen wollte, sein Instruktor zu werden? Er habe ja gesagt, ganz ohne zu zögern, denn er sei in einer Situation, die ihm nicht erlaube, seine Beschäftigung zu wählen.

Hierauf habe er mit dem General eine Flasche Burgunder getrunken, und der General habe sich dabei über den Unsinn der Saldernschen Taktik ausgelassen, sei aber durchaus nicht auf das Thema der zukünftigen Tätigkeit Rhinows zurückzubringen gewesen. Am Schluß habe er dann plötzlich Dubbicke befohlen, er möge den Stabskapitän bei der gnädigen Frau anmelden. Zu ihm habe er noch gesagt, die Hauptsache sei, daß sie eines Sinnes über das heutige Berliner System wären...

Rhinow sah Cornelie mit einem Ausdruck an, aus dem durchaus weder Spott noch ernstliches Nichtverstehen der Sachlage zu lesen war. Vielmehr erkannte sie ausgesprochen gutmütiges und kluges Begreifen darin. Er müsse sie nun wohl erst einmal über seine Person aufklären, meinte er freundlich, da es sich doch, wenn er es richtig auffasse, um ihren Sohn handle, der ihm anvertraut werden solle. Ohne ihre Antwort abzuwarten, gab er ihr in knappen Sätzen einen Abriß seines bisherigen Lebens.

Er hatte den Feldzug von 1792 als Rittmeister bei den Braunen Husaren mitgemacht, sich aber gleich nach der ruhmlosen Beendigung des Unternehmens alle Aussichten durch eine – er sagte es mit ironischem Mundverziehen – literarische Entgleisung verdorben. Man hatte ihm nahegelegt, den Abschied zu nehmen, und er war »ins Hannöversche hinübergewechselt«

und hatte englische Dienste genommen. Einige Jahre später war ihm eine Stellung als Prinzenerzieher an einem norddeutschen Fürstenhof angeboten worden, der er gefolgt war, immer mit dem inneren Vorbehalt, daß er nach Berlin zurückkehren würde, sobald dort ein anderer Wind wehte. Jedoch hätten ihn sein Amt, die Person seines Zöglings und allgemeine Umstände länger gefesselt, als er vorausgesehen habe, und da habe er die Entwicklung der europäischen Verhältnisse und die preußische Politik nur scharf im Auge behalten, um – dies sagte er mit einem Nachdruck, der Cornelie aufhorchen ließ – den Augenblick nicht zu versäumen, in dem der König Männer nötig haben würde, denen die Technik des Exerzierplatzes nicht das A und O soldatischer Vollendung sei. Dieser Augenblick sei nun wohl nicht mehr fern.

Hier konnte Cornelie sich nicht enthalten, eine Frage einzuschieben. Was meinte er damit? Meinte er, daß man vor einem Krieg stünde?

Rhinow sah mit einem starren Blick an ihr vorbei. »Meine gnädige Frau«, sagte er und hob die breiten Schultern kaum merklich, »die allgemeine Wetterlage ist Ihnen gewiß nicht unbekannt. Nehmen wir an, das Gewitter kann nicht über die Elbe, es kommt doch vor, daß Gewitter sich ablenken lassen... In Berlin hat man jedenfalls noch keine Verwendung für Wetterpropheten, die anderer Ansicht sind, und ich habe es nicht geschickt angefangen, als ich mich um meine Wiedereinstellung bewarb und bei einem Besuch an maßgeblicher Stelle politisierte, anstatt von den letzten Veränderungen der Uniformen zu sprechen. Ich habe viel Zeit mit vergeblichem Warten verbracht, bis man mir zu verstehen gab, für malkontente Offiziere sei heute so wenig wie vor zehn Jahren Platz in der Armee. Denn der eine Mann, auf dessen Ruf ich mehr oder weniger zurückgekommen war, hat leider noch nicht den Einfluß, den er einmal haben wird. Also sitze ich, meine gnädige Frau, seit bald einem Jahr müßig auf dem Gut meines Vetters Stojenthin, der ja zum Zirkel Ihres Herrn Vaters gehört und durch den ich die Ehre gehabt habe, die Bekanntschaft des Herrn Generals zu machen und, wie er mir nun zu meiner Freude bewiesen hat, sein Vertrauen zu gewinnen. Ich hoffe, weder ihn noch Sie zu enttäuschen. Freilich habe ich noch eine Bitte...«

Er habe sich, erklärte er, in den letzten Monaten die Zeit damit vertrieben, daß er die drei Söhne des dortigen Pastors ein wenig einexerziert und in den Kriegswissenschaften unterrichtet habe; es sei nicht mehr und nicht weniger als Spiel gewesen, aber die Knaben hätten Zuneigung zu ihm gefaßt, und es habe ihn über manche tote Stunde hinweggebracht. Der ältere, zwölfjährige, der drei sei nun seiner Meinung nach der geborene Soldat, und es sei ein Jammer, daß ihn sein Vater für die Kanzel bestimmt habe, freilich nur, weil er meinte, die Kosten einer militärischen Ausbildung nicht aufbringen zu können. Nun hätte er selbst die Erfahrung gemacht, daß es weitaus vorteilhafter sei, mehrere Schüler zusammen zu unterrichten als einen allein, und speziell bei einer Erziehung, die den Schwerpunkt auf Ausbildung soldatischer Tüchtigkeit legte, sei es zu wünschen...

Cornelie unterbrach ihn: »Sie meinen, daß wir jenen Knaben zur Miterziehung nach Hölkewiese nehmen sollten? Das ist ein Gedanke, der mir sehr einleuchtet...«

XXI

So war es gekommen, daß wenige Wochen später Joachim von Rhinow mit Rudolf Solger seinen Einzug in Hölkewiese gehalten hatte, und ehe es völlig Herbst wurde, waren auch Valdemaire und Corinna da und bewohnten als endlich vereintes Paar mit der Baronin Legendre das sogenannte »Jägerhäuschen« in einem Winkel des Parks. Cornelie hatte den einmal zur Aufnahme von Gästen bestimmten, jetzt aber seit Jahrzehnten leerstehenden zierlichen Bau für die kleine Familie instand setzen lassen, und es hatte ihr eine ungemeine Befriedigung gewährt, den alten Freunden eine Heimatstätte bieten zu können. Doch war dies nur ein Teil der großen Aufbauarbeit des Sommers gewesen. Nur unklar war sie sich der bevorstehenden Aufgaben bewußt gewesen, als sie Mainz verlassen hatte; von den Zumutungen der letzten Jahre zermürbt und, wie ihr dünkte, zu Tode erschöpft und keiner Hoffnung mehr fähig als der unsicheren auf die Versöhnlichkeit des Vaters und auf ein Unterkommen unter seinem Dach – geneigt, alles, was Christoph betraf, von der Entfaltung der Umstände abhängen zu lassen und jedenfalls ganz ohne Absichten, ohne Vorsätze, ohne Pläne, hatte sie sich an das Ufer der alten Heimat spülen lassen. Hier aber schien alles nur auf sie gewartet zu haben, um aus verzaubertem Schlaf erwachen zu können. Sie überdachte an einem Septemberabend, was seit ihrer Ankunft ins Leben gerufen war, und fragte sich staunend, wie es möglich gewesen sei, daß ihr dieses gelungen. Dennoch – es ist kein Verdienst dabei, sagte sie sich. »Hölkewiese und ich«, so schrieb sie an Maximiliane, »wir brauchen einander, um wieder gesund zu werden. Denn, meine liebe Freundin, ich kann den Zustand, in dem ich mich das letzte Mainzer Jahr befand, jetzt nicht anders wie eine Krankheit ansehen. War mir doch mit Buzzinis Weggang die Lebenskraft wie aus den Adern gezogen! Hier aber lag das Land brach und schlecht bestellt, dennoch voll heilsamer Kräfte. Ich brauchte es nur zu betreten, um zu mir selber zu kommen, zu fühlen, wie sehr alles meiner bedurfte, nicht nur das Land! Buzzini sagte einmal, daß jeder Mensch die Bedingungen seiner eigensten Lebenskraft ergründen müßte, als eine geheime Formel, die einzig für ihn gälte. Die Tiere, meinte er, besäßen dies Geheimnis noch unbewußt und fänden in allen Fällen, was ihnen frommte. Ich glaube, ich muß nun auch nicht weiter suchen: für mich heißt es nur, für Lebendes sorgen dürfen – für Lebendes, verstehe mich wohl, das noch wachsen will, also für Kinder, Tiere, Blumen, Bäume, ja, und nun auch für Äcker und Wiesen, für Land und Leute. Da ist mir wohl, da geb' ich so leicht, da strömt es mir doppelt und dreifach an Kräften zurück...«

Die schöne Ordnung des Lebens in ihrem Umkreis hütend und ausbauend, sah sie ihre Tage so ausgefüllt, daß keine Zeit zu wehmütigen Gedanken, zu sehnsüchtigem Erwarten von Briefen blieb, die nun einmal nicht kommen zu wollen schienen. Der Ablauf des Tages gruppierte sich um die familienhaft gemeinsam eingenommenen Mahlzeiten. Christoph und sein Kamerad Rudolf lebten in streng geregelter Tageseinteilung ihren körperlichen Übungen und wissenschaftlichen Studien, und Rhinow war gern bereit gewesen, sich mit Valdemaire in den Unterricht zu teilen, denn, hatte er gemeint, auf gewissen Gebieten sei er zweifellos nicht so zuständig wie Monsieur l'Abbé. Letzterer wiederum löste seine Frau zuweilen bei Delphine ab, unter deren sanftem Einfluß das Mädchen begonnen hatte, die zigeunerhafte Scheu seines Wesens, die Cornelie im Anfang mit Unmut beobachtet hatte, ohne ihr beikommen zu können, abzulegen und etwas wie Anpassung zu gewinnen. Der General lebte weiter, wie er es gewohnt war, und Cornelie unterstand sich nicht, ihn zu einer Gemeinschaft zu nötigen, deren Vorhandensein er ganz geflissentlich übersah. Sie hatte ihm pflichtschuldigst Mitteilung von ihren Abmachungen mit Rhinow und später von dem Erfolg ihres Briefwechsels mit dem Ehepaar Valdemaire gemacht, freilich sorgfältig die näheren Umstände vereinfachend, damit er keinen Strich durch den schönen Plan machte, Corinna und Valdemaire zu einem eigenen Herd zu verhelfen. Die beiden, die sich erst nach ihrem Zusammentreffen in Berlin vereinigen sollten, wurden von ihr nie anders wie als Emigrantenpaar bezeichnet, von dessen pädagogischen Fähigkeiten sie die höchste Meinung hatte. Die alte Legendre unterschlug sie vollends, in der Meinung, es wäre früh genug, wenn der Vater ihr Vorhandensein nach ihrer Ankunft bemerkte. Übrigens machte der General ihr die Sache sehr leicht, indem er von vornherein allgemeine Zustimmung kundgab. Auf Unterhaltungen ließ er sich nach wie vor nicht ein, aber abgerissene Sätze wie »Nicht meine Sache. Selber ausbaden, wenn schiefgeht!« deuteten an, daß er ihr jedenfalls freie Hand ließ. Ganz allmählich, mit kaum bemerkbaren Fortschritten, schien er ihr zugänglicher zu werden, und das lag wohl nicht nur an dem täglichen Besuch, den Rhinow ihm machte, an dem Einfluß eines häufigen, ihm genehmen männlichen Umgangs. Das Haus um ihn lebt doch wieder, dachte Cornelie, und das kann ja nicht ohne Wirkung bleiben! Sie hatte im Anfang darauf gewartet, daß er sich über den fast unvermeidlichen Lärm der beiden Knaben, über den stärker durch alle Räume pulsierenden Arbeitsrhythmus beklagen würde, aber das Gegenteil trat ein, und er ließ sich eines Tages durch Dubbicke erkundigen, ob der Junker heute Arrest habe, weil er ihn nicht zur gewohnten Stunde die Treppe hätte herabkommen hören. Betrat sie sein Zimmer jetzt, so meinte sie, eine andere Luft darin zu fühlen als noch im Sommer. Aus dem ganzen Hause, so war es ihr, sickerte es durch diese Wände wie Lebensgeist, angesogen von verschmachteten Nerven, von einem Herzen, das am Versagen gewesen, weil die Säfte ihm vertrockneten und versiegten. Langsam, ganz langsam taten sich noch ein paar dürftige Knospen an dem eingehenden Baume hervor.

Was die Baronin Legendre betraf, so hatte es einstweilen keine Not damit, sie dem General auch weiterhin zu unterschlagen. Die alte Dame rührte sich kaum aus dem Jägerhäuschen fort. Sie behauptete, an Schwierigkeiten der Akklimatisierung zu leiden, und wenn sie sich auch Cornelie gegenüber nicht aussprach, so ging es doch aus Andeutungen von Corinna und Valdemaire hervor, daß sie es mit der Maman nicht eben leicht hatten, dies aber mit Fassung ertrugen, denn ein ohne weiteres zuträgliches Klima hätte wohl für die Baronin Legendre erst erfunden werden müssen: war es hier zu rauh, so war es in Mainz zu weich und zu feucht gewesen. Waren nun Corinna und vor allem Valdemaire dankbar für die Abgeschiedenheit des Jägerhäuschens, das von Cornelie jetzt nur noch der »Musentempel« genannt wurde, so mäkelte Frau von Legendre nicht allein an dieser Abgeschiedenheit herum, sondern auch an seinen sämtlichen Eigenschaften, bezweifelte, daß es im Winter gut heizbar sein könnte, mutmaßte, daß der Schwamm in den Mauern wäre, und sprach viel von einer Maus, die ihr nachts einmal über die Bettdecke gelaufen war. Dessenungeachtet hatte sie sich ihr Zimmer mit unzähligen mitgebrachten Souvenirs, Bildchen, Uhren, Tassen und Dosen zu demselben Heiligtum der Erinnerung eingerichtet, das es in Mainz gewesen war, und es war anzunehmen, daß sie für gewöhnlich nicht ohne Befriedigung in ihrem grünbezogenen Lehnstuhl saß und aus den feinen unermüdlichen Händen die kostbaren Gebilde ihrer Spitzen hervorgehen ließ wie eine Spinne ihr Netz, eine Schnecke ihr künstlich gewundenes Haus.

Dies war das Bild der inneren Lage. Die äußere zu ordnen und auszugestalten war weitaus schwieriger, doch war Hand angelegt und der Anfang gemacht. Die Ernte dieses Jahres hatte sich in jedem Betracht als minderwertig erwiesen, denn auch das gut eingebrachte Heu war durch die sumpfige Beschaffenheit der Wiesen von schlechter Qualität. Cornelie, in allen Stücken von Reddien aufs beste beraten, der seinerseits ein begeisterter Anhänger der neuen, von England übernommenen Methode Thaers war, hatte sich damit begnügen müssen, ihre Leute bei

Drainierungsarbeiten und sorgfältigem Vorbereiten der abgeernteten Äcker wieder an die regelmäßig dem Gut zu leistenden Dienste zu gewöhnen. Sie hatte Saatkorn und Kartoffeln angekauft, und der Bau eines neuen Schafstalls war schon im August in Angriff genommen worden, da denn, wie Reddien meinte, »dem Hammel die Zukunft gehörte«. Bei alledem unterstützten sie Rhinow und Dubbicke; von dem Rittmeister ließ sie sich häufig zu Pferde begleiten, wenn sie ihre Feldfahrten machte, und fühlte in seiner Gegenwart den Rückhalt, dessen sie zunächst dem ihr entfremdeten Volk gegenüber bedurfte. Dubbicke dagegen schickte sie nun häufig an ihrer Stelle zur Inspektion aus, wenn sie Rhinow beim Vater wußte, und der Brave bedurfte keiner schriftlichen Vollmacht mehr, um sich Gehorsam zu schaffen: ihn selbst befriedigte das ihm geschenkte Vertrauen aufs tiefste, und Cornelie hatte einen bedingungslos ergebenen Diener an ihm. Das Ergebnis, dessen sie sich am Ende dieses Sommers bewußt sein durfte, war jedenfalls dies, daß die Wirtschaft wieder in allen ihren Zweigen Leben aufwies. Daß der Schmutz, die Trägheit, die Verlotterung vieler Jahre behoben war. Daß sie den ersten Grund für ersprießliches Fortarbeiten gelegt hatte. –

XXII

Es hatte manchen kleinen Ärger gegeben, bis alles so lief, wie sie wollte; der einzige Auftritt jedoch, den sie als ernsthaft peinlich in Erinnerung hatte, war ihr nicht vom Dorf aus, sondern durch das Wiedersehen mit dem Major von Voß bereitet worden. Voß, der, wie sie von Dubbicke wußte, ganz kurz vor ihrer Ankunft dagewesen war, traf Anfang Juli wieder zu einem seiner üblichen Besuche auf Hölkewiese ein: Rhinow befand sich damals eben in den ersten Tagen seines Aufenthaltes und trat dem Ankömmling, der mit seinem Burschen die Rampe heraufgeritten kam, mit seinen beiden Zöglingen entgegen, im Begriff, einen Abendspaziergang mit den Knaben zu machen. Christoph hatte seiner Mutter das Zusammentreffen lebhaft und nicht ohne karikierende mimische Begleitung geschildert. Der Major, oben angelangt, hatte das Pferd angehalten und, den

Arm in die Seite gestemmt, Rhinow und sein Gefolge mit ratlosem Ausdruck gemustert: »Nanu – was geht denn hier vor?« hatte er gefragt. Aus dem Hinundherreden zwischen Rhinow und ihm, die sich flüchtig bekannt waren, hatte er dann bruchstückweise die veränderten Umstände kennengelernt. »Er sah aus, als würde er mit jedem Moment böser, Maman«, hatte Christoph nicht ohne Befriedigung berichtet. Cornelie hatte das Eintreffen des Besuchs durch Dubbicke erfahren, der wissen wollte, wo dem Herrn Major denn nun das Bett gerichtet werden sollte, da der Herr Stabskapitän ja in den Zimmern wohnte, die der Herr Major sonst immer bekommen hätte. Cornelie hatte ihre Anweisungen gegeben und nicht ohne unangenehme Spannung das Weitere abgewartet. Voß hielt sich nicht lange bei dem General auf. Cornelie sah ihn sehr bald im Garten erscheinen, von Delphine begleitet, die ihm am Arm hing und lebhaft plauderte. Erst kurz vor Tisch ließ er sich bei ihr melden. Er bäte darum, auch fürderhin mit dem General speisen zu dürfen, dem sein Besuch zugedacht sei, sagte er nach einer mehr als konventionellen Begrüßung. Cornelie zögerte nicht, es ihm anzusagen. Er habe sich des Vaters in dankenswerter Weise angenommen und sich auch um die Wirtschaft gekümmert, so habe sie gehört, fügte sie etwas gepreßt hinzu, versagte es sich aber nicht, anzudeuten, daß hier von einem Außenstehenden ja nichts zu erreichen gewesen wäre. »Ich bin dem Himmel dankbar, daß er mich endlich für meine nächsten Aufgaben frei werden ließ«, endete sie mit vollkommener Sicherheit. Voß hatte finster zugehört.

»Ich kann nicht umhin, Ihnen mein Erstaunen auszudrücken, Madame«, sagte er nach einer Pause, »darüber, daß Sie vor Ihrer Heimkehr nicht mit mir korrespondiert haben, da Sie doch wußten, daß ich das Vertrauen Ihres Herrn Vaters in hohem Grade besitze.«

Jetzt war es um Corneliens Ruhe geschehen. Indem sie sich erhob, zwang sie auch ihn, aufzustehen. »Sein Vertrauen«, sagte sie bebend, »nun – möglicherweise! Obgleich mir scheint, daß er so unglücklich ist, weder zum Vertrauen noch zum Mißtrauen die Kraft und die Lust aufbringen zu können! Mein Vertrauen jedoch, Herr Major, besitzen Sie nicht mehr, und die Gründe dafür brauche ich Ihnen wohl nicht auseinanderzusetzen. Lassen

Sie sich nur eins sagen: Es ist nicht so sehr die eines preußischen Offiziers ganz und gar unwürdige Weise, in der Sie sich vor fünf Jahren hinter meinem Rücken der kleinen Delphine bemächtigt haben, die mir die Augen geöffnet hat als die infame Art, in der Sie das Gemüt des Kindes mit Argwohn vergiftet und mir entfremdet haben. Sie wissen recht wohl, womit. Besuchen Sie meinen Vater meinetwegen, sooft es Ihnen beliebt – ich maße mir durchaus kein Recht an, seinen Gästen die Tür zu weisen. Mir aber werden Sie nicht zumuten, Sie zu empfangen, und – was Delphine betrifft...«

Sie zauderte. Dann setzte sie plötzlich mit einem hochmütigen Lächeln hinzu: »Das Kind ist nicht dumm. Es wird sich in einigen Jahren selber sein Urteil bilden, meinen Sie nicht, Herr von Voß? Ich habe Zeit, das abzuwarten...«

Sie hatte das Zimmer verlassen, nicht mehr imstande, der dumpfen Wut zu begegnen, mit der Voß sie betrachtete. Seine Erscheinung in dieser Stunde, die untersetzte, zur Schwere neigende Gestalt mit dem vorgeschobenen Stiernacken, dem plumpen Kopf, die hängenden Arme, an denen sich die Hände geballt hatten, vor allem sein dunkel anlaufendes Gesicht, in dem die Muskeln der Kiefer sich knollig abhoben, und die ganz verfinsterten Augen unter der niedrigen Stirn – das alles wollte ihr nicht aus dem Sinn, erschien ihr zeitweise wie ein Alpdruck und gab ihr nun völlig das Bewußtsein: hier war der Feind. Das hatte sich auch nicht geändert, als sie wenige Tage später einen Brief von dem Major erhalten hatte, einen Brief, in dem er ihr sehr glatt und gewandt die Berechtigung, unzufrieden mit ihm zu sein, zugestand und sie bat, seine Handlungsweise einer niemals von ihm zu überwindenden Enttäuschung zugute halten zu wollen. Dieser Hinweis auf seine unerfüllt gebliebene Leidenschaft für Charlotte als Begründung für haßvolles Handeln berührte Cornelie indessen eher unheimlich als versöhnend. Immerhin hatte er es erreicht, daß sie in Zukunft seine Besuche nicht gänzlich unbeachtet lassen konnte. Sie mußte den Brief beantworten und tat es mit aller kühlen Zurückhaltung, aber doch höflich, denn es schien ihr rätselhaft gefahrvoll, ihn zu reizen. Sie konnte in Zukunft nicht umhin, ihn anzunehmen, wenn er sich bei ihr melden ließ, sie mußte seine Anmaßung, den langjährigen Freund des Vaters zu spielen, dulden. Und seiner

Vertraulichkeit mit Delphine Grenzen zu stecken, verbot ihr der Stolz: er sollte nicht glauben, daß sie ihn irgendwie ernst nähme. Er sollte es nicht glauben, aber es war der Fall: sie nahm ihn ernst und wenn nicht mit dem Verstande, so mit dem Gefühl einer unüberwindlichen Abneigung.

Seit sie den Vater wiedergesehen und sich von dem Zustand geistigen Dahindämmerns überzeugt hatte, in dem er die Tage verbrachte, während er sich mit Rauchen, Patiencelegen und dem mühseligen Studium seiner Zeitungen – er brauchte Stunden zu einem Artikel von wenigen Spalten – eine Art von Tätigkeit vortäuschte; nachdem sie sich aus den Berichten Dubbickes ein Bild davon hatte machen können, daß dies schon seit Jahren so war, eigentlich schon seit seinem Austritt aus dem Heer, und er war eben ausgetreten, weil er wohl fühlte, daß es nicht mehr ging; im klaren über ihn als über einen greisen Menschen, in dessen Körper die Antriebe von ehemals mechanisch noch fortwirkten, der aber gewiß nicht mehr imstande war, eine Stellung zu behaupten, sie zu verteidigen und bösartige Ausfälle zu machen, so war sie auch über die Rolle des Majors nicht mehr im Zweifel. Dieser mit dunklen Spannungen geladene Mensch hatte hier gesessen und die sinkende Lebensglut mit dem heftigen Atem seiner unterdrückten Leidenschaft angefacht, und schließlich hatte es vielleicht genügt, daß er nur kam, immer wieder kam und da war, um einen Zustand aufrechtzuerhalten, der seinen mehr oder minder bewußten Absichten entsprach. Das Ziel dieser Absichten mochte ihm selber in der Tat nicht fest umrissen vor Augen stehen. Nur eins war sicher, daß sein Gefühl heute wie einst um Charlotte kreiste. Charlotte war ihm mit spitzbübischer Liebenswürdigkeit begegnet, sie hatte ihn wie einen gezähmten Bären behandelt, dem sie nicht ganz traute und dem sie unter Neckereien Zucker hinhielt, um ihn nicht in gefährliche Laune kommen zu lassen. Hinter seinem Rücken hatte sie sich über ihn lustig gemacht. Cornelie hatte ihn mit Gleichgültigkeit kommen und gehen sehen, und ganz ernst hatte ihn nur der General genommen, dem er sich von Anfang an unentbehrlich zu machen gewußt hatte. Der General war als Vorgesetzter sehr unbequem, er witterte Insubordination, wo sie noch nicht einmal im Keime vorhanden war, und seine Adjutanten wechselten fortwährend. Dann kam Voß und behauptete sich. Wodurch, wußte kein Mensch, vielleicht weil er eben schwer, langsam, ohne Esprit, ohne Übermut – nur Soldat, von sturer Unterwerfung, von fanatischer Pflichterfüllung war. Hans Adam hatte ihn »den reitenden Infanteristen« genannt, und wahrhaftig, ein Husar war Voß nicht, ungeachtet der Uniform. Das Verhältnis des Generals zu ihm war jetzt, dies erkannte Cornelie, das des Herrn, der abhängig vom Diener geworden ist – und Voß war nicht geschaffen, eine durch Jahre stummer Dienstbarkeit ertrotzte Macht ohne weiteres aufzugeben.

Er mochte es sich nach jenem Auftritt klargemacht haben, daß er die veränderte Lage anerkennen oder weichen mußte. Sein Brief, ein peinlich anmutendes Machwerk, eine Mischung von plumpem Bekennen und verschlagenem Einlenken, zeugte von der Einsicht, daß er ohne eine Aussöhnung mit Cornelie nicht weiter so kommen und gehen konnte wie bisher. Und das wollte er allem Anschein nach. Er kam nach wie vor jeden zweiten Monat von R., wo er in Garnison lag, herübergeritten, er machte von nun an Cornelie zuerst seine Aufwartung, er bat darum, im Kreise der Hausgenossen mitspeisen zu dürfen, und beanspruchte mit schwerfälligem Nachdruck den Platz des langjährigen Hausfreundes, von keinem mit besonderem Vergnügen begrüßt – außer von Delphine.

Cornelie war immer zufrieden, wenn seine zeremoniellen Besuche bei ihr und die Unterhaltungen über militärische oder landwirtschaftliche Angelegenheiten, die er mit großer Pedanterie führte, unterbrochen wurden, sei es von einem der Kinder, sei es von jemand anderem. Rhinow und die Valdemaires, die das wußten, machten ihr gern diese Freude, ja es ward eingeführt, daß die Ankunft des Majors sogleich im ganzen Hause gemeldet wurde, damit Cornelie mit dem Unwillkommenen nicht zu lange allein zu bleiben brauchte. Rhinow liebte Voß gar nicht, schien es aber als eine geistige Übung zu betrachten, ihm zu widersprechen und ihn dann nach einem Wortgefecht, das er nach seinem Belieben verkürzte oder ausdehnte, plötzlich matt zu setzen. So trat er auch an einem Nachmittage zu Ende Mai 1804, als Voß eingetroffen war, sehr bald bei Cornelie ein und begrüßte den Ankömmling mit ironischem Entzücken.

»Ah, der Bote aus der großen Welt«, rief er aus, »Voß, der Kurier der Götter! Obschon Sie da eher Hermes heißen sollten wie unser braver Pastor, der – was meinen Sie, Gnädigste? – wiederum besser Gabriel genannt würde, als nach dem Sendboten des heidnischen Gottvaters! Nun, Major, was gibt es für Neuigkeiten?«

Rudolf und Christoph waren hinter ihrem Lehrer ins Zimmer gekommen, hatten den Gast in gebührender Haltung begrüßt, standen nun aber in Erwartung eines unterhaltsamen Angriffs von Rhinow auf den Unbeliebten an der Wand. Für Christoph bedeutete Voß mehr als nur eine komische Person; er haßte ihn aus vollem Herzen und war stolz darauf, zu fühlen, daß der Major dies Gefühl erwiderte, obgleich dieser vorgab, ihn völlig zu übersehen, und nur von Zeit zu Zeit einen unvorhergesehenen Ausfall gegen ihn machte. Das sollte noch in dieser Minute geschehen. Voß sah auf Rhinows Reitstiefel und sagte mit seiner knarrenden Stimme langsam: »Vielleicht bin ich Ihrer schmeichelhaften Anrede wirklich würdig, Herr Kamerad, denn die Neuigkeit, die ich heute bringe, wird ihren Weg wohl kaum schon aufs platte Land hinaus gemacht haben. Besonders«, jetzt hob er die schweren, von struppigen Brauenwülsten belasteten Lider sekundenlang, um einen Blick auf Christoph zu schießen – »besonders für unseren linksrheinischen Patrioten hat meine Nachricht gewiß Interesse.« Er verstummte und mochte einen Ansturm von Fragen erwarten. Da jedoch niemand ein Wort entgegnete, setzte er in mürrischem Ton hinzu: »Frankreich hat aufgehört, Republik zu sein, meine Herrschaften. Bonaparte hat geruht, Würde und Titel eines Imperators zu akzeptieren. Roma rediviva!«

»Napoleon der Erste, Kaiser von – Europa!« sagte Rhinow und pfiff durch die Zähne. –

XXIII

Die Wirkung der von Voß überbrachten Neuigkeit auf Christoph war ungeheuer. Der Junge ging tagelang wie im Traume umher; während des Unterrichts saß er abwesend da. Seine Aufgaben waren voller Flüchtigkeitsfehler, beim Exerzieren tat er das Gegenteil von dem, was das Kommando verlangte, und bei einem Ritt kam es vor, daß er Rhinow und Rudolf aus den Augen verlor und nach langem einsamem Umherschweifen durch die Wälder erst in der Dämmerung und allein wieder auf dem Hofe eintraf.

Valdemaire behandelte ihn von jeher mit jener Nachsicht, die eigener Zerstreutheit entsprang; er hatte selbst Tage, an denen er seine Lehrpflichten erledigte wie ein Hindernis, das zwischen ihm und der Fortsetzung seines Pascal-Kommentars lag, an dem er mit Hingabe arbeitete. Rhinow dagegen hatte solche Zustände seines Zöglings von Anfang an mit Schärfe kritisiert.

Das Verhältnis zwischen ihm und Christoph war im allgemeinen sehr gut, was auf gegenseitiger Sympathie beruhte. Indessen verlangte der Stabskapitän unerbittlich eines, das sich Christoph nun innerhalb eines Jahres mühsam angeeignet hatte, aber doch nur so wie eine Rolle, die ihm im Grunde nicht lag. Es hieß Disziplin – es hieß Subordination; es schloß während der Lehrstunden jede zwanglose Unterhaltung aus, die sich doch aus den Gegenständen oft genug gut und gern ergeben hätte. Es machte das Turnen, das Exerzieren, ja selbst das Reiten aus Gelegenheiten zu freier Leibesfreude zu harten Übungen, die zwar immer noch beliebter waren als das Brüten über geometrischen Figuren und geographischen Karten, bei denen es aber fast nie ohne körperliche Strafen abging. Rhinow liebte kleine Aufmunterungen mit der Reitpeitsche, deren er sich an Stelle der beim Militär üblichen Fuchtel bediente, er schreckte auch vor nachdrücklichen Züchtigungen durchaus nicht zurück. Rudolf Solger nahm dies hin wie unabänderliche Gewalt, der sich widerstandslos unterzuordnen war. Christoph hatte den großen blonden Jungen von Anfang an geliebt; seine Haltung beeinflußte ihn zunächst, dann aber fand er ganz von selbst zu sich zurück. Er versuchte immer von neuem, im Guten mit Rhinow auszukommen, ohne doch das aufgeben zu müssen, was der Stabskapitän kurzweg als »kurmainzischen Schlendrian« zu bezeichnen pflegte. Außerhalb der Dienststunden gelang es ihm oft, Unterhaltungen anzuknüpfen, wie er sie liebte. Rhinow vergaß sich dann bis zu völliger Kameradschaftlichkeit, redete ihn mit »Du« an und sprach als Mann zum Mann, wie es Leroux getan hatte oder Lalande und auch der Doktor in seiner Art. Das waren dann aber Ausnahmefälle, die beim nächsten Exerzitium durch erhöhte Präzision abzubüßen waren. Christoph spürte eben in diesem Wechsel einen besonderen Reiz und legte es darauf an, den Kapitän entsprechend dem von ihm deutlich empfundenen Gesetz seiner Menschlichkeit zu behandeln. Indessen war es ihm noch nicht gegeben, hier folgerichtig vorzugehen, und so verfiel er von Zeit zu Zeit einfach in dumpfen Widerstand und gab seinem vergewaltigten Freiheitstrieb so nach, wie es jetzt eben wieder geschehen war. Als er an jenem Juniabend auf abgetriebenem Gaul, selbst aber blühend von innerer Zufriedenheit nach Hause kam und sich mit erstaunlicher Unbefangenheit bei Rhinow meldete, war sein Maß wieder einmal voll. Sein Rücken hatte Schmerzliches auszuhalten. Die Verurteilung zu dreitägigem Stubenarrest war jedoch in Anbetracht des strahlenden Sonnwendwetters die härtere Zumutung. Indessen nahm er alles, Schläge sowohl als Gefangenschaft, mit unbeteiligter Ruhe hin.

Cornelie hatte auf Rhinows Wunsch eine Dachkammer als Arrestlokal für die werdenden preußischen Heerführer eingerichtet. Der schmale Raum mit den schrägen Wänden enthielt nichts als Tisch, Stuhl und Bett, alles von einfachster Beschaffenheit. Hier hinauf drang kein Ton vom Treiben der Hausgenossen, von der Arbeit im Hof. Durch das kleine Fenster war der Kirchhof und darüber hinaus weithin das Land nach Westen zu sehen. Christoph hatte manche langweilige Stunde, aber auch viele sehr zufriedene hier verbracht; träumerische Einsamkeit war ein Bedürfnis seiner Natur, dem er gern nachgab. Zudem war die Einsamkeit solcher Straftage nie eine ganz ununterbrochene. Dreimal erschien Dubbicke und brachte Suppe, Wasser und Brot; mit ihm freilich war nicht viel Konversation zu machen, da er sich im Dienst fühlte und entsprechend benahm. Immerhin bedeutete er eine Abwechslung. Das Angenehme aber war, daß die Tür unverschlossen blieb, da der Schlüssel fehlte. Die Arrestanten saßen im Bann ihres Ehrenwortes fest, eine Bindung, deren Bedeutung Rhinow ihnen derart eingeprägt hatte, daß sie nicht versagte. Jedoch war der Zutritt von außen nicht durch diese unsichtbare Schranke gesperrt; vielmehr hatten sich nun Christoph und Rudolf gegenseitig das Ehrenwort gegeben, einander nie im Stich zu lassen, wenn einer von ihnen »brummen« mußte, und war es auch verboten, den

Gefangenen zu besuchen, so war dies doch eben »nur« ein Verbot. Also benutzte der Straffreie jeden Augenblick, in dem Rhinow beschäftigt oder abwesend war, um hinaufzuschleichen, und außerdem taten dies Corinna und Delphine, die eine aus Mitleid, aus Neugier die andere.

Als Christoph an jenem Abend hinaufgeschickt worden war, schlüpfte Rudolf zu ihm herein, nachdem er unten gute Nacht gesagt hatte und sicher sein durfte, daß die Erwachsenen noch eine Stunde auf der Terrasse sitzen würden, um die schöne Sommernacht zu genießen. Christoph lag in seinen Kleidern auf dem harten Bett, die Arme hinter dem Nacken verschränkt. Rudolf setzte sich an das Fußende.

»Du hast Pech gehabt«, bemerkte er sachlich.

Christoph antwortete nicht.

Rudolf legte ihm das Butterbrot hin, das er mitgebracht hatte. »Hier«, sagte er. »Iß doch!«

Christoph richtete sich halb auf und stützte sich auf den Ellbogen. Er griff nach dem Brot und begann langsam zu kauen. Die helle Nacht ließ sein Gesicht erkennen; es war nicht verstört durch die Strafe, nur vergrübelt und ernst. Beide Knaben pflegten solches Mißgeschick hinzunehmen wie schlechtes Wetter – es war Pech, sonst nichts. Freilich war Rudolf seltener in der Lage, seinen Stoizismus beweisen zu können, als Christoph. Ihm war das angeboren, wogegen Christophs Wesen sich sträubte: fraglose Unterwerfung unter einen fremden Willen. Christoph hatte sein Brot verzehrt; er schwieg weiter. Plötzlich hob er die Beine aus dem Bett und setzte sich neben Rudolf. »Gut, daß du kommst«, sagte er, »ich habe dir noch allerlei zu sagen. Heute nacht muß ich weg.«

»Heute!« sagte Rudolf. Nichts weiter. Aber es lag viel in dem einen Wort: Schrecken; Ergebung ins Unabänderliche; endlich Bewunderung.

»Ja!« Christoph sprach mit überlegener Entschlossenheit. »Es ist höchste Zeit. Er ist jetzt Kaiser…«

Er schwieg und machte eine ergänzende Handbewegung. Kein Zweifel, der Bonaparte durfte nicht Kaiser sein, ohne daß Christoph ihm diente!

»Er ist es ja noch gar nicht«, sagte Rudolf streitsüchtig. »Er muß doch erst gekrönt werden! Und Rhinus sagt, keine europäische Regierung wird ihn anerkennen, und dieser Kaiserthron wird Privatangelegenheit von Frankreich bleiben wie die Revolution.«

»Wann hat er das gesagt?« grollte Christoph.

»Heute abend, bei Tisch.«

»Er wird sich wundern!« knurrte Christoph. »Und er wird *auch* noch mit ihm marschieren, sage ich dir! Rhinus ist doch nicht dumm.«

Tatsache war, daß Rhinows politische Stellung letzten Endes labil war wie die aller stark intellektuellen Menschen. Er konnte seinen Schülern am Morgen voller Begeisterung einen Aufmarsch aus dem italienischen oder ägyptischen Feldzug demonstriert und sich verschworen haben, nur unter Bonaparte lohnte es sich heute noch, Soldat zu sein, um am Abend an neuen Übergriffen des Gewaltigen schärfste Kritik zu üben und die Staaten Europas gegen ihn zu organisieren. Sein Blut diktierte ihm eine andere Haltung als sein Kopf; dies Blut antwortete ganz eindeutig preußisch. Es war von den Knaben nicht zu erwarten, daß sie hier die Vorzeichen richtig setzten. Nur eins empfand Christoph dumpf, aber richtig: Rhinus – wie sie ihn unter sich nannten – war nicht dumm! –

Dem Pastorensohn Rudolf Solger nun war der französische Usurpator von Haus her bis vor kurzem nicht mehr und nicht weniger gewesen als der fleischgewordene Antichrist. Sein Vater bezog die ganze Offenbarung Johannis freizügig auf Bonaparte und die Französische Revolution und war somit in der befriedigenden Lage, den Sturz des großen Drachens vorauszusehen und sich im übrigen ohne Beunruhigung weiter seiner Spargelzucht und seinen Spalierfrüchten widmen zu können. Rudolf hatte die unbedingte und vergötternde Anbetung des dämonischen Helden, in die Christoph ihn allmählich eingeweiht hatte, zuerst als etwas Widernatürliches mit geheimem Schauer betrachtet. Jedoch mit der Zeit... Nicht, daß er wankend geworden wäre, aber er bewunderte Christoph und war nicht imstande, etwas zu verdammen, was diesem geheiligt war. –

So sagte er auch jetzt nur:

»So. Und – dein Ehrenwort!?«

Christoph schwieg lange. Dann sagte er trotzig:

»Es ist alles ganz gleich. Wenn der Bonaparte nun bald Kaiser von Europa ist, wird Rhinus schon einsehen, daß man keinem die Ehre schuldig ist als nur ihm! Wenn Europa *ein* Land sein wird, gibt es keine Franzosen mehr und keine Deutschen, keine Preußen und keine Bayern und Sachsen, keine Spanier und keine Italiener! Dann kann Delphine nicht mehr behaupten, daß sie eine Französin wäre, und meine Mutter wird auch froh sein, denn dann gibt es einfach keinen Krieg mehr...«

Rudolf sagte wieder nur: »So.« Aber diesmal klang es gefährlicher.

Christoph merkte es nicht.

»Geld habe ich«, sagte er und schlug auf seine Tasche, wo alle seine Ersparnisse in ein Schnupftuch geknüpft leise klirrten. »Damit komme ich schon bis Hannover. Es reicht auch für zwei. Komm doch mit!«

»Nein!« sagte Rudolf.

»Warum? Ach, ich weiß schon – immer wegen deinem Alten Fritz, der längst tot ist und den du niemals gesehen hast.«

»Ja«, sagte Rudolf schwerfällig, »ja, wegen dem Alten Fritz – und – weil – weil ich kein Deserteur bin.«

Christoph fuhr auf. »Was fällt dir ein! Wir sind doch noch keine Soldaten!«

»Doch. Wir sind beide bei unseren Regimentern eingetragen. Wenn du zu den Franzosen gehst, bist du ein Überläufer, ein Deserteur!«

Christoph war auf die Füße gesprungen.

»Sag das noch einmal!«

Rudolf sah ihn nicht an. Er hätte ja fragen können: »Und wie willst du eigentlich zu deinen Franzosen kommen?« Es gab da allerlei naheliegende Erwägungen, aber sie kamen ihm nicht in den Sinn. Er wiederholte nur dumpf:

»Ein Überläufer! Ein – Hundsfott!«

Christoph packte ihn wild bei den Schultern, und einen Augenblick später rollten die Knaben als ein Knäuel von kämpfenden Gliedmaßen auf dem beengten Fußboden der Kammer umher. Corinna, die, ebenfalls mit dem Wunsche, Christoph für das ausgefallene Abendbrot zu entschädigen, gerade jetzt eintrat, kam eben noch rechtzeitig, um mit einem heiteren »Mais, Messieurs! Attention! Vous faites un bruit à éveiller les morts!« die Leidenschaft der Auseinandersetzung zu dämpfen. Rudolf schlich aus der Kammer. Christoph warf sich aufschluchzend über das Bett. Corinna machte einen Versuch, den Grund des Streites zu erfahren, und redete tröstend auf den Knaben ein. Da Christoph sich aber nur nach der Wand umdrehte und auf nichts antwortete, ließ sie ihr Milchtöpfchen auf dem Tisch und ging leise hinaus. –

XXIV

Es war nicht die erste handgreifliche Auseinandersetzung zwischen Christoph und Rudolf, aber nie zuvor war Christoph auch moralisch der Unterlegene gewesen. Das war eine Tatsache, über die er nicht ohne weiteres hinwegkam, wenn er sich zunächst auch vorzumachen versuchte, er habe seinen Aufbruch zur französischen Armee nur aufgeschoben, weil er ihn noch besser vorbereiten wollte. Jedoch betrieb er das, was er Vorbereitungen nannte, seit jenen Arresttagen nur sehr lässig. Der große Schwung, der ihn bei der Nachricht von der Kaiserproklamation ergriffen, hatte ihn eben nur bis vor jenes Hindernis getragen: die rauhe und nüchterne Anzweiflung des Ehrenpunktes in dem ganzen Vorhaben, die der Kamerad ihm entgegengesetzt hatte. In ihm ging etwas vor, was er nicht begriff, noch zu begreifen suchte. Phantasie und Realität, wundersam verquickt, hatten bisher das dämmerbunte dritte Reich gebildet, in dem er lebte. Die klärende Gärung, die mit dem Tode der Großmutter und dem Abschied von Mainz eingesetzt hatte und in der sich Traum und Wirklichkeit schieden, sie schuf ihm einstweilen nur eines: unverstandene Schwermut. –

Der April 1806, in dem er sein dreizehntes Jahr vollenden würde, war für seinen Eintritt in das Grenadierregiment von Brinken vorgesehen. Unausdenkbar lang schien die Zeit bis dahin noch zu sein, sie zu überstehen glich der Aufgabe aus dem Märchen, verstreute Perlen, die von einer strengen Fee genau gezählt waren, einzusammeln und nicht eine liegenzulassen. Dennoch häufte sich an jedem Abend eine größere Ernte erfüllter Stunden hinter einem. Nur erst Soldat sein, sagte sich Christoph; dann würde sich alles finden. Bis dahin regierte der

Bonaparte wohl längst in Berlin, und es avancierte sich schnell unter ihm. Christoph würde mit den Grenadieren gegen Asien marschieren und Indien erobern... Denn zweifelsohne hatte der Kaiser dieselben Absichten wie einst Alexander. Mochte ihn keiner darin verstehen: Christoph hatte es begriffen. Er sah jetzt verschlossen vor sich hin, wenn am Familientisch politisiert wurde. Weder Voß noch auch Rhinus hatten ja eine Ahnung; Valdemaire, der leicht ins Schwärmen geriet, wenn die gigantischen, nebelhaften Umrisse der bonapartischen Ziele vor ihm aufdämmerten, der schien ihm der Wahrheit am nächsten zu kommen, ob er schon kein Soldat war. Er vermied es, sich mit Rudolf in Unterhaltungen über einen möglichen Krieg zwischen Preußen und Frankreich einzulassen, er gab sich den Anschein, als beschäftigte ihn auch in Gedanken nichts angelegentlicher als Reiten, Schwimmen, Scheibenschießen und turnerische Übungen. Zwischendurch las er wochenlang in jeder freien Stunde Bücher, die er sich aus der ungeordneten Bibliothek der verstorbenen Tante Juliane holte, und es machte ihm nichts aus, ob er einen Roman der gefühlvollen Sophie Laroche oder »Die Räuber«, den »Oberon« oder »Die Leiden des jungen Werthers«, den »Robinson Crusoe« in der Bearbeitung des wackeren Campe oder die wunderbare Geschichte von dem edlen Wegelagerer Rinaldo Rinaldini, geschrieben von einem gewissen Vulpius, in die Hände bekam. In dieser Liebhaberei übrigens begegnete er sich mit Delphine, und wenn er sich stillschweigend mit seinem Buch auf den Fußboden lagerte nahe bei dem Sessel, in dem sie mit hochgezogenen Knien den Inhalt ihres Romans mit geöffneten Lippen und seltsam saugendem Ausdruck in sich aufnahm – sie hielt sich ganz an eine bestimmte Sorte Lektüre, die sie auch mit großer Sicherheit immer herausfand –, so lag über solchen Stunden für ihn ein Behagen, das an ganz frühe, halbvergessene Gemeinsamkeit erster Jahre erinnerte. Das Klirren der preußischen Mobilmachung im September 1805 hallte nur gedämpft in der Abgeschiedenheit des Dorfes nach, und Christoph, der jäh aufgehorcht hatte, zog sich sogleich beruhigt wieder auf seine geheime Überlegenheit zurück; die wagten ja doch nichts gegen ihn zu unternehmen, die da in Berlin, und bis die sich entschließen würden... Aber auch Rhinow hatte nicht an den Ernst dieser kriegerischen Geste geglaubt. »Die Stunde ist noch nicht reif, gnädige Frau«, hatten ihn die Knaben mit unbeweglichem Gesicht zu Cornelie sagen hören. »Vielmehr: das Wasser geht uns noch nicht bis unter die Achseln. Wenn es uns bis an die Lippen steigt, und wenn es dann nicht mehr Wasser ist, sondern Blut – dann, Madame – dann vielleicht...«

»Schweigen Sie!« hatte Cornelie gequält hervorgestoßen. –

Vier Wochen später fuhr Rhinow mit beiden Knaben nach Berlin, um sie ein halbes Jahr vor ihrem Eintritt in die Armee bei ihren künftigen Regimentern vorzustellen. Christoph, der sich ohne große Erwartungen hatte mitnehmen lassen, sah sich plötzlich in ungeahnter Weise um seine Sicherheit gebracht. Die Residenz präsentierte sich anders als bei jener überstürzten Durchreise vor zweieinhalb Jahren, als sie ihm nicht mehr geschienen hatte wie eine sehr fremde Stadt, über die es regnete. Die Linden und die Wilhelmstraße mit ihren strengen, würdigen Bauten, das Schloß, die Denkmäler friderizianischer Helden und nicht zuletzt das Zeughaus mit den Trophäen preußischer Siege verfehlten ihren Eindruck auf ihn nicht. Während Rudolf alles wie Bestätigung innerster Anschauung hinnahm und darüber in eine Art Rauschzustand geriet, weil denn die Wirklichkeit derart mit allem übereinstimmte, was ihm von früh an erzählt worden war, währenddessen ging Christoph mit verschlossenem Gesicht umher und ließ es sich nicht anmerken, wie tief ihn alles erregte. Er versuchte es sogar, diese Erregung vor sich selbst abzuleugnen; es war eine männliche Anstrengung, kühl und gelassen zu bleiben, die er unternahm. Seine Sinne mußten sich davon überzeugen, daß es nicht nur einen toten Alten Fritz, einen Sagenkreis von Anekdoten über ihn und eine Sammlung kriegerischer Andenken an ihn gab, sondern daß eine preußische Armee mit einem sehr leibhaftigen König an ihrer Spitze existierte, ein bisher unvorstellbar lebendiges Gebilde. Dies war's, was ihm aufging! Nicht, daß es außer den französischen auch noch andere Soldaten gab, die des Namens würdig waren, nein: das Vorhandensein der Armee als solcher überwältigte ihn. Und dann kam noch ein Erlebnis besonderer Art dazu, das geeignet war, ihn zu beunruhigen, ein viel zarteres, aber ungleich persönlicheres, ihn unmittelbar berührendes...

Rhinow hatte für diese Reise nach Berlin einen Zeitpunkt gewählt, der es möglich machte, der Herbstrevue beiwohnen zu können, welches Schauspiel kriegerischer Machtentfaltung durch die zwiespältige, noch unentschiedene Kampfbereitschaft seine besondere Bedeutung empfing. Der nie zu enden scheinende Aufmarsch der Regimenter mit klingendem Spiel bei der abschließenden Truppenschau auf dem Tempelhofer Feld; die sich mühelos vollziehenden und doch mathematisch genauen Formationen; die großartigen Schwenkungen der riesigen Karrees, die wie mit Zirkel und Winkel berechnet das Gelände aufteilten, gleich farbigen Flügeln einer horizontal gelagerten gigantischen Windmühle; das Wunder des Parademarsches, der aus tausend und aber tausend Menschen *ein* Geschöpf machte, dessen unendliche Teile nur einer und derselben Bewegung fähig schienen, in dem nur *ein* Wille herrschte und sich auf den Schrei des Kommandos mit der Schnelligkeit des elektrischen Funkens bis in die fernsten Reihen fortpflanzte – dies alles ward Offenbarung verwirrender Wirklichkeit für den Knaben. Zudem waren diese Truppen im Gegensatz zu den fränkischen Kriegern so über alle Begriffe sauber, proper und wie frisch aus der Schachtel genommen, daß er nicht aus dem Staunen herauskam. Er versuchte Einzelheiten der Monturen zu erfassen, behielt aber schließlich nichts im Gedächtnis als einen Hintergrund von sattem Blau und darauf viel Weiß, viel Rot, viel blitzendes Messing, alles unerhört blank gehalten, straff sitzend und so gleichmäßig, daß der einzelne von seinem Nebenmann kaum unterscheidbar war: es war vieltausendmal derselbe, der da im Stechschritt vorbeidefilierte, einer wie der andere nach gleichem Muster ausgestanzt und ebenmäßig vollkommen, von den steif gedrehten und an den Schläfen festgeklebten Seitenlocken bis zum letzten Gamaschenknopf. Durch Rhinows Beziehungen hatten sie ihre Plätze nicht weit von der Stelle gefunden, wo der König mit den Prinzen und der Generalität hielt. Etwas weiter entfernt standen die Equipagen der Königin und ihres Gefolges. Christoph, mit geblendeten Augen zuweilen hinüberspähend, dachte, daß also dieser Mann mit dem langen Gesicht, auf dem braunen, an Rosina erinnernden Pferde, mit diesem unübersehbaren Heer tun könnte, was er wollte. Eine Frage stieg in ihm auf, der er sofort Ausdruck geben mußte, sonst hätte sie ihn zersprengt.

»Rudolf«, sagte er hörbar genug, ohne die Augen vom König und der Gruppe der Generäle zu wenden, »Rudolf – und warum schlägt der König nicht los, wenn er solche Soldaten hat – so viele...?«

Antworten kamen die Fülle, wennschon nicht eben von Rudolf, der dunkelrot wurde.

»Aha! Kinder und Narren! Da hört man's! – Sieh einer den Dreikäsehoch! – Kritisieren die gestern ausgekrochenen Spatzen die allerhöchste Politik, haha! – Und mit Verstand, wohlgemerkt, Herr Kabinettsrat! Mit Verstand! Da sieht man, wie es zum Himmel schreit! – Du würdest es also unternehmen, Söhnchen, mit diesen Soldaten gegen den Bonaparte zu gehen? Oder bist du auch dafür, daß wir erst die Russen aus Polen verjagen? I bewahre, der weiß, was er will, das sieht man doch! – Das will ich meinen, das täten die Kerls auch lieber – losschlagen! – als hier Staub mahlen! – Sieh dir mal den Blonden an, den Gardedukorps neben Willem, mein Junge: det is Louis Ferdinand. Ich sage dir, der ist einer Meinung mit dir, dem schließ dich an! Na, meine Herrschaften, nur nich drängeln! Immer mit de Ruhe! Jeder Kladderadatsch is immer noch früh jenug gekommen!« –

Rhinow, der sich mit seinen Jungens unversehens als Mittelpunkt des Publikumsinteresses sah, pfiff Christoph leise und böse an: »Maul gehalten! Allerhöchste Personen beredet man nicht in ihrer Gegenwart!« Christoph indessen war viel zu sehr entrückt, als daß er von den Bemerkungen seiner Umgebung oder von dem Verweis Notiz hätte nehmen können. Er hatte die königlichen Prinzen ins Auge gefaßt, Knaben, jünger als Rudolf und er, die, stramm und schimmernd uniformiert, in guter Haltung zu Pferde saßen, nur durch die Größe unterschieden von den übrigen Offizieren. Christoph starrte unentwegt hin. Die durften schon, dachte er nur. Und die würden ihre Kompanie haben, wenn es einmal losginge...

Übrigens waren die jungen Prinzen durchaus nicht die einzigen Knaben, die er mittun sah. Die Gefreitenkorporale, Fahnenjunker und Kornetts, die jedes Regiment mitführte, waren alle halbe Kinder. Bei ihrem Anblick empfand Christoph nichts als den Neid eines noch vom Spiel Ausgeschlossenen, und kein Gedanke daran, um was das Spiel zu gehen hätte, nahm diesem Neid etwas von seiner Harmlosigkeit. In dem Gedränge, das gleich nach dem Vorbeimarsch der letzten Truppen die Zuschauergruppe um ihn her durcheinanderquirlte, sah er sich plötzlich von Rhinow und Rudolf getrennt. Das Publikum strebte der aufbrechenden Gesellschaft des Königs und seines Gefolges nach, die sich zur Kavalkade ordnete und salutierend am Wagen der Königin vorbeizog, ein Auftritt, der für manchen den Höhepunkt des Schauspiels bedeuten mochte. Christoph, noch ganz benommen, ließ sich treiben; er ward an den äußersten Rand der Menschenwoge gespült. Seine Augen, ganz entrückt und voll unbändiger Verwunderung, waren, wenn sie überhaupt etwas wahrnahmen, auf die von starken Farben und Metallblitzen durchsetzte Staubwolke geheftet, in der die Reiter über das Feld davonsprengten. Vivatrufe in seiner Umgebung, eine Stauung in der Menge ließen ihn anhalten: er sah sich um und fand sich allein am sandigen Rand der Fahrstraße, in die die Equipagen soeben einschwenkten. Und in diesem Augenblick des Zusichselbstkommens, geschieden, wie ihm deuchte, von allen übrigen Menschen auf dem weiten Plan, dessen vereinzelte Baumgruppen ihm magisch bewußt waren, gleich den Türmen von Berlin dort hinter der umbuschten Erhöhung des Kreuzberges, bewußt wie eine Erweiterung der eigenen Körperlichkeit – in diesem Augenblick sah Christoph die Königin.

Er sah sie, und sie sah ihn. Er nur sie – sie nur ihn! So war es, und so mußte es sein. Im Fond des Wagens sitzend, irgendeine beliebige Erscheinung weiblicher Natur zur Seite, gekleidet in die lichtblaue Uniform ihres Dragonerregimentes, deren strenger Schnitt durch das üppige weiße Spitzenjabot gemildert ward – den silbernen Stern des Verdienstkreuzes auf der linken Brust und den flachen Dreispitz mit der wallenden Feder in das volle Gelock gedrückt: so glich Luise, rosigen lachenden Antlitzes, einer freilich sehr weiblichen Amazone. Aber eben dies unerhörte Gemisch von Kriegsgöttin und Dame, von soldatischer Gerafftheit und strahlender Lieblichkeit war es, was Christoph nahezu umwarf. Er ließ sich nicht umwerfen, so weit kam es nicht. Aber er tat auch sonst nichts. Er grüßte keineswegs. Er stand einfach da und staunte. Die Mütze hielt er ohnehin in der Hand, da es ihm schon vor einer Weile zu warm geworden war; so fuhr ihm der leichte Wind durch sein geringeltes Haar, und den Gesamteindruck seiner Gestalt – Gestalt eines nicht eben großen, aber schön gewachsenen Jungen in dunkelgrün und weißem, kurzjackigem, langhosigem Sonntagsanzug – Gestalt eines Jungen aus gutem Hause, wie sie einfach an Haltung und Ausdruck unter Hunderten herauszukennen gewesen wäre –, diesen Eindruck hätte er, wenn er darüber nachgedacht hätte, am Verhalten der Königin ermessen können. Sie wandte sich nämlich bei seinem Anblick mit einer jähen Bewegung überraschten Entzückens an ihre Nachbarin und tat irgendeinen Ausruf. Gleich darauf, mit einem hinreißenden Lächeln, grüßte sie ihn, schickte ihm eine Kußhand, ja, und erst als der Wagen schon an ihm vorüber war, löste ihr Blick sich von ihm, der immer noch wie versteinert stand und nun, im letzten, im allerletzten Moment erst zu einer nicht sehr geglückten Verbeugung vornübersank.

Obgleich diese Verbeugung tief, ungewöhnlich tief ausgefallen war, empfand Christoph Rhinows erste empörte Kritik: »Donnerwetter, Echter, da hat Er sich mit Ruhm bedeckt und mir Ehre gemacht! Grüßt man eine Königin so?« als vollauf berechtigt und steckte sie mit erglühenden Ohren ein. Wie unzufrieden, wie ärgerlich und durch ihn blamiert würde die Grandmaman gewesen sein, da sie es ihm doch so nachdrücklich eingeprägt hatte, wie ein höfisches Kompliment zu sein hatte! Ihr gegenüber, aber durchaus nicht der Königin, fühlte er vorübergehend brennende Scham. Denn die Königin – sie würde gewiß nicht weiter über ihn nachdenken! Sie, nein, sie konnte nicht wissen... Auch Rhinow nahm die Sache im Grunde nicht schwer. Er zog Christoph am Ohr, lachte und sagte: »Majestät haben den Kurmainzer erkannt, kein Zweifel! Die rheinischen Sympathien sind stark bei ihr, das ist dein Glück!« Wieso es ein Glück sein sollte, war nicht ohne weiteres klar, da wohl auch der Stabskapitän kaum annahm, daß Luise einen verträumten Burschen, der sie ohne zu grüßen angestarrt hatte, hätte festnehmen und vor einen Ehrengerichtshof schleppen lassen können. Jedoch darin, daß sie gelächelt, ihm zugelächelt hatte, darin lag, ganz abgesehen von der sehr privaten Bedeutung, die dieser Gruß in Christophs innerer Welt erhielt, darin lag wahrlich Glück, denn das hatte dem Vorfall in Rhinows Augen jede Peinlichkeit genommen. Es gab drei Grade der Anrede, aus denen Rudolf und Christoph entnehmen konnten, woher der Wind wehte: »Sie«, das war die gefährlichste Form, hinterhältig, von falscher, schneidender Höflichkeit, die alles andere als Hochachtung bedeutete. »Er« wurde man von Dienstes wegen, beim Exerzieren und beim Unterricht tituliert. Das »Du« aber war von rückhaltloser Kameradschaftlichkeit und zeigte an, daß man sich ein wenig gehenlassen durfte, da Rhinow gut gelaunt oder mit abseitigen Gedanken beschäftigt war. Im großen und ganzen hatte die Berliner Reise unter dem Zeichen des »Du« gestanden, vor allem während des Aufenthaltes selbst und während der Heimfahrt. Der Stabskapitän hatte seine Zöglinge nicht bei all den Besuchen, die er machte, mitgenommen, die Gespräche aber, die sie hatten anhören dürfen, etwa in der Tafelrunde in der »Stadt Paris«, wo sie mit Offizieren des Scharnhorstschen Kreises speisten, oder im Foyer des Schauspielhauses, wo sie eine Vorstellung von »Wallenstein« erlebten, schließlich im Hause von Christophs Großonkel, dem greisen Kammerherrn von Platen – diese Gespräche hatten ihren erregenden Niederschlag auch in ihre Gemüter gesenkt, und sie verstanden es, daß Rhinow zerstreut erschien, sie ahnten seine gesteigerte Sammlung, die sich nur äußerlich wie Geistesabwesenheit ausnahm. Als die alte Hölkewieser Berline mit Rosina und einem ihr ebenbürtigen fetten Grauschimmel davor wieder zum Oranienburger Tor hinausknarrte, war von den drei Insassen Rudolf gewiß der Zufriedenste, der am ruhigsten Glückliche. Seine blauen Augen, sein gesundes Gesicht mit den festen einfachen Zügen strahlten auf die entschwindende Stadt zurück wie auf ein Unterpfand künftiger Lebenserfüllung. Das politische Wetterleuchten, das die ganze Atmosphäre Berlins elektrisierte, hatte ihn kaum berührt; er hielt sich an den monumentalen Eindruck der Berufswelt, in die er sich nun schon vollends aufgenommen fühlte. Christophs Augen aber hingen immer wieder heimlich forschend am Gesicht des Kapitäns, der den Vordersitz des Wagens allein einnahm und, schräg zurückgelehnt, in die träge sich abrollende Landschaft blickte, während er mit zusammengezogenen Brauen aussah, als sei er von schwer lösbaren Problemen bewegt. Der Junge hätte Rhinus gern so manches gefragt, beispielsweise, warum denn der König sich nicht einfach mit Bonaparte verbündete, wenn doch, wie die Herren gestern am Abendtisch klipp und klar dargelegt hatten, Preußen nur mehr zwei Möglichkeiten blieben, entweder für oder gegen Frankreich –

war es da nicht besser, den *einen* starken Bundesgenossen zu wählen, anstatt mehrerer unsicherer, die bei der ersten Gelegenheit untereinander zerfallen würden? Christoph dachte: Diese – nein, er dachte doch schon: unsere preußische Armee mit Bonaparte an der Spitze – wer in der Welt könnte uns da noch Widerstand leisten!? Oder aber, wenn es denn doch Krieg geben sollte, Krieg gegen Bonaparte (unausdenkbar das, auf die französischen Freunde anlegen zu sollen und das »En avant!« – das brausende »Avant, enfants!« gegen sich selbst gerichtet zu hören...), gleichviel, für den Kriegsfall also: wär's nicht besser, er träte wie Rudolf bei der Artillerie ein, nicht bei der Infanterie, da denn doch die allgemeine Ansicht zu sein schien, daß die Schlachten der Zukunft durch die Artillerie entschieden werden würden? »Meine Herren, meine Herren – wenn wir nicht von ihm lernen, so zerreibt er uns zwischen Daumen und Zeigefinger! Eine Revolution unseres gesamten Heereswesens, meine Herren, ehe wir uns ihm stellen!« So hatte der Major Lepel gestern geeifert. Nun wohl... Was meinte Rhinow zu alledem? Aber es lag außerhalb der Grenzen üblicher Gewohnheit, das Wort an den Lehrer zu richten, wenn er einem nicht selbst Gelegenheit dazu gab. Zudem fühlte Christoph, daß ihm die Gedanken auf der Zunge zerrinnen würden, sobald er versuchte, sie auszusprechen. Rhinow hatte eine Art zu blicken, die auflösend wirkte; er wandte sie gewiß absichtslos an, aber Christoph scheute sie und hütete sich, ihr gewisse Bereiche seiner Natur auszusetzen.

Auch beim Wiedersehen mit der Mutter äußerte er sich nur sehr knapp und verhalten über seine Erlebnisse. Cornelie war dem Wagen entgegengegangen, und den Knaben durchzitterte ein seltsam freudiger Schreck, als der Kutscher, sich umwendend, plötzlich meldete, die gnädige Frau stehe am Wege. Obgleich Cornelie sodann, eingestiegen, alsbald in eine lebhafte Unterhaltung mit dem Stabskapitän geriet, fühlte er sich doch allein durch ihre Gegenwart, durch den Anblick ihres warmen, sonnenbraunen Gesichtes und seinerseits immer wieder eingehüllt in den schweren und weichen Blick ihrer Augen entspannt und wie von der schneidenden Kühle eines ehernen Reifens befreit, gegen die sein Herz in den letzten Tagen oft hart und ängstlich geklopft hatte. Als sie ihn am Abend zu sich rief und mit sich in den Garten zog, schwiegen sie lange zusammen und dann war nicht von Berlin, nicht von den Kriegsgerüchten oder von den verschiedenen politischen Strömungen in der Residenz die Rede, wie es doch den ganzen Abend im Kreise der Hausgenossen nicht anders der Fall gewesen war. Mutter und Sohn gingen die dämmrigen Pfade still und eng aneinandergeschmiegt; es roch stark nach Moder und Herbst, während der hohe klare Abendhimmel weithin durch die entblätterten Wipfel zu sehen war. Cornelie hatte den Arm um Christophs Schultern gelegt; er meinte zu fühlen, daß sie müde sei, und auch er empfand eine mehr als natürliche, eine tödliche Sehnsucht nach Schlaf, die ihn traurig stimmte. Plötzlich hörte er sie stockend fragen:

»Anders – anders als Mainz ist Berlin, nicht wahr, Christel?«

»Ja, Mutter«, flüsterte er. Das war es wohl, was so beklemmend war! Anders, freilich, sehr anders!

Sie standen an der Grenze des Parks. Hinter der niederen Feldsteinmauer dehnte sich das ebene Land in seiner Oktoberklarheit öde, streng und groß. Christoph hob den Blick und sah der Mutter Gesicht mit einem fremden, enthobenen und unendlich sehnsüchtigen Lächeln in die Ferne gerichtet.

»Ich habe die Königin gesehen«, sagte er und rührte sie an, als müßte er sie zur Gegenwart wecken. »Mutter! Die Königin!«

Ihr Lächeln sank zu ihm herab; sie legte die Hand auf sein Haar. »Die Königin«, sagte sie wie zu sich selber, »ja, die Königin hat auch Soldaten zu Söhnen, nicht wahr? Kinder – und schon Soldaten – mein Gott.«

Dann, wie zu sich kommend, sah sie ihm in die Augen. »Es ist gut, daß du zurück bist, mein Christel«, sagte sie ernsthaft, »ich weiß nicht, wie ich es ohne dich aushalten soll...«

Ihr Ton überschauerte ihn fremd, als habe er in einen von unsagbaren inneren Ahnungen durchhallten Raum hineingehorcht, ohne verstehen zu können. Aber gleich darauf lächelte sie ihn nahe und warm an; er hörte sie nach dem Aussehen der Königin und der Prinzen fragen, antwortete eifrig und wußte auf einmal viel zu berichten. –

XXV

Indes, mochte er auch gewillt sein, alles zu erzählen, mochte er sogar geneigt sein, ein wenig zu übertreiben und die eigene Rolle in den verschiedenen Abschnitten dieser Reisen mehr zu betonen, als ihr eigentlich zukam, was ihm immer passierte, wenn Rudolf nicht anwesend war – er merkte zu seinem verhohlenen Erstaunen, daß da ein Rest blieb, ein Erlebnisteil, der sich nicht erzählen ließ, der sich den Worten entzog und der rätselhaft ungelöst, beunruhigend, aber auch beseligend in der Erinnerung stand. Über ihn war nicht hinwegzukommen, was doch wünschenswert schien, denn ohne ihn war das Leben einfacher gewesen. Er versuchte es zuerst mit unbegrenzter Mitteilsamkeit Delphine gegenüber. Rudolf war sehr bald dahintergekommen, daß es nicht ratsam war, Delphine mit den Berliner Erlebnissen unterhalten zu wollen; Christoph aber kannte in den nächsten vier Wochen kein anderes Gesprächsthema, sei es bei gelegentlichen gemeinsamen Spaziergängen, sei es des Abends in der Ofenecke des großen Zimmers, wo die Kinder vor dem Schlafengehen noch eine Stunde lesend und spielend zusammensaßen, während die Erwachsenen ihre Partie Bézique machten.

Dies war im Grunde an den nun auch für Delphine streng eingeteilten Wochentagen die einzige Gelegenheit, bei der die drei zusammenkamen; an den Sonntagen war es anders, und dann war meistens noch Rahel, die kleine Tochter des Pastors, bei ihnen. Die Unterhaltungen der Kinder waren derart, wie sie es in Kreisen dieser Altersstufe immer gewesen sind und immer sein werden: sie bestanden aus Behauptungen, denen streitbar andere Behauptungen entgegengesetzt wurden. Man übertrumpfte sich gegenseitig; die verschiedenen Naturen grenzten sich schroff ab, und wenn einmal mehrere Glieder der kleinen Gesellschaft einig schienen, so war es nicht auf Grund geistiger Verständigung, sondern infolge ganz primitiver Anziehung, war eine Frage des Gleichgewichtes von Urkräften und geschah immer auf Kosten der anderen Glieder. Oder eines einzelnen. Und dieser einzelne war jetzt immer Christoph.

Die zweieinhalb Jahre gleichmäßigen und geregelten Zusammenlebens unter einem Dach hatten das Ihre dazugetan, ihm

Delphine wieder zu der gewohnten Gefährtin zu machen, die sie in der Mainzer Zeit gewesen war. Die übermäßige, kaum zu ertragende Spannung, die ihr jähes Verschwinden in ihm zustande gebracht hatte, war ausgeglichen; zugleich aber war dem Leben etwas genommen worden, was ihm einen tiefen und gefährlichen Reiz verliehen hatte. Sehnsucht ist für manche Seelen ein Rauschmittel – seine Entziehung verödet ihnen das Weltrund zunächst. Der Verzicht auf die abenteuerliche heldische Traumwelt der letzten Jahre zusammen mit der Entrückung aus dem bunten kriegerischen Umkreis der bisherigen Heimat, der Übertritt aus dem freischweifenden Treiben in der engen trauten Stadt und ihrem von Strom und Hügel belebten Umland in die helle nüchterne Sachlichkeit des preußischen Tages, wo alles einem Zweck diente, auch die Landschaft, und dies verbunden mit dem ganz leichten und selbstverständlichen Wiederfinden derjenigen, die er geglaubt hatte, erlösen zu müssen, wie die vom Drachen entführte Prinzessin – diese Versetzung in eine unumgängliche Wirklichkeit schuf Notwendigkeiten gleich einer neuen Geburt. Das ganze harte Gefüge des jetzigen Lebens war eine kaum begriffene, jedenfalls von Christoph sich selbst nicht zugegebene schmerzliche Zumutung. Anpassung war für lange Zeit das einzige, ihm selbst nicht bewußte Ziel seines Wesens.

Er verglich die wiedergefundene Delphine nicht mit der, um die seine innere Welt in den letzten Jahren gekreist hatte und die so ganz sein Eigentum gewesen war. Die war untergegangen, und es konnte ihr höchstens einmal in einem Traum der Nacht begegnet werden. Er hatte sich mit der Delphine von ehedem abzufinden, der Delphine der ersten fünf Jahre, die wieder neben ihm lebte, und er tat es, oder vielmehr, er versuchte es, als hätte nie eine andere in ihm gelebt. Wie einst, war sie greifbar und selbstverständlich vorhanden – wie einst entzog sie sich ihm dennoch fortwährend, war von ihm geschieden wie durch gläserne Wände, war von täglich neu beunruhigender Widerspenstigkeit gegen den andrängenden Strom seines eigenen Wesens, der sie in sich aufnehmen wollte. Das hatte ein wenig die Maße verändert, seit er am Karmeliterplatz vergeblich seine Kastellmauern aus Stühlen um die gleichgültige, winzige Schöne auf der Fensterbank gebaut hatte; im Grunde war alles beim alten geblieben. Auch was Christophs blindes Vertrauen in sein Recht auf Delphine betraf. –

Rudolf hatte also gleich nach ihrer Heimkehr bemerkt, daß Delphine verstimmt darüber war, nicht mit in Berlin gewesen zu sein und sich auf diesem Gebiet belehren und erzählen lassen zu müssen. Er war ihr gegenüber von jener Feinfühligkeit, die durch einen gewissen Abstand bedingt ist. Er begriff augenblicklich, was ein in die Luft erhobenes Näschen, teilnahmslos schweifende Augen, spitze Zwischenfragen und andere betonte Äußerungen gelangweilter Überlegenheit zu bedeuten hatten. Er beschränkte sich also darauf, Delphine ein Souvenir de Berlin zu überreichen, ein Nadeldöschen, das er angeblich für seine Schwester erstanden hatte, während Christoph gedankenlos dem Kauf beigewohnt und die wohlfeilen Wunder des Magazins bestaunt hatte, ohne darauf zu verfallen, seinerseits etwas zum Mitbringen auszuwählen. Die Fülle der Gegenstände hatte ihm ein wenig den Atem benommen und nicht minder das gewandte Wesen der Herren Commis; ehe man sich's versah, war man wieder auf der Friedrichstraße gewesen. Als nun Rudolf gleich am ersten Abend sein cadeau bei Delphine angebracht und einen ebenso zierlichen wie herablassenden Dank geerntet hatte, so, als sei es ganz selbstverständlich, daß nicht allein der Onkel Voß sie verwöhnte, da war Christoph zunächst sprachlos vor Überraschung. Dann wurde er ausfällig gegen Rudolf. Laut sagte er: »So! Und deine Schwester? Die hat nun das Nachsehen!«

Rudolf, der schon vorher einen roten Kopf gehabt hatte, erglühte vollends wie eine Pfingstrose. Er murmelte verlegen: »Sie wußte es ja gar nicht – und sie braucht es ja nicht zu erfahren! Das nächste Mal... Wenn ich erst beim Regiment bin und auf Urlaub nach Hause fahre...«

Dabei sah er weg von Christoph und nur auf Delphine, die an dem Nadeldöschen herumschraubte und sehr zufrieden zu sein schien. Irgend etwas an der Situation behagte Christoph ganz und gar nicht. »Ich habe die Königin gesehen!« begann er unvermittelt in herausforderndem Ton, »ganz aus der Nähe. So nah wie von hier bis zur Wand!«

Delphine blickte gar nicht auf. »Da bist du wohl nicht der einzige«, sagte sie gleichmütig.

»Aber keiner war so nah wie ich!« rief Christoph und wußte

nicht, warum es ihm weh tat, daß er so schrie. »Hier stand ich – hier. Und da fuhr ihr Wagen, und sie hat mich angesehen, und sie hat mich gegrüßt – sie mich! – mich ganz allein! Rudolf hat es gesehen, aber er war weit hinter mir.« Er blickte Rudolf beschwörend und böse zugleich an; der starrte mit verschlossenem Gesicht an Delphine vorbei, die ihn argwöhnisch fragend ansah. »Nun – ja«, sagte er achselzuckend. Christoph atmete auf. Das hatte er vorausgesetzt, daß Rudolf ihn nicht verraten, nicht erzählen würde, wie das mit der Königin sich im einzelnen abgespielt hatte! Ohne daß Delphine gefragt hätte, begann er, mehr zu berichten, tat es um so unaufhaltsamer, als Rudolf so zurückhaltend mit seinen Reiseerlebnissen war und auch blieb. Allmählich kam es dahin, daß Christoph Berlin, Potsdam und die Königin als seine persönliche Domäne betrachtete, das Gebiet, auf dem er allein zuständig war, vorausgesetzt, daß keiner der Erwachsenen anwesend war. Dem lag aber nicht allein der Wunsch, Delphine zu beeindrucken, zugrunde. Er suchte durch Aussprechen sein Gleichgewicht wiederherzustellen; erst nach einiger Zeit kam er dazu, zu reden, um an sich selbst zu glauben, um sich dem ungreifbaren Widerstand der beiden anderen gegenüber zu behaupten.

Rahel hielt ja zu ihm, aber was lag ihm schon an Rahel! Rahel war dunkelhaarig, blaß und scheu, zwar von einem allerliebsten Benehmen, wie die Mutter und Corinna gern immer wieder hervorhoben, aber was war gutes Benehmen noch wert, wenn man es vermied, den Mund aufzutun und nur immer schaute und lächelte und errötete! Freilich konnte Rahel am Spinett musizieren und würde von ihrem Vater das Orgelspiel erlernen, sobald ihre Füße imstande wären, die Pedale zu erreichen. Aber auch dies fiel nicht schwer ins Gewicht der Tatsache gegenüber, daß sie erst neun Jahre alt war und daß Delphine es offensichtlich vollkommen übersah, ob Christoph sich mit Rahel abgab oder nicht. Mochte also Rahel mit großen Augen seinen Erzählungen lauschen und gelegentlich schüchtern um Wiederholung irgendwelcher Einzelheiten bitten (– was hatte die Königin doch angehabt? und: wie war das gewesen, als Christoph von dem Herrn Stabskapitän durch das ganze Theater geschickt worden war, um noch bei irgendeinem Logenschließer ein Programm aufzutreiben? –), ihre Aufmerksamkeit langweilte ihn einfach, er war unfreundlich zu ihr und brummte sie gelegentlich an. Grund genug für Delphine, sich ihrer nun sogleich anzunehmen, »aber, Christoph!« zu sagen und: »Rahel ist doch der Gast!« Wenn dann die Mädchen umschlungen davongingen, miteinander flüsterten, und wenn Delphine unter der Tür noch einmal mit dem ihr neuerdings eigenen hochmütigen kleinen Lachen auf ihn zurückblickte, dann schien die Atmosphäre wohl fürs erste angenehm entladen, aber richtig behaglich wurde es zwischen ihm und Rudolf nicht mehr. Nicht daß Rudolf Delphines Panier auch in ihrer Abwesenheit hochgehalten und Streit gesucht hätte. Er verhielt sich im Gegenteil Christophs fortwährenden Herausforderungen gegenüber auffallend gelassen und brachte es immer wieder fertig, daß der Ton zwischen ihnen kameradschaftlich blieb; ja, Christoph empfand es dunkel, daß der Freund litt, wenn Delphine, auf seine uneingestandene Abhängigkeit von ihr pochend, ihn zum Bundesgenossen gegen Christoph mißbrauchte. Aber sie konnten nicht mehr rückhaltlos zusammen plaudern wie im Anfang; das Vertrauen war hin, eine sonderbare Scham war es, die sie voneinander schied. Dazu kam es, daß Christoph das klare Zielbewußtsein des anderen quälend wie einen Vorwurf gegen die eigene Verworrenheit empfand. Rudolf hatte letzten Endes doch nichts anderes im Kopf als seinen Eintritt ins Heer und, wohlgemerkt, ins *preußische* Heer, das er wie eine überragende Form sehen mochte, in der er aufgehen, die ihm aufs befriedigendste die Verantwortung für die eigene Vollendung abnehmen würde. Er ließ sich von Rhinow zurechthauen und schleifen wie einen Stein, der in ein gigantisches Werk hineinverbaut zu werden bestimmt war. Er war brauchbar, war musterhaft, und dies war sein Glück. Christoph war alles andere als musterhaft und war gar nicht glücklich. Er würde bald Soldat sein; sehr gut! Er hatte sich von klein auf nichts anderes gewünscht, aber es schien ihm jetzt manchmal, als verstünde er etwas anderes darunter als Rhinow. Was bedeutete ihm die preußische Armee, sosehr er ihre Erscheinung hatte bewundern lernen? Mußte er sich nicht immer vorstellen, wie eine Masse von abgerissenen, donnernd, aber so gar nicht im Stechschritt daherkommenden fränkischen Soldaten mit diesen blankgeputzten Figuren fertig werden würde, die hinterher daliegen mochten wie Reihen von Zinnsoldaten, die ein Wind umgelegt hatte? Er überlegte: Der Großvater, ja, und auch Dubbicke, diese beiden konnte er sich mitten unter seinen französischen Freunden in Mainz denken, sie wären nicht aus dem Rahmen gefallen, das wären Soldaten nach Bonapartes Herzen gewesen. Sie hatten keine starren Dienstmasken zwischen gekleisterten Locken, Gesichter hatten sie, Narben auf Stirnen und Wangen, und wenn sie vom Krieg sprachen, so war da Leben und Tod verquickt zu furchtbar ungeheuerer Einheit – ein Neues, gleich wichtig, gleich gottgewollt und unabweislich wie Leben allein und Tod allein! Die, na, die wußten von Tuten und Blasen. Die Herren in Berlin aber, die hatten wohl wahrhaftig noch kein Pulver gerochen, und die würden ja sehen – die würden ja sehen... Was ihm das Herz verkrampfte, war dies, daß er zu den Berliner Herren gehören sollte, daß es keinen Ausweg gab, nur unklare rebellische Hoffnungen und vielleicht – Wünsche...

Der König hatte ein Pferdegesicht, sagte er sich des Abends vor dem Einschlafen voll Erbitterung. Der König sah bleich, langweilig und milde aus – was wußte der von Abenteuern, Lagerfeuern und Heldentaten! Der hatte gesagt – der Großvater hatte es mit verächtlichem Schnauben erzählt! –, »Egalité ist die erste Schönheit des Militärs!« Hatte der eine Ahnung! Die Königin aber... Christoph richtete sich halb auf und stützte sich auf den Ellbogen, die Augen in die Schwärze des Dunkels bohrend. Drüben atmete Rudolf tief, ruhig und gleichmäßig – der hatte wohl gar nichts in seinem Kopf, was wachhalten konnte! So, so – jetzt hörte Christoph auch das nicht mehr – jetzt – jetzt wurde das Dunkel lebendig: die Königin! Ah, die Königin, die ihm in die Augen sah, deren Lächeln ihn rief, ihn meinte, ihn verpflichtete! Der Knabe verstand nicht, was ihn ergriff. Ein unbekannter köstlicher Krampf straffte ihn, er war vollends emporgefahren, saß mit hochgezogenen Knien im Bett, die Hände gegen die Schläfen gepreßt, und wiegte sich verzückt hin und her. Wenn *sie* ihn rufen würde – wenn *sie* sich an die Spitze des Heeres stellen könnte, so wie er sie einmal gesehen hatte und wie er sie nicht mehr anders zu denken vermochte, ihre leuchtende Fraulichkeit nicht beeinträchtigt, sondern betont und gehoben durch die Strenge des kriegerischen Kostüms; wenn sie ihm beföhle, Preußen gegen Frankreich zu verteidigen, und nicht nur Preußen, sondern sie – sie selber... Dann, dachte Christoph und lag nun ausgestreckt auf dem Rücken, den Kopf nach rückwärts geworfen, die Arme auseinandergebreitet und die bloße Brust unnennbaren Gewalten hingegeben – dann freilich! Dann wehe dir, Bonaparte...

Sonderbare, süße und schreckliche Ekstasen dieser Winternächte, von denen niemand ahnte und ahnen durfte! Sie trugen ihn über alles hinweg, und die infamen Kränkungen, die Delphine ihm antat – ja, sie waren infam, und das war das einzige, das seiner Soldatenehre würdige Wort für sie! –, diese Kränkungen loderten wie trockenes Stroh auf, wenn er der Steigerung seines Wesens Raum gab, die, einmal erfahren, sich immer wieder erzielen ließ. Zugleich hatte ein neuer Bezirk der Träume sich aufgetan, der, Gründe hinter Gründen erschließend, die Möglichkeit zu immer neuen Verbindungen der gegebenen Gestalten und Umstände bot. In diesen Phantasien verbündete Christoph sich mit den königlichen Prinzen, ward ihnen weit überlegen an Kenntnis der Welt und besonders an Einsicht in die Natur ihres furchtbaren Feindes, wie er sich dünkte, ihr geheimer Führer und Ratgeber, der, ohne den sie hilflos und ausgeliefert, durch den sie herrlich und siegreich waren. Kohorten ritterlicher, schön gewaffneter Knaben folgten ihm in die Schlacht, der erstaunlicherweise einen schäbigen grünen Uniformrock trug und auf einem Schimmel saß, ein winzig drohendes Spiegelbild für den, der ihm von drüben entgegenzog. Dann aber, immer wieder überwältigt von der in ihm eingewurzelten Vorstellung der Unbesiegbarkeit des Gegners, formten sich andere Gebilde, Traumgewebe, deren Muster ebenso berückend wie unmöglich in ihrer Zusammenstellung waren und die sich dann im Schlaf, im natürlichen Traum zauberhaft fortspannen. Hier bog er in früher ausgetretene Phantasiepfade ein – alles, was einst mit Bezug auf Delphine und den Loriot an den Himmel gemalt worden war: Mobilmachung einer ganzen Armee um eines kleinen Mädchens willen, kriegerische Verwicklungen, um ein Geschöpf weiblich-eigensinniger Art zu seinem eigenen Besten gewaltsam zu entführen und die Verhältnisse mit dem Schwert in der Faust zu ordnen, daß jenes Geschöpf wohl zufrieden sein konnte – diese finster-überlegenen männlichen Pläne gebaren sich nunmehr mit veränderter Zielrichtung neu, und welche

Verschmelzung europäischer Ländermassen, welche Vereinfachung komplizierter politischer Fragen, welche unerhörte persönliche Liaison gekrönter Häupter dabei zustande kam, das wäre dazu angetan gewesen, einer hohen Diplomatie aller verfeindeten und verbündeten Länder die Haare sträuben zu machen, wirkte aber auf den Gemütszustand des Erfinders dieser Lösungen angenehm und erwärmend zurück. Indessen war die natürliche Folge solcher nächtlicher Wolkenritte, daß der Junker bleich und verschlafen zur Morgenarbeit erschien. Rhinow seinerseits folgerte wiederum hieraus, daß er das Recht zur scharf ausgesprochenen Unzufriedenheit habe und, so gleichmütig Christoph letzten Endes Tadel und Strafen hinnahm, so war er doch rein körperlich bebend empfindlich gegen Ton und Berührung. Es geriet etwas in Unordnung in ihm, wenn er frühmorgens mit schneidender Stimme kritisiert wurde, er verzichtete sofort freiwillig auf jegliche Berechtigung zur Selbstbehauptung, und da dies, was im Grunde Verschüchterung und ein wenig auch Widerwille war, notwendigerweise als Trotz und Verstocktheit zutage trat und jedenfalls so ausgelegt wurde, so saß er dann von dem braven Rudolf geschieden wie durch einen luftleeren Raum. Delphine hätte nicht sie selbst sein müssen, wenn sie dies bei den Mahlzeiten oder in den gemeinsamen französischen Konversationsstunden bei Corinna nicht hätte wahrnehmen und ausnutzen sollen. Sie tat es auf mannigfaltige Weise, und ihre offenen Neckereien waren ebenso schlimm wie die vielleicht zuweilen ganz ehrlich neugierig gemeinten Erkundigungen nach dem Grund der jeweiligen Verstimmung. Christoph war so weit, daß er für alle Fälle mit Grobheiten antwortete; er wußte, daß er sich dadurch von vornherein ins Unrecht setzte, aber das schien ihm besser, als »auf irgendeinen Leim zu gehen«, wie er dies nannte. Er hatte aufgehört, von Berlin und der Königin zu erzählen, weil man ihm zu verstehen gegeben hatte, daß er das Thema erschöpft hätte. Delphine hatte nämlich begonnen, jedesmal, wenn er davon zu sprechen anfing, gewisse, sich häufig wiederholende Einzelheiten in leierndem Ton vor sich hinzusagen; dies hatte Rudolf zum Lachen gereizt, und sogar Rahel hatte nicht ernst bleiben können, als es zum ersten Male geschah. Christoph hatte sich nichts anmerken lassen, nur daß er verstummt war, nur daß er eben in Zukunft vollends zum »renommistischen Poltron« wurde, wie Demoiselle Liebenschützen, die jetzt wieder ab und zu am Familienleben teilnahm, einmal mit zittriger Unzufriedenheit feststellte. Die Mutter hatte damals lächelnd über den Tisch zu ihm hinübergesehen und war der Liebenschütz die Antwort schuldig geblieben. Ja, lächelnd, nachdenklich und nachsichtig war dieser Blick gewesen, den sie gleich wieder auf ihre Näharbeit gesenkt hatte. So ein Blick aber war imstande, ihn sofort zu beruhigen, ihn zum Schweigen zu bringen, auf seine Beschäftigung zurückzuführen. Denn Corneliens Blick war nicht geeignet zu beschämen, zu drücken; vielmehr war in ihm etwas, das Einverständnis auszudrücken, geheime Übereinkunft zu fordern schien: auch du bist nicht glücklich, ich weiß! Aber was hilft es... Hierin, in diesem niemals ausgesprochenen Leidensbündnis lag unvergleichliche Zuflucht für Christoph; dunkle Wärme strahlte ihn an, solange er im Umkreis der Mutter lebte; eine Sphäre nährender Kraft umgab ihn wie einst, als er unter ihrem Herzen hing und der schwere leidgesättigte Strom ihres Blutes durch ihn kreiste. Christoph mochte sich gebärden wie ein Besessener, er mochte es mit aufgestörter Reizbarkeit empfinden, daß die meisten der Hausgenossen eine Abwehrstellung zu ihm innehielten, und gerade dadurch rückwirkend seinen Dämon wieder geweckt fühlen... Christoph mochte leiden und – ja! – er litt! Aber das war das Leiden des jungen Baumes, den Märzstürme biegen und schütteln. Das war so gut Leben wie der Überschwang unbegründeten Glücksgefühls, der ihn manchmal wie von Sinnen durch Garten und Feld rasen ließ. Das drang nicht in sein Bewußtsein. Tief innen, in unverletzlicher Ader, pochte der steigende Saft. –

XXVI

Seine Unbändigkeit nahm zu, je mehr der April und damit der Tag seiner Einstellung heranrückte. Eben in diesen letzten Wochen brodelten die längst als kindisch von ihm abgetanen Gedanken an Flucht zu den Franzosen noch einmal in ihm auf. Es war an einem Tag zu Ende Februar, daß er sich nach Tisch in den Pferdestall schlich und Rosina den Sattel auflegte. Die

Knechte lagen um diese Stunde im Stroh, und auch vom Hause aus beobachtete kein Mensch den verstohlenen Aufbruch. Christoph führte den Gaul behutsam über den Hof; erst vor dem Tor stieg er mit Hilfe des Prellsteins auf. Was er vorhatte, war ihm in keiner Weise ganz klar. Er hatte wieder einmal seinen kleinen zusammengesparten Vorrat an Silbergroschen nebst einem preußischen Laub- und einem von der Grandmaman ererbten Georgstaler ins Schnupftuch geknotet bei sich und in der Überrocktasche einen Kanten Brot. Und er wollte nun einmal nach Westen reiten, solange der Himmel blau war, wie es in Kathrins Geschichten immer geheißen hatte. Irgendwo würde er ja dann auf französische Vorposten stoßen, eher, viel eher wahrscheinlich, als es Rhinus vermutete, der, wie alle Zeitungsleser, annahm, daß die kaiserliche Armee hinter der Weser stünde und sich nicht aus Hameln herausrührte. Die Leute im Dorf wußten es anders; die sagten – nun, die sagten viel, aber der Schäfer Dinnies, der hatte am hellen Mittag eine französische Patrouille gesehen drüben am blauen Luch! Sie hätten freilich abgerissen wie Zigeuner ausgesehen, aber gute Pferde hätten sie gehabt, und war dies nicht ein Kennzeichen der Bonapartischen Reiter, daß sie weniger Wert auf die Properté der Montur legten als auf tadellose Berittenheit? Wenn einer darüber Bescheid wußte, so war das Christoph! Der Schulze Roselieb hatte allerdings sogleich behauptet, das müßten die Roßdiebe gewesen sein, die, aus dem Mecklenburgischen herüberwechselnd, neulich erst dem Baron Löben auf Nieder-Mirow drei Staatspferde aus der Koppel geholt hätten, und Dubbicke hatte daraufhin die eigene Koppel bewachen lassen. Aber Christoph war geneigt, an Dinnies zu glauben. Es war übrigens heute etwas gewagt, sich nach der Bläue des Himmels richten zu wollen. So weit die Augen reichten, war der Tag grau, das Land unter seiner überalterten Schneedecke, der die Regengüsse des Vorfrühlings schon zugesetzt hatten, ging am nahen Horizont aufnebelnd in die tiefhängende Wolkenwand über. Es hatte wieder gefroren, jetzt aber wälzte ein schweratmender Wind nasse, rauh und süß schmeckende Luftmassen heran, dem Knaben gerade entgegen. Es wird schneien, dachte er zerstreut und merkte nicht, daß es schon schneite. Mochten das Flocken sein, die auf seiner Haut tauten, oder ein anderes Naß, das ihm kühl die Wangen herabschlich – das kam auf eines heraus. Er hatte jedenfalls jetzt genug. Er machte dem jetzt ein Ende. Wenn er nie ein echter preußischer Offizier werden konnte, wie Rhinow es ihm seit Wochen tagtäglich sagte, so mochte der Bonaparte sehen, was an ihm war! Vielleicht wäre das noch auszuhalten gewesen, daß Rhinow mit diesen schärfsten Urteilen nicht sparte; Rhinow hatte schließlich das Recht, sich auszudrücken, wie es ihm beliebte. Indessen... Christoph bog sich zurück, um der gepreßten Brust Luft zuzuführen. Indessen, was ging das alles Delphine an! Wie durfte Delphine ihm sagen: »Na, du bleibst ja ewig Fähnrich wie der Junker auf Altenstechow! Bloß, daß der nichts dafür kann, weil er sich das Bein so böse gebrochen hatte, du aber – du hast kein Soldatenblut!« Auch so ein Wort von Rhinow, das er hingenommen hätte, denn Rhinow attackierte mit allen Waffen und aus guten Gründen, das wußte er wohl. In Delphines grausam spielerischen Händen aber wurden Sporn und Peitsche des erfahrenen Reitmeisters zu Folterwerkzeugen. Delphine – natürlich! – sie lauschte während des Unterrichtes an der Tür, obgleich sie es nicht wahrhaben wollte und geheimnisvoll selbstgefällig lächelte, wenn er töricht und trotzig darauf bestand, wissen zu wollen, woher sie ihre schlechten Meinungen habe. Rudolf verriet ihn nicht, dessen war er gewiß. Nur – Rudolf schwieg, wenn Delphine ihr Spiel mit ihm trieb. Rudolf mischte sich nicht ein – ergriff nicht seine Partei. »Was ist denn schon wieder los?« sagte er und tat, als kehrte er aus abstrakten Räumen zurück in die Gegenwart. »Ach, mein Gott – vertragt euch doch, Kinder!« Der wußte aber wohl gut genug, daß es an Christoph nicht lag... »Pah – du bist eben katholisch!« hatte Delphine dann neulich gesagt. Ja, erst vor ein paar Tagen war ihr dieser Trumpf in die Hände gefallen, rein zufällig, in einem Augenblick, als sie um eine Gegenrede verlegen, wahllos nach einer Antwort gegriffen hatte. »Du ja auch«, hatte er schnell erwidert, »warte nur, bis – der Loriot kommt! Der erlaubt nicht, daß du eingesegnet wirst!« Delphine hatte das Kinn in die Hand gestützt und vor sich hin gesehen, wie immer, wenn sie einen Schachzug überlegte; mit dem feinen Zeigefinger malte sie unsichtbare Figuren auf die Tischplatte. »Der – Loriot«, sagte sie leise und sah sich nach alter Gewohnheit argwöhnisch um, »der ist nicht so unvernünftig, wie du denkst. Wenn der sieht, daß bei den Protestanten alles richtiger ist, dann wird es ihm schon recht sein. Und wenn ich einmal einen protestantischen Mann heiraten will...« – »Heiraten!« hatte Christoph bodenlos verächtlich gesagt. Aber er war unerklärlich erschrocken. »Wen willst du denn heiraten?!« sagte er noch in demselben Ton. »Oder – wer will dich...« Dann, schon unsicherer: »Rudolf etwa?« Delphine schob den Mund hin und her und zuckte die Achseln. »Das kann man nicht wissen«, sagte sie. »Rudolf? Vielleicht – vielleicht nicht. Ich glaube nicht. Ich will keinen Artilleristen. Der ist mir auch viel zu jung. Bis der Offizier wird...« – »Natürlich, du willst gleich einen Major!« hatte Christoph höhnisch gesagt. »Wenn mich einer nimmt – aber sicher! Ältere Männer können junge Frauen viel besser verwöhnen. Der Onkel Voß meint...« Sie stockte, als hätte sie mehr gesagt, als sie wollte. Aber Christoph hatte den Haken schon im Herzen. »Der – Voß!« stammelte er, »du willst den Major von Voß heiraten!?« – »Dummer Christel! Wen ich heiraten will, geht dich gar nichts an. Der Onkel Voß sagt, in vier Jahren kann ich heiraten – älter war meine Mama auch nicht. Aber ich – ich werde gleich in solide Verhältnisse heiraten, da wird man schon dafür sorgen, sagt der Onkel Voß.«

Sie war aufgestanden und hatte sich der Tür zugewandt. Auf der Schwelle drehte sie sich noch einmal dem nun völlig auf den Mund Geschlagenen zu.

»Katholiken«, sagte sie mit hoher Stimme, »Katholiken! Die dürfen ja nicht einmal das Abendmahl richtig nehmen! Die bekommen ja nur das Brot! Und überhaupt – ihr müßt ja wie Juden und Heiden leben – du und die Tante Cornelie und die Valdemaires! Na, danke schön! Merci beaucoup! Chacun à son goût!«

Christoph wußte nicht, daß diese letzten Betrachtungen den Selbstgesprächen der Liebenschütz freizügig entnommen waren, diesen Meditationen über ihre Umgebung, die die Alte beim Strümpfestopfen vor sich hin zu murmeln pflegte. Er hatte nur die Feststellung einer Tatsache und einer augenfälligen Benachteiligung der katholisch Gläubigen aus den letzten Worten herausgehört, und sie hatten sonderbaren Grübeleien, peinlichen Skrupeln und Zweifeln, die ihn seit einiger Zeit bewegten, Nahrung gegeben. Er kam sich seit langem schon zurückgesetzt vor, da er nicht an den gemeinsamen sonntäglichen Kirchgängen teilnehmen durfte, wenn sie ihm auch wahrscheinlich nur deshalb verlockend schienen, weil ihm die konventikelhaften Betstunden, die Valdemaire im Jägerhäuschen für seine Damen wie für Christoph und seine Mutter abzuhalten pflegte, langweilig waren. Valdemaire, der mit seiner Verheiratung den letzten Schritt des Verzichts auf die Priesterwürde getan hatte, war auf diesem Wege kein besonders anregender Vermittler der Heilswahrheiten. Es kam vor, daß sich den Andachten Gespräche über irgendwelche religiöse Themen anschlossen; hierbei, also dozierend oder auch schwärmend, wirkte er ungleich lebendiger, aber dann sprach er gewöhnlich über Christophs Fassungsvermögen hinaus. In Berlin war Christoph allein in die Hedwigskirche gegangen, war aber nach dem ersten Mal nicht mehr zum Besuch der Messe zu überreden gewesen, wie Rhinow bei der Heimkehr Cornelie berichtet hatte. Es wäre so anders als in Mainz gewesen, hatte der Junge der Mutter auf ihre Fragen erklärt, und nach ein paar behutsamen Einwänden hatte sie es darauf beruhen lassen. Die Wahrheit war, daß er aus der Umkreisung durch die unvergleichlich anderen neuen Eindrücke heraus den Zugang zu dem ihm so lange vorenthaltenen Heiligtum der Meßhandlung nicht hatte finden können, daß er die Kirche, die ihm im Vergleich zu den heimischen überdies kalt und verkünstelt anmutete, verwirrt und verstört verlassen hatte. Er fühlte sich seitdem mit seinem ihm angeborenen Glauben noch mehr in der Minderheit, als es zuvor schon der Fall gewesen war. Und, nicht begreifend, daß an die Stelle der von ihm immer kindlich und froh verehrten Himmelskönigin die andere, die irdische Königin getreten war, als eine ihm zugänglichere Gestaltwerdung der Heiligen, für die er den Einsatz seines knabenhaften Überschwangs unmittelbarer leisten, die ihn mit ungeschmälert gleich reinen Kräften zurücksegnen würde, diesem Geheimnis gegenüber mit dumpfer Blindheit geschlagen, quälte er sich zuweilen recht in den Regionen oberflächlicher Verstandeserwägungen, soweit er ihrer schon fähig war. In diese Kerbe hatten Delphines herabsetzende Worte getroffen. Er – nun wohl, er hatte genug und machte dem jetzt ein Ende! Waren nicht auch die französischen Soldaten alle katholisch? Und wenn er den Loriot treffen würde, er wollte schon mit ihm sprechen. Der würde wohl noch ein Wörtchen mitzureden haben bei diesen Plänen seiner Tochter, eine protestantische Heirat betreffend.

»Ridicule!« hatte Christoph voller Verachtung in die Luft gesagt, unwillkürlich einen Lieblingsausdruck der Grandmaman anwendend. Nun mußte er wirklich lachen, aber weniger über Delphine als darüber, daß er »ridicule!« sagte wie eine alte Dame. Mit diesem Lachen kehrte er plötzlich ins Bewußtsein der Gegenwart und seiner augenblicklichen Umgebung zurück. »Hallo, Alte!« sagte er etwas erschrocken und meinte Rosina mit dieser Anrede. Ja – nun schneite es wirklich!

Das Pferd, das längst in einen mühseligen Schritt verfallen war, blieb sofort stehen. Es schnaubte unzufrieden und senkte dann ergeben den Kopf. Christoph starrte erstaunt in das grauweiße Gewimmel bienengroßer Flocken, das ihn ringsum einschloß. Er stützte die Linke auf Rosinas Kruppe, wandte sich um und stellte fest, daß auch nach rückwärts nichts mehr zu sehen war. War er eigentlich schon durch das Wedager Gehölz gekommen? Dann mußte doch jetzt gleich der Feldweg nach Niederdamme abzweigen – dort, wo der Wegweiser stand, von dem er sich links halten mußte, wenn er, wie es seine Absicht war, nach S. kommen wollte... Also, vorwärts! dachte er und schwenkte erst einmal seine Pelzmütze, um sie von der Schneeschicht zu befreien, die sich dort angesetzt hatte. Auch Brust und Schultern klopfte er ab. An Rosinas warmem Fell lief das Wasser schwarzsträhnig hinunter. Er tätschelte ihr den Hals, um sie in Gang zu bringen; sie setzte sich schwerfällig in Bewegung. Eigentlich – war dies ganz lustig... Denn es würde ja gewiß bald zu schneien aufhören! Wenn jetzt der Doktor plötzlich am Straßenrand stünde...

Warum war ihm nur der Doktor eingefallen? dachte Christoph nach einer Weile mühsam. Aber er gelangte nicht auf die Spur dieser ganz ungewohnt gewordenen Vorstellung – dieser, daß Buzzini auftauchen könnte, so, wie er vor einem auftauchen konnte, wenn man in den Mainzer Bastionen herumkletterte oder die Weinberge durchstreifte, im braunen Rock, die lederne Tasche umgehängt und neben dem Stock auch den kleinen Spaten in der Hand, mit dem er nach Wurzeln grub. Einmal, ja, da hat er mich nach Hause gebracht, dachte Christoph traumverloren und sehnsüchtig und merkte, daß er wieder an seinem Überrock herumklopfte. Indessen bildete der Schnee jetzt schon vereiste Krusten auf ihm. Eiskalte Nässe badete sein Gesicht, tropfte ihm in die Augen und ließ sich durchaus nicht beseitigen. Nester von Schnee saßen vor ihm auf dem Sattel und in den Winkeln seiner Schenkel. Rosina stand wieder einmal. Ich hätte doch lieber den Rotschimmel nehmen sollen, dachte Christoph verzweifelt, als er ihr Keuchen hörte. Sie würde nun wieder Husten bekommen... Er wußte ganz gut, daß er sich bei Rosina geborgener fühlte als bei dem Wallach, der ihn nach Berlin zum Regiment begleiten sollte. Vielleicht auch hatte er ihn deshalb nicht für die Reise gewählt, weil der Großvater eben gedacht hatte, der Junker sollte ihn reiten. Christoph konnte jetzt überhaupt nicht mehr unterscheiden, ob er sich noch auf der Straße befand. Er war auf einer unübersehbaren grauweißen Fläche, und der Wind trieb den dicht und fein gewordenen Schnee unablässig mit leisem Pfeifen und Prickeln gegen ihn an. Da waren ein paar Bäume zur Rechten, Weiden, schattenhaft sichtbar, sie trugen ein Fell von Schnee an der Windseite, ihre Rücken waren geduldig, schwarz und gebeugt. Anders als so ein Baumgebilde verhielten sich auch Reiter und Pferd nicht. Sie – standen...

»Vorwärts, Rosina!« stöhnte der Junge, und mit einem letzten Aufgebot seines Willens hieb er ihr die Absätze in die Weichen. Und Rosina riß sich zusammen, warf den Kopf einmal, zweimal und setzte die Füße voreinander. Nach ein paar Schritten gewann sie sogar etwas wie einen stolpernden Trab. Der Wind kam auf einmal von der Seite, und nun fühlte Christoph sein Drängen im Rücken. Hat sich gedreht, der Wind, dachte er ganz zufrieden; wird schon alles gut werden... Dann überließ er sich der sonderbaren Einwiegung seiner Sinne, die diese Fortbewegung durch sausendes Nichts war.

Hatte er die Augen eine Weile geschlossen gehabt – war er im Sattel eingeschlafen? Das war unerhört und durfte keineswegs wieder vorkommen! Rhinow hatte ihn angeschrien, und davon war er emporgeschreckt. Oder – war es nicht Rhinow gewesen? Da standen ja Soldaten am Wege, vereinzelte, waren das etwa schon Vorposten? Aber nein, dies waren Bäume am Rand einer Chaussee – oder – da! Jener legte auf ihn an, sein Gewehr trug das aufgepflanzte Bajonett... Vorüber! Ich werde vor das

Kriegsgericht gestellt werden, dachte es dumpf in dem Knaben. ›Der Leutenant muß fort, sonst tun die Preuße ihn fange...‹ Das war eine Stimme... Die Stimme des Vespery! Ach, da roch es auf einmal sonderbar, ekelhaft, süßlich, scharf, nach Schmutz, nach Schnaps... Der Vespery erzählte – deutlich röchelte die heisere Stimme an Christophs Ohr: »...und da hab' ich gesagt, der Leutenant muß fort, hab' ich gesagt, sonst tun die Preuße ihn fange...« Der Vespery hatte den Loriot durch die preußischen Vorposten gebracht, damals, als die Tante Charlotte gestorben und das Delphine geboren war.. Aber der Vespery war tot, der konnte niemand mehr in Sicherheit bringen, und die preußischen Vorposten... Was für Vorposten? Er wollte doch über die Weser zu den Franzosen! Aber erst kam die Elbe, mein Gott, und er mußte durch die englischen Linien hindurch. Das hatte er sich alles nicht so gedacht; doch, gedacht schon! Aber – der Schnee... Doch, er hatte gewußt, daß es sehr weit sein würde. Aber er hatte doch in Niederdamme biwakieren wollen – wo blieb nur das Dorf? Er ritt doch schon Stunden, Stunden... Wenn man nur die Augen aufhalten könnte bei dem Schnee! Warum sah er denn so viel, wenn die Augen doch zu waren? Das war ja der Platz vor dem Schloß in Mainz, und da exerzierte Nationalgarde... Rechten, Linken! Speck und Schinken! Was hatte Dubbicke, was um alles in der Welt hatte Dubbicke hier zu kommandieren? Käs und Brot! Det schmeckt goot! Aber jetzt. Wer kam die Schloßfreiheit heruntergeritten, wer? Auf dem schweren weißen Gaul, im flaschengrünen Rock, den Zweispitz tief in der Stirn? »Vive l'Empereur!« meinte Christoph zu schreien, denn die Grenadiere schrien das auch. Aber Dubbicke – da stand ja Dubbicke und hatte das Gewehr, den kurzen Karabiner an der Wange, und zielte, zielte – und dort Rudolf, Rudolf neben einer kleinen Kanone... (was wollte er schon damit ausrichten! Die war ja wirklich lächerlich klein!) und Rhinow mit erhobener Pistole – und überall, überall preußische Blauröcke mit dem Gewehr im Anschlag auf – ihn! Christoph – von der geduldigen Stute durch das Schneegeriesel geschleppt wie ein regloses, nur von den Stößen ihrer Schritte hin und her schwankendes Bündel – eine widerstandslose, erstarrte Gestalt, nur durch das Wunder des tief in der Betäubung noch wirksamen Willens im Sattel gehalten – Christoph vermeinte, die Arme emporgeworfen zu haben und mit ungeheurer Stimme zu schreien: »En avant! Allons, enfants de la patrie!« Mehr konnte er nicht tun, das war – das war unmöglich... Er kam nicht vom Fleck. Oder doch? Oder... Was war das? Der kam ja auf ihn zu – der Bonaparte kam auf ihn zu – wie ein Berg kam der auf ihn zu... Und er – Auge in Auge mit dem Berg – ja, seine Augen in die starr und ganz erbarmungslos unter dem schwarzen Hut vorstrahlenden Lichter geheftet, er spürte, daß kein Widerstand in ihm war, daß er nicht vorwärts konnte und rückwärts nicht wollte – nicht um alles in der Welt – aber mußte – mußte! Er sah nichts mehr als diese Gestalt, dieses Gesicht, die in immer gleichbleibendem Abstand auf ihn einrückten. Jetzt sind wir über dem Rhein, wußte er verzweifelt und – und dies alles geschah, weil einer ihn von hinten zog – zog. Und das war – der Vespery, denn der war ein Spion – ein Verräter – und der machte es, daß er nach Preußen zurückmußte und nicht zu dem da vor ihm gelangen konnte... Dann aber... Nein, etwas anderes, ganz anderes war um ihn, kam von rechts, kam von links – blau – golden – süß – blond! »Nicht zurück! Christoph! Nicht zurück!« meinte das – blau – golden – schwebte, umfing ihn, wollte ihn stützen, klagte, klagte: »Nicht – zurück!« Und dann, als diese Beschwörung nichts half, gar nichts, da war es auf einmal vor ihm, zwischen ihm und dem Unaufhaltsamen, den Christoph trotzdem immer noch sah, aber deutlich sah er jetzt auch das andere: die Königin. Denn nicht mehr auf ihn, Christoph, rückte Bonaparte jetzt zu; Christoph war abseits, Christoph war – irgendwo – und da stand die Königin, mitten in jener furchtbaren Bahn stand sie – stand nicht nur, ging gegen ihn an: sie *konnte* es! Aber sie war licht – licht war sie, golden – blau – und der Bonaparte – finster, finster, ja, jetzt nur schwarz wie eine scharf umrissene Wolke, innen ganz schwarz, er zog heran, er kam, er bedrängte sie...

Christoph hatte die Augen aufgerissen, nur, um sie gleich wieder zuzudrücken. Wer hatte ihn gerufen? Doch, da rief es seinen Namen, schreckliche Stimme, schrecklich. Er lag völlig auf Rosinas Hals, die ging mit ihm durch Dunkelheit. Und – ach, dieser – dieser Schnee... Wie kam er nur?... Da – da war das wieder: die jetzt ganz von trübem Feuer umrandete Wolke (– bewahrte er nicht in einer verborgenen Ecke eine Silhouette

Bonapartes zu Pferde auf? –) und jenes vergehende Licht, das auch Gestalt war... Und der Schatten trat über das Licht.

Christoph fühlte sich fast zersprengt von einer unsäglichen Spannung. Er hatte sich selbst unter dem Aufgebot eines unbegreiflichen Kraftrestes zwischen die Erscheinungen geworfen. Er war nicht mehr er selbst, hatte keine Form, war nur Widerstand – war selbst Gewalt gegen Gewalt. »Er – soll zurück!« so vermeinte er zu denken. Aber er dachte gar nicht. Er war zu dem *geworden*, was den Schatten bezwang. Und auf einmal war das Licht, und nur noch Licht, und: »Sie – hat gesiegt!« redete Christoph, »sie hat gesiegt, und der Bonaparte – der wird zugeschneit. Ich wollte es – ich...«

»Christel!« hörte er es dabei immer jammern, aber wie aus weiter, weiter Ferne, »komm doch zu dir, Junge! Mein Gott, Dubbicke, schüttle Er ihn doch nicht so! Das muß Er doch sehen, daß der Junker nicht bei sich ist.« –

Daß am nächsten Tag die Masern bei ihm zum Ausbruch kamen – wie übrigens auch bei Delphine –, das erklärte Rhinow ihm mit nachdrücklicher Ironie als den größten Glücksfall, dessen er jetzt teilhaftig werden konnte. »Denn, mein Sohn, wenn du diese Roßschinderei bei klarem Verstand und voller Gesundheit unternommen hättest – diesmal wäre ich bei deinem Herrn Großvater vorstellig geworden und hätte beantragt, daß man dich für ein Jahr zurückstelle. Und du wirst dir ja wohl selbst sagen können, wie der alte Herr mit dir umgesprungen wäre, wenn es dazu gekommen wäre! Rosina wird wohl draufgehen, sie hustet wie eine alte Kuh; dann bewahr du ihr ein gutes Andenken, denn kein anderes Pferd aus dem Stall hätte den Verstand besessen, sich durch diese Schneewehen wieder nach Hause zu finden, mit so einem Häufchen Unglück auf dem Buckel... Na ja, Junker, Sie haben Aussichten – das muß ich sagen!«

XXVII

»Corinna, Corinna! Wenn er nur damals den Scharlach bekommen hätte oder ein Nervenfieber! Wenn er Arm und Bein gebrochen hätte! Wenn er Monate hätte liegen müssen und zurückgestellt worden wäre! Sie hätten ihn nicht mitschleppen können in diesen Wahnsinn! Ich hätte ihn hier, bei mir, geborgen... Corinna, Corinna! Er ist doch noch ein Kind! Mein Gott, er ist noch so weich, seine Haut ist wie Samt, wie ein Pfirsich. Um Gottes willen, sagen Sie mir, Corinna – sagen Sie mir, daß es unmöglich ist, daß sie solche Kinder hineinschicken in diesen Massenmord! Eine Schlacht – eine Schlacht – eine Schlacht... Ich fasse es nicht! Eine Schlacht – und mein Christel – dabei!«

Corinna, die Hände vor das Gesicht geschlagen, brachte nichts hervor als: »Beruhigen Sie sich doch, teure Freundin. Mein Gott, suchen Sie sich zu beruhigen...«

Cornelie griff wieder nach dem Brief, der zwischen ihnen auf dem Tisch lag, diesem unseligen Bericht in den zittrigen Schriftzügen des Onkels Platen, den ein Kurier aus Berlin in der grauenden Morgenfrühe auf den Hof gebracht hatte. Er war an den Generalleutnant gerichtet. Cornelie starrte auf die Anfangszeilen: »Mein teurer Cousin, ich fühle die betrübliche Verpflichtung, Ihnen ein Communiqué mitzuteilen, das mir Schulenburg soeben in später Stunde zugehen läßt...«

Der furchtbare Inhalt des Schreibens hatte sich ihr nach dem Vorlesen des Vaters eingeprägt wie mit glühendem Eisen. Eine Bataille verloren, bei Jena – bei Auerstedt – in Thüringen jedenfalls! Der Prinz Louis, der Herzog von Braunschweig gefallen! Die Armee in Auflösung auf dem Rückzug nach Nordosten... Die Königin, von Weimar kommend, habe Berlin passiert, sich nur eine Nacht aufgehalten und sei den königlichen Kindern nach Schwedt gefolgt... Die Minister, die zurückgebliebene Garnison verließen Berlin...

»Ja – was heißt das alles, Papa?« hatte sie gestammelt. »Das sieht ja aus, als ob...«

»Was das heißt, fragt Sie noch?! Was das heißt! – Was das heißt!« Wie er geschrien hatte, der Alte, wie schrecklich sich seine Stimme dabei brach! Er hatte ihr den Brief hingeschleudert, hatte sich aus seinem Stuhl herausgearbeitet und war vor ihr gestanden mit dem qualverzerrten Gesicht des Mannes, der in ihren Träumen seinen Namen trug. »Daß es mit Preußen ex ist, heißt es! Daß wir die Franzosen –« sein Kopf hatte sich gesenkt, und er röchelte nun beinahe, »die Franzosen morgen im Lande haben werden! Nein!« Er hatte ihre Hände, die ihn stützen wollten, zurückgestoßen, allein hinkte er auf die Tür zum Nebenzimmer zu. »Und wenn – wenn dein Sohn – wenn dein Sohn dabei hat sterben dürfen, so werde ich ihn – beneiden!« Dies als ein Schrei, hinter dem die Tür zuschmetterte. Cornelie hatte den Brief an sich gerafft und war mit ihm zu Corinna gewankt. –

»Wissen Sie, was ich gewünscht habe – um was ich in all diesen entsetzlichen Nächten, seit das Regiment auf dem Marsch ist – vielleicht – gebetet habe? Oh, Corinna, es gibt ein Beten ohne Worte, vielleicht ohne Gedanken...« Sie stockte und grübelte einen Augenblick verwirrt. Ohne Gedanken – und der Junge hatte einmal so verzweifelt gesagt: »Wenn man wünscht, da denkt man nicht, Mutter...« Diese ganze seltsame Unterhaltung, bei der sein Kopf auf ihren Knien gelegen hatte, stand plötzlich vor ihrer Seele. Viel ruhiger, nachdenklich, als lauschte sie auf etwas ihr allein Vernehmbares, fuhr sie fort: »Daß er verwundet werden möchte, wünschte ich, Corinna – verwundet und kampfunfähig – so wie ich eben meinte, wenn er doch damals, damals im März bei den Masern, wenn er doch damals etwas Ernstlicheres gehabt hätte...«

Nicht imstande, den Ausdruck der Freundin zu deuten, die sie mit überströmenden Augen anblickte, schrie sie wieder auf: »Doch! Doch! Und darauf hab' ich ein Recht! Und euren Wahnsinn, daß die Kinder, die eben zum Leben erwachten, vor die Kanonen gestellt werden, daß man ihnen beibringt, Mordwaffen zu handhaben und sie auf Brüder zu richten, den mach' ich nicht mit! Dazu können wir nicht auf der Welt sein!« Sie weinte jetzt. Ganz leise tat sich die Tür auf, und Delphine schlüpfte herein. Cornelie blickte auf: »Was willst du?« fragte sie mit versagender Stimme, »geh! Geh jetzt hinaus!«

»Sie kommt zur Stunde«, sagte Corinna halblaut. Das Mädchen, schon zurück zur Tür gewandt, zauderte. Den Blick verlangend, fast gierig auf den Brief gerichtet, fragte sie hastig: »Was ist geschehen, Corinna? Der Christel – hat er geschrieben – oder – schreibt jemand etwas von ihm? Ist etwas mit ihm?«

Als gäben die schweifenden Augen, die unstet trippelnden Füße der Nichte Cornelie die Haltung wieder, erhob sie sich mit vollkommener Fassung. »Corinna wird dir mitteilen, was für schlimme Nachrichten in dem Brief stehen«, sagte sie kühl und ging an dem Mädchen vorüber zur Türe. »Aber beunruhige dich nicht um Christoph. Er ist, das weiß ich zuverlässig, außer Gefahr und in Sicherheit!« –

Woher ihr diese Gewißheit kam, hätte sie gar nicht erklären können; noch weniger, warum sie ihr erst beim Anblick von Delphines unruhiger, witternder Neugier zum Bewußtsein gekommen war. In jenem Brief mit seinen Unglücksnachrichten lag mit Händen zu greifen die Bestätigung der schlimmen quälenden Ahnungen vor, die ihr nicht erst seit den letzten politischen Ereignissen und der Mobilmachung, auch nicht etwa erst seit Christophs Eintritt ins Heer, bei Tag und bei Nacht die Seele verschatteten. Freilich, seit sie den Jungen beim Regiment gewußt hatte, seit sie weniger durch die Trennung als durch die Vorstellung der unausgesetzten Mühsal und Plackerei, denen er sich zu unterziehen hatte, bedrückt war; seit er noch einmal, kurz, ehe die Armee auf Kriegsfuß gesetzt worden, zu einem zweitägigen Urlaub nach Hause gekommen und so verändert, gewachsen, wie ihr schien, und durch die Uniform ganz außerhalb seines wirklichen Alters gestellt gewesen – seitdem hatte sie unter diesen Ahnungen gelitten wie durch ein täglich aufs neue ihrer Nahrung beigemischtes Gift. Indessen, wann hatte sie sich denn nicht von diesem Gifte genährt? Wann hatte das Schicksal begonnen, es ihr einzuträufeln, einmal mehr, einmal weniger, immer aber so, daß sie nie zu unbefangener Daseinsfreude gelangen konnte? War es nicht in einem durch eben dieses Gift erzeugten Rausch gewesen, daß sie den Jungen ins Leben gezwungen hatte, und wäre es nicht besser gewesen und dem Willen der Gottheit gehorsamer, wenn sie sich damals ergeben und die Tür hinter Hans Adam und dem kleinen Wilhelm ins Schloß hätte fallen lassen, daß denn der fürchterlichen Verpflichtung, zu morden und sich dem Mörder zu stellen, wenigstens bei dem Teil der Menschheit ein Ende bereitet gewesen wäre, der zu seinem Fortbestehen auf ihren Schoß angewiesen war?! Ja, so weit war sie in diesen schlaflosen Oktobernächten, seit sie Christoph auf dem Marsch wußte, gekommen, unter der Folter namenlos schrecklicher Vorstellungen war sie dazu gekommen, zu seufzen: Wäre er nicht gezeugt! Wäre er nicht geboren worden! Bewahrt, bewahrt vor dem, was ihm jetzt bevorstehen mußte...

Daß sie dann die Kraft fand, sich nach solchen Nächten zu erheben, umherzugehen, ihr Tagwerk zu tun! Oh, Buzzini hatte wohl recht gehabt, wenn er lehrte, daß gewohnheitsmäßig in geringer Dosis genommene Gifte den Körper so zu durchsetzen imstande seien, daß er am Ende, ohne Schaden zu leiden, davon vertragen konnte, soviel ihm zugemutet werden mochte. Das mußte wohl auch auf die Seele zutreffen...

Sie wagte die Ruhe, die über sie gekommen war, wie eine gnadenvolle Ausgießung von oben, denkend gar nicht zu ergründen. Sie tat es nur so, wie einer die Eisdecke, auf der er lauernde Tiefen überschreitet, zuweilen stehenbleibend, mit einer jähen Bewegung prüft: trägt es auch noch? Und dann: nur weiter! Nicht umsehen! Nur das Ufer erreichen! Sie war ununterbrochen tätig und führte in Haus und Hof gewisse Maßnahmen durch, deren Eigenart sie immer wieder an jene Nacht vor der Flucht aus Mainz denken ließ, jene Nacht, in der Charlotte so sorglos geschlafen hatte wie jetzt Delphine Nacht für Nacht. Und dachte Cornelie, Gott sei Dank, daß sie's tat und daß die aufgeregte Erwartung kommender Ereignisse, die fühlbar und sichtbar in der Dreizehnjährigen arbeitete, wenigstens des Abends nicht mehr im Raum stand! Gerüchte durchschwärmten das Land wie Geschwader böser schreiender Vögel. Daß ein Teil der preußischen Armee sich von Magdeburg her in Eilmärschen auf die Oder zu bewegte, war bald bekannt. Aber erst in der Abenddämmerung des 25. Oktober brachten ein paar Mann preußischer Infanterie, die das Dorf passierten und sich kaum Zeit ließen, das an den Türen erbetene Brot ausruhend zu verzehren, die sichere Botschaft, daß das Hohenlohesche Korps, und zwar hauptsächlich seine Kavallerie unter dem Generalleutnant Blücher, aber auch Infanterie, in der Gegend wäre. Doch hätten die Leute nur höhnisch gelacht, als man habe wissen wollen, welche Regimenter dabei seien, erklärte der Schulze Roselieb, der die Nachricht ins Herrenhaus brachte. Das sei buntscheckig, was sich da herannahe, hätten sie gemeint; das Sortieren nach Regimentern sei da nicht leicht. Möglich, daß auch welche von den Rüchelschen dabei wären. In Magdeburg sei es zugegangen wie beim Turmbau zu Babel... Er habe nach den Regimentern gefragt, sagte der Schulze nun schwerfällig, von wegen dem Junker – weil er doch gewußt hätte, das Regiment des Junkers Christoph gehörte zum Korps Hohenlohe...

Cornelie sagte tonlos: »Es ist recht von Ihm, Schulze, daß Er daran gedacht hat. Nein, da muß man wohl abwarten, was über uns verhängt ist...«

Sie sank auf den Stuhl, den Dubbicke ihr unterschob, und wußte nicht, daß sie die Männer, die vor ihr standen, minutenlang leer anblickte. Ja, das Regiment von Brinken, bei dem Christoph und auch Rhinow standen, das gehörte zum Hohenloheschen Korps. Voß mit seinen Husaren war bei den Blücherschen Reitern gewesen. Rudolfs Artilleriekolonne begleitete Abteilungen der unter dem Oberbefehl von Rüchel befindlichen Armee... Wer von den vieren... Cornelie entriß sich gewaltsam den furchtbaren Mutmaßungen. »Er hat nicht gefragt, ob – das Regiment von Brinken – von dem Regiment von Brinken haben die Leute nichts Besonderes zu melden gewußt, Schulze?« fragte sie mit verzweifelter Entschlossenheit.

Der Mann hob den Kopf, den er gesenkt hatte, um ihr Zeit zu lassen. »Nicht, gnädige Frau. Sie haben nur gesagt – alle Regimenter –« Er schluckte. »Von keinem Regiment ist noch mehr als die Hälfte da, haben sie gesagt«, schloß er plötzlich trocken.

Dieser Ton war es, der Cornelie die Fassung zurückgab. Sie erkannte plötzlich die Menschen, die sie vor sich hatte. Roselieb hatte eine Abordnung der Bauernschaft mitgebracht. Sie hatten den Generalleutnant zu sprechen verlangt, um Verhaltungsmaßregeln für alle Fälle zu bekommen. Die Franzosen seien ihnen ja auf den Hacken, hätten die Soldaten erzählt, und der preußische Armeebefehl laute dahin, nur auf irgendeine Art hinter die Oder zu kommen. Also sei auch für Hölkewiese damit zu rechnen, daß der Feind durchzöge... Jedoch Tracht hatte sich schon seit Tagen eingeschlossen. Nur Dubbicke hatte Zutritt zu ihm, und dieser erklärte, daß der Herr auch mit ihm nicht mehr spräche. Daß Tracht ihm entgegengebrüllt hatte, man möge die Scheunen in Brand stecken, die Herden in die Wälder treiben und die Weiber totschlagen, und weiter habe er keine Anordnungen zu geben – das verschwieg der Brave und deutete

Cornelie nur an, daß Seine Gnaden beliebten, das Schlimmste für möglich zu halten. Cornelie raffte sich zusammen und erhob sich. »Leute«, sagte sie, »wir müssen uns damit abfinden, daß unser König diesmal geschlagen worden ist. Was will das sagen! Ist der Alte Fritz etwa immer Sieger gewesen? Aber ist auf Kollin nicht Roßbach gefolgt?«

»Unser König«, ließ sich hier der Schäfer Dinnies vernehmen, »der heeßt woll Friedrich – aber der is keen Friedrich! Und die Franzosen haben diesmal *ihren* Friedrich und der heeßt Bonaparte!«

»Halt Er den Rand, bis ich Ihn frage, Dinnies!« meinte Cornelie unzufrieden. Sie wünschte das Dorforakel im Augenblick nicht zu hören. »Wenn wir also wirklich französische Truppen ins Dorf bekommen sollten...«

»Dann werden wir es ihnen schon zeigen – den verfluchtigten Hunden!« brummte eine andere Stimme bereitwillig.

Cornelie richtete sich gerade auf. »Nichts dergleichen werdet ihr tun!« sagte sie hell und scharf. »Es sind gediente Soldaten genug unter euch, die wissen werden, wie der Feind mit marodeurs umspringt, die aus dem Hinterhalt schießen! Ich weiß, daß ein paar alte Donnerbüchsen im Dorf sind, und ich verlange, daß alle Schießwaffen hier auf dem Hof bei Dubbicke abgegeben werden. Wer dawider handelt, trägt die Konsequenzen für sich und das ganze Dorf. Ihr werdet Freund wie Feind gleichmäßig aufnehmen, wenn ihr nicht wollt, daß ihr an die Wand gestellt werdet und daß euch der rote Hahn aufs Dach gesetzt wird! Ich habe in Mainz zehn Jahre lang mit den Franzosen auskommen müssen, und ihr könnt mir glauben, daß sie umgängliche Leute sind, wenn man ihnen verständig entgegenkommt, aber sie sind auch gleich mit dem Kriegsgericht bei der Hand, wenn es anders ist. Versteckt eure guten Sachen und eure Taler, buddelt ein, was ihr wollt! – aber setzt euch niemals zur Wehr. Und jetzt geht nach Hause, Leute, und macht euch auf Einquartierung gefaßt, haltet Fourage für Mensch und Vieh bereit, gebt willig her, solange ihr habt. Die Hauptlast wird doch der Hof tragen. Und wer nichts hat, der wende sich hierher!« –

»Das hätten gnädige Frau den Brüdern gar nicht besser zu verstehen geben können!« sagte Dubbicke erleichtert, als die Leute draußen waren. »Ich habe mir ja so meine Gedanken gemacht – gnädige Frau sind doch eine Dame, und Krieg – mit Verlaub zu sagen! – das ist nun einmal Mannesgeschäft. Wenn gnädige Frau das nicht beigekommen wäre mit die Gewehre, dann hätte ich mir ja erlaubt und hätte selber noch ein Wörtchen geredet. Aber allerhand Achtung! Besser hätte es Seine Gnaden auch nicht vorbringen können!«

Cornelie ließ es sich nicht anmerken, daß seine Anerkennung sie stärkte. »Eine Dame«, dachte sie flüchtig, »nun – jedenfalls ein Weib! Nie habe ich das so gewußt...«

»Schon gut, Dubbicke«, sagte sie freundlich. »Er wird mich unterstützen, ich weiß es. Und ich bin froh, daß Er da ist. Er haftet mir also zunächst dafür, daß keine Waffen und kein Schuß Pulver im Dorf bleiben. Er bringt das alles unter, wo es ihm richtig scheint, und dann sorgt Er dafür, daß Streu in der Scheune aufgeschüttet wird und daß sonst auf dem Hof alles bereit ist! Im Hause werde ich selbst alles vorbereiten.«

XXVIII

Sie war dankbar, daß die Anforderungen der Stunde sie in dieser Nacht nicht ins Bett kommen ließen. Jeden unbenutzten Raum für Einquartierung instand setzen lassen, das Vorbereiten von Speisen, das Backen eines großen Brotvorrats anordnen und überwachen, ebenso das Decken einer Tafel, um für die Bewirtung von Offizieren gerüstet zu sein – das nahm alle Kräfte im Hause und alle ihre Gedanken in Anspruch. Dennoch – es flackerte ihr immer neu durch den Sinn, daß sie dies alles eigentlich nur für *einen* täte, daß sie den Dämonen und Furien des Krieges gleichsam Opfer und Lockspeisen böte, um sie hierherzuziehen – hierher, nur, um vielleicht diesen einen, den Sohn, im Fluge umarmen, betten und stärken zu können. Ach, ihn nur sehen! Sehen, daß er lebte! Aber wie würde es ihr möglich sein, ihn wieder fortziehen zu lassen, das Kind, den Kleinen, das Bübchen?! In ihrem Zimmer sollte er schlafen und ausruhen, in ihrem eigenen Bett, nachdem sie ihm die armen Füße gebadet hätte. Eilmärsche – seit Tagen! –, wie mochten sie wund sein und schmerzen, die armen, armen Füße! Sie konnte sich nur beruhigen, indem sie sich vorstellte, daß sie ihn an ihrem Herzen, in ihren Armen hielte und einschlafen ließe. Dies, fühlte sie in einem Augenblick des Zusammenbrechens ganz deutlich, war jetzt auch die einzige Möglichkeit, ihm über die Ferne hinaus wohlzutun, wenn sie ihn trug, wenn sie ihn ganz umschloß mit allem, was ihm geschehen mochte... Sie hatte sich in den Morgenstunden ein wenig niedergelegt, ohne sich auszuziehen. Als ihr die Sinne in barmherzigem Dämmer vergingen, war es, weil sie sich mit dem Dunkel und in ihm mit ihrem Kinde verschmelzen fühlte. Im ersten Frühlicht des späten Oktobertages schrak sie von donnerndem Pochen an der Haustür empor. Gleich darauf war Dubbicke an ihrer Tür.

»Gnädige Frau, es wären Reiter in Sicht!« meldete er. »Und es sind welche von unseren! Keine Franzosen!«

»Oh, gottlob!« murmelte sie schlaftrunken. »Corinna, er wird heute auch kommen, ich fühle es – ich muß es geträumt haben. Oder wir werden von ihm hören!«

Corinna, die im selben Zimmer auf dem Sofa geruht hatte, um gleich zur Stelle zu sein, seufzte: »Ach, meine Liebste, möchte es doch nur so sein! Aber wollen wir doch lieber alles herankommen lassen und gar nichts erwarten...« Cornelie war schon auf dem Flur. Hufe polterten dumpf über das Pflaster des Hofes. Dubbicke riß ihr erregt die Haustür auf. »Es sind ihrer wenige, nur fünfe, aber zwei Offiziere dabei!« stieß er hervor.

Was in den nächsten Stunden geschah, spulte sich kaum greifbar, unfaßlich geschwind ab. –

All dieser Vorgänge entsann sie sich später wie einer Folge von Bildern aus einem Marionettenspiel. Zwei Offiziere, die die Rampe heraufgeeilt kamen, vor ihr salutierend. Text dazu: »Madame, wir bedauern es, Ihnen Unruhe ins Haus tragen zu müssen. Der Generalleutnant von Blücher, der uns mit seinem Stabe auf dem Fuße folgt, läßt anfragen, ob man hier imstande sei, seinen Offizieren und seinen aufs äußerste erschöpften Leuten einige Erfrischungen zu reichen? Ist man hier über die Lage unserer Armee unterrichtet? Sehr gut, Madame – es erspart mir Erklärungen. Wir sind seit sechzehn Stunden ununterbrochen auf dem Marsch – unsere Nachhut ist in beständiger Fühlung mit dem Feind, der uns folgt. Blücher plant ein Manöver nicht weit von hier. Wir werden Ihrem Hause nicht lange zur Last fallen...«

Cornelie erinnerte sich nur, auf die weit geöffnete Haustür gewiesen zu haben: »Es ist ja alles bereit, meine Herren!«

Der Hof voller Pferde und Mannschaften. Welche Jammergestalten! Ein Trupp Offiziere, der bei der Rampe vorreitet; der Adjutant, der mit ihr gesprochen hat und nun unten steht und dem Führer Meldung erstattet. Dieser Führer mit dem Generalsabzeichen, dem Federbusch auf dem Hut, der dankbaren Blicks zu ihr hinaufsalutiert und das Zeichen zum Absitzen gibt: Blücher, kein Zweifel! Jetzt, während die Herren heraufkommen – welches Gefühl ihr im Rücken? Mein Gott – der Vater! Und in der Uniform, die um seinen abgemagerten Leib schlottert, aus deren Kragen der ausgemergelte Hals gierhaft aufsteigt... Aber das Verdienstkreuz umgehängt, aber in Haltung, obschon am Krückstock, obschon bebend und mit irren brennenden Augen auf das Schauspiel im Hof starrend... Blücher, der bei seinem Anblick seinen Schritt beschleunigt, zu einer tiefen Verbeugung kurz vor ihr anhält und auf Tracht zutritt, ihn in seine Arme schließt.

Text dazu (in der heiseren, versagenden Stimme des Alten): »Willkommen, Kameraden! Zur bösen Stunde – willkommen!«

Blücher hat ihn unter den Arm gefaßt und, mehr führend als geführt, das Haus betreten. Cornelie, so unverhofft von den Empfangspflichten befreit, eilt in die Wirtschaftsräume, um für rasche Abwicklung der Bewirtung zu sorgen.

»Das Regiment von Brinken?« Sie packt einem vor ihr stehenden Wachtmeister Brotlaibe auf die Arme. Nein – von dem Verbleib des Regiments von Brinken hat man bei seiner Eskadron nichts gehört.

»Von Brinken? – hatten die sich nicht mit zum Herzog von Weimar geschlagen?« – »Nee, Junge, die waren mit bei Saalfeld. Na, wo mögen die hingeraten sind!« Ein paar Husaren beim Pferdefüttern, denen Cornelie selbst den Eimer mit dampfender Suppe hinträgt, sind es, die diese unbefriedigende Auskunft geben. Ein Kornett, der unermüdlich Brot und gefüllte Teller und Tassen unter den in der Scheune gelagerten Leuten herumträgt, weiß es besser. »Das Regiment von Brinken, gnädige Frau?« fragt er und steht vor ihr stramm. »Ich kann mit Sicherheit sagen, daß Angehörige des ehemaligen Regiments von Brinken bei unserer Nachhut sind, die Herr Major von Vieregg befehligt.«

Cornelie hat nur eines verstanden. Sie greift nach einem Pfosten, um sich zu halten. Ein langer Junge da vor ihr in zerrissener Uniform, grau im Gesicht, mit tief in den Höhlen liegenden Augen – er sieht so erschrocken aus. »Des – ehemaligen«, stammelt sie. »Und, Kornett, wissen Sie, ob ein – Junker... Ein Junker...« Sie bringt den Namen nicht heraus. »Ist ein Junker vom Regiment von Brinken dabei, da – bei Ihrer Nachhut?«

Der Kornett sieht verzweifelt aus: »Ich kann es nicht sagen, Madame, aber wie sehr liegt das im Bereich der Möglichkeit!«

Cornelie fühlt wieder die rätselhafte Überschattung unirdischer Kraft, die sie fähig macht, sich selbst zu vergessen. Sie begreift, daß der da vor ihr nicht viel älter als Christoph ist. »Kornett, da kann Ihre Mutter ja froh sein, daß Sie hier vor mir stehen und gesund sind!« sagte sie und nimmt ihn beim Arm. »Aber was soll das heißen, daß Sie hier Dienst tun? Dazu sind Menschen genug da. Kommen Sie mit!«

Auf einmal ist sie im Saal und drückt den jungen Menschen auf einen freien Stuhl am Ende des Tisches nieder. Oben nehmen die Diener die Teller schon fort. Der Adjutant breitet Karten aus. »Eine Karte der Umgegend, die Schmettausche Karte, wenn wir die hätten!« hört sie, und die aufgeregten Befehle des Vaters an Dubbicke, daß er alles, was an Karten da wäre, herbeibrächte. Eine Pause; man wartet auf Dubbickes Rückkehr. Jetzt! sagt sich Cornelie. Es muß ja sein. »Meine Herren«, hört sie sich reden und sieht sich selbst am oberen Ende der Tafel stehen, hinter des Vaters Stuhl, der links von Blücher sitzt, »meine Herren, was ist Ihnen über das Regiment von Brinken bekannt? Ich bitte Sie um unumwundene Auskunft. Mein – Sohn...«

Dieses Verstummen. Diese sich senkenden Augen. Dies – oh, sie fühlt es im fühllosen Holz und Leder des Stuhles! – dies Vereisen des Vaters... Fühlt – er hat schon gefragt, er – weiß etwas... Plötzlich das frei sich erhebende Antlitz Blüchers, seine scharfblickenden und doch nur Ruhe und Kraft strahlenden Augen auf sie gerichtet.

»Madame«, antwortet er ganz ohne einen Beiklang von dem, was sie fürchtet, was sie nicht ertragen würde, von Teilnahme –

antwortet vollkommen gelassen, artig und sachlich: »Das Regiment von Brinken ist am 14. Oktober auf dem Plateau von Jena bei Kapellendorf als eins der ersten ins feindliche Feuer gekommen und hat sich mit unerhörter Bravour gehalten, bis es so gut wie vernichtet war. Die wenigen unverwundeten Leute haben sich bei anderen Regimentern angeschlossen. Einige davon befinden sich bei unserer Nachhut, aber ich bin nicht in der Lage, Namen zu nennen. Ein Junker, meine gnädige Frau, ist nicht dabei. Es sollen aber mehrere Offiziere des Regimentes verwundet gefangen worden sein. Meine gnädige Frau – geben Sie die Hoffnung nicht auf.«

Warum erhebt er sich? Warum erheben sich alle wie mit einem Schlage, auch der Vater? Ach, das ist – weil sie das Zimmer verläßt... Das – ist so etwas wie Salut – eine Ehrenbezeigung... Sonderbar... Geht sie denn? Wie kann sie noch gehen? Durch einen Schleier sieht sie, daß der Kornett ihr die Tür aufhält. Und auf dem Flur steht Corinna – und fängt sie auf. –

XXIX

Aus der luftlosen Schwärze dieses Abgrundes zu sich selber emportauchend, wußte sie nicht, was an Zeit vergangen sein mochte. Ohne die Augen zu öffnen, lag sie ganz still. Sie fühlte, daß irgend jemand an ihrem Lager saß, und nichts schien ihr unmöglicher, als sprechen zu müssen, als auch nur fragende oder besorgte Blicke auf sich gerichtet zu sehen. Da sie sich nun aber zu entsinnen suchte, was denn eigentlich geschehen sei, zogen wohl die Bilder des Morgens an ihr vorüber, sah sie wohl scharf und silhouettenhaft deutlich Gestalten und Gruppen, erblickte einzelne Gesichter und vor allem das eine, mit adlerscharfem Blick sie bannend und Unerhörtes ihr zumutend, fühlte auch wieder ihr eigenes Umgetriebensein, ihr Umherirren mit den Fängen jener wahnsinnigen Angst im Nacken – begriff aber nichts mehr von alledem. Lebendig war von dem allem nur eins, ein paar Worte, ein Satz – ein Befehl... Oh, gewiß: das war ein Befehl gewesen! »Meine gnädige Frau, geben Sie die Hoffnung nicht auf!«

Die Hoffnung aufgeben? Die Hoffnung... Wie käme sie dazu, die Hoffnung aufzugeben! Welche Hoffnung denn? Etwa die, daß ihr Christel... Aber, Gott im Himmel, sie war doch nicht wahnsinnig! Kein Mensch... kein Mensch hatte doch gesagt, daß er gesehen hätte... Sie redete stumm auf sich ein: Verstehst du, daß er *gesehen* hätte, wie Christel... Und ehe ihr nicht ein Mensch sagte, er hätte ihn mit eigenen Augen fallen sehen... Ich, ich, ich und die Hoffnung aufgeben! Ich weiß doch, daß er lebt – bin ja ganz ruhig! Da – ich sehe ihn doch, er bewegt ja den Kopf! Mein armer Junge! So bleich... Ah, das ganze Regiment vernichtet, sagte er doch – das – ganze Regiment...

Mit einem Stöhnen fuhr sie empor und verkrampfte die Hände über der Brust. Dann, auf einmal, öffnete sie die Augen und glitt gleichzeitig vom Lager. So – die Schuhe hatten sie ihr ausgezogen – da waren sie! Sie zog sie an. »Aufwachen!« sprach sie dabei hart und laut zu sich selbst. Da saß Corinna in einem Stuhl und verfolgte mit besorgtem Ausdruck ihre Bewegungen. Cornelie nickte ihr zu. »Ich will gleich einmal...«, sagte sie undeutlich und trat vor den Spiegel, nach ihrem verwirrten Haar greifend. Ihr Gesicht schrie sie an wie eine fremde Maske von Alter und Gram. »Das verbiete ich dir«, redete sie, wiederum laut, »das – ist die Todsünde des Zweifels! Corinna!« Sie wandte sich der Freundin zu. »Er lebt!« sagte sie befehlend. »Blücher meinte, mir Hoffnung machen zu müssen, aber –« sie brachte ein Lächeln auf, das Corinna veranlaßte, die Hand über die Augen zu legen, »aber niemand weiß doch besser als ich...«

Sie ging zum Fenster und überschaute den Hof. Er lag leer und still. Zwei Knechte waren mit Fegen beschäftigt. Aus den unteren Räumen des Hauses drangen die Geräusche wirtschaftlicher Geschäftigkeit. Cornelie war es einen Augenblick, als hätte sie wirklich alles geträumt. »Wo sind die...«, fragte sie stammelnd.

Corinna war neben sie getreten und hatte zart den Arm um sie gelegt. »Sie sind fort; seit länger als einer Stunde«, sagte sie sanft.

»Sie haben sehr tief geschlafen, Cornelie. Es war gut.« Cornelie befreite sich von diesem beschwichtigenden Arm. »Gewiß«, gab sie mit Gelassenheit zu, »es war eine unruhige Nacht, und jetzt sollten Sie... Aber da... Was um Himmels willen ist das?!« Sie riß das Fenster auf. Corinna schlug entsetzt, nicht begreifend, die Hände zusammen. Cornelie lehnte sich weit hinaus und reckte die Arme aus, »Rhinow!« schrie sie. »Da ist doch Rhinow!«

Und erst, als sie in rasender Hast aus der Tür stürzte, als sie gleich darauf draußen erschien und die Rampe hinunterlief, hatte Corinna erkannt und erfaßt.

Der Reiter, der da unter dem Walnußbaum auf dem Hof hielt und aus dem Sattel mehr fiel als abstieg: es war in der Tat *Rhinow!* Aber in welchem Zustand! Und was hatte er auf die Burschen einzureden, befehlend, beschwörend, ohne Cornelie zu beachten, die ihn mit beiden Händen an der Brust gepackt hielt?

»Oh, Rhinow, Rhinow! Sagen Sie doch nur ein Wort, daß er lebt! Sagen Sie mir doch nur...«

»Er lebt! Ja, meine gnädigste Frau, er lebt! Er ist verwundet, aber nicht schwer und – er ist in Gefangenschaft. Aber er lebt... Einen Wagen brauche ich, gnädige Frau, damit Sie mich ein Stück weit begleiten können, denn ich darf nicht zehn Minuten Aufenthalt machen! Ich werde Ihnen unterwegs Bericht erstatten...«

Er war mit zwei Sätzen im Stall. »Habt ihr noch ein brauchbares Pferd? Mein Gaul ist am Umfallen!«

»Rhinow!« schluchzte Cornelie, »lassen Sie mich nur Ihre Stirn frisch verbinden. Wie sehen Sie aus! Sie sollten sich erfrischen – umziehen – essen!«

»Das Pferd!« Er wehrte sie ab und schrie auf die Burschen ein.

»Ja, dieses, ganz gleich, ob es dem Generalleutnant seins ist. Leg ihm das Zeug von meinem Gaul auf und sitz Er auf, Er muß ein Stück neben dem Wagen herreiten...«

Cornelie, die jetzt begriff, hastete ins Haus und war im Umsehen mit einem Korb voll hastig zusammengeraffter Vorräte zurück, Rhinow saß schon in dem Wägelchen, die Zügel in den Händen.

»Steigen Sie ein, nur schnell! Die Franzosen können in jeder Minute hier sein, und Sie werden nicht wollen, daß ich auch von ihnen geklappt werde!«

Erst als sie aus dem Dorf hinaus waren, atmete er tief auf und begann, abgerissen zu erzählen.

Sie würde wohl keinen ordnungsmäßigen Schlachtbericht von ihm verlangen; es würde auch schwer halten, einen zu geben, sagte er mit bitter verzerrtem Munde. Genug, wenn er hergebe, was er wüßte... Am Morgen jenes unglückseligen 14. hätte noch kein Mensch angenommen, daß die Schlacht an diesem Tage bevorstünde. Sie hätten biwakiert und hätten bei Sonnenaufgang Marschorder bekommen, ohne zu erfahren mit welchem Ziel. Die Kerls wären singend losgezogen: Frischauf, Kameraden... Bald genug wäre es ihnen vergangen! Christoph im ersten Glied neben dem Fähnrich, der die Fahne trug. »Jawohl, gnädige Frau, er hatte alle Strapazen bei guter Gesundheit überstanden und sah blühend aus, nur war er sehr ernst... Immerhin, wir marschierten seit dem gestrigen Tag mit geladenem Gewehr...« Es wäre sehr neblig gewesen und im Nebel irgendwo eine starke Kanonade im Gange. Dann, als der Nebel sich geteilt und die Sonne durchgebrochen wäre, hätten sie auf einmal bemerkt, daß sie ins Feuer hineingeführt wurden. »Wir waren auf dem weiten Plateau zwischen Jena und Weimar, und es ging auf ein Dorf zu, das die Franzosen besetzt hielten. Was ich nie vergessen werde, ist dies, daß uns ein Wagen entgegenkam, der kreuz und quer über das Feld fuhr und dessen Kutscher um die Richtung, die er einhalten sollte, verlegen schien. Madame – es war der Wagen der Königin, die vom Hauptquartier des Königs herkam und nach Weimar wollte. Man hatte sie in aller Hast fortgeschickt, als man merkte – Madame, als man *merkte*! –, daß die Franzosen angriffen. Unser Oberst hieß den Kutscher mit einem Bogen unsere Marschordnung umfahren und die Straße gewinnen... Aber wie sie uns grüßte – wie sie weinend die jungen Burschen musterte, die stumm salutierten... Und immer die Geschütze vor uns... Wer vergißt das...«

Eine Stunde später hätten die französischen Geschütze, die aus den Hügeln hinter dem Dorf hervorgespien hätten, sich auf sie eingestellt gehabt, und dann beim Stürmen wären sie ins Tirailleurfeuer gekommen. »Madame, wer von uns jetzt noch nicht begriffen hat, daß unsere verdammte Revuen-Taktik Selbstmord der Nation bedeutet, der verdient es nicht, diese Schlacht überlebt zu haben! Unsere Kerls liefen in den Tod wie Hasen bei einer Treibjagd!«

Nein, er wüßte es nicht, wie er mit dem Leben davongekommen sei. Er habe auf einmal begriffen, daß die eigenen Truppen zurückgingen, daß er nicht mehr bei seinem Regiment gewesen sei – daß überhaupt keine Formation mehr bestand.

»Und Christoph? Rhinow, Rhinow, haben Sie denn gesehen – gesehen, daß er lebte?«

»Ich *habe* es gesehen, gnädige Frau!« sagte Rhinow mit Nachdruck. »Kavallerie kam hinter uns her, Husaren, die wir hatten decken sollen, die aber auch zurück mußten. Ich erkenne Voß – ich brülle ihn an: ›Haben Sie Echter gesehen?‹ – Ich war ja beim zweiten Glied, hinter ihm. – Er brüllt: ›Liegt bei der Fahne!‹ und zeigt zurück. ›Tot?‹ schreie ich ihm nach. Er biegt sich zurück, macht eine Bewegung – es konnte alles heißen. Ich bin zurückgelaufen, gnädige Frau. Bei der Fahne – das mußte ja kenntlich sein! Es war auch kenntlich – das helle Tuch – und da lag mehr als einer – das sah ich auch. Aber da sprangen auch drei – vier Chasseurs vor – die Kerle sind wie die Füchse im Anschleichen, kriechen zehn Schritt weit und springen dann vier und werfen sich wieder hin – die Fahne, die wollten sie! Und da – da rappelt sich dort einer hoch – und steht – und setzt den Fuß auf den Schaft – und das war unser Christoph! Hielt sich mit der rechten Hand die linke Schulter – da hatte er es wohl abbekommen – aber er stand – er stand! Nun, da packten sie ihn – wehren tat er sich nicht – konnte ja nicht... Das Feuer ließ gerade nach oder vielmehr, es änderte die Richtung, denn die Unseren griffen jetzt das Dorf von Süden an, und dorthin zog sich nun alles, was von uns übrig war, und sammelte sich noch einmal. Auf mich legte einer an – es ging knapp am Auge vorbei.« Rhinow griff an seinen Verband – »ich warf mich zu Boden. Sie nahmen wohl an, ich hätte genug. Als ich mich aufrichtete, sah ich, wie sie im Sturmschritt mit ihm und der Fahne in ihre Linien zurückliefen. Zweie hatten ihn umgefaßt und stützten ihn so; es sah ganz kameradschaftlich aus. Ich tat, was ich konnte, wieder Anschluß an unsere Truppen zu bekommen, und es ist mir erstaunlicherweise geglückt.«

Cornelie weinte. Der Wagen fuhr schon am Seeufer hin, jetzt bog er in den Wald ein. Rhinow trieb das Pferd noch einmal an, blickte dann zurück, und als er sah, daß sie vollkommen in Deckung waren, zog er die Zügel. Jetzt erst griff er nach dem Korb. Sein Aufstöhnen, als er das erste Stück Fleisch zwischen den Zähnen hatte, ließ Cornelie erschaudern. Sie legte die Hand auf sein Knie.

»Rhinow«, sagte sie mühsam, »vergeben Sie mir, daß ich gar nicht mehr an Sie dachte!«

Während die Tränen ihr weiter über die Wangen tropften, versuchte sie, ihn zu bedienen, reichte ihm mundgerechte Bissen zu. Endlich konnte er wieder reden.

»Wissen Sie, daß wir seit Tagen ununterbrochen am Feind sind, um Blücher zu decken? Es muß Bernadottes Korps sein, das uns verfolgt... Als wir in unsere Gegend kamen, habe ich mich seitwärts geschlagen, um Ihnen Botschaft zu bringen, aber es war weiter, als ich annahm, und ich habe jetzt völlig die Fühlung mit den Meinen verloren. Dagegen habe ich, als ich Crampitz passierte, Franzosen gesehen, einen Vortrupp, der dort anscheinend biwakiert hatte und im Aufbruch war. Sie sahen mich auch, aber sie nahmen sich nicht die Mühe, mir nachzusetzen. Ein paar Kugeln flogen hinter mir her...«

Er war vom Wagen gesprungen und bewegte prüfend die Glieder. »Es wird wieder gehen«, sagte er, »der Mensch ahnt ja nicht, was er aushalten kann.« Cornelie wies den Burschen an, die Reste der Mundvorräte in den Satteltaschen unterzubringen.

»Wüßte ich nur, wohin sich Blücher gewandt hat!« sagte Rhinow. Cornelie starrte ihn an. »Sie wissen nicht...«, stammelte sie. »Nein, woher sollten Sie wissen! Verzeihen Sie mir. Es ist vielleicht begreiflich, daß ich nicht recht bei mir bin...« In fliegender Hast erzählte sie von den Ereignissen des frühen Morgens. »Hier sind sie durchgekommen«, mischte sich plötzlich der Knecht ein, der das Pferd hielt, und zeigte auf die zertrampelte Straße. »Und was Dubbicke is, der is ja mitgegangen, gnädige Frau, der sollte sie ja den Weg durchs Lochowsche weisen...«

Rhinow pfiff durch die Zähne. »Ah, sehr gut, vorzüglich!« Er saß auf, drängte das Pferd an den Wagen und hielt Cornelie die Hand hin. Ganz jäh durchfuhr sie es, als begriffe sie jetzt erst, was diese Begegnung, dieser Abschied bedeuteten. Jetzt erst sah sie bewußt sein eingefallenes Gesicht, totenkopfähnlicher als je unter der Binde, die schwarz von geronnenem Blut war und aus dem die Augen fast farblos gestarrt hätten, wenn ihr Weiß nicht von feurigen Adern durchzogen gewesen wäre.

Gleichzeitig überkam sie das Bewußtsein von allem, was noch bevorstehen konnte. Was konnte der Vater, konnte Valdemaire ihr an Rückhalt bieten, wenn der Feind wirklich kam... Mit beiden Händen umklammerte sie seine. »Wenn Sie nur bleiben könnten!« schrie sie auf. Gleich darauf faßte sie sich. »Rhinow, Sie haben mir das Leben wiedergegeben!« sagte sie inbrünstig. »Wissen Sie, daß die Herren heute früh mir kaum etwas anderes gesagt hatten, als daß Ihr Regiment vernichtet worden wäre? Aber ich – ich wußte doch! Jetzt kann kommen, was will. Ach, nicht schwer verwundet, nein – gewiß nicht? Er stand allein auf? Er ging, er lief... Verzeihen Sie – mir schwindelt der Kopf. Rhinow, hat ihn denn Voß wirklich gesehen und – liegengelassen? Oh – er hat angenommen, er wäre tot!«

Rhinow sah sie starr an. »Ich bin dem Major noch einmal begegnet – in Magdeburg«, sagte er langsam. »Nein, er hat nicht angenommen, Christoph sei tot. Er hat vielmehr gesehen, daß nur ein Streifschuß ihn am Oberarm traf und daß Christoph sich selbst niederwarf, um in Deckung zu gehen. Und Christoph hat ihn angerufen, als er vorbeiritt.«

Cornelie fühlte ihr Blut in den Ohren sausen. »Rhinow!« rief sie mit rauher Stimme, »Rhinow, es ist unmöglich!«

Rhinows Gesicht bewegte sich nicht. »Der Major sagte mir: Wenn man alle die hätte aufsammeln wollen, die einen vom Wege her anschrien... Meine gnädige Frau, das ist unter gewissen Umständen annehmbar. Aber in diesem besonderen Fall liegt etwas, das keine Entschuldigung zuläßt, und ich durfte Ihnen das Verhalten dieses Hausfreundes nicht verschweigen. Aber seien Sie ruhig über den Jungen! Die Franzosen gehen menschlich mit Gefangenen um und haben gute Chirurgen. Sie werden sicher bald von ihm hören.«

Er neigte sich über ihre Hand. Dann raffte er sich steil auf. »Auf ein gutes Wiedersehen, gnädige Frau!« sagte er, nicht anders, als gelte es etwa einen Ritt zur Jagd. Im nächsten Augenblick sah Cornelie ihn durch das gelbe Scheinen des Herbstwaldes forttraben. Der Bursche, der inzwischen aufgestiegen war, blickte sie fragend an. Cornelie lehnte sich ergeben zurück. »Ihren Weg gehen müssen sie«, dachte sie ratlos, »diesen Weg...«

»Wenden!« befahl sie kurz. –

XXX

Sie kamen aus dem Buschdickicht des Seeufers ins freie Feld, das Dorf lag vor ihnen. Der Junge wies mit der Peitsche. »Da stehen welche!« sagte er aufgeregt. In der Tat! Cornelie schirmte die Augen mit der Hand gegen die unbegreiflich heitere Sonne; dort am Dorfeingang bei der alten Scheune und an der Pferdekoppel, da hielten Männer zu Fuß und zu Pferd – Militär! »Vorwärts!« sagte sie ungeduldig. Fünf Minuten später erkannte sie, daß es Franzosen waren, die sie vor sich hatte – Chasseurs und Husaren. Als sie sich in Rufweite von der Koppel befand, löste sich dort aus dem Häuflein ein Reiter und kam ihr entgegen.

Sie ward sich bewußt, ohne Hut zu sein – nur einen Schal hatte sie in der Hast des Aufbruchs vorher umgeworfen. Das Wägelchen mit Rosina davor konnte ein Bauerngefährt darstellen. Der Reiter, ein Leutnant, den grünen Dolman flott über die Schulter geworfen, parierte sein Pferd knapp vor Rosinas Nase und brachte sie so zum Stehen. Dann ritt er heran und musterte Wagen und Insassen.

»Bonjour, madame«, sagte er nachlässig. »Une petite promenade, hein? Il fait beau temps aujourd'hui... Was haben Sie da?« fügte er in gebrochenem Deutsch hinzu, auf den Korb deutend, der nichts enthielt als eine leere Flasche und einen Kaffeetopf.

»J'ai visité un malade«, sagte Cornelie hochmütig. »Geben Sie mir den Weg frei, Monsieur – ich wohne im Dorf.«

»Madame parle français!« Er betrachtete sie überrascht. »Ah, comme ça! Une visite de charité... Peut-être chez un blessé? Madame a vu des soldats prussiens?« Und da sie zauderte: »Vite, vite, madame, répondez! Il y a des soldats prussiens dans ces bois là?« Er wies auf den Wald. Cornelie sah ihm ruhig und kalt in die Augen. »Es sind Truppen hier durchgezogen, aber das liegt Stunden zurück. Mit dem Inhalt dieses Korbes, Monsieur«, sagte sie spöttisch, »hätte ich freilich ein Armeekorps verproviantieren können, nicht wahr!«

Er zog die Brauen zusammen, lächelte dann aber unvermutet. »Eh bien – passez, madame!« Er gab den Weg frei, blieb aber zur Seite des Wagens. Cornelie sah nun an der Parkmauer Anstalten zu einem regelrechten Lager. Die Leute waren dabei,

Feuer zu machen, die Straße war voller Pferde und Mannschaften; aus einem Hof tönte bereits das Sterbegeschrei eines Schlachttieres. Ihr fiel plötzlich ein, daß ja Dubbicke fort sei; eine rasende Unruhe stieg in ihr auf, sie griff nach dem Zügel. Der Wagen rasselte durch das Tor; sie hielt unter dem Nußbaum. Auch hier war alles voller Soldaten, und vor der Haustür standen ein paar Offiziere, aber mitten unter ihnen... War das Delphine? Cornelie hastete hinauf, ohne sich nach ihrem Begleiter umzusehen, der ihr verblüfft nachblickte. Wahrhaftig stand da Delphine vor drei Männern, die augenscheinlich amüsiert mit ihr plauderten. Cornelie tat die letzten Schritte zögernd, schon allein, um ihr jagendes Herz zu beruhigen. »Mein Gott, wie sie ihrer Mutter gleicht!« ging es ihr durch den Sinn. Das Mädchen war in den letzten Jahren aus der weichen Anmut der Kinderjahre in einen neuen Knospenzustand übergegangen, sie war eckig und herbe geworden. Nicht eher als in dieser Minute ging es Cornelie auf, daß sich hinter der Maske dieser scheinbaren Entstellung ein Neues gebildet hatte. Delphine trug ihr bestes Kleid, ein weißes mit lichtblauen Bändern aus Seide, das ihr Voß – sehr unnötigerweise, wie Cornelie gefunden – zum Geburtstag geschenkt hatte. Das lockige Haar hatte sie sich auf eine bisher nicht übliche Weise hochgebunden, dies kleidete sie auffallend gut und gab ihr ein erwachsenes Aussehen. Zudem waren ihre Wangen gerötet, und ihre Augen glänzten erregt. »Was ist ihr nur in den Kopf gekommen?« dachte Cornelie erzürnt; »ist dies eine Gelegenheit, sich zu schmücken?«

Dann hörte sie deutlich, was die hohe kindliche Stimme redete, und sie blieb stehen, weil sie ihren Ohren nicht traute.

»Und ist vielleicht ein Herr Loriot unter Ihnen, meine Herren? Kennt einer von Ihnen einen Herrn Gaston Loriot – einen hohen Offizier – vielleicht ist er General!«

Die Männer waren ernst geworden und sahen sich betroffen an. Cornelie trat unbemerkt ein paar Schritte näher. Delphine warf ihr einen halben Blick zu, ließ sich aber keineswegs stören. Jetzt sagte der ältere Offizier: »Darf ich Sie fragen, Mademoiselle, woher Ihnen der Name unseres Obersten bekannt ist? Sie werden ihn bald sehen...«

Einer seiner Begleiter wandte sich nach dem Hof zu, seine Augen streiften dabei gleichgültig über Cornelie hin. »Voilà!«

sagte er und wies auf eine Kavalkade eben einreitender Offiziere. Delphine hatte die gefalteten Hände fast erschrocken erhoben.

»Es ist mein eigener Name!« sagte sie kaum hörbar und blickte zitternd mit geöffneten Lippen dorthin, wo die Männer von ihren Pferden stiegen. Und wie vor wenigen Stunden Blücher mit seinem Stabe, so kam jetzt der französische Oberst mit seiner Begleitung die Rampe herauf. Er sprach auf seinen Adjutanten ein und achtete nicht auf die Gruppe vor der Türe. Cornelie starrte auf ihn; nahe daran, umzusinken, stützte sie sich mit der Hand gegen die Mauer. Ein Klirren der Glastür ließ sie jählings den Kopf wenden, und sie erschrak dermaßen, daß sie leise aufschrie. Der Vater – und immer noch in der Uniform! Sein Gesicht aber... Es war zu spät, ihm zur Seite zu springen. Der Oberst hatte die Höhe der Rampe erreicht, von der die Herren salutierend zurückgetreten waren. Er blickte überrascht auf die greise Gestalt, dort auf der obersten Stufe, in dies vom Alter verschrumpfte, gerötete Antlitz unter dem weißen Haar, das Haß und Verachtung sprühte, dessen Lippen sich nach Worten suchend bewegten, ohne einen Laut vorzubringen. Dann sah er den Stern des Verdienstkreuzes und erhob, sich straffend, langsam die Rechte zum Hut. Dubslaw Tracht warf die Arme in die Höhe. »Nicht – über meine Schwelle!« gurgelte er, und dann stürzte er taumelnd wie ein vom Blitzstrahl gefällter Baum. In diesem Augenblick schrie der Oberst auf – er schrie wie ein Mann, dem an eine furchtbare Wunde gerührt wird – er schrie: »Charlotte!«, denn Delphine, erschreckt auf den Großvater zueilend, war in seinen Gesichtskreis gekommen.

Cornelie kniete schon auf den Stufen und umfing den Körper des Sterbenden. Jetzt blickte sie auf und sah Loriot mit verzerrtem Gesicht an und von ihm zu Delphine.

»Ja – nehmen Sie Ihre Tochter hin, Oberst«, sagte sie jammervoll. »Dieser hier – hindert Sie nicht mehr!«

Viertes Buch

I

Cornelie an Filippo Buzzini

Hölkewiese, am 8. September 1808

Aus dem Datum dieses Briefes, mein lieber, mein sehr lieber Freund, können Sie sich errechnen, wieviel Zeit ich gebraucht habe, mich nach dem Empfang Ihres teuren, aber, ach, so gar nicht mehr erhofften und erwarteten Schreibens hinlänglich zu fassen, um antworten zu können! Ihr Brief kam Ende Juli in meine Hände, und freilich waren wir auch mitten in der dringendsten Erntearbeit, und es mangelte mir allein an äußerer Muße zum Schreiben. Es wird Sie erstaunen, Ihre Freundin reden zu hören, als hätte sie selber das Korn eingefahren, aber es war beinahe an dem. Jedenfalls bin ich tagaus, tagein in meinem Wägelchen unterwegs gewesen, um die Arbeiten zu beaufsichtigen, und die Sonne hat mir so zugesetzt, daß ich wieder einmal der Madonna aus Mohrenland gleiche. Da kommen mir unsere alten Scherzworte aus Mainz in die Feder und gleichzeitig Tränen in die Augen, Buzzini. Das ist es ja, was mich wochenlang zum Schreiben unfähig machte: so aufgewühlt von Erinnerung war ich durch Ihren Brief, mein Freund, daß ich mich nicht zu fassen vermochte. Ich vermag es auch jetzt noch nicht, aber Sie sollen nicht länger auf eine Antwort warten müssen, auf dieses Nein, das Sie ja schon voraussetzen und das kein hartes Nein ist, sondern ein sehr sanftes, von derselben Resignation erfüllt wie Ihre Frage. Nur daß die Gründe, die mich hindern, Ihrem Rufe zu folgen, so andere sind, so ganz andere, als Sie annehmen.

Denn ich habe nicht vergessen, Buzzini – wie könnte, wie sollte ich denn vergessen haben! Aber Ihnen das auseinandersetzen, dazu reicht meine Kraft denn doch nicht.

Ganz nüchtern, ganz ohne ein sentiment zu berühren, will ich Ihnen meine gegenwärtige Lage, die eine endgültige ist, darlegen, und Sie werden alles verstehen.

Ach, daß Sie mich in Mainz gesucht haben und vor ein fremdes Haus kamen – vor das alte Haus, an dessen Tür man Sie abwies! Ich darf nicht daran denken, und ich bin froh, daß Sie nicht meine Verwandten gesprochen haben, sondern den Weg zu unserer alten Kathrin fanden, um sich von ihr sagen zu lassen, wie mein Schicksal sich bald nach Ihrer Abreise wendete. Sie wird Ihnen erzählt haben, daß wir von meinem Vater besser aufgenommen wurden, als ich befürchtet hatte, denn ich habe ja der treuen Person, die so vieles mit mir erlebt hat, bald nach meiner Heimkehr von allem berichtet und wohl auch noch einmal geschrieben und ihr kleine Geschenke geschickt. Dann freilich ist diese sehr einseitige Korrespondenz eingeschlafen, und von den letzten Jahren konnte sie Ihnen nichts sagen. Lassen Sie sich also erzählen.

Christoph war ein halbes Jahr, bevor der Krieg mit Frankreich ausbrach, in die Armee eingetreten, um Offizier zu werden, wie sein Vater und mein Vater es gewesen sind. Sie wissen wohl, daß mir dieser Beruf von jeher als der einzig mögliche, von der Natur vorgeschriebene erschien, daß mir aber auch immer vor seiner barbarischen Natur schauderte, daß ich im Innersten wünschte, es möchte meinem Jungen vergönnt sein, nach einer friedlichen Dienstzeit das Gut zu übernehmen und Gott und den Menschen zum Wohlgefallen zu leben, so wie ich es für seinen Vater gewünscht hatte. Von meinem inneren Zustand, als ich ihn seine Laufbahn eben zu einem Zeitpunkt antreten sah, da ein Krieg täglich ausbrechen konnte, ja mußte, will ich schweigen. Genug, wenn ich Ihnen sage, daß er die furchtbare Schlacht von Jena mitgemacht hat und daß ich ihn für tot halten mußte, denn die Nachricht, daß sein Regiment aufgerieben sei, erreichte mich früher als die Botschaft, daß er nur verwundet – ungefährlich, dem Himmel sei Dank! – und in französischer Gefangenschaft sei. In denselben Tagen – es ist nun bald zwei Jahre her –, als die flüchtende preußische Armee und ihre Verfolger auch durch unsere abgelegene Gegend kamen, starb mein Vater, dessen ohnehin aufgebrauchtes Herz den Untergang des Vaterlandes nicht mehr zu ertragen imstande war. Ich hatte ihn schon bei meiner Heimkehr als einen völlig zusammengebrochenen Mann angetroffen; ich war eben rechtzeitig gekommen, um ihm die Verantwortung für die Geschäfte der Wirtschaft abzunehmen, denen er schon seit längerer Zeit nicht mehr gewachsen war. Insofern brachte sein Tod keine Veränderung für mich, aber, Buzzini, werde ich je darüber hinwegkommen, daß er starb, ohne zu wissen, sein Enkel sei noch am Leben!? Ich hatte die gute Nachricht eben empfangen, als der Tod ihn so plötzlich antrat, daß er nichts mehr begriff. Von den näheren Umständen seines Hinscheidens kann ich nicht schreiben; es erregt mich zu sehr.

Christoph war in ein Spital in Weimar gebracht worden, von wo aus ich nach einer bangen Wartezeit einen Brief von ihm erhielt. Die Heilung seiner an sich unbeträchtlichen Verwundung zog sich hin, da er von den Strapazen des Feldzugs, die weit über die Kräfte seiner dreizehn Jahre gegangen waren, krank und erschöpft war. Da ich selber gerade in jener bösen Zeit, als die Franzosen unser Land in Besitz nahmen, das Gut nicht verlassen durfte, sandte ich Valdemaire zu ihm. Hier muß ich aber einfügen, daß Valdemaire und Corinna seit fünf Jahren als vereintes Paar bei mir wohnen und sich in die Erziehung und den Unterricht von Christoph und seiner Milchschwester Delphine teilten; auch die alte Legendre lebt noch. Ja, mein Freund, dies Stück Mainz konnte ich nachziehen, und wie dankbar bin ich oft dafür gewesen! Valdemaire fand Christoph nicht nur sehr leidend, sondern auch in einer vollkommen verstörten Gemütsverfassung vor. Ich will hier nicht davon reden, wie tief ich die Gründe dieses Zustandes fühlte – mit welcher Empörung ich mich gegen eine menschliche Gesellschaft auflehnte, die es zuläßt, daß schon die unmündigen Kinder, denen Christi Vorbild gepredigt war, mit der Waffe in der Hand ihrem bewaffneten Bruder gegenübergestellt und gezwungen werden, zu morden und dem Morde sich auszusetzen. Ich bin gewiß keine schlechte Patriotin, ich liebe meine Heimat, und ich weiß, was sie ihrem Königshaus zu danken hat; aber in mir lebt auch ein anderes, ein stärkeres Gefühl, das mich zwingt, den Krieg, aus welchen Gründen er auch entbrennen möge, wie eine bösartige, wie die schlimmste Krankheit des Menschengeschlechts zu sehen und nach nichts anderem zu fragen als danach, wie sie geheilt werden könnte. Nur freilich, wenn ich von Kranken umgeben bin, so räsoniere ich nicht, sondern tue das, was der Augenblick fordert: pflegen, Buzzini, den Zustand lindern, soweit ich vermag! Ich kann nicht hassen, wo ich Menschen unter einem übermächtigen Geschick handeln sehe. Oh, und ich wollte doch nicht von sentiments schreiben! –

Christoph hat keine harte Gefangenschaft durchzumachen gehabt. Die Franzosen sind sehr menschlich mit ihm umgegangen, wozu seine frühe Gewöhnung an ihre Art, seine gute Beherrschung ihrer Sprache, nicht zuletzt seine geheime Bewunderung ihres Kriegsruhmes, die ihn gewiß hinderte, ein störrischer Gefangener zu sein, ihm verholfen haben mögen. Er hat dann, wie viele unserer in Gefangenschaft geratenen Offiziere, einen Revers unterschreiben müssen, durch dessen Inhalt er sein Ehrenwort abgab, während dieses Krieges nicht mehr gegen Frankreich Dienste zu nehmen. Daraufhin hat er die Erlaubnis erhalten, sich seinen Aufenthalt und seine Beschäftigung zu wählen, eine bedingte Freiheit also.

Valdemaire ist so lange mit ihm in Thüringen geblieben, bis er wieder gesund war; es zog sich bis in den folgenden Frühsommer hin, was wohl mit daran lag, daß sich der gute Valdemaire in den geistigen Zirkeln von Weimar und Jena ein wenig schadlos für die Jahre ländlicher Einsamkeit hielt, die er hinter sich hatte. Jetzt habe ich meinen Sohn wieder hier; ein Kind ist er nun nicht mehr, Buzzini. Langsam, ganz langsam erwacht die ursprüngliche Kraft des Lebens wieder in ihm; aber er war doch wie einer, der von den Toten zurückkehrte und der sich erst wieder zurechtfinden muß. Valdemaire will ja nun einen Gelehrten aus ihm machen, er hielt immer soviel von seinen Anlagen, was wohl auch Sie taten, und auch der Graf Walbrun und manche andere. Christoph widerstrebt dem nicht, er studiert sehr fleißig und scheint zufrieden dabei zu sein. Aber – wie fremd steht eine Mutter manchmal vor der verschlossenen Welt so eines Jungen! In einiger Zeit wird er eine Universität beziehen und dort die Staatswissenschaften betreiben. Nebenbei führe ich ihn in die Angelegenheiten des Gutes ein und freue mich an seiner Gabe, mit den Leuten umzugehen, an seinem praktischen Verstand. Und von allem Planen und Hoffen halte ich mich zurück, gewinne der dunklen Gegenwart dankbar soviel Licht ab wie möglich. Wer kann wissen, wie die Zukunft sich für uns gestalten wird! Die Mainzer Jahre mögen mich dazu erzogen haben, dem Treiben der Franzosen mehr Gelassenheit entgegenzubringen, als es den meisten meiner Landsleute möglich ist. Mit stärkerer Resignation als sie füge ich mich den Anforderungen des Kriegszustandes, der ja für mich ein Gewohntes ist, und vielleicht hat das auch sein Gutes gewirkt, denn unser Dorf hat bisher nicht unter Zwangsmaßnahmen der französischen Behörden zu leiden gehabt wie andere Gemeinden, deren Vorsteher meinten, ihrem Vaterlande einen Dienst zu erweisen, wenn sie durch Widersetzlichkeit die Gewalt herausforderten.

Eine sonderbare Fügung, die ich nicht wage, als Zufall zu bezeichnen, hat zudem sicherlich viel Einfluß auf unser Schicksal gehabt. Gleich bei Beginn der französischen Invasion ward Delphines Vater, der jetzige Oberst Loriot, der zu Bernadottes Korps gehörte, in unsere Gegend geführt und betrat unser Haus eben in dem Augenblick, der dem Leben meines Vaters ein Ende setzte. Über dieses Zusammentreffen lassen Sie mich schweigen, mein Herz blutet zu sehr, wenn ich daran denke. Loriot hat sich damals und seither als wahrer Freund erwiesen. Ich habe ihm nie gegrollt, denn er hat in seinen Grenzen rechtschaffen an meiner Schwester gehandelt, er konnte es nicht überblicken, wohin er sie führte, er war ja ebenso jung und töricht wie sie. Doch hat er sich ihres blinden Vertrauens durch seine Entwicklung würdig gezeigt, er ist schnell avanciert, und Bonaparte hält große Stücke auf ihn. Daß er in Delphine Charlottens Ebenbild fand und daß er der Vater dieser anmutigen, fast erwachsenen Tochter war, deren Existenz ihm unter den Wechselfällen seines kriegerischen Lebens fast zum Märchen geworden war, das hat ihn vor Glück fast an den Rand des Verstandes gebracht, und ich verdenke es ihm nicht, daß er sein Recht auf diese Tochter voll geltend machte. Da sein Kommando ihn eine Zeitlang in Berlin festhielt, ließ er sie hinkommen, und sie befindet sich seitdem in einer dortigen Pensionsanstalt, so daß er sie bei jedem Aufenthalt in Berlin sogleich sehen kann. Er ist seitdem viel auf den ostpreußischen Kriegsschauplätzen gewesen, und gerade eben ließ er mich wissen, daß er möglicherweise nach Spanien abgehen müßte und daß er mich für diesen Fall bäte, Delphine wieder bei mir aufzunehmen, wie er sie überhaupt im ganzen in meiner Obhut lassen will, bis einmal Frieden ist und er daran denken kann, sich in seiner Heimat fest niederzulassen. Es ist mir außer allem Zweifel, daß wir seinem Einfluß viel von der Schonung zu danken haben, mit der wir behandelt werden. Hart genug bleibt es immer noch, was uns abgefordert wird und was der Bauer zu leiden hat. Wiederum hat eben dies gemeinsame Tragen der schweren Lasten mich inniger mit meinen Leuten verbunden, als dies bei guten Zeiten möglich gewesen wäre. Ich arbeite in Ihrem Geiste an ihnen, mein Freund; es ist diese Arbeit, in der mein Herz nach unserer Trennung endlich Heilung gefunden hat, und diese Menschen jetzt zu verlassen, schiene mir wie der Verrat einer Mutter an eigenen Kindern. Ich kann und will hier so wenig fort, als Sie aus dem Bereich Ihres Spitals in Mailand und Ihrer großen dankbaren Arbeit, von der zu hören mir so wehmütig wohltätig war. Ihr Brief hat mir die Gewißheit unserer unzerstörbaren Verbundenheit wieder geweckt. Die bitteren Jahre seit unserem Abschied haben es mich ganz und gar begreifen gelehrt, daß wir diese Verbundenheit nur durch das Wirken im gleichen Geiste besiegeln dürfen und daß sich dies auch nicht ändern würde, wenn Sie sich frei fühlen dürften, wie es nun wirklich der Fall ist. Allzu verschiedene Wege sind uns vorgeschrieben, aber einmal werden wir ja zu den Wurzeln zurückkehren. Was Sie vom Altern schreiben, hat mich so sehr ergriffen, mein Freund. Ich habe es nie recht fassen können, daß Sie schon beinah ein Mann waren, als ich zur Welt kam. Aber, Buzzini, wenn das Altern heißt, daß wir vom Leben nichts mehr erwarten und fordern möchten als die Kraft, bis zum letzten Tag aufrecht zu bleiben und unsere Pflicht zu erfüllen, wie Sie schreiben – dann, mein Freund, ist Altern Gnade, und dann bin auch ich dieser Gnade von Gott schon gewürdigt. Nur was meinen Sohn angeht, seine Zukunft, sein Glück, da kenne ich noch Wünsche, um deren Erfüllung ich beten und ringen könnte. –

Leben Sie wohl! Ich bin so dankbar, wieder von Ihnen zu wissen, dankbar, daß ich Ihnen dies alles sagen durfte, am dankbarsten aber für das, wofür die Worte mir fehlen – für Ihr Leben in meinem. Vielleicht verstehen Sie mich.

Cornelie

II

Christoph war durchaus nicht im Besitz seiner selbst, als er am Vormittag des 23. Dezember 1809 das Haus des Bankiers Kalischer am Gendarmenmarkt in Berlin betrat, in dem der Oberst Loriot auch bei seinem jetzigen vorübergehenden Aufenthalt sein Appartement innehatte. Vielmehr befand sich der Sechzehnjährige in jenem Zustand gestörten Zusammenhanges zwischen Körper und Seele, in dem der Mensch sein eines Teil, nämlich den Körper, gewissermaßen als Belastung empfindet, so, als hätte man ihm gleichsam die Begleitung eines kleinen Kindes oder eines fremden Hündchens aufgezwungen, für deren unberechenbare Einfälle und Verstöße gegen Takt und Sitte er nun die Verantwortung hätte, während die Seele doch vollauf mit ihren eigenen Absichten zu tun hat. Christoph war kurz nach Mitternacht mit dem Schlitten von Hölkewiese aufgebrochen; seine Aufgabe – gewissermaßen die seines Körpers – war, seine Cousine Delphine Loriot, die sich seit dem Herbst wieder in Berlin befunden hatte, abzuholen und nach Hölkewiese zu bringen, nicht nur des Christfestes wegen, sondern weil Loriot Preußen in dieser letzten Woche des Jahres wieder verlassen sollte. Der Oberst, der jede Gelegenheit, die ihn in die Nähe seiner Tochter führen konnte, wahrnahm, hatte die Mission einer Inspektion der Oderfestungen übernommen und ausgeführt. Seine weitere Instruktion wies ihn nach Bayern, wie er Cornelie geschrieben hatte. Die Aufgabe, Delphine nach Hölkewiese zurückzubringen, entsprach freilich den Absichten von Christophs Seele ganz außerordentlich; ihre Ausführung jedoch erforderte eine bestimmte Beherrschung der eigenen sichtbaren Erscheinung, vergleichbar derjenigen eines Reiters über sein Pferd. Christoph mußte seit einiger Zeit – seit er sich nämlich des Vorhandenseins dieser Erscheinung aus irgendwelchen Gründen wirklich bewußt war –, er mußte immer wieder erkennen, daß das Pferd noch nicht eingeritten war. Es war eine rechte Plage mit ihm, diesem Pferd!

Über die verschneite Ebene herangeschwebt kommen, schwarz, wie der preußische Adler, aus dem feurigen Rund der Wintersonne brechen und das Haus des p. p. Kalischer mit klafternden Schwingen überschatten! Das Mädchen – Delphine hieß ihm nunmehr »das Mädchen« schlechthin – ergreifen und es in sausendem Götterfluge davonführen, wobei es dann allerdings ratsam schien, sich in die geliebte Gestalt des braunen Merkur zu verwandeln, der Arme besaß, um umschlingen und tragen zu können, einen weiten Mantel, Zartes zu bergen und warm zu umhüllen! Oder aber einen Schlitten in Gestalt eines weißen Schwans zu besitzen, zwei feurige schwarze Araberpferde mit roten Nüstern davor – Silbergeschirr mit hundert musizierenden Schellchen, bunte nickende Federbüsche –, und so zwischen Französischer Kirche und Deutschem Dom vorgefahren kommen, den Zügel dem vom Rücksitz abspringenden Lakaien zuwerfen und sporenklirrend und blank (immer sah er sich bei solchen Träumen in der Uniform eines Offiziers vom ehemaligen Regiment Gensdarmes, Scharlach mit Gold!) die Stiege hinauf, wo auf dem Podest errötend, lächelnd, möglicherweise bebend, Delphine ihn bereits erwartete, um sogleich mit ihm aufzubrechen, so daß die Begegnung mit dem Obersten ganz wegfiel! Und dann: sie hinuntergeleiten, in den Schlitten heben, sie warm einhüllen, denn dies, das Einhüllen und sie bergen, gehörte dazu; die letzte Decke aber breitete er sorglich über sie und sich selbst, wenn er neben ihr saß. Und nun – o himmlische, traumhafte Fahrt durch bereiftes schimmerndes Land! –

Die Wirklichkeit war, daß ein junger Herr in blauem Kragenmantel mit einem von Jugend und Winterfrische freilich ungewöhnlich strahlenden Gesicht und erstaunlich leuchtenden braunen Augen unter der schwarzen Pelzmütze auf der Steinstufe vor der Haustür des Bankiers aufs umständlichste die Sohlen seiner Schuhe von den anhaftenden Schneeklumpen reinigte; daß er dann die Pelzmütze vom Kopf abnahm, sich bückte, wobei ihm nun die Fülle des braungoldenen gelockten Haars in die Stirn fiel, und mit der Pelzmütze den Schnee auch von den Gamaschen abklopfte. Sich aufrichtend, sah er dann erschrocken zum Erkerfenster hinauf; es würde ihn doch niemand beobachtet haben? Die Mutter war ja immer sehr gegen diese Anwendung der Pelzmütze. Indessen war in dem schmalen Fenster nur der grüne Pagagei der Madame Kalischer zu sehen, der auf seiner Stange hockte und mit dem Schnabel an einem hartnäckigen Leckerbissen in seiner Klaue herumarbeitete.

Christoph ließ noch einen Blick über das Getriebe des weiten Platzes schweifen und wunderte sich über die Menge der Menschen, die schon den Linden zustrebten. Die würden sich wohl kalte Füße holen, da doch das große Ereignis erst für den Nachmittag in Aussicht stand, dies große Ereignis, das mitzuerleben der andere Zweck seiner Winterfahrt war... Dann stemmte er die Tür auf und stieg – weit weniger stürmisch als der strahlende Held seines Traumes – die Treppe hinauf.

Er sei gekommen, Demoiselle Loriot abzuholen, hatte er der öffnenden Magd gesagt. Nun, vielleicht wartete doch Delphine schon fertig gerüstet auf ihn, und es war möglich, ohne sich aufzuhalten, mit ihr davonzugehen! Aber so leicht wurde es ihm denn doch nicht gemacht. Die Person ließ ihn stumm herein in den Flur und blieb abwartend vor ihm stehen; er mußte die Überkleider ablegen, es half nichts. Verlegen warf er einen Blick in die Pfeilerspiegel und fuhr mit den kalten Fingern durch das unbändige Haar. War er denn wirklich so rot im Gesicht? Es roch fett, süß und schwer: Gänsebraten, stellte er fest, Rotkohl mit Äpfeln, nun, das speisten also die Herren Bankiers in Berlin! Auf den Gütern gab es so etwas schon seit Jahren nicht mehr. Hinter einer Tür war Lachen und Geplauder vernehmbar. Das große zweifenstrige Zimmer aber, in das die Magd ihn nun einließ, war leer und, obgleich es im Grunde höchst elegant eingerichtet war, von merkwürdiger Unordnung erfüllt. Da stand ein zur Hälfte gepackter Koffer, Uniformstücke hingen über den Stühlen, Schuhe und Wäschestapel lagen umher. Eine Satteltasche, aus der der Griff einer Pistole und der Hals einer Bouteille friedlich nebeneinander herausschauten, hing an einer Türklinke. Auch hier war der Speisegeruch zu spüren, dazu aber noch ein anderer, vielfältig zusammengesetzter, nach Parfüm, Leder, Tabak und auch nach etwas Süßem, Abgestandenem, wie nach Weinresten und welkenden Blumen.

Christoph atmete ihn beklommen ein, er legte sich ihm auf die Brust. Er blieb mitten im Zimmer stehen, und finster die Porträts eines adlernasigen und schwarzlockigen Ehepaars musternd, die in vergoldeten Rahmen über dem Kanapee hingen, lauschte er auf die Geräusche im Nebenraum, die nur eben für einen Augenblick verstummt waren, als die Magd ihn angemeldet haben mochte. Eine Männerstimme erzählte etwas in einem einschmeichelnden singenden Französisch. Sie wurde immer wieder von einem Lachen unterbrochen, in dem Christoph ungeduldig das von Delphine erkannte. Hin und wieder sprach der gaumige Baß Loriots ein paar Worte hinein. Die ließen ihn also hier stehen…

Plötzlich war der Erzähler drinnen zu Ende. Seine letzten Worte gingen in einem Lachtrio unter, durch das Stuhlrücken klang, und dann näherten sich leichte schnelle Schritte der Tür. Delphine stand auf der Schwelle, ehe Christoph sich aus seiner halb vergrämten, halb verzückten Versunkenheit hatte aufraffen können. Er fuhr zusammen und machte ein viel tieferes Kompliment, als er selbst es dem Anlaß angemessen gefunden hätte. »Mon Dieu! Stofferle!« rief Delphine munter. »Was ist denn in Ihn gefahren? Will Er mich zu einem Contre engagieren?« Sie kam durch die Länge des Zimmers hin auf ihn zu. (»Leicht, wie dahinschwebend, schreiten die Töchter des Windes!« wogte es Christoph bewegt durch den Sinn. Ja, im Sommer, da hatte er Verse geschrieben…) Delphine hatte die Hand auf seinen Arm gelegt und sah ihm voll Schelmerei ins Gesicht. »Gestern haben wir hier getanzt, Christel«, sagte sie. »Bis spät in die Nacht. Ich bin eben erst aufgestanden, denke dir! Was würde die Tante Cornelie sagen? Aber jetzt ginge es gleich wieder. Komm, versuchen wir einen Schottischen, magst du nicht? Eins, zwei, drei…«

»Delphine!« sagte Christoph leise und unglücklich und ließ seinen Arm sinken, so daß ihre Hand von ihm abglitt. »Aber Delphine, ich will dich doch abholen…«

Delphines Gesicht hatte sich unversehens bewölkt. Sie ließ den Kopf sinken und wandte sich ganz langsam von ihm ab und den beiden Männern zu, die hinter ihr unter der Tür erschienen waren und vergnügt auf sie hinsahen. Christoph machte nun auch Loriot, der einen roten, phantastisch bestickten Schlafrock umgeworfen hatte, während seine Füße schon in Reitstiefeln steckten, eine Verbeugung; sie fiel knapper aus als die für Delphine und wurde mit einer jovialen Handbewegung, einem Kopfnicken erwidert: »Ah, monsieur notre cousin!« Der junge Husarenleutnant an Loriots Seite, mit dem schwarzen Bärtchen im weißen Gesicht, wurde dagegen von Christoph mit Entschiedenheit übersehen.

»Er will mich abholen, Papa!« sagte Delphine halblaut in schmollendem Ton und sah dann wieder auf Christoph, ausgesprochenen Vorwurf im Blick. »Aber ja, Delphine. So war es doch abgemacht«, stammelte er.

Delphine schob die Lippen vor und sah von unten her mit finsteren Augen in sein Gesicht. Auf einmal aber warf sie auflachend den Kopf zurück. »Nein, wie Er unglücklich aussieht. Aber Stofferle! Ich komme ja mit. Nur heute noch nicht! So. Und jetzt trinkt Er erst einmal ein Glas Wein!«

Sie zog ihn ins Nebenzimmer. »Junge, was du für eine Kälte in dir hast! Wie ein Eisbär! Aber – so frisch...« Ungeniert rieb sie ihre kleine Nase an seinem Ärmel. »Nach Schnee riechst du! Woher kommst du denn? Hast du im Schnee geschlafen? Was? Du bist die Nacht durch gefahren?! Welcher Unsinn! Wie unbequem! Und wozu denn? Schön war es? Das kann nicht schön sein! Brr! Was du für Einfälle hast! Und da willst du gleich wieder zurückfahren! Nein, erst mußt du hier eine Nacht ausschlafen, das ist doch klar!«

»Zuerst trinkt Er einmal ein Glas Roten! Das heizt ein und bringt das Blut wieder in Gang. Nun, eure deutschen Winter, Monsieur Christoph – kein Spaß, in der Tat! Aber das gefällt mir, daß Sie es nicht schwer nehmen, Kamerad. A votre santé! A la santé de madame votre mère! Das ist ein Tropfen, he? Ja, was diese Herren Juden in ihren Kellern haben! So etwas bekommt ein ehrlicher Bürger von Frankreich das ganze Jahr nicht zu riechen. Voilà, man mußte Preußen erobern, um das eigene Gewächs kennenzulernen. Was ist, Chambuc? Wie, Sie sind noch nicht mit unserem Vetter bekannt? Nun, dann ist es aber die höchste Zeit! Lieber Christoph, gestatten Sie: c'est mon neveu, le neveu de la mère de Delphine, Monsieur Christoph Echter de Mespelsbrun (welch eine Prüfung für meine ehrliche Zunge!), ehemaliger Offizier der Armee des Königs von Preußen (aber leider noch nicht bei uns eingetreten, wie so manche vernünftige Kameraden von ihm!) und, Christoph: darf ich Ihnen meinen Adjutanten vorstellen, den ausgezeichneten Premierleutnant Victor Chambuc, einen Mann von großer Zukunft, nicht wahr, Victor, sei es als Husar – sei's als Diplomat...«

»Und als Tänzer! Und da braucht er gar nicht erst auf die

Zukunft zu warten!« warf Delphine ein, während Loriot je eine Hand auf die Schultern der jungen Leute legte, die sich steif voreinander verbeugten. »Man wird sich doch wohl die Hände reichen? Darf ich wohl bitten! Nehmen Sie Platz, meine Herren. Fülle die Gläser, Delphine! Eh bien, entrez! Was ist los?«

Es hatte geklopft. Eine Ordonnanz trat ein. Loriot nahm dem Soldaten ein Schreiben ab, riß es auf und durchflog es. »Einen Augenblick, Kinder! Hier ist etwas zu erledigen.« Er ging ins Nebenzimmer. »Boudet!« dies galt dem Husaren, »viens ici! Fahre fort, die Sachen zu packen!«

Christoph sah durch die halbgeöffnete Tür, wie der Oberst sich am Sekretär niederließ und zu schreiben begann. Der Bursche machte sich an das Ordnen des umherliegenden Krams. »Wann muß dein Vater aufbrechen?« fragte Christoph Delphine, über Chambuc wegsprechend, der zwischen ihnen saß und scheinbar gelangweilt die blanken Stiefel an seinen lang ausgestreckten Beinen betrachtete, ihren Glanz prüfte, indem er sie hin und her drehte; Delphine sah nur ihn, Christoph, an – war das nicht die Hauptsache?

»Papa muß erst morgen weg, Christoph«, sagte sie, und ihr Lächeln mit geneigtem Köpfchen war unwiderstehlich. »Siehst du, und da wollen wir heute noch einmal recht feiern. Und ich dachte...«

»Monsieur wird Ihnen das Vergnügen nicht stören wollen, Mademoiselle!« fiel Chambuc ein, zog die Beine an und saß nun vorgeneigt da, die Arme auf die Schenkel gestützt und Christoph von der Seite scharf musternd. Christoph sah Delphine ratlos an.

»Die Mutter...«, sagte er, »sie erwartet uns doch heute nacht. Jetzt wollte ich dich mit in den ›König von Portugal‹ nehmen, ich habe ein Fenster gemietet, und wir werden den Einzug ganz prächtig sehen können! Und dann sollten wir gleich losfahren. Die Schlittenbahn ist so gut wie nie, wir machen den ganzen Weg in neun Stunden anstatt vierzehn. Und – morgen ist doch schon Weihnachten, Delphine!«

»Ach – Weihnachten –«, Delphine zog das Gesicht, das er am meisten fürchtete, das unsäglich überdrüssige, mit dem schon ein ganz kleines Mädchen einem ganz kleinen Jungen zuweilen den Boden unter den Füßen weggezogen hatte.

»Wir werden Ihrer Frau Mutter eine Estafette schicken, wenn

es weiter nichts ist«, sagte Chambuc hochmütig. »Nehmen Sie denn an, daß die Bahn morgen weniger gut sein wird als heute? Lassen Sie Ihren Pferden doch Ruhe und amüsieren Sie sich selber ein wenig, Monsieur! Demoiselle Kalischer – Demoiselle Suzanne (Sannche, mei Bliemche! n'est-ce pas, Delphine? Haha!) wird mit von der Partie sein. Ah, welche Augen! wie schwarze Pensées! Sie wird Ihnen gefallen, Monsieur Echter, Sie werden entzückt sein und nichts bereuen! Nun?«

Er war aufgestanden und schlug Christoph nachlässig kameradschaftlich auf die Schulter. Dann ging er mit wiegenden Hüften zum Fenster und blieb dort stehen. »Le duc – Chambuc – et sa queen – Delphine...«, trällerte er gedankenlos vor sich hin. Christoph starrte mit dunkelrotem Gesicht ins Leere. Delphine betrachtete ihn jetzt mit einem Ausdruck von Neugier und Nachsicht zugleich. Plötzlich sah er sie voll an, gesunde Wut in seinem starken Knabengesicht. »Was denkt sich dieser – Kerl eigentlich, Delphine?!« stieß er halblaut zwischen den Zähnen hervor. »Und du? Was denkst du dir eigentlich, Dummkopf?!« gab Delphine zugleich mit Schärfe zurück. Nun – dies war ein Ton, der seit seiner Heimkehr von Jena im Grunde nicht mehr zwischen ihnen gebräuchlich war. –

Chambuc hatte sich halb umgewandt und einen flüchtigen lächelnden Blick hinübergehen lassen. Er drehte an seinem Bärtchen und blinzelte Delphine zu, die sich ihm zudrehte. Gleich darauf, als Christoph ihn finster anblickte, ward er ernst.

Delphine war neben ihn getreten. Christoph, sich widerwillig erhebend, ging an das andere Fenster. Tatsächlich hatte das Getriebe, das schon vorher auf dem Platz geherrscht hatte, noch wesentlich zugenommen. Menschen aller Gesellschaftsklassen: Bürger mit ihren Familien, Marktfrauen, elegante Damen in Pelzen, junge Leute in Zivil, denen der ehemalige Offizier aber leicht anzusehen war; Bettler, Laternenanzünder in ihren blauen Jacken, Straßenhändler – alle strömten einhellig nach derselben Richtung. Dort zog eine ganze Schule dahin, eine Schar Kinder, von zwei Lehrerinnen wie von aufgeregten Schäferhunden umkreist... Vom Dach des Nationaltheaters und von den Kuppeln der beiden Schwesterkirchen wehten weiße Fahnen und hoben sich leuchtend vom blauen Himmel ab. »Übrigens«, sagte Delphine beiläufig zu Christoph hinüber, »der Papa hat auch

Fenster gemietet – im Hotel de Russie – da haben wir doch eine viel bessere Aussicht! Gerade gegenüber von dem Palais!«

Christoph war nicht imstande, zu antworten. Das war freilich kein sehr repräsentables Fenster, das er da im »König von Portugal« noch bekommen hatte, es war ziemlich nah unter dem Dach, und er hatte einen Aufwärter bestechen müssen, um es überhaupt zu erlangen. Man hätte sehr um die Ecke sehen müssen, um den Blick auf die Schloßbrücke zu gewinnen; es war ein Mansardenfenster schlechthin, und das Dach sprang etwas vor... Immerhin aber war es ein von ihm, Christoph, für Delphine eigens unter Aufopferung eines Talers gemietetes Fenster, und Delphine, die so leicht über diese Eröffnung hinwegglitt, konnte ja doch nicht wissen, daß es zur Schlafkammer der beiden Hausknechte des »Königs von Portugal« gehörte...

Auch konnte Delphine nicht wissen, daß die Mutter bei der Abfahrt zu ihm gesagt hatte: »Welch ein Unsinn, die Nacht durch zu fahren, mein Sohn! Aber tu, was du nicht lassen kannst, und schlaf nur übermorgen gut aus. Es ist früh genug, wenn ihr am 24. um neun Uhr aufbrecht...«

Die Mutter also rechnete keineswegs damit, daß sie noch heute abführen und zu irgendeiner phantastischen Nachtstunde einträfen. Aber was ging denn Delphine das an! Hatte sie sich nicht an die von ihm gegebenen Vorschläge zu halten? Er war durch die mattleuchtende, sternige Nacht gebraust, daß ihm die Luft ums Gesicht pfiff, und hatte dabei noch gesungen. Die Pferdchen, zweijährige tapfere Mecklenburger aus dem Gestüt des Onkels Reddien, die er im Sommer selbst eingefahren hatte, hatten sich prächtig bewährt. Die machten gleich noch einmal dieselbe Fahrt, wenn sie sich jetzt bis fünf Uhr nachmittags im »König von Portugal« gepflegt und erholt hatten. Ein paarmal hatte er unterwegs auf freiem Felde kurz Rast gemacht, hatte die Tiere gefüttert und ihnen geschmeichelt, hatte selber gegessen und in das unsagbare bläuliche Schweigen hineingestaunt, in dessen Mitte sein Herz glühte wie ein einsames Feuer. Und dann wieder weiter, singend, schreiend vor unbändigem Jubel, berauscht von Schneelicht, Schnelligkeit, von den Sternen und dem Geläut der Schlittenglocken! So hätte es nun weitergehen müssen: Delphine hätte auf ihn wartend dastehen müssen, er hätte ihr den blauweißgoldenen Tag samt dem ungeheuren

Geschehen der Königsheimkehr geschenkt und wäre dann im Triumph mit ihr nach Hause gejagt und hätte sie wieder für eine Weile in Sicherheit gebracht... Ja, in Sicherheit, denn – wo er nicht dabei war, war sie bestimmt in Gefahr!

Das Erwachen aus dem Rausch hatte begonnen, als er den Weg aus der Burgstraße hierher gemacht hatte. Jetzt war es vollkommen. So vollkommen, daß Christoph sich in der Haltung eines Weltmannes mit Fassung – oh, mit ganz unbedingter Fassung an den eintretenden Loriot wandte und mit einer Stimme, die kaum gepreßt klang, sagte: »Mon colonel, ich bitte darum, mich verabschieden zu dürfen. Ich werde morgen früh pünktlich um neun Uhr mit dem Schlitten vor der Tür sein.«

»Mon Dieu! Nun ist er beleidigt!« schmollte Delphine. Christoph hörte darüber hin. »Ich habe ein paar Kommissionen für die Mutter und Madame Valdemaire zu machen« (wie sehr hatte er darauf gerechnet, daß Delphine ihn bei diesen fatalen Gängen um ein Stickmusterheft und fünfundzwanzig Ellen blauen Kattun und endlich um den portativen modernen Lichtschirm aus grünem Taft, den die Baronin Legendre zu Weihnachten haben sollte, unterstützen würde! Aber sie jetzt darum bitten – nein!) »Mon colonel! Mon lieutenant!« Zwei tadellose Verbeugungen. »Aber, mein Freund – ich hatte darauf gerechnet, daß Sie den Tag mit uns verbringen würden!« Loriot blickte ganz bestürzt von ihm zu Delphine. »Ich habe mittags eine Einladung zu meinem Freunde von Rohr«, log Christoph höflich und reichte Delphine flüchtig die Hand. »Und du wirst um drei im Hotel de Russie sein und am Abend hierherkommen«, sagte sie laut. »Dickkopf! Mach, was du willst!« fügte sie nur für ihn verständlich hinzu. »Certainement, chère cousine!« antwortete Christoph und verbeugte sich nochmals. Ein paar Minuten später fand er sich die Französische Straße hinaufgehend. War es denn in der kurzen halben Stunde so kalt geworden, daß er immer wieder das Schnupftuch gebrauchen mußte?! –

III

Übrigens kam das nur davon her, weil er hungrig war, daß er die Kälte jetzt so spürte, sagte er sich trotzig und ging geraden Weges in das Speisehaus von Herrn Leboeuf in der Behrenstraße. Hier hatte er sich in seiner Junkerzeit manchmal heimlich satt gegessen, wenn das Essen im Kasino nicht vorhalten wollte. Wurst, Sauerkohl, Bier und soviel Brot, als man wollte, um die Lücken zu füllen – gleich fühlte er sich wohler! Mochte doch Delphine mit diesem Pariser Harlekin tanzen; morgen mußte sie ja doch zu ihm in den Schlitten steigen! Das war nicht der schlechteste Gedanke, nach dem Freund Achatz zu fragen, nach dem Kameraden und Leidensbruder, der Bett an Bett mit ihm im Spital zu Weimar gelegen hatte! Er erledigte seine Besorgungen mit männlicher Tatkraft, erhielt den Kattun in der Manufaktur von J. H. Palm in der Friedrichstraße durch einen beflissenen Kommis zugemessen, als kauften dort junge Herren täglich blauen Kattun für die Mägde ihrer Mütter ein; fand den portativen Lichtschirm, an dessen Existenz er nicht hatte glauben wollen, anstandslos in dem Magazin von Benedix in der Spandauer Straße, und als ihm der Blumenmaler Johannes Fink in seiner Dachwohnung am Monbijouplatz wirklich ein Heft seiner selbst entworfenen kolorierten Dessins für Tapisseriearbeiten abließ, und das augenscheinlich sogar mit Vergnügen tat und nicht etwa sagte: »Mein Herr, wofür halten Sie mich? Ich bin ein Künstler und mache dergleichen Geschäfte nicht...« (was Christoph seinen Vorstellungen von einem Künstler nach nicht für unmöglich gehalten hatte) – als er seine Einkäufe dann schließlich im »König von Portugal« zur Aufbewahrung gegeben und sich ein Bett für die Nacht gesichert hatte – da fühlte er sich wieder völlig im Gleichgewicht. Jetzt galt es nur, sich zur Mittelstraße durchzuschlagen, wo Achatz zur Zeit, wie er ihm neulich geschrieben hatte, bei seinem Vater, dem Kammergerichtsrat von Rohr, »im Quartier lag«. Da Christoph den Weg über die Herkulesbrücke und am Kupfergraben entlang wählte, gelang es ihm, die Volksmenge, die schon vom Lustgarten bis zum Zeughaus wogte, zu umgehen. Er lief die Dorotheenstraße hinauf, kreuzte die Charlottenstraße und war in die Mittelstraße eingebogen, als er eben noch eines jungen

Mannes gewahr wurde, der seinerseits mit langen Beinen in der entgegengesetzten Richtung davoneilte und den Fahrdamm schon halb überschritten hatte, ohne Christoph bemerkt zu haben. »Achatz! Junge! Wohin? Nimm mich mit!« rief Christoph. Gleich darauf fühlte er sich kraftvoll umarmt und wie von der Zärtlichkeit eines jungen Bären geschüttelt. »Mensch! Bruder! Bist du es wirklich? Nun, da hast du wieder einmal Glück gehabt, mich noch am Schlafittchen zu fassen, denn an diesem Tage hättest du mich nicht mehr zu Hause getroffen!«

Wohin er wollte? Nun, das sei eine Frage! Dorthin, wohin ganz Berlin heute strebte, Unter die Linden! »Aber – jetzt schon?« fragte Christoph, »es ist kaum halb zwei. Vor drei, sagte man mir, käme sie sicher nicht.«

Wie er sich denn das denke? fragte Achatz lachend zurück und zog ihn am Arme mit fort; die Menschen stünden seit zehn Uhr früh schon wie Mauern, und wenn er nicht einen passepartout für das Zeughaus hätte, so hätte er sich schon um neun aufgemacht, um sich einen Platz zu sichern. Nun aber sei es wohl auch für das Zeughaus schon spät genug, denn er habe sich leider über einer Lektüre versäumt. Man müßte sehen, wie man sich durchschlüge. Übrigens möchte er doch darauf aufmerksam machen, daß auch der König zurückerwartet würde!

Ja, selbstverständlich. Wieso?

»Nun, wenn mein Ohr mich nicht täuschte«, sagte Achatz lachend, »hörte ich dich eben sagen: *sie* käme nicht vor drei, so als wärst du nur auf deine Landesmutter, nicht aber auch auf den Landesvater gefaßt!«

»Wem von diesen – wem von uns allen aber geht es anders als dir, Freund!« sagte er gleich darauf, vorwärts weisend, wo wirklich eine Flut von Menschen brandete. »Er, der König, nun ja, er ist das Selbstverständliche! Mit ihr aber kehrt uns das Sinnbild – das hohe Symbol – der gemarterten Heimaterde zurück, an dessen Anblick wir uns zum Höchsten und Letzten begeistern sollen!« Noch ehe Christoph sich seines Erstaunens über die ungewohnt gehobene Ausdrucksweise des Freundes bewußt werden konnte, hörte er diesen im alten Ton sagen: »Na, nun gilt es, die Ellbogen brauchen!«

Gleich darauf waren sie mitten im Gedränge. »Mein Herr, ich muß Sie in aller Bescheidenheit darauf aufmerksam machen, daß ich zum Zeughaus muß! Wenn Sie Einblick in meinen Schein nehmen wollen: hier, bitte!« – »Meine Damen, Sie werden zwei vor Jena verwundet gewesene junge Krieger nicht hindern wollen, ihren König in der vordersten Reihe zu begrüßen! Wo wir unsere Uniformen haben? Madame, wir sind aus ihnen herausgewachsen, wenn Sie gestatten! Aber wir werden uns neue anmessen lassen, dafür kommt der König ja wieder!« Wahrhaftig gelang es dem jungen Rohr, sich durch die Gewandtheit seiner Zunge und durch seine muntere Schlagfertigkeit bis zum Zeughaus durchzuwinden. Nun packte er einen Gardeleutnant, der zu Pferde das hier Queue bildende Militär führte, am Bügel: »Ausgezeichnet, Arnim! Sie werden uns nicht im Stich lassen! Helfen Sie uns durch, Kamerad!« Und zu seiner Verwunderung fand Christoph sich bereits zehn Minuten, nachdem sie die Linden betreten hatten, dem Kronprinzenpalais, das das Königspaar auch jetzt wieder beziehen wollte, gegenüber, nahe hinter den aufgereihten Grenadieren, zwar mit dem Gefühl, wie ein Korn durch die Mühle gegangen zu sein und im Ohr mehr als eine saftige Bemerkung über die Unverfrorenheit der heutigen Jugend, aber äußerst zufrieden und nichts weniger als überzeugt von seinem Recht auf diesen günstigen Platz. Er hatte seinen Verdruß über Delphine, diesen Verdruß, der einem Schmerz am nächsten verwandt gewesen und nur aus Hochmut nicht als solcher anerkannt worden war, so weit vergessen, daß es ihm nicht einmal einfiel, nach den Fenstern des Hotel de Russie zu spähen. Er hatte Delphine vergessen, weil er auf einmal wieder sah, wie kristallen die Luft dieses Tages war, wie blau der winterliche Himmel über den majestätischen Bauten der königlichen Straße stand, wie die schneebedeckten Dächer und die im Ostwind flatternden weißen Fahnen – wie die vielfältige Buntheit des Menschengetriebes und die streng umrissene, golden durchblitzte Farbigkeit der Soldatenhaufen zu einem einzigen Ausdruck ungeheurer Festfreude wurden, zum Ausdruck seines eigenen Gefühls, das ihm bei seinem Bewußtwerden fast die Brust sprengte. Denn da läutete es ja schon von den Türmen, anschwellend wogte es aus der Ferne heran: St. Marien, St. Nicolai, St. Georgen, St. Gertrauden, die Garnison-, die Parochialkirche; Böllerschüsse dröhnten in abgemessenen Pausen hinein. Das Königspaar hatte die Tore der Stadt bereits durchschritten und war im Herannahen! Was in Christoph vorging, war innerhalb dieser Menge, in der von jedem einzelnen ähnliches gedacht und gefühlt wurde, vielleicht nichts Besonderes, indessen war es so von der Erinnerung an eigenes Erleben durchglüht, war von der Kraft seines ungebrochenen Herzens derart geformt und lebendig gemacht, daß ihm wie einem magnetischen Feld das Empfinden der ganzen Stadt zuzuströmen schien und ihm den Rauschzustand der vergangenen Nacht, gesteigert und verdichtet, von wirklicher Schau erfüllt, neu hervorrief.

So stand er, die Menge im Rücken und an seinen Seiten, doch gesondert da, wie unter magischem Glassturz, starrte gen Osten, von woher es ihn wie mit großen erschütternden Wellen zu treffen nicht aufhören wollte – die Domglocken begannen nun auch, erst summend und Einklang suchend, dann tief dröhnend und hallend das grüßende Läuten – so nahm er nichts davon wahr, was rings um ihn vorging, weder von den Händlern, die Pfefferkuchen und Knackwürste feilboten, noch von dem Geschwätz seiner Umgebung, von den Scherzen, mit denen Achatz sich und seinen Nachbarn die Zeit zu verkürzen suchte, noch auch von dem Aufmarsch der Garden, der sich nun zwischen Opernhaus und Palais parademäßig vollzog. Nur an zwei kleine Vorfälle aus dieser Wartezeit erinnerte er sich später. Einmal hatte Achatz ihm einen derben Stoß versetzt und gerufen: »Gib acht, dort drüben – nein, dreh dich um! Dort bei der Wache, der lange Kerl! das ist Vesper, mein Freund Michael Vesper! Hallo, Vesper! – hallo!« Und dann, als sich ein in der Tat gleich Saul das Volk um eine Haupteslänge überragender, blonder Mensch endlich ihm zuwandte und mit lächelndem Gruß den Hut lüftete, da rief Achatz begeistert hinüber: »Auf heut abend, Vesper! Und komm nicht wieder so spät, hörst du!« – »Den mußt du kennenlernen!« wandte er sich erregt an Christoph. »Mußt ihn sprechen hören! Dann wirst du gleich wissen... Sag, bist du heut frei? Wir bleiben zusammen, ja? Und heut abend wirst du der Unsere werden; längst hab' ich auf eine Gelegenheit gewartet, dich mit meinen Freunden zusammenzubringen, denn du gehörst zu uns!«

Christoph, dem sich beim Umwenden das Hotel de Russie peinlich in den Gesichtskreis geschoben, hatte nur genickt:

»Abgemacht! Ich komme mit dir«, ohne sich weiter Gedanken über den Verschwörerton des Kameraden zu machen. Gleichzeitig hallte es ihm ins Ohr wie fernes Gebrause, eine Bewegung ging durch die Wartenden: »Sie kommen – sie kommen!« hieß es. In der Stille, die sodann wieder eintrat und während derer aller Augen gespannt der Brücke zugewandt waren, setzte eine dünne Altfrauenstimme hinter Christoph eine Erzählung fort, deren quälend klagender Tonfall ihn schon vorher gereizt hatte, ohne daß er auf den Inhalt der Worte geachtet hätte. Jetzt aber verstand er: »Und was hat es geholfen, daß die edle Frau sich vor diesem Unmenschen gedemütigt hat? Nichts hat es geholfen, meine Liebe, nicht mehr, als wenn Sie oder ich ihm Vorstellungen gemacht hätte! Nein, fi donc! nicht nur, daß er sie ins Gesicht verhöhnt hat, nachdem er ihr zuerst Hoffnung gemacht hatte, geschmäht und mit Schmutz beworfen hat er sie hinter ihrem Rücken; schmutzige Verleumdungen hat er über sie verbreitet, man kann es nicht wiederholen. Ja, ich weiß es alles von meinem Sohn, liebe Freundin, er ist ja immer um die Herrschaften gewesen, wie es alle unsere Offiziere dort oben in Königsberg und in Memel waren. Das Exil, sagte er, machte uns alle zu einer großen Familie. Er hat sie gesehen, wie sie im Winter aus Königsberg fliehen mußte; in einer Fischerhütte hat die kranke Frau übernachten müssen, die Fenster waren zerbrochen, und der Schnee wehte auf ihr Bett...«

In Christoph zitterte etwas; er konnte das, was in seiner Brust stoßweise hochstieg, kaum noch bezwingen. Vor seinem inneren Auge erstand ein Bild, das er jahrelang immer wieder verbannt hatte, weil er es nicht ertrug; jetzt aber ließ es sich nicht zurückdrängen. Ja, ein blendender Tag war das und eine furchtbare rhythmische Bewegung, die ihn trug, vorwärts trug, ihn und tausend andere in das Dröhnen der Geschütze hinein. (Und neben ihm dieser Kerl, dieser brave, der Korporal Wutke, der fort und fort vor sich hin brummte: »Jerusalem, du hochgebaute Stadt! Wollt Gott, ich wär in dir! Mein sehnlich Herz...« Und dann kam immer etwas vom blachen Feld –) Ach, dies blache Feld da vor ihnen mit den im Oktoberlaub lodernden Bäumen! Und da hatten sie den Wagen gesehen, der schräg auf sie zukam und dann hielt, um die Truppen passieren zu lassen und auch offensichtlich, weil der Kutscher nicht wußte, wohin... Im

Wagen aber, das Tuch vor den Mund gepreßt, bleich, mit überströmenden Augen: die Königin! Und sie waren schweigend an ihr vorbeigezogen; alle – alle hatten sie ihr das Gesicht zugewandt – Tausende, die in den Tod zogen... »Und eilt aus dieser Welt – und eilt aus dieser Welt« – hatte Wutke zu Ende gebrummt, als sie vorbei waren. Eine Stunde später hatte er keinen Kopf mehr gehabt, dieser Wutke. Aber die Königin so gesehen zu haben, war furchtbarer gewesen.

Christoph hatte den Mund geöffnet, weil das Grauen der Erinnerung ihm die Kehle zuschnürte; in einem jammernden Schrei machte er sich Luft – schrien doch alle ringsum, es fiel niemand auf. Und auch er rief sein: »Vivat, Vivat!«, während ihm die Tränen über das Gesicht sprangen: denn da rollte der Wagen, und da saß sie, Luise, und neigte den Kopf und winkte ihm zu. Das drittemal, ging es ihm durch den Sinn. Nun gehöre ich ihr! Nur wie eine farbige Vision hatte er den Trupp der Postillons herantraben sehen, nur verschwommen die Garde und die Spielleute wahrgenommen, ja, selbst den König und die Prinzen, die dem Wagen unmittelbar vorausritten, hatte er kaum bemerkt. Gleich einer Erscheinung seines eigenen Hirns war der Wagen mit der Königin urplötzlich mit zwingender Wirklichkeit in den Bereich seiner zur Erde heimkehrenden Blicke geschoben worden und nun, da er wieder sah, erkannte er auch: dies war eine andere Königin als damals, war die Gerettete, lebend aus der Unterwelt unsagbarer Prüfungen Zurückkehrende, vor deren Blick es nun kein Ausweichen mehr gab. Denn das war ganz gleich, ob sie ihn wirklich sah, wie er dastand und ihr schluchzend zujubelte, und natürlich sah sie ihn nicht, sowenig als ein Gestirn das sieht, was es bescheint. Aber allein, daß er hier an ihrer Triumphstraße stand und seine Stimme mit dem ungeheuren tobenden Jubel des Volkes mischen durfte, daß er sich ihr darbot als ein Teil dieser einstimmigen unbedingten Bereitschaft, das war mehr als Schwur – das war der Augenblick der Entscheidung. Achtspännig hatten sie sie eingeholt; glänzende stolze Pferde zogen den Wagen, anmutig dienend, wie freiwillig fronende Götter. Golden bronziert war dieser Wagen, ein Meisterwerk seiner Art, mit dessen Geschenk die Bürgerschaft die Heimkehrende ehrte und den sie vor dem Tore bestiegen hatte. Dem Jungen, dem weder die Mainzer Kindheit noch die Jahre seither je Gelegenheit zu dem Erleben voller höfischer Prunkentfaltung geboten hatten, erschien das, was er mit Augen sah, wie Erfüllung alles dessen, was er sich von früh an, unterstützt durch Kathrins Märchen und Gott weiß welche Romane und Heldenpoeme, vorgefabelt hatte. Dies war ein Anlaß, sich die Augen zu reiben, in den Arm zu zwicken und sich dann, voll erwacht, zuzugeben: ja, Könige gab es, Königinnen und königliches Gepränge und nicht nur Munizipalität, Administration, Soldaten, Soldaten, Soldaten und bestenfalls einen großen Feldherrn, der sich dann Kaiser nennen ließ, ohne den Rock zu wechseln. Ganz abgesehen aber von diesem äußeren Eindruck empfing er einen anderen, tieferen und wesentlicheren: den, daß es eine menschliche Erlesenheit gibt, die imstande ist, den glänzendsten Aufwand der Huldigung noch zu überstrahlen und ihn dadurch gleichzeitig selbstverständlich zu machen und aufzuheben. Luise in ihrem hermelingeschmückten blauen Gewand, vorgeneigt und mit weinenden Augen aus ihrem goldenen Wagen das Volk grüßend, war so sehr Fürstin wie Frau, eine Frau, die gleich der ärmsten Mutter im Lande mit ihrem Leibe die Lasten von zehn Kindern erduldet, die dem vollen Anprall des das Land zermalmenden Schicksals die Brust geboten und sich keinem Leiden und keiner Demütigung entzogen hatte. Wen feierte das Volk in ihr als sich selbst, als eigene Leidenshoheit, eigene Hoffnung – als die sichtbare Gewißheit, daß inmitten aller Schwachheit Vollkommenheit lebte, die nicht untergehen konnte? –

IV

Stunden später war es, daß Christoph das alles begriff, und da war es ihm, als hätte er es längst schon gewußt und als hätten ihm nur die Worte zur vollkommenen Klarheit gefehlt. Worte aber hatte ein Fremder seinem dunklen Fühlen geliehen, jener lange Saul von der Straße, jener Michael Vesper, dem er an diesem Abend in der vom Tabaksqualm erfüllten Stube hinter dem alten Bauhof, wohin ihn Achatz gebracht hatte, gegenübersaß. Bis es soweit war, hierher zu gehen, hatten sie unermüdlich die Stadt durchstreift, die heut so völlig vergessen hatte, daß ihr herkömmliches Gesicht streng und gefaßt war. Sie lachte, diese Stadt Berlin, sie war taumlig vor Jubel, und sie vermied es, sich zu besinnen und sich einzugestehen, daß ihr Überschwang gerade um jenen Ton zu laut klang, der nötig war, um heute – ach, heute nur! – das Wühlen der unterirdischen Wasser zu überschreien. Und Arm in Arm, Schulter an Schulter, umschlungen und wunderbar schwärmend, waren sie kreuz und quer, vom Oranienburger zum Halleschen – vom Potsdamer zum Bernauer Tor gezogen, hatten bald Genossen gefunden, alte Kameraden oder Unbekannte, die sich ihnen für eine Weile angeschlossen und in die Lieder einfielen, die einer von ihnen anstimmte, bald waren sie auf sich selbst angewiesen und hatten sich wohl auch einmal in einem Kaffeehaus niedergelassen, um in Ruhe das auszutauschen, was sie bewegte. Christoph hatte den Freund seit den Weimarer Tagen erst einmal wiedergesehen, das war im Herbst vor einem Jahr gewesen, als Achatz eine Woche als Gast in Hölkewiese verbracht hatte. Drei Jahre älter als Christoph, hatte er gleich nach Heilung seiner Verwundung die Universität Halle bezogen, wo er seitdem die Rechte studierte. Damals nun, vor einem Jahr, hatten sie beide nicht recht zueinander zurückfinden können; Achatz ging ganz im Burschenwesen auf, Christoph brütete immer noch dumpf über dem, was ihm da vor Jena geschehen war und was mehr, weit mehr die Seele betraf als den Körper. Inzwischen waren mit ihnen beiden Veränderungen vor sich gegangen. Sich gegenseitig gestehen, daß dies fühlbar sei, und nach dem Wesen des Umschwungs zu tasten, dies war der Inhalt ihrer Gespräche. Achatz war mit Erklärungen schneller zur Hand als der Jüngere, hatte auch mehr an Tatsachen zu berichten. Er arbeite seit dem Herbst unter seinem Herrn Papa auf dem Kammergericht, erzählte er, und er sei es von Herzen zufrieden, in Berlin sein zu dürfen. Denn hier, nur hier befände man sich an der Quelle des neuen Geistes; nur hier wirkten Männer, auf die zu schwören ein deutscher Jüngling sich einlassen könnte. Flüsternd nannte er Namen – Namen, deren Klang Christoph vertraut war und die doch auf einmal bedeutungsschwer wie die Formeln eines Kults tönten, die ihm noch nie in der richtigen Aussprache wie jetzt ans Ohr geschlagen waren. Achatz neigte sein von dem französischen Säbelhieb zerhacktes Gesicht über das Marmortischchen, seine klugen grauen Augen blitzten vor Begeisterung. Einen Bund gebe es, flüsterte er, obgleich in dem Tumult des Lokals kein Wort zu verstehen war, das am Nebentisch fiel, einen Bund aller Gutgesinnten zur Rettung des Vaterlandes, der seine Absichten durchsetzen werde und sei es selbst – Achatz nickte entschlossen und ballte die Hände –, sei es selbst ohne die Zustimmung des ewigen Cunctators da oben! Wer das sei, der Cunctator? Der Zauderer, der Unschlüssige, der nie das Gebot der Stunde verstehe... Der den Braunschweiger im Stich gelassen und den Schill preisgegeben habe – für den Tiroler und Spanier Narren und Aufrührer seien und der selbst nach dem Tage von Aspern noch nicht den Mut gefunden hatte, den österreichischen Brüdern beizustehen? Wer das sei?! »Mensch, wo lebst du denn und wie? Auf dem Monde? Mein Gott, nein, ich weiß es, du lebst unter Frauen und lebst in einem Arkadien der schönen Künste und Wissenschaften – ich habe ja da hineingesehen. Nun, nichts für ungut, Freund – deine Mutter ist eine herrliche Frau, aber: ›Als Männer hat uns Gott geschaffen!‹ und nur von Männern können wir lernen, was das heißt! Ein schöngeistiger französischer Emigrant, Christoph, das ist kein Mentor für einen deutschen Jüngling, hörst du!«

Ob er gekränkt sei, fragte er dann gleich, als Christoph betroffen den Kopf senkte und nicht antwortete. Er griff nach Christophs Hand, die auf dem Tische lag, drückte und schüttelte sie: »He, gib Antwort, Junge! Hab' ich nicht recht?«

Er wisse ganz gut, wer mit dem Cunctator gemeint sei, sagte Christoph und zog seine Hand weg; nur sei er vielleicht selber so einer, und jedenfalls müsse er das erst lernen, so schnell mit Worten zu schießen wie Achatz. Seines Herzens Meinung, die stehe jetzt freilich fest, und gerade heute sei es ihm, als hätte die Magnetnadel seines inneren Sinnes endgültig die Richtung auf den ewigen Pol eingenommen. Und er sei gar nicht so überzeugt, daß einen nur Männer zum Mann machen könnten...

»Schön und gut!« rief nun Achatz. Und, fügte er etwas beschämt hinzu, was das Reden beträfe, so wüßte er selbst sehr wohl, daß er nur eben drauflos ginge und daß er dem Geist der Sache besser dienen würde, wenn er den Mund hielte und nur Andeutungen machte. Und heut abend, da würde Christoph schon hören! Jetzt aber sei es Zeit für die Oper.

Alle Beziehungen des Herrn Papa klug ausnutzend, hatte er sich auch zwei Billetts für die Festvorstellung der Gluckschen »Iphigenie« zu verschaffen gewußt, zu der das Erscheinen des Königspaares zu erwarten war. So tauchten die beiden hier noch einmal in der aufwogenden Begeisterung unter, stimmten mit den Tausenden, die die Ränge füllten, in das »Den König segne Gott!« des Bühnenchors ein und jauchzten sich später beim Fackelzug und nach der Serenade der Gardeoffiziere vor dem Palais heiser, während die Fackeln auflohten und die Gebäude im flimmernden Glanz der Illumination mit unwirklich transparenten Konturen dalagen. Ohne einen Tropfen getrunken zu haben, waren sie doch so gut wie Berauschte, als sie endlich gegen zehn Uhr die steilen Treppen zur Wohnung des Doktors Trinius hinaufklommen, bei dem, wie Achatz dem Freunde noch vor der Tür eilig mitteilte, regelmäßig Zusammenkünfte einer Gruppe von Gleichgesinnten stattfanden.

Das erste, was Christoph beim Betreten des länglichen Raumes ins Auge fiel, war ein weißes Menschengerippe, das ihn in voller Schamlosigkeit seiner beinernen Nacktheit von der Wand her angrinste: das Licht der schlecht abgeblendeten Hängelampe fiel zufällig oder absichtlich gerade auf sein allen anwesenden Köpfen an mustergültiger Entrücktheit schaurig überlegenes Haupt. Übrigens diente der Knochenkerl dazu, die brennende Kerze zu halten, an der gerade eben einer der anwesenden Männer den Fidibus für seine Pfeife anzündete: der rechte Arm des Skeletts ward durch irgendeinen geschickt verborgenen Mechanismus in der richtigen Stellung gehalten, und die ein wenig schief vorhängende Neigung, mit der das Gespenst dastand, trug dazu bei, ihm den Anstrich golemhafter Dienstfertigkeit zu verleihen. Christoph nun, der über das blutige Grausen des Schlachtfeldes und der Spitäler leidlich hinweggekommen war und der auf dem heimischen Friedhof schon als Kind mehr als einmal Totengebein in den Händen gehabt hatte, war doch von der Verwendung eines Gerippes als Zimmerschmuck und von seiner Aufnahme in den Kreis eines Konviviums dermaßen verblüfft, daß er unter der Tür stehenblieb und hinüberstarrte, bis der Mann dort seine Pfeife in Brand hatte, den Kopf hob und auflachend zu ihm hinblickte. »Da scheint sich einer zu wundern, daß Hans Mors die Honneurs bei dir macht, Trinius!« rief er dröhnend und zog damit die Aufmerksamkeit eines untersetzten Herrn im tabakfarbenen Rock, der sich an einem der Fenster angelegentlich mit einem Langen, zu dem er aufblicken mußte, unterhielt: Vesper, wie Christoph sogleich erkannte – auf die Ankömmlinge. Achatz, der das Zimmer vor Christoph betreten hatte, war schon dabei, sich zu ihm durchzuwinden. Hier brächte er einen Freund mit, sagte er, sich zurückwendend und Christoph, der ihm nun folgte, die Hand auf die Schulter legend, von dem er hoffte, daß er willkommen sein würde, denn er könne für ihn einstehen – einen Kriegskameraden von Anno 6...

»Einen wahren Veteranen, weiß Gott!« unterbrach Trinius die gravitätische Einführung. Christoph blickte in ein hakennasiges, verwittertes Gesicht, das durch eine große braune Warze unter dem linken Auge gezeichnet war. Diese Augen, gelblich wie bei einem Uhu, waren sehr eindringlich auf ihn gerichtet; darüber sträubte sich stumpfbraunes Haar, sträubten sich büschelige Brauen wie in fortwährendem erregtem Erstaunen. »Das!« rief der Doktor Trinius, indem er Christophs Rechte mit sonderbar hartem Druck packte und mit dem ausgereckten Zeigefinger der Linken spitz gegen seine Brust stieß, »das ist also eines von den Kindern, die bei den Opferfesten der Könige einstmals zur Schlachtbank geführt wurden! Da haben wir ja ein lebend entronnenes Beispiel zu unserem Gespräch von vorgestern, Vesper, und Sie, Rüdiger, sehen Sie her! Da Sie mir denn unseren Junior, unseren guten Rohr, nicht gelten lassen wollten, weil er in Jena schon – schon! – sechzehn gewesen sei. Das hier aber – nun, wie alt war Er, mein Sohn, als sie Ihn vor die Kanonen stellten? Zwölf? Was? Schon dreizehn! Unerhört! Ein Alter, in dem der Mensch vor Gott und seinem Genius verantworten kann, was er tut – wie, Rüdiger? Mord, sage ich! Mord und Schlachtfeste waren die Kriege der Vergangenheit. Sittlich, mein Sohn, ist nur der Krieg, in den ein mündiges Volk zur Verteidigung seines angestammten Vaterlandes zieht, Mann für Mann überzeugt, daß dies notwendig sei, notwendig wie den Acker bebauen oder den Welträtseln nachsinnen oder Blei in Gold verwandeln oder Kinder zeugen oder einen neuen Erdteil entdecken...« – »Mach ihn nicht gleich zu Anfang konfus, Doktor!« sagte eine Stimme aus dem Hintergrund, und Christoph entdeckte, daß in dem großen Ohrenstuhl am Fenster auch noch jemand gesessen hatte. Es war ein stattlicher Mann in der Uniform eines Infanterieoffiziers, der sich jetzt dort erhob und hinzutrat, blond, mit rötlichem festem Gesicht und blauen Augen. Er trug den Waffenrock über der breiten Brust ein wenig geöffnet und erinnerte Christoph in nichts an die anspruchsvolle Schneidigkeit seiner ehemaligen Vorgesetzten. »Guten Abend, Kamerad«, sagte er freundlich. »Bei welchem Regiment standen Sie? So, bei den Brinkenschen! Ja, lieber Freund, da darf man Ihnen freilich Glück wünschen, daß Sie lebend und in dieser«, er ließ einen lächelnd Zustimmung heischenden Blick in die Runde gehen, »in dieser unverdorbenen Gestalt vor uns stehen. So – bei den Brinkenschen. Da können Sie nur der eine von den drei Junkern dieses Regiments sein, der lebend davonkam – das war ein Enkel vom alten Tracht –«

»Das stimmt, zu Befehl, Herr Hauptmann!« Unwillkürlich hatte Christoph eine dienstliche Haltung angenommen. »Mein Name ist Echter von Mespelsbrun.« (»Na, nun hat er sich selbst vorstellen müssen!« meinte Achatz resigniert zu Vesper gewandt, »aber man ließ mich ja auch nicht zu Worte kommen!«) Der Hauptmann hatte mit einer raschen Bewegung den Kopf gehoben: »Und Sie heißen mit Vornamen Christoph?« – »Jawohl, Herr Hauptmann!« Der Offizier blickte an Christophs Kopf vorüber ins Leere, ein unbestimmbarer Ausdruck zuckte um seinen Mund. Dann reichte er dem Jungen die Hand. »Sie werden sich nicht daran erinnern, auf meinem Knie geritten zu haben, Junker«, sagte er leichthin. »Ich habe in den neunziger Jahren in Mainz gestanden und lag bei Ihren Verwandten Breithardt im Quartier. Wir waren ganz gute Freunde damals.« Gleich darauf wandte er sich fast mit Schroffheit ab und zu Trinius. »Ich denke, wir sind vollzählig und können beginnen.« Gleich nach Achatz und Christoph waren noch zwei Gäste gekommen; drei schon Anwesende traten aus dem benachbarten Kabinett, das, wie Christoph mit einem Blick wahrnahm, Bücherregale, ärztliche Instrumente und einen aufgeschlagenen Schreibsekretär enthielt. Eine Magd war dabei, Bierkrüge vor jeden Platz des langen Tisches zu stellen. Man setzte sich, der Hauptmann am oberen Ende, Trinius zu seiner Rechten. »Unsere Tagesordnung«, sagte Trinius, durch das Augenglas auf einen mit Bleistiftnotizen beschriebenen Zettel blickend, »enthält zunächst den Vortrag des Herrn Hauptmann von Rühle...« (Christoph strahlte auf: Ja, nun wußte er freilich! Aber der Hauptmann sah nicht nach ihm hin)... »sodann die Erwägung einer möglichen Aufhebung des sogenannten Tugendbundes von oben her – jawohl, meine Herren, wir müssen damit rechnen! – endlich – Verschiedenes. Darf ich bitten, Herr Hauptmann?«

Rühles Vortrag war ein Bericht über gewisse Heeresreformen, solche, an deren Ausführung seit einem Jahr schon gearbeitet wurde, und andere, um deren Bewilligung noch gekämpft ward. Er sprach trocken und sachlich, wenn er aber den gigantischen und doch bis ins kleinste durchdachten Plan Scharnhorsts von der Wehrbarmachung des ganzen Volkes darlegte, wenn er die an der modernen französischen Taktik gemachten Erfahrungen auf eine neue Technik des Kriegswesens überhaupt anwandte, so fühlte Christoph, hingerissen, daß von Dingen des Lebens und nicht von der alten Maschinerie die Rede war, in deren Räderwerk man ihn einst hatte einbauen wollen. Im übrigen fühlte er nun die große Erregung des Tages in sich abklingen, und die Wärme des Zimmers, das ungewohnte Bier und die Dämmerung, die der Tabaksqualm verbreitete, ließen seine Ermüdung derart zunehmen, daß er in eine Art Betäubung geriet und nur wie im Traum hörte, was der Doktor von den Repressalien erzählte, die der französische Gesandte angewendet habe, um den König zur Aufhebung einer gewissen Gesellschaft, des sittlich-wissenschaftlichen Vereins, wie sie immer wieder bezeichnet wurde, zu veranlassen. »Wir haben damit zu rechnen, meine Herren, daß der König über kurz oder lang nachgibt, aber wir verzichten darauf, es ihm anzurechnen, nicht wahr, und unsere Zusammenkünfte werden ja hiervon nicht weiter berührt.« Mit diesen Worten schloß Trinius den Meinungsaustausch über diesen Punkt. »Junker Echter!« sagte er dann und suchte Christoph mit kurzsichtigen Augen, »Er wird begriffen haben, daß das, was Er hier gehört hat, diskret behandelt sein will. Ich brauche es Ihm wohl nicht erst zu sagen, denn mir scheint, Er ist nicht nur dem Namen nach ein Echter!«

Christoph, der bei der Anrede emporgeschossen war, wurde von seinen Nachbarn unter Gelächter wieder auf seinen Sitz gezogen. »Du bist hier in keinem Kasino, Junge! Du bist hier Freund unter Freunden!« hörte er Achatz neben sich sagen. Jetzt, nachdem Trinius noch ein paar unwesentliche Mitteilungen von seinem Blatt abgelesen hatte, erhob sich Vesper und kam, seinen Stuhl vor sich hertragend, herüber. Der Stuhl fand zur Not noch Raum zwischen denen von Achatz und Christoph. Vesper sah den letzteren prüfend an.

»Hab' ich den nicht heut mittag auf der Straße gesehen?« fragte er, indem er seine langen Glieder unterbrachte, so gut es in der Enge möglich war. »Natürlich! Und umhergestaunt hat er, als käm' er vom Monde! Junge, du bist mir der Richtige! Wenn du keine Verse machst, bin ich ein Rabbiner! So, und du bist schon vor dem Feinde gewesen? Hast schon die Blut- und Feuertaufe bekommen? Kannst du aber lachen! Siehst du, Achatz, da lacht er schon und weiß doch bestimmt nicht, weshalb. Na, warum lachst du eigentlich, Junge?«

Christoph lachte weiter und sah etwas hilflos zwischen Achatz und Vesper hin und her. Er war in Verlegenheit, aber gleichzeitig unerklärlich erwärmt und erheitert von der Art dieses Menschen.

»Weshalb ich lache?« sagte er endlich freundlich. »Über Sie natürlich!«

Vesper schlug sich auf den Schenkel. »Da hört sich doch alles auf! Du bist mir wirklich der Richtige!« rief er in gespielter Entrüstung, und es war jetzt ganz deutlich vernehmbar, daß er aus dem Saaletal herstammen mußte. »Lacht der über einen gewesenen Kandidaten der Theologie, der schon ein Pfarramt verwaltet hat!«

Plötzlich wurde er ernst und legte Christoph die Hand auf die Schulter. »Aber Spaß beiseite! Mann, wo kommst du her? Ein Kurmärker bist du einmal gewiß nicht. Welcher Vater hat dir diesen Namen vermacht? Du Echter von Mespelsbrun!? Horch! in deinem Namen, da liegt das ganze Gesetz – Moses und die Propheten! Oder, mein Kind, wenn der Vergleich dir nicht paßt: es steht ein Baum im Odenwald... Du hast Dome im Namen, Mensch – Burgen – Turniere – Papst und Kaiser – Welfen und Waiblinger – Reben und Eichen! Junge – mich sollt' es nicht wundern, wenn du katholisch wärst!«

Christoph war tief errötet.

»Ich bin vom Rhein«, sagte er und lehnte sich mit einer unbewußt hochmütigen Bewegung ein wenig zurück, »wenn Sie das wissen wollen. Und katholisch bin ich – da haben Sie recht.«

»Aber seine Mutter ist aus der Mark, und sein Großvater war preußischer General! Und sein Gut hat er in der Prignitz!« schob Achatz eifersüchtig ein.

Vesper war völlig tiefernst geworden. Christoph blickte etwas unsicher in dies sinnend auf ihn gerichtete Gesicht. Es war ein gestrecktes Oval; unter den vorspringenden Backenknochen wirkten die Wangen fast eingefallen, und von der großen, schief gestellten Nase aus zogen Falten zu den Winkeln des schmallippigen Mundes herab. Die Augen – blau – lagen tief in den Höhlen und führten dort ein seltsames und wechselndes Leben; es schien Christoph nicht nur, als seien sie einmal spöttisch und lauernd und dann wieder aufleuchtend und ausstrahlend wie Gestirne, sondern auch, als verengten und erweiterten sie sich willkürlich, so daß es nicht zu sagen war, ob sie groß oder klein seien. Vesper hatte eine sehr breite und hohe Stirn, die das zarte Untergesicht fast zu gewaltig überwölbte, so wie der ganze Schädel es tat. Darauf wuchs Haar, wie es wollte; fahles Gras, verstürmt und ein wenig verstaubt.

»Echter«, sagte Vesper jetzt beinahe schwerfällig und jedenfalls ohne jeden Anflug des scherzenden Tons von vorhin, »ist es dir denn noch nie bewußt geworden, was für ein Glückskind du bist?«

Er drückte das Kinn gegen die Brust, streckte die langen Beine von sich und schob die Hände in die Taschen seiner gelben Beinkleider. In tiefem Nachdenken verstummte er für eine Minute. Christoph, der zweifelnd zu Achatz hinblickte, sah das Gesicht des Kameraden mit dem Ausdruck höchster Spannung auf Vesper gerichtet; die drei, vier jungen Leute, die mit ihnen um das untere Tischende herum saßen, drängten sich zusammen und neigten sich vor, um kein Wort zu verlieren. Es hatten sich zwei entschieden getrennte Gruppen gebildet: in der oberen war Trinius der Mittelpunkt, und dort war, wie Christoph hellhörig vernahm, eine Auseinandersetzung über die Kriegskontributionen und die von Napoleon geforderte Abtretung der königlichen Domänen im Gange. –

»Einen rheinischen Vater hat er und eine kurmärkische

Mutter«, begann Vesper nun wieder, vor sich hin redend, als sei er allein. »Ganz gleich haben Nord und Süd, Ost und West an ihm teil. Im Schnittpunkt einer heiligen Diagonale ist er entstanden, gleich weit entfernt von der weichen Lässigkeit von Südwest, gleich weit vom kantigen Spartanertum von Norden. Attika und Lacedaemonia, meine Freunde! Griechenlands Gegensätze – Griechenlands Zerrissenheit ist ja auch die unsere! Das Gleichgewicht ist übel verteilt in Deutschland! Weingeist und Öl – das gibt keine Mischung, ehe nicht tüchtig geschüttelt würde. Aber im einzelnen Menschen – in diesem und jenem –, da ist die Mischung angelegt, da ist sie sogar zur Vollendung gekommen...«

Er preßte die geballte Faust unter das Kinn und grübelte vor sich hin.

»Denkt an unsere großen Maler und Baumeister, denkt an Dürer, an Erwin von Steinbach – denkt an Carolus Magnus! Einer, an den ich jetzt denke, wird euch nicht einfallen, denn ihr werdet ihn kaum kennen – ich meine den Meister aller Harmonie: Bach, dessen Zeit noch kommen wird. In diesen Männern haben sich Attika und Lacedaemonia durchdrungen und ausgeglichen, nicht so sehr in ihrem Blut, obschon wir das gar nicht erweisen können, als in ihrem Geiste, der zu seiner ihm eigenen Konsistenz jeweils die Elemente, die ihm etwa mangelten, noch hinzuzog, der mächtig genug war, sich an das unsichtbare, das über uns vollendet daseiende Deutschland anzusaugen, an das Reich, das vorhanden *ist*, das Wirklichkeit werden soll...«

Er ließ den Blick in die Runde gehen: »Ihr versteht mich – habt euren Plato gelesen – habt die *Idee* von Deutschland erkannt! Auch du?« Er griff Christoph mit der Hand um den Nacken und schüttelte ihn leicht und zärtlich wie einen jungen Hund, »auch du, Sohn? Du wohl noch nicht. Ach, wißt ihr denn, daß es in der Frühzeit jeglichen Lebens eine Weile gibt, in der es in unbewußtem, aber so lebendigem Austausch mit seinem seligen Urbild steht, daß dieses Urbild die irdischen Züge durchleuchtet? Das ist das Mittelalter der Völker, die Zeit, in der ihre Götter mit ihnen reden; das ist die Jugend der Menschen. Ver sacrum...«

Nach einer kurzen Pause beugte sich ein schwarzhaariger, blasser Jüngling vor: »Und – warum hast du den Fridericus nicht genannt? Und nicht den Luther? Und den Schiller? Und – manche andere?«

Vesper schob die Unterlippe vor und bewegte nachdenklich den Kopf. »Zuviel Weingeist – zuwenig Öl!« sagte er. »Zuviel Kampf, zuviel Pathos, zuviel Ironie – zuviel Dämonenschlacht – zuwenig Sphärenmusik! Aber« – jetzt lächelte er wieder im Kreise –, »aber ihr – warum nennt ihr nicht den Einen, den ich wissentlich nicht erwähnte, obgleich sein Wesen uns die große Tröstung sein sollte? Nun, mein Echter, du lächelst – was weißt du?«

»Weil ich ihn gesehen habe«, stammelte Christoph, »ich war doch in Weimar. Mehr als einmal hab' ich ihn gesehen!«

»Wen?« fragte Achatz erstaunt, »wen hast du in Weimar gesehen? Ich war doch auch dort...«

Christoph und Vesper lächelten sich an. »Der wird nicht mit Namen genannt«, sagte Vesper. »Wer weiß – weiß.«

Gleich darauf murmelte Achatz: »Ach – jener...« und tauschte einen Blick mit seinem Gegenüber, dem Schwarzhaarigen. »Da kann ich dir nicht folgen, Vesper!« rief dieser feurig. »Wie kannst du den saturierten Olympier über den stellen, der uns in beständigem Kampf mit dem Tod und der Not den Wallenstein geschenkt hat – den Tell – die Jungfrau!«

Vesper rieb sich den Kopf. »Ach, ach!« rief er gepeinigt, »ach, ach! Ach, meine Knaben, wenn ihr doch nicht immer so vorbeihören, so linksrum verstehen wolltet! Nicht vom Dichterrang, nicht einmal vom menschlichen Wert war hier die Rede! Auch nicht von dem durch einen Menschen sich offenbarenden Genius – nicht einmal! Die Rede ging von dem in einem Menschen ausbalancierten Gleichgewicht von Anlage und Willen, Leiden und Wirken! Dies Phänomen finden wir seltsamerweise nur im größten Ausmaß bei den Gestalten, in denen ein Volk sich vollendet, oder aber in der Ebene der Idylle, etwa bei unserem Claudius, bei Haydn, annähernd bei Chodowiecki. Zwischen diesen Schichten liegt das Gebiet der großen Spannungen, in dem es wohl immer wieder Ausgleiche gibt – die wunderbarsten, die herzbewegendsten Werke entstehen hier –, aber die Träger dieser Spannungen, sie sind ihnen auf die Dauer nicht gewachsen, sie werden von ihnen zerrissen – zerrieben. Du, Bruder«, wandte er sich unvermittelt, als sei er des Theorisierens müde, an Christoph, »du – so meint' ich es vorhin – solltest glücklich sein, weil du jedenfalls in der Mischung deines Blutes die Vorbedingung hast, Deutschland in dir ins Gleichgewicht kommen lassen zu können! Der Preuße in dir soll den Reichsdeutschen in Zucht nehmen und ihn davor bewahren, zu zerfließen, sich zu verschwärmen und ans Fremde sich hinzugeben. Und der Reichsdeutsche – der Rheindeutsche –, er soll dein preußisches Teil sänftigen, nähren und lösen. Der Preuße – soll vom Rheindeutschen zum Europäer gemacht werden! Preußen – habt ihr das schon begriffen? – ist geworden im Kampf, im Gegensatz zu Europa. Darum kann Preußen nicht bleiben, und Deutschland muß werden. Genug!« schrie er nun sich selbst an, »genug! Ich will still sein, sonst kreiselt das Hirn dir, wenn ich dir auch noch Unermeßliches sagen müßte, mein Junge! Zunächst einmal über den Römer und den Lutheraner in dir; denn das weißt du doch, daß du *auch* den Lutheraner in dir hast, wie den Preußen? Was? Deine Mutter ist auch katholisch? Aber erst geworden, was gilt die Wette! Siehst du – ja, und du meinst, damit wäre der Gegensatz für dich aus der Welt gebracht? Mein Kind, du stellst dir die Dinge sehr einfach vor! Aber nochmals genug! Erst muß ich sehen, ob du mich überhaupt unverdünnt aufnehmen kannst. Junge, ich bin ein starkes Getränk!«

Ganz ohne Übergang sprang er in ein anderes Thema hinein, indem er sich plötzlich aufsetzte und mit dem Ellbogen auf den Tisch stützte. »Kann mir einer erklären, warum das Volk heut so toll war und was ihm denn eigentlich geschehen ist, damit, daß es seinen rex nun wieder in seiner Mitte hat? Was, Lutz«, er sah einen kleinen Blonden an, der ihn lichtäugig anstrahlte, »du meinst, die Leute hätten sich gar nicht so um ihn exaltiert als um sie? Schien mir freilich auch so. Aber warum?«

Und damit war das Gespräch auf die Königin gekommen. –

V

»Was ist mir geschehen?« fragte sich Christoph am nächsten Morgen, als er sich von dem harten Sofa erhob, auf dem er die Nacht bei Achatz verbracht hatte. Denn es war den beiden unmöglich gewesen, sich zu trennen, nachdem die Gesellschaft bei Trinius auseinandergegangen war. Zuviel Fragen hatten Christoph auf der Seele gebrannt – allzugern ging Achatz ausführlich darauf ein. Eine Stunde lang waren sie noch in der silberblauen Frostnacht unter den Linden auf und nieder gegangen, hatten die weißen Fahnen auf den Dächern geisterhaft zu den Sternen hinaufwinken sehen und das Erlöschen der letzten Lichter hinter den Fenstern der königlichen Wohnung beobachtet. Welche Straße war dies! empfand Christoph so stark wie nie, jetzt, da er sie zum erstenmal völlig ohne Menschen, ohne das Treiben erblickte, und da ihm die kantige Wucht ihrer Bauten unbeeinträchtigt durch kleine Eindrücke ganz als Formgebung eines ungeheuren, aber seiner Mittel streng bewußten und auf alles Wesenlose in Zierat und Schnörkel verzichtenden Willens aufging. Prinz-Heinrich-Palais, Zeughaus, dazwischen das Marstempelchen der Neuen Wache – auf der anderen Seite neben dem Königspalais das Opernhaus, in weise bemessenen freien Raum gestellt, und dort die geschwungene Fassade der Bibliothek und hier die Kuppel der Hedwigskirche, die ihn jetzt im Halbdunkel an eine Abbildung des Pantheons denken ließ, die Valdemaire bei sich hängen hatte. Und dann wieder diese adligen Häuser, kubisch reine Gestaltungen einer dem Geist ihres Zeitalters – ihres Landes vollkommen dienenden Architektur. »Ach, der Winter! Das ist die preußische Jahreszeit!« seufzte er unwillkürlich auf und drückte den Arm des Freundes. Irgendwie mußte er es aussprechen, was er angesichts der fast ins Überirdische – fast zum Kristall enthobenen Schau dieser Werke fühlte. Im Hintergrund, jenseits der Langen Brücke schloß der schwarze Block des Schlosses den von Wundern erfüllten Raum.

»Da sprichst du fast schon wie – er!« sagte Achatz und blickte ihn freudig an. »Nun, habe ich dir zuviel versprochen? Begreifst du, was mir diese Abende sind?« Jetzt aber, fügte er hinzu, wollte er ihm des näheren auseinandersetzen, was man mit solchen Zusammenkünften bezweckte, wollte dem Freunde auch klarmachen, daß dieser Kreis nicht mit anderen verwechselt werden dürfte – hauptsächlich nicht mit dem sogenannten Tugendbund, dessen Mitglieder... Sie beabsichtigten wohl auch das Tüchtigste – indessen... – Aber Christoph wollte zunächst nur wissen, wer Vesper eigentlich sei!

Das, ja freilich, das wünschte jeder zu wissen, gab Achatz auflachend zu. Aber es komme keiner so ganz dahinter, wiewohl Vesper zu allen jüngeren Teilnehmern des Zirkels in freundschaftlicher Beziehung stehe. Daß er Theologie studiert und auch schon ein geistliches Amt gehabt hätte, wüßten alle, aber er habe diesen Beruf liegenlassen, und augenblicklich verdiene er sich seinen Lebensunterhalt kärglich genug durch eine Anstellung im Intelligenzkontor, wo er seit Wochen einen erkrankten Beamten vertrete. Man wüßte, daß er viel gereist und in ganz Deutschland, Frankreich und Italien herumgekommen sei. Er schreibe auch für Journale und sei Mitarbeiter der Berliner Monatsschrift und der Göttinger Gelehrten Anzeigen; ja, ein gelehrtes Haus, das sei er, obgleich er es sich ja so gar nicht anmerken ließe und: »Die Bestie hat tiefe Augen und wunderliche Gedanken im Kopfe«, das habe einmal irgendein Katholik, »oh, nichts für ungut, Echter!« ja, ein Katholik habe das einmal vom Doktor Martin Luther gesagt, und jemand habe das neulich auf Vesper angewandt, und zwar einer, der noch viel geheimnisvoller sei als der »Erzengel«, ein gewisser Allmann nämlich, der sich aber auch Holmquist nenne. Der tauchte zuweilen bei den Abenden auf, und niemals wäre das Zusammensein fruchtbarer als in seiner Gegenwart, die Gespräche dithyrambischer, die Begeisterung, die man nach Haus trüge, nachhaltiger. Dieser Allmann (oder auch Holmquist) lebe ganz ähnlich wie Vesper, auch ohne festen Beruf, denn daß er sich Sprachmeister nenne und angeblich Unterricht erteile, das sei wohl nur ein Aushängeschild, um gewisse Leute irrezuführen. Auch sei er wohl gar kein Schwede, wenn er sich auch dafür ausgäbe, sondern ein guter Deutscher aus Schwedisch-Vorpommern, und wahrscheinlich sei sein richtiger Name Arndt, und er sei der Verfasser jener Schrift »Vom Geist der Zeit«, der sein Lehramt an der Universität Greifswald seiner antifranzösischen Gesinnung wegen verloren habe.

»Du sagtest: ›Erzengel‹?« bemerkte Christoph fragend.

»Wieso? Ach, so! Ja, so nennen wir den Vesper; sein Vorname ist Michael. Was nun aber den Tugendbund angeht – nein, damit haben wir nichts zu tun! Das ist, wie Trinius neulich meinte, wohl wirklich eine ostpreußisch-schlesische Provinzangelegenheit...«

Sie hätten weder Statuten noch Logen (oder ›Kammern‹ nennen sie es ja wohl), noch Zensoren und Räte. Der ganze Klimbim und feierliche Klamauk des Herrn von Bardeleben hätte auf die Berliner keinen Eindruck gemacht, denn hier säßen genug Leute, denen das, was jene ›sittlich-wissenschaftliche Gesellschaft‹ mit soviel Pathos proklamierte, schlichteste Selbstverständlichkeit sei! Diese Leute, sagte Achatz nun bedeutungsvoll, wären sich aber auch der Tatsache bewußt, daß sie der Sauerteig und das Salz wären. Achatz redete sich in Eifer. »Stadt und Land ist von uns durchsetzt, sage ich dir! Allmann – also nennen wir ihn Allmann! – sagte das letztemal, als er unter uns war, jetzt sei der geistige Kreislauf von oben nach unten, von unten nach oben vollendet und unser Netz verzweige sich durch alle Volksschichten. Wir kommen zwanglos zusammen, es gibt ein paar solcher Kreise wie den unseren, wo man sich über die Tagesereignisse unterhält, diskutiert und plaudert wie heute; es ist nur die Gesinnung, die uns verbindet, kein äußerer Schwur. Im Sommer tagen wir zuweilen im Freien, im Schützenhaus, ja, dann wird auch wohl ein bißchen nach der Scheibe geschossen, wer will's uns verdenken? Daher der Name ›schießende Lesegesellschaft‹...«

Christoph hatte den Rest der Nacht in unruhigem Halbschlaf verbracht. Unaufhörlich war das Gespräch in seinem Innern weitergelaufen, fortwährend sah er Vespers Gesicht vor sich, fühlte das Forschen der eindringlichen Augen wie eine sein Herz ergründende Sonde. Wiederum quälte ihn etwas Unbestimmtes, Erschreckendes, über dessen Natur er sich nicht klar werden konnte, bis er dies Gesicht unvermittelt mit verändertem Ausdruck, mit getrübten Augen, mit grauer schlaffer Haut erblickte, halb von ihm weggewandt, mit hängender zitternder Unterlippe – und nun wie unter einem Alp nach Bewußtsein rang. Voll erwacht, starrte er mit schlagendem Herzen in die Finsternis und dachte ratlos:

»Vespery! Er sieht dem Vespery gleich! Und nun noch der Name...«

Gleich darauf war der Spuk zerronnen. Voll magischen blauen Leuchtens strahlten Vespers Augen aus der Nacht auf ihn hin, die Stirn der Erscheinung war von mildem Lichtglanz umwoben. »Erzengel!« flüsterte Christoph voll Seligkeit. Und dann war er fest eingeschlafen. –

Was ihm geschehen war? Er kam nicht zu einer Beantwortung dieser Frage. Er hatte zu laufen, daß er in den Gasthof kam, wo er eine Tasse Kaffee schluckte, während der Knecht ihm die Pferde einspannte. Es schlug neun vom Deutschen Dom, als er vor dem Haus am Gendarmenmarkt hielt und mit der Peitsche knallte. Übrigens hielt schon ein Reisewagen vor der Haustür, und der französische Husar war dabei, mit Hilfe des Kutschers Gepäck aufzuschnallen. Also war auch Loriot wirklich im Begriff aufzubrechen, wie Christoph mit einem ihm selber verwunderlichen Aufatmen feststellte, und der dressierte Grasaffe, Chambuc, mußte mit, wohl oder übel, Christoph klatschte vor Vergnügen mit der Peitsche wie ein Fuhrknecht, und seine ausgeruhten Pferde warfen die Köpfe, daß die Schellen erklangen.

»Mon Dieu, que de bruit! Christoph! Bist du verrückt geworden?« Delphine kam die Stufen herab, Chambuc hatte ihr die Tür aufgerissen und folgte ihr. Christoph blickte mit trotziger Heiterkeit in das kleine Gesicht, das aus der Umhüllung einer schwanbesetzten Kapuze mißvergnügt auf ihn gerichtet war. Er gab dem Husaren den Zügel zu halten und sprang aus dem Schlitten. Erstaunlicherweise empfand er nichts von der gestrigen Unsicherheit. »Es wird wieder ein blendender Tag!« sagte er fröhlich und wies hinauf, wo das goldene Kreuz auf der Kuppel des Doms schon in der aufsteigenden Sonne zu schimmern begann. Jetzt trat auch Loriot heraus, und hinter ihm kam die jüdische Magd, den Arm voll mit Wärmekruken und Decken, während der Husar das schon im Hausflur stehende Gepäck Delphines herauszuschaffen begann. »Lieber Gott, Delphine!« sagte Christoph erschüttert. »Wozu hast du denn in der kurzen Zeit so viele Sachen gebraucht!?«

Aus irgendeinem Grunde stimmte diese Frage Delphine plötzlich heiter. Jedenfalls wich ihr unzufriedener Blick jetzt einem Lächeln, sie hob sogar die kleine Hand und streichelte ihm die Wange. »Ja, Stofferle, Stofferle, wenn du das wüßtest, was man so in der Welt braucht!« rief sie lachend. »Dummes Stofferle, hast du eine schöne Pelzmütze und rote Backen! Ist's nicht ein schönes Stofferle, Papa? Wollen Sie ihn nicht zu Ihren Husaren nehmen?«

Sie lehnte sich in Loriots Arm und sah zu ihm auf, sah wieder anerkennend auf Christoph; ein verlorener Blick streifte dabei auch über Chambuc hin, der verfinstert dabeistand.

»Eh bien, eh bien, es liegt nur an Monsieur Christoph, daß er noch nicht die schönste Uniform der Welt trägt!« sagte Loriot in seinem gebrochenen Deutsch, indem er sich schmunzelnd den Schnurrbart strich. Weiter kam er nicht, da Delphine jetzt schnell die Arme um seinen Nacken warf und ihn leidenschaftlich küßte. »Kommen Sie nur bald wieder, Papa!« stammelte sie und riß sich dann hastig los. »Assez, assez! Wir wollen kein Theater für Madame Salome aufführen!«

Sie winkte zu den Fenstern hinauf. Christoph hob den Kopf und sah ein paar papillotengeschmückte Frauenköpfe mit blanken Augen eilig verschwinden. »Armer Koko!« kreischte der Papagei. Die Scheibe klirrte zu. Delphine saß im Schlitten und ließ sich von Christoph in Fußsack und Pelzdecke hüllen. »Armer Koko!« hörte er sie über seinem Kopf träumerisch sagen. »Au revoir, Chambuc! Sind Sie immer noch böse?«

»Auf das nächste Mal, Mademoiselle!« sagte der Leutnant trocken, indem er sich über ihre Hand neigte. Gleich darauf schrie Delphine leise auf. »Chambuc! Was soll das! Sie tun mir weh!« Chambuc trat zurück. Ein herausforderndes Lächeln zeigte seine blitzenden Zähne. »Reisen Sie glücklich, Madame!« Der Ton kalter Wut, in dem dieser Wunsch gesagt wurde, ließ eine rätselhafte Woge von Zufriedenheit in Christoph aufsteigen. Er hatte sich schon von Loriot verabschiedet, nun nahm er seinen Platz ein und legte endlich die letzte Decke, die große schützende, über Delphine *und* über sich selbst, befestigte sie voller Sorgfalt. »Mon lieutenant!« sagte er übermütig, die Hand militärisch grüßend zur Mütze erhebend.

»Bon voyage, monsieur le Prussien!« Chambuc kniff ein Auge zu und verzerrte merklich höhnisch den Mund.

Christoph wiegte die Peitsche über den Pferderücken und sah den Franzosen nachdenklich an.

»Prussien, Prussien?« wiederholte er. »Das genügt mir nicht, lieber Herr. Ça ne suffit pas, monsieur!«

Chambuc machte eine pathetische Geste. »Also – was dann? Was sind Sie sonst, Monsieur – Stofferle?«

Christoph sagte drohend: »Je ne suis pas seulement Prussien! Je suis – Allemand! Ich bin Deutscher, Monsieur – Grand'-armée!«

»Sie sind unersättlich, Monsieur! Haben nicht genug an – der preußischen Schande!«

Unwillkürlich tat Chambuc hierbei einen Katzenschritt rückwärts. Die Peitsche in Christophs Händen hatte gezuckt. Mit einem Ruck zogen die erschreckten Pferde an. Christoph faßte sich schnell. »Sehr möglich, Herr!« rief er über die Schulter zurück. »Sehr möglich! Aber wir sind nahe daran, satt zu sein! Et alors – prenez garde, Grand'armée!«

VI

»Ich melde mich bei keinem Regiment«, sagte Christoph und blickte seinem Gegenüber, dem Major von Voß, mit ruhiger Gleichgültigkeit in die Augen, »weil ich eingesehen habe, daß ich zum Berufssoldaten nicht tauge. Ich werde mich dem Vaterland im Fall eines Krieges sofort zur Verfügung stellen, wenn Sie diese Versicherung von mir zu hören wünschen. Im übrigen dachte ich, es sei Ihnen bekannt, Herr Major, daß ich Student an der Berliner Universität bin und mich für den Verwaltungsdienst vorbereite.«

Voß, der, mit den Unterarmen auf dem Tisch liegend und das eckige Haupt vorgeschoben, mißmutig auf ihn sah, schnaufte durch die Nase. »Ein Enkel des Generals Tracht!« sagte er stoßweise. »Kein Berufssoldat! Student! Und: wird sich dem Vaterland zur Verfügung stellen – dem Vaterland! Seit wann stimmt ein Preuße diesen Ton an? Sagen Sie doch gleich la patrie! Wissen Sie nicht mehr, daß Sie einen König haben – Herr Student?«

Delphine, die neben Voß saß, legte ihm die Hand auf den Ärmel des Waffenrocks. »Warum sind Sie so brummig, Onkelchen?« fragte sie heiter und sah dabei Christoph an, dem nun doch die Stirn erglüht war. »Warum ärgern Sie den Gutsherrn von Hölkewiese? Er hat heute Geburtstag, und Sie sind sein Gast, Herr Major! Und wissen Sie gar nicht, daß der nur unter meinem Papa Offizier werden darf?«

»Ach, Delphine!« sagte Christoph verstimmt, »wozu redest du diesen Unsinn?«

Voß, dessen Gesicht unter der Berührung des Mädchens noch dunkler anlief, als es ohnehin schon war, drehte ihr, durch den engen Uniformkragen behindert, schwerfällig den Kopf zu.

»Da siehst du es, er will unter keinen Umständen!« dröhnte er, unangenehm lachend, und machte einen täppischen Versuch, Delphines Hand festzuhalten. »Es ist der Beruf an sich, der ihm nicht gefällt, auf den Kriegsherrn käme es ihm wohl nicht so sehr an. Beruf gefällt ihm nicht – einfach! Aber natürlich, wir brauchen ja auch Leute, die uns Hämmel fettmachen und Kohl und Kartoffeln bauen.«

Cornelie und Corinna hatten einen Blick gewechselt, mit dem sich die beiden Frauen vollkommen verständigt hatten. Dann mischte Cornelie sanften Tones sich ein: »Vielleicht braucht ein Staat doch auch Nachwuchs für die Ämter, die jetzt Männer wie der Geheime Staatsrat von Humboldt – wie die Herren vom Stein und von Hardenberg – von Stegemann – von Sack und andere vertreten, Herr Major. Sie wollten gewiß nicht behaupten, nur der Offizier könnte König und Vaterland dienen...«

Corinna hatte sich indessen an Christoph gewandt: »Christoph«, bat sie, »mögen Sie nicht einmal nach Valdemaire sehen? Ich verstehe nicht, wo er bleibt. Gewiß hat er wieder alles über seinem Manuskript vergessen...«

»Mein Mann«, fuhr sie lächelnd in ihrem reizvoll unebenen Deutsch zu Vesper und Achatz Rohr, die neben ihr saßen, fort, während Christoph bereitwillig aufstand und hinausging, »das ist nämlich so: er hat seine Pantalons an und auch sein Gilet – très bien! Dann, wenn er nun seine Halsbinde umlegen will, geht er dabei nicht vor die Spiegel wie ein anderer Mensch – nein! er geht an den Tisch und sieht in ein aufgeschlagenes Buch oder in seine Arbeit, die dort liegt – knüpft mit die blinden Finger an sein Jabot und – liest dabei! Dann kommen ich – fertig mit meine Toilette – habe schon eine Viertelstunde gewartet: ›Nun,

Valdemaire, sage ich, kommen Sie, wir müssen nun gehen, es ist 'öchste Zeit!‹ Aber mein Valdemaire! Da sitzt er in Hemdsärmeln, wenn Sie erlauben, mit seiner Halsbinde ganz schief und ganz vertieft in seiner Lektüre und sieht auf mich wie auf eine Gespenst. Ja, meine Herren – so ist das!«

Voß, der, ohne Cornelie zu antworten, mit scheelem Blick hinübergehorcht hatte, bemerkte nun, ohne jemanden anzusehen: »Ihr Sohn schlägt jedenfalls stärker in die Familie Ihres Gatten als in die Ihre, Madame, denn Ihr Herr Vater schien nicht anzunehmen, daß jemand mit Trachtschem Blut in den Adern etwas anderes werden könnte als Soldat.«

Da in diesem Augenblick nicht nur Valdemaire, von Christoph gefolgt, vom Flur eintrat und sich Cornelie mit einer verlegenen Entschuldigung näherte, als auch ein Dienstmädchen die Flügeltür zum benachbarten Eßzimmer öffnete, zum Zeichen, daß angerichtet sei, verlief die unerquickliche Erörterung im Sande. Cornelie, sich erhebend, reichte Pastor Hermes den Arm; Corinna sagte: »Herr Vesper, das Schicksal will es, daß wir miteinander zu Tisch gehen!« Delphine lächelte Achatz, der sich stürmisch vor ihr verbeugt hatte, bezaubernd an: »Sie müssen mir schon gestatten, daß ich heute neben meinem Onkel Voß bleibe, den ich so selten sehe!« Christoph folgte diesem ungleichen Paar mit der kleinen Rahel, ließ aber an der Tür Valdemaire den Vortritt, der Demoiselle Hermes, die ältliche Schwester des verwitweten Pastors, führte. Auf die Zurückbleibenden, Rohr und den blonden Leutnant Rudolf Solger, blickend, sagte er vergnüglich: Teilt euch in den Rest, meine Lieben! Achatz, du mußt versuchen, in diesem Krieger deine Dame zu sehen!« Worauf Achatz es aber doch fertigbrachte, den Stuhl zwischen Valdemaire und Delphine zu erobern, während Rudolf ans untere Tischende zwischen Christoph und Demoiselle Hermes geriet.

Es war der Abend des 25. April 1811 – des Tages, an dem Christoph sein achtzehntes Jahr vollendet hatte. Cornelie hatte einmal scherzend geäußert, daß sie ihm an diesem Zeitpunkt das Gut übergeben würde, da sie es müde sei, sich mit Kreisdirektoren und Separationskommissären, mit niemals zufriedenen Bauern – mit der Buttmade und mit der Kienraupe herumzuärgern. Nicht so sehr Christoph als Achatz und Delphine,

Rahel und Rudolf hatten diesen Vorwand, ein besonderes Fest zu begehen, mit Begeisterung aufgegriffen und hatten den Tag der »Großjährigkeitserklärung und Regierungsübernahme« mit allerhand Scherzen verherrlicht. Jetzt, bei dem späten Abendbrot, spürte Cornelie wirkliche Müdigkeit. Über Mittag waren die Reddiener dagewesen, und der polternde alte Herr war ihr diesmal recht auf die Nerven gefallen. Er hatte sich von Anfang an dagegen aufgelehnt, daß sie bald nach dem Tode des Vaters begonnen hatte, ihre Bauern selbständig zu machen und das Abhängigkeitsverhältnis so weit zu lockern, als es irgend anging. Ohne anzuerkennen, daß sie es damit erreicht hatte, im vorigen Jahr ihr Dorf ruhig bleiben zu sehen, als ringsum in der Prignitz die Bauernschaften zusammengerottet in die Kreisstädte zogen, um die Durchführung der neuen Gesetze zu erzwingen, schalt der Graf unentwegt weiter auf »diese neumodischen Einrichtungen«, die den Gutsherrn ruinierten, und hatte auch heute wieder weidlich darüber gedonnert, daß in Preußen die Revolution im Gange sei, ohne daß der König es zu bemerken scheine; vielmehr arbeite er dem Umsturz noch in die Hände! Voß, der unangemeldet und nichts weniger als willkommen um die Mittagszeit auf dem Hof erschienen war, wie er es sich seit seiner Rückkehr aus Ostpreußen unbefangen wieder angewöhnt hatte, wenn auch nur zu Zeiten, da er Delphine anwesend wußte, hatte ihm halb und halb sekundiert, und Cornelie hatte genug zu tun gehabt, die jungen Leute abzuhalten, sich allzu feurig für eine moderne Staatskunst einzusetzen, wie sie es für ihre Pflicht hielten. In dem Angriff des Majors auf Christoph hatte noch das Wetterleuchten dieser geladenen Atmosphäre gezuckt; jetzt war die Entspannung hoffentlich eingetreten. Voß hatte vollauf damit zu tun, Delphines Neckereien standzuhalten. Hermes ließ sich immer wieder in die Unterhaltung von Corinna und Vesper hineinziehen. Cornelie empfand es mit Dankbarkeit, nicht sprechen zu müssen.

Dies war einer jener Tage gewesen, wie sie sich alle paar Jahre einmal dem Ablauf der Zeit entgegensetzten, gleich Felsbrocken der Strömung eines reißenden Wassers: die Flut brach sich. Das hieß für die Dauer eines solchen Tages: Aufenthalt und, wenn nicht Zurückfließen, so doch Rückwärtsblicken und – Sichbewußtwerden des Strömens, Strömens, Strömens – der unaufhaltsamen Fortwanderung von der Quelle zur Mündung. Cornelie liebte diese Tage durchaus nicht; vielleicht war es ihr gelungen, sie zu umgehen, seit sie in der letzten derartigen Stauung jenen Brief an Buzzini geschrieben oder vielmehr, seit die Notwendigkeit, ihm ihren endgültigen Verzicht mitzuteilen, ihr eine ganze Reihe solcher kritischer Tage bereitet hatte. Drei Jahre lang also war es ihr wieder geglückt, in völliger Hingabe an ihre Pflichten zu vergessen, daß der Zustand des Lebens eben kein Zustand, sondern beständiges Verändern, Verlassen und Fortwandern war. Zu einem Ziel? Vielleicht – Gott mochte wissen, wohin. –

Des Morgens aufwachen, nur um zu denken: ein Fleck Erde – irgendwo – ist bestimmt, mich aufzunehmen. Dort, an jenem Fleck, wo heute noch das Gras weht, werden sie die Erde aufreißen, mich hineinlegen und den Riß wieder zuschütten. Es wird nun eine kleine Unebenheit geben, weil ich da unten liege und Raum einnehme. Eine kleine Unebenheit, einen Hügel, über den bald der Efeu kriecht, Gras weht... Nach ein paar Jahren sinkt der Hügel ein, weil ich nun – nicht mehr soviel Raum einnehme...

Im Spiegel sehen – man sah es wohl täglich, aber heute erkennt man es plötzlich: wieviel Grau schon im Haar! Und an den Augenwinkeln, um das Kinn herum und am Halse – wie ist das nur so unmerklich alles gekommen? Wird das so bleiben, nie wieder straff und glatt und jung werden, wie es doch war, noch vor so wenig Zeit... Nun, Bürgerin Echter! – sie redete ihr Spiegelbild nie anders an: Bürgerin Echter, was wollen Sie eigentlich? Der Junge ist heute achtzehn, und Sie, meine Liebe, waren von jeher fünfundzwanzig Jahre älter als er. Sechsundzwanzig, um es genau zu sagen! Indessen – was hat Ihnen das zu bedeuten? Wer fragt danach? Wem kommt es darauf an, ob Sie jung oder alt aussehen? Ach, hatte sie sich abwendend gedacht, mir selbst wohl am wenigsten. Der eine, der danach fragen könnte, altert nicht auch er, einsam und still, von mir nicht gesehen, im Wandel der Tage? –

Aber eigentlich war es dies gewesen, daß Christoph davon gesprochen hatte. Sie hatten beschlossen, den Geburtstagsmorgen mit einer frühen Spazierfahrt zu zweien zu feiern, und waren aufgebrochen, noch ehe außer dem Gesinde ein Mensch im Hause erwacht war. Wie der Junge da die Rampe heraufgefahren gekommen war und, mit der Peitsche grüßend, sie angelacht hatte, war sie von dem jähen Eindruck seiner Ähnlichkeit mit Hans Adam fast überwältigt worden. Dies Lachen des schönen kräftigen Mundes, das die breiten gesunden Zähne zeigte und ein winziges Grübchen unter dem rechten Auge vertiefte, das Aufleuchten dieser braunen Augen dabei – das war auch Hans Adams Lächeln gewesen. Nur war es bei dem Sohne um soviel freier und selbstverständlicher strahlend. Hans Adam, dessen erinnerte sich Cornelie ebenfalls in diesem Augenblick sonderbar deutlich, hatte für gewöhnlich den zusammengerafften und irgendwie gezwungenen Ausdruck gehabt, der ein Stempel seines Berufs war. Der eigentümlich verträumte und versunkene Ernst Christophs, dieser in irgendeiner geistigen Ferne heimische Blick, der dann doch wieder klar und scharf auf Nahes sich einzustellen vermochte, das war noch ungebrochen, noch unbeeinträchtigt vom Zwang einer dem inneren Menschen widerstrebenden Dienstvorschrift. Als sie dann neben ihm saß, immer ein wenig seitlich gewandt, um ihn betrachten zu können, überkam es sie ganz: ja, nun ist er ein Mann! Gewiß – auch das hatte sie werden, hatte jahrelang seine Vollendung langsam heranreifen sehen! Heut aber war der Tag, da sie gewillt war, einmal ein Fazit zu ziehen. Der hier an ihrer Seite, das war kein Knabe mehr! Abgestreift war die kränkliche, traurige Unruhe, mit der er aus dem Krieg heimgekehrt war; überwunden die brütende Schwere, aus der die Lebensentschlüsse sich mühsam zutage gerungen hatten. Geläutert war der unklare Überschwang, aus dem die Kräfte nach allen Seiten hin schäumend ausbarsten. Das Leben hatte sich gesammelt, hatte seine Richtung gefunden. Cornelie gedachte der Tage im vorigen Sommer, als Christoph allein fortgeritten war, um den Leichenzug der in Mecklenburg verstorbenen Königin an der Grenze zu erwarten und um der Toten durch das von Trauerglocken erdröhnende Land das Geleit bis an die Gruft im Berliner Dom zu geben. Seit er damals zurückgekehrt ist, sagte sie sich, seitdem ist er – (und das hohe Wort kam ihr in einem Schauer von Demut) – seitdem ist er – geweiht. –

Eine Schwäche befiel sie, der dunkle Wunsch, sich wirklich an diese feste Schulter zu lehnen, diesen schönen Händen, die den Zügel so leicht und sicher führten, alles zu überantworten, was auf ihr lastete, einmal noch nur dazusein, keine Verpflichtungen mehr zu fühlen; ihn walten und schaffen zu lassen, wie sein guter Geist es ihm eingeben würde. Jetzt noch nicht, aber in ein paar Jahren... In ein paar Jahren würde es soweit sein; aber ob es ihr dann auch recht sein würde?

»Christel!« hatte sie lachend ausgerufen und ihr eigenes Gedankengespinst gewaltsam zerrissen, »nein! Du bekommst einen Backenbart!« Sie berührte ihm zärtlich die Wange. »Ich hätte dir wahrhaftig am besten ein Rasiermesser schenken sollen!«

Sie waren schon auf der Heimfahrt gewesen. Die nun voll aufgestiegene Sonne sog den blitzenden Tau von dem jungen Korn. Vor ihnen lag der Park in goldenem Grün, und die reiche herbe Luft war voller Vogelmusik. Christoph hatte die Mutter angelächelt; unwillkürlich hatte er den Zügel gelockert, und das Pferd fiel in Schritt. »Vor acht Jahren«, sagte er nachdenklich, »wissen Sie noch, wie wir da zum erstenmal den Park und das Dorf sahen? Es war Nachmittag, aber sonst alles so ähnlich wie heut...«

»Ja«, sagte Cornelie still, »ja, ich weiß es noch. Und an was dachtest du damals, Christoph?«

Das Pferd zog plötzlich scharf an. »Oh«, sagte Christoph lachend, »an was ich dachte? Ich weiß es nicht mehr, glaube ich...«

»Glaubst du...«, wiederholte Cornelie, und eine dunkle Unzufriedenheit schattete kurz über sie hin. Sie dachte: »Ja, schon damals! Ich weiß es ja!«

Christoph ließ den Gaul wieder nach Belieben gehen.

»Dieser Sand!« bemerkte er stirnrunzelnd. »Es muß wirklich bald etwas für den Weg geschehen! Vielleicht nach der Heuernte, was meinen Sie?« Da Cornelie nicht antwortete, fing er nach kurzem wieder an: »Finden Sie übrigens nicht, Mama, daß in diesen letzten acht Jahren das Leben gelaufen ist – gelaufen, als könnte es gar nicht schnell genug an sein Ziel kommen?«

Cornelie blickte verwirrt auf ihn. Er sah ernsthaft geradeaus, den Nacken ein wenig gebeugt. Wie golden seine aufgebogenen Wimpern schimmerten! Oh, er war *doch* noch ein Kind!

»In Mainz«, fuhr er langsam fort, als taste er nach einer verlorenen Formel, »da war es doch so, als würde alles bleiben und dauern und stand so fest. Aber jetzt...«

»Christoph«, sagte Cornelie, von rätselhaftem Unbehagen beschlichen, »was willst du? Das wird so weitergehen, bis du auf deinem eigenen Platz in der Welt stehst!«

Aber er hatte kaum hingehört. Sich aufstraffend, spähte er zum Garten hinüber; dort beim Teehäuschen erschienen ein paar Gestalten: die Freunde! Und nun eine lichte: Delphine! Christoph stieß einen jauchzenden Ruf aus, der vielstimmig beantwortet wurde. »Die warten schon!« lachte er. »Allons, Marko!«

»Horch!« sagte Cornelie und drehte sich nach dem Walde zurück. Sie wollte weitersprechen: »Der Kuckuck! Zum erstenmal dies Jahr!« Aber sie unterdrückte es noch. Einmal war der süßdunkle Laut aus dem Frühlingsdickicht erschollen – einmal – und nun – noch einmal. Dann blieb es still.

Cornelie wandte sich mit unbegreiflich fröstelndem Herzen um. Christoph, bemüht, das Dorf im Sturm zu erreichen, hatte nichts von allem gehört. –

VII

An diese Morgenfahrt hatte Cornelie zurückgedacht, während die Speisen herumgereicht wurden und die Gläser erklangen, während heiteres Gespräch sie umschwirrte und sie selbst zuweilen an der allgemeinen Unterhaltung teilnahm. Es war ihr kein Ungewohntes mehr, als Wirtin an ihrem Tisch zu sitzen; seit dem Tode des Vaters, seit den beiden Franzosenjahren war Hölkewiese unversehens wieder in den Kreislauf der geselligen Beziehungen, die zwischen benachbarten Gütern zu bestehen pflegten, eingeschaltet worden. Die gemeinsame Notlage hatte sich als zwingender verbindend erwiesen als überlebte Vorurteile, verjährter Klatsch trennend. Im übrigen trat ein gewisses Gesetz in Geltung, sobald Cornelie in ihrem Bereich vollkommen frei wirken konnte: das Gesetz der unwiderstehlichen Anziehung eines Kraftzentrums. Schon zu Lebzeiten des alten Tracht hatte Cornelie als erste im Kreise vielfach Versuche mit den neuen, von England herüberkommenden landwirtschaftlichen Theorien durchgeführt, wobei Reddien sie stark unterstützte. Sie hatte nicht nur erstaunliche Ergebnisse mit den von Doktor Thaer vertretenen Lehren und Grundsätzen in der Schafzucht und in der rationellen Ausnutzung des Ackers erzielt, sondern sie hatte den Doktor sogar selbst eingeladen, um seinen Rat zu hören, und daß sie damals auch die Besitzer der Umgegend zu einer Zusammenkunft aufforderte, ihnen Gelegenheit verschaffte, mit Thaer in Berührung zu kommen, und den Anstoß gab, daß er auf der Rückreise auch andere Güter beratend besuchte – dies hatte ihr ihren Platz in der Gesellschaft nachhaltiger wiedererobert als irgendeine Anstrengung, dem Herkommen zu genügen, es hätte erreichen können. Zunächst waren es freilich nur die Männer gewesen, die für sie eintraten und sie aufsuchten. Sie hätte nichts dagegen gehabt, wenn es dabei geblieben wäre; Männer, fand sie, waren bequemer im Umgang, und es kam mehr dabei heraus, ganz einfach! Indessen war es nicht nur eine Art von Politik, Rücksicht auf die zukünftige Stellung Christophs, als besonders ihr mit den Jahren immer stärker werdendes Bedürfnis, Harmonie nicht nur in sich, sondern auch um sich zu fühlen, was sie veranlaßt hatte, sobald Christoph nach dem Feldzug heimgekommen war, offizielle Besuche mit ihm im ganzen Kreise zu machen und die letzten Widerstände durch überlegene Liebenswürdigkeit zu besiegen. Im allgemeinen aber war es bei einer unveränderlichen Lauheit aller Beziehungen geblieben. Sie täuschte sich nicht über den Grund dieser Tatsache: wer, wie sie, einmal den Stempel, das Mal derjenigen, die »jenseits der Grenzen« gewesen waren, trug, der warb vergeblich um das unbefangene Zutrauen einer seit Generationen in sich gefestigten Gemeinschaft. Mochte Achtung ihr nie versagt bleiben, mochte sie sogar für manche zum Orakel, zur letzten Instanz geworden sein – das Mal, es blieb, es wirkte, es schuf den luftleeren Raum um sie her, den innersten Ring, den nur einer zu betreten vermochte, für den es eben Grenzen nicht gab, nicht mehr oder – noch nicht.

Wenn sie die französischen Freunde von Jahr zu Jahr ängstlicher an sich zu fesseln bemüht war – es hatte Zeiten gegeben, in denen Valdemaire die Übersiedlung in eine Universitätsstadt erwog – wenn von neuen Freunden einzig Hermes ihr nahestand – wenn Vesper sie nicht störte und die Anwesenheit der jungen Freunde Christophs ihr niemals den Atem beengte – sie wußte wohl, woran das lag! Und daß sie sich so gehen ließ wie heute abend, keine Konversation machte, Hausfrauenpflichten nicht mit Betonung nachkam, sondern nur gelegentlich ein Wort in die Unterhaltung warf und sonst ihren Gedanken nachhing, das konnte ihr auch nur in diesem vertrauten Kreise geschehen. –

Übrigens war die Tafelrunde durchaus nicht allein von wohltätigen Strömungen bewegt. Voß hätte wie der steinerne Gast am Tisch gesessen, wenn nicht Delphine in der Laune gewesen wäre, ihn zu umgaukeln, wie Singvögel es bei einem tagblinden Uhu tun, mit dem Unterschied, daß ihre tändelnden Angriffe offensichtlich weniger bezweckten, ihn persönlich herauszufordern, als irgendeinen Dritten zu reizen. Nachdem Cornelie, durch die umherschweifenden Augen des Mädchens aufmerksam geworden, den immer verdrossener werdenden Achatz an Delphines rechter Seite ein wenig beobachtet hatte, nachdem sie ein paarmal den verhalten zornigen Blick aufgefangen, den Christoph immer wieder zum oberen Tischende hinaufschoß, fühlte sie diese Beunruhigung hinlänglich genug, um sich zum Eingreifen veranlaßt zu sehen. Sie zog den Major ins Gespräch und brachte es dazu, daß Delphine sich ihrem anderen Nachbarn zuwandte. Damit war es nun aber keineswegs erreicht, daß Christoph sich auch zufriedengegeben und der kleinen Rahel gewidmet hätte, die demütig glücklich neben ihm saß und nichts zu entbehren schien, da das Lächeln so gar nicht auf ihrem bräunlichen Gesichtchen untergehen wollte. Christoph vielmehr versuchte es jetzt, sich über den Tisch hinüber in die Unterhaltung von Delphine und Achatz zu mischen, was nicht einfach war, da fast die Länge der breiten Tafel zwischen ihm und den beiden lag. Durch den eintönigen Bericht von den litauischen Winterquartieren und den Gefechten in Ostpreußen im Winter 1807, zu dem sie Voß nun schließlich angeregt hatte, vernahm Cornelie immerfort die Stimme des Jungen, die ihr befremdlich erregt und gequält klang. Sie ließ die Augen peinlich berührt zu ihm hingehen; er hatte jetzt gar nichts mehr von der gelassenen Überlegenheit, die er zu ihrer Freude vorhin Voß gegenüber zur Schau getragen hatte. Er sah prächtig aus in seinem festlichen bordeauxroten Frack; aber seine Haltung war nichts weniger als sicher, sie war die eines auftrumpfenden jungen Raufboldes. Eine Welle des seit einiger Zeit mühsam zum

Scheitel gebändigten Haares fiel ihm in die Stirn, seine Wangen glühten und seine Augen flackerten. Cornelie bemerkte, daß Achatz den Freund nur zuweilen unbehaglich anblickte, ohne seine Zurufe zu erwidern, während Delphine immer lebhafter lachte und plauderte, während ihre Augen, lockend und spottend zugleich, Christoph nicht losließen. Plötzlich, in einer unvorhergesehenen Atempause der allgemeinen Unterhaltung, vernahm Cornelie deutlich, was ihr Sohn sagte, nämlich: »Jetzt fehlte nur noch Chambuc hier am Tisch, gelt, Delphine?« Und gleich darauf Delphines mit heller Stimme in einer Aufwallung wirklichen Ärgers erteilte Antwort: »Laß doch endlich einmal deine albernen Geschmacklosigkeiten, Christoph!«

»Ich möchte noch mehr von dem Übergang über den Njemen wissen, Herr von Voß!« hörte Cornelie dann sich selbst hastig sagen, froh, daß das grollende Organ des Majors sich sogleich wieder wie ein akustischer Paravent zwischen die Ohren der Gäste und das Gezänk der beiden Kinder des Hauses schob. Offenbar aber hatte dies Gezänk mit der scharfen Wendung Delphines seinen Höhepunkt und zugleich seinen Abschluß erreicht. Das Mädchen sah sich auf einmal von Achatz vernachlässigt, der eine Frage an sein Gegenüber, Vesper, richtete und sich auf eine längere Erörterung einließ. Sie lauschte nun eine Minute den schwerfälligen Sätzen des Majors und begann dann, gelangweilt zurückgelehnt, mit ihren Armreifen zu spielen. Christoph, erblaßt und verstummt, saß ebenfalls da, als sei er allein; in seinem gesenkten Gesicht stand verzweifeltes Grübeln. Jetzt beobachtete Cornelie, daß er einen sonderbar scheuen und bittenden Blick zu Delphine sandte; sie schob schmollend den Mund vor und warf den lockigen Kopf ein wenig zurück. Dann aber, und ein heißer Schrecken fuhr Cornelie durchs Herz (und fast noch mehr erschrak sie über die Tatsache dieses Schreckens!) – dann lächelte Delphine Christoph an. Sie lächelte süß, voller Verheißung, voller unschuldiger Schelmerei und voll Hingabe. Christoph war aufgestrahlt, und das Lächeln, das ihrem antwortete, war ein unverhohlener Ausbruch von übermenschlichem, triumphierendem Glück.

Einen Augenblick, nicht länger, hatte diese stumme Versöhnung gedauert. Als Delphine sich jetzt mit der Bewegung einer schnurrenden jungen Katze ein wenig auf ihrem Stuhl rekelte und dabei wie zufällig mit den Augen das Gesicht ihrer Tante streifte, hatte Cornelie sich schon Hermes zugewandt, diesen anredend. Sie fühlte den Wunsch, ihre bestürzende Beobachtung zu verbergen und in sich zu verarbeiten. Doch wußte sie gut, daß außer ihren eigenen noch zwei Paar Augen jedenfalls Delphines Spiel bemerkt hatten: die Augen Corinnas und die von Rahel. Jetzt, da sie sich von dem Pastor über den Stand einer dörflichen Familienangelegenheit unterrichten ließ, stellte sie bei sich fest, daß der Ausdruck sowohl Rahels als Corinnas ein Wissen verraten hatte, das ihr selbst erst eben wie eine schmerzhafte Erleuchtung gekommen war. »Mein Gott, war ich denn blind?« fragte sie sich ratlos. –

»Nein, natürlich war ich nicht blind! Natürlich sah ich es kommen, Corinna!« sagte sie wenig später zu der Freundin und preßte die Hände zusammen. »Aber, um's Himmels willen! ich dachte doch niemals daran, daß auch Delphine beteiligt sein könnte! Ich – nun, ich hielt es für eine Art Kinderkrankheit des Jungen, die sich verlieren würde wie seine fatale Neigung zum Schnupfenfieber. Oder...«, fügte sie leiser hinzu und starrte nach der geöffneten Saaltür, an der Delphine und Christoph nach dem Rhythmus des Walzers, den Vesper spielte, soeben langsam vorüberschwebten – »oder ich redete mir das ein... Ich – nein, Corinna – doch nicht das! Nur das nicht!«

»Und warum nicht, Liebe?« fragte Corinna nachdenklich. –

Die beiden Frauen saßen jetzt in der Fensternische des großen Wohnzimmers, in welchem Raum auch der L'hombretisch stand, an dem die übrigen »Erwachsenen« Platz genommen hatten. Vesper, sich selbst als zum Zwischenreich gehörig erklärend, hatte sich zur Jugend geschlagen und war ans Klavier geschleppt worden. Auf einen Wink Corneliens hatte Frau Valdemaire auf die Teilnahme am Spiel verzichtet und sich zu ihr gesetzt, sobald alle Teile der Gesellschaft hinreichend beschäftigt waren. Cornelie antwortete ihr gedämpft, aber leidenschaftlich: »Weil es ein Unglück wäre!«

Corinna fragte vorsichtig: »Und – für wen?«

Cornelie senkte den Kopf.

»Verstehen Sie mich richtig!« sagte sie nach einer Weile lebhaft. »Ich wünsche nicht, Delphine unrecht zu tun! Ich bin wie ihr alle der Überzeugung, daß sie sich in den letzten Jahren auf das schönste entfaltet hat. Es ist, als habe dieser Vater etwas in ihr geweckt, das keinem von uns zugänglich war. Eine natürliche Anmut und etwas wie Wärme... Ja, ich habe mich manchmal gefragt: wo lag das in ihr verborgen? Sie erinnern sich, wie sie als kleines Kind war...«

Corinna machte lachend eine abwehrende Bewegung mit der Hand. »O lala! Ich weiß sehr gut! Ein mürrischer kleiner Teufel!«

»Aber Corinna!« Cornelie legte der anderen die Hand beschwörend aufs Knie, »aber Corinna! Wenn nicht mehr mürrisch – das andere – un petit diable, ein Teufelchen – das ist sie doch noch! Meinen Sie denn, daß ein Charakter sich so vollkommen ändern kann? Ihr seht jetzt alle nur ihre Anmut, ich sehe das auch, aber – alle Eigenschaften von Charlotte sehe ich dahinter und außerdem – quelque chose d'autre, etwas, das ich nicht deuten kann, das ich aber wie eine Gefahr fühle.«

»Cornelie – chérie!« sagte Corinna und sah sie zärtlich an, »vergessen Sie nicht vielleicht allzusehr, daß Sie deutsch sind? O ja, sehr schön, sehr gut und – sehr deutsch! Die kleine Delphine aber – fremdes Blut!«

»Oh!« fuhr Cornelie auf, »fremdes Blut? Was heißt das...«

Aber Corinna legte den Finger auf den Mund. »Da! Horchen Sie!« flüsterte sie.

VIII

Nebenan war man zu Pfänderspielen übergegangen. Nun klimperte es schon seit einer Weile suchend auf dem Klavier, eine Melodie wurde gesummt, deren Begleitung Vesper sich zusammenzutasten schien. Jetzt präludierte er, und eine Mädchenstimme fiel ein. Corinna erhob sich und ging leise zur Tür; Cornelie folgte ihr zögernd. Es war Delphine, die das Los getroffen hatte, ein Liedchen zum besten zu geben. Nicht weit vom Klavier entfernt stehend sang sie:

»Als ich einmal reiste
(...einmal reiste... wiederholte die
Begleitung einfältig süß)
Kam ich nach Jerusalem,

Da war ich der Kleinste
In dem ganzen Land...«

Diese Strophe hatte das Mädchen ganz so gesungen, als stünde es irgendwo auf der Straße neben einer Drehorgel und plärrte eine Bettlerweise ins Publikum. Die Hände über dem Schoß verschränkt, den Leib ein wenig vorgeschoben, das Kinn vorgestreckt und dabei den Blick der groß aufgerissenen Augen in einer Art leerer Verzückung nach oben gerichtet, so glich die singende Delphine in gar nichts mehr einer jungen Dame von Stande.

»Horrible!« murmelte Cornelie entrüstet, »was fällt ihr ein!«

»Silence! Je vous en prie! C'est charmant!« lachte Corinna unterdrückt. Delphine hatte plötzlich nach der Tür hingeblickt. Ihr Ausdruck wechselte, ward vorwurfsvoll, anklagend; sie rezitierte nun mehr, als daß sie sang, wies dabei mit der Hand auf die beiden Zuschauerinnen und drehte sich bei der letzten Zeile um, indem sie das Gesicht mit den Händen verbarg und mit dem Fuß aufstampfte:

»All die Herrn und Frauen
Kamen da an meine Tür.
Wollten sich beschauen
Das arme Murmeltier.«

Dann aber begann sie eintönig zu trällern und, den Rock mit beiden Händen fassend, tanzte sie dazu marionettenhaft steif und doch mit berückender Grazie:

»Murmeltier kann tanzen,
Eins und zwei und drei und vier –
Murmeltier kann tanzen –
Armes Murmeltier!«

Es gefiel Vesper, mit der Begleitung nicht abzusetzen, als die Strophe zu Ende war. Vielmehr ging er in eine phantastische Tanzweise über, in der die Takte der kleinen Melodie sich unwillkürlich verschlangen und auflösten; er brachte das alte verstimmte Instrument dazu, zu summen und zu zirpen wie eine

Gitarre. Delphine nun schien nicht stillstehen zu können, solange ein Ton erklang. Ohne den Lichtkreis der beiden dreiarmigen Leuchter, die auf dem Klavier brannten, zu überschreiten, drehte sie sich wie die Puppe auf einer Spieluhr, ganz im Bann der Musik und in dem ihres eigenen Schwunges. Jedoch wechselten die Figuren des Tanzes je nach den Rhythmen, die der sonderbare Musikant unter seinen Fingern hervorgehen ließ, als bewegte er gleichzeitig mit den Saiten die verborgenen Drähte, denen die um sich selbst schwebende Gestalt zu gehorchen hatte. Klang zwischendurch eine zusammenhängende Folge von Takten auf, so sang die Tanzende mit, Zeilen des törichten kleinen Liedes geisterten mit geheimnisvoller Bedeutsamkeit durch den einsamen Wirbel.

Der größte Teil des Saales lag fast im Dunkel; Corneliens suchendes Auge fand die anderen jungen Leute nur wie Schatten an den Wänden ringsum. Was sie deutlich unterscheiden konnte, war allein Vespers Gesicht, der über seinem Spiel scharf und gespannt nach der Tänzerin blickte und dessen Hände wie die eines Zauberers selbsttätig schienen. Cornelie sah mit jäher Betroffenheit auf ihn; welcher Dämon hatte sich dieser Züge bemächtigt? Seine Augen glänzten hart; ein übermütig-machtbewußtes Lächeln spannte den Mund, »Rattenfänger!« ging es ihr durch den Sinn. Mit einem Male erschlaffte das alles. Vesper ließ den Kopf auf die Brust sinken; seine Hände griffen noch zwei, drei Akkorde und blieben dann auf den verstummten Tasten liegen, wie von allem Leben verlassen. Gleichzeitig blieb Delphine, die sich mit einem letzten Schwung um sich selbst gedreht hatte, stehen, ließ Kopf und Arme hängen und pendelte mit den Händen, wie ein losgelassener Hampelmann. Dann lachte sie leise auf und war unversehens aus dem Lichtkreis gehuscht und im Schatten untergetaucht. Vesper hob jetzt schwerfällig den Kopf, starrte in die Kerzenflammen und ließ die Hände von den Tasten gleiten, daß es noch einen dunklen hallenden Saitenklang gab. Er griff nach seinem Tuch und trocknete sich die Stirn. Sein Gesicht, erschlafft und ganz ausdruckslos, gemahnte Cornelie jetzt erschreckend an irgendein anderes, auf das sie sich vergeblich zu besinnen suchte... Ganz in Gedanken folgte sie der lächelnden Corinna in die Fensternische zurück. Und nun, sich an das unterbrochene Gespräch erinnernd, sagte sie beinahe heftig: »Fremdes Blut? Wie meinen Sie das nur, meine Liebe? Delphine ist doch das Kind meiner leiblichen Schwester!«

»Und Loriot? Ein Franzose aus dem Süden! Und Ihre Schwester – sie war das Kind von einer Pariserin! Der eine preußische Grandpapa, der dabei ist, macht, wie mir scheint, nicht viel aus. Und nach dem, was wir eben gesehen haben, ist wohl anzunehmen, daß Delphine am meisten mit ihrer Pariser Grandmaman verwandt ist. Une actrice – voilà!«

Cornelie starrte sie an, wie unter einer erschreckenden Offenbarung. Sie murmelte: »Hierauf bin ich noch nie verfallen. Schließlich aber – es ändert sich nichts, im Gegenteil. Begreifen Sie nun nicht um so mehr, daß es ein Unglück wäre, wenn Christoph...«

Corinna lachte etwas ungeduldig. Cornelie wandte verstimmt den Blick von dem heiteren klugen Gesicht der anderen und fragte sich vergeblich, warum sie denn immer wieder der Versuchung nachgäbe, erstens, etwas auszusprechen, was sie nur dunkel und beunruhigend ahnte, und sodann: für solche gestammelten Befürchtungen auf Verständnis bei dieser Nüchternen, Klaren zu hoffen... Sie lauschte auf den fröhlichen Lärm nebenan. Dort nahm die Pfänderverteilung ihren Fortgang.

»Liebe Freundin«, sagte Corinna nun aufseufzend, »wo Schicksal ist, ist weder Glück noch Unglück – nur Schicksal!«

»Mon Dieu! Welch große Worte für die Liebelei zweier Kinder, Madame Valdemaire!«

Es kam nicht selten vor, daß die Freundinnen im Gespräch ihre Rollen vertauschten. Schlug Corinna je einen schwereren Ton an, so war Cornelie gleich sehr geneigt, den Gegenstand leicht zu nehmen. –

Corinna blickte sie ernsthaft an. »Eh bien, ich will offen mit Ihnen reden, Cornelie! Ich sagte vorhin, Sie seien deutsch, aber da ist noch eine andere Kleinigkeit, die Sie so denken läßt, wie Sie denken. Sie sind so ganz mit Ihrer Heimat ein Stück, und nicht nur mit Preußen oder mit La Churmark et la Prignitz und mit diese Hölkewiese, sondern noch viel stärker mit Ihre Familie, mit Ihre Eltern, mit Ihre ancêtres nach rückwärts und mit Christoph und seine mögliche Nachkommenschaft nach vorwärts. Oh, ja! Ja! Ja! Lassen Sie mich ausreden und denken Sie selbst an Ihr Leben zurück! Sie haben mir immer Vertrauen geschenkt, und ich weiß doch, warum Sie Herrn von Rühle haben gehen lassen, und warum Sie Buzzini – mille fois pardon, Teuerste – aber es war doch immer wegen Christoph, und das Drama mit Ihrem Herrn Vater ist Ihnen viel stärker ans Leben gegangen als irgend etwas anderes! Das sind Sie, Cornelie, so sind Sie: ganz eine Tochter und ganz eine Mutter, und darum lieben wir Sie ja alle so und suchen die Wärme bei Ihnen – die Heimat! Denn wir sind anders, chérie, der Valdemaire und ich, arme Bücherwürmer und Bildchenmaler mit sonderbar dünnes Blut; wir wollen keine eigene ›Haus und Herd‹, wir wollen auch keine Kinder, es wäre zu schwer für uns. Jawohl, ich habe meine Maman sehr lieb, aber mehr aus solidarité, es gehört sich, daß ich ihr nicht im Stich lasse. Wollen Sie wissen, wer noch so ist wie wir: da sehen Sie den Vesper – er fühlt sich so ganz à son aise hier, wo er gefüttert wird und ein Dach über seinem verrückten Kopf hat, aber gar keine Verantwortung dafür, und kommen oder davonlaufen kann, wie er will. Und da ist Delphine – wieder ganz anders – un type plus riche avec plus de feu et de sang – aber doch uns stärker verwandt als Ihnen, Cornelie, und nicht nur wegen la belle France! Quant à Christoph, ich lasse meine Hände von ihm, ich bewundere ihn jeden Tag mehr, aber ich verstehe ihn nicht und habe keine Ahnung, wohin es mit ihm eigentlich will. Ich weiß nur: er ist ganz, ganz anders als Delphine, aber – er kann nicht ohne sie sein, das ist irgendein Gesetz; er kann nicht ins Gleichgewicht kommen, solange er sie nicht erobert, genommen, besessen hat. Oh, das ist nicht einfach zu sagen, was ich da fühle. Aber verstehen Sie mich ein wenig?«

»Nicht so ganz, Corinna. Jedenfalls noch nicht. Sie haben eine Art, die Dinge zu sehen…«

Wie immer, wenn Corinna so recht in Zug gekommen war, fühlte Cornelie sich leicht verwirrt. Es war dann, als hätte sie den Faden jeder eigenen Meinung völlig verloren, und selten konnte sie eine leise Empfindlichkeit der Tatsache gegenüber unterdrücken, daß sie über ihre eigensten Angelegenheiten belehrt werden sollte. Doch wußte sie aus Erfahrung, daß sie hinterher fast immer dazu kam, der Klugen recht zu geben. So sagte sie jetzt nur: »Es ist übertrieben, sich über zwei Achtzehnjährige zu exaltieren. Es lag an mir, ich weiß es, ich hätte mich zusammennehmen sollen. In ein, zwei Jahren wird Delphine ohnhin in Frankreich bei ihrem Vater sein... Kommen Sie, wir dürfen uns nicht länger so isolieren!«

IX

Im Saal hieß es indes immer noch: »Was soll das Pfand in meiner Hand?«

Die kleine Rahel, ernsthaft wie eine Schicksalsgöttin, saß auf dem Stuhl am Klavier, einen bunten Seidenschal über die Gegenstände auf ihrem Schoß gedeckt.

»Eine Maiblume vom Teich holen und das Geburtstagskind damit schmücken!«

»Blinde Kuh sein!«

»Dem Major einen Kuß geben!«

»Dreimal allein durch den Saal walzen!« kamen die Antworten.

»Blinde Kuh! Und draußen im Mondschein!« wiederholte Christoph und stieß eine der Glastüren auf. »Seht doch, wie hell es ist! Und so warm!« Von allen Seiten kam Zustimmung. »Ach – ich selbst!« seufzte Rahel, zog dies bis zuletzt zurückbehaltene Pfand, ein Bernstein-Kettchen, unter dem Tuch hervor, legte es mit bebenden Fingern wieder um ihr Hälschen und ließ sich von Delphine den Schal ergeben um die gesenkte Stirn knüpfen. Christoph faßte sie bei der Hand und führte sie auf die Terrasse hinaus. »So, Rahelchen, du stehst in der Mitte. Dreh dich! Dreh dich...«

Rahel drehte sich wie im Traum, die Hände ausgestreckt und ein Lächeln um den rührenden Kindermund. Drinnen hatte Vesper sich wieder an das Klavier gesetzt; er mochte sich selbst und das Spiel da draußen vergessen haben. Die Sonate, die ihn ergriffen hatte, drang mit ihren hohen schmerzlichen Rhythmen heraus und bemächtigte sich der jungen Menschen mit unwiderstehlichem Zauber. Delphine, Christoph, Achatz und Rudolf hatten zunächst nahe um Rahel herumgestanden, hatten sie neckend angerufen, sie am Kleid, an den Haaren gezupft, nur bestrebt, ihren tastenden Händen auszuweichen. Bald aber gerieten sie alle in den Bann dieser Nacht, die über sie geneigt stand wie eine kaum verhüllte Göttin, die träumend, tönend und atmend verweilt, mit den matten Perlen ihrer Sterne und den durchsichtigen Schleiern ihres Frühlingsgewölks spielend. Sie bewegten sich sachte, lächelnd, beinahe feierlich; Rahel selbst tat keinerlei hastigen Schritt, sie näherte sich dem einzelnen schwebend und wich zurück, noch ehe sie jemand berührt hatte. Es war ersichtlich, daß sie den einen, den sie suchte, schon am Atem, an der Strahlung seines Körpers erkennen zu müssen glaubte. Christoph aber war lautlos bis zum Rand der Terrasse gegangen. Er blickte hinab: drunten, in dem von jungen knospenden Sträuchern und Büschen erfüllten Rosengarten neben der steinernen Frau, die schattenhaft sichtbar war, stand jetzt eine helle Gestalt – Delphine, die sich aus dem Kreise entfernt hatte. Christoph zögerte noch. Dann plötzlich eilte er die Stufen hinunter der Fliehenden nach, die ihren Platz jetzt verließ und in den schon von zartem Laubwerk bedeckten Gang der Pergola einbog. Er sah es nicht mehr, daß Rahel im selben Augenblick stehenblieb, den Kopf senkte und dann die Hände hob und still die Hülle von ihren Augen löste. Vespers Musik brauste eben wie zu einer Beschwörung auf; die Saiten des alten Instrumentes erklirrten schrill, als ginge dies über ihre Kraft. Dann brach der Spielende jäh ab, und gleich darauf trat er auf die Terrasse hinaus. Da stand Rahel allein und drehte das Tuch in ihren Händen, als müßte sie es auswinden. Sie starrte mit großen Augen in den dämmrigen Garten, in den nun auch Achatz und Rudolf rufend und lachend hineinliefen. Aber auf seine Frage, was geschehen sei, bekam Vesper keine Antwort. Das Mädchen wandte sich stumm ab und ging ins Haus. Vesper hob den Kopf und sah zu dem Gestirn auf, das, von silbrigen Wölkchen umflügelt, eilig dahinzureisen schien. »Mond...«, flüsterte er mit einem entrückten Lächeln. –

»Mond – Mond –
Wie die Wellen kühlen,
Wie die Winde wühlen
In den dunklen Mähnen der Nacht...«

X

Christoph hatte in der Pergola Delphines helles Kleid eben noch zur Rechten entschwinden sehen. Eine richtige Ahnung wies ihm den weiteren Weg: das alte Versteck in den Taxushecken, sagte er sich, würde Delphines Ziel sein. Der Kies stob unter seinen Sohlen. Richtig! Da leuchtete sie am Ende des Weges noch einmal auf und verschwand um die Biegung. Jetzt hörte er die Rufe der anderen hinter sich und verdoppelte seine Anstrengungen, nichts im Sinn, als die Fliehende jedenfalls als erster zu haschen. Mit ein paar großen Sätzen umrannte er das Quadrat der Eibenwände und wollte eben in den Eingang hinein, als ein leiser Anruf ihn bannte. Von der anderen Seite der Außenwand her lauschte Delphine um die Ecke und winkte ihm lachend: »Schnell, schnell! Eh' die anderen da sind! Wir verstecken uns – komm!«

Und bevor noch Achatz und Rudolf in wildem Wettlauf herangestürmt waren und hintereinander in die Heckengänge hineinstürzten, hatte die feste kleine Hand ihn in das Buschwerk zur Seite gezogen. Ein paar dicke Buchen standen hier; von unterdrücktem Gelächter bebend, drängten Delphine und Christoph sich hinter den Stämmen zusammen. Das dauerte nun noch ein paar Minuten, gab enttäuschte Ausrufe, den Austausch von Vermutungen und endlich den hastigen Aufbruch der beiden Verfolger mit anzuhören, die unter der Losung: »Zum Teich! Sie werden am Teich sein!« davonliefen, und dann lachte Delphine leise auf. »Die wären wir los!« sagte sie und zog ihn weiter, dem schmalen Pfad zu, der hier durch das Dickicht und hinaus zum Feldrain führte.

»Wohin wollen wir?« fragte Christoph beinah beklommen und trat gleichzeitig vor Delphine, um einen überhängenden Ast, der den Weg versperrte, zu heben. Sie schlüpfte unter seinem Arm durch. »Oh, nur hinaus!« sagte sie ein wenig atemlos und griff wieder nach seiner Hand. »Mußt du morgen wirklich gleich wieder fort?«

»Ja, wir müssen wohl. Rudolfs Urlaub läuft ab und auch wir... Nein, ich kann die anderen nicht gut allein reiten lassen. Warum, Delphine? Möchtest du – möchtest du denn, daß ich noch bliebe?«

Keines wußte, welches von ihnen so bebte, daß es wie ein vibrierender Strom durch ihre verschlungenen Hände ging. Sie standen nun an der Grenze des Parkes. Vor ihnen, über den Feldern, wogte mattleuchtender Nebelglast, ein milchiges Meer, unabsehbar, Delphine starrte hinaus.

»Ach, wenn du wüßtest, wie langweilig es immer ist!« stieß sie seufzend hervor.

Christoph war etwas ernüchtert: der Druck seiner Hand ließ nach. »Vesper bleibt ja hier«, sagte er steif.

Delphine blickte ihn von der Seite an, und wieder lachte sie leise. »Ach, Stofferle!« sagte sie. »Dummes Stofferle! Bist du wirklich schon mündig? Ich glaube nicht. Komm jetzt, wir gehen um den Garten und bei der Koppel wieder hinein.«

Der Pfad war schmal. Sie löste sich von seiner Hand und ging voran. »Delphine!« sagte Christoph nach ein paar Schritten hinter ihr und blieb stehen. »Warte, Delphine! Ich – ich muß dich was fragen!«

Er atmete heftig und blickte ihr leidenschaftlich in das Gesicht. Das Mädchen hatte sich zu ihm zurückgewandt, und in dem Lächeln, mit dem sie ihn ansah, war übermütiges Verheißen so gut wie neugieriges Abwarten.

»Delphine«, sagte Christoph tiefernst. »Ich will es jetzt wissen: liebst du eigentlich Chambuc oder – wen sonst?«

»Chambuc?« wiederholte Delphine staunend. »Chambuc? Aber Christoph – der ist doch gar nicht hier!«

»Aber deswegen könntest du ihn doch lieben, gerade deswegen!«

»Aber ich habe ihn doch schon mehr als ein Jahr nicht gesehen, Christoph.« Delphine schüttelte fassungslos den Kopf.

»Du liebst ihn nicht!« entschied Christoph nach kurzem Schweigen. »Oh, Delphine, wenn man liebt – das hört mit der Trennung nicht auf! Aber wen – wen liebst du, Delphine? Du liebst Achatz, gewiß!«

Delphine hatte sich umgewandt und war lachend weitergegangen.

»Delphine! Lache nicht! Also dann Rudolf, nicht wahr?«

»Oder Vesper!« sagte Delphine über die Schulter zurück. Christoph war mit einem Sprung neben ihr. »Ist es wahr?

Wirklich, Delphine?« Er ließ den Kopf hängen, tief niedergeschlagen.

»Natürlich! Das ist ja auch gar kein Wunder.«

Jetzt blieb Delphine stehen und stampfte ärgerlich mit dem Fuß auf. »Christoph!« rief sie, »du solltest die Lämmlein hüten! Wie kannst du denn glauben, ich liebte Vesper?«

Christoph strahlte auf. »Nicht, Delphine? Liebst du ihn nicht? Ach, er wäre der einzige, dem ich es gegönnt hätte!«

»Und warum?« fragte Delphine gereizt, »warum, mein Herr, soll ich überhaupt durchaus lieben? Und wenn – was geht Sie das an?«

»Aber Delphine! Sie lieben doch dich! Ja, alle lieben sie dich! Und was es mich angeht? Viel, Delphine! Über alles geht es mich an.«

»Du weißt doch, daß ich mich längst entschieden habe.«

»Nein, Delphine, ich weiß gar nichts. Ach, gar nichts weiß ich. Sag es mir – bitte, Delphine!« bettelte er nun mit lachenden Augen.

»Eh bien! Ich bin verliebt, bis über die Ohren verliebt in...«, sie gab ihm einen leichten Nasenstüber und lief davon, »...in den Major von Voß!« rief sie. Christoph blieb neben ihr.

»Du! Das wirst du jetzt büßen!« rief er entrüstet, doch glücklich, und griff nach dem Mädchen. Delphine blieb stehen. »So!« sagte sie, plötzlich herausfordernd, »und du fragst mir hier die Seele aus dem Leibe, und ich soll nur antworten?! Et vous, monsieur? Und Demoiselle Rahel? Wie steht es damit? Nun?«

»Delphine...«, sagte Christoph nur bittend und legte die Hand auf ihre zarte lebendige Schulter.

Unversehens gab sie nach und ward ihm so nah, daß er seinen Herzschlag aussetzen fühlte. »Delphine«, stammelte er, »Delphine...« Sie lehnte in seinem Arm. Er wagte sich nicht zu rühren, nicht, sie an sich zu ziehen. Er hielt sie. Es war schon dies eine Seligkeit, die ihn fast zersprengte.

»Nun – und warum fragst du so viele Dummheiten?« flüsterte sie, den Kopf zurücklegend, mit geschlossenen Augen.

»Delphine! Liebst du denn mich? Wirklich mich?«

Ohne die Augen zu öffnen, bewegte sie ungeduldig den Kopf hin und her. »Oh, was er fragt!« seufzte sie.

Im nächsten Augenblick lagen seine Lippen auf ihren.

»Nun – nun – siehst du wohl! Warum so viel Worte!« stöhnte sie lachend. Dann, als er sich von ihr löste, um ihr verworren stammelnd in die Augen zu sehen und wiederum nach ihrem Mund suchte, machte sie sich mit sanfter Gewalt frei.

»Gehen wir zum Teehäuschen!« schlug sie vor. »Es ist so feucht hier.«

Er folgte ihr ganz benommen. Sie umgingen die Parkecke, schlüpften in die Koppel und bahnten sich den Weg durch das Gestrüpp den Hügel hinauf. Als sie auf der Bank des hölzernen Tempelchens saßen, hatte Christoph Atem und Fassung wiedergewonnen.

»Delphine!« sagte er stürmisch und nahm nur ihre Hand, als sie sich an ihn lehnte. »Nein, nun mußt du mich reden lassen! Delphine! Ich liebe dich ja so unaussprechlich, Delphine! Aber ich wagte niemals zu glauben, daß auch du... Oh, Delphine! Und dennoch! Es mußte ja so sein! Die Welt hatte mir nie einen Sinn ohne dich. Meine Delphine, selbst in den Jahren vor dem Kriege, als wir hierherkamen, als ich endlich wieder in deiner Nähe war, und als du da so schlimm und bitterböse zu mir warst...«

»War ich es?« fragte Delphine erstaunt, die Hand in sein Haar grabend, »vor dem Kriege? Aber da waren wir Kinder, Christoph!«

»Das kann sein. Ich war ein dummer Junge, ich weiß es. Daß ich dich liebte – ich wußte es damals vielleicht selber nicht. Nur eins ist sicher, Delphine, mein ganzes Leben, solange ich denken kann – immer warst es nur du. Immer – nur du! Immer – immer – nur du...«

Als Delphine seinen Kopf nach dem langen Kuß jetzt zurückdrängte, sagte sie halb erstickt lachend: »Du bist ein tolles Stofferle, du! Du bist ja ein Löwe! Aber ich habe es beinah gedacht.«

»Hast du? Das ist ja ein Glück, Delphine. Aber warte nur, das kommt noch ganz anders. Jetzt kann ich erst werden, was ich werden muß, jetzt, wo ich weiß, daß du mein bist.«

»Und was mußt du werden?«

Sie hatte den Kopf an seine Schulter gelegt und sprach wie ein schläfriges Kind. Christoph spielte mit ihrer Hand.

»Oh, was ich werden muß?« fragte er tief aufatmend. »Jedenfalls wirklich ein Löwe, Delphine, auf dessen Gebrüll die Welt hört. Oder doch jedenfalls Deutschland! Ein Löwe, ein Adler, Delphine, ein ganz großes Fabeltier! Früher«, er sagte es zögernd, »früher meinte ich ja, nichts als – ein großer General!«

»Wie Napoleon«, murmelte Delphine. »Ach, Stofferle, und die grüne Husarenuniform würde dir so gut stehen!«

»Niemals!« sagte Christoph entschlossen. »Du darfst nicht so sprechen, Delphine. Siehst du, Soldat bin ich gewiß; jeder Mann ist es. Jeder Mann muß immer zur Verteidigung seines Landes bereit sein, muß sich auf den Felddienst verstehen; das gehört dazu. Aber nur, um eine Uniform zu tragen, um im Frieden mit Waffen zu spielen und die Zeit mit leerer Übung hinzubringen – nein, da hab' ich Besseres zu tun! Und andere Völker angreifen, ihnen den Krieg ins Land tragen und ihr Leben vergewaltigen, darin sehe ich auch kein Ideal mehr. Das, Delphine, das tut Napoleon. Er ist groß, ja, ich bewundere ihn immer noch, aber – er nimmt mir den Raum... Uns, meine ich, uns nimmt er den Raum und das Recht. Das geht nicht. Nein, Delphine, ich gehe weder mit ihm noch lasse ich mich in ein Zinnsoldatenheer stecken. Wenn es aber nötig wird, werde ich schon zur Stelle sein.«

»Kluges Stofferle«, Delphine fuhr ihm mit dem Zeigefinger Stirn und Nase entlang. »Aber was weißt du denn eigentlich Besseres? Was willst du denn werden?«

»Ach«, Christoph lehnte sich zurück und dehnte die Brust, »wenn ich es nur schon wüßte, Delphine!«

»›Verwaltungsdienst‹, sagst du immer; das klingt gar nicht schön.«

»Ja, was soll ich sonst sagen! Das Kind muß doch einen Namen haben. Siehst du, ich kann ein Minister werden oder ein Staatskanzler wie der Stein; ein Rheinhesse bin ich ja auch. Nun, das genügt freilich nicht. Oder ich könnte Diplomat werden, wie der Onkel Sixtus es war; aber mit Höfen will ich eigentlich nichts zu tun haben – dem Volk will ich dienen. Oft denk' ich auch, daß ich gern ein guter Arzt oder ein großer Naturforscher würde – und dann gibt es tausenderlei Dinge, die ich wissen will, von den Sprachen der Völker, weißt du, und von ihren Religionen. Indien... Reisen möcht' ich, Delphine! Die ganze Welt möcht' ich sehen. Am liebsten – wär' ich ein Dichter...«

Delphine lachte. »Du hast es gut vor, Junge! Dichten, das muß man können...«

Christoph, von der Dunkelheit gedeckt, lächelte... »Und wenn ich nun könnte? Soll ich dir ein Gedicht sagen, Delphine, das...« Plötzlich hatte das Mädchen ihm die Hand auf den Mund gelegt.

»Still! Horch!« flüsterte sie.

»Delphine!« tönte es. »Christoph! – Delphine!«

Der ganze Garten hallte auf einmal von Rufen. Christoph erkannte die Stimme seiner Mutter.

»Geh! Geh!« raunte Delphine eifrig. »Geh zu ihnen! Sag, du hättest mich nicht gefunden! Geh – sag, ich wäre gewiß schon im Haus! Laß sie nicht erst heraufkommen! Ich laufe über den Hof, sie brauchen nicht zu wissen, daß wir die ganze Zeit zusammen waren!«

»Und warum nicht?« fragte Christoph verwirrt. »Ja, ja, ich gehe ja schon, Delphine. Nur noch einen Kuß! Delphine! Wirst du auf mich warten, auch wenn es noch Jahre dauert? Oder – wollen wir miteinander davonlaufen? Delphine – schnell! – Sag, was du willst!«

»Dich will ich, Junge! Weißt du es noch nicht?«

Sie preßte sich an ihn und küßte ihn auf den Hals. »Aber jetzt mach, daß du fortkommst!« –

Cornelie trat im Morgendämmern des nächsten Tages leise in Christophs Schlafzimmer. Er lag mit offenen Augen da; das Fenster stand weit auf, der jubelnde Gesang der Amseln und die reine feuchte Frische des Frühlings drangen herein.

»Ich wollte dich wecken«, sagte sie lächelnd, »aber ich sehe, es ist gar nicht nötig.«

Sie hatten gestern abend kein Wort mehr gewechselt; dennoch schien er ebenso wie sie überzeugt davon, daß kein Geheimnis zwischen ihnen bestünde. »Ich habe die ganze Nacht nicht geschlafen, Mutter«, flüsterte er. »Ich bin zu glücklich.«

»Mein Junge«, sagte sie ratlos. Auch sie hatte keine Ruhe gefunden, aber nicht vor Glück. »Wie lange, Christoph«, fragte sie tastend, als er nun nach ihrer Hand griff und sie an die Lippen drückte, »wie lange ist das denn schon?«

Christoph schaute groß zu ihr auf.

»Das war schon immer und ist für ewig, Mutter!« sagte er ruhig.

Cornelie sah erschüttert auf ihn, beugte sich nieder und küßte ihn stumm auf die Stirn. So helfe uns Gott! dachte sie. –

XI

Der folgende Sommer schien für Hölkewiese unter einer besonderen, dem Dienst der Musen außerordentlich günstigen Konstellation zu stehen, denn niemals war hier dem Genuß von Werken der Dichtkunst und der Musik in dem Maß gefrönt worden, wie es nunmehr geschah. Genuß – so war Cornelie geneigt, es aufzufassen. Ihr selbst bedeutete das Lesen eines Romans oder das Anschauen eines Theaterstücks, das Anhören von Gedichten oder von Musik nie mehr als einen Zeitvertreib, einen edlen, gewiß, aber doch nicht eine Beschäftigung, würdig, ihr wertvolle Tagesstunden zu widmen! Es war etwas für den Abend, für die Erholung. Sie war sich dessen bewußt, daß es Menschen gab, die mit dem Niederschreiben von dergleichen Erzeugnissen einer unbegreiflichen Einbildungskraft ihr Leben hinbrachten, daß sie die Tage am Schreibtisch oder am Klavier versaßen, nur darauf bedacht, Tonfolgen oder Wortgebilde in sich entstehen zu lassen und sie mit dem Stift oder mit der Schreibfeder festzuhalten, und daß dies Arbeit genannt wurde. Sie hatte für diese Tatsache eine unklare Bewunderung, aber sie dachte nicht gern daran, ja sie vermied es, sich menschliche Wesen dieser Art vorzustellen, so wie sie auch nur mit Unbehagen über die Natur von Elementargeistern und selbst von Engeln nachgedacht hätte. Mit der Wissenschaft hatte es etwas anderes auf sich. Da kamen denn doch Ergebnisse zutage, die greifbar und im Leben anwendbar waren, und noch ein so verträumter und im Praktischen hilfloser Mann wie Valdemaire war doch als Lehrer zu brauchen. Nun war ihr in Vesper zum erstenmal ein Mensch begegnet, der in den Künsten die natürliche Sprache des Geistes sah, das einzige Element, in dem alle Gegensätze zu Harmonie kommen konnten, die Spiegelung und den Widerhall, die der natürlichen Welt erst das Recht ihres

Daseins gaben. Ganz abgesehen davon, daß sie ihn menschlich einfach gern hatte, war Corneliens Verhältnis Vesper gegenüber das eines leicht argwöhnischen Interesses, so wie sie es anfangs immer einem besonders vielversprechenden ausländischen Zuchttier, das sie für ihre Ställe erworben hatte, zu empfinden gewohnt war.

Vesper war seit seiner ersten Bekanntschaft mit Christoph zunächst ein gelegentlicher, mit der Zeit immer häufigerer Besucher und seit einigen Monaten endlich sogar ein Bewohner von Hölkewiese geworden. Corinna hatte mit ihrer Bemerkung, daß es ihm sehr zupaß käme, hier ein Dach für seinen »verrückten Kopf«, eine unverbindliche Heimat gefunden zu haben, durchaus den Nagel richtig getroffen. Christoph hatte ihn hergebracht, als er im März dahintergekommen war, daß Vesper seit Wochen beschäftigungslos in seiner Dachkammer in der Rosmaringasse hungerte, worüber er nur dadurch so lange hinweggetäuscht worden war, daß es gerade dieser Mangel an einer einträglichen Beschäftigung war, der Vesper wirklich zu dem hatte kommen lassen, was er unter Arbeit verstand, daß er also zufriedener schien als je und wahrscheinlich selbst gar nicht wußte, wie seine äußere Erscheinung immer mehr der einer sich im eigenen Licht verzehrenden Kerze glich. Erst als Christoph ihn zu allen Tageszeiten im Bett angetroffen hatte, worin er sich mit seinen Büchern und Papieren gegen die Eiseskälte der ungeheizten Kammer verschanzt hatte, war es dem Jungen aufgegangen, was hier vorlag. Es hatte keiner großen Beredsamkeit bedurft, Vesper zur Übersiedlung nach Hölkewiese zu bewegen, und hier war man nun des seltsamen Gastes gewohnt, der oft tagelang stumm vor sich hin brütete, um sich dann wieder unerschöpflich an Unterhaltungsstoff zu erweisen und seine Gedanken und Pläne ausbreitete, unbekümmert darum, ob seine Zuhörer ihm zu folgen vermochten. In derselben Weise durchbrach er die abendliche Gewohnheit des Kartenspiels, indem er ein Buch hervorzog und vorzulesen begann, mochten es Verse, mochten es die Schriften gewisser neuerer deutscher Autoren sein, deren Vorhandensein höchstens Valdemaire dem Namen nach bekannt war. Dies war vielleicht im Anfang gewissermaßen als geistige Beunruhigung empfunden worden; vor allem hatte die alte Baronin Legendre es als ausgesprochene Störung mißliebig kritisiert. Jetzt aber war sie längst dazu gelangt, nur noch stumm dagegen zu protestieren, indem sie unentwegt Patiencen legte, ob nun neben ihr ein Traktat des Novalis durchgesprochen oder ein Drama mit verteilten Rollen gelesen wurde. Vesper arbeitete damals an einer Tragödie, die das Schicksal Conradins zum Gegenstand hatte. Seine hohe Gestalt in dem flatternden Radmantel, die durch die Felder lief und gegen den Wind andeklamierte, galt den Bauern zuerst als Tagesspuk und Kinderschreck; der Schäfer Dinnies redete verworrenes Zeug von dem »Mann im Hut«, dem er begegnet sei, und im allgemeinen hieß es, die gnädige Frau wisse wohl selbst nicht, daß sie einen Verrückten zu Gast habe. Diese Einstellung änderte sich auch kaum, als Vesper begann, sich den Leuten zu nähern, sie aufsuchte und nach den Liedern und Geschichten, die bei ihnen im Umlauf waren, auszufragen. Sie bekamen nur allmählich die Überzeugung, daß er harmlos sei. Übrigens beklagte sich Vesper sehr unzufrieden über die geringe Ausbeute an solcher Überlieferung, die er zu fassen bekam.

Das Lesen mit verteilten Rollen war Cornelie fast ebenso gegen den Geschmack wie der alten Legendre, wenn sie schon andere Gründe für diese Abneigung hätte anführen können als die alte Dame. Jedoch ließ sie sich überhaupt nichts davon anmerken, sondern hatte sogar lebhaft gefordert, daß diese Art der Unterhaltung des Abends am Familientisch stattfände und nicht, wie zunächst geschehen war, an den Nachmittagen im Jägerhäuschen bei den Valdemaires, wo Vesper außer sich selbst nur das Ehepaar und Delphine als Teilnehmer hatte. Dieser kleine Zirkel schien ein wenig in Verlegenheit geraten zu sein, als Cornelie eines Tages – es war ein paar Wochen nach Christophs Geburtstag gewesen – unversehens dazu gekommen war, um mit anzuhören, wie Delphine als Ophelia Vesper, der den Laertes sprach, die vieldeutigsten Dinge mitteilte. Vesper hatte eben das Spiel abgebrochen und begeistert ausgerufen: »Ausgezeichnet, Fräulein Delphine, ausgezeichnet! Nur wenn ich bitten darf, noch einmal von hier an: ›Da ist Rosmarin, das ist zum Andenken...‹ und dann, wenn Sie mich verstehen wollen: eine Wenigkeit – einfältiger! Ophelia, wie Sie fühlen werden, ist alles andere als sich ihres Tiefsinns bewußt...«, als Cornelie eintrat und sich der Situation gegenüber durchaus gefaßt zeigte.

Sie hatte sich angesichts der erstaunlichen Tatsache, daß hier offensichtlich eine ernstliche Kunstübung vor sich ging, in der kurzen Minute zögernden Lauschens auf der Schwelle der Tür ihr Verhalten zurechtgelegt. Ihre Erfahrung mit Delphine lehrte sie, alles zu vermeiden, was einer Verurteilung oder gar einem Verbot gleichkam. Sie nahm in aller Unbefangenheit Kenntnis davon, betonte, wie gern sie selbst daran teilnehmen würde, und erreichte es jedenfalls, daß in Zukunft des Abends *auch* dramatisch gelesen wurde. Nun beobachtete sie wohl, daß nicht nur die Leidenschaft, mit der Delphine sich den ihr zugeteilten Rollen hingab, sondern auch ihr Ausdruck, ihre Fähigkeit zu sprechen und die Mimik, mit der sie ihre Worte unwillkürlich begleitete, sich beständig steigerten; daß allmählich ein neuer Geist von dem Mädchen Besitz zu ergreifen schien und ihr Wesen immer freier und sicherer zu machen, ihre Schönheit zu durchstrahlen begann. Jedoch war die ratlose Bangigkeit, die sie dabei immer stärker empfand, derart, daß sie sich nicht imstande fühlte, sie mitzuteilen, weder Corinna, die ganz in diese nirgends greifbare Verschwörung hineinverstrickt schien, noch dem Pastor, der ebenfalls von dem neuen schöngeistigen Treiben völlig behext war und mit Rahel mehrmals die Woche daran teilnahm. Aber sich mit der alten Legendre oder gar mit der säuerlich dreinblickenden Demoiselle Hermes auszusprechen, hätte sie als unter ihrer Würde betrachtet. Endlich hatte sie sich überwunden, einmal mit Vesper selbst zu reden. Sie hatte ihn auf die Gefahr hinweisen wollen, die ihrer Ansicht nach für Delphine in einer derartigen Hingabe an ihr unbezweifelbares dramatisches Talent lag; das Gespräch hatte dann aber einen ganz anderen Verlauf genommen, ohne daß sie hinterher hätte feststellen können, wie das gekommen war, ob Vesper absichtlich abgelenkt hatte oder ob es sich ganz von selbst ergeben, daß schließlich von Dingen die Rede war, die mit dem Theater nicht das geringste zu tun hatten.

Cornelie hatte Vesper im Arbeitszimmer des Pastors angetroffen, als sie zu einer Besprechung ins Pfarrhaus gekommen war, und gleich darauf war Hermes herausgerufen worden, weil jemand in einer amtlichen Angelegenheit nach ihm fragte. Der Tisch, an dem die beiden Männer gesessen hatten, war mit Büchern und beschriebenem Papier bedeckt; zwischen ihnen hatte die aufgeschlagene Bibel gelegen. Cornelie wies darauf hin und sagte mit gutmütiger Neckerei: »Was sehe ich, Herr Vesper! Sie haben der Theologie also doch nicht so ganz den Rücken gedreht!«

Vesper lächelte. »Ich weiß nicht, warum Sie das annehmen, gnädige Frau«, antwortete er freundlich.

Cornelie war erstaunt. »Warum? Oh – nun, Christoph hat mir einmal erzählt, daß Sie schon Kandidat waren, sich aber dann nicht entschließen konnten, ins Pfarramt zu gehen. Nachdem ich Sie kennengelernt habe, kann ich das recht gut verstehen. Ihre Interessen sind so ganz anderer Art...« Sie verstummte vor dem klugen und aufmerksamen Blick, den Vesper auf sie gerichtet hielt. »Ist es nicht so?« fragte sie unsicher. »Ich kann mir nicht denken, daß ein Mensch, der so in der Liebe zu den schönen Künsten aufgeht, Geschmack daran hätte finden können, ›den Armen das Evangelium zu predigen‹, wie es in der Bibel heißt. Sagten Sie nicht, daß Sie daran gedacht hätten, Schauspieler zu werden?«

Halb zu sich selbst, halb zu Hermes, der soeben hastig wieder eintrat, sagte Vesper: »Und hab's doch öfter rühmen hören, ein Komödiant könnt' einen Pfarrer lehren...«

»Ja – wenn der Pfarrer ein Komödiant ist!« fiel der Pastor lachend ein und schlug ihm auf die Schulter, indem er an ihm vorbei zum Schrank ging, dem er Kelch und Patene entnahm. »Ich bin zu einem Kranken gerufen, gnädige Frau; ja, hinüber zum alten Rösicke, es geht wohl zu Ende. Ich bedaure, daß Sie vergeblich kamen, und werde mir erlauben, Sie sogleich aufzusuchen, wenn ich meine Pflichten erfüllt habe. Es wird keine Viertelstunde dauern...«

»Ich erwarte Sie hier, Pastor, ich habe Zeit. Herr Vesper wird mir Gesellschaft leisten«, sagte Cornelie zerstreut. »Was wollten Sie mit diesem Vers sagen?« fuhr sie, zu Vesper gewandt, fort, während Hermes das Zimmer verließ, »nun, gleichviel, es wird wieder einmal ein Zitat gewesen sein. Aber bei dieser Gelegenheit möchte ich Sie etwas fragen, Herr Vesper, was mir schon längst auf dem Herzen liegt: was halten Sie eigentlich von der moralischen Wirkung des Theaterspielens auf einen sehr jungen Menschen? Ja, ja, darauf möchte ich gerade von Ihnen eine Antwort hören, und vielleicht werden Sie verstehen, warum!«

Vesper blickte sie fragend an. »Sie setzen mich in Verlegenheit, gnädige Frau«, sagte er zögernd und offensichtlich durchaus nicht verstehend. »Meinen Sie, daß die Schaubühne nicht von der im höchsten Sinne pädagogischen Wirkung sei, wie das Herr von Schiller vom idealsten Standpunkt aus annahm? Damit möchten Sie wohl völlig im Recht sein, wenn Sie vom Spielplan der Berliner Theater ausgehen. In der Tat rechtfertigt das Nationaltheater durch die gelegentlichen Aufführungen einiger großer Dichtungen keineswegs seinen Anspruch darauf, eine ›moralische Anstalt‹ von erzieherischem Einfluß auf die Nation sein zu wollen. Die Stücke der modernen Franzosen oder auch die deutscher Skribenten vom Rang eines Kotzebue sind ein süßes Gift für das Publikum, speziell für jüngere Zuschauer. Sie verderben nicht nur den Geschmack, sondern sie verschieben auch den sittlichen Maßstab.«

»Nun wohl«, meinte Cornelie etwas ungeduldig. »Wie denken Sie aber von der Wirkung auf die Schauspieler, die sich dazu hergeben müssen, leichtfertige Rollen zu spielen und das Frivole, das Laxe – dies dünkt mich schlimmer noch als das schlechthin Böse –, so darstellen müssen, daß es anmutig scheint und gefällt? Ich habe mir das in den letzten Wochen oft durch den Kopf gehen lassen, ganz einfach und menschlich, denn ich bin keine gelehrte Person, wie Sie wissen. Und ich meine jetzt, daß niemand mehr in Gefahr ist, Schaden an seiner Seele zu nehmen, als ein junger Schauspieler, der unter dem Beifall seiner Zuschauer Abend für Abend das Verwerfliche darstellen muß.«

»Nicht nur in Gefahr, Schaden zu nehmen! Der Schauspieler büßt seine eigene Seele unmerklich ein, gnädige Frau! Und das ist's ja, was mich davon abhielt, diesen Beruf zu ergreifen!« sagte Vesper zustimmend. »Sie empfinden da vollkommen richtig. Dem Schauspieler, der seinen Körper fortwährend zum Instrument fremder Charaktere macht, wird der eigene Charakter schließlich selber zur Rolle, und zu der am wenigsten beherrschten. Denn eine Rolle braucht Übung, beständige Übung, am meisten jene Rolle, die uns vom Geschick innerhalb der menschlichen Gesellschaft angewiesen ist. Gnädige Frau, wer von der Bühne des Lebens zur Scheinbühne des Theaters hinüberwechselt, der verzichtet auf den ihm angeborenen Charakter. Dieser verkümmert; der Schauspieler wird zum wandelbaren Gefäß der

Seelen, die seine jeweiligen Rollen bedingen. Denn eine Rolle – das ist ja in seinem Fall nicht nur der Teil einer Dichtung, nicht wahr! Für den Dichter ist sie das, ja. Der Schauspieler aber muß sich den Gewalten überlassen, aus deren Zusammenwirken das Verhalten der Gestalt des Dramas, die er verkörpert, erst möglich wird; er sagt nicht nur Worte, er rezitiert nicht nur Verse, nein, er wird zu einem Menschen, dessen Charakter es ist, so zu handeln, wie er zu agieren hat, so zu sprechen, wie es der Dichter ihm vorschreibt. Der Schauspieler, der einen Mörder spielt, ich stehe da nicht an, es zu behaupten! er ist für die Dauer seiner Rolle wirklich ein Mörder mit dem ganzen Fluch des Verbrechens, mit seinem dunklen Ursprung belastet. Schauspieler sind von Lemuren besessen, gnädige Frau, die ihr Blut trinken und sie knechten; Schauspieler werden am Ende bei lebendigem Leibe selbst zu Lemuren. Nein – Gott soll mich bewahren!«

Vesper hatte sich heftig aufgeregt. Er war mit den Fingern durchs Haar gefahren, daß es sich noch mehr sträubte als gewöhnlich. Er saß aufgerichtet da und blickte streitbar ins Leere, als gälte sein Protest zugleich einem Dritten, der für Cornelie unsichtbar war. »Ich habe einen guten Freund, der Schauspieler ist«, setzte er jetzt hinzu. »Ein herrlicher Junge – was würde er leisten, wenn er sich zum Ziel setzte, das darzustellen, was in ihm selbst an Charakter, an großer Aufgabe liegt! Aber nein, er begnügt sich damit, sich den Schimären hinzugeben, daß sie in ihm sich ausrasen und seine wunderbaren Mittel verbrauchen. In einem muß ich Ihnen jedoch widersprechen, gnädige Frau: nicht die frivolen und die verbrecherischen Rollen sind die gefährlichen, sondern viel eher die edlen, heroischen! Sie zu erfüllen, verleiht eine trügerische Selbstzufriedenheit; ihr Pathos verführt den Menschen dazu, Pathos mit Kraft zu verwechseln und sich im Alltag zu gerieren wie ein König in der Verbannung. Nein, Madame, für ihre unglücklichen Opfer, die Schauspieler, ist die Schaubühne keine moralische Anstalt, sondern der Bauch des Moloch, der sie verzehrt! Menschlicher- und christlicherweise sollten wir uns mit dem Marionettentheater begnügen!«

Cornelie war von dieser unerwarteten Stellungnahme nicht wenig verwirrt. »So verstehe ich nicht, Monsieur Vesper«, sagte sie beinahe ärgerlich, »warum Sie die Lust zum Theaterspiel bei meiner jungen Nichte derartig anregen! Oder ist es Ihnen etwa gar nicht bewußt, daß Sie es sind, der dem Mädchen den Kopf so verdreht hat, daß es an nichts anderes mehr denkt als an die abendlichen Lesestunden?«

Vesper sah sie groß an. »Mademoiselle Delphine«, murmelte er. »O ja, gewiß. Sie ist ein großes, natürliches Talent.«

Jetzt erst schien ihm der Zweck, den Cornelie bei dieser Unterhaltung verfolgt hatte, klarzuwerden. Nachdenklich sagte er: »Ich begreife, daß Sie mich für inkonsequent halten müssen, gnädige Frau. Und vielleicht verstehen Sie mich gar nicht mehr, wenn ich Ihnen nun sage, daß alles, was ich im Hinblick auf den männlichen Schauspieler sagte, mir für die Frau nicht zu gelten scheint. Oder doch nur mit beschränkter Anwendung. Mir scheint, daß gewissen Frauen die Schauspielkunst innewohnt, gleichsam als eine Eigenschaft ihres Geschlechts, ob sie sie nun nur im Leben anwenden oder auf der Bühne. Es gibt, wenn Sie mir diese Definition erlauben wollen, drei Kategorien von Frauen: Priesterinnen, Mütter und – und eben Schauspielerinnen!«

Er blickte Cornelie aufs neue voller Verlegenheit und sie wiederum blickte ihn höchst mißmutig an. »Es ändert nichts an Fräulein Delphine, will ich damit gesagt haben«, bemerkte er mit verzweifeltem Ausdruck und beinahe demütig, »wenn sie sich in dieser Weise mit dramatischer Literatur beschäftigt. Es ist eine Äußerung ihres natürlichen Wesens, die sich darin kundtut, und nicht die schlechteste. Ist es nicht eine Freude, zu sehen, zu hören, wie ihr Wesen sich im Licht einer Dichtung entfaltet? Oh, gnädige Frau, und unsere harmlosen Belustigungen haben doch nichts mit dem Theater zu tun, von dem ich sprach! Ich hoffe, Sie täuschen sich keine Gefahr vor, die nicht existiert!«

Hermes war wieder eingetreten. »Was geht hier vor?« fragte er scherzend, »man will uns doch nicht unserer Primadonna berauben?«

»Herr Vesper bemüht sich, mich zu überzeugen, daß der Theaterberuf für einen Mann ein entnervendes Gift, für eine Frau aber zuträglichste Nahrung sei«, bemerkte Cornelie, immer noch reichlich mißvergnügt. »Für einen Mann fast ein Laster – für eine Frau – wie sagten Sie doch? – eine Äußerung ihres natürlichen Wesens...«

»Oh, nicht für alle Frauen, versteht sich!« fügte Vesper mit einem beistandsuchenden Blick auf Hermes ein.

»Gerade diese Unterscheidung ist es doch, die mich ärgert, Monsieur!« sagte Cornelie mit Schärfe.

Hermes stand gesenkten Hauptes am Tisch, die Hände umeinanderreibend, wie es seine Angewohnheit beim Nachdenken war. »Für den Mann ein Gift! Ein Laster?« wiederholte er fragend. »Die Mimen der Alten faßten ihre Funktion priesterlich auf, wenn ich nicht irre. Der Chor des antiken Theaters fühlte sich der Gottheit geweiht. Wenn das Theater wieder Gottesdienst werden könnte...«

Cornelie sah fast entsetzt auf den Versonnenen. »Meine Herren, ich muß schon sagen, daß ich Ihren Gedanken heute nicht ganz zu folgen vermag!« rief sie aus. »Herr Vesper hat mir schon allerhand zugemutet – nun, von einem Dichter nimmt man so mancherlei hin. Von Ihnen, Pastor, aber bin ich dergleichen blasphemische Reden gar nicht gewohnt.«

Hermes war leicht errötet. »Oh, ich weiß, daß unsere Zeit und unsere heutige Religion, besonders die Form, der ich diene, dies Ideal ausschließt«, sagte er, indem er sich einen Stuhl heranzog. »Denn es ist ein Ideal, das mir vorschwebt, Sie dürfen da nicht von Blasphemie sprechen, gnädige Frau. Ihre eigene Kirche, ja, die katholische Kirche hat noch bis tief ins Mittelalter hinein Versuche gemacht, das religiöse Drama neu zu beleben. Es war möglich, solange die mythologischen Elemente des Christentums lebendig genug in Kirche und Volk waren...«

»Solange Christus und seine Apostel samt ihrer Gefolgschaft von Heiligen und Märtyrern und der ganze Ahnenkreis des Alten Testamentes, Propheten und Erzväter, dem Gläubigen noch fast leibhaftig und gegenwärtig waren...«, schob Vesper, der Corneliens Gesicht beobachtete, ausdeutend ein. »Solange der Glaube nicht seine einzige Stütze im Dogma, in der Theologie hatte, sondern sich an großen, symbolkräftigen Gestalten entzünden, von ihren Taten sich nähren durfte und – solange auch Gottes Gegenspieler und seine Heerscharen die Realität für den Christen hatten, die sie noch für unseren Doktor Luther besaßen. So ist es«, schloß Hermes zustimmend.

Cornelie sah von einem zum anderen und lächelte. »Das klingt fast so, als redeten hier zwei lutherische Theologen der alten

Mutterkirche das Wort«, bemerkte sie freundlich. Hermes nahm ihr Lächeln auf und leitete es mit seinem Blick auf Vesper über.

»Dort sitzt der Verführer, gnädige Frau«, sagte er. »Es ist unmöglich, mit ihm zu disputieren, ohne auf ketzerische Gedanken zu kommen. Lassen Sie nun noch Herrn Valdemaire von der Partie sein, so würden Sie einen Katholiken zu hören bekommen, der sich auf einmal für die Vorzüge des Protestantismus begeistert, Sie würden Ihren Ohren nicht trauen! Übrigens – lupus in fabula! – ich sehe ihn gerade über den Platz kommen!«

Der Pfarrer hatte seine Blicke aufs Fenster gerichtet. Jetzt erklang die Gartenpforte. »Wahrhaftig, er kommt!« sagte Hermes erheitert. Er ging zur Tür und öffnete, kaum daß es draußen geklopft hatte. »Nur herein, Valdemaire! Sie haben uns gerade gefehlt!« Er selbst ging hinaus, und es war zu hören, daß er in der Küche irgendeine Anordnung traf. Als er wieder eintrat, folgte ihm seine Schwester mit einem Tablett voller Gläser und einer Karaffe mit Johannisbeerwein. »Ich weiß nicht, ob ich dich bitten darf, zu bleiben, liebe Hanne«, redete er mit ihr, während er ihr half, die Gläser zu füllen und zu verteilen. »Vom Standpunkt des Verbots, irgend jemand ein Ärgernis zu geben, dürft' ich's wohl nicht, denn wir sind einmal wieder recht bei Themata, die dir ärgerlich sind...«

»Die gnädige Frau wird mich schon unterstützen, euch zu widersprechen«, sagte die Demoiselle schnippischer, als es sich mit ihren Jahren vertrug, und nahm neben Cornelie Platz. Valdemaire sagte nun: »Ich kam, um Sie noch einmal um Ihren Fichte zu bitten, Herr Pastor, es sind mir beim Verarbeiten seiner Gedanken einige Zweifel über seinen Begriff des ordo ordinans gekommen, die ich gerne mit Ihnen erörtert hätte, wenn ich mich noch einmal in seine Ausführungen vertieft haben werde.«

»Ordo ordinans. Das Sittengesetz als Gottheit. Da hätten wir die letzte Konsequenz in der Entmythologisierung der Religion, die letzte Folge des Protestantismus«, sagte Vesper wie zu sich selbst und hielt sein Glas mit wohlgefälligem Blick schief gegen das Licht.

»Mais non, cher ami! Mitnichten, Herr Vesper! Das ist schon wieder Ihr alter Irrtum, daß Sie die Philosophie als identisch mit der Religion ansehen, als das, was übrigbleibt, wenn die

Religionen sich auflösen, als ihre Essenz – oder auch ihr Skelett. Das ist aber nicht so! Die Philosophie...!« Valdemaire schlug mit steifem Zeigefinger gegen die Tischkante, um sich nachdrücklich Gehör zu erbitten... »die Philosophie ist ihrem Wesen nach anderer Artung als die Religion! Religion ist Glaube – geheimnisvolles eingeborenes Wissen um den Sinn der Schöpfung. Philosophie ist Spekulation, Bemühen des der Gottheit entfremdeten Geistes, diesen Sinn von sich aus – von außen her zu entdecken. Religion kann ein Kind haben – ein Hirte, ein Fischer, ein Bauer – ein Weib. Philosophie ist – der Fluch des mechanisierten männlichen Geistes – ist Entartung.«

»Ein Laster – ein Gift – wie das Theater«, konnte Cornelie sich nicht enthalten, Vesper zuzuraunen, der es überhörte. Er sah Valdemaire an. »Und Plato?« fragte er. »Und die Weisen des Ostens? Wir wissen noch wenig von ihnen, aber jedenfalls scheinen mir Religion und Philosophie in Indien untrennbar zu sein.«

»Gleichviel. Ich bin kein Inder«, sagte Valdemaire ablehnend.

»Nein. Sie sind Römer!« sagte Hermes mit Lächeln.

»Ah – quant à Rome... Aber selbstverständlich – wer würde zum Beispiel die Schriften der Kirchenväter als Religionsdokumente ansprechen! Sie sind Spekulation, sehr ehrwürdig, sehr wichtig – aber der Glaube besteht ohne sie. Die modernen Philosophen nun – sie erscheinen mir wie die Kirchenväter des Protestantismus.«

»Also doch in Beziehung zur Religion! Sehen Sie wohl.«

»In Beziehung, gewiß. Insofern eine geistige Welt, die erst nach Luther möglich wurde, Gegenstand ihrer Spekulation ist.«

»Ich muß aber doch darauf hinweisen«, schob Hermes ein, »daß die hochwürdigen Konsistorien schwerlich geneigt sein würden, diese Kirchenväter anzuerkennen. Was meinen Sie, Vesper?«

»Ich meine, daß Sie recht haben, daß sich hier aber eine Schwäche unserer Kirche offenbart oder vielmehr ihr Beharren auf einer Stufe, die ihrer inneren Tendenz nicht entspricht...«

»Ihrer Tendenz? Welche wäre das?«

»Sie werden mir kaum zustimmen können – oder wollen. Mit dem Beharren auf einer bestimmten Stufe meine ich das Festhalten der evangelischen Glaubensgemeinschaft an einer äußeren Form, die im Grunde nichts ist als ein Schatten der ursprünglichen – der katholischen Form. Die Tendenz des evangelischen Glaubens geht dahin, den einzelnen Christen in freie unmittelbare Verbindung mit der Gottheit zu setzen und das Leben der Gemeinschaft aus diesem Verhältnis des einzelnen sich ergehen zu lassen. Sind wir durch Christus, wenn wir nur glauben, alle Priester und Könige, so ist die Kirche aufgehoben, und das Reich Gottes bricht an. Nun, bitte, beunruhigen Sie sich nicht. Ich weiß, daß Luther selbst daran zweifelte, daß diese Freiheit des Christenmenschen bestimmend zu werden vermöchte. Er wollte die Kirche als menschliche Einrichtung nicht aufheben. Ich frage mich nur: Wollte er die heutige evangelische Kirche? Wollte er – das Schisma? Oder kam es ihm auf eine Reinigung des damaligen korrupten Katholizismus an, eine Reinigung an Haupt und Gliedern, die, wenn sie nur annähernd geglückt wäre, uns unendliche Umwege, unendliche Kriege, unendliche – Sünde erspart hätte? Kann es – darf es, frage ich mich, mehr als nur *eine* christliche Kirche geben, da ja doch Christus einzig und einig ist?«

Cornelie hörte die Stricknadeln neben sich aufgeregt klirren und die Demoiselle entrüstete Laute ausstoßen. Sie blickte fragend auf Valdemaire, während Vespers langsam und eindringlich gesprochene Worte in ihr nachklangen und sie sich der seltsamen Heimatlosigkeit ihres Kirchenglaubens bewußter ward als je in den letzten acht Jahren. Valdemaire sah Vesper an und schüttelte mit skeptischem Lächeln den Kopf.

»Ein Traum«, sprach er, »ich sage es Ihnen von neuem: Ihr Wunsch nach der geeinigten Weltkirche wird ein Traum bleiben! Es sei denn, die – die Nebenkirchen und Sekten entschlössen sich, zu widerrufen und heimzukehren!«

»Oder es käme ein Papst, der ein Christ wäre!« sagte Vesper mit Nachdruck. Valdemaire überhörte den Ausfall. Sein Lächeln wurde nur schmerzlicher. »Sie *über*schätzen den Einfluß und die Macht des Heiligen Vaters als eines Einzelmenschen«, antwortete er achselzuckend. »Sie *unter*schätzen den Charakter Roms als den – einer Institution.«

»Die Institution – freilich, das ist es!« murmelte Vesper nach einer Pause. »Die Institutionen betrügen uns um den Geist! Der Charakter der Institutionen, der Systeme ist unerschütterlich, mögen Institutionen und Systeme auch von Zeit zu Zeit neue Namen annehmen. Aber – was hat das mit Christus zu tun?«

»Soviel als ein erhabenes Bauwerk, eine Skulptur, ein Gemälde, eine Dichtung mit der ursprünglichen Schöpfung, mit der Natur, die doch das Material der Kunst hergibt, mein Herr«, sagte Valdemaire. »Künste und Wissenschaften ebenso wie die menschliche Systematik und Mechanisierung jeder Art sind, wie mir scheinen will, Bemühungen des Geistes, durch die Materie hindurch wieder zu sich selbst zu gelangen. Aber – mon Dieu! welcher Umweg! Christi Weg durch das Fleisch!«

»Christi Weg – das ist Gottes Sühneweg für den Irrtum der Schöpfung...«, warf Vesper ein.

»Doch hat uns Christus nicht gezeigt, wie dieser Weg abzukürzen sei? Wie er wirklich im Raum eines Lebens zu bewältigen ist?« sagte jetzt Hermes mit seiner unaufdringlichen Stimme, und Cornelie sah wohltätig berührt in sein farbloses stilles Gesicht mit den ruhigen blauen Augen, »der Paß – der Richtweg – ist uns gezeigt. Wer aber geht ihn? Den Weg der Einfalt und des Opfers...?«

»Und was hat dieser Weg, wenn ich fragen darf«, rief Vesper mit einem Anflug von Hohn, »was hat dieser Weg mit der Institution der Kirche zu tun?«

Hermes lächelte vor sich hin. »Die Institutionen«, antwortete er nach kurzem Schweigen nachdenklich, »heilige oder unheilige – wir werden in sie hineingeboren wie in unser Fleisch. ›Seid untertan der Obrigkeit‹, das deckt sich für mich fast mit dem Pauluswort: ›Wartet des Leibes!‹ Irgendwo innerhalb der menschlichen Ordnung wird uns der Platz angewiesen, an dem wir die christliche Substanz unserer Seele zu bewähren haben.«

»Und – wie denken Sie darüber?« fragte Cornelie, »ist der Platz des Priesters, des Pfarrers da besonders begünstigt?«

»Meine gnädige Frau«, antwortete Hermes sanft, »dieser Platz ist für eine Seele der am meisten gefährdete im Plan der menschlichen Ordnung.«

»Wenn man dich reden hört«, fuhr seine Schwester ihn an, »bleibt einem wirklich manchmal der Verstand stehen!«

»Die Verwaltung von Gottes Geheimnissen hat ihrem Sinn nach nichts mit Amt und Würden zu tun, Hannchen«, erwiderte er, ohne den Ton zu verändern.

»Jede Frau eine Mutter, in dem einzigen Sinn des Hütens und Hegens – jeder Mann ein Krieger – jeder Christ ein Priester, nicht nur für sich selbst, sondern auch für den Bruder, wenn der der geistlichen Hilfe bedürftig ist – so ist es«, bestätigte Vesper.

»Wenn jedermann so denken wollte…«, entrüstete sich die Demoiselle.

»Käme es darauf hinaus, daß die Pastoren um Haus und Hof, Acker, Vieh – um Amt und um Brot gebracht würden!« ergänzte Cornelie erheitert. »Gute Demoiselle Hanne – exaltieren Sie sich nicht, dazu kommt es bei unseren Lebzeiten nicht! Meine Herrschaften, Sie werden mich jetzt entschuldigen! Ich vergaß ganz, daß Dubbicke mir seine Abrechnungen vorlegen wollte, er wird mich schon stirnrunzelnd erwarten. Vielleicht begleiten Sie mich ein Stück, Herr Pastor, und wir erledigen unsere Angelegenheit unterwegs.« –

XII

Cornelie hatte eine Vorliebe für dergleichen Unterhaltungen, obgleich sie kaum jemals anders als zuhörend daran teilnahm. Es kam vor, daß sie irgendein Thema aufwarf, das wie ein Brocken in einen Fischteich fiel, auf den die Männer zufuhren und ihn hin und her drehten, einander zustießen und wegrissen, bis er verzehrt war. Zuweilen, wenn sie in besinnlichen Stunden über einer stillen Arbeit oder in einer schlaflosen Nacht die einzelnen Sätze, die Fragen, Antworten und leidenschaftlichen Behauptungen so einer Auseinandersetzung in sich nachklingen ließ, gestand sie sich, daß es ihr im Grunde auf das Spiel des Wortkampfes, auf die Belebung der Stimmung, auf das Hervorlocken der in sich versunkenen Geister ankam, kurzum, auf die Entfaltung von Menschlichkeit und weniger auf den Gegenstand, um den es ging. Mit Vespers und Valdemaires Betrachtungen konnte sie nicht viel anfangen; ihr Verhältnis zu den Fragen der Religion war mit den Jahren so mit ihrem Verhältnis zum Leben an sich verschmolzen, daß es ihr nicht mehr möglich war, hier Probleme zu fühlen. Ebenso gern wie diesen beiden hörte sie etwa dem Onkel Reddien und Herrn von Lochow zu, wenn sie über die Vorzüge der Stallfütterung oder über die verschiedenen Arten der Felddüngung stritten, oder saß dabei, wenn Voß und Rhinow über militärische Einrichtungen und politische Ereignisse aneinandergerieten. Rhinow war nach fünfjährigem Verschollensein in diesem Sommer wieder aufgetaucht, und zwar war er nach Hölkewiese gekommen, noch ehe er sich in Berlin gemeldet hatte. Cornelie war erschrocken, als sie ihn wiedergesehen hatte, tiefer und rätselhafter noch erschrocken, als er ohne alle Einleitung, ohne eine Erklärung über seine Schicksale, sein Verschwinden, sein Wiederkommen, nach Christoph gefragt hatte wie nach einem Stück Eigentum. Wortkarger als je zuvor, hagerer, härter, bleicher noch als bei seinem ersten Auftreten in Hölkewiese hatte er vor ihr gesessen; er trug die Perücke nicht mehr, und mit dem blanken nackten Schädel über dem abgezehrten Gesicht war er nun vollends der Mann aus Elfenbein, dem Askese Natur war. Während Cornelie sich bemüht hatte, ihm Christophs Verzicht auf den Offiziersberuf zu erklären, ohne ihre eigene Zufriedenheit darüber zu betonen, hatten seine Züge eine Starrheit angenommen, als gefrören sie. Jedoch übte er keinerlei Kritik. Er sagte mit jenem dünnen Lächeln ironischer Resignation, das Cornelie von früher her kannte: »Ich habe im allgemeinen immer große Hoffnungen auf Ihren Sohn gesetzt, gnädige Frau, aber ich habe von jeher etwas in ihm empfunden, das sich der militärischen Disziplin nicht einordnen konnte, das sich ihr mit leidenschaftlichem Widerstreben entzog. Ohne Furcht und Tadel, aber ganz ohne eingeborene Subordination; ein entzückender Kamerad, ja, obgleich er nur ein Knabe war, sage ich das! aber immer nur Menschen neben sich sehend, nie Vorgesetzte. Er meinte, nur gehorchen zu brauchen, wo sein Herz es gebot. Nun, meist hat ihm dies Herz ja das Rechte geboten, und wenn es ihm zur rechten Stunde vorschreiben wird, wieder Soldat zu sein, werden wir keinen besseren haben.« Dann hatte er von seinen Erlebnissen der letzten Jahre erzählt, bei dem Oktobertag anfangend, an dem er den Anschluß an seinen Truppenteil durch den Umweg über Hölkewiese verloren und nicht wieder erlangt hatte. Mit ein paar anderen versprengten Flüchtlingen hatte er sich zur Ostsee durchgeschlagen und war auf abenteuerlichen Umwegen durch die skandinavischen Länder nach England gekommen. Von dort aus war er nach Spanien gegangen und hatte Dienste gegen Napoleon genommen. Jetzt war er auf einen besonderen Ruf von Scharnhorst zurückgekehrt und schien über seine künftige Verwendung nicht im Zweifel zu sein. In der Folge ergab es sich, daß er im Ministerium arbeitete und auch an der Kriegsschule für Offiziere wirkte. Cornelie erfuhr bald, daß er Fühlung mit Christoph und Rudolf, seinen ehemaligen Zöglingen, gefunden hatte, daß er auch in dem Kreise des Doktors Trinius zu verkehren begann. Sein Erscheinen, das Erscheinen eines Totgeglaubten, eines, den sie wie einen mahnenden Schatten jener unseligen Oktobertage empfinden mußte, hatte ihr in der ersten Zeit unerklärliche Beklemmung verursacht. Allmählich gelang es ihr, dies Gefühl zu beherrschen, nicht mehr zu erschauern, wenn er zu einem seiner seltenen Besuche herauskam, wenn sie den begrüßenden Druck seiner nie anders als kühlen Hand hinnahm. Sie überzeugte sich selbst durch eindringliche Vorstellungen, daß der umhergeworfene und -getriebene Mann ihr Haus vielleicht als etwas wie einen Heimathafen betrachtete; sie erinnerte sich ihrer Dankbarkeit für seinen verwegenen Ritt, nur, um sie über Christophs Leben zu beruhigen, machte sich klar, daß das ganze Elend seiner Flucht gleichsam ein ihr und Christoph gebrachtes Opfer gewesen war. Da dies alles nicht hinreichen wollte, sie mit seinem Vorhandensein auszusöhnen und den dunklen Wunsch, er möchte wieder aus Christophs Nähe verschwinden, zum Schweigen zu bringen, so tat doch schließlich die Gewohnheit das Nötige. Nach einigen Monaten war er ihrem Bewußtsein wieder eingeebnet und gehörte nun zum unabänderlichen Bestande ihrer Umgebung. Ob es sein Einfluß war, der nicht nur bei Christoph und Achatz, sondern auch bei Vesper neuerdings die Lust an körperlichen Übungen geweckt hatte, war nicht recht durchschaubar; wahrscheinlich traf sein Eintritt in ihren Kreis zeitlich mit jenem ungreifbaren Augenblick zusammen, in dem ein unsichtbarer Tambour zum erstenmal die Schlegel aufs Fell seiner Trommel fallen ließ – leise, leise – um nun nicht mehr abzusetzen... Bis zum großen Zapfenstreich war es noch weit; doch das erste Signal war durchs Land geschwirrt und summte weiter, keiner hätte sagen können, woher. Alle Männer, alle Jünglinge schienen durch ein Netz gleichförmiger Gedanken verbunden, unaufhörlich schlugen zuckende Funken hindurch, und das reichte von Kolberg bis Breslau und in die Grafschaft Glatz – von Magdeburg bis nach Memel. Es wurde sonderbar wenig von dem gesprochen, was vorging; aber wenn Christoph während seiner Ferienzeit mit den beurlaubten Soldaten des Dorfes exerzierte, turnte und nach der Scheibe schoß; wenn Dubbicke dies in seiner Abwesenheit fortsetzte und außerdem den ungedienten Männern das Reglement beibrachte; wenn jeder männliche Gast des Herrenhauses, bis auf Valdemaire, von dem es auch niemand erwartete, leidenschaftlich, tätig oder kritisierend an diesen Bemühungen teilnahm, so war dies nichts anderes, als was überall in Dorf und Stadt geschah. Es wurde kein Aufhebens davon gemacht; es war eine Forderung des Tages, die stillschweigend erfüllt wurde, eine Tätigkeit, die aus dem Leben selber hervorging. Diese Männer handelten unter der Notwendigkeit eines Naturgebots. Es gab Personen in der Gesellschaft der Umgegend, und es mochte sie überall geben, die sich nach wie vor in pathetischen Verfluchungen Bonapartes nicht genug tun konnten, die laut nach Rache schrien und die sich einer privaten Berufung bewußt schienen, Angehörige der Armee, wo sie sie trafen, zu beleidigen und ihnen Feigheit vorzuwerfen. Die Lochowschen Töchter, zwei knochige Blondinen, gehörten zu diesen Walküren, ebenso ein Fräulein von Raspe, Stiftsdame in Heiligengrabe, die ihrem Leben durch gelegentliche Besuchsreisen auf befreundete Güter Abwechslung verschaffte. Cornelie belauschte einmal mit Vergnügen eine Unterhaltung, bei der Friederike Lochow ausrief: »Ein Terzerol in die Hand! Und stellen Sie mich ihm in den Weg! Keine Garden sollen mich abhalten, loszudrücken! Und Sie« – dies galt Rudolf –, »Sie, Herr Leutnant, haben ihn in Königsberg an sich vorbeireiten sehen – Sie hatten Ihren Säbel zur Hand – und – er atmet noch!« Cornelie sah Rudolf einen Blick mit Christoph austauschen, der ganz ohne Spott, nur voll ruhigen Einverständnisses war. Dann sagte Christoph im artigsten Ton: »Gewiß! Er atmet noch, gnädiges Fräulein. Sie befinden sich nicht unter Meuchelmördern.« Ebenso antwortete er einige Tage später der alten Raspe, die bei der Begrüßung wehleidig ausrief: »Wie! Immer noch nicht in des Königs Rock! Armer König! Die Jugend läßt ihn im Stich!« – antwortete mit einem entzückenden Lächeln, indem er ihre Hand küßte: »Gnädigste Tante, die Jugend hofft immer noch, ihrerseits nicht im Stich gelassen zu werden...« Die ganze Haltung der jungen Leute war von unbeirrbarer, selbstverständlicher Gelassenheit und Zielsicherheit. Die Männer waren es, auf denen der Druck der Verantwortung sichtbarlich lag. Sie vermieden es jetzt, die Fragen der Tagespolitik zum Gesprächsstoff zu machen; man beredet den Zustand eines Kranken nicht mehr, wenn die Krise bevorsteht. Aber unter ihnen zu sitzen; zu hören, wie hinter jedem Wort eine doppelte Bedeutung zu schwingen schien; ihre Augen zu sehen, die immer über die Gegenwart hinaus blickten, als belauerten sie eine Bewegung am Horizont – dies war genug. In diesem Sommer und Herbst, während rings um sie her das Leben heiter, harmlos und unanfechtbar gesund spielte, tanzte und lachte; während geerntet, bestellt und von neuem gesät ward und drüberher den Musen und Mars gleichzeitig gedient und geopfert wurde, ohne daß eine dieser Übungen einen schwereren Charakter trug als die andere: in diesen Monaten vollzog Cornelie in sich den Übergang zur letzten Bereitschaft – auch sie – und ebenfalls ohne Aufhebens zu machen.

XIII

Zwischen dem Oberst Loriot und seiner Tochter Delphine hatte niemals ein lebhafter Briefwechsel bestanden, wenn sie getrennt waren. Der Oberst beteuerte gern lachend, daß nichts ihm die Gedanken im Kopf derart zum Gerinnen brächte wie der Anblick von Papier, Feder und Tinte. Delphine pflegte, wenn es notwendig war, Briefchen zu kritzeln, die alles mögliche, nur nicht die Mitteilungen enthielten, auf die es dem Empfänger ankommen mußte; sie schien auch hierin ganz das Kind ihrer Mutter zu sein. Um so mehr fiel es Cornelie auf, daß sie das Mädchen in diesem Winter immer wieder bei der bisher so unbeliebten Beschäftigung antraf. Das mochte am Vormittag sein, wenn sie zur Beteiligung an irgendeiner häuslichen Arbeit gesucht wurde; das ergab sich am Nachmittag, wenn sie vergeblich am Kaffeetisch erwartet und endlich geholt werden mußte; das war in der Nacht der Fall, wenn Cornelie der Ursache des späten Lichtschimmers hinter Delphines Fenstern nachging und ihre Stube betrat. Delphine schrieb. »Des correspondances, des journaux, ma tante! A Madame Braillard. A Suzanne Kalischer. A mon amie Jeanette…« Zuweilen kam auch: »A Christoph«; sehr selten: »A mon père!« Dieser plötzliche Eifer, die Pensionsmutter in Berlin und die Freundinnen mit Nachrichten aus dem im Grunde ereignislosen ländlichen Winterleben zu versorgen – es war eintönig genug, denn auch Vesper befand sich seit Neujahr wieder in Berlin, da es ihm gelungen war, eine Stellung als Sekretär zu bekommen –, setzte Cornelie zuerst etwas in Erstaunen, zumal da diese Personen auf die allwöchentlich abgehenden umfangreichen Briefe nur nachlässig zu antworten schienen. Von Christoph kamen freilich jeden Samstag wahre Manuskripte von Briefen, ganze Tagebücher seiner Erlebnisse, aber die waren an die Mutter adressiert und dem Inhalt nach zum Vorlesen am Familientisch bestimmt. Für Delphine allein war stets nur der gefaltete, mit einer Oblate verklebte Zettelgruß, der beilag und den das Mädchen durchaus nicht regelmäßig erwiderte. »Sie langweilt sich«, beruhigte Cornelie sich bald. Es war vielleicht nicht der schlechteste Zeitvertreib, auf den ein junges Ding verfallen konnte, besser als das fortwährende Lesen und das beständige Deklamieren für sich in der Einsamkeit oder zusammen mit Rahel.

»Sie macht eigentlich nicht den Eindruck, als ob sie sich je langweilte«, sagte Corinna nachdenklich, als sie eines Tages die auf dem Wohnzimmertisch für den Boten bereitliegende Post musterte. »Ah, sieh da – wie fleißig sie wieder gewesen ist, notre mignonne! Drei dicke Briefe von ihr allein!« hatte sie ausgerufen, und Cornelie hatte ihre gleichmütige Antwort gegeben. Dann, nachträglich aufmerksam auf den besonderen Ton werdend, in dem Corinna gesprochen hatte, höher als gewöhnlich und beinahe trällernd, was bei ihr immer einen unausgesprochenen Hintersinn bedeutete, setzte sie hinzu: »Sie sieht nie nach Langeweile aus, das ist wahr, und ich frage mich manchmal, was eigentlich hinter ihrem stets bereiten und lächelnden Gesichtchen vorgeht. Aber ich wüßte nicht, aus welchem Grunde ich ihr das Korrespondieren untersagen sollte. Hatten wir nicht in diesem Alter alle eine Herzensfreundin, der wir uns anvertrauen mußten? Die Demoiselle Kalischer freilich paßt mir gar nicht für diese Rolle, da aber Loriot gewissermaßen intim mit den Leuten war, will ich nicht hineinreden.«

»Et ›mon amie Jeannette‹? Und die alte Braillard? Was hat sie dieser alten Giraffe jetzt immer zu schreiben, frage ich mich, 'hein? Und ist Jeannette nicht verheiratet? Delphine war doch auf der Hochzeit – welchen Beruf hat doch monsieur le mari de Jeannette?«

Cornelie blickte verwundert. »Herr von Stockmiller ist der bayerischen Gesandtschaft zugeteilt, erinnern Sie sich nicht? Es war eine sehr günstige Partie für diese kleine Französin, die in einer ähnlichen Lage war wie Delphine. Nun – ähnlich – ich meine, daß sie auch ohne Mutter war und daß ihr Vater sie nach Berlin nachkommen ließ, als der Feldzug sich ausdehnte... Aber worauf wollen Sie eigentlich hinaus, Corinna?«

Corinna sah aus dem Fenster und summte eine Melodie. »Ich höre den Boten«, sagte sie dann, »fertigen Sie ihn doch erst ab, meine Liebe!« Als der Mann, der nun, von Dubbicke geleitet, hereintrat, seine Tasche abgeliefert und die andere mit der abgehenden Post erhalten und das Zimmer wieder verlassen hatte, begann Cornelie, abgelenkt durch das Sortieren und Durchsehen des Einlaufs, in unzufriedenem Ton: »Was haben Sie wieder, Corinna? Mag doch Delphine einen Teil des viel zu reichlichen Taschengeldes, das Loriot ihr anweisen läßt, auf das Briefporto verwenden, besser als auf den Firlefanz, den sie sich sonst kommen läßt. Und außerdem – das Korrespondieren ist doch eine Übung für Herz und Geist...«

Corinna wandte sich entschlossen vom Fenster ab und ihr zu. »Jetzt will ich Sie etwas sagen, liebe Freundin!« begann sie, und ihr unsicher werdendes Deutsch zeigte Cornelie an, daß sie sich in Erregung befand. »Ich werde offen mit Sie sein, auch bei Gefahr, daß Sie erschrecken werden! Also ohne Umschweifen, notre mignonne gibt in alle Unschuld Berichte, die an französische Agenten weitergeleitet werden. C'est ça!«

Cornelie saß da wie vom Blitz getroffen. Hätte sich der Fußboden gespalten und wäre der Tisch, der zwischen ihr und Corinna stand, in die Erde gesunken, hätte ein Abgrund vor ihr geklafft, aus dem die Hölle gelodert hätte, sie hätte ihren Verstand nicht stärker bedroht fühlen können. Sie starrte die andere an. »Corinna«, stammelte sie, haltlos lachend, »Corinna, sind Sie von Sinnen?«

Corinna setzte sich neben sie und nahm ihre Hand. »Fassen

Sie sich, liebe Freundin«, sagte sie und sah sie mit den klugen Augen ruhig und mitleidig an. »Sie müssen wissen, daß ich mit solchen Dingen nie scherzen würde. Frivole Behauptungen aufzustellen ist nicht meine Art. Ich habe leider einen unbestreitbaren Beweis. Aber, wie ich schon sagte, Delphine weiß kaum, was sie tut. Es ist ihr in der Tat etwas – wie eine Übung.«

Cornelie griff mit hastiger Hand nach dem Zettel, den Corinna jetzt aus ihrem Beutel hervorzog. Sie hatte auf den ersten Blick gesehen, daß er die Züge der großen und deutlichen Handschrift Loriots trug.

»Post scriptum«, las sie. »Dieser Zettel ist sofort von Dir zu verbrennen, meine Tochter. Der Augenblick ist gekommen, in dem das in Berlin zwischen uns Besprochene Wirklichkeit werden muß. Es bleibt bei den bewußten Adressen. (Mad. Br., S. K. und Mad. J. de St.). Schreibe an jede das gleiche, irgendeine der drei wird immer Gelegenheit haben, es an unsere Leute weiterzuleiten. Wichtig: alles, was Du über militärische Rüstungen und über die allgemeine Stimmung erfährst. Halte keine Kleinigkeit für zu gering. Frage Deine Verehrer in kindlicher Weise aus (›interroge naïvement!‹), besonders den alten Idioten. Fürchte nicht, Deine gute Tante und ihre Familie zu schädigen oder Verrat zu üben. Im Gegenteil, Du handelst im Interresse Preußens, das bisher seinem eigenen Glück widerstrebt. Verbrenne dies und vergiß nie, Deine Briefe zu siegeln.«

Die beiden Frauen sahen sich an. Dann blickte Cornelie wieder auf das Geschriebene. »Der alte Idiot . . .«, sagte sie unwillig, ». . . ist natürlich Voß!« ergänzte Corinna. Sie lachten auf, um gleich wieder ernst zu werden. »Fürchterlich!« stöhnte Cornelie; »unter meinem Dach . . .«

Corinna ergriff das Papier und ging zum Ofen. Sie hatte die Tür schon geöffnet, als sie die Hand plötzlich zurückzog.

»Nein!« sagte sie und gab es Cornelie zurück, »nein, heben Sie es auf! Schließen Sie es ein! Wozu! Als Beweis! Vielleicht brauchen Sie es einmal. Ich habe diese kleine Anweisung in einem Band Racine gefunden, den Delphine uns gestern mit anderen Büchern zurückbrachte. Es spricht für ihre Harmlosigkeit, daß sie die Wichtigkeit seiner Vernichtung offensichtlich gar nicht gefühlt hat. Sie mag gerade kein Feuer gehabt haben und steckte ihn einstweilen in das nächstbeste Buch, um ihn sofort zu vergessen. Da der Vater schreibt: Verbrenne!, dachte sie nicht daran, zu zerreißen, was doch bei einiger Einsicht nahegelegen hätte! Nein, sie handelt vollkommen unter seinem Einfluß und denkt sich selbst gar nichts dabei.«

Cornelie hatte das Gesicht in den Händen verborgen. »Entsetzlich!« rief sie verzweifelt. »Ich kann mich gar nicht fassen, Corinna! – Mein Gott, wir hätten doch diese Briefe zurückhalten sollen! Warum ließen Sie zu, daß sie abgingen?«

»Auf einen Bericht mehr oder weniger kam es nicht an«, antwortete Corinna. »Ich habe die ganze Nacht nachgedacht, was zu tun ist. Das ist gar nicht so einfach.«

»Wer weiß außer Ihnen davon?« fragte Cornelie gequält.

»Niemand! Seit wann bin ich schwatzhaft? Ist das eine Sache für den ängstlichen Valdemaire? Nein, Cornelie, diese Angelegenheit muß zwischen Ihnen und mir bleiben und behutsam behandelt werden!«

»Sie haben recht. Rufen Sie mir das Mädchen her! Ich werde sie ins Gebet nehmen!«

»Tatatata! Ganz falsch, ganz falsch, meine Liebe! Das wäre das Verkehrteste, was Sie tun können. Delphine darf gar nicht wissen, daß sie entdeckt ist!«

»Aber Corinna! Wie soll ich dem Unfug dann steuern? Oh, ich war zu nachsichtig mit diesem Geschöpf! Ich hätte mir Einblicke in diese Korrespondenz fordern sollen. Aber, mein Gott, seit Loriot aufgetaucht ist, hatte ich mich der Verantwortung so völlig begeben und war froh darüber. Trägheit, Corinna! Entsetzlich! Es ist meine Schuld! Aber auch von Loriot – welche Infamie! Ist das nicht wahr! Es ist ein niederträchtiger Undank von ihm!«

Corinna wiegte den Kopf.

»Sagen Sie das nicht! Im Kriege stehen die häuslichen und bürgerlichen Tugenden niedrig im Kurs. Er ist Soldat und Napoleon blind ergeben. Wie sollte er anders handeln? Zudem ist er sicher ganz überzeugt, daß es eine Wohltat für Preußen sein würde, den Anschluß an l'Empire zu gewinnen. Wollen Sie meinen Rat haben?«

Cornelie war in sich zusammengesunken. »Ich bitte darum«, murmelte sie schwach.

»Machen Sie sich klar«, begann Corinna eindringlich, die

Hand auf Corneliens Arm legend, als wünschte sie, ihr rein körperlich Energie zu übertragen – »machen Sie sich klar, welcher Art Mitteilungen Delphine weitergegeben hat. Das wären zunächst die Schwärmereien von Vesper, wie er sie jederzeit von sich zu geben bereit ist. Das wären die Tatsachen, die aus den Unterhaltungen unserer jungen Leute hervorgehen und jene, die Voß der Demoiselle aufs freigebigste serviert, sobald sie sich an seine Schulter lehnt und mit Taubenaugen und dummem Mäulchen Fragen stellt wie ein dreijähriges Kind. Oh, ich habe das neulich mit angehört und mich geärgert, ohne zu wissen, warum. Er hat ihr von die Krümper erzählt – wissen Sie, was das ist? Ich wußte nicht, nun, Sie scheinen zu wissen. Nicht wahr, das geht der Grande Armée gar nichts an! Er hat Zahlen genannt, oh, mon Dieu! Ich habe keine behalten und Delphine vielleicht auch nicht. Aber daß auch in unserem Dorf Krümper – mot abominable! – sind, daß das ganze Land voll diese gefährliche Krümper sitzt, das weiß sie, und von die Manövers, die immerfort überall und auch bei uns abgehalten werden, weiß sie auch. Und dann: die Briefe von Christoph, die Sie uns Wort für Wort vorlesen, Teuerste! Ce sont souvent des journaux intimes de la conspiration antinapoléonienne à Berlin! Voilà – notre mignonne braucht nur zu schöpfen, sie sitzt an einer Quelle, und sie wird es geschickt genug machen, sie ist ja nicht dumm. Was folgt nun für uns daraus?«

Cornelie preßte verzweifelt die Hände gegen die Ohren: »Hören Sie auf, Corinna! Meine Situation ist unmöglich. Ich werde Delphine mit Extrapost an ihren Vater schicken, von einem Brief begleitet, der ihn über meine Meinung nicht im unklaren läßt. Ja! Das werde ich tun!«

Corinna sah sie still an. »Und – Christoph?« fragte sie.

Cornelie wandte sich ab und begann zu weinen.

»C'est compliqué!« seufzte Corinna. »C'est tellement compliqué! – Nein, liebe Freundin«, fuhr sie mit Nachdruck fort, »keine zu schroffen Maßnahmen! Das ist hier unmöglich. Es muß alles unauffällig und ohne besonderen Akzent geschehen. Die Hauptsache ist, Delphine zu isolieren, ihr die Gelegenheit zu nehmen, Material zu sammeln.«

»Und wie sollte das geschehen?« fragte Cornelie bitter.

»Entfernen Sie sie von hier! Schicken Sie sie nach Reddien

zu den alten Herrschaften, ein Vorwand wird sich wohl finden. Und da ist die junge Baronin Grote in Parin – immer noch ohne Kinder, langweilt sich und hatte Delphine gern – Lassen Sie sie einladen, sie kann dort tanzen, sie wird sich zerstreuen, und inzwischen vergeht Zeit . . .«

XIV

Eine Einladung nach Parin brauchte nicht erst erbeten zu werden – sie lag ohnehin vor, denn Corneliens schwerfällige Cousine, Urania, hatte von jeher eine Vorliebe für Delphine, deren graziöse Leichtigkeit ihr als angestauntes, unerreichbares Ideal erscheinen mochte. Diese Neigung ward nicht in gleichem Maße erwidert, ja, es war unverkennbar, daß Delphine, vielleicht gerade durch diese zur Schau getragene Bewunderung herausgefordert, gern ein wenig unverschämt gegen die Baronin war, die das indessen niemals bemerkte. Dagegen war Leo Grote als glänzender Gesellschafter und vorzüglicher Tänzer so sehr in Gunst bei der Kleinen, daß dies bisher ein Grund für Cornelie gewesen war, keinen Gebrauch von der Einladung zu machen: wozu der guten kurzsichtigen Urania so ein Spielzeug für ihren leichtsinnigen Gatten ins Haus schicken? Diese Ehe zwischen einem windigen Barsoi und einer schweren gutmütigen Bernhardinerin war schon überreich an Anlässen zu Kummer und Herzeleid. Angesichts der augenblicklichen Sachlage aber schwiegen alle Rücksichten, und noch am selben Tage begann Cornelie die Ausführung ihrer Absicht einzufädeln, wobei Corinna ihr unterstützend zur Seite stand. Es geschah dadurch, daß sie anfing, zu beklagen, wie langweilig der Winter sich für sie alle erwiese, wie abhold die Stimmung im Lande aller heiteren Geselligkeit sei. »Wenn ich an meine Jugend denke . . .«, ging es weiter, und ein Bild festfroher Geselligkeit wurde entworfen, dessen Farben sie selbst überraschten. Corinna stimmte ein. Ach, die Welt hatte sich verändert, die Jugend hatte keine Gelegenheit mehr, die Saat für jene Ernte schöner Erinnerungen aufzunehmen, aus denen sich dann im traurigen Alter Kraft und Freude saugen ließen! Nachdem das Thema eine Weile variiert worden und deutlich zu beobachten war, daß Delphine zu der Überzeugung gelangte, sie sei zu bedauern – sie trug ein kleines ergebenes Lächeln zur Schau und fügte sich jedenfalls ganz unwillkürlich in die ihr zugedachte Rolle –, wandte Corinna sich ihr unvermittelt zu, als fiele es ihr soeben erst ein, daß sie am Tisch sei: »Pauvre petite!« sagte sie mit bedeutungsvollem Kopfnicken. »Ja, in der Tat...«, bestätigte Cornelie. Aber was sei da zu wollen? »Wie hat deine Mutter in ihrem letzten Winter das Leben genossen! Wie lustig ging es damals hier zu!« Corinna nahm den Ball auf. Es dauerte nicht lange, so war man dabei, zu erwägen, wie und wo es denn möglich sein könnte, Delphine davor zu bewahren, ihren Frühling ganz zu versäumen, und unvermutet spielte das Mädchen selbst ihrer Tante einen Trumpf in die Hand, indem es schmollend sagte: »Der Baron Grote hat mir erzählt, daß in Parin fast alle Abend getanzt wird. Und Schlittenpartien! Und Maskeraden . . .«

Vielleicht um einen Schatten zu schnell rief Cornelie aus: »Du möchtest dorthin? Oh, das ließe sich doch überlegen!« Vielleicht hatte sie es auch nicht vermieden, Corinna einen befriedigten Blick zuzuwerfen. Jedenfalls war es, als käme Delphine jetzt plötzlich ganz zu Bewußtsein. Verwundert von so viel Bereitschaft sah sie ihrerseits zwischen den beiden Frauen hin und her und sagte zögernd: »Ach nein! Ich bin eigentlich ganz zufrieden hier.«

Sie sei ein gutes Kind, bekam sie zu hören. Die alte Legendre sagte gerührt, so bescheiden sei sie in den Jahren nicht gewesen, sie erinnere sich, aus dem Fenster gestiegen zu sein, um an einem Ball teilnehmen zu können, den ihre Stiefmutter ihr habe verbieten wollen. ›Stiefmutter‹ griff nun wieder Cornelie auf wie ein Stichwort. »Wir werden sehen, was sich tun läßt!« rief sie, Delphine Ermutigung zunickend, »wie eine Stiefmutter sollst du mich jedenfalls nicht im Gedächtnis behalten!«

Der Erfolg dieses abendlichen Tischgesprächs war, daß Delphine bis zum Schlafengehen sehr nachdenklich blieb, was sich noch vertiefte, als Christophs Brief diesmal offensichtlich nur im Auszug mitgeteilt wurde. Die Vorlesung dieses regelmäßig eintreffenden Briefes am Samstagabend war so sehr Gebrauch geworden, daß sie sich nicht umgehen ließ. Cornelie hatte sich vorher die Stellen bezeichnet, die auszulassen waren, kleine

Geschichten vom Hofe, die er in den Häusern seines Verkehrskreises gehört hatte (wollte der König oder wollte er nicht? Blieb er dem Zaren treu oder fügte er sich Napoleon? Wie verhielten sich Christophs militärische Freunde zu allem?), harmlose Dinge im Grunde, aber sie war überängstlich geworden. Delphine sah mehrmals scheinbar gleichgültig nach den Bogen, deren Vorlesung heut so viel weniger Zeit in Anspruch nahm als sonst. Als sie gute Nacht sagte, war ihr Ausdruck von besonderer Liebenswürdigkeit; undurchdringlich wie immer, verriet er in nichts eine Beunruhigung. Dennoch sagte Cornelie aufseufzend zu Corinna: »Ich bin überzeugt, daß sie etwas ahnt. Nein, Sie können mich nicht davon abbringen; das liegt im Gefühl, und ich täusche mich nicht. Nun, der Bote geht morgen ab, und ich weiß nicht, wie sie sich widersetzen wollte, wenn ich sie fortschicke. Sie hat ja gar keinen Grund, sich zu weigern.«

Delphine weigerte sich auch nicht, als ihr schon am Dienstag mitgeteilt wurde, daß sie in Parin freudigst willkommen sei. Sie nahm es nur ohne jede Äußerung des Vergnügens hin mit einem »Ganz wie Sie wünschen, ma tante!«, das hinterhältig genug klang. Cornelie, so ungewohnt jeder Art von Verstellung, war durch die Schauspielerei dieser Tage derart erschöpft, daß sie sich nicht imstande fühlte, ihr bei den Vorbereitungen für die Reise zu helfen. Sie schützte Kopfschmerzen vor, zog sich zurück, und Corinna nahm sich der Dinge mit betonter Munterkeit an. Eine unruhige Nacht voller Gedankenqual lag hinter Cornelie, als sie sich am Donnerstagmorgen erhob, um mit dem Mädchen zu frühstücken, ehe der Schlitten sie fortbrachte. Das Frösteln jener Erregung, die einschneidende Lebensveränderungen zu begleiten pflegt, noch ehe sie ganz zu überblicken sind, lag ihr in den Gliedern und machte sie schrecklich mutlos. Sie erinnerte sich dieses Gefühls wie eines warnenden Vorzeichens beim Herannahen vergangener Ereignisse, beispielsweise aus der Zeit, als Maximiliane mit dem Aufbruch von Mainz so gezaudert hatte, oder während jener Abwesenheit von Buzzini, die der vernichtenden Eröffnung über seine Verheiratung vorausgegangen war, endlich aus dem halben Jahr von Christophs Militärdienst, ehe der Krieg ausbrach, und kein Einwand der Vernunft hielt der dumpfen Überzeugung stand, daß mit dieser Abreise von Delphine eine unsichtbare Hand den ersten Zug eines neuen entscheidenden Spiels täte. Das blasse Gesichtchen ihr gegenüber am Tisch griff ihr schmerzlich ans Herz; sie suchte nach einem warmen Wort und hörte sich nichts sagen als trockene Ermahnungen, Grüße an die Verwandten und Erwägungen über die Dauer des Aufenthalts, die ihr selbst peinlich unglaubhaft klangen. Delphine hörte gesenkten Blickes zu; sie aß mit zierlichen Bewegungen, wählerisch wie ein Vögelchen, und gab artige Antworten. Einmal, als Cornelie den 15. März als Tag der wahrscheinlichen Rückkehr nannte – jetzt war man zu Ende Februar –, schlug sie die Augen groß auf und richtete einen rätselvollen Blick auf die Tante, ohne jede Gemütserregung, nur voll unergründlichen Zweifels. Cornelie schlug ihrerseits die Augen nieder. »Ja«, wiederholte sie mechanisch, »länger als gute drei Wochen wollen wir Uraniens Gastfreundschaft doch nicht ausnutzen...« Und dann? dachte es in ihr, was soll nur dann werden? Sie verstummte und beherrschte mühsam eine Aufwallung, offen mit dem Mädchen zu sprechen. Sie hörte den Schlitten mit Schellengeläut vorfahren und hatte sich erhoben, noch ehe die aufwartende Magd geklopft, um ihn zu melden. »Hast du warmes Unterzeug angezogen?« fragte sie hastig, »doppelte Strümpfe? Kind, sei nicht so leichtsinnig mit deiner Gesundheit! Die Mamsell hat dir Butterbrot eingepackt; zu hungern brauchst du nicht unterwegs, und im Ahlfelder Krug laß dir Kaffee kochen oder eine Suppe. Nun, die Reise ist ja nicht lang...«

Corinna und Valdemaire erschienen zerstreut und noch ein wenig verschlafen, um Abschied zu nehmen. Es war nun doch ein sehr einsames kleines Geschöpf, das, fast verschwindend in dem riesigen Fuchspelz, im Schlitten saß und sich von der Magd in Fußsack und Decken verpacken ließ. Cornelie trat hinzu und machte sich auch noch an den Hüllen zu schaffen. »So«, sagte sie, »so... Du wirst nicht frieren. Sei recht vergnügt, mein Herz! Vergiß uns nicht ganz...«

Die Gewißheit, daß Delphine für immer von Hölkewiese wegfuhr, schnitt ihr auf einmal durchs Herz. Die Stimme versagte ihr. »Leb wohl!« flüsterte sie erstickt und legte ihren Arm um den Nacken des Mädchens.

»Leben Sie wohl, ma tante«, sagte Delphine ruhig und bot

ihr die Wange, ohne den Kuß zu erwidern. Sie ließ einen Blick über das Haus hingehen, ganz ohne den Ausdruck eines Gefühls. »Adieu, adieu! Au revoir!« winkte sie den Valdemaires lächelnd zu. Die Pferde zogen an, das Gefährt glitt die Rampe hinab, bog in den Hof ein, verschwand mit hellem Getön durchs Portal... Delphine hatte nicht mehr zurückgesehen. Cornelie stand wie erstarrt. Plötzlich hob sie die Arme. »Mein Gott, Corinna!« rief sie aus, »was habe ich getan! Sie kommt ja nicht wieder!«

»Venez, amie! Entrez! Il fait froid!« Corinna legte den Arm um sie und geleitete sie ins Haus. »Regen Sie sich nicht auf, Cornelie! Dies mußte geschehen, und wie es weitergehen wird, das wird sich finden. Warum soll sie nicht wiederkommen, was fällt Ihnen ein? Wie sagt man beim Militär? Eine kleine Strafversetzung. Und sie weiß es selbst nicht einmal.«

»Sie? Oh, sie wußte sehr gut!« seufzte Cornelie. –

XV

Die unklaren, angstvollen Ahnungen, die Cornelie bei Delphines Abreise bewegt hatten, bestätigten sich eher, als sie selbst es für möglich gehalten hatte. Es waren noch nicht zehn Tage vergangen, als der Baron Grote in Hölkewiese erschien und Cornelie mit so unverkennbarer Verlegenheit entgegentrat, daß sie ausrief: »Was ist geschehen? Sie bringen nichts Gutes, Baron!«, noch ehe er ein Wort aussprechen konnte. In der Tat sei er in der peinlichsten Lage der Welt, gab er zu. Ja, es handelt sich um Fräulein Delphine; aber woher sie das wissen könnte? Cornelie hatte, während er sich zur zeremoniellen Begrüßung über ihre Hand neigte, ungeduldig ausgerufen: »Was ist mit Delphine?« – »Oh, machen Sie es kurz!« bat sie jetzt, auf das Ärgste gefaßt.

Grote zog die Achseln hoch und machte eine verzweifelte Bewegung mit beiden Händen. »Sie erleichtern mir meine üble Mission dadurch, daß Sie vorbereitet zu sein scheinen, gnädigste Cousine«, sagte er in seinem baltischen Deutsch. »Ich habe auch keinen Anlaß, ausführlich zu sein, weil ich gar nicht wüßte, was ich erzählen könnte, außer dem einen: daß Fräulein Delphine uns gestern verlassen hat – daß sie entführt worden ist, sozusagen, und wie es scheint, mit ihrem Einverständnis, denn sie hat sich, wie Augenzeugen berichtet haben, zu Fuß bis zur Reddiener Wegkreuzung begeben, wo eine Kutsche hielt, mit der sie davonfuhr. Wohin? Meine Teure, Sie fragen zuviel. In der Richtung zur Grenze – mehr weiß kein Mensch! Kein Mensch weiß auch zu sagen, ob jemand im Wagen war, der sie erwartete, aber . . .«, er hüstelte hinter vorgehaltener Hand: ». . . dies ist doch wohl anzunehmen. Da meine schwache Hoffnung, den kleinen Deserteur hier vorzufinden, mich anscheinend betrogen hat . . .«

»Nein, hier ist sie nicht . . .«, erwiderte Cornelie mit vollkommen erloschenem Blick und tonloser Stimme. –

Dann fand sie ihre Fassung zurück. »Also«, redete sie mit einem schwachen Versuch zu lächeln, »also war es doch vergeblich, daß ich sie fortschickte . . .« Irgendein Gefühl riet ihr, die öffentliche Meinung bei der Auffassung, es handelte sich um eine Liebesaffäre, zu lassen.

»Ah, sie hat Temperament, die Kleine!« murmelte Grote verständnisinnig.

»Larifari, Temperament! Ein ungehorsames Mädchen, Herr Vetter! Sie hat ihren Kopf durchgesetzt, das ist es! Wollen Sie mir gütigst sagen, ob sie viele Briefe empfangen und geschrieben hat?«

»Sie hat nur mit einer Madame von Stockmiller korrespondiert, soviel ich sah; die Post geht immer durch meine Hände. Immerhin wäre es ja möglich, daß sie dem Boten privatim etwas in seinen Sack gespielt hat. Sie hätte nur einen Domestiken zu bestechen brauchen . . .«

»Oh, die genannte Adresse genügt mir zu Erklärung! Es ist ganz, wie ich dachte. Unter uns, lieber Vetter – Delphine wünschte, nach Berlin zu reisen, sie hatte ihre Gründe für diesen Wunsch, und ich hatte meine, ihn abzuschlagen. Um sie zu entschädigen, bat ich Urania um ihre Gastfreundschaft, aber ich habe nicht mit dem Trotz der Demoiselle gerechnet. Über ihren Verbleib können wir nun beruhigt sein: sie befindet sich ohne Zweifel als Gast in der Bayerischen Gesandtschaft in Berlin und ist also gut aufgehoben. Aber welcher Undank gegen Ihr Haus, ganz abgesehen von dem unerhörten Ungehorsam gegen mich! Ich bin empört! Sie können versichert sein, daß ihr das nicht ungestraft durchgehen wird. Und Madame Stockmiller soll es mir ausbaden! An Urania werde ich schreiben. Oh, ich bin ganz konsterniert!«

Es waren ungeheuchelte Tränen, gegen die sie nun ihr Tuch brauchen mußte. Aber mit dem Eindruck ihres dramatischen Ausbruchs konnte sie zufrieden sein. Der Baron rang die Hände. »Mon Dieu! liebe Cousine, bitte, beruhigen Sie sich doch! Ich bin verzweifelt über das, was ich angerichtet habe! Aber konnte ich anders? Erbarmung! Haben Sie Nachsicht mit der Kleinen! Jugend hat keine Tugend! Sie ist ein entzückender Wildfang!« –

Cornelie bedurfte jetzt keiner Beratung mit Corinna mehr, um zu wissen, was sie zu tun hätte. In derselben Nacht noch schrieb sie zwei Briefe, die sie mitnahm, als sie am nächsten Tag nach Berlin fuhr. Den einen, an Delphine, ließ sie durch ihren Kutscher in der Bayerischen Botschaft abgeben; den anderen, an den Obersten Loriot, augenblicklich zu Metz, übergab sie der Post. Der an Delphine war kurz, enthielt sich aller Vorwürfe und bezeigte ihr Einverständnis damit, daß die Nichte bei der Freundin verbleibe, bis sie von ihrem Vater andere Weisungen über ihren zukünftigen Aufenthaltsort erhalten hätte. Zu dem Brief an Loriot hatte sie mehrmals ansetzen müssen, und als er endlich fertig vor ihr lag, war er durch Tränenflecken kaum leserlich und mußte nochmals abgeschrieben werden. Auch in ihm stand kein Wort zu viel; er war wenig mehr als eine Mitteilung über ihre Entdeckung der Aufgabe, die er seiner Tochter zugemutet hätte, und die karge Feststellung, daß er wohl einsähe, welche Folgerungen sie daraus ziehen müßte. Es waren die ungeschrieben gebliebenen Worte, die sich in Tränen lösten, und letzten Endes hatte der in ihr wühlende Schmerz gar nichts mehr mit Loriot und seiner Tochter zu tun. Er galt der Aufgabe, die sich nicht mehr umgehen ließ, der Notwendigkeit, Christoph von dem Geschehenen zu unterrichten, und dem Bewußtsein, was sie ihm damit zufügen würde. –

XVI

Christoph wanderte langsam die Friedrichstraße in der Richtung auf die Linden zu hinauf. Er hatte der Mutter im Wagen das Geleit bis zum Oranienburger Tor gegeben und sich dort von ihr verabschiedet. Seit dem Abend des vorgestrigen Tages, als er sie beim Nachhausekommen so unerwartet in seinem Zimmer vorgefunden hatte, war er noch nicht wieder zu sich selber gekommen. Die beiden Nächte, von denen er die eine gar nicht, die andere aber dumpf wie ein Stein geschlafen hatte, rechneten nicht. Er war in keiner Weise mit den Mitteilungen, die Cornelie ihm am ersten Abend gemacht, und mit dem Gespräch, das sich daran angeschlossen hatte, fertig geworden. Nachdem er die Mutter in ihren Gasthof gebracht hatte, war er noch stundenlang in den dunklen Straßen herumgelaufen und hatte dann in seinem Bett gelegen, wie von Fieber durchtobt, bis seine fassungslose Erregung sich endlich in Tränen gelöst hatte. Aber das alles war nur verzweifelter Widerstand gegen unerschütterliche Tatsachen, ein Aufbegehren, Abwehr aller klaren Besinnung über das Gehörte gewesen.

Den Tag darauf hatte er gleich nach der ersten Vorlesung Cornelie abgeholt, wie verabredet, und die Zeit war mit Besorgungen und Besuchen hingegangen. Zu Tisch hatten sie sich bei dem Onkel Platen eingeladen; am Abend waren sie in der Oper gewesen. Nachträglich erkannte er, daß die Mutter gestern alles darangesetzt hatte, ihn zu zerstreuen. Auf den Anlaß ihres Besuches war sie nicht mehr zurückgekommen, und der Name Delphine war nicht mehr zwischen ihnen genannt worden. Aber was wäre auch noch zu sagen gewesen?

Während Christoph dahinschlenderte und der Eindruck von Corneliens abschiednehmendem, mit besorgter Liebe auf ihn gerichtetem Gesicht, wie er es eben noch aus dem Fenster des Wagens hatte herausblicken sehen, allmählich in ihm verblaßte, atmete er plötzlich tief auf und verlangsamte seinen Schritt noch mehr. Irgendein Bann wich von ihm. Er blickte um sich wie ein Erwachender und nahm den Hut vom Kopf, daß die sanft bewegte Luft wohltätig durch sein Haar strich. Es war ein milder Vorfrühlingstag, dieser 9. März. Christoph ging auf der westlichen Seite der Straße, und die Morgensonne schien voll und zärtlich auf ihn. Einmal blieb er stehen und sah nach dem Tor zurück; die Biegung der Chaussee hatte die Hölkewieser Kutsche längst unsichtbar werden lassen. Christoph lächelte und vollführte im Weitergehen eine übermütige Schwenkung mit seinem Hut. Dabei ging ihm dreierlei durch den Kopf, fast gleichzeitig, wie es ihm vorkam. Das erste war ganz unbestimmt und dennoch erstaunlich, wie die aufdämmernde, ganz einfache Lösung einer scheinbar verwickelten Rechenaufgabe. Dies, Gefühl mehr als Gedanke, ließ sich zurückführen auf die Formel: Und wennschon – was wird dadurch anders?! Das zweite war etwas wie eine sich selbst erteilte Erklärung des sonderbaren Glücks, das, seit er der Mutter Lebewohl zugenickt, in ihm aufgesprungen war wie ein triumphierender Quell. »Ach, die Amsel...«, dachte er nämlich, ganz voll jener süßen Überraschung, die ihn jedesmal befiel, wenn er den Vogel zum erstenmal wieder vernahm und – ja, dort saß er auf dem Giebel eines durch ein Gärtchen von der Straße geschiedenen Hauses und jubelte in frommer Frühlingsbesessenheit. Das dritte aber, in ihm auf und nieder tanzend wie ein junger Stern, der in lauter Licht ausbarst, in ein Licht, das ihn fast taumeln machte vor Seligkeit; es war einfach dies: Delphine – ist in Berlin! Delphine ist in Berlin! Delphine ist ja in Berlin! Denn diese Erkenntnis kam ihm jetzt erst zu Bewußtsein und ergriff mit einem Schlage so stark Besitz von ihm, daß alle, aber auch alle dunklen Gründe für die Anwesenheit des Mädchens innerhalb der Stadt in ihm überstrahlt und ausgelöscht wurden.

»Mein Gott! Das hatte ich ja noch gar nicht begriffen!« sagte er verzückt vor sich in die Luft. Er war auf der Weidendammer Brücke angelangt, blieb stehen, lehnte sich an das Geländer und starrte auf das Wasser hinab.

Ein schwer mit Ziegeln befrachteter Lastkahn fesselte seine Aufmerksamkeit zunächst. Er kam leise rauschend zwischen den hölzernen Brückenpfeilern hervor und glitt schwerfällig durch die lehmige Flut. Gleichmäßig gingen die Schiffer hin und her und stießen ihre Stangen in den Grund. Warm ruhte die Sonne auf Christophs Rücken. Er schloß die Augen. Wasser, Schiffe, Sonne, Planschen und Klatschen vom Ufer her, wo Frauen Wäsche spülten. Ruderrucken; jenes Wassergeschwätz am Kiel; dieser Geruch – dieser ganz bestimmte Geruch ... Er öffnete die Augen und strich sich mit der Hand übers Gesicht, wieder lächelnd. Ach, nein – am Rheindamm war es doch anders gewesen, dort beim Roten Turm auf den sonndurchglühten Granitplatten des Kais, in deren Fugen Gras wuchs und Kraut ... Mitleidig sah er nieder in das trübe, fast reglose Strömen der Spree. Wo würde er wieder ein Wasser finden, so lichtgrün wie der Rhein, so breit, so herrlich drängend dahinziehend? Am Ufer hatte er da gehockt und hinüber nach Deutschland geblickt und nichts gedacht, als daß Delphine dort sei – dort drüben in Preußen! Christoph starrte hinab. Schattenhaft regte sich auf der Wasserfläche sein Spiegelbild. Sein Blick, wie angesogen von der gleißenden Blankheit des Flusses, zog ihn hinunter. »Was ist mir?« flackerte es von fernher durch sein eindämmerndes Bewußtsein. Eine große Woge schwoll in ihm auf, überschwemmte den gegenwärtigen Augenblick und führte ihn fort von sich selbst, von diesem Christoph von Echter, der als Studiosus der Kameralwissenschaften an der Berliner Universität eingeschrieben war und sich soeben noch auf dem Wege in die Vorlesung des Professors Fichte befunden hatte, um sich des weiteren über die »Tatsachen des Bewußtseins« unterrichten zu lassen. Diesen Studiosus von Echter gab es auf einmal nicht mehr; erloschen war er in dem Erstarrten, der hier stand – der von Haut und Sehnen zusammengehalten um das Gerüst seiner kalkenen Knochen für die Vorübergehenden in der atmenden Gestalt eines faulen jungen Menschen sichtbar war, der es aber so wenig wie eine steinerne Brückenfigur bemerkt haben würde, wäre es einem streunenden Hündlein beigekommen, das Beinchen an ihm zu heben. Empfand er überhaupt etwas, so war es dies, daß er meinte, zu schweben, im Raum zu hängen, nicht wissend, wo oben und unten sei; denn dies war vergangen, das Oben und Unten. Dies war vergangen, das Oben und Unten wie einst, als er, kleines Kind, kleiner Knabe, sich den Wirbeln der dunklen Kraft zu sehr genähert hatte; unversehens war er hineingerissen worden. Den Blick unverwandt auf das magische gleitende Glänzen des Wassers gerichtet, befand er sich in einer von unsagbarem Glanz erfüllten, schwebenden opalenen Blase. Zauberisch, wie ein Spiel von Tönen, von Farben umkreisten ihn die Laute, die Buchstaben eines Wortes: das waren Vögel, gleich Schwalben – Fische waren das mit geschweiftem Rücken, gezackten, zuckenden Schwänzen: Delphine! Delphine brauste es in ihm, und nun war das Wort, der Name vollkommen – vollkommen auch seine Vereinigung mit ihm. So sehr verschmolzen war er mit ihr, die er jetzt auch *sah*, als sei er selbst Delphine, Delphine aber Christoph und beide *ein* Geschöpf, ein Strom, ein Lobgesang – so sehr verschmolzen, daß seine ganze Welt in diese Einheit hineinstürzte und er, Christoph, gleichbedeutend war mit Hölkewiese, Preußen, Mainz, Deutschland, Delphine aber mit allem, was er in der geheimen Formel erster Kindheit unter diesem »der Bonaparte« zusammenzufassen gewohnt war. Der Dom zu Mainz, rötlich strahlend vorm blauen Himmel, das Berliner Schloß, die königliche Straße der Linden, zwischen diesen beiden hangend aber die ganze Fülle deutscher Landschaft: Rhön, Thüringen, hügelig, der Wälder, der Fruchtgärten voll, und dann die Ackerbreiten der Ebene – oh, das alles war er, er, der Delphine mit warmer, unwiderstehlicher Gewalt nahm und überwindend mit sich vereinigte, sie, die bezaubernd, hell und süß und gefahrdrohend wie der Ruf französischer Clairons doch überwältigt werden mußte, der nicht gefolgt und gedient werden durfte. Sieg war das, Frieden! Eine Harmonie, nicht mehr faßbar von dem Gefäß der Sekunde . . . Ausgedehnt bis an die äußersten Grenzen ihres Vermögens, zersprang jetzt die schallende Kugel, die farbige schillernde Blase versprühte mit tausend splitternden Tröpfchen im Nichts. Und Christoph richtete sich wankend aus seiner gebückten Stellung auf, stützte sich auf den Geländerbalken und blickte wirr um sich, wieder begreifend, wo er sich befand und daß das da unten die Spree, das dort drüben die Kattunbleichen des Weidendamms und das gelbliche Gemäuer des Montierungshauses war. Es konnte kaum eine Minute vergangen sein, seit er das alles ebenso klar gewußt und gesehen; inzwischen aber war etwas mit ihm vorgegangen, was er nicht mehr begriff, dem er nicht auf die Spur kam. Nur, daß er gar keinen Zweifel mehr hatte, darüber, wie er zu handeln habe; daß alles, was ihm die Mutter gesagt hatte, keinen, auch nicht den geringsten Einfluß auf sein Verhältnis zu Delphine haben könnte, nur auf sein *Ver-*

halten in einer bestimmten, für seine Liebe ganz unwesentlichen Beziehung – das war ihm jetzt so unanfechtbar klar, daß er sich staunend fragte, warum er sich derart hätte aufregen lassen können wie am vorgestrigen Abend. Und was in ihm aufstieg, war wieder dieser anwachsende, ihn fast erstickende Jubel, die Gewißheit, auf die es ihm anscheinend einzig ankam: »Delphine ist in Berlin! Ich kann sie sehen, wenn ich nur ein paar Straßen durchschreite und an einer bestimmten Tür anklopfe!«

Kinder hatten sich neben ihm angesammelt, kletterten an dem Geländer empor und versuchten, festzustellen, was es da im Wasser zu sehen gäbe. Ihr Geschwätz brachte ihn völlig zu sich. Zwei Mädchen, die Arm in Arm vorbeistrichen, kicherten bei seinem Anblick, als er sich nun der Straße zuwandte: »Na, Kleiner, so früh am Morgen schon blau?« hörte er die eine keck sagen und fühlte seine Wangen heiß werden. Der tadelnde Blick eines behäbigen Bürgers tat ein übriges. Christoph zog Weste und Halsbinde zurecht, fuhr mit der Hand ordnend durchs Haar, setzte den Hut auf und ging in angemessener Haltung weiter. Zu Herrn Fichte also! dachte er ohne große Begeisterung, denn an eine Visite bei dem Ehepaar Stockmiller in der bayerischen Legation konnte er anständigerweise um zehn Uhr früh noch nicht denken. Indessen war die Zeit auch für den Besuch der Vorlesung schon reichlich vorgeschritten; nichts war peinlicher als die Pause, die der Professor in seinem Vortrag eintreten ließ, bis verspätete Ankömmlinge ihre Plätze gefunden und eingenommen hatten. Christoph hatte keine Lust, Gegenstand dieses strafenden Verstummens und des darauf folgenden bedeutsamen Räusperns zu werden. Hier war die Dorotheenstraße und dort, gegenüber der Kirche, wohnte Vesper. Vielleicht war er noch anzutreffen. Christoph bog ein. »Ich werde ihr sagen, was sie angestellt hat, ich werde mit ihr sprechen, ich werde es ihr klarmachen!« dachte er jetzt und geriet über seinen Erwägungen in eine Art Sturmschritt. »Warum hast du nicht offen mit ihr gesprochen?« hatte er die Mutter vorgestern verzweifelt gefragt. Sie hätte es mit dem Mädchen zu verderben gefürchtet, hatte sie traurig gemeint. Christoph wisse doch, wie schwierig Delphine manchmal sei. Es hätte ihr und Corinna besser geschienen, sie einfach für einige Zeit fortzuschicken, ohne sie vermuten zu lassen, man sei hinter den Zweck ihrer Korrespondenz gekommen. Es würde genügt haben, hätte Corinna gemeint, Delphine die Gelegenheit zu nehmen, Beobachtungen zu machen und Berichte zu geben, solange die politische Krise anhielte...

»Was hätte sie schon anrichten können!« dachte Christoph ehrlich erbost. »Mitte Februar sind sie dahintergekommen – da war doch der ganze Unsinn dieses Bündnisses schon komplett, wenn die Sache auch noch nicht publik war! Da hatte es für Frankreich, weiß Gott, kein Interesse mehr, was so ein kleiner Grasaff aus Preußen berichtete. Wenn Damen einmal anfangen, über Politik nachzudenken... Hätte die Maman mich zu Rate gezogen...«

Auf einmal fühlte er sich der ganzen Angelegenheit sehr überlegen. Er würde es in die Hand nehmen. »Ich werde mich mit Loriot auseinandersetzen«, sagte er sich, heiß vor Grimm. »So ein Mißbrauch der Autorität und des kindlichen Vertrauens! Komm du mir nur nach Berlin, monsieur le papa! Eigentlich müßt' ich ihn fordern!«

Delphine – Delphine konnte nichts dafür! Unschuldig war sie! schaumweiß, ein Lamm, ein süßes kleines Schaf! Und man hatte sie fortgeschickt, vertrieben, auf die Straße gesetzt! Oh, wie sie getröstet werden mußte – Delphine!

Aber wo war er denn da? Er blieb jählings stehen. An Vespers Wohnung war er vorbeigerannt, und hier war die Ecke der Neuen Wilhelmstraße. »Recht so!« dachte er ganz befriedigt, »meine Beine wissen besser, wohin ich eigentlich will!« Schon war er um die Ecke, überkreuzte die Linden. Jetzt gab es gar keine Überlegung, gar keine Hemmungen mehr. Delphine! war das Panier. Er stand erst still, als er beinahe mit dem Türsteher der Bayerischen Gesandtschaft zusammengeprallt wäre, der seinen majestätischen blausilbern bekleideten Wanst soeben durch das Portal hinaus in die Frühlingsluft schob.

»Jessas, Ihnen pressiert's aber, junger Herr! Was möchten S' denn schon in aller Fruah?«

Zwei Minuten später hatte Christoph erfahren, daß der Herr von Stockmiller gestern in einer besonderen Mission nach München gereist sei und daß Madame ihn begleitet habe.

Demoiselle Loriot aber, ja, die junge Dame, die vor drei Tagen angekommen sei, die sei »zu einem jüdischen Herrn Bankier am Gendarmenmarkt verzogen«.

»Es ist gut!« hatte Christoph hervorgestoßen und dem Mann, der sich mit Ohrenkratzen auf den Namen »selbiger jüdischer Herrschaft« zu besinnen suchte, ein Trinkgeld in die Hand gedrückt. Er stürmte die Behrenstraße hinauf. »Zacharias Veitel Fränkel Kalischer!« sagte er vor sich hin, »das ist der Name selbiges jüdischen Herrn!« Er rechnete nach – mehr als zwei Jahre war es her, daß er im Salon des Herrn Bankiers gestanden und auf Delphine gewartet hatte. Jedesmal, wenn er seither an dem Hause vorbeigekommen, war ihm Chambuc eingefallen, und er hatte die Faust geballt. Im übrigen war er dem hübschen Sannchen zuweilen auf der Straße begegnet, ihre zarte Erscheinung war den Studenten wohlbekannt. Man nannte sie »die Verschleierte«, was eine Umschreibung der allgemeinen Unnahbarkeit sein mochte, die ihr schönes verschlossenes Gesicht mit den stets niedergeschlagenen Augen ausdrückte. Das Haus Kalischer stand im Ruf großer, wennschon etwas wahlloser Gastlichkeit. Der Bankier hatte sich zwar in maßgeblichen Kreisen seiner unbedenklichen Franzosenfreundlichkeit wegen mißliebig gemacht, aber sein Verkehr ward auch von Vertretern der besten Gesellschaft gesucht; er war ein Weltmann, ein Sammler, und nicht nur Franzosen und Libertins aller Schichten, wie Literaten und Schauspieler, gingen bei ihm ein und aus, sondern auch Offiziere der feudalsten Regimenter. Für diese Herren mochten vier Anziehungspunkte den Ausschlag geben: die vorzügliche Küche, der berühmte Weinkeller des Hauses, die schöne Tochter und – nicht zuletzt – die immer offene Hand Kalischers, der, sei es aus Eitelkeit, sei es aus einer Anlage, die hier einem Naturspiel gleichkam, Geld zu dem mäßigsten Zinsfuß verlieh. Dies alles ließ Christoph unterwegs sein Gedächtnis wiederholen mit dem Erfolg, daß er voller Unbehagen war, als er sein Ziel erreicht hatte. »Hier gehört sie nicht hin!« dachte er verfinstert, als er zu guter Letzt ganz langsam die Steinstufen zur Haustür emporstieg. Hatte aber nicht Vesper einmal erwähnt, daß er zuweilen den Dienstagszirkel der Madame Kalischer besuchte? Das würde wieder für das Haus sprechen. – Christoph zog die Klingel. –

XVII

»Delphine!« sagte er wenig später erschüttert und ratlos, »aber Delphine, so schlimm ist es doch gar nicht!«

Er hatte den Salon, den die Magd ihm geöffnet hatte, kaum betreten, als die Tür des Nebenzimmers aufflog und Delphine sich in seine Arme warf. Irgendeine Hand, er bemerkte es sonderbar deutlich, drückte hinter ihr die Tür wieder zu. Sie waren allein in dem großen Raum; wer aber hielt sich dort nebenan auf und lauschte vielleicht? »Delphine«, wiederholte er halblaut und berührte ihr Haar, »weine doch nicht so! Ich bin jetzt bei dir, Delphine!«

Er führte sie zu dem Kanapee, das in der entgegengesetzten Ecke des Zimmers stand. Da sie nicht geneigt schien, ihn loszulassen, noch ihr Gesicht von seiner Schulter zu lösen, wo sie es eingewühlt hatte, ließ er sich behutsam mit ihr zugleich nieder und hielt sie nun im Arm wie ein verzweifeltes kleines Kind. Endlich kam er zum Bewußtsein ihrer Nähe, das durch die unerwartete Begrüßung ausgelöscht worden war wie eine Kerzenflamme vom Luftzug. Jetzt glomm es auf, gewann an Kraft und erstrahlte wie nie. Er vergaß, warum er gekommen zu sein meinte; eine ungeheure, so stark nie empfundene Zärtlichkeit erhob sich in ihm, machte ihn stumm, ließ ihn in jedem Nerv, jedem Puls still erbeben. Delphine war ganz ruhig geworden. Ohne sich zu rühren, lag sie an seiner Brust, hingegeben an dies lautlose Kraftverströmen, das von ihm ausging. Ein paarmal atmete sie tief, wie lechzend. Dann war es beinahe, als wollte sie einschlafen. Indessen kam eine Unruhe über Christoph, obgleich dies doch süß war, namenlos süß, Delphine wieder zu haben und sie so unbedingt in den Armen zu halten wie nie zuvor. Ach, es brauchte nicht aufzuhören, dies wortlose Einssein, nie brauchte es aufzuhören! Wenn nur diese Beklemmung nicht über ihn kommen wollte, daß er nach Luft ringen, sich bewegen mußte ... Warum blieb denn Delphine so still, warum löste sie sich – er fühlte es mit undeutlichem Schmerz – von ihm, wie sattgetrunken? War sie sein, immer noch sein, aber so wie sein eigenes Haar, wie seine Hand? Warum glitt seine Sehnsucht ungestillt durch dieses Mädchen, das er im Arm hielt, wie durch Glas, und suchte hinter ihr die andere, die wahre Delphine? Als müßte er sie erwecken, mit linder Hand den Wechselstrom hervorlocken, begann er sie sanft zu liebkosen. »Delphine«, flüsterte er bittend, »Delphine . . .«

Ganz plötzlich richtete sie sich auf, schüttelte die Locken zurück und lachte ihn an, als sei sie heiter vom Schlummer erwacht. Die klammernden Hände, die ihn losgelassen hatten – und auch das gab ihm wieder diesen kleinen rätselhaften Schmerz –, stemmten sich nun gegen ihn. Er gab sogleich nach, sein Arm glitt von ihr ab.

»Kannst du nun – wieder sprechen, Delphine?« fragte er achtungsvoll.

Sie lachte auf und lehnte sich wieder an seine Schulter. Spielerisch griff sie nach seiner Hand.

»Aber ja, Christoph. Ach, Stofferle, ist das gut, daß du kamst! Nun ist mir ganz anders.«

Er versuchte, sich auf das zu besinnen, was er sich unterwegs zurechtgelegt hatte. Es war auf einmal so schwer, einen Anfang zu finden. Alles in ihm drängte danach, sie wieder an sich zu ziehen. Er neigte den Kopf, daß wenigstens seine Wange ihr seidiges Haar spüren konnte. »Schöne Geschichten hast du gemacht, Delphine!« begann er ungeschickt genug. Delphine gab einen unwilligen kleinen Ton von sich, nicht viel anders wie ein spinnendes Kätzchen, das lauter schnurrt, weil etwas sein Behagen bedroht.

»Ach, laß doch!« sagte sie und schüttelte seine Hand ein wenig. »Es ist doch nun alles gut. Ich hatte mich sehr exaltiert, all die Tage, oh, schon die ganze Zeit. Darum kam das Weinen vorhin. Aber nun bist du da, das macht mich ganz ruhig. Wirklich, alles ist gut.«

Christoph setzte sich gerade auf. »Alles gut!« wiederholte er erstaunt. »Wieso alles gut? Es *kann* alles wieder gut werden, aber im Augenblick ist doch alles so verfahren wie möglich. – Warum hast du denn das gemacht, Delphine?!« fragte er plötzlich heftig – sehr unbesonnen, wie er gleich darauf reuevoll wußte.

Delphine sah mit einem sonderbaren Blick zu ihm auf.

»Was denn, Christoph?« fragte sie mit abwesenden Augen und zupfte an seiner Halsbinde.

»Nun, wie kannst du nur fragen! Warum hast du diese Briefe geschrieben, über uns berichtet, uns – verraten? Weißt du nicht, wie man das nennt? Wie hast du das fertiggebracht?«

Delphine zauderte einen Augenblick. Dann fragte sie zurück: »Was denn für Briefe, Christoph?«

Jetzt wurde es ihm zuviel. Er sprang auf und stellte sich vor sie hin. »Ist es etwa nicht wahr, was ich gehört habe – daß du deinen Freundinnen alles geschrieben hast, was du vom Exerzieren im Dorf wußtest – was Voß dir von unserer Armee erzählt hat und was ich so aus Berlin schrieb? Alles, was einen französischen Kommissär beiläufig angehen kann... Antworte mir! Ist es am Ende nicht wahr!?«

Delphine, die ihn nicht aus den Augen gelassen hatte, zuckte die Achseln und sagte schnippisch: »Wer will sie denn gelesen haben, solche Briefe von mir?«

Christoph blickte entgeistert auf sie.

»Und warum bist du dann aus Parin weggelaufen nach Berlin, wenn du ein gutes Gewissen hattest? Und der Zettel von deinem Vater? Weißt du denn nicht, daß die Mutter den Zettel von deinem Vater gefunden hat, auf dem er dir schreibt, was du zu tun hättest? Ich habe ihn ja gesehen, den Zettel!«

Delphines Gesicht war dunkel errötet; ihr Mund hatte sich geöffnet. Sie starrte Christoph schreckensvoll an.

»Ach so...«, flüsterte sie und senkte den Kopf. Plötzlich weinte sie wieder. »Der Zettel!« schluchzte sie, »ich konnte ihn nicht mehr finden, und dann habe ich ihn vergessen. Oh, oh! Das darf der Papa nie erfahren!«

Diese Tränen sehen und vor Delphine niederknien, war für Christoph eins.

»Nicht weinen! Nein, nicht wieder weinen, Delphine!« bat er angstvoll und suchte mit der Hand ihr Gesicht aufzurichten.

»Ach, siehst du nun, wie verfahren die Sache ist?«

Delphine preßte die Hand vor den Mund; ihr Weinen nahm einen anderen Charakter an. Mit einemmal ward ihm klar, daß sie von krampfhaftem Lachen geschüttelt wurde.

»Was soll das? Warum lachst du jetzt?« rief er entrüstet.

»Ach – verfahren – das ist ein so komisches Wort. Du sagst es auch immerzu.« Sie sah ihn jetzt voll an, lächelnd, aber mit überströmenden Augen und nassen Wangen. Er senkte seufzend den

Kopf und drückte die Lippen auf ihr Knie. »Du machst es mir schwer, Delphine!« murmelte er.

»Was willst du eigentlich?« fragte das Mädchen jetzt trotzig. »Was wollt ihr alle von mir? Er ist mein Vater – was er will, das tue ich!«

»Mein Gott, Delphine, ja, meinetwegen! Es war unrecht von ihm, dies von dir zu verlangen, dich in diese schiefe Lage zu bringen. Sehr unrecht! Besser«, Christoph senkte den Kopf wieder tief und seine Stimme klang gepreßt, aber er fuhr tapfer fort: »Viel besser, er hätte dich gleich mit nach Frankreich genommen!«

»So!« sagte Delphine empört. »Das wünschest du also? Oh, nur Geduld! Es wird bald soweit sein!«

Christoph sah sie ernst und klar an. »Du willst nicht verstehen, Delphine«, sagte er kummervoll. »Aber im Grunde verstehst du ganz gut. Sonst wärest du doch nicht von Parin nach Berlin gefahren, sondern ruhig nach Hölkewiese zurückgekehrt. Meine Mutter hatte dir kein böses Wort gesagt, niemand hat es getan. Aber – du schämtest dich...«

Delphine fuhr auf.

»Gar nicht schämte ich mich! Fort wollte ich, das ist wahr! Fürchten tat ich mich, das ist es. Nein – Tante Cornelie sagt kein böses Wort, aber ihre Augen können so sein, daß man friert. Das weißt du nicht, denn dich sieht sie nicht so an – nie! Jetzt aber – oh, ich hatte wohl gemerkt, sie war unzufrieden und schickte mich deswegen fort, und daß es wegen der Briefe war, das hab' ich mir auch gedacht, nur wußte ich nicht, daß sie den Zettel gefunden hatte. Und Corinna – Corinna hat auch damit zu tun gehabt – sie waren so sonderbar – beide...«

Sie grübelte eine halbe Minute, finster vor sich hinstarrend. Dann schloß sie hochmütig: »Aber zu schämen hab' ich mich nicht. Mein Vater ist Franzose, und ich bin sein Kind.«

»Und hast eine deutsche Mutter! Und bist in Deutschland erzogen – und wirst – einen deutschen Mann heiraten!« ergänzte Christoph, und seine Stimme erbebte denn doch ein wenig, als er die letzten Worte besonders vorwurfsvoll sprach. Delphine sah ihn verwundert an: »Heiraten? Aber wen denn, Christoph?« fragte sie neugierig.

Christoph machte eine ungeduldige Bewegung. »Ach – lassen

wir das!« sagte er gequält. Er wußte aus Erfahrung, daß er bei diesem Thema zu keiner befriedigenden Lösung mit ihr kam. »Meine Mutter hat dich wie eine Tochter gehalten«, sagte er bitter, »und in ihrem Hause...« Er fuhr erschrocken zusammen. »Aber sie liebt mich nicht!« hatte Delphine ihn angeschrien. »Sie tut das alles nur aus Pflichtgefühl«, fuhr sie ruhiger fort, »denkst du, das fühle ich nicht?«

Und als Christoph entsetzt sein Gesicht in den Händen verbarg, fügte sie noch sanfter hinzu: »Und darum bin ich fortgegangen und will nicht nach Hölkewiese zurück. Ich will hier auf meinen Papa warten, er wird ja bald kommen. Bald wird ja auch hier Frankreich sein, Stofferle. Dann wirst du selbst sagen, daß es gut war, solche Briefe zu schreiben. Sind sie nicht besser als der Krieg?«

Das letzte klang kindlich genug; sie sagte es gläubig, in aufrichtiger Überzeugung. Aber Christoph vermochte weder zu lächeln noch zu widersprechen. Er hatte sich von den Knien erhoben. Bleich stand er vor ihr.

»Weißt du denn, was du da sprichst? Meine Mutter liebte dich nicht, und du willst nie nach Hölkewiese zurück... Weißt du denn, was du damit sagst?«

Delphine sah ihn unruhig an. »Ich sagte nichts – was uns beide anginge, Christoph«, antwortete sie langsam, als würde es ihr erst über dem Sprechen klar, welche Versicherung er nötig hätte. Dann, als er sie nur schweigend anstarrte, stand sie auf und hob mit einer hilflosen Bewegung die zarten Arme, legte die Hände auf seine Schultern.

»Was ist dir denn?« fragte sie, »Christel! Ich bin doch so froh, daß du da bist. Ach«, sie schloß die Augen und legte den Kopf zurück, »laß mich nicht allein! Ich brauch' dich hier. Komm bald wieder, Stofferle – Brüderchen!«

Christoph riß sie in seine Arme.

»Ich bin dein Brüderchen nicht!« sagte er mit erstickender Stimme. Delphine lachte – es klang wie Taubengegurr – und wehrte ihm nicht.

XVIII

Der nächste Tag war der »verwaiste Geburtstag« der verstorbenen Königin, wie die Zeitung es ausdrückte, und Christoph nahm die verschiedenen Veranstaltungen, die zu ihrem Gedächtnis stattfanden, zum Vorwand, ebensowenig wie gestern zu arbeiten, wozu seine innere Unruhe ihn unfähig machte. Als er am Abend das Opernhaus verließ, sagte er sich, daß er wenig von der Deklamation der trefflichen Demoiselle Maaß und von der zweifellos vorzüglichen Aufführung von Mozarts »Requiem« wirklich erfaßt und genossen hatte, und daß er nicht so sehr der Verklärten gedacht, als sich mit Umherspähen und Suchen nach einem bestimmten lockigen Mädchenkopf beschäftigt hätte. Indes schien niemand aus dem Hause Kalischer die Veranstaltung besucht zu haben als der Bankier selbst, der sich in sehr würdigem Schwarz in einer Loge sehen ließ, aus der sein schweres Haupt mit dem öligen dunklen Scheitel über dem unbeweglichen fetten Gesicht gleich nach dem Auftreten der Schauspielerin verschwunden war. Obgleich Christoph beabsichtigte, in die Kurstraße zu gehen und im »Roten Adler« mit den Freunden zusammenzutreffen wie immer am Dienstagabend, schlug er doch den Weg zum Gendarmenmarkt ein, nur um festzustellen, ob die Fenster erleuchtet waren, nur, um in der Nähe Delphines vorbeizustreichen schließlich. Übrigens strahlte die ganze Fensterreihe des ersten Stockwerks hell in die neblige Nacht hinaus, und Gestalten bewegten sich hinter den durchscheinenden Gardinen! Gäste – richtig: der Dienstagszirkel! Christoph blieb auf dem Platz stehen und starrte über den Fahrdamm hinauf. Er meinte, Tanzmusik zu vernehmen, und sein Herz zog sich bitter zusammen. Neben ihm an einem Baum klapperte der Rahmen des hier befestigten Komödienzettels im Winde; »Wahnsinn aus Liebe« war da angezeigt, er wußte es, er kam ja heut nicht das erstemal hier vorbei. Eine schöne Inschrift für ihn, der vom Gefühl versteinert harrte! Im selben Augenblick, als er sich entschloß, weiterzugehen, ward drüben die Haustür geöffnet, und ein Lohndiener leuchtete einem langen Menschen mit einem Windlicht über die Stufen hinab. »Vesper!« rief Christoph angenehm überrascht und überquerte eilig die Straße.

»Ah, Christophorus! Sei mir gegrüßt!« In seiner gleicherweise pathetischen und zerstreuten Art reichte Vesper ihm im Dunklen die Hand. »In der Tat, er ist es! Wohin wolltest du, Freund? Dort hinein etwa? Ich rate dir ab! Es geht heut keineswegs koscher dort zu, und jedenfalls bin ich soeben geflohen. Und zwar mit dem Gedanken, dich im ›Adler‹ zu suchen, wo ich dich vermutete; ich wollte dich sprechen. Und wenn du es jetzt zustande bringst, mit mir zu kommen, anstatt dich bei Kalischers geistig schächten zu lassen, so gehen wir nicht in den ›Adler‹, sondern... Also komm nur! Du verlierst wirklich nichts. Denn von deinem Mädchen hättest du auch nichts, sie ist von Courmachern umschwärmt wie ein Honigbrötchen von Wespen; ich habe kaum drei Worte mit ihr wechseln können. Außerdem schien es mir, als wiche sie mir aus. Was tut das Mädchen jetzt plötzlich hier in Berlin? Aber laß nur, bis wir bei Manderlé sind. Dieser Regen...«

Der Wind schlug ihnen kalt und naß ins Gesicht. Christoph war wortlos mit umgekehrt. Vesper redete weiter.

»Eine unwürdige Angelegenheit, diese Dienstagabende von Madame Salome, das weiß Gott. Möchte wissen, was Lantz dort immer wieder hinzieht; nun, es ist eigentlich durchsichtig. Er ist jung, hat noch einen Straußenmagen, schluckt Gott weiß welchen Unrat mit hinunter, wenn nur eine Auster dabei ist. Mag er sein Pläsier haben. Mir kommt der ganze Klimbim immer wie die Karikatur auf frühere Zeiten vor; vor dem Krieg, als ich noch studierte, hatte ich zuweilen das Glück, von Schleiermacher mit in ein anderes Haus genommen zu werden – in dieses hier...«

Sie überschritten eben die Jägerstraße, und Christoph bemerkte, daß Vesper den Hut vom Kopf nahm und eine Reverenz gegen das bescheidene Eckhaus vollführte.

»Hier wohnte sie«, sagte er mit ehrerbietiger Stimme, »Rahel Levin, Wunder von einer Frau! Hier gingen ihre erlauchten Gäste ein und aus! Ihr Vater war auch ein jüdischer Kaufmann, aber, mein Sohn, er muß einem anderen der zwölf Stämme angehört haben als unsere Kalischer. Er ist tot, und wohin seine Tochter verschlagen ist, weiß ich nicht. Neulich hörte ich, sie habe Berlin nie verlassen und würde nun heiraten, und zwar den Varnhagen von Ense; ich meine, er könnte nach seinen

Jahren ihr Sohn sein. Aber solche Frauen sind alterlos wie Gestirne...«

Er redete schwärmend weiter von jenem Kreis, den der Krieg und die bösen Jahre, die folgten, gesprengt hatte. Christoph hörte nur halb hin. Er war froh darüber, Vesper allein getroffen zu haben, denn er hatte den lebhaften Wunsch, sich mit ihm auszusprechen, suchte ihn aber neuerdings nur ungern in seiner Wohnung auf. Diese sich selbst kaum zugestandene Abneigung, die vielleicht auch mit daran schuld gewesen war, daß er gestern schließlich doch an seiner Tür vorbeigelaufen war, hatte ihren Grund darin, daß es kaum noch möglich war, zu Vesper zu kommen, ohne zugleich Louis Lantz zu begegnen. Vesper hatte seit Anfang Januar eine mäßig bezahlte Sekretärstellung bei einem schrulligen alten Baron, dem er auch als Bibliothekar und Vorleser diente. Um ihm die Unkosten seiner eigenen Wohnung zu ersparen, hatte der junge Lantz ihm bereitwillig Platz in seinem geräumigen Logis gemacht, und Vesper hatte das Anerbieten scheinbar sehr gern angenommen. Christoph mochte den Schauspieler Lantz nicht, ohne daß er hätte erklären können, warum. Der wohlgewachsene Mensch mit dem blauschwarzen Haar über dem farblosen strengen Gesicht hatte ihm im Anfang ihrer Bekanntschaft sogar eine heftige Sympathie eingeflößt; sehr bald hatte er dann eingesehen, daß eine ausgesprochene Ähnlichkeit mit Bildern des jungen Bonaparte die Ursache dieser Anziehung war, und das war ihm der erste Grund gewesen, dagegen anzukämpfen. Jede seiner Empfindungen, die sich auf den französischen Kaiser bezog, war ihm fragwürdig und wurde kühler Kritik unterzogen. Er konnte es nicht hindern, daß die heiße Bewunderung seiner Knabenzeit für den großen Soldaten immer wieder emporschlug, daß sie sich in der oder jener Gestalt wieder geltend zu machen suchte. Indessen hatte der Held, dem der Knabe blindlings gefolgt war, den Jüngling allzu eindeutig vor die Entscheidung gestellt, ob er in ihm auf- und untergehen oder ihm gleich werden wolle und selber ein Held, und daß diese Frage nur durch offenen Kampf gelöst werden konnte, das war es, was sich zunächst in Christophs Verhalten gegen den Schauspieler auswirkte. Kein neues Aufglimmen eines überwundenen Gefühls unter anderem Namen! Es war ein sehr schöner Abend gewesen, an dem Christoph plötzlich erkannt hatte, welche Erinnerung sein Interesse an diesem Menschen bestimmte. Die Freunde hatten den »Julius Cäsar« mit verteilten Rollen gelesen, und Lantz, der sich am Schauspielhaus damit begnügen mußte, als Bedienter, als dritter, vierter oder fünfter Räuber, als Bote oder als Bestandteil einer Volksmasse Verwendung zu finden, da sein Rollenfach einstweilen zur allgemeinen Befriedigung durch die beliebten Herren Stich, Werdy und andere versehen ward, hatte den Brutus mit so viel glühender Kälte, so viel eisiger Leidenschaft dargestellt, daß Christoph eben aus dieser eindrucksvollen Leistung seine Erleuchtung erhielt und sogleich begann, sich zu bewachen. Es war dann am selben Abend gewesen, daß er zum erstenmal die hingerissene Bewunderung, mit der Vesper sich der von Lantz ausgehenden Wirkung überließ, beobachtete und peinlich davon berührt ward. Vesper war ihnen allen der überlegene Mentor, der Führer, der Deuter, der zu jedem von ihnen ein eigenes Verhältnis, zu allen aber den gleichen Abstand hatte und mit Selbstverständlichkeit innehielt. In seiner Stellung zu Lantz meinte Christoph nun auf einmal eine andere Betonung zu spüren, fast so, als bestände eine Art Abhängigkeit des Älteren von dem Jüngling, als unterordnete Vesper sich nicht nur den Lebensgewohnheiten, sondern auch den oft befremdlich harten und einfachen Ansichten des Schauspielers. Christoph sprach zu niemandem über seine Wahrnehmungen, aber er litt unter ihnen und liebte es nicht, die beiden zusammen zu sehen. –

»Ja, also wie kommt Delphine jetzt nach Berlin und zu Kalischers? Ich kenne doch die gesunde Abneigung deiner Frau Mutter gegen diese Freunde von monsieur le colonel. Delphine wollte nicht mit der Sprache heraus. Da scheint mir etwas nicht ganz zu stimmen!«

Sie hatten eine ruhige Ecke in dem kleinen Kaffeehaus am Schloßplatz gefunden, das Vesper allen anderen Lokalen vorzog. Christoph wartete ab, bis der Kellner die dampfenden Punschgläser vor sie hingestellt und sich wieder entfernt hatte. Dann erzählte er. Er erzählte unzusammenhängend, stockend, durch leidenschaftliche Gefühlsausbrüche vom Wesentlichen abgelenkt. Vesper ließ ihn reden, blickte beiseite, half dem Bericht zuweilen durch eine bestimmende Frage weiter. Sein blasses Gesicht drückte nichts aus als Aufmerksamkeit, obschon seine

Augen schweiften und das Tapetenmuster, die tropfende Kerze oder den Gast am Nebentisch zu beobachten schienen. Christoph wußte aus Erfahrung, daß ihm kein Wort verlorenging. Als er endlich schwieg und aufstöhnend den Kopf auf die verschränkten Arme bettete, vollzog er damit eine Bewegung augenblicklicher vollkommener Erleichterung und Erschöpfung. Vesper zu beichten – er erlebte es nicht zum erstenmal –, das hieß, von sich selbst in einer Weise entlastet zu werden, die an Auflösung grenzte. Als er wieder aufblickte, sah er Vespers Auge voll und fast mit Zärtlichkeit auf sich gerichtet. Er sagte:

»Das ist freilich allerhand, was du da durchzumachen hast, Junge! Aber ich freue mich, daß du den Faden, der dich aus diesem Labyrinth hinausführen kann, schon selber gefunden hast. Hm, als eine böse Konfusion der Interessen dürfte man dieses Labyrinth wohl bezeichnen...«

»Es sind alles gleichberechtigte Interessen, die sich hier gekreuzt und miteinander verwirrt haben«, fuhr er fort, als Christoph ihn fragend ansah. »Beiläufig, dies ist überhaupt das Wesen fast aller menschlicher Konflikte. Loriot denkt und handelt, wie ein Soldat im Kriege denken und handeln muß, besonders ein Soldat Napoleons. Nach allem, was ich von ihm gehört habe, ist er das, was ich eine Hundenatur nenne: seinem Herrn restlos und bis zur völligen Aufgabe eigenen Denkens ergeben. Der Kaiser weiß gut, was das bedeutet, er hat einen bemerkenswerten Blick für diese Art Charaktere und hat sich da eine vortreffliche Meute gebildet; sieh sie dir doch nur an, seine Generäle und Herzöge: alles Neufundländer und Bernhardiner, auf den Mann dressiert und immer bereit, sich für ihn ins Feuer und Wasser zu stürzen. Deine Mutter – nun, sie ist eine Frau und – eine Edelfrau, und das, will ich dir sagen, will mehr heißen, als daß sie auch eine Preußin, eine Deutsche ist. Ganz abgesehen von aller patriotischen Entrüstung, ist deine Mutter menschlich aufs tiefste verletzt und empfindet Loriots Vorgehen als Unritterlichkeit, als schnöden Undank, als Kabale, Intrige – als Infamie!«

»Sie hat recht!« stieß Christoph hervor.

»Sie hat selbstverständlich recht, von sich aus! Aber – unser Recht tut anderen fast immer unrecht, besonders im Krieg, denn das ist die Natur dieses Zustandes. Laß uns bitte jetzt nicht untersuchen, ob und wieso Napoleon ein Recht hat, Europa zu vergewaltigen. Ich sage dir nur der Ergänzung nach oben hin wegen, daß ich glaube, er hat dieses Recht, weil er die Kraft hätte, aus Europa ein Ganzes zu machen, ein europäisches Weltreich; die Kraft, verstehst du, nicht die Macht! Denn die Kraft, das Genie, ist hier die Mutter der Macht, und an der Macht und den Mächten eben, daran scheitert der Geist. Napoleon will aus nassen Ziegeln ein Haus bauen. Europa ist noch nicht reif, und der Widerstand seiner Nationen erkämpft sich das Recht auf den ihnen noch für lange Zeit natürlichen Zustand. Lassen wir Europa! Christoph! Wir wollen von dir sprechen! Du liebst dein Mädchen und das – *das* ist dein Recht, und weder Loriots Manieren noch die Gefühle deiner Mutter können daran etwas ändern. Du kannst eine Wut auf Loriot haben und Mitleid mit deiner Mutter, ihr aber, du und Delphine, ihr seid da hineingeraten wie zwei Kinder in den verhexten Wald. Nimm an, Delphine sei verzaubert. Erlöse sie! Führ sie hinaus!«

Christoph starrte den Freund an und lachte aufschluchzend. »Weißt du, was du mir da sagst, Michael?« fragte er, »ach nein, du weißt es wohl nicht. Aber dies glaubst du also wie ich: Delphine ist schuldlos. Delphine hat gehandelt wie ein törichtes kleines Mädchen. Sie konnte doch wirklich nicht wissen, was sie tat?«

Vesper blickte ihn eine Weile an und lächelte dann ein wenig.

»Wenn du es glaubst, wie du sagst, Christoph, warum fragst du denn dann?«

Christoph blieb stumm und sah an dem anderen vorbei. Er wußte nicht, daß sich seine Augen mit Tränen füllten. Vesper rührte angelegentlich in seinem Glase, trank und vertiefte sich eine Weile in eine Zeitung, die auf dem Tisch lag. Plötzlich legte er das Blatt beiseite und sagte nachdrücklich: »Nochmals: nimm an, Delphine sei verzaubert; nimm an, daß es nötig sei, sie aus dem verkehrten Wesen herauszulieben! Frag mich nur nicht, worin diese Verkehrtheit besteht, denn ich – bei Gott! – ich verstehe mich nicht auf die Weiber, ich verstehe hier nur eins: dein Mädchen ist nie ein *kleines* Mädchen gewesen, sie war von jeher und schon in der Wiege ein ausgewachsenes Weib, und das heißt, eine Sphinx, ein Rätsel und unberechenbar wie ein Elementarwesen. Du dünkst dich ihr überlegen, aber sei sicher, das war schon da wie der Mond, als du noch in den Lenden deines frühesten Vorvaters schliefst, und als ihr zusammen die Windeln näßtet und an einer Mutterbrust trankt, war das doch um tausend Jahre älter als du. Ja, Kind, jetzt laß mich nur ausreden, und wenn du mich zehnmal nicht begreifst, das muß jetzt heraus – siehst du: Delphine ist schuldlos, wie die Natur schuldlos ist, aber sie ist auch böse, wie die Natur böse ist. Böse oder gut, das hängt von dem ab, der ihre Wirkung erfährt. Du aber, Christoph, du...«

Er brach ab und starrte Christoph vergrübelt an. Der sagte unwillig: »Du redest, als wolltest du sagen, Delphine sei... Delphine habe keine Seele...« – »Keine Seele – keine unsterbliche Seele!« wiederholte Vesper, ohne die sonderbar glühenden Augen von ihm zu wenden, und nickte. »Aber du, Christoph, du hast sie, die lebendige – die unsterbliche Seele.«

»Und eben sagtest du, Delphine sei tausend Jahre älter als ich!«

»Denk, ich hätte eine junge Birke gemeint. Von ewig her kehrt sie stets wieder in immer derselben Gestalt. Denk, ich hätte einen Strom gemeint – tausend und aber tausend Jahre der gleiche und niemals derselbe...«

Christoph lachte gequält auf. »Wasser und Baum«, sagte er, »sie ist Fleisch und Blut! Sie ist ein Mensch. Sie ist für mich geboren und mein. Ich kann es niemand erklären, auch ihr nicht. Aber – mein Leben hängt von ihr ab.«

Er stützte den Kopf auf, legte die Hand über die Augen. Wie aus der Ferne hörte er Vesper sagen: »Vergiß mein Gerede, Freund. Du weißt ja, es packt mich manchmal ganz närrisch, und dann muß ich sprechen...«

Aufblickend gewahrte Christoph den ergriffenen, ehrfürchtigen Ausdruck in seinem Gesicht mit leisem Erstaunen. Er sagte: »Ich habe fast schon vergessen, was es alles war, Michael. Im Grunde weiß ich jetzt immer nur eins: ich liebe sie, und – sie liebt mich.«

Vesper legte seine Hand auf die Christophs. »Dir kann nichts geschehen«, sagte er ernst. »Über dir ist der Gott.« –

XIX

Obgleich Vesper Christoph in keiner Hinsicht einen Rat für sein künftiges Verhalten gegeben hatte, so hatte das Zusammensein und die Aussprache mit ihm doch das Ergebnis, daß Christoph nun die letzten Nebel der Unentschiedenheit zerteilt fühlte. Wenn denn Delphine »verzaubert und gefangen – bei Molchen saß und Schlangen«, und wenn es ihm fürs erste unmöglich war, den Bannkreis der bösen Gewalten einfach zu sprengen und sie im Triumph davonzuführen, so blieb nichts übrig, als sich zu ihr in den Irrgarten hineinzubegeben, verkleidet gleichsam, sich gut mit dem Drachen zu stellen und ihr schützend nahe zu bleiben. In Handlungen des Alltags übertragen, hieß das zunächst, eine offizielle Visite bei den alten Kalischers zu machen, und dies geschah bereits am nächsten Sonntagvormittag im hellgrauen Tuchrock mit dem mausfarbenen Samtkragen und in einer auch sonst nach allen Richtungen hin gepflegten Erscheinung. Die Verkleidung bestand in einer über Gebühr gesteigerten Liebenswürdigkeit und Zuvorkommenheit gegen die außerordentliche gnädige Madame Salome, in einem Benehmen, dessen Wirkung auf Madame nicht zu verkennen war und dem Christoph selbst mit Erheiterung zusah. Die Anwesenheit von Delphine und Demoiselle Suzanne, von denen die letztere in gewohnter Verschlossenheit, mit niedergeschlagenen Augen wie ein schönes Bildwerk, Delphine jedoch mit fassungslos belustigtem Gesicht dabeisaß, hatte nicht wenig zur Steigerung seiner Bemühungen beigetragen, und er staunte, was er da an Konversation aus sich hervorsprudeln ließ. Schließlich war auch noch der Bankier in einem buntgestreiften seidenen Schlafrock, der über dem Bauch klaffte, in weiten Pantalons, gestickten Schuhen und mit einem grünen Seidentuch um den Kopf hereingekommen, hatte ihn abwechselnd mit »Herr Baron« und »junger Mann« angeredet, ihn nach der Bodenbeschaffenheit von Hölkewiese, dem Ertrag der letzten Ernte und nach seinen verwandtschaftlichen Beziehungen in der Berliner Gesellschaft ausgefragt, und der Erfolg dieses ersten verkappten Angriffs war die leidenschaftliche Aufforderung, »sich recht oft sehen zu lassen«, gewesen, zunächst einmal am kommenden Dienstagabend, wenn der Herr von Echter denn wirklich nicht zu bewegen wäre, gleich zu Mittag zu bleiben. (Herr von Echter fand es bei sich diplomatischer, auch ein wenig Reserve zu zeigen.) »Consommé à l'italienne – Schlei blau, Berliner Art – Junge Poularde à la Périgord – Wiener Apfelstrudel – *ich* bin für ein kosmopolitisches Menü, junger Mann«, hatte Herr Kalischer gesagt und begeistert seine Fingerspitzen geküßt. »Was der Mensch ißt, ist er. Hab' ich recht?«

»Das ist unser Sonntagstisch, Herr Baron«, hatte Madame nicht ohne strenge Würde hinzugefügt, »die Woche über geht es gut bürgerlich bei uns zu!«

Am Dienstagabend floß jedenfalls französischer Champagner, und das kalte Büfett bot Leckerbissen, die Christoph bisher zumeist nur vom Hörensagen bekannt waren.

»Bringe ihnen doch um Gottes willen bei, daß ich nicht Baron bin und mit meinem Namen allein vorgestellt werden muß!« hatte er Delphine das erstemal verzweifelt zugeraunt. »Aber warum? Es macht ihnen doch soviel Spaß!« hatte sie unschuldig zurückgegeben. In der Tat merkte er bald, daß es gar nicht darauf ankam, da denn jeder vom Adel, der diesen Salon betrat, sich alsbald irgendwie betitelt hörte, ganz gleich, ob es seinem Rang entsprach oder nicht. Christoph verstand bald, warum Vesper diese Empfänge als »eine unwürdige Angelegenheit« bezeichnet hatte. Die Gesellschaft, die sich hier traf, war durch nichts verbunden als durch den zeitlichen gemeinsamen Aufenthalt in denselben Räumen, bei gutem Essen, trefflichen Getränken und Tanzmusik. Dabei waren nur ganz wenige Menschen darunter, die regelmäßig erschienen und immer wieder kamen; sie waren nicht eben geeignet, dem Salon einen besonderen Charakter zu verleihen und als Anziehung zu wirken, denn es waren dies alles junge Leute, Schauspieler, noch ohne Namen, wie Lantz, ein paar Leutnants, die immer als Gruppe auftraten und deren Ton gegen die Damen des Hauses nichts an unverfrorener Galanterie, aber viel an selbstverständlicher Artigkeit zu wünschen übrigließ, schließlich einige Herren aus der Geschäftswelt Berlins, mit denen Herr Kalischer in einem Nebenzimmer erregte Verhandlungen zu führen liebte, solange kein Gast von besonderer Distinktion ihn in Anspruch nahm. Solche Gäste von Distinktion waren in diesem Monat häufig französische Offiziere, deren vereinzeltes Eintreffen in Berlin das Vorwärtsrücken der

Großen Armee nach Osten bezeichnete und die sich als nunmehr öffentlich anerkannte Bundesgenossen durchaus von der liebenswürdigen Seite zu zeigen suchten. Es waren gelegentlich Herren des Landadels aus der Umgebung, samt und sonders Grafen, wenn man Herrn Kalischer glauben wollte; sie pflegten ihn zur Begrüßung auf die Schulter zu klopfen und ihn mit »mein lieber Bankier« anzureden, worauf sie Suzanne in herablassender Weise den Hof machten und Madame Salome vom Augenblick der Vorstellung an bis zum Aufbruch vollkommen übersahen. Es waren hin und wieder Größen des Theaters, war das eine Mal Madame Bethmann mit ihrer scharmanten Tochter Madeleine, die gegenwärtig unter dem Mädchennamen ihrer Mama als Demoiselle Unzelmann am Schauspielhause gastierte und mit Suzanne befreundet war, oder – und diese recht häufig – die Herren Werdy, Kaselitz und Stich; war ein andermal die prächtige Demoiselle Döbbelin, die gleich beim Kommen leidenschaftlich nach der »Memme« verlangte und fragte, warum die »Memme« denn nicht zu sehen sei, bis Madame Salome sie mit augenrollendem Geraun beruhigt und von diesem Thema abgebracht hatte... (Christoph erfuhr dann von Delphine, die »Memme« sei die alte Mutter Herrn Kalischers, sie würde nicht gerne gezeigt.) Musiker kamen auch, wie der Kapellmeister Himmel oder der Kammermusiker Schrökh; der Mangel an Damen an diesen Abenden war auffallend, und Christoph fand, daß sich die Herren viel zuwenig um diese verlorenen Erscheinungen kümmerten. Er fühlte sich gezwungen, diese Feststellung zu machen, er sagte zu Vesper, daß er nicht einsehe, warum Delphine beständig von einem Männerkreis umlagert sei, während Mädchen, die doch »auch« sehr schön seien, wie Suzanne, so lieblich wie die kleine Unzelmann oder so klug wie Demoiselle Ephraim, zusammen auf einem Kanapee säßen und sich in einen Jüngling teilten, der vor ihnen stand, oder in einen alten Herrn, der versuchte, noch zwischen ihnen Platz zu finden. Das verstünde er nicht, sagte Christoph zu Vesper; meinte Vesper, daß Delphine etwas dazu täte, daß sie – gewissermaßen – es darauf anlegte, Verehrer zu haben, und ihr Benehmen danach einrichte? Vesper antwortete sehr unumwunden, nein, das habe sie wohl nicht nötig, besonders zu kokettieren; es genüge doch schon immer, daß sie das Zimmer beträte, damit alle Anwesenden sich ihr zuwendeten, wie Helianthusblüten nach der Sonne. Christoph mußte es zugeben, und in der Tat beobachtete er nun auch, daß keine der jungen Damen eifersüchtig auf die Erfolge der Demoiselle Loriot zu sein schien. Vielmehr näherten sie sich ihr ebenfalls werbend und huldigend, mit neidloser Anerkennung ihrer Vorzüge. Wenn Suzanne sozusagen ein Gewohnheitsrecht auf die Freundschaft des geliebten Gastes geltend machte, wenn Dorette Ephraim ihr Blumen und Süßigkeiten mitbrachte und schüchtern um ihren Besuch bat, so entwickelte sich zwischen Madeleine Unzelmann und Delphine schnell ein sehr unmittelbares Einverständnis, und nun war es zu Christophs Befriedigung bald ein Doppelgestirn, das den Mittelpunkt für die Trabantenrunde darstellte. Jedoch war diese Beruhigung nicht mehr als flüchtig, und schon nach dem zweiten oder dritten der Dienstagabende, die er mitgemacht hatte, verfluchte er diese Einrichtung aus vollem Herzen. Es ging ihm gegen die Natur, sich Delphine gerade bei gesellschaftlichen Anlässen zu nähern oder sie gar mit Beschlag zu belegen. So blieb es meist bei einer Begrüßung und ein paar zufälligen Worten und Blicken, die sich im Laufe des Abends austauschen ließen; bei einem oder zwei Tänzen, die die einzige Gelegenheit boten, sich nahe zu sein. Zwischendurch stand er herum, spielte den von ihm selber mißliebig bemerkten Jüngling, der die Damen Kalischer und Ephraim auf dem Kanapee unterhielt, oder sah sich zu seinem Schrecken von Madame Salome in eine schwierige Konversation verwickelt, etwa über die moralischen Gefahren des Studentenlebens oder über die Versuchungen, die einem jungen Mann von angenehmem Äußeren in einer großen Stadt auf Schritt und Tritt auflauerten. Er konnte es nicht hindern, daß seine Augen zu Delphine wanderten, mit wem immer er auch sprach; was er beobachtete, peinigte ihn im Innersten. Da war ein junger Herr Mendel, der ihr auf Tod und Leben den Hof machte; mochte er, aber was hatte Delphine ihn mit diesem Augenaufschlag anzusehen, der sein, sein eigenes kostbares Glück war? Warum behandelte sie die beiden französischen Herren wie teure, lange entbehrte Verwandte? Daß sie einmal den Namen des Obersten Loriot gehört hatten und vorgaben, ihn kürzlich noch bei einer Truppenrevue in Mainz gesehen zu haben, das war doch kein Grund für diese stürmische Herzlichkeit! Endlich, und dies war ein immer wiederkehrender Anlaß zu quälender Grübelei – was für eine geschlossene Gruppe hatte Delphine sich da geschaffen, nicht allein mit Demoiselle Unzelmann, sondern auch mit ein paar von diesen Burschen vom Schauspielhaus, mit den Herren Mattausch, von Zeck und – ja, und hauptsächlich mit Lantz! Dieser Zustand eines überaus heiteren und herzlichen Einvernehmens bestand bereits an dem ersten der geselligen Abende, die Christoph mitmachte; jedenfalls benahm sich Lantz völlig als der bevorzugte Tänzer und Ritter Delphines, der mit ihr die Quadrille anführte, sie mit Erfrischungen versorgte, ihr nach dem Tanz den Schal um die Schultern legte und sie auf jede Art feierte, freilich mit einer gewissen übertriebenen und grotesken Betonung, die diesen Huldigungen von vornherein alles Gewicht nahm; indes ward Christoph gerade hierdurch und durch die Leichtigkeit, mit der Delphine auf das Spiel einging, verstört. Mattausch und von Zeck taten offensichtlich nicht mehr als mitspielen; aber jene erste Quadrille, die Christoph als Tänzer von Suzanne im gleichen Karree mit Delphine und Lantz, Mattausch und Madeleine Unzelmann, von Zeck und Demoiselle Ephraim mittanzte, genügte, um ihm den Eindruck zu geben, daß er wirklich unter die Kobolde geraten sei. Er ging nachher zu Vesper, der sich in das abgelegene Kabinett geflüchtet hatte, in dem Kalischer seine Bibliothek und seine Kupferstichsammlung beherbergte – »die Musen im Exil!« meinte Vesper mit einer melancholisch vorstellenden Geste gegen die kostbaren Behälter der ungemein neu und unbenutzt glänzenden Ausgaben der Dichter und Philosophen – ließ sich bei ihm nieder und starrte so verzweifelt vor sich hin, daß der andere schließlich beunruhigt fragte, was denn geschehen sei?

»Woher kennt Delphine Lantz?« fragte Christoph fast drohend zurück.

Vesper wandte sich ab. »Nicht durch mich!« beteuerte er mit mehr Nachdruck, als der Anlaß zu fordern schien. »In der Tat, Christoph, wenn ich je etwas zu hindern gesucht hätte, so wäre es dies gewesen, daß Delphine Lantz begegnete...«

»Und warum?« fragte Christoph im vorigen Ton.

»Oh, mein Gott, warum fragst du denn so inquisitorisch, wenn du nicht ganz gut weißt, warum!« erwiderte Vesper mißmutig. »Wir kamen vor acht Tagen hierher, wie jeden Dienstag, du weißt ja, daß ich von Delphines Anwesenheit nichts ahnte. Und hätt' ich's geahnt – wie hätte ich Lantz abhalten sollen, in dies Haus zu kommen, solange sie hier ist!«

Sie schwiegen eine Weile. Christoph stützte die Ellbogen auf die Knie, legte die Stirn in die Hände und lauschte ratlos auf das verworrene Geräusch seines Blutes. Dann fühlte er Vespers Hand auf seiner Schulter. »Lemuren und Klopfgeister, diese Komödianten, sie necken und stören, aber, Christoph, nimm sie nicht ernst! Sie gehören zum Zauberwald, Irrlichter, Salamander, Undinen – gib den Kampf nicht auf, ehe du ihn begonnen hast! Du hast das Blut *und* den Geist – sie haben immer nur eines von beiden. Du bist der Stärkere...«

Als wollte er dem Gespräch einen lächelnden Abschluß geben, griff er hinter sich in eine Bücherreihe, ohne hinzusehen, welchen Band seine Hand fand. »Wir wollen uns noch ein Orakel holen und dann zu den anderen zurückgehen!« Er schlug das Buch auf, den Finger blindlings auf eine beliebige Seite setzend.

»Vous vous embarquez pour Syracuse«, las er, »qui que vous soyez, connaissez-vous les avantages et les inconviens de votre voyage?« Kopfschüttelnd sah er das Titelblatt nach: »Diderot! ›Die Reise nach Syrakus‹! Nun – was könnte man nicht Syrakus nennen? Immerhin, ein Rat, vielleicht eine Warnung. Aber die Reise läßt sich wohl nicht mehr aufgeben...«

Er hatte wie zu sich selber gesprochen, und Christoph hatte kaum hingehört. Er stand schon auf der Schwelle, um sich zurück in den Saal zu begeben.

XX

Die entsetzliche Niedergeschlagenheit, in der Christoph die ersten Male von den offenen Abenden fortging, war indes durchaus nicht andauernd und lastend. Sie hatte den Charakter eines starken atmosphärischen Drucks, der nach seiner Entladung zur Reinigung und zu besonders durchsichtiger Klarheit des Lebenselementes, der Luft, führt. Diese Gesellschaften waren ja nicht die einzigen Möglichkeiten, mit Delphine zusammen zu sein. Madame Kalischer versäumte nie, ihn zu ermutigen, zu kommen, wann und sooft es ihm nur beliebe; der Bankier bat ihn, ganz so zu tun, als sei er zu Hause und, wie er bedeutsam zwinkernd hinzugefügt hatte, in jeder Beziehung über die Firma Kalischer zu verfügen; er wisse ja gut genug, daß junge Herren zuweilen in Situationen gerieten, prekäre Situationen, in denen es angenehm sei, einen Rückhalt zu haben! Obgleich die Form, in der diese Einladungen ergingen, Christoph äußerst mißbehagten, nutzte er die Freiheit, in dem Haus am Gendarmenmarkt ein und aus gehen zu dürfen, mit der ganzen Unbedenklichkeit seiner Jahre aus. So erschien er etwa am Mittwochvormittag, um sich zu erkundigen, wie den Damen der Abend bekommen sei, und verabredete bei dieser Gelegenheit einen Spaziergang für den Donnerstagnachmittag. Am Freitag war ein Buch abzugeben, das er Demoiselle Suzanne versprochen hatte; am Sonnabend traf man sich in der Oper, im Schauspielhaus oder bei einem Konzert und ging nachher auf ein Glas Wein in die »Stadt Paris«, wo dann in vorgerückter Stunde Christoph nicht wohl mehr imstande war, eine Einladung zu dem kosmopolitischen Sonntagsmenü abzulehnen. Am Montag verspürten die jungen Mädchen vielleicht Lust, das mechanische Theater von Gropius am Schloßplatz zu besuchen und sich bezaubernde Illusionen südlicher Landschaften vorgaukeln zu lassen; auch das Wachsfigurenkabinett des Italieners Gaetano Pecci am Kölnischen Fischmarkt konnten Damen nicht gut ohne Begleitung betreten, und wer war schneller bei der Hand als Christoph, wenn der krummbeinige Laufbursche Sally aus Kalischers Geschäft ihm ein Billettchen brachte, das um seinen männlichen Schutz bat? War es also am Dienstag nicht möglich, so konnte er sich doch an allen übrigen sechs Wochentagen mit Delphine aussprechen, denn Suzanne sorgte immer dafür, daß die beiden eine Weile allein blieben. Nun waren diese Aussprachen einseitig genug. Christoph sprach, Christoph redete; es konnten nicht vierundzwanzig Stunden vergehen, ohne daß sich Ungeheures in ihm ansammelte, was er vor Delphine ausbreiten mußte. Und Delphine hörte zu. Es gibt eine Skala der Beredsamkeit, aber es gibt zweifellos auch eine des Zuhörens. Dieses Kind Delphine beherrschte sie mit derselben Sicherheit, wie es alle Künste der Weiblichkeit meisterte, Künste, die sich nie lernen, die sich nur immer noch verfeinern und ausbilden lassen. Aber manche kommen als Wissende, als Meisterinnen zur Welt. Delphine lauschte der begeisterten Schilderung des Ministers von Humboldt, der sich auf einer Soiree bei dem Grafen von der Goltz eine Weile aufs freundlichste mit dem Studenten unterhalten und sich nach seinen Zukunftsplänen erkundigt hatte, mit teilnahmsvollen Zwischenrufen. Oh, das war gut für die Karriere, wenn sich Minister an einen erinnerten – ja, das sollte Christoph nur glauben! Sie lauschte lächelnd und mit tapfer unterdrückter Langeweile der Aufzählung der Fächer, die ein junger Mann für das Referendarexamen beherrschen mußte. »Armes Stofferle, armes!« Sie vernahm in Geduld, daß niemals ein schöneres Buch erschienen sei als die Beschreibung seines Lebens, die Herr von Goethe soeben veröffentlicht hatte – sie ließ sich lange Geschichten aus diesem Buche erzählen und hörte Gedichte rezitieren, zum Beispiel jene seltsamen Hymnen auf die Nacht von einem gewissen Novalis, ohne auszusprechen, daß ihr diese Art von Poesie barbarisch und dunkel erscheine. Delphine nahm die Vorwürfe des Mittwochs, die Christoph in Erinnerung an den vergangenen Abend bitter hervorsprudeln ließ, mit zaghaftem Staunen hin, offensichtlich in Demut, aber ganz ohne zu begreifen, wieso sie das verdient haben sollte. Das war ja schlimm, was er da alles in das scherzhafte Benehmen von Lantz und seinen Freunden hineingesehen habe, denn selbstverständlich sei das alles doch nur Spaß gewesen – Übermut und Pläsanterie! »So! Und ich habe gesehen, daß er dir den Fuß geküßt hat, als er deinen Fächer aufhob. Und da hört der Spaß auf!« Delphine schob ihr rechtes Füßchen unter dem Kleidsaum hervor, beugte sich vor und betrachtete es nachdenklich: ein Goldkäferschuh, Kreuzband über durchbrochenem weißem Strumpf, die rosige Haut schimmerte durch. »Geküßt?« sagte sie fragend, gedehnt und drehte es hin und her, das Füßchen. »Denke dir – das habe ich gar nicht bemerkt!« Christoph war dunkelrot geworden, als er das Füßchen augenscheinlich so unschuldig sah; ganz ohne Übergang lag er plötzlich auf dem Teppich und – nein, er küßte nicht, nur seine Stirn preßte er auf den kleinen goldenen Schuh. Delphines Hand faßte derb in sein Haar: »Aber Christel! Madame Salome ist nebenan! Gleich steh auf! Sie geht so leise umher wie auf Strümpfen und ist immer plötzlich mitten im Zimmer!« Christoph stand keineswegs auf, aber er hockte nun wenigstens, blieb vor ihr sitzen und lehnte den Kopf an ihr Knie. »Laß sie nur kommen, ich schnelle empor wie ein Flitzbogen. Ich kann so am besten sprechen. Höre, Delphine...«

Delphine hörte. Er erklärte ihr, warum er das nicht sehen könne, wenn ihr andere Männer zu nah kämen. Er erklärte das sehr einfach, sehr einleuchtend; er gebrauchte uralte Argumente mit dem Gefühl, niemals aufgedeckte Zusammenhänge zu beleuchten, Dinge, die es erst gab, seitdem er sie empfunden hatte. Delphine spielte schweigend mit seinem Haar, ihr Blick, mit unbestimmtem Lächeln ins Leere gerichtet, verriet nichts von dem, was sie dachte. Dies Schweigen und mehr noch das Gefühl der leichten kleinen Hand auf seinem Kopf verwirrten ihn maßlos. »Verstehst du denn nicht, Delphine«, rief er und ergriff ihre beiden Hände, um sie festzuhalten, »verstehst du nicht? Stell dir vor, ich – oh, ich selbst kann es mir freilich nicht vorstellen, aber du – stell du es dir vor, daß ich so vor Suzanne kniete, wie jetzt vor dir, daß ich – nun, daß ich zum Beispiel Rahel küßte!« Er sah beschwörend und fast triumphierend zu ihr auf: dies müßte sie einsehen; dies, kein Zweifel! drang wie ein Pfeil in ihr Herz... Delphine senkte nun ihre Augen in seine; es war ein solcher Durst nach Verständnis in ihm, daß er ihre Hände losließ, um seine zusammenzutun, wie ein Betender. Aber dann war es wieder da, das Rätselhafte: die Angst. Denn aus Delphines Blick rieselte es über ihn hin, kristallene grüne Kühle; das nahm ihn nicht auf, das löste ihn auf, schwemmte ihn fort... Das Gefühl des Zerrinnens aller Gedanken überkam ihn dermaßen betäubend, daß er seinerseits die Augen hilflos schloß.

»Sie sind alle verliebt in dich«, hörte er sie jetzt sagen, und ihre Stimme war von Lachen durchbebt, »das weißt du wohl gut, Stofferle! Aber ich bitte es mir sehr aus, daß du einer anderen den Hof machst! Du bist mein privates, persönliches Stofferle, und ich brauche dich sehr!«

Sie brauchte ihn sehr. Doch wozu? »Wozu, Delphine?« fragte er dringend. Er – ach, er hätte gut zu sagen gewußt, warum er sie brauchte. »Oh, quäle mich doch nicht, Christoph!« seufzte sie jetzt und schob ihn fort, »komm doch!«

Sie ging zum Kanapee und ließ sich dort nieder; er war ihr gefolgt, setzte sich neben sie, zog sie in seine Arme. Als hätte jenes Wiedersehen damals, jene erste Stunde der Wiedervereinigung, ein für allemal bestimmend gewirkt, begab sich immer wieder das gleiche: daß Delphine sich an ihn schmiegte, sich seinen Küssen, seinen scheuen Liebkosungen überließ, um dann, eben wenn er meinte, nun müsse das Wunder geschehen und die Flamme von ihr auf ihn zurückschlagen – um dann in sich selbst zu versinken, zufrieden atmend, einer süßen Sättigung voll. –

XXI

Von Westen nach Osten, unaufhaltsam, hatte sich die Erde gedreht und die Menschen in ihr Schicksal getaucht, das an irgendeinem Grad dieser Drehung, bei einem unvermeidlich eintretenden Stand der Gestirne auf sie wartete. Von Westen nach Osten, eine schicksalswütige, blinde Woge der Menschheit, war die große Armee aufgebrochen; sie hatte längst den Rhein überschritten, die Grenzen von Sachsen und Preußen lagen hinter ihr. Hunderttausende von Männern hatten mit jedem Abend eine neue Staffel der Todesnähe erreicht, und reisten weiter, von Trompetengeschmetter geführt, vom Rasseln der Trommeln befeuert, bestaunt und verflucht von denen, deren Bestimmung es war, sich von der Zeit, von den Jahren, den Tagen – von der summenden Wolke der winzigen geflügelten grauen Sekunden zu dem Ziel tragen zu lassen, dem jene entgegenstürmten. Jetzt ging es über Berlin dahin: eine Flut aller westlich wohnenden Völker. Nachdem am Tage vor Ostern der Herzog von Reggio mit der Gardekavallerie eingezogen und nach kurzem Aufenthalt hindurchgebraust war, hatte der Durchmarsch von Truppen nicht mehr ausgesetzt.

Von der Universität kommend, prallte Christoph eines Tages mit Rudolf Solger zusammen, der ihm auf der dunklen Treppe zu seiner Wohnung entgegenkam. »Was soll das?« rief er aus, »Rudolf! Du hier – und in Zivil? Ich hörte, dein Regiment sei dem Yorckschen Korps zugeteilt und schon nach Ostpreußen abgegangen... Ich war untröstlich«, fügte er etwas verlegen hinzu, »dich vorher nicht mehr gesehen zu haben.«

Er zog den Freund mit nach oben, seine Befangenheit durch allerlei Reden verschleiernd. Er wußte freilich, daß das Regiment seit Wochen fort war, aber er wußte auch, daß er nicht die geringste Bemühung gemacht hatte, sich noch mit Solger oder mit Rhinow, der demselben Infanterieregiment zugeteilt war, in Verbindung zu setzen. Er wußte auch gut, woran das lag... Er empfand das plötzliche Auftreten des Freundes wie einen berechtigten Vorwurf, auf den er nicht vorbereitet gewesen war. »Wie ist das möglich?« fragte er und betrachtete Solger nun im Lichte des Zimmers genauer. Es war eine veränderte Gestalt des alten Kameraden, die da vor ihm stand, hager, mit schmalgewordenem grauem Gesicht. Ein schäbiger Rock schlotterte ihm um die Schultern. Er lächelte Christoph an, aber es war kein frohes Lächeln, es war eine Gesichtsverzerrung, die hohnvoll und bitter wirkte.

»Dachtest du wirklich«, sagte er langsam, »daß wir unter Napoleon dienen würden, wie Voß das fertiggebracht hat – Rhinow und ich? In der Tat, Freund, du lebst – weitab vom Schuß.«

Christoph hatte erschrocken zur Seite gesehen. »Setz dich doch!« bat er, peinlich berührt vom Ton des anderen, und führte ihn zu einem Stuhl. Sich selbst niederlassend, fragte er bestürzt: »Willst du sagen, daß ihr den Abschied genommen habt, Rudolf? Und das erfahr' ich erst jetzt? Aber«, er senkte den Kopf, »ich hab' es vielleicht in den letzten Wochen nicht um euch verdient, euer Vertrauen zu behalten. Nur – du könntest wohl auch danach fragen, wie es um mich stand. Wenn du die ganze Zeit hier warst, warum bist du niemals gekommen?«

Rudolf machte eine Handbewegung des Überdrusses. »Es kommt gar nicht darauf an, ob wir in den letzten Wochen voneinander gewußt haben oder nicht. An deiner Freundschaft habe ich nie gezweifelt. Auch nicht an deiner Gesinnung, obschon dein Verkehr am Gendarmenmarkt uns gar nicht gefällt. Ach ja, wir haben davon gehört; ich sehe doch zuweilen Menschen, die dich kennen; aber wir wissen ja auch, was dich dorthin zieht. Im übrigen haben wir genug zu tun, um uns nicht um die kümmern zu können, die nicht von selbst zu uns kommen.«

»Wer kommt zu euch? Was habt ihr zu tun?« fragte Christoph, verdrießlich gemacht durch die Art des Freundes. Dann zuckte die Erklärung durch seinen Kopf wie durch eine Übertragung aus dem vieldeutigen Schweigen des anderen. Er beugte sich vor und legte die Hand auf Rudolfs Arm.

»Was?!« sagte er flüsternd, »ist es an dem? Unternimmt Rhinow etwas auf eigene Faust? Oh, Rudolf, er *wäre* der Mann dazu! Aber – ist es denn schon an der Zeit?«

Rudolf hatte ihn angesehen und bedeutsam genickt. »Es ist, wie du sagst«, antwortete er ernst. »Ob es an der Zeit ist? Es ist zu spät! Wenigstens für dieses Jahr. Denn wenn wir jetzt bereit wären, so hätte es gar keinen günstigeren Zeitpunkt geben können als diesen. Aber dann hätten wir vor einem Jahr anfangen müssen, uns zu sammeln und vorzubereiten und – nun, du weißt es wohl selbst, daß der König noch um Neujahr herum drei Leute kassieren ließ, weil sie es versucht hatten, ein Freikorps zu bilden. Auch jetzt müssen wir mit äußerster Vorsicht zu Werke gehen. Es gilt, eine Schar zu bilden, die mit einem Schlage zusammentritt, wenn der Tag da ist. Denn der Tag kommt.«

»Er kommt!« wiederholte Christoph erregt, »und dann bin ich der eure! Daran hast du doch nicht gezweifelt, Rudolf? Oder zweifelte Rhinow an mir? Wo kann ich ihn finden? Ich will ihn selbst sprechen!«

Rudolf hob wieder die Hand.

»Niemand zweifelt an dir!« sagte er ernst. »Weil wir fest an dich glauben, darum bin ich ja zu dir gekommen. Rhinow hat es mir freilich erst auseinandersetzen müssen, warum man von dir nicht fordern darf, daß du – nur Soldat bist. Ich, Christoph, bin wohl ein einfacher Kerl und kann immer nur einen Weg vor mir sehen...« Sein Blick schweifte über die Bücher, die den Tisch bedeckten. »Die Wissenschaften, ach ja, und die schönen Künste – nein, bleib mir mit Mythologie und Theaterstücken vom Leibe, es ist nichts für mich! Aber ich gönne es dir. Wenn du nur deswegen nicht verlernst, mit Gewehr und Degen zu hantieren und zu wissen, wozu man das brauchen kann... Jetzt will ich endlich sagen, warum ich gekommen bin!«

Nicht, um Christoph zu werben, habe ihn Rhinow geschickt, erklärte er; daß Christoph mitgehen würde, sobald es soweit sei, das wüßte er. Und ob er sich seinerzeit Rhinow anschließen wollte oder in ein reguläres Regiment eintreten, darauf käme es gar nicht an. Es sei auch immer noch möglich, daß Rhinow sich und die Seinen im gegebenen Augenblick der Armee wieder einordnen würde. Wie sich das alles entwickeln würde, ließe sich ja jetzt auf keine Weise entscheiden; er, Rudolf, habe die Vermutung, daß Rhinow daran dächte, zum Yorckschen Korps zu stoßen, sobald die Umstände es erforderten.

»Die Umstände?« sagte Christoph fragend. Nun ja, meinte Solger ein wenig ungeduldig, es läge doch auf der Hand, wie Yorck sich verhalten müßte, wenn Napoleon etwa an Rußland scheiterte. Wenn dann der König immer noch zaudern sollte, dann würde nicht nur die Armee, nein, das ganze Volk würde über ihn hinweggehen wie über eine Puppe aus Lumpen und Stroh! Allzulange...

»Zu Rußland übergehen«, sagte Christoph langsam, immer noch jener Möglichkeit, auf deren Erwägung er niemals verfallen war, nachhängend. »Ihn verlassen, wenn es unglücklich für ihn ablaufen sollte. Also – Verrat... Sei ruhig!« fuhr er den Freund heftig an, als dieser Miene machte, den scheinbaren Einwand verächtlich zu widerlegen. »Es fällt mir nicht ein, zu moralisieren. Ich weiß, daß uns nichts anderes übrigbliebe, daß er uns zwingt, uns zu wehren – wie Gewürm. Es gibt Fälle, ich weiß es so gut wie ihr, wo die Geschichte den Meuchelmörder zum Helden erheben muß... Arminius – Tell – waren sie nicht Verräter? Gut. Wir sind uns ja einig, Rudolf. Aber jene Umstände, auf die Rhinow rechnet – Meint er denn... Glaubt er, sie könnten je eintreten? Wer ist ihm gewachsen? Er führt ja nur aus, was von jeher sein Plan war: über Rußland nach Asien hineinstoßen wird er! Indien!...«

»Träumer!« Rudolfs Stimme klang nüchtern und hell. »Nein, Christoph, wir meinen nichts und wir glauben nichts. Aber – wir *wollen*, wir – wünschen... Und wenn ein ganzes Volk wünscht und will –«

Christoph sah ihn mit verdunkelten Augen an. »Du hast recht«, flüsterte er und fühlte, daß er auf einmal zitterte. »Sag mir jetzt, was Rhinow *von mir* will!«

»Es ist kurz dieses«, sagte Rudolf sachlich, »daß Rhinow einen Zufluchtsort braucht, an den er sich immer wieder zurückziehen kann – einen Ort, weit genug von Berlin entfernt und nicht unmittelbar an einer Heerstraße gelegen, so daß er den Behörden, unseren oder den französischen, niemals verdächtig sein könnte. Hier müßte es ihm ermöglicht werden, eine Art Zentrum für seine Bemühungen zu bilden, Gesinnungsgenossen zu empfangen und etwas wie ein Depot für die sich ansammelnden Ausrüstungsgegenstände zu errichten. Ich glaube, deutlich genug gewesen zu sein. Mehr läßt er dir nicht sagen, Christoph, aber er erwartet eine Antwort von dir.«

Christoph sah Rudolf fest an; er atmete tief.

»Sage ihm, daß ich verstanden habe und daß er auf mich zählen kann«, erwiderte er. »Ich reite noch heute nach Hölkewiese, um meine Mutter zu verständigen. Ich werde Dubbicke ins Vertrauen ziehen, es wird Rhinow recht sein.«

Rudolf erhob sich und reichte ihm die Hand. Sein schmales, hartgewordenes Gesicht hatte einen Schimmer von Farbe bekommen.

»Ich wußte es«, sagte er. »In drei Tagen hole ich mir Bescheid. Lebe wohl.«

Sie umarmten sich in einer gleichzeitigen, gegenseitigen Aufwallung. »Wir müssen uns wieder öfter sehen, Rudolf!« sagte Christoph leidenschaftlich. »Du bist zur rechten Zeit zu mir gekommen. Nein, ich habe mich nicht verloren, noch nicht, aber – du gibst mir mein Gleichgewicht wieder. Wo kann ich dich finden, wo wohnst du?«

»Ich?« sagte Rudolf lächelnd und achselzuckend, »nun, einstweilen bin ich bei meinem Bruder untergekrochen und bin als Student der Theologie immatrikuliert wie er. Meine Eltern dürfen es auch nicht anders wissen. Nochmals: lebe wohl!«

XXII

Vor seinem Fortreiten, das in fast übertriebener Hast – es war ihm unmöglich erschienen, nicht sogleich zu handeln –, kaum zwei Stunden nach Rudolfs Besuch, geschehen war, hatte Christoph nur eine kurze Botschaft an Delphine geschickt. Die Mutter wünsche, daß er seinen Geburtstag in Hölkewiese verlebe, schrieb er ihr; es traf sich günstig, daß der 25. April in diese Tage fiel, und er zog es keineswegs in Betracht, daß das Haus Kalischer sich anschickte, ihm eine besondere Feier zu widmen, was er aus allerhand Anzeichen ganz leicht hätte schließen können. Unterwegs hatte er Unglück mit seinem Pferd, das auf halber Strecke zwischen Oranienburg und Neuruppin zu lahmen begann, so daß er gezwungen war, die Nacht in einem Dorfkrug zu bleiben. Aus Hölkewiese kam er dann nicht so schnell wieder fort, wie er gewollt hatte, oder vielmehr, er fand es unmöglich, die Mutter, deren Glück über sein unerwartetes Erscheinen ihm seltsam ans Herz ging, sogleich wieder zu verlassen. Erst ihre Freude und dann ihre unvorhergesehene Bestürzung, ihr tiefes, ihm unheimliches Erschrecken über das Ansinnen, mit dem er zu ihr kam, und endlich ihre tapfere und ergebene Zustimmung: gut, Rhinow möge also in seinem Sinn über Hölkewiese verfügen! – das alles hatte ihn still gemacht und fast bang. Zum erstenmal ahnte er die ununterbrochene Übung, der sie ihr Herz in der Gewöhnung an die Möglichkeit eines künftigen Opfers unterzog. Dies wurde nicht ausgesprochen, nicht einmal angedeutet, weder von ihm noch von ihr. Doch ging er ihr in den folgenden zwei Tagen nicht von der Seite, und gerade weil sie kaum vom Krieg sprachen, war jedes Wort von unterdrückter Bedeutung getränkt. Von Delphine war nicht viel die Rede. Cornelie fragte, ob Loriot in Berlin sei oder ob sein Kommen in Aussicht stünde. Christoph konnte nicht einmal sagen, bei welchem Flügel der Armee er sich befinde. Delphine hatte seit ihrer Übersiedlung nach Berlin keine Nachricht von ihrem Vater gehabt, ein Umstand, der sie an und für sich nicht beunruhigt hätte, da der Oberst ihr nur sehr selten zu schreiben pflegte; da sie aber durch Christoph wußte, daß Cornelie Loriot von dem Vorgefallenen in Kenntnis gesetzt hatte, schien sie diesmal Verstimmung hinter seinem Schweigen zu mutmaßen und hatte durchblicken lassen, es würde ihr gar nicht unangenehm sein, wenn der Papa über Dresden gehen müßte und jetzt gar nicht nach Berlin käme. Cornelie schüttelte den Kopf, als Christoph ihr dies sagte. – »Sonderbares Geschöpf«, meinte sie. »Macht sie es sich denn nicht klar, daß es die letzte Gelegenheit wäre, ihn vor diesem grauenhaften Unternehmen noch einmal zu sehen – vielleicht die letzte Gelegenheit überhaupt...«

Christoph schwieg lange. »Nein«, sagte er dann klanglos, ohne die Mutter anzusehen, »nein, so etwas macht sich Delphine wohl nicht klar.«

Sie gingen während dieses Gespräches auf der Terrasse spazieren. Jetzt blickte Cornelie ihn von der Seite an, aber sie erwiderte nichts, nahm nur stumm seinen Arm. »Hast du nur diesen einen Rock mit?« fragte sie und strich zärtlich über das Tuch des Ärmels, »aber natürlich, wozu solltest du mehr mitgeschleppt haben. Zieh morgen das alte Flauschjäckchen an, ja. Line soll sich den Rock einmal vornehmen, es sind Flecken darin. Fritz soll besser auf deine Sachen achtgeben, sag ihm das von mir!«

Fritz war der kleine Diener, den Christoph mitbekommen hatte, ein Enkel des Schäfers Dinnies. »Er war sehr traurig, daß ich ihn nicht mitnahm«, sagte Christoph lächelnd. »Ich muß morgen hinübersteigen und mich nach der gesamten Familie erkundigen. Was macht denn der Alte?« – »Ach, wie immer«, Cornelie redete in abwesendem Tone und blickte zu Boden. »Er ist ganz gut bei Wege. Wenn er nur das ewige Prophezeien lassen wollte! Seit dem Kometen im Winter... Und dann ist ihm neulich ein Heerwurm über den Weg gekrochen, und seitdem ist er ganz aus dem Häuschen... Nein!« fuhr sie plötzlich entschieden fort, »nein, Delphine hat ganz recht, Christoph, wenn sie nicht immer an alle furchtbaren Wendungen denkt, die eintreten *könnten*! Das ist richtig, das ist gesund, das ist – jung! Und auch ich, glaube mir! ich denke mir nichts aus, ich male den Teufel nicht an die Wand. Nur, du weißt ja – gebranntes Kind...«

Sie hatte ihm das Gesicht zugewandt, ihr Mund lächelte, aber er sah nur ihre Augen. »Mutter«, sagte er still und wußte nicht, woher ihm die Worte kamen, »wer so lebt wie ich, der kann gar nicht sterben.« Sie sah ihn erschüttert an. »Oh, Kind«, sagte sie, »das ist ein guter Trost. Ich will daran glauben.«

Er entsann sich später, daß dies das einzige Mal geblieben war, daß er sie nicht stark, ruhig und kraftausströmend gefunden, denn nie wieder tauschten sie ähnliches aus; es war, so sagte er sich genau ein Jahr später, als habe er ihr damals wirklich einen Zauber gesagt, der sie aufrecht hielt. Fürs erste war er am nächsten Morgen zurück nach Berlin geritten, und der wundervolle Schwung dieses Parforceritts durch den Frühlingstag lag ihm noch im Blut, als er dann durch die Straßen eilte, um Rudolf aufzusuchen und ihm Bericht zu erstatten. Es war am Spätnachmittag, als er endlich daran denken konnte, zu Delphine zu kommen, und sein Schritt wurde immer langsamer, je mehr er sich dem Gendarmenmarkt näherte. Jetzt, sagte er sich, galt es, eine plausible Erklärung für seinen hastigen Aufbruch zu finden, denn mochten auch Kalischers das Märchen von dem Sohn, der seinen Geburtstag bei der Mutter feiern mußte, geglaubt haben – Delphine hatte die Geschichte sicher unwahrscheinlich gefunden. Es dämmerte ihm jetzt wieder auf, daß sie und Suzanne viel geheimnisvolles Wesen um diesen Geburtstag gemacht hatten; eine feste Einladung war noch nicht an ihn ergangen, doch das wäre wohl sicher am Sonntag geschehen, wo er zu Tisch hatte kommen sollen. Für den Sonntag hatte er in aller Form abgesagt. Er fragte sich bedenklich, ob Delphine wohl gekränkt sein könnte; er hatte das nicht erlebt, seit sie beide erwachsen waren, immerhin hätte sie jetzt Grund dazu, sagte ihm sein Gewissen. Bei einer Blumenfrau an der Ecke der Französischen Straße kaufte er auf alle Fälle drei Sträußchen, zwei beiläufig weiß und gelb für die Damen Kalischer und einen dicken Bund erdfrisch duftender Veilchen für Delphine. Madame Salome begegnete ihm bereits unter der Tür. Der Landauer hielt vor dem Hause, und Madame, in großer Toilette und einen Hermelinkragen um die üppigen Schultern, ließ sich gnädig von ihm in den Wagen helfen und nahm die Osterblumen nicht ohne Grandezza entgegen. »Sie sind doch ein Kavalier, junger Herr von Echter, und bleiben es«, sagte sie leicht ächzend, was bei ihr eine Begleiterscheinung der großen Galakleider zu sein schien. »Nu, gehn Sie schon immer hinauf, die jungen Damen haben was mit Ihnen zu rupfen. Nu, nehmen Sie's nur nicht schwer, das gibt sich wieder. War's denn schön bei der Mama? Aussehen tun Sie – der Frühling selber! Ich muß zu Ephraims... Fahr zu, Cordes, fahr erst die Linden rauf, hübsch langsam! Sally, sitz grade!« Die Kutsche mit dem grün livrierten Laufburschen als Lakaien auf dem Bock neben einem wahrhaft patriarchalischen Kutscher setzte sich schaukelnd in Bewegung; Madame winkte huldvoll zurück. Christoph raffte sich aus seiner Verneigung auf und stürmte die Haustür. »... mit mir zu rupfen!? Das wollen wir doch einmal sehen...« Er war auf einmal sehr mutig. Die Magd, die Madame hinuntergeleitet hatte, hielt ihm die Tür auf, er nahm die Treppe zum ersten Stock in drei, vier Sätzen.

»Also, meine Kinder, da bin ich wieder!« sagte er liebenswürdig strahlend, indem er die Tür zum Wohnzimmer nach kurzem fröhlichem Klopfen aufriß und, die Arme ausgebreitet und in jeder Hand einen Strauß, über die Schwelle trat. Diese Munterkeit war nicht ganz echt, sie hielt auch nicht vor. Sobald er die zurückhaltende Begrüßung der beiden Mädchen empfangen hatte, fühlte er sich peinlich ernüchtert. Er drehte sich um und schloß die Tür umständlich und unter mehr Aufwand von Zeit, als das billig erfordern konnte. Dann ging er mit zögernden Schritten zum Erker und übergab zunächst Suzanne ihren Strauß. Es war so: er hielt ihr diese Narzissen hin, mit der linken Hand, ohne sie anzusehen oder sich zu verbeugen. Er sah Delphine an und sein Herz, noch überwältigt von der neuen Wonne ihres Anblicks nach langen vier Tagen, stockte wie gelähmt von der Abgewandtheit ihres Ausdrucks.

Die beiden Mädchen saßen sich gegenüber an dem kleinen Tisch, der im Erker stand, bunte Stickarbeit in den Händen. Seidensträhnen, Perlenschnüre, Stramin – Almanachs, Modejournale, ein Riechfläschchen, eine Bonbonniere lagen in farbigem Durcheinander zwischen ihnen verstreut und eine Reihe von weiß und rosa blühenden Hyazinthen auf den Fensterbrettern ringsum rahmte sie freundlich ein. Suzanne, die ebenfalls kaum aufgesehen, seinen Gruß nur ganz obenhin erwidert hatte, streckte jetzt mit verhaltenem Lachen die Hand aus und nahm ihm die Blumen ab. Als es dann weiter so still blieb, hob sie den Kopf – Christoph fühlte es, sie hatte die behutsame Nackenbewegung eines sichernden Rehs –, und nach einem kurzen Blick auf die beiden stand sie lautlos auf und glitt aus dem Zimmer.

Mit dem Veilchenstrauß, den er jetzt mit beiden Händen gefaßt hielt, den bebenden Mund leicht geöffnet und vollste Ratlosigkeit in den Augen, stand Christoph da. Delphine riß ärgerlich an dem Seidenfaden, der sich verknotet hatte. Plötzlich warf sie die Strickerei auf den Tisch, griff nach einem Buch, schlug es auf, stützte den Kopf, indem sie beide Hände im schimmernden Haar vergrub, und begann allem Anschein nach mit Versenkung zu lesen. Es lag eine so deutliche Kundgebung schlechter Laune in dieser Bewegung, daß es erlösend wirkte. In der Empfindung, daß die Aussprache hiermit eröffnet sei, seufzte Christoph auf, ließ sich auf den verlassenen Stuhl nieder, legte seine Blumen auf den Tisch, so daß sie fast auf Delphines Buch zu liegen kamen, und wartete das Weitere ab. Delphine lehnte sich mit einem Ruck zurück und las weiter. Ein verkniffener Zug lag um ihre Mundwinkel, Christoph betrachtete ihn, und auf einmal lächelte er. Ein kleines Mädchen, das auf einem Fensterbrett saß und nicht mitspielen wollte; ein kleines Mädchen, das die Hagebuttenkette, die er für die Puppe gemacht hatte, erbost in eine Ecke schmiß; ein kleines Mädchen, das nach Paris reisen wollte... Oh, dies war ja keine neue Situation für ihn! Er hatte unwillkürlich die Augen geschlossen. Er stand in dem Flur des Hauses am Karmeliterplatz, die Nachmittagssonne ließ die blauen und roten Ecken in der Glastür zum Garten aufglühen und legte farbige Lichter auf die Backsteinfliesen des Fußbodens... Delphine stand noch auf den Stufen der Treppe und zog ein krummes Mäulchen, weil ihr irgend etwas nicht paßte, und er spürte am Herzen die schreckliche Angst, sie möchte weinen... Wie viele Leben er schon mit Delphine gelebt hatte! Er öffnete die Augen und sah ihre Augen zornig auf sich gerichtet.

»Was hier zu lachen ist, möcht ich wirklich wissen!« sagte sie und warf den Almanach auf den Tisch, daß es klatschte. Christoph beugte sich vor und lachte jetzt in der Tat. »Aber, Delphine, ich kann dies doch einfach nicht ernst nehmen. Willst du mir nicht erklären, was eigentlich los ist?«

Gleich darauf sah er, daß ihre Mundwinkel sich bebend nach unten verzogen, und wurde sofort sehr ernst. »Delphine«, sagte er eindringlich, »ich mußte zur Mutter – es ging nicht anders. Sie ist doch jetzt so allein. Sie hat doch nur mich...«

Ein gewisses Pathos, das in dieser Bemerkung lag, war nicht ganz unbeabsichtigt. Es war der Versuch, Delphine dadurch von Mutmaßungen abzulenken, daß er auf ihre Flucht aus Hölkewiese anspielte. Der Versuch verfehlte völlig sein Ziel.

»Und ich?« sagte Delphine stockend mit so tiefem Vorwurf, daß er ratlos verstummte. »Wen habe ich? Ich habe nicht einmal ein Zuhause; und dir ist jeder andere Mensch wichtiger als ich!«

Sie warf sich schluchzend über den Tisch. In Ermangelung eines Taschentuches ergriff sie ihre Stickerei und preßte sie gegen die Augen. Christoph war furchtbar erschrocken. »Aber

Delphine«, stammelte er, »jeder andere Mensch... Wie kannst du so etwas sagen! Meine Mutter...«

»Das ist ganz gleich!« stieß Delphine mit leidenschaftlichem Nachdruck hervor. »Sie hat mich fortgeschickt. Sie kann mich nicht leiden. Sie haßt mich. Und du läßt mich an deinem Geburtstag allein und fährst zu ihr!«

Christoph fuhr sich mit allen zehn Fingern durchs Haar. »Delphine!« rief er, »du phantasierst ja! Fortgeschickt? Du bist davongelaufen! Dich hassen? Sie hat dich großgezogen, sie hat dir die Mutter ersetzt, und du hast sie jetzt aufs tiefste gekränkt. Aber sie ist dir nicht böse, sie weiß, daß nicht du verantwortlich zu machen bist, sondern...«

»Das ist ganz gleich!« wiederholte Delphine mit unverminderter Heftigkeit, »ganz gleich, ob sie mich haßt oder meinen Papa! Das kommt auf eins heraus! Wir haben nichts Böses getan. Herr Kalischer sagt auch, wer Napoleon unterstützt, arbeitet dem lieben Gott in die Hände! Aber das wußte ja schon der Großpapa – und der Onkel Voß wußte es auch...«

Sie hielt inne, preßte die Lippen zusammen und wandte den Kopf ab. Christoph starrte sie kummervoll an. »Was wußten die, Delphine?« fragte er, obgleich etwas in ihm ihn warnte.

»Tante Cornelie konnte schon meine Mama nicht leiden. Und wenn Tante Cornelie besser aufgepaßt hätte...«

»Oh, die alten Geschichten!« rief Christoph empört aus und schlug mit der Hand auf den Tisch. »Delphine, du weißt wohl nicht, was du redest! Wenn du meine Mutter beleidigst...«

Delphine sah ihn nicht an. Ihr dem Fenster zugewandtes Gesicht zeigte einen nie vorher von ihm wahrgenommenen Zug von Abneigung und Gleichgültigkeit. Ihre Augen waren jetzt ganz trocken. »Da siehst du es«, sagte sie mit brüchiger Stimme, »daß du sie mehr liebst als mich.«

Christoph erhob sich wortlos und ging zur Tür hinaus. –

XXIII

Es war gut, daß er für diesen Abend zu Rhinow bestellt war – es war gut, daß die Mutter ihm allerhand Aufträge mitgegeben hatte, daß er Geschäfte für sie aufsuchen und in einigen Häusern seine Aufwartung machen und Briefe von ihr abgeben mußte. Hatte Cornelie beabsichtigt, dem ausschließlichen Verkehr mit dem Hause Kalischer, worüber sie sich durch kluge Fragen unterrichtet hatte, entgegenzuarbeiten, so war ihr dies gerade zur rechten Stunde gelungen. Christoph, der seine bisherigen geselligen Beziehungen im Laufe der letzten Wochen völlig vernachlässigt hatte und jetzt kaum die Kraft gefunden hätte, neue anzuknüpfen, sah sich auf einmal von verschiedenen Seiten wieder eingeladen. Hier ein Tanzkränzchen, dort ein verfrühtes Gartenfest; eine Kahnpartie auf der Spree, ein Lesezirkel, in dem unter strenger Zensur der alten Gräfin Bornim hauptsächlich erbauliche Schriften und Predigten den Unterhaltungsstoff abgaben – er nahm alles mit, und niemand hätte ihm nachsagen können, daß er sich nicht lebendig an allem beteiligte. Freilich brauchte er Ablenkung von dem drängenden Wunsch, der ihn beständig dazu treiben wollte, Briefe zu schreiben, Aussprachen zu suchen, sei es mit Delphine selbst, sei es mit einer ihrer Freundinnen. Aber etwas anderes als diese Ablenkung hatte er gar nicht nötig; er war nicht eigentlich unglücklich, er brauchte keine Betäubung. Delphine hatte ihm, wie er meinte, zu deutlich bewiesen, daß sie ihn liebte, hatte es gerade mit dieser törichten Szene bewiesen, aus der er davongelaufen war, nicht etwa, wie er sich einredete, aus verzweifelter Ratlosigkeit, sondern um ihr nicht im ersten Zorn Dinge zu sagen, die er nachher bereut haben würde. Er sagte ihr diese Dinge nun in endlosen Monologen, abends, vor dem Einschlafen, auf einsamen Ritten im Tiergarten, oder im Kolleg, wenn die Herren auf dem Katheder ebenfalls allzu monologisch geworden waren. Er hielt ihr die ganze Verdrehtheit ihres Standpunktes, wie er es nannte, gebührend vor, und diese Phantasieunterhaltungen endeten immer in einem Auflodern unerhörtester Zärtlichkeit. Er meinte mit Bestimmtheit zu wissen, daß er Delphine durch sein Fernbleiben strafte und quälte. »Aber das muß sein«, sagte er zu Vesper, »sie muß einsehen lernen, daß sie sich nicht alles erlauben kann! Ehe sie mich nicht ruft, gehe ich nicht wieder hin!« Es traf sich schlecht, fand er, daß Vesper seine eigenen Besuche bei Kalischers seit einiger Zeit ganz eingestellt hatte, so daß er auf diesem Wege nichts über das eigensinnige Mädchen erfahren konnte. Er bat Vesper, Lantz auszufragen; aber Vesper mochte andere Dinge im Kopf haben, oder er hatte kein Talent für die Aufgabe eines Zwischenträgers. Er hatte sich die Sache im Anfang erzählen lassen und seine Meinung geäußert; sie war dahin gegangen, daß Christoph auf keinen Fall Delphine jetzt sich selbst überlassen, sondern daß er sie wieder versöhnen sollte. Da Christoph diesem Rat nicht gefolgt war, schien Vespers Teilnahme an dem ganzen Roman erschöpft zu sein; jedenfalls fragte er nie nach dem Stand der Angelegenheit, und die Gedichte, die Christoph ihm jetzt öfter denn je vorlas, unterzog er einer so unpersönlichen Kritik, als ahnte er nicht, daß er da Christoph selbst unter den Händen hatte und zu hören bekam, was er litt!

Aber dies Leiden war ja ein sonderbarer Genuß und ganz eins mit diesem unglaublichen Frühling. Die ganze Stadt war von Militär durchsetzt; kaum war ein Truppenteil ausgerückt, so meldeten sich neue Ankömmlinge mit Quartierzetteln in den Händen bei den Bürgern. Mit den Grenadieren und Husaren der französischen Garden wurden in diesen Monaten Söhne fast des gesamten westlichen Europas durch die Mark und Berlin geschwemmt – Portugiesen, Italiener, Schweizer, Niederländer und die vom Rhein und aus Bayern, aus Schwaben, aus Westfalen und Thüringen. Sich in den Straßen umherzutreiben, wie Christoph es von jeher liebte, verlieh jetzt die bezaubernde Illusion, auf Reisen zu sein, in einer neuen Stadt, deren fremdartiges Getriebe einen nur so weit anging, als man daran teilzunehmen beliebte, oder aber an jenem Ort versunkener Kindheit, der, wie es in der Erinnerung schien, beständig so in der Sonne gelegen hatte wie das Berlin dieses Maimondes, auch so von Märschen durchdröhnt, von Trommeln durchschüttert, von den Signalen der Hörner durchschmettert – zwischen diesen Häusern ebensoviel Französisch wie Deutsch zu hören gewesen war, und eben die geliebte süddeutsche Mundart, die es nun auch hier zu vernehmen gab. In der Tat verlor Christoph sich während dieser Wochen an ein eigentümliches Doppelleben, dessen Tagseite mit sehr klar umrissenen Dingen, mit dem regelmäßigen Besuch seiner Vorlesungen, mit dem Verkehr in der Gesellschaft, mit Zusammenkünften und geheimer Arbeit bei Rhinow besetzt war, auf dessen Nachtseite aber eine gefährliche Umkehrung der Wirklichkeit geschah, ein süßes, verantwortungsloses Treiben im Traum. Er suchte an den Abenden zuweilen in einfachster Kleidung Kneipen auf, in denen französische Soldaten tranken, ließ sich ins Gespräch ziehen und saß mit ihnen am Tisch – ein Hofbesitzerssohn aus der Prignitz, wie er ihnen weismachte, einer Witwe Einziger und deshalb nicht Soldat – und dankte ihnen am Schluß durch Bezahlen der Zeche für eine ihm gewordene Gunst, von der sie selber nichts wissen konnten. Denn dieser »beau gars et bon garçon«, dieser »camarade prussien«, wäre ihnen ohne weiteres willkommen gewesen. Konnte auch einer von ihnen vermuten, daß die Begrüßung eines braven Sergeanten, der den einsam an seinem Tisch sitzenden Christoph vom letzten Mal her wiedererkannte und ihn auf die Schulter schlug: »Ah, bon voilà! Et bien seul, bien triste, ami!«, daß diese Einleitung zu einer Unterhaltung dem jungen Burschen ein paar Flaschen guten Roten wert gewesen war? Allerdings, der Sergeant hatte nicht hinzugefügt: »Allons chercher la petite Delphine!« wie der Koberlé damals getan hatte; aber wie sollte er auch ahnen, daß dies eigentlich zu seiner Rolle gehörte! Es bedurfte dessen auch gar nicht. Christoph genügte es, unter ihnen sitzen zu dürfen, den altvertrauten Geruch von Leder, staubiger Montur, von Tabak, Wein und männlichen Körpern zu atmen und ihrer Unterhaltung zu lauschen, diesen einfachen Gesprächen über das Brot des Landes und seine Frauen – über den Kaiser und seine Schlachten, vergangene und künftige; dies genügte, um die Uhr zurückzustellen, die Zeit stillstehen zu machen, ja aufzuheben. Warum er das nötig hatte, darüber gab er sich keine Rechenschaft. Er blickte ihnen in die Augen, den Männern, die da vor ihm saßen und auf ihn einredeten, lachten, ihm die Arme um die Schultern legten, wenn es zum Singen kam und er einstimmte. »Früher oder später«, dachte er verloren, »früher oder später werde ich auf euch anlegen und euch aufs Herz zielen oder auf die Stirn, und einer von euch – ja, einer von euch wird es sein, der mich... Liebe ich euch deshalb weniger? Kann ich euch hassen? Ob ich auf eurer Seite fechte oder gegen euch – was bedeutet das schon? *Ein* Krieg – *ein* Tod – *ein* Untergang...«

»Trinquons, camarade! Ne rêvez pas!«

Er stieß mit seinem Gegenüber an. »Schlechter Patriot!« warf er sich vor; es war wie eine Stimme vom Tage her. Er wußte, sie hatte recht. Aber in diesen Stunden hatte sie keine Macht über ihn. »Soldat sein – das ist die Hauptsache!« antwortete er mit schwermütigem Trotz. »Ich werde stehen und fallen, wo ich hingestellt werde.«

Trinken, würfeln und die Karten auf den Tisch schlagen – er lernte es bei diesen Sitzungen. Sie behagten ihm besser als die Convivien mit Kommilitonen. Aber wenn die anderen hinterher weitergehen wollten, drückte er sich beiseite.

»Ça ne te fait pas plaisir, camarade? Tu n'aimes pas les femmes? Pas encore – hein? Attendons! Tu en prendras le goût! Ou bien tu as déjà ta petite amie? Ah, comme ça! Sieh da, comme vous dites! Elle est gentille? Mais, pour sûr! Et son petit nom? Delphine? Très bien, ça sent le français. Vous préférez le genre français, n'est-ce pas?«

»Vraiment, j'ai ce faible«, gab Christoph zu. –

Es gab eine Bank vor dem Schauspielhaus, auf der er mehr als eine dieser Nächte verbrachte. Lange, nachdem das Licht hinter dem Eckfenster im zweiten Stockwerk des Bankierhauses erloschen war, saß er noch dort. Er ließ den Weindunst aus seinem Kopf verrauchen; er starrte zum Monde empor, der die Kuppel des Deutschen Doms still umschiffte. –

XXIV

In den letzten Maitagen entschloß Cornelie sich, der immer wiederholten Einladung der Gräfin Bornim endlich zu folgen und sich für eine Woche nach Berlin zu begeben. Sie tat es herzlich ungern, denn sie trennte sich mit den Jahren immer schwerer von Hölkewiese und fand selbst in den Zwischenräumen der großen ländlichen Arbeitsabschnitte immer Gründe, die ihr Abkommen unmöglich zu machen schienen. Jetzt aber wirkte die nagende Sorge um Christoph, der seit Wochen seltener und weniger ausführlich als je geschrieben hatte, entscheidend. Außerdem wollte sie Rhinow sprechen, der ihr bisher nur zwei Sendungen »Saatkartoffeln« hatte zugehen lassen, Planwagen, die unter einer Schicht der harmlosen Erdknollen Lasten von Ausrüstungsgegenständen aller Art enthalten hatten. Der Fuhrmann, ein früherer Unteroffizier und Vertrauensmann Rhinows, hatte jedesmal mündliche Botschaft gebracht und hatte Dubbicke beim nächtlichen Ausladen geholfen. Cornelie fand es indessen nötig, daß Rhinow einen von ihm Bevollmächtigten auf dem Gut wohnen ließ, der ihr die Verantwortung für das Lager abnahm und noch ein paar Leute aus dem Dorf einweihte, die gegebenen Falles hilfreiche Hand leisten konnten. Sie konnte unter den Bauern mehr als einen bezeichnen, der sich nach Gesinnung und Zuverlässigkeit dazu eignen würde.

Das Wiedersehen mit Christoph beruhigte sie über seinen Zustand mehr noch, als es bereits die Versicherung der alten Gräfin getan hatte: »Ihr Sohn ist ein junger Erzengel, teure Cornelie; er strahlt vor Gesundheit, Schönheit und Geist, und die Herzen der Menschen fliegen ihm zu!« Dieser Sohn, der ihr in dem langen Saal des Bornimschen Hauses entgegeneilte, um sie stürmisch in die Arme zu schließen, erschien ihr zu ihrem Erstaunen in den kurzen vier Wochen, die sie ihn nicht gesehen, noch vollkommener, noch geschlossener in seiner sichtbaren Form geworden zu sein. Die längere Versenkung in seinen Anblick während des Zusammenseins, das sie dann hatten, ergab, daß es eine innere Veränderung sein mußte, die sich so auswirkte, die ihn bestimmter, straffer und aufrechter in der Haltung sein ließ und seinem Gesicht, seinen Augen dies Durchleuchtetsein wie von einer inneren Flamme verlieh. Sie betrachtete ihn nicht ohne Ergriffenheit, während sie ihm ein paar alltägliche Neuigkeiten von daheim erzählte. Ihr war es nicht zweifelhaft, woher dies Feuer, das ihn umgeschmolzen und durchläutert hatte und das mit seiner Arbeit allem Anschein nach immer noch fortfuhr, seine Nahrung genommen. Nicht umsonst hatte sie es nun fast zwanzig Jahre lang in seinen Wandlungen beobachten können, als kindliches Flämmchen, als stille Glut, als flackernde Lohe – nur immer lebendig, nie zum Verlöschen bereit... Aber so wie jetzt hatte es noch nie seinen Umkreis erhellt, das war eine Gloriole, wahrhaftig! Sie nahm sich zusammen und sprach eine halbe Stunde von allem anderen, nur nicht von dem, was für sie beide am nächsten lag. Endlich, nachdem es nichts mehr zu fragen und zu erzählen gab, sagte sie obenhin: »Und Delphine? Ist sie noch bei den Kalischers?«

Christoph erblaßte, stockte, und indem das Blut nun mit doppelter Gewalt in seine Wangen und bis in die Stirn hinein stieg, antwortete er gepreßt: »Ich weiß es nicht. Doch – bei Kalischers ist sie noch. Aber ich war seit vier Wochen nicht mehr dort. Dreißig Tage lang«, fügte er mit gesenkten Augen hinzu.

»Was ist vorgefallen, Christoph?« fragte Cornelie bestürzt. »Du hast mich doch das letzte Mal nicht mißverstanden? Soviel ich mich erinnere, hab' ich nur aus meiner Abneigung gegen Herrn Kalischer und seine Familie kein Hehl gemacht; damit war aber nicht gemeint, daß du Delphine dort nicht aufsuchen solltest. Im Gegenteil, der Gedanke, daß sie durch dich doch noch eine Verbindung mit uns hatte, war mir lieb. Und du selbst – nein, ich hätte dir das nicht zugemutet, mein Junge. Das weißt du auch. Nicht wahr, es ist nicht meinetwegen, Kind?«

»Ja und nein«, murmelte Christoph. Dann hob er den Kopf, sah sie frei an und erzählte.

»Ich kann dir jetzt noch nicht sagen, was ich darüber denke«, sagte Cornelie, als er seinen Bericht abgeschlossen hatte und sie erwartungsvoll ansah. Was in ihr durcheinanderwogte, war in der Tat unaussprechlich. Der natürliche Zorn auf das undankbare und leichtfertige kleine Geschöpf war noch das schwächste all der Gefühle, die in ihr geweckt waren. Stärker, viel stärker war das Grauen vor dem uralten Vorwurf, der hier wieder an ihren Weg gestellt war, ihr sein blindes tagscheues Antlitz hinhielt und sein Opfer begehrte – und diesmal hatte es Christoph zu zahlen.

»Eines scheint mir gewiß«, sagte sie bedrückt, »nämlich, daß du ein wenig zu streng gegen Delphine gewesen bist. Wie du mir euren Auftritt beschrieben hast, glaube ich aus ihrem ganzen überspannten Benehmen und aus ihren gewiß sehr törichten und ungerechten Worten doch herauszufühlen, daß sie ihre Entfernung aus Hölkewiese als sehr bitter empfindet und daß sie sich an dich geklammert hatte, als den letzten aus dem bisherigen Leben, der noch zu ihr hielt. Sie mag Kalischers noch so gern haben – den Unterschied in der Atmosphäre wird sie doch peinlich spüren. Und da sie eine gewisse Angst vor Loriot hat, wie du meintest, so war sie ja wirklich sehr stark auf dich angewiesen. Ich weiß nicht, ob es richtig von dir war, sie so lange allein zu lassen.«

Christoph hatte sich erhoben wie ein Schlafwandler.

»Sagst du das auch?« stammelte er. »Vesper meinte etwas Ähnliches, aber ich – ich durfte doch nicht dulden, daß sie über dich so zu mir spricht! Und ich dachte, sie würde das selbst einsehen... Schrecklich lange dauert es schon... Mein Gott, es wird doch nicht zu spät sein?«

Er ging zur Tür. »Christoph«, rief Cornelie, »wohin?«

»Zu ihr!« sagte er verwirrt, »gleich!«

Cornelie ging ihm nach, sie legte ihm die Hände auf beide Schultern – ach, er war ein Kind und doch schon ein Mann –; leiten konnte sie ihn nicht mehr und wollte es nicht, nur bitten... »Christel«, sagte sie sanft und eindringlich, »wenn es so lange gedauert hat, kommt es auf ein paar Tage nicht an. Es ist unmöglich, daß du jetzt zwischen ihr und mir hin und her gehst, es würde neue Verwicklungen geben. Warte nur, bis ich wieder abgereist bin – nur diese wenigen Tage...«

Er blickte mit verzweifelten Augen in ihre, seine Lippen zitterten. »Du hast vielleicht recht«, sagte er dann ergeben.

»Sicherlich habe ich recht«, dachte sie, während sie nun miteinander hinüber zur Gräfin gingen, »aber ist dieser unbezweifelbare Grund auch wirklich *mein* Grund – oder will ich den Jungen nur für mich allein haben, diese armen paar Tage?«

XXV

Die Gräfin Bornim war eine Schwester des Kammerherrn von Platen, mithin eine Cousine des alten Tracht. Sie hatte zu dem Teil der Verwandtschaft gehört, der sich nach Charlottes Verheiratung und nach der unterstrichenen Abwendung Dubslaws von seinen Töchtern völlig von Cornelie zurückgezogen hatte; sie hatte schon die katholische Heirat mißbilligt, der Übertritt der Nichte machte sie in den Augen der strengen alten Dame vollends zum verlorenen Schaf. Indessen war in den letzten Jahren ein Umschwung in der Gesinnung der Gräfin vor sich gegangen. Sie war unter den Einfluß eines Kreises gekommen, der sich nicht mit der üblichen Kirchenfrömmigkeit begnügen mochte; selbst ein Schleiermacher schien diesen Erweckten, denen das Licht aus Böhmen und Schlesien kam, noch allzusehr als ein Weltkind, das den Versuchungen der eigenen Gaben erlag. Gleichviel, was sich hier nebenbei an Selbstgerechtigkeit und anmaßlicher Einfalt breitmachen mochte, die alte Gräfin hatte jedenfalls eine Wandlung erlebt, die es ihr gestattete, über alle Unterschiede innerhalb des christlichen Bekenntnisses hinwegzusehen. Sie hatte der Nichte vor einigen Jahren einen Brief geschrieben, in dem sie ihr die Härte ihres nun überwundenen Standpunktes förmlich abbat. Seitdem bestand ein freundliches Verhältnis; die Gräfin kam zuweilen für einige Wochen nach Hölkewiese, und Cornelie hatte in ihrem Berliner Hause manche Bekanntschaft gemacht, die ihr wertvoll war, so die des Freiherrn von Kottwitz, dessen praktische christliche Tätigkeit unter den Armen Berlins ihrer tiefsten Neigung entsprach. Auch in der Woche ihres jetzigen Aufenthaltes erlebte sie hier starke Anregungen. Indessen äußerte sie am Abend vor ihrer Abreise zu Christoph: »Ich bin doch froh, wieder in meine Stille hinaus zu kommen und einfach dem leben zu dürfen, was der Tag von mir fordert. In Berlin fängt mein Schiff immer an, sich im Kreise zu drehen, als sei es in einen Strudel geraten. Hier die weltfernen Katakombenversammlungen bei Tante Karoline – dort Rhinows unbarmherzige Kriegsarbeit (deren Notwendigkeit ich ja einsehe, weiß Gott!); dann das politische Getüftel des guten Onkel Platen, der sich immer noch eine entente cordiale mit Napoleon vorstellen kann und damit wohl die allerhöchste Meinung vertritt – dies alles nur Spiegelungen der Gewalten, die mit uns ihr Spiel treiben und die ihr Wirken in diesem verwirrenden geselligen Trubel bei euch allen, wie es mir scheinen will, unmerklich vollziehen – das ist auf die Dauer nichts für deine Mutter, mein Sohn! Ich bin ja doch wohl zu nichts anderem bestimmt, als eben nur, eine Mutter zu sein.« Sie lächelte vor sich hin: »Weißt du, was Tante Karoline gestern zu mir sagte: *Urchristen* sollen wir sein, sagte sie, Urchristen und Nurchristen! Aber weißt du, was du bist, meine Tochter, und was die meisten sind?

*Natur*christen seid ihr – und das ist schon beinahe wieder Heidentum!«

»Naturchristen?« fragte Christoph erheitert, »was meint sie damit? Das heißt, es dämmert mir schon, sie meint, wir würden eben hineingeboren in die christliche Weltanschauung und ließen es darauf beruhen, nicht wahr?«

»So ungefähr«, sagte Cornelie. »Ich wünschte ja Valdemaire oder Vesper herbei, das Gespräch wäre etwas für sie gewesen. Da war ein Mann, ein Herr Soundso, ich glaube ein Herrnhuter, der ganz sonderbar redete, aber recht interessant. Christus, sagte er, sei der Wiederholer der Natur im Geiste; diesen Satz habe ich mir für Valdemaire besonders gemerkt. Weißt du, was er damit sagen wollte? Gott habe der Menschheit als Naturtrieb die Mütterlichkeit gegeben, in der Nächstenliebe und Opfersinn schon vorgebildet seien, freilich nur auf das eigene Blut gerichtet. Christus habe diesen Naturtrieb zur Religion erhoben und ihn durch sein Beispiel, seine Lehre, sein Leben – sein Sterben geheiligt. Niemand, sagte er, sei Christus so nahe wie eine rechte Mutter, wenn sie denn eine Christin sei – nämlich auch eine Mutter im Geiste...«

Christoph sah sie an. »Er hat recht«, sagte er leise. »Oh, Kind!« rief Cornelie beinahe erschrocken, »ich habe das nicht auf mich bezogen! Nur – es hat mich sehr tief berührt. Weiß *ich* denn einen anderen Weg zu Gott als den natürlichen, bin ich nicht, nur weil ich eine Mutter war, zu der Kirche getrieben worden, in der sie, die Mutter, neben dem Sohne regiert?« Sie wiederholte wie im Selbstgespräch Grübeleien der letzten Nacht, die sie nicht hatten schlafen lassen. »Und heute«, fuhr sie fort, »heute habe ich keine andere Gewißheit mehr als die Hoffnung auf – Gnade. Eine Naturchristin, ja –.« Sie wußte selbst nicht, ob sie den letzten Satz ausgesprochen oder nur gedacht hatte.

»Junge«, sagte sie jetzt lachend und legte Christoph die Hand auf den Arm, »was für eine unpassende Unterhaltung auf dem Weg ins Theater! Werden wir auch nicht zu spät kommen?«

Der Kammerherr hatte ihnen seine Loge im Schauspielhaus angeboten und ihnen seinen Wagen sehr früh geschickt mit der Aufforderung, sie möchten doch zuvor den schönen Abend noch zu einer Spazierfahrt durch den Tiergarten benutzen. Sie hatten soeben das Brandenburger Tor auf dem Rückweg passiert.

»Keine Spur!« meinte Christoph, »die Theater beginnen immer erst eine Viertelstunde nach dem Glockenschlag. Und wenn auch nicht – was verlören wir viel, wenn wir den ersten Auftritt von ›Fanchon‹ versäumten. Da denn die Unzelmann nicht mehr die Hauptrolle spielt, sondern irgendeine Debütantin.«

»Demoiselle Bülow!« las Cornelie, den Komödienzettel von »Fanchon, das Leiermädchen« entfaltend. »Fanchon – Demoiselle Bülow. Sonderbar. Gibt es denn auch bürgerliche Bülows? Das wußte ich nicht.« –

XXVI

»Soll's ja geben«, erklärte ihr eine Viertelstunde später der alte Platen mit seiner knarrenden Stimme, als sie in der Loge saßen und der Vorhang sich immer noch nicht heben wollte. »Aber doch ziemliche Unverfrorenheit von dieser jungen actrice, sich guten alten preußischen Namen zuzulegen! Jochen Bülow – na, weißt wohl schon – Familienältester der Krottiner Linie, hat sich höflichst bei ihr erkundigt – seinen Sekretär hat er zu Iffland geschickt, äh, persönlich hat er sich natürlich nicht bemüht – na, wo war ich denn? Ja, hat sich erkundigt, was für ein Recht sie auf den Namen hat? Nicht das geringste, stellt sich heraus, wäre freie Übersetzung ihres französischen Familiennamens ins Deutsche! Anekdote, wie? Heißt auf französisch so etwas wie, na, wie Pirol, nicht wahr, Vogel Bülow, das Kind, und erdreistet sich... Na, Jochen Bülow, kurz und bündig, läßt Iffland mitteilen: Soll sich Vogel nennen, die Kleine, und seinetwegen Starmatz dazu, aber den Bülow in Ruhe lassen, sonst wird er ihr Salz auf den Schwanz streuen, hehe! Mit den Bülows ist nicht gut Kirschen essen, wie? Nun seh' einer an – wer ist denn diese französische Affenjacke da drüben?«

Er richtete sein Glas auf die neben der königlichen gelegene Loge, die bisher leer geblieben war und sich soeben mit einer Gruppe französischer Offiziere füllte, in deren Mitte sich ein sehr auffallender Mann in grüner Husarenuniform und mit langem schwarzem Haar befand, das ihm in zwei starken korkenziehermäßig gedrehten Locken über die Schultern fiel. »Der König von Neapel!« flüsterte Christoph seinem Onkel zu, »er ist inkognito hier und wohnt in der ›Sonne‹. Ich sah ihn heut morgen zu Hof fahren.«

»Na, willkommen im Freien! Ich dachte, er wäre aus einem Zirkus entsprungen!« gab der Alte mit ungenierter Stimme zurück. Cornelie hatte sich plötzlich zurückgelehnt und berührte Christophs Schulter mit ihrem Fächer. »Um Gottes willen, ist das nicht Loriot?« fragte sie unterdrückt, »der links von Murat – nein? Ja, doch, natürlich!«

In diesem Augenblick rauschte der Vorhang empor. –

Die nächste halbe Stunde umfing Christoph und seine Mutter wie ein verworrener unglaublicher Traum, und einem Dritten, der auch im Theater war, mochte es nicht anders ergehen. Der unerwartete Anblick des Obersten, der sie übrigens noch nicht bemerkt zu haben schien, die Überlegung, wie leicht es nachher zu einer unangenehmen Begegnung kommen könnte, war geeignet gewesen, ihr Interesse an der Aufführung zunächst stark zurückzudrängen. Jedoch ging es plötzlich durch sie beide wie ein elektrischer Schlag, und dies geschah in dem Augenblick, als nach der kurzen Ouvertüre und nach ein paar einleitenden Szenen drunten auf der Bühne plötzlich die Hauptdarstellerin aus den Kulissen trat. Fanchon, das Leiermädchen, armes Kind im lavendelblauen Kleidchen, das, den Schürzenzipfel in der Hand haltend und sich hin und wieder nach den Takten der Zwischenmusik im Tanz drehend, sein rührendes Bettlerliedchen zu den aufgemalten Fenstern der Ausstattung, zu den fühlenden Herzen in den Rängen emporsang – Fanchon, oh, irrer Schreck, Augenreiben – wachte man denn, war dies Wirklichkeit?! Fanchon, Demoiselle Bülow – kein Zweifel – das war Delphine!

»Ich habe gewußt, daß ich sie heute abend sehen würde!« sagte sich Christoph in seiner Versteinerung. Freilich hatte er seit vier Wochen immer »gewußt«, er würde sie sehen, wenn er einen öffentlichen Ort aufsuchte, und es war nie eingetroffen. In Herrn Kalischers Loge, die auf derselben Seite war wie die, in der er sich selbst befand, hatte er vorher mit behutsamem Spähen die Anwesenheit einiger Damen festgestellt und nicht weiter hinzusehen gewagt. Wie war es möglich, fragte er sich und starrte auf die Bühne, ohne doch vom Verlauf des Stückes noch irgend etwas wahrzunehmen. Immer sah er nur die zarte Gestalt, blau, wie aus Luft geformt, leicht; das geliebte, lang entbehrte Gesicht, sonderbar verändert und in all seinen Zügen fremdartig betont – einmal hob er das Glas an die Augen und ließ es entsetzt wieder sinken: oh, das war Schminke, das war ja wie eine Maske! –, sah das schimmernde Haar hervorquellend unter dem darübergeknoteten Tüchlein, hörte die Stimme – die Stimme! Das war Delphines Stimme, jedoch was tat sie mit ihr! Als spielte sie ein Instrument, so ließ sie die Worte aus diesem Element der Stimme hervorblühen; die Stimme konnte gebrochen, fast rauh, als sei die Kehle von Tränen beengt, sie konnte von klagender Süße – von lockender Zärtlichkeit sein – immer aber waren die Worte, denen sie Klang gab, makellos, rund und voll, Blumen, die in Farben erblühten, Vögel, die selig ins Licht stiegen – Bälle, silbern und leicht gegen kristallene Wände geworfen und Hall auf Hall Widerhall weckend in den tausend Herzen, die der Bühne zugewandt waren. Christoph wußte gar nicht, daß Cornelie gleich beim Auftreten Delphines, gleich nachdem sie beide sie erkannt hatten, nach seiner Hand gegriffen hatte, und daß er sie festhielt, daß sie nun beide im gleichen Bann saßen, durch schimmernde Fäden mit dem Mädchen da unten verbunden.

Fanchon war arm, o Gott, wie war sie doch so arm! Ohne Eltern, ohne Heimat, nicht wissend, wovon sie den Tag über leben, wo sie am Abend sich hinlegen würde. Mit einem alten Großvater als Schutz, dessen einzige Fertigkeit es war, den Leierkasten zu drehen und die Mütze hinzuhalten – es war Herr Mattausch, der diese Rolle mit überzeugender Hinfälligkeit darstellte, wie es Christoph dunkel bewußt war. Im übrigen aber verlor für ihn sowohl wie für Cornelie in diesen zwanzig Minuten die Tatsache, daß sie eine Bühne vor sich hatten, und ebenso jede sich empormühende Überlegung, wie Delphine auf diese Bühne geraten sei – verlor jede zornige Erregung für Cornelie, jeder Gedanke ratloser schmerzlicher Bestürzung, wie es denn hierzu habe kommen können, für Christoph ihre Berechtigung vor dem Erlebnis: dem Erlebnis Delphines.

Es war ein Erlebnis, ähnlich denen, die Cornelie zuweilen in ihren Träumen Aufschluß über einen Menschen gaben, über sein innerstes und eigenstes Wesen, über die Formel, aus deren Auflösung er erst zu verstehen war. Sie erlebten träumend Delphine, ein armes Kind, das vor den Türen betteln gehen mußte und im Grunde nichts konnte, als ein wenig singen und tanzen, dessen Lachen und Weinen mit Sonne und Regen wechselte, an das nicht mehr Anforderungen gestellt werden durften als an einen wilden kleinen Vogel, der nicht gut war, nicht böse, nur scheu und sehr lieblich, und der die Fähigkeit besaß, zu fliegen, eine Fähigkeit, die in jedem Sinne sein Kommen und Gehen, sein Verweilen und seine Flucht, sein Wohnen oder Wandern bestimmten. Delphine, zur Erkenntnis ihrer Flügel gelangt, würde forthin ohne ihre eigene Zustimmung unter keinem Dach mehr zu halten sein, es sei denn, sie würde in einen Käfig gesperrt. –

Fanchon, das Leiermädchen, würde als Gräfin enden; unvorhergesehene Glückszufälle machten ihr Leben zu einem Märchen mit gutem Ende; der Theaterzettel verriet es. Jedoch warteten weder Cornelie noch Christoph diese Entwicklung ab. Als der Vorhang nach dem ersten Aufzug endgültig sank und auch die wildesten Enthusiasten es allmählich aufgaben, Fanchon durch Klatschen und Bravorufe noch einmal hervorzulocken, sahen Mutter und Sohn sich an wie Erwachende.

»Ist es denn möglich?« stammelte Cornelie. Ganz benommen wandte sie sich Platen zu, der behaglich sagte: »Eine recht erfreuliche Akquisition, die kleine – hm – Bülow! Wo mag Iffland die in der Eile hergekriegt haben? Sie sprang neulich im letzten Moment für die Maaßen ein, die unpäßlich wurde...« Cornelie sagte verwirrt: »Und war denn nicht meine Großmutter – meines Vaters Mutter – eine geborene Bülow? So hätte Delphine ja sogar ein gewisses Recht...«

Der alte Herr sah sie verwundert an: »Ich verstehe Sie nicht, liebe Nichte. Gewiß, Dublaws Mutter war eine Bülow aus der mecklenburgischen Linie, das müssen Sie doch so gut wie ich wissen. Aber was hat das... Wohin will denn Ihr Sohn? He, Monsieur, halt! Die Pause ist erst nach dem zweiten Akt!«

Aber Christoph hörte nicht. Er war aufgesprungen und verließ die Loge, gerade als das zweite Klingelzeichen erscholl und der Vorhang wieder in die Höhe ging.

Er hatte dagesessen wie einer, der erst geraume Zeit nach der

Verwundung an seiner Schwäche das strömende Blut bemerkt und erkennt, daß ihn ein Pfeil aus dem Hinterhalt getroffen hat. Dann hatte er schweifenden Blicks wahrgenommen, daß drüben in der Loge der französischen Offiziere einer sich erhoben hatte: Loriot! und mit dem Ausdruck eines vollkommen Verstörten herübersah. Er schien ihn und die Mutter eben erst entdeckt, ihre Anwesenheit jetzt erst erfaßt zu haben. Als Christophs Augen den seinen begegneten, machte er eine brüske Bewegung, stieß seinen Stuhl beiseite, drängte sich durch die hinter ihm sitzenden Herren, die ihm erstaunt nachsahen, und war verschwunden. »Gleich wird er hiersein!« durchfuhr es Christoph. Die schnelle Einsicht, welchen Auftritt ein Zusammentreffen von Loriot und der Mutter an diesem Ort und unter diesen Umständen zur Folge haben müßte, ließ ihn handeln. Zehn Schritte von der Tür der Platenschen Loge entfernt stieß er mit dem Oberst zusammen. Der Gang war leer bis auf den schläfrigen Beschließer, der in einer Ecke vor sich hindämmerte. Jetzt fuhr er allerdings auf und näherte sich den beiden erregten Herren unter beschwörenden Gesten.

Der Oberst kam angestürmt wie ein Rasender. Sein volles Gesicht, hübsch und offen, wie es von Natur war, und für gewöhnlich von gutmütigstem Ausdruck, war dunkel gerötet und ganz verzerrt von Zorn. Als er Christoph erblickte, hob er beide Hände, und so jäh war sein zupackender Griff um die Schultern des Jünglings, daß Christoph all seiner Kraft bedurfte, um nicht zu stürzen und ihn mit zu Boden zu reißen. Er fühlte sich geschüttelt, losgelassen und zurückgestoßen. Loriot stand vor ihm, wie zu einem Faustkampf bereit. »Herr!« schrie er. »Was soll das heißen? Wie kommt meine Tochter auf das Theater? Herr, ich will Ihre Mutter sprechen! Sofort! Halten Sie mich nicht auf!«

»Herr Oberst!« hatte Christoph gleichzeitig gerufen, »ich verbitte es mir, daß Sie mich anrühren! Ist es mit Ihrer Einwilligung, daß Delphine hier Theater spielt? Wie können Sie das zugeben?« Eine wirre Vorstellung, Loriot sei schon länger in Berlin und wüßte von diesem Unternehmen Delphines, beherrschte ihn plötzlich. Nachdem sie sich dermaßen gegenseitig unter die Augen gehaucht hatten, verstummten sie, indem sie sich wütend musterten, und jeder versuchte, sich den Sinn der Worte des anderen, soweit er sie verstanden hatte, zu erklären.

»Jeune homme«, sagte Loriot jetzt dumpf und immer noch sehr gefährlich blickend, obgleich er seine drohende Haltung aufgab, »ich verstehe nicht, was Sie wollen. Ich bin vor zwei Stunden in Berlin angekommen direkt von Dresden aus dem Hauptquartier des Kaisers mit wichtigen Depeschen für eine erlauchte Person, die sich gegenwärtig hier aufhält. Meine Zeit ist begrenzt, ich habe sofort einen Kurier nach Ihrem Hölkewiese geschickt, um meine Tochter zu benachrichtigen. Ich betrete dieses Theater, der Vorhang geht auf – wer steht auf der Bühne – wer? Herr, ich habe meinen Augen nicht trauen wollen! Ich verlange Rechenschaft – ich... Ich bin verzweifelt!« brach es aus ihm heraus, und auf einmal sah Christoph: dies war die Wahrheit. Und nicht nur, daß er es sah – Loriots Gesicht drückte jetzt einfach hilflosen Jammer aus – Christoph fühlte die Wahrheit dieses Aufschreis, fühlte sie am Vibrieren der eigenen Brust, die mitschwang wie ein auf den gleichen Ton gestimmtes Instrument. In ihm war sogleich alles besänftigt; kein Zorn, kein Gedanke mehr, Delphines Vater zur Rechenschaft ziehen zu wollen. Ganz fern erinnerte er sich: »Fordern wollte ich ihn...« und war erstaunt. Laut sagte er nur: »Ich auch!« Und blickte Loriot derart schmerzerfüllt an, daß der sich an den Kopf griff, sich mit der geballten Faust gegen die Stirn klopfte und ausrief: »Aber so erklären Sie mir doch, Herr! Wollen Sie mir doch gütigst erklären, ehe ich den Verstand vollends einbüße!«

»Wie soll ich es Ihnen erklären können«, sagte Christoph ratlos. »Ich habe Delphine seit vier Wochen nicht gesehen. Meine Mutter hat sie nicht gesehen, seit sie Hölkewiese verlassen hat – also seit Ende Februar, wie Sie ja wissen, Herr Oberst. Ich wiederhole Ihnen: meine Mutter hat Delphine nicht wieder gesehen, nachdem Delphine von Parin nach Berlin gefahren ist, anstatt nach Hölkewiese zurückzukehren!« Nach einer kurzen Pause, während derer Loriot ihn immer nur anstarrte, als suchte er zu ergründen, welcher von ihnen beiden verrückt sei, setzte er ungeduldig und kälteren Tones hinzu: »Sie haben doch den Brief meiner Mutter erhalten, der Ihnen alles erklärte, Herr Oberst. Wie ist es möglich, daß Sie meine Mutter hiernach noch zur Verantwortung ziehen wollen? Sie müssen sich schon an

Ihren Freund, Herrn Kalischer, wenden, in dessen Haus Ihre Tochter sich begeben hat!«

Vom Logenschließer gedrängt, waren sie während dieser Unterhaltung allmählich weitergegangen und in den kleinen Vorraum des Foyers gelangt. Hier standen sie jetzt, und Loriot wandte sich von Christoph ab, preßte die Hände gegen die Schläfen und lief ein paarmal im Kreise umher, als könne er nur auf diese Art in die Verfassung gelangen, zu antworten. Als er dann wieder vor Christoph stand, war er blaß: »Ich habe keinen Brief von Ihrer Mutter bekommen; ich bin seit drei Monaten unterwegs«, sagte er heiser. »Ich verstehe nichts. Was hat meine Tochter getan? Was ist geschehen?«

»Sie hat nur getan, was Sie ihr befohlen haben«, sagte Christoph jetzt hart und rücksichtslos. »Sie hat als gehorsame Tochter die Berichte geschrieben, die Sie gefordert haben. Sie erinnern sich doch, Herr Oberst?«

Loriot sah ihn starr an; dann schweifte sein Blick ab.

»Diese Korrespondenz ist nicht unentdeckt geblieben«, fuhr Christoph fort. »Meine Mutter war nachsichtig genug, Delphine keinerlei Vorwurf zu machen; sie ist wie wir alle der Überzeugung, daß die Schuld an dieser undankbaren Handlungsweise nicht Delphine trifft, die ein Kind ist und meinte, gehorchen zu müssen...«

Er schwieg und erwiderte Loriots finsteren Blick ohne jede Bewegung. »Meine Mutter hat es vermieden, Delphine auch nur ein Wort über ihre Entdeckung zu sagen«, sagte er noch einmal mit Nachdruck. »Sie tat nichts, als daß sie Delphine für eine Weile zu unseren Verwandten nach Mecklenburg schickte, wo sie keine Gelegenheit gehabt hätte, Beobachtungen zu sammeln, die Interesse für Ihre Agenten hatten, Herr Oberst. In Parin war man nicht unterrichtet, man nahm Delphine als willkommenen Gast auf. Dies sind die Tatsachen, die ich Sie bitte, im Gedächtnis zu behalten, Herr Oberst, denn sie beruhen auf der Wahrheit. Ihre Tochter hat Parin nach kurzer Zeit ohne jeglichen Grund verlassen, indem sie sich mit Unterstützung von Madame Stockmiller zu dieser nach Berlin begab und sodann zu Herrn Kalischer übersiedelte, wo sie jetzt noch wohnt. Daß es meiner Mutter unmöglich war, sie nach diesem Schritt zur Rückkehr nach Hölkewiese aufzufordern, werden Sie begreifen.

Meine Mutter schrieb an Sie und legte die Entscheidung über Delphines Zukunft in Ihre Hände. Ich bedauere, zu hören, daß dieser Brief Sie nicht erreicht hat.«

Er schwieg. Vollkommen erschöpft durch die Anspannung, die diese Beschränkung auf den nackten Sachverhalt ihn gekostet hatte, zitterte er am ganzen Körper. Loriot betrachtete ihn mit tiefem Unmut.

»Monsieur«, sagte er wegwerfend, »Ihre Mutter ist...«

»Herr Oberst!« fuhr Christoph flammend auf.

»Ihre Mutter ist eine Frau; haben Sie etwas dagegen, wenn ich das feststelle? Ich habe von meiner Tochter nichts verlangt, was nicht dem wahren Wohl von Preußen zu dienen geeignet war. Unsere Politik erfordert eine ständige Beobachtung selbst der nebensächlichen Strömungen in der Stimmung Ihres Volkes; auch die Briefe eines kleinen Mädchens konnten hier aufschlußreich sein. Jetzt hat Preußen eingesehen, daß sein Glück nur auf der Seite Napoleons liegt, Ihr König hat durch dies Bündnis besiegelt, was alle Einsichtigen im Lande längst gewünscht hatten. Woraus will Ihre Mutter mir noch einen Vorwurf machen? Undankbarkeit? Mais, monsieur! Das ist doch wirklich zu stark! Durfte ich nicht annehmen, daß Ihre Mutter die Politik, zu der ihr eigener König sich jetzt bekannt hat, billigen würde?«

Christoph sah ihn kalt an. »Und warum, wenn Sie so dachten, Herr Oberst, warum baten Sie nicht meine Mutter selbst oder mich um die Berichte, an denen Ihnen gelegen war? Sie nahmen an, daß wir nicht zu ›den Einsichtigen‹ zu rechnen waren, nicht wahr? Sie haben recht, wir gehören auch heute noch nicht dazu. Wir werden nie dazu gehören.« Die Herausforderung, die in diesen Worten lag, war nicht mißzuverstehen. Loriot sagte langsam: »Das ist sehr lehrreich für mich, was Sie da sagen, Herr von Echter. Denken viele Ihrer Freunde wie Sie?«

»Ich möchte es hoffen, Herr Oberst!«

Eine Bewegung auf dem Gang zeigte den Schluß des zweiten Aktes und den Beginn der Pause an. Menschen begannen, das Foyer aufzusuchen. Loriot blickte um sich und sah den starr wie eine Bildsäule vor ihm stehenden Jüngling jetzt nachdenklich und nicht ganz ohne Wohlwollen an. »Eine Erörterung dieser Hoffnung scheint mir jetzt nicht am Platz«, sagte er. »Wir werden eine andere Gelegenheit finden, uns auszusprechen, mein Herr. Es würde mich freuen, Sie anderer Meinung machen zu können.«

»Ich werde Ihnen diese Freude nicht machen können, Herr Oberst. Die Gelegenheit wird sich zweifellos finden, aber die Aussprache wird anderer Art sein, als Sie sich denken.«

Loriot fuhr mit dem Kopf vor, und sein Ausdruck ließ verstehen, daß er an seinem eigenen Gehör zweifelte. Sein Gesicht war vor Überraschung nahezu töricht. Dann faßte er sich.

»Zu Ihrem eigenen Besten, Herr von Echter: ich habe nicht verstanden, was Sie da eben gesagt haben!« sagte er scharf und drehte sich auf dem Absatz um.

Er hatte sich noch nicht drei Schritte entfernt, als er sich am Arm berührt fühlte. Christoph stand neben ihm. »Was haben Sie mir noch zu sagen?« rief er unwillig.

»Ich bitte Sie um die Hand Ihrer Tochter, Herr Oberst!« sagte Christoph mit weit geöffneten Augen und einer Stimme, in der beschwörende Angst lag.

Mit Loriots Fassung war es zu Ende. Er schüttelte Christophs Hand von seinem Arm ab. »Jeune homme, vous êtes fou!« rief er aus, betrachtete den gleich einem Nachtwandler Blickenden noch einmal mit ärgerlichem Lachen von oben bis unten und ließ ihn dann stehen.

XXVII

Cornelie hatte das Theater während des Zwischenaktes mit Christoph verlassen. Als sie ihn im Gang angetroffen hatte, wo er mondblaß, taumelnd und augenscheinlich ohne jede klare Besinnung umherirrte, hatte sie ihn am Arm genommen und kurzerhand in seine Wohnung gebracht wie ein kleines Kind. Der Kammerherr war mit der Erklärung, dies sei ein Grippeanfall, der sich schon seit längerer Zeit vorbereitet hätte, vollauf befriedigt. Der einzige Satz, den Christoph an diesem Abend fortwährend wiederholt hatte, nämlich: »Es kommt nicht darauf an, Mutter, es kommt gar nicht darauf an!«, dieser Satz blieb sein Leitspruch für die nächsten Wochen und Monate. Es kam nicht darauf an, daß Delphine, überredet von ihren Schauspielerfreunden, vor allem von Lantz und Madeleine Unzelmann, und verführt durch die eigene Lust und das eigene Talent, wirklich diesen Streich begangen und sich Iffland vorgestellt hatte, der dann voller Entzücken sogleich einen Versuch mit ihr machte. (Dies hatte man am nächsten Tag durch Vesper in Erfahrung gebracht, der, selbst ahnungslos, nun die ganze Geschichte aus Lantz herausfragte.) Die Kalischers seien auch erst vor die abgeschlossene Tatsache gestellt worden, wennschon Sannchen wohl mit von der Verschwörung gewesen sei, und sie hätten sich dem Schicksal nicht in den Weg werfen wollen. »E Talent is ene Gabe von Gott!« hätte Kalischer gemeint und sich so recht in dem ersten Erfolg seines Schützlings gesonnt. Also hierauf, daß Delphine auf den Brettern gestanden und daß ein tausendköpfiges Publikum sich an ihrer süßen Lieblichkeit geweidet hatte; daß er, Christoph, immer wieder litt, als sei er selbst preisgegeben gewesen, wenn er sich dies klarmachte – hierauf kam es zum ersten nicht an! Vielleicht weil der Oberst inzwischen dem Hause Kalischer die große unvergeßliche Szene gemacht, von der Vesper dann später zu berichten gehabt hatte; weil das Theaterspielen Delphine nun unter Androhung lebenslänglicher Verstoßung und ewiger Verfluchung nachhaltigst untersagt war und ihr die Lust dazu in Erinnerung an diesen Auftritt peinlich vergangen sein mußte – vielleicht aber überhaupt. Zum zweiten kam es nicht darauf an, daß Loriot seinen Antrag, diesen freilich zur Unzeit vorgebrachten, aber von ihm seit langer Zeit für die erste Begegnung geplanten und feierlichst ernsthaft gemeinten Antrag, in so schroffer Form abgelehnt hatte. Loriot war in Rage gewesen, aufs höchste erregt; vielleicht würde er einmal ruhiger denken, vielleicht nicht. Jetzt jedenfalls war er in Rußland. (Und wenn er nicht wiederkäme? Entsetzen! Nur diesen Gedanken nicht streifen. Nur nicht darüber nachgrübeln, ob es – etwa kein Gedanke, sondern – ein Wunsch wäre...) Nein – nein! Auf Loriot kam es nicht an! Kam auch nicht darauf an, daß noch vor Pfingsten, mit dem 1. Juni, die Damen Kalischer in die Sommerwohnung nach Charlottenburg übergesiedelt waren – daß Delphine mit ihnen gegangen war und daß Christoph sie nicht mehr zu sehen bekommen hatte, ehe er selbst im August für die Ferien nach Hölkewiese fuhr. Kam nicht darauf an, daß sie ihm nie schrieb, ihn nicht zu sich rief; konnte man wissen, was für Drohungen Loriot auch an diesen Punkt geknüpft haben mochte? Es kam nicht darauf an, daß dieser grausige Riß, der immer deutlicher zwischen Deutschland und Frankreich klaffte, der die Welt zerbrach! – daß der sich nun wie ein Abgrund vor seinen eigenen Füßen aufgetan hatte. (Und Delphine – Delphine – sie stand jenseits!) Darauf kam es nicht an, daß sich alle Gewalten verschworen, ihm die Geliebte zu entreißen, nicht darauf, daß Trennung angebrochen war wie der Jüngste Tag. Trennung bedeutete nichts, erfuhr Christoph in diesem halben Jahr, denn wo Liebe war, galt Trennung nicht. Woher die Gewißheit ihm kam, daß er eins mit Delphine sei, daß auch sie zu ihm hinlebte, wie er zu ihr; warum er vermeinte, die unsägliche Kraft, die ihm ohne Aufhören zuströmte, ihn nährte, ihm alles ersetzte, was er da selig ins Leere fortgab, warum er meinte, diese Wechselwirkung käme ihm von Delphine, dafür hatte er gar keinen Grund. Er war am Morgen nach jenem bösen Theaterabend aufgewacht wie ein Neugeborener; kaum, daß er über diese Verfassung von Trotz und Zukunftsmut staunte, in der er sich fand. Die Mutter hatte im Lehnstuhl an seinem Bett gesessen, sein erster Blick war auf sie gefallen, so wie sie in der Nacht das Letzte gewesen war, was er mit seinen verstörten fiebernden Sinnen wahrgenommen hatte: da war sie ihm groß, übermenschlich erschienen in ihrem braunen Kleid, auf dem die schwere goldene Kette erglänzte; eine Götterfrau, hatte er irre gedacht, ein braunes Gebirge, in das ich hineinwandern werde, um unterzugehen... Schlaf war gekommen, während sie sich über ihn neigte und den kühlen Umschlag auf seiner Stirn wechselte, Schlaf – Schlaf – Schlaf. –

Als Cornelie in jener Nacht an seinem Bett wachte und dann tief in den dämmernden Schlummer hinein, der sie gegen Morgen umfing, war nichts in ihr gewesen als Bereitschaft: sich öffnen, sich auftun für ihn. Denken war da nicht mehr. Er litt. Und sie sagte sich: Heilung wäre nur, wenn er wieder in mich eintauchen könnte. Komm! dachte sie. Mein Kind, komm! Sie kühlte ihm die Stirn. Ihm wurde leicht, als umfinge ihn ziehend Gewölk. Seit dieser Nacht trank er von ihrer Kraft. –

Unter den Freunden war ein Übereinkommen getroffen, Delphines Namen nicht mehr zu erwähnen; dies entsprang nicht so sehr dem Wunsch, Christoph zu schonen, als dem Feuer des patriotischen Gefühls, das es den jungen Leuten verbot, die

Tochter des französischen Obersten, die sich zur Spionin hatte benutzen lassen und zur Komödiantin geworden war, noch in irgendeinem Betracht anzuerkennen. Diesem Kreise, der im »Roten Adler« zusammenzukommen pflegte – Jünglinge aus den alten Geschlechtern Preußens gehörten dazu wie Söhne aus Bürgerfamilien, Achatz Rohr, Rudolf Solger und sein Bruder Ferdinand waren dabei –, galt Christoph als ein von einer Verirrung glücklich Geheilter, Genesener. Mit ihnen schwärmend und singend, sich vor ihnen entfaltend, sich ihnen mitteilend wie nie zuvor, riß er sie alle mit hin. Sie lasen die Schriften jenes Mannes, den jeder unter einem anderen Namen kannte; aber ob Holmquist – ob Altherr – Allmann – von Drüben – Adler oder Amsberg – unter all diesen Masken schien sich der gleiche zu verbergen, von dem es jetzt kein Geheimnis mehr war, daß er Arndt hieß und sich beim Freiherrn vom Stein in der russischen Hauptstadt befand. War der verbannte Freiherr zur Seite des russischen Kaisers für diesen nicht ein stärkerer Verbündeter, als es das ganze preußische Armeekorps für Napoleon sein konnte? Geheime Gewißheit, unerklärlicher Überschwang der Hoffnung begeisterte die jungen Leute. Gedichte liefen unter ihnen um, eigene, fremde, was galten noch Namen? und liehen ihnen Worte, wenn die Sprache des Alltags nicht mehr ausreichen wollte. Die Sommermonate in Hölkewiese waren wie ein einziger großer Tag der Freundschaft, und innerhalb dieses um Rhinows strenge Reitergestalt gescharten Bundes war keine andere Ekstase treibend als die für ein gerettetes, neues, einiges Vaterland. Rhinow hielt darauf, daß die Menge der jungen Leute, die sich auf dem Gut befanden, eine gewisse Anzahl nie überschritt. Ein bestimmt bemessener Kreis jedoch wechselte beständig, es war ein fast fortwährendes Kommen und Gehen, das Hauswesen war von Unruhe durchzittert. Es war, so empfand es Cornelie, als habe sich gerade hier ein Krater geöffnet, durch den die in der Erde des ganzen Landes grollende, pochende, empordrängende Kraft einen vorläufigen Ausweg fand. Hier schlugen Rauch und Feuer aus dem Boden; hier sammelten sich die bebenden ungreifbaren Ströme aus Hunderten von jungen, starken, unberatenen Herzen, flammten in wunderbaren Lichtspielen um den endlich gefundenen Pol, wurden gesammelt, empfingen ihre Richtung und wurden gebunden, um im gegebenen Augenblick zur Verfügung zu sein. Das alles ging nach außen hin ohne besondere Betonung vor sich, ohne das Pathos des Außergewöhnlichen. Hier wurde zusammen gelebt und gearbeitet, hier wurde auch gelacht, getanzt und Theater gespielt wie in vergangenen Sommern. Nur geschah alles mit einer verhaltenen Hingabe, mit dem unausgesprochenen Wissen um ein Ziel, die jedem trockenen strategischen Vortrag von Rhinow, jedem der Wortgefechte, die Vesper bei Tisch zu entfesseln liebte, jeder Waffenübung mit den Männern des Dorfes, jedem Abendgang in stillem Gespräch zu zweien oder dreien eine Bedeutsamkeit lieh, die den Vorgang über die Ebene des Tages hinaushob. »Wo leben wir?« fragte sich Cornelie, zuweilen von Schwindel erfaßt. Dies war doch noch das alte Haus, das alte Gerät, waren die Ställe und Scheunen, von Milch- und Korngerüchen durchwittert, dienend dem Leben von Fleisch und Blut! Die Fruchtbäume waren's, die Äcker, die immerwährende Erde mit den ihr eingenarbten Spuren der Geschlechter, denen sie untertan gewesen! Und sie selbst – war sie nicht unverändert, unveränderlich die, die einmal einen ersten Sohn empfangen, geboren, gesäugt und begraben hatte und die seitdem, der Erde gleich, Schicksal vom Manne erduldete und stillhielt, standhielt? Der seltsame und furchtbare Traum dieser Zeit, der immer wiederkehrte, war dieser, daß sie auf einem weiten blachen Feld unter offenem Himmel dalag, ganz ihrer selbst bewußt, dennoch ein Teil dieses Feldes, und daß dann immer und immer Menschen über sie hinschritten, Räder über sie hinrollten, Wagen und Geschütze; daß Unsägliches sich auf ihr begab, und ihr Leib, ihre Brust endlich einsanken, daß sie zum Grabe wurde und dann erst erlöst war, dann erst in starrer, ganz unbarmherziger Ruhe fühlte, daß sie dennoch lebte – und dennoch. –

XXVIII

Christoph hatte seine Wohnung am Alten Bauhof aufgegeben, als er im Sommer nach Hölkewiese ging, denn es war ihm unmöglich erschienen, in diese Räume zurückzukehren, wo er den Taumel und dann den Zusammenbruch des Frühlings erlebt hatte. Er bezog jetzt ein Logis am Kupfergraben in dem einsam liegenden Haus eines Herrn von Braunstein; es war jener Sonderling, bei dem Vesper als Sekretär beschäftigt gewesen war und der jetzt, »angewidert durch den unaufhörlichen politischen Rumor«, wie er sich ausgedrückt hatte, auf Reisen gegangen war. Vesper hatte den Auftrag gehabt, einen vertrauenswürdigen Mieter in dem Hause einzuquartieren, das voller kostbarer Bücher und Kunstschätze steckte. Er selbst bewohnte eine Stube im Erdgeschoß. Christoph bekam ein Zimmer mit Schlafkabinett im ersten Stock nach dem Garten hinaus und fand sich so gut untergebracht, als er nur wünschen konnte. Ein alter Pförtner wohnte im Keller, und außerdem befand sich nur noch der Bursche Fritz Dinnies im Hause, der in einer Dachkammer schlief. Als Christoph am ersten Morgen in den besonnten Garten hinausblickte, wo eine alte Platane noch ihr volles grünes Laub hatte, während ein paar Linden schon im hellen Gelb ihrer Herbstfärbung leuchteten, befing ihn mehr denn je das traumhafte Gefühl, das ihn durch die letzten Monate getragen hatte: daß nämlich alles, was sich mit ihm begab, Vollzug eines bestimmten unabänderlichen Geschicks sei. Er hatte dies Haus, diesen Garten gewiß noch niemals betreten; dennoch meinte er, alles zu kennen, dennoch war ihm zumute, als habe er das vorläufige Ziel einer mit Geduld ertragenen langen Reise endlich erreicht.

Es fiel ihm nicht ein, Nachforschungen nach Delphine anzustellen; weder bat er Vesper, sich zu erkundigen, obgleich er wußte, daß Vesper Lantz sah und daß dieser sogar ins Haus kam, noch suchte er geflissentlich Orte auf, wo es möglich sein konnte, sie von weitem zu sehen, etwa das Theater. Er vermied es sogar, den Weg über den Gendarmenmarkt zu nehmen. Fragte er sich zuweilen selber erstaunt nach dem Grunde dieser Enthaltsamkeit, so ward ihm bewußt, daß er nicht handeln zu können meinte, solange die große Auseinandersetzung, die in der Luft lag, nicht geschehen sei. Er sehnte sich nach Delphine, aber zwischen ihnen floß ja wieder der Strom, und an der Brücke, die hinüberführte, standen Krieg und Tod, wie dereinst. Es galt, zu warten. Es *galt* – zu wünschen. Das wußte er nicht, daß sein ganzes Leben und Sein zum schweigsam glühenden Wunsch geworden war. Daß er darum die Kraft hatte, auszuharren.

Er war kurz vor Mitte Oktober in Berlin eingetroffen, und in den ersten Tagen ging er all den Geschäften nach, die zur Einrichtung des bevorstehenden Winters nötig waren. Er ließ sich immatrikulieren, er entwarf seinen Arbeitsplan, belegte Vorlesungen und machte Besuche. Er beobachtete, daß er sich bei diesen Unternehmungen gewissermaßen nachsichtig zusah wie einem Dritten, der einen verkehrten Weg einschlägt, den man aber aus irgendwelchen Gründen nicht hindern kann, dies zu tun, vielleicht, weil man ihm nicht nahe genug steht, vielleicht, weil man sich sagt: es kommt nicht so sehr darauf an...

Moskau stand in Flammen, hatte das neunzehnte Bulletin der Großen Armee berichtet, das am 10. Oktober in der Spenerschen Zeitung zum Abdruck gelangt war. Zugleich hieß es, daß die französischen Truppen im Überfluß der vorgefundenen Vorräte schwelgten, daß sie sich erholten und daß die Gesundheit Seiner Majestät nie besser gewesen sei. Gut also: Privatrecht bei Professor Schmalz, Kriminalrecht bei Biener, römisches Recht bei Savigny! Am 13. Oktober schlug Yorck die Russen bei Mitau; Napoleon konnte sich des preußischen Bundesgenossen freuen. Vielleicht gehe ich Ostern doch ins Examen, dachte Christoph. Immerhin wollte er in diesem Winter nun endlich Schleiermacher hören und bei Niebuhr hospitieren. Kam es nicht zum Kriege, so ließ ihn die Mutter nach dem Examen nach Paris und Rom reisen. Kam es nicht zum Kriege, so war Preußen im nächsten Sommer ein Teil des französischen Kaiserreichs und – der Loriot würde dann ja ein Einsehen haben; er würde einen zukünftigen jungen Diplomaten, der ihn um die Hand seiner Tochter bat, nicht zurückweisen können wie den Studenten, den jeune homme, der ihm da im Foyer des Theaters tölpelhaft genug entgegengetreten war...

Er gestattete sich derartige Träume von Zeit zu Zeit; er wunderte sich nur, daß es ihm nie gelang, solche Pläne im einzeln auszubauen. Mit Delphine in Rom, in Paris – jawohl, das war ein Rahmen. Aber es wollte kein Bild darin erscheinen. Er war auf dem Wege zu ihr – immer. Aber dieser Weg bog sich so, daß er nie mehr als die kürzeste Strecke klar vor sich sah. Diese Strecke lag bis zum 20. Oktober ohne den geringsten Schimmer ihrer Erscheinung vor ihm. An diesem Tage aber ward sie unversehens wieder in sein Gesichtsfeld gestellt.

Mit Vesper war er nachmittags zum Hofjäger hinausgewandert; hier in dem heiteren Wirtsgarten, an einem Tischchen, auf das von Zeit zu Zeit ein goldenes oder rotes Blatt aus der stillen Luft herniedergeschwebt kam, fuhr Vesper fort, ihm seine seltsamen Theorien über die Verwandtschaft zwischen den Göttern Roms und den Heiligen der katholischen Kirche auseinanderzusetzen, womit er gleich hinter dem Brandenburger Tor begonnen hatte. Christoph, den Kopf aufgestützt, die Hand ins Haar gewühlt, blickte zuhörend träumerisch in das bunte Getriebe des Platzes. Der warme Nachsommertag hatte Spaziergänger aller Art herausgelockt; eine Kapelle spielte, die Aufwärter in ihren weißen Jacken liefen mit Lasten von Kaffeetassen und Limonadengläsern von Tisch zu Tisch, Kinder tummelten sich, wo es nur Platz gab, und hier und dort sah man einheimische und französische Offiziere in brüderlicher Tuchfühlung um eine Tafel gereiht. Christoph fühlte sich plötzlich tief beunruhigt, nicht anders, als ob jemand ihn angerufen hätte, ohne daß er sich den Laut der Stimme noch auch die Richtung, aus der sie gekommen war, hätte vergegenwärtigen können. Er setzte sich gerade auf und strich über seine Stirn, als hätte ein Flaumfederchen, ein Spinnfaden ihn gestreift – als sei der tanzende Lichtschein eines vom Sonnenglast getroffenen Spiegels über seine Augen gezuckt. Doch dies war mehr, war nicht auf so einfache Art loszuwerden; dies hing an seinem Herzen, dort gelandet wie Biene oder Falter, um durstig zu saugen; sein Herz schwankte – es zitterte. Er sah verstört geradeaus, gar nicht spähend, nur so wie ein Geblendeter, der den Blick wieder richtig einzustellen bemüht ist: er sah unmittelbar in die groß und beschwörend auf ihn gerichteten Augen von Delphine.

Sie saß an einem Tischchen im Innern des Gartens, während sich der Platz der Freunde nahe an der Hecke, nicht weit von einem Seitenausgang zum Tiergarten befand. Christoph nahm jetzt auch das schmale bräunliche Gesicht von Suzanne wahr, das sich ihm verstohlen zuwandte und gleich wieder wegblickte; Delphine aber ließ die Augen nicht von ihm, sie waren ganz ohne Begrüßung, ganz ohne Lächeln, sie schienen aus einem veränderten, kleiner gewordenen Antlitz wie magnetische Gestirne, deren Ruf unwiderstehlich war. Christoph bemerkte den breiten, prall mit ponceauroter Seide bespannten Rücken der

Madame Salome und ihr gewichtiges, von schwarzem Hängegelock eingerahmtes Profil, das sich in eifrigster Unterhaltung zwischen ihren Nachbarinnen hin und her drehte; ein Damenkränzchen der jüdischen Gesellschaft schien hier zu tagen. Er bemerkte auch ein erschrockenes Zusammenfahren von Delphine, als er sich nun erhob, aber er wäre jetzt geradenwegs hinübergegangen, wenn nicht Suzanne dazwischengetreten wäre. Gleitend wie eine Eidechse hatte sie ihren Stuhl verlassen, sobald Delphines Bewegung ihre Aufmerksamkeit auf Christophs Absicht gezogen hatte. Zwei Schritte vor dem Ziel hielt sie ihn auf, flüsterte ihm zu: »Verlassen Sie den Garten und warten Sie draußen!« und war mit einer weiteren Bewegung hinter ihrer Mutter, beugte sich mit einer Frage zu ihr und fing damit den suchenden Blick auf, den die Stattliche eben mit einer mühsamen Ganzwendung ihres schwerfälligen Oberkörpers hatte hinter ihr dreinsenden wollen.

Christoph schritt zurück und ging wie ein mit Taubheit Geschlagener an dem ihn erstaunt anrufenden Freunde vorbei durch die Heckenöffnung hinaus. Er hatte kaum einige Minuten in einer gewissen Entfernung vom Garten gewartet, als er beide Mädchen sich folgen sah. Suzanne führte Delphine zu ihm, sah ihn demütig an und hauchte: »Nur kurz! Damit es nicht auffällt!« und zog sich zurück. Delphine und Christoph standen sich gegenüber, und Christoph erschrak jetzt, denn in Delphines Augen lag etwas, das er nicht zu deuten vermochte oder das zu deuten er nicht wagte. Er stammelte ihren Namen. »Delphine!« sagte er, »endlich!«

Sie verzog den Mund. »Endlich!« wiederholte sie bitter. »Und das sagst du!«

»Aber Delphine! Ich habe doch nur gewartet, das du mich riefest.«

Sie machte eine heftige Bewegung, wandte sich halb von ihm ab. »Oh!« sagte sie. »Oh! Alle habt ihr mich verlassen – alle! Und du am meisten!«

»Um Gottes willen, Delphine, erinnere dich doch daran, wie alles kam! Wie konnte ich dich wieder aufsuchen, ohne daß du mir zuvor ein Wort schicktest. Dein Vater...!«

»Freilich!« sagte sie böse, »mein Vater will um die Welt nicht, daß ich dich sehe! Geh nur gleich wieder! Geh!«

Er blickte sie ratlos an. Da stand sie vor ihm, den Kopf gesenkt, bohrte die Spitze ihres kleinen Sonnenschirms in den Boden und war ihm unzugänglicher, als die Sphinx es für Ödipus war. Plötzlich bemerkte er, daß es um ihren Mund zuckte, daß seine Winkel sich krümmten. »Delphine!« rief er verzweifelt, »nun nicht noch weinen, Delphine! Komm!« bat er und griff schüchtern nach ihrem Arm, führte sie ein paar Schritte weiter. Da war eine alte Kastanie, um deren Stamm eine Bank lief. Delphine ließ sich nieder, und er setzte sich neben sie. Wahrhaftig, sie weinte, weinte das gewaltsam erstickte Weinen ihrer Kinderzeit, das die Brust krampfhaft beben machte, während die Tränen blank und silbern fielen wie Regen. Zuweilen gab es einen hohen zitternden Ton, das Wimmern eines kleinen verlassenen Tieres... Ihm war schrecklich elend zumute. Jetzt, wußte er, hätte er eigentlich mitweinen müssen, laut und vernehmlich hätte er die menschliche Gesellschaft auf ein Delphine geschehenes Unrecht hinlenken, zu seiner Wiedergutmachung auffordern und dann den Zorn der unverständigen Welt, die nicht durch Geschrei gestört zu sein wünschte, ausbaden müssen... Dies ging nicht an. »Delphine«, flehte er, »willst du nicht sprechen, Delphine? Sage mir, ob ich dich wieder besuchen darf?«

Delphine schluckte. »Oh«, sagte sie stoßweise, »oh! Oh – warum habt ihr mich nicht nach Hölkewiese geholt?«

Christoph rang die Hände. »Delphine! Wie wäre das möglich gewesen! Hast du denn alles vergessen?«

»Ich war krank«, sagte Delphine. »Und der Papa ist in Rußland. Und immer bei diesen fremden Leuten. Und der Papa war so böse. Und du hast alles mit ihm verdorben.«

Der Anprall dieser kurzen vorwurfsvollen Sätze brachte Christoph ganz außer sich. Er packte den letzten, um sich gegen ihn zu verteidigen. »Ich?!« rief er und schlug sich gegen die Brust, »ich soll etwas verdorben haben? Weil du Theater gespielt hast, war er böse! Und da hatte er recht! Delphine, wie hast du das tun können! Aber ich weiß schon, wer schuld dran hat – ich weiß es!«

Das sagte er zornig vor sich hin in die Luft. Als keine Antwort kam, wandte er sich ihr mit bittendem Blick wieder zu. Delphine hatte aufgehört zu weinen. Sie sah ihn mit klaren neugierigen

Augen an. »Wer hatte denn schuld?« fragte sie mit spitzer Stimme, »bitte, wer hatte denn schuld?«

»Nun – Lantz!« sagte Christoph unmutig. »Die Unzelmann. Mattausch. Alle diese Leute, die da immer um dich herum waren!«

»Ach! Ach! Ach!« Delphine wippte jetzt mit Fußspitze und Sonnenschirm. »Ins Theater geht ihr gern, laßt euch etwas vorspielen, amüsiert euch vorzüglich, laßt euch zum Lachen und Weinen bringen... Nachher sagt ihr: ›Diese Leute...‹ Diese Leute – sie gefallen mir besser als ihr, mein Herr! Damit du es weißt!« Sie hatte ihn angefaucht wie eine kleine Katze. Aus der Richtung des kleinen Gartens her erschien jetzt Suzanne, ängstlich winkend. Delphine stand sofort auf. Christoph stellte sich ihr in den Weg. »Geh nicht so, Delphine! Laß mich erklären, Delphine!«

»Halt mich nicht auf! Nein, jetzt nicht!«

Sie sah ihn auf einmal mit berückender Zärtlichkeit an. »Christel, ich muß dich wiedersehen! Nur nicht bei den Kalischers! Madame wacht über mich wie ein Drache; sie fürchtet jetzt den Papa. Wir werden uns treffen – ich schreibe dir...«

Er hatte kaum Zeit, ihr seine veränderte Wohnung zu sagen. Sie lief zu Suzanne, und beide sahen noch einmal lachend zu ihm zurück, ehe sie durch den Eingang des Gartens entschwanden. –

XXIX

Ein dreieckig gefaltetes und mit einer Oblate verklebtes Briefchen, das der rothaarige Sally ihm am nächsten Tage mit dem Gehaben eines Mitverschworenen überbrachte (»ich schweige wie e dreimal geknoteter Sack, junger Herr«, war seine Quittierung des überreichlichen Trinkgeldes, das Christoph ihm in seiner Verwirrung gab), dies Briefchen teilte ihm mit, daß Suzanne und Delphine eine Nachmittagspromenade vor dem Potsdamer Tor beabsichtigten. Bei dieser Gelegenheit, die Christoph natürlich nicht zögerte, wahrzunehmen, erwies es sich, daß Suzanne dringende Besorgungen zu machen hatte, die sie zwangen, Delphine wenigstens für eine Stunde allein der Gesellschaft Christophs zu überlassen. Dies Spiel wiederholte sich in

Zukunft bei jedem Zusammentreffen, also ein paarmal in jeder Woche, bis das zunehmend winterliche Wetter das lange Spazierengehen unmöglich machte. Dreieckige Briefchen waren nicht mehr nötig, da das nächste Wiedersehen bei jeder Trennung verabredet ward. Jedoch kam es mehr als einmal vor, daß die Mädchen ausblieben und Christoph stundenlang über die vereinbarte Zeit hinaus den Ort umkreiste, der zum Treffpunkt bestimmt gewesen, daß er dann mit Eintritt der Dämmerung zum Gendarmenmarkt lief und mit gequältem Herzen zu dem Hause hinaufstarrte, dessen Betreten ihm nun verwehrt war. Nicht, daß er sich je nach den Monaten zurückgesehnt hätte, als er hier, wie Madame Salome es einmal ausgedrückt hatte, »aus und ein gegangen war wie ein Sohn vom Hause« – es war ihm vielmehr jetzt ganz klar, daß sein jähes Fortbleiben im Frühling nur zum Teil seinen Grund in dem Zorn über Delphines Redereien gehabt hatte, daß er schon damals die Gönnerschaft der Familie Kalischer einfach nicht mehr hatte aushalten können. Aber sie hatten doch in jenen Monaten wenigstens ein Dach über dem Kopf gehabt, er und Delphine, und dies ziellose Umherwandern in abgelegenen Straßen oder auf Seitenwegen des Tiergartens wäre ihm wie ein Angsttraum erschienen, hätte er es sich vorstellen müssen. Immer fürchteten sie beide, Bekannten zu begegnen; Delphine gab es offen zu und machte jedesmal eine kleine Komödie aus dieser Flucht vor auftauchenden französischen Uniformen – mon Dieu, sie kannte mehr als einen Herrn von der französischen Besatzung, mehr als ein Freund ihres Vaters war darunter! Christoph wich scheu und düster aus, wenn er die Gestalt eines Kameraden nur aus der Ferne zu erblicken vermeinte; er spähte häufig umher, ob niemand in ihrem Rücken sei, der Interesse an ihnen nahm, und bestritt das ärgerlich, wenn Delphine ihn damit neckte. Er bestritt es, weil er brennend darunter litt, sich nicht offen mit ihr zeigen zu dürfen, weil sie ihn dauerte wie ein verstoßenes und verfolgtes Kind, wenn er sich klarmachte, wie sein Kreis sie verurteilte. Vesper, das wußte er, würde über jene Begegnung beim Hofjäger schweigen; er hatte damals kein Wort darüber geäußert, und Christoph war ihm dankbar gewesen. Aber selbst Vesper hatte er nicht zu erzählen gewagt, daß es nicht bei jener einen Begegnung geblieben war. –

Hin und wieder trafen sie sich bei Dorette Ephraim, als an einem neutralen Ort, der aber für Christoph nur unter stark romantischen Umständen zugänglich war. Er hatte sich nach Anbruch der frühen Dunkelheit in einem Torweg der Breiten Straße einzufinden, der keineswegs zum Ephraimschen Hause gehörte, wo ihn aber eine Magd erwartete, die ihn hintenherum über fremde Höfe, einen verschneiten Garten und eine Veranda in das Zimmer ihres Fräuleins brachte, wo dann auch Delphine und Suzanne waren. Christoph hatte das Gefühl, sich in einem arabischen Märchen zu befinden; die schweigsame alte Person in ihrem bunten Schal, die Schleichwege durch ihm unbekanntes Gebiet, die finstere knackende Hintertreppe, auf der seine Führerin ihn bei der Hand nahm, erweckten ihm Haremsvorstellungen und die peinliche Annahme, daß hinter einer der geschlossenen Türen der alte Ephraim in einem türkischen Schlafrock und an einer Wasserpfeife saugend auf einem Polsterthron brütete, mit gekreuzten Beinen und einem krummen Säbel über den Knien – ein Pascha, dem zu begegnen nicht ratsam war. Er konnte sich nicht enthalten, dies Delphine zu erzählen, als er das erstemal kam und die Freundinnen sie allein gelassen hatten. Delphine hatte aber gar keine Auffassung für diese phantastische Übermalung der Wirklichkeit. Sie sagte berichtigend, Herr Ephraim säße niemals auf einem Polster mit Troddeln; er rauche Zigarren und sei ein sehr eleganter Mann, keine Rede davon, daß er sich jemals in einem Schlafrock oder gar mit einem Turban sehen ließe, was Christoph denn dächte! Christoph sagte seufzend, er dächte gar nichts, aber er würde es vorziehen, Delphine auf andere Weise sehen zu können und nicht von der Gnade fremder Leute abhängig zu sein. Delphine nannte ihn darauf undankbar, und dies alles war keine günstige Einleitung für ein Zusammensein gewesen, dem Christoph trotz aller inneren Widerstände gegen tagscheue Umwege doch entgegengefiebert hatte. Obgleich er immer besser lernte, Delphines empfindliche Stellen zu schonen, geschah es doch wieder und wieder, daß er Dinge sagte, die sie wie eine persönliche Kränkung aufnahm. Zuweilen wußte er dann ganz deutlich, daß diese Kränkung für sie nur in der Theorie vorhanden war: wenn nämlich dies oder jenes, was er äußerte, so oder so von ihr verstanden sein würde, so hätte sie Anlaß, zu schmollen. Sie hatte die Wahl und zog es dann vor, es so zu verstehen, daß sie schmollen konnte. Ein wenig Überlegenheit seinerseits hätte die Stimmung bald beruhigen können; wenn er wieder allein war, sah er das immer ein; ihr gegenüber jedoch war er ganz wehrlos. Er begann zu erklären, daß er es doch ganz anders gemeint hätte; er widerrief, er bat, er flehte, sie möchte verzeihen und wieder gut sein. Wenn das eine Weile gedauert hatte und er in einem Zustand hilflosen Kummers verstummte, dann lenkte sie ein. Dann war sie für die zehn Minuten, für die Viertelstunde, die ihnen noch blieb, zärtlich, anschmiegend und heiter, küßte seine Augen, spielte mit seinem Haar und endete immer damit, daß sie an ihn gelehnt, von seinen Armen umschlungen und mit dem Anschein vollkommenster Hingabe jenen Zustand stillatmender Befriedigung fand, der ihm doch nichts anderes als nur ein Anfang jener Verschmelzung war, die er nun mit allen Kräften des Leibes und der Seele ersehnte. Jedoch war er durch die vorhergehende Quälerei derart erschöpft und gleichsam blutend aus allen Poren, daß er nichts vermochte, als dies vergängliche Glück ihrer augenblicklichen Nähe zitternd zu halten, war gar nicht imstande, noch mehr zu verlangen. Das Verlangen, oh, es kam nach, wenn er wieder allein war. Es machte ihn ruhelos, trieb ihn stundenlang nachts durch die Straßen, ließ ihn innerhalb seiner vier Wände stammeln und beten, weinen und lachen in einem Atem. Daß es Verlangen war, diese Gewalt, die ihn besaß, wußte er kaum; er gab dem Gott, der über ihm war, keine Namen. Er war ungestillt, aber selig; Sehnsucht verzehrte ihn, aber jeden Morgen erstand er neu – schöner, kraftvoller, lebendiger aus den Gluten der Nacht. Einmal sagte er zu Delphine – und es war sehr unbedacht, daß er es sagte, er hätte wissen können, was sie daraus machen würde –, er wünschte von Herzen, sie wären getrennt und er studierte an einem anderen Ort, bis er fertig und »die Zeit um« wäre. Sie sah ihn fremd an und ließ sogleich seine Hand los, mit der sie gespielt hatte. »Das kannst du wünschen?!« sagte sie ganz entrüstet, »du wolltest mich wieder allein lassen, jetzt, wo du weißt, wie sehr ich dich brauche!«

»Delphine! Doch nur bis zu der Zeit, wo alles wieder vernünftig wird! Bis Frieden ist! Bis ich deinen Vater ausgesöhnt habe! Bis – wir dann immer zusammen sein dürfen...«

Sie überhörte alles. Sie sagte nur: »Und du würdest es aushalten können!« Sah an ihm vorüber und machte diese großen Augen, diesen schmalen Mund, die ihn zur Verzweiflung brachten. Wie sollte er ihr erklären, daß ihm seine Liebe in jenen Monaten der Trennung eine Kraft gewesen war, die ihn trug, die ihm als Sehnsucht, als Hoffnung, als Gewißheit das ganze Leben hatte sinnvoll erscheinen lassen, während sie jetzt wie eine unberechenbare Gewalt unter der Oberfläche des Tages arbeitete? »Ich bin doch so glücklich, daß ich dich habe, Delphine«, beteuerte er traurig, »aber – manchmal ist es so schwer...«

Sie verstand nicht. »Ich brauche dich doch – so...« Sie kroch in seinem Arm zusammen wie ein frierendes kleines Kind. »Es ist so kalt – oh! Zwei französische Soldaten sind auf ihren Posten erfroren, hast du's gehört? Und in Rußland soll's noch viel kälter sein – viel!«

Er antwortete nicht gleich. Der Winter hatte mit diesem Dezember in der Tat so grausam eingesetzt wie seit Jahren nicht. Es war allgemein bekannt, daß die in der Mark stehenden französischen Truppen sich dem in keiner Weise gewachsen zeigten. Im Osten sollte die Kälte schon seit Wochen herrschen, doch war aus den Bulletins der Großen Armee, die auf dem Umweg über den »Moniteur« immer erst Wochen nach ihrer Ausgabe in die Berliner Zeitungen kamen, nicht zu entnehmen, ob die Kriegführung Napoleons davon beeinflußt war. Die Gerüchte von einem Rückzug der Franzosen, von einer Schlacht, in der der Herzog von Reggio vernichtend geschlagen worden sei, diese Gerüchte, die in Berlin umliefen, entbehrten jeder Bestätigung. Delphine jedoch, es konnte Christoph nicht verborgen bleiben, war die ganze Zeit über in unruhiger ahnungsvoller Sorge gewesen. Ihre Erwägungen, wie lange der Papa nicht geschrieben habe – Loriots letzte Nachricht stammte von Mitte Oktober und war aus Moskau gekommen –, ob er am Ende wieder böse sei, ob es möglich wäre, daß jemand ihm geschrieben hätte, daß sie mit Christoph zusammenkäme, machten jedesmal einen Teil der Unterhaltung aus, nicht eben zur Freude Christophs. Es war da einmal ein Satz gefallen, der ihn in der Erinnerung immer wieder dunkel beunruhigte, obgleich diese Beunruhigung bei näherer Betrachtung regelmäßig in nichts zerfloß. Dennoch – warum hatte Delphine das so ausgedrückt: »Der Papa wird nächstens auch meinen, wenn ich ihm auf dem Schoß sitze und ihm einen Kuß gebe, ich sei verliebt in ihn...?« Dies, als Argument gegen das übertretene Verbot, mit Christoph zusammen zu sein. Delphine hatte es heftig abgewehrt, sich über den Sinn dieses Satzes näher auszulassen. Christoph hatte wahrscheinlich wieder einmal alles falsch verstanden, und wie sollte sie sich überhaupt an alle Worte erinnern können, die sie einmal gesagt hätte! (Er war nämlich erst nach einigen Tagen auf jenen Ausspruch zurückgekommen.) So blieb ihm nichts übrig, als sich einzureden, daß er zuviel Gewicht auf eins ihrer kleinen Geschwätze gelegt hätte, aber er fühlte sich immer an diese Bemerkung erinnert, wenn Delphine anfing, von ihrem Vater zu sprechen, und wenn sie die Kälte in Rußland erwähnte, dann war es die Kälte nur mit Bezug auf den Obersten Loriot.

»Du brauchst mich«, sagte er traurig, und um nicht weiter an Loriot denken zu müssen, vertrieb er nun Satan mit Beelzebub: »Aber du brauchst mich ja nicht allein, Delphine. Wenn ich nicht da wäre, würdest du es überhaupt merken? Weißt du, wie das für mich ist, wenn ich dich mit deiner ganzen Gesellschaft im Schauspielhaus sehe und mich nicht getraue, in deine Nähe zu kommen, aus Angst, du würdest mich vielleicht nicht einmal grüßen dürfen? Und neulich in der ›Stadt Paris‹, hast du mich eigentlich gesehen oder nicht? Nun, jedenfalls habe ich dich gesehen, dich und auch Lantz! Wahrhaftig, wenn ich das nicht wüßte, daß du mir am selben Nachmittag in den Armen gelegen hattest, daß ich dich jetzt wieder so halte, wenn ich das nicht wüßte, daß du mein bist! – ich hätte annehmen müssen, daß da zwischen Lantz und dir etwas spielt!«

Lang unterdrückter Zorn und Gram hatten sich Luft geschafft, ohne daß er es gewollt hatte. Er gab ihre Handgelenke frei, die er heftig gedrückt hatte. »Was fällt dir ein!?« hatte sie ärgerlich ausgerufen und rückte nun von ihm ab, die mißhandelten Stellen mit den Lippen streichelnd. »Da – sieh!« sagte sie vorwurfsvoll und hielt es ihm hin, was er angerichtet hatte, rote Fingermale auf der zarten Haut, die langsam verblaßten. »Verzeih!« murmelte er. Ach, wäre sie doch nur auch zornig geworden, hätte verlangt, daß er das zurücknehme, mit Lantz!

»Und fandest du, daß dies neue Kleid mich gut kleidet, dieser blaue Chiffon, den ich an dem Abend trug?« fragte Delphine interessiert.

»Oh, Delphine, dein Kleid, ich weiß gar nicht mehr, was du anhattest. Sag mir doch, Delphine, wozu du mich eigentlich brauchst, wenn du Lantz hast und alle die anderen mit oder ohne französische Uniform, die da um euch herumsaßen... Aber mit Lantz sprichst und lachst du anders als mit allen, Delphine! Delphine – wozu brauchst du mich?«

Er hatte sehnsüchtig, bettelnd gesprochen, beide Arme um ihren zarten Körper gelegt; er fühlte ihn zum erstenmal seiner Hand widerstreben, sah dunkle Abwehr in ihren Augen und erschrak bis ins Herz. Aber das war nur ein Augenblick. Dann drängte sie sich wieder nahe an ihn, die Augen geschlossen, den Mund ihm entgegenhebend.

»Wozu ich dich brauche – oh, Stofferle, dummes! Dazu! Dazu! Weil du immer da warst – und weil ich allein bin. Weil du warm bist – und ich – ich friere...«

XXX

Als Christoph am 20. Dezember nach Hölkewiese aufbrach, begleiteten ihn Rhinow und Vesper, aber der harmlose Zweck dieser Reise, daß sie nämlich das Weihnachtsfest in der ländlichen Stille zu feiern beabsichtigten, war nur der bequem sich darbietende Vorwand, um den eigentlichen Anlaß zu verschleiern. Das Gerücht, Napoleon habe, ohne militärische Begleitung und im Schlitten, wie ein gewöhnlicher Reisender, von Warschau kommend, die sächsische Grenze überschritten und sei in Dresden gesehen worden, hatte in der letzten Woche Berlin in Erregung versetzt. Daß es nicht nur ein Gerücht war, dafür bürgten Rhinow die Bestätigungen, die er durch seine unmittelbare Verbindung zu den am stärksten beteiligten Stellen erhielt. Waren dies nicht die maßgeblichen Stellen von heute, so waren es doch die von morgen – einem Morgen, der in seinem vollen Anbruch jetzt nur noch vom Wolkengeschiebe am Horizont zurückgehalten sein mochte. Was jene Nachricht über den einsam und wie von Furien gehetzt Deutschland durchjagenden

Reisenden ihre flammende Bedeutung gab, war dies, daß sie die erste, ganz unzweifelbare Bewahrheitung der russischen Siegesbotschaften war, die unglaubwürdig wie Schwalben zu dieser Jahreszeit unter dem Winterhimmel der preußischen Hauptstadt hin und her gezuckt waren. Die Große Armee in Auflösung auf dem Rückzug begriffen – das ausgebrannte Moskau geräumt, längst, schon in der ersten Oktoberhälfte – Smolensk geräumt – eine grausige Schlacht an der Beresina, wo sich die Franzosen den Übergang zwar erkämpft hätten, doch nur, um von da an völlig als ungeordneter Haufen vor dem Schneesturm und vor den Kosaken her zu fliehen – das alles hatte zu stark nach den Fabeleien rachsüchtigster Vaterlandsfreunde geschmeckt, um ohne weiteres geglaubt werden zu können. Die Überraschung, die Rhinow sich bis zur ersten Wegrast in Neuruppin vorbehalten hatte, so als hätte er sich nicht entschließen können, innerhalb der Mauern von Berlin laut werden zu lassen, was dort wie der erste Anstoß zur Lösung einer Lawine wirken würde, war eine Nummer des »Moniteur« vom 3. Dezember gewesen, die er am Abend vorher vom Kriegsminister bekommen hatte und die das neunundzwanzigste Bulletin der Großen Armee enthielt, diesen Erlaß, der mit hochmütiger Verachtung des Eindrucks, den er hervorrufen mußte, Frankreich und der Welt von dem ungeheuren Zusammenbruch Kunde gab. In wenigen Tagen würden nun die Berliner Zeitungen das allgemein machen, was den leitenden Kreisen schon seit mehr als vierzehn Tagen bekannt und nur durch das Zögern des ganz aus der Richtung gekommenen Königs der Öffentlichkeit gegenüber noch geheim behandelt war. Und: »Unsere Stunde ist da!« sagte Rhinow feierlich. Yorck würde sie nie vorübergehen lassen.

Unterwegs setzte er den Freunden auseinander, zu welchen Schlüssen er in der letzten Zeit in bezug auf die von ihm gesammelten Streitkräfte gekommen war. Ein Freikorps innerhalb Preußens zu schaffen, würde nicht nötig sein, da ohne weiteres damit gerechnet werden durfte, daß ein Aufruf des Königs jeden waffenfähigen Mann bereitfinden würde, sich zu stellen. Bestrebungen, eine Freischar zu errichten, in die Reichsdeutsche lieber eintreten würden als in die reguläre Armee, waren ohnehin schon im Gange. Rhinow hatte beschlossen, sich mit seinen

Anhängern dem Korps der freiwilligen Jäger anzuschließen, deren Formation Scharnhorst für den Kriegsfall plante. Es galt nun, von Hölkewiese aus den ganzen in Brandenburg, Pommern und Preußen verstreuten Kreis zu benachrichtigen, daß man sich beim ersten, von oben her gegebenen Zeichen zu einer Mobilmachung in Berlin sammeln würde; es galt, das in Hölkewiese aufgehäufte Material an Waffen und Einkleidungsgegenständen unauffällig in ein näher zu Berlin gelegenes Depot zu schaffen. Dies auszuführen und in die Wege zu leiten, begab sich Rhinow nach Hölkewiese. Vesper sollte ihn bei den Schreibereien unterstützen. Zusammenkünfte der Gutsherren aus der Umgebung von Hölkewiese waren geplant, an Hilfskräften würde kein Mangel sein.

Christoph hörte Rhinow dies alles am Abend wiederholen und sah dabei in das vom Kerzenlicht bestrahlte Gesicht seiner Mutter wie in ein dunkles Wasser, das zu tief ist, als daß der erste Stoß des heranfahrenden Sturmwindes es schon zu bewegen vermöchte. Bei den ersten Worten des Kapitäns hatten sich ihre Lippen zu einem tieferen Atemzug leicht geöffnet, waren ihre Augen zu ihm, über ihn hingewandert, als sei von ihm, Christoph, die Rede, da doch Rhinow nur erwog, ob der König dazu zu bringen sein würde, die Lage sofort auszunutzen oder ob es noch Monate dauern würde. »Monate!« hatte Christoph erschrocken ausgerufen. »Das wäre unerträglich!« Das Gespräch war dann weitergegangen. Erst nach Tagen fragte Cornelie ihn in einer anderen, stilleren Abendstunde, als sie zu zweien bei der Kerze saßen, die als letzte im Grün der Weihnachtstanne noch brannte: »Unerträglich, sagtest du neulich, Christoph – unerträglich wäre es dir, wenn der Krieg nicht gleich käme... Ach, Kind, warum eilt es dir denn so sehr?«

Er war nicht sofort imstande zu antworten, vielleicht nur darum, weil er ihrer Stimme nachsinnen mußte, deren Ton er noch nie so vernommen zu haben meinte wie in diesen Tagen, so gedämpft, so voll Ergebung, so fern den Dingen, von denen sie sprach, war sie doch, die Stimme... Dann sagte er etwas mühsam: »Es ist mir ja nicht um den Krieg zu tun, Mama, das wissen Sie doch. Nur – es kann doch nicht so weitergehen – es *kann* nicht so weitergehen!«

»Es kann nicht so weitergehen, nein!« sagte Cornelie klanglos.

Er rückte nahe an sie heran und lehnte den Kopf an ihre Schulter. »Mama«, sagte er stockend, »Sie haben doch keine Angst um mich? Das würde mir alles so schwer machen...«

Cornelie versuchte zu lachen. Es gelang nicht recht, aber nun hatte sie sich wieder in der Gewalt. Sie liebkoste sein Haar und zog seinen Kopf fester an sich. »Nein, Christel«, sagte sie nachdenklich, »Angst um dich habe ich nicht mehr. Das hab' ich wohl für alle Zeiten abgeleistet, als du bei Jena dabei warst. Durch *die* Hölle bin ich hindurch. Was uns auch treffen sollte, es wird immer dahin treffen, wo ich vielleicht eben noch stand, aber im Augenblick des Schlages schon nicht mehr. Nein, ich fliehe den Schmerz nicht!« sagte sie leidenschaftlich, »aber ich bin nicht mehr erreichbar für ihn, wie mir manchmal scheinen will. Christel, mein Kind, versteh mich richtig. Ich weiß dich geborgen, was dir auch geschehen möge. Ich werde wissen, daß es zu deinem Besten sein muß.«

Er saß ganz still, fühlte, wie ihr Herz klopfte, und mühte sich zu begreifen. Er begriff wohl – nur – dies entzog sich seinem Ausdrucksvermögen noch ganz. Von irgendwoher war eine tiefe Beruhigung über ihn ausgegossen worden. »Ja«, sagte er langsam, »alles wird gut werden. Entweder ich komme wieder, und dann wird das Leben erst anfangen. Oder – ich komme nicht wieder. Und dann hat es sich gelohnt!«

Dann, als er sie zur Gutenacht küßte – sie hatten noch eine Viertelstunde schweigend zusammengesessen, nachdem die Kerze ausgebrannt war –, drückte er seine Stirn gegen ihre Wange.

»Nur eines sagen Sie mir!« bat er, »haben Sie Delphine auch noch lieb?«

Cornelie zauderte nur einen Atemzug lang mit der Antwort.

»Ich habe nie aufgehört, sie lieb zu haben, Christoph«, sagte sie warm und ruhig. »Delphine ist doch mein anderes Kind. Weißt du das nicht?«

»Dann ist es gut«, sagte er und ging. –

XXXI

Am Abend vor seiner Rückkehr nach Berlin hatte Christoph sich schon niedergelegt, aber er wartete vergeblich auf den Schlaf. Mochte es der Wind sein, der beständig an den Fensterläden rüttelte und im Ofenrohr stöhnte, oder das fortwährende Rieseln, Tröpfeln und Klatschen des Tauwetters, das dieser Wind mitgebracht hatte, mochten es die Gedanken des Tages sein, die ihn nicht zur Ruhe kommen ließen, jedenfalls fühlte er anstatt des Herannahens der ersehnten Betäubung ein Schwinden seiner Schläfrigkeit, ja sogar aller Müdigkeit. Plötzlich erhob er sich, entzündete die Kerze, kleidete sich notdürftig an und setzte sich an den Tisch. Nachdem er eine Weile mit überwachen, brennenden Augen vor sich hin gestarrt hatte, rückte er sich Papier zurecht, tauchte die Feder ein und schrieb, ohne sich noch einmal mit Nachdenken unterbrechen zu müssen, den folgenen Brief:

»Liebe Delphine,

Du wirst jetzt durch die Zeitungen von dem Unglück unterrichtet sein, das die französische Armee betroffen hat. Ich weiß nicht, ob Du es begreifst, daß dies eine entscheidende Epoche für Deutschland und für jeden einzelnen Deutschen ist. Nicht nur Preußen, ganz Deutschland muß jetzt die russische Parte ergreifen und sich wie Spanien zu einem Nationalkrieg erheben, der nicht früher zu Ende sein darf, als bis kein französischer Soldat mehr auf deutschem Boden steht, weder diesseits noch jenseits des Rheines. Liebe Delphine, daß wir diesen Kampf aufnehmen müssen, das ist ebenso natürlich, wie, daß wir deutsch sprechen und nicht französisch. Ich kann es Dir nicht erklären, wenn Du es nicht verstehst. Ich bin ein Deutscher, Delphine, ich werde jetzt bald in den Krieg gehen müssen und Deinem Vater als Feind gegenüberstehen. Du weißt, wie ich Dich liebe, ich kann es Dir mit Worten nicht sagen. Aber bis dieser Krieg vorüber ist, will ich Dich nicht wiedersehen. Wenn die Entscheidung gefallen ist, wenn Frieden über Europa ist und Deutschland wieder frei und ganz und gar nur deutsch, und wenn ich dann noch lebe – dann will ich zu Dir kommen, um Dich niemals mehr zu verlassen. Ich werde Dich zu finden wissen, wohin das Schicksal Dich auch verschlagen mag. Unsere Wege trennen sich nur scheinbar, Delphine, denn wir gehören uns ja von ewig her und auf ewig. Ich weiß das, solange ich atme, ich weiß es so stark, daß ich jetzt kaum traurig sein kann. Sei Du es auch nicht, Geliebte. Du bist mein Leben. Ohne Dich wäre der Tod.

Dein Christoph«

Als er den Brief zusammenfaltete, den er am nächsten Tage in Berlin der Post zu übergeben beabsichtigte, bemerkte er mit Unwillen, daß er lautlos und zitternd weinte. Doch war er nun wirklich zu müde, sei es, um sich gewaltsam zu beherrschen, sei es, diesem aus aufgewühlter Tiefe hervorbrechenden Schmerz nachzuhängen. Gedankenlos sah er das rote Siegelwachs auf das Papier fließen und drückte das Petschaft, um es zu netzen, an seine Wange. Dann warf er sich auf sein Bett, löschte das Licht, schluchzte noch ein paarmal tief auf und schlummerte ein. –

Drei Tage nach seiner Ankunft in Berlin und nach der Absendung dieses Briefes lebte er in einem Zustand vollkommener Teilnahmslosigkeit an allem, was um ihn her vorging. Es war in der Abenddämmerung des vierten Tages, daß er in seinem Zimmer saß, weder imstande, Licht zu machen und eine Arbeit vorzunehmen, noch sich zum Ausgehen zu entschließen. Die Türglocke, die gedämpft anschlug und deren Ruf in dem leeren Hause seufzend zu ersterben schien, ließ ihn zusammenfahren. Nur kein Besuch! dachte er voller Abneigung, obwohl er es eben noch verwünscht hatte, daß Vesper ausgegangen war und er aus seiner Einsamkeit nicht zu ihm fliehen konnte. Er lauschte. Der alte Köppke hörte natürlich wieder einmal nicht; aber jetzt schien Fritz Dinnies sich seiner Pflicht zu entsinnen, er lief in Pantoffeln gleitend die Treppen hinunter und pfiff dabei. Christoph hörte ihn unten mit dem Schlüssel hantieren und gleich darauf einen verwunderten Ausruf tun. Es gab ein kurzes Hinundherreden, dann fiel die Tür wieder ins Schloß, und der Schlüssel ward kreischend umgedreht. Schritte kamen die hölzerne Stiege herauf, so leicht, so schnell... Christoph war aufgesprungen, er stand mitten im Zimmer. – Licht machen! dachte er, aber dazu war es zu spät. Der Bursche klopfte schon und öffnete fast gleichzeitig: »Das gnädige Fräulein!« sagte er mit einem Ausdruck respektvoller Ratlosigkeit. »Ick wer' Licht machen, Junker!« An ihm vorüber war es weich und dunkel ins Zimmer geweht. »Es ist gut! Geh nur! Ich mache selbst Licht!« stieß Christoph hervor. Die Tür schloß sich nach sekundenlangem Zaudern. Christoph war allein mit Delphine, die sich in seine Arme geworfen, seine Schultern mit den Händen umklammert hatte. Er vernahm ihren jagenden Atem, spürte ihren Hauch an seinem Halse. »Christoph! Christoph!« sagte sie wie in höchster Angst, und wiederum: »Christoph! Christoph!« Endlich, während er noch nach Worten suchte, denn dies war wohl geeignet, ihm die Fassung zu rauben, hierauf war er nicht im entferntesten vorbereitet gewesen, wenn er auch auf einmal wußte, daß er trotz seines Briefes seit drei Tagen auf nichts anderes gewartet hatte als auf einen Ruf von ihr, auf die Gelegenheit zu einem Wiedersehen – einem letzten... Endlich seufzte, nein, stöhnte sie: »Christoph! Der Papa! Was ist mit meinem Papa? Christoph...«

Das letzte war wie ein Schrei. Es brachte ihn augenblicklich ganz zur Besinnung zurück. Sanft machte er sich von ihren Armen frei und leitete sie zum Sofa. »Warte«, sagte er, »warte! Ich kann dich ja gar nicht sehen...« Er tastete auf dem Schreibtisch nach einem Fidibus, setzte ihn an der Ofenglut in Brand und entzündete mit zitternden Händen die Kerzen im Leuchter. Delphine stand noch, wo er sie hingeführt hatte, und blickte mit irren Augen ins Licht. Zwischen den dunkelblauen Bändern ihres Huts war ihr Gesicht wächsern bleich, die Lippen von beunruhigend süßem erdbeerfeuchtem Schmelz. Das Haar quoll unschimmernd unter der samtenen Hutkrempe hervor, der unförmige Mantel ließ ihre Gestalt bei all ihrer Zierlichkeit fremdartig fraulich erscheinen.

»Christoph«, begann sie wieder, die verstörten Augen in seine heftend, »der Papa...« Sie sank auf das Sofa. »Ich – habe Franzosen gesehen«, sagte sie schaudernd, »Soldaten, Offiziere...« Christoph ließ sich neben ihr nieder und legte seine Hand auf ihre beiden, die so hilflos in ihrem Schoß ruhten. »Ja«, flüsterte er, »Delphine, ja...« Ja, er hatte auch einen Teil dieses unglückseligen Zuges gesehen, der ersten Rotte der geschlagenen Armee, der es gelungen war, Berlin zu erreichen. Soldaten? Nein,

Soldaten waren sie nicht mehr zu nennen. Eine Horde von Bettlern, die Gestalten und Gesichter ausgehöhlt, ausgemergelt von Hunger und Entbehrungen aller Art, waffenlos, in zerfetzter zusammengewürfelter Kleidung; in Lumpen, manche mit Frauenröcken um die Lenden, barfuß, die Schenkel mit Fetzen umwickelt, Pferdedecken als Mäntel um die Schultern geschlagen, starrend vom Schmutz der endlosen Elendswanderung durch den Winter... Berlin würde dieses Schauspiel jetzt Tag für Tag haben.

»Ein paar Jungen schrien ihnen nach: ›Die Kosaken kommen!‹« erzählte Delphine mit stockender Stimme, »und – sie drängten sich in die Seitenstraßen, die Torwege... Christoph, ich habe einen erkannt, einen Leutnant von Papas Husaren, wir haben ihn heraufgeholt und ihm zu essen gegeben, Suzanne und ich, obgleich Madame Salome böse war. Die sind nun auf einmal gar nicht mehr so sehr für Frankreich. Christoph, er wußte nichts vom Papa, er habe ihn in Smolensk noch gesehen, sagte er, und dann nicht mehr... Christoph, ich glaube, er log...«

»Oh, Delphine«, seufzte Christoph, »warum soll er lügen?«

Das Mädchen starrte ins Leere und bewegte den Kopf leise. »Vielleicht log er nicht«, flüsterte sie. »Aber – ich hielt es nicht mehr aus, ich mußte zu dir.« Sie versuchte, den Kopf an seine Schulter zu lehnen; der Hut hinderte sie, sie löste die Bänder, nahm ihn ab und legte ihn auf den Tisch. Einen Augenblick später erhob sie sich und zog auch den Mantel aus. Dabei blickte sie sich im Zimmer um. »Du hast es warm hier«, sagte sie auf einmal in ganz gewöhnlichem Ton und setzte anerkennend hinzu: »Und sehr hübsch!« Sie wollte sich wieder niederlassen, als Christoph sich mit Gewalt zur Vernunft zwang. Er stand auf.

»Delphine, aber du kannst doch nicht hierbleiben!«

»Und warum nicht?« fragte sie tief erstaunt.

»Aber ich bitte dich, es ist gegen alle Regeln. Es wird Geschwätz geben, du verdirbst dir den Ruf. Es ist gut, daß es nicht mehr hell war, als du kamst. Jetzt geh nach Hause, Delphine; ich werde dich hinten hinauslassen, und wir werden uns noch einmal bei Dorette sehen – wann du willst. Einmal noch, Delphine – du hast meinen Brief doch bekommen?«

»Ach, dieser dumme Brief! Gerade deswegen bin ich gekommen, um dir zu sagen, wie dumm der ist! Ja, auch weil ich mich heute so fürchtete – aber kommen wollte ich sowieso! Und wer soll etwas dabei finden, daß ich dich besuche? Bist du nicht so gut wie mein Bruder?«

Christoph war finster geworden. »Das bin ich nicht!« sagte er. »Das weißt du recht gut!« – »Aber du benimmst dich so«, antwortete Delphine schnell. Sie saß längst wieder und sah zu ihm auf. Christoph lächelte hilflos. Er ließ sich auf die Knie nieder und legte die Stirne auf ihren Schoß. »Was soll ich denn tun, Delphine? Ach – Delphine...«

Sie grub die Hände in sein Haar und legte ihre Wange darauf. »Was du sollst? Froh sein – froh sein, daß ich gekommen bin, Christoph...«

XXXII

Cornelie wartete es nicht ab, daß Christoph ihr Nachricht von seinem Eintritt in die Armee gab. Sobald zu Anfang Februar die Verordnung des Königs zur Bildung der freiwilligen Jägerkorps bekannt wurde, bestellte sie ihr Haus und brach nach Berlin auf. Dubbicke, als Anführer einer Abteilung von Freiwilligen aus dem Dorf, sollte ihr in den nächsten Tagen folgen und auch die vier Pferde mitbringen, die das Gut der Armee zur Verfügung stellte. Noch niemals hatte sie die Fahrt nach der Hauptstadt auf so belebter Straße gemacht. Berlin war zum Ziel einer großen Wallfahrt geworden. Zu Pferd, zu Wagen, zu Fuß waren Männer und Jünglinge unterwegs; sie zogen einzeln oder in Gruppen dahin, zuweilen singend, meist aber in ernster Schweigsamkeit, wie zu großer notwendiger Arbeit. Haufen der eingezogenen Krümpermannschaften marschierten zu Gliedern geordnet und bereits eingekleidet. Frauen, Mädchen und Kinder, die die Züge in der Nähe der Ortschaften und Städte begleiteten, trugen die gleiche, fast heitere Ruhe zur Schau wie ihre Männer und Väter. Zwischen den letzten Häusern von Oranienburg, als Corneliens Gefährt vor dem Schlagbaum einen Aufenthalt hatte, beobachtete sie eine ärmlich gekleidete Frau ihres eigenen Alters, die von zwei jungen Söhnen Abschied nahm. Der ältere, ein großer blonder Junge, hatte auch ein Mädchen dabei, das er lange umhalste und küßte, während der jüngere, kaum siebzehnjährige, die Augen nicht von dem unbeweglichen Antlitz der Mutter ließ; sie sprachen gar nicht miteinander, nur knüpfte die Mutter dem Kleinen plötzlich das Halstuch auf, um es von neuem zu binden. Dann hatte sie beiden die Hand gegeben, sich umgewendet und war stadtwärts gegangen. Das Mädchen lief laut weinend hinter ihr drein, sie aber ging mit sonderbar entrückten Augen dahin, als sei sie selbst nicht bei ihrem Körper. Der ging jetzt in eine Küche zurück, an ein Waschfaß, an einen Webstuhl; sie selbst aber, das Selbst dieser Mutter, das würde nicht von jenen beiden Burschen weichen, bis der Krieg zu Ende war, und blieben die Söhne im Felde, so würde dieser zermürbte geduldige Körper vielleicht noch jahrelang Dienst tun, er würde noch da sein... Die Erde – sie überdauert die Kriege ja auch. Sie hat wenigstens zwei..., dachte Cornelie erschauernd. Aber, obgleich sie sich der Natur des bevorstehenden Abschieds im tiefsten bewußt war, brachte sie es fertig, Christoph mit Ruhe, ja mit Heiterkeit zu begegnen, so, als handelte es sich um ein Zusammensein vor einer Unternehmung, die ihn unter Umständen für sehr lange Zeit von ihr trennen könnte, die aber im Grunde eine der selbstverständlichsten Angelegenheiten der Welt wäre. Da waren nun die verschiedensten Vorbereitungen zu treffen, zu denen er Geld und ihren Rat brauchte; deshalb – keineswegs um die nächste Zeit in seiner Nähe zu leben, war sie nach Berlin gekommen! Sie war im »König von Portugal« abgestiegen und beabsichtigte dort zu bleiben, bis Christoph ausrückte, was sie ihm aber nicht zu sagen gedachte. Für ein paar Tage – für eine Woche war sie gekommen...

Sie hatte Christoph gleich nach ihrem Eintreffen einen Boten gesandt, der ihn von ihrer Ankunft unterrichtete. Eine halbe Stunde später trat er bei ihr ein, und so frisch, so stürmisch war dieser Eintritt, so von Leben strahlend seine Gestalt und sein junges Gesicht, daß Cornelie augenblicklich den Grund ihrer Anwesenheit völlig über der Freude an seinem Anblick vergaß. Ja, sie möge nur verzeihen, daß er nicht noch schneller zur Stelle gewesen sei, rief er, indem er sie umarmte. Er hätte aber, dies fügte er mit einem reizenden verlegenen Lächeln hinzu, als sie sich nun setzten, er hätte Besuch gehabt und diesen Besuch hätte er nicht so Hals über Kopf verlassen können...

»Ich kann mir denken, es gibt jetzt viel zu besprechen«, fiel Cornelie ein, nichts anderes annehmend, als daß er Freunde bei sich gehabt hätte. »Ja«, sagte Christoph zögernd, »zu besprechen, gewiß! Es ist gar nicht zu glauben, daß man sich noch soviel zu sagen haben kann, wenn man sich schon fast zwanzig Jahre kennt! Besonders ich ihr...«

»Ihr?« fragte Cornelie mit hochgezogenen Brauen. Dann lächelte sie begreifend: »Christoph! Du kommst von Delphine! Wie geht es ihr? Und – hat sie Nachrichten? Nein? Aber, wie ist es denn – sagtest du nicht, du hättest Besuch gehabt?«

Christoph sah sie verschmitzt und unschuldig zugleich an.

»Ja«, sagte er, »ganz recht, ja. Delphine war bei mir. Da ich mich bei Kalischers nicht mehr sehen lassen darf, kommt sie jetzt zu mir, etwa dreimal die Woche.«

Cornelie sah ihn fassungslos an. »Aber, Christoph, verstehe ich richtig? Delphine kommt zu dir? Zu dir in deine Wohnung? Ja – wer begleitet sie denn? Wer ist denn dabei?«

Christoph sagte sanft: »Niemand ist dabei, liebste Mama. Delphine kommt allein zu mir, wenn es anfängt dunkel zu werden, und bleibt eine oder zwei Stunden. Nur Suzanne Kalischer weiß, wohin sie geht; die alte Kalischer nimmt an, sie sei bei Madame Braillard oder bei der Stockmiller oder einer anderen Freundin. Wenn Sie meine Wohnung gesehen haben werden, Mama, werden Sie nicht daran zweifeln, daß man mich unbemerkt von der Welt besuchen kann.«

Cornelie hatte kopfschüttelnd zugehört. Eine Antwort war ihr auf der Zunge, sie setzte zum Sprechen an, blieb dann aber stumm und sah ihn nur an. Es ging ihr auf, daß sie ihn noch niemals so schön erblickt hatte, und es war ein innerer Schein, ein Glanz von ruhigem Glück, der diese Schönheit hervorrief. Sein Gesicht war schmaler geworden, es mochte an den schimmernden Bartstreifen liegen, die er sich in der letzten Zeit von den Schläfen in die Wangen hinein hatte wachsen lassen. Es war kein Knabengesicht, das sie ansah; hier war Männlichkeit, voll verantwortlich für ihr Tun. »Christoph«, sagte sie endlich unsicher, »ja, mein Gott, ich will ja nicht hineinreden. Ich habe dir die Entscheidung über dein Verhältnis zu Delphine von Anfang an überlassen, weil ich wußte... Aber ist es dir, ist es ihr denn klar, was ihr aufs Spiel setzt? Sie ihren Ruf und du... Ja, deine

Freunde wissen es doch, warum sie von Hölkewiese fort ist. Könnten sie es dir verzeihen, wenn sie erführen...«

»Es käme mir nicht darauf an, Mama, wenn sie es mir nicht verziehen. Ich müßte es wohl in Kauf nehmen. Mama, Sie haben vorher einen Satz nicht zu Ende gesprochen – Sie sagten, Sie hätten mir die Entscheidung über mein Verhältnis zu Delphine von Anfang an überlassen, weil Sie wüßten... Oh, sagen Sie mir doch: was wußten Sie?«

»Warum ich es dir selbst überließ? Christoph, mein dummer Junge! Weil ich weiß, daß du meinst, nicht ohne Delphine leben zu können.«

»Wissen Sie es? Ach, das ist gut.« Er senkte den Kopf. Als er sie wieder ansah, lächelte er, aber seine Augen waren voll Tränen. »Dann ist doch alles in Ordnung, Mama. Dann müssen Sie ja auch verstehen, warum es in diesen letzten Wochen nur noch darauf ankommt, die einzige Möglichkeit, zusammen zu sein, auszunutzen...«

Cornelie überhörte geflissentlich den drohenden Doppelsinn der letzten Worte, der sich ihr aufdrängen wollte. Sie sagte:

»Ja, Kind, ja, ich verstehe – ich will es verstehen. Weiß denn wirklich kein Mensch von diesen Besuchen? So, Vesper weiß es und Fritz? Vesper hätte einmal mit Delphine reden sollen – aber laß nur, laß, es ist nun einmal, wie es ist. Fritz wirst du ja eingeschärft haben, wie er sich zu verhalten hat. Er ist ein anständiger Kerl, der nie etwas über die Lippen bringen wird, was euch nachteilig sein könnte. Mir ist die Hauptsache, daß ich dir selbst so ganz vertraue, daß ich weiß, du wirst nie vergessen, was du dir und Delphine schuldig bist.«

»Wenn ich denken müßte, Sie könnten das bezweifeln, hätte ich Ihnen gar nichts erzählen können, Mama«, sagte er ernsthaft. »Werden Sie uns erlauben, zu heiraten, wenn der Krieg vorüber ist?«

»Was wird mir denn übrigbleiben?« antwortete sie lachend und beugte sich hinüber, um ihren Mund auf seine Wange zu drücken. –

XXXIII

Im Einverständnis mit Christoph erschien Cornelie einige Tage später überraschend in seiner Wohnung, als sie Delphine bei ihm wußte. Fritz Dinnies hatte sie vor der Haustür erwarten müssen, so daß sie, ohne geklingelt zu haben, hereinkam und das Zimmer betrat, noch ehe das Mädchen ihr Kommen argwöhnen konnte.

»Ich freue mich, dich wiederzusehen, mein Kind«, sagte sie und zog Delphine herzlich in ihre Arme. Nach einem erschrokkenen Zurückweichen – dies war gleich der Bewegung eines geflüchteten Wilds gewesen, das sich plötzlich gestellt sieht – war die Überraschte mit befremdlicher, etwas gezierter Grazie auf sie zugeglitten, um sich über ihre Hand zu neigen. Dann ließ Cornelie sich von Christoph den Mantel abnehmen und nahm hinter dem Tisch Platz, auf den Fritz eine dritte Teetasse stellte. »Tee? Oh, das wird guttun bei diesem Wetter! Danke, Christel, nein, nicht ganz voll, gib mir lieber noch etwas Wasser! Du siehst aber gut aus, Delphine! Ein wenig verändert, ich weiß gar nicht, woran das liegt. Trägst du die Haare nicht anders? Freilich, wir haben uns ein ganzes Jahr nicht gesehen...«

Obgleich sie beabsichtigt hatte, der Nichte nicht anders zu begegnen, als sei es das Natürlichste von der Welt, daß sie hier zusammenträfen, und das Vergangene mit keinem Wort zu berühren, konnte sie nun doch nicht umhin, sie sinnend und prüfend anzusehen, nicht anders eben, als eine Mutter die lang entbehrte Tochter betrachten würde. Ja, Nichte oder Schwester, Delphine oder Charlotte – immer, immer doch auch Tochter, undankbares Kind, um das zornige Tränen genug vergossen waren – dennoch, dennoch unaufhörlich hoffend geliebt! Ein unruhiges, beklemmendes Staunen überkam Cornelie jetzt, als sie Delphine so betrachtete. Das Mädchen war neunzehn Jahre alt, genau ein Jahr älter, als Charlotte bei ihrer Geburt gewesen war. Ein Jahr auch war es, daß sie nun gänzlich außerhalb der Atmosphäre ihrer mütterlichen Familie verbracht hatte, und dies eine Jahr schien wie mit fremder Sonne das Fremde, das in ihrem Blut war, begünstigt und hervorgelockt zu haben. Unverändert waren die Bestandteile ihrer Schönheit, doch als seien sie neu und anders gemischt, war es nun, als glühe ein südlicher Wein in dem zartgeschliffenen Glase, das bisher taubeschlagen vom kühlen Gold seines Inhalts gewesen. Dieser Eindruck mochte seinen Grund in der lebhafteren Färbung der Wangen, im stärkeren Schwellen der schönen Lippen, in einem wärmeren Strahlen der Augen oder vielleicht wirklich in einer neuen Haartracht haben, die üppiger wirkte und das Gesichtchen weicher umrahmte. Er mochte auch der Entfaltung des jungen Körpers zuzuschreiben sein, mochte auf die gewähltere Art, sich zu kleiden, auf die Anmut, sich zu bewegen, zurückgehen, die sich noch vervollkommnet hatte, so, als sei sie jetzt von Bewußtsein geleitet. Während eine Unterhaltung über allgemeine Gegenstände stockend hin und her ging und sich schließlich auf einen Austausch zwischen Mutter und Sohn über Fragen von Christophs Ausrüstung beschränkte, stellte Cornelie mit Unbehagen eine Befangenheit bei sich fest, deren sie sich aus früheren Jahren wie einer Art von Schwäche wohl erinnerte, die sie aber längst von sich abgefallen geglaubt hatte. Zuerst als Kind der Stiefmutter gegenüber empfunden, später in Charlottens Gegenwart, besonders wenn sie zusammen in einem geselligen Kreise gewesen waren, zuweilen in der Nähe Maximilianes und jedenfalls immer, wenn sie mit dieser Art junger glänzender Frauen an einer festlichen Tafel gesessen, beim Contre im gleichen Karree getanzt hatte, war es das Gefühl eigener Schwerfälligkeit, eigener Unscheinbarkeit, gemessen an den Gaben jener Vogelleichten, Blumenbunten und Duftenden. Die – ließen sich nehmen und behielten sich doch; war nicht sie selbst ausgeliefert, sobald sie sich hingab? War es ihr nicht von Anbeginn an versagt gewesen, das, was das Leben täglich erneuerte und mit Falterflug über Abgründe hintaumeln ließ, das Spiel mit sich selbst und mit anderen? Spiel? Sie wurde sich ihrer unterirdisch arbeitenden Überlegung ganz bewußt. Um ein Spiel ging es hier doch wohl nicht! Auf einmal war sie ganz wach, ganz klar und ganz sicher. Delphines zärtliche Augen, an Christoph hängend, verrieten nichts als Verliebtheit und Wohlgefallen; wie sie dem Gespräch zwischen ihm und Cornelie lauschte, das geschah in der Haltung bescheidener Anteilnahme, über die es einmal hinhuschte wie der Wolkenschatten des Ausgeschlossenseins, aus der einmal eine Andeutung, ein Blick, ein halber Seufzer den Hunger nach Gemeinsamkeit, nach Einbezogenwerden verriet. So meinte

Cornelie, es verstehen zu müssen, obschon gleichzeitig eine Stimme in ihr meinte: Delphine langweilt sich. Sieht sie nicht vielleicht jeden Mann so an? fragte diese peinliche Stimme weiter. Im selben Augenblick wandte sich Christoph zu Delphine und legte den Arm um sie, ohne seine Unterhaltung mit der Mutter zu unterbrechen. Diese Bewegung hatte für Cornelie so stark den Anschein, er hätte ihre Gedanken gefühlt und suchte das Mädchen vor ihnen zu schützen, daß sie die Augen senkte. Jetzt klopfte es stark an der Tür, und Fritz Dinnies meldete sich, einen in schwarzes Tuch geschlagenen Ballen über dem Arm: er habe die Uniform für den Junker und seine eigene Montur vom Schneider geholt, ob er wohl auspacken dürfte? Christoph war sofort aufgesprungen und ging mit ihm ins Schlafzimmer; auch Cornelie und Delphine hatten sich erhoben, um ihnen zu folgen. Plötzlich verstand Cornelie, daß sie beide nicht miteinander allein sein wollten, und hemmte sogleich ihren Schritt. Ich – dachte sie – ich werde mich doch nicht fürchten! Sie suchte noch nach einem Gesprächsanfang, als das Mädchen ihr zuvorkam. Wie es den Valdemaires gehe und Demoiselle Liebenschützen, fragte sie; ach, und ob die Baronin Legendre ihr wohl ein gewisses Muster zu einer Perlstickerei schicken würde, wenn man sie darum bäte? Nicht für sie selbst, aber für eine Freundin, die sich auf dergleichen Arbeit verstände. Sie selbst könne immer noch nichts anderes als häkeln und – ja, sie habe dem Christoph auch eine Geldbörse gehäkelt, die er mitnehmen solle...

Cornelie antwortete gewissenhaft, aber ein wenig wie im Traum; es war ihr fast zuviel der Unbefangenheit; sie strich sich einmal über das Gesicht, als müßte sie unsichtbar feines Gespinst von sich abtun, das sie einhüllen wollte. Was für Nachrichten Delphine von ihrem Vater habe? fragte sie endlich unvermittelt; nein, ob sie überhaupt Nachrichten habe? Die Frage war grausam, sie wußte es. Christoph hatte ihr von der unruhigen vergeblichen Erwartung, in der sich Delphine schon seit November befand, wohl erzählt. Indessen hatte sie blindlings den richtigen Griff getan, um zur Wirklichkeit durchzustoßen und die Stellung zu gewinnen, in der sie ihre natürliche Überlegenheit wiederfand. Delphine ließ den Kopf hängen und bewegte ihn dann hoffnungslos. Nein, flüsterte sie kleinlaut, nein. Seit Wochen, seit Monaten nicht – keine Nachricht! Und keiner von den Durchziehenden, selbst Überlebende seines eigenen Regimentes nicht, könnten ihr etwas über ihn sagen. Vielleicht, sie hob den Blick und starrte Cornelie mit Augen an, die irre von einer furchtbaren Vorstellung waren, vielleicht – wollten sie ihr nichts sagen...

Christoph war unter der Tür erschienen: wo sie denn blieben? Ob es sie gar nicht interessiere, wie er von morgen an gekleidet sein würde? Sie traten in das schmale Gemach, wo auf dem Bett alles ausgebreitet lag, vom schwarzen Tschako mit dem Federbusch bis zu den Kniestiefeln. Der dunkelgrüne Frack mit dem hohen roten Kragen, den blanken Knöpfen; das graue Beinkleid, das schwarze Lederkoppel mit dem Seitengewehr; der Brustriemen mit der Kartusche, Tornister und Feldflasche – Cornelie betrachtete es schweigend, die Worte versagten sich ihr. Plötzlich hob sie die Hand und bog Christophs Arm mit dem Leuchter sanft zur Seite. »Du wirst Kerzentropfen darauf machen«, sagte sie leise.

Er legte den freien Arm um sie und küßte sie. »Ich werde die gute Uniform doch nicht schmutzig machen, noch ehe ich sie angezogen habe!« rief er lachend. »Ich werde sie immer möglichst in acht nehmen, geliebte Mama, und sie heil wieder zurückbringen. Das meinen Sie doch, nicht wahr?«

»Das meine ich, Christoph!«

»Warum du nicht als Leutnant mitgehst, wenn sie es dir doch sogar angeboten haben, verstehe ich nicht«, sagte Delphine jetzt, die jedes Stück kritisch gemustert hatte. – »Die Uniform ist genau dieselbe, mein Liebchen!« Christoph gab Fritz den Leuchter zu halten und legte den einen Arm um sie, den anderen um seine Mutter, um sie ins Nebenzimmer zurückzuführen. »Mir paßt es nun einmal besser, in Reih und Glied anzutreten. Rhinow würde ja ein Bataillon von lauter Leutnants haben, wenn jeder von uns auf den Rang pochte, den er einzunehmen imstande wäre. Jawohl, er führt wahrhaftig eine ›heilige Legion‹, fast zwei Drittel seiner Leute sind ehemalige Offiziere, Junker und Fähnriche!« Er verstummte mit einem erschrockenen Blick auf Delphine; Loriot, so hatte einer der aus Rußland Zurückgekehrten berichtet, sei doch bei jener »heiligen Schar« gewesen, die den Kaiser an der Beresina umgeben habe! Den Adler seines vernichteten Regiments tragend, dem Todesfluß zumarschierend – so war er zum letztenmal von einem Lebenden gesehen worden...

Delphine äußerte nichts, aber sie war sehr blaß, und Christoph spürte jenes bebende Widerstreben ihres Körpers, das sie seiner Berührung in manchen Augenblicken entgegensetzte. Cornelie mochte ahnen, was in ihr vorging; sie zog sie neben sich aufs Sofa, als sie sich wieder niedergelassen hatte, und nahm sie schweigend so in den Arm, daß der Kopf des Mädchens an ihrer Schulter ruhte. Delphine wehrte sich nicht. Sie schloß die Augen, ihr Gesicht spannte sich, als wollte sie weinen, dann sah Christoph erleichtert, daß der Krampf sich löste und die Maske eines traurigen, schlafenden Kindes zurückblieb. Er setzte sich stumm an Corneliens andere Seite, unversehens von tiefem Bangen beschattet – einem Bangen, wie er sich eingestand, und, wie er es sogleich in seinen Gedanken in eine unverfängliche Form bog, das gar nichts mit Delphine zu tun hatte, sondern mit einer Unruhe wegen jener blanken Uniform dort nebenan, und ob er sie heil würde zurückbringen können...

Dann fühlte er der Mutter Hand auf seinem Nacken und gab ihr nach, lag mit dem Kopf an ihrer anderen Schulter, nahe ihrer atmenden Brust, verharrte so, tastete nach Delphines kleiner Hand, die sich ihm überließ, und wurde wunderbar still.

Über ihre Häupter hinweg blickte Cornelie mit verdunkelten Augen ins Leere. –

XXXIV

Berlin, schon seit Ende Januar vom König, der Regierung und den Garden verlassen, also dem Anschein nach völlig der Willkür der französischen Militärgewalt überliefert, war während dieses Februars in Wirklichkeit ein ungeheures preußisches Truppenlager, in dem unter den Augen der fremden Besatzung die Zusammenziehung der ausgebildeten Ersatzkräfte und der massenhaft zuströmenden Freiwilligen aus der Kurmark vor sich ging. Die Bürgerschaft arbeitete Hand in Hand mit den einheimischen Militärbehörden; jeder Freiwillige ward zum Sohn der Stadt – der Landschaft, es gab nicht einen, der, zu arm, um sich selbst auszurüsten, in Sorge um Uniform, Armatur oder Pferd zu sein brauchte. Am 20. Februar gab es eine Panik unter den Franzosen: die ersten Kosaken vom Korps Repnin der Armee Wittgenstein kamen bis vor die Tore der Stadt geschwärmt, gelangten vereinzelt sogar hinein, und die Schießerei, die es in den Straßen gab, erschien der erregten Bevölkerung wie die Bluttaufe des neuen – ihres preußischen – Krieges. Die unsagbare Opferbereitschaft der Allgemeinheit war für Cornelie der wohltätige Sturm, in dem das Seufzen des eigenen Herzens sich völlig verlor. Tag für Tag hatte sie Haufen von Krümpern, Züge junger freiwilliger Jäger ausmarschieren sehen und war bange bemüht gewesen, sich an den Gedanken zu gewöhnen, daß auch Christoph bald mit einer solchen Schar davonziehen würde. Schließlich ward der 1. März für den Aufbruch von Rhinows Jägern bestimmt. Es war kein ganzes Bataillon, das er zusammengebracht hatte; immerhin betrug die Schar der Freiwilligen, die er seit dem vorigen Frühjahr in unermüdlicher Arbeit geworben, über vierhundert Mann, die sofort nach dem Bekanntwerden der königlichen Verordnung in Berlin zusammengetreten und einem der schon im Januar mit dem König nach Breslau abgegangenen Infanterieregimenter angereiht worden waren. Wie zu erwarten gewesen, war die Menge während der letzten Wochen noch angewachsen, und es waren gut fünf Kompanien, die Rhinow nach Schlesien führen konnte. Cornelie gedachte, die Nacht vor dem Aufbruch in Christophs Wohnung zu verbringen und ihn am Morgen nach dem Sammelplatz im Lustgarten zu begleiten. Corinna und Valdemaire waren am Tag vorher eingetroffen; außer ihnen hatten sich Delphine und Vesper am Abend des 28. Februar in dem Hause am Kupfergraben zusammengefunden, um bei einem einfachen Mahl den Abschied zu feiern.

Auch Vesper beabsichtigte, am anderen Tage nach Breslau zu reisen; sein anfälliger Körper schloß ihn vom Dienst mit der Waffe aus, er würde als Feldprediger mitgehen und hatte die Hoffnung, dem Korps zugeteilt zu werden, zu dem Rhinow mit den Seinen gehören sollte.

Eine gefaßte, ja eine Stimmung gedämpfter Heiterkeit beherrschte die kleine Tafelrunde. Die ersten Schneeglöckchen aus Hölkewiese, die Corinna mitgebracht hatte, schmückten den Tisch. Die beiden Frauen saßen auf dem Sofa, Christoph und Delphine ihnen gegenüber und Vesper und Valdemaire jeder an einer Schmalseite des ovalen Tisches. Cornelie fühlte sich unerklärlich befreit von der unruhigen Schwermut der letzten Zeit; sie fragte sich, wie das möglich sei und ob sie das Recht habe, gerade an diesem Abend fast leichten Herzens zu sein, so, als läge eine harte Arbeit hinter ihr, als sei Verantwortung von ihren Schultern genommen. Doch gelang es ihr nicht, einen klaren Gedanken zu fassen. Zweifellos sollte sie nichts tun, als immer nur Christoph ansehen und sich an seinem Anblick satttrinken; zweifellos ging von ihm die Kraft aus, die nicht nur in ihr, sondern in allen Anwesenden dies stille Entzücken entzündete, in dem jede Angst, jede schattende Ahnung sogleich zerging. Corinna hatte im Anfang den Versuch gemacht, ihren Eindruck festzustellen, indem sie staunend sagte: »Wie gut ihm die Uniform steht! Er darf sie nicht wieder ablegen!« Aber es war nicht dies, daß sein stolzer junger Kopf sich so prächtig über dem starken Rot des Kragens erhob, daß das schöne Ebenmaß seiner Gestalt, daß seine gute Art, sich zu bewegen, durch die anliegende Kleidung mehr hervortraten als bisher. Es war eine innere Macht, die er ausstrahlte, es war die Vollkommenheit des Zustandes, in dem er sich befand, die ihn wie einen Gast aus einer anderen schöneren Welt unter ihnen sitzen ließ. Vesper sprach es aus, als er sich zu Cornelie neigte und leise sagte: »Wo ein Mensch seinem Glück gewachsen ist, da wird er Gott wohl am ähnlichsten, mögen unsere Weisen von der veredelnden Wirkung des Schmerzes berichten, was immer sie wollen!«

War es aber Glück, was Christoph trug und erfüllte, so war es ein Glück ganz ohne Gegenstand, mit dem selbst Delphine nur unmittelbar zu tun hatte. Es war ein feiner, leichter, ätherischer Rausch, ein Gefühl aufgelöster Seele gleichsam, die bis in die zartesten Nerven des Körpers gedrungen war, so daß dieser Körper kaum noch empfunden wurde. Auf die Anspannung der letzten Tage, die die äußeren Vorbereitungen und der Tumult aufgewühlter Gefühle ihm zugemutet hatten, war diese schwingende Ruhe gefolgt, einem Allegro furioso ein verweilendes, sich ausbreitendes Adagio, das die Wölbung zwischen Himmel und Erde, den Kreis des Horizontes, zeitlich und räumlich auszufüllen und von ewiger Dauer zu sein schien. Christoph hatte in den letzten Tagen viel an seinen toten, niemals von ihm erblickten Vater denken müssen, so wie er ihm nach den Erzählungen der Mutter und Großmutter aus seinen frühesten Kinderjahren her in Erinnerung stand. Seit Jahren, vielleicht schon seit dem Verlassen von Mainz, war nicht mehr viel von Hans Adam die Rede gewesen, als habe der Tote sich nun auch aus diesem Bereich des Gedenkens verflüchtigt und bewohne eine höhere, schwerer zugängliche Ebene. Jetzt aber hatte er sich den Gedanken seines Sohnes immer wieder in den Weg gestellt, und selbst in den Träumen der Nacht begegnete er ihm, ein um weniges älterer Bruder. Waffenbruder! hatte Christoph gedacht und auf das zackige schwarze Loch gestarrt, das der andere, der ihm glich wie ein Spiegelbild, in seiner Uniform hatte, gerade über dem Herzen. Der hatte sie nicht heil nach Hause gebracht, seine Uniform... Aber war denn der Körper mehr als auch – eine Uniform – ein Dienstkleid, das eben abgelegt wurde, wenn es beschädigt war – entzwei ging – unbrauchbar wurde? Wie Hans Adam in jener letzten Nacht, die es ihm vergönnt war, in der Nähe seines Weibes zu atmen, in jener Nacht, der Christoph sein Leben verdankte, in Todesnähe und Zeugungsfülle gebannt das Dasein überwältigend spürte, so daß er in ihm schwang wie ein Gestirn durch das All, so war sein Sohn jetzt eins mit dem Gesetz seiner Bestimmung – nichts als nur Hingabe. –

Delphine an seiner Seite und die stillschweigende Anerkennung ihrer Zusammengehörigkeit durch die anderen, das war freilich ein ihm deutlich bewußter Teil seines Glücks. Indes, hätte er überhaupt gelebt, wenn Delphine nicht dagewesen wäre? Hingen – schwebten nicht wiederum er und sie gleichermaßen in dem warmen goldenen Strom, der von den Augen der Mutter aus über sie hinging? Er wußte es kaum, ob er schwieg oder Fragen beantwortete. Einmal war da ein Gespräch mit Vesper über die mutmaßliche Verwendung seines Regimentes beim Blücherschen Korps. Dann drang die Unterhaltung der anderen zu ihm und gab ihm das Gefühl, daran beteiligt zu sein. Er lächelte Cornelie an, als er Valdemaire die Verordnung erwähnen hörte, daß einzige Söhne von Witwen nicht verpflichtet seien, sich zu stellen; der gute Valdemaire hatte ein fast weinerliches Erstaunen im Ton, als er das feststellte. Warum also, meinte er, war es notwendig, daß Christoph derartig hinausdrängte? Konnte er nicht wenigstens abwarten, bis es gar nicht mehr ohne ihn ginge? Darauf hörte Christoph sich selbst sagen: »Hören Sie, Valdemaire – quod si Caesar illo die...« und sah seinen alten Lehrer mit ergebenem Lächeln abwehrend die Hand bewegen. –

Delphine war an diesem Abend sehr still, sehr blaß. Cornelie meinte zu beobachten, daß Vesper es vermied, das Mädchen anzureden, und daß Delphine ihrerseits seinem Blick auswich, doch es fiel ihr nicht ein, sich Gedanken darüber zu machen, auch nicht, als Vesper die Kleine einmal zwang, diesem Blick standzuhalten, und ganz jäh ein helles Rot in ihre Wangen stieg, um gleich wieder zu vergehen. Christoph hatte nach Lantz gefragt; er habe keine Gelegenheit mehr gehabt, sich von ihm zu verabschieden, sagte er. Vesper möchte ihn doch noch von ihm grüßen. Er hätte ja nichts gegen Lantz; wenn sie sich in der letzten Zeit so wenig gesehen hätten, so hätte dem keine Absicht Christophs zugrunde gelegen. Es war während dieser Worte, daß Vesper seine Augen von dem Sprechenden zu Delphine gehen ließ und sie scharf ansah, ganz kurz nur, aber eben mit jenem Erfolg. Dann versprach er gleichmütig, den Gruß auszurichten. Die Unterhaltung war inzwischen ins Schleppen geraten, und bald nach zehn Uhr brachen die Valdemaires nach ihrem Gasthof auf. Der nächste Morgen würde noch ein Wiedersehen bringen. Es war beabsichtigt gewesen, daß Delphine in der Begleitung des Ehepaars nach Hause gehen sollte, jetzt aber nahm Christoph seine Mutter beiseite. Sie dürfe ihm eine letzte Bitte vor dem Abschied nicht abschlagen, sagte er, sie heftig umarmend. Es ginge nicht anders – er müsse noch einmal mit Delphine allein sein, und ob denn Delphine nicht die Nacht hier im Hause verbringen könnte. Bei Kalischers würde sich niemand beunruhigen, da man annehmen würde, Delphine sei bei der Frau Tante geblieben. Seitdem der politische Wind sich gedreht hatte, war Herr Kalischer nämlich durchaus nicht mehr darauf eingeschworen, sich strikte an Loriots Vorschriften zu halten, und Delphine brauchte ihren Verkehr mit den preußischen Verwandten nicht mehr als Geheimnis zu behandeln. Cornelie war es, als habe sie den ganzen Abend geahnt, daß sie vor diese Frage gestellt werden würde; sie fühlte zu ihrer Verwunderung nicht einmal Enttäuschung darüber, daß sie selbst nun um die letzte Stunde ruhigen Beisammenseins kommen sollte, mit der sie gerechnet hatte. Was sie einzig empfand, war die Unfähigkeit, ihm etwas zu versagen, was er doch anscheinend nötig hatte. »Aber wie denkst du es dir nur?« fragte sie zaudernd, die Hand in seinem Haar und ganz verloren in den Anblick seiner in verzaubertem Flehen auf sie gerichteten Augen. Die Zimmer des ganzen Hauses, fügte sie hinzu, seien doch verschlossen, bis auf seine Räume und Vespers Stube. Für sie selbst richtete Fritz Dinnies soeben ein Lager auf dem Diwan in Christophs Wohnzimmer. Ach, das sei doch einfach genug, meinte er überredend. Sie, Cornelie, sollte sich in seinem Schlafzimmer zur Ruhe begeben; Delphine würde sich auf dem Diwan hinlegen, wenn sie müde würde, und er würde gut auf dem Sofa Schlaf finden. Sie war so weit, daß sie nur ergeben die Achseln zucken konnte. »Du wirst unausgeruht auf den Marsch gehen, Junge«, klagte sie nur, »wahrhaftig, du solltest dich in dieser Nacht noch einmal ordentlich ausstrecken können! Wer weiß, wann du wieder in ein richtiges Bett kommst!«

»Ach, Mutterle! Mutterlefrau!« bat er nur und streichelte sie.

»Und dann, du machst mich ganz irre! Es ist doch...«

»Gegen alle Sitte – ich weiß«, unterbrach er sie ruhig, »aber wer wird es jemals erfahren? Wen geht es etwas an? Und – wer weiß...«

»Ja, ja!« sagte Cornelie jetzt hastig, und ihr beschwörender Blick brachte ihn zum Verstummen. »Ja, Christoph! Mir ist alles recht!«

Sie saß noch eine Weile mit an dem Tisch, auf dem die Neigen des roten Weins in den Gläsern glühten. Christoph war noch einmal ins Nebenzimmer gegangen, um die letzte Hand an seinen Tornister zu legen. Cornelie sah auf Delphine, die mit aufgestütztem Kopfe träumend ins Licht blickte, und wieder überkam sie die alte Unruhe, als sei dies verschlossene Mädchengesicht die Formel eines für sie unlösbaren Rätsels. Die Auflösung, das wußte sie angstvoll wie in einem drückenden Traum, bedeutete Gram und Verderben. Wer aber wollte wagen, das in diese unschuldigen Augen hinein zu behaupten? »Delphine«, begann sie und verstummte wieder, als das Mädchen sich ihr sogleich lächelnd zuwandte, so, als hätte sie vielleicht heimlich auf diese Anrede gewartet und bei sich gezählt, neugierig, bei welcher Zahl die Tante zu sprechen anfangen würde. »Delphine«, sagte Cornelie mit Überwindung, »ich meine, jetzt ist doch alles vergessen, was zwischen uns stand, auch bei dir, Kind, nicht wahr? Ich glaube, daß Christoph sehr froh wäre, wenn du während des Krieges in Hölkewiese wärest. Willst du nicht morgen mit mir kommen, Delphine? –«

Delphine sah wieder starr vor sich hin. »Und – der Papa?« fragte sie kaum hörbar. Cornelie antwortete nicht gleich. Es fiel ihr schwer, zu glauben, daß Delphine immer noch ernstlich auf die Rückkehr des Verschollenen hoffte, aber das auszusprechen, schien ihr unmöglich.

»Du möchtest nicht von Berlin fortgehen, solange noch eine Möglichkeit ist...?« sagte sie sanft. Delphine nickte. »Ich kann nicht«, murmelte sie unbestimmt. Cornelie wartete etwas. »Gut«, sagte sie dann, »ich muß dich verstehen und darf dich nicht drängen. Aber – wirst du kommen, wenn...« Sie sprach nicht zu Ende. »Ja«, seufzte Delphine gequält. »Ja, Tante Cornelie. Hölkewiese – ja! Jetzt kommt ja der Frühling...« Sie hob das Gesicht zu Christoph, der hinter ihren Stuhl getreten war. Er beugte sich lächelnd zu ihr. »Der Frühling, ja«, sagte er, »warte du im Frühling und in Hölkewiese auf mich!«

Cornelie war in sich zusammengesunken. Sie fühlte sich plötzlich von tödlicher Müdigkeit wie gelähmt und brauchte Kraft, nur um sich zu erheben. »Gute Nacht, Kinder!« sagte sie und küßte beide wie einst vor dem Schlafengehen. »Legt euch bald nieder, ich sehe noch einmal nach euch.«

»Ich werde«, so sagte sie sich, als sie sich halb angezogen auf das Bett legte, »nach einiger Zeit zu ihnen hineinsehen und dafür sorgen, daß er zur Ruhe kommt...«

Das Bild der beiden, wie sie sie eben verlassen, aneinandergelehnt auf dem Sofa sitzend, schweigend und ganz in die gegenseitige Nähe versunken, wich ihr nicht aus dem inneren Gesicht. Kurz ehe der Schlaf sie hinnahm, fuhr sie noch einmal auf, wie von einem erschreckenden Anruf getroffen. »Mein Gott, sie liebt ihn ja gar nicht!« flackerte es ihr wirr durch den Sinn, »sie lehnt nicht anders an ihm wie als kleines Kind, wenn sie neben ihm in der Wiege lag und in seiner Nähe still wurde! Sie – sie trinkt ja von ihm, trinkt ihm das Herz leer...«

»Die Liebe, Madame«, hörte sie gleich darauf Buzzinis Stimme in sich sagen, »die Liebe, so sie glücklich sein soll, ist der Ausgleich zweier verschiedener Kräfte. Der Überschuß des stärkeren Teils fließt in den schwächeren ab...«

So wäre denn alles gut und in Ordnung! Eben erst meinte sie dies gedacht zu haben, als sie zu sich kam und, sich sogleich bestürzt aufrichtend, wußte, daß sie aus tiefsten Gründen des Schlummers auftauchte. Sie lauschte. Es war nichts zu hören als das schwarze Sausen der Nacht vor den Fenstern, das Tröpfeln des Regens. Die große englische Standuhr unten im Hausflur schlug klingend an: einmal, zweimal – noch einmal... Eine große Dankbarkeit, daß noch nicht Morgen war, überkam sie. Vorsichtig erhob sie sich und öffnete lautlos die Tür zum Nebenzimmer. Die beiden Kerzen, die Christoph noch spät frisch aufgesteckt hatte, waren fast heruntergebrannt. Das Sofa war leer. Christophs Waffenrock war über einen Stuhl geworfen, irgendwo streiften Corneliens Blicke ein grünes Kleidchen. Christoph und Delphine lagen eng aneinandergeschmiegt auf dem Diwan, der Rhythmus ihres friedlichen Atems stand im Raum wie das selige Geraune einer Sommerwiese. Cornelie log sich nicht vor, daß sie etwas anderes zu sehen erwartet hatte. Sie schlich zum Tisch, steckte eine frische Kerze auf, entzündete sie und löschte die alten. »Ihr sollt nicht im Dunklen aufwachen!« war ihr Gedanke dabei. Dann fand sie taumelnd zurück in den gnädigen Schlaf.

XXXV

Corneliens Ahnung, daß es mit dem Kommen Delphines nach Hölkewiese gute Weile haben würde, erwies sich nach dem Ablauf des März als vollauf bestätigt. Nicht nur dieser Monat, auch der größte Teil des April war verflossen, ohne daß eine andere Nachricht von dem Mädchen gekommen war, als stets von neuem die gleiche: sie sei noch immer im ungewissen, aber da immer noch Angehörige der Großen Armee aus Rußland zurückkämen, Gemeine sowohl als Offiziere, die krank oder invalide irgendwo liegengeblieben wären, so könnte sie die Hoffnung nicht aufgeben und fühlte sich nicht imstande, Berlin zu verlassen, wo eine Mitteilung des Vermißten sie am ersten erreichen, wo er selbst sie zunächst suchen würde. Das hatte sie innerhalb dieser Wochen drei-, viermal geschrieben; einmal, ganz im Anfang, aus freiem Antrieb, die nächsten Male kurz und gezwungen durch briefliche Anfragen von Cornelie. Cornelie nahm mit sonderbar gefaßtem Herzen Kenntnis davon; alles andere als wahre Hoffnung auf die Rückkehr des Vaters schien ihr aus den dürftigen und trockenen Worten der Nichte zu sprechen. Dies war ein Vorwand, um nicht nach Hölkewiese übersiedeln zu müssen, der am meisten einleuchtende und unwiderlegbarste, nach dem unbedenklich gegriffen worden war. Unerklärlich woher, aber mit unbezweifelbarer Sicherheit wußte Cornelie, daß Delphine schon damals, als sie sie in Berlin gesehen, nicht mehr geglaubt hatte, ihr Vater könne noch unter den Lebenden sein, und daß sie in ratloser Richtungslosigkeit dahintrieb wie ein Schiff mit zerbrochenem Steuer. Diese Hoffnungslosigkeit einzugestehen, freilich, das wäre unmöglich gewesen. Ebenso unmöglich aber war es, Delphine jetzt beim Wort zu nehmen, sie verantwortlich zu machen... Cornelie war mehr als einmal drauf und dran, nach Berlin zu fahren, sich nach ihr umzusehen, sie einfach zu holen. Sie begriff selbst nicht, was sie hemmte, zu handeln, oder sie begriff nur zu gut. Da war eine Einsicht in ihr, eine Einsicht, die sie nicht ins Licht des Bewußtseins steigen lassen durfte... Und so war es gut, daß auch sie Vorwände fand, vor sich selbst zu begründen, warum sie sich nicht von Hölkewiese fortrühren durfte: die Frühjahrsbestellung, unendlich erschwert durch den Mangel an jungem kräftigem Mannsvolk, machte ihre Anwesenheit unentbehrlich. Die alten und siechen oder schwächlichen Leute, die noch zur Verfügung standen, bedurften ihrer fortwährenden Anfeuerung und Ermutigung, um die Arbeit zu schaffen. Dubbicke, den die Behörde sehr gegen seine Wünsche zurückgeschickt hatte, damit er den Landsturm der Gemeinde weiter drillte und exerzierte, konnte mit allem Wettern und Schimpfen nicht das erreichen, was sie einfach durch ihr Erscheinen, durch menschliches Zureden fast unmerklich zuwege brachte. Zudem bekam sie das Vertrauen ihrer Bauern jetzt mehr als jemals zuvor zu fühlen. Es kam zweimal vor, daß sie nachts aus dem Bett geholt wurde, und beide Male handelte es sich um den Rat und die Hilfe einer Wehmutter, die von ihr verlangt wurden, da in dem einen Fall

Mutter Zilm, die weise Frau des Dorfes, über Land war, in dem anderen jedoch eine wertvolle Kuh zu verkalben drohte. Die Leute kamen schließlich mit allen großen und kleinen Anliegen zu ihr; bei ihr holten sie sich die neuesten Nachrichten vom Stand der Kriegslage, die nur allzu spärlich eintrafen und noch nichts Entscheidendes sagten. Daß der Blücher nach Sachsen einmarschiert sei und der Junker Christoph und ein paar Jungen aus dem Dorf mit ihm; daß sie sich hin und wieder schon mit den Franzosen gekabbelt hätten, ohne daß von einer wirklichen Schlacht die Rede hätte sein können, das war bisher das einzige gewesen, was die Zeitungen brachten. Von Christoph waren zweimal Briefe gekommen; sie berichteten von den kleinen Wechselfällen des Feldzuges wie von einer Fahrt durch den Frühling. Die Freiheit des Lagerlebens, das Glück der Verbundenheit mit auserlesenen Kameraden, die traumhafte Möglichkeit des großen Abenteuers hinter jeder Wegbiegung, das alles schien ihn nicht weniger zu begeistern und auf Wolken dahinzutragen als die Erinnerung an die letzte Zeit in Berlin. Als Cornelie diese Briefe am Abend vor dem 25. April, seinem einundzwanzigsten Geburtstag, hervorholte, um sie zum wiederholten Male zu lesen, erkannte sie plötzlich mit dunkler Bestürzung, daß sie sie empfangen und aufgenommen hatte wie Botschaften von einem fernen Stern, mit dem es nie eine andere Verbindung geben würde als diese, und daß auch diese Mitteilungen letzten Endes von ihr als bedingt empfunden wurden: sie konnten sehr plötzlich abbrechen, und dann blieb nichts anderes übrig, als abzuwarten, daß auch sie selbst die Reise nach jener seligen Insel im All würde antreten dürfen.

Was sie erschreckt hatte, war die Vorstellung gewesen, sie möchte Christoph mit dieser Auffassung irgendwie Abbruch tun; hatte sie, die ihn geboren, nicht sein Leben als aufgegeben erklärt, wenn sie so dachte? Es war eine sonderbare lichte und kühle Klarheit in ihr, aus der heraus ihr die Antwort ward: es gäbe Schlimmeres für ihn als den Tod! In dieser Nacht hatte sie einen Traum, aus dem sie erregt und glücklich erwachte, um gleich darauf, als sie sich seiner bewußt ward, tief zu erschauern. Christoph war einen von dunklen Eiben eingefaßten Weg entlang auf sie zugeschritten, und je näher er gekommen war, desto mehr hatte sich seine Gestalt aus der des Soldaten in die des

Knaben, der er gewesen, und schließlich in die des Kindes, das in Mainz zu ihren Füßen gespielt, das sein Bettchen neben ihrem Bett gehabt hatte, verwandelt. Sie hatte ihm die Arme entgegengebreitet, um ihn plötzlich an ihrer Brust zu halten, aber, ach, nur für einen Augenblick, dann war er ihr zwischen den Händen vergangen, entschwunden. Und: Er ist wieder in mir! hatte sie gedacht, und unnennbare Seligkeit hatte sie so bewegt, daß sie aufwachte. »Da wärst du freilich geborgen, mein Kind!« seufzte sie in die Nacht, als der Tränenstrom, der sich nun endlich einmal gelöst, versiegt war. –

Der nächste Posttag brachte drei Briefe; sie riß den von Christoph hastig auf, überflog ihn, nur um zu begreifen, daß er lebte und gesund sei, und las ihn dann mit flüsternden Lippen, Wort für Wort. »Er meint, daß sie für eine Weile nach Leipzig oder Halle gelegt werden«, sagte sie zu Corinna, die bei ihr saß. »Er bittet mich, mit Delphine hinzukommen, er wird uns noch einen Kurier schicken. Er ist nun doch Leutnant geworden, ›nach einer kleinen Affäre, bei der man zufrieden mit mir war‹, schreibt er. Mein Gott, Corinna...«

»Nun, Sie sehen, daß er sich auszeichnet und vom Glück begünstigt wird, um es so auszudrücken«, sagte die Freundin ruhig. »Was wollen Sie mehr?« Dann, als Cornelie sich wieder in ihren Brief versenkte, musterte sie die Aufschriften der noch auf dem Tisch liegenden Postsachen. Cornelie sah jetzt auf. »Sie haben recht«, sagte sie ernst, »er hat Glück, im wortwörtlichen Sinn: er hat es in sich. Seit er meint, Delphine zu besitzen, hält er die Welt mit seiner Seele im Gleichgewicht. Ja, ich bin ruhig, Corinna...« Sie nahm die anderen Briefe und betrachtete sie. »Seit – er meint...«, wiederholte Corinna. »Oh, legen Sie nicht jedes meiner Worte auf die Goldwaage, Teuerste!« sagte Cornelie ungeduldig. »Tun Sie mir lieber den Gefallen, diese Briefe zu öffnen und mir zu sagen, was sie enthalten. Ich – ich möchte heute morgen nichts Peinliches vor die Augen bekommen.«

Corinna sah sie an, schüttelte leise den Kopf und nahm gehorsam das Falzbein. Cornelie erhob sich, ging zum Fenster und beschäftigte sich damit, den Topfpflanzen Wasser zu geben.

»Vom Militärwaisenhaus in Potsdam!« sagte Corinna erstaunt. »Man teilt Ihnen mit, daß – ja, kann denn das stimmen? – daß man dankbar von Ihrem Angebot Kenntnis genommen habe und daß man mit Freuden darauf eingehe, Ihnen drei junge Söhne gefallener Offiziere aus den letzten Kriegen zur Erziehung nach Hölkewiese zu überweisen… Cornelie! Hatten Sie nicht an Christoph genug? Aber«, fügte sie den Blick senkend und mit leiser Stimme eilig hinzu: »Wie gut ist das wieder von Ihnen! Wir werden Leben ins Haus bekommen…«

»Ja«, sagte Cornelie, zum Fenster gewandt, »Leben… Aber ob es gut von mir ist, ich meine, nur gut? Klug ist es, rechtzeitig die Raben zu zähmen, die einem Brot bringen sollen, wenn Gott seine Hand abzieht… Aber der andere Brief, Corinna! Der andere!« rief sie und wandte sich um. »Der ist von Voß. Um Gottes willen, was hat er zu schreiben?«

»Er meldet seinen Besuch an, und zwar für den 1. Mai, also schon für heute«, sagte Corinna ein wenig unwillig, als sie gelesen. »Ich weiß wirklich nicht, warum Sie das so irritiert, liebste Cornelie. Angenehm ist es freilich nicht, aber es geht vorüber.« –

XXXVI

Voß war im März mit dem Yorckschen Korps aus Preußen zurückgekehrt, aber als ein kranker Mann, dem die Folgen einer schweren Schenkelverwundung so viel zu schaffen machten, daß er an dem neuen Feldzug nicht teilnehmen konnte, sondern sich mit einem Kommando bei der Berliner Bürgerwehr zufriedengeben mußte. Er hatte Cornelie dies vor einiger Zeit mitgeteilt und zugleich um die Erlaubnis gebeten, ihr gelegentlich seine Aufwartung machen zu dürfen. Seine zähe Anhänglichkeit, die, wie sie wohl fühlte, mehr dem Ort und den Erinnerungen galt, die ihn damit verbanden, war ihr ausgesprochen lästig. Sie hatte die Antwort auf seinen Brief hinausgeschoben und war, wie sie sich einzureden suchte, hauptsächlich ärgerlich, weil er sich, ohne ihre Zusage abgewartet zu haben, nun einfach anmeldete. Im Hintergrund dieses Ärgers aber lauerte etwas anderes, jenes Gefühl, mit dem sie in den Mainzer Jahren vor dem Anblick seiner steifen Schriftzüge zurückgebebt war. Er war und blieb ihr der Unglücksbote.

Wenige Stunden später rollte der Wagen, der ihn brachte, auf den Hof, und der Mann, der sich ihr dann im Wohnzimmer am Stock mühselig entgegenschleppte, hatte nichts mehr von dem finsteren martialischen Selbstbewußtsein an sich, das sie früher von vornherein aufgebracht hatte. Dies war ein zerbrochener Mensch, fühlte sie mit unklarem Schrecken, irgendwie überschauert von der Ahnung, daß hier ein Unglück vorlag, das auch sie anginge. Sie gab ihre Abwehrstellung ohne weiteres auf, nur bemüht, es ihm zunächst bequem zu machen. »Man hat Ihnen übel mitgespielt, Major!« sagte sie, als er mit hochgebettetem Bein im Lehnstuhl vor ihr saß.

»Das da, gnädige Frau«, sagte er ächzend, die Hand auf die Hüfte legend, »wäre nicht das Übelste.« Er machte eine schreckliche Pause, während derer er stoßweise vor sich hin atmete und nach Worten zu suchen schien. Cornelie sah ihn mit Beunruhigung und unüberwindlicher Abneigung an. Er war verfallen und gelb im Gesicht, ein kranker Mann. Warum empfand sie kein Mitleid? Jetzt hatte er sich gesammelt; er hob den Kopf und richtete die Augen auf sie, um sie gleich wieder fortzuwenden.

»Ich komme im Auftrag Ihrer Nichte Delphine«, sagte er heiser. Cornelie war zusammengefahren. Also das war es! Sie schwieg. Sie blickte ihn an. »Reden Sie!« sagte sie rauh, als er mit malmenden Kiefern stumm blieb, wie in Versuchung, sich lieber die Zunge zu zerbeißen, als auszusprechen, was nötig war. Mit Anstrengung sagte er nun:

»Ich bin Delphine bald nach meiner Rückkehr einmal in der Oper begegnet. Ich habe sie dann häufig wiedergesehen, sie hat immer noch Affektion für den alten Freund ihrer Kindheit. Aber ich habe gar keinen Einfluß auf sie, Madame.«

Er schüttelte schwer mit dem Kopf und starrte vor sich hin, als sähe er Unbegreifliches vor sich.

»Delphine war sehr unglücklich«, fuhr er fort, »ihr Vater scheint tot zu sein, sie ist seit einem halben Jahr ohne Nachricht von ihm. Das wissen Sie.« Er schwieg von neuem. Cornelie legte ihm die Hand auf den Arm. »Major«, sagte sie eindringlich, »sagen Sie mir jetzt kurz, was zu sagen ist! Sie sehen mich auf das Schlimmste gefaßt.«

»Auf dieses doch wohl nicht, Madame«, sagte Voß, und in seinen Augen stand mitleiderregende Verzweiflung. »Ihre

Nichte hat sich vorgestern mit dem Schauspieler Louis Lantz nach Hamburg begeben, um mit ihm ein Engagement am dortigen Theater anzutreten. Später will sie sich mit ihm verheiraten. Das ist die nackte Wahrheit. Ich habe nicht die Kraft, sie Ihnen schonender mitzuteilen.« Er legte das Gesicht in beide Hände.

Cornelie bemerkte plötzlich, daß sie ihn verlassen hatte und drei Zimmer weiter vor dem Tisch stand, an dem Corinna arbeitend gesessen hatte und nun aufgefahren war, sie entsetzt anblickend. »Cornelie – was ist geschehen?« Cornelie bewegte stumm den Kopf. »Mein Christoph!« seufzte sie auf. Corinna schrie: »Nein!« Cornelie kam zu sich: »Das...«, stammelte sie, »das noch nicht! Aber – Delphine...« Sie gab der Freundin einen Wink, ihr zu folgen. Von Corinna gestützt, fand sie ins Wohnzimmer zurück, Voß hatte sich inzwischen gefaßt. Er berichtete jetzt zusammenhängend in trockenem Ton. Er habe Delphine in einem Zustand vollendeter Rat- und Haltlosigkeit angetroffen. Sie habe sich auf ihn geworfen wie auf den letzten Freund, der ihr geblieben wäre, und hätte ihm ihr volles Vertrauen geschenkt, ohne sich doch auch nur im geringsten von ihm beraten zu lassen. Sie müsse Theater spielen, hätte sie ihm immer wieder leidenschaftlich erklärt. Der einzige, der sie daran hätte hindern können – ihr Vater –, sei tot. Sie wisse, daß Tante Cornelie es gut mit ihr meine, und Christoph liebe sie wie einen teuren Bruder; aber ihn heiraten und mit ihm in Hölkewiese leben – das könne sie nicht. »Und dann war da dieser fahle Bursche – dieser Hidalgo, der sie behext hatte – dieser Lantz... Er sie – aber sie wohl auch ihn! Gnädige Frau – ich habe Ihre Schwester geliebt. Sie wissen es, aber wenn Charlotte einen Mann bezaubern konnte, Delphine bringt einen um den Verstand! Nein – ich bin nicht der Narr, mir mit Hoffnungen geschmeichelt zu haben... Aber...«

Eine peinvolle Pause entstand. »Da röhre ich wie ein alter Hirsch«, schnaubte der Major endlich. »Dabei hatte ich ziemlich abgeschlossen, als ich mich hierher auf den Weg machte. Ich bitte Sie nicht um Ihre Gastfreundschaft, gnädige Frau. Ich habe meine Aufgabe erfüllt und werde in Zukunft Hölkewiese nicht wiedersehen. Glück – das war ja wohl keine Vokabel für mich.«

Er hatte sich aus dem Sessel emporgearbeitet und verbeugte

sich steif vor den Damen. »Wenn wir es nur wissen, daß es sich letzten Endes um nichts als – Vokabeln handelt, Major!« sagte Corinna, der es nie darauf ankam, an wen sie ihre Einfälle verschwendete, »Glück oder Unglück – zwei Ausdrücke für die Arbeit Gottes an uns...«

Der Major blickte sie starr an. »Ich bin nicht Philosoph genug, um Ihnen folgen zu können, Madame«, sagte er dann und verbeugte sich nochmals. Er wandte sich an Cornelie: »Sie haben keine weiteren Fragen an mich, Frau von Echter? Freilich wüßte ich selbst nicht, was noch zu sagen sein könnte.« Da Cornelie schwieg, setzte er hinzu: »Ich weiß, daß Sie nicht immer Ihren Freund in mir sehen durften, gnädige Frau. Aber wenn ich Ihnen je Unrecht zugefügt habe, glauben Sie mir: es ist abgebüßt!«

Cornelie reichte ihm die Hand: »Ich glaube es selber, Major«, sagte sie tonlos. »Aber – was heißt Unrecht? Wir sind arme Menschen.« –

XXXVII

Am nächsten Tage – dem 2. Mai – war der Zustand der alten Liebenschütz sehr schlecht, und zwar weniger körperlich als seelisch. Die Fünfundachtzigjährige, die immer noch auf den Füßen war, Blumen pflegte und die Vögel vor ihren Fenstern fütterte, hatte zuweilen Tage, an denen sie in schrecklicher Unruhe nach Cornelie verlangte und ihr verworrene Ahnungen und Befürchtungen zuflüsterte, dunkle Gesichte und Träume, die sie niemandem anzuvertrauen wagte als allein diesem ruhigen Herzen, aus dem jedesmal schließlich Beschwichtigung auf sie überströmte. Heute jedoch lag sie zusammengekauert auf ihrem Sofa, und kein Zureden, kein Streicheln vermochte sie zum Reden zu bringen. Mit eiskalten Händen umklammerte sie Corneliens Finger, und ihre ausgeblaßten Augen starrten derart angstvoll ins Leere, der dünne Puls an ihrem Handgelenk arbeitete so rasend, daß Cornelie sich, anstatt wie sonst unermüdlich trösten und zusprechen zu können, bald selbst von fieberhafter Furcht befallen fühlte. Sie ließ Corinna und Valdemaire rufen, um der Alten ein stärkeres Gefühl der Menschen-, der Freundesnähe zu geben, aber die Beklemmungen ließen nicht nach, und das Wimmern, das ab und zu aus der schmalen fliegenden Brust stieg, zeigte an, daß das arme Hirn der Greisin den fürchterlichsten Vorstellungen unterworfen war. Sprechen – nein! Sie wollte nicht oder sie konnte nicht. Corinna, die es nicht mehr mit ansehen konnte, beugte sich endlich zu ihr: »Wollen Sie vielleicht den Pastor haben, Demoiselle?« fragte sie. »Das Abendmahl...«, fügte sie hinzu, Cornelie fragend ansehend. Cornelie fühlte einen jähen krampfhaften Druck an ihrer Hand. »Ja? Möchten Sie das, meine gute Liebenschütz?«

Die Alte bewegte heftig zustimmend den Kopf. »Ja, ja! Und Sie auch, Cornelie! Sie auch!« – »Ich auch? Ach, meine gute Alte...« Sie sah traurig lächelnd in das bebende und zuckende greise Gesichtchen. Valdemaire war indessen gegangen, um Hermes zu holen. »Ja«, keuchte die Liebenschütz, »ja, ja! Wir alle! Ja, ja!« Cornelie sah auf Corinna; die Blicke der beiden Frauen blieben ineinander hängen, tauschten Frage und Antwort. Cornelie fühlte ihre entsetzliche Erschöpfung auf einmal wie Hunger und Durst – einen Durst, einen Hunger, den irdische Speise nie mehr zu stillen vermögen würde.

»Mamsellchen«, flüsterte sie verzagt, »aber das geht doch nicht. Wir sind doch katholisch...«

»Ach, ach!« die Alte lächelte ganz verklärt, »was sagen Sie da, Cornelie? Wir haben alle nur einen Herrn...«

Sie saßen schweigend, bis Valdemaire mit Hermes zurückkehrte. Im Hausrock, wie er vom Schreibtisch aufgestanden war, war der Pfarrer herübergeeilt. Er stellte die Abendmahlsgeräte auf den Tisch vor dem Sofa. Corinna war schweigend hinausgegangen und kehrte mit zwei brennenden Leuchtern zurück.

»Gute Demoiselle«, sagte Hermes und kniete neben der Greisin nieder, »haben Sie mir etwas zu sagen? Sollen die anderen uns allein lassen?«

Die Liebenschütz griff nach Corneliens Hand. »Nein, nein! Hierbleiben! Alle hierbleiben. Beten Sie mit uns, Herr Pastor!« Corinna besprach sich im Hintergrund mit ihrem Gatten. Valdemaire dachte nach, dann nickte er ernst, und beide traten hinzu. Cornelie atmete tief; »Herr Pastor«, sagte sie, »Sie sehen uns bereit, an der Feier teilzunehmen, und bitten Sie, uns das

Abendmahl nicht zu versagen. Die Demoiselle – weiß wohl, warum sie es wünscht...«

Die Stimme versagte ihr. Tränen rannen über ihr Gesicht. Hermes war einen Augenblick in Verwirrung; er sah fragend zu Valdemaire auf. Valdemaire sagte: »Christus wußte nicht von Katholiken und Protestanten – und wir glauben an Ihn. Seinen Gläubigen hat er diese Speise gegeben und nicht einer Kirche...«

Hermes füllte schon den Wein in den Kelch, er legte die Oblaten auf die Patene. Er sagte ihnen das Sündenbekenntnis vor und sprach sie frei; seine Stimme ließ die ewig bestehenden Worte der Einsetzung Gestalt werden, und dann gab er ihnen das Brot und auch den Wein.

Niemand sprach, als sie auseinandergingen. Sie reichten sich stumm die Hände. Es war sechs Uhr abends.

Cornelie blieb bei der Greisin, bis die Dunkelheit anbrach. Sie sah über die Baumkronen des Gartens hin und fühlte unirdische Ruhe. »Nun ist alles gut – Frieden auf Erden...«, hatte die Alte gelallt, ehe sie in sanften Schlummer verfiel. –

XXXVIII

Am Abend des 5. Mai saß Cornelie mit Corinna auf der Bank im Teehäuschen, von der aus die Straße bis zum Walde zu übersehen war. Seit drei Tagen war sie allabendlich um diese Stunde hierhergegangen, nachdem sie die Zeit von Sonnenaufgang an in rastloser Tätigkeit zugebracht hatte. Mit Hilfe der Mägde war sie dabei, mehrere Zimmer des Hauses für die aus Potsdam erwarteten Knaben einzurichten, darunter auch die Stube, die Delphine bewohnt hatte und die seit ihrer Abreise verschlossen und unbenutzt stand. Handwerker aus dem benachbarten Städtchen waren schon an der Arbeit, dem ganzen ersten Stockwerk ein verändertes Aussehen zu geben. »Vielleicht bleibt es nicht bei dreien«, hatte Cornelie der Freundin auf deren schüchtern geäußertes Erstaunen über den Umfang der Veränderungen geantwortet, »es wird viele Waisen geben nach diesem Krieg...«

Corinna hatte nicht geantwortet; mit keinem Wort versuchte

sie das fieberhafte Tun einzudämmen. Aber wenn Cornelie ruhte, war sie in ihrer Nähe, und auf diesen Abendgängen blieb sie an ihrer Seite, ungeachtet der dunklen Schweigsamkeit, die Cornelie umgab wie eine Schicht fremder Luft; sie nur allein konnte darin atmen, und von ihr eingehüllt schritt sie dahin gleich einer bereits Entrückten, die nur noch ein Gast in ihrem Eigentum ist.

Als die Frauen an jenem Abend des 5. Mai auf dem Hügel saßen und stumm nach dem Walde hinüberblickten, der wie eine schwarze Mauer vor dem kühlen grünlichen Himmel stand, löste sich eine Gestalt aus der Dunkelheit dieses Hintergrundes, und allmählich war die Erscheinung eines Reiters erkennbar, der sich auf müdem Pferd langsam dem Dorf näherte. Es war ein kleines Pferd, und der Mann darauf schien des Reitens ungewohnt; er saß vornübergebeugt, sein langer weiter Mantel hing über den Sattel herab, und sein breiter Hut gab ihm das Aussehen eines Pilgers, dem es nicht eilt, an sein Ziel zu kommen.

Dennoch war er ein Pfeil, und das Ziel war ein Herz. –

Ohne ein Wort zu wechseln, hatten beide Frauen erkannt, daß es Vesper war, der da kam. Corinna rührte sich nicht. Erst als Cornelie sich erhob – der Reiter hatte die Koppel erreicht –, stand sie auf, aber sie wagte es nicht, in das Gesicht der anderen zu sehen. Sie folgte Cornelie, die in einer Art den Hügel hinabschritt, als würde sie fortgetragen und wüßte nichts von dem Boden unter ihren Sohlen. Dort, wo der Weg sich teilte, blieb sie stehen und fand ihre Stimme, wie ein Instrument, dessen sie sich ehemals zur Verständigung bedient hatte, das ihr noch gehorchte und das sie – vielleicht – noch eine Weile nötig haben würde wie diesen Körper, der ja noch um sie war.

»Gehen Sie ihm entgegen, Corinna«, sagte sie. »Bringen Sie ihn zu mir. Ich warte im Wohnzimmer.«

Hierauf ging sie allein über die Terrasse ins Haus. Doch war jemand neben ihr, dessen Nähe sie seit drei Tagen immer gespürt hatte, und er stützte sie jetzt: ganz deutlich fühlte sie seinen Arm. »Fürchte dich nicht, liebe Mutter«, sagte er. »Du weißt doch: ich kann gar nicht sterben...«

Indem sie den Saal betrat, sagte sie laut vor sich hin: »Ja, Christoph, ja! Nur – solange ich noch hören – schmecken – fühlen muß – so lange ist es doch – schwer. Laß vergehen das Gesicht...«

Das Wohnzimmer war jetzt dort, wo Dubslaw Tracht in seinen letzten Lebensjahren gehaust hatte. Sie ließ sich in dem Lehnstuhl am Fenster nieder. Hier, so erinnerte sie sich plötzlich, hatte sie in jener angstvollen Heimkehrstunde gestanden und auf den Vater gewartet. Sie starrte auf die Terrasse hinaus. Damals war doch die Taube wiedergekommen – die Taube, die dann geblieben war…

Die Taube war doch der Heilige Geist…

Sie sagte stumm: »Ich glaube an den Heiligen Geist – eine heilige, allgemeine christliche Kirche…«

Die Haustür erklang – Schritte kamen den Flur herauf.

»Wenn ich zu Ende komme, ehe er das Zimmer betritt, bringt er Gutes«, dachte es verzweifelt in ihr.

»… die Gemeinschaft der Heiligen – Vergebung der Sünden – Auferstehung des Fleisches…«

Die Schritte hatten vor der Tür haltgemacht, lautlos wurde geöffnet; ein hoher Schatten, trat die Gestalt Vespers über die Schwelle.

»Und ein ewiges Leben – ein ewiges Leben…«, flüsterte Cornelie.

»Setzen Sie sich zu mir, Vesper«, hörte sie sich dann ganz sanft sagen, »und erzählen Sie mir, wie mein Junge gestorben ist.«

Es verging eine Weile in Schweigen, da Vesper zu stark weinte, um sprechen zu können. Cornelie saß still und blickte in den dämmerigen Garten. Zuweilen trocknete sie sich die Wangen; ihre Tränen flossen ohne Schluchzen, wie Blut aus einer Wunde.

Endlich begann Vesper mit Stocken.

Am 2. Mai, sagte er, sei es in Sachsen, nicht weit von Lützen zu einer großen Schlacht gekommen. Es sei um mehrere Dörfer gegangen, und Blücher habe das Dorf Großgörschen den Franzosen gleich beim ersten Ansturm entrissen, es aber nicht behaupten können. Beim zweiten Angriff seien dann die Rhinowschen Jäger ins Treffen gekommen, und dabei…

»Ich war im Lager bei den Ambulanzen, wo es genug zu tun gab«, erzählte Vesper. »In dem ungeheuren Tumult, der herrschte, bei der fürchterlichen Kanonade, die die Erde erbeben ließ, hatten wir alle nur noch Augen für einzelne Gliedmaßen und ihre Wunden, kaum noch für die Menschen selber.

Dennoch erkenne ich plötzlich Fritz Dinnies und Achatz Rohr, die wieder ins Feuer zurückeilen. Achatz stürzt auf mich zu. ›Wir haben‹, schreit er mir ins Ohr, ›Christoph gebracht. Er ist verwundet. Sehen Sie nach ihm!‹ Ich suchte – mein Gott, ich fand ihn bald. Sie hatten ihn auf einen Rasenabhang neben andere gebettet; der Chirurgus war eben mit ihm beschäftigt gewesen, und ich sah ihn seinen Gehilfen anweisen, Christoph eine Decke zu geben. Seinem Gesicht sah ich an... Später hat er mir gesagt, die Kugel habe im linken Lungenflügel gesteckt, und es sei nichts zu machen gewesen; wahrscheinlich habe eine langsame innere Verblutung stattgefunden. Christoph sah mich ganz freundlich an, als ich zu ihm trat; er schien kaum Schmerzen zu haben. Viel sprechen konnten wir nicht, obgleich er es wohl gewollt hätte. Aber er konnte nur flüstern, und es war ja so laut. Ich brachte ihm Wasser und ging immer wieder zu ihm; zuweilen schien er zu schlafen – dann lächelte er mich wieder ganz klar an. Einmal verstand ich, daß er sagte: ›Die Uniform ist kaputt – schade! Tut aber nicht mehr weh...‹ Ich machte ihm verständlich, daß er nun bald nach Hause kommen würde, worauf er hauchte: ›Schön!‹ Dann verlangte ein Kapitän, den sie neben ihn gelegt hatten und der schrecklich litt, ich sollte ihm das Abendmahl reichen, und als ich es tat, bot ich es auch den anderen an, die dort lagen. Zuletzt kniete ich neben Christoph, und seine Augen baten mich, ihn nicht auszuschließen. Ich habe es ihm dann gereicht, auch den Kelch – und dann ist er bald ganz eingeschlafen – mit Lächeln...«

Das Zimmer war nun völlig dunkel, und es blieb sehr lange still, als Vesper geendet hatte. Endlich fragte Cornelie mühsam:

»Wann war das? Um welche Zeit?«

»Es war zwischen fünf und sechs Uhr abends.«

»Zwischen fünf und sechs«, sagte Cornelie, als bestätigte sie sich selbst etwas.

»Die Schlacht ging bis tief in die Nacht«, sagte Vesper. »Wir konnten erst gegen Morgen daran denken, die Toten zur Ruhe zu bringen. Ach, längst nicht alle! Ja, viele Frauen weinen in diesen Tagen gleich Ihnen, gnädige Frau! Aber es waren« – ein bitterer Ton war in seiner Stimme – »doch einige auch davongekommen. Solger – Fritz Dinnies – sie fanden sich ein, um mir zu helfen. Nur Freunde haben Christoph berührt. Wir gruben ihm das Grab dort, wo er gestorben war. Es stehen ein paar Birken da – er liegt gut...«

»Er liegt gut...«, wiederholte Cornelie für sich.

Vespers Stimme klang sehr hilflos, als er wieder begann: »Ich darf es nicht versuchen, Ihnen Trost anzubieten, Frau von Echter. Aber dies müssen Sie doch wissen: Christoph ist der glücklichste Mensch gewesen, den ich gekannt habe. Nicht im banalen Sinn, sondern – ich kann es nicht anders ausdrücken – weil er Gnade bei Gott und den Menschen hatte.«

»Das ist wahr. Ich habe ihn mir ja auch vom Himmel herabgezogen!« sagte Cornelie irr in die Nacht hinaus.

Vesper wartete demütig, ob sie etwas hinzufügen würde. Dann sprach er leise: »Und Gott zog ihn wieder zu sich, ehe die Qual der Welt ihm etwas anhaben konnte...«

Cornelie fragte flehend: »Er hat es nicht mehr erfahren, Vesper? Sie wissen es, was ich meine!«

»Ich habe es jetzt auf der Durchreise in Berlin gehört«, antwortete Vesper gepreßt. »Nein, gnädigste Frau – er ahnte es nicht. Noch am Abend vor der Schlacht sprach er von einem Wiedersehen in Leipzig. Er war so still, so froh an jenem Abend. Und als er starb, wußte er nicht, daß das der Tod war, und er glaubte, daß die Unseren den Sieg hätten.«

»Es war kein Sieg?« fragte Cornelie.

Vesper zögerte. »Kein voller Sieg«, sagte er. »Die Waage schwankte. Wir kämpfen weiter.«

Lange Zeit blieb es wieder still.

Endlich sagte Cornelie:

»Ihr kämpft weiter, und wir... leiden weiter...«

Vesper antwortete leise und ehrerbietig:

»Aber der Tag wird kommen – und er *muß* kommen –, da die Tränen der Frauen stark genug sein werden, um gleich einer Flut das Feuer des Krieges für ewig zu löschen. Der Tag, da der Geist – die Taube – unter dem heiligen Regenbogen über der wiedergeborenen Erde schwebt – und dann...«

Ein altes Wort von Valdemaire ging Cornelie im Herzen auf, und sie sagte es mit gebrochener Stimme:

»Dann setzt der Sohn der Mutter die Krone aufs Haupt.«

Pfingsten 1930

Inhalt

Ina Seidel

eine der großen Repräsentantinnen deutscher Literatur in diesem Jahrhundert, wurde am 15. September 1885 als ältestes Kind eines Arztes in Halle an der Saale geboren. Sie entstammt einer bedeutenden Schriftstellerfamilie: ihr Onkel war Heinrich Seidel (1842–1906), der Autor des »Leberecht Hühnchen«; auch sein Sohn, der evangelische Pfarrer Heinrich Wolfgang Seidel (1876–1945), machte sich als Erzähler einen Namen (»Krüsemann«), ebenso Ina Seidels Bruder Willy Seidel (1887–1934).

Ina Seidel wuchs in Braunschweig und Marburg auf. Nach dem Freitod des Vaters im Jahre 1897 zog die Familie nach München. 1907 heiratete sie ihren Vetter Heinrich Wolfgang Seidel, mit dem sie zunächst in Berlin und Eberswalde lebte und später am Starnberger See.

Bestimmend für das umfangreiche Werk Ina Seidels wurde ihre Religiosität. Schon in ihrer frühen Lyrik – die ersten Gedichtbände erschienen 1914 und 1915 – heißt es: »Ich bin das nicht, die singt und selig tut, doch selig bin ich, bebend zuzuhören« und »Wenn Gott mir fern ist, bete ich zur Erde.« Beide Bände wurden 1918 unter dem bezeichnenden Titel »*Weltinnigkeit*« zusammengefaßt. Es folgten die Versbände »*Neue Gedichte*« (1927), »*Die tröstliche Begegnung*« (1934).

Auch das erzählerische Werk Ina Seidels stand von Anfang an im Zeichen christlicher Dichtung. Erste Prosaveröffentlichungen waren »*Hochwasser*« (1921), »*Die Fürstin reitet*« (1925), »*Renée und Rainer*« (1928), »*Der vergrabene Schatz*« (1929). Diesen Novellen- und Erzählungsbänden folgte 1940 die romantische Erzählung »*Unser Freund Peregrin*«.

Weithin bekannt aber wurde Ina Seidel vor allem mit ihren großen Romanen »*Das Labyrinth*« (1922), »*Das Wunschkind*«

(1930), »*Lennacker*« (1938), »*Das unverwesliche Erbe*« (1954), »*Michaela*« (1959), jenen mit starkem Einfühlungsvermögen geschilderten Menschenleben vergangener Zeiten.

Mit dem vorliegenden »*Wunschkind*«, der erschütternden Darstellung eines Frauenschicksals aus den Freiheitskriegen, an dem sie sechzehn Jahre gearbeitet hatte, schrieb die Dichterin einen der wohl bedeutendsten Familien- und Generationsromane der neueren deutschen Epik. Ina Seidel starb am 2. 10. 1974 in Ebenhausen bei München.

Bitte beachten Sie
die folgenden Seiten

Christian Ferber

Die Seidels

Geschichte einer
bürgerlichen Familie

Ullstein Buch 20205

ein Ullstein Buch

Christian Ferber ist seit drei Jahrzehnten das Pseudonym von Georg Seidel (geboren 1919), dem Sohn von Heinrich Wolfgang und Ina Seidel. Er ist Reporter, Kritiker und Essayist, der mancherlei Bücher veröffentlichte und unter dem Namen Lisette Mullère zehn Jahre lang seiner Zeit satirisch zu nahe trat. Als letzter Seidel erzählt er die Geschichte einer der großen deutschen Schriftstellerfamilien: drei Generationen deutscher Bürger auf der Zeitbühne von fast siebzehn Jahrzehnten – dargestellt am Leben der fünf Autoren, aber auch am Dasein der nichtschreibenden Seidels.

Ina Seidel

Lennacker
Ullstein Buch 20176

Das unverwesliche Erbe
Ullstein Buch 20193

Quartett
Ullstein Buch 20337

Das Labyrinth
Ullstein Buch 20352

ein Ullstein Buch